KB061979

아름다운
우리 고소설

아름다운 우리 고소설
즐거운 상상과 해학으로 가득한 한국 고소설 천 년의 세계

저자_ 간호윤

1판 1쇄 인쇄_ 2010. 8. 11.
1판 1쇄 발행_ 2010. 8. 23.

발행처_ 김영사
발행인_ 박은주

등록번호_ 제406-2003-036호
등록일자_ 1979. 5. 17.

경기도 파주시 교하읍 문발리 출판단지 515-1 우편번호 413-756
마케팅부 031)955-3100, 편집부 031)955-3250, 팩시밀리 031)955-3111

값은 뒤표지에 있습니다.
ISBN 978-89-349-4037-1 03810

독자의견 전화_ 031)955-3200
홈페이지_ http://www.gimmyoung.com
이메일_ bestbook@gimmyoung.com

좋은 독자가 좋은 책을 만듭니다.
김영사는 독자 여러분의 의견에 항상 귀 기울이고 있습니다.

아름다운 우리 고소설

이야기에 웃고, 이야기에 울던 옛사람들의 꿈은 무엇이었을까?
한국인의 삶과 사상에서부터 문화와 역사,
민중의 희로애락까지 한 권으로 꿰뚫는 우리 고소설의 모든 것!

즐거운 상상과 해학으로 가득한 한국 고소설 천 년의 세계

간호윤

김영사

'독'은 '독서자(讀書者)'요, '소'는 '소설자(小說者)'이다. '독서자'와 '소설자'는 이야기판에서 살아가는 자들로, 하루는 '독서자'가 '소설자'가 머무는 휴휴헌(休休軒)을 찾았다.

소설자가 먼저 말했다.

"강개함을 먹물로 비분함을 붓대로 쓸 수밖에 없어 쓴 '니야기'라네. 우리 고소설은 말일세, 어머니를 위해, 쓰고 싶은 욕망을 표현하기 위해, 강개함과 비분한 심정으로……. 그래, 쓸 수밖에 없었다네."

독서자가 말했다.

"거, 고소설이란 거, 우연성이 많고 빤한 결과 아닌가? 그런 걸 가지고 뭐 이런 책까지 만들고 그러나."

소설자가 말했다.

"우연성, 빤한 결과라고 했나?"

'우연성'이란 주인공이 위급할 때면 신의 도움이 내린다는 뜻이요, '빤한 결과'란 악인과 선인이 응분의 귀결을 맞는다는, 즉 권선징악이 실행에 옮겨진다는 의미겠지. 이 세상은 전혀 그렇지 않은데. 그래 '천편일률적'이라 비아냥대는 말도 고소설 하면 으레 따라붙지만 말이야. 그래서인가, 자네도 잘 아는 저 조선 신문학의 개척자라 불리는 이광수란 이는 자신의 〈부활의 서광〉에서 이렇게 말했지. '조선인에게는 시도 없고, 소설도 없고, 즉 문예라 할 만한 문예가 없다'라고. 그는 이것도 모자라 또 '소설에는 〈구운몽〉이라든지 〈창선감의록〉, 〈사씨남정기〉, 〈옥루몽〉 등 조선인의 창작이 있으나 이것도 시와 같이 조선인이 잠깐 중국인이 되어서 지은 것'이라고 노골적으로 그 가치를 폄하하기까지 한 것은 자네도 아마 알 걸세. 고소설 하면 현재까지 이어지는 '천편일률'이니, '유가적'이니, '권선징악'이니 하는 말들이 모두 이 이광수에게 빚지고 있네.

사실 이 말도 맞긴 하지. 틀린 말은 아닐세. 아마 고소설을 연구한다는 자치고 이런 냉소적인 비아냥거림을 듣지 않은 이는 별로 없을 걸세. 여보게, 그런데 말이야, 내가 고소설을 좋아하는 이유가 바로 여기에 있다네.

아, 이 세상이 좀 개명한 세상인가? 또 잘 배운 이들은 좀 많고. 그렇다면 세상이 좋아질 법도 하네만, 자네도 알다시피 이 세상이 어디 그런가. 노력하는 자가 성공하고, 마음 착한 자가 복을 받는 세상. 그래 남에게 악행을 저지른 자, 도덕을 헌신짝처럼 여기는 자, 배워서 위선이나 일삼는 자 들은 마땅히 벌을 받는 세상이어야 하지 않겠는가? 그런데 이 세상은 어떤가? 슬픈 일이지만 못된 자, 야박한 자, 부동산 투기꾼…… 열거하기도 불편한 이런 각다귀 같은 치들이 더 잘사는 세상 아닌가? 그야말로 순수와 양심은 한 됫박도 안 되는데, 비리와 야바위, 권세는 말들이로 잴 만한 이들이 누비는 세상이지. 정의는 인성의 변방으로, 도덕은 선택지의 한 문항이 된 것이 이미 묵은 이야기일세.

김현이라는 요절한 학자가 있지. 그이가 《분석과 해석》에서 이런 말을 했다네. 참 지혜로운 질문이지. '이 세계는 과연 살 만한 세계인가? 우리는 그런 질문을 던지기 위해 소설을 읽는다.'

고소설은 지금과는 다른 봉건 중세가 만들어 낸 산물 아닌가. '살 만한 세상'이란, 몇몇의 특수한 신분의 '그들만'에 해당하는 특수한 용어임을 자네도 모르지는 않을 걸세. '그들'보다 훨씬 많은 사람들에게는 결코 살 만한 세상이 아니지 않나. 그래 '그들이 아닌 자들도 알 수 있는 방식'으로 '살 만한 세계'를 만든 것이 고소설이라 이 말씀이지.

그러니 살천스럽게 고소설을 대할 것 없네. 어쩌다 보는 TV 드라마만 해도 그렇지 않은가. 연속극에선 주인공이 어디를 가 바람을 피워도 꼭 보는 사람이 있고, 혼인을 할라치면 왜 그렇게 얽히고설킨 관계란 말인가? 하지만 이해가 안 되어도 잘들 보고만 있잖은가?

나는 고소설에 대해 우연성이니, 빤한 결과니 하고 말하는 이들에게 묻고 싶네. 우리의 고소설을 몇 편이나 보았냐고. 자네는 아시는가? 860여 종, 우리 고소설의 숫자일세. 그것도 〈춘향전〉 이본, 〈심청전〉 이본을 한 종으로 계산한 거란 말이지. 〈조웅전〉 같은 경우는 이본만 4백여 편에 달하니 줄잡아 한 종에 5편의 이본이 있다손 쳐도 4천여 편을 훌쩍 넘기지 않겠나. 이것도 현재까지 밝혀진 우리의 고소설 숫자란 말이지. 이 구석 저 골방에 아직 햇볕도 못 쬐고 있는 것들이 여간 많겠나. 외국에 나가 있는 것도 꽤 될 걸세.

고백하건대, 고소설을 전공으로 하는 나도 솔직히 다 읽지 못한 숫자라네. 이 책은 이러한 우리 고소설의 윤곽을 많은 이들에게 알리려 쓴 것일세. 그래, 이 책은 내 책이로되 내 책이 아니지. 이 책 속의 내용은 고소설을 연구한 학자들의 견해로 채워져 있지. 나는 그저 그분들이 연구해 놓은 결과를 빗자루질한 것뿐이라네.

빼어 든 말이니, 몇 마디만 더 함세.

최근의 생리학 연구에 따르면 '소설을 읽고 느끼는 마음은 머리가 아닌 호르몬과 효소를 따라 몸 전체를 여행한다'고 하더군. 우리의 고소설은 더욱 그러하다네. 저 시절, 고소설을 쓴 이들은 하나같이 세상에 억눌려 온 자들 아닌가 말일세. 비록 현실은 어둡지만 저들은 꿈을 꾸었던 게

지. 어디 구름에 가렸다고 달이 없겠는가. 고소설은 바로 꿈이요, 달일세. 그러니 '흑자를 내지 못하는 인생들이 이 거리 저 거리에서 콩팔칠팔 허투루 내지른 소리는 아니다' 이 말이지. 하여, 고소설은 마음의 영역이지 절대 머리의 영역이 아닐세. 자네도 마음으로 따라잡아 촘촘히 살펴보게나.

각설하고, 좌우간 고소설의 멧갓에서 솎아낸 게 이 책이다, 이 말이지. 모쪼록 자네도 수목 한 그루쯤 보았으면 하네. 말이 꽤 길어진 듯싶어 여담 한 자락만 더 하고 끝내지. 내가 책 몇 권을 내다 보니 이런 말이 들리더군.

'거, 궁리도 부족하고 요령도 없으면서 많이 쓴들 뭣 하나…….'

내가 많이 쓴 것도 없지만 이렇게 대답해 주고 싶은 것을 꾹 참았네. '아는 것은 좋아함만 못하고, 좋아함은 즐기는 것만 못하고, 즐기는 것은 행하는 것만 못하다(知之者不如好之者, 好之者不如樂之者, 樂之者不如行之者).' 뭐, 해괴한 말법이라 해도 괜찮네. 나 좋아하는 일이니 저이의 말에 딴죽 걸 일도 아니지. 아, '우자천려 필유일득(愚者千慮 必有一得)'이라고, 내 비록 저력지재(樗櫟之材)임을 모르는 바 아니나 여러 가지로 정성을 다하면 때로는 옳은 것도 있지 않겠나.

그만 하세나. 고전서사를 포착하는 내 눈이 아직도 성글기 짝이 없다는 것은 내가 잘 안다네. 몽당붓솔 하나 들고 내 책상에 붓질이나 더 하려니 자네는 그만 가보게나.

2010년 8월

휴휴헌에서 간호윤 삼가 몇 자 적다

천 년의 세월이 흘러
지금 우리 곁에 살아 있는 정신과 문화,
그 향취에 흠뻑 빠진다!

차례

한 마당 고소설론

두 마당

작가론

세 마당 작품론

네 마당 배경론

다섯 마당

문화론

한 마당

고 소 설 론

사람이 이 세상에서 살다 간 흔적이 무엇일까? 아마 '이야기'가 아닐까. 누구나 크고 작든 이야기를 남긴다. 남긴 이야기는 시간이 흐르며 잊힐 만한 것은 잊히고, '남을 만한 것'은 남는다. 그리고 남을 만한 것들 중 일부가 '소설'이 된다. 그리하여 우리의 고소설은 선인들이 살고 간 흔적이요, 남을 만한 것들 중 일부라 해도 좋다.

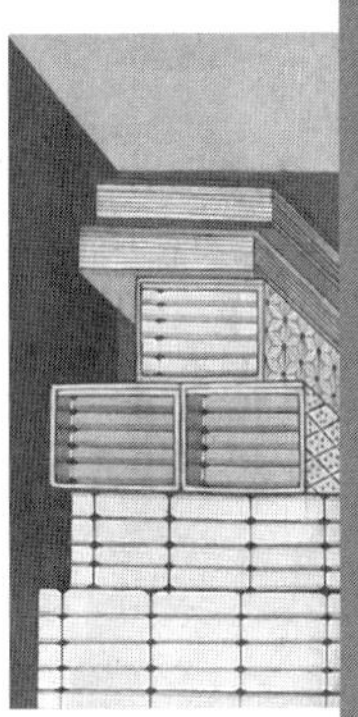

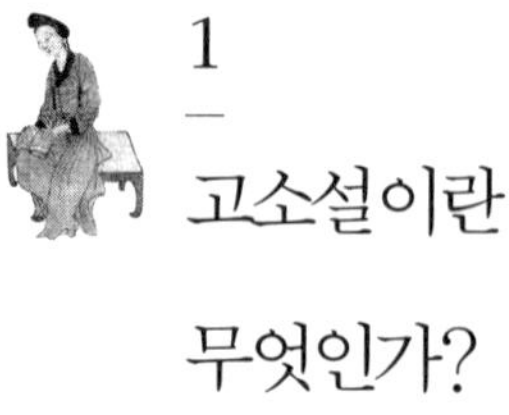

1
고소설이란 무엇인가?

사람이 이 세상에서 살다 간 흔적이 무엇일까? 아마 '이야기'가 아닐까. 누구나 크고 작든 이야기를 남긴다. 남긴 이야기는 시간이 흐르며 잊힐 만한 것은 잊히고, '남을 만한 것'은 남는다. 그리고 남을 만한 것들 중 일부가 '소설'이 된다. 그리하여 우리의 고소설은 선인들이 살고 간 흔적이요, 남을 만한 것들 중 일부라 해도 좋다.

독자 제위께서는 우리의 고소설을 어떻게 생각하는가?

혹 '옛날의[古]'라는 관형사가 붙었다는 이유만으로 멸시하거나 폄하하지는 않는가? 프랑스의 철학자이자 사회학자인 장 보드리야르(Jean Baudrillard)는 대중과 대중문화, 미디어와 소비 사회 이론으로 유명하다. 그는 사물을 물리적 실체로 보지 않고 기호로 파악한다. 내가 오늘 산 옷은 몸을 싸서 가리거나 보호하기 위한 피륙이 아닌, 이름 없는 중저가 브랜드에 지나지 않는다. 이름 없는 중저가 브랜드, 즉 내가 입은 옷은 그렇게 시장표 기호이기에 당연히 '○○○' 따위의 명품 브랜드(기호)를 착용한 이와는 차이가 아닌 차별을 생산한다.

'차이'는 서로 같지 않고 다르다는 뜻이고, '차별'은 둘 이상의 대상을 각각 등급이나 수준 따위를 두어서 구별한다. 티코와 그랜저를 교통 가치가 아닌 빈부의 격차로 보는 것처럼, 혹 '이 글을 보는 독자들도 고소설과 현대 소설을 차이가 아닌 차별로 보는 것은 아닌가?' 하는 우문을 던지며, '저 시절 사람이 이 세상에서 살다 간 흔적인 이야기'를 시작해 보겠다.

'고소설(古小說)'의 재래적인 명칭은 패설·패관·고설·신화·연의 소설·전기(傳奇)·패관소설·패사·통속 소설·언패류(諺稗, 諺課稗說, 諺書古談, 諺飜傳奇, 諺史, 諺課), 또는 이야기(니야기, 니아기, 얘기, 이얘기, 利藥, 古談)책(칙) 따위로 불렸다. 특히 언패나 언과패설처럼 '언(諺—)'으로 된 명칭은 한글로 된 소설이라는 뜻으로서 국문(본) 소설만을 지칭한다. '니야기'가 보이는 문헌은 만주어 학습서인 《역어유해(譯語類解)》(1690, 숙종 16)와 중국어 학습서인 《동문유해(同文類解)》(1748, 영조 24)인데 한자로는 '고화(古話, 옛이야기)'라고 하였다. '니야기칙'은 역시 만주어 학습서인 《한청문감(漢淸文鑑)》에 보이고 '설서(說書, 이야기책)'라고 하였다. 이해가 정조 3년(1779)경이다.

역시 만주어 학습서인 《몽어유해(蒙語類解)》(1768, 영조 44)에는 〈문학(文學)〉항에 '소설(小說)'을 '우리걸 비책'이라고 풀이해 놓았다. 풀이하자면 '옛날이야기책' 정도의 의미이니 이미 18세기에 '소설'의 의미가 어느 정도 정립되었음을 알 수 있다. 또 이 책에서 빠진 것을 모은 《몽어유해보편(蒙語類解補篇)》(1790, 정조 14)에는 소설을 전환할 때 쓰는 '각설(却說)'이 〈잡어(雜語)〉항에 보인다. '터군어쳐, 일운(一云) 터군쳐'라고 풀이해 놓았다. '터군어쳐, 일운 터군쳐'의 뜻은 '이다음에 혹은 여기에서부터'이다. 앞서 이야기하던 내용을 전환한다는 뜻으로 우리 소설의 각설 그대로의 의미다. 이 네 문헌이 역관들의 조선어 학습서로 당대에 널리 쓰이는 어휘를 선별 수록하였다는 점을 예각화한다면, 18세기 '니야기'와 '니야기책(소설책)'에 대한 이해, 즉 '소설'의 대중화가 꽤 진전되었음을 짐작케 한다.

그러나 오해는 말아야 한다. '소설'이 곧 오늘날의 소설 장르를 지칭하는 것은 아니기 때문이다. 일반적으로 알고 있는 '소설(novel)'이라는 명칭은 1885년부터 1886년까지 송월당(松月堂)에서 간행된 쓰보우치 쇼요(坪內逍遙)가 쓴 일본 최초의 소설론《소설신수(小說神髓)》의 영향이다. 그는 소설을 노블(novel)로 번역하고, 소설의 핵심을 '인정세태(人情世態)'로 확언하며 남녀노소·선악·정사(正邪)를 물샐틈없이 사실적으로 그려야 한다고 하였다. 권선징악에 입각한 로망스나, 패사류는 소설이 될 수 없다며 서양의 노블을 적극 받아들여 새 시대의 문학을 이룩하자는 주장이다.

매우 흥미롭지 않은가. 쓰보우치 쇼요의 '인정세태'는 이미 18세기 조선의 학자 유만주가 소설의 정의로 내린 '인정물태(人情物態)'와 동의어란 점이. 쓰보우치 쇼요보다 1세기나 앞선 유만주의 소설 정의에 대해서는 잠시 후에 볼 것이기에 이만 그치지만 우리 것부터 잘 살펴야 하겠다.

각설하고, 이 쓰보우치 쇼요의 소설 정의에서 정확히 21년 뒤인 1906년, 대한매일신보의 광고에 '신소설(新小說)'이 처음 보인다. 이듬해 이인직의 '신소설 〈혈의 누〉'가 단행본으로 간행되었다. 그렇다면 '소설, 쇼셜, 소셜'이라는 이름을 사용한 1906년 이후의 소설들은 오늘날 우리가 말하는 소설일까도 물어야 한다. 답은 '소설인 것도 있고 아닌 것도 있다'이다. 1906년 대한매일신보에 실린 〈거부오해〉는 소설이지만, 같은 해 제국신문에 실린 〈견마충의〉는 소설로 볼 수 없고, 경향신문에 실린 〈미얌이와 기얌이라〉는 '고담', '쇼셜'을 모두 써놓았지만 소설이 아니다. 짧은 이야기인 재담(才談)을 '쇼셜'이라고 적어 놓기도 하였다.

이야기를 신소설 이전으로 끌고 들어가 보자.

'개화기 소설'이라 부르는 1904년 대한일보에 연재된 〈관정제호록(灌頂

醒醐錄)〉과 1906년 같은 신문에 게재된 〈청루의녀전(靑樓義女傳)〉, 대한매일신보에 연재된 〈보응(報應)〉 등에서 고소설의 모습을 찾을 수 있다. 즉 화설·각설 등의 고소설식 어두사와 판소리의 율문체(〈관정제호록〉), 공간적 배경이 중국이며 빈번한 고소설의 상투어 사용(〈청루의녀전〉), '-더라'식 어투와 권선징악 주제(〈보응〉) 등이 그 구체적인 증거다. 여기에 고소설이 실상 20세기 초까지 창작된 것으로 미루어 어느 한 시점을 못 박아 고소설과 현대 소설의 기준으로 할 수는 더욱 없다.

정리하자면 20세기에 들어서도 지금과 같은 장르로서의 '소설'은 명확하지 않고 고소설의 영역 또한 1906년을 넘나든다. 고소설은 1906년 이인직의 〈혈의 누〉까지이고, 이후 1917년 이광수의 〈무정〉을 전후로 신소설과 현대 소설을 재단하듯 나누는 문학사는 비정하다.

앞 문장에서 사용한 '고소설'이란 명칭을 잠시 보자. '니야기'의 명칭을 두고 꽤 긴 시간 고대 소설·고전 소설·구소설·전기 따위를 놓고 학계에서 분분한 논의를 거쳤다. 각 명칭은 나름대로 모두 이유가 있었지만 결과는 고소설이었다. 현재 일부 학자들을 제하고는 모두 고소설이라는 명칭을 사용한다.

대략 '고소설'이란 명칭에 대한 입매는 하였으리라 생각한다. 이제부터 고소설에 대한 사적인 이해와 고소설의 정의를 살펴보겠다.

우리의 소설 개념은 한자 문화권인 중국과 유사하다.

중국에서 최초로 '소설'이라는 이름이 보이는 것은 장주(莊周, B.C. 약 365~B.C. 270)의 《장자(莊子)》니 물경(勿驚) 2천 년도 훨씬 전이다. 《장자》에 보이는 소설이라는 말은 임나라 공자(公子)가 큰 낚시로 커다란 고기를 잡아 어포(魚脯)를 만들었다는 이야기 다음에 나온다.

"이윽고 후세의 작은 재주로 이야기를 말하는 사람들이 서로 놀라워하며 그 이야기를 하였다. 무릇 가는 줄을 맨 낚싯대를 들고, 작은 도랑에 가서 붕어 같은 작은 고기를 기다리는 사람들은 이처럼 큰 고기를 잡기 어렵다. 이와 마찬가지로 소설을 꾸며서 높은 명예나 칭찬을 구하는 사람은 큰 깨달음과는 거리가 멀다. 그러므로 임나라 공자의 이야기를 들어본 적 없는 사람은 함께 세상을 경륜하기에 또한 크게 부족하다(已而後世輇才諷說之徒 皆驚而相告也 夫揭竿累 趨灌瀆 守鯢鮒 其於得大魚難矣 飾小說以干縣令 其於大達亦遠矣 是以未嘗聞任氏之風俗 其不可與經於世亦遠矣)."

소설이란 '작은 재주를 가진 사람들이 지껄이는 이른바 큰 깨달음과는 거리가 먼 작은 이야기' 정도로 볼 수 있다. 큰 깨달음이란, 《논어(論語)》의 〈자장(子張)〉편에 나오는 소도(小道)와 상대되는 대도(大道)다. 본래 '작은 도리'라는 것은 농사꾼이나 무당들의 도리다. 즉, 군자들이 말하는 '세상을 다스리는 도리 및 자연이나 사회 발전의 법칙으로서 도리와 상대되는 개념'쯤으로 이해해 볼 직하다.

환담(桓譚, B.C. 약 23~A.D. 50)은 "소설가의 부류는 자잘한 이야깃거리를 모으고, 가까운 곳에서 비유적인 이야기들을 취하여 짧은 책을 지은 것이다(若其小說家 合叢殘小語 近取譬論 以作短書)"라고 소설을 정의했다. 유언비어(流言蜚語)라고나 할까. '자질구레한 이야기' 혹은 '작은 이야기'로 낮춰 보는 소설 개념이다.

소설의 태생은 이렇듯 영 '잡것 출신'이었다. 하지만 첨언컨대, 여기서 잡것 출신이란 어디까지나 겸사(謙辭)다. 소설의 설명이 이렇다 하는 것일 뿐, 소설은 '소설(小說)과 대설(大說)의 회통(會通: 언뜻 보기에 서로 어긋나는 뜻이나 주장을 해석하여 조화롭게 함)'이라는 점을 잊지 말아야 한다.

중국 소설의 개념은 우리 고소설과 표리 관계다. 그렇다고 직수입이라는 소리는 아니다. 중국 소설의 후광을 과도하게 들이댈 필요는 없다. 우리나라에서는 김부식(金富軾, 1075~1151)의 《삼국사기(三國史記)》 권 제26, 〈고구려본기(高句麗本紀)〉 제10 '보장왕 하(寶藏王 下)'에 처음 보이니 "유공

권의 '소설'에 말하기를(柳公權小說曰)"이 그것이다. 그러나 여기서 유공권(柳公權, 778~865)은 중국 당나라의 유명한 서예가이니 문헌에 소설이라는 용례가 보이는 것으로 만족할 수밖에 없다. 우리나라 사람으로는 고려 공민왕 때 고승 경한(景閑, 1299~1375)의 법어 편명(法語 篇名)인 《흥성사입원소설(興聖寺入院小說)》이라는 문헌에 '소설'이라는 용어가 보인다.

흔히 이규보(李奎報, 1168~1241)의 《백운소설(白雲小說)》에서 우리나라 최초로 소설이라는 명칭을 찾으나 《백운소설》이 홍만종(洪萬宗, 1643~1725)의 《시화총림(詩話叢林)》이라는 책에 실려 있는 점에 유의한다면 최초의 소설이라는 명칭은 이규보와 어울릴 수 없다.

이후 '소설'은 조선으로 들어와 《조선왕조실록(朝鮮王朝實錄)》과 양성지(梁誠之, 1414~1482)의 글 등에서 보이니 15세기다. 《세종실록》 27년(1445)의 기록을 보면, "옛 역사의 기록들을 골고루 모으고 소설의 글들까지 곁들여 뽑아서……(徧掇舊史之錄 旁採小說之文……)"라고 되어 있다.

이 글은 세종에게 올린 글의 일부인데, 여기서 언급한 소설이라는 용어가 우리 《조선왕조실록》에 보이는 최초의 것이다. '소설'이 어떠한 책을 말하는지는 알 수가 없고 전후사를 통해 추정컨대 여러 가지 잡다한 사실을 적은 '잡서류(雜書類)' 정도일 것이다.

비교적 정확한 소설의 개념은 서거정(徐居正, 1420~1488)이 1482년 간행한 《태평한화골계전(太平閑話滑稽傳)》에다 양성지(梁誠之, 1414~1482)가 쓴 〈동국골계전서(東國滑稽傳序)〉에서 찾을 수 있다. "경전과 사서는 본디 성군과 현명한 재상이 치국평천하한 도이다. 패관소설의 경우 또한 유자들이 문장으로 희롱한 것으로서 혹은 이것으로 견문을 넓히기도 하고 혹은 한가로운 시간을 보내기도 하였으니 모두 없앨 수 없는 것들이다. 옛 사서에 《골계전》이 있고 송 태종이 이방에게 명하여 《태평광기》를 지어 올리게 하였던 것도 그러한 뜻이었다…… 이제 《골계전》의 문장은 익제의 《역옹

패설》과 더불어 우리나라에 만세토록 유전하지 않겠는가"라는 기록이다.

여기서 '소설'이라 함은《태평광기(太平廣記)》,《역옹패설(櫟翁稗說)》, 그리고 이 글이 실린《태평한화골계전》을 말한다. 관습적인 용어로 쓴 것이지만 '유자들이 문장을 희롱'하여 지은 것으로 박문(博聞)을 돕고 혹은 파한(破閑)의 자료라는 소설의 거죽이 보인다.

우리 소설의 장적을 정리한 이는 18세기 학자인 통원(通園) 유만주(兪晩柱, 1755~1788)다. 통원의 일기인《흠영(欽英)》을 보면 그는 중국 문학사에 상당히 해박한 지식을 지녔다. 그는 점잔 빼는 문집을 만들지 않고 그 속에 자신의 삶과 소설에 관한 비평적 견해를 소담히 담아냈다.

《흠영》이라는 일기에는 소설에 대한 인식이 정확히 드러나 있다. 그는 우리 소설의 '출생증명서'를 "패관이라는 것은 자잘한 이야기를 잡다하게 기록하고 저속한 말을 은밀히 쓴 것이다. 혹 여러 전기(傳記. 내용으로 미루어 傳奇) 가운데 신괴하고 황탄한 이상한 일을 취하여 진실을 바탕으로 허구를 꾸미고 많은 곡절을 만들어서 인정물태를 극진하게 표현하였으나 오직 그 마음과 입을 마음대로 놀리어 거리낌이 없다(夫稗官者 雜記小說 備錄俚言 或取諸傳記中 神荒不常之事 依眞鑿空 千曲萬折 以極乎人情物態 而惟其心口方行無忌)"라고 적바림해 놓았다.

유만주의 소설 개념을 정리하자면, '여러 전기류(傳奇類) 가운데서 취하여서는 비속한 말로 진실에 바탕을 둔 허구를 꾸미되 인정물태(人情物態)를 극진하게 표현하면서도 뜻이 거리낌 없는 이야기'이다. 이 통원의 소설에 대한 견해를 찬찬히 살피면 '전기류' 가운데서 취했다는 것을 알 수 있다. 전기류의 전기는 고소설사에서 매우 중요한 용어다. '전기(傳奇)'는 중국 당나라 중기인 8~9세기에 발생한 소설의 명칭으로 '기이한 이야기(奇)를 전한다(傳)'는 뜻이다. 본래 배형(裴鉶)이 지은《전기(傳奇)》라는 이름의 소설집이 있었는데, 이것이 그대로 장르 명으로 굳어졌고, 우리나라에서도 소설로 이해했다. 허균(許筠, 1569~1618)은 《한정록》 권18 '장고'에서 "전기로는 〈수호전〉, 〈금병매〉 등이 전범이다(傳奇 則水滸傳 金瓶梅等爲逸範)"라고 했으며, 홍관식은 '죽계선생향랑전서'에서 시내암(施耐庵)이 지은 〈수호전〉을 전기로 지칭했다.

또 김소행은 '전기'를 '지괴(誌怪)'와 근사하다고 했으며, 홍길주는 '의열녀전서'에서 〈삼한습유〉를 '전기술이지문(傳奇述異之文)'이라고 했다. 모두 전기를 소설로 이해하는 견해다. 조수삼(趙秀三, 1762~1849)도 그의 《추재집(秋齋集)》에서 전기를 소설과 통용되는 명칭이라고 하는 것으로 미루어, 소설과 동일한 개념으로 사용되었음을 알 수 있다. 물론 전기 소설도 같은 용어다. 전기 소설은 이규경의 〈소설변증설〉과 1916년 장지연의 〈현토천군연의서(懸吐天君演義序)〉에서 찾을 수 있는데 주로 조선 후기에 쓰인 소설을 지칭한다.

다시 본줄기로 돌아오자.

통원은 소설을 '인생의 서사시(敍事詩)'로 이해했다. 그리고 '진실을 바탕으로 허구를 꾸몄다(依眞鑿空)'는 것은 당대에도 이미 허구화된 이야기를 소설로 인식하고 있었음을 뜻한다. 물론 이것은 현재까지도 소설의 가장 중요한 속성이다. 유만주의 이 소설 비평에서 예각화할 점은 '곡절을 만들어서 인정물태를 극진하게 표현(千曲萬折 以極乎人情物態)'했다는 발언이다. 소설이 허구적 창작물이라는 기본 인식과 함께 사람이 살아가는 이야기라는 점을 주목했기 때문이다. 이 말은 결코 예사로 넘길 일이 아니다. 이 인정물태란, 소설의 대상이라는 측면에서 '일상생활의 묘사'나 '현실 반영의 산물로서 소설'을 짐작케 하는 것으로 소설의 표본실(標本室)에 안치할 용어이기 때문이다.

이야기를 돌려 보자.

유만주의 소설의 정의는 서양의 소위 노블이라는 개념과도 부분적으로

나마 유사하지 않은가? 지나치지만 않다면 우리의 고소설에 서구 개념의 '소설'이라는 척도를 대는 것은 우리 소설의 세계화라는 점에서 긍정적이다. 그러나 한편으로 우리 소설 작품의 정당하지 못한 평가를 초래할 수 있음도 간과해서는 안 된다. 서양 소설에 대한 경도(傾倒)는 '석새짚신에 구슬감기'처럼 썩 격에 어울리지 않는 모양새다. 현재의 소설 비평 이론이 서양 이론에 치우친 것이 사실이기에 하는 말이다.

현재 다소 구미 이론에 경도된 우리 문학 연구의 속성상, 우리의 소설 모두가 당당하게 소설로서의 가치를 인정받기는 어렵다. 추측건대 서구의 소설 개념이라는 잣대로 우리의 고소설을 재단하는 한 이 문제는 지리하고 비생산적인 동어 반복만 계속하게 될 것이다.

생각 좀 해보자.

서구에서조차 소설이라는 것에 대해 브룩스(Brooks)와 워렌(Warren)은 그들의 공동 저서 《소설의 이해》에서 아예 "소설 개념의 정의는 필요 없다. 모든 사람이 소설이란 무엇인가를 느낄 수 있기 때문이다"라고 소설을 정의 내리는 것에 강한 회의를 두거나, 프레드릭 제임슨이 《정치의 무의식》에서 말한 "소설은 장르의 끝이다" 등 장르의 모호함을 지적하는 발언에 힘입는다면, 우리 소설의 구도와 시각을 확장하는 것 또한 분명치 않은가?

논란을 거듭하며, 현재도 다양한 변천을 꾀하는 소설의 개념을, 굳이 우리의 고소설 개념 규정에 수굿이 맹종할 필요는 없다. 모든 문학은 시기마다 각기 다른 패러다임에 의해 수평적 문학 질서가 운용되며, 상호 친근성과 교섭성 속에서 통시적 질서 체계가 성립되고 와해된다. 소설 또한 이러한 문학 세계 질서 속에서 끊임없이 장르 운동을 하기에 일반적인 법칙을 전 세기에 걸쳐 강요할 수 없다. 러시아의 문학평론가 바흐친도 이미 지적한 '주변 장르의 패러디'나 '소설화(novelization)'라는 것에서도 귀띔 받을 수 있다. 즉, 소설은 갈래적 속성인 '불확정성'과 '미완결성'으로 '초 장르적 특성'일 수밖에는 없다는 점을 인정해야 한다. 따라서 소설 개념을 1차적으로 우리의 문헌에 근거하되, 서양의 소설 또한 간과하지 않는 생산적인 개념을 정립해야 된다.

물론 동아시아의 고소설에 대한 이해는 반드시 짚어야 한다. 대다수의 사람들은 아직도 우리나라 최초의 소설을 《금오신화》로 알고 있다. 중고등학교에서는 여전히 그렇게 가르치고 자습서에도 그렇게 서술하고 있으니 그럴 수밖에 없다. 그러나 그렇지 않다. 이제 학계에서는 이러한 진부한 논의는 더 이상 하지 않는다.

중국은 소설의 시작을 8~9세기로, 일본조차 10세기 정도로 보고 있다. 근거로, 중국은 한말(漢末, 3세기)부터 육조(六朝)시대의 남조(南朝, 5~6세기)까지 일어난 기괴한 일들을 적은 짧은 이야기인 지괴(志怪)에서 당나라 중기(8~9세기) 전기(傳奇)의 형성 시기를, 일본은 헤이안 시대(平安時代, 8~12세기)에 발생한 모노가타리(物語, monogatari)를 든다. 그런데 유독 우리만 15세기 후반의 작품을 소설의 효시로 본다는 것은 동아시아의 문화 수수관계로 볼 때 납득할 수 없다.

많은 연구자들은 나말려초, 즉 신라 말에서 고려 초인 10세기경을 전기소설의 시원으로 잡는다. 〈온달전〉이 그 좋은 예다. 이미 〈온달전〉의 장르에 대한 논의는 '온달 전기'나 '온달 설화'에서 벗어나 우리 고소설의 시발점으로까지 진척되었다. 《태평통재(太平通載)》 소재의 〈최치원〉, 《삼국유사》에 수록된 〈조신〉·〈김현감호〉 등으로도 소설의 편폭을 확장해야 한다. 북한의 학자들도 대략 우리와 비슷하게 고려 시기설과 15세기설이 공존하고 있지만, 대세는 고려 시기설이다.

우리 소설 연구의 기틀을 세운 김태준(金台俊, 1905~1949)도 "나는 예전 사람들이 율(律)하든 소설의 정의로서 예전 소설을 고찰하고 소설이 발달하여 온 행로를 분명히 하고자 하였다. 소설이라는 명칭이 시대를 따라 개념에 차(差)가 있다는 것이다"•라고 고민을 토로했다.

김태준이 누구인가? 우리 고소설 연구의 첫걸음을 뗀 이다. 이 글 또한 선학자의 견해를 단초로 삼아야 한다는 생각이다. 따라서 통원 유만주의 소설 개념을 바탕으로 다음과 같이 소설의 정의를 조심스레 정리한다.

'소설이란 민간에 떠돌고 있는 신이(神異)한 이야기를 취하여 허구적 구성으로 인정물태를 총체적으로 드러낸 욕망의 서사체(敍事體)이다.'

현실과 가상이라는 길항(拮抗: 서로 버티어 대항함)의 접경지대, 소설은 그곳에 있다. 구체적 작품으로는 〈최치원(崔致遠)〉, 〈조신(調信)〉, 〈온달(溫達)〉, 〈백운 제후(白雲際厚)〉 등 나말려초의 전기(傳奇)를 시원으로 하여, 소설화 경향을 보이는 전(傳)·전기(傳奇)·한문 단편·패설(稗說)·가전(假傳)·필사본(筆寫本) 및 방각본(坊刻本) 구활자본 소설 등과 같은 허구적 서사물을 지칭한다.

• 김태준, 《조선소설사》, 학예사, 1939, 13쪽.

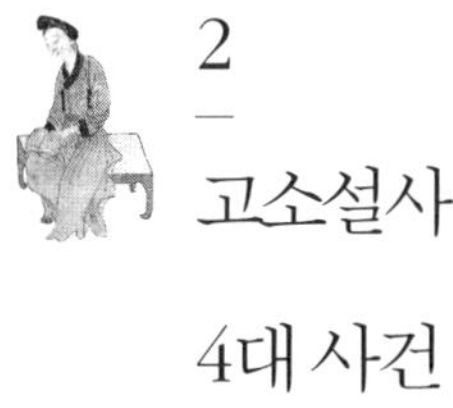

2
고소설사 4대 사건

제1차 《유양잡조》 사건 "괴탄하고 불경스러운 책이옵니다"

> "정치 언어는……, 거짓을 참말처럼, 살인도 훌륭한 일로, 허공의 바람조차 고체처럼 보이게끔 고안된 것이다(Political language……, is designed to make lies sound truthful and murder respectable, and to give an appearance of solidity to pure wind)."

조지 오웰이라는 필명으로 알려진 〈동물농장〉과 〈1984년〉의 작가 에릭 아서 블레어(Eric Arthur Blair, 1903~1950)가 〈정치와 영어(Politics and English Language)〉라는 글에서 한 말이다. 마치 한국 정치판 언어 상황을 적확하게 표현하고 있는 듯하다. 거짓을 참으로, 잘못을 훌륭한 일처럼 꾀바른 입심만 내내 뽑고 있는 현실처럼.

늘 정치계는 뒤숭숭하다.

세간에는 언제나 '떡 해 먹을 세상'이라고들 수군덕거리는 소리뿐이다.

대통령 재임 중 탄핵당했던 노무현 전 대통령은 대통령 임기를 마친 지 불과 1년을 갓 넘어 스스로 목숨을 끊었다. 대통령 재임 중, 탄핵은 그래도 양반이었던 셈이다. 탄핵당했을 때 대통령직을 그만두었으면, 비극적인 죽음은 막을 수 있었을까?

제1차 고소설사 사건에는 이 '정치'와 '탄핵'이 보인다. 오늘날 탄핵이야 서구에서 유래된 'impeachment'의 번역어지만, 우리의 선조 정치인들에게도 '탄핵'은 그리 먼 용어가 아니었다. 전제 왕권의 시대, '탄핵(彈劾)'이란 사헌부와 사간원의 관원들이 당시 정치나 행정에 관한 잘못과 관리의 비위를 들어 논박하던 일이었다. 이를 대론(臺論)·대탄(臺彈)이라고도 하는데, 곧잘 이 탄핵은 정적을 제거하는 수단으로 악용되기도 했다.

《조선왕조실록》에는 탄핵이 수없이 보인다. 《조선왕조실록》에 기록된 대부분의 탄핵이 명분은 도덕적 해이를 질타하는 것이라지만, 소설과 관련된 것도 여러 차례 보인다. 정치의 적을 시비, 배척하고 딴죽 걸기를 일삼았다는 증거가 고스란히 《조선왕조실록》에 남아 있다. 우리 고소설사의 제1차 고소설 사건도 바로 이 《조선왕조실록》에서 찾을 수 있다. 그것은 '괴탄불경지서(怪誕不經之書)' 논쟁이니 고소설의 정치적 읽기인 셈이다.

우선 《조선왕조실록》과 고소설의 관계부터 설명하고 우리 고소설사의 제1차 사건인 '괴탄불경지서'를 보자. 《조선왕조실록》은 공적인 기록 속에서 찾을 수 있는 고소설의 원론 비평(原論批評)으로 조선 전기에서 후기까지 소설을 이해할 수 있는 터전이다. 우리의 고소설사가 기본적으로 중국과 궤를 같이했음은 주지의 사실이다. 따라서 국경을 넘나드는 무역품으로서 소설은 공적인 절차를 거쳐야만 했고, 공적인 기록인 《조선왕조실록》에 그 흔적이 보이기 때문이다.

특히 조선조는 유학이라는 견고한 패러다임이 문학에까지 강요와 굴종을 요구했고 소설은 그 틈바구니를 비켜나야 했다. 소설과 유교는 항상 긴장과 갈등을 지속할 수밖에 없었다. 당연히 유교 국가의 나날을 기록한 《조선왕조실록》에는 이러한 소설과 역사의 긴장과 흐름이 일련의 역사적 상황 속에 성기게 박혀 있다.

이제 제1차 소설사 사건을 살펴보자. 《조선왕조실록》에서 찾은 '괴탄불경지서'는 정치의 파열음에서 비롯되었지만, 실상 조선조 내내 사대부가 문인들이 그려 낸 '소설의 몽타주(montage)'였다. "괴탄하고 불경스러운 책이다(怪誕不經之書)." 전가의 보도처럼 휘두르며 조선조 내내 고소설을 박대하고 오라를 지우려 한 문장이다. 조선시대 소설의 장에서는 늘 자그마한 전쟁이 벌어졌고 소설을 공격하는 최전선에는 늘 이 '괴탄불경'이라는 비평어가 따라붙었다.

'괴탄불경(怪誕不經)'이라는 말줄기부터 걷어 올려 보자. 괴탄불경이라는 용어는 《서전(書傳)》〈우공(禹貢)〉 주(注)에서 동혈(同穴)을 설명하는 용례에 보인다. "새와 쥐가 함께 암놈과 수놈이 되어서 한 구멍에 처한다고 하였으니 그 말이 허탄하고 괴이하니 믿을 것이 못 된다(鳥鼠共爲雌雄 同穴而處 其說怪誕不經 不足信也)"는 말이 그것이니 지금에도 썩 괴탄하다.

'괴탄불경지서'가 소설 논쟁으로 비화한 것은 성종(成宗, 1457~1494) 24년인 계축년 섣달 스무여드레 날이었다. 이것은 당시 집권층의 정치적 역학 관계에서 비롯되었다. 예나 지금이나 드잡이질하는 정치인들은 상대방을 뉘기 위해 별별 수단을 동원한다. 결말은 좀 싱겁지만, 우리 소설사에서는 매우 의미 있는 사건이니 자세히 짚어 보자.

그것은 김심(金諶, 1445~1502)이 1493년 12월 28일 임금에게 올린 간단한 상소문에서 시작된다. 당시 이극돈(李克墩, 1435~1503)과 이종준(李宗準, ?~1499)이 《유양잡조(酉陽雜俎)》, 《당송시화(唐宋詩話)》, 《파한집(破閑集)》, 《보한집(補閑集)》, 《태평통재(太平通載)》 등을 인쇄하여 책을 펴내 임금에게 바친다. 그러자 성종이 이를 대궐 안에 간수토록 하고 김심 등에게 《당송시화》,《파한집》,《보한집》 등의 역대 연호와 인물의 출처를 대략 알기 쉽게 풀이하여 바치라고 한다.

그러자 김심 등이《유양잡조》·《당송시화》 등의 책들이 '괴탄하고 불경스러운 책(怪誕不經之書)', '실속 없이 겉으로만 화려하고 희극적인 말(浮華戱劇之詞)', '괴탄하고 희극적인 책(怪誕戱劇之書)'이라며 주해하기를 거부하는 상소문을 올린다.

그러니 이번에는 모욕당했다고 생각한 이극돈이 자기를 꺼리고 미워한다며 피혐(避嫌)하기를 청한다. 피혐이란 사건에 관련된 벼슬아치가 혐의가 풀릴 때까지 벼슬에 나가지 않는 것을 말한다. 그런데 여기서 논쟁이 된《당송시화》는 당나라와 송나라의 시에 관한 비평과 해설, 고증과 시인의 일화 따위를 단편적으로 기록한 책이니 소설과는 전연 관련 없다.

다만《유양잡조》는 약간 소설적인 내용을 지닌 책이다.《유양잡조》는 중국 당나라 때 단성식(段成式, ?~863)이 지은 책으로, 이상한 사건, 황당무계한 이야기를 비롯해 도서·의식·풍습·인사 등 온갖 사항에 관한 것을 탁월한 문장으로 흥미롭게 기술했다.

그런데 이 책을 김심 등이 주해하기를 거부한 이유가 성종 24년 12월 28일(무자)의 기사에 이렇게 기록되어 있다. "신 등은 제왕의 학문은 마땅히 경사에 마음을 두어 수신제가하고 치국평천하하는 요점과 치란과 득실의 가치를 강구할 뿐이고 이 밖의 것은 모두 치도에 무익하고 유학에 방해됨이 있다고 생각합니다. 그런데 이극돈 등이 어찌《유양잡조》와《당송시화》 등이 괴탄하고 불경한 말과 부화하고 극적인 말로 되었음을 알지 못하고 반드시 진상하는 것입니까? ……이와 같은 괴탄하고 희극적인 책은 전하께서 음란하고 방탕한 소리나 미색과 같이 멀리해야 되고 내부에 비장하여 밤늦게 읽는 자료로 삼는 것은 마땅치 않습니다. 청컨대 위의 여러 책을 외부의 장서로 넘겨주어 성상께서 심성을 기르는 공력에 보탬이 되게 하시고, 인신들이 아첨하는 길을 막으소서."

'괴탄하고 불경스러운 책', '실속 없이 겉으로만 화려하고 희극적인 말', '괴탄하고 희극적인 책', '음란하고 방탕한 소리(淫聲)'나 '미색(美色)'. 소설을 배척하는 메커니즘으로서 힘깨나 썼던 용어들이다. 이는 병리학적 징후를 들이대며 소설류를 질병으로 몰아붙이는 것에 다름 아니다.

몇 가지 문제점을 짚어 보겠다.

첫째, 여기서 김심 등은 《유양잡조》 등이 '치도(治道)에 무익하고 성학(聖學)에 방해'가 된다고 하였다. 즉, 임금에게만 방해가 된다는 것이지 모두에게 그러하다는 것은 아니라는 점이다. 그렇게 무익하고 폐해가 크다면 모든 책을 수거하여 폐기하지 왜 '책을 외방에 내어 보내' 시속을 흐리게 하려는 것인가?

둘째, 이러한 책을 간행하여 바치는 것이 '인신들이 아첨하는 길'인가?

셋째, 이 글에 대하여 성종은, "그대들이 말한 바와 같이 《유양잡조》 등의 책이 괴탄하고 불경하다면 《국풍(國風)》과 《좌전(左傳)》에 실린 것들은 모두 순정한 것인가? 근래에 인쇄하여 반포한 《사문유취(事文類聚)》 또한 이와 같은 일들이 실려 있지 아니한가? 만약 임금이 이러한 책들을 보는 것은 마땅치 못하다고 말한다면, 단지 경서만 읽어야 마땅하다는 것인가? 이극돈은 이치를 아는 대신인데, 어떻게 불가함을 알면서도 그렇게 했겠는가? 지난번에 유지가 경상 감사로 있을 때, 〈십점소(十漸疏: 위징이 당 태종에게 올린 10가지 경계의 글)〉를 병풍에 써서 바치니 의논하는 자들이 아첨하는 것이라 하였는데, 지금 말하는 것도 이와 같다. 내가 전일에 그대들에게 이 책들을 대강 주해하도록 명하였는데 그대들은 필시 주해하는 것을 꺼려 이러한 말을 하는 것이다. 이미 불가함을 알았다면 애초에 어찌 말하지 아니하였는가?"라고 한다. 성종 24년 12월 28일(무자)의 기사다.

왕배덕배 시비를 가리려 드는 이 글을 보면 김심 등의 상소가 우정 소설 배척을 위해서만이 아니라는 요량이 분명하다. 김심 등은《유양잡조》가 괴탄불경의 서이기에 이극돈을 탄핵하였다고 강변하였다. 그러나 성종의 대답은《사문유취》또한 괴탄불경의 서인데, 왜《사문유취》를 인쇄 반포할 때는 침묵을 지키다가 이제《유양잡조》를 인쇄하여 책을 펴내니 이극돈을 탄핵하는 것이냐며 못마땅해한다. 성종은 김심 등을 영 미심쩍다는 듯이 쳐다보며, "이미 불가함을 알았다면 애초에 어찌 말하지 아니하였는가?"라고 불편한 심기를 드러낸다. 분명 김심 등이 이극돈을 탄핵하는 저의를 의심하는 발언이다.

성종이 언급한《사문유취》는 사전류로, 성종의 발언처럼《유양잡조》와 같은 유로 볼 수는 없다. 문제는《태평통재》다.《태평통재》는 성임(成任, 1421~1484)이《태평광기》를 본떠 지은 당대 대표적인 괴탄불경한 책이기 때문이다.《태평광기》는 송나라 태평흥국 2년인 977년에 이방(李昉) 등이 왕명을 받고 만든 전기 소설집으로, 2천여 편의 설화·패설 등이 수록되었다. 우리나라에는《윤포묘지(尹誧墓誌)》에 나오는 것으로 미루어, 12세기에 이미 유입되었다.

더욱이《태평광기》에 대해서는 세조는 물론 서거정·양성지·이윤보·성임 등의 학자들까지 애독하였음이 실록에 그대로 보인다. 성임은 아예《태평통재》를 만들어 책으로 펴냈고 임금에게까지 바쳤다. 이에 비한다면《유양잡조》는 괴탄불경한 책으로 어림없다. 그러나 김심 등은《태평통재》에 대해서는 일언반구도 없다. 결국 김심 등이 이극돈을 탄핵한 것은, 엉뚱한 소설류를 빌미잡아 당시의 정치 문제와 연결지어 정적을 손봐 준 것쯤으로 추론케 한다.

이극돈은 훈구파(勳舊派)였고 김심 등은 이와 대립되는 사림파였다. 사림파는 성종 9년 이후 홍문관(弘文館)이 새롭게 정비되며 왕성한 활동을 한다. 성종 20년경부터는 홍문관의 언관(諺官) 기능 강화와 함께 훈구파에 대한 견제를 본격화하였다. 조사를 해보니 성종 21년에서 25년 사이의 연평균 언론 횟수는 409회이며, 이중 탄핵이 42.2퍼센트나 된다.

성종 20년(1489)경부터 무오사화(1498) 직전까지 10여 년간 활동한 사림계 인물은 김심·권오복·김일손·유호인·최부·양희지 등이다. 이들은 김종직을 위시로 한 김굉필·정여창·조위·유호인·표연말·이종준 등과 함께 성종 때 관계에 대거 진출하였다. 이 과정에서 이극돈을 비롯한 훈구파와 반목이 심하였다.

특히 이 사건이 정치적 대립에서 비롯되었음을 증명하는 것이 있으니, 김종직의 문인으로 후일 무오사화 때 사형당한 사림의 이종준은, 이극돈과 달리 탄핵의 대상에서 제외되었다는 점이다. 이종준과 이극돈이 함께 성종에게 《유양잡조》 등의 책을 인간(印刊)하여 올렸는데 말이다. 이종준은 사림, 이극돈은 훈구라는 이유를 떠올릴 수밖에 없다.

마지막으로 피혐하기를 청하는 이극돈의 말 가운데서도 이미 《유양잡조》는 보는 사람들이 널리 있다는 사실을 알 수 있다.

이극돈이 와서 아뢰기를, "《태평통재》·《보한집》 등의 책은 전에 감사로 있을 때 이미 인간하였고 유향의 《설원(說苑)》·《신서(新序)》는 문예에 관계되는 바가 있을 뿐만 아니라, 제왕의 치도(治道)에도 관계되며 《유양잡조》가 비록 불경한 말이 섞여 있다고 하더라도 또한 널리 읽는 사람은 마땅히 섭렵해야 되는 것이므로 신에게 간행토록 한 것입니다…… 그러나 홍문관은 다수의 의견으로 의결하기를 요구하는 곳으로서 신이 아첨한다고 배척하니, 부끄러운 얼굴로 직무에 관계되는 일에 있는 것이 마음에 진실로 죄송합니다. 피혐하기를 청합니다." 성종 24년 12월 29일(기축)의 기사다. 유향의 《설원》과 《신서》는 문예에 관계된다고까지 하였고, 《유양잡조》는 당시에 널리 읽혔던 책이며, 《태평통재》는 이미 인간까지 하였음을 알 수 있다.

따라서 당시 소설류에 대한 부정적인 견해가 팽배하였다면 《태평통재》를 편찬할 수도 없었으며 작자에 대한 견해도 부정적이었을 것 아닌가.

그러나 어찌 된 켯속인지, 같은 《성종실록》에서도 다루고 있으나 《태평통재》를 편찬한 성임에 대해서는 별다른 논평을 하고 있지 않다. 이 상소에 대해서 성종은 이극돈에게 "경은 걱정 말고 더욱 그 직분에 힘쓰도록 하라"라고 한다. 더 이상 이 문제를 거론하지 않겠다는 뜻이다.

결국 김심의 차자(箚子: 임금에게 올리던 상소문) 사건은 소설에 대한 박해라기보다는 사림과 훈구가 드잡이하는 데서 빚어진 정치적 부산물로 귀결된다.

오히려 소설류는 조정의 중심인 훈구파들의 능란한 문필 자랑과 편찬 사업에 힘입었다. 박팽년을 중심으로 한 집현전 학사들이 초간본을 편찬하고, 세조 8년 5월에는 최항(崔恒, 1409~1474)이 중심이 되어 초간본을 개정하여 만든 《명황계감언해(明皇誡鑑諺解)》가 있으며, 성임(成任, 1421~1484)의 《태평광기언해(太平廣記諺解)》와 같은 전기 소설집까지도 언해되었다. 서거정은 〈골계전서(滑稽傳序)〉(1482)에서 당시의 소설류에 대한 비평까지 한다.

제2차 〈설공찬전〉 사건 **"채수의 죄를 교수형으로 단죄하소서"**

정치판은 지금이나 예나 드잡이판이었다. 저들은 중력의 법칙이라도 되는 양, 부도덕적이고 부조리하며, 거짓말과 위선을 일삼고, 패거리를 지어 다니며 모사 꾸미는 것을 당연시한다. 나는 감명 깊게(?) 읽은 책을 말하라면, 부러 〈인간시장〉을 곧잘 든다. 가금씩은 정말 '부도덕', '부조리', '거짓말', '위선', '패거리', '모사' 따위 사전에서 추방해야 할 단어들을 끔찍이 싫어하는 그 소설의 주인공 장총찬처럼 장총을 꼬나들고 사회의 악인들에게 한 방씩 먹이고 싶다.

"채수의 죄를 교수형으로 단죄하소서."

정치판에서 나온 것으로 표독하기가 이를 데 없다. 소설을 지었다고 교수형에 처하자는 말이니 퉁바리 치고는 독기가 서려 있으며 생뚱하기조차 하다.

여하한 이 글은 소설 비평의 진보란 측면에서 대단한 성장통임에 틀림없다. 그러나 사정을 알고 보면 그렇고 그런 정치판 코미디요, 난장(亂場)에 다름 아니니 군사설과 선소리만이 그득하다.

이때는 고소설사 관전법을 달리해야 한다. 유교의 강화와 불교의 탄압이 점점 그 심도를 더해 가고 그 와중에 당파까지 복잡하게 얽혔던 연산군과 중종 조에 드디어 《실록》에 보이는 두 번째 소설 논란이 불거진다. 김심의 상소 논쟁이 있은 지 18년 뒤인 중종 6년(1511) 9월의 일이다. 채수(蔡壽, 1449~1515)가 〈설공찬전(薛公瓚傳)〉을 저작하였다고 사헌부에서 댓바람에 교수형을 주창한 것이다. 그런데 문제는 16세기 문인들의 소설에 대한 지식을 총동원하여도 소설을 지었다고 교수형에 처하자는 것은 광기 어린 발언이라는 점이다.

채수의 〈설공찬전〉은 근래에 한글 번역본이 발견되어 실상을 개략적이나마 알 수 있다. 정말 그러해야 했는지 살펴보자. 〈설공찬전〉은 청계 설공찬의 이야기다. 청계란 사람에게 씌워서 몹시 앓게 한다는 못된 귀신이다.

순창에 사는 설충란의 딸과 아들 공찬이 죽었다. 어느 날 설충란의 동생인 설충수의 아들 공침이 뒷간에 갔다 오다가 미쳤다. 김석산이라는 사람이 와서 보니 여자 귀신(공찬의 누이)이 설충수의 몸에 붙어 있어 쫓는다. 그러자 이번에는 공찬이 와서 다시 공침의 몸으로 들어가고, 이후 공찬은 공침의 입을 빌려 저승 이야기를 한다.

공전의 히트를 쳤던, 제리 주커(Jerry Zuker) 감독의 〈사랑과 영혼〉이나 다키타 요지로의 〈비밀〉 따위와 유사하다. 〈설공찬전〉은 공수 혹은 빙의(憑依)를 소재원으로 다룬 전기 소설에 지나지 않는다. 결코 중세를 흥분과 광기로 몰아넣을 만한 소설이 아니다. 공수는 '무당이 신들린 상태에서 신의 말을 하는 것'이요, 빙의란 일반적으로 귀신 들림, 귀신에 씌움을 의미한다. 쉽게 말해 '산사람에게 다른 영(靈)이 들어와 귀신 들린 것'을 말한다.

이러한 귀신 들린 이야기는 당시의 유학자들도 거리낌 없이 논의할 정도였다. 조선조 유학자들이 그렇게 애착을 보였던 사서삼경의 하나인《중용》16장은 아예 '귀신장'으로 "공자께서 말씀하시기를, 귀신의 덕이 그 지극하도다(子曰 鬼神之爲德 其盛矣乎)" 운운으로 말머리를 연다. 차이가 있을 지언정 《전등신화(剪燈新話)》나 《금오신화(金鰲新話)》, 《태평광기언해》 등과 소재 면에서 크게 다를 바 없다. 이들 작품들에서도 귀신을 다루었기 때문이다.

그리고 조선 전기는 '귀신의 시대'라 할 만큼 귀신이 제대로 대접받았다. 새 시대를 열었기에 제사를 재정비하는 가운데 귀신에 대한 논의가 많았기 때문이다. 예를 들자면, 김시습(金時習, 1435~1493)의 〈신귀설〉, 성현(成俔, 1439~1504)의 〈신당퇴우설〉과 〈부휴자담론〉에 보이는 귀신설, 남효온(南孝溫, 1454~1492)의 〈귀신론〉, 서경덕(徐敬德, 1489~1546)의 〈귀신사생론〉, 그리고 이이(李珥, 1536~1584)의 《사생귀신책》 등이 그것이다. 성현은 〈부휴자담론(浮休子談論)〉에서 인귀(人鬼)를 논의의 대상으로 삼아 다양한 귀신의 예를 들기까지 하였다.

따라서 이와 같은 귀신 문제는 조선 전기 일반적인 문화 현상의 하나였다. 문종(文宗)도 "정이 없는 것을 음양이라 이르고 정이 있는 것을 귀신이라 이른다…… 귀신은 사람을 살리는 일도 있지만 때로는 사람을 해치기도 한다"• 하였다.

비슷한 시기 소설인 《금오신화》나 《기재기이(企齋記異)》 등 여러 패설의 작품들에서도 귀신은 쉽게 찾아볼 수 있으며, 더욱이 귀신의 문제를 논하였다고 탄핵의 대상이 되지는 않았다.

그런데 사헌부에서 〈설공찬전〉을 칭탈하여 중종 6년 9월 2일 채수를 탄핵한 것이다. 대간이 올린 상소는, "채수가 지은 〈설공찬전〉은 그 내용이 윤회화복의 말로 요망합니다. 조정과 민간에서 현혹되어 한자로 옮기거나 한글로 번역하여 백성들을 미혹시킵니다(蔡壽作 薛公瓚傳 其事皆輪廻禍福之說 甚爲妖妄 中外惑信 或飜以文字 或譯以諺語 傳播惑衆)"라고 되어 있다. 그로부터 사흘 뒤인 9월 5일에는 "〈설공찬전〉을 불살랐다. 숨기고 내어놓지 않는 자는 요서은장률로 죄를 다스릴 것을 명했다(命燒薛公瓚傳 其隱匿不出者 依妖書隱藏之律 治罪)"라는 기록이 보인다.

말인즉, 채수의 〈설공찬전〉이 사회 윤리 기강을 해치기에 거두어 불태워 버리고, 또 숨긴 자들은 '요서은장률(妖書隱藏律)'로 치죄하란다. 요서은장률은 요망한 내용을 담은 책을 숨겼기에 죄를 다스린다는 것이니, 〈설공찬전〉이 적잖이 사회에 퍼진 것은 사실인 듯하다. 특히 현재 발견된 것이 한글본이라는 점을 감안한다면 부르주아 문학의 대두에 대한 철저한 배척이라고도 볼 수 있다. 유럽 봉건 사회에서는 일부 상류 특권 계급의 소유물이었던 문학이 18세기 말 이후, 부르주아지(중산 계급)의 발흥과 함께 점차 민중의 손에 맡겨져 궁정에서 가정으로 옮겨졌다. 이것이 '부르주아 문학'이다.

하지만 〈설공찬전〉이 '낙양의 지가'를 올릴 만큼은 아니었을 터이니 지

• 《국역 대동야승》, 민족문화추진회, 1985, 275쪽.

나친 비약인 듯하다. 그렇다면 사헌부에서는 왜 이런 하찮은 문제를 언턱거리로 삼아 채수의 주리를 틀려는 것일까? 더구나 교수형에 처하라는 지나친 상소까지? 의문 부호를 찍지 않을 수 없다. 사실 채수는 이 문제 이외에도 여러 차례 탄핵을 받았다. 그것은 연산군 1년 채수가 부친상 중에 분묘를 버린 행동에서 비롯된다. 이 사건 이후 채수는 수차례에 걸쳐 탄핵 대상이 되었다. 하지만 더욱 중요한 것은 그 이면에 훈구파와 사림파라는 정치적 대립이 채수의 교수형과 직·간접적으로 관련성을 맺고 있다는 사실이다.

이제 그 실마리를 찾아보겠다. 채수는 기본적으로 훈구파에 속한다고 할 수 있다. 훈구파는 관학파(官學派)라고도 하는데 사림파와는 대립 관계에 있었다. 훈구파란 조선 초기의 각종 정변에서 공을 세워 높은 벼슬을 해오던 관료층이고, 사림파란 산림에 묻혀 유학 연구에 힘쓰던 문인들을 지칭한다. 사림파는 김종직, 김굉필, 조광조 등을 중심으로 하고 성종 때부터 중앙 정부에 진출하여 종래의 관료들인 훈구파를 비판한다. 이 과정에서 사화에 희생되기도 하였으나, 선조 때에 이르러서는 그 기반을 확고히 하였다.

채수는 사림파의 거두인 김종직(金宗直, 1431~1492)의 무오사화(戊午士禍) 때 연루되었으나 김종직을 비방하고(연산군 4년 7월 17일) 이틀 후인 7월 19일 석방된다. 채수가 김종직에게서 배웠다는 것을 고려한다면 선뜻 이해되지 않는다. 이것을 보면 채수의 노선은 사림이 될 수 없는 것 같다.

조금 더 자세히 들여다보자. 채수의 문제를 다루는 같은 해 《중종실록》 6년 9월 20일(정묘)의 기록을 귀담아들어 볼 필요가 있다. 한 사람의 목숨을 두고 벌이는 일 아닌가.

"조강에 나갔다. 대사헌 남곤·헌납 정충량이 전의 일을 아뢰었으나 받아들이지 않았다. 영사 김수동이 아뢰기를, '들으니, 채수의 죄를 교수(絞

首)로써 단죄하였다 하는데 정도(正道)를 붙들고 사설(邪說)을 막아야 하는 대간의 뜻으로는 이와 같이 함이 마땅합니다. 그러나 채수가 만약 스스로 요망한 말을 만들어 인심을 선동시켰다면 사형으로 단죄함이 가하지만 기양(技癢)의 시킨 바가 되어 보고 들은 대로 망령되이 지었으니, 이는 마땅히 해서는 안 될 것을 한 것입니다. 그러나 형벌과 상은 중(中)을 얻도록 힘써야 합니다. 만약 이 사람이 죽어야 된다면, 《태평광기》·《전등신화》 같은 책을 지은 자도 모조리 베어야 하겠습니까?' 하였다."

이에 대해 중종, 남곤, 김수동, 황여헌은 대화를 나눈다.

"임금이 말씀하시기를 '〈설공찬전〉은 윤회화복(輪廻禍福)의 설(說)을 만들어 어리석은 백성을 미혹케 하였으니, 채수에게 죄가 없는 것이 아니다. 그러나 교수함은 과하므로 참작해서 파직한 것이다' 하자, 남곤이 아뢰기를 '좌도난정률(左道亂正律)은 법을 집행하는 관리라면 진실로 이와 같이 단죄함이 마땅합니다' 하였다. 김수동이 아뢰기를 '채수의 죄가 과연 이 율에 합당하다면, 만약 스스로 요망한 말을 지어 내는 자는 어떤 율로 단죄하겠습니까? 신의 생각엔 실정과 법이 어긋난 듯합니다' 하자 검토관인 황여헌(黃汝獻)이 아뢰었다. '채수의 〈설공찬전〉은 지극한 잘못입니다. 설공찬은 채수의 일가 사람이니, 채수가 반드시 믿어 혹하여 저술하였을 것입니다. 이는 세교(世敎)에 관계되고 치도(治道)에 해로우니, 지금 파직한 것은 실로 너그러운 법이요 과중한 것이 아닙니다' 하니, 임금이 말씀하셨다. '채수가 진실로 죄는 있으나, 벌이 너무 지나치다.'"

채수의 〈설공찬전〉 문제로 김수동(金壽童, 1457~1512)과 남곤(南袞, 1471~1527)·정충량(鄭忠樑, 1480~1523)·황여헌(黃汝獻, 1486~?)의 다툼이 그대로 드러나 있다. 그리고 왜각대각 요란스러운 가운데 은연중 남곤·정충량·황여헌 간의 공모의 눈짓을 읽을 수 있다. 여기서 김수동은 훈구이고 정충량·황여헌 등은 사림파였으니 그 묵시적 합의를 추론한다면 당연한 것이다. 물론 남곤이라는 훈구 대신이 있으나, 그 역시 성종조에 진출한 사림으로 뒷날 훈구로 기울어진 당시 사간원의 우두머리였기에 채수를 변론할 수는 없었을 듯하다. 대신 그는 이 문제에 대하여 더 이상 입을 떼지 않는다.

김수동은 같은 훈구파인 채수를 우리 소설 창작론의 논리적 비평 용어인 '기양론〔技(伎)癢論〕'을 들어 비호하였다. 《중문대사전》에는 "기양이란, 인간에게는 긁지 않고서는 견딜 수 없는 가려움증과 같이 표현하지 않고서는 못 배기는 기술 내지 재주를 말한다. 기양은, 이 쓰지 않고 견딜 수 없는 표현 욕구이다(伎癢者 謂人有技藝 不能自認 如人之癢也 伎癢 謂懷伎欲求表現也)"라고 정의해 놓았다. 풀이하자면, 단순한 표현욕이라는 심성적 동기로 딱히 소설에 한정하여 쓴 용어는 아니었다.

다급해진 김수동이 하릴없이 손사래를 치며 이 기양을 들고 나선 것이다. 소설 저작의 당위성을 주장하여 채수의 죄를 무마하려는 꿍꿍이다. 그러나 김수동이 아무리 비기(秘技)인 양 '기양(技癢)'으로 당위성을 역설한다지만, 내용이 교수형에 처해질 중죄를 지었다면 결코 유야무야 넘어갈 문제는 아니다. 어찌 교수형에 해당하는 죄를 기양이라는 말로 엉너리를 떨어 얼버무릴 수 있나?

그런데 오히려 우리는 김수동의 '기양 운운'에서 느긋하게 눙치는 태도를 엿볼 수 있다. 그저 기양으로 인한 실수로 은근슬쩍 넘어가려는 모습이다. 분명 수상쩍은 몸짓이니, 되짚어 〈설공찬전〉에 대한 논의의 언저리부터 다시 살피자. 〈설공찬전〉은 어숙권(魚叔權)이 중종 말엽 선집한 《대동야승(大東野乘)》에 〈설공찬환혼전(薛公瓚還魂傳)〉이라 칭하였고 '극히 괴이'하다고 한다. 그런데 어숙권은 당 시대에 있었던 이 사건에 대해 사실적인 말 외에 별다른 언급을 하지 않았다.

또 연산군 12년의 기록을 보더라도 당시 소설류에 대한 탄압은 없었다.

오히려 "《전등신화》, 《전등여화(剪燈餘話)》, 《효빈집(效顰集)》, 〈교홍기(嬌紅記)〉, 〈서상기(西廂記)〉 등을 사은사로 하여금 사오게 하라"라는 기록이 보인다.

연산군 12년(1506)은 우리의 소설사에서 상당히 의미 있는 공간이다. 즉, 명나라 구우(瞿佑, 1347~1433)가 지은 전기 소설집 《전등신화》와 《전등신화》의 속찬으로 명나라 이정(李禎, 1376~1452)이 엮은 전기집 《전등여화》(《전등여화》가 우리 문헌에 처음 보이는 것은 《용비어천가》 제100장, 권10이다), 명나라 조필(趙弼)이 1428년에 엮은 전기 소설집 《효빈집》(《전등신화》를 모방하여 지은 것이다), 그리고 원나라 송매동(宋梅洞)이 지은 〈교홍기〉를 유동생(劉東生)이 사곡(詞曲)화한 〈신편금동옥녀교홍기(新編金童玉女嬌紅記)〉 상·하권과 원나라 왕실보가 당나라 원진(元稹)의 전기인 〈앵앵전(鶯鶯傳)〉을 개작한 〈서상기〉 등의 소설류가 집중적으로 보이기 때문이다.

우리에게 광폭하고 무례한 조선의 두 임금 중 한 사람, 중종반정으로 강화도로 쫓겨나 역질을 앓다가 31세로 이승과 작별한 연산군, 그래서 죽어서도 임금이 아닌 '군'으로 남은 연산군이 우리 소설사에서는 저러한 고운 모습을 보인다. 논외지만 그의 시 한 편을 붙여 우리 고소설사에서 그의 구실에 고마움을 표한다.

人生如草露　사람살이 풀잎에 맺힌 이슬과 같아
會合不多時　만날 때가 많지는 않은 것이라네.

선뜻 폭군 연산군의 시라고는 이해되지 않을 만큼 읽는 이의 가슴을 짠하게 한다.

이런 정황을 생각하며 정치로 다시 눈을 옮겨 보자. 언급한바, 무오사화 때 채수는 김종직을 공격하였다. 그런데 같은 날 사림인 김일손(金馹孫,

1464~1498)의 주장을 보면 채수는 김종직의 제자였음을 알 수 있다. 그런데도 스승인 김종직의 처단을 주장하였으니 채수의 행동을 사림들이 곱게 볼 리 없다.

채수가 죽은 뒤의 기록을 보아도 채수는 결코 사림들과 좋은 관계가 아니었다. 중종 10년 11월 8일(경인)의 기록에 보면 채수가 죽은 뒤에, "인천군 채수가 졸하였다. 채수는 사람됨이 영리하며 글을 널리 보고 기억을 잘하여 젊어서부터 문예로 이름을 드러냈고, 성종조에서는 폐비의 과실을 극진히 간하여 간쟁하는 신하의 기풍이 있었다. 그러나 성품이 경박하고 조급하며 허망하여 하는 일이 거칠고 경솔하였으며, 늘 시와 술과 음률을 가지고 스스로 즐겼다. 일찍이 〈설공찬전〉을 지었는데, 떳떳하지 않은 말이 많기 때문에 사림(士林)이 부족하게 여겼다"라고 사림과의 반목을 기록하고 있다. 채수와 사림의 이러한 관계로 추정해 보건대, 채수는 결국 훈구 쪽에 설 수밖에는 없었다.

채수는 연산군 4년 7월 19일(계축), 윤필상(尹弼商, 1427~1504)이 극력 변호하는 상소를 올려 이틀 뒤 석방되는데, 윤필상 또한 무오사화의 핵심인 훈구 세력이었다. 종내 채수의 〈설공찬전〉 문제는 해프닝으로 끝난다. 채수는 인천군이라는 직위가 파직되었다가, 급전직하 5개월 만에 복직되었다. 교수형 운운하며 서슬 퍼렇게 닦아세우던 것에 비하면 너무나 경미한 처리다.

같은 해 12월의 기록을 살펴보자. 채수의 아들이 아버지의 무고함을 상소하자 박팽수 등이 "채수가 〈설공찬전〉을 지은 것은 진실로 잘못이나, 옛날에도 또한 《전등신화》·《태평한화》가 있었는데, 이는 실없는 장난거리로 만든 것뿐으로 이 일과는 다릅니다. 이미 정한 죄이지만 이제 상께서 조심하고 반성하시는 때를 맞아 감히 아룁니다"라고 논한 것에서 〈설공찬전〉이 《전등신화》나 《태평한화》 등의 책들과 다를 바가 없음을 알 수 있다.

또 채수가 〈설공찬전〉을 지은 것에 대해 당시 관료 문인들의 저작 현황을 보면 이해의 일단을 접할 수 있다. 채수는 이외에도 일문된 《촌중비어(村中鄙語)》라는 작품을 지었다. 《촌중비어》는 《촌담해이》보다 훨씬 많은 이야기가 수록되었으며 상당한 덧필과 윤색을 가미한 창의적 기록자로서의 의식이 있는 작품이었다. 그러나 이를 문제 삼는 발언은 어느 곳에서도 찾을 수 없다. 이러한 것으로 미루어 볼 때, 당시의 사림과 훈구 세력의 정치적 역학 관계에 〈설공찬전〉이라는 소설을 적절하게 꼼수로 이용하였다는 것이 오히려 납득하기 쉽다.

《조선왕조실록》을 보면 채수는 여러 번에 걸쳐 탄핵을 당한다. 채수를 탄핵한 사람들은 대부분 사림의 무리였다. 정광필(鄭光弼, 1462~1538), 이주(李胄, ?~1504), 방유령(方有寧, 1460~1529), 홍숙(洪淑, 1464~1538) 등이 모두 사림이었으니 우연의 일치라고 보기는 어렵다. 특히 탄핵은 연산군 때 집중되고 연산군 재위 10여 년간 채수는 정계에서 벗어난다.

앞에서도 언급한바, 당시 유사한 소설류가 수없이 많았다. 여러 정황으로 미루어 '괴탄불경지서'와 채수의 〈설공찬전〉 사건의 배경에는 정치적 갈등이 개재되어 있음이 분명하다.

제3차 《명기집략》 사건 "효시하여 강가에 3일 동안 머리를 달아 두어라"

영조(英祖, 1694~1776)는 우물에서 물을 긷는 최무수리의 아들로 태어나 조선의 제21대 임금에 오른 야심찬 사내다. 그는 당파의 소모적인 논쟁을 척결하고자 탕평책을 쓰고 백성들을 위해 균역법을 시행한 영명한 군주, 이복형인 경종〔景宗, 1688~1724. 조선의 제20대 왕으로 재위 기간(1720~1724)은 겨우 5년. 재위 연간은 노론과 소론 당쟁의 절정기로, 이복동생인 세제(영조)가 노론의 지지로 대리청정하다가, 소론의 지지로 다시 친정했다가 죽었다)을 내치고 그 자리를 차지했다는 의심의 눈초리를 평생 동안 받은 야욕 어린 동생, 아들인 사도세자를 뒤주에 가둬 죽인 비정의 아버지다.

이 영조에 의해 조선의 책쾌(冊儈. 책거간꾼, 책주름, 책주릅으로도 불림)들이 죽음과 고문, 유배를 당한 것이 《명기집략(明紀輯略)》 사건이다. 이 사건으로 서울에서 소설 유통을 담당하던 책쾌들은 모두 붙잡혀 들어갔다. 책쾌 수십여 명이 죽고 유배를 갔으며, 이희천과 배경도·정득환·정임·윤혁 같은 이는 효수되어 한강변에 머리가 걸리는 처참한 형벌을 받았다. 서울에서는 한동안 소설을 유통시킬 책쾌를 찾을 수 없었다.

1771년(영조 47) 5월 하순, 한여름으로 막 접어드는 때였다. 날도 날이 섰고 영조도 날이 섰다.

영조가 건명문(建明門)에 나아가 책거간꾼을 잡아들이게 한 다음 책자를 사고 판 곳을 추궁하여 김이복(金履復)·심항지(沈恒之) 등의 죄를 차례로 정하였다. 그리고 이희천에게 심문하니 이희천이 "비록 《명기집략》을 사서 두기는 하였습니다만 실제로 자세히 살펴보지는 못하였으며, 박필순(朴弼淳)의 상소 내용을 대략 들은 뒤에 그대로 즉시 불태웠습니다"라고 범죄 사실을 진술하였다.

그러자 영조는 "아! 지금 청나라에 사신을 보내려는 때가 아니냐. 만약 우리나라에 물건을 사온 자에게 죄를 주지 않는다면 무너져 내리는 마음의 아픔과 박절함을 어떻게 이루 다 말로 할 수 있겠는가? 차례대로 자세히 묻도록 하라"라고 하교하였다.

기록을 더 따라잡자면 "과연 이희천 및 책거간꾼 배경도(裵景度) 등을 찾아냈으니, 그것이 만약 《봉주강감(鳳洲綱鑑)》에 서로 뒤섞였다면 미처 보지 못했다는 것 또한 이상스러운 일은 아니다. 그러나 이것은 망측한 책을 서로 사고 판 것이다. 듣고 있자니 마음이 섬뜩하고 뼈에 멍이 든 것 같아

전례를 따라 처리할 수가 없다. 그러니 이희천 및 책거간꾼 배경도는 임금 앞에서 세 차례 죄인을 끌고 다녀 욕을 보인 뒤에 훈련대장을 시켜 청파교(青坡橋)에서 효시(梟示)시켜 강변에 3일 동안 머리를 달아 놓도록 하고, 그들의 처노(妻孥)는 흑산도(黑山島)에다 관가의 노비로 영원히 예속하게 하였다"라고 되어 있다. 1771년 5월 26일자 《조선왕조실록》의 기사다.

《명기집략》·《봉주강감》이라는 책과 이것을 유통시킨 책쾌 김이복·심항지·이희천·배경도 등의 죄를 논하고 있다. 더욱이 이희천과 배경도는 효시시켜 한강변에 3일간이나 머리를 달아 두는 처참한 형벌을 받았으니 좀 자세히 살펴보자.

우선 도대체 《명기집략》과 《봉주강감》이 어떤 책인가부터 살피자. 이 두 책은 모두 청나라 강희(康熙) 병자년간(1696)에 주린(朱璘)이 지은 역사서인데, 태조 이성계가 쫓아낸 권신이 그의 부친이라는 등 조선 왕실에 대해 악의적인 왜곡이 들어 있었다. 예를 들자면, 1696년(숙종 22)에 주린이 편집한 《명기집략》에는 "조선 왕은 술에 빠져 국방에 해이했다" 등과 같은 기록들이다. 주린이 지은 또 다른 책 《강감회찬(綱鑑會纂)》은 《봉주강감회찬》, 즉 《봉주강감》의 다른 이름이다.

기록을 뒤져 보니 이의현(李宜顯, 1669~1745)이 청나라를 다녀온 기록인 《임자연행잡지(壬子燕行雜識)》에는 《봉주강감》 48권을 사들인 기록이 있다. 이해가 1732년인 것으로 미루어 《봉주강감》은 조선에 꽤 일찍 들어온 것 같다. 그리고 30여 년 뒤에는 이 책을 영조도 알고 있었으니 《조선왕조실록》 1761년 7월 6일과 8일, 9일, 10일, 14일 무려 다섯 차례에 걸쳐 "유신(儒臣)을 불러 《봉주강감》을 읽게 하였다"라는 기록이 보인다. 조선으로 보자면 대단히 불온한 서적이요, 당신 집안 일이건만 영조조차 이를 저렇게 몰랐다.

이로부터 다시 10년 뒤인 1771년에야 이 사실을 알게 되었고, 유재건

(劉在建, 1793~1880)이 《이향견문록》에서 "나라 안의 책쾌들이 모조리 죽었다"고 애석해한 세칭 《명기집략》 사건이 불거진 것이다.

이 《명기집략》 사건(편의상 '《명기집략》 사건'이라 부른다)이 불거진 연유인 즉슨 배경도 등에 대한 효수가 있기 엿새 전인 1771년 5월 22일 박필순(朴弼淳)의 상소에서 시작된다. 박필순은 "신이 어제 우연히 연경에서 가져온 《강감회찬》을 보니, 《명사(明史)》에 연계된 것으로, 바로 강희 병자년 무렵(1696)에 주린이 지은 것이었습니다. 그런데 거기에 기재된 것이 우리 조정에 관한 일로 선계(璿系: 왕실의 세계)에 망극한 무고한 말이 있었으니……" 하는 상소를 올린다.

영조는 박필순의 상소를 보고 책상까지 치며 격렬히 노하였다. '선계에 망극한 무고한 말'이란 조선조 태조가 고려의 권신인 이인임(李仁任)의 아들이고 인조를 모독하는 등의 내용이 명나라 《태조실록》과 《명조회전》에 잘못 기재되어 정정을 요구한 일을 말한다. 이 정정은 이미 영조 전에 종결된 일이었다. 그런데 조선으로서는 국치 중의 국치인 이 기록이 그대로 2백여 년 뒤 청나라 주린이 지은 《강감회찬》에 보인 것이다.

이리하여 조정에서는 명나라에 여러 번 청해 고쳐졌다고 믿고 있던 태조 이성계를 모독하는 내용이 청나라의 야사에 그대로 있다는 사실을 알게 되었고, 영조는 즉시 주린의 책이 유입된 경로를 조사시키는 한편 대신을 소집하여 부랴부랴 대책을 의논하게 된다.

그러고는 김상철(金尙喆)과 윤동섬(尹東暹)을 청에 파견하여 주린의 서책을 없애 버릴 것을 청하였다. 이 과정에서 주린이 편찬한 정확한 책명이 《명기집략》이라는 것을 밝혀내게 된다. 주린의 《명기집략》이 태조의 종계를 오기하여 모독한 것임을 알게 되자, 곧 주린의 책을 인용한 다른 책이나 주린이 지은 모든 서적의 유입에 관해 조사하게 되었고 이 과정에서 책쾌를 비롯해 여러 명이 죄를 쓰게 된 것이다.

처음으로 걸려든 자는 서종벽(徐宗璧)이었다. 서종벽은 당시 의주 목사로서 책의 수입과 관련 있었다. 그는 관작을 추탈당하는 것으로 끝났지만 수사가 확대되며 이 사건은 급물살을 탄다. 이 과정에서 국내에 수입된 책이 배경도라는 책쾌를 거쳐 이희천에게 팔린 것이 드러나 이 두 사람은 효시되고 만다. 위에서 살핀 1771년 5월 26일자 기록이 바로 이 내용이다.

이때 걸려든 자가 이희천과 그에게 책을 판 배경도, 그리고 책쾌 여덟 명이었다. 이희천은 문제가 된 《명기집략》이라는 책을 책쾌인 배경도에게 사들여 처참한 화를 당하였다. 이희천(李羲天, 1738~1771)의 호는 석루(石樓), 본관은 한산(韓山)으로 당대 이름 높던 문인 이윤영(李胤永, 1714~1759)의 아들이니 명문가의 후손이었다. 그는 집에 만 점의 수석을 갖춰 두고 당호를 아예 만석루(萬石樓)라고 지었으며 책도 꽤나 좋아하였다. 이 이희천은 우리가 잘 아는 연암 박지원과도 상당히 가까운 사이였다. 연암 박지원은 그의 부친인 이윤영에게서 《주역》을 배웠고 이를 계기로 젊은 시절부터 희천과 절친한 사이였지만 인연은 잔인했다.

이희천이 서른네 살이라는 한창 나이에 죽음을 맞게 된 상소를 올린 박필순이 바로 연암에게는 할아버지뻘 되는 이였다. 더욱이 이희천이 "비록 《명기집략》을 사서 두기는 하였습니다만 실제로 자세히 살펴보지는 못하였으며, 박필순의 상소 내용을 대략 들은 뒤에 그대로 즉시 불태웠습니다"라고 범죄 사실을 진술하였고 그가 갖고 있던 《강감회찬》도 연암의 8촌 형인 영조의 부마 박명원(朴明源)의 집에서 빌린 것이라는 문헌도 있기에 말이다. 그런데 영조의 부마 박명원은 이에 대해 아무런 조사도 없었고 이희천은 효수라는 극단의 죽음을 맞았다. 그나마 박필순이 넌지시 알리지 않고 공식적으로 상소하여 더 큰 피해를 보게 했다 하여 강원도 회양부로 귀양 간 것이 위로가 될지 모르겠다.

연암은 이 일로 충격을 받아 경조사도 끊고 마치 폐인처럼 지냈는데,

이희천이 효수당한 지 3년 뒤인 1774년에 쓴 〈이몽직애사(李夢直哀辭)〉라는 글에 그의 심정이 잘 나타나 있다. 연암은 이 글에서 "인연은 악연이다(緣皆惡緣也)"라는 말로 연암과 희천의 인연이 희천으로 보아서는 악연이 된 것을 슬퍼한다. 연암의 깊은 슬픔은 아들 박종채의 《과정록》 권4에도 보이니 "아버지께서는 이 일로 매우 비통해했는데 차마 말을 할 수는 없었다"라고 기록해 놓았다.

위의 김이복(金履復)은 면천 군수를 지낸 이고, 심항지는 문헌에서 찾을 수 없다.

책 한 권으로 참혹하게 목숨을 빼앗기는 저 시절 이야기를 하자니 마음이 짠하다. 그렇기에 저 시절에 책을 본다는 것은 여간한 일이 아니었다.

다시 사건으로 돌아가자. 배경도 외에 잡아들인 책쾌는 여덟 명이나 되었다. 《왕조실록》 같은 날 기사를 보자. "만약 오늘날 이러한 조치가 없다면 어떻게 세상의 올바른 도리를 경계하겠는가? 책장수가 도성(都城) 가운데 그득한데 사야 할 것은 오직 《봉주강감》뿐이고 그 가운데 유독 주린의 《명기집략》을 산 자는 나라의 형률을 빨리 시행하라. 책장수 8인은 흑산도에 보내 종으로 삼게 하고 '강감(綱鑑)'이라고 이름 붙은 것은 모두 불태우도록 하라."

이렇게 책쾌 여덟 명은 모두 흑산도로 유배를 갔다. 《승정원일기》에는 이 여덟 명의 이름이 보인다. 고수인(高壽仁), 고득관(高得寬), 김덕후(金德垕), 박사억(朴師億), 박사항(朴師恒), 조득린(趙得麟). 이 중 고수인과 고득관은 한집안인 듯하고 박사억과 박사항은 형제인 듯하다. 모두 책쾌로서 우리 고소설사에 기록되어 마땅한 인물이기에 그 이름을 적어 둔다.

5월 29일에는 이미 죽은 이현석(李玄錫)이 《명사강목(明史綱目)》에 주린의 평을 첨가하였다 하여 관직을 추삭하였다. '추삭(追削)'이란 죽은 사람의 죄를 물어 살았을 때의 벼슬을 깎아 버리는 것이다. 이후 《명사강목》의 초고까지 없애 버릴 것을 명하였다.

조사는 더욱 박차를 가한다. 그 결과 주린의 《명기집략》이 《청암집략(靑菴(巖)輯略)》이라고도 불린다는 사실을 알게 되었다. 청암은 주린의 호였다. 여기서 옥호(屋號)를 청암(靑菴)이라 했던 정득환(鄭得煥)이 피해를 입었다.

이현석의 일 하루 뒤인 6월 1일 기사를 좀 더 살펴보자. 영조가 친히 정득환 등을 심문하였는데, 정득환이 "몇 해 전에 우연히 책장수가 팔러 왔기에 비록 사두었지만 눈으로 글자를 이해하지 못하였기에 당초부터 자세히 볼 수는 없었습니다"라고 범죄 사실을 진술한다. 그러자 영조는 "네가 잡혀 온 사실을 알고 있는가?"라고 묻는다. 정득환은 "오촌 당숙인 정임(鄭霖)의 말로 인하여 그 사실을 알았습니다"라고 오촌 당숙 정임에게 《청암집략》이 문제의 책임을 들어 알았다고 한다.

영조는 이에 정임을 불러들여 신문하자 정임은 "정득환의 집안에 윤혁(尹赫)이라는 이름을 가진 손님이 있었으며 늘 말하기를 《청암집(靑菴集)》이라고 했었는데 청암은 바로 주린의 별호(別號)라고 말하였습니다"라고 한다. 정임은 정득환의 집에 손님으로 머무르던 윤혁을 끌어들인 것이다.

영조는 이 말을 듣고 크게 노하였다.

"아! 정임은 바로 정택하(鄭宅夏)의 자식이고 광국 원훈(光國元勳) 공신의 후손인데, 오늘날 임금이 감선(減膳: 나라에 어려운 일이 일어났을 때, 왕이 근신하는 뜻에서 수라상의 음식 가짓수를 줄여 백성들에게 모범을 보인 일)까지 하면서 (청나라에) 사신을 보내어 잘못된 사정을 말하는 이때에 난적(亂賊) 주린의 책이 《청암집략》이라는 말이나 하고 있으니 너무도 헤아리기 어렵다. 그리고 윤혁은 먼 지방의 서캐 같은 존재로 정득환의 집에 몸을 붙이고 있으면서 정임과 함께 주린의 별호를 지붕 밑에서 떠들어 대며 거리낌 없이 수작하였으니 어떻게 지난날의 배경도와 이희천 두 놈에게 비기겠는가? 제 놈들이 모두 너무 오래 속여서 죄송하다고 했으니, 정득환·정임·윤혁은 모두 훈련대장을 시켜 강변에서 효수하고 즉시 머리를 장대에 달도록 하여 온 나라의 분노를 풀게 하라. 그리고 그의 처자식은 먼 섬에 보내 노비로 삼게 하라."

정득환·정임·윤혁은 이 일로 모두 효시되었으며 처자는 노비가 되었다. 영조의 영이 서늘하기 이를 데 없다. 정득환·정임·윤혁·이희천은 배경도와 같은 책쾌는 아니었지만 여하간《명기집략》사건으로 이날까지 이미 다섯 명이 목숨을 잃었다.

사건은 여기서 끝나지 않는다. 영조는 끈질겼다. 영조는《청암집》을 찾으려고 한문과 언문으로 번역해서 반포 유시하고 더하여 상금까지 걸었으나 끝내 찾아내지 못하였다.

6월 2일 기사에 "이때 상역(象譯)과 책쾌로서《청암집》을 바치지 않았다 하여 벌거벗긴 채 두 손을 뒤로 합쳐 묶어 이글거리는 태양 아래 나란히 엎드려 거의 죽게 된 자가 1백 명 가까운 수효였다"라는 잔혹한 기록이 남아 있기 때문이다. 거의 죽게 된 책쾌와 상역이 1백 명이라 했는데, 상역은 역관이다. 당시 서울의 인구 수가 20만 명에 지나지 않았으니 잡혀 온 자들을 어림셈하면 적지 않은 숫자다. 또 거의 죽음 지경에 이르렀다는 역관과 책쾌를 반반씩 잡는다 해도 책쾌의 수가 50명은 된다는 소리다. 도성의 책쾌 태반이 이《명기집략》사건으로 죽음을 맞은 셈이다.

우리 고소설사에서 이 사건은 18세기에 소설적 정황을 상반되게 그려 놓았다. 하나는 저렇게 많은 책쾌들의 숫자에서 소설의 유통이 대단히 활발하였음과, 역으로 이 사건으로 소설의 유통이 크게 위축되었을 것이라는 상반된 정황이다.

아쉬운 것은 기록을 찾아보니 주린의《청암집》은 국내에 들어오지도 않았다는 점이다. 애꿎은 책쾌와 역관들만 죽음을 당한 셈이다. '고소설계의 중요 인물'에서 언급할 조신선이라는 책쾌는 이 사건을 미리 알아 피

영조 초상(보물 제932호, 국립고궁박물관 소장)

1900년(광무 4) 역대 임금의 어진을 모셔 두었던 경운궁에 화재가 발생하여 잃게 된 일곱 분 임금의 어진을 대대적으로 모사할 때 제작한 영조 어진이다. 익선관을 쓰고 가슴과 두 어깨에 오조룡(五爪龍)을 금실로 수놓은 홍룡포(紅龍袍)를 착용한 반신상으로 표제는 고종 황제가 직접 썼다.

눈초리가 약간 치켜 올라가 매서운 듯한 눈매며 꾹 다문 입매에서 강단성이 보인다. 이 영조는 우리 고소설사에 대해 극단의 양면성을 보인 조선 최고의 권력자였다. 소설을 즐겨 읽고 들었으며 〈구운몽〉에 대해서는 극찬을 아끼지 않은 소설 애호가였으나, 반면에 《명기집략》 사건으로 소설을 유통시키던 한양의 책쾌들에게 가혹하기 이를 데 없는 형벌을 내린 임금이기 때문이다.

신했다는 기록(조수삼의 《추재집》 8 〈육서조생전〉에 보인다. '육서조생전'이란 '책장사꾼 조신선전'이란 뜻이다)도 있으니 참조하기 바란다.

이상이 소설사에 기록된 《명기집략》 사건의 전말이다.

오해를 말아야겠기에 한 줄 더 넣는다. 영조는 조선 왕 중 가장 소설을 즐겼다. 영조 시절의 이 《명기집략》 사건은 책쾌를 벌하는 바람에 소설 유통이 줄었다는 것일 뿐, 소설 그 자체에 대한 탄압은 아니었다. 오히려 영조 시절에 소설은 더욱 그 영역을 넓혀 궁궐에서조차 자유스럽게 읽을 정도였다.

이에 대해서는 다섯 마당 '그림이 된 고소설'을 참조하기 바란다.

제4차 '소설 수입 금서령' 사건 "소설은 국가의 근간을 해친다"

정조 시대는 우리 고소설사에서 매우 우려할 만한 현상이 나타났다. '매우 우려할 만한 현상'이란 바로 '문체 반정'과 '소설 수입 금서령'이다. 실록에 보이는 조선 후기 소설 금지의 주된 내용은 세도(世道)와 정치(政治), 서학(西學)인데 특히 정조대에 집중된다. 비교적 자유로웠던 영조까지의 소설에 대한 규제는, 정조 이후 정치적 격동기를 거치며 비판적 견해가 점차 심각하게 논의된다. 그리하여 《정조실록》 10년(1786), 11년, 15년, 16년, 18년에는 중국에서 소설을 수입 금지하는 방책이 구체적으로 거론되기에 이른다. 이 소설류 수입 금지는 순조대까지 이어지며 적어도 '소설' 두 글자는 사용해선 안 될 금기어가 된다.

다음은 비변사에서 《사행재거사목(使行齎去事目)》을 바친 것에 대하여 정조가 하교한 일부분이다. "병오년의 정식으로 말하면, 법령이 조금 오래되면 법이 해이하기 쉬우니, 이번 사행 때 다시 더욱더 밝혀서 엄히 경계하라. 서책으로 말하면 우리나라 사람의 집에 넘치고 찬 것이 모두 당나라본인데, 이미 나온 본에서라도 탐독하면 해박한 사람이 될 수 있고 문장도 만들 수 있을 것이니, 선비가 다시 무엇 하러 많이 사겠는가? 가장 미운 것은 이른바 명나라 말·청나라 초의 문집과 패관잡설이 더욱이 세도에 해로운 것이다. 근래의 문체를 보면 경박하고 촉급하여 관각의 큰 문장가가 없는 것이 다 잡된 책이 많이 나온 데서 말미암은 것이다." 이 기록은 정조 11년 10월 10일(갑진) 기사다.

소설을 배척하는 이유가 세도이며, 문체가 그 바탕임을 분명히 밝혔다. 당시의 《실록》에서는 이러한 기록을 쉽게 찾아볼 수 있는데, 이것은 그 바탕에 당시 지배층의 문이재도(文以載道)라는 문학론과 관련 있기 때문이다. 즉, 당시에는 문을 세상을 교화하는 보조 수단으로밖에 이해하려 들지 않았다. 이러한 도리를 전도하는 '전도 이론(傳道理論)'으로서의 문은 최우선이 공리성, 그 이상도 이하도 아니었다. 따라서 가장 규범적인 것은 경서일 수밖에 없고, 경서는 이미 불가침한 성역이었다. 이 불가침한 성역을 조선의 사대부들은 아들은 아버지에게, 아버지는 할아버지에게, 할아버지는 다시 그의 아버지에게서 꿋꿋이 배웠고 섬겨 왔다. 당연히 당시의 경서를 배우는 경학은 세도를 유지시키는 기득권층의 문학이었고, 소설류는 천한 만부방과 여인들이나 읽는 매우 불량스러운 문학으로서 경학과는 상대적 관념이었다.

조선 후기는 전체주의의 해체, 시민 의식의 성장이라는 계급적 질서의 붕괴 등으로 정치적으로 세도를 교화하려는 정책의 강화를 꾀해야 했다. 그리고 조정에서는 소설 또한 이러한 세도 붕괴의 일부분을 점하고 있다는 의식을 분명하게 지니고 있었다. 따라서 소설 배척은 당시 조정의 처지에서 시기적으로 적절한 정책으로 인식하였다.

정조 23년 5월 5일(임술)의 기록을 보면 당시 사회적 상황인 소설류의 확장에 맞서 고뇌하는 정조의 속내가 드러난다. "오늘날의 폐단은, 동이냐 서냐 남이냐 북이냐와 저쪽과 이쪽의 같고 다름을 논할 것이 아니다. 평소 당연히 행해야 할 일상적인 일을 버리고 명나라와 청나라의 괴이한 문체가 있는 줄만 아는 것이다. 패관잡기에 이르기까지 온갖 책들을 정말 열심히들 읽고 있다. 이른바 명나라와 청나라 이후의 문장이라고 하는 것은 비록 많이 읽고 싶더라도 결코 해서는 안 된다. 이렇게 되면 결국 얻는 것이 어떤 모양이 되겠는가. 작게는 사람을 속이고 물건을 취하는 거간꾼의 술수가 되기 때문에 한 번 구르면 바른 학문을 할 수 없게 되며 두 번, 세 번 구르면 마침내 바로 불순한 학설로 흘러 들어가게 된다."

이것을 보면 정조가 당시의 붕당보다 오히려 소설체의 폐단을 더욱 중요시하고 있음을 볼 수 있다. 당시의 유학자들은 기본적으로 세변(世變)과 문변(文變)을 유기적 관계로 이해하였다. 따라서 정조도 이러한 문학관으로 문을 교화의 수단으로 생각하는 기저 위에서 소설을 바라볼 수밖에 없었다. '각설'이니, '차설'이니 하는 소설류 용어는 이제 조선에서 법률적으로 사용하지 말아야 할 용어가 된 것이다.

《순조실록》 7년 10월 29일(정유)에서도 동지 정사 남공철(南公轍, 1760~1840)이 중국에 사신으로 가기 전 순조를 만났을 때, "대저 패관소설은 곧 세도를 해치는 도구(大抵 稗官小說 卽是傷害世道之資)"라고 말하는 데서도 소설의 배척론으로서 세도론이 나온다. 여기서 세도란 세상을 다스리는 바른 도리이니 당시 유교적인 이념 정도로 이해될 듯하다.

그런데 이러한 기록은 사적인 문헌에서도 쉽게 찾을 수 있다. 표연말(表沿沫, 1449~1498)은 '필원잡기서(筆苑雜記序)'에서 긍정적으로 이 용어를 사용하였으나, 조선 후기에는 소설을 강하게 부정하는 용어로 쓰였다. 홍만종(洪萬宗, 1643~1725)의 《순오지(旬五志)》와 홍직필(洪直弼, 1776~1852)의 《매산문집(梅山文集)》에 사용된 예를 차례로 보면, "호사자들이 공연히 이것을 즐겨 읽던 것이 하나의 습속을 이루어 서로 다투어 본받게 되니 드디어 세도를 시들고 느슨하게 하여 마침내는 종사가 무너지기에 이른다", "언패에 이를 것 같으면 이는 모두 음란하고 불경한 말이다…… 도에 어긋나고 덕을 어지럽히는 것은 다 이것에서 나오니 조정에서부터 언패를 엄금해야 한다"라고 되어 있다.

소설의 배척을 '세도' 때문이라 정확하게 명시한 것은 역으로 소설의 사회학적 처지를 분명히 한 것으로 볼 수 있다. 이이명(李頤命, 1658~1722)은 "명말 소설의 성행은 또한 세태의 변화이니 〈삼국연의〉, 〈서유기〉, 〈수호전〉 등의 책들이 최고가 된다(明末小說之盛行 亦一世變 如三國演義 西遊記 水滸傳 等書 最爲大家)"•라고 하였다. 이러한 것들은 모두 소설의 성행이 사회와 밀접한 관련을 맺고 있음을 분명히 하는 발언들이다.

홍직필은 특히 소설의 '불경지도(不經之道)'를 들고 있는데, 이 불경지도론은 당시의 유교적 카테고리가 소설이라는 장르에 걸어 놓은 미늘 같은 존재였다. 또 소설이라는 것이 당시 사회에서 반질서적인 서민 문학으로 사회 교화적 기능과는 거리가 먼 것임을 알 수 있게 해준다.

그런데 이러한 소설의 반세도적 측면이 구한말 이후에 와서는 사회 교화적 장르로 이용된다. 신채호(申采浩, 1880~1936)가 소설을 '국민의 혼'이라고 한 것이나, 박은식·이광수 등의 소설관, 카프 계열 작가들이 소설의 기능을 극대화하려는 것 등이 바로 조선 후기의 세도론과 호환할 수 있기 때문이다.••

다음에 들 수 있는 것이 정치다.

소설을 부정적인 시각으로 바라보게 한, 또 다른 이유는 정치다. "촌스럽고 속된 말도 의리상 느끼어 마음이 움직이는 경우가 있고 미친 듯한

• 이이명, 《소재집(疎齋集)》 권12, 《한국문집총간》 172, 312쪽.

•• 〈근금 국문 소설 저자의 주의〉, 대한매일신보, 1908. 7. 8.

말도 거취상 미묘한 풍자를 지니고 있지만 그것은 오직 듣는 사람이 깨달아 선택하는 데 달려 있을 뿐이다…… 처사의 빗나간 논의에서 패설이 나온다…… 패관지설에 이르면 몹시 기괴하고 화려하며 날카로워서 비유컨대 입을 상쾌하게 하고 배를 즐겁게 하는 반찬과 같다"•라는 탕옹의 '패설론'을 들어 보면 당시 소설의 속악성에 대한 사회적 이해가 정치와 관련 있음을 간취할 수 있다.

따라서 당시 조정의 처지에서는 이러한 소설을 방치할 수 없는 일이었다. 정조 16년의 기록을 보면 이것을 이해할 수 있다. 당시 부교리 이동직(李東稷)이 채제공과 이가환이 서학에 물들고 패관소품을 숭상한다는 상소를 올렸다. 이 사건은 조선 전기 이극돈의 1차 소설 논쟁, 2차 채수의 〈설공찬전〉처럼 왕조실록에 보이는 소설과 정치 문제가 얽힌 또 한 차례의 소설 논쟁이다. 이 사건 또한 다분히 정치적인 이해가 얽힌 글이지, 순수하게 소설만을 배척하려는 의도로 이해할 수는 없다.

채제공(蔡濟恭, 1720~1799)은 이가환(李家煥, 1742~1801)과 함께 남인이었고 이동직은 소론이었다. 따라서 이동직이 채제공 일파를 비난하는 것은 그들의 소설적 문체에 있다기보다는 정치적 속내가 다분히 담겨 있다고 볼 수 있다. 이동직의 상소에 대한 정조의 비답을 보면 이를 적실하게 알 수 있다.

정조는 이렇게 답한다. "먼저 이가환의 문제부터 말하면 옳은 소리인가. 그대는 가환의 문체가 경전을 쓸모없는 것으로 여긴다는 말로 요점을 삼았는데 그것은 바로 내가 한 마디 하고 싶으면서도 적당한 때를 찾지 못하고 있던 문제였다. 그런데 그대가 이런 말을 하니 참으로 이른바 가려운 곳을 긁어 주는 격이다." 이 기록은 정조 16년 11월 6일(신축)의 기

• 김기동 편, 《필사본 고전소설전집》 3, 아세아문화사, 1980, 104~106쪽.

사인데, 정조는 그러잖아도 이에 대해 말하고 싶던 참이었다면서 이동직이 상소한 진짜 이유가 소설 때문이 아니라 당파적 이해 때문 아니냐고 면전에서 핀잔을 준다.

이가환이 실질적으로 패관과 연관되어 있는지는 확실치 않지만, 정조가 소설에 대해 싸늘한 반응을 보이던 당시에 이가환이 소설을 보고 숭상했다면 이를 감싸 줄 까닭이 없다. 이로 미루어 볼 때 이동직이 상소를 한 것은 정치적 이해관계에 얽힌 또 한 차례의 정적 손봐 주기임을 알 수 있다. 이렇듯 정치와 소설이 빚은 불협화음은 전술한바, 이미 조선 전기부터 있어 왔다. 소설의 정체성을 정치 현실에서 분명히 인식하였다는 반증이며, 아울러 문풍이 정치 현실을 반영한다는 전통적 문학관에 기인한 것이다.

그러나 실상 조선 후기에 소설을 탐독한 모두에게 가혹한 형벌이 내려진 것은 아니다. 정조 16년 10월 24일(기축)에는 이에 대한 재미있는 기록이 있다. 이상황과 김조순이 예문관에서 함께 숙직하면서 당송 시대의 각종 소설과 〈평산냉연〉 등의 서적들을 보다가 정조에게 발각된 사건이다.

이상황과 김조순은 모두 서울에서 대대로 살아온 세족이었다. 이상황은 수천 권의 소설을 소유한 장서가로 후일 영의정이 되었으며, 김조순 또한 〈오대검협전〉을 짓는 등 소설에 대한 관심이 높았다. 그러나 이들에 대한 제재는 실록에서 찾을 수 없다. 이에 대해서는 '고소설계의 중요 인물'을 참조하기 바란다.

마지막으로 조선 후기 소설 수입 금지 이유로 들 수 있는 것은 서학, 즉 천주학과 소설 문체에 관한 문제다. 서학은 조선 후기 우리의 소설과 직접 관련 있다. 더구나 당시의 사회적 현실과 직접 관련이 있어 우리 소설 비평사에 매우 귀중한 의미를 부여하고 있다. 이에 대해 국사학계에서는 정조가 노론의 공격을 받던 남인의 서학 신앙과 노론과 소론의 실속 없이 겉만 화려한 문체를 동시에 문제 삼으면서 문체 반정을 시도해 자신의 주도로 위기를 돌파하고 정국의 안정을 도모하고자 한 정책의 일환으로 이해하고 있다.

다음은 정조 15년 10월 24일(을축)에 좌의정 채제공이 양사의 이단을 배격하는 상소로 인해 차자를 올린 글에 대한 정조 비답의 일부분이다.
"……내가 일찍이 경전을 강하던 벼슬아치들에게 이르기를 '서양학을 금지하려면 먼저 패관잡기부터 금지해야 하고 패관잡기를 금지하려면 먼저 명말청초의 문집들부터 금지시켜야 한다'고 하였거늘…… 경은 묘당에서 국가의 대계를 세우는 자리에 있으니, 모름지기 명말청초의 문집과 패관잡기 등의 모든 책들을 물이나 불 속에 던져 넣는 것이 옳겠는가 여부를 여러 재상들과 충분히 강구하도록 하라. 이것을 만약 명령으로 실시하기에 혐의가 있다면 연경에 가는 사신들이 잡서 사오는 것을 금지시키는 문제를 추진하는 것이 경의 뜻에는 어떻겠는가?"

소설의 배척을 서학과 연결시키는 것을 여실히 볼 수 있다. 위의 기록으로 미루어 볼 때, 서양학은 금지해야 하는데 서양학과 소설이 관련되어 있고 명말청초의 문집들 가운데 이러한 것이 많으니 수입을 금지시켜야 한다는 것이다. 유교라는 포르말린 용액에 담겨 글쓰기 표본실에 안치된 문이재도 때문이다. 문이재도는 글에 도(道)를 실어야 한다는 중앙 집권적이고 폐쇄적인 글쓰기였다. 즉, 유교의 도를 담아야 할 문이 패설식 문체로 되면 독서 행위의 효용론적 측면보다는 쾌락적 측면의 강조로 사고의 다양성이 팽배할 것이고, 이러한 대중화에 따른 귀결은 서학으로까지 이어질 수 있기 때문이다. 그리고 서학의 대중화는 조정에까지 심각한 영향을 끼칠 수 있다는 연유에서다.

소설을 사학(邪學), 즉 '사악한 천주학'에까지 비유될 정도로 뭇매를 맞았다. 여기서 '사학'은 조선시대 '주자학에 반대되거나 위배되는 학설'로,

특히 조선 후기에는 천주교를 지칭하였다. 이러한 용어가 정조 때, 명말 청초의 소설류까지 지칭하게 된 것이다. 이 용어에서 소설류를 천주교와 동일한 관점에서 배척하는 것을 알 수 있다.

정조 12년 8월 3일(임진)의 기록에도 "근래 문체가 날로 더욱 난잡해지고 소설을 탐독하는 폐단이 있으니, 이 점이 바로 서학에 빠져 드는 원인이다"라고 하여 문체와 소설이 서학에 빠지는 원인이라고 한다.

연암 박지원이 정조의 문체 반정 주역으로 등장한 것도 《열하일기(熱河日記)》를 장면 중심의 입체적 묘사 방식을 취하여 생생하게 전달하려는 데서 수반한 소설 문체와의 유사성 때문이라는 것은 주지의 사실이다. 물론 연암이 비록 문체 반정의 주역이라도 그의 사상적 지향은 유교적 이상 세계 구현이었고, 연암 소설은 문이재도적인 효용론에 근거한 것이었지만.

이유원(李裕元, 1814~1888)의 《임하필기(林下筆記)》에 보면, 이만수(李晩秀, 1752~1820) 같은 이는 〈서상기〉와 〈수호전〉을 본 이후 자신의 문체가 변했다고 고백했다는 기록도 보인다. "이만수는 평생토록 패설이 어떠한 책인지 알지 못하였다. 하루는 어떤 이가 김성탄이 평비한 〈서상기〉와 〈수호전〉 두 책을 주었다. 공이 한 번 본 뒤에 크게 놀라 '이 책은 꾀하지 아니하였는데도 문자 변환을 갖추었으니 이로 말미암아 내 문체가 크게 변하였다'라고 말했다."● 실상 〈서상기〉는 연산군 이래 여러 학자들에게 언급되었으며, 추사(秋史) 김정희(金正喜, 1786~1856) 같은 대학자도 "절세묘문(絕世妙文)"이라며 한글로 번역할 정도였다. 이덕무의 〈김신부부전〉을 각색한 우리나라 최초의 희곡 소설인 〈동상기(東廂記)〉 또한 이 〈서상기〉 형식을 모방한 작품이다.

당시 소설의 유행은 문체의 변화를 동반하였고 문체의 변화는 인식론

● 이유원, 〈춘명일사, 희간패설〉, 《임하필기》 권27.

적 변화의 수반이라는 생각을 지배층에서 했다고 볼 수 있다. 그리고 이 문체의 폐단이, 당시의 지배적 세계관인 유교적 왕도 정치와는 부합할 수 없다는 판단이다.

많은 지식인들은 재도론적 독서 행위가 아닌 쾌락적 독서 행위로 전도됨을 폐단으로 여겨 소설류를 배척하였다고 정리할 수 있다. 이것은 정조가 소설 수입 금서령을 내린 가장 큰 이유인 현실 정치를 지속시키고 교화를 펴려는 국가적 이념에 소설이라는 것이 반한다는 내용과 긴밀한 연관성을 갖는다. 앞 문장을 풀자면 '중세 봉건 왕조에 부역하듯 공출된 글자들은 마땅히 충·효·열이라는 3개 중대로 편성하여 열병하듯 백지장 위에 도열하라'는 절대 명령이다. 소설은 이 절대 명령에 대한 항명이었으니, 소설 수입 금서령은 당연한 귀결이었다.

'소설 수입 금서령'은 정조 이후에도 순조 7년(1807), 순조 8년, 헌종 5년(1839) 등으로 여러 차례 기록이 보인다. 이러한 사실은 금서령이 잘 지켜지지 않았고, 또 몰래 중국의 소설들이 대량으로 국내에 유입되었다는 반증이기도 하다.

결국 조선 후기 소설의 수입 규제는 '세도·정치·서학'이라는 세 요인으로 압축될 수 있으며 그 바탕은 소설 문체론이었다. 그리고 이 문체론의 변화가 세계관의 변화를 초래한다고 인식하였기에 소설의 유통을 강하게 규제한 것이라고 이해할 수 있다.

3

중세 사회와 소설의 접변

"프랑크푸르트는 괴테로부터"라는 말이 있다.

모파상의 〈여자의 일생〉, 미첼의 〈바람과 함께 사라지다〉에 나온 장소가 관광 명승지가 된 지는 오래다. 우리나라에도 이효석의 〈메밀꽃 필 무렵〉 고장인 강원도 봉평이나, 박경리의 〈토지〉 무대인 경남 하동의 평사리가 문학 기행 장소로 이용되고 있다. 하지만 이것은 몇몇 현대 문학 작품에 한정된다. 고전이라야 각 지방 자치 단체가 문화 사업의 일환으로 삼은 〈홍길동전〉의 장성, 〈흥부전〉의 남원 등이 있으나 말이 좋아 문화 축제다. '프랑크푸르트는 괴테로부터'라는 말은 바라지도 않지만, '우리 고장이 이러한 고소설의 배경이구나' 하는 생각만이라도 했으면 하는 바람으로 이 장을 기록한다.

고소설의 생성 공간

고소설의 배경지

우리 고소설의 무대는 중국인 경우가 많다. 고소설에는 많은 지리적 공간들이 배경으로 이용되는데 〈홍길동전〉, 〈숙영낭자전〉, 그리고 판소리계 소설 등 일부 작품을 제외한 대부분 고소설에서 배경이 조선이 아니라 중국으로 설정되어 있다. 이러한 이유는 우리 고소설이 중국 소설의 영향을 받았기 때문이기도 하지만, 무엇보다 당시 사대부들에게 사회 비판적이며, 허황한 것이라는 비판을 회피하고자 하는 의도도 있었다.

중국을 배경으로 한 소설로는 장사와 요양을 배경으로 한 〈위생전〉(〈위경천전〉은 〈위생전〉의 이본이다), 〈주생전〉(촉주), 〈강남홍전〉(강남), 〈강유실기〉(감숙성), 〈담낭전〉(하남) 따위로, 대개 중국 남쪽에 위치한 도시들이다. 특히 강남, 산동, 요동, 기주, 청주, 형주 등이 자주 눈에 띈다. 시대적으로는 당나라의 현종, 명나라의 신종, 청나라의 고종과 태종이 보이나 청나라를 배경으로 한 소설은 〈징세비태록〉 등 극히 드물고 명나라가 압도적으로 많다. 이것은 첫째로 우리의 고소설이 임진왜란 이후 크게 성하였고, 둘째로 임진왜란 때 명나라가 도움을 주었으며, 셋째로 명나라 멸망 후 지속적으로 국가 시책으로 삼은 숭명배청 분위기를 반영한 것으로 보인다.

아예 공간을 확대하여 다른 나라나 가상의 국가를 배경으로 한 경우도 있다. 〈선우태자전〉(바라나국), 〈손오공〉(동승신주 오래국), 〈수향기〉(취향醉鄕의 동남쪽 수향睡鄕), 〈메기장군전〉(북해바다), 아세아주 서남의 〈정씨복선록〉(섬어국, 수몽국), 〈남가록〉(남가南柯), 〈호질〉(정鄭나라) 등이 바로 이러한 작품들이다. 가상의 국가 중 아주 흥미로운 곳은 〈남가록〉에 보이는 고혼국(孤魂國)인데, 이 세상과 저세상에서 각기 천 리나 떨어진 곳으로 세상에서 제멋대로 굴고 정당한 도리를 어지럽혀 제명대로 살지 못한 이들이 죽어서 가는 곳이라고 한다. 이렇듯 중국, 용궁, 저승 등 가상의 나라를 배경으로 한 데는, 독자들에게 신비성과 함께 소설적인 흥취를 돋우려는 의도가 깔려 있다.

사상적으로는 유교·불교·도교 사상이 혼합되어 적용된다. 그리고 우리나라를 배경으로 한 경우, 시간적으로는 세종(〈홍길동전〉, 〈장화홍련전〉, 〈숙영낭자전〉, 〈운영전〉 등)과 숙종(〈옥단춘전〉, 〈인현왕후전〉, 〈삼쾌정〉, 〈춘향전〉 등) 시절이 압도적이며 연대 미상도 꽤 된다.

고소설의 배경지와 집필지는 지역 문화의 발전과 계승이라는 차원에서 적극 활용할 수 있으며, 아울러 관광 문화 자원으로도 개발하여 지역의 생산성을 높일 수 있는 귀중한 문화유산이기에 개략적으로나마 살펴보겠다.

작품의 배경지는 주인공의 출생지이거나 작품의 주된 무대다(이본에 따라 지명이 다른 작품도 있음을 밝힌다).

• **서울**

경성 〈계축일기〉, 〈계해반정록〉, 〈김생전〉, 〈김신선전〉, 〈남이장군실기〉, 〈단종대왕실기〉, 〈민중전행장록〉, 〈박태보전〉, 〈보응〉, 〈비극소설압록강〉, 〈세종대왕실기〉, 〈숙조역사〉, 〈시새전〉, 〈신계후전〉, 〈신숙주부인전〉, 〈윤지경전〉, 〈김생전〉, 〈육효자전〉(1화), 〈이순신전〉, 〈이태왕실기〉, 〈인조대왕실기〉, 〈인현왕후전〉, 〈장생전〉, 〈전우치전〉, 〈정수경전〉, 〈정향전〉, 〈진씨효열록〉, 〈청루의녀전〉, 〈하생기우전〉, 〈효종대왕실기〉, 〈민옹전〉 **계동** 〈신립대장실기〉 **광통교** 〈마장전〉, 〈광문자전〉, 〈예덕선생전〉, 〈김신선전〉 **남문 밖** 〈황연단〉 **남부 남산동 이화촌** 〈이태경전〉 **남산골(묵적동)** 〈허생전〉, 〈육효자전〉(2화), 〈이해룡전〉 **남촌 자하동** 〈벽란도용녀기〉 **남촌과 죽동** 〈포의교집〉 **닐니리골** 〈순금전〉 **다동** 〈육효자전〉(2화) **다박골** 〈이춘풍전〉 **모동** 〈절화기담〉 **북촌** 〈신계후전〉 **사동** 〈금강탄유록〉 **서문 밖** 〈권용성전〉 **소광통교** 〈심생전〉 **수성궁** 〈운영전〉 **시흥** 〈강감찬실기〉 **안국방** 〈박씨전〉 **안현** 〈흑의인전〉 **이화촌**

〈이태경전〉 **청진동(상사동)** 〈상사동기〉 **청파 연화봉** 〈유록의 한〉(〈유연전〉) **한성 밖** 〈연진길전〉 **홍화문 밖** 〈홍길동전〉 **홍화방** 〈금향정기〉 **화개동** 〈이춘풍전〉, 〈부인관찰사〉

• 경기도

강화 〈강도몽유록〉 **개성(송도)** 〈마원철록〉, 〈변강쇠타령〉, 〈삼자원종기〉, 〈선죽교〉, 〈전우치전〉(전우치 고향), 〈용궁부연록〉(용추), 〈이생규장전〉, 〈이장백전〉, 〈천궁몽유록〉 **남양** 〈민옹전〉, 〈이윤구전〉 **남한산성** 〈박씨부인전〉 **백령도** 〈심청전〉(인당수) **시흥군 문성동** 〈강감찬실기〉 **안성** 〈육효자전〉(주인공의 본가는 경성, 유랑하다 정착한 곳은 안성, 처가는 전주) **양근** 〈일석화〉 **양주** 〈황설현전〉, 〈임거정전〉, 〈종옥전〉, 〈불가살이전〉(홍국사) **여주** 〈민시영전〉, 〈황월선전〉(여주의 문천), 〈피생명몽록〉 **옹진** 〈행락도〉 **장단골 연화동** 〈매화전〉

• 강원도

강릉 〈강릉매화전〉, 〈강릉추월〉(회양 백운동), 〈장씨전〉(적자면 동룡촌), 〈조씨전〉(〈조생원전〉이라고도 한다. 중국을 배경으로 한 〈조생원전〉도 있다), 〈최생우진기〉 **관동** 〈김씨열행록〉 **삼화** 〈어득강전〉 **안변** 〈남윤전〉(사건은 경성과 황해도) **원주** 〈원두표실기〉, 〈전우치전〉(김동욱 소장본), 〈한태경전〉 **월출산** 〈두껍전〉 **정선** 〈양반전〉 **홍천** 〈김학공전〉(이준상 소장 필사본) **금강산** 〈박씨전〉(박 씨의 고향), 〈금강취류〉, 〈전관산전〉(학동촌), 〈하생몽유록〉, 〈서대쥐전〉(만경대), 〈다람쥐전〉 **태백산** 〈전우치전〉

• 충청도

공주 〈금옥연〉, 《신단공안》(3화), 〈이진사전〉(이 진사의 고향) **괴산** 〈정진사전〉(〈정도령전〉)(신원동 혹은 상원동. 진천은 김 참판의 거주지, 청주는 악한 차돌이 출신지, 광혜원은 정창린의 첩 일지가 방황하는 곳) **반야산(충남 논산군 은진면)(?)** 〈옥포동기완록〉(영허 대사가 사는 곳) **서산** 〈육효자전〉(4화)(태원부) **약산(대전)** 《신단공안》(〈어복선전〉)

(7화) **옥천** 〈효부전〉 **청주** 〈한씨보응록〉(오공리) **충주** 〈달천몽유록〉(충북 괴산군 괴산읍과 충주시를 흐르는 하천), 〈월단단전〉, 〈임경업전〉 **해미현** 〈김씨남정기〉 **홍주** 〈청년회심곡〉(사건은 송도) **회인** 〈홍장군전〉(〈홍윤성전〉)(충북 보은) **기타** 〈삼쾌정〉

• **전라도**

강진현 〈은애전〉 **광주** 〈김덕령전〉, 〈정광주피란록〉 **금산** 〈백련전〉 **나주** 《신단공안》(5화) **남원** 〈춘향전〉, 〈최척전〉, 〈만복사저포기〉(만복사), 〈흥부전〉(동면 성산리와 아영면 성리. 경희대학교 민속학연구소의 고증에 따르면 전북 남원시 동면 성산리에서 흥부와 놀부가 출생하였고, 흥부가 복덕촌을 거쳐 아영면 성리에서 살았다고 한다), 〈꼭두각시전〉 **담양** 〈전우치전〉(실존 인물 전우치 출생지로 담양군 수부면 황금리) **무주** 〈꼭두각시전〉 **무주 남면** 〈신유복전〉 **부안** 〈화운전〉(부안군 보안면 우동리) **순창** 〈설공찬전〉 **순천** 〈김이양문록〉(하양), 〈미인도〉, 〈황백호전〉 **어덕촌** 〈조슬록〉 **여산** 〈이화전〉 **장성** 〈고씨효절록〉, 〈홍길동전〉(실존 인물 홍길동 출생지로 장성군 황룡면 아곡리) **전주** 〈서해무릉기〉(북문 밖), 〈삭낭자전〉, 〈콩쥐팥쥐전〉(서문 밖), 〈전동흘전〉 **진안** 《신단공안》(2화)

• **경상도**

경주 〈박만득 박금단전〉, 〈김태자전〉, 〈남염부주지〉(내용은 염부주에서 일어난다) **계림부 자산촌** 〈정을선전〉(내용은 중국이라 모순된다) **고령** 〈김부인열행록〉(개화실이라는 마을) **구미** 〈금오몽유록〉(금오산) **금릉** 〈십생구사〉 **금산** 〈금산몽유록〉(남해군 상주면 상주리) **대구** 〈해동이씨삼대록〉(예안현) **동래** 〈이현주전〉 **두류산** 〈이인전〉 **마산** 〈최치원전〉(저도) **문경** 〈홍길동전〉(문경새재) **민동부 취성촌** 〈부용헌〉 **밀양** 〈사명당전〉 **상주** 〈신유복전〉(주인공의 제2의 고향, 고향은 무주), 〈홍연전〉 **선산** 〈삼한습유〉, 〈향랑전〉 **숙천** 〈김취경전〉 **순흥** 《신단공안》(6화) **안동** 〈금고기관〉(제1화), 〈난봉기합〉, 〈숙영낭자전〉, 〈정수경전〉(사건은 경성에서 벌어짐), 〈부용헌〉(만동부 취성촌), 〈장학사전〉(인동 혹은 안동), 〈육효자전〉(주인공의 제2의 고향), 〈괴화기록〉, 〈이한림전〉 **안의** 〈용문몽유록〉(황석산성) **양산** 〈이상국전〉 **영주** 〈귀영전〉(안동) **영천** 〈장화홍련전〉(고대본), 〈접동새〉 **용문** 〈용문몽유록〉(원학동, 안의 사동) **일출산** 〈두껍전〉(김동욱 소장본) **울산부** 〈자란전〉(서부) **의령** 〈곽재우전〉 **지례** 〈조충의전〉 **진주** 〈박수재전〉, 《신단공안》(1화), 〈이상국전〉(양산) **청송** 〈금포기우록〉, 〈박천연전〉 **함양** 〈열녀함양박씨전〉(안의) **합천** 〈유광억전〉, 〈여선담전〉, 〈홍길동전〉, 〈이진사전〉(여주인공이 현몽을 얻는 곳) **현풍** 〈곽낭자전〉 **금화사** 〈진녹사전〉 **사야주** 〈비군전〉 **태백산** 〈자치가전〉(〈장끼전〉의 이본), 〈옥선몽〉(지리산 청학동에서 허거통이 잠듦) **기타** 〈황새결송〉 **왼쪽 지방** 〈도깨비말〉

• 평안도

광산 〈삼형제전〉 **묘향산** 〈서산대사전〉 **숙천** 〈김취경전〉 **안주** 〈선연전〉, 〈김인향전〉 **영유현** 〈김영철전〉, 〈김인향전〉(장서각 소장은 안주) **용강군** 〈신미록〉(〈홍경래전〉), 〈김응서실기〉, 〈을지문덕전〉(석령산) **철산** 〈장화홍련전〉 **평양** 〈금상첨화〉, 〈김봉본전〉, 〈이춘풍전〉, 〈부벽몽유록〉, 〈부용상사곡〉, 〈오유란전〉, 〈옥단춘전〉, 〈삼선기〉, 〈이진사전〉, 〈이화몽〉, 〈채봉감별곡〉, 〈취유부벽정기〉, 《신단공안》(4화) **평원** 〈하생기우전〉

• 함경도

고원·영흥·함흥 〈옥낭자전〉 **길주** 〈왕랑반혼전〉 **영흥** 〈태조대왕실기〉 **함흥** 〈월하선전〉, 〈조선개국록〉

• 황해도

구월산 〈까치전〉 **금천** 〈김해진전〉 **옹진면** 〈옹고집전〉(옹진골) **황주** 〈황주목사계자기〉 **황주 도화동** 〈심청전〉(완판)

• **제주도**

제주 〈만덕전〉, 〈배비장전〉, 〈사씨남정기〉(김춘택이 제주도 유배 시 번역) **추자도** 〈청년회심곡〉(주인공 진성이 귀양 간 곳) **한라산** 〈다람쥐전〉

• **기타**

광춘도 땅, 매화동 고려 충순왕 때를 시대적 배경으로 한 〈장인걸전〉에 보이는데 어딘지 알 수 없다.

충청, 전라, 경상도 어름 〈흥부전〉(경희대학교 민속학연구소의 고증에 따르면 전북 남원시 동면 성산리에서 흥부와 놀부가 출생하였고, 흥부가 복덕촌을 거쳐 아영면 성리에서 살았다고 한다.)

모란동과 장미동 〈이대봉전〉에 보인다. 대봉의 집은 모란동이고, 여주인공인 애황의 집은 장미동이다. 장미와 모란, 꽃 이름을 끌어 온 것이 흥미롭다.

배경이 가장 넓은 소설 〈최척전〉을 제일로 꼽을 수 있다. 물론 〈구운몽〉, 〈삼한습유〉 등처럼 지상과 천상도 있지만, 이상 세계를 제외하면 〈최척전〉이다. 〈최척전〉은 조선, 일본, 중국, 베트남 등이 배경이다.

옥포산 〈두껍전〉 **곤륜산** 〈녹처사연회〉 **학월산** 〈노섬상좌기〉 **옥포동** 〈섬로장전〉, 〈옥포동기완록〉 등 의인 소설에 보인다.

조선만으로 따진다면 〈변강쇠전〉이 거의 전 국토에 걸쳐 작품의 배경이 되었다. 옹녀가 평안도 월경촌(月景村)에서 출발하여 중화, 황주, 동선령 얼핏 넘어, 봉산, 서흥, 평산 지나서, 금천, 황해도 개성에 있는 청석관으로 내려오고 변강쇠는 충청도, 전라도, 경상도 삼남에서 올라오기 때문이다.

또 각도에 관한 평도 보이는데, 산의 형세로 평가하였다. "경상도는 산이 대함에 사람이 나도 대한 법이요, 전라도는 산이 순하매 사람이 나도 유순하고, 경긔도는 산이 촉함에 사람이 나도 순할 때 순하고 악할 때 악

고소설의 주요 배경지와 고소설 관계 지역(서울)

도성도[都城圖. 작자 미상. 정조 연간(1776~1800)으로 추정. 서울대학교규장각 한국학연구원 소장].

목멱산(남산)
용산 필사지
청파 〈유록전〉
남산동 〈이태경전〉
숭례문
남문 밖 〈황연단〉
창동 〈김신선전〉
야동 연암 박지원 생가
방각본 간행지
미장동 방각본 간행지
광통교 부근 서점 밀집지
소광통교 〈심생전〉
정동 〈허생전〉
유동 방각본 간행지
각본 간행지
광통교 〈광문자전〉, 〈마장전〉
홍화문 밖
상사동 〈상사동기〉
〈홍길동전〉
동 〈예덕선생전〉
안현 〈흑의인전〉
광화문
송동 방각본 간행지
안국동 〈박씨전〉
경복궁
인왕산 아래 〈운영전〉
수성궁
인왕산

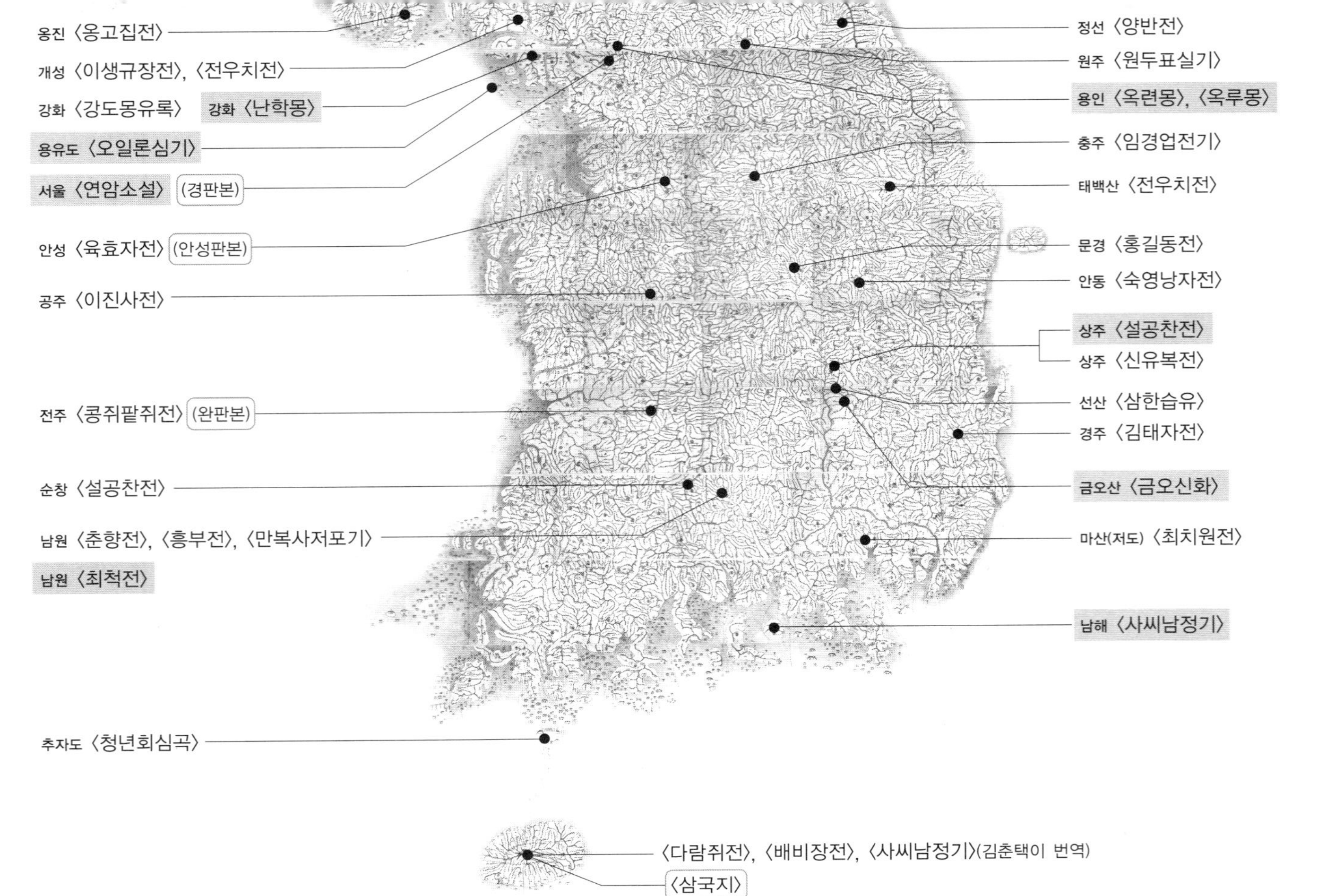
옹진 〈옹고집전〉
개성 〈이생규장전〉, 〈전우치전〉
강화 〈강도몽유록〉
강화 〈난학몽〉
용유도 〈오일론심기〉
서울 〈연암소설〉 (경판본)
안성 〈육효자전〉 (안성판본)
공주 〈이진사전〉
전주 〈콩쥐팥쥐전〉 (완판본)
순창 〈설공찬전〉
남원 〈춘향전〉, 〈흥부전〉, 〈만복사저포기〉
남원 〈최척전〉
추자도 〈청년회심곡〉
정선 〈양반전〉
원주 〈원두표실기〉
용인 〈옥련몽〉, 〈옥루몽〉
충주 〈임경업전기〉
태백산 〈전우치전〉
문경 〈홍길동전〉
안동 〈숙영낭자전〉
상주 〈설공찬전〉
상주 〈신유복전〉
선산 〈삼한습유〉
경주 〈김태자전〉
금오산 〈금오신화〉
마산(저도) 〈최치원전〉
남해 〈사씨남정기〉
〈다람쥐전〉, 〈배비장전〉, 〈사씨남정기〉(김춘택이 번역)
〈삼국지〉

고소설의 주요 배경·집필·판각 지역(전국)

대동방여전도[大東方輿全圖. 작자 미상, 철종 연간(1861~1863)으로 추정, 서울대학교규장각 한국학연구원 소장].

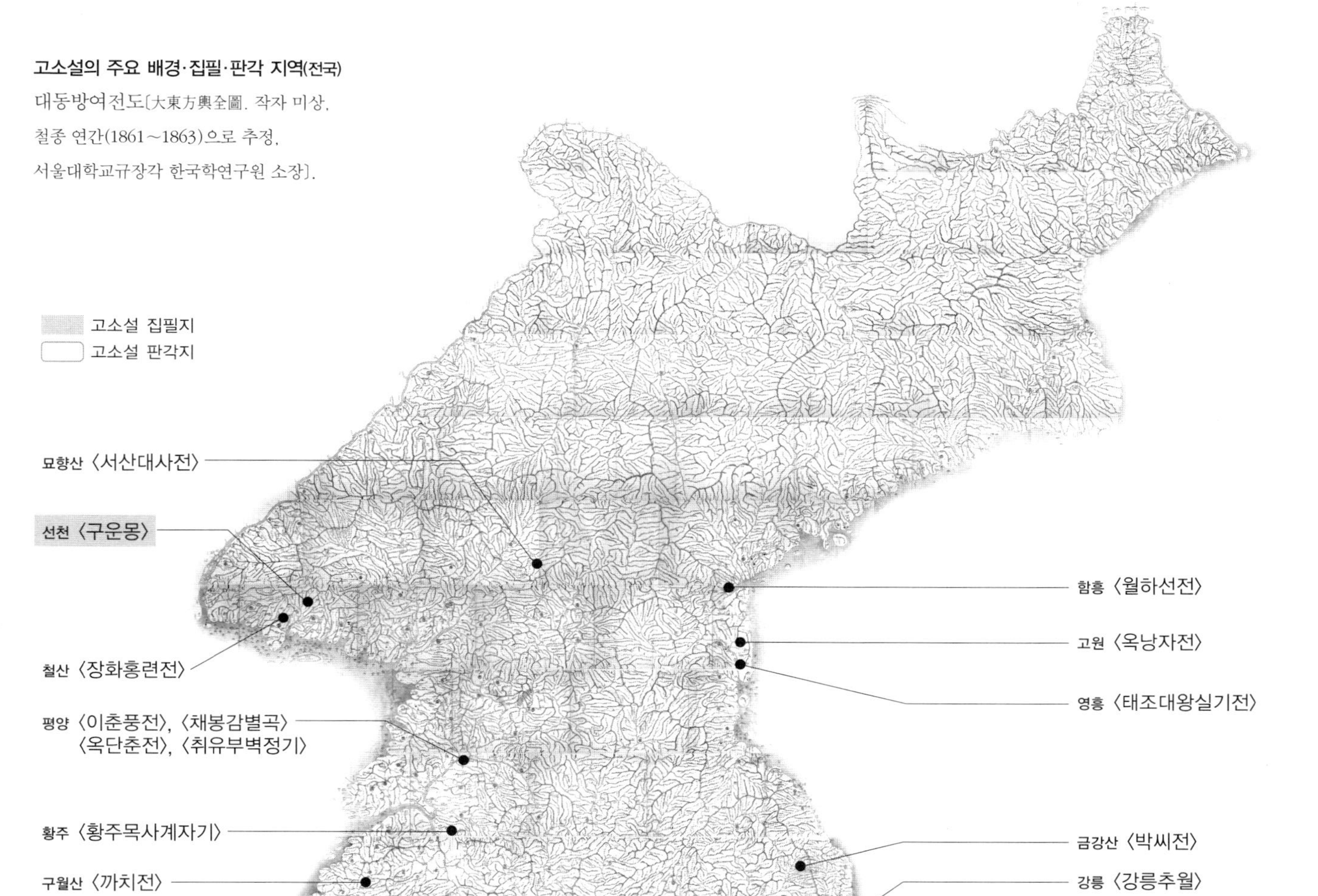

하고 승미가 나면 벼락지형이라." 〈춘향가〉에 보이는 각도에 걸친 평이다. 춘향의 일이 남원에서 일어난 것이라 그런지 전라도를 좋게 평해 놓았다.

그런데 경성에 대한 평은 썩 좋지 않다. 〈정수경전〉에는 "내 드르니 경셩 선비 음협방탕하여 사람을 죽인다 하니"라고 하였다. 하기야 지금도 '서울' 하면 좀 '깍쟁이'처럼 들리지 않는가.

고소설의 집필지(번역지, 판각지)

서울 연암 소설

경기도 강화 〈난학몽〉(번역지는 안성, 혹은 번역지와 집필지 모두 안성군 일·이죽과 삼죽면 진촌리로 보기도 함) **용유도** 〈오일론심기〉 **용인** 〈옥련몽〉과 〈옥루몽〉

평북 선천 〈구운몽〉

경남 남해 망운산 언저리 〈사씨남정기〉 **함양군 안의면** 〈열녀함양박씨전 병서〉

경북 상주 〈설공찬전〉

전북 남원군 주생면 제천리 〈최척전〉(?)

제주도 〈신간교정고본대자음석삼국지〉(《삼국지연의》)(판각), 〈사씨남정기〉(우리가 아는 〈사씨남정기〉는 후손인 김춘택金春澤이 숙종 35년인 1709년에 유배지 제주도에서 김만중이 지은 국문 〈사씨남정기〉를 한문으로 번역한 것을 원본으로 하여 다시 한글로 번역한 것이다)

옥션동 〈쌍선기〉(구체적으로는 알 수 없음)

출판

출판의 역사, 그것은 우리나라의 교육열과 정확히 비례한다. 세계에서 처음으로 우리는 13세기에 이미 금속 활자 인쇄술을 시작하였다. 이 금속으로 만든 활판(活版)은 전래의 방법인 손으로 쓴 사본(寫本)이나, 등재본(登梓本)을 목판에 붙여 만든 판각본(板刻本)과는 비교도 할 수 없는 출판의 발달을 꾀하였다.

고려시대의 금속 활자는 1403년(태종 3) 조선 최초의 구리 활자인 계미자(癸未字)로 이어진다. 계미자는 왕명으로 주자소를 설치하여 약 10만 자의 활자를 만들었다. 계미자는 고려시대에 제작되어 오래 망각되어 오던 금속 활자를 거의 독창적으로 복고한 것으로 독일의 구텐베르크가 유럽 최초로 발명한 금속 활자보다 40여 년 앞선다.

그러나 이 계미자는 모양이 크고 가지런하지 못하며 주조가 거칠었다. 따라서 인쇄 능률이 오르지 않자 이를 보완하여, 1420년(세종 2)에 구리 활자인 경자자(庚子字)를 만들었고, 다시 이를 보완하여 1434년(세종 16, 갑인년)에 동활자(銅活字)인 갑인자(甲寅字)를 만들었다. 이 갑인자는 1420년에 만든 경자자보다 모양이 좀 크고 글자체가 바르고 깨끗한 필서체여서 경자자보다 2배나 능률이 좋아 하루에 책을 40여 지(紙)나 찍을 수 있었다 한다.

이 갑인자(혹은 위부인자衛夫人字라고도 한다)는 이후 조선 인쇄의 근간을 이룬다. 세종은 이 갑인자에 얼마나 심혈을 기울였던지, 주자소를 아예 경복궁 안으로 옮겨 설치하고 사업에 만전을 기하였다. 이렇게 종로의 출판 문화가 시작되었으니 화려하기 짝이 없다.

그러나 이후 우리나라의 인쇄술은 더 이상 발전을 보지 못하였다. 가장 큰 이유는, 인쇄술은 좋았으나 대중과 등진 책의 인간(印刊) 때문이 아니었을까 한다.

필사본

필사본(筆寫本)은 한지에 붓으로 베껴 만든 책으로 책 크기의 배가 되는 종이를 반 접어 양면에 필사하였다. 사본(寫本)·수서본(手書本)·서사본(書寫

本)·초사본(鈔寫本: 중국) 등으로 불린다. 필사본은 성격상 한 번에 한 권밖에 베낄 수 없다.

필사본으로 가장 많이 나온 작품은 여성 취향의 소설이다. 여성 독자들은 특히 〈사씨남정기〉와 〈박씨전〉을 좋아하였다. 필사본의 글씨체는 매우 다양하다. 전아한 궁궐체에서부터 아녀자들이 쓴 유치한 필적까지, 베낀 사람에 따라 서체가 독특하다.

46장으로 된 가람본 〈심청전〉은 네 사람의 필체가 보여 흥미롭다. 소설을 공동으로 필사하였다는 점에서 혹시 전문 필사점에서 필사자들을 두고 필사시킨 것이 아닌가 싶기도 하다.

책을 묶는 장정법(裝幀法)은 대부분 오침안정법을 썼다. 오침안정법이란 책의 등 쪽에 다섯 개의 구멍을 뚫고 (무명)실로 꿰매는 방식이다. 우리나라의 전형적인 장정법으로 중국의 장정이나 일본의 장정 양식과 확연히 구별된다. 우리 것이 홀수였던 것에 반하여 중국이나 일본에서는 짝수의 철법으로 나타난다.

시대가 지나고 합방되기 이전부터 양장본이 일본을 통해 소개되면서 한장본 스타일의 장정이 양장본과 혼용되기 시작하였다. 이 시기의 두드러진 특징은 오침안정법을 취하는 것이 아니라 사침안정법으로 변했다는 점이다. 그 이유는 판형이 작아졌기 때문이다. 필사본에 따라서는 6침, 7침, 10침도 있었다.

이렇게 인쇄된 면이 밖으로 나오도록 책장의 가운데를 접고 책의 등 부분을 끈으로 튼튼하게 묶는 것을 선장(線裝)이라 한다. 선장본은 한 장 한 장 접어 우측을 실로 꿰매는 장정법으로, 대부분의 고서가 이 방법을 채택하고 있다. 표기상으로는 국문본, 한문본, 국한문 혼용본 등이 있다. 조선 중기까지는 한문본이, 후기로 갈수록 국문본이 많아졌다.

필사 말미에는 흔히 간지(干支)가 있는데, 필사 연대를 나타낸다.

〈황릉묘요얼탕평전〉(《여와전》) 같은 소설은 1928년이란 필사 기록이 보이는 것으로 미루어 일제 치하에서도 고소설이 꾸준히 필사되었음을 알 수 있다. 흥미로운 점은 〈벽허담관제언록〉·〈옥환기봉〉·〈양현문직절기〉·〈하진양문록〉 등 대장편 소설들의 필사지가 공히 용호, 즉 지금의 용산이라는 점이다.

필사본 뒤에는 필사기가 붙어 있다. 대체로 독자들에게 책을 필사한 것에 대해 겸사로 적어 놓은 필사기이나 꼭 그렇지만도 않다. 필사하는 겸사(謙辭), 내용 소개, 필사 시기, 후편 안내, 독자에 대한 당부, 필사 이유 따위로 그 내용이 다양하다.

필사하는 겸사(謙辭) "이 ᄎᆡᆨ은 오셔낙자 만ᄒᆞ오니 보난 부인과 소졔와 모던 군자와 동자아도 그ᄃᆡ로 눌러 보ᄋᆞᆸ쇼셔."(《계상국전》)

책 내용 소개 "자고로 영웅호걸이 만컨만은 증후난 여자로 나서 베사리 공후 지상을 겸ᄒᆞ고 젹국을 쇼멸하고 공명을 쥭ᄇᆡᆨ에 올리니 장ᄒᆞ물 비할 ᄇᆡ 없고 ᄯᆞ 원슈롤 갑고 ᄌᆞ여을 갓쵸와 두고 문호을 빗나게 하니 이런 여중준걸을 만고에 듣지 못한 ᄇᆡ라. 어와 ᄉᆞ람더라. 이 ᄎᆡᆨ을 보거든 ᄎᆞᄌᆞ 효칙하여 법연히 보지 마소. 무슐 삼월 십구일 등서."(《정수경전》)

후편 안내 "나문 말삼은 ᄒᆞ 권의 닛슨이 니어 보련이와……" (《계월션전》)

독자에 대한 당부 "어와 인싱들아 니ᄂᆡ 말삼 들어 보오. 니상셔 김ᄎᆡᆨ이로 쳡 안이 두어씨면 금둑겁 금소야지가 어셔 나며, 쳔자가 뉘가 될이 부ᄃᆡ부ᄃᆡ 쳡을 다 섯식만 두시오. 쳡 안이 두는 사람은 쫄장부라."(《금소야지전》)

필사 이유 "세ᄌᆡ ᄀᆡ유춘의 신졔 도현씨가 피차간 ᄒᆞ도 심심ᄒᆞ고 염양의 골몰이 지ᄂᆡ기로 소일차 앙커나 노안 열필노 등셔난 ᄒᆞ여씨나 오셔ᄒᆞ고 낙ᄌᆞ가 만ᄒᆞᆯ 듯ᄒᆞ오나 칭망 말고 보옵기."(《창선감의록》)

필사 시기 "병진 이월 십팔일 아머ᄉᆞᆫ 나무꾼은 취중에 근셔ᄒᆞ노라."(필자 소장

〈니운션젼〉. 이런 필사 시기는 대부분의 필사본에 있는데, 특히 이 필사기는 나무꾼이 취중에 썼다는 것이 재미있다)

책을 되돌려 달라는 당부 "ᄂᆡ 고담ᄎᆡᆨ은 하로 밤 소일은 ᄒᆞᆯ만ᄒᆞᆫ ᄎᆡᆨ이오나 글씨도 용열ᄒᆞᆯ ᄲᅮᆫ. ……연이나 일후의 혹 심심ᄒᆞ신 분이 ᄂᆡ ᄎᆡᆨ을 비러다 보실 ᄯᅳᆺ시 잇ᄉᆞᆸ거던 ᄎᆡᆨ쥬(책 주인)를 차져 비러다 보시ᄃᆡ ᄒᆞ로 밤 쇼일ᄒᆞ옵시거던 명일 평명의 곳 ᄎᆡᆨ주를 차되 즉 젼ᄒᆞ옵심을 바라ᄂᆞᆫ이다. 불연즉 ᄎᆡᆨ쥬ᄂᆞᆫ 무ᄉᆞᆷ 죄로 ᄎᆡᆨ을 ᄆᆡ여 남을 빌여쥬옵고 쇨 즁의 이삼 번씩 왕ᄂᆡᄒᆞ오면 피ᄎᆞ의 욕이 될 듯ᄒᆞ오니 보ᄃᆡ 명심ᄒᆞ옵쇼셔. 그러ᄒᆞ오나 젼ᄒᆞᆫ ᄉᆡ이 안이오면 여러 번 별너 달라던 마시 동지셧달 ᄯᆡᆼ감 맛갓치 입이 ᄯᅥᆲ젹지근ᄒᆞᆯ 터이니 젼안쇠 안이여던 ᄀᆡ구치 마시오." (필자 소장 〈황운전〉. '동지섣달 땡감 맛같이 입이 떫쩍지근'해지기 전에 책을 돌려 달라는 당부 글이다)

이외에 흥미 있는 필사기로는 일부 독자에게 책을 읽지 말 것을 경고하거나 번역하면서 적어 놓은 필사기이다. 전자는 이명선 소장 〈금송아지전〉을 요약한 〈두껍전〉이다. "ᄉᆡ댁과 ᄉᆡ약기ᄀᆞ 〈둑겁젼〉을 보면 본관으로 ᄌᆡ펴 들어가셔 능지치참를 헐 테이니 부ᄃᆡ …… 이 〈둑겁젼〉을 보지 마라 ᄒᆞ더라. 순사도 절영니 사방으로 와시니 부ᄃᆡ …… 죠심ᄒᆞ야 보지 마라 ᄒᆞ더라"라고 적혀 있다. 아마도 세 첩이 본 부인과 부인이 낳은 아이를 시샘하여 죽이려 하는 〈두껍전〉의 내용으로 미루어 ᄉᆡ댁(새댁)과 ᄉᆡ약기(새아기)가 이 소설을 보고 첩 두는 것을 꺼려할까 하여 미연에 읽지 못하게 하려는 우려 담긴 필사기이다.

또 〈수호지〉를 필사한 뒤 '〈슈호지〉 번역 젼말이라'는 필사기를 보면, 병든 부인을 위해 소설을 한 땀 한 땀 정성으로 번역하였다는 전말이 잘 나타나 있다. 글을 쓴 '유마자'가 누구인지 알 수는 없으나 부인의 병간호에 꽤 감격한 듯하다. 유마자는 "부인이 병이 들었다 해도 나는 저렇게는 못할 것이니 그 은혜를 어떻게 갚을 수가 있으랴" 하며, "언문책을 베껴 주면 부인이 심심할 때 소일하리라"라고 한다. 부부의 사랑이 소설을 중개로 전해진다. 남편이 아내를 위해 소설을 필사하였음을 알려 주는 흥미로운 필사기이기에 그 전문을 현대역으로 바꿔 아래에 놓는다.

〈수호지〉 번역 전말이라.

계축년에 유마실 주인이 원통하고 절통한 심회가 골수를 녹이는 듯, 가슴에 못이 되어 물에도 들어가고 불에도 뛰어들듯 미친 것도 술에 취한 것도 같아 울적한 심정을 이기지 못하였다. 8월 초에 부인과 딸아이를 데리고 한양에 올라가 장안을 구경하고 화륜거(기차)를 타고 인천 항구에 가 만만한 제물포와 망망한 서해를 구경하고 9월에 집에 돌아왔다. 10월에 유마자가 다시 서울에 갔다가 11월에 다시 집으로 올 때, 중도에서 이질에 걸려 간신히 집에 와 두 달을 고생하였다. 부인이 밤낮으로 잠을 자지 못하고 병시중을 들거늘 유마자가 탄식하여 말하였다. "부인이 병들었다 해도 나는 저렇게는 못할 것이니 그 은혜를 어떻게 갚을꼬."

유마자는 생각했다. '언문책을 베껴 주면 부인이 심심할 때 소일하리라.'

갑인년 1월에 유마자가 기록하노라.●

낙선재본(樂善齋本)

소설 필사는 가정집과 서사에서 되었을 터이니, 소설 필사지를 정확히 지목할 수는 없다. 다만 낙선재 소설은 필사된 곳이 분명하다. '낙선재'는 조선 헌종 13년(1847)에 창경궁 안에 지은 전각이기 때문이다. 헌종이 후궁 김 씨를 위해서 지었다 하며 주로 왕비들이 거처하면서 책을 볼 수 있

● 〈수호지〉, 《한글필사본고소설자료총서》 102책, 오성사, 1986, 456쪽

는 일종의 왕립 도서관 구실도 하였다. 이 낙선재에 소장된 소설을 '낙선재 소설'이라 하는데, 대부분 국문 소설들이다. 낙선재 소설들은 주로 알려지지 않은 작품, 그것도 중국 작품을 번역한 것이 대부분이지만 우리의 소설도 있다.

이병기는 "1888년(고종 25)을 전후하여 이종태(李鍾泰)라는 자가 고종 황제의 명을 받아 문사 여러 명을 동원하여 중국 소설을 번역한 것이 근 1백종이 되었다. 이러한 번역 소설은 그전부터 내려오던 것이었다"•라고 하였다. 낙선재 소설의 상당수가 이 이종태의 휘하에서 번역된 것이며, 그 이전부터도 이러한 번역 행위가 있었음을 알 수 있다. 이로 미루어 궁중에서 소설 필사 작업이 꽤 오랜 기간 동안 면면히 이어져 온 '궁중의 한 문화'였음을 알 수 있다.

소설 필사 문헌은 아니나, 궁중에서 소설적 정황을 찾을 수 있는 시기는 이보다 한참 앞선 17세기다. 우선 궁중에서 고소설 관계 문헌이 보이는 선조의 언간부터 더듬어 보자. 선조가 따님인 정숙 옹주에게 보낸 언간(한글 편지)에, "〈포공안(包公案)〉 한 질을 보내니 부마[정숙 옹주의 남편인 동양위 신익성(申翊聖, 1588~1644)]에게 주어라. 〈포공안〉은 괴망한 책이니 한가로움을 보내면서 한 번 웃을 뿐이다(包公案 一帙 보내노니 駙馬 주라. 包公案 乃怪妄之書 只資閑一哂而已)"라고 적혀 있다. 비록 우리의 소설이 아닌 명나라 공안류 소설이지만 임금이 딸을 시켜 부마에게 보라고 전했다는 것이 여간 흥미롭지 않다.

그러나 이 기록이 궁중의 여인들과는 무관하고 보면 인선 왕후(仁宣王后, 1618~1674)가 숙명 공주에게 보낸 한글 편지에서 17세기 궁중의 소설 상황을 찾을 수 있다(이에 대해서는 아래 '여성'항 참조). 그러니까 낙선재본 소

• 이병기, 〈조선어문학명저해제〉, 《문장》, 1940, 10쪽.

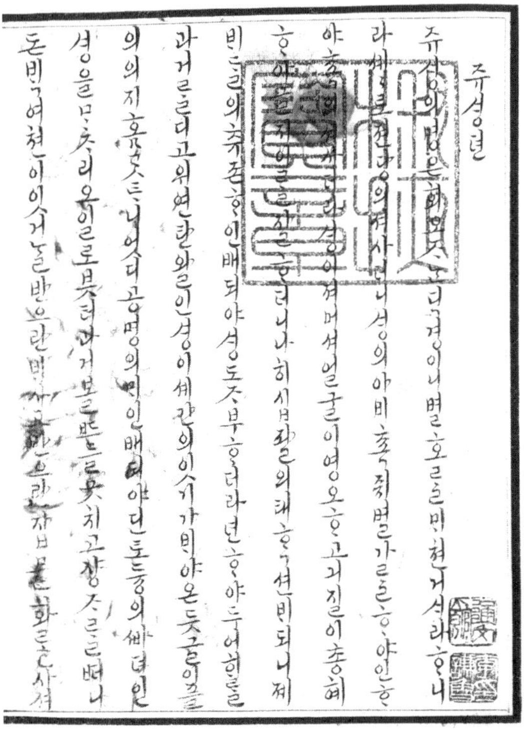

낙선재본 〈쥬싱뎐〉(김일근 소장)

〈쥬싱뎐〉, 〈위싱뎐〉이 궁중 소장이라는 점은 〈쥬싱뎐〉 첫 장에 '초액보장(椒掖寶藏)'이라는 장서인이 찍혀 있는 것으로 알 수 있다. '초액'은 왕후의 궁 이름이니, 이 번역집이 '왕후의 궁전에 잘 간수해 둔 책'임을 알려 준다.

이에 대해서 더 자세한 것은 필자의 《〈주싱뎐〉, 〈위싱뎐〉의 자료와 해석》(박이정, 2008) 참조.

설은 딱히 낙선재가 만들어지며 생겨난 것이라고 볼 수 없다. 앞에서 언급한 저러한 여러 상황이 이어져 낙선재에 소설을 갈무리하게 된 것이라 이해된다.

연구에 따르면 낙선재본 소설은 83종에 이르며, 우리 고소설이 49종, 중국 소설을 번역한 것이 33종이라 하지만 유실된 것도 있고 하여 정확한 통계라고 보기는 어렵다. 즉, 83종이라는 숫자가 낙선재본 소설 모두도 아니며, 우리 소설이라 보는 49종과 중국 소설을 번역한 것이라 보는 33종의 숫자도 연구에 따라서는 얼마든지 달라질 수 있다.

낙선재에 갊아 있던 고소설로는 〈홍루몽〉, 〈고금기관〉, 〈명주보월빙〉, 〈삼국지연의〉, 〈수호지〉, 〈서주연의〉, 〈북송연의〉, 〈영이록〉, 〈평요기〉, 〈한조삼성기봉〉, 〈청백운〉, 〈현몽쌍룡기〉, 〈낙천등운〉, 〈화정선행록〉, 〈화문록〉, 〈위씨오세삼난현행록〉, 〈천수석〉, 《태평광기》 등을 들 수 있다.

언급한바, 낙선재 소설 모두가 고종의 명으로 번역되었다고 보기는 어렵다. 아마도 18~19세기의 세책본 고소설이 궁중으로 흘러 들어가 다시 깨끗하게 필사된 것이 주류를 이루고, 여기에 궁중 내에서 일부의 중국 소설을 번역한 것이 섞였다고 보는 것이 옳다.

예를 들자면, 낙선재에 수장된 소설들 중에는 〈위생전〉이나 〈주생전〉 같은 우리의 소설도 보이며, 또 낙선재본 〈하진양문록〉 같은 경우는 용호, 즉 지금의 용산에서 필사되었다는 기록도 보이기 때문이다. 낙선재 소설들은 한결같이 글씨체가 수려하고 단정하여 그 자체로도 예술적인 가치가 높다.

부연하면, 궁중 도서는 이 '낙선재'로만 통하는 것이 아니다. 경복궁의 제일 북쪽 신무문 안 동쪽에 있는 고종의 서재인 집옥재(集玉齋)와 1828년(순조 28)에 건립된 연경당(演慶堂), 그리고 1911년 이씨 왕가(王家)에 의해 설립된 이왕직도서관(李王職圖書館)인 장서각(藏書閣)에 소장된 것도 모두 궁중 도서들이다. 예를 들어, '집옥재서목'에는 〈백규지〉가, '연경당언문책목록'에는 〈백복전〉 등의 소설명이 보인다.

세책본(貰冊本)

"我가 決斷코 此等 慣習을 嚴禁ᄒᆞ깃다." 1906년 만세보에 실린 기사 중 한 문장이다. '이러한 관습'이란 세책 소설을 보는 것이니, 세책 소설을 보는 풍조를 엄금하겠다는 말이다. 이 고약한 말이 누구 입에서 나왔는가 하면 경무사 박승조(朴承祖)란 사람이다. 경무사란 지금으로 치면 경찰청의 가장 우두머리라고 보면 된다. 지금도 그러하지만 저 시절 경찰 총수의 위세란 좀 고약한 것인가. 그러한 그가 한 말이니 가볍게 넘길 문제는 아니다. 신문 기사의 내용을 현대말로 고쳐 따라 잡아 보자.

"국민의 지식이 발달하지 못함은 교육이 없는 까닭이다. 그러니 지금이라도 일반 인민이 실심과 실념을 유지하려면 불가불 급선무가 나태하고 오락만 하여 바탕도 없이 요행으로 행복과 이익을 바라고 구하는 관습부터 금해야 한다. 내 평생에 가증스럽고 가련한 것은 여인들과 일반 백성들이 사는 골목 어귀의 길가에서 소위 언문 세책본 소설인 〈홍길동전〉, 〈춘향전〉, 〈소대성전〉 등을 큰 소리로 읽으면서 희희낙락하며 무정한 세월을 공연히 허비하니 언문 세책 등이 인민이 생활하는 데 무엇이 유익하겠는가? 내가 결단코 이러한 관습을 엄금하겠다."

치안을 책임지는 경찰청 총수의 세책본 고소설에 대한 의식이 이토록 부정적이었으니, 세책 고소설과 당시 사회의 역학 관계를 미루어 짐작할 수 있다. 이 때문만은 아니겠지만, 세책본 고소설은 1920년대 후반 서서히 그 자취를 감춘다.

1910년 이해조의 〈자유종〉에 실린 내용만 일별하고, 이제 그 세책본 고소설에 대한 세계로 들어가 보자. 〈자유종〉의 내용 중, "그나 그뿐이오?

혹 기도하면 아이를 낳는다, 혹 산신이 강림하여 복을 준다, 혹 무덤을 잘 써 부귀를 얻는다, 혹 불공하여 재액을 막았다, 혹 돌구멍에서 용마가 났다, 혹 신선이 학을 타고 논다, 혹 최판관이 붓을 들고 앉았다 하는 제반 악징의 괴괴망측한 말을 다 국문으로 기록하여 출판한 판책(板冊)도 많고 등출(謄出)한 세책(貰冊)도 많아 경향 각처에 불똥 튀어 박히듯 없는 집이 없으니 그것도 오거서(五車書)라 평생을 보아도 못다 보오. 그 책을 나도 여간 보았거니와 좋은 종이에 주옥같은 글씨로 곡진하게 글을 이루어 혹 이삼 권 혹 수십여 권 되는 것이 많고 백 권 내외 되는 것도 있으니, 그 자본은 적으며 그 세월은 얼마나 허비하였겠소? 백해무익한 그 책을 값을 주고 사며 세를 주고 얻어 보니 그 돈은 헛돈이 아니오?"라는 부분이 있다.

위에서 언급한 '출판한 판책'이 방각본이나 구활자본이고, '등출한 세책'이 바로 이 글에서 살피고자 하는 '세책'이다. 겸하여 고소설에 대한 지식인의 폄하가 여하한지와 당시 세책이 꽤 유행하였음도 미루어 짐작이 간다.

세책은 조선 후기 국문 소설이 유행하던 시류에 편승하여 주로 필사본을 마련해 놓고 그것을 원하는 고객들에게 대여해 주던 책을 말한다. 세책집은 이미 17세기 문헌을 통해서도 그 흔적을 찾을 수 있다. 이 세책집의 구실을 했던 곳 중, '감역집'이 문헌에 보인다. '감역집'이라는 용어는 인선 왕후가 숙명 공주에게 보낸 한글 편지에 "〈하븍니장군뎐〉 간다 감역집의 벗긴 칙 ᄎᆞ자 드러올 제 가져오너라"에 보인다. '감역집'에서 베낀 책을 찾아 궁중에 들어올 때 가져오란다. '감역집'이 바로 17세기에 소설을 필사하여 대여하는 세책집 소임을 한 것은 틀림없는데, 좀 의심쩍다. '감역(監役)'은 조선시대, 선공감에서 토목이나 건축 공사를 감독하던 종9품 벼슬의 이름이기 때문이다.

"감역집에서 베낀 책 찾아서 들어올 때 가져오너라"라는 문구로 보건대, 이 감역집이라는 미관말직의 집에서 소설을 필사한 것은 의심할 여지가 없다. 시쳇말로 '투잡'을 했다는 뜻인데, 이 '감역집'이 소설을 전문적으로 필사하여 판 세책집인지는 확증하기 곤란하다. 만약 세책집이었다면 다른 소설 관계 문헌에 보일 터인데, 저 기록 외에는 '감역집'이라는 용어를 전혀 찾을 수 없다.

세책집에는 전문 필사자가 있었을 것이다. 세책들은 종이 노끈으로 묶어 놓았으며 뒷장에 "보신 후 유치 말고 본댁으로 전할 차", 혹은 "부디 낙장은 마옵소서" 하는 부탁이 덧필되어 있다. 또 남아 있는 책들 중엔 "오자낙서가 많은데도 책 삯이 비싸다"는 둥, "세책으로 놓으려면 깨끗한 책을 놓으라"는 둥 세책가에 대한 비난이 낙서처럼 실려 있는 책도 보인다.

세책가(貰冊家)는 영리를 목적으로 책을 빌려 주는 사람을 말한다. 세책가는《한국 서지(韓國 書誌)》• 이나 1910년대 새문안교회 2대 당회장으로 조선을 다녀간 벽안의 이방인 쿤스(E. W. Koons)에게도 목격된다.•• 쿤스는 군예빈(君芮彬)이라는 한국 이름도 있었다. 그는 이 책에서 대개 상인, 술집 주인, 학생, 공장 노동자, 할 일 없는 여인들이 세책점에서 책을 빌려 갔다고 적어 놓았다.

최근에 발견된 세책 장부를 보면 판서, 승지, 참판, 대장 등 고위층과 협변(協辨), 순사, 별감, 국장 등의 관료나 지사, 진사, 생원, 첨지 등 일반 서민층과 여기에 오위장(五衛將)의 무관이나 군인, 상인 계층, 과부, 천민, 노비 계층에까지 다양한 신분과 직업이 보인다. 그야말로 상층부터 하층까지 전 계층이 세책집을 찾았다는 뜻이요, 이는 곧 소설이 대중 문화로 자리 잡았다는 것을 의미한다. 그러나 천민이나 노비 계층이 세책을 해간

• 모리스 쿠랑, 이희재 옮김, 일조각, 1994(모리스 쿠랑, 박상규 옮김,《한국의 서지와 문화(Biblioglaphie Coréenne)》, 신구문화사, 1974도 동일한 번역서임).

•• E. W. 쿤스, "The House where Books are given out for Rent", Korea Mission Field, 1918. 7, 150쪽.

것이 곧 독서로 이어지기는 어려울 듯하다. 당시의 문맹률로 미루어 아마도 일부를 제외하고는 세책점에 오기를 꺼려한 상전들의 심부름이거나 식자층에게 읽어 달라 하였을 것이다.

지금까지 알려진 세책본 소설 중 가장 연대가 오랜 것은 〈춘향전〉의 이본인 〈남원고사〉로, 누동(樓洞)에서 필사한 갑자년 1864년이다. 누동은 일제 강점기 동명으로 이전엔 마을에 다락우물이 있었기에 다락우물골, 다락골로 불리던 오늘날 종로구 와룡동과 묘동에 걸친 지역을 말한다. 세책 고소설 필사지로는 향목동, 백운동, 행동, 아현, 한림동, 누동, 묘동, 토정, 약현, 힝동, 갑동, 운곡, 향수동, 파곡, 청파, 사직동, 동문 외, 청풍백운동, 송교, 남소동, 옥동, 간동, 농셔, 금호, 동호 등이 있는데, 향목동이 가장 많이 보인다. 향목동은 오늘날 서울 중구 을지로 인근이다. 그러나 현전하는 세책 소설은 이보다 30여 년 뒤인 1890년부터 1925년경까지가 전성기였다. 현재 학계에 보고된 것으로 가장 늦은 세책 고소설은 1925년에 필사된 〈숙향전〉이다. 지역적으로는 주로 경성에 한정되었고, 1930년대에는 거의 문을 닫았다.

흥미로운 것은 세책본 고소설의 특징이 빌려 주던 책이라서인지 낙서가 많다는 점이다. 그중 재미있는 낙서를 보면, "이 집 책을 세 번만 갖다 보면 책 보는 사람의 집 기둥뿌리가 간 데 없고 네 번만 보면 거지 되어 쪽박을 차고서……"(〈구운몽〉)나, "이 책 보시는 양반은 남자는 좆이 꼴리거든 용두질을 하고 여자는 씹에다 손을 넣고 용두질을 치오"(〈옥단춘전〉) 등 입에 담지 못할 욕설을 써놓았다. 이러하니 세책 주인 또한 "이 책에다 욕설을 쓰거나 잡설을 쓰는 폐단이 있으면 벌금을 낼 것이오니 이후로 깨끗이 보시고 보내 주소서"(〈김윤전〉)라는 등의 경고성 문구나, "이 세책 보는 사람은 곱게 보고 책에다 칙칙하게 글씨를 쓰지 마시고 그 무식하게 욕설을 기록하지 마시기를 천만번 바랍니다"라고 당부성 글을 적어 놓기도 하였다. 때로는 음화(불알 그림) 같은 것도 그려 놓았다. 세책에 이런 욕설을 적어 놓거나 음화를 그린 것으로 미루어 세책본 고소설의 독자를 남성들이라고 추정할 수 있다. 그렇다면 19세기 말 이전까지만 해도 대다수였던 여성 독자계에 이후 교양 수준이 떨어지는 서민 남성들도 끼어들었다는 소리다.

세책은 주로 통속적 국문 소설이었지마는 일부 서양 소설을 번역한 것도 있어 흥미롭다.

세책 가격은 한 권당 5전 정도였는데, 당시 물가로는 적지 않은 금액이었다. 돈이 없으면 반지, 은비녀, 귀고리, 대접, 주발, 놋그릇에, 심지어는 주걱, 이쑤시개, 귀이개, 족집게, 안경, 담배쌈지, 담요, 방석 따위를 저당잡히기도 하였다. 그야말로 온갖 생활 물품이 모두 소설을 빌리는 데 소용된 셈이었다.

연구에 의하면 현재 이 세책본 고소설은 70퍼센트 정도가 일본의 동경대학 도서관과 동양문고, 천리 대학 도서관, 경도 대학과 미국의 하버드대학 옌칭 도서관, 프랑스의 동양어학교와 기메 박물관, 영국의 대영 박물관 등에 흩어져 있다. 일본의 동양문고에는 가장 많은 세책본 고소설이 있는데, 모두 구한말 이 땅이 열강들의 각축장이 되었을 때 소설 또한 이리저리 낯선 배에 태워진 것이다. 민족의 비운을 소설도 비켜 가지는 못하였다.

세책은 사실 우리나라만의 현상이 아니었다. 중국과 일본은 물론 서유럽에서도 보였다. 중국에는 방물을 팔러 다니는 화랑(貨朗)이 그 구실을 하였으나 그다지 성행하지는 못한 듯하고, 영국은 우리의 경우와 흡사하여 흥미롭다. 영국은 18세기 중엽쯤 세책집(circulating library)이 있었는데, 출판자 겸 서적 판매업자가 이때 등장하였다. 18세기 초 독일에서도 이 세책점이 보인다. 일본은 에도(江戶) 시대부터 있어서 '카시혼야(貸本屋)'라는 세책집이 꽤 유명하였다.

영화 〈음란서생(淫亂書生)〉(2006)

학식과 품격을 두루 갖춘 사대부 명문가의 양반이 우연히 음란 소설 창작에 빠져 들면서 벌어지는 이야기를 담은 영화다. 이 영화에서 음란 소설 출판업자 황가(오달수 분)가 바로 세책가다. 조선의 음란 소설과 세책가에 초점을 두고 상상력을 활짝 펼친 영화로서, 우리 고소설의 현재적 의미와 가치를 발견케 하였다.

세책본 고소설이 있기 전부터 영리를 목적으로 책을 빌려 주는 세책가가 있었는데, 이 세책가는 수입한 서적도 다루었다. 서적의 수입은 주로 역관을 통해서였으며, 역관이 수입한 서적은 서쾌(書儈·册儈: 서적 중개상)가 국내에서 유통을 담당하였다. 이 서쾌가 얼마나 대단했는지 정약용과 조수삼, 조희룡은 조신선(曹神仙)이라는 서쾌의 전까지 남길 정도다.

여하간 소설 독서 문화를 가능케 한 데는 세책가의 등장이 가장 크다. 정확히 말하자면 우리가 부르는 세책가는 조선 후기에 국문 소설이 유행하는 시류에 편승하여 주로 필사본을 마련해 놓고 그것을 원하는 고객들에게 대여하는 것을 업으로 했던 사람들을 말한다. 세책가는 가난하지만 식자층인 하층 양반이거나 중인층이 대부분이었지만 간혹 술집 주인이나 여관 주인도 있었다. 아마도 세책이 안정된 수입원이 아니기에 전당포나 잡화점 같은 것과 함께 운영한 듯하다.

판각본(板刻本, 방각본)

"두 나무도 원통해할 것이다(二木亦寃矣)." 떡갈나무로 판목을 만들고, 닥나무로 종이를 만들어 천하디천한 방각본 소설을 찍어 냈으니 두 나무가 원통해한다는 내용이다.

이 글은 이옥(李鈺, 1760~1813)의 《담정총서》 권28 〈봉성문여〉에 보이는데, "대개 패사를 짓는 자는…… 황당함으로 황당함을 만들어 스스로 망령된 부류에 속해서 단지 한 번 웃음거리가 되는 것과 같겠는가? 그러나 떡갈나무 판목에 새겨서 닥나무 종이에 찍어 냈으니, 두 나무가 또한 원통해할 것이다"라고 되어 있다. 하찮은 소설을 떡갈나무 판목에 새겨서 닥나무 종이에 찍어 냈기에 두 나무가 원통해할 것이라는 내용이 재미있으면서도 소설에 대한 혹독한 경시를 어림작할 수 있기에 좀 떨떠름하다.

하지만 이옥의 저 말을 그대로 믿어서는 곤란하다. 이옥은 이 책에서 몇 차례 더 이름이 보일 만큼 소설과 아주 가까이 있던 사람이기 때문이다. 특히나 그가 〈숙향전〉을 읽고 쓴 시나 〈심생전(沈生傳)〉이란 소설은 우리 고소설사에 작지만 아름다운 공간을 마련해 두었다. 〈심생전〉은 이옥이 '소설을 써야겠다' 하고 쓴 것이 아니었으나 현재 학계에서는 한문 단편 소설로 인정하는 데 별 이의가 없다. 글줄이 예쁘고 결말이 참 슬픈 작품이다. 그래 딱히 자리를 마련 못했기에 여기서 〈심생전〉에게 눈길만이라도 주고 가야겠다.

"버들 같은 처녀의 눈과 별 같은 청년의 흰 눈, 네 개의 눈동자가 마주쳤다(柳眼星眸 四目相擊)." 종로에 임금의 행차가 있었다. 장엄하고도 화려했다. 돌아서는 심생의 눈길을 빨간 보자기 둘러쓰고 여종에게 업혀 가는 한 처녀의 뒤태가 곱게 채뜨렸다. 소광통교까지 붙따랐다. 홀연 회오리바람이 일었다. 팔랑, 보자기가 반쯤 걷혔을라나. 복숭아처럼 붉은 뺨엔 연지가, 버들 같은 눈동자 위엔 고운 눈썹이 버들같이 휘었다. 파란 저고리에 다홍치마를 입은 처녀였다.

처녀의 눈에 남빛 두루마기에 초립을 쓴 해끄므레한 청년의 얼굴이 보였다. 뒤따르던 발소리의 주인이었다. 청년의 흰 눈동자가 쏟아져 들어왔다. 서울 양반가의 준수한 청년 심생과 호조 이방으로 은퇴한 중인 외동딸의 첫 만남이다. 그날 심생은 처녀의 집 담을 넘었다. 그렇게 저녁달을 보고 가 처녀의 방 옆에 있다가 새벽달을 보며 돌아왔다. 처녀는 나직한 목소리로 국문 소설을 읽기도 하고 바느질도 하더니 예니레쯤 되는 날부터는 밤잠을 이루지 못하였다. 서른 날이 되던 날 처녀는 작심한 듯 심생을 불러 들여 부모님께 만난 날부터 서른 날까지의 경위를 말한다.

"전 뜻을 정했어요. 아버님 어머님은 너무 걱정 마세요." 그날 처녀는 여인이 되었다. 그들의 정이 쌓일 무렵 심생의 집에서 이 일을 알았다. 처녀의 집안이 중인으로 밥술깨나 먹는 터수일지라도 사대부가 심생에 비길 바 아니었다. 양반이란 두 글자는 완강하고도 인색했다. 결국 심생은 절간에 공부를 하러 들어가고, 한 달이 될 무렵 한 통의 편지를 받는다. 유서가 된 편지였다.

"봄추위가 아직도 풀리지 않았어요. 절에서 공부하시는 몸은 평안하신지요…… 아아, 슬프군요. 창 앞에서 만나는 일도 이제는 영원히 못하게 되었어요. 다만 원하는 것은 낭군께서 천한 이 몸을 괘념치 말고 학업에 전념하여 청운의 뜻을 이루시는 거예요. 귀하신 몸 잘 보전하세요. 잘 보전하세요."

심생의 울음이 절간 앞 산자락을 종일토록 넘었다. 심생은 그 뒤 붓을 버리고 무과를 택해 벼슬에 나아갔으나 일찍 죽고 말았다. 짧고도 가슴 아픈 사랑 이야기는 여기서 접고 하던 방각본 이야기로 넘어간다.

일단 방각본에 대한 정황을 일별하자.

일찍이 16세기에 그 모습을 드러낸 방각본은 독서계의 문풍을 서서히 변화시켜 18~19세기를 거쳐 20세기 초, 구활자본에 자리를 넘길 때까지 긴 여정 속에서 독서 문화 전반에 걸친 신기원을 써 내려갔다. 방각본 소설은 특히 남성 독자층의 취향과 가까웠으며, 1860년대에서 1890년대까지 전성기를 누렸다. 남성 독서인들은 방각본 〈구운몽〉과 〈임경업전〉, 〈조웅전〉을 많이 읽었다. 여성 독자층은 주로 〈사씨남정기〉와 〈박씨전〉, 〈창선감의록〉 등과 같은 필사본 소설을 즐겨 읽어 성별의 차이를 확연히 가늠케 하였다. 신분적으로는 서리 중심의 중인 계층이 대거 소설의 독자로 편입되었으니, 이제 소설은 더 이상 금기의 대상이 아니었다.

소설이 대중에 의해 소비되자 급격히 조선 독서 문화를 장악하였다. 급기야는 조선 후기의 주류적인 사회 현상으로까지 이어지니, 반발 또한 만만치 않았다. 채제공의 '여사서서', 이덕무의 《사소절》, 《청장관전서》, 이학규의 《낙화생고》 같은 책들은 전근대적 독서 문풍에 대한 애착과 소설에서 오는 폐단을 지적하고 이를 막고자 한 지식층의 고민들이었다.

조선시대에 마을[坊]에서 판매할 목적으로 간행한 책으로 처음에는 목판으로 인쇄해 방각본(坊刻本)·방간본(坊刊本)이라고 한다. 이 용어는 중국의 남송 때 서방(書坊) 또는 방사(坊肆)에서 민간이 판매 목적으로 책을 목판에 새겨 찍어 낸 데서 쓰인 것이지만, 일본인 한국학자 마에마 교오사쿠(前間恭作)가 《조선의 판본》에서 사용하기 시작하여 오늘날에까지 이른 말임도 알고는 있어야겠다. 나무에 글씨를 새긴다는 의미의 판각본(板刻本)이라는 명칭을 사용했으면 하나, 이미 방각본이라는 용어가 굳어진 형태이기에 고치기는 어려울 듯하다.

그건 그렇고, 방각본은 필사본으로 전해져 오던 고소설을 영리 목적으로 국문(대부분)으로 판각(版刻)하여 출판한 것인데, 현재 가장 이른 것은 1725년 나주에서 간행된 한문본 〈구운몽〉이다. 국문본 최초의 출판은 〈소대성전〉인 듯한데, 아직 실물이 발견되지 않았다. 이후 1780년 〈임경업

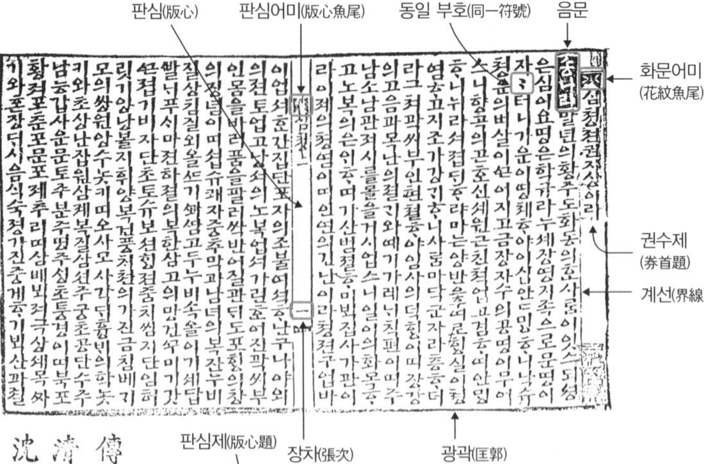

방각본 소설의 명칭(〈심청전〉, 경판본 16장본)

화문어미 물고기 꼬리 모양의 도형이나 연화문으로 권두의 허전한 공간을 장식하는 소박한 미의식.

권수제 책의 제목.

계선 본문의 각 줄 사이를 구분하기 위해 그은 선.

음문 '각설', '이때'와 같은 어휘나 문장의 시작, 표제(標題) 등 시각적 효과를 누리기 위해 글자를 옴폭 들어가게 새긴 글자.

광곽 책장의 네 변에 돌려진 검은 선.

판심 책장의 가운데를 접어서 양면으로 나눌 때 그 접힌 가운데 부분.

판심어미 판심에 인쇄하는 물고기 꼬리 모양의 도형. 위쪽에 있고 그 아래에 책명(冊名)을 넣었으며, 그 아래 부분에는 권차와 장차를 인쇄한다.

판심제 판심에 표시된 책의 이름.

장차 장의 차례.

동일 부호 〃형, ㄑㄑ형, ㇾ형 등이 있다. 앞 글자가 반복될 때 쓰는 표시.

전〉, 1847년 〈전운치전〉, 1848년 《삼설기》 등으로 이어졌으며, 1937년 양책방(梁冊房) 간행본이 가장 늦다.

방각본의 등장은 소설 독자의 증가와 상관성이 있었다. 방각본이 널리 퍼졌다는 사실은, 필사본만으로는 소설 독자를 감당키 어려웠고, 소설 독자층이 남녀노소, 양반과 상놈 가릴 것 없이 광범위하게 퍼졌다는 정황적 증거이기 때문이다.

우리가 방각본 고소설을 볼 때 유의할 점도 하나 짚어 보자. 그것은 필사본 소설이 방각본으로 간행될 때 일부 작품에서 축약과 생략이 이루어졌다는 점이다. 특히 대장편 소설이 그러한 경우인데, 분량이 길어 필사본 그대로를 찍었다가는 수지를 맞추기 어렵기 때문이었다. 이러한 양상은 활자본에서도 찾을 수 있다. 〈화산기봉〉 같은 경우 필사본은 13권 13책인데 반하여, 활자본은 그 반토막인 6권에 지나지 않는다. 활자본이 필사본 〈화산기봉〉의 앞부분만을 대상으로 출판하였기 때문이다.

서체와 판각은 지방에 비해 서울이 정교하였다. 우선 '방각본'부터 좀 더 설명하고, 이에 대해 소상히 살펴보자. '방각본'은 책의 발행소에 따라 분류된 명칭의 하나로 일본 용어다. 책의 발행소를 '판원(板元)'이라 하는데, 이 역시 동일한 경우다. 발행소는 '○○동 신간(○○洞 新刊)', 혹은 '완산(전주) 신간'이라고 동리 이름을 기록하였다. '방(坊)'은 앞에서 이미 말했듯 동네라는 뜻이요, '각(刻)'은 새기다라는 의미이니, 책의 발행소가 어떤 한 마을이다. 이 마을에서 조판 작업을 전문으로 하는 사람인 각수(刻手)가 목판에 새긴 판본으로 찍어 내는 것이 방각본이다. 방각본은 남성들이 만들었으며 주로 남성 취향의 소설이 많아서인지 부쩍 서민 남성 독자층이 늘었다.

책의 발행소에 따라 분류하면 관청에서 출판한 관각본(官刻本), 사찰에서 출판한 사각본(寺刻本), 개인이 가정에서 출판한 사각본(私刻本), 그리고 상인인 민간 출판업자가 판매 목적으로 출판한 방각본 등으로 나누어지는데, 특히 조선 후기인 19세기 이후 가장 많이 대중에게 읽히고 유통된 책이 방각본이다. 물론 방각본의 대종은 소설이니, 이 방각본의 출현으로 필사본은 차츰 자리를 감춘다.

좀 더 설명하자면, 방각본이란 조선 후기 상인들에 의하여 목판(木板)으로 각서(刻書)되어 서점에서 판매되던 일련의 책자들을 지칭하는 용어로, 시장성을 전제로 하였다는 점이 특징이다. 즉, 방각본은 그 전면에 이윤을 내세우기 때문에 대중적인 기호에 영합할 수 있는 책을 만들어 냈다. 그리고 이러한 방각본의 특성은 자연히 대중과 긴밀한 연결을 갖고 있는 소설(小說)과 연결된다.

이 방각본 소설들은 목판본(木版本)이 중심이었고, 상인들의 이윤 추구 목적에 부합된 것으로, 주된 독자는 서리, 농민, 부녀자 등 서민층이었다. 따라서 '독자의 기호에 영합', '출판의 질적 저하' 따위의 부정적인 측면이 없는 것도 아니었다. 그렇지만 지금까지 일부 양반 지식층에 한정되던 문자의 혜택과 무료함을 달래던 파한적(破閑的) 소설이, 대중성을 획득하여 종래에는 문명을 개화시키고 독서 문화를 널리 향유할 수 있는 기회를 제공했다는 사실은 간과할 수 없는 부분이다.

특히 저급한 '나부랭이'인 소설의 효용성(效用性)은 민중을 개화하려는 선각자들에게까지 이어졌다. 박은식(朴殷植, 1859~1925)의 〈서사건국지〉와 신채호(申采浩, 1880~1936) 〈근금 국문 소설 저자의 주의〉 등에서 이러한 소설의 효용성을 쉽게 찾아볼 수 있다. 박은식의 〈서사건국지〉 일부를 인용해 보자. 박은식은 〈서사건국지〉 서두를, "부(夫) 소설자(小說者) 감인(感人)이 최이(最易)하고 입인(入人)이 최심(最深)하여 풍속계급(風俗階級)과 교화정도(教化程度)에 관계가 심거(甚鉅)한지라. 고로 태서(泰西) 철학가가 유언(有言)하되 기국(其國)에 입(入)하여 기 소설의 하종(何種)이 성행하는 것을 문(聞)하면 가히 기국의 인심풍속과 정치사상이 여하한 것을 도(覩)하리라 하였으니, 선재(善哉)라 언호(言乎)여"라고 말머리를 트고 있다. 소설의 효용성을 한껏 높이는 발언임에 틀림없다. 이 점은 우리의 소설사뿐만 아니라 출판사에도 적지 않은 의의를 부여한다.

이러한 방각본 소설을 정리하면, 전주를 중심으로 한 완판본(完板本), 안성의 안성판본(安城板本), 서울의 경판본(京板本)으로 대별된다. 1900년대 초 대구의 달성에서도 방각본이 간행되었으나 소설은 없다.

방각본의 판종으로는 목활자본, 목판본, 토판본, 석판본, 연활자본 등이 있다. 대부분의 방각본은 목판본인데 더러 토판이 섞여 있다. 현존 방각본 중에서 토판본은 〈조웅전〉 3책 전부, 〈장경전〉 1책 중 일부, 〈홍길동전(洪吉童傳)〉 1책 중 일부에 보이는데 모두 완판본이다.

방각본 간행 장소

• 서울

종로 지역은 우리나라 상층 문화의 집약지이며 조선시대부터 현재까지 문화와 예술의 생성 공간이다. 특히 조선 5백 년간의 수도요, 근대를 거쳐 현대에 이르기까지 한반도의 문화와 예술의 총본산 지역이다. 따라서 수십 종의 문화재는 이미 여러 경로를 통하여 문화유산으로 일찍이 그 가치를 인정받았다. 그러나 아직도 품만 들인다면 수다한 종류의 문화재를 발굴해 낼 수도 있다.

이를 문화 콘텐츠 산업과 연계한다면 여기저기에 그대로 살아 숨쉬고 있는 종로의 숨은 문화유산을 발굴·보존·계승하는 것은 물론이거니와, 좀 더 체계적이면서도 종합적인 정리를 통하여 문화 산업으로까지 나아갈 수 있다는 생각이다.

아울러 일제 치하 종로는 일본인의 거점인 중구의 정동과 대립하면서

민족 자존심 차원의 결곧은 저항 또한 만만치 않은 특이성을 지니고 있음도 살필 수 있다. 이것은 타 지역과 변별점인 동시에, '종로성(鍾路性)'이라는 지역적 정체성으로 이해할 수 있다. 특히나 고소설과 종로는 밀접한 관련을 맺고 있으니, 1900년 어름 종로 출판 문화의 어제를 살펴, 오늘과 내일을 이끄는 방편으로 삼았으면 한다.

종로 지역의 출판은 크게 조선시대, 일제시대, 해방 이후로 나눌 수 있다.

조선시대는 각종 출판이 궁궐에서 이루어졌으나, 문학, 지리, 역사 등 관련 출판물은 제외되었다. 일제 치하에는 동아일보가, 해방 이후에는 한국일보 등의 신문사와 CBS 등의 방송사가 위치하였으며 종로서가 있던 관계로 각종 독립 관계 자료를 찾을 수 있는 행정 문헌이 출판의 대종을 형성하였다. 특히 일제 치하의 출판계는 종로를 중심으로 형성되었다는 사실과 방각본 및 구활자본 고소설이 집중 출판되었다는 것에 주목을 요한다. 해방 이후로는 종로의 문화를 기반으로 한 학술지를 찾을 수 있으며 을지서적, 종로서적, 교보문고 등이 등장하여 우리나라의 출판 문화를 이끌었다.

안타깝게도 조선 5백 년 출판의 역사를 요약한다면, 결국 '태산명동(泰山鳴動)'으로 시작하여 종로를 크게 벗어나지 못하고 '서일필(鼠一匹)'로 마무리된 형국이다. 조선 말기에는 주자소가 선인문의 북쪽에 있었는데, 의외로 목판이 많으며 그때까지도 조선의 출판물들은 대중의 교화 정도에 관련되거나 사족들을 위한 것이 대부분이었다.

이러한 종로의 출판, 아니 조선의 출판은 1880년을 지나며 근대적 활자본 시대로 들어서 그 모습을 일신하게 된다. 전술한바, 세계 최초의 금속활자 운운은 더 이상 발전하지 못하였고 조선의 인쇄술은 서양 인쇄술의 전래로 비로소 근대로 들어서고 말았으니, 근대 인쇄술에 관한 한 종로도 한 발짝 뒤로 물러설 수밖에 없었다.

〈열여춘향슈절가라〉 완판본(18장본)

대중에게 소설의 시대임을 알린 방각본 소설은 후일 언문 소설 중에서도 천한 존재가 되었다. 최남선은 〈조선의 가정문학〉(매일신보, 1938)에서 당시 언문 소설을 셋으로 나누었는데, 이 방각본을 가장 낮추어 보았다. 최남선은 '궁중에서 번역하여 보던 것으로 〈홍루몽〉 같은 소설이 고급이요, 경성에만 있는 세책본이 중간이요, 가장 저급한 것이 방각본 소설'이라고 하였다.

만약 아래에서 다룰 방각본이 없었다면 종로의 출판사(出版史)는 퍽 싱거웠을 듯하다.

경판본의 방각(간)소〔坊刻(刊)所〕는 주로 종로와 명동에 있었는데 아마도 사통팔달의 요충지였기 때문인 듯하다. 지금까지 밝혀진 간소(刊所)는 21개요, 간기(刊記)를 적은 작품은 72종인데, 그중 종로의 방각소로는 포동(布洞: 의주로 2가 일대), 합동(蛤洞: 합동 일대), 송동(宋洞: 혜화동과 명륜동 일대), 광통방(廣通坊: 서린동 일대), 홍수동(紅樹洞: 창신동 일대) 등을 들 수 있다.

경판본 방각 소설로 가장 먼저 보이는 것은 경기(京畿)라는 방각소에서 간행한 〈임경업전〉(1780)이다. 그러나 이곳이 구체적으로 어디인지는 알 수 없고 위치를 비정할 수 있는 곳으로는 〈주해천자문(註解千字文)〉(1804)과 〈삼략직해(三略直解)〉(1804)를 간행한 광통방 간소다. 방각본은 국문 소설이 39종으로 압도적이다. 방각본 소설을 가장 많이 간행한 곳은 홍수동(8종)이며, 유동(7종), 송동(6종), 무교(3종)로 이어진다. 홍수동 간본을 살펴보면, 〈장풍운젼〉(1859), 〈삼국지〉(1859), 〈숙영낭ᄌ젼〉(1860), 〈신미록〉(1861) 등 모두 국문 소설이다.

이러한 방각본 출판은 이후, 1880년대로 들어서며 연활자(鉛活字) 인쇄술이 들어와서도 계속 발행되었다. 인사동에 있던 대표적인 방각본 고소설 출판소이자 판매처인 한남서림(翰南書林)은 1930년까지 명맥을 유지하였다. 한남서림을 운영하였던 백두용(白斗鏞)은 야담집인 《동상기찬(東廂記纂)》(1918)이나 한국 역대 필적을 모아 엮은 《해동역대명가필보(海東歷代名家筆譜)》(1926)를 편찬한 점으로 미루어 민족 의식을 지닌 종로의 근대적 출판 지식인이었다.

이러한 경판본 방각본의 의의는, 더 이상 양반만이 문자의 주인이 아님을 분명히 하는 중요한 상징이라고 할 수 있고, 그 중심에 종로가 있었다는 사실이다. 결국 19세기 종로의 출판은 우리나라 대중 문화의 한 축이었음을 분명히 하고는 근대적인 출판의 시대로 넘어간다.

• 안성

안성은 사통팔달의 요지로, 상업적 거점 도시였다. 이러한 지역적 이점으로 방각본 간행 장소에 안성이 이름을 넣을 수 있었다. 안성에는 '안성 동문리'로 지칭되는 방각소를 비롯하여 북촌서포, 박성칠서점, 신안서림, 광안서관 등 최소 다섯 곳의 방각본 발행소가 있었다. 연구에 의하면 안성판 방각본은 늦어도 1905년에는 영업 중이었다.

동문리에서는 주로 소설본이 출판되었고, 이는 북촌서포도 마찬가지였다. 북촌서포와 박성칠서점은 발행소와 발행인이 동일하다. 발행소는 경기도 안성군 보개면 기좌리이고 발행인은 박성칠이다. 박성칠서점에 이르러 많은 양의 소설과 여러 교양 서적들이 출판되었는데, 박성칠서점에서 간행된 작품으로는 〈삼국지〉, 〈춘향전〉, 〈심청전〉, 〈양풍운전〉, 〈임장군전〉, 〈장풍운전〉, 〈조웅전〉, 〈진대방전〉, 〈홍길동전〉 등이다. 이 소설들은 모두 1917년에 발행되었다.

신안서림과 광안서관은 소설류는 없이 교양 서적만 출판하였다. 북촌서포와 박성칠서점의 발행자였던 박성칠은 안성 동문리의 방각 활동에도 참여했을 것으로 추정된다.

그러나 서울에 너무 근접해 있고 또 시장이 크지 않아서인지 판본도 경판과 별다른 차이가 없다. 그리하여 간행된 작품이나 남아 있는 작품의 숫자가 많지 않다.

• 전주

방각본의 기원을 어느 때로 잡느냐 하는 문제는 아직 확증하기 곤란하다. 다만 밝혀진 바를 따르자면 방각본의 원류는 현존하는 물증으로 보아

전주판 《동몽선습(童蒙先習)》이 아닌가 한다. 이 전주판 《동몽선습》이 현존 간기로 보아 가장 오래된 것임에는 틀림없지만 '전주개판(全州開板)'이라 쓰인 간기가 관각(官刻)인지 아니면 방각(坊刻)인지 불분명하다. 방각본이라 믿는다면 전주 지방이 방각본의 시발지라 할 수 있다.

사실 전라도는 방각본에 관한 한 의미 있는 지역이다. 전주 이외에 태인과 전남의 나주 또한 방각본 간행 장소이기 때문이다. 방각본 장소라야 크게 다섯 곳에 지나지 않는데, 그중 세 곳이 전라도이다. 그 이유는 여러 가지가 있겠지만, 우선 전라도라는 지역적 특징에서 찾을 수 있다. 서울에서 멀리 떨어져 있어 비교적 자유로운 사고를 할 수 있으며 지리산을 업고 있어 종이의 산지이고, 무엇보다도 일찍이 출판 기술이 발달한 수공업 도시요, 상업 도시라는 점에서 방각본의 첫 출현지로서는 적합한 곳이다.

전주 지방에서 완판본 방각본(전주의 옛 이름이 완주다. 전라도에서 판각된 방각본은 모두 이 이름을 따 '완판본'이라 통칭한다)의 출판과 보급을 한 것은 주로 탁종길(卓鍾佶)의 서계서포(西溪書鋪)와 양진태(梁珍泰)의 다가서포(多佳書鋪)였다.

정읍에 인근한 태인과 무성 또한 방각본 장소였다. 태인에서는 《명심보감초(明心寶鑑秒)》(1664, 泰人孫基祖開刊)가, 무성에서는 《고문진보(古文眞寶)》(1676, 武城田以采)와 《농가집성서(農家集成書)》(1686, 武城田以采朴致維謹)라는 방각본이 만들어졌다. 정확히는 알 수 없으나 박(朴), 손(孫), 전(田) 씨 들에 의하여 방각본이 만들어졌음을 알 수 있다. 박, 손, 전 씨 들의 신분은 구체적으로 알 길이 없으나, 여러 정황으로 미루어 아전일 듯싶다. 조선 후기 학자 이옥의 《담정총서》 권28 〈봉성문여〉에서도 중국 소설인 《전등신화》를 언급하며 "그 문장이 모두 비루하고 천박하여 쉽게 알 수 있고, 또 쉽게 본받고 모방할 수 있어 우리나라의 서리들은 필히 그것을 읽었다(其文詞皆鄙俚淺弱 易知而易効 故我東吏胥必讀之)"라는 기록을 찾을 수 있다. 이로 미루어 보건대, 아전들과 소설은 매우 긴밀한 관계였음에 틀림없다.

우리나라 사람이 쓴 소설을 최초로 간행한 곳은 나주다. 영조 1년(1725) 한문본 〈구운몽〉이 신간되었다. 〈구운몽〉 뒤에는 '숭정재도을사금성오문신간(崇禎再度乙巳錦城午門新刊)'이라는 간기가 보인다. '숭정'은 명나라의 마지막 황제 의종(毅宗, 1628~1644) 때의 연호요, '재도'는 또다시, 혹은 재차라는 뜻이다. '을사'는 1725년, '금성'은 전라남도 나주에 있던 성이요, '오문'은 성곽의 남쪽 문이라는 뜻이다. 그러니까 '숭정재도을사'는 숭정 원년이 인조 6년(1628) 무진년이니, 그로부터 1도(度) 을사가 현종 6년(1665), 2도(度) 을사는 영조 1년, 즉 1725년이다. 이 1725년 나주성의 남문 쪽에 방각 장소가 있었고 여기서 신간을 찍어 낸 것이다.

이 '전라남도 나주 금성 오문 신간 방각본 〈구운몽〉'이 지금까지 밝혀진 자료 중 가장 오래된 것이고, 방각본 소설로서도 가장 앞선다. 참고로 경판본 최초 소설은 1848년 유동(由洞)에서 간행된 한글 단편 소설 모음집 《삼설기(三說記)》다. 제1권에는 〈삼사횡입황천기(三士橫入黃泉記)〉, 〈오호대장기(五虎大將記)〉, 제2권에는 〈서초패왕기(西楚覇王記)〉, 〈삼자원종계(三子遠從戒)〉, 제3권에 〈황주목사계(黃州牧使戒)〉, 〈노처녀가(老處女歌)〉 등 모두 6편의 고소설을 싣고 있다(신구서림의 구활자본인 《별삼설기(別三說記)》에는 〈오호대장기〉가 빠져 있고, 〈노처녀가〉가 개작된 것이 〈꼭독각시전〉이라는 소설이다). 전주에서 〈구운몽〉 방각본이 첫선을 보인 지 123년이나 지난 뒤였다.

• 제주

방각본으로 분류할 수는 없지만, 제주에 흥미로운 출판이 있어 덧붙인다. 인조(仁祖, 1595~1649) 때인 1627년에 출판된 〈삼국지〉 판본이 그것이다. 이 판본을 간행한 것이 누구인지는 알 수 없으나 간기(刊記)에는 분명 "세재정묘탐라개간(歲在丁卯耽羅開刊)"이라고 적혀 있고, 제목은 〈신간교정고본대자음석삼국지(新刊校正古本大字音釋三國志)〉이다. 이 기록에서 〈삼국지연의〉가 일찍이 제주에까지 퍼진 것을 알 수 있다.

구활자본(舊活字本, 딱지본)

구활자본 시대가 열렸다. 연대는 1910년대이고, 장소는 역시 종로였다. 종로에서 만들어진 구활자본 고소설은 서적상들에 의해 전국으로 팔려나갔고, 다시 이를 행상들이 메고 주로 시골 장터를 돌아다니며 팔았다. 서울에서도 서점 외에 야시장 한 귀퉁이에 구활자본 소설이 자리 잡았다. 기록을 보면 "세창서관의 주인인 신태삼이라는 자가 5일 동안 50~60원분을 메고 다니면서 하루에 20원씩 벌었다"는 기록이 있을 만큼 잘 팔렸다. 1920년대 노동자 하루 임금이 40~90전에 지나지 않았으니 꽤 많은 금액이다.

재미있는 질문 하나 해보자. 1920년대 문맹률이 80퍼센트 정도였는데 왜 잘 팔렸을까? 팔봉 김기진(金基鎭)은 이에 대한 답을 저렇게 일러 준다. "우리의 노동자와 농민은 반드시 눈으로 소설을 보지 않고 귀로 본다…… 한 사람이 목청 좋게 읽으면 여러 사람이 듣는다. 듣다가 오줌이 마려워도 조금 더 듣고 싶어서 잠깐만 참자 하다가 오줌을 싼다."• 앞 시대부터 연면히 이어져 온 전기수의 후예들도 있겠지만, 전기수와 같이 맛깔나게 고소설을 읽는 이야기꾼이 저 시절에도 있었다는 의미다. 기록에 보면 이러한 이야기꾼들이 1930년대까지도 꽤 많았던 듯하다. 그러니 문맹인 자들도 이 이야기꾼 앞에만 가면 구활자본 고소설을 줄줄 읽는 데 아무런 문제가 없었다. 비록 '읽는 소설'의 시대로 들어섰지만, 아직도 듣는 소설의 시대는 이렇게 진행 중이었다.

• 김기진, 〈대중소설론〉, 동아일보, 1929. 4. 17.

애석한 것은 구활자본의 시대로 접어들면서 안성과 전주는 소설사에서 그 이름을 감추었다는 점이다.

종로의 출판은 신식 연활자와 서양식 인쇄 기계가 수입되고, 한성순보(漢城旬報)가 발행된 1883년(고종 20)을 기점으로 신구로 나뉜다. 이후 1904년 12월에는 탁지부(度支部)에 새로 인쇄국을 설치하여 전환국의 인쇄 시설과 제지 공장을 이어받았다. '탁지부'는 지금의 종로구 세종로 84번지에 있었던 것으로, 1902년 서울 지도에 나타나 있다.• 슬프게도 한일 의정서 체결로 주권을 빼앗긴 상태에서 일본인 메가타 다네타로(目賀田種太郎)가 탁지부의 고문으로 앉게 되면서부터다. 이후 탁지부 인쇄국은 1906년 3월 1일 화재로 각종 인쇄 시설이 모두 불타 버렸으나 대대적인 복구 작업을 거쳐 1909년에 인쇄 공장과 제지 공장이 오히려 증축되고 인쇄 및 제지 기계, 발전 설비 등이 크게 확충되었다. 더구나 인쇄국에는 활판과 석판 인쇄 시설 외에도 활자 주조 시설, 인쇄 잉크 제조 시설 등을 갖추었고, 전기 도금 판과 사진 제판술까지 도입되었다. 1900년대에 종로의 출판은 자의적이든 타의적이든 조선 최고의 위치를 점하였다.

근대식 인쇄기가 도입되었다 하더라도 종로의 출판 문화는 신구의 문화가 다양한 형태의 출판을 보인다. 특히 앞에서 살핀바, 방각본 고소설은 그대로 살아남아서 활자만 갈아타고 구활자본(舊活字本) 고소설의 시기로 이어진다. '구활자본'이란 현대식 활자를 중심으로 한 명칭이다. 따라서 학자들 간에는 구활자본, 활자본 등으로 부른다. 활자는 연활자(鉛活字)를 사용하였다.

이 구활자본 고소설이 신식 문물과 박래품(舶來品)에 대한 서구적 호기심과 각종 근대적 문화 활동에 따른 서책과 인쇄물, 그리고 문화에 대한

• 〈KOREA〉 Vol II 부록 지도, Royal Asiatic Society, 1902.

대중의 왕성한 욕구가 부른 출판의 시대 한복판을 알심있게 차고 앉았다는 점을 예의 주시할 필요가 있다. 즉, 시골 양반 서울 상경과 같은 어근버근한 모양새이기 때문이다. '모던(morden)'이 화두이고 '문명 개화꾼'이 종로통을 활보하던 시대가 아닌가. 그런데 굳이 서양식 근대 문물로 매만진 인쇄가(印刷家)의 장자(長子)로서 천하고 예스러운 고소설을 근대 문명인에게 내세워 읽힌다는 것은 선뜻 이해되지 않는 상황이다.

더구나 구활자본 고소설은 무단 통치와 토지 조사 사업으로 일제의 식민지 정책이 노골화되고 조선인의 감정이 극도로 불편하였을 때인 1912년부터의 일이라는 점도 간과할 수 없으며, 조선의 심장인 종로 한복판에서 일어난 일이기에 더욱 그렇다. 만약 고소설 출판을 일제의 검열에 대한 우회로 추론한다면 그 은유는 무엇일까?

일단 20세기 어름의 출판 상황을 일별하고 이에 대한 생각을 정리해 보겠다. 이 무렵에 종로의 대표적인 인쇄소로는 보진재인쇄소, 문아당, 광문사(廣文社), 성문사(誠文社), 보성사(普成社), 대동인쇄주식회사(大東印刷株式會社) 등이 있었는데, 모두 우리 출판사에 큰 족적을 남겼다.

비교적 좋은 시설을 갖추었던 보진재인쇄소와 문아당에서는 고소설 출판 기록을 찾기 어렵고 광문사도 두어 편의 고소설만 인쇄하는 데 그쳤다. 홍순필(洪淳泌)이 설립한 성문사는 공평동에 있었는데 〈옥중가인〉(1914), 〈금강취류〉(1915), 〈소상강〉(1915), 〈초한전쟁실긔〉(1917), 〈현씨양웅쌍린긔〉(1920) 등의 고소설을 인쇄하였다.

보성사는 지금의 수송동에 있었는데, 본래 이용익(李容翊)의 투자로 설립된 《천도교월보(天道敎月報)》 등을 발행하는 출판 기관이었다. 그러던 것이 천도교 본부에서 이를 경영하면서 후일 기미선언서 33인의 한 사람인 이종일(李鍾一, 1858~1925)을 사장으로 내세워 1905년에 보성사를 설립하였는데, 직원이 무려 60명이나 되었다. 이 회사는 8면 활판기 등을 독일에서 수입하고 석판 인쇄 시설까지 갖춰 당시 한국인 인쇄소로서는 시설이 가장 좋았다. 조선독립신문과 〈독립선언서〉를 비밀히 찍은 후 출판사의 전면에서 사라졌는데 〈수호지〉(1913), 〈노처녀고독각씨〉(1916), 〈황장군전〉(1917), 〈소운뎐〉(1918), 〈쟝비마초실긔〉(1918), 〈현토주해 서상기〉(1919) 등 어림잡아도 수십여 종의 고소설을 발행 및 인쇄하였다. 이종일이라는 민족주의자와 고소설의 친근성을 엿볼 수 있는 대목이다. 이종일의 경우로 미루어 보면 당시의 출판 관련 인사들을 단순한 영리 차원의 서적상(書籍商)쯤으로 여길 수 없다.

공평동에 있던 대동인쇄주식회사는 〈강태공전〉(1920), 〈정을션전〉(1920), 〈현토주해 서상기〉(1922), 〈금송아지〉(1923), 〈츈몽〉(1924), 〈장화홍년전〉(1926), 〈초한전〉(1926), 〈텬정연분〉(1926) 등의 작품을 꾸준히 인쇄하였다.

이 시기 고소설 발행소로 덕흥서림(德興書林), 박문서관(博文書館) 등은 더욱 눈에 띈다. 김동진(金東縉)이 주인으로 견지동에 있었던 덕흥서림은 〈일대용녀 남강월〉(1915), 〈강릉추월〉(1917), 〈현토 옥루몽〉(1917), 〈죠선태죠대왕전〉(1926) 등을 80회에 걸쳐 발행했으며, 이후 1930년대까지 지속적인 영업을 하였다.

남대문에 있다가 봉래동으로, 그리고 지금의 종로 3가에 정착한 노익형(盧益亨)이 설립한 박문서관은 구활자본 고소설 제2호 출간이라는 영예를 안았다. 1912년 8월 17일에 간행된 〈옥중화〉가 바로 그 구활자본 고소설이다. 〈옥중화〉는 현재 신소설로도 분류되나 판소리 명창인 박기홍(朴基洪)의 〈춘향가〉 사설을 바탕으로 한 것이기에 고소설로 분류한다. 〈옥중화〉로 미루어 보자면 구활자본 고소설 속에는 신소설도 있음을 알 수 있다. 실상 이인직의 신소설인 〈은세계〉는 이미 1908년(융희 2) 11월 동문사(同文社)에서 간행된 구활자본이지만 고소설이 아니기에 제외한 것이다. 물론 구활자본 속에는 이 신소설 이외에도 야담, 재담 따위의 장르도 들어 있으니 '구활본=고소설'이라는 오해는 말아야 한다.

구활자본 고소설 제1호는 이보다 7일 먼저 유일서관(唯一書館)에서 간행한 〈불로초(不老草)〉(〈토끼전〉)이다. 박문서관은 이후 〈심청젼〉(1916), 〈정을션전〉(1920), 〈츈몽〉(1924), 〈슈뎡삼국지〉(1928) 등 고소설을 93회에 걸쳐 발행 및 도매(都買), 산매(散賣)하였다.

그리고 견지동의 대창서원(大昌書院)은 72회, 경성서적업조합(京城書籍業組合)은 49회, 조선도서주식회사(朝鮮圖書株式會社)는 31회, 종로의 영창서관(永昌書舘)은 51회, 한성서관(漢城書舘)은 46회, 송현동의 광동서국(光東書局)은 34회에 걸쳐 고소설을 발행했다. 이외에도 앞에서 언급했던 한남서림(翰南書林), 견지동에 있던 고금서해(古今書海), 종로의 광학서포(廣學書鋪), 동양서원(東洋書院), 경성서관(京城書舘) 등의 출판사들이 다투어 1910~1920년대의 고소설을 간행, 판매하였다.

특히 앞에서 발행 횟수를 언급한 종로에 둥지를 튼 출판사들은 30회 이상 고소설을 발행한 출판사 열두 곳 중 여덟 곳에 달하며 발행 횟수로도 755회 중 500회나 된다. 구활자본에 관한 한 우리 고소설사에서 '종로'라는 두 글자에 두두룩이 방점을 찍어 두어야 한다. 그런데 이들 출판사들은 발행소, 발매소(發賣所), 인쇄소, 분매소(分賣所), 총발행소(總發行所) 등의 명칭을 사용했으나 정확하게 분화된 듯 보이지는 않는다.

이외에도 1910년대에서 1920년대를 거치며 수다한 출판사들이 종로에서 성쇠를 겪으며 고소설을 붙들고자 애썼다. 종로의 출판사에서 특히 '현재의 출판'과 '그 시절의 출판', '현재의 소설'과 '그 시절의 소설'은 결코 동음동의어가 아니라는 것을 읽어 내야 한다. 이것은 1910년 8월 29일, 치욕의 '일한 합방'과 1919년 '기미년의 독립 선언'이라는 한국 근대사의 큰 역학 구도 속에서 생각해야만 진정한 의미를 찾아낼 수 있다. 언론 탄압과 민족 자본을 말살하려는 식민지의 정책과 민족의식과 역량을 갖춘 피식민지 지식인이자 출판인들의 대결 속에서 얻은 가시적 성과이기 때문이다.

1910~1920년대 인쇄소를 설립한 한국인들은 대부분 사회 지도층 인사로서 인쇄 시설은 비록 미미했지만 항일 사상과 자주 의식을 인정해야만 한다. 그들이 발간한 책들도 민족 자긍을 고취하거나 신문화 보급에 신념을 보인 것이 사실이다. 고소설 또한 이와 무관하지 않다.

따라서 이 글에서 언급하는 고소설은 단순한 유희적 차원으로 보기에는 맥없다. 우리의 것에 대한 우회적 표현으로 읽어야 해서다. 또 우리나라 출판사(出版史)를 따져 보아도 민족자존의 상징인 종로에서 가장 많은 고소설이 나왔으니, 일제와 사회학적 역학 관계를 고려하여 '나라 구할 비약(秘藥)'으로서 고소설을 챙긴들 '과하다'느니, '선소리'라느니 나무랄 수는 없다. 그렇기에 '일제의 정책에 의해 책의 출간이 어려워지자, 부득이하게 1910년대, 1920년대 우리나라의 출판은 고소설 따위를 팔아서 근근이 꾸려 나갔다' 따위의 출판사를 기술하는 것은 온당치 못하다고 생각한다.

'온당치 못하다'는 이유를 잠시 들겠다. 일한 합방이 되기 전에도 이미 일본인 인쇄소가 10여 개소나 되어 업계를 장악하고 있었는데, 합방 후 불과 2~3년 내에 30여 개소로 대폭 늘어나 전체 인쇄업계의 80퍼센트 이상을 점유하게 되었다. 총독부는 1910년 11월 16일에 《초등대한역사(初等大韓歷史)》, 《대한지지(大韓地誌)》 등 51종의 서적을 판매 금지시키고 이들을 모두 압수하였다. 이와 같이 출판계에 대한 탄압이 가중되는 가운데 총독부 인쇄국은 민간용 인쇄물까지 흡수하였다. 그렇게 1910년대는 총독부의 가혹한 언론 출판의 통제 정책 때문에 한국인 인쇄업체들이 많은 어려움을 겪었다.

'이중 검열'을 피하기 위해 고소설을 간행하였다는 논리도 썩 온당치 못하다. 이중 검열이란, 일제가 1907년 법률 제1호로 '신문지법'을, 1909년 2월 법률 제6호로 '출판법'을 발표한 것을 말한다. 이들 출판 관계법은 모두 언론과 출판을 제한하는 것이었는데, 특히 제6호는 원고의 사전 검열과 출판 뒤의 납본 검열이라는 '이중 검열'이었다. 따라서 많은 책이 압수되었으며 출판은 더욱 까다로워지기 시작했다.

이 이중 검열을 피하고자 고소설을 출판하였을까? 그렇게 보기는 어렵다. 당시에 고소설을 부르던 말로 '육전 소설(六錢小說) 혹은 '딱지본', '이야기책'이니 하는 말이 통용되었다. 6전이란 당시의 국수 한 그릇 정도의 값이며, 딱지 또한 아이들이 가볍게 가지고 놀던 놀잇감이니, 결코 고소설에 함량을 부여하는 용어들이 아님이 분명하다. 고소설 출판이 널리 대중화를 꾀함이 아니라, 단지 이윤을 추구하고자 한 것이라면 굳이 경박한 소설을 택할 까닭이 없다. 왜냐하면 아직도 소설을 야박하게 대할 때였기 때문이다.

당시 고소설에 꽤 근접해 있던 벽안(碧眼)의 친구 모리스 쿠랑(M. Courant, 1865~1935)은 그의 《한국 서지》에서 "중류 계급의 사람일지라도 그가 이야기책을 들고 있는 것을 남에게 보인다면 얼굴이 붉어질 일"•이라고 하였다. 구활자본 고소설에 대한 흥미로운 기록치고는 뒷맛이 영 개운치 않은 평이다.

또 '다른 지역은 고소설에 관한 한 침묵이 흐르고 있을 때, 왜 유독 경성, 그것도 종로통에서 반이 넘는 숫자를 박았는가?'도 문제로 남는다. 출판사의 단순한 복원이 아니라면 여러 각도에서 생각해 볼 수밖에 없는 일이다. 육전 소설의 한 광고문으로 그 시절 그들의 속살을 어림잡아 본다. 고소설 출판이 재물 불리기에 영악한, 혹은 부득이한, 혹은 단순히 돈벌

• 모리스 쿠랑, 이희재 옮김, 《한국 서지》, 일조각, 1994, 69쪽.

이용이 아님을 간취하기는 어렵지 않을 것이다. 우리의 고소설사에서 저러한 시대적 아픔과 애국이라는 알짬을 뽑아낼 수 있음도 잘 챙겨 두어야 한다.

> 근ᄅᆡ ᄎᆡᆨ 박는 법이 편ᄒᆞᆷ을 ᄯᆞ라 답지 못ᄒᆞᆫ ᄎᆡᆨ이 만히 나는 즁 녜전부터 널니 ᄒᆡᆼᄒᆞ던 ᄎᆡᆨ을 구태 일홈을 밧고고 ᄉᆞ연을 고치되 ᄒᆞᆫ이 쥬옥을 변ᄒᆞ야 와륵을 만들어 턱 업ᄂᆞᆫ 리를 탐ᄒᆞᄂᆞᆫ 재 만호니 엇지 한심치 아니ᄒᆞ리오 우리가 이를 개연히 넉이여 크게 이 폐단늘 고칠 ᄭᆡ를 ᄒᆞᆯ ᄉᆡ 먼져 녯 ᄎᆡᆨ 가운ᄃᆡ 가히 젼ᄒᆞᆯ만ᄒᆞᆫ 것을 가리혀 ᄉᆞ연과 글의 잘못된 것을 바로잡으며 올치 못한 것을 맛당토록 고치여 이 《륙전 쇼셜》이란 것을 내오니 ᄉᆞ연은 녯 맛이 새로우며 글은 원법에 마지며 ᄎᆡᆨ은 얌젼ᄒᆞ며 갑슨 싼지라 ᄉᆞᄒᆡ 쳠군ᄌᆞᄭᅴ셔ᄂᆞᆫ 다ᄒᆡᆼ히 깃븜으로 마지시기를 쳔만 바라ᄂᆞ이다.●

고소설 관련 용어

강담사(講談師)

"기생의 풍류보다도 재미있다(滋味猶勝於妓樂)." 이 말은 마성린(馬聖麟, 1727~1798)이 1755년 가을과 겨울 사이에 동네 족장 영감이 〈삼국지〉, 〈서유기〉 등을 외워 이야기하는 것을 들은 기록에 보인다. 얼마나 소설을 잘 외워 이야기하였기에 기생의 풍류보다도 재미있다고 하는지 자못 흥미롭다. 족장 영감을 대면할 수 없으니 기록만 보자면 "그 가운데에 족장 영감의 정신이 남달랐다. 역대 고사와 사대 기서를 외워 이야기하는데 그 재

● 《륙젼쇼셜》, 신문관, 1913.

미가 기생의 풍류보다도 나았다(其中族長令監精神過人 歷代古事及四大奇書 誦而言之 其滋味猶勝於妓樂)"•라고 한다.

이렇게 소설을 전문적으로 읽어 주는 자를 일반적으로 강담사(講談師)라 부른다. 강담사는 이야기를 잘하는 사람으로 가장 일반적인 형태의 이야기꾼이며, 강창사(講唱師)는 강담사보다 전문적이고 직업적인 예능인으로 창(唱)으로 구연(口演)하는 판소리 광대를 지칭한다.•• 강독사는 소설을 청중에게 낭독하던 사람으로 조수삼의 《추재집》에 나오는 전기수와 같다. 강독사의 출현은 '읽는 소설'에서 '듣는 소설'의 시대가 열렸음을 알려 준다. 저 위의 족장 영감은 아마추어 전기수요, 강독사쯤으로 이해하면 된다.

그런데 이 '강담'이라는 용어는 우리보다는 일본에서 널리 퍼진 명칭이니 알고 써야 한다. 강담(講談)은 일본 말로 '고단(こう-だん)'이라 읽는다. 메이지 이후에 강담사 혼자 무용담·복수담·군담 등에 가락을 붙여 샤쿠다이(釋臺: 고단할 때 앞에 놓인 받침대)를 부채로 두들기며 재미있게 들려주는 연예의 일종이었다. 1700년 아사쿠사미추케에 사는 세이자에몬(清左衛門)이 허가를 받고 《태평광기》를 읽어 준 것이 유래라 한다. 일본에서는 1909년 노마 세이지(野間清治)가 이 '고단'을 끌어 와 '고단샤(講談社)'라는 출판사를 설립하여 오늘날 일본 출판 문화를 선도하는 거대 기업으로 만들었다.

강담사·강독사라 부르기보다는, 조수삼의 《추재집》에 보이는 '전기수'라는 명칭을 사용해야겠다. 첨언 한마디, 저 일본의 강담을 하는 이들이 우리로 치면 전기수요, 중국으로는 설화인(說話人)이다. 이렇게 보면 중국과 우리나라, 일본에 모두 전기수가 있었던 셈인데, 일본만이 그 명맥을 이었다는 점이 좀 부럽다.

• 마성린, 〈평생우락총록(平生憂樂總錄)〉 을해년조, 《여항문학총서》, 여강출판사, 1986, 203쪽.
•• 임형택, 〈18·9세기 '이야기꾼'과 소설의 발달〉, 《고전문학을 찾아서》, 문학과지성사, 1976.

전기수(傳奇叟)

'더 리더(The reader)', '책을 직업적으로 읽어 주는 남자'가 바로 전기수다. '듣는 소설'의 시대는 전기수가 활짝 열어젖혔다. '전기수'는 소설을 구연해 주던 전문 직업인이다. 소설은 필사, 낭독, 세책 등 다양한 경로를 통해 유통되었다. 전기수는 낭독을 통한 소설의 유통이다. 실상 글을 읽지 못하는 촌사람들도 웬만한 소설 내용을 꿰고 있는 데는 전기수의 소임이 컸다. 여러모로 종합해 보건대, 전기수는 음성을 통한 고저와 긴장, 문장의 운율, 인물의 행동, 서사의 임의적 변개에도 능수능란하였을 것으로 추측된다. 우리의 국문 고소설이 대개 4·4조의 운율을 형성하는 것은 이에 연유한다. "춘향초릐 건너갈제 맵시잇는 방자열석 운운"의 〈열여춘향슈절가〉 같은 경우는 아예 가사체의 운문이다.

조수삼의 《추재집》에 보이는 전기수는 소설책을 보지도 않고 구송(口誦)하였는데, 소설의 주요 대목에 이르면 갑자기 말을 중단하여 사람들이 듣고 싶어서 돈을 던지게 하였으니 이를 '요전법(邀錢法)'이라고도 적고 있다. 소설이 구송되었음은 18세기 홍취영(洪就榮)이 "패설을 낭송하는 것은 재미가 너무 좋아 턱이 빠질 만하네(稗誦津津爲解頤)"•라는 이시평소설(以詩評小說)에서도 찾을 수 있다.

잠시 이야기를 이 홍취영(1759~?)이라는 이로 돌리자. 홍취영을 살피면 왕실가의 고소설 독서 정황을 간접적으로 읽을 수 있기 때문이다. 이 홍취영의 아버지가 바로 정조의 어머니인 혜경궁 홍씨(1735~1815)의 동생 홍낙임(洪樂任, 1741~1801)이기 때문이다. 족보상으로 홍취영은 바로 정조의 외사촌 동생이다. 정조는 일곱 살 아래인 이 외사촌 동생을 꽤나 좋아한 듯하다. 정조가 홍취영에게 보낸 39통의 편지를 보면 이를 알 수 있다.

• 홍취영, 《녹은집》 12책.

정조가 1799년 7월 7일 홍취영에게 보낸 편지에는 "나는 온몸이 뜨거운 기운이 상승하여 등이 뜸을 뜨는 듯 뜨거우며, 눈은 횃불같이 시뻘겋고 숨을 가쁘게 쉴 뿐이다. 시력은 현기증이 심하여 역시 책상에서 힘을 쏟을 수 없으니 더욱 고통을 참지 못하게 한다"라고 자신의 몸 상태까지 스스럼없이 알리는 사이였다. 정조 시절, 고소설은 이미 궁에 저 정도로 가까이 있었다.

이덕무의 〈은애전〉에는 소설을 듣다가 분개하여 이야기책을 읽던 사람을 찔러 죽인 이야기가 나오고, 심노승도 《남천일록(南遷日錄)》에서 〈임장군전〉을 전기수가 낭독하는데 김자점이 임 장군에게 죄를 씌우는 장면에서 듣던 자가 담배 써는 칼로 낭독자를 찔러 죽였다고 적바림해 놓았다. 이 살인 곡절은 몇 쪽 뒤 '담배 가게' 항에서 듣기로 하고, 〈은애전〉은 언급할 지면이 없기에 여기서 잠시 눈길만이라도 주고 가자. 〈은애전〉은 정조 14년인 1790년 전라도 강진에서 실제로 일어난 살인 사건을 정조가 무죄 판결을 내리고는 이덕무에게 입전(立傳)하게 한 데서 시작한다. 재미있는 것은 소설을 그렇게도 싫어했던 이덕무가 한문으로 이 〈은애전〉을 지었는데, 지금 보니 서사 전개 및 형식이 매우 홍미로워 학계에서 소설로까지 보게 되었다.

내용은 전라도 강진현에 살던 양갓집의 딸 김은애가 자신이 음란하다는 뜬소문을 퍼뜨려 욕보였다며 마을의 늙은 노파를 살해한 내용이다. 김은애는 노파를 꾸짖으며 무려 18차례나 칼로 찔러 죽였으나 지금으로서는 조리에 닿지 않는 판결이 내려진다. 정조가 이 사건을 여인이 자신의 정조를 지킨 행동이라 보고 무죄 판결을 내리고는 오히려 전(傳)까지 지으라고 한 것이다.

다시 전기수 이야기로 돌아가자. 박지원(朴趾源, 1737~1805)의 《열하일기》 '관제묘기'에도 중국의 전기수를 보며 "이는 꼭 우리나라에서 〈임장군전〉을 외우는 것 같다"고 기록해 놓았다. 조수삼은 "전기수는 동문 밖에 살고 있다. 언과패설(국문 소설)을 구송하는데, 〈숙향전〉·〈소대성전〉·〈심청전〉·〈설인귀전〉 등의 전기다(傳奇叟居東門外 口誦諺課稗說 如淑香 蘇大成 沈淸 薛仁貴等 傳奇也)"•라고 전기수와 그가 구연한 소설을 적어 놓았다. 18~19세기를 풍미한 이런 전기수는 1910~1930년대까지도 존재했다.

월북 작가 한설야(韓雪野, 1900~1976)의 〈나의 인간 수업, 작가 수업〉에는 신소설을 읽고 있는 전기수의 모습을 이렇게 그리고 있다. "거기에는 허줄한 사나이가 가스등을 놓고 앉아 있으며, 그 사나이는 무슨 책을 펴 고래고래 소리 높여 읽고 있었다. 그 사나이 앞 가스등 아래에도 그런 책들이 무질서하게 널려 있었다. 울긋불긋 악물스러운 빛깔로 그려진 서툰 그림을 그린 표지 위에 '신소설'이라고 박혀 있고 그 아래에 소설 제명이 보다 큰 글자로 박혀 있었다. 그 사나이는 이 소설을 팔러 나온 것이며 그리하여 밤마다 목청을 뽑아 가며 신소설을 낭송하고 있는 것이었다. 그리고 그 사나이의 주변에는 허줄하게 차린 사람들이 언제나 빽 둘러앉아 있었다. 얼른 보아 내 눈으로 판단할 수 있는 사람은 인력거꾼, 행랑어멈 같은 뒷골목 사람들이었다. 거기에는 젊은 여인의 얼굴도 띄엄띄엄 섞여 있었다."

이 글을 보면 구경꾼들은 대부분 인력거꾼, 행랑어멈 등 어렵게 사는 이들이다. 그래서 시간도 그들이 일을 마친 밤이었다. 흥미로운 것은 전기수와 책쾌를 겸하여, 읽어 주기만 하는 것이 아니라 직접 소설을 팔기도 한다는 것이다. 이렇게 시대의 흐름을 따라 직업도 변천했다.

그러나 전기수에 대한 구체적인 기록은 쉽게 찾기 어렵고, 다만 문헌에 그 이름이 몇 명 보일 뿐이다. 그중 장붕익에게 살해된 비운의 전기수와

• 조수삼, 〈기이〉, 《추재집》 7, 보진재, 1939, 7쪽.

오물음 김중진(金仲眞), 이자상(李子常), 김홍철(金弘喆), 이업복(李業福), 유경종이 만났다는 떠돌이 전기수에 대해서만 살펴보겠다.

장붕익에게 살해된 비운의 전기수

이 기록은 영조 때 무신이었던 구수훈(具樹勳, 1685~1757)의 《이순록(二旬錄)》에 보인다. 글에 의하면 그는 상놈이었다. 10여 세쯤부터 여인처럼 눈썹을 그리고 얼굴에 분을 바르고 언문을 익혔으며, 글을 잘 읽을 뿐만 아니라 목소리도 여인과 흡사하였다. 남자와 여자의 생식기를 둘 다 가지고 있는 사람을 '남녀추니'라고 하는데 이 녀석이 바로 그러한지도 모를 일이다. 여하간 이 녀석이 어느 날 홀연 자취를 감추었는데, 알고 보니 여장을 하고 사대부 집을 드나들며 진맥도 하고 방물장수 노릇도 하며 소설을 여인들에게 읽어 준 듯하다. 더욱이 여승과 모의해 불공까지 드려 주었다고 하니 맹랑하기 그지없다. 물론 사대부 집의 아녀자들은 너나없이 이 녀석을 좋아했고, 급기야 일부 여인들은 잠자리도 하며 음란한 짓을 하자, 판서 장붕익(張鵬翼, 1674~1735)이 이 사실을 입막음하려고 죽여 버렸다고 한다.

소설 잘 읽으면 경제적인 이윤은 물론 여인도 따르는 시절이라 읽을 수도 있지만, 한편으로는 여인들을 규방 속에 가두어 둔 데서 비롯된 애처롭고도 비극적인 소설사의 한 사건이다.

오물음 김중진(金仲眞)

'오물음'이라는 별명이 재미있는데 설명을 듣자 치면 이렇다. 오이를 쪄서 푹 익혀 초간장을 치고 생강과 후추를 섞으면 부드럽고 맛이 있어 이 없는 노인에게 드릴 만하니 이를 '오물음(瓜濃)'이라고 한다. 오물음에 대한 기록은 《이향견문록(里鄉見聞錄)》, 《청구야담(青邱野談)》, 《추재집(秋齋

集)》에 보인다.

유재건(劉在建, 1793~1880)의 《이향견문록》 권3부터 보면, "정조 때에 김중진이라는 사람은 늙기도 전에 이가 모두 빠져서 사람들이 조롱하여 부르기를 오물음이라 했다. 그는 익살스러운 농담이나 비루한 이야기를 잘 했는데, 인정물태에 대해서 곡진하고 섬세하여 종종 들을 만한 것이었다"라 하였다.

이 오물음이 《청구야담》에 "인색한 양반을 풍자한 오물음(吳物音)은 재담을 잘한다(諷吝客吳物音善諧)"는 주인공이다. 야담의 서두를 "서울에는 오씨 성을 가진 사람이 있다. 옛날이야기를 잘해 세상에 명성이 나서 정승판서 집을 두루 다녔다. 성품이 오이를 익힌 나물을 좋아했기 때문에 사람들이 그를 오이물음이라고 불렀다"라는 사연으로 시작한다. 여기서 오씨 성은 '오이물음'의 '오'를 성으로 착각하여 추정한 것이 아닌가 한다.

세 번째 기록은 조수삼의 《추재집》 권7 '설낭(說囊)'에 보인다. 조수삼은 아예 설랑, 즉 '이야기 주머니'라고 불렀는데 그 전문을 보자면, "이야기 주머니 김 옹(金翁)은 속된 이야기를 잘하여 듣는 사람들은 누구 할 것 없이 배꼽을 잡는다. 그가 한 대목 한 대목 이야기를 풀어 나갈 때면 핵심을 콕콕 찌른다. 이러쿵저러쿵 지껄이는 것이 어찌나 재빠른지 귀신이 도와주는 듯하다. 그래서 우스개 이야기하는 사람들 가운데 우두머리라 할 만하다. 그 심중을 가만히 살펴보면, 또한 모두가 세상을 가볍게 보고 풍속을 경계하는 말이었다"라고 되어 있다.

여기서 '설낭'이라 불린 '이야기 주머니', 김 옹이 바로 오물음이다.

안대희 교수의 설명에 의하면 18~19세기 왈자 패거리의 문화를 잘 보여 주는 〈무숙이타령〉에 나오는 외무릅이 바로 이 오물음이라 한다. 〈무숙이타령〉을 보자면, "노래 명창 황사진이, 가사 명창 백운학이, 이야기 일수 외무릅이, 거짓말 일수 허재순이, 거문고의 어진창이, 일금 일수 장

계랑이, 퉁소 일수 서계수며, 장고 일수 김창옥이, 젓대 일수 박보안이, 피리 일수 □오랑이, 해금 일수 홍일등이, 선소리의 송흥록이 모흥갑이 모두 있구나"이다. 이 글에서 세 번째로 불리는 저 '이야기 일수 외무릅'이 바로 오물음이다.

군문에서 봉급을 받은 이자상(李子常)

이자상 역시 《이향견문록》 권3에 기록되어 있다. 《이향견문록》에 따르면 '자상'은 이름이 아니고 호인 듯한데, 누구인지는 알 수 없다. 자상(子常)이라는 호를 가진 이는 우리가 잘 아는 오성대감 이항복(李恒福)이 있기는 하지만 시대로 보아 저 이자상은 아니다. 일단 《이향견문록》 권3의 기록을 따라가 보자.

기록에는 "이자상의 기록을 잊어버렸는데 총명하고 기억력이 뛰어나 각종 술서(術書)를 모두 읽었다. 또 패관잡서들에 익숙해서 중국의 백화체로 쓰인 소설책을 모조리 꿰뚫었다. 그렇지만 혼자 힘으로 생계를 꾸려나가지 못할 만큼 가난해서 재상 집에 출입하였다. 소설책을 잘 읽는 솜씨를 인정받은 때문이었다. 나이가 들어서는 군문(軍門)으로부터 적은 봉급을 받았고, 친지들의 집에 자주 기식했다"라고 적어 놓았다.

이로 미루어 이자상은 소설을 읽는 재주가 꽤 있었으나 불우한 삶을 살았음을 알 수 있다.

역관 김홍철(金弘喆)

전문적인 전기수가 아니면서도 이름난 이야기꾼들이 있었다. 연암 소설 〈민옹전〉의 주인공인 민 옹이 그렇고, 김홍철(1741~1827) 또한 정조 때 역관을 지낸 사람이지만 이야기에 관해서는 예사롭지 않은 솜씨를 보여준다. 직업적인 전기수는 아니었지만, 김홍철처럼 이야기를 풀어 놓는 솜씨가 전문 직업인 못지않은 이야기꾼들은 허다하였을 것이다. 이 글을 쓰는 필자에게는 할머니가 그러하셨다.

이조 참판을 지낸 홍낙인(洪樂仁, 1729~1777)은 역관 김홍철이 어찌나 구수하게 〈수호전〉을 이야기하였는지, "맑고 탁함 높고 낮음을 입놀림에 내맡기고/ 깊은 밤 등불 앞에서 안석에 기대 누웠네. 북송의 정강시절 호걸 협객 산중으로 들어가고/ 김성탄(金聖嘆) 문장은 소설가 중에 으뜸이지./ 변화가 무궁하여 귀신들도 놀라게 하고/ 실마리가 뒤엉키니 용이 내달리네./ 궁조(宮調)와 우조(羽調)가 서로 어울려/ 빼어난 변방 저녁 뿔피리 소리 듣는구나"•라는 시를 남길 정도였다.

이 홍낙인은 앞에서 살핀 홍취영의 큰아버지로 혜경궁 홍씨의 오빠이니, 족보상으로 홍낙인은 바로 정조의 외삼촌이다. 조선의 내로라하는 명문가 풍산 홍씨, 이 왕실의 외척에서 찾는 소설 편력은 우리 소설사에서 그 의미가 꽤 크다.

청지기 이업복(李業福)

이업복에 관해 야담집 《파수록(破睡錄)》은 이렇게 전한다. "이업복은 청지기 신분이다. 아이 적부터 언서(諺書)나 패관(稗官)을 잘 읽었다. 그 소리가 노래하는 것 같기도 하고, 원망하는 것 같기도 하며, 또 웃는 것 같기도 하고, 슬퍼하는 것 같기도 하였다. 어떤 때는 호방하고 뛰어난 사람의 형상을 나타내기도 하고, 때로는 곱고 예쁜 계집의 아름다운 자태를 짓기도 하는데, 이것은 모두 그 책의 내용에 따라 태도를 드러낸 것이다. 당시의 부자들은 그를 불러서 책 읽는 소리를 듣곤 하였는데, 어느 서리 부부는 그 재주에 반해서 그를 먹여 살릴 뿐 아니라, 아예 일가처럼 터놓고 지냈다."

• 홍낙인, 〈청김역홍철독수호전〉, 《안와유고》 권2.

필자의 서재를 찾아와 고소설을 낭독해 보이는 전기수 정규헌 옹

전기수는 1960년대 초반까지만 해도 꽤 있었다고 하는데 현재 활동하는 이로는 정규헌 옹뿐이다. 정규헌 옹은 충청남도 무형문화재 제39호 보유자로 인정받았다. 문화재로 인정받은 것은 고소설 낭독 등 전통 문화의 계승 발전을 위해서이다. 부친인 정백섭을 따라 어릴 적부터 소설에 가락을 얹어 읽어 주는 활동을 했다 하니 2대째 전기수를 하는 셈이다. 그는 주로 〈춘향전〉, 〈심청전〉, 〈신유복전〉, 〈조웅전〉, 〈장끼전〉 등을 사람들에게 들려준다.

노래하는 듯, 원망하는 듯, 웃는 듯, 슬퍼하는 듯, 호방하고 뛰어난 사람인 듯, 또 때로는 곱고 예쁜 계집인 듯 아름다운 자태를 짓는다. 저 재주로 미루어 보면 가히 연예 대상감이니, 이업복이 지금 태어났다면 최고의 탤런트 자리는 그의 차지였을 듯하다.

이외에도 유경종이 보았다는 떠돌이 구연자가 문헌에 보인다. 경기 안산에 살았던 문사 유경종(柳慶種, 1714~1784)은 《해암고(海巖稿)》에서 〈서유기〉를 암송하는 떠돌이 구연자 만난 일을 적어 놓았다. 유경종은 "엊그제 남의 집에서 〈서유기〉를 암송하는 자를 보았다. 한문과 언문을 섞어 외웠는데 소리가 유장하고 곡절이 있어 정말 들을 만했다. 아깝다! 그 재능을 잘못 사용하여 남에게 부림이나 당한 바가 되었구나."

그리고 유경종은 "〈서유기〉 외우는 자 나타나/ 쉴 새 없이 말이 쏟아져 나와./ 기이한 재능을 헛되이 쓰는 것은 아까우나/ 환상적 사연을 자세히도 말하네./ 한 부(部)의 〈수신기(授神記)〉 책이니/ 천 가지 연극 마당인 듯하네./ 맑은 목소리에 곡절도 교묘하여/ 오래도록 귓전에 맴돌아 잊지를 못하겠네"라는 시를 지었다.

유경종이 본 〈서유기〉를 잘 낭송하는 떠돌이 구연자가 누구인지는 알 수 없으나 극찬을 아끼지 않는 것으로 미루어 짐작이 간다. 하지만 그런 재주가 있던들, 당시에는 그저 그 재능을 잘못 사용하여 남에게 부림이나 당할 뿐이었다. 유경종은 한편으론 그의 재주를 감탄하며 듣고, 한편으로는 그의 재주를 펼치지 못함을 안타까워한다. 그러고 보니 소설을 지은 자도 억눌린 자들이요, 그 소설을 읊조리는 자도 그렇다. 저 시절의 소설에는 저러한 아픔이 곳곳에 배어 있다.

이러한 전기수들의 낭독 전통은 현재까지도 이어지고 있다. 경기도 무형문화재 제32호인 '송서(誦書)'와 '율창(律唱)'이 그것이다. 송서는 산문에 가락과 사설을 실어 읊는 것이요, 율창은 한시에 가락을 실어 노래한다.

일제 강점기 때도 부잣집 사랑채를 중심으로 유행하던 풍류였다고 하는데, 송서는 일부 판소리 명창들에 의해 지금까지 이어져 온다(이에 대해서는 이 책의 다섯 마당 '노래가 된 고소설' 참조).

요전법(邀錢法)

조수삼의 《추재집》에 보인다. 전기수가 소설을 구송(口誦)하다 주요 대목에 이르러 갑자기 말을 중단하여 사람들이 듣고 싶어서 돈을 던지게 하는 방법이다. 조선 후기 상업의 발달로 '교환 가치'에 대한 관심이 높아지면서, 소설 또한 이러한 경제 상황에 자연스럽게 변화한 흔적이다. 요전법이 나오는 부분을 옮기면 이렇다.

그러나 외워 대기를 잘하였기 때문에 듣는 사람들이 겹겹이 둘러싸게 된다. 가장 중요한 대목에 이르면 갑자기 묵묵하니 입을 다물고 이야기를 하지 않으니 사람들이 그다음을 듣고 싶어서 다투어 돈을 던져 주었으니 이를 곧 '요전법'이라고 한다.

"사내계집 상심하여 눈물이 날리고
영웅의 승패, 이별은 검 자루에 분간키 어렵네
말 많을 곳 묵묵하니 요전법이라
묘한 곳 사람 맘이 급히 듣고 싶어서이지"•

담배 가게(烟肆)

소설을 낭독하던 공간은 어디였을까?

여인들의 규방, 종로 거리, 시장터 등 사람이 모이기 좋은 곳이었겠지

• 조수삼, '전기수', 〈기이〉, 《추재집》 7, 보진재, 1939, 7쪽.

만, 문헌에 가장 많이 나오는 소설 낭독 공간은 담배 가게였다. 그 구체적인 예는 이덕무(1741~1793)의 《아정유고》에서 찾을 수 있으니, "옛날 어떤 남자가 종로의 담배 가게에서 패사 읽는 것을 듣다가 영웅이 실의한 대목에 이르러서는 갑자기 눈을 부릅뜨고 입으로 거품을 뿜으며 담배 써는 칼로 패사 읽던 사람을 찌르니 선 채로 죽었다"•라고 되어 있다.

심노숭(沈魯崇, 1762~1837)도 《남천일록(南遷日錄)》에서 이와 똑같이 담배 써는 칼로 낭독자를 찔러 죽였다고 적어 놓았다. 심노숭의 기록이 더욱 구체적인데, 그는 이 글에서 "촌에서 〈임장군전〉이라는 언문 소설을 덕삼이가 가지고 왔다. 이것은 서울 담배 가게와 주막집의 파락호와 악소배들이 낭독하는 언문 소설이다. 예전에 어떤 이가 이를 듣다가 김자점이 장군에게 없는 죄를 씌워 죽이는 데 이르러 분기가 솟아올라 미친 듯이 담배 써는 큰 칼을 잡아 낭독자를 베면서 '네가 바로 자점이 아니냐?'라 하니 같이 듣던 시장 사람들이 놀라서는 줄행랑을 놓았다"라고 적어 놓았다.

전기수가 낭독하던 소설은 〈임장군전〉이요, 김자점이 임 장군에게 죄를 씌우는 장면에서 찔렀다고 나와 있다. 그리고 이 소설이 "서울의 담배 가게, 주막집의 파락호와 악소배들이 낭독하는 언문 소설(此是 京裡草市 饌肆 破落惡少輩 所讀諺傳)"이라고 또 담배 가게를 지목한다. 소설 낭독 공간이 담배 가게에서 주막집으로, 소설 독자는 파락호와 악소배라는 불량배까지 확대되었다.

이옥도 〈언패(諺稗)〉에서 어떤 사람이 〈소대성전〉을 보라고 가져왔다 하며, "이 책은 서울의 담배 가게에서 부채를 치며 낭독하는 것이 아닌가(此其京師烟肆中 拍扇而朗讀者歟)?"라고 한다. 소설 낭독 장소로 담배 가게가 꽤나 이용된 듯하다.

● 이덕무, 《아정유고》, 《국역 청장관전서》 4, 민족문화추진회 편(영인), 1979, 8쪽.

담배 가게 이야기가 나오니, 잠시 담배에 대해서도 훑어보자.

지금이야 담배를 피우는 것이 문제가 되지만, 조선 후기에는 위로 공경에서부터 아래로 가마꾼과 초동급부와 어린 계집아이에 이르기까지 피우지 않는 자가 없을 정도였음은 여러 기록으로 알 수 있다.

장유(張維)의 《계곡만필(谿谷漫筆)》 제1권 〈만필(漫筆)〉 '남령초 흡연(南靈草吸煙)'을 보면, "담배는 '남령초' 혹은 '담박괴(談博怪)'라고도 한다. 4~5년 전에 그 종자가 일본에서 들어왔는데 남방 사람들이 가져다 심어서 부유하게 된 자가 많았다"라고 되어 있다. 《임하필기(林下筆記)》 제13권 〈문헌지장편(文獻指掌編)〉 '담파고(淡婆姑)'에는 "남쪽 오랑캐의 나라에 담파고라는 여인이 있었는데, 담질(痰疾)을 앓다가 남령초(南靈草: 담배)를 먹고 병이 낫자 이에 그 여자의 이름을 따서 이 풀의 이름을 지었다고 한다. 광해군 임술년(광해군 14, 1622)에 왜국에서 들어왔는데, 장유가 담배 피우기를 가장 즐겨하였으므로 그의 장인 김상용(金尙容)이 임금에게 건의하여 이 요망한 풀을 금하도록 청하였다. 그 뒤에 심인(瀋人)들이 이를 재배하여 은밀히 팔았다고 한다. 일설에는 원나라 때에 답화선(踏花仙)이라는 기생이 있었는데 그 여자의 무덤 위에 난 풀이 사람을 즐겁게 하였으므로 더러 이것을 답화귀(踏花鬼)라 부르기도 한다"라는 재미있는 기록도 보인다.

정조가 골초인 것은 유명하다. 정조 문집인 《홍재전서(弘齋全書)》 권6을 보면 담배의 예찬이 있으니, "즉위한 이래로는 책을 읽던 버릇이 일체 정무로까지 옮겨져 그 증세가 더욱 심해졌으므로…… 백방으로 약을 구해 보았지만 오직 이 남령초에서만 힘을 얻게 되었다. 화기(火氣)로 한담(寒痰)을 공격하니 가슴에 막혔던 것이 자연히 없어졌고, 연기의 진액이 폐장을 윤택하게 하여 밤잠을 안온하게 잘 수 있었다. 정치의 득과 실을 깊이 생각할 때에 뒤엉켜서 요란한 마음을 맑은 거울로 비추어 요령을 잡게 하는 것도 그 힘이며, 갑이냐 을이냐를 교정하여 추고(推敲)할 때에 생각을 짜

김홍도(金弘道, 1745~?)의 〈담배 썰기〉(국립중앙박물관 소장)

18세기, 찌는 듯한 한여름의 햇볕이 내리쬔다. 김홍도는 담배 가게 안으로 썩 들어선다. 방 안에서는 담뱃잎 써는 작업을 하고 있다. 머리에 망건을 쓴 사내는 왼쪽 저고리 소매를 뺀 상태에서 작두로 담배를 썰고, 그 옆에 조금 나이가 어려 보이는 맨상투 차림의 젊은이는 담배 궤짝에 기대어 책 읽는 이를 보고 있다. 앞쪽의 중늙은이는 아예 웃옷을 훌러덩 벗어젖히고 바지마저 썩 걷어붙인 채 담뱃잎을 다듬고 있다. 물론 세 사람의 귀는 탕건 쓴 사내에게 가 있다. 탕건을 쓴 사내는 부채로 더위를 식히며 소설을 구수하게 읽어 내린다.

슬며시 다가간 김홍도가 엉너리를 떤다. "거 무슨 소설이오?"

소설을 읽던 탕건을 쓴 사내가 쳐다보더니 들어오라고 한다. "예, 〈○○○○〉이 올시다." "거 들어앉으쇼. 소설 한 대목 듣고 가시구려."

탕건을 쓴 사내 아래쪽으로 자리 잡은 김홍도가 바랑을 끌러 필묵을 꺼내서는 화선지를 펼쳐 놓는다. 이야기 들은 값으로 그림 한 장 그려주려나 보다. 화제는 '담배 썰기'쯤 될 것이다.

담배 가게와 고소설의 관계를 보여 주는 흥미로운 그림이다.

내느라 고심하는 번뇌를 공평하게 저울질하게 하는 것도 그 힘이다…… 사람에게 유익함은 있어도 실제로 독은 없다고 하였다. 점차 세상에 성행하게 되고 심지어는 말 한 필과 남초 한 근을 바꾸기도 하며, 지금에 와서는 곳곳에 재배하고 사람마다 효험을 보고 있는데 금지하자는 것이 무슨 말인가? 쓰임에 유용하고 사람에게 유익한 것으로 말하자면 차나 술보다 낫다고 할 수 있다"라고 하였다.

그런데 이렇듯 담배 예찬까지 한 골초였던 정조가 담배 가게에서 읽히는 소설을 탄압했으니, 그래 우리네 삶이 소설처럼 아귀가 잘 안 맞는지도 모르겠다.

책쾌(册儈)·책비(册婢)

'책비'가 책을 읽어 주는 여자라면 '책쾌'는 책을 파는 남자다. '책쾌'는 '서쾌', '책거간꾼', '책주름', '책주릅'이라고도 한다. 이러한 직업은 세계적으로도 유사하니 우리만 있는 것은 아니었다. 중국의 서반(序班), 러시아의 오페나, 프랑스의 콜포르퇴르는 모두 우리의 책쾌에 해당한다.

조선 후기의 책쾌는 지식인형과 전문가형 두 유형이 있었다. 지식인형은 양반이나 중인 출신의 지식인으로 생계 유지를 위해 책쾌가 된 경우다. 이양제(李亮濟)와 홍윤수(洪胤琇)가 그렇다. 그들은 독서와 학문에 힘쓰는 지식인이지만 가난하여 책 장수로 생계를 이어 갔다.

전문가형은 지식인은 아니지만, 책 장수를 전문 직업으로 삼아 문화 전파의 관계망을 구축하고 확장한 경우다. 그들은 그 책들의 '뜻'을 알지 못했지만, 책의 저자, 주석자, 권이나 책수, 제목 등 서지 정보는 물론이고, 책의 소장자, 소장 연도까지 파악하고 있었다. 이들은 책의 가치보다는 책을 통해 경제적 이윤을 창출하려는 장사치였다. 전문가형 책쾌로는 조신선이 이름을 드날렸는데, 정약용의 기록을 보면 이윤에 꽤 밝은 듯하니 좀 모질고 악착스럽다. 정약용의 〈조신선전〉에는 조신선이 "욕심이 많아 고아나 과부의 집에 소장되어 있는 책을 싼값에 사들여 팔 때는 배로 받았다. 그러므로 책을 판 사람들이 그를 언짢아했다"라는 기록이 보인다.

책쾌가 책을 구입하는 경로는 다양했는데, 대략 셋으로 나뉜다.

첫째는 조신선처럼 몰락한 집안에서 처분하는 책들을 사들이는 경우요, 둘째는 서사를 통해서, 셋째는 중국 사행에 참가한 역관을 통해 수입하는 것이다. 즉 역관—책쾌—독서인에 이르는 서적 유통의 관계망이 형성되었던 것이다.

미암 유희춘(柳希春, 1513~1577)의 《미암일기초(眉巖日記草)》에는 "들으니 서울 의금부 북쪽에 박의석이라는 책쾌가 있는데, 여러 곳에 있는 서책들을 반값에 사들여 제값으로 판다고 한다(聞京中 義禁府北 有册儈名朴義碩 凡諸處書册 無不半價買 而全價賣云)"•라는 책거간꾼에 대한 기록이 눈에 띈다.

책쾌(쾌가)는 채제공의 '여사서서(女四書序)'(《번암선생문집》 권33, 장4)에서도 보이고 정조의 어록인 《홍재전서》 제128권 〈유의평례(類義評例)〉 2 제17권 '첨(籤)'에도 "상의 첨에 이르기를, '……대저 경륜(經綸)에 무익하고 진덕수업(進德修業)에 무익한데 쓸데없이 많이 등사(謄寫)하여 책장사들 입에나 오르게 만든다면 또한 의미가 없는 일 아니겠는가(大抵無益於經綸, 無益於進修, 而漫費煩謄, 以資册儈之誦傳, 不亦無義之甚乎)'"라는 내용이 보이는 것으로 미루어 당시 책쾌라는 직업이 꽤 번성했음을 알 수 있다. 물론 조선 후기의 책거리로도 그 방증을 삼을 수 있다.

책비(册婢)라는 여성 직업인도 있었다. '이규태 코너' 세책본(貰册本)이라는 글이 흥미로워 내용을 간추려 적어 본다.

'시장에서 빌린 필사본 이야기책 서너 권을 보자기에 싸 들고 예약된

• 유탁일, 〈고소설의 유통 구조〉, 《한국고소설론》, 아세아문화사, 1991, 358쪽에서 재인용.

안방마님을 찾아간다. 본처인 큰 마님은 아랫목에 눕고 첩인 작은 마님들은 그 발치에 무릎을 세우고 앉는다. 그 세책(貰册)에는 우는 대목과 웃는 대목이 나오는데, 우는 대목이면 소리를 죽여 가며 우느냐 목 놓아 우느냐 등 약속된 36가지 부호가 표시돼 있어 36가지 목청을 달리해 가며 울리고 웃긴다. 마님들은 치마에 얼굴을 묻고 울어 댄다. 책비에도 등급이 있었는데 한 번 울리는 책비는 솔 짠보, 두 번 울리면 매화 짠보, 다섯 번 울리면 난초 짠보라 했다. 짠보란 눈물로 적셔 짜게 만든 치마를 뜻한다.'

그런데 이 세책에도 읽어서는 안 되는 금서(禁書)가 있었다. 사나이들을 발아래 거느리는 여자 영웅 〈박씨전〉, 여장하여 권문귀족의 여인들을 농락하는 〈사방지전(舍方知傳)〉 등이 그것이다. 들키면 속칭 팔거지악(八去之惡)으로 쫓겨났다 하니 소설의 위세를 가히 짐작할 만하잖은가.

모리스 쿠랑의 《한국 서지》에 보면 세책가가 파는 책인 세책본은 담배쌈지나 망건 등 잡화상의 좌판 한쪽 구석에 놓고 세간살이를 잡고 5일장이 돌아오는 동안 빌려 주었으며, 세책가는 주로 몰락한 양반들인지라 언문책 파는 것을 창피하게 여겨 숨겨 놓고 빌려 주는 경향도 없지 않았다고 한다.

조선 후기 소설은 궁중까지 들어가 있었다. 궁중에서도 소설에 관한 이런 재미있는 사건이 있었다 한다. 제위를 강탈당하고 창덕궁에 은거한 순종 황제는 궁녀에게 이야기책을 읽히며 소일했다고 한다. 한번은 무슨 이야기책인가를 읽히는데, 임금이 방탕한 생활에 빠져 민정을 돌아보지 않아 나라를 빼앗겼다는 대목에 이르자 곁에 앉아 있던 천(千)씨 성을 가진 상궁이 "어느 임금이든 그따위 짓을 하면 나라가 견뎌 내겠느냐"고 중얼거렸던 것 같다.

그래, 이를 듣고 있던 순종이 벌떡 일어나 천 상궁의 뺨을 후려치며 볼멘소리로 이렇게 말하더란다.

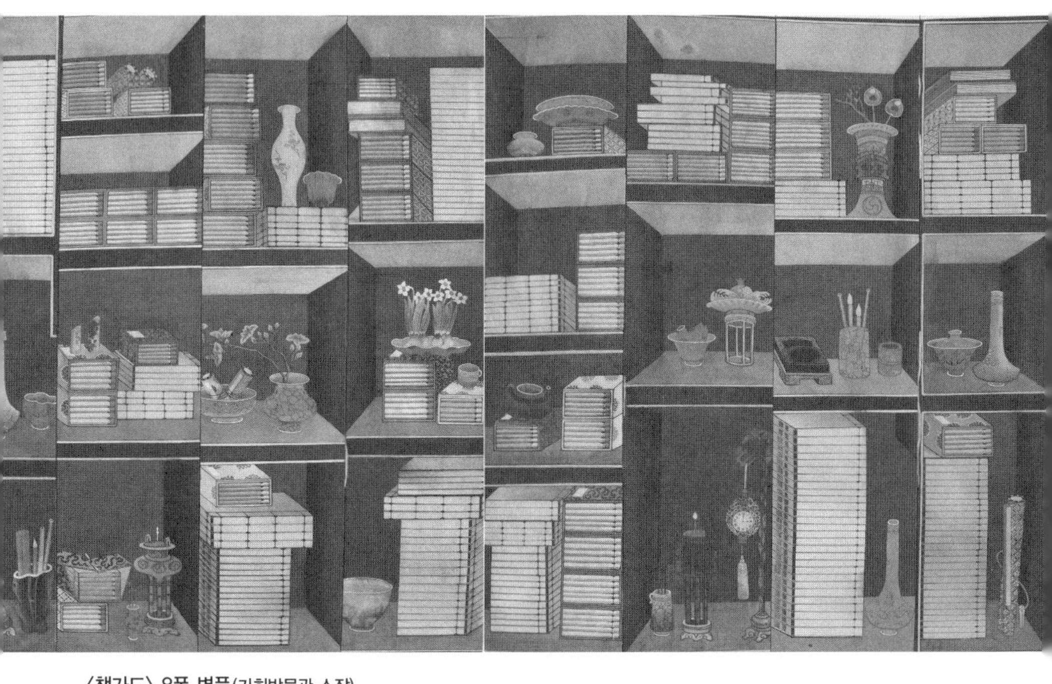

〈책가도〉 8폭 병풍(가회박물관 소장)

책가도(冊架圖)는 문방도(文房圖), 우리말로 '책거리 그림'이다. 책거리의 거리는 '구경거리' 할 때의 거리와 쓰임이 같다. 이러한 그림은 18세기 후반에 유행하였던 것으로 보인다. 골수 선비 방의 풍경이지만, 저 속에서 소설 한 권 찾아낸들 흉될 것은 없으리라.

"이런 괘씸한 것! 나를 빗대는 발칙한 소리를!"

그건 그렇고, 책을 빌려 주는 영리적 장사꾼인 쾌가와 세책가 등의 명칭도 18세기 중반 이후 자주 보인다. 쾌가가 채제공의 '여사서서'에 보인다면, 세책가는 《한국 서지》에서 찾을 수 있다. 아무튼 이러한 영리적 장사꾼이 등장하였다는 것은 그만큼 소설에 대한 인식이 널리 퍼졌음을 증명하는 셈이다.

저 위에서 〈사방지전〉을 예로 들었는데 내용이 흥미롭기에 지면을 할애해야겠다. 〈사방지전〉이란 시문집 《점필재집》 제3권 〈사방지(舍方知)〉에 보이는 내용이다. 〈사방지〉는 세조 때 사내종 이름인데 용모가 꼭 여자 같았으며, 불알이 항상 살 속에 감추어져 있었다고 한다. 사방지에 대한 기록은 여러 문헌에 보이는데, 야사 정도에 지나지 않지만 전기수들에게는 여느 소설 못지않은 얘깃거리임에 틀림없다. 《점필재집》의 기록은 다음과 같다.

> 사방지는 여염집에서 부리고 또는 매매도 되던 종이었다. 그는 어려서부터 자기 어머니가 여자아이의 옷을 입히고 화장을 바르고 옷 짓는 것을 가르쳤다. 그리하여 그가 자라서는 구실아치들의 집을 자주 드나들면서 하녀들과 많이 간통을 했었다.
>
> 벼슬길에 나가지 않은 선비 김구석(金九石)의 아내 이 씨(李氏)는 판원사(判院事) 이순지(李純之)의 딸이었다. 이 이 씨가 과부로 지내면서 사방지를 끌어들여 옷을 짓는다 핑계 대고 밤낮으로 함께 거처한 지가 거의 10여 년이 되었다. 그러다가 천순(天順) 7년(1463) 봄에 사헌부에서 그 소문을 듣고 그를 국문하였다. 그와 평소에 통해 왔던 한 비구니를 신문하기에 이르렀는데, 비구니가 "양도(陽道: 남자의 성기)가 매우 장대했다"고 하였다. 그러므로 여의(女醫)인 반덕에게 그것을 만져 보게 하였더니 정말 그러하였다.
>
> 그러자 임금이 승정원 및 영순군 이보, 정현조 등으로 하여금 여러 가지를 조

사하게 하였다. 하성위의 누이가 바로 이 씨의 며느리가 되었으므로, 하성위 또한 놀라 혀를 널름거리며 말하기를 "어쩌면 그리도 장대할 수가 있단 말입니까?"라고 하였다. 그러자 상이 웃고는 특별히 더 이상 추문하지 말도록 하면서 이르기를 "순지의 가문을 오멸시킬까 염려된다"라 하고, 사방지를 순지에게 알아서 처벌하도록 하였다. 순지는 사방지에게 곤장 10여 대만 쳐서 경기도 안에 있는 사내종의 집으로 보내 버렸다. 그런데 오래지 않아 이 씨가 몰래 사방지를 불러들여 왔으며, 순지가 죽은 뒤에는 더욱 끝없이 방자하게 굴었다. 금년 봄에 대신들이 임금 앞에서 이야기하는 가운데 이 사실을 아뢰고, 사방지를 곤장을 때려 신창현(新昌縣)으로 유배시켰다. 내가 이 사실을 듣고 두 수를 지었다.

綈羅深處幾潛身　비단 장막 깊은 곳에 몇 번이나 몸을 숨겼나
脫却裙釵便露眞　치마 비녀 벗고 보니 진실이 문득 드러났네
造物從來容變幻　조물주는 예전부터 변환을 용납하기에
世間還有二儀人　세간에는 되려 두 모양을 겸한 사람이 있다오

男女何煩問座婆　남녀를 어찌 번거로이 산파에게 물을 것 있나
妖狐穴地敗人家　요망한 여우가 굴을 파서 남의 집 패망시켰네
街頭喧誦河間傳　가두에는 시끄러이 〈하간전〉을 노래하는데
閨裏悲歌楊白華　규방 안에서는 〈양백화〉를 슬피 노래하누나●

사방지처럼 한 몸에 남녀 성기를 가지고 있는 사람이 플라톤의 《향연》에 나오는 원초적 인간인 안드로규노스(Androgynous)이다. 안드로규노스는 남성과

● 김종직, 〈사방지〉, 《점필재집》 3권(번역은 한국고전번역원 홈페이지에서 인용하고 몇 자를 손보았다).

여성을 모두 갖춘 남녀추니인데 온전한 사람이란 의미의 양성전인(兩性全人)이라 한다. 배척만 할 것이 아니라 생각도 해볼 일이다. 〈하간전(河間傳)〉은 당나라 유종원이 지은 하간(河間)에 사는 어느 음란한 부인에 대한 이야기이고, 〈양백화(楊白花)〉는 악부(樂府)로서 위나라 호 태후가 양화(楊華)를 추모하여 지은 노래다. 백화는 이 양화의 본명이다.

책사(冊肆)·서사(書肆)

책사와 서사, 서책사(書冊肆), 서포(書鋪)는 모두 책방을 말한다. 책사가 생기기 전에는 차람(借覽)이나 임사(賃寫) 방법을 이용했다. '차람'이나 '임사'는 모두 소설의 비상업적 유통의 대표적인 경우다. '차람'은 '빌려 본다'는 뜻이고, '임사'는 일정한 삯을 받고 독자가 필요로 하는 책을 대신 필사해 주는 것이다. 일종의 '소설책 주문 생산' 정도로 이해하면 된다. 임사한 책은 주문한 개인이 소장하였다. 그러나 두 방법 모두 폭발적인 소설 수요를 충족시키지 못하여 책사가 등장하였다.

《신증동국여지승람》 제3권 '비고편~동국여지비고 제2편 한성부(漢城府)'를 보면 "정릉동 병문에도 있고 육조 앞에도 있는데, 사서삼경과 백가(百家)의 여러 가지 책을 판다"라고 되어 있다. 조선시대의 인문 지리서 《신증동국여지승람》의 간행이 조선 중기(1530)이니, 이 시기에 한성에는 이미 여러 개의 서점이 있었음을 알 수 있다. 《국조보감》 제20권, 중종 14년 7월조를 보면 "경성에 서사를 설치하였다(七月 設書肆于京城)"라고 하였다. 이때가 1519년이다.

그러나 정조 때, 박제가나 정성기 등이 서책의 원활한 보급을 위해 책을 찍어 내는 곳과 책을 취급하는 사서를 설치하자는 주장을 하는 것으로 미루어, 영조 때 《명기집략》 사건으로 서사가 많이 줄었다고 추론할 수 있다.

〈한양가〉(1844)나 모리스 쿠랑의 저서 등으로 미루어, 이 책사는 종각에서 남대문까지 걸쳐 있었으며 특히 광통교 근처에 많았던 듯하다.

대표적인 책사 네 곳만 살펴 그 규모를 짐작해 보자.

박고서사(博古書肆)

유몽인(柳夢寅, 1559~1623)의 《어우집후집》 권3에 보면 '박고서사에 부치는 서(博古書肆序)'라는 글이 있는 것으로 미루어 박고서사의 실체를 알 수 있다. 이 글을 보면 누군가 임진왜란 이후 전라도 남원에 서사를 개설하고 유몽인에게 글을 부탁한 것으로 보인다. 유몽인은 '주인이 어떻게 해서 서점을 열게 되었는지', '그 일이 얼마나 중요한 일인지' 등의 이야기를 적고는 "옛날에는 없었고 지금은 있다. 사방에는 없으니 구하러 오는 자가 어깨를 부딪치면서 문을 들어와 마치 시장거리 같으니 남원의 재물을 모두 쓸어 가지 않겠는가(古無而今有 使四方無之而求有之者 側肩爭門 如趨市爲則南原其壟斷乎)?"라고 말한다.

위의 《신증동국여지승람》, 《국조보감》의 기록으로 미루어 16세기에도 한양에 서사가 있었지만 그다지 활성화되지 못한 듯하다. 18세기 들어와 여기저기 서사가 홍성거린 듯한데, 그것도 영조 시절 '《명기집략》 사건' 이후에는 아예 그 자취를 감추고, 조선시대 책의 보급은 일부 책쾌들에게 의존하게 되었다.

약계책사(藥契冊肆)

1752년(영조 28) 당시 서울에는 약계책사라는 서사가 있었다. 사대부 지향이 아니라 중인과 몰락 양반의 문화 소통의 중요한 경로 기능을 했다.

이 약계책사로 추정해 보면, 책사는 이전부터 존재했으며 책사가 전국적으로 산재했을 것이라는 추론도 가능하다. 약계책사는 중인이 경영하고 몰락한 양반이 드나든 책방이었다. 〈열국지〉 등과 한글 책 따위의 사대부 체제가 금기시하는 책들을 주로 팔았기에 당시 중국 소설과 우리 국문 소설의 유통을 알 수 있는 자료다.

약계책사에 대한 기록은 《조선왕조실록》 영조 28년 임신(1752, 건륭 17) 4월 18일(기유)에서 찾을 수 있으니, "다시 이양제를 신문하니, 이양제가 공초하기를, '금월 15, 16일간에 초정의 언찰을 받았는데, 그 아들 이경명이 가지고 왔기에 서소문 안 박 주부(朴主簿)의 약계책사 바깥채에서 만나 보았습니다. 신은 포도대장의 집에 두 번 투서한 뒤에는 가평으로 내려가려고 하였고, 요사스러운 술법(術法)은 〈열국지〉와 언문 책 속에 있었습니다' 하였다"라는 기록이다.

이 글을 보면 영조 시대 서소문에 박 주부라는 이가 경영하는 약계책사라는 책방이 있었음을 알 수 있다. 박 주부는 박섬(朴暹)인데, 이인석(李寅錫)과 공동으로 운영하였다. 이 약계책사를 드나들었던 이로 이양제(李亮濟)라는 책쾌도 보인다.

박도량서사(朴道亮書肆)

19세기에는 박도량의 서사가 조희룡(趙熙龍, 1789~1866)의 〈조신선전〉에 보인다. 조희룡의 생존 연대로 보아 박도량서사는 1800년대 중반쯤에 있었던 듯하다.

회동서관(匯東書館)

19세기 말 한국 근대기의 대표적인 출판사 겸 서점이 등장하였으니 회동서관이다. 회동서관은 1880년대 말부터 아버지 고제홍이 서적상을 했고 아들 고유상이 1906년부터 가업을 이으면서 근대식 서적상으로 탈바꿈했다. 이때부터 출판도 겸했다. 출판학자들이 회동서관을 근대 최초의 서적상으로 보는 것도 이 때문이다. 이 서적상은 1950년대 중반까지 운영

우리나라 최초의 근대식 서점 회동서관
1913년 이전 모습(작은 사진)과 1913년 이후 개축된 사옥의 모습(큰 사진)(조선일보, 2009. 10. 9.).

되었다. 출판사뿐 아니라 서적상과 문구점도 겸한 곳이었다. 이해조의 번안 소설인 〈화성돈전〉을 시작으로 지석영의 《자전석요》, 한용운의 〈님의 침묵〉, 이광수의 〈무정〉 등 총201종의 출판물을 간행하였다. 고소설·전기·번역물은 물론, 산업·기술 분야와 의·약학 분야의 신서적 출판에도 적극적이었다. 고소설을 제외한 모든 출판물에 인세를 지불한 최초의 출판사로, 비교적 대량 부수를 발행하였으며 문고판 십전 소설(十錢小說)을 출판하였다. 이 무렵에는 회동서관 외에 서울시 봉래동 지송욱(池松旭)의 '신구서림(新舊書林)', 김종한(金宗漢)의 '광학서포(廣學書鋪)' 등 65개 서적상이 있었던 것으로 알려져 있다. 3백 종이 넘는 구활자본 고소설들은 이러한 서적상이 있었기에 가능하였다.

육전 소설(六錢小說)

'딱지본'은 국문 소설류를 신식 활판(지금에서 보면 구활자이기에 '구활자본'

이라 통칭한다) 인쇄기로 찍어 발행한 것을 이른다. 구활자본으로 출간된 최초의 소설은 1912년 8월 10일 유일서관에서 출간한 〈불로초〉(〈토끼전〉)였으며, 이후 박문서관과 보급서관에서 〈옥중화〉(〈춘향전〉)를 각각 8월 17일과 8월 27일 출간하였다. 이후 3백 종이 넘는 구활자본 소설들이 쏟아져 나와 독서계를 점령했다. 물론 옥의 티이기는 하지만 구활자본 소설들은 대개 표지가 아이들 놀이의 딱지처럼 울긋불긋한 데서 유래하였다고도, 혹은 서점 이름이 인쇄된 딱지를 붙여 준 데서 비롯되었다고도 한다.

이 딱지본을 '육전 소설'과 통용해 쓰는데 그렇지 않다. '딱지본'은 '구활자본 고소설'이고, '육전 소설'은 '육전 소설 문고'다. '육전 소설'은 1913년 최남선이 세운 당시 서울의 대표적 출판사였던 신문관(新文館)에서 육전 소설 문고를 기획, 1913년 9월 5일 〈심청전〉을 시발로 〈홍길동전〉, 〈사씨남정기〉, 〈흥부전〉, 《삼설기》, 〈전우치전〉 등 10여 종을 발간한 데서 비롯된 이름이다. 육전 소설이라는 명칭에서는 당시 고소설 시장의 대중성과 상업의 치열함을 읽을 수 있다. 이미 1909년에 십전 소설을 출간한 바 있는 신문관이 그보다 더 싼 육전 소설을 내놓은 것이기 때문이다. 육전 소설은 가격을 싸게 하기 위해 띄어쓰기와 한문을 줄였고 50쪽 정도로 경제성을 한껏 고려하였다.

당시 구활자본의 책값은 쪽수에 따라 10~65전으로 차이가 있으나, 그중 25~30전 정도가 가장 많았다. 〈옥중화〉처럼 200쪽 이상인 경우는 40~50전인데, 당시 노동자의 하루 임금이 40~90전 정도였다고 하니 상당히 비싼 가격이었다.

이에 비하면 육전 소설이 얼마나 파격적인 가격인지 알 수 있다. 굳이 '6전'이라 함은 당시 값싸게 사 먹을 수 있는 국수 값이 6전이었기 때문이다. 이는 출판사들의 과당 경쟁도 있겠지만, 앞의 '구활자본' 항에서 살핀 바처럼 여러 속내에서 비롯된 것이었다. 1930년대 말까지 출간된 고소설

해방 후에도 꾸준히 출판된 '육전 소설'
〈금방울전〉(1952), 〈월봉산기〉(1961), 〈백학션〉(1961), 〈어룡젼〉(1971), 〈정수경전〉(1972), 〈쵸한전〉(1978), 〈사명당전〉(1978) 등이다. 본래 육전 소설에는 〈남훈태평가〉라는 가집도 들어 있었다.

은 3백여 종에 출판사도 무려 60여 곳이나 이름을 보인다. 〈춘향전〉을 개작한 이해조의 〈옥중화〉는 1912년 처음 나와 1930년까지 1천 쇄를 찍었고 〈춘향전〉은 1년에 40만 부나 팔렸다는 전설적인 기록도 남아 있다.

하지만 육전 소설은 "ᄉᆞ연은 녯 맛이 새로우며 글은 원법에 마지며 칙은 얌전ᄒᆞ며 갑슨 싼지라"라고 소설의 내용과 값을 따져 넣고, "ᄉᆞ히 쳠군ᄌᆞ씌셔는 다힝히 깃븜으로 마지시기를 쳔만 바라ᄂᆞ이다"라는 바람이 그득 찬 발간사와는 달리 독자들에게 썩 큰 호응을 얻지는 못했다. 비록 값은 싸다지만 체재가 보잘것없었고, 더욱이 방각본을 대상으로 작품을 선정하여 약간의 개작을 거친 것이어서 기존에 유통되던 방각본과 내용상 큰 차이가 없었기 때문이다.

그렇다면 이 육전 소설의 독자는 누구였을까? 1929년 4월 14일자 동아일보에 실린 팔봉 김기진의 〈대중소설론〉에서 그 답을 찾아본다. "오늘날 가장 많이 팔리는 이야기책, 즉 〈춘향전〉, 〈심청전〉, 〈조웅전〉, 〈홍길동전〉, 〈유충렬전〉, 〈강상루〉, 〈옥루몽〉, 〈구운몽〉, 〈추풍감별곡〉, 〈추월색〉, 〈월하가인〉, 〈재봉춘〉 기타 수십 종과 또는 이것들만은 못하지만 그래도 빈약하기 짝없는 조선 출판계에서 재판 이상씩 나아가는 지위를 독점하고 잇는 유상무상의 이야기책들이 대개 누구의 손으로 팔리어 가느냐 하면 학생보다도 부인보다도 농민과 그리고 노동자에게로 팔리어 간다. 장거리나 큰 길거리에서 행상인이 벌려 노은 이 짜위 책들은 좁쌀 되나 북엇마리나 사 가지고 집으로 돌아가는 장꾼, 즉 농민이 사가는 것이 대부분이다."

잘난 자들이 아닌 농민과 노동자가 바로 고소설의 독자였다는 사실이다. 힘없는 농민과 노동자들이 팍팍한 삶의 여정에서 눈물과 웃음을 함께 하고 더러는 잃어버린 꿈과 용기와 희망을 이 소설로 마중물 삼아 잠시 길어 올렸을지도 모른다. 그렇다면 오늘날 이 고소설의 독자는 누구일까? 학생, 부인, 농민, 노동자, 그도 아니면 회사원, 사장……? 잘은 모르지만 내가 아는 직업군 가운데는 딱 한 무리밖에 없는 것 같다. 그 많던 우리의 고소설 독자들은 모두 어디로 간 것일까? 아마도 변화하는 현대 문명에 적응을 못하여 그런 것이…….

녹책(錄册)과 전책(傳册)

국문 소설은 분량에 따라서 녹책과 전책 두 가지 계열로 나눌 수 있다. 주인공의 일대기만 다루고 한 책으로 끝나는 것은 '―전'이라는 제목이 붙어 있어 전책(傳册)이라 할 수 있다.

한 대 또는 여러 대에 걸쳐 가문의 흥망을 다룬 작품은 분량이 길어지게 마련이고 '―록(錄)'이라는 제목이 흔하여 녹책(錄册)이다. 김만중의 〈구운몽〉이나 〈사씨남정기〉·〈소씨명행록〉·〈창선감의록〉 등은 대표적인 녹책이고, 전책은 대부분 국문본 영웅 소설을 지칭한다.

전책에는 영웅 소설이 많고, 여자를 주인공으로 내세운 것도 적지 않았다. 〈옥단춘전(玉丹春傳)〉 같은 애정 소설, 〈진대방전(陳大房傳)〉 같은 교훈 소설도 흔히 볼 수 있으며, 비교적 하층 독자들에게 읽혔다.

이보다 격조가 높다고 인정되어 사대부 부녀자들이 애독한 녹책은 국문으로만 되어 있는 경우, 한문본보다 분량이 더 늘어나 대장편으로 발전하였다. 중국을 무대로 하는 관례는 그대로 유지되었으며, 무척 흥미롭고 복잡한 사건을 전개하면서 초경험적인 설정을 계속 활용하였다.

이외에 고소설은 대개 '－기(記)', '－봉(逢)', '－몽(夢)', '－곡(曲)' 등으로 제목이 끝난다. 설명을 붙이자면 '－기'는 '－록'과 같은 경우 사실의 기록이고, '－봉'은 기이한 인연 또는 기인한 만남이라는 뜻의 기연기봉(奇緣奇逢)을, '－몽'은 꿈과 같은 이야기요, '－곡'은 낭만성과 함께 노래를 곁들였다는 의미를 알 수 있다. 이 중에서 '－전(傳)' 형식이 가장 많은데, 고소설 대부분이 주인공 한 사람의 일대기 형식으로 되어 있기 때문이다.

여성(女性)

조선시대의 규범과 사회적 법도는 여성에게 남자의 그림자로서의 인격만 규정하였다. 그러나 고소설에서만큼은 상황이 달랐다. 고소설의 물줄기를 따라잡다 보면 남성에서 시작되어 조선 중기를 넘어서며 여성으로 흘러갔음을 여실히 볼 수 있기 때문이다.

조선 중기까지만 해도 여성 소설 독자는 '궁중'과 '사대부가' 정도였다.

사대부가의 여성들부터 살펴보면서 낭독 문제도 곁다리로 짚어 보자. 지금은 두 입술을 한일자로 꼭 다물고 읽는 묵독이 일반적이지만, 근대 이전 글 읽기는 모두 소리 내어 읽는 음독(音讀)이었다. 특히 소설은 낭랑히 낭독(朗讀)을 하였다. 눈만이 아닌 소리이기에 청각과 시각, 여기에 글을 외우기 쉽고, 나아가 듣는 청자까지 배려한 글 읽기라는 장점까지 있는 이 독서법은 우리나라뿐 아니라 중국과 일본도 동일하였다.

그런데 이 낭독으로 인하여 친정으로 쫓겨난 여인이 있었으니, 이괴의 부인이다. 이만부와 권섭의 기록을 차례로 들춰 보자. 사대부가의 여성과 소설 관계 기록은 이 두 기록이 가장 빠르지 않나 하는데, 이 문헌에서 '여성'과 '낭독'이라는 두 경우를 모두 볼 수 있다. 이만부(李萬敷, 1664~1732)의 《식산선생속집(息山先生續集)》 권8 '고조고관찰사증이조판서부군유사(高祖考觀察使贈吏曹判書府君遺事)'는 고소설과 여성 독자란 측면에서 흥미로우면서도 안타까운 기록이다. 기록의 내용은 이 책을 지은 이만부의 증조 때로, 1632년에서 1634년 사이이다.

"찬성공 형제께서 정경부인의 상중에 있을 때다. 부윤공의 부인 이 씨가 우연히 언문 소설을 보았는데 읽는 소리가 밖에까지 들렸다. 찬성공이 불쾌하여 제수를 불러 뜰 아래 세우고는 책망하기를, '부녀자가 무식한 것이야 반드시 책망할 필요는 없소만, 어찌 상중에 있으면서 예에 맞지 않는 책을 소리 내어 평상시와 같이 하십니까?'라고 하였다. 부윤공께서는 황공하여 죄를 청하였고 부인을 친정으로 돌려보냈다"라는 기록이 보인다.

시어머니 상중에 언문 소설을 소리 내어 읽었다는 이유로 시아주버니에게 책망을 듣고 친정으로 쫓겨 간 이괴의 부인 이 씨 이야기다. 찬성공(贊成公)은 이 글을 지은 이만부의 증조부인 이심(李襑)으로, 형제라 함은 이심의 동생인 부윤공 이괴(李襘, 1607~1666)다. 정경부인은 이심과 이괴의 어머니인 성주 이 씨다. 이 씨 정경부인이 돌아가셨는데, 하필이면 그날 아우 부윤공 이괴의 부인인 이 씨가 소설을 소리 내어 읽은 것이다. 당시에 소설 읽는 독서법이 음독이었음을 적실히 알 수 있는 대목이다. 상중이었지만 이 씨는 잠시 언문 소설 책을 펴 들었고, 이야기에 취해 무의식중에 소리 내어 읽었나 보다.

사실 지금도 시어머니 상중에 소설을 읽고, 더욱이 소리 내어 낭독한다면 볼썽사나운 모습임에 틀림없으니 예사롭게 보아 넘길 사안은 아니다. 더구나 예법이 지엄한 저 시절, 양반 댁 부인이 아닌가. 이쯤 되면 이 씨 부인에게 '소설 마니아'라는 호를 붙임 직도 하지만, 결과는 너무 안타깝다.

형 찬성공 이심은 이에 제수를 뜰 아래 세워 놓고 시어머니의 상중에 '비례지서(非禮之書)', 곧 '예법에 맞지 않는 책'을 읽는다고 꾸짖는다. 아우 부윤공 이괴는 형에게 깊이 사죄하고 부인을 친정으로 돌려보낸다. 묵독만 하였어도 이런 변고는 없었을 터이니, 당시의 소설 독서법이 한 여인의 삶을 애석하게 한 경우다.

이만부의 집안은 권문사족은 아니나, 조부 이관징(李觀徵)이 판서, 부친 이옥(李沃)이 참판을 지낸 것으로 보아 사대부가임을 알 수 있다. 이 글에서 우리는 사대부 집안의 여성과 소설의 관계를 일부 추론할 수 있다. 사대부 집안의 여성들이 언문(한글) 소설을 보면서 낭독했으며, 시어머니 상중에까지 읽을 정도로 소설이 널리 퍼졌고, 사대부들은 소설을 '예법에 맞지 않는 책'인 '비례지서'로 여겼으며, 여성이 소설을 읽었다 하여 친정으로 내칠 정도로 소설에 대한 남성들의 시선이 차디찼었다는 것을.

이때가 17세기였다. 이 시기에 위와는 반대로 재미있는 기록이 있었으니 '여사고담(女史古談)'이라는 용어다. 이 용어는 임영(林泳, 1649~1696)의 연보에 보이는 소설류를 지칭하는 용어인데, 글의 앞뒤 정황으로 미루어 '여인들의 이야기를 다룬 국문으로 쓰인 소설'을 지칭한다.

여성과 소설을 잇는 교량은 바로 양반 남성들이 그토록 하대하였던 암클인 '언문(諺文)'이었다. "둘째 딸은 언문을 쓴다(二娘書諺文)"나 "우리나라 풍속은 여자들을 언문으로 가르친다(東俗女子以諺文)"라는 기록은 흔히 보인다. 앞의 문장은 연산군 시절 주계군 이심원(李深遠)의 〈삼랑가(三娘歌)〉의 기록이요, 뒤는 홍직필(洪直弼, 1776~1852)의 《매산잡지(梅山雜識)》에서 찾았다.

"효종 7년(1656) 선생 팔 세에…… 글을 읽다가 쉴 때에는 꼭 누이들에게 여사고담을 읽어 달라고 청하니 누이들이 싫어하며 스스로 읽지 못함을 책망하였다. 마침내 분연히 반절(한글)을 써달라 하여 방으로 가지고 들어가서는 문을 닫아 걸고 익혀 반나절 만에 나오니 꿰뚫어 막힘이 없었다"라는 기록을 좀 보자. 임영이 여덟 살 때 누이들이 소설을 읽어 주지 않자 혼자 한글을 깨우쳤다는 기록인데, 여간 흥미롭지 않다.

아마도 글 읽기가 짜증 나면 임영은 누이들에게 달려간 듯하다. 그러면 누이들은 이 꼬마둥이 동생에게 한글 소설을 읽어 주었다. 그런데 자주 읽어 달라 보채었던지 누이들이 핀잔을 주었나 보다. 17세기, 앞에 앉혀 놓고 댕기머리 누이들이 빙 둘러앉아 국문 소설을 읽는 정경을 그려 낼 수 있다. 물론 국문 소설의 독자층이 여덟 살짜리 남자아이에서 댕기머리 여성들임도 알 수 있다.

권섭(權燮, 1671~1759)의 《옥소고(玉所稿)》의 〈제선조비수사삼국지후〉와 〈선비수사책자분배기〉의 기록 또한 사대부가 여성들의 소설 향유 기록이다. 그런데 이만부의 집안과는 분위기가 영판 다르다. 〈제선조비수사삼국지후〉부터 보면, "위의 〈삼국지〉 한 책은 돌아가신 할머니 정경부인으로 추증된 함평 이 씨(1622~1663)께서 손수 필사하신 책이다. 모두 세 책이었는데 우리 종손인 첨추군이 병들어 혼미할 때 월송 숙모가 가지고 가서 두 책을 잃어버렸다"라는 기록이다. 정황을 추려 보면 할머니 함평 이 씨께서 〈삼국지〉 한 책을 필사하였고, 월송 숙모가 가지고 가서 두 책을 잃어버렸다는 내용이다. 기록의 후미는 이 글을 쓴 권섭이 한 책만 찾아와 장정을 새로 하여 두니 자손대대로 잘 보존하라는 내용이다. 비록 소설을 필사한 것이지만, 선조의 유품으로 받아들임을 알 수 있다.

〈선비수사책자분배기〉는 우리 여성과 소설에 더욱 소중한 자료다. 인용

나카무라 킨조(中村金城)의 〈소녀육신(小女肉身)〉(권혁희 해제, 《조선풍속화보》, 민속원, 2008, 146쪽)

이 그림은 1905년을 전후하여 그려진 것으로, 그림 하단에 '팔려 가는 소녀'라는 제목이 붙어 있다. 흥미로운 점은 앳된 소녀가 장죽을 물고 있다는 것이다. 담배 가게와 소설, 그리고 여성을 함께 아우를 수 있는 그림으로 이해할 수 있을 듯하다. 이 그림으로 추론해 보자면 나이 어린 여성들까지 담배 가게에 출입이 꽤 잦았다는 추측이 어렵지 않다.

1666년 조선을 탈출한 네덜란드의 상인 하멜이 쓴 《하멜표류기》를 보면 "조선인들 사이에는 담배가 매우 성행하여 조그만 아이들이 4~5세 때 이미 담배를 배우기 시작하여 남녀 간에 피우지 않는 자가 없었다"라는 기록이 보일 정도다.

하자면 "돌아가신 어머니, 정부인으로 추증된 용인 이 씨께서 손수 필사하신 책 중에 대소설 〈소현성록〉 15책은 장손 조응에게 주니 사당에 보관하고 〈조승상칠자기〉와 〈한씨삼대록〉은 내 아우 대간군에게 주고 〈한씨삼대록〉 1건과 〈설씨삼대록〉은 황 씨 집안으로 시집간 내 누이동생에게 주고, 〈의협호구전〉과 〈삼강해록〉 1건은 둘째 아들 덕성에게 주고, 〈설씨삼대록〉은 김 씨 집안에 시집간 내 딸에게 준다. 각 가정의 자손들이 대대로 잘 간수해야 할 것이다. 1749년 11월 25일, 불초자 권섭이 삼가 쓰다"라고 되어 있다.

용인 이 씨(1652~1712)가 대단한 소설 애호가였음을 알 수 있다. 혼자 필사한 소설이 〈소현성록〉, 〈조승상칠자기〉, 〈한씨삼대록〉, 〈설씨삼대록〉, 〈의협호구전〉, 〈삼강해록〉 등 6종이나 된다(이 중 〈조승상칠자기〉, 〈삼강해록〉은 구체적인 내용을 알 수 없지만 정황으로 보아 소설류일 듯하다). 이를 다시 책 수로 따진다면 〈소현성록〉만 하여도 15권이나 되니, 족히 수십 권을 헤아린다. 이 소설들을 모두 읽었음은 물론이기에, 용인 이 씨의 소설력은 넉넉히 짐작된다. 권섭은 이런 어머니의 소설 필사를 따지지 않고 소중히 자손들에게 배분하고 간직하라고 타이른다.

비록 권섭이 과거에 낙방한 후 민머리로 시나 짓고 술을 벗하여 전국을 유람하였다지만, 그 또한 유학을 공부한 양반이었다. 많은 양반네들이 소설을 배척하였으나, 한편에서는 이런 일도 있었기에 이런 책도 만들어진다 생각하니 저이에게 참 고맙다.

사대부가 여인들의 소설 필사 행위는 17세기에 꽤 널리 퍼졌다. 숙종 때 문과에 급제하여 정언, 북평사, 부교리, 좌의정 등을 지낸 조태억(趙泰億, 1675~1728)의 어머니에 대한 기록에도 소설 필사 정황이 잘 드러난다. 조태억의 가문도 명문 사대부가였음은 물론이다. 이 조태억은 《겸재집》 '언서서주연의발(諺書西周演義跋)'에서 어머니 남원 윤 씨(1647~1698)가 손수 베낀 소설을 잃었다가 다시 찾는 사연을 꼼꼼하게 기록하였다. 그 기록은 여성 독자의 편폭을 좀 더 넓힌다. 좀 길지만 전문을 그대로 인용한다.

우리 어머니께서 언문으로 〈서주연의(西周演義)〉 10여 책을 필사하셨는데 원본 자체가 한 책이 결본이어서 완질을 갖추지 못했다. 어머니께서 그것을 늘 아쉬워하며 지내신 지 오래되었다. 그러다가 옛것을 좋아하는 어떤 집에서 완전한 본을 얻게 되어 다시 써서 빠진 부분을 보충하여 완질을 갖추게 되었다. 그로부터 얼마 지나지 않아 같은 마을에 사는 한 여인이 어머니께 그 책을 빌려 보고 싶다고 애걸하였다. 어머니께서는 바로 전질을 가져가도록 허락하셨다. 얼마 지난 뒤 그 여인이 들어와 사죄하며 이렇게 말하는 것이었다.

"빌린 책을 삼가 돌려드립니다. 그런데 길에서 한 책을 잃어버렸습니다. 아무리 찾아도 찾을 수가 없습니다. 죽을 죄를 지었습니다! 죽을 죄를!"

어머니께서는 너그러이 용서하시고 잃어버린 부분이 무엇인지 물으셨는데, 공교롭게도 예전에 빠진 데를 다시 써서 보충한 그 책이었다. 완질을 갖추었던 것이 다시 낙질이 된지라 어머니께서는 속으로 몹시 안타까워하셨다.

그로부터 이태가 지난 겨울이었다. 나는 아내를 이끌고 남산 아래 마을에 살게 되었다. 아내는 마침 병석에서 무료하게 지내는 터라 같은 집에 사는 친척 부인에게 책을 빌렸다. 친척 부인은 책자 한 권을 건네주었는데, 아내가 보니 예전에 잃어버렸던 어머니께서 손수 쓰신 바로 그 책이었다. 내게도 보여 주기에 봤더니 틀림없었다. 그래서 아내가 그 친척 부인에게 가서 책을 얻게 된 유래를 꼬치꼬치 캐물으니 친척 부인의 말은 이러했다.

"나는 그 책을 우리 일가인 아무개한테서 얻었고, 아무개는 그 마을 사람인 아무개한테서 샀지요. 그 마을 사람인 아무개는 길에서 그 책을 주웠답니다."

아내는 전에 그 책을 잃어버린 정황을 빠짐없이 말해 주면서 돌려달라고 부탁했다. 그 친척 부인은 신기하게 여기면서 돌려주니, 낙질이 되었던 것이 또 이렇게 하여 다시 완질을 갖추게 되었다. 이 얼마나 기이한 일인가.

〔……〕

길에서 잃었는데도 말발굽에 짓밟히지 않고 진흙에 더럽히지 않았다. 다른 사람이 주웠지만 책을 아낄 줄 모르는 무지몽매한 사람에게 가지 않고 결국 호사가가 간직하게 되었다. 또 하늘 끝 땅 모서리 먼 곳에 살아서 저와 나와 만날 길이 없는 사람 차지가 되지 않고 내 아내 친척 부인의 집안사람 수중에 들어갔다. 그렇게 책이 이리저리 돌아다니다가 끝내 내 손으로 돌아오게 된 것이다.

이 어찌 우리 어머니의 친필이 흩어지고 땅속에 묻혀 버리는 지경에까지는 이르게 하지 않으려고 하늘이 도와주신 것이 아닐까? 3년 동안 잃어버렸던 책을 하루아침에 찾는 과정을 보자니 일정한 운수가 개입하고 있는 것이나 아닐까? 기이한 일이고 기이한 일이다!

그러니 이 일을 기록하지 않을 도리가 없어 잃었다가 찾은 자초지종을 이렇게 삼가 기록하는 바이다.●

찾은 과정이 기이함은 넘어가자. 당대 여인들의 소설 읽기가 어떠했는지 그대로 그려진다. 소설을 필사한 좌의정을 지낸 조태억의 어머니에, 같은 마을에 사는 여인, 친척 부인, 친척 부인의 일가로 이 책을 얻은 아무개, 또 아무개에게서 책을 산 마을 사람 아무개, 그리고 조태억의 아내까지, 〈서주연의〉라는 소설 한 편을 두고 무려 여섯 명이나 되는 사람이 잔걸음을 친다. 그중 여성 독자가 네 명이다. 덤으로 "아무개는 그 마을 사람인 아무개한테서 샀지요"라는 데서 소설을 사고팔았다는 것도 읽을 수 있다.

● 조태억, '언서서주연의발', 《겸재집》 42권(번역은 한국고전번역원 홈페이지에서 인용하고 몇 자를 손보았다).

〈서주연의〉는 조선 후기에 번역되어 널리 읽힌 중국의 역사 소설로 〈봉신연의(封神演義)〉라는 이름으로 더 알려져 있다. 명나라 허중림(許仲琳)이 지었다고 전하는데, 은나라에서 주나라로 바뀌는 중국 고대의 왕조 교체기에 신마(神魔)의 싸움을 중심으로 전개되는 소설이다.

조선 중기를 넘어서며 소설사에선 이렇듯 '여성'이 하나의 용어로 존재한다. 여기에 큰 힘을 보탠 것이 '사친지념(思親之念)'이라는 용어였다. '사친'이란 어버이를 생각한다는 뜻이요, 우리 고소설에서는 특히 어머니를 그리는 정이다. 이러한 사친은 유독 고소설에서 도드라지는 현상이기에 '사친론'이라 이름한다.

사친론은 18세기 이재(李縡, 1680~1746)가 말한 김만중의 〈구운몽〉 창작 경위에 잘 나타나 있다. 물론 이에 앞서 조정위(趙正緯)의 《졸수재집(拙修齋集)》에 쓴 조성기(趙聖期, 1638~1689)의 '행장'에 보이는 어머니에 대한 기록과 조재삼(趙在三, 1808~1866)의 《송남잡지(松南雜誌)》에 보이는 조성기의 어머니에 대한 기록이나 교교재 김용겸(金用謙, 1702 ~ 1789)의 《대산집(臺山集)》 권12 '족증조교교재선생행장(族曾祖嘐嘐齋先生行狀)' 등에도 보인다.

자식이 노모를 위해서 소설책을 읽어 주거나 짓는 관행은 17세기 후반 김만중의 〈구운몽〉 창작 이후에 효와 연결되어 자연스럽게 계승된 듯하다. 효의 주체는 특히 아들이요, 대상은 어머니다. 모자간의 이러한 현상은 한국인의 정서와 맥을 잇대고 있다. 다만, 사친론과 엇박자로 고소설에서 부모와 자식의 효 사이에 자식의 애정이 매우 깊숙이 끼어든다는 점은 글줄이 바쁘더라도 짚어야겠다. 남녀 간의 본능적 욕구인 애정과 사회질서 규범으로서 효의 대립은 〈숙영낭자전〉 같은 경우에 잘 나타난다.•

• 김일렬, 〈조선조 소설에 나타난 효와 애정의 대립〉, 서울대학교 박사학위 논문, 1983 참고.

이재가 말한 김만중의 〈구운몽〉 창작 경위에는 사친론이 잘 정리되어 있다. "서포 김만중은 성품이 지극히 효성스럽다. 유복자로 태어나서 아비의 얼굴을 보지 못하였기에 종신토록 애통해하였으며, 어머니 윤 씨 부인 섬기기를 지극히 하였다…… 패설에 〈구운몽〉 같은 것이 있는데, 서포의 작이다. 대개 부귀공명으로써 일장춘몽을 돌아보니 윤 씨 부인의 근심을 풀어 주기 위함이다."•

이렇듯 자식들이 노모를 위해서 소설책을 읽어 주거나 짓는 관행은 사친지념이기에, 소설을 사회적으로 받아들일 수 있는 공간을 확보하는 용어로 볼 수 있다. 조선 후기 한글 소설인 〈청화담(淸華談)〉에서는 '자녀 위해 소설 지음'이라고 하여 이 사친론의 외연이 넓어진다.••

조선 후기로 오면서 여성들의 소설 읽기는 꽤 널리 퍼졌으며, 심지어 가족 단위로 소설을 읽는 기사도 보인다. 황종림(黃鍾林, 1796~1875)의 《영세보장(永世寶藏)》 등에서 그 일단을 볼 수 있다.

> 외할머니께서 눈병이 나서 매양 소일하시기 어려워 외삼촌 형제 분들과 외숙모들이 언문책을 구하여 번갈아 가며 서로 읽어 드렸다. 어머니께서는 사오 세부터 언문을 배우고 익히셔서 십 세 전에는 거의 못 보신 책이 없으셨는데, 전대의 치란흥망한 자취와 인물의 현우숙특한 분수를 널리 아시어, 실로 글 읽은 남자도 미치기 어려운 바가 계셨다. 열 줄을 한 번에 내리 외우시고 하루에 문득 수십 권을 보시고, 매양 책을 덮으면 몸소 말씀 외우시듯 하셨다. 하루는 둘째 외삼촌께서 그치기를 청하여 가로되, '아는 바가 이미 많은지라. 이제 그만 하라. 여자의 행실은 그름도 없고 옳음도 없는지라. 오직 술과 밥을 의논할 뿐, 비록 사기와 경전의 끄트럭이 말이라도 반드시 많이 알지 아니하려든, 하

• 이재, 《삼관기》 이(耳), 부산대 소장본.
•• 김락효 역주, '자녀 위해 소설 지음', 《주해 청화담(註解 淸華談)》, 박이정, 1996, 6~11쪽.

물며 시속의 법 되지 아닌 글은 말이 설만함이 많으니 여자가 마땅히 익힐 바가 아니니, 어찌 힘쓰지 아니리오' 하시니 이로부터 어머니께서는 뜻을 결단하시어 다시 책을 보지 아니하시니, 다른 사람이 혹시 신기한 책으로써 시험하여 내어 올지라도 한 번도 돌아보시지 아니하셨다. 말년에 미치시어 불초의 무리 만일 빌려 드리는 바가 있으면 혹 뒤적여 보시나, 문득 외삼촌께서 이전에 하신 말씀으로써 가르쳐 가로되 '나이 젊은 여편네가 이로써 업을 삼는 자는 다만 가사를 황폐할 뿐 아니라, 왕왕 보니 인가의 여편네가 반은 알고 반은 모르는 일로써 문자를 지어 여러 사람 가운데 돌리되 유식한 이의 가만히 웃음을 돌아보지 아니하니 심히 아름다운 일이 아니라' 하시더라."●

황종림이 돌아가신 양어머니 여산 송 씨(宋氏, 1759~1821)를 위해 쓴 글이다. 황종림은 황기옥의 양자로, 황기옥은 영조의 따님인 화유 옹주의 아들이다. 송 씨는 친정어머니가 여러 해 눈병으로 고생하며 소일할 거리가 없자 오빠 내외와 함께 언문책을 번갈아 가며 읽어 드렸음을 알 수 있다.

홍희복(洪羲福, 1794~1859)의 '제일긔언서문'에 "다만 긴 밤과 한가한 ᄒᆞᆫ 아츰예 노친을 뫼시고 병쳐와 ᄌᆞ부 녀ᄋᆞ를 거ᄂᆞ려 ᄒᆞᆫ 번 보고 두 번 닑어 그 강개 상쾌ᄒᆞᆫ 곳의 다ᄃᆞ라는 셔로 일커러 탄샹ᄒᆞ고 그 담쇼회해ᄒᆞᆫ 곳에 다ᄃᆞ라ᄂᆞᆫ ᄯᅩᄒᆞᆫ 일쟝환쇼ᄒᆞ면 이 족히 쓰인다 ᄒᆞᆯ 것이니 그 엇지 무용이라 ᄒᆞ리요"라는 글이 보인다.●● 가족들과 더불어 소설을 읽는 모습이 잘 그려져 있다. 이 글을 쓴 홍희복 역시 풍산 홍 씨인데 자세한 가계는 알 수 없지만 서류 출신으로 벼슬에 나가지 못한 이이다.

역시 18세기 말쯤이다. 이영순(李永淳)의 처 온양 정 씨(1725~1799)의 필사본 〈옥원재합기연(玉鴛再合奇緣)〉 안쪽에 적힌 소설 제목은 꽤나 놀랍

● 황종림 언해, 정양완 역주, 〈선부인어록〉, 《영세보장》, 태학사, 1998, 228쪽.
●● 홍희복, 정규복·박재연 교주, '제일긔언서문', 《제일기언》, 국학자료원, 2001, 23~24쪽.

다.• 권14의 안쪽에 〈명행록〉, 〈비시명감〉, 〈완월〉, 〈옥원재합기연〉, 〈십봉기연〉, 〈신옥기린〉, 〈유효공〉, 〈유씨삼대록〉, 〈이씨세대록〉, 〈현봉쌍의록〉, 〈벽허담관제언록〉, 〈옥환기봉〉, 〈옥린몽〉, 〈현씨양웅쌍린기〉, 〈명주기봉〉, 〈하각로별록〉, 〈임씨삼대록〉, 〈소현성록〉, 〈손방연의〉, 〈쌍렬옥소봉〉, 〈도앵행〉, 〈취미삼선록〉, 〈취해록〉, 〈여와전〉이 보이고 권15의 표지 안쪽에 〈개벽연의〉, 〈탁록연의〉, 〈서주연의〉, 〈열국지〉, 〈초한연의〉, 〈동한연의〉, 〈당전연의〉, 〈삼국지〉, 〈남송연의〉, 〈북송연의〉, 〈오대초사연의〉, 〈남계연의〉, 〈국조고사〉, 〈소현성록〉, 〈옥소기봉〉, 〈석중옥〉, 〈소씨명행록〉, 〈유씨삼대록〉, 〈임화정문록〉, 〈옥린몽〉, 〈서유기〉, 〈충의수호지〉, 〈성탄수호지〉, 〈구운몽〉, 〈남정기〉라는 50여 편에 달하는 소설명이 보인다. 거론된 소설은 〈하각로별록〉·〈취해록〉 등 미상인 경우도 있으나 대부분 연의 소설과 가문형 장편 소설이다.

또 온양 정 씨 필사본 〈옥원재합기연〉 21권은 비슷한 시기 실명의 여성이 축자적으로 지은 15권본을 선행본으로 하였으며, 이 여성이 〈옥원전해〉와 모방작인 〈십봉기연〉과 〈명행록〉, 〈비시명감〉, 〈신옥기린〉을 지었다고 한다. 더 관심을 끄는 것은 온양 정 씨 이외에 며느리 반남 박 씨, 손자며느리 기계 유 씨, 증손자며느리 해평 윤 씨 및 변 생원 고모가 필사자라고 적어 놓은 사실이다. 〈옥원전해〉, 〈십봉기연〉, 〈명행록〉, 〈비시명감〉, 〈신옥기린〉을 여성이 지었으며 온양 정 씨의 온 집안 여성들이 모여 소설을 필사하였다는 뜻이 된다. 이 기록이 1786년에서 1796년 사이로 추정되니, 18세기 여성과 소설의 거리가 매우 가까웠음을 방증한다.

이외에도 "일 업슨 션ᄇᆡ와 ᄌᆡ조 잇ᄂᆞᆫ 녀ᄌᆡ 고금쇼셜에 일홈ᄂᆞᆫ ᄇᆡᄅᆞᆯ 낫낫치 번역ᄒᆞ고 그 밧 허언을 창셜ᄒᆞ고 ᄀᆡᆨ담을 번연ᄒᆞ야 신긔코 ᄌᆞ미잇기를

• 서울대본 〈옥원재합기연〉 권14의 안쪽과 권15의 표지 안쪽.

위쥬ᄒᆞ야 거의 누천 권에 지ᄂᆞᆫ지라"(〈제일기언〉)나 "위국공의 복록과 방승상의 긔지사와 영부인의 협의기를 탄복ᄒᆞ야 승상의 ᄌᆡ동 민한님 부인 방씨난 그 집 ᄉᆞ젹을 아난고로 긔이한 마듸와 ᄃᆡ문만 긔록ᄒᆞ아 세상의 젼ᄒᆞ난니"(〈방한림전〉) 따위 기록을 더 찾을 수 있다. 앞 문장의 〈제일기언〉에서는 '재주 있는 여자에 의해 번역되고 창작된 소설이 수천 권'이라는 것을, 뒷 문장의 〈방한림전〉에서는 '재종 민한림 부인 방 씨'가 〈방한림전〉을 지었다는 것을 알 수 있다. 모두 사실로 믿기에는 근거가 부족하지만 여성과 소설의 거리를 잔뜩 좁혀 놓은 발언임에 틀림없다. 따라서 학자들 간에는 이 〈방한림전〉뿐만 아니라 〈홍계월전〉 계열의 여성 영웅 소설도 작가가 여성일 것으로 추론한다.

더하여 흥미로운 것은 〈삼국지〉, 〈남송연의〉, 〈북송연의〉, 〈오대초사연의〉, 〈남계연의〉(〈남계연담〉인 듯), 〈충의수호지〉, 〈성탄수호지〉 등 남성 독자나 좋아했을 법한 연의 소설을 여성들이 읽었다는 점이다. 이에 대한 단서를 알 수 있는 자료는 민익수(閔翼洙, 1690~1742)의 《여흥민씨가승기략(驪興閔氏家乘紀略)》이다. 이 책 권4 〈이부인행록〉에 "역대의 연의류 같은 것은 마땅히 한두 번 잘 살펴보아야 한다. 이전 시대의 치란과 흥망의 자취를 대략이라도 알게 된다면 덕성을 기르고 식견을 넓힐 수 있게 될 것이니 어찌 보지 않으랴?"라는 구절이 있다. 민익수의 어머니인 연안 이씨(1664~1733)가 딸에게 하는 말로, 연의 소설을 보면 치란과 흥망의 자취를 대략 알게 되어 '덕성을 기르고 식견을 넓힐 수 있다(庶幾養其德性 廣其識見)'라고 한다. 여인의 덕성과 식견을 넓히기 위해 연의 소설을 읽어야 한다는 말에서 여인과 소설의 거리는 더욱 가까워진다.

그러나 이런 생각이 있으면 저런 생각도 있는 것이 세상 이치다. 이와 달리 보는 견해가 더욱 많았으니 소설에 대한 품은 아직도 박하기만 하였다. 18세기를 넘어서며 채제공의 《번암집》이나, 이덕무의 《청장관전서》,

홍직필의 《매산잡지》 등에 보이는 여성 독자에 대한 정보가 그것이다.

그중 채제공의 《번암집》 '여사서서'만 보자면 "내가 보건대 근래의 부녀자들이 다투어 능사로 삼는 일은 오직 패설(소설)을 숭상하는 일이니, 날과 달이 갈수록 더해져 천여 종에 이른다. 쾌가는 이것을 깨끗이 정서하여 사람들에게 빌려 주고는 그 삯을 받아서 이익을 취하고 부녀자들은 식견 없이 비녀나 팔찌를 팔거나 혹은 빚을 내어 다투어 빌려 가서 그것으로 하루 종일 시간을 버린다(竊觀近世閨閤之競以爲能事者 惟稗說是崇 日加月增 千百其種 儈家以是淨寫 凡有借覽 輒收其直以爲利 婦女無見識 或賣釵釧 或求債銅 爭相貰來 以消永日)"라고 하였다. 여성의 소설 보기를 영 못마땅하게 써놓은 이 글에서 쾌가가 깨끗이 정서한 것이 저 위에서 살핀 세책본이다. 이 세책본을 빌리려 여성들이 장신구를 팔거나 혹은 빚을 내어 다투어 빌려 갔다는 사실이 매우 흥미롭다.

김려(金鑢, 1766~1821)의 《담정총서》에 실려 있는 〈장원경의 아내 심 씨를 위해 지은 고시(古詩爲張遠卿妻沈氏作)〉를 보면 아주 흥미로운 기록이 보인다. 이 고시는 저자가 1801년 경상남도 진해에서 유배 생활을 할 때 지은 것으로, 뒷부분이 결락되어 있는데도 3,520자나 되는 장편 서사시다. 내용은 열서너 살쯤 되는 백정의 딸 방주와 몰락하였지만 양반으로 종사품 무관 벼슬인 파총(把摠)을 지내는 이의 혼인을 다루고 있다. 그런데 백정의 딸인 이 방주(蚌珠: 진주)가 보통 여성이 아니다. 지성과 미모를 아울러 갖추었으며, 겨우 여덟 살에 〈사씨남정기〉를 낭랑하게 읊을 정도였다. 그 부분을 옮겨 놓으면 아래와 같다.

七歲通諺書　일곱 살엔 우리 글자 통달했네
八歲髮點漆　여덟 살에 방주는 큰아이들처럼
學姊能自梳　까만 머리 제 손으로 빗을 줄 알고

時向華燈下　때때로 등잔불 마주 앉아서는
朗吟謝氏傳　〈사씨남정기〉 낭랑히 읽을 때에는
微風送逸響　바람 타고 울려오는 고운 목소리
琮琤破玉片　구슬을 굴리는 듯 낭랑도 했지•

여덟 살짜리 계집아이가 〈사씨남정기〉를 낭랑하게 읊는다. 우선 소설 독자의 연령이 여덟 살까지 내려갔고, 백정의 딸로 지극히 천한 신분이었으며, 18세기 말 경상도 진주라는 지역까지 〈사씨남정기〉가 널리 퍼졌고, 소설을 낭독하였음을 알 수 있다. 단면이지만 18세기 말에서 19세기 진주 지방의 소설 상황이 이러하였다.

남영로가 자기 소실을 위로하기 위해 〈옥련몽〉을 지었다는 19세기 기록도 '소설과 여성'이라는 측면에서 주목할 만하다. 남영로는 여러 차례 과거에 응시했으나 낙방하고 향리인 경기도 용인군 화곡에서 일생을 마쳤다. 그가 〈옥련몽〉을 저작한 직접적인 동기는 뛰어난 미모를 지니고 한시에도 능했다는 소실 조 씨 때문이었다.

조 씨는 소실인 자신의 운명을 늘 한탄하다 끝내 병이 들어 누워 이야기책 보기를 좋아하였다. 이를 안타깝게 여긴 남영로는 소실을 위해 직접 소설을 지었다. 〈옥련몽〉은 이렇게 우리 고소설사에 그 이름을 올렸다. 연구에 의하면 한문 〈옥련몽〉이 저작된 후, 한문 〈옥루몽〉으로 개작되었고, 한문 〈옥련몽〉은 다시 국문 〈옥련몽〉으로 번역되었다고 한다. 국문 번역은 남영로가 직접 한 듯하나 소실 조 씨가 번역했을 것으로 보는 견해도 있다.

잠시 위 문장에서 "병이 들어 누워 이야기책 보기를 좋아하였다"라는

• 김려, 오희복 옮김, 《김려작품집》, 문예출판사(평양), 1990, 59쪽.

대목을 들여다보자. "나는 근래 담화(痰火)병이 들어 요양을 하느라고 누워 있으면서 며느리들을 시켜 여항간의 언서 소설을 들었다." 〈창선감의록〉 권1(이엽산방판, 장1)의 기록이다. 또 유득공(柳得恭, 1748~1807)의 《영재집》 권6 〈선비행장(先妣行狀)〉에는 "돌아가신 어머니께서는 가정일을 며느리에게 맡기시고 한 방을 깨끗이 치우고 손주며느리나 손녀들을 시켜 언사(諺史) 가운데 감계가 될 만한 것을 뽑아서 읽게 하고서는 누워서 듣곤 하였다"라는 기록도 있다. 소설을 읽는 동기는 병이 들어서요, 듣는 자세는 누워서 들었음을 알 수 있다. 저 위에서 언급한 조성기의 어머니도 "만년에 누워서 소설 듣기를 좋아하여 잠을 그치고 시름을 쫓는 자료로 삼으셨다"라고 적어 놓았다.

또 한편에서는 과부가 된 여인들이 고독을 달래려고 소설을 읽었음을 보여 주는 문헌도 있다. 이에 대해서는 '가사가 된 고소설' 장에서 살펴볼 〈소현성록〉의 경우를 들 수 있다.

궁중도 살펴보자.

궁중에서 여성과 소설 관계 기록은 인선 왕후에게서 찾을 수 있으니, 17세기 중반을 넘어선다. 인선 왕후가 숙명 공주에게 보낸 한글 편지에서 17세기 궁중의 소설 상황과 인선 왕후가 소설을 읽은 정황이 소연히 드러남은 이미 앞의 '세책본'에서 살핀 바 있다.

이 인선 왕후에 대해서는 넉넉한 지면을 할애해도 좋다. 인선 왕후는 17세기 궁중의 소설 문화를 알게 하는 조선 제일의 여인이다. 인선 왕후(1618~1674)는 조선 제17대 왕 효종(孝宗, 1619~1659)의 비이다. 병자호란 후 봉림 대군과 함께 심양에서 8년간 볼모 생활을 하고 돌아와 세자빈이 되었고, 1649년 효종이 즉위하자 왕비에 진봉되었다. 8년간 심양에서 기거할 때, 후일 18대 왕 현종을 낳았다. 효종 못지않은 북벌론 지지자였던 인선 왕후는 효종과 더불어 검소한 생활을 하였다. 굿판을 근절하고 금주령을 내리는 한편, 이불의 색을 적색과 청색 두 가지 색으로 통일하여 전시에 군복으로 활용할 수 있도록 준비하였다. 하지만 효종은 1659년 생을 달리한다. 인선 왕후는 갓 마흔을 넘긴 때였다. 이후 그녀는 왕비가 아닌 대비로 스물다섯 해를 고적하게 살아간다.

인선 왕후의 친정도 살펴보자. 인선 왕후의 부친은 계곡 장유(張維, 1587~1638)인데, 우리의 소설사에서는 귀중한 보탬을 주는 이다. 그의 《계곡만필(谿谷漫筆)》 권1에서 〈규염객전(虯髥客傳)〉 운운하며 당 태종에 관한 사실을 비평하는 글이 보이기 때문이다. 〈규염객전〉은 《태평광기》에 실려 있고, 《태평광기》는 소설류를 담은 설화집이다. 당연히 인선 왕후도 이를 읽었을 개연성은 크다.

인선 왕후가 어떻게 소설을 가까이 하였는지는 구체적으로 알 수 없지만, 아마도 저러한 병자호란을 거친 삶과 남편 효종의 빈자리, 여기에 어린 시절부터 소설류를 가까이한 정황 등이 그녀에게 소설을 읽도록 만들지 않았을까?

인선 왕후는 소생으로 현종과 여섯 명의 공주를 두었는데, 언간은 이 공주들과 주고받은 내용이다. 이 편지의 정보를 통해서도 이미 인선 왕후가 소설 애호가였음을 알 수 있지만, 권상명의 부인인 용인 이 씨와의 교유는 더욱 여성 소설 독자들의 세계를 흥미롭게 한다. 용인 이 씨는 위에서도 이미 살핀 권섭의 〈선비수사책자분배기〉의 용인 이 씨와 동일인이고 아래 '장서가'에서 살필 장안의 내로라하는 장서가 이의현이 남동생이다. 용인 이 씨의 소설 애호에는 이러한 장서가 집안이란 독서 정황이 숨겨져 있다.

이 용인 이 씨와 인선 왕후의 교분은 일찍이 소설을 매개로 인연한다. 용인 이 씨가 열네 살 때 소설책을 등사해서 인선 왕후에게 칭찬을 받았다는 문헌이 있기 때문이다.

인선 왕후의 소설 관계는 아들 현종(顯宗, 1641~1674)을 거쳐 손녀인 명안 공주로 이어진다. 명안 공주(明安公主, 1664~1687)는 현종과 명성왕후 사이의 1남 3녀 중 셋째 딸로 태어났으며 숙종의 누이동생이기도 하다. 숙종은 누이동생인 이 명안 공주를 지극히 사랑하여 청나라에서 고급 비단이 들어오면 후궁보다 명안 공주에게 먼저 보낼 정도였으나 스물네 살의 젊은 나이로 짧은 삶을 마쳤다.

이 명안 공주와 아버지 현종, 그리고 할머니인 인선 왕후를 소설 독자로 엮는 한글 간찰이 모 씨 댁에 소장되어 있는 필첩에 그대로 남아 있다. 내용은 현종(재위: 1659~1674)이 어머니인 대왕대비와 딸인 명안 공주에게 보낸 한글 간찰이다. 이 간찰에 《태평광기》, 〈왕경룡전〉, 〈옥교리〉, 《박안경기》, 〈환혼전〉 등 소설명이 확인된다.* 이 중 〈환혼전〉은 채수가 1511년에 쓴 소설 〈설공찬환혼전(薛公瓚還魂傳)〉(〈설공찬전〉)이 아닌가 한다. 이 〈환혼전〉을 제외하고는 모두 중국 소설을 번역 혹은 번안한 작품들이다. 조선 제일의 여인 인선 왕후와 소설 관계 기사는 이렇듯 자못 풍부한 셈이다. 물론 조선의 왕후들 중, 이러한 고소설 관계 자료를 제공하는 궁중 여인은 없다.

이제 궁중에서 언해된 국역본에 대해서도 살펴보자. 국역본 〈주생전〉과 〈위생전〉이 매우 흥미로운 자료이니 이를 예로 들어 보자. 《국역본 〈쥬싱뎐〉·〈위싱뎐〉》의 〈쥬싱뎐〉은 한문본 〈주생전〉, 〈위싱뎐〉은 역시 한문본 〈위생전〉의 번역이다. 17세기 한문 소설사에서 〈주생전〉은 전기 소설의 완숙함을 보여 주고, 〈위생전〉은 〈주생전〉의 서사 구조를 도습한 작품으로 그 위상이 자못 높은데, 이 두 애정 전기 소설이 궁중에서 언해·필사된 것이다.

* 박재연·정병설 교주, 《옥교리》, 선문대학교 중한번역문헌연구소, 2003, 4쪽 참조.

《국역본 〈쥬싱뎐〉·〈위싱뎐〉》(이하 《국역본》이라 부른다)의 〈쥬싱뎐〉 첫 장에는 '초액보장(椒掖寶藏)'이라는 장서인이 찍혀 있다. '초액(椒掖)'은 왕후의 궁을 부르는 명칭이니, 이 번역집이 '왕후의 궁전에 잘 간수되었다'는 정황이다. 우리 소설사에서 17~18세기의 소설적 영토가 '여항과 남성'을 넘어 '궁중과 여인'까지 꽤 넓었음을 확인케 해주는 자료인 셈이다. 이것은 단순하게 궁중의 소설 취향으로 그치는 것이 아니다. 《국역본》 이전의 《태평광기언해》, 완산 이 씨의 《중국소설회모본》과 낙선재본 소설의 연장이요, 이후 고종 21년을 전후하여 이종태라는 자가 고종 황제의 명을 받아 문사 여러 명을 동원하여 중국 소설을 번역하였다는 기록까지 이어지며 의미 있는 소설사적 동선을 그리기 때문이다. 소설 필사 작업이 꽤 오랜 시간을 두고 면면이 이어져 온 궁중의 한 문화였음을 알 수 있다.

궁중에서 소설을 금기시하는 것은 선초부터 내려오던 불문율이요, 더욱이 정조 연간(1776~1800) 궁중은 문체 반정과 반소설적인 근원지였다는 점을 상기하면, 이 《국역본》 자체만으로도 소설사적 의의는 충분하다. 여항 출신의 소설이 궁중 독서물로 편입되어 소설의 사적 연진 과정이 풍요로워졌다는 점도 그렇거니와, 더하여 이 《국역본》에서는 애정 전기 소설의 언해라는 독서 문화적 정황과 소설의 유통까지 엿볼 수 있다. 애정소설이라는 점은 궁중과 날카로운 대립각을 빚기에 충분한데, 애정 전기인 〈쥬싱뎐〉·〈위싱뎐〉이 궁중에서 언해되어 독립된 연철본으로 필사되었다는 것이 매우 흥미롭다.

《국역본》은 우리 고소설 번역사에 새로운 자료 확보라는 측면을 넘어, 지금까지 '소설'이 고급 독서층의 변방을 맴돌며 달고 다닌 '통속' 혹은 '저속'이라는 표를 공적으로 떼는 작업이었다고 의의를 부여할 수도 있다. 17세기 후반에서 18세기 중반 그 어느 지점에서 필사되었을 가능성이 큰데, 필사본의 특징을 몇 가지 찾아보자. 매면 사방 쌍곽선이 뚜렷하며

윤덕희의 〈독서하는 여인〉(서울대학교박물관 소장)

윤덕희(尹德熙, 1685~1776)의 본관은 해남, 호는 낙서(駱西)다. 그는 숙종의 어진을 그리는 데 감독관으로 참여할 정도로 이름 높은 화가다. 아버지 역시 자화상으로 유명한 공재(恭齋) 윤두서(尹斗緖)다. 얌전하게 생긴 호리호리한 몸매의 여인이 단아하게 평상에 앉아 긴 목선 위에 자리한 눈을 살포시 내리깔고 책을 읽고 있다. 여인의 오른편에는 사대부 집안에서 길렀던 큼지막한 파초가 있고 바로 뒤엔 나무틀에 끼워 세우는 병풍인 삽병(揷屛)이, 여인의 왼쪽 어깻죽지 위엔 새 한 마리가 보인다. 파초는 다년생 식물로 불에 타도 속심이 죽지 않고 다시 살아나온다 하여 기사회생, 잎이 넓어 신선의 풍취와 부귀를, 파초의 푸름 속에서 군자의 기상을 찾을 수 있어 상당히 격조 높은 식물로 취급했다. 이러한 파초는 특히 책거리 그림에 여지없이 등장한다. 이 여인은 지금 어떤 책을 읽는 것일까? 글자가 보이지 않으니 내용은 확인할 길이 없지마는, 혹 소설은 아닐는지.

윤덕희는 꽤 많은 소설을 읽었다. 그가 지은《수발집(溲勃集)》〈소설경람자〉에는 무려 127종의 소설명을 거론하고 있다. 〈소설경람자〉를 쓴 시기는 그의 나이 78세인 1762년에서 1763년 사이다. 위의 〈독서하는 여인〉은 이러한 소설 편력과 무관치 않을 것으로 추론할 수 있다. 그 소설들을 옮겨 본다. 〈충의수호지〉, 〈삼국연의〉, 〈서유기〉, 〈왕경룡전〉, 〈서상기〉, 《태평광기》, 〈주생전〉 등 낯익은 이름도 보이지만 생소한 소설명도 많다. 〈충의수호지〉, 〈북송연의〉, 〈우초지〉, 〈봉황지〉, 〈삼국연의〉, 〈손방연의〉, 〈봉신기〉, 〈소리소〉, 〈서유기〉, 〈후수호전〉, 〈평요전〉, 〈하양비미〉, 〈서한지〉, 〈개벽연역〉, 〈선진일사〉, 〈후서유기〉, 〈수당지〉, 〈행화천〉, 〈성세항언〉, 〈쾌사전〉, 〈열국지〉, 〈몽월루〉, 〈정사〉, 〈금의단〉, 〈오대사〉, 《전등신화》, 〈옥교리〉, 〈금향정〉, 〈남송연의〉, 〈문원사귤〉, 〈원앙영〉, 〈소양취사〉, 〈금병매〉, 〈인봉소〉, 〈농정쾌사〉, 〈서호가화〉, 〈서호이집〉, 〈치파자전〉, 〈새화령〉, 〈동한기〉, 〈호구전〉, 〈용도신단〉, 〈김취교전〉, 〈동유기〉, 〈열선전〉, 〈왕경룡전〉, 〈옥루춘〉, 〈정정인〉, 〈춘류앵〉, 〈귀련몽〉, 〈서상기〉, 〈상전〉, 〈유인안〉, 〈오봉음〉, 〈하도연〉, 〈사몽기〉, 〈염이편〉, 〈남정기〉, 〈산해경〉, 〈여선외사〉, 〈태평광기〉, 〈대명영렬전〉, 〈연정인〉, 〈금고기관〉, 〈오색석〉, 〈국색천향〉, 〈경몽제〉, 〈육포단〉, 〈주생전〉, 〈홍백화전〉, 〈기단원〉, 〈성풍류〉, 〈속정등〉, 〈옥지기〉, 〈최효몽〉, 〈한위소사〉, 〈탐환보〉, 〈일편정〉, 〈행홍삼〉, 〈양정도설〉, 〈인아보〉, 〈정충전〉, 〈변이차〉, 〈감응도설〉, 〈십이봉〉, 〈고열녀전〉, 〈서호지〉, 〈천고기문〉, 〈낭사〉, 〈양육랑전〉, 〈호접매〉, 〈비화염상〉, 〈서양기〉, 〈육재자전〉, 〈과천홍〉, 〈서루기〉, 〈경세통언〉, 〈일침기〉, 〈화진기언〉, 〈재구봉〉, 〈성세인연〉, 〈화도연〉, 〈환희원가〉, 〈정몽석〉, 〈교련주〉, 〈인중화〉, 〈무몽연〉, 〈인월단〉, 〈쌍검설〉, 〈춘풍안〉, 〈우기연〉, 〈전등여화〉, 〈후삼국지〉, 〈천하이기〉, 〈박안경기〉, 〈각세명언〉, 〈오강설〉, 〈난해집〉, 〈팔동천〉, 〈적광경〉, 〈양교혼전〉, 〈석씨원류〉, 〈수양염사〉, 〈홍서〉, 〈일석화〉, 〈금분석〉, 〈회문전〉, 〈평산냉연〉 등 127종이다.●

● 박재연, 〈윤덕희의 소설경람자〉, 《문헌과 해석》, 문헌과해석사, 2002년 여름호, 통권 19호.

매면 10행에 매 22~24자이고, 시의 독음을 달고 구결토를 붙인 뒤에 잇대어 번역문을 달았으며, 글씨체는 남성 필적으로 궁체이며 세련된 반초서체로 시종여일하다.

번역은 원문을 충실하게 직역하였는데, 세 가지 번역상의 특징과 표기적 특징을 찾을 수 있다. 첫째, 편지나 시는 독음을 먼저 써놓고 뒤에 번역하였다. 둘째, 글자 하나 빼놓지 않고 축자적으로 번역하되, 서사에 영향을 주지 않는 일부 문장은 일부러 빼놓았다. 셋째, 번역자 1인과 전사자(轉寫者) 1인이 있다.

'번역자 1인과 전사자 1인'이라는 점은 예의 주시할 필요가 있다. 조선 후기 궁중에는 '소설 번역자'와 '전사자'가 따로 존재했음을 추정케 하는 자료이기 때문이다. 이유는 〈쥬싱뎐〉에 비하여 〈위싱뎐〉이 상대적으로 빠진 문장이 더러 보이고, 시의 원문을 적어 놓고도 번역은 일부 누락하거나 편지의 독음을 아예 빠뜨린 곳 등에서 찾을 수 있다. 번역자 의도에 의한 것도 있지만, 그중 일부는 전사자의 실수임이 명백하다. 번역자라면, 원문의 독음을 달아 놓고 번역하지 않는다거나 독음을 빠뜨린다는 것은 이해할 수 없다. 따라서 전사자가 〈쥬싱뎐〉을 먼저 필사하고 〈위싱뎐〉을 후에 필사하느라 피로가 누적되어 일부 빠뜨린 것으로 이해할 수밖에 없다. 번역과 표기적 특징이 여일한 것으로 미루어 번역자가 1인이요, 필사자 또한 한 사람임도 알 수 있다. 결론을 한 줄 더 붙이자면 조선 후기 궁중에 소설 번역자와 전사자가 있었으며 그들은 각기 소설 필사를 분업화하였다.

끝으로 여성들에게 이토록 소설이 성행한 이유를 서유영(徐有英, 1801~1874?)의 〈육미당기〉 '소서'에서 찾고 이 장을 마치겠다. "소설은 가허착공하고 지리번쇄하여 진실로 족히 취할 것이 없으나, 인정물태의 묘사가 잘되면 무릇 비환득실의 경계와 현우선악의 구분이 있어 종종 사람으로

하여금 보고 느끼게 하는 데가 있다. 이것이 시정의 부녀자들이 탐독하여 싫어하지 않고 서로 베껴 전하니 마침내 패관언서가 세상에 성행하게 되었다."•

서유영의 지적대로라면 인정물태를 잘 그려 내고 비환득실의 경계와 현우선악의 구분이 있기 때문이라는 의미다. 인정물태는 사람 사는 세상을 그린 것이요, 비환득실(悲歡得失)은 세상을 살면서 자연히 부닥뜨리는 슬픔과 즐거움과 얻고 잃음이요, 현우선악(賢愚善惡)이란 현명하고 어리석으며 착하고 악한 사람들을 말함이다. 결국 서유영은 소설이 이토록 성행하게 된 이유를 세 가지로 든 것이다. 첫째는 사람 사는 세상일을 그려 냈기에, 둘째는 살자면 자연히 부닥뜨리는 슬픔과 즐거움, 얻고 잃는 것에 대한 경계가 있기에, 셋째는 현명하고 어리석으며 착하고 악한 사람을 명확히 가려내서다. 물론 서유영의 이 지적은 지금도 현재성을 지닌다 한들 틀리지 않다.

문제는 이러한 사실을 안 조선조의 가부장제 틀 속에 안주한 남성들이 여성들에 비하여 꽤 적었다는 사실이다.

장서가(藏書家)

명말인 진계유(陳繼儒, 1558~1639)는 《태평청화》에서 "조선 사람들은 책을 제일 좋아한다. 사신이 공물을 바치러 들어오는 경우는 50인으로 제한되어 있다. 이들은 옛 책과 새 책, 패관소설로 조선에 없는 것을 날마다 시중으로 나가 각자 서목(書目)을 베껴 들고는 만나는 사람마다 두루 물어보고는 값이 비싼 것을 아랑곳 않고 구입해 간다"라고 기록해 놓았다. 이 기록이 16세기에서 17세기 초반의 경험인 점으로 당대인들의 서적에 대

• 김기동 편, 〈육미당기〉 '소서', 《필사본 고전소설전집》 1, 아세아문화사, 1980, 305쪽.

한 관심이 여하한지 짐작할 수 있다. 비슷한 연령인 허균만 하더라도 1614년과 1625년 두 차례 북경을 다녀왔는데, 이때 4천 권이나 되는 서적을 구입해 왔다.

서적은 단순한 독서물에서 나아가 가문의 자랑거리로, 또 마니아층을 형성하며 완상물이 되었다. '책의 존재 방식'의 일대 변환이다. 여기에서 중국과 일본을 오가는 역관의 소임이 절대적이었음은 물론이다. 독서 문화는 조선의 권세와 경제라는 자장을 따라 그 전개도를 서서히 그리기 시작했다. 경화세족(京華世族), 즉 번화한 서울을 주된 생활 공간으로 하여 대대로 살아온 유력 양반 가문의 장서가로부터였다. '장서가'란 책을 많이 간직해 둔 사람이다. 장서가가 생겼다는 사실은 소설 독서 문화에 꽤 주목을 요한다. 장서가들의 잘 수납된 서가 한 켠에 소설이 꽂혀 있어서다.

영의정을 지낸 이의현(李宜顯, 1669~17454)은 1720년과 1732년 두 차례 북경에 들어가 서적을 대량 사왔는데, 무려 1,416권이나 되었다. 중국의 서적 시장이던 '유리창(琉璃廠)'을 통해서였다. 유리창은 비약적으로 발전한 강남 지방의 인쇄업이 만들어 낸 서적의 집결지였고, 시기적으로 건륭(1735~1796) 시대와 연결된다. 이 이의현은 위에서 살핀 바 있는 용인 이씨의 남동생이다.

장서가로는 심상규(沈象奎, 1766~1838)를 빼놓을 수 없다. 심상규는 서울 종로구 송현동에 호화 주택을 짓고 살았으며 어려서부터 총명하여 책을 한꺼번에 다섯 줄씩 내리읽었다. 아버지 심념조가 책을 즐겨 읽어 장서가 만 권이 넘었으며, 아버지의 유지를 이어받아 각 방면으로 책을 수집, 장서가 많기로 나라 안에서 으뜸이었다.

홍한주(洪翰周, 1798~1868)의 《지수염필(智水拈筆)》이라는 책을 보면, "비록 좁고 작은 우리나라지만 심상규의 집에 쌓아 놓은 책은 거의 4만 권이 넘었고, 유하 조병구(趙秉龜, 1801~1845), 석취 윤치정(尹致定, 1800~?) 두 분의 집 역시 3~4만 권 이하는 아니다. 기타 진천현 초평리의 화곡 정승 이경억(李慶億, 1620~1673)의 만권루(萬卷樓)와 풍석 서유구(徐有榘, 1764~1845)의 두릉리에 있는 8천 권이 또 그다음이다. 대개 서울에 있는 오래된 집안으로서 천 권이나 만 권의 서적을 소유하고 있는 자는 손가락으로 이루 다 꼽을 수가 없다"라고 하였다. 이 글을 써놓은 홍한주와 6촌인 홍길주, 홍현주 형제를 위시한 풍산 홍 씨가 또한 경화 세족으로서 녹록지 않은 장서가였다.

몇 줄 더 적자면 홍한주의 소설에 대한 견해는 썩 좋지 못하다. "대저 연의라는 책은 난세의 요물이다. 〈열국지〉, 〈삼국지연의〉는 누가 지었는지 알 수 없으나, 〈서유기〉는 구장춘(邱長春)이 지은 것이다. 〈서상기〉는 원미지(元微之)의 〈회진기〉에 근거하여 부연해서 지은 것으로 왕실보(王實甫), 관한경(關漢卿) 두 사람이 함께 지었다. 원나라 때에는 시문과 사곡이 대단히 흥성하여 또한 이러한 문자가 있었다. 모두 마땅히 불살라야 한다. 〈수당연의〉와 〈여선외사〉 등의 책은 누구에게서 나온 것인지 알 수 없다. 〈금병매〉라는 책은 더욱이 음탕하기 그지없다. 세상에서는 엄주(弇州)가 지은 것이라 알려져 있다. 문인들이 말하길 비록 유희적인 문장이긴 하지만 엄주는 부친이 화를 당한 데다가 출사할 수 없었고 (이후에) 남경 형부상서의 벼슬에 이르렀으며 만력 연간에는 숙명을 좋아하고 천하를 중시하였는데 어떻게 이러한 불경한 글을 지었겠는가! 탄식할 따름이다."•

소년 시절 과거에 급제하여 조정의 요직을 차지하고 또 박학하여 문장에 능하였다고 알려진 홍한주가 아니던가. "연의라는 책은 난세의 요물(演義之書 是皆亂世之文妖也)", "모두 마땅히 불살라야 한다(皆當付之焚如者也)", "〈금병매〉라는 책은 더욱이 음탕하기 그지없다(金甁梅一書 淫蕩尤甚)"라고 소설에

• 홍한주, 《지수염필》 권1, 아세아문화사, 40~42쪽.

대한 모진 폭언을 한다. 그런데도 〈삼국연의〉를 누가 지었는지 모른다고 하지 않나, 〈서유기〉는 구장춘이 지은 것이라는 터무니없는 말을 하며, 왕실보의 〈서상기〉를 관한경과 함께 지었다고 한 것은 소설에 대한 이해 부족으로밖에 볼 수 없다.

각설하고, 구체적인 서적의 목록이 남아 있지 않지만, 저 장서가들의 책 속에 고소설이 들어 있음은 물론이다. 이외에도 이하곤(1677~1724), 서형수(1749~1824), 원인손(1721~1774), 그리고 안동 김 씨가 등이 손꼽히는 장서가였다. 이들이 소장한 책은 중국의 책이 대부분으로, 조선 서적에 대한 반응은 영 싱거웠으니 섭섭하다.

화승(畵僧)

화승은 말 그대로 '그림을 그리는 스님'을 말한다. 물론 여기서 그림이란 불교와 관련된 불화(佛畵)다. 그런데 이 화승이 우리 고소설사에서 여간 중요한 용어가 아니다. 그들에 의해 고소설 존재 방식의 외연이 넓어져서다.

고소설을 그림, 구체적으로 속화로 그린 것을 '고소설도'라 한다. 고소설도는 〈삼국지연의〉, 〈구운몽〉, 〈춘향전〉, 〈토끼전〉, 〈심청전〉, 〈수호전〉 등 많지는 않으나 백여 폭이 넘는 속화가 국내외에 산재해 있다(이에 대해서는 다섯 마당 '그림이 된 고소설' 참조).

문제는 사찰의 벽화에 이 고소설도가 보인다는 점이다. 구체적으로는 경상남도 양산 통도사 명부전의 〈삼국지연의도〉와 〈토끼전도〉, 용화전의 〈서유기도〉, 경상북도 상주 남장사 및 서울 신촌 봉원사의 〈토끼전도〉, 충북 제천시 덕산면 월악리 신륵사의 〈삼국지연의도〉 등이 그것이다.

〈토끼전도〉부터 설명해 보자. 봉원사의 〈토끼전도〉는 본래 대웅전에 있었는데, 10여 년 전에 화재로 소실되어 현재는 없다. 남장사 극락전에는 별주부가 토끼를 유혹하여 용궁으로 업고 가는 〈토끼전도〉가 그려져 있는데, 양산 통도사 명부전의 〈토끼전도〉와 내용이 같다. 화재로 소실된 봉원사의 〈토끼전도〉도 이와 유사한 그림이었을 듯하다.

〈토끼전도〉는 고소설에서는 〈별주부전〉 혹은 〈토끼전〉으로, 판소리에서 〈수궁가〉로도 불리는 우리에게 친숙한 토끼와 자라의 이야기다. 이 이야기는 용수보살의 '《화엄경》설'과 인도의 불전 설화에 그 뿌리를 두고 있다. 용수 보살의 《화엄경》설은 대승 불교를 일으킨 인도의 용수 보살이 설산(雪山)에서 어떤 늙은 비구니의 인도로 용궁에 들어가 많은 경전을 보게 되었는데, 그때 《화엄경》 하본(下本)을 지상으로 가져온 것이 오늘날의 《화엄경》이 되었다는 설이다.

인도의 불전 설화는 부처님의 본생담을 말한다. 본생담에 속하는 이야기에 등장하는 동물은 본래 원숭이와 악어인데, 물에 사는 악어 아내가 원숭이 간을 먹고 싶어 한다는 내용이다. 설화 속의 원숭이는 부처님의 전신(前身)이며, 악어는 악인인 제바달다(提婆達多: 부처님과 같은 시대의 이단자)로 악어가 원숭이 간을 탐내는 것처럼 제바달다가 부처님을 해치려 한다는 내용이다.

이 본생담에 삽입된 고대 인도 설화와 용수 보살의 《화엄경》설 등이 불교 전파와 함께 중국에 들어가 한문으로 번역될 때 악어와 원숭이가 거북과 원숭이, 또는 용과 원숭이로 변하였고, 다시 우리나라에 전해지면서 토끼와 거북(혹은 자라) 이야기가 널리 퍼져 〈수궁가〉 혹은 〈별주부전〉이라 불리기도 하는 〈토끼전〉이 된 것이다.

결국 토끼나 거북은 용궁이라는 이상 세계요, 극락정토로 인도하는 사자인 셈이다. 사찰에서는 토끼와 거북(혹은 자라)의 형상을 쉽게 찾는다. 흥국사 대웅전 축대를 받치고 있는 자라와 석등을 받치고 있는 거북, 불국사 일주문의 거북, 선암사 불조전 천장의 자라, 화엄사 구층암 수세전

도리 위의 토끼를 업은 거북 등. 심지어 열녀춘향사당의 현판 아래에는 토끼가, 춘향과 몽룡이 노닐었던 광한루에는 토끼를 업은 거북이 보인다. 일반 민간에까지 이상 세계 안내자로서의 토끼와 거북의 상징성이 널리 퍼진 것을 알 수 있다.

사찰과 소설은 아주 거리가 가까웠다. 18세기 독서가였던 유만주 같은 이는 그의 일기인 《흠영》에서 아예 불교의 경전에서 나온 것이 소설이라는 '소설 불전기원설'을 든다. 유만주의 '소설 불전기원설'은 탁견이었다. 그는 "소설은 한 글자나 한 격식이라도 내전(內典: 불교 경전)에서 나오지 아니한 것이 없다. 내전이 아니면 소설이 이루어지지 않으니, 소설가는 마땅히 내전을 신주와 제문처럼 하여야 한다(小說 無一字無一格 不出於內典 非內典不成爲小說 小說家當尸祝內典)"• 라고 못 박았다. 이러한 견해는 유만주뿐이 아니다. 불교를 일반인에게 포교하기 위한 변문(變文)도 그러하다. 변문이란, 중국 당대(唐代)와 오대(五代) 무렵에 민중 사이에서 유행한 일종의 민간 문학인데 절에서 속강승(俗講僧)이 신자들의 교화를 위해, 불경의 이야기를 구어나 속어로 알아듣기 쉽게 풀이해 준 통속적 설법이다.

이때 속강승들이 극락정토나 지옥의 그림을 걸어 놓고 이야기했기 때문에 그 설법의 대본을 변문이라고 하였다. 변문의 내용을 민중이 효과적으로 받아들일 수 있도록 원 소재를 교묘히 각색하는 것은 당연하고 이 과정에서 소설과 인연을 맺는다. 이 중국의 변문을 우리나라에서 찾는다면 〈금우태자전〉, 〈안락국태자전〉이나 〈왕랑반혼전〉 같은 고소설들이다. 변문은 강창(講唱)이란 특징을 수행하기 위하여 3·4·5 음수율의 낭송·가창에 좋은 율문체다.

이제 양산 통도사 명부전의 〈서유기도〉를 살펴보자. 〈서유기(西遊記)〉는

• 유만주, 《흠영》 5, 서울대규장각 자료총서 문학편, 1977, 3쪽.

부처님의 나라인 '서역을 다녀온 기록'이다. 이 소설을 명나라의 오승은(吳承恩, 1500~1582)이 창작한 장편 신괴 소설(神怪小說)로 알고 있는 학생들이 있어 이것부터 바로잡아야겠다. 〈서유기〉는 오승은이 태어나기 7백여 년 전부터 중국의 민간에 떠돌던 이야기에서부터 시작한다. 이 이야기가 〈당삼장취경시화(唐三藏取經詩話)〉, 〈당삼장서천취경(唐三藏西天取經)〉, 〈서유기전(西遊記傳)〉 등으로 유전되며 여기에 여러 문인들이 첨삭 혹은 윤색한 것을 1592년경에 오승은이 100회본 〈서유기〉로 만든 것이기 때문이다.

〈서유기〉에 대한 우리나라 기록도 1347년 즈음의 《박통사언해》라는 책에서부터 찾을 수 있다. 대략의 줄거리도 오승은의 백 회본 〈서유기〉와 유사하다. 〈서유기〉의 줄거리는 이미 알 터이지만 화승들이 〈서유기도〉를 사찰에 그렸다는 점을 이해하기 위해 잠시 살피자.

이야기는 원숭이 손오공이 돌에서 태어났으며, 도술을 써서 천제의 궁전이 발칵 뒤집히는 소동을 벌인 죄로 5백 년 동안 오행산(五行山)에 갇혀 있는 것으로 시작한다. 현장 삼장(玄奘三藏)은 당나라 황제의 칙명으로 장안을 떠나 불전을 구하러 인도에 가다가 꾀 많은 돌 원숭이 손오공(孫悟空)을 구출하여 제자로 삼고, 이후 하계에 귀양 온 천진난만한 돼지 괴물 저팔계(猪八戒: 저오능猪悟能)와 삼장 법사, 그리고 손오공을 충실히 모시는 조용한 성격인 하천의 괴물 사오정(沙悟淨)을 차례로 만나며 천축으로 향한다.

여기서 잠시 사오정에 대한 오해를 풀고 가자. 흔히들 사오정이 거적때기를 걸친 허름한 외모를 가진 보라색 괴물이며, 가는귀를 먹어서(정확히는 머릿살의 주름에 귀가 파묻혀 있다) 주름을 걷고 귀에 대고 이야기하지 않으면 전혀 엉뚱하게 알아듣는 '사오정 시리즈'의 주인공으로 안다. 오해다. 사오정의 외모는 하천의 괴수 모습이나 삼장 법사와 손오공을 충실히 모시고 저팔계와도 잘 어울리는 순후한 성격이다. 우리가 사오정의 캐릭터를 오해하는 것은 순전히 허영만 화백의 〈날아라 슈퍼보드〉라는 만화 영화 때문이다. 이후 이들은 황포요괴, 금각과 은각, 정갈요괴 등 여러 요괴들과 사투를 벌이며 서역에 도착하여 여래에게 진경(眞經) 5,048권을 얻는다. 장안으로 돌아오는 길에 81난(難)을 모두 채우고, 마침내 삼장은 전단공덕불(旃檀功德佛)로, 손오공은 투전승불(鬪戰勝佛)로, 저팔계는 정단사자(淨壇使者)로, 사오정은 금신나한(金身羅漢)으로, 삼장이 타고 다닌 백마는 팔부천룡(八部天龍)으로 봉해진다.

비록 〈서유기〉 속에 요마(妖魔)가 득시글거리며 신선들의 교통수단인 근두운을 타고 10만 8천 리를 단숨에 날아오르는 등 잡술이 보인다지만, 윤회와 인과응보 등 불교적 요소가 이야기 속에 흐르고 종내는 부처님께 귀의하는 것으로 미루어 사찰 벽화로서 무리가 없어 보인다. 위에서 잠시 언급한 유만주도 《흠영》 2에서 이를 갈파하여, "〈서유기〉라는 책을 보면 또한 술책이 많다. 요마 소설로 보는 사람이 열에 아홉이요, 장생불사약인 금단의 큰 비결로 보는 자가 열에 하나다. 나는 소설로도 금단의 큰 비결로도 보지 않는다. 모두 불교 경전(心經)인 외전으로 지은 것이니 백 회를 보자면 모두가 마음을 논한 것이다"라고 하였다.

문제는 〈삼국지연의〉라는 소설을 그린 〈삼국지연의도〉다. 경남 통도사 명부전에 있는 〈삼국지연의도〉부터 보자. 이 속화는 상당히 이채롭다. 통도사 명부전에 있는 속화는 〈탄금주적도(彈琴走賊圖)〉와 〈삼고초려도(三顧草廬圖)〉, 〈수궁도(水宮圖)〉인데, 속화이면서 불화이기 때문이다. '탄금주적'이란 거문고를 울려 적을 쫓아냈다는 뜻으로, 구체적으로는 제갈량이 거문고를 타 사마의를 물리쳤다는 의미다.

이 〈탄금주적도〉는 〈삼국지연의〉에서 제갈량이 촉나라 군대를 양평관에 주둔시키고, 대장군 위연(魏延)과 왕평(王平) 등에게 위나라 군대를 공격하게 할 때의 일이다. 군대를 모두 다른 곳으로 보내 제갈량이 주둔하는 성에는 병들고 약한 일부 병사들만 남아 있었다.

이때 위의 대도독 사마의(司馬懿)가 15만 명의 대군을 이끌고 성으로 쳐들어온다. 절체절명의 위기에 빠진 제갈량은 잠시 생각에 잠긴다. 이윽고 제갈량은 평온하게 군사들에게 성안의 길목을 지키게 하고, 성문을 활짝 열어 둔 채 20여 명의 군사를 백성들로 꾸며 청소를 시킨 뒤 자신은 성 밖의 눈에 잘 띄는 누각의 난간에 기대 앉아 한가롭게 거문고를 뜯는다(다섯 마당 '그림이 된 고소설'의 〈삼국지연의도〉 8폭이 동일한 내용이다).

대군이 몰려와도 아무 일 없는 듯 청소를 하는 백성들과 거문고를 뜯는 제갈량을 본 사마의는 제갈량이 무슨 일을 꾸미는지 몰라 군사를 거두어 물러간다. 〈삼국지연의〉뿐 아니라 정사 〈삼국지〉에도 그대로 나올 만큼 유명한 부분이다. 통도사 명부전을 그린 화승은 이 부분을 그려 놓은 것이다.

이제 〈삼고초려도〉를 보자. 〈삼고초려도〉는 설명이 필요 없을 정도로 유명한 〈삼국지연의〉의 내용이지만 정사 〈삼국지〉에는 없다. 화승이 소설 〈삼국지연의〉를 읽고 이를 그렸음이 분명해진다.

〈삼국지연의도〉가 통도사 명부전에 그려져 있다고 했으니 명부전에 대해서도 잠시 말을 놓자. 고소설과 전연 연관성이 없어 보이는 승려들의 세계인 사찰, 그것도 불교에서 저승 세계를 상징하는 건물인 명부전(冥府殿)에 왜 이 〈삼국지연의도〉라는 속화를 그렸을까? '명부'란 염라대왕이 다스리는 유명계 또는 명토(冥土)를 통틀어 이른다. 명부전은 지장보살을 모시고 죽은 이의 넋을 인도하여 극락왕생하도록 기원하는 기능을 하는 전각이다. 고려 말, 조선시대에 이 명부전에 그려진 벽화는 염라대왕을 비롯한 시왕이 죽은 자의 죄과를 심판하는 모습을 지장보살이 쳐다보는 〈지장시왕도〉가 대부분이다. 〈지장시왕도〉는 중앙에 주불로 지장보살이 있고 그 좌우에 시왕이 서 있는 형식이다. 그런데 이 명부전에 〈삼국지연의도〉가 그려져 있으니 좀 뜬금없다. 그 이유는 잠시 뒤에 풀어 보고, 또

신륵사 삼국지연의도(문화재청·성보문화재단, 《한국의 사찰 벽화》, 2007)

충북 제천시 덕산면 월악리 신륵사에 있는 〈삼국지연의도〉(위)와 이를 도면으로 그린 그림(아래)이다. 색채가 조잡스럽고 덧칠해진 것으로 보아 보존 상태가 좋지 않다는 것을 한눈에 알 수 있다.

다른 〈삼국지연의도〉가 그려진 사찰을 보자.

충북 제천시 덕산면 월악리 신륵사에 있는 〈삼국지연의도〉는 더욱 특이하다. 신륵사의 벽화는 19세기 초에 제작된 것으로 추정된다. 신륵사는 신라 진평왕 4년(582)에 아도 화상이 창건, 문무왕 때 원효 대사가 중창하였으며 조선시대에는 무학 화상과 사명 대사가 중창한 연원이 자못 깊은 사찰이다.

신륵사에 그려져 있는 벽화의 수는 136점인데, 그중 극락전의 외부 동쪽 면에 보이는 속화 〈위 왕 조조(魏王鼂錯)〉가 〈삼국지연의도〉이다. 아래 그림이 바로 '위 왕 조조'인데 문제는 〈삼국지연의〉의 조조(曹操, 155~220)가 아닌 조조(鼂錯, ?~B.C. 154)라는 점이다. 조조(鼂錯)는 전한(前漢) 시절 정치가요, 조조(曹操)는 우리가 잘 아는 〈삼국지연의〉의 위 왕(魏王)으로 봉해진 조조다. 이 둘의 공통점은 모두 역사상 간웅(奸雄)으로 기록되고 있다.

전한의 조조는 '지혜 주머니(智囊)'라고 불릴 정도로 뛰어난 인물이었지만 비정하고 각박한 것이 〈삼국지연의〉의 위 왕 조조와 흡사하였다. 공교롭게도 이 전한의 조조가 반란을 일으킬 것이라며 황제에게 처단을 주장한 인물이 바로 오(吳)나라 왕 유비(劉濞)이니 〈삼국지연의〉 유비(劉備)와 동성이요, 한자 이름만 다를 뿐이다.

전한 효경제 시절 어사대부 조조(鼂錯)와 오나라 왕 유비의 대립과 그로부터 3백여 년 뒤 〈삼국지연의〉의 위 왕 조조(曹操)와 한 왕 유비(劉備)의 대립은 그 이름이 마치 판에 박은 듯하다. 조조와 오나라 왕 유비의 대립은 유비가 7국 동맹군으로 반란을 일으키고 위기를 느낀 황제가 조조(鼂錯)를 죽임으로써 끝난다. 오나라 왕 유비의 승리인 셈이다.

《사기(史記)》 〈오왕비열전(吳王濞列傳)〉을 보면 "황제는 중위(中尉: 최고 무신)를 시켜 조조(鼂錯)를 불렀다. 중위는 조조를 속여 수레에 태워 장안의 동쪽 시장으로 순행하였다. 조조는 관복을 입고 동시에서 참형당하였다"

라는 기록이 보인다. 그림을 좌측 아래에서 우측 상단 대각선 방향으로 이등분하여 보면, 하단이 바로 이 전한의 조조가 동쪽 시장에서 중위에게 칼을 받는 장면이다.

상단은 청룡언월도를 겨누는 장수 앞에서 두 손 모아 비는 모습이다. 청룡언월도를 겨누는 장수는 관운장이요, 두 손 모아 비는 이는 위 왕 조조임을 어렵지 않게 알 수 있다. 적벽대전에서 패한 조조가 잔꾀로 화용도 계곡으로 도망치다 관우에게 목숨을 구걸하는 바로 그 장면이다. 화승은 전한과 후한의 조조가 동명이인에 지혜로우면서도 비정하고 유비에 의해 죽은 점 등에 착안하여 이러한 그림을 그린 것이다.

현재 학계에서는 이 극락전(極樂殿)의 그림을 그린 화승을 그림의 필법이나 상호 등을 토대로 19세기 초에 활동했던 신겸으로 추정한다. 그 이유는 신겸의 1821년 작으로 온양민속박물관에 소장된 후불탱화의 필력과 존상이 신륵사 후불탱화의 존상과 동일한 것으로 판단되기 때문이다. 신겸은 18세기 후반 경북 문경 금룡사를 중심으로 활약한 화원(畵員) 집단 중 문경 대승사 출신의 홍안에게서 직접적인 영향을 받은 것으로 알려져 있으며, 그와 같은 흔적이 여러 화적에서 나타난다.

단정 지을 수는 없으나 이 신겸이 〈위 왕 조조〉를 그렸다면 분명 화원(畵員) 집단도 〈삼국지연의〉를 읽었으리라는 추론은 어렵지 않으며, 화승들이 고소설을 읽었고 이를 속화 형식의 불화로 그려 낸 것에서 고소설 독자의 외연은 자연스레 확장된다. 이 문제를 곰곰 짚어 보자. 화승들은 왜 그 많은 소설 중 하필이면 〈토끼전〉과 〈서유기〉, 〈삼국지연의〉를 읽고 이를 사찰의 벽화로 그렸을까? 〈토끼전〉과 〈서유기〉에 대해서는 이미 위에서 언급했으니 〈삼국지연의〉에만 논의를 집중하자.

우선 전제할 것이 있다. 사찰이 혼자만의 공간이 아니라는 점이다. 여러 승려들의 수행 도량이요, 불교도들이 찾는 곳이다. 이를 예각화한다면 사찰에 그려진 〈삼국지연의도〉를 승려와 일반 신도 모두가 익히 알고 있으며, 그려질 만한 가치 있는 소설로 인정했다는 추론을 얻는다. 이는 조선 후기에 이미 스님들까지 고소설의 독자가 되었다는 명백한 사실로 이어진다. 불전의 벽화가 되었다면 사찰 내 다른 스님들과 교감이 형성되지 않고는 불가능하다. 사찰을 찾는 일반 신도로까지 추론의 영역을 넓힐 수도 있다. 사찰 단청 작업을 하며 신도들을 당연히 염두에 두었을 테니, 그렇다면 이 〈삼국지연의〉를 통하여 일반 신도들을 포교하려는 속가량 또한 어렵지 않게 읽을 수 있다. 일반 신도들이 〈삼국지연의도〉를 이해할 수 있을 만큼 〈삼국지연의〉가 널리 퍼졌다는 것에 대한 반증이기도 하다.

이제 저 위에서 문제만 제기했던 명부전에 〈삼국지연의도〉가 그려진 이유에 대해 답을 내보자. 명부전은 지옥에서 고통 받는 중생을 구제해 주는 지장보살의 자비를 빌려 시왕의 인도 아래 저승의 길을 벗어나 좋은 곳에서 태어나게 하는 곳이다. 충북 제천의 신륵사에 있는 〈삼국지연의도〉는 극락전에 그려져 있다고 했다. 극락전은 중생의 고난과 고통을 살피고 구제하는 극락정토의 주불이신 아미타부처님을 모신 곳이니, 명부전이나 극락전 모두 극락왕생과 관련된다.

〈삼국지연의〉의 '탄금주적'과 '삼고초려', '위 왕 조조'에 극락왕생과 관련되는 무엇인가가 있다는 뜻이다. 연결 짓자면 충(忠)과 의(義)이다. 유비의 삼고초려, 제갈공명의 탄금주적은 모두 유비에 대한 의리와 충성이요, '위 왕 조조'를 통해 조조를 폄훼하는 것은 불의(不義)에 대한 경계로 읽을 수 있기 때문이다. 이는 조선 불교의 극락왕생하는 공덕 쌓기가 '충'과 '의'로 귀일된다는 이해를 얻을 수 있다. 충과 의를 숭상하는 유교의 나라 조선의 화승으로서는 고심하여 그려 낸 고소설도인 듯싶다. 죽은 모든 이들이 내세에는 '충' · '의'를 지닌 이로 태어나 한살이를 착실히 살다 가라는 고소설도이다.

고소설계의 중요 인물

소설 수입 금서령을 내린 정조

영명한 군주 정조(正祖) 이성(李祘, 1752~1800. '祘'을 '산'이라 읽는 것은 잘못이다. 정조의 명으로 1800년에 편찬한 《규장전운》에는 '셩'으로 읽었으니 단모음화를 고려하여 '성'이라 읽어야 한다). 성(祘)은 밝게 살펴 헤아린다는 의미다. 백성들을 밝게 살펴 헤아린 정조는 소설을 조선이라는 유교 질서를 전복시키려는 해악으로 보았다.

《조선왕조실록》을 보면 조선 22대 왕 정조는 소설을 저자거리의 불량배들 놀음 정도로만 보는 것에 그치지 않았다. 그는 당시 그렇게나 배척하던 서학(西學)과 동일하게 소설을 사회적 질병으로 여겼다. '서학'은 조선시대에 '천주교'를 이르던 말로 사학(邪學)이라 하였고, 사학은 '사악한 서양학'이라는 뜻이다. 소설을 유교 체제의 근간이자 상징 체계인 조상에 대한 제사를 사악시하는 불온한 서학처럼 배척한 이유는 자유분방한 소설식 문체가 지배 언어의 전복을 꾀한다고 생각해서다. 정조가 꺼내 든 것은 문체 반정(文體反正)이었다. 풀어 말하자면 '내 나라 조선에 소설은 절대 없다'였다.

문체 반정이란, 정조가 당시 유행한 한문 문장의 체제를 개혁하여 정통 고문(正統古文)으로 환원시키려던 사업이다. 문체 반정의 대상으로 지목당한 것이 바로 당시에 유행하던 《열하일기》류의 글투였다. 그러니 문체 반정의 구체적 대상은 《열하일기》류의 참신한 문장을 쓴 박지원과 그의 문체를 따르는 일파의 글이었다. 정조는 《열하일기》류의 글들을 의고문체(擬古文體)와 패관소품, 즉 소설에서 파생된 잡문체라 규정짓고는 황경원(黃景源), 이복원(李福源) 등 정통 고문 대가의 문장을 모범으로 삼도록 명령을 내렸다.

정조는 이 '문체 반정'이라는 서슬 퍼런 붓으로 소설에 대한 접근 금지선을 선명하게 그려 놓았다. 중국의 '고문정전주의'를 신봉한 그의 유일한 기호는 '정통 고문'이요, 제1의 적은 소설이었다.

정조, 조선 임금 중 몇 안 되는 혜안(慧眼)을 지닌 영명한 군주요, '만 개의 시내에 비친 밝은 달의 주인인 늙은이(萬川明月主人翁)'라 자칭하고 백성을 사랑한 군주요, 학문으로 자신의 몸을 수양하여 조선 문화의 르네상스를 이끈 그가 왜 고소설에 대해서만은 이토록 모진 반응을 보이는 것일까? 따라서 그가 《홍재전서》 권1651 〈일득록〉 '문'에서 "그러나 패관의 속된 글들은 어려서부터 지금까지 한 번도 눈길조차 준 적이 없다. 대개 이러한 문자는 비단 실용에 무익할 뿐 아니라, 그 말류의 폐해는 마음을 바꾸고 뜻을 방탕하게 하니 이루 말로 다 할 수 없다. 세상에 실학에 힘쓰지 않고 쓸데없는 데 온 힘을 다하는 것을 나는 심히 애석하게 여긴다(而至於稗官俚語 自幼至今 一未嘗經眼 蓋此等文字 非但無益於實用 其流之害 移心蕩志 有不可勝言 世之不務實學而務外馳者 予甚惜之)"라고 한 말을 그대로 믿을 수 없다. 실용과 실학에 힘쓰지 않는 글이 어찌 '패관의 속된 글(소설)'뿐이겠는가? 부질없는 충신연주지사, 성리학에 도취된 글, 노자와 장자를 숭배하는 글들 또한 그러하지만 정조는 아무 반응도 보이지 않았다.

더욱이 유교의 근간을 흔드는 서학에 소설을 비견했다는 것은 정조가 단순한 짜증 섞인 반응을 넘어 은밀한 두려움까지 지녔다고밖에 볼 수 없다. 실상 정조의 소설에 대한 모진 박해는 조선 왕조 유지와 긴밀한 관계가 있었으니, 구체적인 것은 이 책의 여러 곳에서 언급될 것이기에 이만 줄인다.

소설을 시로 배척한 이상황

혜성과 흙비가 내리는 것을 자연의 변화로 일어나는 재앙이라 하고, 가뭄과

> 장마·산사태를 일러 땅의 재앙이라 하고, 패관잡서(소설)는 곧 사람의 재앙 가운데 가장 큰 것이다. 음란한 말과 추한 이야기는 사람의 마음을 흐리게 하고 사특한 뜻과 홀리는 듯한 자취는 사람의 지식을 미혹시키며 황탄하고 괴이한 이야기는 남을 업신여기고 잘난 체하며 뽐내는 태도를 부추기고 극히 아름답게 꾸며 몸이나 마음을 약해지게 하는 문장은 사람의 굳센 기운을 사라지게 한다.●

첫머리에 걸어 놓은 저 글은 우리가 잘 아는 정약용(丁若鏞, 1762~1836) 선생의 말씀이다. 이 말로 이야기를 시작해 보자. 정약용은 조선 후기의 대실학자요, 《여유당전서(與猶堂全書)》라는 방대한 업적을 남겼다. 21세기를 사는 우리, 초등학생까지도 조선 후기를 앞선 지식인이라 여기는 실학자 정약용 선생조차 소설에 대해서는 저렇게 고개를 절레절레 젓고 한걱정하며 입찬소리를 해대던 시기다.

정약용 선생은 소설을 "곧 사람의 재앙 가운데 가장 큰 것"이라 했다. 공연히 들춘 듯싶다. 정약용 선생이 지적하는 저 위의 말은 사실 저 시절의 소설에 대한 인식과 크게 다르지 않지만 깨인 지식인이기에 소설로서는 참 열없는 일이다.

"어찌 선비 무리에 있는 이단과 다르리(何異儒門有異端)." 이상황의 말이다. 소설을 보는 자, 선비 무리의 '이단(異端)'과 같다 한다. 소설을 책잡는 냉소적인 반응이다. 이제 이상황의 이야기를 해보자.

정조가 문체 반정을 단행하기 5년 전인 1787년 어느 날, 그는 한원(翰苑: '한림원'과 '예문관'을 예스럽게 이르던 말)에서 김조순(金祖淳, 1765~1832)과 짝이 되어 숙직을 섰다. 자타가 공인하는 조선 제일의 장서가요, 소설이

● 정약용, 〈문체책〉, 《증보 여유당전서》 1, 경인문화사, 1981, 167쪽.

라면 늘 손에서 떼지 못하던 그였다. 날이 저물고 적적해진 이상황(李相璜, 1763~1841)은 여느 때처럼 소설을 펼쳐 들었다. 김조순도 슬그머니 다가 왔다. 소설은 당송(唐宋)의 소설과 〈평산냉연(平山冷燕)〉이었다. 〈평산냉연〉은 청나라 초기, 적안산인(荻岸山人)이 지었다는 통속 소설이다. 〈평산냉연〉은 전20회로 구성되었는데, 평(平)·산(山)·냉(冷)·연(燕)은 모두 작중 주인공의 성(姓)이다.

대충 따라잡자면, 대학사 산현인의 딸 산대의 시가 천자의 칭찬을 받고, 냉강설이라는 재녀 역시 시재로 이름을 떨친다. 우여곡절 끝에 냉강설은 산대 집의 계집종으로 팔린다. 평여형과 연백함이라는 두 청년이 산대와 냉강설 두 여인과 시재를 겨루지만 적수가 못 된다. 그러나 두 청년은 후일 수석과 차석으로 과거에 합격하고 천자의 권유로 평여형은 냉강설과 연백함은 산대와 혼인하게 된다는 전형적인 재자가인 소설이다. 이 소설의 재미는 1826년 S. 줄리앵이 번역한 것이 유럽에서 널리 퍼진 데서도 미루어 짐작할 수 있고, 이 소설에 대해 김춘택은 《북헌집》에서 "어쩌면 이렇듯 풍치가 있는지(何等風致)"라고 하였다.

김조순도 슬그머니 한 권을 집어 들었다.

"이러다 상감이 보시는 날엔 경칠 텐데. 아, 오늘 순행하실지도 모르는데……."

김조순의 말이다. 김조순은 정조의 각별한 신임을 받고 있었으며 학문도 높아 후일 대제학에 올랐다. 나이는 이상황보다 두 살 어렸다.

"원 참, 사람도 별격정일세."

퉁명스럽게 내뱉고 다시 책을 펼쳐 든 지 채 한 시각이 못 되었을 즈음 정조가 사람을 보냈다.

이상황의 표정은 안 보아도 그려진다. 정조가 소설을 얼마나 싫어하는지 이상황도 잘 아는 터였다. 이때 이상황의 나이 스물다섯 살, 김조순은 스물세 살이었다. 유자로서 벼슬길을 걷고 있었다. '화전충화'라는 말은 이런 상황에 적합하다. '화전충화(花田衝火)'는 꽃밭에 불을 지른다는 뜻으로, 젊은이의 앞길을 막거나 그르치게 함을 이른다. 앞길이 창창한 청년 문사로서 그는 적잖이 당황했을 것이다.

문체 반정을 벼르고 있던 정조의 당조짐 또한 보지 않아도 익히 짐작할 수 있다. 정조는 잔뜩 역정을 냈다.

"두 사람이 읽고 있던 책들을 가져와 모두 불 지르라."

이쯤 되면 이상황이나 김조순은 '햇볕 쬔 이슬 꼴' 아닌가. 그러나 더 이상의 문책은 없었다. 1787년에 있던 이 일은 정작 《조선왕조실록》 정조 16년, 1792년 10월 24일조에서야 찾을 수 있기 때문이다. 1787년의 일이 있은 지 5년 뒤였다. 아마도 두 사람의 나이가 젊은 데다, 국가의 동량이 될 재목들이었기 때문이 아닌가 싶다. 그런데 분명히 정조가 덮어 준 1787년의 저 일이 그로부터 5년 뒤에 왜 거론된 것일까? 까닭은 저 뒤에 다 놓겠다.

잠시 말머리를 돌려 1세기 정도 뒤, 프랑스로 건너가 보자. 플로베르(Gustave Flaubert, 1821~1880)의 〈보바리 부인(Madame Bovary)〉이 있다. 집필에 5년이나 걸렸다는 이 소설은 1857년에 간행되었다. 평범한 시골 의사 샤를 보바리의 아내 에마는 다정다감하고 몽상적인 성격이다. 그녀는 끝내 남편에게 만족하지 못하고 독신자인 지주 로돌프, 이어서 공증인 사무소의 서기 레옹을 상대로 정사를 거듭하다가, 남편 몰래 많은 빚을 지고 마침내 비소를 먹고 자살한다. 보바리 부인이 혼인 생활에 권태를 느낄 때, 그녀의 욕정을 부추긴 것이 무엇이었나? 바로 어릴 때부터 닥치는 대로 읽은 소설이었다. 로맨틱한 영혼의 소유자였던 엠마 보바리는 소설 경험을 통하여 더 호화로운 욕망의 세계로 일탈을 꿈꾸었다.

정조의 생각이 여기에 미쳤을까. 상황이 이러한즉, 이상황은 1787년의 저 일이 있은 뒤 정조와 소설을 배척하는 데 환상의 궁합을 과시해야 했다. 이상황은 1788년 〈힐패(詰稗)〉와 〈척패시(斥稗詩)〉를 정조에게 적어 올린다. 〈힐패〉와 〈척패시〉는 '다시는 소설을 근접하지 않겠사옵니다'라는 일종의 맹세문쯤이다.

여러 문헌 증거로 보건대, 정조는 안티 고소설 그룹의 수장이고, 이상황은 확실한 비서실장감이다. 〈힐패〉는 소설을 힐난하는 글이요, 〈척패시〉는 소설을 배척하는 시이기 때문이다. 새삼 느끼는 것은 아니지만 정치와 권력은 이렇게 취미 생활까지도 바꾸어 놓는다.

다시 언급하지만, 이상황은 소설광이었다. 어느 정도 소설을 좋아하였는지는 이유원(李裕元, 1814~1888)의 《임하필기(林下筆記)》를 보면 짐작할 수 있다. 옮겨 보자면 "동어 이상황은 평소에 패설책을 놓지 않았다. 어떤 종류의 책이라도 새로운 것이면 모두 읽었다. 때에 사역원(司譯院) 도제조(都提調)를 겸하고 있었기에 통역하려 연경에 가는 자들이 다투어서 구하여 바치니 수천 권에 이르렀다(桐漁李公 平日手不釋卷者 卽稗說也 毋論某種 好閱新本 時帶譯院都相 象譯之赴燕者 爭相購納 積至累千卷)"•라고 적혀 있다.

이렇듯 소설과 밀월을 즐겼던 그가 아닌가. 그러던 그가 정조의 꾸지람을 듣고 소설에 대한 배타적 선언이요, 일종의 문학 전향서를 쓴 것이다. 소설에 대해 지피지기인 그였기에, 고소설 쪽에서의 충격은 미루어 짐작할 수 있다. 당연히 그가 쓴 〈힐패〉와 〈척패시〉를 소설 일반론과 소설 작가에 대한 일반적인 유학자의 '가치 비평(價値批評)'으로 단순하게 치부할 수 없다. 당시에 소설을 배척하는 유학자들의 소설에 대한 평은 대부분 가치 비평 수준을 넘어서지 못하였다. 가치 비평이란 가치 인식에 따라 일어나는 단순한 감정이다. 미추·선악·쾌불쾌 등을 가치 감정이라 하듯이, 소

• 이유원, 〈춘명일사, 희간패설〉, 《임하필기》 제27권.

설에 대하여 유학자의 처지에서 무조건 배척하는 태도를 보이는 비평이다. 조선시대 유학자들의 소설평 중 상당수가 이 가치 비평에 해당된다.

고소설에 대해 잘 아는 이상황이 작심하고 칼을 겨눈 것이니 여간치 않은 글임이 명확하다. 이제 그 이상황의 〈힐패〉와 〈척패시〉의 세계로 들어가 보자.

〈힐패〉는 여섯 번에 걸친, 패자(稗者)와 힐자(詰者) 사이의 곁거니틀거니하는 소설 논쟁이다. 패자는 소설을 긍정적으로 보는 자요, 힐자는 그 반대에 선다. 힐자의 의견은 전형적으로 소설 배척론자요, 패자의 의견은 전형적인 소설 긍정론자임을 알 수 있다.

〈힐패〉는 이상황의 저러한 상황에서 지어진 것이기에 당시 문제가 되던 소설 비평을 모두 담고 있다. 소설을 옹호하는 패자가 드는 문체혁신론(文體革新論), 소설과 사서(史書)의 동일성, 무소용심론(無所用心論), 소설을 통한 박학다식론(博學多識論), 소설의 핍진론(逼眞論) 등은 당시의 소설 옹호적 측면의 견해들임에 분명하다. 지금 보아도 소설의 장점으로 누구나 인정하는 내용임이 분명하며 당시까지의 조선시대 소설 비평을 일목요연하게 정리한 느낌을 준다.

자, 이제 공은 힐자에게 넘어갔다. '소설 손봐 주는 측의 대표'이니 여북하겠는가. '건너다보니 절터'라고 소설을 옹호하는 패자의 논리를 조목조목 반박할 것임은 독자들도 이미 짐작했으리라. 그러나 힐자의 반응은 패자에 비해 정치하지 못하다. 패자의 논리를 조목조목 반박하지도 못하였고 유자들이 입버릇처럼 외던 반소설관을 강변하는 것에 지나지 않는다. 그저 패자의 논리를 코대답으로 넘기거나 조악한 논리로 중얼중얼 변죽만 올리다 싱겁게 끝나고 만다.

그렇다면 〈힐패〉에 붙인 〈척패시〉는 어떠한가? 〈척패시〉는 〈힐패〉에서 보여 주지 못한 반소설 비평을 논리적으로 풀어 낼 듯도 싶다. 〈척패시〉는

30수의 장시로 된 반소설적인 제소설시임에 틀림없다. 이 시들 또한 두 주먹 발끈 쥐고 바르르 떨며 소설가들을 흠씬 두들겨 패주겠다는 엄포만 보이는 데 그칠 뿐이다. 힐자의 발언처럼 '마음먹고 소설을 배척한 시'로서는 차분한 조리를 전연 찾을 수 없다.

도대체 어떠하기에 그런지 살펴보자.

> 김성탄은 원굉도의 지류가 되니
> 가도와 맹교의 무리가 아니네.
> 음란함은 문의 최대의 적이 되니
> 어찌 유문(儒門)에 있는 이단과 다르리오.●

이상황은 정조를 의식하고 이 〈척패시〉를 지었다. 위 시를 보면, 그 비평의 전제는 철저한 유교적 잣대로 고소설을 몹시 나무라는 내용임을 알 수 있다. 그런데 소설에 적의를 가득 실은 글이니 소설 측에서는 참 난감하게 읽어야 할 것이라 강다짐해 대도 영 맥이 없고 밍밍한 이유가 무엇일까?

차분히 살펴보니 대상이 김성탄 등 대표적인 중국의 작가들이기 때문 아닌가 한다. 이상황은 김성탄(金聖嘆, 1608~1661)과 원굉도(袁宏道, 1568~1610)를 동일한 부류로 이해하고 가도(賈島, 779~843)와 맹교(孟郊, 751~814)를 끌어들였다. 당시 김성탄은 소설가의 대명사격이었는데 원굉도의 지류라고 하였다. 이상황이 지칭하는 원 씨(袁氏)는 공안인(公安人) 원종도(袁宗道)·원굉도·원중도(袁中道) 형제 무리를 이른다.

원굉도는 명대의 사상가이며 소설 비평가인 이탁오(李卓吾, 1527~1602)

● 이상황, 〈척패시〉, 《동어유집》, 고려대도서관 소장본.

의 제자이다. 이들은 만력(萬曆) 연간에 공안파라 지칭되었고, 문체를 공안체(公安體)라 하였다. 이 공안체는 시 작풍이 청신(淸新)하였으며 때로는 희언(戱言)과 조소(嘲笑), 항담 속어(巷談俗語) 등이 글 속에 두루 섞여 있었다. 따라서 고루한 문사들이 광언(狂言), 골계지담(滑稽之談) 등이라 하여 혹평하기도 하였다. 이상황 역시 이 시에서 원 씨들의 글을 음란하다고 하며, '유교의 이단(儒門有異端)'이라 한 것이다.

그러나 이러한 소설적인 상황은 굳이 중국의 인사를 거론할 필요가 없다. 국내에도 이 정도 비판을 받을 만한 소설가들, 즉 연암 박지원과 같은 이들이 있음에도 이상황은 일절 언급하지 않았다. 아, 시비를 붙으려면 보이지도 않는 저 중국 쪽이 아닌 이쪽이어야 하지 않는가?

문제는 또 있다. 이상황은 김성탄이나 원 씨 무리들과 상대적으로 내세우는 인물로 가도와 맹교를 들었다. 맹교는 평생을 심각한 빈한 속에서 보내었기에 곤궁한 생활이 그의 시에 있고, 가도의 시 역시 매서운 고통이 들어 있어, '교한도수(郊寒島瘦)'라고 불렸다. 문체는 격식을 엄격히 추구하여 당시 일부 유학자들의 모범이 되기도 하였지만, 이백이나 두보에 비할 바가 못 되는 문사들이다. 당시에 지탄을 받는 중국의 문필가들을 소설가와 동일하게 비평함으로써 소설가를 더욱 비하하려는 의도 아닌가? 내로라하는 중국의 문인들을 들어, 그렇지 못한 소설가류인 김성탄이나 원 씨 무리들을 공격해야 되거늘, 희고 곰팡이 슬고 고리타분한 그렇고 그런 '교한도수' 문사들과 견줄 게 무어란 말인가.

적절치 않은 비유는 소설을 유가의 묵자에 비견하는 데서도 찾을 수 있다. 〈힐패〉의 서두에 "옛날에 공부갑은 묵자가 성인을 헐뜯는 것을 분하게 여겨 묵자를 힐난하는 글을 지어 논변하여 배척하였는데, '문에 패설이 있는 것은 마치 유문(儒門)에 묵자가 있는 것과 같습니다'라고 하였다(昔孔駙甲 憤黑子之詆聖也 作詰墨之文 而辨斥之 文之有稗 猶儒之有墨也)"라는 부분을 보

자. 패설(소설)을 묵자와 똑같은 부류로 여긴다. 묵자(墨子, B.C. 480~B.C. 390)가 누구인가. 묵자는 중국 전국시대 초기의 사상가였다. 유가의 인(仁)이 똑같이 사랑을 중심 뜻으로 삼으면서도 존비(尊卑)와 친소(親疎)의 구별이 있음을 전제로 하고 봉건 제도를 이상으로 하는 데 반하여, 묵자는 겸애주의를 펼치며 오히려 중앙 집권적인 체제를 지향하였다. 공자의 9세손인 공부갑 말로는 묵자가 영 마뜩잖은 인물이라는 뜻이다.

이상황은 이러한 묵자를 소설에 비긴 것이다. 이 역시 소설이 품행 불량한 것이라고 몰아붙이는 하나마나한 선소리요, 군사설일 뿐이다.

조선시대의 유교, 즉 성리학적 질서는 유학자들에게는 고소설 비평의 척도였다. 대부분의 유학자들은 성리학적 질서에서 정신적인 자유로움을 얻으려 하였기에 소외된 자들의 소설적 도피를 결코 받아들이지 않았다. 그러나 유학자들도 소외된 자들의 대리적 욕망 표현이 소설이었다는 점을 인지하고 있었다. 더구나 이상황은 다량의 소설을 읽었기에 논리적으로 이에 대한 해법을 고민할 수도 있었다.

다음은 소설의 한 속성인 허구성 문제를 지적하는 〈척패시〉다.

나 씨 집안의 아이인 관중은
얕은 재능 자랑하여 잔재주 풀어 놓네.
여러 종류의 패관을 지었지만
이 이야기 모두 가공과 허구일세.

이상황은 소설을 "얕은 재능 자랑하여 잔재주 풀어 놓는다(自矜薄技解雕蟲)"라고 하여 벌레나 조각하는 잔재주(雕蟲小技)로 폄하하고 〈삼국지연의〉를 '가허착공'이라 하였다. 이상황의 독서 경험 등으로 미루어 그는 당시의 소설이라는 장르를 정확히 인식하였다. 그런데 이 시는 소설 독서 경험이 일천한 유학자의 소설 배척시로밖에는 볼 수 없다. 그저 싱겁기 짝이 없는 주례사적인 의례적 비평일 뿐이니, 소설에 대한 배척치고는 지나치게 점잖다.

'가공허구'라는 이미 일반화된 비평어와 소설 저술을 벌레나 조각하는 것과 같은 잔재주의 소치로 여기는 이 감정적 발언으로 자신의 소설 배척 논리를 폈다는 것은 썩 수긍하기 어렵다. 소설에 해박했을 이상황의 발언으로는 치졸함을 면치 못하겠기에 하는 말이다. 하지만 이상황의 소설 배척시에서는 이외에 별다른 소설 배척 이유를 찾을 수 없다. 그저 '소설이 나쁘다'고 강다짐하는 말만 반복할 뿐이다. 싸울 때도 말이 많으면 감잡히는 법. 조리 없는 말은 더욱 그러하지 않겠는가. 그렇다면 생각을 달리 해 보자. 혹 이상황이 쓴 〈힐패〉와 〈척패시〉가 정조와 시대의 강요 때문은 아니었을까?

짐짓 과장된 몸짓을 보이는 위의 저 문장들을 소설에 대해서 행티를 부린다고 생각하기보다, 차라리 그의 고심참담한 심경으로 읽어 보자. 이상하게도 이상황은 오히려 〈척패시〉에 문체론적 비평에 의한 독서자들의 즐거움을 이렇게 적어 놓았다. 앞의 내용과는 낙차가 여간 크지 않으니 행간 읽기가 필요할 터이다.

> 기문으로 이야기 다투니 이것이 〈서상기〉
> 소품제가의 조상은 동해원과 왕실보.
> 겉만 화려한 이야기를 얻어 보는 경박한 아이들
> 모두 방탕한 데로 들어가 놀아들 나네.

〈서상기(西廂記)〉는 중국 원나라 잡극(元曲)의 명작이요, 동해원(董解元)과 왕실보(王實甫)는 소설가들이다. 이상황은 소설식 문체와 소설성의 하나인 재미에 대해 언급한다. 소설의 재미라는 내밀한 경험을 한 이의 발언임을 알 수 있다. 소설이 '기이한 글(奇文)'로 '화려함(浮華)'이 있는 문체를 운용한다는 지적도 하고, 문체의 폐단이 사회에 영향을 미치고 세도를 타락시킨다고 한다. 〈힐패〉의 네 번째 문답에서도 이상황은 패자의 입을 빌려 "패관소설을 읽으면 기묘한 문자와 심오한 말을 취할 수 있다(讀稗官盖取奇字奧語也)"라고 하였다. 소설식 문체가 '기묘한 문자와 심오한 말'이라고 인식하였음이 분명하다.

따라서 이런 문체로 쓰인 소설이기에 모두 방탕한 데로 들어가 놀아들 날 수밖에 없다는 이치다. 소설의 대척점에 선 발언이라기보다는 긍정적 진술이다. 이상황의 이 시구 속에서 우리는 충분히 소설의 재미, 즉 심미적 쾌감을 엿볼 수 있다.

이상황은 〈힐패〉의 말미에서도 자신이 소설 읽기에 침중한 사실을 부끄럽게 여긴다면서 "비유하자면 꽃의 아름다움만 보고 새소리에 미혹되었을 뿐, 점점 그 속에 들어가 스스로 알지 못하는 것과 같다(譬若花卉之媚眼 禽鳥之誤耳 駸駸入其中 而不自知)"라고 하였다. 그의 제소설시를 소연히 따라잡을 수는 없지만 이상황에게 소설 읽기의 즐거움이 얼마나 컸던가를 역으로 짐작할 수 있다.

위에서도 언급한바, 그의 〈척패시〉에 나타난 소설과 소설가는 모두 중국이다. 당시에 유행하였던 소설 중에는 우리 소설가들의 작품이 상당수 있는데 유독 중국의 소설가와 소설만 지적하여 배척하는 논리를 폈으며, 그나마 힐자의 견해도 정치하지 못한 점 등은 마음먹고 쓴 최고위 문사의 소설 배척시로는 납득하기 어렵다.

이러한 엇박자를 빚는 상황들을 종합해 보건대, 이상황의 제소설시에 나타난 버성긴 분위기를 액면 그대로 받아들일 수 없다. 그의 마음을 온전히 건너짚을 수는 없지만, 오히려 이상황의 소설 본색은 '애정'이 아니었을까? 오히려 이 시는, 당시에 소설을 배척할 수밖에 없는 지식인의 고뇌와 소설을 애정 어린 시선으로 바라보는 것이 아닐까. 그렇다면 이 시들은 달갑지 않은 마음으로 어쩔 수 없이 지은 이른바 '불긍저의(不肯底意)의 척패시'로 보아도 될 듯하다.

이렇게 보는 까닭을 아래에서 밝혀 보겠다. 독자들은 앞에서 이상황이 소설을 읽다 들켰다는, 그래서 정조가 소설을 모두 불태웠지만 젊은 인재들이라 용서했다는, '1787년 어느 날의 기록'이 그로부터 5년 뒤인 1792년에야 보였다는 말을 기억할 것이다. 그리고 이상황이 〈힐패〉와 〈척패시〉를 지은 것은 1788년이라고도 했다. 좀 수상쩍지 않은가?

1792년 10월 24일의 기록은 이상황이 파면되었다가 복직한 날의 기록이다. 파면된 이유는 5년 전과 동일하다. '소설을 읽어서'였다. 정조는 이상황을 같은 일로 파면시켰다가 이날 복직을 허용하니, 자연스럽게 전 사건 이야기가 나오게 된 것이다. 그러니까 이상황은 1787년 〈평산냉연〉이란 그렇고 그런 재주 많은 남녀 주인공이 나오는 소설을 읽다 들켰고, 1788년 〈힐패〉와 〈척패시〉란 반성문을 지어 올린 뒤에도 계속 소설을 보았다는 유추가 가능하다.

정리해 보자. 이상황은 서울에서 대대로 거주한 경화세족(京華世族)으로 효령 대군(孝寧大君)의 후손 승지 이득일(李得一)의 아들이다. 그는 정조 10년(1786) 소과에 합격하고 문과에 급제하여 검열에 임명되었으며, 1789년 정언, 1795년 대사간 등을 거쳐, 1824년 좌의정, 1833년 영의정에 올랐다. 따라서 이러한 정황으로 미루어 이상황은 표면적으로는 소설에 대한 배척이 필요했으리라 본다.

그는 또 1830년 주청정사(奏請正使)로 청나라에 다녀오는 등 진보적 지식인으로서의 면모도 있었고 소설을 수천 권이나 모은 대단한 장서가였다. 이러한 이상황의 주변적 정황으로 보아 그의 척패시를 단순하게 소설을 배척한 시로만 받아들일 수는 없다.

소설과 반소설 사이에서 엉거주춤 고의춤을 잡고 서 있는 이상황의 모습이 안쓰럽다. '〈숙향전〉이 고담이다'라는 속담도 널리 퍼졌을 시기다. 고소설은 고수들의 협공에도 내상을 입고 신음을 토할 만큼 여리지 않았음을 저 이상황을 통해서 알 수 있다.

소설을 세 가지 헷갈림이라 질타한 이덕무

추위와 가난에 찌든 한미한 가문, 서얼이기에 태어나면서부터 삶의 배경이 어둠인 사내, 한겨울 추위를 《한서》 한 질로 이불 삼고 《논어》로 병풍 삼아 막았다는 꼬장꼬장한 기개의 남산 아래 딸깍발이, 조선 최고의 소설가 연암 박지원의 벗이며 제자로 새로운 문명을 그리워한 사내, 무엇보다 책을 너무 사랑하여 자신의 호를 '책만 보는 바보'라는 뜻의 '간서치(看書痴)'라 지은 청장관(靑莊館) 이덕무(李德懋, 1741~1793). 읽은 책이 수만 권이요, 베낀 책만 수백 권인 이 사내의 소설에 대한 독설은 독하기 짝이 없었다. 조선조 유학자의 태반이 소설을 배척했다지만, 그중 제일은 이덕무에게 내주어야 한다.

책을 몹시 좋아하는 이들을 서음(書淫)이라 부른다. 서음이란 《진서》 권51에 보이는 현안을 지칭한다. 현안(玄晏)은 진(晉)나라 황보밀(皇甫謐)의 호다. 황보밀은 풍비(風痺)에 걸려 반신불수가 되었으면서도 침식을 잊고 독서하였다. 그래 '글 읽기를 지나치게 즐긴다'는 뜻의 '서음(書淫)'이라는 별명을 얻었다.

이 '서음'이 따라다니는 이덕무는 소설을 몹시 싫어하여 '소설최괴인심술(小說最壞人心術)'이라고까지 하였다. '소설최괴인심술'이란 '소설이 가장 사람의 마음을 파괴한다'라는 뜻이니, 소설에 대한 이만한 극언도 그리 많지 않다. 정조의 《홍재전서》 권165 《일득록》 5('문학' 5)에 보이는 '소설은 사람의 마음에 독이 된다'는 '소설고인심술(小說蠱人心術)'도 유사한 비평어이지만, 이덕무의 《영처잡고》에 보이는 저 말을 딱히 소설 부정론으로만 볼 것도 아니다. 왜냐하면 이덕무도 〈삼국연의〉와 〈서유기〉를 읽다 아버지에게 꾸중을 들은 적도 있으며(《간본 아정유고》 8권 부록), 〈수호전〉 등 소설에 관한 이해 정도를 알 수 있는 문헌 정황이 많기 때문이다. 이덕무도 소설깨나 읽었다는 뜻이다.

이덕무의 말을 조금만 각도를 달리하여 보면 소설의 폐해를 사회적 시각이 아닌 독자의 내면세계에서 찾고 있다는 흥미로운 독서 경험을 짚어낼 수 있다. 소설의 폐단을 지적한 것이기 이전에 소설의 효용에 대한 새로운 시각이다. 일종의 소설의 쾌락적 기능에 대한 비평으로 볼 수도 있으니 우리 고소설사에서 여간 흥미롭지 않은 용어 아닌가.

일단 이덕무의 글을 보고 이야기를 전개해 보자. 이덕무는 《영처잡고》에서 "소설은 가장 사람의 마음을 파괴하는 것이므로 자제들에게 책을 펴 보지 못하도록 해야 한다"•라고 하였다.

그러면서도 이덕무는 〈수호전〉을 한껏 끌어 올리는 발언도 하였으니, "내가 일찍이 〈수호전〉을 보니 인정물태를 묘사함에 문장 짓는 원리가 교묘하니 소설의 으뜸이라고 이를 만하다"라는 발언이 그러하다. 이덕무의 말을 그대로 따라잡으면 인정물태를 들어 〈수호전〉을 '소설지괴(小說之魁)'라 하여 소설 가운데 최고의 위치에 올려놓는 발언이다.

그렇다면 이덕무가 소설을 배척하는 논리적인 이유는 무엇인가?

'소설에는 세 가지 의혹이 있다(小說有三惑)'라고 한다. 이덕무가 소설을 배척하며 근거로 든 세 가지는 이렇다. 즉, 작자는 거짓과 공론(空論)을 꾸민다는 점에서, 평자는 이를 조장한다는 점에서, 그리고 독자는 시간을

• 민족문화추진회 편, 〈영처잡고〉 1, 《국역 청장관전서》 2, 솔출판사(영인), 1978, 5쪽.

허비하고 경전(經典)을 등한시한다는 점에서다. 이 비평어에서 작자·평자·독자를 뚜렷하게 인식하였다는 점과 모두 비평의 대상으로 하였다는 점에서 소설 비평의 발전을 여실히 느낀다. 특히 '평자'의 발견은 우리 고소설 비평이 당시에 적지 않았음을 밝히는 것이기도 하다.

이덕무는 '소설무용론'을 주장하였지마는 내용적인 면을 중심으로 부정한 것일 뿐, 소설의 표현 면은 긍정하는 이중적 비평 태도를 보였다. 따라서 우리 고소설 비평사에서 이덕무는 극단적 소설 배격론자의 한 사람이지만, 그의 반소설적 비평은 소설에 대한 정확한 이해를 바탕으로 이루어졌다는 점을 간과할 수 없다. 그의 《영처잡고》 1에 보이는 '세 가지 의혹'에 관한 전문은 이렇다.

"소설에는 세 가지 의혹이 있으니 헛것을 내세우고 빈 것을 천착하며 귀신을 논하고 꿈을 말하여 짓는 자가 한 가지 의혹이요, 허황된 것을 부추기고 비루한 것을 고취시킨 것을 평한 자가 두 번째 의혹이요, 귀중한 시간을 허비하고 경전을 등한시하여 본 자가 세 번째 의혹이다."

하지만 이것으로 이덕무와 소설의 관계가 서먹하게 끝나는 것이 아니다. 이덕무는 10여 편의 전을 지었는데 그중 〈관자허전(管子虛傳)〉을 요즈음 학자들이 소설로 보는 데 주저하지 않는다는 점이다. 〈관자허전〉은 대나무를 의인화한 가전(假傳)으로 《청장관전서(靑莊館全書)》 중 〈영처문고(嬰處文稿)〉에 실려 있다.

〈관자허전〉의 줄거리를 대략 보자면 이렇다. 주인공 관 씨(管氏)는 본성이 죽씨(竹氏)이니 대나무다. 선조가 황제에게 발탁되어 황종의 음률을 만들게 되었다. 후손 고죽군(孤竹君)이 자허(子虛)를 낳았다. 그는 속이 비고 외모는 고결하였다. 황제가 인재를 구하는 명을 내리자 생성옹(生成翁)은 자허를 천거한다. 황제는 상림원(上林苑)에서 그를 손님으로 맞이한다. 그러나 자허는 인사도 없이 뻣뻣하고 거만하였다. 하지만 황제는 오히려 그의 오만한 절개를 높이 사서 "가슴속 서 말이나 되는 가시를 없앨 만하다"고 칭찬을 아끼지 않는다.

자허는 그 뒤에 아들 여덟과 딸 하나를 두었다. 곧 붓〔筆〕, 화살〔箭〕, 퉁소〔簫〕, 제기〔籩〕, 죽간(竹簡), 낚싯대〔竿〕, 지팡이〔笻〕, 발〔簾〕, 그리고 기춘현부인(蘄春縣夫人)이다. 기춘현부인은 부채 혹은 죽부인(竹夫人)을 말한다. 관자허는 그 뒤 60세에 두심병(蠹心病)으로 세상을 떠났다. '두심병'이란 해충이 갉아 먹는 병이다.

독자들이 읽었다시피 대나무를 의인화하여 현실적인 삶의 정도를 제시해 주려는 소설로 보아 크게 무리 없다. 세상을 살다 보면 가끔씩 이처럼 이치에 닿지 않는 경우가 있다. 그렇게 소설을 싫어하였던 이덕무가 지은 것이 소설이라니. 그런데 세상일 모르는 것이 더 있다. 이 이덕무의 손자인 이규경(李圭景, 1788~1856)은 《오주연문장전산고(五洲衍文長箋散稿)》 권7에 아예 〈소설변증설(小說辨證說)〉을 적어 놓았다. 《오주연문장전산고》는 우리네 삶과 관련된 모든 것에 대해 고증한 박물지(博物誌)로서 '변증설' 1,416편의 모음집이다. 조선 후기 학계가 상상할 수 있는 지식의 극한까지 도달한 저작으로 평가된다. 예컨대 기후에 대해서 알고 싶다면 '기후월령변증설'을, 먹지 않고 살고 싶다면 '벽곡변증설'을 보면 된다. 〈소설변증설〉은 우리 고소설의 기원을 나름대로 정리한 소중한 자료다.

소설을 시로 사랑한 왕족 이건

지금부터 4백여 년 전이니, 숨 한 번 고르고 넘어가자. 이 글은 이건(李健, 1614~1662)이라는 왕족의 《규창유고(葵窓遺稿)》 권3에서 찾아 쓴다.

이건은 왕족으로, 부친은 선조의 일곱째 아들인 인성군(仁城君) 공(珙, 1588~1628)이며 모친은 좌참찬으로 후에 영의정에 추증된 윤승길(尹承吉, 1540~1616)의 딸 해평 윤 씨다. 가히 왕족의 피붙이임에 틀림없는 인물이다.

당연히 저 시절 '들어가지 마라'라는 팻말도 내붙었으니 소설 비평은 '금단'의 영역이었다. 소설은 그렇게 방외인들의 문학이었기에 결코 근사한 한문학을 하는 양반네가, 더욱이 왕족이 기웃거릴 곳이 아니었다. 현학적 취미 놀음을 일삼는 골수 양반네들은 소설에 관한 한 입이 여간 험한 것이 아니었다. 그들은 문이재도(文以載道)라는 박제된 중세의 '지성(知性)'을 '지성(至誠)'으로 섬겼다. '문'의 기능은 훈육이었고, 단속이었고, 각인이었다. 더구나 이건 같은 왕족임에야.

그런데 이건은 〈상사동기(相思洞記)〉, 〈교홍기〉, 〈배항전(裵航傳)〉, 〈운화전(雲華傳)〉, 〈서상기(西廂記)〉, 〈주생전(周生傳)〉 등 7편의 작품을 7언 절구 형식으로 곱다시 매만져 놓았다. 시로 다듬었기에 이러한 시를 '제소설시'라 한다. 부르주아 버전으로 순치된 한문 전기 소설에 대한 평이어서 상당히 놀랍다. 모두 연정을 다룬 애정 소설이니만치 독서 취향도 자못 흥미롭다. 어찌 된 일인지 그는 신변을 숨기지 않고 자신을 그대로 드러냈다.

이건이라는 이의 삶을 굳이 들추지 않아도 성품을 요량할 수 있지 않은가. 중세 지식인과 소설 비평 사이의 소통이요, 고소설을 공부하는 이에겐 매혹적인 정보임에 틀림없다. 이건이 읽은 작품은 대부분 남녀의 애정을 다룬 소설들이었다. 이모저모로 미루어 보건대, 이건은 섬세한 성격의 소유자인 듯하다. 우리 소설 비평사에서 예사로 넘길 문제가 아니다. 더구나 각 편의 구성상 긴요한 부분을 찾아 주제 비평을 보이는 것 또한, 이건의 제소설시에만 집중적으로 보여 이채롭다.

우리 고소설 비평의 확장된 세계와 소설 비평의 변주임에 틀림없다. 대개의 고소설에 대한 한시 비평은 비유적인 감상을 적거나 전반적인 인상을 추상적으로 표현하는데 이건은 주제 비평, 특히 가장 핵심에 속하는 구성(만남)을 비평의 기준으로 삼았다. 소설 읽기가 치밀하고 꼼꼼하였다는 반증이다.

대부분 유사한 형식의 비평이기에, 이 글에서는 〈제상사동기〉와 〈교홍기〉 시평만을 살핀다. 아울러 이건 시의 이해를 돕기 위해 권전(權佃, 1583~1651)의 제소설시도 예로 들어 보겠다. 위는 권전의 시이고, 아래는 이건의 〈제상사동기〉이다.

〈제상사동기〉란 〈상사동기〉라는 소설을 보고 쓴 한시다.

> 슬프게도 영이(縈伊)를 오래 보지 못해
> 궁문은 깊이 잠겨 비단 휘장 적막하구나.
> 동쪽엔 복숭아와 자두꽃, 서쪽엔 버드나무
> 어느 날 옮겨 심어 한 곳에서 볼까나.

> 길에서 서로 만나 곧 이별하였으니
> 깊고 은밀한 약속 귀신만이 알겠네.
> 손님 전송하는 노복 계책 없었다면
> 견우와 직녀 같은 만남도 없었을걸.•

〈상사동기〉는 17세기 초, 작자 미상의 애정을 소재로 한 한문 전기 소설이다. 〈운영전〉과 비슷한 서사적 얼개를 갖추었으나 결말은 정반대인 중편 소설로 내용을 대충 보자면 이러하다.

김생이 상사동에서 회산군의 시녀인 영영을 만나 사랑에 빠진다. 노비 막동의 도움으로 영영과 사랑의 물꼬를 트고 궁중에 들어가 하룻밤을 지

• 이건, 〈규창유고〉 권3, 《한국문집총간》 122.

낸다. 이 노비 막동이 꾀를 내지 않았다면 두 사람의 사랑은 이루어질 수 없었다. 그 뒤 3년 동안 만나지 못하였다. 김생은 과거에 급제하여 유가하다 영영을 보고는 상사병으로 앓아눕고, 문병 온 친구의 주선으로 다시 만나 백년해로하였다(세 마당 '패러디 소설 〈상사동기〉' 참조).

〈상사동기〉 속 두 연인 김생과 영영은 사랑에 관한 한 보통내기들이 아니다. 깍쟁이들의 애정 놀음에서 도회적 내음이 물씬 피어오르는 소설이다. 그렇다고 '하늘에 해가 뜨는 한 너만 사랑할게'라고 달콤하게 속삭여 놓고 배신을 세 끼 밥 먹듯 무상의 일로 여기는 그러한 인스턴트식 사랑 놀음이 아니다.

이건이나 권전이 '제소설시'를 쓴 그때는 소설을 불온시하여 언급조차 삼가던 시대가 아니던가. 그런데도 두 사람은 부드러운 터치로 '제소설시 비평'을 써내고 있다. 애정 소설을 탐독하여 맛보았을 즐거움을 넉넉히 짐작할 수 있고, 그 맛의 당도가 꽤 높았을 것임도 어림짐작된다.

구체적으로 보자. 권전의 시에 보이는 영이(榮伊: 영영)는 〈상사동기〉의 여주인공이다. 권전의 시는 남주인공인 김생과 영이가 이별하는 대목에 집중하여 슬픈 심경을 옮겼다. 독자의 1차적인 정서적 반응을 작시한 것으로 바짝 다가들면 소설의 인물에 대한 비평임을 알 수 있다.

이건의 시는 정서적 반응을 그대로 옮긴 것이 아니다. 소설의 내용을 따라잡고 있다. 따라서 시의 통사적 문맥을 짚어 볼 필요가 있다. 우선 기·승 구에서 지적하는 것은 김생과 영영의 만남이다. 만약 노복 막동이 두 사람을 만나게 하는 계책을 일러 주지 않았다면, 두 사람의 인연은 없었을 것이라고 찔러 준다. 실상 노복 막동이 이 소설을 발단에서 전개로 잇게 하는 가장 중요한 동인이다.

이야기를 소설 속으로 돌려 보자. 영영을 본 김생은 상사병으로 눕지만 별 뾰족한 수가 떠오르지 않는다. 〈상사동기〉 원문으로 들어간다.

생이 이 말을 듣고 처연히 깨달은 바가 있어 곧 막동에게 사실대로 말했다. 막동이 속으로 한참 생각한 뒤에 말했다.

"제가 도련님을 위하여 마륵지계(磨勒之計)를 하나 생각했으니, 낭군께서는 애태우지 마세요."

김생이 말했다.

"그러면 장차 어떻게 하려고?"

막동이 말했다.

"도련님은 급히 좋은 술과 안주를 구하셔서 그것을 매우 사치스럽게 꾸며 곧바로 미인의 집으로 가서 마치 손님을 전송하려는 사람처럼 행세하십시오. 방 한 칸을 빌리신 다음 상을 벌여 놓고 저를 불러 손님을 청하시면, 제가 명을 받들어 갔다가 조금 뒤에 돌아와, '곧 오신답니다! 오신대요!'라고 대답할게요. 도련님이 또 저에게 명령하시어 다시 손님을 청하시면, 제가 또 명을 받들고 갔다가 날이 저문 뒤에 돌아와 '오늘은 전송하는 사람이 많아서 술에 취해 오실 수 없답니다. 내일은 꼭 오시겠답니다'라고 말하겠습니다. 이때 도련님이 주인을 불러 앉히신 다음 준비해 간 술과 안주로 취하도록 마시게 하고는 기색을 보이지 말고 물러 나오세요. 다음 날도 그렇게 하시고 그다음 날도 그와 같이 하세요. 그러면 처음에는 주인이 고맙게 여기다가 두 번째는 은혜에 감격할 것이며, 세 번째는 필히 의심하게 될 것입니다. 고맙게 여기면 보답할 것을 생각하고 은혜에 감격하면 죽어서라도 그 은혜를 갚을 것을 생각하며, 의심을 품으면 반드시 그 까닭을 물을 것이지요. 이때 도련님이 흉금을 털어놓아 정성을 다해 말씀하신다면 뜻을 이룰 수 있을 것입니다."•

이 말을 들은 김생은 충분히 그럴 것이라고 생각하여 흐뭇해하면서 "내

• 간호윤 역, 〈상사동기〉, 《선현유음》, 이회, 2003, 354~355쪽.

일이 잘될 것 같은데"라고 한다. 우선 막동 녀석이 말한 '마륵지계'는 '흑인 노예인 마륵(磨勒)의 꾀'라는 재미있는 말이니 이것부터 설명해 보자.

'마륵'은《태평광기(太平廣記)》권194편 '검협전(劍俠傳)'〈곤륜노〉에 나오는 흑인 노예다. 이 고사는 배형(裵鉶)의《전기(傳奇)》에도 포함되어 있으며, 후세에 끼친 영향이 대단하여 원나라에서 명나라의 희곡 작가들이 이 고사를 작품의 제재로 삼았다. 내용은 마륵이라는 곤륜노가 지혜와 무예로써 주인인 최생(崔生)이 사모하는 여인을 만나게 도와준다는 이야기다.

그런데 막동이 저 이야기를 어찌 아는지, 이 마륵지계를 끌어다 쓴다. 막동의 '마륵지계'는 정확히 들어맞는다. 이건은 이곳을 놓치지 않았다. 소설을 읽어 내는 이건의 눈썰미가 예사롭지 않다. 이렇듯 소설의 핵심 줄거리를 파악하여 소설 구성의 문제를 비평하는 것은 이건 소설 비평의 독특성이다. 소설을 읽은 독자의 정서적 감흥에 머무르지 않고, 작품을 이해하려는 적극적인 비평안, 이건의 제소설시들 이전과 이후의 작품들을 보아도 이러한 비평은 찾기 어렵다. 이러한 비평은 작품의 연결, 그러니까 소설의 줄거리를 따라잡은 비평이다.

아래 시 역시 이건 시에 나타난 소설 비평을 잘 볼 수 있다.

> 봄을 찾다 남은 한은 고금이 같지만
> 바다와 산을 두고 맹서한 인연은 펴지 못했네.
> 종내 죽어서 한 몸이 되었으니
> 아! 하늘은 사람을 헤아리지 않는구나.

이 시는〈제교홍기(題嬌紅記)〉이다. 아쉽게도 이〈교홍기〉라는 소설은 전해지지 않는다. 다만 이 소설의 명칭은, 연산군 12년 4월 13일(임술)의《실록》에 "위생(魏生)이 항상 내실에 있으면서 시희 난초(蘭苕)를 거느리고 있었는데, 〈교홍기〉 한 권을 보았다 하였으므로 〈교홍기〉가 있는 줄 알았는데, 지금 내린 책이 바로 그 책이다. 앞서 하교에 '으슥한 집 죽창이 아직도 예와 같네(竹窓幽戶尙如初)'라는 글귀도 역시 여기에 실려 있는데, 다만 한어(漢語)가 있어 해석할 수 없는 데가 많으므로 문자로 주를 달아 간행하였다"라고 보인다.

이 소설은 본래 원나라 송매동(宋梅洞)이 지은 〈교홍기〉를, 유동생(劉東生)이 사곡화(詞曲化)한 것으로, 명칭은 〈신편금동옥녀교홍기〉이다. 현재 발견되지 않아 내용은 알 수 없지만, 이건의 시로 미루어 볼 때 애정 전기 소설류임을 짐작케 한다.

이건 이전의 제소설시 비평은 괴이·변환·풍류화병 등의 용어와 작가론적 비평·기문 등의 문체론이 주를 이루었다. 그런데 이건은 소설의 구성에 큰 관심을 보였다. 소설의 서사적 구성을 정확하게 파악하여 집중적으로 비평하는 독서 체험을 시를 통해 제시한 것이다.

또 한 가지 이건 시의 도두뵌 점은, 위처럼 기·승·전구가 모두 작품의 구성과 관련된 언급이라는 점이다. 그동안 보인 절구 형식의 몇 '제소설시'에서는 전·결 구가 대부분 작가의 감상평이었기에, 이건이 소설의 내용에 집중하여 비평하는 것을 자별히 보지 않을 수 없다.

마무리를 짓자. 이건의 '제소설시' 모두 비평 수준이 높다고 할 수는 없다. 그러나 '시문'과 '소설'의 차이가 왕청스러웠던 시절임을 고려해 본다면, 저 제소설시들에서 찾을 수 있는 공력은 그의 소설에 대한 적공이 예사롭지 않음을 보여 주는 것임에 틀림없다.

〈취은몽유록〉을 지은 인흥군 영

인흥군(仁興君) 영(瑛, 1604~1651)에 대해서 몇 줄 더 적어야겠다. 이 영은 선조의 열두 번째 아들로 이건의 서제(庶弟)인데, 〈취은몽유록(醉隱夢遊

錄)〉이라는 몽유록계 소설을 지었다. 이 몽유록은 한문으로 쓰였으며, 분량이 고작 720여 자에 지나지 않는 짧은 작품으로 1631년에 지어졌다. 그런데 이영도 형 이건처럼 흥미로운 소설 독서 경험을 보이니 그의 《선군유권》〈고전장(古戰場)〉이라는 시 한 수를 보자.

저 멀리 모래톱 싸움터엔 풀빛이 새로운데
봄바람은 오가는 사람 몹시도 슬프게 하네
그때 그 업적은 누구에게 되돌려야 할까나
허연 백골은 이제껏 몇 번의 봄을 헤아렸나

이 시 아래에 '〈윤생몽유록〉에 차운함(次尹生夢遊錄韻)'이라는 주가 달린 것으로 보아 윤계선(尹繼善, 1577~1604)의 〈달천몽유록[獺(達)川夢遊錄]〉을 보고 지은 제소설시임을 알 수 있다. 〈달천몽유록〉은 1592년 임진왜란 때 충주 탄금대 전투를 소재로 한 몽유록이다. 이 전투는 신립이 이끌었는데 탄금대에 배수진을 치고 왜적과 맞섰으나 대패하여 신립 또한 강물에 투신 자결하였다. 그로부터 8년 뒤에 윤계선이 곡성이 사무친 달천 전쟁터를 찾아 죽은 군사들을 위로하여 쓴 소설이 이 〈달천몽유록〉이다. 윤계선은 〈달천몽유록〉에서 백골이 그대로 널려 있는 장면을 이렇게 써놓았다. "어느덧 삼월, 따뜻한 봄바람은 불어 달천은 맑은 물결 이는데 덤불 속에 해골들이 허옇게 널려 있고 향기롭고 꽃다운 풀은 또 푸르렀다"라고. 인흥군 영의 〈고전장〉이라는 시는 이 부분을 새긴 듯하다.

윤계선의 〈달천몽유록〉으로부터 10여 년 뒤, 또 다른 〈달천몽유록〉이 나왔는데 이 소설 역시 신립의 탄금대 패전을 주제로 하는 작품으로 황중윤(黃中允, 1577~1648)의 몽유록계 한문 소설이다. 황중윤은 이 소설에서 윤계선과 다르게 탄금대 패전은 신립이 지혜가 없어서라고 하였다. 동일한 사실이건만 분석은 두 작품이 저렇듯 엇박자다. 참고로 달천은 충북 괴산군 괴산읍과 충주시를 흐르는 하천이다.

소설의 장적을 정리한 유만주

유만주의 《흠영》은 그 자체가 소설에 대한 애모다. 소설에 대한 단순한 적바림으로 볼 수 없다. 왜냐하면 이 문집에는 소설의 출생 비밀과 가족 관계가 세세히 그려져 있기 때문이다. 《흠영》은 통원(通園) 유만주(兪晩柱, 1755~1788)의 일기로 영조 51년(1775)에 시작하여 정조 11년(1787)에 끝난다. 이 책에는 저자의 굉박한 독서 편력을 바탕으로 한 학문과 사상이 들어 있다. 우리 고소설사에서 그만큼 중요한 인물이지만 아직 그에 대해 소연히 아는 바는 없다. 그의 가계를 조금만 살피자.

통원 유만주는 경화 노론계의 인물로 명문거족인 기계(杞溪) 유(兪)씨다. 유만주는 유한준(兪漢雋, 1732~1811)과 순흥(順興) 안 씨(安氏) 사이에서 외아들로 태어났는데, 5대조는 척화파로 유명한 충간공(忠簡公) 유황(兪榥)이고, 4대 조는 송시열의 문하생인 유명뢰(兪命賚), 증조는 현감을 지낸 유광기(兪廣基), 조부는 학문과 문학으로 이름난 유언일(兪彥鎰)이다. 부친 유한준은 1768년 진사시에 합격하였으며, 문장으로 명성이 있었으나 벼슬 운이 없었던지 겨우 음직으로 김포·부평 등지의 고을 원을 거쳐 형조 참의를 지냈다.

유한준은 16세에 부친을, 17세에는 형마저 잃어 아들 유만주에 대한 사랑이 각별하였다. 유만주 또한 아들 구환(久煥, 1773~1787)을 깊이 사랑했는데 아들이 열네 살에 요절하고 만다. 그는 깊은 상심으로 인하여, 아들이 죽은 다음 해 이승을 하직하고 아들을 따라간다. 이때 그의 나이 겨우 서른네 살이었다.

이제 《흠영》으로 말머리를 돌려 보자. 유만주는 《흠영》에서 중국의 문학사에 대한 깊이 있는 이해를 바탕으로 우리의 고소설 비평에 진지한 관심을 보인다. 통원의 중국 문학사에 대한 인식은 해박하였다. 통원은 "당우(唐虞) 삼대는 경(經)의 시대요, 주말(周末)은 제자백가의 시대요, 한나라 위나라는 고문의 시대요, 당나라 송나라는 시문의 시대요, 원나라 명나라는 소설의 시대다"라고 아예 통사적으로 중국 문학사를 꿰뚫어 시대 구분까지 해놓을 정도였다.

책상물림치고는 소설에 대한 탄탄한 지식으로 무장하였기에, 그의 소설 비평 또한 진수를 유감없이 보여 준다. 이 《흠영》에서 '우리 고소설 비평사는 긴 숨고르기와 함께 소설 인식의 물꼬를 완연히 텄다'고 생각한다.

통원의 소설에 대한 해박한 지식을 바탕으로 저술된 《흠영》은 두 가지 큰 의미가 있다. 첫째로 우리 고소설 비평의 폭을 일기 문학으로까지 확장시켰으며, 둘째로 우리 고소설 최초의 소설 비평 이론서라는 점이다. 물론 《흠영》 속의 소설 비평들은 18세기의 전후를 이어 주는 소설 비평어들의 가교 역할도 한다.

《흠영》의 두 번째 의의를 집중적으로 살펴보자. 통원의 《흠영》이라는 일기에 보이는 고소설 비평 중 거머당기어 짚어 볼 것은 소설에 대한 기원설과 소설의 정의, 그리고 소설 비평 용어 등이다. 소설에 대한 생각을 모람모람 모아 분석적으로 접근했다는 것이 놀랍다.

유만주는 소설의 기원을 불전(佛典)·장자(莊子)·우초(虞初) 세 가지로 고증한다. 모두 현재의 연구자들이 밝히는 중국 소설 기원설과 조금도 어그러짐이 없다. 당시 소설에 대한 기원을 이렇게 정확하게 지적한 것은 우리의 소설 비평에서 찾기 어렵다. 소설의 기원을 '야사(野史)' 정도로 보는 것이 고작이었으니 말이다.

세 가지 설 중 '불전기원설(佛典起源說)'을 살펴보자. 유만주는 소설의 기원을 정확하게 이야기하고 있는데 그것이 불전기원설, 즉 내전설(內典說)

이다. 《흠영》 5에서 "소설은 한 글자나 한 격식이라도 내전(內典)에서 나오지 아니한 것이 없다. 내전이 아니면 소설이 이루어지지 아니하니, 소설가는 마땅히 내전을 신주와 제문처럼 하여야 한다(小說 無一字無一格 不出於內典 非內典不成爲小說 小說家當尸祝內典)"• 라고 하였다. 내전은 불교 서적이다. 소설과 불교 서적을 연결 지어 평한 것은 유만주의 견해가 처음이다. 하지만 그가 본 불경이 구체적으로 무엇인지는 알 수 없다.

그는 또 불경과 〈서상기〉를 연결하면서 "나는 비로소 〈서상기〉 일부가 내전체임을 알았다. 내전은 게송 사이에 긴 글이 있고 〈서상기〉는 말에 잡박하게 글을 기록하였다. 그러니 서상기독법(西廂記讀法)과 내전의 설경(說經: 경전을 해설하는 일)은 같고 표면에 이름을 세운 것과 그 뜻을 펴 부연한 것이 또한 〈금병매〉 등 여러 책의 연원을 열었으니 내전과 소설은 실상 표리 관계다"라고 한다.

〈서상기〉는 중국 원나라 때의 희곡이다. 당나라 때 원진(元稹)이 지은 〈회진기(會眞記)〉에서 취재한 〈동서상〉을 희곡화한 소설로 장군서라는 청년이 최앵앵이라는 미인을 사모하여 벌어지는 이야기이다. 그런데 이런 소설과 불경을 연결 짓는다. 그는 또 "내전의 문장은 비록 간략하나 그 말이 자세하고 섬세하여 다시 남음이 없다. 이것이 흘러 후세에 소설의 조종(祖宗: 시조가 되는 조상)이 된 것 아닌가(內典文 雖簡而其辭 則委曲纖細 更無餘有 此所以流而爲後世小說之祖宗也歟)"라고도 하였다. 아예 내전이 소설이라는 확신이 담긴 말이다.

다음을 보면 그가 소설의 근원을 불경으로 잡는 더욱 구체적인 이유를 찾을 수 있다. "내전은 '무슨 인연 때문인가'와 '이렇게 된 원인은 무엇인가'라는 두 마디 말을 표지로 하며 그 아래에 섬세한 것을 기술하는 것이

• 유만주, 《흠영》 5, 서울대규장각, 1997, 3쪽.

많다. 소설가는 이 뜻을 꿰뚫어 왕왕 일을 서술하다가 간관청설(看官聽說)이라는 한마디를 삽입하니 분명히 이것은 내전으로부터 훔친 것이다."

이 글에서 통원 유만주가 내전을 소설의 조종으로 여기는 이유를 분명히 찾을 수 있다. 그것은 "무슨 인연 때문인가(以何因緣)"와 "이렇게 된 원인은 무엇인가(所以者何)"라는 두 구절 때문이다. 이 두 구절은 불교의 인연설과 관련이 있다. 인연설이란 결과의 원인을 따진다. 여기서 하나의 이야기가 꾸며지고 이를 자세히 기술하다 보니 소설의 문체와 유사하다고 보는 논리다.

소설의 곡진한 글맛이 불경의 서사성(敍事性)과 연관된다고 이해한 통원의 식견이 놀랍다. 실례를 들자면, 《석가여래십지수행기(釋迦如來十地修行記)》 같은 것은 고려에 형성·집성되었다. 그리고 이것은 조선조에 유전되면서 〈금우태자전(金牛太子傳)〉, 〈선우태자전(善友太子傳)〉, 〈실달태자전(悉達太子傳)〉 등 10여 편의 소설을 유통시켰다. 또 세종과 세조조에 불경 언해가 주목된 이래, 부처를 《석보상절(釋譜詳節)》이라는 책을 통해서 장편 소설로 입전(入傳)하기도 하였으며, 각훈(覺訓)의 《해동고승전(海東高僧傳)》이나 《동사열전(東師列傳)》에는 전기 소설 등이 들어 있음이 이왕의 연구를 통해 이미 확인되었다.

이러한 저간의 연구 결과물들로 미루어 볼 때, 통원의 견해는 소설의 기원설로 의미 있는 탁견이다. 유만주가 우리 고소설 비평사에서 발견된 것은 불과 몇 년 전이다. 그러나 그는 현재 우리 고소설 비평 연구의 고수로 자리매김하였다. 그가 이 《흠영》을 지은 것은 20~30대 초반이었지만 그는 이미 소설에 관한 한 애송이가 아니었다. 소설을 선회하며 좌충우돌 소설의 정의, 문체, 비평어라는 이전에 보지 못한 초식을 날렸다.

《흠영》에는 또 '내문 소설(內文小說)'이라는 명칭이 보이니 이를 짚지 않을 수 없다. '내문 소설'은 우리나라 소설이라는 뜻으로, 특히 '한글 소설'

을 지칭한다. 유만주는 이 용어를 〈사씨남정기〉에 사용하였는데, 이외에 '동국 소설(東國小說)'과 '동문 소설(東文小說)'이라는 명칭을 쓰기도 하였다. 모두 우리 소설에 대한 자존을 한껏 올리는 용어로 보아도 좋다.

현재의 소설계와 학계의 무림강호라 뽐내는 이들, 모두 유만주에게 10여 수의 초식을 배워야 하거늘 영 그렇지 않은 것 같아 섭섭하다.

소설을 팔아 신선이 된 조선 제일의 책 장수 조신선

정약용, 조수삼, 조희룡의 공통점은? 모두 조신선이라는 일개 책쾌에 대한 전기를 지었다는 점이다. 조선 후기에는 수많은 책쾌가 있었다. 조신선 이외에도 배경도(裵景度), 홍윤수(洪胤琇) 같은 책쾌의 이름을 찾기는 어렵지 않다. 홍윤수는 몰락했으나마 양반 출신이었다. 그런데 책쾌로서 전기에 등장한 이는 조신선 이외에 없다. 조신선이 책쾌 중 단연 돋보인다는 의미다.

아래는 정약용에 의해 입전된 내용인데, 일개 책거간꾼이 신선으로 설정되었다는 것이 흥미롭다. 정약용의 전집에는 모두 5편의 전이 있는데 〈조신선전〉도 그중 하나다.

> 조신선(曺神仙)이라는 자는 책을 파는 아쾌(牙儈: 중간 상인)로 붉은 수염에 우스갯소리를 잘하였는데, 눈에는 번쩍번쩍 신광(神光)이 있었다. 모든 구류(九流)·백가(百家)의 서책에 대해 문목(門目)과 의례(義例)를 모르는 것이 없어, 술술 이야기하는 품이 마치 박아(博雅)한 군자와 같았다. 그러나 욕심이 많아, 고아나 과부의 집에 소장되어 있는 서책을 싼값에 사들여 팔 때는 배로 받았다. 그러므로 책을 판 사람들이 모두 그를 언짢게 생각하였다. 또 그는 주거를 숨겨서 어디에 사는지 아는 사람이 없었다. 어떤 사람은 그가 남산 옆 석가산동에 산다고 하나, 이 역시 분명치 않다.

건륭(乾隆: 청 고종의 연호) 병신년(정조 즉위년, 1776) 무렵 내가 서울에 와 있을 때 처음 조신선을 보았는데, 얼굴과 머리가 사오십은 된 것 같았다. 그런데 가경(嘉慶) 경신년(순조 즉위년, 1800)에도 그 모습은 조금도 늙지 않고 한결같이 병신년과 같았다. 근자에 어떤 사람이, 도광(道光: 청 선종의 연호) 경진년(순조 20, 1820) 무렵에도 역시 그랬다고 하였으나, 그때는 내가 직접 보지 못했다. 옛날에 소릉(少陵) 이공(李公)이 말하기를, "건륭 병자년(1756, 영조 32) 무렵에 내가 처음 보았는데, 또한 사오십쯤 되어 보였다" 하였다. 앞뒤를 모두 계산해 보면 1백 살이 넘은 지 이미 오래니, 그 붉은 수염이 혹 무슨 이치가 있는 것 아닌가?

외사 씨는 논한다.

도가에서는 마음을 깨끗이 하고 욕심을 적게 갖는 것을 신선이 되는 근본으로 삼고 있다. 그러나 조신선은 욕심이 많으면서도 오히려 이처럼 늙지 않았으니, 혹 말세가 되어 신선도 시속(時俗)을 면할 수 없어서인가?●

위 전을 보면 조수삼이나 조희룡의 〈조신선전〉과 별다른 차이점이 없다. 그런데 왜 일개 책장수에게 신선이라는 칭호를 붙였을까? 다산 선생은 이 글에서 조신선의 극단적인 양면, 즉 신선과 장사치를 그리고 있다.

우선 신선으로서의 면모부터 보자. 붉은 수염에 우스갯소리를 잘하고, 눈에는 번쩍이는 광채가 있는가 하면, 모든 책이란 책은 샅샅이 모르는 것이 없고, 여기에 술술 이야기하는 품이 군자와 같다고 한다. 더욱이 1백 살이 넘은 지 이미 오래다. 지금도 평균 연령이 여든을 넘기기 어려운 판이다. 조희룡은 한 술 더 뜬다. 조신선은 늘 나이를 예순 살이라고 한다면서, 일흔이 된 어떤 노인이 자기가 아이 때 조신선을 보았는데 그때도 예

● 정약용, 〈조신선전〉, 《다산시문집(茶山詩文集)》 제17권(번역은 한국고전번역원 홈페이지에서 인용하고 몇 자를 손보았다).

순이라고 했다고 한다. 이어 조희룡은 어림셈 쳐 조신선의 나이를 '백 살이 넘은 지 오래라' 하고는, 그런데도 얼굴 모습은 마흔이 못 되어 보인다고 적어 놓았으니 저 말을 믿어야 할지 판단이 안 선다. 조신선을 신선으로 등극시키려니 그러하겠지만서도 조신선이라는 인물의 특이함은 충분히 읽을 수 있다.

하지만 다산은 조신선이 장사치답게 욕심이 많았다는 점도 놓치지 않았다. 하필이면 고아나 과부의 집에 소장되어 있는 서책을 싼값에 사들였고, 팔 때는 배나 이윤을 챙겼다. 지금도 우리는 서점을 운영한다면 일반 장사꾼과는 다르게 보는데, 책을 판 사람들이 모두 그를 언짢게 생각할 정도로 이윤을 챙긴 이유는 무엇일까? 그렇다고 가족을 위해 썼다는 기록도, 그 자신이 부유하다는 기록도 없다. 조수삼이나 조희룡의 〈조신선전〉에서도 그 대답은 알 수 없으니, 이 글을 읽는 독자들이 곰곰이 생각해 보시라.

다만 조희룡의 〈조신선전〉에 그가 신선이 된 연유를 한 자락 놓고 있다. 그것은 '육서자오(鬻書自娛: 책 파는 것을 스스로 즐겼다)' 네 자다.

鬻書自娛　　책 파는 것을 스스로 즐겼다.
文字仙一則　　글신선이 되는 한 방법이다.•

책 쓰는 것을 스스로 즐겼다.
책 보는 것을 스스로 즐겼다.

그런데 신선이 될까?

• 조희룡, 〈조신선전〉, 《조희룡전집》 6, 한길아트, 1998, 48쪽.

고소설을 최초로 정리한 비극적인 천재 김태준

현재 모든 고소설 연구는 《조선소설사(朝鮮小說史)》의 각주에 불과하다!

각주(脚註)란, '논문 따위의 글을 쓸 때, 본문 한 부분의 뜻을 보충하거나 풀이한 글' 정도의 의미다. 《조선소설사》를 이렇게 잔뜩 추켜세우는 데는 그럴 만한 이유가 충분하다. 《조선소설사》 이 다섯 글자를 우리가 처음 본 것은 엄혹한 일제 치하인 소화(昭和) 8년, 즉 1933년이다. 집필을 시작한 지 3년 만이었다. 동아시아에 최초로 '소설'이라는 이름을 부여한 장자로부터는 2천2백여 년이요, 이 땅에서 소설이 시작된 뒤로도 근 1천여 년, 비로소 그 자취를 갈무리하는 기념비적인 저서가 김태준에 의해 세워진 것이다. 소설의 종주국 중국에서도 중국 소설사가 정리된 것이 1923년 노신(魯迅, 1881~1936)의 《중국소설사략(中國小說史略)》이기에 김태준의 《조선소설사》가 딱히 늦은 것이라고 할 수는 없다.

《조선소설사》는 1편에서 소설의 정의 및 개관을 하고, 2편에서는 설화 시대의 소설, 3편 전기 소설(傳奇小說)과 한글 발생기, 4편 임진·병자 양란 사이에 발흥된 신문학, 5편 일반화한 연문학의 난숙기, 6편 근대 소설 일반, 7편 문예 운동 후 40년간의 소설관까지로 되어 있다. 우리 문학사 최초로 설화 시대부터 일제 치하까지 중요한 소설사를 통시적으로 정확히 짚은 셈이다. 《조선소설사》 이후, 여러 선각들에 의해 지어진 우리 고소설사는 사실 《조선소설사》를 참조하지 않은 서적이 단 한 권도 없다.

1933년 청진서관에서 출간된 《조선소설사》는 이후 1939년 학예사에서 조선문고 2~6으로 나왔다. 이것이 증보판이다. 1935년엔 춘원 이광수가 〈조선신문예강좌청강기초(朝鮮新文藝講座聽講記抄)-조선소설사〉를 《사해공론》(사해공론사, 1935) 창간호에, 조윤제가 《문장(文章)》 2권 7호에 〈조선소설사개요(朝鮮小說史槪要)〉(문장사, 1935)라는 장편 논문을 실었지만 내용이나 쪽수로나 김태준의 《조선소설사》에 미치지 못했다. 이 《조선소설사》를

1936년 명륜학원 강사 시절의 김태준 __ 호를 천태산인(天台山人)이라 한 김태준(金台俊, 1905~1949)은 공산주의자였다. 그는 남로당 문화부장 겸 특수 정보 책임자로 지리산 빨치산들을 대상으로 특수 문화 공작을 하다가 국군 토벌대에 체포되어 서울 수색 형장에서 총살되었다. 그날이 1949년 11월 7일이다. 민족의 비극은 이렇게 또 한 사람의 천재를, 국문학계의 큰 별을 비운에 보내야만 하였다. 그날 이후 '김태준'의 이름은 '김○준'으로 불렸다. 남한에서는 그의 이름 석 자 부르는 것 자체가 금기였다. 그렇게 이승만, 박정희, 전두환 정권을 거친, 1987년에야 비로소 우리에게 김태준으로 돌아왔다. 그가 수색에서 처형된 지 40년에서 두 해 모자란다. 이데올로기라는 것이 문학에까지 이토록 잔인하고 모질다.

지은 이가 바로 20여 년 전까지만 해도 '김○준'으로 배웠던 김태준이다.

김태준은 1905년 평북 운산(雲山)에서 태어났다. 그는 유교적인 집안에서 서당 교육을 받았고 특이하게 전라도에 있는 이리농림학교를 나와 조선 천재들만이 모인다는 경성제국대학에 들어갔다. 경성제국대학은 서울대학교 전신이지만, 입학 조건으로 보자면 지금 서울대학교에 입학하는 학생의 95퍼센트는 들어갈 수 없다. 일제는 조선의 내로라하는 수재만 뽑아 입학시켰기 때문이다. 김태준은 1928년 경성제국대학 예과를 졸업한 후, 1931년 같은 대학 법문학부 중국문학과를 졸업하였다. 중국문학과 국문학을 전공하면서 '경제연구회'에 들어가 사회주의 철학을 공부하였다. 재학 중이던 스물여섯 살(1930) 때 '조선소설사'를 동아일보에 68회에 걸쳐 연재할 정도로 우리 문학에 대한 해박한 지식을 지니고 있었다. 이 '조선소설사'가 1933년 청진서관에서 출간된 《조선소설사》의 모태다.

김태준은 1931년에 이희승(李熙昇)·조윤제(趙潤濟) 등과 조선어문학회(朝鮮語文學會)를 결성하였다. '조선어문학회'는 경성제국대학 조선어학 및 문학과 출신과 재학생들이 조직한 학회로 우리말을 통한 조선 지식인 애국 청년들의 모임이다. 그해 김태준은 《조선소설사》의 전신 격인 191쪽의 《조선한문학사(朝鮮漢文學史)》를 발간한다. '조선어문학총서 제1권'으로 출간된 이 책은 우리나라 최초의 한문학사(漢文學史)였다. 한문 전래(傳來)로부터 한문 쇠퇴기인 조선 말까지의 한문학을 결산해 본 저서다.

《조선한문학사》는 서론·상대편·고려편·이조편·결론 4편으로 분류, 다시 각 편을 도합 26장으로 나누어 체계 있게 서술되었다. 우리나라 학자들의 학풍과 작품을 오로지 문학적 처지에서 비평·기술함과 동시에 우리나라 한문학 사조의 흐름과 변함, 중국 문학이 우리나라 한문학에 끼친 영향 등을 규명했으며, 특히 이조편에서는 유학으로부터 문학을 설득력 있게 분리했다. 또한 방랑 시인 김립(金笠)·황오(黃五)와 같이 여항의 우스갯소리로만 치부되던 이들의 자료를 기록하고 배척하던 소설을 고취하여 김만중(金萬重)·김춘택(金春澤)·박지원(朴趾源) 등의 업적과 재능을 짚어 냈다. 그는 유학과 문학을 엄연히 구별하여 한문학의 범주를 확정 지었다. 그러나 한문학을 중국 문학의 방계로 보아 시에만 치우쳤고, 소설 등은 완전히 빼버렸다. 여기에 극히 제한된 자료 수집, 단시일의 저술에 기인한 여러 오류도 지적할 수 있지만, 조선조 말기까지의 우리 한문학 유산을 통시적으로 체계를 세워 한문학 연구에 선구자적인 구실을 한 점은 그 누구도 부인할 수 없는 소중한 의의다.

이렇게 김태준의 이 《조선한문학사》와 앞의 《조선소설사》가 발간됨으로써 비로소 '한국문학사'가 정립된 것이다. 김태준의 우리 문학에 대한 행보는 이후 《조선가요집성》(1934), 《청구영언》(1939), 《고려가사》(1939)로 이어진다.

김태준은 1936년 명륜학원 강사를 거쳐, 1939년에는 경성제국대학 강사를 역임한다. 1941년 경성 콤그룹 사건에 연루되어 옥고를 치렀고, 1944년에는 연안(延安)으로 가서 항일 전선에 참가한다. 8·15 해방 후에는 조선인민공화국에서 핵심이 되는 전국인민위원 55명 가운데 한 사람으로 뽑힐 정도로 위력이 막강하였다. 그리고 그해 12월 경성제국대학이 문패만 바꿔 단 경성대학에 복직된다. 복직 후에는 세 명의 총장 후보 가운데 한 명으로 뽑힐 만큼 주목받는 인물이었다. 1946년 민주주의민족전선 중앙상임위원 겸 문화부 차장이 되었는데, '국대안 반대 사건'으로 교수직에서 쫓겨났다. 김태준의 성향은 분명하였다. 그의 목소리 한 부분을 경청해 보자.

> 조선은 지난해 8·15까지 일본제국주의, 식민지, 반봉건 사회였다. 8·15 이후도 침략자 일본 놈은 패퇴했으나 일제 파쇼 잔재가 많이 남아 있어서 반식민

지, 반봉건 사회의 행태를 벗어나지 못하고 있다. 그래서 우리 운동은 반제, 반봉건 민족 혁명인 것이고 우리 정치 노선도 근로 대중, 소시민, 지식 분자, 진보적인 민족 부르주아들을 무산 계급 영도 밑에 집결해 민주주의민족통일 전선을 구성해 일제 잔재 반동 파쇼 분자와 봉건 잔재를 숙청하고 민주 정치를 실시하는 데 있다. 따라서 우리 문화 노선도 이에 배합하여 무산 계급의 영도 밑에 일제적인 것, 반동적인 것, 봉건적인 것을 배제하면서 민주 문화를 건설하는 데 있다.

김태준은 "민주 정치를 실시하는 데 있다"라고 하였지만, 오늘날 우리의 민주주의와는 다른 개념이다. 이 글은 〈민주주의 12강〉에서 따온 김태준의 목소리인데, 해방 1주년 기념으로 '문우인서관'에서 펴낸 책에 실려 있다. 김태준은 또 '3·8 이북서 찾아온 친구 하나가 백만장자의 아들로 몸집이 뚱뚱하고 큰소리 너털웃음하고 이 세상에 불가능한 일 없다고 하더니 토지 개혁 이후 수일 전에 그를 만나 보니 얼굴이 몰라보게 야위고 가지고 온 약간의 돈냥은 모두 쓰고 가여운 거지가 되어 도로에 방황하는 것을 볼 때 이 걸인이 작일까지 호걸웃음하던 밑천은 인민의 피땀을 긁어모은 토지에 있었다'며 가진 자들에 대한 불쾌한 속내를 그대로 드러낸다.

"오막살이에 사는 가난뱅이와 한길가의 거지들은 늘 저열한 것 같고 배뚱뚱이 모리배, 파쇼 분자, 관료 자본가 등 외래 반동 세력의 주구들은 언제든지 자기네가 선천적으로 잘나서 그런 것처럼 생각하는 것이다. 8·15 이후 해방되었다고 하나 이 남조선은 친일 파쇼 분자 모리배의 낙원이라는 말을 들을 적에 비상한 불쾌를 느낄 뿐 아니라 친일파 파쇼 분자 모리배의 도량(跳梁: 어떤 부정적인 사람이나 세력이 거리낌 없이 함부로 날뛴다는 뜻)으로 인해서 혼란을 결과한 남조선의 대비극에 대하여 해방의 환멸을 느끼지 않을 수 없다"라고 남한에 대한 격렬한 심정을 토로하기도 하였다. 글자마다 날이 선 이 글은 독립신보 1947년 1월 8일에 실려 있다.

김태준이 이 땅을 떠난 지도 반백 년이 넘어섰다. 공산주위는 이 땅에서 더 이상 레드 콤플렉스를 자아내지 않는다. 하지만 김태준의 저 말이 왜 가슴 아프게 다가오는지 모르겠다.

고소설을 최초로 세계에 알린 벽안의 이방인들

푸른 눈의 의료인 알렌부터 소개한다. 그는 우리 고소설 〈춘향전〉, 〈심청전〉, 〈홍부전〉을 최초로 번역하여 서양에 알린 이다. 알렌은 외국인 중에서는 가장 먼저 고소설에 근접했으며, 가장 먼저 외국에 우리 고소설을 알린 푸른 눈의 이방인이다. 알렌(H. N. Allen) 박사에 의해 1889년 뉴욕에서 출간된 《Korean Tales(한국 소설)》에는 〈춘향전〉을 〈Chun Yang〉으로, 〈홍부전〉을 〈Hyung Bo and Nahl Bo〉로, 〈심청전〉을 〈Sim Chung〉으로, 〈홍길동전〉을 〈Hong Kil Tong〉으로 번역해 놓았다. 〈심청전〉은 완역이 아닌 초역이었지만 조선의 고소설이 태평양을 건넌 첫걸음치고는 꽤 큰 의미를 담고 있다. 이 알렌이 아니었다면 우리 고소설이 세계에 알려지는 시기가 언제가 되었을지 모를 일이었다.

알렌은 개화기 대한제국의 왕실에서 매우 중요한 인물이다. 그는 왕실의 주치의이기도 했고, 조선 선교의 기틀을 마련하기도 했다. 우리나라 최초의 병원인 광혜원도 세웠다. 이 병원은 제중원이라는 개명을 거쳐, 지금의 세브란스 병원이 되었다. 아관파천(1896) 때는 미국 공사관으로서 고종이 러시아 공사관으로 피신하는 데 일조를 하였으며, 그가 의전용 어차(御車)로 들여온 자동차는 우리나라 최초라고 한다.

하지만, 알렌은 근대 조선의 역사에서 어두운 면 또한 많이 보인 인물이다. 그는 주한 미국 공사관과 선교사로 활약하면서 조선의 각종 이권을 챙겼다. 알렌은 미국과의 관계 발전을 열망하는 고종의 각별한 대우를 받아 금광 채굴, 철도와 전기 부설 등 이권을 따냈다. 특히 조선 최대 금광으로 '노다지(No~touch)'라는 유행어를 남긴 운산금광 채광권에서 벌어들인 수익은 상상을 초월할 정도였다. 이 밖에도 알렌은 경인철도 부설권을 미국인 모스(J. Morse)에게 넘겨 수익을 챙겼고, 이후 모스는 이 부설권을 일본에게 170만여 원에 팔아 넘겨 일본의 조선 침략과 수탈의 발판으로 삼았다.

이쯤 해두자. 고소설이 고소설에 끝나지 않음을 여기서도 볼 수 있다.

1892년, 우리 고소설사에 하나의 이정표가 세워진다. 프랑스에서 〈춘향전〉이 〈Printemps Parfume(향기로운 봄)〉으로 번역된 것이다. 이 번역서는 보엑스(Boëx) 형제 중 형과 홍종우(洪鍾宇, 1854?~1913)라는 후일 김옥균을 암살한 이에 의해 출간되었다. 동방의 이방인 홍종우가 프랑스에 도착한 것은 1890년 12월 24일이다. 그는 1893년까지 프랑스 파리에서 2년간 체류하며 보엑스 형제 중 형인 조제프 앙리 오노에(Joseph Henri Honoé)를 만나 〈춘향전〉을 번역하게 된 것이다.

보엑스 형제는 프랑스의 소설가로, 형제가 함께 책을 쓰고는 J. H. 로즈니라는 필명을 썼다. 그들 형제는 프랑스 최초의 아카데미 콩쿠르 회원이 된 흥미로운 인물이기도 하다. 그들의 첫 공저는 자연주의 소설 〈넬 혼〉(1886)이며, 시적이고 모험적인 것을 가미한 과학 소설·사회 소설을 썼다. 1906년 이후에는 각각 단독으로 저술을 했는데, 〈춘향전〉을 번역한 형은 소설과 평전, 논문 등 다방면에 걸쳐 활약하였다.

다음으로 독일인 아르누스(H. G. Arnous)를 들어야 한다. 아르누스는 한말의 독일인 외교 고문이었던 묄렌도르프(V. Moellendorff) 수하에 있었던 사람이다. 아르누스는 1893년 《한국 전래 동화와 민담(Korea: Märchen und Legenden)》을 지었는데, 이 책에는 〈춘향전〉을 〈Chun Yang Ye〉로, 〈흥부전〉을 〈Hyung Bo und Nahl Bo〉로, 〈심청전〉을 〈Sim Chung〉으로, 〈홍길동전〉을 〈Hong Kil Tong〉으로 번역하여 독일에 소개하였다. 아르누스의 이 책은 한국의 민담과 전설을 독일어로 번역하고, 덧붙여 한국의 지리, 국민, 그리고 풍토에 대하여 약간의 해설을 부록으로 실었다. 1893년 라이프치히에서 출간되었는데, 146쪽 분량이다.

1898년에는 〈임진록〉이 세계 문학 속으로 나아간다. 〈임진록〉을 번역한 이는 인천 해관의 촉탁 의사 및 총세무사로 활동하면서 입국 여행자 검역 업무를 수행했던 미국인 의료 선교사 랜디스(Eli Barr Landis, 1865~1898)다. 그는 1898년 〈임경업전〉을 〈A Pioneer of Korean Independence(한국 독립의 개척자)〉로 번역하여 《The Imperial & Asiatic Quarterly review》 6, 10월호에 실었다. 이 번역을 마치고 그는 생을 달리했다. 랜디스는 펜실베이니아 의과대학을 졸업하고 영국 성공회 소속 선교회를 따라 조선에 온 이방인이다. 랜디스는 이외에도 우리나라의 불교, 민속, 유교, 과학, 역사 등에 걸쳐 22종의 논저를 남겼는데 〈임경업전〉 번역은 역사에 넣었다. 랜디스는 8년 동안 머물며 우리의 고아들을 돌보며 선교 활동을 하다가 장티푸스에 걸려 요절하였다. 그의 나이 34세, 1898년 4월 16일이었다. 〈임경업전〉이 이해 10월에 출간되었으니 그의 유고인 셈이다. 그는 그가 사랑했던 조선의 인천에 묻혔다. 인천광역시 연수구 청학동 인천 외국인 묘지에 가면 고이 잠든 그를 만날 수 있다.

우리 고소설에 관심을 가진 이로는 모리스 쿠랑(M. Courant, 1865~1935)을 빼놓을 수 없다. 쿠랑은 우리 소설을 번역하진 않았지만 《한국 서지》에서 고소설의 유통과 환경을 잘 짚어 놓았다. 쿠랑이 도쿄의 프랑스 공사관에서 서기관 겸 통역관으로 있었던 1894년에서 1895년 사이에 《한국 서지》 제1권·제2권이 발행되었고, 이듬해인 1896년 그가 중국 천진(天津) 영사관에 재임하고 있을 때 제3권이 발행되었다. 쿠랑은 그 뒤에도 연구를 계속해 본국에 귀환 후인 1901년 보유판(補遺版)이 나와 《한국 서지》 전

4권의 완성을 보게 되었다. 이 책에는 "중류 계급의 사람일지라도 그가 이야기책을 들고 있는 것을 남에게 보이기 부끄럽게 여겼다"는 등 고소설에 관한 많은 기록을 산견할 수 있다.

1922년 우리 고소설사에서는 또 하나의 의미 있는 기록이 만들어졌다. 바로 제임스 스카스 게일(James Scarth Gale, 1863~1937)이 〈구운몽〉을 〈The Cloud Dream of Nine〉(London: O'Conner, 1922)으로 영국에서 간행한 것이다. 게일의 한국 이름은 기일(奇一)이다. 벽안의 게일, 아니 기일은 캐나다 토론토 대학교 학생기독청년회에서 파송한 선교사로서, 1891년 부산을 중심으로 전도 사업에 전력한 이다.

마지막으로 고소설을 해외에 알린 사람은 아니지만 엘스펫 키스 로버트슨 스콧(Elspet Keith Robertson Scott)도 알아 두었으면 한다. 스콧은 우리의 〈구운몽〉을 일찍이 연구하였기 때문이다. 제임스 게일이 번역한 〈The Cloud Dream of Nine〉에 스콧의 〈구운몽〉에 대한 해제가 실려 있다.

이 글을 쓰며 안쓰러운 우리 고소설과, 고소설이 몸담고 있는 국문학의 현재를 생각해 본다. 한때 대학에서 국문학이 만학의 제왕으로 군림하던 시절이 없었던 것은 아니지만, 현재는 '국어국문학'이라는 문패도 지키지 못하는 현실이다. 저 푸른 눈의 이방인들에게 참 미안하고도 부끄럽다는 생각이다.

참고로 오윤선의 《한국 고소설 영역본으로의 초대》에 의하면 외국에서 영어로 출판된 소설은 〈심청전〉·〈홍길동전〉·〈구운몽〉·〈양반전〉·〈춘향전〉·〈열녀함양박씨전 병서〉·〈이생규장전〉·〈인현왕후전〉·〈임진록〉·〈장끼전〉·〈장화홍련전〉·〈전우치전〉·〈호질〉·〈황새결송〉·〈흥부전〉 등이며, 국내에서 출판된 작품은 〈심청전〉·〈홍길동전〉·〈흥부전〉·〈콩쥐팥쥐전〉·〈구운몽〉·〈배비장전〉·〈토끼전〉·〈사씨남정기〉·〈양반전〉·〈옹고집전〉·〈운영전〉·〈이춘풍전〉·〈임경업전〉·〈장끼전〉·〈장화홍련전〉 등 약 29종이나 된다.

소설을 통해 조선을 읽은 일인 통역관들

우리의 《금오신화》가 일본으로 건너간 것은 1592년 임진왜란 때였고, 1653년, 1660년, 1673년, 1884년, 모두 네 차례나 간행되었으니 《금오신화》의 인기를 가늠할 수 있다. 그러나 《금오신화》가 한문본이기에 일인 통역관들로서는 조선을 이해하는 데 도움이 되지 않았다. 일인 통역관들이 조선어 교재 겸 조선인의 풍습과 정신을 아우르는 한글 소설에 관심을 둔 이유를 굳이 이 자리에서 언급할 필요는 없을 것이다.

조선 통신사 아메노모리 호슈(雨森芳洲, 1668~1755)는 1702년 부산 왜관에서 〈숙향전〉으로 한글 공부를 하였다. 〈숙향전〉이 이미 17세기 말경에 햇빛을 보았고 18세기 초반에 널리 유행했음은 물론이요, 조선의 풍습과 언어를 대표할 수 있는 소설이었음도 짐작하게 해준다. 19세기에는 조선어 통역관들의 학습용 교재가 대폭 늘어난다. 문헌에 보이는 것만도 〈최충전〉, 〈임경업전〉, 〈춘향전〉, 〈임진록〉, 〈옥교리〉 등이 교재로 쓰였다. 이 중 〈옥교리〉는 중국의 재자가인 소설로 17세기부터 궁중 문헌에 보인다.

모 씨 댁 소장 필첩에 현종(顯宗, 1659~1674 재위)이 대왕대비전과 딸인 명안 공주에게 보낸 한글 간찰이 있는데, 이 간찰에 《태평광기》·〈왕경룡전〉·〈위생전〉·〈환혼전〉·《박안경기》와 함께 이 소설이 확인된다. 중국 소설이 조선에 들어와 번역되고, 이것이 다시 일본으로 건너가 일인의 한국어 학습서로 사용되었다니 매우 흥미롭다.

현재 간행이 확인된 것은 〈최충전〉·〈임경업전〉뿐이니, 잠시 이 두 편을 통해 일본 통역관들과 고소설로 외연을 확대해 보자. 일본인 조선어 통역관들은 우리의 고소설 속에서 풍습과 정신을 살피고, 조선어를 익히고자 하였다. 특히 19세기로 들어선 뒤, 통역관들은 조선 침략과 맞물려 적극적으로 고소설을 이해하려 한다. 1883년에는 〈최충전〉을 한글로 간행하였으며, 조선신보에는 통역관 호세코 시게가쓰(寶迫繁勝)가 〈임진록〉을 번역하여 연재하기도 하였다. 간행된 두 곳 모두 일본인 거류지였던 부산으로 추정된다.

한글본 〈최충전〉은 한문본 〈최고운전〉·〈최치원전〉·〈최선전〉의 이본이며, 〈임경업전〉은 실존 인물인 임경업을 전면에 내세운 우리 고유의 영웅소설이다. 비록 조선 침략을 위해 조선인의 풍습과 정신을 읽으려는 불순한 의도가 있지만, 우리 고소설의 일본 독자와 일본 전파라는 점에서는 의미를 넉넉히 부여할 수 있다. 특히 우리나라 최초의 신문인 한성순보(1883년 10월 창간)보다 1년 앞선 1882년 4월 5일자 조선신보 제8호에 〈임경업전〉이 연재됐다는 점은 예각화할 필요가 있다. 우리나라 신문 연재소설의 효시가 이 조선신보에서 비롯되었기 때문이다.

통신사들을 잠시 비켜서면 일본에서 우리 고소설의 영역은 더욱 넓어진다. 대판조일신문의 조선어 통신원이었던 나카라이 도스이(半井挑水, 1860~1926)는 1882년 6월 5일부터 7월 23일까지 〈춘향전〉을 요령 있게 번역하여 실었다. 호세코 시게가쓰가 조선신보 제8호에 〈임경업전〉을 연재하던 바로 그해였다. 연구에 따르면 이 나카라이 도스이의 소설인 〈호사부는 바람(胡砂吹く風)〉은 한 무사가 부산에서 양반의 딸과 사랑에 빠지는 스토리인데 〈춘향전〉과 〈구운몽〉을 대폭 수용하였다고 한다.

이후 메이지 시대(明治時代, 1868~1912) 동경조일신문에 연재된 〈몽환〉이 바로 〈구운몽〉의 번안이며, 1921년에서 1922년 사이에 발간된 《통속조선문고》 전12권에는 〈사씨남정기〉, 〈구운몽〉, 〈광한루기〉, 〈홍길동전〉, 〈추풍감별곡〉, 〈심청전〉, 〈장화홍련전〉 등이 실려 있다. 일본인들도 우리의 〈춘향전〉과 〈구운몽〉을 꽤 마음에 들어 한 듯하다.

〈춘향전〉과 〈심청전〉 같은 경우는 수차례 번역되는 것에 그치지 않고 연극으로 상연되기까지 하였다. 첨언 한 줄만 더하고 멈추겠다. 임진왜란 이후 일본으로 건너간 고소설이 어디 이뿐이겠는가? 당연히 일본의 소설 속에 조선의 소설이 일부분 녹아 있을 것이다. 연구될 날을 기다려 본다.

판소리계 소설을 정리한 신재효

신재효가 정리한 판소리계 소설만 〈춘향가〉, 〈심청가〉, 〈박타령〉, 〈토끼타령〉, 〈적벽가〉, 〈가루지기타령〉 등 여섯 편이나 된다. 판소리 여섯 마당의 사설은 그의 손에서 정리되어 오늘에 이른다. 당연히 고소설 이본으로 보면, 그는 '두 마당 작가론'에 들어가야 할 인물임에 틀림없다. 신재효가 판소리의 이론가요, 개작자요, 후원자라는 점에는 이론의 여지가 없다. 그런데도 미리 당겨 고소설계의 중요 인물에서 신재효를 먼저 보는 이유는, 그가 고소설 작가로 보기에는 무언가 미심쩍은 부분이 있어서다. 사실 고소설을 연구하는 자들에게 신재효는 반가우면서도 떨떠름한 이름이다.

신재효에 대해 살피면서 그 이유를 설명해 보겠다.

신재효(申在孝, 1812~1884)는 순조 시대에서 고종 시대를 산 전북 고창 출신의 판소리 대가다. 본관은 평산(平山)이요, 자는 백원(百源), 호는 동리(桐里)다. 그의 집안은 본래 경기도 고양이었으나, 서울에서 경주인(京主人)을 지내던 아버지 광흡(光洽)이 고창에 내려와 관약방(官藥房)을 경영하면서부터 아예 눌러살게 되었다. 아버지 직업인 경주인은 여간 흥미로운 직업이 아니다. '경주인'이란 조선시대에 중앙과 지방의 연락 사무를 담당하기 위해 지방에서 서울에 파견된 향리로, 상경하는 지방민 및 하급 관리 등에게 잠자리와 식사 편의를 제공하고, 공무 또는 군역 복무를 위해 서울에 올라온 관리·군인 들이 각 관청에 배치되어 종사할 때 그들의 신변을 보호할 책임을 졌다. 또한 중앙과 지방의 문서 연락, 지방에서 동원된 노비의 입역과 도망한 자의 보충, 대동법 실시 이전의 공물 상납과 그 읍의 부세 상납을 주선하는 일 등을 맡았기에 이윤이 많은 자리였다.

아무튼 아버지 광흡은 이 경저리와 관약방으로 꽤 많은 부를 거머쥐었고, 이 때문에 신재효가 판소리에 일생을 바칠 수 있었다. 신재효는 양반도, 그렇다고 농투성이도 아니었다. 그가 고창 현감이던 이익상(李益相) 밑에서 고작 이방이나 호장이라는 향리직에 있으면서도 평생 판소리에 매달릴 수 있었던 것은 아버지의 경제적 도움 때문이었다.

여기에 가정도 그가 판소리에 전념하도록 한몫하였다. 그의 가정은 불우하였다. 첫 부인과는 그의 나이 스물여섯 살 때 아이 하나 없이 사별했고, 둘째 부인은 외딸만 남기고 역시 사별했으며, 연령 차이가 20년이나 나는 세 번째 부인 또한 1남 2녀를 낳고 젊은 나이에 사망한다. 이때 신재효의 나이는 쉰여섯 살이었고, 이후 그는 만년을 홀로 살았다.

"저 아까운 모 다 밟힌다." 신재효의 재기와 함께 소리에 대한 관심을 알 수 있는 말이다. 신재효는 많은 광대를 길러 냈는데, 이런 일화가 있다.

한번은 광대가 단가를 소리하는데, "백구야 훨훨 날지 마라"는 첫머리를 벼락같이 질러 댔다. 그러자 신재효가 "나는 백구가 멈추기는커녕 자던 백구도 놀라 달아나겠다"라고 호통을 쳤다 한다. 백구가 날지 않게 하려면 작은 소리를 내야 할 것이리라. 그런데 소리를 벼락같이 질렀으니, 노래 가사와 행동의 엇박자를 지적하는 말이다.

"저 아까운 모 다 밟힌다" 역시 이와 같은 경우다. 광대가 〈농부가〉를 부르는데, 모를 들고 꽂는 시늉을 하며 앞으로 나오기에 호통을 친 것이다. 모를 내면 뒤로 물러서야지 앞으로 나오면 그 모가 다 밟히지 않겠는가. 작은 일화라고 넘어갈 수도 있지만, 신재효의 소리에 대한 애정을 어림할 수 있는 일화인 듯하다.•

신재효는 그의 경제적인 부를 아낌없이 판소리에 쏟았고 많은 판소리

• 이병기, 〈토별가와 신오위장〉, 《문장》 2권 5호, 문장사, 1939, 175쪽.

꾼들이 그에게 후원을 입었다. 이날치(李捺致)·박만순(朴萬順)·전해종(全海宗)·정창업(丁昌業)·김창록(金昌祿) 같은 명창들이 그의 지원을 받았으며, 진채선·허금파(許錦波)와 같은 여류 명창을 길러 내기도 했다.

신재효는 제자들을 키우는 한편으로 판소리의 이론을 정립했다. 장단에 충실하고 박자의 변화를 엄격하게 제한하는 동편제와, 잔가락이 많고 박자의 변화가 많은 서편제에서 각기 장점을 취한 판소리 이론이었다. 그가 판소리를 부르기 전에 목을 풀기 위해 부르는 짧은 노래로 지은 〈광대가(廣大歌)〉는 판소리 사설과 창곡, 창자의 인물됨과 연기 능력이 어우러져야 한다는 판소리 4대 법례를 제시한 판소리 이론화를 꾀한 단가(短歌)다. 이 단가는 현재 불리지 않는데, 사설 내용은 광대 노릇이 얼마나 어려운가를 설명하고, 광대로 성공하는 데 인물·사설·득음(목청)·너름새(극적인 재질) 등 네 가지 조건을 들었다.

또 역대 명창·광대 들의 노래 솜씨를 중국의 대문장가들과 비교 설명하고 있는데, 송흥록(宋興祿)은 이태백(李太白)에, 모흥갑(牟興甲)은 두자미(杜子美)에, 권사인(權士人)은 한퇴지(韓退之)에, 신만엽(申萬葉)은 두목지(杜牧之) 등에 각각 비유하였으니, 그의 판소리에 대한 각별한 애정을 볼 수 있다. 여기에서 그쳤으면 연구자들이 신재효의 이름 앞에서 고의춤을 쥐고 엉거주춤할 이유가 전연 없다. 신재효는 만년에 향리직에서 물러나 판소리 열두 마당 가운데 〈춘향가〉(〈남창춘향가〉와 〈동창춘향가〉로 둘이다), 〈심청가〉, 〈박타령〉, 〈토별가〉, 〈적벽가〉, 〈변강쇠가〉의 여섯 마당을 골라 그 사설을 직접 개작하기 시작한다. 물론 입으로 구비 전승되던 판소리를 문자로 정착시켜 후대에 전승을 매개했다는 점에서는 상당한 의의가 있지만, 그것은 의의로 그칠 수밖에 없었다.

판소리는 조선 후기 하층민의 삶의 비애를 아비로 삼고, 구수한 토속적 어휘를 어미로 삼아 태어난 서민의 애환을 담은 노래다. 서민층의 애환과 양반에 대한 비판, 풍자가 날실과 씨실로 잘 엮어진 것이 판소리의 매력임에 틀림없다. 신재효는 이러한 판소리를 해체하여 양반층의 구미에 맞는 유가적 세계관으로 개작해 버렸다. 만약 신재효가 이를 양반성이 강한 한문 투의 어휘로 정리하지 않았더라면, 생생하게 살아 있는 입말의 입체적인 판소리 사설이 입과 입으로 전승되어 풍부하게 남아 있을지도 모를 일이다. 이제 구체적으로 그 예를 한 번 보자. 아래 예문은 이고본(李古本) 〈춘향전〉과 신재효가 개작한 〈남창춘향가〉다. 이고본 〈춘향전〉이 신재효가 개작한 〈남창춘향가〉보다 약간 후대의 것이 아닌가 한다. '이고본'이란, '이명선 선생 소장의 고본'이라는 뜻으로 흔히 학계에서 부르는데, 구수한 입심이 제맛이기에 원문 표기를 그대로 따랐다.

> (방자가) 진허리 참나무 뚝꺽거 것구로집고 출님풍종 맹호갓치 밧비뛰며 건너가서 눈우의다 손을언고 벽역갓치 소래을질너,
> "이애 춘향아 말듯거라 야단낫다 야단낫다."
> 춘향이가 깜짝눌나 추천줄의 둑여날여와 눈흘기며 욕을 하되,
> "애고 망칙해라 제미× 개×으로 열두다섯번 나온년석 누깔은 어름의 잣바진 경풍한 쇠누깔갓치, 최생원의 호패구역갓치, 또 뚜러진년석이 대갈이는 어러동산의 문달래 따먹든 덩덕새대갈리갓튼년석이, 소리는 생고자 색기 갓치 몹시질너 하맛트면 애보가 떠러질번 하엿지."
> 방자놈 한참듯다가 어니업서,
> "이애 이 지집아년나, 입살리 부드러워 욕은 잘 한다만는 내 말을 들어 보와라."●

● 〈춘향전〉(이고본), 《문장》 2권 10호, 문장사, 1940, 194쪽.

桐里申在孝先生像

춘향의 앵두 같은 입에서 나오는 말이라고는 믿어지지 않을 만큼 입담이 참으로 걸쭉하지만 생생하게 살아 있다. "제미× 개×으로 열두다섯번 나온년석"이라고 욕하는 것 하며, 방자의 눈을 쇠 눈깔과 호패 구멍으로, 방자의 머리 부스럼을 앓고 난 상처를 덩덕새로, 목소리를 생고자로 비유한 표현이 잡성스러운 수작인 듯하면서도 민중의 입성 묘미를 제대로 살렸다. 수위를 넘나드는 저 표현에서 새치름하면서도 앙칼진 춘향의 날성격이 그대로 엿보인다.

이제 이 부분에 해당하는 신재효가 개작한 〈남창춘향가〉를 보자.

방자(房子)가 썩 들어서며,

"이 애 춘향(春香)아 너 본 지 오래구나. 노모(老母) 시하(侍下)에 잘 있었느냐?"

신재효 초상(고창 판소리박물관 소장)

전라북도 고창군 고창읍 하거리(下巨里)에 신재효를 기리는 유애비(遺愛碑)가 남아 있으며, 묘소는 고창읍 성두리(星斗里)에 있다. 1876년(고종 13)에 나라에 흉년이 들어 구휼미를 내어 이듬해 통정대부 품계를 받기도 하였다.

특히 신재효는 여류 명창 진채선(陳彩仙, 1847~?)과 사제 간을 넘는 관계였던 듯하니, 잠시만 이 이야기를 적어 보겠다. 진채선은 전라북도 고창에서 태어난 세습 무당의 딸로 신재효에게 판소리를 배웠다. 그녀는 〈춘향가〉 중 '기생점고' 대목에 뛰어났으며 얼굴까지 어여뻤다(박색이라는 설도 있다). 그녀가 스물세 살 되던 해인 1869년 7월, 대원군의 부름을 받아 경회루 낙성연에서 출중한 기예를 발휘하여 청중을 놀라게 한다. 이렇게 하여 판소리 최초의 여류 명창 진채선이라는 이름을 조선 전국에 알린다. 이후 진채선은 대원군의 총애를 받고 한양에서 영화를 누린다.

신재효는 고창에서 진채선을 기다렸으나 오지 않자 사랑하는 마음을 담아 그녀에게 보낸다. 그 노래가 유명한 "스물네 번 바람 불어 만화방창 봄이 되니/ 구경 가세 구경 가세 도리화 구경 가세/ 도화는 곱게 붉고 희도 흴사 외얏꽃이/ 향기 쫓는 세요충은 젓대 북이 따라가고/ 보기 좋은 범나비는 너픈너픈 날아든다"로 시작하는 〈도리화가〉다. 서두의 '스물네 번'은 진채선의 나이다. 이해 대원군은 막 쉰 살이 되었고 신재효는 여덟 살이 많은 쉰여덟이었다. 대원군 실각과 함께 진채선은 판소리사에서 사라졌다. 쉰 살을 넘긴 사내들과 꽃다운 스물네 살의 여인이 판소리로 만나 아침 이슬 같은 정치권력으로 인해 사라진 사랑 이야기다.

춘향이 돌아보니 전에 보던 방자(房子)여든, "너 어찌 나왔느냐?" "사또 자제 도령님이 광한루(廣寒樓) 구경왔다 추천하는 네 거동을 보고 대혹(大惑)하여 불러오라 하셨으니 나를 따라 어서 가자."

춘향이 천연정색(天然正色)하여 방자를 꾸짖는다.

"서울 계신 도령님이 내 이름을 어찌 알며 설령 알고 부른단들 네가 나를 누구로 알고 부르면 썩 갈줄로 당돌히 건너온다. 천만불당(千萬不當) 못될 일을 잔말 말고 건너가라."

방자가 어이 업셔 한참 셧다 하난 말이,

"도련님은 사대부요 너난 일개 천인이라……."•

춘향의 말이 점잖기 그지없다. 마치 제가 무슨 선비라도 된 양 '에헴' 한 자락 뽑는 꼬락서니가 영판 민중의 딸 춘향이 아니다. 물론 신재효가 개작한 또 다른 본인 〈동창춘향가〉는 이 〈남창춘향가〉보다 낫지만 이 도령의 오리정 이별 대목에서 끝나 〈춘향전〉으로서는 완결성이 없다. 〈동창춘향가〉는 연구에 따르면 약간의 부분적 손질만 가해졌기에 신재효가 덧붙인 것이 없다는 결과를 도출한 논문도 있다. 결국 〈동창춘향가〉는 신재효가 전승되던 판소리에 별로 덧붙인 것이 없고, 그가 적극적인 의지를 갖고 개작한 〈남창춘향가〉에서는 오히려 전승되던 판소리가 양반적 취미에 의해 변색되었다는 결론을 얻는다. 이러한 연구는 신재효의 다른 다섯 마당도 마찬가지다.

예를 들어 신재효는 수많은 삽입 가요를 제거했고, 해학적인 표현과 외설적인 내용을 없앴으며, 한문 투의 문장을 많이 들여 썼고, 전체적으로 내용을 많이 축약했다는 연구 결과도 있다.

• 김진영 외, 〈남창춘향가〉, 《춘향전 전집》 1, 박이정, 1987, 5쪽.

물론 이에 대한 반론도 없는 것은 아니다. 신재효가 '판소리의 천하고 상스러움을 순화하여 세련된 문학으로 만들었다'는 것이 그러한 경우다. 연구자에 따라 '판소리의 예술성을 완성한 인물', '우리 민족 문학을 뚜렷이 창시한 거인', '신묘한 필치', '셰익스피어에 해당하는 귀중한 존재' 등으로 그를 보기도 한다. 하지만 판소리는 근본적으로 서민의 소산이기에 '천하고 상스러움, 양반에 대한 풍자와 해학, 구수한 외설' 속에 진정한 가치가 있는 것 아닐까? 본래의 순수한 가치, 속성을 잃었다면 그것은 더 이상 백성의 판소리라 부를 수 없지 않을까 하는 생각이다.

이만 정리하자.

신재효가 윤색, 개작, 첨삭한 판소리 여섯 마당 정리는 판소리의 집성이요, 후세에 전승을 매개했다는 점에서 우리의 고소설사에서 오롯하나, 판소리사나 고소설사의 흐름을 발전적으로 이끌었다는 점은 찾을 수 없다. 연구자들이 신재효 앞에만 서면 여러 생각을 갖게 하는 이유요, 또 이 글에서도 신재효에게 고소설의 작가로서 적극적인 의미 부여를 하지 못한 이유다.

물론 이 글을 평가하는 것은 독자의 몫이다. 그래 내 말을 귀양 보내고, 신재효를 '두 마당 고소설 5대 작가론'에 넣은들 도리는 없다. 참고 삼아 몇 자 더 적는다. '명창 집안에 명창 난다'고 신재효의 영향으로 전라도 고창은 여류 판소리의 중심이 되었으니 위에서 언급한 진채선과 허금파 이외에도 김여란, 김소희가 동향이고 이화중선은 남원, 박초월은 운봉 출신이었다.

두 마당  작 가 론

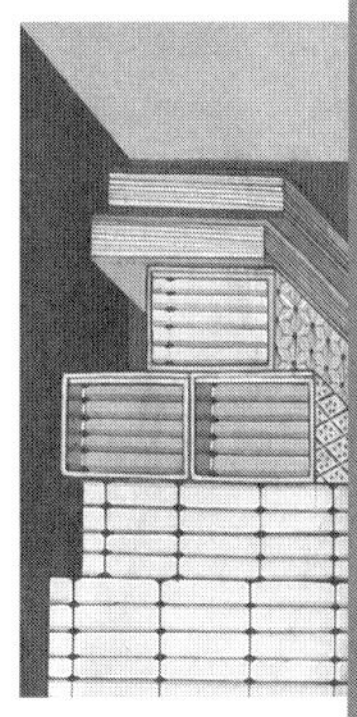

고소설은 대다수가 한문 소설이고 작가들 또한 한문에 능한 양반 계층이었다. 대부분 뛰어난 재주를 펴지 못한 이나 서러운 신분의 서얼들, 혹은 대단치 못한 벼슬을 지낸 이들이었다. 우리의 고소설 작가들을 생각하면 참 마음이 아프다. 시대에 억눌려 온 저들의 존재 증명은 바로 소설을 창작하는 일이었다. 그렇게 지어 낸 고소설에 대해 이렇게 편안히 말한다는 것이 저 시절의 저이들에게 죄스럽다.

1

고소설 4대 작가

혹 도둑을 맞은 적이 있는가? 도둑을 맞으면 기분이 어떨까? 그런 적이 없다면 물건을 잃었다고 생각해 보자. 얼마나 억울하고 분할까. 그런데 물건을 잃은 것도 아니고 도둑맞은 것도 아닌, 삶을 강탈당했다면 빼앗긴 자의 마음이 어떻겠는가?

바로 우리 소설을 지은 이들의 이야기가 그렇다.

우리의 고소설 작가들을 생각하면 참 마음이 아프다.

시대에 억눌려 온 저들의 존재 증명은 바로 소설을 창작하는 일이었다. 그렇게 지어 낸 고소설에 대해 이렇게 편안히 말한다는 것이 저 시절의 저이들에게 죄스럽다. 이 장에서는 저러한 고소설 작가들을 살펴보겠다. 이름이 밝혀진 고소설 작가와 소설은 아래와 같다. 8백여 종이 넘는 고소설 중 이름이 밝혀진 작가와 작품이 이토록 빈한하다.

- 김시습〔金時習, 1435(세종 17)~1493(성종 24)〕: 《금오신화》
- 채수〔蔡壽, 1449(세종 31)~1515(중종 10)〕: 〈설공찬전〉

- 심의[沈義, 1475(성종 6)~?]: 〈대관재몽유록〉
- 신광한[申光漢, 1484(성종 15)~1555(명종 10)]: 《기재기이》(1553)
- 김우옹[金宇顒, 1540(중종 35)~1603(선조 36)]: 〈천군전〉
- 임제[林悌, 1549(명종 4)~1587(선조 20)]: 〈화사〉(1553), 〈수성지〉(1553), 〈원생몽유록〉(?)
- 이항복[李恒福, 1556(명종 4)~1618(광해군 10)]: 〈유연전〉(〈유연전〉의 소재가 사실이고, 또 여러 정황으로 보아 이항복이 처음부터 소설을 지으려고 한 것이 아니라 사실적인 상황을 설득력 있게 독자들에게 전달하려다 보니 소설이 되어 버렸다)
- 최현[崔晛, 1563(명종 18)~1640(인조 18)]: 〈금생이문록〉(〈금오몽유록〉)(1591)
- 조위한[趙緯韓, 1567(선조 1)~1649(인조 27)]: 〈최척전〉(조위한과 권필은 문우로 가까운 벗이었고 허균과도 터놓고 지내는 사이였다)
- 허균[許筠, 1569(선조 3)~1618(광해군 10)]: 〈홍길동전〉(?), (〈남궁선생전〉(네 마당 '11. 〈홍길동전〉은 정말 허균이 지었나?' 참조)(허균과 권필은 두 살 차이인데 친분이 꽤 있었다. 허균의 《성소부부고》 권21에는 허균이 석주 권필 모친의 병을 근심하여 인편에 약으로 쓰도록 설탕 한 덩이를 보내는 내용의 편지가 있으며, 권필도 허균이 벼슬에서 파직되었을 때 위로 편지를 보내는 등 여러 차례 서신을 주고받았다)
- 권필[權韠, 1569(선조 3)~1612(광해군 4)]: 〈주생전〉(?)(학계에서는 〈주생전〉의 작가를 권필로 인정하는 분위기이나 권필이 아닐 가능성이 더 높다. 저간 〈위경천전〉으로 널리 알려진 〈위생전〉의 이본 작가도 권필로 보는 일부 학계의 견해가 있다. 이 또한 〈주생전〉을 보고 누군가 엇비슷하게 지은 것이라는 추론이 더욱 합리적이다. 참고로 권필의 부친인 권벽의 스승이 《기재기이》를 지은 신광한이고, 〈강도몽유록〉에 보이는 심기원은 권필의 문인이었다. 조위한과는 문우로 꽤 가까운 벗이었다)
- 윤계선[尹繼善, 1577(선조 10)~1604(선조 37)]: 〈달천몽유록〉(1600)

- 황중윤〔黃中允, 1577(선조 10)~1648(인조 26)〕: 《삼황연의》(〈천군기〉, 〈사대기〉, 〈옥황기〉 연작), 〈달천몽유록〉(1611)
- 신착〔愼諿, 1581(선조 14)~?)〕: 〈용문몽유록〉(1636)
- 권칙〔權侙, 1599(선조 32)~1667(현종 8)〕: 〈안여식전〉, 〈강로전〉
- 정태제〔鄭泰齊, 1612(광해군 4)~1669(현종 10)〕: 〈천군연의〉(1664)
- 김만중〔金萬重, 1637(인조 15)~1692(숙종 18)〕: 〈구운몽〉(1687~1688), 〈사씨남정기〉(1689~1692)
- 조성기〔趙聖期, 1638(인조 16)~1689(숙종 15)〕: 〈창선감의록〉
- 홍세태〔洪世泰, 1653(효종 4)~1725(영조 1)〕: 〈김영철전〉
- 이주천〔李柱天, 1662(현종 3)~1711(숙종 4)〕: 〈금산사창업연록〉, 〈금산사몽유록〉 또는 〈금화사몽유록〉 등, '금산사-'나 '금화사-'가 붙은 소설들은 모두 〈금산사창업연록〉과 동일한 이본들이다.
- 이정작〔李庭綽, 1678(숙종 4)~1758(영조 37)〕: 〈옥린몽〉
- 안개(安鎧)의 부인 전주 이 씨〔李氏, 1694(숙종 20)~1743(영조 19)〕: 〈완월회맹연〉(1841~1842?)
- 이광사〔李匡師, 1705(숙종 31)~1777(정조 1)〕 슬하의 남매와 집안사람들: 〈소씨명행록〉(?)
- 김수민〔金壽民, 1734(영조 10)~1811(순조 11)〕: 〈내성지〉(1757)
- 박지원〔朴趾源, 1737(영조 13)~1805(순조 5)〕: 〈마장전〉·〈예덕선생전〉·〈민옹전〉·〈양반전〉·〈김신선전〉·〈광문자전〉·〈우상전〉·〈역학대도전〉·〈봉산학자전〉(1754~1770), 〈호질〉·〈허생〉(1780), 〈열녀함양박씨전 병서〉(1793)
- 이덕무〔李德懋, 1741(영조 17)~1793(정조 17)〕: 〈관자허전〉
- 구구년〔具龜年, 1752(영조 28)~1822(순조 22)〕: 〈오일론심기〉
- 이이순〔李頤淳, 1754(영조 30)~1832(순조 32)〕: 〈일락정기〉(1809)
- 이옥〔李鈺, 1760(영조 36)~1813(순조 13)〕: 〈심생전〉

- 정약종〔丁若鍾, 1760(영조 36)~1801(순조 1)〕: 〈이벽선생몽회록〉
- 김소행〔金紹行, 1765(영조 41)~1859(철종 10)〕: 〈삼한습유〉(1814)
- 박인수(朴仁壽, ?~?): 〈장화홍련전〉(1818)
- 김려〔金鑢, 1766(영조 42)~1821(순조 21)〕: 〈삭낭자전〉, 〈장생전〉
- 김면운〔金冕運, 1775(영조 51)~1839(헌종 5)〕: 〈금산몽유록〉(1825)
- 목태림〔睦台林, 1782(정조 6)~1840(헌종 6)〕: 〈종옥전〉(1838), 〈춘향신설〉(19세기 말 고종대?)
- 심능숙〔沈能淑, 1782(정조 6)~1840(헌종 6)〕: 〈옥수기〉(1835~1840)
- 정기화〔鄭琦和, 1786(정조 10)~1840(헌종 6)〕: 〈천군본기〉
- 유치구〔柳致球, 1793(정조 17)~1845(헌종 11)〕: 〈천군실록〉
- 홍희복〔洪羲福, 1794(정조 18)~1859(철종 10)〕: 〈제일기언〉
- 서유영〔徐有英, 1801(순조 1)~1874(고종 11)?〕: 〈육미당기〉(〈김태자전〉은 국역본)(1863)
- 남영로〔南永魯, 1810(순조 10)~1857(철종 8)〕: 〈옥루몽〉(〈옥련몽〉이 선행본인 듯)(1832~1842)
- 주학련〔朱學鍊, 1824(순조 24)~1891 이후(고종 이후)〕: 〈화운전〉
- 박태석〔朴泰錫, 1835(헌종 1)~?〕: 〈한당유사〉(1852)
- 정태운〔鄭泰運, 1849(헌종13)~1909(순종 3)〕: 〈난학몽〉(1871)
- 한은규(?): 〈쌍선기(雙仙記)〉
- 김광수〔金光洙, 1883(고종 20)~1915〕: 〈만하몽유록〉
- 이종린〔李鍾麟, 1883(고종20)~1950〕: 〈만강홍〉(1914)

※ 작품 뒤 ( ) 안의 연도는 창작되었을 것으로 추정되는 해다.

위의 고소설은 대다수가 한문 소설이고 작가들 또한 한문에 능한 양반 계층이었다. 대부분은 김시습·박지원·임제와 같이 뛰어난 재주를 펴지 못한 이나 김소행 같은 서러운 신분의 서얼들, 혹은 심능숙처럼 대단치 못한 벼슬을 지낸 이들이었다. 물론 영화로운 지위에 있었던 이들도 없지는 않았으나 극히 일부에 지나지 않는다. 신숙주의 손자로 《기재기이》를 지은 신광한이나 여러 관직을 두루 역임한 김우옹, 공조 참판을 지낸 이정작 같은 이가 그들이다. 또 〈이벽선생몽회록〉을 지은 정약종은 정약용의 바로 위 형이다. 하지만 이들 몇을 제외하면 고소설의 대부분은 저자가 벼슬에서 물러났거나 어려운 시기에 지어진 것들이니, 우리의 고소설은 억눌려 온 자들의 존재 증명인 셈이다.

흥미로운 점은 안개의 부인 전주 이 씨가 지었다는 〈완월회맹연〉과 이광사의 자녀 남매와 집안사람들이 지었다는 〈소씨명행록〉이다. 〈완월회맹연〉은 대사헌을 지낸 안겸제(安兼濟, 1724~1791)의 어머니인 전주 이 씨가 지었다는 것은 고소설의 작자가 남성만이 아니라는 사실을 증명한다.

〈소씨명행록〉의 경우는 더욱 흥미로우며 작가의 폭을 여성에서 집안사람들까지 서너 발짝 더 나아가게 한다. 이유원(李裕元, 1814~1888)의 《임하필기(林下筆記)》에 보면, 이원교(李圓嶠: 匡師)의 자녀 남매가 〈소씨명행록〉을 지었는데 집안에 변고가 났다. 이유인즉슨 원교의 꿈에 한 여인이 나타나 스스로 소 씨라며 "사람을 위태로운 처지에 빠뜨려 놓고 구해 주지 않느냐?"라고 해서다. 이 소 씨는 물론 〈소씨명행록〉에 등장하는 여인이다. 아마 이원교의 자녀 남매가 소 씨를 위태롭게 해놓고 쓰기를 그친 듯하다. 그래 남은 부분을 이원교의 형과 아우, 삼촌, 조카가 모두 한자리에 앉아 도와서 지었다 한다. 그날이 마침 제사였는데, 이 일 때문에 제사를 늦게 지냈다는 것이 이유원 기록의 대략이다.

이 기록 모두를 믿는 것도 그렇지만, 또 사실이 아니라고 단정 짓는 것도 바람직하지 못하다. 오히려 적극 이해한다면 고소설 집단 창작으로까지 작가의 범위를 넓혀야 하지 않을까 싶다. 이광사 집안의 경우와 같은 예는 얼마든 있을 수 있기 때문이다.

안타깝게도 국문 소설 중에 작자가 밝혀진 작품은 이외에 일부의 '―전' 밖에 없다. 특히 국문 소설의 경우 소설을 짓는 일이 명예롭지 않다고 여겨 이름을 숨겼다. 이름이 남아 있지 않은 작가는 사대부일 수도 있고, 그 이하 신분일 수도 있다. 소설의 영리적 유통이 확대되면서 서민층 출신의 직업적 작가는 더 많아졌을 것이지만 이에 대해서 아직 구체적인 학계의 업적은 없다.

김시습, 마음은 선비이나 부처의 길을 가다

'심유적불(心儒迹佛).' 선비의 마음에 스님의 발자취라. 김시습을 정리하는 데 이보다 정확한 말을 찾지 못하였다. 이 말은 이이 선생이 〈김시습전(金時習傳)〉에서 김시습을 평한 말이다. 그는 실상 마음은 유교에 있으나 불교의 길을 걸었으니, 선비이면서도 선비가 아니요, 스님이면서도 스님이 아니었다. 아니꼽고 역겨운 현실을 그는 그렇게 살았다.

필자는 지금까지 김시습이라는 이를 명확히 규명하는 글로 이이 선생의 〈김시습전〉보다 나은 글을 보지 못했다. 따라서 부질없는 붓질만 하느니, 김시습의 재주 이야기나 하나 하고 이이 선생의 〈김시습전〉 전문을 소개해 보겠다. 시습은 세상 구경한 지 여덟 달 만에 능히 글을 읽을 줄 알았다고 한다. 여덟 달 때 일이란다.

한번은 그의 외조부가 글귀를 뽑아, "꽃이 난간 앞에서 웃으나 소리는 들리지 않는다(花笑檻前聲未聽)" 하니, 곧 병풍에 그린 꽃을 가리키며 방그레 웃었다. 또 "새가 수풀에서 우나 눈물은 보기 어렵도다(鳥啼林下淚難看)" 하니 또한 병풍에 그린 새를 가리키더란다. 여덟 달밖에 되지 않은 아이가 말을 할 수는 없었지만 뜻은 모두 통하였다 하니, 놀랄 노자가 따로 없이 '김시습' 세 글자 아닌가.

또 세 살에 유모가 맷돌에 보리 가는 것을 보고 또렷이 이렇게 읊더란다. "비는 안 오는데 우렛소리는 어디 메서 울리는고(無雨雷聲何處動)/ 누런 구름이 조각조각 사방으로 흩어지네(黃雲片片四方分)." 역시 세 살 때 일이란다. 그 할아버지에게 묻기를, "시는 어떻게 짓습니까?" 하니, 할아버지가, "일곱 글자를 이어 놓은 것을 시라고 하지" 하자, 그렇다면 일곱 자를 엮을 테니 첫 글자를 불러 보시라고 하였다. 할아버지가 봄 춘(春)자를 부르자, 곧 "춘우신막기운개(春雨新幕氣運開)"라고 일곱 자 시를 짓더란다. '봄비가 새 휘장 밖으로 내리니 기운이 열리도다'라는 뜻이다.

《실사총담》이라는 책에 보이는 김시습의 천재성을 하나만 더 보고 이이의 〈김시습전〉으로 말을 돌려 보자. 김시습이 신동이란 소문을 듣고 칠십의 노재상 허조(許稠, 1369~1439)가 찾아왔다.

"얘야, 나는 늙었단다. '늙을 노(老)자'로 글을 지어 주지 않으련?"

꼬마둥이 김시습이 이렇게 시를 지었다.

"노목개화 심불로(老木開花 心不老)입니다."

'늙은 나무에 꽃이 피었으니 마음은 늙지 않았다'는 뜻이다. '늙은 나무에 꽃'은 나이 들어 얼굴에 박힌 노인 반점이다. 이 노인 반점을 '저승꽃'이라고도 하니, 김시습이 이 '저승꽃'에 착안하여 '늙은 나무에 꽃이 피었으니 마음이 늙지 않았다'고 한 것이다.

세종이 이를 듣고는 지금으로 치면 비서실장격인 박이창(朴以昌)을 보내 시험해 보라 하였다. 시험 결과는 사실 그대로였다. 그래 박이창이 이렇게 말한다.

"동자지학 백학청공지말(童子之學 白鶴青空之末)이로고."

'어린아이의 배움이 백학이 되어 푸른 하늘 끝에서 춤추는구나'라는 뜻

매월당 김시습의 자화상 〈내 참모습을 옮기고 적다(自寫眞贊)〉(무량사 소장)

자화상 위에 써놓은 글은 아래와 같다.

自寫眞贊　내 참모습을 그리고 적는다.
俯視李賀　이하(李賀)를 내려다볼 만큼,
優於海東　우리나라에서 으뜸이었다네.
騰名謾譽　드날린 이름과 부질없는 명예,
於爾孰逢　너에게 어이 해당하겠는가?
爾形至眇　네 모습이 지극히 못났는데,
爾言大侗　네 말 너무나도 어리석으니,
宜爾置之　마땅치 않겠느냐 너를 둠이,
溝壑之中　엉구렁텅이 속에 두는 것이.

'모습이 지극히 못났다'느니, '어리석다'느니 하여 겉으로는 겸손한 척하나 당나라의 천재 시인 이하(李賀: 790~816)를 한 수 접고 볼 만큼 기개가 여간 아니다.

이다. 김시습을 백학에 비견하여 잔뜩 치켜세운 것이다.

극찬을 들은 김시습은 이렇게 대답한다.

"성주지덕 황룡번벽해지중(聖主之德 黃龍暢碧海之中)이옵니다."

풀이하자면 '성스러운 임금의 덕은 황룡이 되어 푸른 바다 한가운데에서 번득이고 있네'이다. 임금의 심부름으로 온 이이기에, 세종 임금을 황룡에 비견하여 답례를 한 것이다.

저 꼬마둥이 김시습의 짧은 글로 이 글을 쓰자니 참 면괴스럽다. 한도 없는 재주 이야기는 이만 접고, 이이의 〈김시습전〉으로 넘어간다. 이이의 〈김시습전〉은 그가 지은 유일한 '전(傳)'이다. 율곡의 나이 마흔일곱 된 7월에 지었다. 김시습에 대해 있는 사실을 그대로 기술하였으며, 다만 끝에 저자의 의견을 덧붙여 절의와 윤기를 내세워 '둥근 구멍에 모난 기둥 박기(圓鑿方柄)'로 몸과 세상이 어긋남을 표현하였던 그를 '백세지사(百世之師)'로 찬양하여 억울한 넋을 달래 주고자 하였다.

〈김시습전〉의 내용은 김시습의 가계에서 시작해, 어린 시절 학문을 처음 익히는 과정에서 있었던 일화와 단종의 양위, 세조의 즉위에서 비롯된 김시습의 행적 순으로 상세하게 기록되었다.

아래는 이이 선생의 〈김시습전〉 일부다.

> 김시습의 자는 열경(悅卿)이고 본관은 강릉(江陵)이다. 신라 알지왕(閼智王)의 후손에 주원(周元)이라는 왕자가 있어 강릉을 식읍(食邑: 공신에게 내려주어 조세를 받아 쓰게 한 고을)으로 하였는데, 자손들이 그대로 눌러살아 관향으로 하였다.
>
> 그 후에 연(淵)이 있고 태현(台鉉)이 있었는데, 모두 고려의 시중(侍中)이 되었다. 태현의 후손 구주(久住)는 벼슬이 안주 목사에 그쳤는데, 겸간(謙侃)을 낳았으니 그의 벼슬은 오위부장(五衛部將)에 그쳤다. 겸간이 일성(日省)을 낳으니

음보(蔭補: 벼슬을 조상의 음덕으로 얻는 것)로 충순위(忠順衛)가 되었다.

일성이 선사 장 씨(仙槎張氏)에게 장가들어 선덕 10년(宣德十年: 세종 17년, 1435) 시습을 서울에서 낳았다. 특이한 기질을 타고나 생후 겨우 여덟 달에 스스로 글을 알아보았다. 최치운(崔致雲, 세종 때 평안도 도절제사 최윤덕의 종사관으로 야인 정벌에 공을 세웠다)이 보고서 기이하게 여기어 이름을 시습이라고 지었다. 말은 더디었으나 정신은 영민하여 문장을 대하면 입으로는 잘 읽지 못하지만 뜻은 모두 알았다. 3세에 시를 지을 줄 알았고 5세에는 《중용》과 《대학》에 통달하니 사람들은 신동이라 불렀다. 명재상인 허조(許稠) 등이 많이 보러 갔다.

장헌 대왕(莊憲大王: 세종 대왕의 시호)께서 들으시고 승정원으로 불러들여 시로써 시험하니 과연 빨리 지으면서도 아름다웠다. 하교하여 이르시기를, "내가 친히 보고 싶으나 세속의 이목을 놀라게 할까 두렵구나. 마땅히 집에서 학문에 힘쓰게 하며 드러내지 말고 교양을 길러 학문이 이루어지기를 기다려 장차 크게 쓰리라" 하시고 비단을 하사하시어 집에 돌아가게 하였다. 이에 명성이 온 나라에 떨쳐 '오세(五歲)'라 호칭하고 이름을 부르지 않았다. 시습이 이미 임금의 장려하여 주심을 받음에 더욱 원대한 안목으로 학업을 힘썼다.

그런데 경태(景泰: 명 태종의 연호. 1450~1467) 연간에 영릉(英陵: 세종 대왕)·현릉(顯陵: 문종 대왕)이 연이어 돌아가시었고, 노산(魯山: 단종)은 3년 되는 해에 왕위를 내놓았다. 이때 시습의 나이 21세로 마침 삼각산에서 글을 읽고 있었는데, 서울로부터 온 사람이 있었다. 시습은 즉시 문을 닫아걸고 3일 동안 나오지 않다가 이에 크게 통곡하고 서적을 몽땅 불살라 버렸으며, 광증이 발하여 변소에 빠졌다가 도망하여 자취를 불문(佛門)에 의탁하고 승명을 설잠(雪岑)이라 하였다. 그리고 여러 번 그 호를 바꾸어 청한자(淸寒子)·동봉(東峯)·벽산청은(碧山淸隱)·췌세옹(贅世翁)·매월당(梅月堂)이라 하였다.

그의 생김생김은 못생기고 키는 작았다. 뛰어나게 호걸스럽고 재질이 영특하였으나 대범하고 솔직하여 위엄이나 엄숙한 태도가 없고 너무 강직하여 남의 허물을 용납하지 못했다. 시대를 슬퍼하고 세속을 분개한 나머지 심기가 답답하고 화평하지 못하였다. 그리하여 스스로 세상을 따라 어울려 살 수 없다고 생각하여 드디어 육신에 구애받지 않고 세속 밖을 노닐었다. 나라 안 산천은 발자취가 미치지 않은 곳이 거의 없었고 좋은 곳을 만나면 머물러 살았으며, 고도(故都)에 올라 바라볼 때면 반드시 발을 동동 구르며 슬피 노래하기를 여러 날이 되어도 그치지 않았다.

〔……〕

그 당시에 이름 있는 재상인 김수온(金守溫)과 서거정(徐居正)은 국사(國士: 나라의 모범되는 선비)로 칭찬이 자자했다. 하루는 거정이 바야흐로 행인을 물리치며 바삐 조회에 들어가는데, 시습이 남루한 옷차림에 새끼줄로 허리띠를 하고는 천한 사람이 쓰는 흰 삿갓을 쓰고 가다가 저자에서 거정을 만났다. 시습은 앞에서 인도하는 무리를 무시하고 머리를 쳐들고 불러서는 "강중(剛中: 거정의 자)이 편안한가?"라고 하였다. 거정은 웃으면서 이에 응답하고 수레를 멈추어 서로 대화를 나누니, 온 저자 사람들이 놀라는 눈으로 서로 쳐다보았다.

조정의 선비로서 시습의 모욕을 당한 사람이 참지 못하여 거정에게 아뢰어 '시습의 죄를 다스려야겠습니다' 하니, 거정은 머리를 좌우로 흔들면서, "그만두시오. 미친 사람과 무얼 따질 것이 있겠소. 지금 이 사람을 죄 주면 백대 후에 반드시 공의 이름을 더럽히게 될 것이오"라고 하였다.

김수온이 지관사(知館事)로서 '맹자 견양혜왕(孟子見梁惠王: 맹자가 양혜왕을 보다)'이라는 논제를 가지고 태학(太學: 성균관)의 유생들을 시험하였다. 어떤 상사생(上舍生: 진사나 생원)이 삼각산에 가서 시습을 보고 말하기를, "괴애(乖崖: 수온의 별호)가 장난을 좋아합니다. '맹자 견양혜왕'이 어찌 논제에 합당하겠습니까"라고 하자, 시습이 웃으면서 말하였다. "이 노인이 아니면 이 논제를 내지 못할걸."

그러고는 붓을 들어 재빨리 한 편의 글을 지어 주며 말하기를, "그대가 스스로 지은 것처럼 해서 이 노인을 한번 속여 보시오"라고 하였다.

상사생이 그 말대로 따라하였더니 수온이 끝까지 읽지도 않고 다급히 "열경이 지금 서울의 어느 절에 머물고 있는가?"라고 물었다. 상사생은 숨길 도리가 없었으니, 시습의 명성이 이와 같았다. 그의 이론은 대략 '양혜왕은 폭력으로 군주의 지위를 빼앗은 자이니, 맹자가 만나서는 안 된다'는 내용인데 지금은 그 글이 없어져서 수집하지 못한다.

수온이 죽은 뒤 그가 좌화(坐化: 앉아서 죽음)하였다고 말하는 사람이 있자, 시습은 "괴애는 욕심이 많은데 어찌 그런 일이 있겠는가? 설혹 있었다 하더라도 좌화는 예가 아니다. 나는 다만 증자(曾子)의 역책(易簀: '대자리를 바꾼다는 뜻'이다. 증자는 병 중에 대부의 신분에 맞는 화려한 대자리를 깔고 있다가 임종 때 신분에 맞지 않음을 깨닫고 제자에게 대자리를 바꾸게 하고는 죽었다. 여기서 역책이란 말이 스승이나 현자의 죽음을 가리키게 되었다)과 자로(子路)의 결영(結纓: '결영'은 '갓끈을 다시 매고'란 뜻으로 죽음의 자리에 처했을 때의 의연한 자세를 말한다. 공자의 제자 자로가 전쟁터에서 창에 맞아 치명상을 당했을 때 "군자는 죽을 때에도 갓끈을 풀지 않는 법이다"라 하고는 죽었다)을 들었을 따름이라네. 다른 것은 알지 못한다"라고 하였다. 아마 수온이 부처를 좋아하였기 때문에 그렇게 말한 것이리라.

성종 12년(1481) 시습의 나이 47세였다. 갑자기 머리를 기르고 제문을 만들어 그의 할아버지와 아버지 제사를 지냈다.

[……]

마침내 안 씨의 딸에게 장가들어 아내로 맞았다. 많은 사람들이 벼슬하라고 권하였으나 시습은 끝내 지조를 굽히지 않고 언행에서 거리낌 없기를 전과 같이 하였다. 달 밝은 밤을 만나면 이소경(離騷經: 초나라 굴원이 억울함을 적은 시) 외우기를 좋아하였고, 외우고 나면 반드시 통곡하였다. 혹은 송사하는 곳에 들어가 요사한 것을 정직한 것으로 만들어 궤변을 부려서 반드시 이겼으며, 판결 문안이 이루어지면 크게 웃고 파기하기도 하였다. 뛰노는 시장거리의 아이들과 어울려 놀며 취하여 길가에 드러눕기 일쑤였다. 하루는 영의정 정창손(鄭昌孫)이 저자거리를 지나는 것을 보고 큰 소리로 말하기를, "저놈을 멈추게 하라" 하였다.

창손은 듣지 못한 체하였다. 사람들은 이것을 위험한 일로 여기어 서로 알고 지내던 사람들이 절교하였는데 다만 왕족인 수천부정(秀川副正) 정은(貞恩)과 남효온(南孝溫)·안응세(安應世)·홍유손(洪裕孫) 등의 무리 몇 사람만이 시종일관 변함이 없었다.

한번은 효온이 시습에게 "나의 소견은 어떠한가?" 하니, 시습이 "창구멍으로 하늘을 엿보는 거지"라고 대답하였다. 효온이, 다시 물었다. "동봉, 그렇다면 그대의 소견은 어떠한가?" 이에 시습은 "넓은 뜰에서 하늘을 우러러 보는 거지"라고 받았다.

얼마 안 되어 아내가 죽자, 다시 산으로 돌아가 스님이 되어 머리를 깎아 버렸다. 강릉과 양양 지방에 돌아다니기를 좋아하였고 설악산·한계령·청평 등지의 산에 주로 머물렀다. 유자한(柳自漢)이 양양의 원으로 있으면서 예로써 대접하며, 가업을 회복하여 세상에 나가기를 권하였다. 시습은 이를 서신으로 사절했는데, 거기 다음과 같은 내용이 있다.

"장차 농사나 짓는 긴 자루 가래나 만들어 솔뿌리, 국화뿌리나 캐겠소. 온 나무가 서리에 얼어붙거든 중유(仲由: 공자의 제자 자로)의 온포(縕袍: 묵은 솜을 둔 도포로 평민들이 입는 옷. 공자는《논어》〈자한〉편에서 '해진 온포를 입고 여우와 이리 털로 갖옷을 입은 자와 같이 서 있어도 부끄러워하지 않을 사람은 자로일 뿐이다'라고 하였다)를 손질하고, 온산에 백설이 쌓이거든 왕공(王恭: 동진 시대에 청렴결백하고 지조가 있던 인물)의 학창의(鶴氅衣: 학털로 만든 갖옷. 왕공은 청렴결백하고 지조가 있는 사람이었는데, 눈 오는 날 학창의를 입고 가는 것을 맹창孟昶이 보고서 신선이라고 찬탄했다는 고사가 있다)를 매만지려 합니다. 넋을 잃고 세상에 사는 것보다는 자유롭게 이리저리 거닐며 한평생을 보내는 편이 나을 것이오. 천년 후에나 나의 본디 마음을 알아주기 바랄 뿐이외다."

성종 24년(1493)에 충청남도 부여 홍산(鴻山)에 있는 무량사(無量寺)에서 병들어 누워 서거하니 향년 59세였다. 화장하지 말고 절 옆에 임시로 빈소 차림을 하여 놓아두라고 유언하였다. 3년 후에 장사 지내려고 빈소를 열어 보니 안색이 살아 있는 것 같았다. 스님들은 놀라 탄식하며 모두 부처라 했다. 마침내 불교식에 의하여 다비(茶毗)하고 그 뼈를 취하여 부도(浮圖: 작은 탑)를 만들었다. 생존 시에 손수 늙었을 때와 죽었을 때의 화상을 따로 그리고, 또 스스로 찬(贊)을 지어 절에 남겨 두었다. 찬의 끝에는 이렇게 써놓았다.

爾形至眇　네 모습이 지극히 못났는데,
爾言大侗　네 말 너무나도 어리석으니,
宜爾置之　마땅치 않겠느냐 너를 둠이,
溝壑之中　엉구렁텅이 속에 두는 것이.

지은 시들은 흩어져 10분의 1도 보존되지 못하였는데 이자(李耔)·박상(朴祥)·윤춘년(尹春年) 등이 수집해서 세상에 인쇄하여 내놓았다고 한다.

신 삼가 생각하옵니다.

사람이 천지의 기운을 받고 태어나는데, 맑고 탁하며 후하고 박한 차이가 있기 때문에 나면서 아는 생지(生知)와 배워서 아는 학지(學知)의 구별이 있으니, 이것은 의리를 가지고 말한 것입니다. 그런데 시습과 같은 사람은 문(文)에 대하여 나면서부터 터득했으니, 이는 문장에도 생지가 있는 것입니다. 거짓으로 미친 짓을 하여 세상을 도피한 은미한 뜻은 가상하나 그렇다고 굳이 윤리의 유교를 포기하고 방탕하게 스스로 마음 내키는 대로 한 것은 무엇입니까. 비록 빛을 감추고 그림자마저 숨기어 후세 사람들로 하여금 김시습이 있었다는 것을 알지 못하게 한들 도대체 무엇이 답답하겠습니까. 그 인품을 상상해 보건대, 재주가 타고난 기량의 밖으로 넘쳐 스스로 지탱하지 못하였던 것입니다. 어찌 가볍고 맑은 기운을 받기는 풍족하였지만 두껍고 무거운 기운을 받기는 부족하였던 이가 아니겠습니까? 비록 그러나 절의를 내세우고 윤리를 심어 그 심지를 끝까지 다하려 하였으니 해와 달과 더불어 광채를 다툴 만합니다. 그러므로 그 기풍을 접하면 나약한 사람도 감흥하여 일어서게 될 것이니, 비록 '백세의 스승'이라 하여도 지나친 말은 아닐 것입니다. 애석한 일입니다! 시습의 영특한 자질을 가지고 학문과 실천을 갈고 닦으며 힘썼던들 그 이룩한 바를 어찌 헤아릴 수 있겠습니까.

아! 바른말과 준엄한 논의로 꺼리고 피해야 할 것도 부딪쳤으며, 높은 벼슬아치들 꾸짖기를 조금도 서슴지 않았는데, 그 당시에 그의 잘못이라고 말한 것을 듣지 못하였습니다. 우리 선왕의 성대하신 덕과 높은 재상들의 넓은 도량은, 말세에 선비로 하여금 말을 공손하게 하도록 하는 것과 견주어 볼 때, 그 득실이 어떠하겠습니까.

아! 거룩합니다.●

김만중, 어머니의 정과 국문을 사랑하다

'모정국문(母情國文)'이라. 굳이 풀이하자면 어머니에 대한 정과 국문인 한글에 대한 사랑이다. 김만중을 표현하는 데 이 네 마디면 족하지 않을까 한다.

모정부터 풀어 나가 보자.

● 이이, 〈김시습전〉, 《국역 매월당집》 1, 세종대왕기념사업회, 1977, 34~41쪽.

1637년 인조 15년 2월 10일 낮 12시, 강화도를 떠나 한양으로 오는 출렁이는 뱃전에서 사내아이의 고고한 일성이 우렁차게 울렸다. 산모는 영의정을 지낸 문익공 윤방(尹昉)의 손녀요, 이조 참판을 지낸 해평 윤지(尹坻)의 딸이자, 병자호란으로 20일 전에 남편을 잃은 윤 부인이었다. 윤 부인에게는 남편을 잃은 전쟁터에서 얻은 귀한 자식이요, 조선 소설사에는 〈구운몽〉과 〈사씨남정기〉라는 걸작을 알리는 일성이다. 유복자로 태어난 김만중(金萬重, 1637~1692) 옆에는 후일 숙종의 장인, 즉 숙종의 첫 부인인 인경 왕후(仁敬王后)의 아버지가 될 다섯 살 된 형 만기(1633~1687)가 근심 어린 표정으로 동생을 바라보았다.

김만중의 집안은 조선의 명문가였다. 그의 본관은 광산, 자는 중숙(重叔), 호는 서포(西浦)다. 예학의 대가인 김장생(金長生)의 증손자이자, 앞에서 살핀 신독재 김집(金集)의 동생인 김반(金槃, 1580~1640)의 손자다. 아버지 익겸(益謙, 1614~1637)은 강개한 사내였다. 만중이 아버지의 얼굴을 보지도 못한 유복자로 태어난 것은 아버지 익겸의 이러한 성격으로 인해서였다. 익겸은 병자호란 당시 강화도에 윤 부인과 어머니를 모시고 들어갔다. 하지만 1월 22일 강화도가 적의 수중에 넘어가자 김상용(金尙容, 1561~1637)과 함께 강화도 남문에 올라 화약고에 불을 지르고 태연히 앉아 폭사했다. 익겸의 나이 겨우 스물세 살이었다.

김만중의 어머니에 대한 사랑과 강한 삶은 이러한 집안 내력에서 비롯되었다. 만중은 1665년(현종 6) 문과에 장원으로 급제하여 이듬해 정언·부수찬이 되고 헌납·사서 등을 거쳤다. 1679년(숙종 5)에 다시 등용되어 대제학·대사헌에 이르렀으나, 1687년(숙종 13) 경연에서 희빈 장 씨라 불리는 장 숙의(張淑儀) 일가를 둘러싼 일들로 인해 선천에 유배되었다.

만중이 평생 희빈 장 씨에게 마음을 주지 않은 것은 형 만기의 딸이자 자신의 조카인 숙종의 첫 부인 인경 왕후로 연유한다. 인경 왕후가 일찍 죽자 숙종은 후비를 얻는데, 이 여인이 바로 비운의 인현 왕후다. 자신의 조카딸을 이어 국모가 된 인현 왕후를 김만중은 자연스럽게 받아들였고, 이 인현 왕후와 적대에 선 희빈 장 씨를 못마땅히 여긴 것은 당연한 일이다. 《서포연보》에 따르면 이 선천 유배 중에 〈구운몽〉이 집필되었으니, 1687년 9월에서 1688년 11월 사이로 그의 나이 쉰한두 살 때다.

1688년 11월에 왕자(후에 경종)의 탄생으로 유배에서 풀려났으나, 기사환국(己巳換局)이 일어나 서인이 몰락하자 그도 왕을 모욕했다는 죄로 남해의 절도로 다시 유배되어 결국 그곳에서 죽었다. 기사환국이란 1680년(숙종 6)의 경신출척(庚申黜陟)으로 실세하였던 남인이 1689년 원자정호(元子定號) 문제로 숙종의 환심을 사서 서인을 몰아내고 재집권한 일을 말한다. '원자정호 문제'란 또 이렇다. 장 씨가 왕자 균(昀: 후일 경종)을 낳자 숙종은 균을 원자(元子)로 책봉하고 장 씨를 희빈(禧嬪)으로 삼으려 하였다.

집권 세력이던 서인은 인현 왕후가 아직 나이 젊으므로 그의 몸에서 후사가 나기를 기다려 적자(嫡子)로써 왕위를 계승함이 옳다 하여 원자 책봉을 반대하였다. 남인들은 숙종의 주장을 지지하였고, 숙종은 숙종대로 서인의 전횡을 누르기 위해 남인을 등용하는 한편, 원자의 명호를 자기 뜻대로 정하고 숙원을 희빈으로 책봉한다. 이 사건으로 서인의 영수 송시열(宋時烈)은 사약을 받았으며, 김만중도 기사환국 당년인 1689년 윤3월에 남해로 유배 가 쉰여섯 살인 1692년 4월 30일에 그곳에서 죽게 된다. 이 해가 숙종 18년이었다.

이래저래 김만중의 삶을 바꿔 놓은 희빈 장 씨는 김만중이 남해로 귀양 간 1689년 5월 인현 왕후가 폐출된 자리에 올라 왕비가 된다. 그리고 김만중이 귀양지에서 죽은 지, 겨우 2년 뒤인 1694년(숙종 20) 갑술환국(甲戌換局)으로 희빈(후궁)으로 강등되고 다시 이로부터 7년 뒤인 1701년(숙종 27), 인현 왕후를 저주하여 죽게 했다는 죄목으로 자신의 사내인 숙종으로부터 자결을 명령받아 죽음을 당한다.

각설하고, 만중이 이렇게 유배 길에 자주 오른 것은 그의 집안이 서인의 기반 위에 있었기 때문이기도 하지만 조카딸 인경 왕후, 인현 왕후, 희빈 장 씨와의 관계도 한 이유가 되었을 것임은 〈사씨남정기〉의 저술에서도 귀띔받을 수 있다.

김만중의 재주는 비상했다. 그는 시문집인 《서포집》과 비평문들을 모은 《서포만필》, 〈구운몽〉, 〈사씨남정기〉를 남겼다. 《서포만필》을 보면 그는 유교뿐만 아니라, 불교와 도교에도 해박한 지식을 가진 트인 사고의 소유자임을 알 수 있다. 그가 《서포만필》에서 소식의 《동파지림(東坡志林)》을 인용하여 아이들이 〈삼국지연의〉를 들으면서는 울어도, 진수의 《삼국지》를 보고는 아무렇지 않다고 하여 소설이 주는 재미와 감동의 힘을 긍정한 것이나 〈구운몽〉·〈사씨남정기〉 같은 소설을 직접 창작할 수 있었던 근원도 바로 이러한 폭넓은 사고의 소유자이기에 가능하였음을 넉넉히 어림할 수 있다.

특히 만중의 국문, 한글에 대한 이해는 남달랐다. 만중은 《서포만필》에서 한시보다 우리말로 쓰인 작품의 가치를 높이 인정하여, 정철(鄭澈, 1536~1593)의 〈관동별곡〉·〈사미인곡〉·〈속미인곡〉을 들면서 우리나라의 참된 글은 오직 이것뿐이라고 했다. 이유는 이 세 편의 가사가 우리말로 된 뛰어난 작품이어서였다.

만중은 "지금 우리나라의 시문(詩文)은 제 말을 버리고 남의 나라 말을 배우고 있는데 비록 그것이 아무리 비슷하더라도 앵무새가 사람의 말을 흉내 내는 데 지나지 않는다(今我國詩文 捨其言而學他國之言 設令十分相似 只是鸚鵡之人言)"라고 하였다. '앵무새가 사람의 말을 흉내' 낸다 함은 남의 글, 즉 한문을 쓰는 일은 앵무새가 사람의 말을 흉내 내는 것에 불과하다는 주장이다. 더욱이 저 시절은 한문이 양반의 공용 문자요, 한글은 언문(諺文)이라 하여 '상놈 글'이요, '암클'이라고까지 천시하던 때다. 이러한 시대에 암클·언문을 국문(國文), 즉 나라글이라 명명한 것에서 그의 우리말에 대한 자각이 여하함을 알 수 있다.

그렇다면 김만중의 소설에 대한 이해는 어떠했을까? 김만중의 소설에 대한 이해는 '진안론(眞贋論)'과 '통속 소설'이라는 말에서 살필 수 있다. '진안'은 참과 거짓이다. 이 용어는 소설의 허구성과 실록의 사실을 아우르는 용어로 우리 고소설 비평사에서 매우 중요하다. 김만중의 '진안론'은 "도원결의와, 오관에서 장수를 벰, 여섯 번 기산으로 출정, 칠성단에서 바람에 제사를 지내는 따위의 말들은 왕왕 선배들의 과거 문장 가운데 인용되고 전하여 서로 이어지면서 참과 거짓이 섞였다(如桃園結義 五關斬將 六出祁山 星檀祭風之類 往往見引於前輩科文中 轉相承襲 眞贋雜糅)"•라는 데서 알 수 있다.

역사상의 사실과 허구를 들추어 찾아내려는 비평어인데, 이러한 전고(典故)에 의한 '진안론'은 시 비평에서 고증적(考證的)인 비평 이론에 해당된다.

'통속 소설(通俗小說)'에 대해서도 보자. 이 용어는 소설의 쾌락적 기능이 소설을 짓는 한 이유임을 밝히는 데서 보인다. 김만중은 "거리의 어리석은 아이들은 그 집에서 싫어하고 괴롭게 여기는 바이다. 문득 돈을 주고 모여 앉게 해서는 옛날이야기를 들려준다. 삼국의 일을 말하는 데 이르러서는, 유현덕이 패했다는 말을 들으면 얼굴을 찡그리고 눈물을 흘리는 아이도 있으며, 조조가 패했다는 말을 들으면 즉시 기뻐 소리친다. 이것은 나관중의 〈삼국지연의〉의 힘 때문이 아닌가. 이제 진수의 〈삼국지〉와 사마온공의 《자치통감》을 가지고 무리를 모아 가르친다면 반드시 눈물을 흘릴 자가 없을 것이니, 이것이 통속 소설을 짓는 까닭이다(塗港中小兒薄劣 其家

• 김만중, 《서포집·서포만필》, 통문관, 1974, 649쪽.

김만중(서포기념사업회 소장)

정면관에 야인 차림을 하고 양손은 소매 안에서 마주 잡고 있는 모습이다. 원본을 보고 다시 그린 이모본(移模本)으로, 본래 영정은 서화에 능한 조카 죽천(竹泉) 김진규(金鎭圭, 1658~1716)가 그렸다고 전한다.

所壓苦 輒與錢合聚坐 聽古話 至說三國事 聞劉玄德敗 嚬蹙有出涕者 聞曹操敗 卽喜唱快 此其羅氏演義之權輿乎 今以陣壽史傳 溫公通鑑 聚衆講說 人未必有出涕者 此通俗小說所以作也)"• 라고 한다. 이 문헌에서 '통속 소설'이라는 명칭이 가장 먼저 보인다. 소설의 대중성을 적극 인식한 것으로, 김만중의 소설이 소설에 대한 이러한 이해를 바탕으로 지어진 것임은 두말할 나위 없다.

그렇다면 〈구운몽〉과 〈사씨남정기〉의 저작 시기와 장소는 어디일까? 〈구운몽〉의 저작 시기는 김만중의 평북 선천 유배 시(숙종 13에서 14년인 1687~1688)설과 경남 남해 유배 시(숙종 15년에서 18년인 1689~1692)설로 나뉘어 논쟁을 벌였다. 그러던 중 서울대학교 김병국 교수가 일본 천리대학에서 《서포연보(西浦年譜)》를 발굴하면서 이 문제는 해결되었다. 선천 유배지에서 어머니에게 〈구운몽〉을 지어 보낸 기사가 있는 것을 알아냈기 때문이다. 《서포연보》 발굴로 〈구운몽〉은 김만중의 나이 51~52세인 평안북도 선천 유배 시절(1687년 9월~1688년 11월)에 저작된 것으로 확정되었다. 《서포연보》는 1756년에서 1776년 사이에 김만중의 어느 후손에 의해 지어진 책이다.

〈사씨남정기〉의 저작 장소는 경남 남해 망운산(望雲山) 언저리다. 〈사씨남정기〉 역시 많은 연구에서 노도(櫓島) 저작설을 들었고, 남해군에서는 서포기념사업회까지 만들어 초옥터를 복원하는 등 꽤 의욕적이다. 이들에 따르면 노도는 경남 남해군 상주면 양아리에 있는 작은 섬인데, 김만중의 유배지로 이곳에서 〈사씨남정기〉와 〈서포만필〉 등을 집필했다는 것이다.

하지만 〈사씨남정기〉 집필지는 위의 《서포연보》를 통해 남해읍에서 그리 멀지 않은 남해군 서면 망운산 언저리임이 밝혀졌다. 서포가 남해 귀양지에 도착한 것은 1689년 윤 3월 그의 나이 53세였다. 서포는 이곳에서 파란

• 김만중 저, 홍인표 역주, 《서포만필》, 일지사, 1987, 385쪽.

만장한 삶을 마쳤으니 〈사씨남정기〉는 이 사이에 지어졌다고 보면 된다.

이제 만중이 어머니를 그리는 애절한 〈사친시〉 한 편을 소개하고 이 장을 맺자. 제아무리 문장의 대가인 만중일지라도 크나큰 어머니의 정을 한 낱 문자로써 당해 내지 못함을 절절히 기록한 시다. 김만중이 이 사친시를 지은 해는 1689년 9월이었다. 어머니 윤 부인은 이로부터 석 달 뒤인 12월에 돌아가셨고 이 소식은 다음 해 1월에야 남해 귀양지에 있는 김만중에게 전해졌다. 어머니의 영결조차 못 본 그의 비감 어린 심정을 더욱이나 졸필로 적어 무엇하랴. 김만중은 이로부터 2년 뒤 1692년 4월 30일, 56세를 일기로 이승에서의 삶을 그렇게 접고 영면하였다. 김만중과 그의 가족사에서는 처절한 슬픔의 기간이 오히려 우리 소설사에서는 축복인 셈이니 세상사 참으로 얄궂다. 김만중의 묘소는 경기도 장단군 서도면 대덕산 하고리에 있다.

今朝欲寫想親語　오늘 아침 어머니 그리는 시를 쓰고자 하여,
幾度濡毫還復擲　몇 번이나 붓을 적시다가 다시 내던졌는가?
字未成時淚已滋　글이 되지도 않았는데 눈물만 이미 적시니,
集中應缺海南詩　해남서 지은 시는 문집에서 응당 빠지겠네.
(1689년 9월 25일)

박지원, 옛것을 바탕으로 새것을 창조하다

비겁하지 않게 산다는 것, 연암 시절은 미래를 담보하지 않고는 불가능한 일이었다. 설명을 따로 붙일 필요도 없다. 〈홍루몽〉의 '진실은 숨고 거짓말은 남아 있다(眞實隱 假語存)'라는 글귀만 잠시 빌리면 된다. 고금동서를

막론하고 늘 '진실'보다는 '거짓'이 유행한다. 다만 '거짓' 앞에, '조금' 혹은 '더'라는 부사가 붙느냐의 차이가 있을 뿐이다. 물론 연암의 시절이나 지금이나 아롱이다롱이요, 도찐개찐이지만, 글에서만큼은 지금과 비교할 수 없을 정도로 '더 거짓'인 시절이었다. 그래 비겁하지 않고 세상을 산다는 것이 너무도 어려웠다.

'껄껄선생(笑笑先生)'으로 불리길 원했던 연암 당대 조선의 지배 이념인 유학, 즉 성리학은 이미 4백여 살이 다 되는 노회한 노인이었다. 연암은 글쓰기를 업으로 삼고 유학에 붙은 저승꽃을 하나씩 떼어 냈다. 연암은 적당히 비겁하면 살아가는 데 문제없는 노론화주현벌(老論華胄顯閥: 노론으로 세도가 대단하고 높은 지위에 오른 명문가)이었다. 허나 그는 벼슬·양반·사대부라는 포구에 정박을 마다하고 풍파에 몸을 맡겼으니, 그의 글들은 결코 현학적으로 가볍게 던지는 방담(放談)도 일락(逸樂)도 아니다.

연암의 소설은 그렇게 저들의 소란스러운 반향을 감내하고 쓴 글들이다. 더욱이 연암의 언행은 늘 함께하였으니 그의 소설에 보이는 이른바 상쾌한 우수, 시원한 역설, 따뜻한 인간성은 그의 삶이자 조선의 풍광이요, 진단서요, 처방전이다.

이어지는 이야기는 잠시 뒤로 미루어 두고 연암의 초상을 살려 보자.

연암의 둘째 아들 박종채(朴宗采)가 지은 《과정록(過庭錄)》에 의거하여 살펴보자면, "아버지의 얼굴빛은 아주 불그레하며 활기가 도셨고 눈자위는 쌍꺼풀이 지셨으며 귀는 크고 희셨다. 광대뼈는 귀밑까지 이어졌고 기름한 얼굴에 수염이 듬성듬성하셨으며 이마 위에는 주름이 있는데 마치 달을 쳐다볼 때 그러한 것 같았다. 키가 커 훤칠하셨으며 어깨와 등은 곧추셨고 정신과 풍채는 활달하셨다"고 한다.

아들이 쓴 것이기는 하지만, 미루어 보건대 연암의 인물됨이 여간 아니었던 듯하나 연암의 바깥 모습이니 이것만으로 연암을 판단해서는 안 된다. 연암은 매우 여린 심성과 강인함을 동시에 지녔기에 불의를 보면 몸을 파르르 떠는 의협인이자 경골한이었다.

연암은 상대에 따라 극단으로 다른 모습을 보인다. 위선자들에게는 서슬 퍼런 칼날을 들이대는 맺고 끊음에 결연함을 보이다가도 가난하고 억눌린 자, 심지어는 미물에게까지 목숨붙이면 모두에게 정을 담뿍 담아 대하였다. 모나지 않은 사람이 어디 있겠는가만 그 낙차가 여간 아니란 점에서 연암의 심성을 읽을 수 있다.

'개를 기르지 마라'라는 말은 연암의 성정을 단적으로 드러낸다. 연암은 "개를 기르지 마라(不許畜狗)"라고 하였는데, 그 이유는 "개는 주인을 따르는 동물이다. 또 개를 기른다면 죽이지 않을 수 없고 죽인다는 것은 차마 할 수 없는 일이니 처음부터 기르지 않는 것만 못하다"라고 하였다. 말눈치로 보아 정을 떼기 어려우니 아예 기르지 말라는 소리다. 어전(語典)에 '애완견(愛玩犬)'이라는 명사가 오르지 않을 때다. 계층(階層)이 지배하는 조선 후기, 양반 아니면 '사람'이기조차 죄스럽던 때, 누가 저 견공(犬公)들에게 곁을 주었겠는가. 언젠가부터 내 관심의 그물을 묵직하니 잡고 있는 연암의 메타포다. 연암의 삶 자체가 문학사요, 사상사가 된 지금, 뜬금없는 소리인지 모르나 나는 이것이 그의 삶의 동선이라고 생각한다. 억압과 모순의 시대에 학문이라는 허울에 기식(寄食)한 수많은 지식상(知識商) 중 정녕 몇 사람이 저 개와 정을 농하였는가?

연암을 켜켜이 재어 놓은 언어들 중, 이 말을 연암의 속살로 어림잡고 그의 소설을 따라가 보고자 한다. 한번은 이러한 일도 있었다. 다음 글은 소완정의 '여름밤 친구를 찾아서'에 답하는 기문이라는 뜻의 〈수소완정하야방우기(酬素玩亭夏夜訪友記)〉의 일부인데, 위에서 말한 '개를 기르지 마라'라는 말이 결코 말선심이 아님을 알 수 있다.

까치 새끼 한 마리가 다리가 부러져서 비틀거리는 모습이 우스웠다. 밥 알갱이를 던져 주니 길이 들어 날마다 와서는 서로 친하여졌다. 마침내 까치와 희롱하니 "맹상군(孟嘗君: 돈. 맹상군은 전국시대의 귀족으로 성은 전田, 이름은 문文이었다. 우리말로 돈을 전문錢文이라고 하기에 음의 유사를 들어 비유한 것이다)은 전연 없고 다만 평원객(平原客: 손님. 평원군은 조나라 사람으로, 손님을 아주 좋아하였기에 비유한 것이다)만 있구나" 하고 말하였다.●

굶주린 선비 연암과 다리 부러진 까치 새끼. 까치에게 밥알을 주며 수작을 붙이고 앉아 있는 연암의 정겨운 모습이 보이듯 그려져 있다. 이 글을 쓸 때 연암은 사흘을 굶을 정도로 극도의 가난 속에 있었으니, 아닌 말로 달력을 보아 가며 밥 먹던 시절이었다. 그것은 적절한 결핍에 욕심 없이 머무르는 '안빈낙도'라는 상투적 수식어와는 차원을 달리한다. 하루하루 끼니 때우기조차 힘든 철골(徹骨)의 가난, 그리고 다리 부러진 까치 한 마리, 절대적 빈곤가를 서성이기에 아랫것들이 할 일까지 몸소 해야만 하는 겸노상전(兼奴上典)이면서도 연암은 미물에게조차 애정을 거두지 않는다.

"맹상군은 전연 없고 다만 평원객만 있구나"라는 말은 '돈은 한 푼도 없는데 손님은 있구나'라는 말이다. 언뜻 가난에 대한 자조로 들리지만, 그보다는 다리 부러진 까치를 손님으로 맞아 밥알을 건네주는 정겨운 연암의 모습이 더욱 다가온다. 이러한 다심한 성격의 연암이기에 그의 소설 속에는 각다분한 삶을 사는 상사람들이 점경(點景)으로 남은 것이다. 연암은 천품이 저러하였다. 연암은 세상에 대해 야멸치게 독을 품고 대들었으니 재물이 따를 리 없었다.

● 박지원, 〈수소완정하야방우기〉, 《연암집》, 경인문화사, 1982, 61쪽.

한번은 타던 말이 죽자 하인들에게 묻어 주게 하였으나, 그들이 이를 잡아먹어 버린 일이 있었다. 이 사실을 안 연암은 말의 뼈를 잘 수습하고는 하인들의 볼기를 쳐, 몇 달 동안이나 내쫓아 혼쭐을 내었다. 그때 연암은 "사람과 짐승은 비록 차이가 있지만서도 너와 함께 애쓴 짐승이거늘 어찌 이와 같이 잔인한 것이냐?" 하고 경을 쳤다. 한 자 한 자 짚어 가며 읽을 필요도 없이 미물에게조차 따뜻한 마음결로 다가가는 연암의 모습이 잘 그려져 있다.

종채의 기록을 살피면, 연암은 아버지가 위독하자 "곧 칼끝으로 왼손 가운뎃손가락을 베어 핏방울을 약에 떨어뜨려 섞어 드리니 잠시 뒤에 소생하셨다"라는 기록도 보인다. 어버이의 은혜에 대한 자식의 효도인 앙갚음이 어떠했는지는 이러한 행적으로 보암보암 미루어 짐작할 수 있다.

가끔씩 연암을 '이단적(異端的)' 혹은 '괴팍(乖愎)' 등의 치우친 성향의 어휘로 평가하는 글을 보게 된다. 영 마뜩잖다. 연암의 본 마음밭은 저렇게 순후하였기 때문이다. 연암의 삶의 강골함이나 원융무애(圓融無礙)는 저 순후함과 나란한 선비 의식을 본밑으로 한 것들로 읽어야 마땅하다. 그의 다소 바자위진 글 또한 저러한 이유로 접해야 할 것이다.

연암의 성미를 가닥가닥 잘 담고 있는 또 한 편의 글을 보자. 이 글은 1901년 김택영이 간행한 《연암집》에 수록된 이응익(李應翼)이 찬한 〈본전(本傳)〉에 "선생의 얼굴 모습은 괴이하고 기상은 드넓고 쾌활하고 너그러우며 작은 일에 얽매이지 않아 천하사를 봄에 이루지 못할 일이 없다고 하였다. 그러나 하잘것없는 시문 따위로 관아 일에 간여하지 않고 또 과거 보는 것을 싫어하였다. 술이 얼큰하여 귀까지 붉어지면 당대의 지위가 높고 귀한 사람과 세상을 속이는 정도(正道)에 어그러진 학문을 하는 무리들을 거리낌 없이 생각나는 대로 이야기하고 기롱하여 배척하였다"라고 적혀 있다.

"지식인의 소임은 '깨어 있고' '보는 것'이다." 콜린 윌슨이 《아웃사이더》(범우사, 1974)에서 한 말이다. 연암은 중세에 깨어 있었다. 그는 아웃사이더 선비였다. 그의 글들은 가닥가닥 그의 천품이 참 선비임을 알려 준다. 하지만 이편이 있으면 저편도 있는 것이 인지상정이니 저러하여 흰 눈동자로만 연암을 훑고 종주먹을 들이대는 사람들 또한 적지 않았다. 종채의 기록을 더듬어 따라가 보자.

"아버지는 20여세 때부터 의지와 기개가 높고 엄격하였다. 어떤 법규 같은 것에 얽매여 구애되지 않았으며 왕왕 회해(詼諧)나 유희(遊戱)를 하였다." 종채의 이 글에서 '회해'나 '유희'는 익살스러운 농담이다. 위에서와는 판이한 모습이다.

여기서 말하는 회해나 유희는 '실없는 농담'이나 '즐겁게 놀며 장난함. 또는 그런 행위'를 뜻한다. 그러나 그의 날카로운 구변이 사전적인 의미에 그치지 않음은 굳이 설명하지 않아도 된다. 그것은 무세어(誣世語)로 당시의 세태에 대한 비꼼이었다. 무세어란 '세상을 속여 말한 말'이니, "아버지께서는 젊었을 때부터 말씀과 의론이 엄정하여 겉으로는 안색이 엄격하여 위엄 있는 것같이 보이나 속으로는 온유하였다. 권력을 따라 아첨하는 사람을 보면 용납지 않았으며 문득 즐겁게 농담하고 웃고 즐기는 사이에 넌지시 비꼬았기 때문에 평생 노여움과 비방을 많이 받았다"라는 종채의 이어지는 글에서도 잘 나타나 있다.

그러나 연암은 자신이 지적하는 문제에서 자기 역시 자유롭지 못했다. 기록을 보면 연암은 선비다운 기질이 있었음이 분명하지만, 고집 또한 여간 아니었다. 한번은 함양 군수 윤광석이 《후촌집(後村集)》을 간행하였는데 선조인 박동량(朴東亮)에 관한 사실을 왜곡 기술했다 하여, 〈여윤함양광석서(與尹咸陽光碩書: 함양 윤광석에게 주는 편지)〉 한 통을 주고는 아예 의를 끊어 버린다.

그 편지의 일부분을 보면 말결이 저처럼 매정하고 몰풍스럽다.

> ……지금 지난번에 만든 《후촌집》을 보니 우리 선조 금계군(錦溪君: 박동량)을 도덕적으로 형편없고 어그러짐이 매우 심하게 해놓았으니 지금 나는 그대와 하루아침에 백세의 원수가 되었다. 나는 백세의 원수와 함께 술잔을 주고받고 베개를 나란히 하고는 웃으며 얘기하고 서로 붙좇으면서도 4년 동안이나 깨닫지 못하였으니 우리 선조의 후손 된 자 누가 원통하고 분하고 욕되어 토악질 나는 마음을 함께하지 않겠는가. 더욱이 그대에게 더욱 통분한 것이 있으니…….

편지의 서두를 보면 연암과 윤광석(尹光碩, 1747~1799)의 교분은 매우 깊었다. 연암이 경남 함양군 안의 현감으로 나아갔을 때, 함양까지 다스리는 두 가지 관직을 겸하게 되어 애를 먹었다. 이때 윤광석은 연암보다 먼저 함양 군수로 내려와 있었으니, 그러구러 연암이 여러모로 도움을 받았다. 따라서 그 뒤 4년 동안 여러 번 술자리와 잠자리를 함께할 정도로 알음알음이 두터웠던 듯하다. 〈열녀함양박씨전 병서〉의 후미에, 이상한 꿈을 꾸고 〈열녀전〉을 지었다는 윤광석도 바로 이 사람이다.

그렇게 면대하던 윤광석에게 연암은 조목조목 《후촌집》 편찬에 얽힌 일을 들어 차갑게 절교를 선언하는데, '백세의 원수(百世之讐)'니 '원통하고 분하고 욕되어 토악질 나는 마음(冤憤沫歆之情)' 등 그 문맥이 보통 냉엄한 게 아니다. 한솥밥 먹고 송사한다는 격이니, 아무리 조상의 문제라지만 연암의 또 다른 면을 볼 수 있어 자못 흥미롭다.

유한준과 척을 두고 지낸 것 또한 이러한 예인데, 아주 유명한 일이니 잠시 살펴보겠다. 창애(蒼厓) 유한준(兪漢雋, 1732~1811)은 연암을 '호복임민(胡服臨民)'이라 하여 오랑캐 복장을 하고서 백성들 앞에 섰다 하고, '노호지고(虜號之稿)'라 하여 오랑캐의 연호를 사용한 원고라는 말로 모함하여 연암을 꽤 난처하게 만든 사람이다. 여기에는 꽤 깊은 유감이 있었다.

언젠가 유한준의 글을 연암이 혹평한 적이 있었다. 그 평을 구체적으로 알 수는 없지만 연암의 기질로 보아 미루어 짐작할 수 있을 듯한데, 이로부터 유한준은 꼬부장한 마음으로 끝내 연암을 등져 버리고 만다. 어찌 보면 조선시대 내내 글깨나 읽는 사람들이라면 몸에 밴 문인상경(文人相輕)이 연유가 되기도 했겠지만, 그보다 학문의 길이 딴판인 데서 비롯된 것이었다. 문인상경이란 글을 쓰는 사람들은 모름지기 자기야말로 제일인자라고 자부하여 서로 상대를 경멸한다는 뜻이다.

'호복임민'과 '노호지고'에 몇 줄만 더 짚어 보자. 아마 연암 당대에는 아이들에게 머리 뒷부분만 남기고 나머지 부분을 깎아 뒤로 길게 땋아 늘어뜨리는 변발 풍습이 그대로 내려왔던 듯하다. 이 제도가 들어온 것은 고려 충선왕 때였기에 굴욕의 상징이라 여긴 연암은 경상남도 함양군 안의(安義)의 원으로 가자 잔심부름하던 아이들에게 땋은 머리를 풀고 머리를 양쪽으로 가르고 뿔처럼 동여맨 쌍상투를 틀게 하였다. 또 자신도 옛날의 제도에 따라 학창의(鶴氅衣)를 평상복으로 만들어 입고는 관아에서 일을 보았다. 이 학창의는 지체 높은 사람이 입던 웃옷의 한 가지로, 흰 창의의 가를 돌아가며 검은 헝겊으로 넓게 꾸민 옷이지 별다른 것은 아니다. 복식에 대해 잘 모르던 사람들은 이를 오랑캐의 풍습으로 여겼다. 여기에 청에서 배운 벽돌을 사용하여 정각(亭閣)을 신축하자, 함양 군수였던 윤광석이 연암이 오랑캐 복장을 하고 백성을 다스린다는 '호복임민'설을 지어 서울에 퍼뜨린 것이었다.

이 '호복임민'은 반청 감정이라는 사회 풍조에 편승해 연암을 궁지로 모는 데 꽤 효과적이었고 《열하일기》에 대한 비방으로까지 비화됐다. 연암은 《열하일기》에서 청나라의 연호를 썼는데 이것이 사단이었다. 연암에게 감정이 있던 또 한 사람인 유한준은, 이 '호복임민'에다가 명에 대한 의리를 망각하고 오랑캐인 청을 추종한 연호를 썼다는 '노호지고'를 덧붙여 비방하였다. 당시 공식 문건이나 외교 문서에는 이미 청나라의 연호를 사용하였기에 사실 그리 큰 문제는 아닌 것을 유한준이 트집 잡은 것이었다.

그 이유는 이렇다. 유한준은 연암 당대에 문장으로 이름을 날리던 이로, 병자호란 당시 대표적 척화파였던 유황(兪榥)의 후손이었다. 그래서인지 유한준은 강경한 존명배청주의자였으며 진한고문(秦漢古文)에 문장의 모범을 둔 의고주의(擬古主義)를 표방하였다. 앞에서 본 '소설의 장적을 정리한 유만주'가 바로 유한준의 아들이다.

그는 실학사상과 법고창신(法古創新), 즉 '옛것을 본받아 새로운 것을 창조한다'는 뜻을 추구했던 연암과는 판이한 문학론을 지녔다. 분함을 끝내 삭이지 못한 유한준은 이후, 연암이 포천에 묘지를 만들자 일족을 시켜 고의로 그 묏자리를 파내 집안 간에 돌이킬 수 없는 심각한 대립을 빚었다.

박종채는 이때 일을 《과정록》에다, 유한준이 이러한 것은 연암이 젊었을 때 자신의 글을 인정해 주지 않았던 일에 원망을 품어 꾸민 일이라 하며 상세히 전말을 적어 놓고는 "아아, 험하구나. 이 사람은 우리 집안과 백세의 원수다(嗚呼 險矣 此吾家百世之讎也)"•라고 할 정도였으니 두 집안의 갈등이 짐작된다.

하지만 연암이 학문적 차이로 척을 두고 지낸 경우는 유한준 외에 별로 없다. 연암이 면천 군수로 있을 때 한원진(韓元震, 1682~1751)의 서원에 치제하라는 명이 있자 연암은 이에 순순히 따른다. '치제(致祭)'란 임금이 제물과 제문을 내려 죽은 공신을 제사 지내는 일을 말한다. 한원진은 노론이지만 호론(湖論)의 영수였기에 대다수 낙론(洛論) 계열 사람들은 참석을

● 박종채, 《과정록》, 《한국한문학연구》 6집, 1995(영인), 465쪽.

거부하였다. 연암은 낙론 계열이면서도 학파를 초월하여 한원진이 호서 지방의 위대한 선생이라며 참석하였다.

또 이광려(李匡呂, 1720~1783) 같은 이는 당색이 소인이었지만 연암이 먼저 찾아 평생지기처럼 지냈다. 당대가 파당이 지배하는 사회였다는 점을 생각하면 연암의 도량을 어림짐작하고도 남음이 있다. 더욱이 연암은 적자와 서자를 가리지 않고 사귀었으니 종채의 《과정록》에는 "이에 세상 사람들은 벗을 가리지 않고 사귄다고 이를 비방하고 헐뜯었다(人又以交不擇人謗毁焉)"라는 기록도 있다.

안의 현감으로 있을 때의 일도 연암의 성격을 알 수 있는 좋은 자료다.

1793년 봄, 도내에 흉년이 든 가운데 안의 고을이 가장 심하여 응당 공진(公賑)을 설치해야 했으나, 연암은 자신의 봉록을 털어 사진(私賑: 흉년이 들었을 때, 개인이 사사로이 백성을 도와주던 일)을 실시하였다. 이유는 '사진'이라도 이 땅에서 난 곡식이기 때문이라는 것이었다.

조정에서 그 정성을 기려 초피(貂皮), 소목(蘇木) 등속을 내렸으나 받지 않았다. 초피는 담비가죽으로 아주 진귀한 것이요, 소목은 콩과에 속하는 상록 교목의 속살로 한약재로 쓰인 귀한 것이었다. 연암은 공명첩(空名帖)도 돌려보냈다. 공명첩은 성명을 적지 않은 백지 임명장으로 국가의 재정이 궁핍할 때 나라 곳간을 채우는 수단으로 사용되었다. 중앙의 관원이 이것을 가지고 전국을 돌면서 돈이나 곡식을 바치는 사람에게 즉석에서 그 사람의 이름을 적어 넣어 명목상의 관직을 주었다. 물론 여기서는 연암의 벼슬을 높이려는 의도에서 내린 것이었다. 권문세가에 뇌물을 디밀고 갖은 방법으로 관직을 얻으려는 엽관(獵官) 운동을 하는 자들이 여간 많지 않을 때 일이다.

연암은 또 관아에서 굶주린 백성들에게 죽을 나누어 주고는, 자신도 동헌에 나와 그들과 함께 죽을 먹었다. 죽 그릇도, 소반을 바치지 않은 것도 백성들과 똑같았다.

"이것은 주인의 예다(此主人之禮也)."

연암이 이때 한 말이다. 구휼을 받는 백성들을 손님으로 맞이했다는 소리다. 이제나 그제나 말할 것도 없이 '예', '도덕'이 우리의 미래인 것은 틀림없다. 바람도 머무는 히말라야 정상에서 찾을 것도 아니니, 늘 내 몸에서 한 치도 떠난 적이 없는 마음에 있다.

연암이 남긴 마지막 말씀은 이랬다.

"깨끗이 목욕시켜 다오(潔沐洗)."

글의 대가 유언치고는 좀 싱겁다. 죽으면 모두 깨끗이 염하는 것이거늘 굳이 유언까지 남기는 이유를 곰곰 생각해 보면 꽤 실다운 맛이 있다. 퍽 개결한 성품을 지녔음을 여기서 알 수 있기 때문이다.

이러한 연암이기에 고질병이 되어 버린 사대사상의 타파를 역설하고 양반의 지나침을 경계하면서 상민을 따뜻하게 바라볼 수 있었다. 그는 화석화한 조선 후기의 유교 입법을 거부하고 양반의 처세와 유학자들의 위선을 매도하는 한편, 여성의 해방과 낮은 백성, 심지어 미물에게까지도 마음자리 한쪽을 넉넉히 주었다.

껄껄선생 연암은 속정이 많은 본 마음밭이 순후한 사내였다. "새벽달은 누이의 눈썹과 같구나." 연암이 죽은 큰누이가 그리워 지은 시의 한 구절이다. 연암은 중세인답지 않게 여인들을 따뜻한 시선으로 바라보고 있다. 연암은 아내 이 씨와 형수, 누이에게 각별한 애정을 주었는데, 아마도 그를 키운 것이 형수이고 아내는 모진 가난을 함께 이고 살아서 그러하였던 것 같다.

안타까운 것은 아내의 죽음을 애도하여 지은 시가 스무 수나 되는데, 현재 한 수도 남아 있지 않다. 다만 연암이 쓴 형수에 대한 제문이나 누이를 그리워하여 쓴 글이 있어, 그의 여인들에 대한 마음자리와 부인 이 씨에 대한 낫낫한 정을 대강이나마 속가량해 본다.

연암이 일생에서 가장 사랑한 여인은 그의 부인이 아니었던가 한다. 연암은 처음 벼슬길에 나간 이듬해 부인을 잃고, 마디에 옹이라고 곧바로 큰며느리 상마저 당해 끼니조차 챙겨 줄 사람이 마땅치 않았으나, 끝내 혼자 살았으니 말이다. 가난할지언정 명문가의 후예인 연암 같은 이가 처녀장가를 든다손 쳐도, 배필 자리를 너도나도 내놓을 법하련만 연암은 소실을 둔 적도, 그렇다고 관기를 가까이 하지도 않았다.

종채의 기록에 보면 주위에서 보다 못해 여러 번 채근도 해보았으나 연암은 이를 모두 마다하였다. 지방 수령으로 있을 때 시중드는 기생들조차 집안 식구와 진배없이 지낼지언정 한 번도 마음을 준 적이 없었다. 종채의 기록으로 어림할 수 있으니, "아버지는 어머니를 잃은 후 얼마 되지 않아서 또 큰며느리 이 씨의 상을 당하여 음식을 챙겨 줄 사람이 없었다. 사람들이 혹 소실 얻을 것을 권하였지만 아버지는 얼버무릴 뿐이시고 돌아가실 때까지 시중드는 첩을 두지 않으셨다. 늘 어머니의 덕행을 말하면 불현듯이 처연하게 오래도록 계셨다"라고 한다.

아들로서 부모에 대한 기록임을 감안하더라도 종채의 기록을 보면 연암의 아내는 꽤 현숙한 여인이었던 듯하다. 연암의 부인 전주 이 씨(1737~1787)는 당대 명문가였던 이보천(李輔天)의 딸로 1787년 쉰한 살에 생을 달리하였다. 연암과 부인은 동갑내기였다. 연암은 장인 이보천에게 《맹자》를 배우고, 처숙 이양천(李亮天)에게 《사기》를 배웠다. 기록에 의하면 두 형제 모두 꼬장한 선비였으니, 부인 이 씨의 가정사는 미루어 짐작이 간다.

부인 이 씨는 처음 시집와서 집이 좁아 친정에 가 있을 정도였고 살림을 난 뒤에도 가난을 면치 못했다. 그러나 가난으로 인한 잦은 이사와 궁벽한 살림살이에도 이를 입에 담은 적이 없었으며, 집안 살림을 주도한 큰동서를 공경하여 우애가 좋았다. 이 씨는 큰동서가 후사 없이 죽자, 당시 열 살 조금 넘은 맏아들 종의를 상주로 세웠다.

한번은 연암이 옷을 해 입으라고 이 씨에게 돈을 준 일이 있었다. 그러자 이 씨는 '형님 댁은 끼니를 거른다'며 '집에 돈을 들일 수 없다'고 하여 연암이 매우 부끄러워하였다. 연암은 평소 이러한 부인 이 씨의 부덕을 존경했다. 부인과 사별한 이후 종신토록 독신으로 지낸 것도 아마 이 씨의 저러한 현숙함 때문이 아닌가 한다. 더욱이 가난한 연암의 집안에 시집와서 온갖 고생을 하다, 연암이 벼슬길에 나간 지 겨우 1년 만에 궁핍을 면할 만하자 생을 달리하였으니 연암의 마음이 여북했겠는가. 연암이 부인의 상을 당하여 애도하여 지은 절구 20수가 단 한 편도 전하지 않는 것이 안타깝기 그지없다.

저러한 연암의 심결은 〈백자증정부인박씨묘지명(伯姊贈貞夫人朴氏墓誌銘)〉이나 〈열녀함양박씨전 병서〉 같은 글에서 충분히 읽을 수 있다. 큰누이를 잃고 지은 〈백자증정부인박씨묘지명〉의 한 구절을 보자. 큰누이의 운구를 실은 배가 떠나가는 것을 보고 지은 글인데, 연암의 누이에 대한 정이 진솔하게 배어 있다.

> 아아!
>
> 누이가 처음 시집가는 날 새벽에 화장하던 일이 어제와 같다. 그때 내 나이 막 여덟 살이었지. 어리광을 피우면서 떠나는 말 앞에 누워 뒹굴며 신랑의 말을 흉내 내어 점잖이 떠듬적거리니, 큰누이는 부끄러워 얼레빗을 내 이마에 던져 맞추었다. 나는 골이 나 울면서 먹을 분가루에 개어 놓고 거울 가득히 침을 뱉어 놓으니, 누이는 옥으로 만든 오리와 금으로 만든 벌을 꺼내서는 나에게 넌지시 건네어 울음을 그치게 하였다. 지금 벌써 스무여덟 해가 되었다.
>
> 말을 강가에 세우고 멀리 바라보니, 명정(銘旌)이 펄럭펄럭 날리고 돛대 그림

자는 강물에 구불구불하더니 언덕에 이르러 나무를 돌아서자 가려서 다시 볼 수가 없게 되었다. 강 위의 먼 산이 검푸른 게 마치 누이의 큰머리채와 같고 강물 빛은 누이의 거울과 같았으며 새벽달은 누이의 눈썹과 같았다…….

연암과는 여덟 살 터울의 큰누이, 그 누이에 대한 가슴 저미는 정이다.

연암의 누이는 열여섯 살에 이현모(李顯模, 1729~1812)에게 시집가 1남 1녀를 두고 마흔세 해를 살다 간 여인이다. 큰누이 시집가는 날, 누이를 뺏기는 것에 샘이 난 소년의 짓궂은 장난질과 부끄러워하는 누이의 모습이 잘 드러나 있다.

이때 연암의 나이 서른다섯 살이었다. 그런데도 내면의 동심 세계를 그대로 드러내 놓은 것을 보면 그가 품고 있는 누이에 대한 그리움이 얼마나 깊은지 알 수 있다. 연암이 그의 형을 그린 시를 한 편 더 보자.

아래 시는 〈연암억선형(燕巖憶先兄)〉으로 세상을 떠난 형님을 그리며 지은 것이다.

我兄顏髮曾誰似	내 형님의 모습이 꼭 누구와 닮았던고
每憶先君看我兄	아버지 생각날 젠 우리 형님 보았다네.
今日思兄何處見	오늘, 생각나는 형님 어데서 본단 말가
自將巾袂映溪行	의관을 갖춰 입고 시냇가로 달려가네.

여기서도 연암의 뭉클한 인간미를 엿볼 수 있다. 돌아가신 아버지와 꼭 닮았던 형, 그래서 아버지가 그리우면 형의 얼굴을 물끄러미 바라보았던 연암, 하지만 이제 그 형님조차 이승을 하직하였다. 연암은 이제 혹 자기의 얼굴에서 형의 모습을 볼 수 있지 않을까 하여 주섬주섬 옷을 챙겨 입고 시냇가로 부리나케 달려간다.

형 박희원은 후사가 없어 연암의 맏아들 종의(宗儀, 1766~1815)를 양자하였다. 연암은 4남매 중 막내였다. 맏이는 희원, 둘째는 이현모의 부인 박 씨(1729~1771), 셋째는 서중수(徐重修)의 부인 박 씨(1733~1809)다.

가슴 뭉클한 동기간의 정을 느낄 수 있다. 이러한 연암이니 시집와서 평생을 가난과 살다 간 그의 아내에 대한 마음도 미루어 짐작할 수 있다.

서울대학교박물관에 소장되어 있는 《연암선생서간첩(燕巖先生書簡帖)》에는 연암의 성품을 알 수 있는 편지들이 들어 있다.

이 책은 연암이 가족과 벗들에게 보낸 편지 모음집인데, 1796년 연암이 예순 살 되던 해 2월부터 이듬해 8월까지의 서간이다.

아래는 연암이 1796년 3월 10일, 큰아들 종의에게 보낸 편지의 일부다.

> "초사흗날 관아의 하인이 돌아올 때 기쁜 소식을 가지고 왔더구나. '응애 응애' 하는 갓난쟁이의 그 울음소리가 편지 종이에 가득한 듯하구나. 인간 세상의 즐거운 일이 이보다 더한 게 어디 있겠느냐? 육순의 늙은이가 이제부터 손자를 데리고 즐거워하면 됐지 달리 무엇을 구하겠니?
>
> 또한 다시 초이튿날 보낸 편지를 보니 해산한 부인네의 여러 증세가 아직도 몹시 심하다고 하니 아주 걱정이 되는구나. 산후 복통에는 모름지기 생강나무를 달여 먹여야 한다. 두 번만 먹으면 즉시 낫는다. 이것은 네가 태어날 때 쓴 방법으로 노의(老醫) 채응우(蔡應祐)의 처방인데 신이한 효험이 있으므로 말해 준다……. 병진삼월초십일 중부(仲父)"•

이 편지를 보면 가솔들에 대한 잔잔한 사랑과 맏손자(효수)를 본 기쁨과 며느리의 산바라지를 세세히 걱정하는 모습까지 갊아 있음을 알 수 있다.

• 박희병 역, 《고추장 작은 단지를 보내니》, 돌베개, 2005, 28쪽.

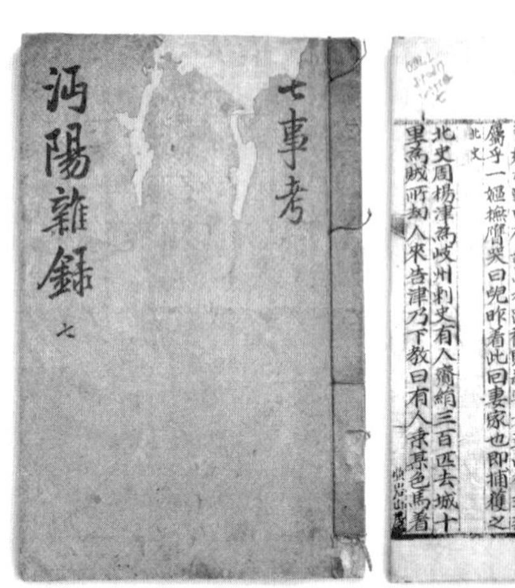

연암 박지원의 목민서 《면양잡록(沔陽雜錄)》 제7책 〈칠사고(七事考)〉 표지와 첫장(단국대 석주선기념박물관 연민문고 소장)

연암이 충청도 면천 군수로 있으면서 작성한 글을 모은 것이 《면양잡록》이고 〈칠사고〉는 그중 제7책이다. 작성된 시기는 연암이 군수로 재임하던 1799년 5월부터 1800년 8월 사이이다. '칠사고'란 《경국대전》 규정에 나오는 수령이 해야 할 7가지 업무를 적어 놓은 '수령칠사(守令七事)'에서 따온 제목으로, '수령이 해야 할 일을 고찰하는 서적'이라는 뜻이다. 이 책은 《목민고》와 《자치통감》 등 각종 서적에서 백성을 다스리는 데 필요한 글을 모은 것이 주를 이룬다. 연암의 저러한 수령으로서의 저술 행위와 그의 소설들이 낮은 백성을 향하고 있음은 무관치 않을 것이다.

저때 연암의 나이 예순이었다. 누구나 며느리의 산바라지까지 저며 넣은 글을 쓸 때는 아니었다.

편지 맨 뒤, 맏아들인 종의에게 쓴 편지임에도 작은아버지인 '중부(仲父)'라 쓴 이유는 앞에서 살핀 것처럼 형에게 양자를 보낸 때문이다.

편지 한 장 더 보자.

종의와 종채, 두 아들에게 보낸 글이다.

> "……나는 고을살이하다 한가한 틈이 나면 짬짬이 글을 짓거나 혹은 휘장을 내놓고 글씨를 쓰기도 하는데 너희는 해가 다 가도록 무슨 일을 하였느냐? 나는 4년 동안 《자치통감 강목》을 숙독하였단다. 두루 재삼 읽었지만 나이를 먹어서인지 책만 덮으면 금방 잊어버리니 부득이 작은 책자를 만들어서 요긴한 대목만 가려 뽑아 적어 두었지만 그리 긴한 것은 아니란다. 비록 그러하나 기양(伎癢: 지니고 있는 재주를 쓰고 싶어서 마음이 간질간질한 생각)이 시켜서 어찌 할 수 없었단다.
>
> 너희가 하는 일 없이 날을 보내고 허송세월로 해를 보낼 것을 생각하니 어찌 안타까운 마음이 심하지 않겠느냐. 한창 나이에 이러면 나이 들어서는 장차 어쩌려고 이러는 게냐? 웃음가마리지, 웃음가마리야.
>
> 고추장 작은 단지를 하나 찾아 보내니 사랑에 두고 밥 먹을 때마다 먹으면 좋단다. 내가 손수 담근 건데 아직 온전히 익지는 않았다.
>
> 보내는 물건.
>
> 포(脯) 세 첩,
>
> 감편(침감의 즙에 녹말과 꿀을 넣고 조리어 만든 떡) 두 첩,
>
> 고기볶음 한 상자,
>
> 고추장 한 단지."

전술한바, 연암과 동갑내기였던 부인은 그의 나이 쉰한 살에 생을 달리했다. 아내가 없어서인지 손수 담근 고추장과 고기볶음, 감 따위를 자식들에게 보내는 아버지의 마음씀과 학문에 힘쓸 것을 거듭 당부하는 내용이다.

연암은 이때 안의 현감으로 나가 있었다. 아랫것들을 시키면 될 것을 손수 고추장을 담갔다. 자식에 대한 저이의 사랑을 어찌 '고추장 한 단지'에만 담을 것인가? 여기에 아버지로서 자식들에 대한 따끔한 충고와 자신에 대한 경계도 잊지 않는다. 두 아들에게 공부를 면려하고 나이 먹은 자신도 공부를 게을리하지 않는다는 것이 그것이다.

그러면서도 이 서간첩에는 이와 상반되게 《과정록》을 지은 작은아들 종간(宗侃: 종채의 아이 때 이름)에게 '과거나 공부하는 쩨쩨한 선비가 되지 마라'라거나, 제자인 이덕무의 글을 '조박(糟粕: 술지게미)·소절(疎節: 하찮은 것)'이라고 폄하하는가 하면, 박제가에게는 버르장머리가 없고 도리에 어긋나다는 '무상무도(無狀無道)'한 녀석이라는 핀잔도 주고 있다. 연암의 호연함, 혹은 인간적 결점이기 이전에 그저 옳고 그름을 그대로 드러내는 맑은 심성에서 비롯된 듯하다.

재차 말하거니와 연암의 글은 저러한 품성을 바탕으로 지어졌다. 종신토록 형형한 눈길, 노기 띤 숨 몰아쉬며, 바람살 눈살 몰아치는 조선 후기를 허랑허랑 걸어간 연암이었다. 잔재미라곤 없는 사내라지만, 이러한 속정마저 없었다면 그의 삶은 어떠하였을까?

영국에서는 셰익스피어를 중심으로 한 연구가 30만 종이 넘는다고 한다. 우리나라를 대표할 만한 연암 박지원에 대한 연구는 얼마나 될까? 만 편만이라도 넘었으면 하는 '바람'이 다만 '바람'일까?

김소행, 비통한 슬픔과 울분으로 소설을 쓰다

'디스토피아(dystopia)'라는 말이 있다. 현대 사회의 부정적인 측면이 극단화한 암울한 미래상으로, 주로 SF 소설이나 영화의 주제로 사용된다.

곰곰 곱씹어 보면 조선시대를 살던 서출들에게는 조선이 그러한 세상이 아니었을까 생각해 본다. 당시 그들은 칼바람을 견디며 무엇을 꿈꾸었을까? 18세기 후반을 살았던 김후신(金厚臣)이라는 이의 〈대쾌도(大快圖)〉라는 풍속화가 있다. 술에 만취한 사내가 흐느적거리며 '갈지자'로 걸어간다. 고단한 삶, 술로써 달래 보는 것일까? 허나 술로 달래 본들 현실은 변화하지 않는다. 이미 태어난 배경이 어둠이었다.

김소행은 서출이었고, '천하에 어질지 못한 사람이 많다'는 것은 그의 한문 소설 〈삼한습유(三韓拾遺)〉의 저작 이유 중 하나다. 우울한 조선 후기의 한 귀퉁이에서 고민하는 지식인의 모습이 아닌가 한다. 그래도 그의 소설에는 강단이 있으니 시쳇말로 '쿨'하다.

〈삼한습유〉(1814)는 아마도 우리 고소설에서 마초(Macho: 사내다운)적인 작품의 선두에 설 것이다. 이 소설은 죽계(竹溪) 김소행(金紹行, 1765~1859)의 작품이다. 표제는 〈삼한습유〉이나 내제(內題)는 〈의열녀전(義烈女傳)〉 1·2·3권으로 되어 있으며, 외형적으로는 열녀를 입전(立傳)한 한문 소설이다. 열녀를 입전하였다는 말은 숙종 28년(1702) 경상도 선산에서 실제로 일어난 향랑의 이야기를 소재로 차용하였다는 뜻이다. 그러나 어디까지나 작품의 서두 부분만 향랑 이야기일 뿐, 전체 내용은 허구다.

이 작품의 배경은 중국과 신라·고구려·백제로 드넓다. 그리고 단군, 황제의 어미, 후직의 어미, 매파, 여공, 소진, 주매신, 태사공, 열자, 노래자, 한유, 자로, 동쪽 집안 자제, 서쪽 집안 자제, 양화, 맹광, 소군, 진라부, 막수, 이안, 숙진, 번희, 반첩여, 강수, 김생 등 보조 인물까지 합하면 5백 명은 족히 넘는다. 이것도 모자라 천상계의 마왕(魔王)과 지상의 항왕(項王)이 싸우는가 하면, 유·불·선 사상의 논리가 정연하게 서술된다. 그리고 향랑(香娘)과 효렴(孝廉)의 사랑이 그 한복판을 줄달음친다.

이 작품에 폭넓은 역사적 조망과 작자의 박식함, 소재의 확장, 문체의 현란함과 서사적 편폭의 호한함이 돋보이는 장쾌한 스케일의 '열녀전'을 빙자한 한문 장편 소설이라는 다소 번다한 수식어를 붙여도 딴죽을 걸 사람은 없을 것 같다. 그야말로 시신경 세포에 교란이 일어날 만큼 눈맛이 여간 아니다.

그런데 김소행은 저작 이유가 '어질지 못한 사람이 많아서'라고 한다. 소설 창작의 변으로서는 참 의아하다. 글쓰기의 미덕상 우리네 선조들은 포병술을 사용하였다. 포물선을 그리며 목표 지점을 향하는 탄환, 빙 에둘러 자신의 생각을 말했다는 뜻이다. 이런 면에서 본다면 김소행의 자기 소설에 대한 변은 직격탄이다.

왜 그랬을까?

김소행의 가계도를 살피면 우리는 이해의 일단을 접할 수 있다.

김소행은 서출로 불우한 삶을 살았다. 김소행은 청음(淸陰) 김상헌(金尙憲)의 6대손인데, 증조부는 적성 현감을 지낸 벽오당(碧梧堂) 김수징(金壽徵)으로 서출이었다. 조부 창길(昌吉) 이후로는 현달치 못하고 충주의 한적한 곳에서 살았다. 부친은 식겸(軾謙, 1719~1793)으로 문장이 소동파와 비견될 만하여 동파(東坡)라는 별호로 불렸다.

둘 이상의 이질적인 사회나 집단에 동시에 속하여 양쪽의 영향을 함께 받으면서도, 그 어느 쪽에도 완전하게 속하지 아니하는 사람을 우리는 주변인 혹은 경계인이라고 한다. 그랬다. 그는 양반도 그렇다고 상민도 아니었기에 자신의 정체성에 늘 고민하는 가슴앓이의 삶을 살았다. 그리고 서출로서의 삶이 절대로 변하지 않는 조선 후기 사회에 어떠한 형태로든 울울한 심경을 토로하고 싶었으리라. 이것은 개인의 문제가 아니라 사회의 구조적인 문제요, 절대적 상황이었다.

이제 저 위에서 이 장의 문패로만 달아 놓았던 '비통한 슬픔과 울분으로 소설을 쓰다(悲憂感憤)'에 대해 말할 차례다. '비우감분'은 김매순이 〈삼한습유〉라는 소설 앞에 저며 넣은 '삼한의열녀전서(三韓義烈女傳序)'에서 사용한 소설 창작설이다. '비우감분'을 풀이하면 '비통한 근심과 강개한 울분'이다. 김매순의 말대로라면 김소행이 소설을 짓겠다고 마음먹은 발심(發心)이요, 소설가로서의 존재론적 갈증을 풀어 주는 요체다.

대산(臺山) 김매순(金邁淳, 1776~1840)은 문장에 뛰어나 여한십대가(麗韓十大家)의 한 사람으로 꼽히는 김매순의 이 말은 소설의 사회·문화적인 발언으로서 충분히 주목할 만하다. '부조리한 세계와 비장한 승부를 짓는 이의 이야기'라고, 김소행의 소설 작가로서의 존재론적 갈증을 적은 것이기 때문이다. 대산의 발언을 예의 주시하며 들여다보자.

> "거룩한 성인들이 가버리자 도는 사라지고 정치는 피폐하여 천하의 변란은 이루 말할 수 없었다. 말에 능한 선비로서 장주·굴원·태사공 같은 무리들은 모두 초야에 묻힌 채 종신토록 곤액을 당하여, 비통한 근심과 강개한 울분이 가슴을 메워도 풀어 버릴 수가 없었다. 그러므로 그들의 글을 읽어 보면 왕왕 길게 노래하거나 통곡하는 것 같다. 비웃거나 꾸짖는 것도 진실로 자기의 뜻을 표현하려는 것이다. 비설(鄙褻)·탄궤(誕詭)·요려(拗戾)한 말들이 입에서 쏟아져 나와 절제할 겨를이 없다…… 그(김소행)가 이 책(《삼한습유》)을 지은 것은 장주·굴원·태사공 등의 무리들과 나란히 달려 앞을 다투고자 함이요, 한유 이하는 논할 것도 없으니 그 뜻이 슬프다(神聖徂伏 道隱治幣 天下之變 不可勝言 而能言之士 如莊周 屈原 太史公之徒 類皆沈淪草茅 終身困厄 悲憂感憤 壹鬱而無所發 故讀其文 往往如長歌痛哭 嘻笑呵罵 苟可以鳴其志意 則鄙褻誕詭拗戾之舜(辭의 잘못인 듯) 衝口而不暇節

…… 其爲此書 盖欲與莊周 屈原 太使公之徒拜驅爭先 而韓愈以下不論也 其志悲矣)."•

분명 세상에 좌절한 자의 내면 고백을 대신 읊어 준 것이다. 말의 요지는 장주·굴원·태사공과 김소행이 문학을 통해 여흥을 추구한 것이 아니라는 점과 이들이 모두 비극적 사회와 맞닥뜨린 자들이라는 점에 맞추어져 있다.

대산은 말한다. 무위(無爲)를 주장하였으나 현실에 쓰이지 못하고 《장자》라는 동양 최고의 사상서를 남긴 장자, 간신의 모함을 받아 강개한 마음을 담은 〈어부사〉를 남기고 멱라수에 빠져 죽은 굴원, 성기를 잘리고 '옳으냐 그르냐(是也非也)'를 역사서 《사기》에 담아낸 사마천, 이들은 모두 사회 현실에 대한 괴로운 심경을 비설(외설)·탄궤(허탄)·요려(어그러진)한 말들로 토로하였다고. 그러고는 김소행을 이 장주·굴원·사마천과 빗대며 그의 뜻이 슬프다고 한다. 앞뒤 문장을 고려하면 여기서의 뜻은 〈삼한습유〉가 비장함을 담고 있다는 의미로 이해해도 좋다.

'김소행은 서출이야. 그러니 각다분한 삶으로부터 벗어나고자 하는 그의 욕망이, 소설 〈삼한습유〉라는 허구적 서사물을 그려 낸 걸 거야.' 아마도 대산은 이런 생각을 했나 보다. 김소행과 소설의 제휴를 간파한 대산은 죽계의 소설을 '비우감분'을 들어 평하였다. 대산 김매순은 김소행의 소설 창작 연유를 서얼이라는 신분적 한계성을 극단적으로 몰아붙이는 조선 사회에서 비롯되었다고 이해하고 이를 선명히 밝히려 한 것이다.

고소설은 불우하고 반사회적인 인물들이거나 귀양 가 있는 영어(囹圄)의 몸일 때 창작되었다. 《금오신화》를 지은 김시습, 일군의 '연암 소설'을 지은 박지원, 〈일락정기〉를 지은 이이순, 〈종옥전〉을 지은 목태림, 〈옥수기〉

• 김기동 편, 〈삼한습유〉, 《필사본 고전소설전집》 1, 아세아문화사, 1980, 294~295쪽.

를 지은 심능숙, 〈옥루몽〉과 〈옥련몽〉을 지은 남영로와 〈육미당기〉를 지은 서유영, 〈난학몽〉을 지은 정태운, 〈구운몽〉과 〈사씨남정기〉를 지은 김만중 등이 모두 이러한 경우다. 그들은 모두 폐쇄된 밀실에서만 살아야 할 운명들이었다.

항상성이라는 말이 있다. 항상성이란 내부 환경과 외부 환경 사이의 평형 유지를 뜻한다. 예를 들어, 포식자로부터 벗어나기 위한 카멜레온의 색소 위장이나 사막에서 살아남기 위한 낙타의 물주머니 따위이다. 바깥 세계와 조화하지 못하면 그것은 바로 죽음이다. 저들에게 소설은 바로 바깥 세계와 소통하는 유일한 창구인 셈이다. 그 소통마저 없었다면, 죽음은 더 빨리 저들 앞에 들이닥쳤을 것이다.

중세라는 시간 속에서 버림받은 이들, 김소행은 그 질병을 치료하기 위해, 살아남기 위해 소설을 택하였다. 이러한 소설 창작설로서 비우감분은 중국의 경우에도 매한가지였다. 그들은 '발분저서(發憤著書)'라 하였는데 앞에서 본 사마천의 《사기》 저술의 동인이 이것이고, 또한 이지(李贄, 1527~1602)의 〈수호전〉 평도 그러하였다. 대산 김매순의 비우감분을 이해하는 데 도움을 주니 이지의 소설평만 살펴보자.

> "태사공이 말하였다. (한비자가 지은) '《설난》·《고분》은 성현이 분한 마음을 발휘하여 지은 것이다'라고 하였다. 이로써 보건대 옛날의 성현들은 감정의 격발을 받지 않으면 짓지 않았음을 알 수 있다…… 〈수호전〉은 분한 마음이 감발되어서 지은 것이다…… 시내암과 나관중 두 사람은 몸은 비록 원대에 있었지만 마음은 송대에 있었으니, 원대에 살면서도 실제로는 송대에 있었던 일들을 분개하였다…… 그렇다면 감히 묻건대 울분을 풀어 준 자들은 누구인가? 바로 이전에 수호에 모여들었던 영웅들이다(太史公曰 說難 孤憤 賢聖發憤之所作也 由此觀之 古人聖賢 不憤則不作矣…… 水滸傳者 發憤之所作也…… 施羅二公身在元 心在宋

雖生元日 實憤宋事…… 敢問泄憤者誰乎 則前日嘯聚水滸之强人也)."●

하기는 정조도 《홍재전서》 권4 〈일득록〉 '문학'에서 "고신얼자(孤臣孼子)들에 의해 패관이 지어지는 것을 어찌할 수 없다"라는 말로 문체 반정의 어려움을 토로한 적이 있지 않은가. '고신'이란 임금의 신임이나 사랑을 받지 못하는 신하요, '얼자'란 서얼을 말한다. 이미 인생이 결단 난 이들의 외침이거늘 정조라고 어찌하겠는가. 그러하니 김매순과 어금지금한 문장가인 연천 홍석주도 '의열녀전서'에서 "죽계 김소행 또한 이 〈삼한습유〉로써 일세를 희롱하였다(若竹溪亦將以文戲一世者也)"라는 진술을 할 수밖에 없었으리라.

조선 후기에 이렇듯 소설의 발생 원인을 사회에서 찾는 비평은 서유영의 〈육미당기〉 비평이나 김영작, 이홍민, 탕옹 등의 글에서도 보인다. 유기적 연결 관계에서 통시적 친연성을 찾기는 어렵지 않다. 우리 소설 비평사의 후경을 더듬거리다 만나는 그들. 가끔씩은 멍하니 그들의 뒤태를 쳐다보게 된다. 그들이라고 왜 폼 나는 인생을 살고 싶지 않았겠는가?

각설하고, 〈삼한습유〉의 '지작기(誌作記)'와 작품 속에서 이러한 김소행의 감춰진 분노를 간취할 수 있다. 특히 김소행의 '지작기'는 소설 작자가 자신의 소설 의식을 이론화하여 직접 표출한 것이니만큼, 이 '지작기'를 중심으로 살펴보자.

대부분의 고소설 작가들은 익명으로 위장하였으며 자작의 변을 서(序)나 발(跋) 등을 통해 간접적으로 표명하는 것에 그쳤다. 그런데 김소행은 자신의 소설관을 이 '지작기'를 통해 구체적으로 밝히고 있다. '지작기' 전반부에 특히 김소행의 대사회적 인식이 잘 드러나 있다. 그는 부자를

● 정석근 편저, 〈충의수호전서〉, 《중국역대소설서발집》 하, 인민문학출판사(북경), 1996, 1465~1466쪽.

부정시하고 가난한 자를 긍정하는데, 전반적으로 대사회 의식이 날선 반응이다. 서출로서 나이 50에 바라본 조선. 이미 산다는 것이 기쁨이 아니라는 것을 안, 격정·분노·고심·참담으로 땀땀이 누빈 반평생의 삶을 드러낸 글이다.

향랑은 빈한하지만 재주 있는 사람을 택하였다. 그러나 현실성이 강한 어미의 고집으로 부자에게 시집가서 빈가녀(貧家女)라는 이유로 모진 쓰라림을 겪다 마침내 자살한다. 부자를 꼬느는 시사성이 충분히 배어 있는 '지작기'를 보면 빈부의 차는 예나 지금이나 같았나 보다.

'지작기'에서 김소행은 부자에 대한 부분을 이렇게 적고 있다. "대개 천하에는 어질지 못한 사람이 많기 때문이다…… 대저 부자란 음란하고 안일함에 익숙하여 항상 의복과 옷과 음식을 가지고 남에게 교만하게 굴고 사람의 도리가 있음을 알지 못한다…… 그러나 부부의 반목은 부자에게 많고 가난한 자에게 적은 것이니 그 형세가 그렇게 만든 것이다."

넌덜머리나는 세상에 대한 지식인의 비명이다. 김소행은 빈부를 혼인과 연관 짓지 말아야 한다고 외친다. 그리고 그가 소설을 짓는 이유를 "대개 천하에는 어질지 못한 사람이 많기 때문이다(盖天下不賢者多矣)"라고 털어놓는다.

비슷한 시기를 산 연암 박지원의 《열하일기》〈심세편(審勢編)〉에 보이는 '오망론(五妄論)' 한 번 들어 보자. 《열하일기》는 연암이 조선 정조 4년(1780)에 지은 책이다. 박지원이 중국 청나라에 가는 사신을 따라 열하강(熱河江)까지 갔을 때의 기행문으로, 중국 희본(戲本)의 명목(名目)과 태서(泰西)의 신학문을 소개하였고, 또한 〈허생전〉·〈호질〉 따위의 단편 소설이 실려 있다.

여하간 이 책에 시원치 않은 망령된 자들이 다섯 부류나 된다. 자신의 지체와 문벌을 과시하는 것이 일망이요, 우리나라와 다른 문물이나 풍속을 비웃는 것이 이망이며, 멸망한 명나라에게 굽실거리면서 청에게 거만한 것이 삼망이요, 글자(漢文)깨나 안다 하여 상대편을 얕보는 것이 사망이고, 중국의 선비들이 청나라를 섬긴다 탄식하고는 고고한 체하는 것이 오망이다. 딱하기 그지없는 노릇이다. 여적도 통하는 이야기니 유구한 전통 문화유산(?)인가 싶어 안타깝다.

김소행은 또 부자는 음란하고 안일하며 남에게 교만하게 굴고 심지어는 사람의 도리도 알지 못한다고 꾸짖고 더 나아가 부부의 반목도 부자에게 많다고 한다. 단순한 까탈이 아니다. 조선 후기의 부패 사회에 던지는 그이의 카랑카랑한 목소리요, 결곧은 소리다. 이해관계의 우선에 '신분'이나 '물질'을 중시하는 즉물적 세계관에 대한 통렬한 일갈이다.

죽계의 이 '지작기'에서 거론한 빈자는 김소행 자신이고, 부자는 19세기 시장 경제가 낳은 패자로서의 가진 자다. 또 부자는 당시의 유교적 모럴에 함몰된 사회, 혹은 양반일 터이니 김소행은 이러한 요호부민(饒戶富民)에 대한 적개적 인식을 나타낸 것이다. '요호부민'이란 조선 후기에 등장한 신흥 경제 세력들을 지칭한다.

이런 대사회적 울분이 바로 이 〈삼한습유〉의 저술 동기다. 욕망의 부추김만으로 창작된 소설과는 분명 차별이 있다. 따라서 우리는 죽계 김소행과 소설 속 주인공인 향랑을 동일시할 수 있는 개연성을 얻을 수 있다. 향랑은 김소행을 옮겨 베껴 놓은 전사체(轉寫體)와 다를 바 없다. 즉, 죽계는 열녀 향랑을 차용하여 자신을 대상화시켜 표현한 것이니, 향랑이 바로 김소행이다.

루마니아 출생의 프랑스 철학자 뤼시앵 골드만(Lucien Goldmann, 1913~1970)의 견해를 빌리면 빈천한 출신인 향랑과 서출 자손인 김소행은 타락한 사회 속에서 고민하는 '문제적 개인(problematic character)'이라는 점에서 너무나 일치한다. 김소행이란 개인과 사회의 틈이 빚은 〈삼한습유〉라면, 향랑의 삶의 궤적에는 김소행의 대리적 욕망이 암암리에 조직되어 있다고 볼 수 있다. 그렇다면 김소행은 왜 이러한 사회적 메시지를 소설이라는 장르를 통해 조직화하였을까?

"기문(記聞)이 넓고 풍부하여 사물이 막히는 데가 없으며, 변론(辯論)이 분명하게 밝히며 사화(辭華)가 번성하고 화려하며, 신채(神彩)가 이리저리 움직이며, 체재(體裁)가 세밀하며, 용사(用事)가 정밀하며, 지의(旨意)가 조리 밝아 환하며, 필력(筆力)이 웅건하다." 김소행의 이 글을 잘 살피면 단서를 얻을 수 있다. 김소행이 자신의 글에 대해서 자찬하는 내용인데 일종의 소설에 대한 문체 이론쯤으로 볼 수 있다.

김소행은 시작법류 용어인 '용사(用事)'까지 들며 자찬한다. 용사란 '고사를 인용한다'는 말로 시문에 관한 작법류 용어에 해당한다. 이 글에서 김소행은 자신이 지은 〈삼한습유〉라는 소설이 시문에서 중시하는 고사를 많이 이용하였으니, 볼 만한 글이 아니냐'는 속내를 담았다.

사실 위와 같은 문체론적 조건을 만족시킬 만한 글은, 골수 양반네의 문예 취향인 한시 형식보다는 소설이 더욱 근사하다. 환상에서부터 비천한 시정잡배의 욕설까지 담아내는 소설 언어의 다성성(多聲性) 때문이다.

죽계는 자신의 마음을 적어 낼 장르를 소설로 택하였다. 그리고 "문장은 다만 이에 있을 따름이다. 그 유류지설(悠謬之說)과 황당지사(荒唐之辭)로 진실로 만고의 기이한 볼거리를 만들었으니 삼한(三韓)의 역사보다 더 좋은 한 부 역사다"라고 자신이 택한 소설을 '문장'이라 막연하게 바꾸고는 최선의 선택임을 강조한다.

죽계가 언급하는 '허황된 이야기'라는 '유류지설'과 '황당지사'는 바로 소설의 허구성이라는 본질이다. 즉, 죽계는 소설의 허구성에 대한 분명한 장르 의식이 있었기에 당당하게 이를 "만고의 기이한 볼거리(萬古奇觀)"라고 말했다.

죽계의 발언이 여기서 그치면, 그가 소설을 당시의 대표적 문으로 끌어올리려는 강한 의지를 읽는 것으로 자칫 그칠 수 있다. 하지만 죽계는 자신의 소설을 '만고기관'이라고 자찬하면서 '삼한(우리나라를 말함)의 역사보다 더 좋은 역사(良史於三韓)'라고 한다. 애써 소설을 사실적인 기록인 것처럼 표현한 것이다.

소설이면서도 소설이 아니라는 뉘앙스의 발언들, 소설을 지어 놓고서도 우정 모르는 체하고 몽따는 짓이다. 소설을 쓰면 소설이 되고 비평을 하면 비평이 되는 시대가 아니어서다. 움베르토 에코(Umberto Eco)라는 이의 〈나는 장미의 이름을 이렇게 썼다〉라는 글이 있다. 이 글은 자신이 쓴 〈장미의 이름(THE NAME OF THE ROSE)〉에 대한 창작의 변이다. 에코는 이 글에서 〈장미의 이름〉이 자신의 창작물이 아니라 중세의 자료를 수집하는 가운데 얻은 번역본에 불과하다고 써놓았다. 허구인 소설에 대한 방어벽이요, 글쓰기의 전략적 진술로 이해하면 된다. 밥을 할 때, 한소끔 끓어오른 뒤에 불을 낮추어야 뜸이 잘 들고 밥맛이 좋은 것처럼.

조금 더 촉수를 들이밀어 보자. '유류지설'과 '황당지사'가 바로 소설의 허구성일진대, 어떻게 〈삼한습유〉라는 소설이 '삼한의 역사보다 더 좋은 역사'일 수 있을까?

이 물음에 대한 답은 죽계가 '지작기'뿐 아니라, 이 작품 어디에서도 당시 널리 통용되던 소설이나 패설 등의 장르에 관한 말을 일절 하지 않는다는 점에서 찾을 수 있다. 시대나 문화적 정황으로 보아 죽계가 소설을 완전히 인식하였음은 충분히 짐작된다. 그런데도 죽계는 "사실을 기록한 외에도 문장으로써 사실이 기이하고 사실로써 문장이 실제적이니 문장도 불후(不朽)하고, 사실도 없어지지 않을 것이니, 완연히 실제의 유적이다. 영원한 작품인 향랑이 길이 후세에 남을 문장이고 후세 사람으로 하여금 말하게 해도 향랑은 다시는 없을 것이다"라고 자신의 소설이 사실의 기록인 양 적으며 단지 '문장'이라고만 하였다.

죽계는 이 글이 '기실(紀實)'이라 하여 사실의 기록이라고 강변하며 〈삼한습유〉를 소설로 보지 말 것을 거듭거듭 밝힌다. 〈삼한습유〉에 나오는 인물들 대부분이 사실적인 인물을 차용한 것이라든지, 수차례 반복되는 '향랑이 열녀'라는 강조라든지, 이 소설의 부제가 '의열녀전'이라든지 등은 이와 무관치 않다.

천하에는 어질지 못한 사람이 많아 〈삼한습유〉라는 소설을 써놓고도 소설이 아니라고 애쓰는 모습이다. 딱하고 안쓰럽다.

세 마당 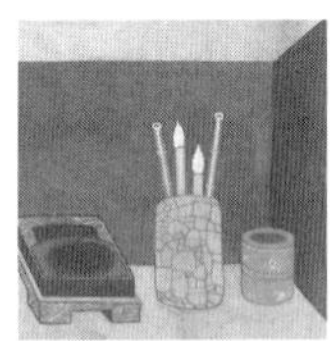

작 품 론

조선후기에는 부도덕한 조선 사회의 강고한 신분적 틀에 강한 불만을 터뜨린다. 특히 연암의 한문 단편 소설은 현실 세계를 파고들어 부패한 현실과 위선을 꾸짖는 중세의 지성을 눈썰미 있게 그려 내 근대 소설적인 면모를 보인다. 한국 고소설의 정점은 마땅히 연암 소설에 찍어야 한다.

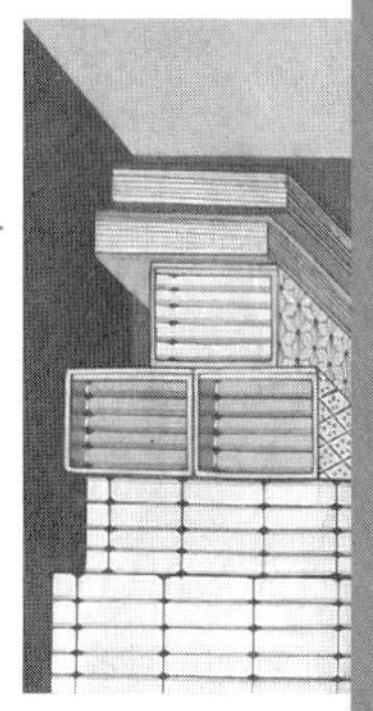

1

고소설사의 흐름

우리나라 고소설은 총 몇 편일까?

지금도 발굴되지 않은 자료가 있을 것이므로 정확하게 말할 수는 없다. 고소설의 종을 처음으로 셈쳐 본 이는 벽안의 한국 고소설 연구자인 스킬렌드(W. E. Skillend)였다. 그는 531종 730편•의 고소설을 모았다. 그러나 여기에는 《어우야담》, 《청구야담》과 같은 야담집이나 〈연의 각〉, 〈혈의 누〉와 같은 신소설까지 포함하고 있어 온전한 고소설을 집대성한 자료라고 볼 수 없다.

이후 우쾌제 교수에 의해 고소설의 총량이 1,273종 넘는 것으로 보고되었으나•• 이 역시 우리 고소설을 계량하기에는 역부족이었다. 작품 수도 동일계 이본을 모두 계산하였다. 예를 들자면 〈삼국지〉, 〈삼국지연의〉, 〈삼국지초요〉, 〈삼국지대장전〉 등 〈삼국지〉 종의 이본 편수까지 각각 한 종으로 계산했기에 1,200종이 넘어선 것이다.

• W. E. 스킬렌드, 《古代小說: Kodae Sosol》, 런던 대학교, 1968.

•• 우쾌제, 〈고소설 명칭 및 총량의 통계적 고찰〉, 《고소설의 저작과 전파》, 아세아문화사, 1994.

지금까지 가장 정확하고도 고소설을 집대성한 자료집은 조희웅 교수에 의해 빛을 보았다. 그의 《고전소설이본목록》(집문당, 1999)과 이를 다시 증보한 《고전소설연구보정》(박이정, 2006)에 따르면 2006년을 기준으로 〈가루지기타령〉(〈변강쇠전〉)에서부터 〈흥선대원군실기〉까지 국문 소설, 한문 소설을 합쳐 859종이다. 우쾌제 교수보다 고소설의 총량이 줄어든 것은 〈삼국지〉, 〈삼국지연의〉, 〈삼국지초요〉, 〈삼국지대장전〉 등 수다한 이본 편수를 〈삼국지〉 한 종으로 계산하였기 때문이다.

따라서 소설 한 종에는 작게는 1종 1편도 있지만, 〈조웅전〉 같은 경우는 무려 4백여 편에 달하는 이본이 있다. 〈삼국지〉만 하여도 〈언삼국지〉, 〈삼국지연의〉, 〈무쌍언문삼국지〉 등 근 2백여 편에 달하는 이본이 존재한다. 이러한 소설들만 해도 〈춘향전〉을 비롯하여 수십 종이나 된다. 그렇다면 859종의 종(작품)당 이본을 5편만 잡아도 4천 편이라는 숫자를 수월하게 넘는다는 계산이 나온다. 조희웅 교수의 이 고소설 자료 집대성으로 우리 고소설은 비로소 문헌 정보를 뒤늦게나마 확인한 셈이다.

하지만 18세기 소설 애호가였던 유만주는 《흠영》에서 "언문 소설은 우리나라 사람이 지은 것으로 마땅히 수만 권이 된다(內文小說 東人程製 當爲累萬卷)"라고 하였다. '수만 권'이라는 말을 딱히 믿을 바는 못 되나 적지 않은 종의 고소설이 있었음은 미루어 알 수 있다. 겸하여 후손들이 저 문화유산을 어떻게 대했는지 보지 않아도 미루어 알 수 있으니, 고전을 공부하는 한 사람으로서 꽤 서운하다.

문헌을 확인해 보니 중국은 1,164종(작품)•이고 일본은 3,414편••이라 적혀 있다. 한쪽은 종이고 한쪽은 편수이니, 그렇다면 산술적으로 한·중·일이 어금지금한 셈이다.

• 《중국통속소설총목제요》, 베이징, 중국문예출판공사, 1990.
•• 《신수일본소설년표》, 도쿄, 춘양당, 1925.

신라 말·고려 초(9~12세기)

대부분 전기(傳奇) 소설로서 〈온달〉은 배경이 6세기이고, 설총(薛聰, 655~?)이 신문왕의 잘못된 정치를 풍자한 〈화왕계〉는 7세기, 〈조신〉은 9~10세기쯤에 창작되었다. 이렇게 보면 고소설의 시작은 〈온달〉의 신분 상승에 대한 욕망, 〈화왕계〉의 꽃을 의인화한 세상에 대한 경계(警戒), 〈조신〉의 남녀 간의 사랑에서 비롯되었다고 볼 수 있다. 특히 사랑을 다룬 〈조신〉의 환몽(幻夢) 구조는 우리 고소설의 한 특성으로 면면히 이어진다.

박인량의 《수이전》 소재 〈최치원〉·〈수삽석남〉, 김부식의 《삼국사기》 소재 〈온달〉·〈화왕계〉, 일연의 《삼국유사》 소재 〈조신〉·〈김현감호〉.

고려 중기·말기(12~14세기)

안타깝게도 나말려초의 전기 소설을 이 시대에는 찾아볼 수 없다. 이 시기에 지어진 작품들은 모두 가전(假傳)이다. 가전은 사물을 의인화하여 사람들에게 경계심을 일깨워 주려는 창작물이다. 최근 학계 일각에서는 이 가전을 소설로 적극 이해하려는 움직임이 있다.

임춘의 〈국순전〉·〈공방전〉, 이규보의 〈국선생전〉·〈청강사자현부전〉, 이윤보의 〈무장공자전〉, 혜심의 〈죽존자전〉·〈빙도자전〉, 이곡의 〈죽부인전〉, 이첨의 〈저생전〉, 석식영암의 〈정시자전〉.

조선 초기(14~16세기)

고소설의 한 특성인 나말려초의 환몽 구조가 다시 등장한 가운데 이승과 저승을 넘나드는 귀신과 불교를 배경으로 한 소설이 나타났다. 사건은 비록 비현실적이고 환몽적인 요소가 짙으나 양적으로나 구조적으로나 전형적인 전기(傳奇) 소설들로 이해할 수 있다. 특히 한글 창제로 말미암아 한글로 쓰인 고소설이 처음 고소설사에 보이는 시기이기도 하다. 입신양명의 좌절, 권력을 빗댄 이상 세계에 대한 꿈, 불교 포교라는 극락을 그리고 있다.

김시습의 《금오신화》, 채수의 〈설공찬전〉, 심의의 〈대관재몽유록〉, 신광한의 《기재기이》, 작자 미상의 〈금송아지전〉·〈선우태자전〉·〈안락국태자전〉·〈왕랑반혼전〉.

조선 중기(16~18세기)

세상에 대한 경계를 사물의 의인화에서 벗어나 심성을 통해 구현하는 한편, 전쟁과 애정이 가장 두드러진다. 현실—꿈—현실로 전환되는 환몽 구조는 이제 완연하게 우리 고소설 구성법으로 자리 잡아 푼푼한 몽유소설이 대거 나오는 한편, 뚜렷한 양면성이 보이는 소설이 등장하였다. 굳이 이름을 붙이자면 공익(公益) 소설과 사익(私益) 소설이라고나 할까.

공익 소설로는 1592년 임진왜란과 1597년 정유재란, 1627년 정묘호란과 1636년 병자호란이라는 조선 역사상 가장 슬픈 시기를 목도한 전쟁의 상흔과 이를 소설로 보상하려는 민족의식이 도드라진 군담 영웅 소설들이 여기에 해당한다. 물론 그 내용은 모두가 역사적인 사실에 기저를 두고 공익을 앞세운다.

이러한 소설과는 반대로 중세의 질곡에 의해 일그러진 여성을 소설의 전면에 등장시킨 소설이 창작되었으니 일군의 한문 애정 전기 소설이다. 애정을 다룬 소설들은 공익을 추구한 소설과는 뚜렷한 대조를 보이니, 심신의 휴양, 삶의 즐거움, 남녀의 욕망 등 사익을 앞세운 소설이다. 불교의 공사상을 담아낸 듯한 〈구운몽〉은 유한한 세속적인 삶의 세계를 이상 세계로 풀어내어 고소설의 편폭을 넓혔다.

김우옹의 〈천군전〉, 정태제의 〈천군연의〉, 임제의 〈화사〉·〈수성지〉·〈원생몽유록〉, 윤계선의 〈달천몽유록〉, 권필의 〈주생전〉, 조위한의 〈최척전〉, 김만중의 〈사씨남정기〉·〈구운몽〉, 조성기의 〈창선감의록〉, 이정작의 〈옥린몽〉, 작자 미상의 〈강도몽유록〉·〈피생명몽록〉·〈임진록〉·〈임경업전〉·〈사명당전〉·〈최고운전〉·〈운영전〉·〈상사동기〉·〈위생전〉·〈숙향전〉·〈박씨전〉, 중국 소설인 〈삼국지연의〉·〈서한연의〉·〈수호전〉.

조선 후기(18~19세기)

문체 반정까지 더하여 도끼눈으로 소설을 백안시하던 시절이지만 한문 단편 소설과 창작 군담 소설, 판소리계 소설이 한문 소설과 국문 소설로 대거 등장했으니 고소설사에서는 가장 풍요로운 소설의 시대다. 여기에 방각본이 출현하여 소설의 대중화를 이끌었고, 앞 시기에 이어 붕괴된 가정과 국가를 이상적으로 복구하는 과정을 영웅, 충성, 효성으로 적절히 버무려 낸 창작 군담 소설들이 대거 등장한다. 이 틈새에서 걸출한 〈홍길동전〉이 부도덕한 조선 사회의 강고한 신분적 틀에 강한 불만을 터뜨린다. 특히 연암의 한문 단편 소설은 현실 세계를 파고들어 부패한 현실과 위선을 꾸짖는 중세의 지성을 눈썰미 있게 그려 내 근대 소설적인 면모를 보인다. 한국 고소설의 정점은 마땅히 연암 소설에 찍어야 한다. 또 판소리계 소설이 등장하여 인간의 욕망을 해학적으로 그리는 가운데 민중 의식과 윤리 의식을 선보인다. 판소리계 소설은 지금까지 문화적 역동성을 한껏 과시하며 가멸차게 살아 숨쉬고 있다. 윤리에는 지나친 효사상이 강조되어 안쓰럽다.

안개의 부인 전주 이 씨의 〈완월회맹연〉, 이광사 슬하 남매와 집안사람들의 〈소씨명행록〉, 박지원의 〈마장전〉·〈예덕선생전〉·〈민옹전〉·〈양반전〉·〈김신선전〉·〈광문자전〉·〈우상전〉·〈호질〉·〈허생〉·〈열녀함양박씨전 병서〉, 작자 미상의 〈소대성전〉·〈장풍운전〉·〈장백전〉·〈조웅전〉·〈금방울전〉·〈유충렬전〉·〈이대봉전〉·〈현수문전〉·〈황운전〉·〈춘향전〉·〈화용도〉·〈토끼전〉·〈심청전〉·〈흥부전〉·〈장끼전〉·〈변강쇠가〉·〈옹고집전〉·〈진대방전〉·〈홍길동전〉.

조선 말·대한제국·일제(19~20세기)

한문 소설이 주춤한 가운데 국문 소설이 압도적으로 우세하다. 중세에서 근대 전환기(17~18세기)에 보였던 심성으로 빗댄 세상에 대한 경계가 재등장하는 한편, 가정이 고소설의 물줄기를 이끌며 악의 은유요, 가정의 공포로서 계모가 또렷이 보인다. 한편, 애정에는 부패한 사회 현실과 성적인 욕망도 거침없이 담았다. 특히 이 시기에 보이는 고소설 속의 욕망은 작가의 소설 창작 욕망이 구현된 작품들로 이상적인 세계를 그린다. 여기에 〈춘향전〉류의 한문 소설들이 욕망이 아닌 양 딴청을 피운다.

정기화의 〈천군본기〉, 유치구의 〈천군실록〉, 심능숙의 〈옥수기〉, 이이순의 〈일락정기〉, 김소행의 〈삼한습유〉, 서유영의 〈육미당기〉, 박태석의 〈한당유사〉, 한은규의 〈쌍선기〉, 정태운의 〈난학몽〉, 남영로의 〈옥련몽〉(〈옥루몽〉), 목태림의 〈춘향신설〉, 수산 선생의 〈광한루기〉, 작자 미상의 〈명주보월빙〉·〈장화홍련전〉·〈콩쥐팥쥐전〉·〈정을선전〉·〈김인향전〉·〈황월선전〉·〈채봉감별곡〉·〈배비장전〉·〈오유란전〉·〈종옥전〉·〈옥루몽〉.

2

별쭝난 고소설

최초의 금서(禁書)《금오신화》

한 젊은이가 몹시 흥분한 모습으로 책을 불사르고 있다. 작은 키에 약간 퉁퉁한 딱 바라진 체격의 그 사내는 이제 스물한 살 꿈 많은 청춘이다. 때는 1455년 윤 6월 11일, 무서움에 가슴 졸이던 단종은 기어이 숙부 수양 대군에게 임금 자리를 선위하고야 만다. 선위(禪位)란 왕이 살아서 다른 사람에게 왕위를 물려주는 일이다. 허나 말이 선위지 임금의 자리를 빼앗은 찬위(簒位)였다. 한복더위가 삼각산 중흥사를 짓누르고 있었다. 책을 불사른 사내는 이내 자리를 툴툴 털고 일어서더니 바랑을 짊어지고는 경내를 둘러보았다. 입신출세의 꿈은 이미 책을 태우는 불쏘시개가 되어 한 줌의 재로 사라졌다.

단종의 삼촌이며 세종 대왕의 2남인 수양 대군이 동생인 안평 대군과 좌의정 김종서 등 정부의 핵심 인물을 제거한 사건이 일어난 것은 2년 전이었다. 이른바 계유정란(癸酉靖亂)이다. 김시습은 구국의 결단이라는 수양의 말을 믿고 공부에 열중하였다. 허나 수양 대군(首陽大君, 1417~1468)은 이태 만에 어린 조카 단종을 내치고 자신이 왕위에 오른다. 수양 대군이 세조가 된 것이요, 김시습의 삶이 결정되는 순간이다.

김시습은 유학자였다. 비록 한미한 가문 출신이었지만 당연히 충신불사이군을 가슴에 새긴 유학자로서 '왕도 정치'를 꿈꾸었다. '왕도 정치'는 한 번도 도전을 받아 본 적 없는 중세의 이념 아닌가. 하지만 목도하는 현실은 왕도가 아닌 수양 대군이 단종을 내몰고 왕위에 오른 비극적인 패도 정치의 극치였다. 더 이상 공부할 이유가 없었다. 김시습은 스님이 되어 방랑길에 올랐다. 그의 법호인 설잠(雪岑), '눈 덮인 봉우리'로서 외로운 방랑의 삶, 숙종 때 가서야 생육신(生六臣)으로 추증된 삶은 이날부터 시작한다. 물론 시습의 또 다른 호인 청한자(淸寒子: 맑고도 추운 사내), 벽산청은(碧山淸隱: 푸른 산에 맑게 숨어 산다), 췌세옹(贅世翁: 세상에 혹 덩어리일 뿐인 늙은이) 등도 설잠과 유사함을 알 수 있다.

"근대의 시승(詩僧)을 말하면 설잠이 그 영수(領袖)인데, 그 시가 법도에 맞고 중후하여 중의 티가 없다. 금오산(金鰲山)에 들어가서 저서 《금오신화》를 석실(石室)에 감추고 말하기를, '후세에 반드시 설잠을 아는 이가 있으리라' 하였다. 그 글은 대개 괴이한 것을 기술하여 우의(寓意)한 것인데, 《전등신화》 등을 본떠서 지었다." 김안로의 《용천담적기》에 보이는 글이다.

그렇게 방랑한 지 꼭 10년 만인 서른한 살 되던 해, 김시습은 경주로 내려가 금오산에 정착한다. 그는 이곳에서 서른여섯 살까지 머무르며 《금오신화》를 저술한다. 그리고 앞의 말처럼 "후세에 반드시 설잠을 아는 이가 있으리라"라고 예언하고는 《금오신화》를 석실에 감추어 둔다. 김시습의 예언은 적중했다. 현재 《금오신화》는 화려하게 부활하여 이 강토에 들어선 집집마다 서가를 장식하고 있다.

그럼 《금오신화》를 석실에 감춘 이유는? 간단하다. 《금오신화》라는 소설이 당시 사회에서 용납될 수 없어서였다. 《금오신화》는 전기 소설집(傳奇小說集)으로 〈만복사저포기(萬福寺樗蒲記)〉, 〈이생규장전(李生窺牆傳)〉, 〈취유부벽정기(醉遊浮碧亭記)〉, 〈용궁부연록(龍宮赴宴錄)〉, 〈남염부주지(南炎浮洲志)〉 등 다섯 편이 수록되어 있다. 원래는 이 5편이 작자가 지은 전부가 아니었던 것으로 추정되나 찾을 길이 없다.

김시습의 예언처럼 《금오신화》는 우리나라에서 일찍이 자취를 감추었다. 물론 《금오신화》의 흔적이 없는 것은 아니다. 《신증동국여지승람》 제21권 〈경상도(慶尙道)〉 '경주부(慶州府)'와 《패관잡기》 제4권 등에도 《금오신화》가 세상에 전해진다고 하였으며, 김집(金集, 1574~1656) 선생 수택본에는 〈만복사저포기〉와 〈이생규장전〉이 필사되어 있다. 또 이황(李滉, 1501~1570)은 이를 읽었고, 송시열(宋時烈, 1607~1689)은 구하려 하였으나 얻지 못했다는 기록도 찾을 수 있다.

그래서인지 국내에는 현재 한두 편씩 필사된 이본밖에 없다. 어찌 된 영문인지 이 《금오신화》가 온전한 소설집으로 발견된 것은 김시습 사후 4백여 년이 지난 남의 나라 일본 땅에서다. 초간은 내각문고에 소장된 1653년이고, 이로부터 7년 뒤인 1660년과 1673년에 연도만 고쳐 그대로 복각(覆刻)하였다. 최남선이 소개하여 동경판(東京板)으로 불리는 《금오신화》는 일본의 대총가(大塚家)에 소장된 것을 1884년 일본과 조선의 학자들이 모여 평어를 덧붙여 동경에서 간행한 것이다. 발문은 당시 일본에서 조선어를 가르치던 이수정(李樹廷, 1842~1886)이 썼다. 이 사람은 가톨릭 신자로 도승지를 지냈으며 1882년 임오군란 때 명성 황후를 피난하게 한 공으로 일본 시찰에 오른 듯하다. 특히 1884년본은 상하 두 권으로 간행되었는데, 하권 말미에 '서갑집후(書甲集後)'라는 글자가 보인다. '갑집의 뒤에 쓴다'라는 이 글자는 '을집'이 있을 것이라는 추론을 가능케 하지만 현재까지 발견되지 않고 있다. 본래 있는 것을 못 찾는 것인지, 아니면 애초부터 없었던 것인지? 또한 남의 나라에서 두 번씩이나 간행한 문헌을 정작 우리는 그 실체조차 수백 년간 모르고 지냈다는 것이 안타깝다.

일본으로 건너갔으니 일본에서 《금오신화》의 행적을 잠시 추적해 보자. 《금오신화》는 곧 일본 최초의 괴이 소설(怪異小說)이라 불리는 《토기보코(伽婢子)》에 영향을 준다. 이 《토기보코》(《오토기보코》)는 이제까지 볼 수 없었던 새로운 형체와 형식의 소설이었다. 《토기보코》의 작가는 아사이 료이(淺井了意, 1622?~1691?)로 1661년에 간행하였다. 《금오신화》 저작 시기로부터는 2백여 년 뒤요, 일본으로 건너간 지 60여 년 뒤의 일이다. 연구에 의하면 《토기보코》는 《금오신화》와 《금오신화》에 영향을 준 구우의 《전등신화》 모두의 영향을 받은 일본의 전기 소설집이다.

구체적으로 《토기보코》는 《금오신화》로부터 각색 방법을 이어받았으며, 68편의 작품 중 첫 번째 작품인 〈龍宮の上棟〉은 바로 《금오신화》의 〈용궁부연록〉을 번안한 것이다.

물론 이 《금오신화》는 일본에만 머문 것이 아니라 일찍이 중국에도 소개되었다. 근세의 일이지만 중국인 윤온청(尹蘊淸)은 《동해유문》(1912년 천진에서 인쇄)에 〈이생규장전〉과 〈만복사저포기〉를 개수해 넣기도 하였으니, 시공을 뛰어넘는 《금오신화》의 문학적 자장을 넉넉히 볼 수 있다. 이제 《금오신화》 저술에 대해 잠시 말을 놓아 보자. 김시습은 주지하듯 시대의 반항아요, 불우한 삶을 산 방외인(方外人)이었다. 오세신동이란 극찬을 들었던 그는 잘만 하면 '문'으로 조선을 점령하였을 수도 있었다. 그러나 세조의 정변으로 격동의 시공간으로 자의 반 타의 반 추방되었으니, 소설은 이런 김시습과 근본적으로 상응하기에 필요충분조건을 갖추고 있는 셈이었다. 〈제전등신화후〉에서 김시습은 구우에 대한 작가론을 편 맨 마지막에 이렇게 울울한 자신의 심경을 거칠게 뱉어 댔다.

輪困(囷)肝膽貯造化 넓은 가슴속에 조화가 서려 있어
澹蕩筆下煙蜂午 휘두르는 붓 끝에서 연기가 일어난다.
〔……〕
蕩我平生磊塊臆 내 평생 쌓인 불평 덩어리를 씻어 내네.•

'넓은 가슴속에 조화가 서려 있어'는 분명히 구우의 《전등신화》 창작 의식을 적극적으로 비평하는 것이요, '내 평생 쌓인 불평을 씻어 주는 듯하다'라는 것은 《전등신화》를 읽은 소회를 강렬히 표출한 것이다. 소설 작가론적 비평으로 비장한 절제와 읽는 이로 하여금 지적 긴장감을 불러일으키는 발언이다. 김시습이 이렇듯 작가에 대한 비평과 소설을 강하게 긍정하는 바탕은 물론 세교와 감인이니 이는 저 아래에서 한 번 더 살피고 넘어간다. 이것은 일정한 정도의 고민만으로 얻을 수 있는 것이 아니다. 소설에 대한 강한 인식과 애착이 있었기 때문에 가능한 것이고, 나아가 《금오신화》라는 소설을 저작케 한 것으로 이해할 수 있다.

일본에서 《금오신화》를 발견한 이는 최남선(崔南善)이었다. 그는 귀국하여 부랴부랴 1927년 《계명(啓明)》 제19호에 《금오신화》의 실체를 소개했고, 비로소 김시습은 생육신으로서만이 아닌 소설가로서 우리 고소설사에 태두로 자리매김한다.

그렇다면 김시습은 '무엇'이 두려워 《금오신화》를 석실에 감추어 두었으며, '무엇' 때문에 《금오신화》는 조선에서 사라졌을까? 물론 임진왜란 때 약탈당하였다는 역사적인 사실 말고 그 '무엇'의 단초를 찾아보자면 바로 〈남염부주지〉에서다.

〈남염부주지〉에는 이런 문장이 보인다. "정직하고 사심 없는 사람이 아

• 김시습, 〈제전등신화후〉, 《매월당집》, 《한국문집총간》 13, 163쪽(이하 같은 책).

니면 이 땅의 임금 노릇을 할 수 없습니다."(염왕) "나라를 다스리는 사람은 폭력으로써 백성을 위협해서는 안 됩니다. 백성들이 두려워서 복종하는 것 같지만 마음속엔 반역할 의사를 품고 있습니다. 덕망 없는 사람이 왕위에 올라서는 안 됩니다."(염왕) "간신이 벌떼처럼 일어나 큰 어지러움이 자주 생기는데도 임금은 백성들을 위협하고서 그것을 잘한 일로 생각하고 명예를 구한다면 어찌 나라가 편안할 수 있습니까?"(박생)

여기서 임금은 누구인가?

바로 세조를 두고 하는 말 아닌가. 폭력으로 왕위에 오른 세조에 대한 벽력 같은 외침이 아니고는 달리 해석하기가 어렵다.

이황이 그를 '색은행괴지도(索隱行怪之徒)'라 하여 '궁벽한 것을 캐내고 괴이한 일을 행하는 무리'라 규정한 것도, 또 이이(李珥)가 '백세지사(百世之師)', 즉 '백세의 스승'이라 극찬한 이유도 저 글귀들에서 찾을 수 있다. 어숙권(魚叔權) 또한 그의 《패관잡기(稗官雜記)》에서 김시습의 이 《금오신화》에 대한 평을 해놓았다. 《금오신화》 중 "〈남염부주지〉가 실로 소설 가운데 제일이다(南炎浮洲志 實小說之第一也)"라고 하며, "그 한 이론은 군주가 국정을 듣던 곳의 책문과 같고, 임금의 자리를 양위하는 칙명을 전하는 문서는 학사의 수법을 뛰어넘었다. 다만 이뿐 아니라, 세간의 일에 대한 문답은 사악을 배척하고 바름으로 돌아가게 하였고 치란의 연유를 논하는 대목은 또한 그의 평소 뜻을 서술한 것이다(其一理論 有同大庭之策 禪位制 遠過學士之手 不特此也 其問對世間之事 旣斥邪歸正 而商論治亂之由 又述其平生之志)"라고 하였다.

〈남염부주지〉의 내용을 대략만 보자.

'남염부주지(南炎浮洲志)'란 '남쪽에 있는 염부주에 간 기록'이란 뜻으로 '염부주'는 저승이다. 경주에 사는 박생은 과거에 급제 못한 선비로 불교, 무당, 귀신 등에 의심을 품고 있었다. 하루는 글을 읽다가 깜박 꿈을 꾼다. 바닷속 한 섬나라 염부주이다. 하늘과 땅의 남쪽에 있는 이 나라의 땅은 온통 구리 아니면 쇠이고 초목도 모래와 자갈도 없었다. 낮엔 불길이 하늘로 치솟아 땅이 녹는 듯했고 밤이면 추운 바람이 뼛속을 파고들었다.

박생은 안내를 받아 염마왕(琰摩王)을 만난다. 그리고 주공과 공자의 사람됨, 귀신, 오륜, 정치 등에 대해 염마왕과 의견을 나눈다. 염마왕은 박생에게 자신의 자리를 선위하고 싶다고 한다. 박생이 받아들이자 글을 써준다. 염마왕은 태자의 예로 대하며 곧 돌아오라고 한다. 박생이 하직하고 수레에 올랐는데 수레가 넘어지는 바람에 놀라 꿈에서 깨어났다. 박생은 두서너 달 후에 병으로 죽었다. 그날 이웃 사람의 꿈에 한 신인이 나타나 박생이 염마왕이 될 것이라고 일러 준다.

이 작품은《금오신화》의 여타 작품과 달리 여인을 등장시키지 않는다는 점이 '차이'다. 그리고 그 '차이'에 김시습의 '종교관, 국가관, 세계관 등 사상'이 숨어 있다. 속이고 감추려 드는 작가 김시습, 들추고 속내를 읽어 내려는 독서자, 이 비대칭성이 제대로 아우러져야만 이 소설의 참뜻을 찾을 수 있다.《금오신화》는 우리 고소설 동산에 내리쬐는 아침 햇살 같은 소설이다.

필화를 부른 〈설공찬전〉

〈설공찬전〉에 대해서는 이미 '〈설공찬전〉 사건'에서 살폈기에 이 장에서는 앞에서 못 다한 이야기 몇 마디 첨부하는 것으로 마치겠다. 학계에서 〈설공찬전〉이 필화를 부른 이유로 〈설공찬전〉 원문을 드는 경우가 있다. 그것은 "님금이라도 쥬전튱ᄀᆞᄐᆞᆫ 사ᄅᆞᆷ이면 다 디옥의 디렷더라"라는 대목이 중종을 겨냥해서 한 말이라는 것과 "이싱애셔 비록 녀편네 몸이리(라)도 잠간이나 글 곳 잘하면 뎌싱의 아ᄆᆞ란 소임이나 맛드면 굴실이혈ᄒᆞ고 됴히 인ᄂᆞ니라"라는 구절이 있는데, 이것이 남녀의 유교 질서를 뒤흔들 만한 발언이기에 채수에게 교수형을 주창한 것이라는 견해다.

물론 저 당시에 "임금이라도 주전충 같은 사람이면 다 지옥에 떨어진다"나 "비록 여인의 몸이라도 약간이라도 글을 하면 저세상에서 아무 소임이나 맡으며 세금이 줄어들고 잘 지낸다"라는 구절은 임금에 대한 복종과 남존여비가 분명했던 저 시절에 매우 흥미로운 언사임에 틀림없지만 이것이 교수형으로 이어지기에는 이해할 만한 분명한 이유가 필요하다.

우선 뒤의 것부터 정리해 보자. 소설에 한 줄 써넣은 '여자도 글줄이나 알면 저승에서도 편히 지낸다'라는 풍기문란의 말 때문에 교수형에 처한다는 것은 애써 설명을 달 필요도 없이 논의거리로서 부족하다. 이 정도 발언만으로 교수형을 시켜야 한다면 조선이란 나라 자체가 남아날 리 없다.

그래도 채수의 교수형에 개연성을 보이는 것은 앞의 "임금이라도 주전충 같은 사람이면 다 지옥에 떨어진다"라는 대목이 연산군을 몰아내고 왕위에 오른 중종을 겨냥한 말이라는 왕권 모독죄다. 주전충이 쿠데타로 집권한 왕이기에 채수가 여기서 중종을 주전충으로 은근히 비유해 놓은 것이라면, 채수는 어떠한 이유로도 살아남지 못할 것이기 때문이다. 그것은 무오사화를 일으킨 김종직의 조의제문만 보더라도 미루어 알 수 있다. 왕권 모독죄에 걸린 김종직은 부관참시되었고 김일손을 비롯하여 다수의 신진 사림들이 사형에 처해지거나 귀양 가고 파직당하지 않았는가.

그러나 채수의 〈설공찬전〉 문제는 앞에서도 언급한바 교수형이라는 상소와 달리, 경미하게 처리되고 말았다. 그것도 인천군이라는 직위의 파직에 그치고 불과 5개월 뒤에 복직되었다.

그리고 주전충과 중종이 왕을 몰아내고 왕위에 오른 것은 동일하나 실상은 너무나 다르다. 주전충(朱全忠, 852~912)은 후량의 태조로 황소의 난 때 예하 무장으로 있다가 귀순하여 오히려 황소의 난을 평정하는 데 공훈을 세운 인물이다. 이후 그는 소종 황제를 살해하고 13세의 애제에게 양위를 받는 형식으로 907년 후량(後梁)을 건국한다. 그의 성격은 황음하여 왕족의 부녀자들을 범하기 일쑤였으며, 심지어는 양자로 들인 주우문의 아내인 며느리와 정을 통하는 변태적 호색가였다. 결국 그는 친아들인 주우규에게 죽음을 당하고, 이 주우규 또한 그의 아우 주우정에게 피살되어 자기가 세운 왕실을 제 스스로 몰락시킨 인물이다. 그러니 당시 우리의 조정에서도 이 주전충을 공공연히 후세 임금의 경계로 삼게 되었으니 실록에는 어리석은 임금으로 자주 오르내린다.

오히려 이러한 주전충과 비유될 수 있는 것은 중종보다 연산군(燕山君, 1476~1506)이어야 한다. 실상 연산군은 무오사화(1498)와 갑자사화(1504)를 통하여 무수히 많은 사람을 죽였다. 특히 갑자사화 이후 장녹수(張綠水)에게 고혹되어 황음이 날로 더하는 데다 광폭해졌다. 여기에 조선 전역에서 기녀와 미인들을 모아 극단의 유희를 즐겼기에 민간에서도 사치와 음란 따위의 좋지 못한 풍조가 성행하였다.

채수 개인적으로도 연산군에게 많은 고통을 받았다. 이 불량스럽고 무례하기 짝이 없는 연산군의 학정에 종지부를 찍은 중종반정(中宗反正)이 일어난 1506년 직전 채수는 58세의 몸으로 단성으로 귀양 가 있었다.《연산군실록》12년 1월 22일과 12년 5월 29일 등 여러 기록을 보면 채수는 연산군의 폭정으로 이미 심한 마음고생을 한 것이 한두 번이 아니었다. 따라서 이러한 연산군에 대한 불만이 결국 채수를 중종반정 3등 공신으로 만들었으며, 인천군에 봉해지기까지 한 것이다. 이런 채수가 연산군이 아닌 중종을 겨냥하여 〈설공찬전〉에 "님금이라도 쥬젼튱ㄱ튼 사룸이면……"

연극 〈지리다도파도파 설공찬〉의 한 장면

이해제 각색·연출로 극단 신기루만화경이 대학로 소극장에서 공연한 작품이다. 설공찬이 일찍 죽은 자신의 불효로 식음을 전폐하는 아버지를 보다 못해 이승에서의 스무 날을 얻어 아버지를 위한 벼슬을 구하려 하나 이미 정치의 속성을 깨닫고는 이를 포기한다는 내용이다.
2003년 5월에 초연한 이후 여러 번에 걸쳐 상연되었다. 이 연극 〈설공찬전〉이 현실 정치에 대한 강력한 비판을 담고 있는 것으로 미루어, 아마도 원 작품인 〈셜공찬이〉 필화를 겪은 고소설이라는 점과 사자의 혼령이 산 자의 몸에 들어오는 환혼 모티프에서 현재성을 찾은 듯하다. 참고로 '지리다도파도파'는 주문이다.
이복규 교수가 발굴한 〈설공찬전〉 국문본(영인)에는 제목이 〈셜공찬이〉라고 되어 있다.

라는 운운을 써 넣었다는 것은 논리가 전혀 맞지 않는다.

이러한 것으로 미루어 볼 때 중종을 주전충에 비유하여 채수를 교수형에 처하자는 견해보다는 '제2차 〈설공찬전〉 사건'에서 살핀 바처럼 당시의 사림 세력과 훈구 세력의 정치적 역학 관계에서 〈설공찬전〉이 애꿎은 덤터기를 썼다는 것이 더욱 납득하기 쉬울 것 같다.

5백여 년 전, 저자에게 '교수형'을 내린 〈설공찬전〉이 오늘날 긴 꿈에서 깨어났다. 연극계에서 공연되는 〈설공찬전〉이 바로 그것이다.

최초의 민중 소설 〈임진록〉

이런 이야기가 있다.

한 나그네가 길을 가다가 아침나절에 마차를 얻어 탔다.

"고맙습니다. 여기서 홍천골까지는 얼마나 걸리나요?"

"한 시간쯤 가면 될 겁니다."

두 사람은 이런저런 이야기를 주고받으며 갔다. 한참을 간 것 같은데도 홍천골은 나타나지 않았다. 나그네가 다시 물었다.

"여기서 홍천골까지는 얼마나 되나요?"

"한 두어 시간 족히 걸리겠지요."

나그네는 깜짝 놀랐다.

"아니, 아까는 한 시간이라더니, 이제 두 시간이 넘는다고요. 이만큼 왔는데……."

마차꾼이 태연히 말했다.

"이 마차는 홍천골과 반대로 갑니다."

'임진년 원수다'라는 속담이 있다. 임진왜란을 일으킨 왜적처럼 영원히 잊을 수 없는 철천지원수를 비유적으로 이르는 말이다. 슬픔의 시대 임진년이 소설이 되었으니 바로 〈임진록〉이다. "개 같은 오랑캐 만고의 원수로다"는 〈임진록〉에서 논개가 왜장에게 잡히어 분함을 이기지 못해 부른 노래다. 비분에 찬 논개는 이 노래를 부르고 왜장을 안고 물에 빠져 죽는다. 이때가 임진년 다음 해인 1593년 5월 25일이라고 〈임진록〉에 기록되어 있다.

노래는 이렇다.

바람이 표표하니
춤추는 소매를 흔드는도다.
강산이 변하였으매
개 같은 오랑캐 만고의 원수로다.
슬프다! 국가의 운이 이리 되어
내 살아 무엇 하리오.•

'최초의 민중 소설'이라는 수식어를 달 만한 소설이 〈임진록〉 이전에는 없다. 병자호란을 다룬 〈임경업전〉, 〈강도몽유록〉이 있으나 〈임진록〉과 비할 바가 못 된다. 〈임진록〉은 임진왜란이라는 국난 극복과 함께하였고 일제 때에는 금서로 지정되기도 하였다. 물론 대중적 인기도 누려 〈임진란기〉, 〈임진왜란전〉, 〈용강전〉, 〈흑룡일기〉 등 121편의 국문 필사본과 23편의 한문 필사본, 13편의 방각본, 3편의 국문 활자본, 1편의 영역본 등 160여

• 김기현, 〈임진록〉, 《한국고소설선본총서》, 예그린출판사, 1975, 17쪽. 김기현 교수는 해설에서 "오늘날 현대 작가는 물론 학생·군인·일반 교양인들에게 이 책이 널리 읽혀 올바른 고전 감상을 통해 이 방면에 보익이 되기를 바란다"라고 적어 놓았다.

편의 이본이 발견되었다. 구활자본으로 접어든 일제 때 이 소설이 금서(禁書)였다는 점을 상기하면 이본의 숫자는 이보다 더욱 늘어날 것이다.

책의 표제대로 선조 때 임진왜란이라는 민족의 비극을 문학적으로 형상화한 것이기에 임진왜란 이후 인조(仁祖, 1595~1649) 임금 그 어느 즈음에 나온 것으로 추정된다. 각 이본들은 내용과 체제가 완연 다른 작품이 많은데 학자들은 대략 역사 계열, 관운장 계열, 최일영 계열로 대별한다.

일본은 조선을 1592년(선조 25)부터 1598년까지 두 차례에 걸쳐 짓밟았다. 통칭 '임진왜란'이라 불리는 이 전쟁으로 조선은 피폐화되었다. 왜군의 잔학상만이 아니었다. 원군으로 온 명나라의 오만과, 전란임에도 백성을 괴롭히는 탐관오리, 왜구에 붙은 무리들이 악머구리 끓듯 하던 시기였다. 그야말로 조선 조정의 부패가 더하고 뺄 것도 없이 백성들에게 폭로되었다. 임진·정유왜란 때 일본으로 끌려간 조선인의 수가 무려 10여만 명, 그중에 포르투갈이나 네덜란드, 이탈리아에 노예로 팔려 간 수가 5만여 명 이상이라는 기록도 보인다. 그래 이탈리아에는 '코레'라는 조선인들이 살았다고 추정되는 마을도 있으며, 일본 규슈는 아예 조선인의 후예라고 하고 우리의 텃새인 까치도 산다고 한다. 이러하니 죽거나 상한 자는 얼마겠는가.

그러나 전쟁 중에도 전쟁이 끝난 후에도 조선의 위정자들은 냉철한 자기반성이 없었다. 어리석은 백성들에게 오히려 조선을 도운 명나라를 치켜세우며 사대적 중화주의를 강조하는 한편, 지나친 삼강오륜으로 충신·효자·열녀를 부추기고 파당을 지으며 조선 왕조를 지탱하고자 하였다. 이러한 기록은 조정(趙靖)의 《임진왜란일기》나 오희문(吳希文, 1539~1613)의 《쇄미록》 등을 통해서도 살필 수 있다. 이에 대해서는 선학자의 논고•로

• 황패강, 《임진왜란과 실기문학》, 일지사, 1992.

박문서관본 〈이순신실기〉 표지(1925)

〈임진록〉의 한 주인공인 이순신 장군은 일제 때 화려하게 부활해 오늘날까지 이어지고 있다. 요즈음은 〈임진록〉을 바탕으로 게임까지 개발되어 있다.

잠시 〈임진록〉을 탄생케 한 임진왜란의 원흉 도요토미 히데요시(豊臣秀吉, 1536~1598)를 주목해 본다.

정유재란 때 일본에 끌려갔다 돌아온 강항의 《간양록》에 도요토미 히데요시에 관한 흥미로운 기록이 있어 두어 줄 소개한다. 그는 농가의 머슴 출신이었는데, 얼굴이 못생기고 키까지 작아 꼭 원숭이를 닮아 어릴 때 이름이 '원숭이'였고, 오른손이 육손이었는데 한 손가락을 잘라 버렸다고 한다.

이 기록의 사실 여부를 떠나 저러한 이에게 다시는 나라를 유린당하지 말아야겠다. '어리석은 자는 경험으로, 현명한 자는 역사로'라는 말이 있듯이, 임진왜란이란 역사를 〈임진록〉과 함께 곰곰 새겨 볼 일이다.

미룬다.

이 〈임진록〉은 이와 전혀 딴판이었다. 〈임진록〉 속에 등장하는 조선은 승리국이었고, 조선인은 승리자였다. 즉, 현실로는 아군이 패전한 것이 사실이나, 작품 속에서는 곳곳에서 승전하는 아군이 묘사되었고, 특히 이 충무공(李忠武公)과 조헌(趙憲)의 전략 및 서산 대사(西山大師)와 사명 대사(泗溟大師)의 도술 등을 과장과 환상으로 표현하여 끝내 승리로 결구하여 놓았다. 흥미로운 점은 한글본은 왜적에 대한 적개심과 복수심이 투영되어 있는 데 비하여, 한문본은 이여송(李如松)을 주인공으로 하여 외세에 의존하려는 사대주의 사상이 농후하다는 점이다. 부연할 것도 없이 한문을 선호한 층은 양반 계층이었기에 조선 국가 정책의 기본 방침이었던 사대주의에 충실하려는 사고에서 비롯되었음을 알 수 있다.

수많은 사람의 목숨을 앗아 간 전쟁이다. 조선을 이끄는 자들에 대한 과감한 개혁이 필요할 터인데, 〈임진록〉과 같은 이야기로 아픔을 달랬다는 사실이 씁쓸하다.

결국 조선은 저 일본에게 그로부터 4백 년 뒤, 끝내 강토를 내주고야 만다. 그림이 장식용이 아니듯 소설 또한 단순한 유희로만 볼 것이 아니니다. 고소설을 '하찮은 옛것'으로만 치부해서는 안 될 이유가 여기에 있다. 그래 책을 읽되, 글자만 읽어서는 읽는 게 아니다. 글만 읽어서야 글의 노예밖에 더 되겠는가. 글자에 눈길만 머물다 가는 독서는 더욱 안 될 말이다.

우리는 살아가면서 끊임없이 상호 작용하고, 이 상호 작용의 기회가 우리 삶을 결정한다. 독서라고 예외일 수 없다. 이 책과 이 글을 읽는 독자의 상호 작용 또한 글을 읽는 이 순간에 이루어지기 때문이다.

〈임진록〉은 산사의 풍경 소리와 같이 깨달음을 주는 소설이다. 저 앞의 이야기, 마차가 혹 흥천골과 반대로 가는데도 타고 있는 나그네가 내가 아닌지 생각해 볼 일이다.

바보가 등장하는 〈온달전〉

현대를 사는 우리는 하나같이 영악스럽다.

이 책을 집어 든 독자도 순수하게 책을 읽고 싶어서라기보다는 무엇인가를 얻을 수 있어서 아니겠는가. 그래 꼼꼼히 책을 이리저리 뒤적이고, 볼 것이 좀 있다 싶으면 금액까지 속가량해 보고서야 어렵게 지갑을 연다. 돈을 지불하고 사는 책이니, 이러한 계산은 당연하다고 생각한다. 만약 내가 어물쩍 "이것은 간호윤이라는 사람이 참 열심히 쓴 책이니 그냥 사가세요"라고 하면 대뜸 이런 핀잔을 들을 것이다. "바보 아니야!" 맞다. 바보다. 그런데 우리 고소설의 시작은 이 '바보'가 주인공이다. 물론 그의 짝은 '바보'와 어울리는 '울보'다.

우선 〈온달전〉이 고소설이냐부터 잠시 따져 보자.

이미 우리 학계에서는 〈온달전〉을 전기 소설(傳奇小說)로 인정하는 분위기다. 〈온달전〉을 소설로서 논의한다는 점은 우리 고소설의 시발점으로까지 그 장르적 접근을 시도하고 있다는 의미다. 지금껏 우리가 한국 최초의 소설로 인정한 《금오신화》로부터 무려 3백여 년을 더 거슬러 올라가는 의미 있는 작업이다. 〈온달전〉에 대한 관심은 우리 고소설사를 개척한 조선의 비극적인 천재 김태준으로부터 시작됐다. 김태준은 그의 《조선소설사》에 "〈온달전〉은 연애에 공명(功名)을 쌍으로 수놓은 것으로서 희곡적 색채를 무르녹게 띠었다…… 일국의 공주로서 크고 화려하게 지은 전각과 누대의 부귀영화를 하루아침에 헌신짝 버리듯 하고 오직 자기가 동경하는 연인을 찾으려고 장안성(長安城) 달 아래와 낙랑구(樂浪丘) 꽃 사이로 헤매다가 스스로 걸인 온달 아내가 됨에 이르러 연애의 진미를 발휘하였다…… 정치의 대세를 무대의 배경으로 삼고 공주의 연애와 온달의 공명을 날실과 씨실로 삼아 아름답게 짜낸 것이다"라고 써놓았다.

김태준은 차마 소설이라는 말은 하지 않았지만, "연애의 진미", "정치의 대세를 무대의 배경으로 삼고 공주의 연애와 온달의 공명을 날실과 씨실로 삼아 아름답게 짜낸 것"이라 한 것 자체가 이미 소설로 보는 듯한 인상을 한껏 풍긴다. 《조선소설사》에서 〈온달전〉을 다룬 것 자체만으로도 그러하지만.

논의를 근래 학자로 옮겨 보자. 박희병은 《삼국사기》 소재 〈설씨녀〉나 〈온달전〉을 소설로 보는데, 이러한 논의의 정황적 준거로 〈온달전〉이 일반 '사기열전식' 문법 형태와는 다른 서사 문법을 보인다는 점 등을 든다. 즉, '사기열전식' 문법 형태와는 다른 서사 문법이란 '사기열전'이나 '전'은 남녀의 결연담에 관심을 기울이지 않는다는 점을 예리하게 지적한 것이다. 또 그는 나말려초의 전기 소설이 놓여 있는 언어·문화적 상황이 설화가 변형·가공되고 설화에 문체의 꾸밈이 가해지는 과정을 통해 창작되었다는 사실에 유의하였다.•

북한 학자인 안희열도 "고전 소설 〈온달전〉은 문학적인 이야기 줄거리가 뚜렷하고 묘사성도 일정하게 부여되어 있는 것으로 하여 소설의 형태적 체모를 갖추었다고 볼 수 있다"라고 하였다.••

이 글 역시 이러한 남북한 학계의 분위기를 적극 수용하여 〈온달전〉을 고소설로 본다. 〈온달전〉을 고소설로 본 이상, 〈온달전〉 읽기는 《삼국사기》 기록자의 〈온달전〉 기술 의도와 함께 '온달 이야기'의 재구를 심도 있게 살펴야만 정당한 이해에 근접할 것이다. 실상 《삼국사기》의 〈온달전〉은 설화적 줄거리를 교훈적 내용으로 윤색한 작품이기에 표면적으로는 사실성(史實性)이 강한 열전(列傳)인 것 같지만, 그 이면에 민중의 목소리가 흐

• 박희병, 《조선 후기 전의 소설적 성향 연구》, 성균관대 대동문화연구원, 1993. 그리고 박희병, 《한국전기소설의 미학》, 돌베개, 1997.

•• 안희열, 《문학예술의 종류와 형태》, 문학예술종합출판사, 1996, 114쪽.

르고 있음을 간과해서는 안 된다.

그렇다면 〈온달전〉 원작품과 《삼국사기》 연결점에 유의할 필요가 있으며, 작품 속의 인물이 작품의 성격을 결정짓는다는 열전의 서사 체계를 고려하여 서사 문학의 핵심인 인물에 집중할 필요가 있다.

이 글을 쓰는 저자는 세부적으로 박희병의 견해와는 내용을 달리하지만 〈온달전〉의 원 작품을 염두하고, 그 서사체 속에 담긴 민중의 욕망을 조망한다면 우리 소설사의 풍성함을 볼 수 있지 않을까 한다.

온달은 그 원 문헌이 열전이라는 문학 형태를 빌려 《삼국사기》에 등장한 이후, 조선조의 악부로 관찬 지리서로 혹은 지역 전승이나 구비 문학, 희곡 등으로 다양한 변화를 하며, 1천4백여 년이 지난 현재까지도 생동하는 인물로 남아 있다.

창강 김택영은 《교정삼국사기》 '서'에서 "삼국사기의 글은 능히 박고하고 풍후하고 소탕하며 활동의 기운이 있어, 〈온달〉 일전과 같은 것은 《전국책》, 《사기》 가운데에 두어도 구별할 수 없으니 귀함이 이와 같다(三國史記之文 能博古 能豊厚 能疏宕 有活動之氣 如溫達一傳 置之戰國策 史記之中 幾不可辨 何如其可貴也)"•라고 하여 〈온달전〉의 문학사적 가치를 일찍이 주목하였다.

이러한 〈온달전〉은 지금까지도 문학적으로 재생산되고 있으며, 학계의 관심 또한 꾸준하게 이어진다. 《삼국사기》의 국사학적 연구나 사료적 연구, 〈온달전〉과 기타 장르와의 관계를 밝히거나 온달에 대한 구비 문학적 분석을 시도한 것 등이 그것이다. 그리고 이상의 연구를 통하여 〈온달전〉은 기록자에 의해 상당량 고려 귀족 사회의 이데올로기로 코드화하였다는 것이 밝혀졌다.

《삼국사기》는 현존 최고(最古)의 문헌으로 고려 인종 23년(1145) 왕명에

• 김택영, 《김택영전집》 6, 아세아출판사, 1978, 9쪽.

의해 김부식의 책임 하에 편찬되었다. 편찬 동기와 목적은 김부식이 〈진삼국사표〉에서 밝힌바, 소략한 삼국의 역사를 기록하여 후세에 경계를 삼겠다는 것이다. 따라서 《삼국사기》는 최저층부터 최고층에 이르기까지 모두를 아우를 수 있는 국가의 이데올로기를 담은 이념서라고 볼 수 있다. 따라서 이 《삼국사기》 소재의 여러 '열전'들에는 이러한 국가적 이념이 투사되었을 것이다. 이쯤에서 이 논의는 각설하자.

〈온달전〉을 고소설로 인정하면 〈온달전〉 속에 있는 민간전승과 사기 기술의 조직적 체계가 빚어 낸 〈온달전〉의 원초적 풍경을 온달과 평강이라는 두 인물을 통하여 발견할 수 있다. 온달과 평강, 그들은 우리 고소설에 최초로 보이는 '바보'와 '울보'다.

〈온달전〉의 키워드가 '바보'와 '울보'라는 것은 초등학생들도 다 안다. 그리고 이 '바보'니 '울보'가 우리에게는 매우 친밀한 느낌을 준다는 것도. 하지만 '바보'와 '울보'는 동양 문화권에서는 찾아보기 어려운 뜨악한 인물이다. 중국이나 일본에도 우리의 〈온달전〉과 같은 작품이 있는지 찾고자 하였으나, 전공 학자나 현지에서 교육을 받은 사람들도 유사한 이야기를 알고 있는 사람이 없었다.

이제 우리 고소설에 최초로 등장하는, 동양 문화권에서도 찾아보기 어려운 〈온달전〉의 바보 이야기를 해보자. 바보란 대부분의 사전에서 "멍청하고 어리석은 사람을 얕잡아 이르는 말"•로 정의한다. 그리고 이와 유사한 말로 '바보 온달'이라는 말이 있는데, 이 뜻은 '출세하기 전의 온달을 이르는 말'로 풀이한다. 또한 바보라는 말은 속담이나 고문헌 등을 통해서 쉽게 살필 수 있다.

• 신기철 외, 《새우리말 큰사전》, 삼성출판사, 1975.

① 반달 같은 딸 있으면 온달 같은 사위 삼겠다—아름답게 생긴 딸이라야 잘난 사위를 맞는다는 말.

② 어린 백셩이 니르고져 홀빼이셔도—《훈민정음》

③ 님금 ᄆᆞᅀᆞ미 긔 아니 어리시니(維君之心 不其爲癡)—《용비어천가 39장》

④ 愚는 어릴씨라—《훈민정음언해》

⑤ 마음이 어린 후니 ᄒᆞ는 일이 다 어리다—서경덕의 시조

⑥ 바보는 약으로 못 고친다—어리석고 못난 사람은 인력으로 고칠 수 없다는 말.

위에서 ①은 '내가 가진 것이 좋아야 받는 것도 좋다'는 뜻과 '제게 허물이 없고서야 남도 허물 없을 것을 요구할 수 있다'는 뜻 정도로 사용하는 말이다. ②~⑤는 그저 어리석다는 의미에 지나지 않는다. 부정적인 의미를 지니는 것은 ⑥ 정도다.

그런데 우리가 여러 정황 속에서 사용하는 '바보'라는 말이 사전적인 의미로 쓰이는 경우는 드물다. 일반적으로 우리가 사용하는 '바보'라는 의미는 인물의 행동이 정황에 맞지 않을 때 미욱함을 가볍게 질책하는 뉘앙스를 풍기거나, 겸칭으로 사용하거나, 친근함을 주는 의미인 경우가 대부분이다. 우리는 오히려 '바보'라는 말에서 어수룩한 듯하면서도 실속있고 정적인 것 같으면서도 생동감을 느낄 수 있다. 즉, 뜻과 상황이 유리된 의미의 다원 공간을 함유하는 용어다.

따라서 바보라는 말은 '진짜 천치'로부터 '우의적 상황에 대한 인식'을 요구하는 등 언어 내적 동력성이 매우 강하므로 그 의미망을 확대해야 한다. 이러한 바보 유형의 인물은 우리의 문학 작품에 상당량 있는 것으로 미루어 민중과 친숙한 인물형임에 틀림없다. 사전에서 정의하는 바보 유형이나, 우리 현대 소설의 인물 유형 중에서도 바보는 흔히 볼 수 있다.

• 고전 문학의 바보 유형

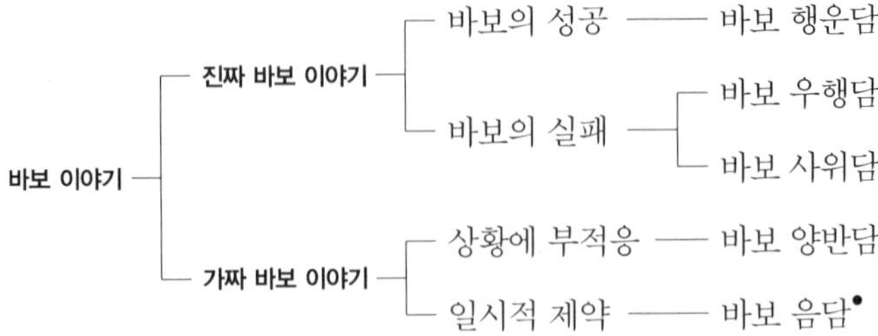

• 현대 소설의 바보 유형

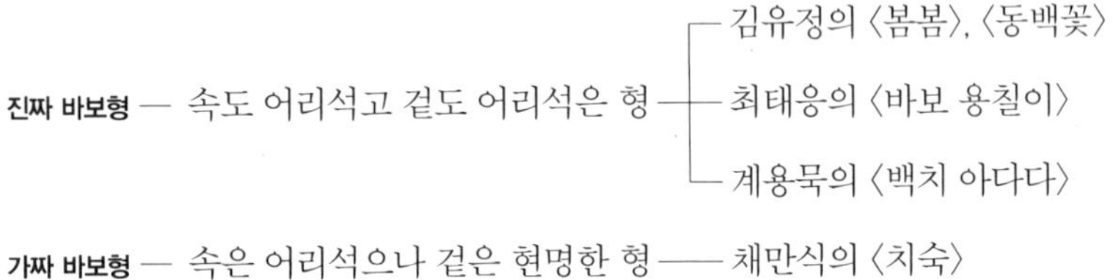

그런데 이러한 바보들 중 온달형과 같은 바보 인물형은 어느 유형에도 쉽게 만족하지 못한다. 이 글에서 논하고자 하는 온달은 '우온달(愚溫達: 어리석은 온달)'임에도 불구하고 결코 실제 바보가 아니며, 다만 용모가 용종, 즉 못생겼을 뿐이다. 《삼국사기》 권 제45에는 "온달(溫達)은 고구려 평원(강)왕〔平原(岡)王〕 때의 사람이다. 용모가 못생겨 우스꽝스러웠으나 마음은 순수하였다(溫達, 高句麗, 平岡王時人也. 容貌龍鍾可笑, 中心則, 曉曄然)"라고 되어 있다. 《삼국사기》 어디에도 온달이 어리석었다는 말은 찾을 수 없다. 따라서 온달형의 바보를 굳이 표현한다면 '속은 현명한데 겉은 어리석은 형'으로 정리할 수 있다.

그런데 '속은 현명한데 겉은 어리석은 형'의 온달형 바보는 위에서 살

• 이강엽, 〈바보 이야기의 유형과 그 의미〉, 《민족문학과 전통문화》, 박이정, 1997, 598쪽.

폈듯이 민담이나 현대 소설에서도 흔히 볼 수 없는 유형이다. 굳이 민담에서 유사형을 찾는다면 미천한 처지에서 무력하게만 살아가던 주인공이 뜻하지 않은 행운을 만나 공상 속에서나 가능한 소망을 두루 성취하는 단순한 인물 유형 정도만 있을 뿐이다. 이것은 온달이 다만 '바보'라는 민중적 언어로 불릴 뿐이지 진짜 바보가 아니기 때문이다.

또한 지금까지의 연구들에서도 온달을 바보로 규정한 것은 찾아보기 어렵다. 많은 학자들도 "온달은 고구려 귀족 사회의 통혼권 밖에 있는 이단적 인물이어서 주변 사람들의 신분적 질시가 인격적으로 비화되어 바보라고 표현"된 것이라거나, "온달은 평민 이하의 신분은 아니지만, 중앙 귀족에는 끼이지 못하는 집단의 사람"으로 추정한다.

따라서 이러한 선행 연구와 《삼국사기》 '열전'이 김부식의 책임 하에 변용된 사회 문화 현상의 집적물이라는 점을 감안한다면, 온달이라는 인물의 신분 상승으로 인한 반감과 변혁을 적당하게 끌어내리려 '바보'라는 상황적 언어 장치를 사용한 것으로 추론할 수 있다. 이상을 보면 온달은 촌티가 나는 솔봉이도 '바보 온달'도 아니다. 오히려 '온달', 즉 '꽉 찬 한 달' 혹은 '음력 보름날의 가장 둥근 달'이라는 뜻의 온달과 동음이라는 점을 상기하면, 어디까지나 '바보'는 '출세하기 전의 온달'이라는 한정사를 붙여야만 할 것이다.

우리의 고소설은 이렇게 '속은 현명한데, 겉은 어리석은 형'에서 출발하였다. 이제 이야기를 좀 달리해 보자.

온달과 평강은 만남조차 이루어질 수 없는 사이였다. 따라서 서사 구조상 만남의 계기적 기능이 필요하다. 이를 풀 만한 단서는 앞에서 언급한 바 '바보'와 '울보'라는 용어밖에 없는데 이 '바보'와 '울보'라는 것만으로는 천한 온달과 공주 평강을 연결시키기에 부족하다.

따라서 온달과 평강의 관계를 변화시키는 외연을 '온달 이야기'로 넓혀 생각해 볼 필요가 있다. 인간들에게 보편적으로 내재해 있는 '욕망'이 온달과 평강을 잇는 기능을 담당한 것 아닐까 하는 추론이다. 그렇다면 〈온달전〉의 서사 구조는 '욕구—장애물—자아실현—죽음'으로 읽을 수 있는데 문제가 있다. 온달의 '죽음' 때문이다. '욕구—장애물—자아실현—죽음'이란 서사 구조를 보면 분명 민중 욕망의 대리적 구현인 온달이라는 인물이나 평강의 욕구는 좌절된다. 일반적으로 건국 영웅은 나라를 세워 세상을 잘 다스리다가 다시 천상계로 돌아간다. 영웅 소설도 개인의 현실적 사명을 완수하면 천상계로 복귀하나 〈온달전〉에서는 이러한 영웅 소설의 일반적인 구조적 특징을 찾아볼 수 없다. 〈온달전〉은 온달의 죽음으로 끝난다.

〈온달전〉에서 죽음에 관련된 부분을 인용하고, 이를 좀 더 풀어 보자. 《삼국사기》 권 제45에는 "마침내 가서 신라군과 더불어 아단성의 아래에서 싸우다 유시에 맞아 길에서 죽었다. 장례를 치르고자 하나 관이 움직이지 않아 공주가 와서 어루만지며, '죽고 사는 것은 결정되었으니, 아아! 돌아가세요'라고 말하였다. 마침내 들어 장례하였다. 대왕이 듣고서 비통해하였다(遂行 與羅軍戰於阿旦城之下 爲流矢所中 路而死 欲葬 柩不肯動 公主來撫棺曰 死生決矣 於乎 歸矣 遂擧而窆 大王聞之悲慟)"•라고 명기되어 있다.

이 글을 보면 온달은 죽은 뒤 이승을 쉽게 떠나지 못한다. 우리 문학에서 죽음은 현실과 상통하는 공간이다. 비록 이승과 저승의 이원적 구분은 확실하지만 분리·단절되어 있지 않다. 우리는 현실적이고 과학적인 접근보다는, 관념적이고 관조적인 접근으로 죽음의 고통을 상쇄하기 때문이다. 죽음을 현세와 깊은 연장선상에서 파악하여, '죽음'을 새로운 시작이며 생명의 전이로 파악한다. 다시 말해 한국인의 죽음은 '현실 극복을 위

• 김부식, 〈온달전〉, 《삼국사기》 권 제45(이하 같은 책).

한 이상향'이라는 뜻이다.

그런데 〈온달전〉에서는 온달의 죽음을 현실 극복을 위한 이상향으로 보기 어렵다. 〈온달전〉에서는 삶과 죽음을 분명히 다른 이원적 단절의 세계로 보여 주기 때문이다. 온달이 이승에 강한 집착을 보이는 데서 이를 알 수 있다. 대개 관이 움직이지 않는 경우는 이승에 대한 강한 미련의 상징이다. 이러한 예로 〈심화요탑〉이나 '황진이를 사모하던 총각의 이야기', 〈숙영낭자전〉 등을 들 수 있다. 따라서 온달의 죽음을 영웅의 최후로 아름답게 미화하였다거나 한국인의 내세관에 의지하여 이해할 수는 없다.

〈온달전〉의 이 부분은 '민중의 욕망'에서 찾아야 한다. 온달의 죽음은 그의 신분 상승의 끝없는 추구와 함께 이미 예견된 일이다. 즉, 온달이 자신의 욕망으로만 선택한 공주였다면 행복한 부마로서의 삶을 살았을 수도 있다. 그러나 온달의 신분 상승 속에는 하층인들의 상층인에 대한 강한 욕망과 신분 질서의 명백한 한계성이 내재해 있다는 사실에 주목해야 한다. '하층인들의 상층인에 대한 강한 욕망'와 '신분 질서의 명백한 한계성', 온달의 죽음은 이미 여기에 있다. 욕망은 끝이 없으나 현실은 그것을 받아들이지 않기 때문이다.

온달은 죽었으나 관이 움직이지 않는다. 온달이 눈을 감지 못하는 것은 삶의 미완이라는 뜻이다. 온달을 민중의 대리적 욕망의 구현으로 본다면, 온달의 죽음은 '민중적 욕망의 미완'인 셈이다. '민중적 욕망의 미완?' 이를 풀어내는 데 유용한 견해는 프로이트에게서 찾을 수 있다. 프로이트는 욕망을 충족시키는 유일한 대상은 '죽음'뿐이라고 했다. '대상'은 손에 닿는 순간 허상이 되어 저만큼 물러서고 또다시 손짓하며 인간을 부른다. 그렇게도 절실하게 추구했지만 '대상'은 욕망을 완벽하게 충족시키지 못하고 늘 '차액'을 남긴다. 이 '차액'이 욕망을 부르는 미끼, '오브제 프티 아(a)'라고 지그문트 프로이트(Sigmund Freud)는 설명한다. 자크 라캉

(Jacques Lacan)은 이 오브제 프티 아(a)를 우리 삶을 지속시키는 동인이라 보고 '$◇a'라는 욕망의 공식을 만들었다. 주체에 타자가 개입($)되어 대상(a)을 추구하지만 대상은 결코 주체의 욕망과 딱 들어맞지 못하고 차액(◇)을 남긴다는 뜻이다. 우리가 끝없이 욕망을 추구하지만 만족지 못하는 이유는 여기에 있다. 온달의 죽음 또한 이렇게 이해할 수 있다.

'민중적 욕망의 미완'으로서 온달의 죽음은 일반적인 《삼국사기》〈열전〉에 나오는 유교적인 충이나 효·열 등의 의미를 부여할 수 있는 '목적 지향적인 죽음'과도 다르다. 우리의 전통적 저승관이나 고소설에서 흔히 볼 수 있는 재생의 공간을 맞이하는 죽음과도 다르다. 예를 들어 우리의 고소설 〈장화홍련전〉, 〈숙영낭자전〉, 〈유문성전〉, 〈정을선전〉, 〈권익중전〉, 〈석화룡전〉, 〈심청전〉 등은 주인공이 죽은 뒤 모두 재생한다.

그리고 《삼국사기》는 유교관에 의한 역사서인데 사후 상황인 귀신과의 대화를 기록한다는 점도 주목할 필요가 있다. 이것은 귀족적 유교 관습에서 벗어난 민중 지향성 화소이기 때문이다. 그만큼 이 〈온달전〉은 민중의 삶에 대한 강렬한 집착과 욕구가 반영된 것이고 그만큼 기존 세력과의 긴장과 고통을 수반하는 것으로 보아야 한다. 온달이라는 인물형은 민중의 억압된 사고와 욕구가 서로 복합·착종된 관념의 복합체로 읽을 수 있다. 이렇듯 계급 질서 속에서 자신의 욕망을 펼치고자 하는 민중의 심리적 열망이 만들어 낸 온달의 삶을 '온달 콤플렉스'라는 잠정적 용어로 정의해도 큰 무리는 없을 듯하다.

이와 같은 정황은 평강에게도 역적용시킬 수 있다. 평강은 울보였다. 울보는 '우지'라고도 하는데, 툭하면 잘 우는 아이 정도의 의미로 조금 지나치게 우는 아이를 놀려 이르는 말이다. 이 울보라는 의미에 유의해야 한다. 실상 평강이 온달과 인연을 맺을 화소는 평강이 어릴 때 울보였기에 부왕이 바보 온달에게 시집을 보낸다고 자주 놀렸다는 것밖에 없다.

평강 공주를 울보로 설정한 것은 온달과 격을 맞추고 민중적 색채를 입히기 위한 다분히 작위적 명명임에 분명하다. '바보'나 '울보' 모두 언어의 가치론적인 면이나 언어의 의미 작용 면에서 민중적인 색채가 강한 공통성을 지니기에, 이러한 다소 결핍된 민중 계층의 언어가 온달과 평강의 날카로운 계층적 단층을 연결하는 고리가 된 것이다.

평강 공주는 〈온달전〉의 전반부를 주도하고 온달의 죽음을 마무리한다. 즉, 평강이 없는 온달은 존재할 수 없다. 평강은 온달의 삶을 주관하여, 온달의 일생에 직접 작용한다.

온달에게서 볼 수 있는 민중 영웅적 요소는 평강이 없으면 이루어질 수 없다. 온달의 운명을 바꾸어 놓는 '운명의 여인'이 바로 평강이기 때문이다. 잠시 C. G. 융(Carl Gustav Jung)을 만나 보자. 융은 인간의 무의식에 있는 내적 인격의 특성을 '남성으로서의 아니무스(animus)'와 '여성으로서의 아니마(anima)'라고 한다. 이 남성성 안에 내재한 아니마상을 '운명의 여인'이라고 부른다.

'운명의 여인'인 평강은 진취적이고 비범한 여성이다. 평강이 아버지의 거짓 약속을 문제 삼아 자신의 배우자를 바보 온달로 정하는 것이나, 궁궐에서 쫓겨날 때도 앞날을 속가량해 금붙이를 가지고 나오는 것, 온달과 그 어머니의 박대에도 하룻밤을 새워 가며 설득하는 데서 이러한 모습을 볼 수 있다. 평강은 안온한 궁궐의 삶보다 자신의 욕망을 마음껏 펼칠 수 있는 도전적 삶을 위해 온달을 택한 것이다.

또한 평강의 모습에서도 온달에서 보았던 민중적 요소를 볼 수 있다. 평강과 온달 모의 대화를 들어 보자.

"그 어머니가 말하기를 '내 아들은 아주 누추하여 귀인의 짝이 되기에 부족하고, 우리 집은 지극히 궁색하여 귀인이 거처할 곳이 못 됩니다' 하니 공주는 '옛 사람의 말에 한 말의 곡식도 방아 찧을 수 있고 한 척의 베라도 꿰맬 수 있다고 하였으니, 즉 진실로 마음만 같다면 어찌 반드시 부귀한 연후에만 함께 살겠습니까'라고 말했다(其母曰 吾息至陋 不足爲貴人匹 吾家至窶 固不宜貴人居 公主對曰 古人言 一斗粟猶可舂 一尺布猶可縫 則苟爲同心, 何必富貴然後 可共乎)."

이 말을 통하여 당시의 부귀와 빈천, 귀인과 천인의 삶을 미루어 짐작할 수 있으며, 평강의 이야기에서 강한 민중적 요소를 엿볼 수 있다. 온달과 평강의 결합이 사랑보다는 '민중의 함의인 욕망'과 '평강의 주체적인 삶의 욕망'이 계기적 기능으로 성립된 것임을 읽을 수 있는 부분이다.

이러한 평강형 인물의 자주적 삶에 대한 욕망을 '평강형 콤플렉스'라고 정의할 수 있다. 평강형 콤플렉스는 타인에게 의지하려는 서양의 '신데렐라형 콤플렉스'와는 완연 다른 주체적인 여성 인물형이다. 이 평강형과 유사한 인물은 〈옥단춘전〉이나 〈무왕설화〉, 〈쫓겨난 여인의 발복 설화〉, 〈의기 설화〉 등에서도 찾을 수 있는 것으로 보아 우리 민족의 특성을 지닌 한 인물형임을 알 수 있다. 특히 평강의 뛰어난 좋은 말 선별이나, 궁궐에서 나올 때 보물을 몸에 지니고 나오는 치밀한 행동 등은 우리의 서사적 작품들과 연관성이 강하여 〈주몽 설화〉에서 주몽의 모친이나 〈박씨전〉의 박 씨 등의 인물형과도 유사하다.

온달이 고단한 삶을 벗어나려 하거나 신의 짓궂은 운명을 개척해 보려는 의도가 민중의 대리적 욕망의 형상화라면, 평강 또한 구속된 자아를 발견하고 새로운 운명을 개척해 보려는 상징적 여성형이다. 프랑스의 대표적인 여성 소설가요 시민운동가인 시몬 드 보부아르(Simone de Beauvoir, 1908~1986)의 "여성은, 다른 모든 인간들처럼 자유롭고 자율적인 존재임에도 불구하고 남성들이 그녀로 하여금 스스로를 어떤 다른 신분의 인간, 타자라고 생각하도록 강요하는 세계 속에 살고 있음을 깨닫게 된다. 이것이 바로 여성이 처한 상황이다"라는 말을 보자. 이 말이 《제2의 성(The

Second Sex)》에 실린 해가 겨우 1949년임을 상기한다면 '평강형 콤플렉스'라는 저 용어가 뜻하는 바를 넉넉히 짐작할 수 있다.

꽤 길었다. 이제 정리해 보자.

〈온달전〉은 민중의 마음속에 내재해 있는 신분 상승이나 자주적 삶에 대한 욕구로 읽을 수 있다. '바보'니 '울보'니 하는 것은, 당대를 지배하던 합리적 질서에서 벗어나려는 민중의 욕구가 만들어 낸 용어에 지나지 않는다. 이러한 민중의 욕구가 바로 '온달 콤플렉스'와 '평강 콤플렉스'를 내재한 인물형, 즉 온달과 평강으로 형상화된 것이다.

아울러 이 〈온달전〉에서는 하층 문화와 상층 문화가 용해·융합된 문화적 퓨전과 이 두 세계가 민중적 시각에서 자유롭게 공존하는 양층성, 그리고 민중의 신분 상승 의식을 뚜렷이 볼 수 있다. 〈온달전〉은 그렇게 우리의 꿈을 대신 꾸어 준 소설이다.

지금도 우리는 불량 감자도 당당하게 살아가는 세상을 그리는 광고와 〈포레스트 검프(Forrest Gump)〉(1994)와 같은 영화 속 이야기들을 공감하는 데서 온달의 또 다른 부활을 꿈꾸는지도 모른다.

패러디 소설 〈상사동기〉

"일이 누설되고 안 되고는 나에게 달려 있으니, 낭군은 애태우지 마세요."

목숨 걸고 사랑을 하는 영영의 말이다.

사랑만큼이나 비논리적인 것이 또 있을까? 더욱이 여름철 뙤약볕 같다가도 가을볕처럼 가뭇없이 스러지는 요즘 사랑이 아니다. 사랑에 목숨을 건 여인과 그 사랑 때문에 자신의 모든 야망을 버린 남자의 이야기, 〈상사동기〉다. 〈상사동기〉에서는 글들이 사랑을 이룬다.

〈상사동기〉는 패러디 소설이다.

'패러디'란 문학 작품의 한 형식으로 어떤 저명 작가의 시의 문체나 운율을 모방하여 그것을 풍자적 또는 조롱 삼아 꾸민 익살적인 시문(詩文)을 말한다. 패러디 소설이란 바로 이러한 문학이다.

우리 고소설 중, 현대 작가들이 가장 패러디를 많이 한 소설은 〈허생전〉이다. 이광수의 〈허생전〉과 채만식의 〈허생전〉·〈명일〉·〈레디메이드 인생〉, 이남희의 〈허생의 처〉, 오효진의 〈장씨녀전〉, 오영진의 희곡 〈허생전〉 등이 그것이다. 이외에도 〈심청전〉을 패러디한 채만식의 〈동화〉 등이 있다.

우리의 고소설사에서도 이러한 작품을 찾을 수 있으니 〈운영전〉을 패러디한 〈상사동기〉가 그것이다. 〈운영전〉은 안평 대군의 수성궁을 배경으로 궁녀 운영과 소년 선비 김 진사의 사랑을 다룬 염정 소설(艶情小說)이다. 둘의 사랑은 이루어지지 않고 모두 죽으니 우리 고소설에서는 찾아보기 드문 비극적인 작품이다. 〈상사동기〉 작가는 이 점이 매우 못마땅했던 듯싶다.

〈상사동기〉는 17세기 전반 애정을 소재로 한 작자 미상의 한문 전기 소설이다. 〈운영전〉과 비슷한 서사적 구도를 갖추었으나 결말은 정반대인 중편 소설이다. 아쉬운 점은 첫 부분의 박력 있는 전개가 결말 부분에서는 무엇엔가 쫓기는 듯하다. 이러한 아쉬움이 있기는 하지만 〈상사동기〉의 선정적인 애정 표현, 빠르게 진행되는 서사, 남녀 간의 모험적인 사랑을 그렸다는 점에서 17세기 애정 전기 소설의 또 다른 편폭이다.

현재 〈상사동기〉는 한문본만 남아 있는데, 〈상사동전객기〉 또는 〈회산군전〉, 〈영영전〉이라고도 되어 있다. 현재 20편 정도의 이본이 있으나 이본 간에 별 차이는 없다. 신소설 작가 이해조가 1906년 《소년한반도》지에 연재한 미완의 현토 한문 소설 〈잠상태(岑上苔)〉는 이 〈상사동기〉를 번안한 작품이다. '현토 한문 소설'이란, 한문 원전을 읽을 때 그 뜻 및 독송(讀誦)의 편의를 위해 각 구절 아래 우리말을 달아 쓰는 것을 말한다.

권전(權佃, 1583~1651)의 《석로유고(釋老遺稿)》와 이건(李健, 1614~1662)이 〈상사동기〉를 읽은 후 지은 〈제상사동기(題相思洞記)〉와 〈제전객기(題餞客記)〉라는 제소설시(題小說詩)가 1644년에 지어진 것으로 보아 이 작품의 창작 연대는 17세기 초반임이 확실하다. 언급한 김에 《석로유고》 권1의 내용을 더듬어 보고 넘어가자.

"내가 병든 지 오래되었다. 병중에 무료한 것이 너무 심하여 아이들을 시켜서 〈상사동기〉를 읽어 달라고 했다. 김생(金生)과 영이(榮伊)가 이별하는 장면에서는 생각나는 대로 시를 지어 읊어 병을 물리칠 거리로 삼았다(余罹病久矣. 病中無聊莫甚, 使兒輩讀相思洞記. 至金生與榮伊相別之語, 漫吟爲却病之資)."

《선현유음》에서는 〈상사동기〉의 저자를 성삼문(成三問, 1418~1456)이라고 분명히 써놓았다. 터무니없는 소리라고 내칠 알만은 아니다. 필사자가 〈상사동기〉의 저자를 성삼문으로 적은 것은 당시에 소설을 짓거나 필사하는 데서 오는 하층 문화 행위에 대한 방어 기제로서 이해할 수 있어서다. 〈상사동기〉는 시대적 배경이 명나라 효종 때인 홍치 연간(弘治, 1488~1505)으로 우리나라 성종에서 연산군 시기다. 따라서 조선 최고의 문인인 성삼문 사후다. 필사자 또한 이를 몰랐을 리는 없기에 성삼문을 작가로 적시한 데서 은연중 소설의 문화적 층위를 한껏 올려 보려는 속내를 봄직도 하다. 이것은 〈왕경룡전〉의 작가를 중국의 내로라하는 문장가 주지번이라 한 것과도 일맥상통한다.

〈상사동기〉의 내용으로 옮겨 보자.

슬기주머니 하나쯤 허리춤에 찬 젊은 선비 김생(金生)이 하루는 성 밖 경치 좋은 곳에서 놀다가 한 미인을 발견하고 황홀하여 그 뒤를 따랐다. 상사동 어느 허술한 집으로 들어간 그녀의 정체를 알아보니 이름은 영영

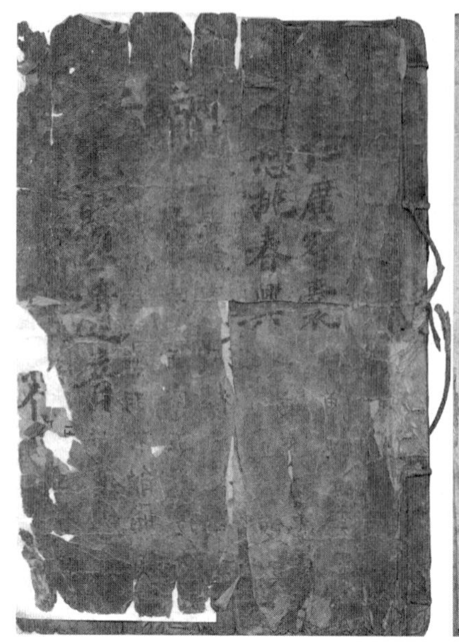

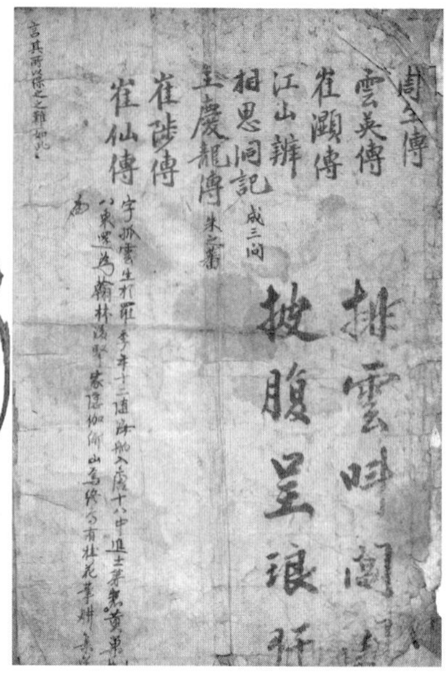

《선현유음》 표지와 목차(필자 소장)

《선현유음》은 필사된 작품 면면으로 미루어, 이미 17세기 우리 고소설사에서 자리매김이 오롯하다. 《선현유음》의 본래 표제는 '파주초(罷酒抄)'이다. 필자가 《선현유음》의 겉표지가 너무 두툼하여 배접을 풀어 보니, 또 하나의 겉표지가 있었으며 '파주초'라는 표제가 붙은 겉표지가 또 있었다. 《선현유음》의 표지는 개장된 것이 분명하나 보존 형태를 그대로 따라 《선현유음》을 표제로 하였다.

총116장이며, 세로 37.5×가로 27.5cm 크기로 일반적인 소설집들에 비해 장대하다. 또 표지를 두껍게 보강하기 위해 속에 배접지를 서로 밀착시키고 마름꽃의 무늬를 박아 내는 목판인 능화판(菱花板)으로 눌렀다. 첫 장과 마지막 장에는 구첩전(九疊篆) 서체인 인(印)이 찍혀 있는데, 가로 5.1×세로 4.7cm로 비교적 크다. 각 장은 15~17행, 각 행은 30자 정도며, 정갈한 송설체로 되었다.

표지에 써놓은 문장에서 필사자의 소설에 대한 뚜렷한 의식을 짐작할 수 있다. 속지 우측면에 "어짊으로 지혜의 주머니를 넓히고(仁廣智囊), 어리석음으로 봄의 흥취를 밀치네(愚排春興)"라는 구절이, 차례 부분의 하단 여백에 한유(韓愈)의 〈착착시(齪齪詩)〉 한 구절인 "구름을 밀쳐 하늘 문간을 향해 소리쳐 보고 배를 갈라 아름다운 옥을 드러낸다(排雲叫閶闔, 披腹呈琅玕)"가 보인다. '창합(閶闔)'은 하늘 문간 혹은 궁궐 문이고, '낭간(琅玕)'은 좋은 구슬로 모두 '썩 좋은 문장'을 지칭한다. 필사자의 소회를 담은 이러한 비평 행위는 '소설'에 대한 적극적인 가치 부여로 이해해 봄 직하다. 필사된 작품들은 〈주생전〉, 〈운영전〉, 〈최현전〉, 〈강산변〉, 〈상사동기〉, 〈왕경룡전〉, 〈최척전〉, 〈최선전〉으로 8편인데, 대부분 17세기나 그 이전 작품들이다. 따라서 이 소설 필사집은 대략 17세기 중엽에 필사되었을 가능성이 크다.

이고, 회산군의 시녀로 궁 밖 출입이 자유롭지 못한 몸이었다. 상사병이 들어 몸져누운 김생은 창두 막동의 도움으로 영영과 사랑의 물꼬를 트고, 죽음을 무릅쓰고 궁중에 들어가 하룻밤을 지낸다. 그 뒤 3년 동안 만나지 못하였다. 김생은 과거에 급제하여 삼일유가를 하다, 영영을 보고는 상사병으로 앓아눕는다. 이를 안 친구의 노력으로 영영과 백년해로하였다는 줄거리다.

사랑에 관한 한 김생과 영영은 보통내기들이 아니다. 깍쟁이들의 애정놀음에서 도회적 내음이 물씬 피어오른다. 〈상사동기〉는 우물가 빨간 앵두 같은 한문 애정 전기 소설이다.

고소설 하면 으레 남녀의 만남이 비현실적이라 층하하는 등의 의견을 내놓기 일쑤다. 물론 현재의 연애관에서 볼 때 고소설에서 남녀의 만남이 '비합리적'이라는 데는 동의하나, '소설의 구조적 결함'으로 보는 것은 지나치다. 관견(管見)일지 모르나 옛사람들의 연애관에는 뚜렷한 두 가지 법칙이 있다. 그들은 두 가지를 사랑의 작동 방식으로 삼았다.

하나는 직관(直觀)이요, 하나는 언어(言語)다. 다시 말하면, 상대방의 행동거지 관찰과 말에 대한 신뢰다. 직관을 거쳐 언어로 매듭짓는 행동은, 인간의 본능에서 시작하여 인간 사이의 의사소통을 통한 신뢰로 이어진다. '사랑'이라는 말이 돈 혹은 명예와 짜고 협잡하는 요즈음과는 비교도 되지 않는 언어에 대한 믿음이다. 고소설 속의 여인들은 이것이 갖추어지면 즉시라도 몸을 허락할 정도로 과감하였다. 집안의 승인은 그 뒤 일이다.

이 소설의 뛰어난 점은 생생한 현실감, 거침없이 전개되는 애정 표현이다. 17세기 정통 한문 전기 애정 소설에서 이와 같은 애정은 읽기 쉽지 않다. 그것은 묘사를 통해 나타난다. 특히 김생의 사랑 표현이 노골적이라 독서자의 감상안에 따라 눈맛이 여간 아니다. 이를 고소설 비평어로는 문장여화(文章如畵), 즉 문장이 그림과 같으니 잘 그려진 춘화첩이라 한다.

김생이 영영을 만나는 부분과 애정을 나누는 밀회 장면을 살펴보자. 이러한 것이 〈상사동기〉와 〈운영전〉의 다른 점이다. 김생이 영영을 처음 만나는 부분이다.

> 김생이 읊기를 마치고 취한 눈을 반쯤 들어 올렸을 때였다. 나이가 겨우 열여섯 살 정도의 아리따운 아가씨가 보였다. 고운 걸음으로 해깝게 걸으니 길가의 먼지도 일지 않았고 허리와 팔다리는 가냘픈데 선드러진 태도가 퍽 아름답고 예뻤다. 혹 가다가 멈추고 혹 동쪽으로 향하다가는 서쪽으로 걷기도 했다. 때로는 기와 조각을 주워 꾀꼬리 새끼에게 돌팔매질도 하고 버드나무 가지를 붙잡고 오도카니 서서 말끄러미 석양을 바라보기도 하며 옥비녀를 뽑아 검은 머릿결을 가벼이 쓸어 넘겼다. 푸른 소매는 봄바람에 나부끼고 붉은 치마는 맑은 시냇물에 어리어 빛을 내었다.•

어떠한가. 가히 김생의 혼을 빼놓을 만한 장면 아닌가. 그러니 김생의 "안고 싶어 괴론 마음 시름은 비처럼(心努要抱愁如雨)"이 정녕일 것이다. 이제 두 사람의 밀회 장면을 엿보자.

> 김생이 마침내 끌어안으려 하니, 영영이 옷깃을 여미고 정색하며 말했다.
>
> "제가 어찌 목석같은 사람이겠습니까? 낭군의 속마음을 왜 알지 못하겠어요? 다만 나리께서 저를 어리석다 않으시고 당신 앞에서 떠나가지 못하게 하고 믿고서 시키시지만, 중문 밖은 나가지도 못하게 잡도리하신답니다. 오늘 제가 이곳에 왔으니, 이미 진사 나리의 엄명을 어긴 것이지요. 만약 멋대로 행동해서 법을 따르지 않아 추악한 소문을 듣게 된다면 죽더라도 죄가 될 거예요.

• 간호윤 역, 〈상사동기〉, 《선현유음》, 이회, 2003, 367~368쪽(이하 같은 책).

설령 당신의 명을 따르고자 한들, 그것이 가능한 일이겠습니까?"

김생이 허벅다리를 두드리면서 탄식하여 말했다.

"나는 이제 어떻게 살지? 정말 죽은 사람이 되었어!"

마침내 영영의 흰 손을 잡고 부드러운 젖가슴을 어루만지며 옥처럼 어여쁜 다리를 휘감았다. 오직 마음이 하려는 대로라면 못할 짓이 없을 것 같았으나 잠자리에는 함께 이를 수 없었다. 그래서 김생은 감정을 부추기고 정성을 다하는 등, 야릇하고 잡스럽게 늗실난실 영영을 유혹하며 꾀를 내어 반드르르하게 말했는데 대략 이러했다.

"새는 급히 날아가고, 토끼는 빨리 달리며, 세월은 흐르는 물과 같지요. 붉은빛이 다해 꽃이 시들어 향기마저 나지 않으면 벌과 나비들도 그리워하는 생각을 하지 않는 것이오. 사람이라고 어찌 다르겠소? 얼굴은 잠깐 머리를 돌리는 사이에 붉은빛을 잃어버리고, 머리털은 손가락을 한 번 튀기는 사이에 하얗게 세어 버린다오. 아침엔 구름이 되고 저녁이면 비가 되는 신녀(神女)도 본래부터 일정하게 따를 사람을 정하지 않았으며, 푸른 바다 높고 먼 하늘의 월아(月娥)도 응당 불사약 훔친 것을 후회했을 것이오……."

야릇하고 잡스럽게 늗실난실 영영을 유혹하는 김생의 말을 끊었다. 글자마다 김생의 달아오른 청춘이요, 그래 문장마다 김생의 사랑이다. 더 읽지 않아도 알고 있는 문자들에게 총동원령을 내려 놓고 영영의 마음을 잡아 보려는 김생의 다급한 마음을 여실히 볼 수 있다. 물론 영영은 끝내 차갑게 거절한다. 영영은 오히려 김생에게 이달, 그것도 보름날 밤에 자기 처소인 회산군 댁으로 찾아오라고 한다.

김생이 회산군 댁에 들어간다는 것은 자기의 목숨을 담보해야 하는 행동이다. 이 시절도 그렇지만 저 시절에도, 어느 사내가 사랑하는 여인을 위해 쉽사리 자신의 미래와 목숨을 걸겠는가? 그것도 김생으로서는 여염

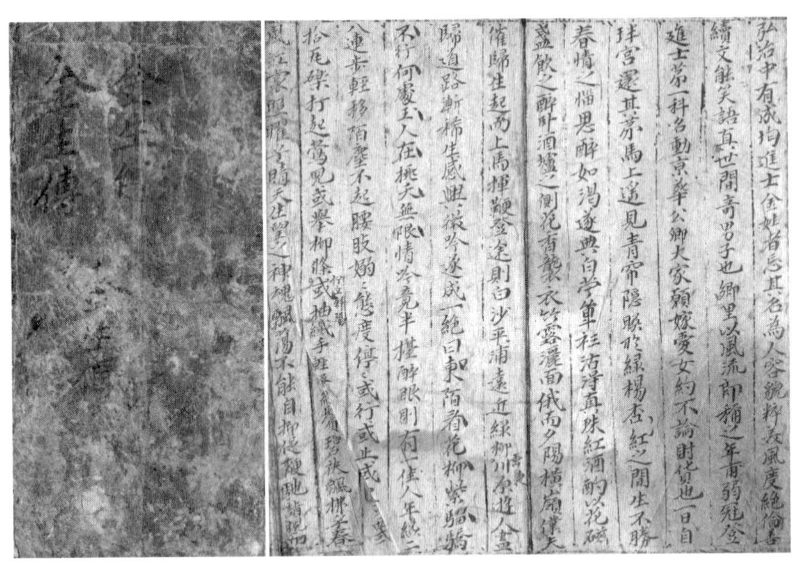

수진본(袖珍本) 〈상사동기〉(〈김생전〉)(필자 소장)

수진본이란 글자 그대로 '소매 속에 넣고 다니는 진귀한 책'이라는 뜻으로 소형 책을 말한다. 조선에서는 과거 시험을 준비하는 유생들이 사서오경(四書五經) 또는 시문류(詩文類), 학승(學僧)들이 주요 불경(佛經)과 그 밖에 의서(醫書), 지리서(地理書) 등 평상시 자주 보는 내용을 조그만 책에 작은 글씨로 써서 소매 속에 넣고 다닌 데서 널리 유행되었다. 특히 예로부터 불교 신자들은 이 수진본을 애용하였다. 이 수진본 〈상사동기〉가 한문 소설이라는 데서 양반들의 생활 문화를 엿볼 수 있다. 소설로서는 이 수진본이 드문 형태인데 더욱이 당대로는 에로틱 소설이 분명한 이 〈상사동기〉를 소매에 넣고 다녔다는 것이 자못 흥미롭다.

집의 처녀도 아닌 자기와는 신분 차이로 혼인도 할 수 없는 회산군 댁 시녀를 위해서. 하지만 김생은 보름이 되자 회산군 댁에 숨어들고 드디어 영영을 만난다.

약속한 날짜가 되었다. 밝은 달이 막 솟아오르고 서늘한 바람이 갑자기 불어오자 계단 위의 뭇 꽃들은 그윽한 향기를 뿜어내고 뜰 앞의 푸른 대나무는 쓸쓸한 소리를 낼 때 김생은 영영이 있는 회산군 댁에 숨어든다. 김생이 어둠 속에서 나와 영영의 등을 어루만지며 "정인(情人) 김아무개(金某)가 이미 여기에 와 있소"라고 하자 영영이 이 말을 받아 약속을 지키고 찾아온 김생에게 "낭군은 정말 신사네요(郞君大是信士)"라고 맞는다.

'신사' 흔히 젠틀맨을 뜻하는 신사(紳士)가 아니라, 영영이 말하는 신사(信士)는 '신의를 지키는 선비'라는 뜻이다. 사실 우리 애정 전기 소설에 등장하는 여인이 선택한 남정네들은 하나같이 '신의를 지키는 선비'들이다. 선비 김생과 역시 목숨을 담보로 한 영영의 사랑은 이렇게 전개된다.

> 김생이 곧바로 영영의 옷깃을 붙들고 벗기려 하니, 영영이 말리면서 말했다.
> "낭군은 어찌 첩을 뽕나무 밭에서 노는 여자처럼 대하십니까? 저에게 별도로 침실이 한 곳 있으니 그곳에서 좋은 밤을 안온히 보내는 것이 좋겠어요."
> 김생이 머리를 흔들면서 사례했다.
> "내가 이미 법을 무릅쓰고 또 죽음을 탐하여 어렵사리 오늘까지 왔소. 한 번 기다리는 것도 너무 힘든 일이었는데, 그 노릇을 또 하란 말이오? 무릇 일을 처리할 때는 삼가 만전을 기해야만 하는 것이오. 만약 또 당돌하게 행동하다가 다만 일만 누설될 빌미가 될까 두렵소."
> 영영이 말했다.
> "일이 누설되고 안 되고는 나에게 달려 있으니, 낭군은 애태우지 마세요."
> 그러고 나서 김생의 손을 끌어 감싸 안고 들어가니, 김생도 어쩔 수 없이 따라

들어갔다. 몸을 구부리고 두려워하며 문 안으로 들어가니 마치 깊은 연못에 다다른 듯, 살얼음판 위를 걷는 듯했다. 한 걸음을 옮길 때마다 번번이 아홉 번이나 종종걸음 치니 식은땀이 발뒤꿈치까지 흘러내려도 깨닫지 못했다. 얼마 안 되어 굽은 섬돌을 오르고 정당(正堂)의 좌우에 있는 긴 집채를 따라 두세 번이나 문을 지난 뒤에야 커다란 안채에 이르렀다. 궁인들은 깊이 잠들었고 뜰과 방들이 고요하였다. 깁을 바른 창에 푸른 등불이 깜빡이는 것이 보이니 부인의 침소임을 알 수 있었다. 영영이 김생을 한 방 안으로 끌어들이면서 말했다.

"낭군은 조금만 앉아 계세요."

김생 못지않게 영영 또한 과감하다. 누구나 사랑을 할 수 있다지만, 누구나 사랑의 행복을 맛보는 것은 아니다. 저러한 행동 없이는. 그래, 사랑은 명사가 아닌 동사인가 보다. "일이 누설되고 안 되고는 나에게 달려 있으니, 낭군은 애태우지 마세요." 목숨을 담보로 하기로는 영영이 김생보다 더하다. 회산군이 아는 날엔 이승과 하직하는 것은 떼놓은 당상이다. 허나 외간사내를 끌어들이고도 영영의 행동은 담대하기 그지없다. 영영은 이날 밤 김생에게 술상까지 봐주고 나서야 아름다운 밤을 보낸다.

이 소설의 결말은 "이후로 김생은 영영 공명을 사양하고 끝내 장가를 들어 아내를 얻지 않은 채 영영과 시종을 함께했다. 평생토록 영영과 주고받은 시문이 아주 많이 쌓였으나 생은 자손이 없었다. 이 때문에 세상에 전하지 못하였으니, 아! 애석하고 안타까운 일이다"라고 맺는다.

김생은 영영의 사랑을 얻은 대신 조선시대 남아로서 응당 꿈꾸었을 입신출세를 버려야 했다. 장가를 다시 들 수도 없었다. 영영이 천한 신분이기에 김생 집안의 안주인이 된다는 것은 제도적으로 불가능했다. 김생이 혹 여염집의 여인을 들인다면 영영은 그 순간부터 첩으로서만 살아야 하기 때문이다. 더욱이 영영에게는 아이도 없었다. 김생은 당연히 후사가 끊어졌으니, 개명한 이 세상에서도 쉽사리 찾을 수 없는 일 아닌가.

이 소설을 색깔로 치자면 '짙은 빨강'이다. 사실 〈상사동기〉는 제목부터가 육욕적인 상징성을 지닌다. '상사동(相思洞)'이란 현재의 종로 1가 인근이다. 궁중에서 기르던 말이 암내를 맡고 뛰면 이 골목으로 몰아넣고 잡아서 붙은 동명이었다.

그렇다고 농탕만 보는 것은 아니다. 이 소설은 〈운영전〉과 여하한 관련이 분명하다. 〈운영전〉의 안평 대군, 김 진사, 운영은 〈상사동기〉에서 그대로 회산군, 김생, 영영으로 치환되었다. 안평 대군은 세종의 셋째 아들이며, 회산군은 성종의 다섯째 왕자다. 모두 일세를 풍미했던 한때의 세력가들을 작품에 끌어들여 품위를 손상시켰으니 반집권층에 대한 감정은 우수리이다.

끝으로 〈상사동기〉와 〈운영전〉 모두 궁중의 궁녀를 여주인공으로 삼았다는 점에서, 궁녀의 사랑을 그린 또 한 편의 소설을 소개하는 것으로 이 장을 마치겠다.

〈지봉전(芝峯傳)〉이 그것이다. 〈지봉전〉은 짧은 소설로 〈배비장전〉과 비슷한 남성 훼절 소설이다. 전반부와 후반부로 나눌 수 있는데, 전반부가 궁녀의 사랑 이야기다. 먼저 '남성 훼절 소설'부터 설명해 놓고 〈지봉전〉 전반부 이야기를 하자. '남성 훼절 소설'이란 어떤 남자가 남의 속임수에 넘어가 평소 지켜 왔거나 지키겠다고 하던 금욕적 절조를 스스로 훼손함으로써 웃음거리가 되는 이야기를 말한다. 〈배비장전〉, 〈오유란전〉, 〈정향전〉, 〈종옥전〉, 〈삼선기〉와 〈지봉전〉이 이에 속한다. 〈삼선기〉만 잠시 보자.

〈삼선기〉는 명문가의 맏아들인 이춘풍(李春風)의 훼절을 다룬다. 이춘풍은 독서만 하고 주색을 멀리하여 자기 부인과 동침도 추하게 여길 정도로 극단적인 금욕주의자요, 도덕군자였다. 하지만 홍도화와 유지연이란 기생이 남장을 하고 이춘풍에게 접근하여 결국 동침하고야 만다. 이후 이춘풍은 돌변하여 여색을 즐기는 것도 모자라 아예 평양에 교방(敎坊)을 내고는 두 기생으로 하여금 수석을 시켜 24교방을 거느리게 한다. 그러고는 평양 대성산 아래에 초가집을 짓고 두 기생과 세상을 뜬구름처럼 여기고 살아가니 세상에서 이들을 '지상삼선(地上三仙)'이라 일컬었다는 줄거리다. 자세히 보면 남성과 여성, 양반과 기생, 여기에 성욕과 직업까지 담아, 성별도 계층도 신분도 없음을 은연중 보여 준다.

〈지봉전〉의 후반부는 역사 속 실존 인물인 지봉(芝峯) 이수광(李睟光, 1563~1628)의 위와 같은 남성 훼절담을 소설화한 작품이다. 〈지봉전〉의 전반 삽화를 따라가 보자. 〈지봉전〉 전반에 나온 궁녀는 효종(孝宗, 1619~1659)의 여인이었다. 그런 여인이 김복상이라는 사내에게 반해 칠월칠석 날 밤에 복상이 혼자 자는 방을 찾아 운우지락을 누린다. 더욱이 이 두 연인은 대담하게도 궁궐 내의 애연정에서 달구경을 하며 술까지 한 잔 마시고는 서로 팔을 베고 잠이 든다. 마침 효종 역시 달구경을 나와 이 애정 행각은 들통 나고 만다. 허나 두 연인은 죽음을 목전에 두고도 깊은 잠에 빠져 있다.

대담무쌍, 넉 자는 이 연인, 아니 이 궁녀의 것에 틀림없다. 〈상사동기〉나 〈운영전〉과 비교할 바가 아니다. 〈상사동기〉나 〈운영전〉의 궁녀는 모두 왕족의 여인에 지나지 않았지만, 〈지봉전〉의 궁녀는 왕의 여인이 아닌가? 《조선왕조실록》 연산군 12년(1506) 6월 13일(신유) 기사에는 이 궁녀의 삶을 알 수 있는 자료가 보인다.

"이제 뽑혀 구중궁궐에 들어와 영화와 부귀가 지극하니, 마땅히 마음과 생각을 깨끗이 하여 옛 버릇을 고치고 다른 마음을 품지 말아야 한다. 이제부터 죽을 때까지 임금 받드는 마음을 변하지 말고 천만년 뒤까지라도 영원히 궁 밖으로 나가지 않아야 한다. 살아서는 궁인이 되고 죽어서는 궁야(宮斜)에 묻혀 살아서나 죽어서나 마음을 두 가지로 갖지 말아 나라를 저버리지 말도록 하고……." 궁궐에 한 번 들어가면 시신이 되어야만 나올 수 있으며, 그 시신조차 기생의 공동묘지라는 궁야에 묻혀야 한다는 기록이다. 이렇듯 궁녀는 살아서도 죽어서도 왕의 여인이어야만 했다.

뒷이야기는 어떻게 되었을까?

왕은 한삼자락을 끊어 얼굴을 덮어 주고는 그 자리를 피해 준다. 하지만 이를 안 대신들이 가만있을 리 없다. 끝내 두 죄인을 극형에 처하라는 상소를 올린다. 왕은 도리가 없어 정직한 신하인 지봉 이수광에게 이를 묻지만, 이수광 역시 극형에 처해야 마땅하다고 아뢴다. 하지만 효종은 끝내 너그러이 궁녀를 용서한다. 그리고 궁녀는 강계로, 복상은 제주도로 유배 보내는 것으로 이 사건을 조용히 마무리 짓는다. 목숨 걸고 하는 사랑에 임금도 도리가 없었나 보다.

〈지봉전〉의 후반부는 효종이 남녀의 정을 모르는 이수광을 훼절시키는 이야기가 전개된다.

자본주의 소설 〈왕경룡전〉

"엄마, 저 바보스러운 어른들 좀 봐! 저 정도 나이가 되어서도 보석을 달고 다니고 있어요."

토머스 모어(Thomas More, 1478~1535)의 《유토피아(Utopia)》에 나오는 대사다. 조선에 〈왕경룡전〉이라는 소설이 나오기 꼭 1세기쯤 앞선다. 이 말은 한 꼬마둥이가 옆 나라에서 온 사신들의 화려한 몸치장을 보고 하는 말이다. '유토피아'에선 모든 보석이나 금붙이를 지극히 천하게 보기 때문이다. 물질로 어찌 유토피아를 만들겠는가. 어림 반 푼어치도 없는 소리다.

〈왕경룡전〉은 17세기 초, 작자를 알 수 없는 기녀(妓女)를 소재로 한 중편 분량의 한문 전기 소설이다. 〈옥단전(玉檀傳)〉·〈왕어사경룡전(王御史慶龍傳)〉이라고도 하며, 1906년 대한매일에 금화산인(金華山人)이라는 필명으로 연재한 〈용함옥(龍含玉)〉이나 신구서림에서 발간한 한글본 〈청루지열녀(靑樓之烈女)〉는 〈왕경룡전〉을 번역한 이본이다. 〈왕경룡전〉이 독서 대중에게 적지 않은 인기를 누렸음을 알 수 있다. 이 〈왕경룡전〉을 중국 소설의 번역으로 보는 견해도 있어 한마디 해두고 다음으로 넘어간다. 〈왕경룡전〉이 어떠한 형태로건 중국 소설의 영향을 받은 것은 확실하지만 우리 소설로 보아 무방하다.

〈왕경룡전〉이라는 이름이 처음 보이는 것은 현종(1659~1674)이 대왕대비전에 보낸 언간이다. 이후 숙종(1674~1720 재위)의 누이인 명안 공주에게 보내는 언간과 1762년과 1763년 사이에 기록된 18세기 화가 윤덕희의 《수발집(溲勃集)》 '소설경람자'에도 그 이름이 보인다. 이로 미루어 보아 〈왕경룡전〉은 꽤 널리 읽힌 소설임을 알 수 있다. 현재 조사된 이본 숫자만으로도 우리의 한문 소설 가운데서 11위를 기록할 정도다.

〈왕경룡전〉은 장래가 촉망되는 왕경룡이라는 젊은이와 기생 옥단의 사랑을 동선으로 하는 한문 애정 소설이다. 왕경룡은 기생 옥단에게 빠져 백년가약을 맺는다. 하지만 저 시절에도 기생과 사귄다는 것은 이미 돈을 매개로 하는 순간의 인연일 뿐이었다. 돈이 떨어지자 옥단의 기생어미는 온갖 간계를 써서 왕경룡을 내쫓는다. 돈! 우리의 고소설에서 '돈'과 얽힌 '사랑', '잔꾀', '악인'이 처음 보이는 순간이다.

〈왕경룡전〉은 애정 소설이다. 그것도 길이가 중편에 이르며, 소설 구성이 치밀하고, 시도 상당히 정제되었다. 그런데 같은 애정 소설인 〈운영전〉이나 〈상사동기〉에 비하면 사랑이 영 밋밋하기 짝이 없다. 이유는 경룡과 옥단, 두 남녀 사이에 꾀와 자본주의적 맹아인 '돈'이 지나고 있기 때문이다. 소설 전체에서 '잔꾀'와 '돈'이 뚜렷이 드러나니, 두 사람의 사랑은 영 맥을 못 춘다. 이 점은 우리 고소설에서 확실히 새로운 세계다. 〈왕경룡전〉의 작품성도 바로 여기서 찾을 수 있다.

〈왕경룡전〉과 '돈'의 관계를 풀어 가보자. 돈으로 여인을 산다. 그 여인을 저 시절에는 기생이라 불렀다. 옥단은 기생이었고, 자본주의의 표지인 '돈'으로 살 수 있는 여인이다.

그러나 옥단이 "꽃 찾는 길손에게 부탁하오니 부디 화류계엘랑 비기지 마오(寄語尋芳客, 莫比花柳場)"라는 말처럼 그녀도 진정한 사랑을 원한다. 이를 곰곰이 생각해 보면, 〈왕경룡전〉은 지독한 남성주의가 판치던 조선 중기에 여인의 목소리를 처음으로 낸 소설이라는 점이 신선하다. 그래, 기우뚱해져 버린 남성의 사회에서 사랑만큼은 좌우 대칭을 취하려는 의도가 선연하다.

증거를 댈 필요 없이 예로부터 창기는 음란하고 사특한 여인으로 곱지 않은 시선을 받는다. 〈왕경룡전〉에서 옥단은 기생이다. 꿀물을 마신 뒤 갈증이 더 이는 것은 무엇 때문일까? 조건부 사랑에 대한 탐닉 또한 이러한 이치가 아닐 듯싶다. 하지만 이 소설에서 옥단은 신실한 정절을 지닌 여인으로 격상되었다. 여기에는 당시 여성이 인간으로서 유일하게 대접받는 길이 '정절'인 이유도 있다. 〈열녀함양박씨전〉의 박 씨, 〈양산백전〉의 추 낭자, 〈유문성전〉의 이 소저, 〈권익중전〉의 이 낭자 같은 경우는 첫 남자를 위한 정절의 표시로 스스로 목숨을 버린다.

기생을 말하는 꽃에 비유한 '해어화(解語花)'를 군자의 꽃인 '국화'처럼 만든 셈이다. 그래, 옥단을 따라 경룡을 따라 줄달음치다 보면 주인공들의 내면 심리를 못 본다. 영 재미없는 소설이 돼버린다. 천천히 소설의 장면을 돌리는 '각설(却說)'마다 숨을 고르며 읽는 여유가 필요하다. 그래야

기생어미가 화류계에서 손님 호리는 청루전환법(青樓轉換法)과 경룡이 화류계 여인을 후리는 청루농주법(青樓弄珠法)도 여간 아닌 줄 안다. 속고 속이는 농익은 꼼수는 오늘의 이야기 아닌가. 또 옥단의 신분 상승에서 오는 영원할 우리 조선인의 환원주위(還元主義) 표지인 '품종과 계보 업데이트 작전'은 어떤가. 이는 후일 우리나라를 대표하는 애정 소설의 대명사, 〈춘향전〉의 한 연원으로 부족함 없이 나아간다.

소설의 내용을 따라 붙어 보자. 때와 장소는 가정(嘉靖) 말년, 서주(徐州). 1560여 년경이니 조선에서 임진왜란이 일어나기 30여 년 전, 중국 강소성 북서부에 있는 도시 서주에서 일어난 일이다. 강소성은 예로부터 산동반도와 함께 우리네와 왕래가 잦았던 곳으로, 신라인의 집단 거주지인 신라방(新羅坊)이 생긴 곳도 여기이니 그만큼 우리에게는 익숙한 지명이다.

저 시절의 소설이 다 그렇듯, 왕경룡 또한 어려서부터 총명하고 슬기로웠으며 재기가 다른 사람보다 뛰어났다. 아버지 위공은 각로(閣老)라는 높은 벼슬아치였는데, 윗사람의 뜻을 거슬러 관직을 그만두고 고향으로 돌아가게 되었다.

아래는 대략의 줄거리다.

왕각로는 낙향하면서 아들 경룡을 시켜 장사꾼에게 빌려 준 은자(銀子)를 받아 오라 하고 먼저 길을 떠난다. 이야기는 이제부터다. 이때 경룡의 나이는 18세였는데 부지런히 배우면서 장가들 생각 없이 문밖출입을 금하곤 종일토록 글을 읽으며 나날을 보내던 책상물림이었다. 이 샌님 경룡이 돈을 받아 내려오다가 서주에 들러 주모의 소개로 기생 옥단(玉檀)을 사귀게 된다. 옥단의 나이는 14세이며, 자색이 빼어나 기생집을 모조리 뒤진들 얻지 못할 여인이었다. 책상물림으로 지내던 귀공자가 이러한 어여쁜 기생을 만났으니 그 뒤야 불문가지다. 아버지에게 갖다 줄 수만금을 모조리 탕진한다.

몇 년 흘러 경룡은 돈이 떨어지고 돌변한 기생어미는 옥단에게 경룡을 내쫓으라고 한다. 그러나 옥단은 그사이 경룡에게 정을 주어 버려 말을 듣지 않자, 기생어미는 간교한 술수를 부려 경룡을 내친다.

쫓겨난 경룡은 기생어미가 시킨 도적들에게 맞아 기절하였다가 마을 노인에게 구출되고, 그길로 양주(楊州) 지방 광대의 무리에 예속된다.

그러던 어느 날 우연히 전날 옥단을 소개하였던 주모를 만나 사정을 이야기하고, 주모는 경룡의 편지를 옥단에게 전해 준다. 편지를 받은 옥단은 경룡을 만나 꾀를 내어 황금을 주면서 새 옷을 사 입고 다시 집으로 찾아오라고 일러 준다.

경룡은 옥단의 말대로 비단옷을 사서 입고 빈 상자를 재물로 가장하여 그 집을 찾아간다. 전날의 기생어미는 다시 반기며 이전의 잘못을 사과하면서 극진히 접대한다. 이날 밤 경룡은 옥단의 도움을 받아 기생집의 보화를 훔쳐 줄행랑을 놓는다. 옥단은 경룡에게 후일 과거에 급제하면 찾아오라고 한다.

기생어미에게 돈을 주고 옥단을 첩으로 삼으려던 조 상인은 화가 나서 옥단을 자기 집으로 납치해 간다. 조 상인의 처는 샛서방 무당의 남편과 함께 남편과 옥단을 독살하려고 밥에 독약을 넣었는데 조 상인만 그 밥을 먹고 죽는다. 관가에서는 남편을 죽인 죄로 본처와 샛서방인 무당의 남편, 옥단을 함께 옥에 가둔다.

한편, 경룡은 옥단과 이별한 뒤 훔친 재물을 가지고 그길로 본가에 돌아가 부친으로부터 엄한 훈계를 받고 학업에 열중한 결과 장원 급제 하여 암행어사를 제수 받는다. 옥단의 연락을 받은 경룡은 곧 암행어사로 출두하여 옥단을 구하고 이들은 행복을 누린다.

'기녀의 순정'과 '기녀에게 빠져 패가망신한 후 암행어사가 되어 연인을 구하는 도령'이라는 설정이 우리가 잘 아는 〈춘향전〉과 맥락을 잇대고 있다. 이런 혼인을 낙혼이라 한다. '낙혼(落婚)'은 지체가 높은 집이 지체가 낮은 집과 하는 혼인이다. 반대로 자기보다 신분이나 지위가 높은 사람과 하는 혼인을 '앙혼(仰婚)'이라 한다. 경룡으로 보면 낙혼도 이만저만한 낙혼이 아닌 셈이다. 조선조는 양반에서 일반 백성에 이르기까지 계급이 같지 않으면 혼인을 하지 않았다. 양반과 상놈 간은 물론이요, 적자와 서자 간에도 혼인을 금하는데, 더욱이 기생과 양반 댁 도령의 혼인이다. 그야말로 소설에서나 있을 법한 일이다.

그런데 〈왕경룡전〉에서 단순히 기생과 부잣집 도령의 혼인담만을 주시할 것은 아니다. 이 두 주인공 옥단과 경룡 사이에 기생어미, 옥단을 첩으로 삼으려던 조 상인, 그리고 남편과 옥단을 독살하려는 조 상인의 처가 악인으로 등장하여 이야기에 긴장을 불어넣는 것이 여간 아니기 때문이다. 당연히 이 글도 옥단과 경룡의 사랑은 독자의 몫으로 두고, 이 부분을 따라가 보겠다. 기생어미부터 차례로 살펴보자.

'돈만 있으면 개도 멍첨지라.' 천한 사람도 돈만 있으면 다른 사람들이 귀하게 대접함을 비유적으로 이르는 우리네 속담이다. 기생어미에게 필요한 것은 오로지 이 돈이다. 그녀는 자신의 몸뚱이로 살았고 남의 몸뚱이로 세상을 살아내는 여인이다. 이미 치명적인 결점을 안고 사는 여인이기에, 인간 삶의 기본인 '신의'와 '정리'는 애당초 없다. 경룡이 옥단과 동거한 지 5~6년이 지나 경룡의 돈주머니가 헤실바실 바닥나서 급기야 그 집에서 밥을 얻어먹는 신세가 되자 기생어미가 옥단에게 은밀히 하는 말, "왕 공자의 재산은 이미 다하였기에 더 이로울 것이 없다. 네가 만약 잠시 피해 있으면 왕 공자는 반드시 떠날 게다. 왜 너는 가난한 사내만 지키면서 빈 것을 지고는 높은 가치를 두려 하니?"

그러나 옥단이 "왕 공자는 저 때문에 겨우 몇 해를 살면서 이미 만금을 바쳤어요. 재물이 바닥나자 버리고 배반하는 것은 인정상 차마 할 수 없는 일이지요. 어찌 감히 그렇게 할 수 있겠습니까?"라고 거절하자 기생어미는 옥단의 동료 기생인 조운(朝雲)과 은밀아밀 모의를 한다. 그 은밀한 모의를 옮기자면 "옥단을 거두어 기른 것은 다만 한 번 합환(合歡)하는 값만을 받으려는 것이 아니지. 오히려 값으로 치자면 천금도 적어 걱정해야 하는데, 이제 어찌 옥단을 한낱 왕가의 물건이 되게 할 수 있겠니?"이다. 이 말속에서 옥단을 거두어 기른 것도 한낱 돈 때문이었음이 그대로 드러난다.

앞의 줄거리에서 '기생어미의 간교한 술수'를 좀 보자. 아무 날, 서관(西館)의 기생 아무개가 상복을 벗게 되어 옥단도 가지 않을 수 없다 하여 경룡을 꾀어 길을 떠난다. 길을 떠난 다음 날, 노림(蘆林)의 입구에 닿자 기생어미는 거짓 놀라는 체 너스레를 떨며 옥단과 경룡을 속여 "내가 떠나올 때 길 떠날 채비를 너무 바쁘게 했나 봐. 재물을 저장한 방에 자물쇠 잠그는 것을 잊어버렸으니 다소의 재물이나마 누가 도둑맞지 않게 지켜주었으면 좋은데"라고 한다. 그러고는 경룡에게 청하여 집에 다녀오게 하고는 도적을 시켜 죽여 버리라고 한다. 물론 불량하기 짝이 없는 이 기생어미의 악행은 여기에서 그치지 않는다. 옥단마저 첩으로 삼고 싶어 하는 조 상인에게 천금을 받고 팔아 버린다. 그런데 옥단이 조 상인에게 시집갈 뜻이 없자 기생어미는 갖은 포악을 부려 옥단을 내쫓으니 그 부분은 또 다음과 같다.

> 창모는 옥단을 미워하여 항상 죽이려고 하였으나, 이웃 사람들이 알까 봐 두려워서 행동으로 옮기지 못했다.
> 전날의 조(趙) 상인은 옥단을 얻을 수 없음을 알고 창모에게 주었던 돈을 돌려받으려 하니, 창모는 그 재물이 아까워 은밀아밀 몰래 약속하여, "이리이리 하시오"라고 했다.

두서너 달이 지나자 창모는 옥단을 꾸짖으며 강다짐했다.

"너는 왕랑(경룡) 때문에 내가 길러 준 은혜를 배반하고 끝내 나를 어미로 여기지 않는구나. 비록 내 집에서 살고 있으나 다시는 이익 되는 것이 없을 것이니 북루를 비워라."

조운이 마침내 구박하여 내쫓았다.•

물론 계교꾼 기생어미는 이보다 먼저 몰래 같은 마을의 장사꾼 과부 할미에게 많은 보물을 주고 이리저리 짬짜미했었다. 옥단이 쫓겨나 의지가지없으면 할미가 옥단을 가엾게 여기는 척하며 잠시 머물게 하다가 계교를 써서 조 상인이 납치해 가도록 한 것이었다. 〈왕경룡전〉에는 이 기생어미에 대한 결과가 나와 있지 않으니 제2, 3의 옥단이 많이 나왔을 듯하다. 물론 기생어미의 주위는 늘 돈으로 치일 것이다.

〈왕경룡전〉의 또 한 명의 악인 조 상인을 보자. 그는 글자를 알지 못하는 무식쟁이이나 장사를 하여 부를 이룬 인물로 옥단을 첩으로 삼으려 한다. 물론 돈을 써서 그러한 것이지만, 목적은 사랑이다. 예나 지금이나 돈이 있은 뒤에는 늘 색이 따르는 것 같지만, 결과는 씁쓸하다. 마음으로, 용기로 산 사랑은 행복을 낳지만, 돈으로 산 사랑은 결코 사랑의 행복을 얻을 수 없다는 것은 사람 사는 세상의 진리다. 조 상인은 무당의 남편과 바람을 피우는 처가 옥단을 죽이려고 넣은 독약이 든 죽을 먹고는 비참한 최후를 맞이한다.

여인을 사랑했고, 탐한 결과가 참혹하다. 남녀 간의 참다운 사랑은 돈으로 살 수 없음을 이르는 '돈으로 비단은 살 수 있어도 사랑은 살 수 없다'는 우리네 속담은 이러한 경우에 필요하다.

• 간호윤 역, 〈왕경룡전〉, 《선현유음》, 이회, 2003, 464쪽(이하 같은 책).

〈왕경룡전〉에서 기생어미 못지않은 악인은 조 상인의 아내다. 조 상인의 아내는 바람기를 지닌 여인이었다. 그래, 옥단이 무당의 남편 필적인 양 편지를 보내자 쉽게 이를 받아들여 간통을 한다. 그리고 옥단이 무당 남편과의 관계를 안다는 것을 눈치채자 서슴없이 옥단의 죽에 독을 넣어 죽이려 한다. 〈왕경룡전〉이 절정에 오르는 부분이기도 하니 살펴보고 넘어가자.

> 옥단은 여러 달을 거처하면서 살펴보니, 처가 비록 자색은 지녔으나 평소에 정조가 없음을 알았다. 또 이웃집의 무당 부부가 오랫동안 이 집안과 교유하고 있었는데, 무당 남편 역시 품행이 바르지 못하고 오직 주색만 탐하는 것을 알게 되었다. 그래서 조 상인의 아내가 서로 만나자는 편지를 쓴 것처럼 그 필적을 비슷하게 모방하여 무당 남편에게 보내고, 또 무당 남편의 편지를 역시 이와 같이 써서 조 상인의 아내에게 보냈다. 두 사람은 서로 믿고서 은밀히 보쟁였으나 모두 깨닫지 못하였다.
>
> 이런 후로는 새벽에 가고 저녁에 오는 일이 금방 일상사가 되었다.
>
> 옥단이 하루는 그들이 와 만나는 기회를 틈타 창밖에서 몰래 살피다가, 손가락으로 구멍을 뚫어 엿보고 있다는 형상을 드러내 보였다. 두 사람은 옥단이 그 남편에게 알릴 것을 두려워하여 함께 계교를 꾸며 그 흔적을 없애 버리려 했다.
>
> 때마침 그 남편이 밖으로 나가 이웃집에서 자고 다음 날 아침에 돌아왔다.
>
> 조 상인의 아내는 아주 맛있는 죽을 쑤고 죽 속에 독을 넣어 남편과 옥단에게 주었다. 옥단이 막 머리를 빗다가 죽을 보고 독이 들었나 의심이 되고 또 자기 죽에만 독을 풀었는지 염려되기도 하여 말했다.
>
> "그 죽이 매우 맛있게 보이니 내가 많은 것을 먹겠어요."
>
> 자기 앞에 놓인 것을 바꾸어 상인 앞에 놓았다. 그리고 화장하고 머리를 빗질

하는 것을 핑계로 꾸물거리며 먹지 않고 조 상인이 다 먹은 후에야 거짓으로 손을 대는 척하다 엎질렀다.

잠깐 있으니 조 상인은 땅에 거꾸러져 피를 토하고 죽어 버렸다.

결국 이 일로 조 상인의 처는 비극적인 죽음을 맞는다. 옥단과 조 상인의 처, 무당의 남편은 조 상인 독살 혐의로 관아로 압송되고, 과거에 급제한 경룡의 기지로 두 사람의 죄상이 드러나 죽음을 당한다. 〈왕경룡전〉에는 이렇듯 '재물'과 '지나친 사랑', 그리고 '간통'이 악인을 만들었다.

고소설 하면 으레 생각나는 용어가 각설(却說), 화설(話說) 등 장면 전환 용어다. 이 용어들이 〈왕경룡전〉과 관련되기에 잠시 이에 대해 짚어야겠다. 〈왕경룡전〉에 보이는 '각설'은 아마도 우리 고소설 문헌에 보이는 최초의 용례가 아닌가 한다. 이 '각설'은 초기 백화 소설에 흔히 보이는 용어다. 백화 소설이란 중국의 구어체 소설을 말한다.

16세기까지 우리나라 전기 소설들은 간보(干寶: 4세기경)의 지괴(志怪) 소설집 《수신기(搜神記)》, 유의경(劉義慶, 403~444)의 인물들의 일화를 기록한 지인(志人) 소설집 《세설신어(世說新語)》, 그리고 〈앵앵전〉 등 당대 전기(傳奇)와 명대 구우의 전기 소설집 《전등신화》의 영향을 많이 받았다. 이 〈왕경룡전〉에 와서 비로소 문언 전기(文言傳奇)이면서 동시에 백화체(白話體)의 소설적 요소를 보이는데, 그 대표적인 어휘가 '각설'이다.

예를 들어, 명말 육인룡이 지은 백화 단편 소설집 《형세언(型世言)》(1632)에는 '각설'과 '화설'을 두루 사용하였으며, 1790년 방효언의 《몽어유해(蒙語類解)》 '잡어(雜語)'항에도 이 용어가 보인다. 추측건대 '각설'이라는 용어는 '주로 글 따위에서, 화제를 돌려 다른 이야기를 꺼낼 때, 앞서 이야기하던 내용을 그만둔다는 뜻으로 다음 이야기의 첫머리에 쓰는 부사'로서는 전부터 쓰였지만, 고소설의 장면 전환법으로 쓰인 것은 17세기 한

상평통보

조선조, 돈의 대표적인 이름이 상평통보다. 기록을 보면 인조 계유년(1633, 인조 11)에 호조 판서 김기종(金起宗)의 말을 따라 상평청(常平廳)으로 하여금 돈을 주조하게 하고 돈의 문양을 상평통보(常平通寶)라고 새겨 넣었다.

〈상평통보〉를 전문(錢文)이라고도 하는데, 1문(文)의 중량은 2돈 5푼이며, 10푼이 1전(錢)이고, 10전이 1냥(兩), 10냥이 1관(貫)이 된다. 조선시대에 쌀 한 섬은 5냥이었는데, 오늘날로 치면 쌀 반 섬에 채 못 미친다고 한다.

돈! 우리의 고소설에서 이 돈은 17세기 이후 뚜렷이 보인다. 이른바 '돈의 소설 사회학'이 보이는 작품으로는 〈왕경룡전〉 외에도 〈허생전〉, 〈양반전〉, 〈최척전〉, 〈김영철전〉 등이 있다. 고소설을 통해 돈이 지배하던 조선의 사회상을 들여다보는 재미도 있지만, 한편으로는 예나 지금이나 돈의 노예가 되어 살아가는 우리네의 삶이 안타깝다.

문 전기 소설인 〈왕경룡전〉부터다.

이 각설은 차설(且說), 선설(先說), 선시(先是), 차시(此時), 재설(再說), 이때 등과 함께 이야기 진행 중 장면을 전환할 때에 쓰인다. 이중 각설, 선설, 선시는 같은 뜻으로 이야기가 과거로 소급되어 장면이 바뀔 때 쓰고 차설, 차시, 이때는 한 이야기와 동시에 일어난 다른 이야기를 가져올 때 쓴다. 재설은 '하던 이야기'를 중도에 쉬고 '딴 이야기'를 삽입하였다가 '다시 하던 이야기'로 나갈 때 쓴다. 특히 '이보다 앞서'라는 뜻의 선시는 소설뿐 아니라 일반 문장에도 쓰였다.

화설은 '말하자면', '이야기하자면'의 뜻으로 전체 이야기를 시작하는 첫머리에 쓰인다. 중국 소설에서는 장면 전환으로도 사용하나 우리의 경우는 드물다. 각설도 첫머리에 드물게 쓰인다.

최초의 조선어 교본 소설 〈숙향전〉

"바늘 빼서 옷섶에 꽂고서는 앉아서 〈숙향전〉을 읽었지요."

이옥의 시구다.

일본에서 조선말을 배우기 위한 교본 소설이 〈숙향전(淑香傳)〉이다. 〈요조숙향전〉, 〈이화정기(梨花亭記)〉, 〈이화정우기(梨花亭奇遇記)〉, 〈이화정기적(梨花亭奇跡)〉이라고도 한다.

권섭(權燮, 1671~1759)의 《남행일록》을 보면 이것을 정확히 알 수 있다. 권섭은 한 마당 '여성' 항에서 보았던 바로 그이다. 기록에 "신임 관리가 한 왜인을 보내어 방에 들어오기를 간청하여 들어갔다. 방 안은 정결하였고 시렁 위에 《고문진보》와 언서(諺書) 〈숙향전〉이 보였다. 내가 '〈숙향전〉은 어디에 쓰시오'라고 묻자 '조선 방언을 익히려고 놓아둔 것입지요'라고 대답하였다"라고 적혀 있다.

이 글을 써놓은 권섭의 본관은 안동으로 자는 조원(調元), 호는 옥소(玉所)·백취옹(百趣翁)·무명옹(無名翁)·천남거사(泉南居士) 등을 사용했다. 그는 과거에 낙방한 후, 벼슬을 구하지 못하고 평생 동안 전국의 명승지를 유람하며 기록을 남겼다. 이 기록도 그중 하나인데, 1731년 3월부터 4월 10일까지 남도를 여행하다 왜인의 방에 들어가서 본 풍경을 적은 것이다. 위에서 '언서'란 '상놈 언(諺)'과 '글 서(書)'로 '상놈의 글로 쓰인 책'이라는 뜻이다. 한글로 쓴 책을 낮잡아 이르는 말로 흔히 〈임경업전〉이나 〈소대성전〉, 〈숙향전〉 같은 한글 소설책을 지칭한다.

〈숙향전〉이 조선 글 학습서였음은 조선 통신사 아메노모리 호슈(雨森芳洲, 1668~1755)의 《우삼방주전서(雨森芳洲全書)》에도 나온다. "《물명책》, 《한어촬요》, 〈숙향전〉, 이 세 책으로 단계적으로 지도해야 할 것이다." "저는 조선말을 배우고 연습하는 방법을 지휘하라는 주군의 지시를 받았습니다…… 이듬해 서른여섯 살에 다시 조선에 건너가 꼭 2년간 머무르면서 《교린수지》 1책, 《유년공부》 1책, 《을유잡록》 5책, 《상화록》 6책, 《권징고사언해》 3책을 짓고 그 밖에 〈숙향전〉 2책, 〈이백경전〉 1책을 스스로 베꼈습니다."

모두 《우삼방주전서》에 보이는 글이다. 조선 통신사 아메노모리 호슈가 부산 왜관에서 한글 공부를 〈숙향전〉으로 한 연대는 1702년이었다. 미루어 〈숙향전〉이 이미 18세기 초반에 널리 유행한 소설임을 알 수 있다. 19세기에는 조선어 통역관들의 학습용 교재가 대폭 늘어난다. 문헌에 보이는 것으로는 〈임경업전〉, 〈춘향전〉, 〈임진록〉, 〈옥교리〉, 〈최충전〉 등이 교재로 쓰였다.

그런데 조선말을 익히는 교본으로 소설을 사용하였다는 점도 그렇지만, 왜 〈숙향전〉이었을까가 더 흥미롭다. 〈숙향전〉으로 조선 방언을 익힌다는 것에는 적게 생각해도 두 가지 의미가 있어서다. 하나는 조선말을 잘 구사한 좋은 글이라는 뜻이겠고, 또 하나는 조선을 배울 만한 대중 소설이라는 의미일 것이다. 이 말은 〈숙향전〉의 문장력은 물론이고, 일반 서민층뿐만 아니라 상층까지 널리 읽힌 소설이라는 뜻이다.

〈숙향전〉이 상하층 모두에게 인기 있는 대중 소설임은 조수삼의 《추재집》과 《칙목녹》에서 찾을 수 있다. "언과패설(국문 소설)을 구송하는데, 〈숙향전〉·〈소대성전〉·〈심청전〉·〈설인귀전〉 등의 전기다"라는 조수삼의 《추재집》 글줄은 동대문 근처에서 전기수가 일반 서민층을 대상으로 낭독하는 것이요, 《칙목녹》에서는 상층에서도 이 〈숙향전〉을 읽었음을 알 수 있게 해준다. 《칙목녹》은 서울대학교규장각 한국학연구원에 소장된 편저자 미상의 19세기로 추정되는 양반가에 소장된 독서첩이다. 이 《칙목녹》에 총89종의 서적 목록이 국문으로 기록되어 있는데 《맹자》·《주역》·《시전》·《예기》·《효경》과 같은 경서류와 《고문진보》와 같은 시문선집 가사인 〈일동장유가〉, 그리고 《전등신화》·〈삼국지〉와 같은 중국 소설, 〈옥린몽〉·〈숙향전〉·〈낙성비룡〉과 같은 국문 소설의 이름이 보인다. 품위 있는 장정과 유려한 궁체로 보아 당시 사대부 집안에서 보관하던 것으로 추측할 수 있다. 사대부 집안의 독서 취향에 〈숙향전〉이 보인다는 데서, 이 소설이 하층뿐만 아니라 상층의 독서 대중과도 연결되었음을 알 수 있다.

물론 이외에 〈배비장전〉, 〈남원고사〉, 〈춘향전〉, 〈심청전〉, 〈홍부전〉, 〈봉산탈춤〉, 《남행일록》, 《병화가곡집》, 《주씨본 해동가요》, 《육당본 청구영언》 등에서도 이 〈숙향전〉을 찾을 수 있으니 그 인기도를 가히 짐작하고도 남는다. 비교적 이른 기록인 유진한(柳振漢, 1711~1791)의 〈만화본 춘향가〉에도 "이선요지시숙향(李仙瑤池是淑香)"이라고 하였다. 이선(李仙)은 〈숙향전〉의 남주인공이요, '요지(瑤池)'는 중국 곤륜산에 있다는 못으로 주나라 목왕이 신녀(神女)인 서왕모(西王母)를 만나 연회를 베푼 곳으로 유명하다. 그러니까 "이선요지시숙향"은 '이선이 숙향을 만난 그 좋은 곳이 여기로다'라는 뜻이다. 〈심청전〉에는 "금자동아 옥자동아, 어허 간간 내 딸이야, 표진강 숙향이가 네가 되어 환생하였느냐?"라는 구절이 보인다.

나손본《악부》에 실린 악부 한 편을 보고 〈숙향전〉 줄거리로 말머리를 옮겨 보자.

> 錦花 錦花ᄒᆞ되 百花叢中 네 아니라
> 千台山 할미 말이 젼조 作班 錦花 가틈도 갓다
> 아마도 淑香이 還生ᄒᆞ여 錦花된가 ᄒᆞ노라.

'금화'는 비단꽃인데 꽃 중에 으뜸이라 하며, 숙향을 이 금화에 비견한다.

〈숙향전〉의 내용을 대강 정리해 보며 이야기를 풀어 나가 보자. 〈숙향전〉의 대강은 이러하다.

> 거북이 불쌍하였다. 벗을 전송하러 나온 자리였다. 어부들이 막 구워 먹으려는 거북이 김전을 말끄러미 쳐다본다. 김전은 어부들에게 물건을 주고 거북을 구하여 놓아준다. 돌아오는 길에 홍수를 만난다. 물길에 휩쓸려가다가 한 거북의 도움을 받아 목숨을 구한다. 이때 김전의 나이 스무 살로 살림이 구차하여 아직 아내를 얻지 못하였다.
>
> 이후 장희라는 선비가 김전의 사람됨을 보고 사위로 삼는다. 이러저러 여러 해가 지났건만 아이가 없다가 기이한 꿈을 꾸고 딸 숙향을 얻는다.
>
> 숙향이 세 살 되던 해, 금나라가 쳐들어온다. 급박한 피란길에 부부는 숙향을 길가 바위틈에 숨겨 두고 후일을 기약한다. 숙향은 학, 파랑새, 사슴의 도움으로 장 승상 집으로 안내된다. 장 승상은 자식이 없었기에 숙향을 양녀로 삼고

애지중지하며 집안일 일체를 맡긴다. 시비 사향이 이를 시샘하여 가보인 검을 훔쳐 내 숙향의 장롱 속에 넣는 흉계를 꾸민다. 숙향은 도둑 누명을 쓰고 쫓겨난다. 수치스러워 막 물에 빠져 죽으려는데 용녀가 구출하고, 불에 타서 죽게 되었을 때는 화덕진군에 의해, 배가 고파 죽게 되었을 때는 천태산 마고할미가 살려 준다. 마고할미는 술장사를 하였는데 숙향은 이곳에서 살게 된다.

어느 날 숙향은 자신이 선녀인 천상 꿈을 꾼다. 그리고 그 기이한 광경을 수로 땀땀이 그려 낸다. 마고할미가 숙향이 수놓은 것을 저자에 내다 파니 수를 산 장사꾼은 낙양의 이선이 천하 문장가라는 말을 듣고 찾아가 수에 시를 써달라고 한다.

이선은 수를 보고 그 기이함에 놀라 많은 값을 지불하고 산다. 이선은 수소문 끝에 수를 놓은 여인이 천태산에 있다는 것을 알아내고 마고할미 집을 찾아 숙향과 인연을 맺는다.

이선의 아버지 이 상서는 몹시 노하여 낙양 태수에게 숙향을 하옥시키라 명한다. 낙양 태수는 숙향을 가두고 매를 치게 하나 형리의 팔이 움직이지 않는다. 이 낙양 태수가 바로 숙향의 아버지 김전이나 김전도 숙향도 서로 알 리가 없다. 자기 딸인 줄도 모르고 이 상서의 명에 따라 김전은 다시 여러 가지 방법으로 숙향을 벌하려 하지만 마고할미가 신이한 술법으로 숙향을 구한다.

마침내 숙향을 죽이기로 결정한 날이 다가온다. 장 씨는 숙향의 꿈을 꾸고 이상한 마음에 죄수에 대해 물어보니 자신의 딸 숙향과 너무 비슷했다. 장 씨에게 이 이야기를 들은 김전은 숙향을 차마 죽이지 못한다. 이에 이 상서가 노하여 김전을 계양 태수로 옮기고 다른 태수를 부임시켜 숙향을 죽이게 한다. 일이 다급하게 돌아가자 이선의 고모가 숙향과 이선의 만남은 자신이 주선한 것이라 한다. 이 상서는 노여움을 풀고 숙향을 석방한 뒤 이선을 황성으로 부른다.

마고할미가 청삽살개를 숙향에게 주고 어려운 일이 있으면 자신의 무덤을 찾으라 하고는 세상을 떠난다. 영특한 청삽살개는 이선과 숙향의 편지를 날라다 주며 숙향이 위기에 빠질 때마다 구해 준다. 다시 한 번 숙향에게 위기가 닥친다. 불량배들이 숙향을 습격한 것이다. 숙향은 마고할미의 무덤에서 자살하려고 통곡한다. 마침 이 상서 부인이 달구경을 나왔다가 곡성을 듣고 가련하여 숙향을 데려오고 이 상서도 보암보암 그 현숙함을 알게 된다.

이선은 장원급제하고 둘의 기나긴 사랑은 이루어진다. 숙향은 이후 부모를 만나고 이선은 이전에 혼약해 두었던 양 왕의 딸 매향과 혼인을 한다. 이선은 벼슬이 높아져 승상이 되었다가 봉래산과 천태산에서 선약을 구해 와 죽은 황태후를 살리고 초 왕에 봉해진다. 이선은 숙향, 매향과 함께 부귀를 누리다가 마침내 선계로 돌아간다.

〈숙향전〉은 이렇듯 영웅의 일생을 통해 특히 여성의 수난 과정을 드러낸다. 내용은 복잡하면서도 여성 영웅이라는 이채로운 성격을 보인다. 여자 주인공 숙향이 고귀한 혈통으로 태어나 어려서 고아가 되고 구출자를 만나 양육되었다가 다시 찾아오는 위기를 극복하고 마침내 난수표와 같은 인생을 풀어 행복한 삶을 누리는 과정은 여성 영웅 소설이 갖는 특징이기도 하다. 그래서인지 이 소설은 특히 여성들에게 매우 인기가 많았다.

오죽하면 '숙향전이 고담(古談)이라'는 속담까지 전한다. 이 속담은 소설의 〈숙향전〉이 옛이야기에 불과하다는 뜻이다. 당시 조선에서 살아가는 대부분 여자의 일생은 고단한 삶의 연속이었다. 평생 고생만 하다가 끝내 좋은 때를 만나지 못하는 경우가 허다하였다. 한데, 〈숙향전〉의 숙향은 해피엔딩을 보여 주기에 이를 비유적으로 끌어 쓴 말이다. 이 말에서 당시 여인들이 숙향처럼 행복한 삶을 살고 싶어 하는 욕망과 고단한 현실을 겸하여 볼 수 있다. 물론 '숙향전이 고담(古談)이라'라는 말이 속담으로 쓰일 정도였으니, 속담을 비유적으로 견주어 쓰는 이나 듣는 이나 〈숙향전〉의

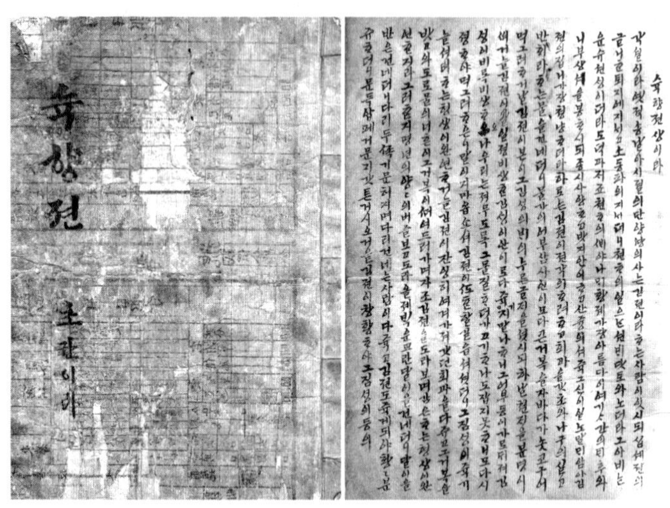

〈숙향전〉 표지와 서두(필자 소장)

'책(冊) 주인(主人)이 두루(斗樓) 최(崔) 씨'라고 써놓고는 오늘날의 사인인 수결을 해놓았다. 책의 크기는 세로 37cm×가로 27cm로 꽤 크며 뒷장에는 '경자년 2월 5일'이라 적혀 있다. 지질로 보아 이 경자년은 1900년보다 앞서는 1840년경으로 추정된다. 역시 정통적인 오침안정법을 썼다. 좌측 하단을 보면, 3~4자 정도가 없다. 책장을 넘길 때 손가락으로 잡는 부분에 글자를 3~4자 정도 덜 써서 글자가 닳는 것을 방지하기 위해 고의로 글자를 빼놓은 것이다.

내용을 잘 알고 있음은 선결 조건이다.

이렇듯 한 편의 소설은 마지막 책장을 넘기며 끝나는 게 아니다. 소설은 끝났지만, 소설의 반향은 저렇게 오래도록 책 언저리를 맴돌고 맴돌아 후대까지 이어진다. '숙향전이 고담(古談)이라'고 냉소를 지은 중세 여인의 무거운 삶도 이제는 고담이 되어 이 책에 쓰이니 말이다. 생각해 보니 이 책을 쓰는 나도 읽는 독자들도 언젠가 고담이 될지 모르겠다.

각설하자.

〈숙향전〉의 저러한 모습이 있으면 이러한 모습도 있는 것이 사람 사는 이치다. 한숨으로 〈숙향전〉을 읽거나 듣는 여인네가 있는 반면, 조금은 여유롭게 〈숙향전〉을 보는 부인네도 있지 않겠는가? 이옥의 시 한 편을 보자. 이 시에는 〈숙향전〉을 읽는 숙부드러운 새댁의 모습이 사실적으로 그려져 있다.

爲郎縫衲衣 서방님 옷을 바느질하다 보니
花氣惱儂倦 꽃향기 온몸을 나른히 하네요.
回針揷襟前 바늘 빼서 옷섶에 꽂고서는
坐讀淑香傳 앉아서 〈숙향전〉을 읽었지요.

이 시는 이옥(李鈺, 1760~1813)의 《예림잡패(藝林雜佩)》〈이언(俚諺)〉 '아조(雅調)'에 전한다. 〈이언〉은 아조, 염조, 탕조, 비조의 4조(調)로 나뉘었고, '아조'는 오언절구 17수로 된 연작시다. 위 시는 '아조' 17수 중 제9수다. 아조에 해당하는 작품들은 다소간 형식과 내용의 차이는 있지만 오늘날 우리의 모습과 매우 가깝다. 이옥은 이 시에서 이상적인 모습의 부부 형상을 제시한다. 그것은 한 쌍의 남녀가 새로운 가정을 이루고 첫발을 내딛는 순간과 결연한 후, 신혼 때의 마음가짐이다.

한가한 봄날이다.

서방님의 옥색 후리매기를 한 땀 한 땀 정성 들여 궤맨다.

한 뼘쯤 열어 놓은 빗살문 틈으로 꽃향기가 배시시 찾아든다.

새댁은 바늘을 빼서 하얀 동정을 타고 내려온 가슴 위 옷섶에 꽂는다.

검지의 골무를 빼 살짝 바느질 도구와 함께 밀어 놓고 저고리 고름을 매만진다. 봉긋한 가슴이 살짝 눌린다. 어제 읽다 표해 둔 〈숙향전〉을 펼치자 봄 햇살이 와 앉는다.

최초의 피란 소설 〈최척전〉

"삼가 죽지 않으면 반드시 즐거운 일이 있으리라(愼無死 後必有喜)." 죽을 고비를 수도 없이 넘기는 옥영에게 장육존불이 힘을 주는 말이다. 때론 말 한 마디, 글 한 줄이 희망과 안정을 주기도 한다. 이 말을 믿으며 〈최척전〉 이야기를 시작해 본다.

〈최척전〉은 한문 필사본이 현재 8편, 국문 필사본이 1편 발견된 한문 소설이다. 그러나 이본이 적다고 〈최척전〉의 고소설사적 가치가 떨어지는 것은 아니다. 이 소설은 1621년(광해군 13) 윤 2월에 조위한(趙緯韓, 1567~1649)이 임진왜란을 소재로 하여 창작한 한문 애정 전기 소설이요, 우리나라 최초의 피란 소설로서 〈기우록(奇遇錄)〉이라고도 한다. '기우록'이란 '기이한 만남의 기록'이라는 뜻이다. 작자는 이 소설의 창작 동기를 작중 주인공 최척이 자신의 기구한 운명 이야기를 기록해 달라는 부탁으로 쓴 것이라 밝히고 있어 가탁(假託) 형식을 취하고 있지만 작자의 창작임이 분명하다. '가탁'이란 '거짓 핑계를 댄다'는 의미이니, 양반으로서 고소설을 지은 것을 꺼림칙하게 여겨 그러한 것이라고 여겨도 좋다. 작가 가탁 현상은 고소설 작가들에서는 종종 발견된다.

작자 문제부터 잠시 짚고 넘어가자. 〈최척전〉은 조위한이 지었다고 한다. 조위한은 조선 중기의 문신으로 호는 현곡(玄谷)·소옹(素翁)이며, 본관은 한양이요, 벼슬은 공조 참판에 이르렀고, 명필이었다. 그는 임진왜란 때 김덕령을 따라 종군하기도 하였다.

조위한이 지었다는 근거는 《가람문고본》 〈최척전〉 말미에 '소옹제(素翁題)'라는 기록과 또 "내가 일찍이 소옹의 〈최척전〉을 한 번 읽어 보았기 때문에 자세히 아네(余嘗讀素翁崔陟傳而詳知也)"●라는 기록 때문이다.

하지만 여러 문헌에서 〈최척전〉을 누가 지었는지 알 수 없다는 기록도 보인다. 고소설에서 작가 문제는 이러한 경우가 많기에 확정 짓는 데는 많은 연구가 따라야 한다. 〈최척전〉의 작가 문제는 뒤에 가서 한 번 더 살필 것이니, 이쯤 마치고 다음으로 넘어가자.

이 작품은 유몽인(柳夢寅)의 《어우야담(於于野談)》에 실린 〈홍도이야기〉와 같은 내용임을 볼 때, 임진왜란 당시에 있었던 설화를 소설화했음을 알 수 있다. 다만 〈홍도이야기〉는 야담에 지나지 않는 짧은 내용에 그치고 있으나 〈최척전〉은 한 편의 완벽한 소설이라는 점이 장르상 차이를 분명히 보여 준다.

〈최척전〉은 조선, 중국, 일본 세 나라를 무대로 하여 전개되는 전쟁 속에서 남녀의 사랑을 중심으로 불교적인 인연과 기적을 짙게 드러낸다.

〈최척전〉은 완벽한 플롯을 지닌 소설이다. 발단에서 절정, 결말에 이르기까지 한 치의 빈틈도 없다. 특히나 회장체 소설처럼 장면 전환법을 적절하게 사용하여 긴장을 고조시킨다. 표면적인 갈등 대상이 없는데도 긴장감이 팽팽하게 유지되는 것은 잘 짜인 구성 덕이다.

● 이덕무, 《청장관전서》 제15권, 《아정유고》 7-서1.

그 대강의 줄거리를 따라가 보자.

전라도 남원에 최척이라는 젊은이가 일찍 어머니를 잃고, 홀로된 아비와 살았다. 최척은 어렸을 때부터 기개가 있고 성품이 좋아 친구들과 벗하기를 좋아하였다. 임진왜란이 일어나 군사로 끌려가는 것을 걱정하던 아버지의 권유에 따라 최적은 정 상사에게 수학한다.

마침 정 상사 집에 서울서 피란 와 살던 옥영은 최척의 인물됨에 반해, 《시경》의 〈표유매〉라는 시를 건넨 것을 계기로 서로 마음의 정분을 쌓는다. 양가에서도 혼담이 오간다.

혼사는 최척이 가난하다는 데서 난관에 봉착한다. 옥영의 어머니는 완강하게 혼인을 반대하지만 옥영은 자결을 시도함으로써 자신의 의사를 굽히지 않는다. 서로 간 정이 깊음을 양가 부모가 인지하면서 혼사의 일단락이 정해진다. 혼사는 9월 보름에 하기로 한다.

그러나 이 두 연인의 시련은 이제부터다. 최척이 의병으로 차출되어 혼사가 미뤄진다. 하지만 둘 간의 아름다운 사랑을 끊을 수 없어 원래 혼인날에서 두 달 늦은 11월에 혼사가 치러진다. 둘의 사랑은 몽석이라는 사내아이를 낳으면서 더욱 행복한 모습이다.

1597년 8월 정유재란이 터져 남원이 함락된다. 최척의 가족은 왜군을 피해 지리산 연곡으로 도망치는데, 여기가 가족이 함께한 마지막이다. 최척은 가족들이 모두 죽은 것으로 생각하여 실의에 빠진 채 명나라 군사의 도움을 얻어 중국으로 간다. 옥영은 남장을 한 채 왜적에게 붙들리나 순후한 마음씨의 왜인 돈우를 주인으로 섬기며 그를 따라 바닷길을 다닌다. 한편 최척의 아버지와 장모는 피란 도중 어린 손자 몽석을 잃어버렸다가, 우여곡절 끝에 찾아 남원에서 산다. 한 가족은 이제 3국으로 각각 흩어져 살아간다.

최척은 중국 절강성 소흥현, 옥영은 돈우라는 왜병 뱃사공의 도움으로 일본

낭고야(나고야)로, 최척의 아버지와 장모, 그리고 장남 몽석은 남원에 남겨진 것이다.

최척은 중국으로 건너갔지만 얼마 안 돼 그를 돌보아주던 명나라 군관이 죽자 천지를 유람하기도 하며 신선이 되는 법을 배우려 하기도 한다. 그러다 학천과 함께 바다로 장삿길을 다니게 되는데 안남(베트남)에 도달했을 때, 최척은 쓸쓸한 심사를 억누르지 못하여 피리를 분다. 그러자 정박하여 있던 옆 일본 상선 안에서 자신과 아내만이 아는 시구가 흘러나오고 그것을 들은 최척은 넋을 잃는다. 그 읊조림의 주인공은 바로 옥영이다.

그해가 1600년 4월 음력 초하룻날이다. 남원에서 헤어진 지 3년 만에, 머나먼 안남에서 기적적 해우를 맞는다. 두 사람도 울고 배에 탄 뱃사람들도 감동한다. 돈우는 백금 두 덩이까지 주어 옥영을 최척과 함께 가게 하고 부부는 학천의 도움으로 중국으로 돌아가 항주에 자리를 잡는다. 부부는 여기서 일 년 만에 둘째 아들 몽선을 낳는다. 몽선이 성장하자 이웃에 사는 중국인 진가의 딸 홍도를 만나 혼인 약속을 한다. 홍도의 아비 진위경은 명의 군대로 조선에 갔다가 잔류하고, 홍도는 그러한 아버지를 그리워하다 조선인인 몽선을 만나 연분을 맺게 된 것이다. 홍도는 아비의 생사와 존재 여부에 대한 한 자락 희망을 갖는다.

1618년, 후금의 발흥으로 최척은 또다시 명군을 따라 출병한다. 이 전쟁에 조선군이 명군을 도우러 온다. 최척은 하북성 우모채라는 곳에서 조선 군사와 함께 진을 친다. 조선군을 이끄는 강홍립의 부대에 큰아들 몽석이 있었다. 명군이 패하자 조선군도 오랑캐에게 패한다. 최척은 조선 사람이었기에 겨우 살아남았다가 패한 조선군 무리와 함께 오랑캐에게 감금된다. 이 감옥에서 아들 몽석을 극적으로 해후한다. 아들과 헤어진 지 22년 만이다. 지키던 오랑캐 군사가 마침 조선에서 학정으로 도망 나온 사람이라 부자를 탈출시킨다. 최척과 몽석은 조선으로 향하나, 최척의 등에 난 종기가 심해 목숨이 위태로워진다. 이때 침을 다룰 줄 아는 진위경이라는 자를 만나 극적으로 병을 치료한다. 최척 부자는 은혜에 감복하여 남원의 집까지 같이 오는데, 침을 놓아 준 사람이 다름 아닌 몽선의 아내, 홍도의 아비임을 알고 크게 감탄한다. 그들은 무사히 남원 땅에 이르고 늙은 아버지와 장모와 상봉한다.

한편, 명이 후금에게 밀리고 패배했다는 소식을 들은 옥영은 최척의 안부를 걱정하고, 가족이 없으면 삶의 이유가 없다며 험한 바다를 건너 조선으로 가기로 결정한다. 몽선이 반대하나 홍도 또한 시어머니인 옥영의 결행을 지지한다. 옥영은 만반의 준비를 갖추자 1620년 2월 1일 배를 타고 조선으로 떠난다. 처음에는 항해가 순조로웠으나 곧 폭풍을 만나 난파하여 무인도에 조난당해 있을 때 해적선이 나타난다. 해적들이 배와 집기들을 약탈해 가자 그들은 절망에 빠진다. 얼핏 잠이 든 옥영의 꿈에 또 장육존불이 나타나 "죽지 않으면 반드시 즐거운 일이 있으리라"라고 용기를 준다. 그때 조선 배가 나타나 순천에 내려 준다. 출항한 지 두 달이 지난 4월이다.

조선 땅에 도착한 옥영 일행은 결국 남원 옛 집을 찾아간다. 거기서 홍도와 진위경, 그리고 최척의 온 가족이 상봉한다.

그들의 이야기를 남원 부사가 조정에 장계로 올리자 조정은 최척에게 정헌대부를 내리고 옥영을 정렬부인에 봉한다. 후에 몽석과 몽선은 호남 병마절도사, 해남 현감 등을 지내고, 최척 부부는 그때까지 살아서 아들들의 봉양을 받는다. 1621년 내가 남원에 머물렀는데 최척에게 이런 이야기를 듣고 그 대강을 기록한다.

〈최척전〉의 시간적 배경은 1592년 임진왜란과 1597년 정유재란, 1619년 후금의 명나라 침입이라는 전쟁 기간을 관통하고, 공간적 배경은 조선·일본·안남, 중국 4개국을 넘나든다. 두 부부의 난수표에나 비유될 법한 삶 속에 전쟁, 죽음, 피란 따위가 깊숙이 개입되어 있다. 독자들이 대강의 줄거리를 따라잡으면서 이미 눈치챘겠지만 이 소설에는 16세기 말에서 17세기 전반의 현실이 생동한다. 이를 '인정물태론'이라 할 수 있다. '인정물태론'이란 소설의 한 특성으로 사람들이 살아가는 이야기를 천착한 것이라는 뜻이다. 현재도 소설의 한 속성으로 인식되는 용어인데, 저 시절 우리의 고소설에서 이 인정물태를 저렇게 찾을 수 있다.

그런데 이 〈최척전〉에서는 같은 전란을 다룬 전기 소설들과 분명히 다른 점을 찾을 수 있다. 그것은 문학적 상상력으로 다듬어진 시간과 인물 때문이다. 옥영과 최척이 살았던 시간은 전쟁이 지배하였다. 시간은 경험과 함께 흐른다. 그들이 산 세월은 전쟁의 경험이 온몸을 적실 때다. 옥영의 "봉도 가는 길 안개놀이 가득하여 찾을 수 없네(蓬島烟霞路不迷)"라는 시구처럼 행복은 요원한 일이었다. 옥영은 이 시간으로부터 끊임없이 벗어나 봉도라는 행복을 찾으려 한다.

대부분의 애정 전기 소설은 그의 역사(history)지만, 〈최척전〉은 그녀의 역사(hertory)다. 애정 전기 소설에서 여성은 몸이 표지였을 뿐이다. 여성이 비록 목숨을 담보로 사랑을 감행하는 〈운영전〉과 〈상사동기〉조차 여성이 남성적인 행동을 하지는 않는다. 〈최척전〉에서는 이러한 조선의 여성성이 싹 사라진다. 소설을 거듭 읽으며 다가오는 것은 한 집안의 고단한 삶과 옥영이란 여인의 능동성이다. 옥영은 최척의 가난을 이유로 어머니가 혼인을 반대할 때도, 왜병에게 포로가 되어서도, 항주에서 조선 뱃길을 감행할 때도 눈물만 흘리는 연약한 여성이 아니다. 확실한 신념, 흔들림 없는 의지는 어느새 옥영이라는 평범한 여인이 우리의 영웅으로 다가온다. 어쩌면 저 전쟁으로 아수라장이 되어 버린 곡성이 진동하는 조선에서 하루하루를 살아내던 여인들의 존재 증명인지도 모른다. 마땅히 중세 조선의 새로운 여인상의 출현으로 보아도 큰 무리는 없다.

소설을 읽으면서 문학적 카타르시스를 느꼈다면, 그것은 이러한 옥영의 행동을 통해서다. 순종과 조순함이 미덕인 중세였기에 더욱 그렇다. 따라서 뚱딴지같이 나타나는 장육존불의 계시와 우연도 눈에 걸리지 않는다. 오히려 장육존불의 자비가 응당 있을 곳에 있다는 생각이다. 저러한 여인을 신이 돕지 않는다면 세상을 살아낼 수 없기 때문이다.

잠시 여담 좀 하자. 하루의 끝은 '24시'다. 루마니아의 작가 게오르규는 여기에 한 시간을 더해 〈25시〉라는 소설을 썼다. '25시', 그것은 우리에게 존재하지 않는 극한의 '절망적 시간'이다. 이럴 때 우리는 신(神)을 찾는다. 옥영 또한 이러하지 않은가? 그래, 〈최척전〉에 보이는 우연이란 파편화된 옥영 가족의 서사적 대응일 뿐이다.

한 가지 흥미로운 점은 임진왜란과 정유재란에 대한 배일 감정이 전연 드러나지 않는다. 오히려 중국과 조선에 대한 떨떠름함만 또렷하다. 삭주의 토병은 "두려워 마시오. 나 역시 삭주(朔州)의 토병(土兵)이었소. 부사의 학정이 심하여 그 고통을 이기지 못해 가족을 모두 데리고 오랑캐 땅에 들어온 지 이미 10년이나 되었다오. 오랑캐들은 성격이 솔직하고 가혹한 학정도 없지요. 인생살이가 풀잎에 맺힌 이슬 같은데 어찌 반드시 채찍으로 때리는 고통을 겪어야 하는 고향에서 몸을 웅크리고 살아야만 하겠소?"라고 한다.

삭주는 평안북도 서부에 있는 삭주군의 중심지다. '토병'은 일정한 땅에 붙박이로 사는 사람들로 구성된 군사다. 그가 삭주의 토병이었다는 것으로 미루어 조선 땅에 목숨붙이로 사는 백성이다. 그런데 그 땅에서 살 수가 없어 오랑캐 땅으로 가 살아야 할 만큼 부사의 학정이 심하단 말인가?

아래서 살필 이민환의 《건주문견록(建州見聞錄)》에도 오랑캐 성에 있을 때 군졸들에게 들은 말이라는 점을 전제하면서 "우리나라 말을 잘하는 한 늙은 오랑캐가 말하기를, '나는 서울에 살던 정씨(鄭氏) 성 사족(士族)의 아들로서, 기축년 정여립 옥사 때 이곳으로 도망쳐 와서 아들 넷을 낳았는데 모두 군병이 되었다' 하였다"라거나, 또 "'회령(會寧) 사람 김범(金凡) 등 두 명이 도적질을 하다가 도망쳐 오랑캐 땅에 들어와서 산다'고 하였다"라는 기록도 보인다. '기축년'이면 1589년으로 임진왜란이 일어나기 3년 전이다. 이미 임진왜란의 조짐은 이런 글줄에서도 찾을 수 있으니, 이래저래 제 나라에서 살지 못하는 백성이 적지 않았던 시기임을 어림할 수 있다.

우리가 〈최척전〉에서 유념해 볼 곳이다. 16세기 말에서 17세기 초 조선 최대 전란의 슬픔을 안고 살다 간 작가는 당시를 그렇게 본 듯싶다.

이제 앞에서 말꼬리를 잠시 접었던 작가 문제와 함께 〈최척전〉에 대한 다른 이의 생각을 함께 보자. 우선 〈최척전〉의 본문을 잠시 보자.

> 요양에 이르러서 최척은 오랑캐 땅을 수백 리 걸어 들어가서 조선 군마와 함께 중국의 북쪽 변방으로 하북성(河北省)에 있는 우모채라는 곳에 진을 쳤다. 하지만 장수가 적을 가볍게 여겨 모든 군사가 패배하였다.
>
> 오랑캐 우두머리는 중국 병사들은 부류를 남기지 않고 죽였으나 조선 병사들은 유혹하고 으름장만 놓았을 뿐 한 명도 살상하지 않았다.
>
> 교유격은 패한 군사 10여 명을 거느리고 조선 군영에 들어가 의복을 구걸했다. 원수 강홍립(姜弘立)은 여분의 옷을 주어서 죽음을 면하게 하려 하였으나 종사관 이민환(李民寏)이 오랑캐 우두머리에게 발각될까 두려워 그 의복을 빼앗아 버리고 잡아서는 적진으로 보내 버렸다.
>
> 그러나 최척은 본래 조선 사람이었기에 어지러운 틈을 타서 몰래 행렬에서 빠져나와 홀로 죽음을 모면했다.
>
> 강홍립이 항복하자 조선의 병사들과 함께 포로를 잡아 놓은 마당에 감금되었다.●

● 간호윤 역, 〈최척전〉, 《선현유음》, 이회, 2003, 575~576쪽.

후금이 명나라를 침입한 전쟁에 최척이 참전했다가 패한 부분이다. 이후 조선 병사와 감금된 장소에서 아들 몽석을 만난다. 그런데 여기서 실존 인물이 두 명 나온다. 한 명은 우리 소설사에서 최초의 부정적 인물이 주인공으로 등장하는 〈강로전〉의 강홍립이요, 한 명은 이민환이다. 물론 두 사람이 이 전쟁에 5도 도원수와 그 휘하 종사관으로 참여한 것도 맞다.

위의 내용에서는, 강홍립은 긍정적으로, 이민환은 부정적으로 그리고 있다. 실존 인물이 아니라면 모르겠으나 실존 인물인 다음에야 작가가 없는 소리를 만들어 하기는 어려운 경우다.

두 인물부터 살피자.

강홍립(姜弘立, 1560~1627)은 이 전쟁에서 패하자 조선군의 출병이 부득이하여 이루어진 사실을 후금에 통고한 후 군사를 이끌고 항복한다. 그리고 계속 후금에 억류되어 있다가 인조 5년(1627) 정묘호란 때 후금군의 앞장으로 입국하여 강화에서 화의(和議)를 주선하고는 조선에 머무른다. 강홍립은 이 일로 조정과 백성들에게 오랑캐의 앞잡이라는 소리를 듣고, 결국 역신으로 몰려 관직을 삭탈당하였다가 죽은 뒤에야 복관된 역사적 인물이다(자세한 것은 이 글 바로 뒤에 이어지는 '악인형 주인공이 등장하는 〈강로전〉' 참조).

이민환(李民寏, 1573~1649)은 1618년 평안도 관찰사로 있을 때, 명나라의 원군 요청이 있자 강홍립의 막하로 출전하였다가 포로가 되었다. 17개월 동안 유폐되어 있으면서 항복을 거부하다가 1620년 석방되어 돌아왔다. 그가 포로로 있으면서 보고 들은 것을 기록한 《건주견문록》도 있다. 이민환은 1636년(인조 14) 병자호란이 일어나자 스승인 장현광(張顯光)의 종사관이 되어 참전하기도 하였다. 종사관은 종6품 벼슬로 주로 통신사를 수행하던 임시 벼슬이니 그리 높은 벼슬은 아니다.

이러한 두 인물을 〈최척전〉에서 저렇듯 묘하게 그려 놓은 것이다.

그런데 이 〈최척전〉을 이민환의 형인 이민성(李民宬, 1570~1629)이 보고야 말았다. 이민성은 붓을 빼 들고 〈제최척전〉이라는 제소설시를 지었다. 제명 다음에는 작은 글씨로 "산상(商山, 경상북도 상주)의 한 선비가 자신이 지은 것이라 하였다(商山有一士人 自言渠所作)"라 기록해 놓았다.

怪哉崔陟傳　기괴하구나, 〈최척전〉이여!
不知誰所作　누가 지었는지 알지 못한다네.
〔……〕
陟云喬標下　최척은 교유격의 휘하에 있다가
與他走回別　다른 사람과 함께 도망쳤다고 하는데
厥跡旣新異　그 행적이 새롭고 기이하여
宜播遠耳目　마땅히 널리 알려졌을 텐데
奚暇此傳出　어찌하여 이 전이 나와서야
始獲其顚末　비로소 그 전말을 알게 되었단 말인가?
況聞帶方郡　하물며 남원 땅에는
原無還人物　원래 돌아온 사람이 없다는데
或云資話柄　혹자는 말하기를 얘깃거리는 되지만
未必憑事實　꼭 사실로 믿기는 어렵다 하네.
〔……〕
莫耶斯爲下　오나라 명검 막야도 이보다는 덜하리니
筆端甚鋒鏑　붓은 칼이나 창보다도 심하구나.
譬如屠膾子　비유하자면 짐승을 잡아 회를 치는 자가
刀几恣臠斮　도마 위에서 마음대로 고기를 써는 것과 같으니
雖快手敏妙　비록 좋은 솜씨로 민첩하게 하더라도
死者痛楚極　죽은 자의 고통은 말로 할 수 없네.
觀其立傳意　전을 쓴 뜻을 헤아려 보니

乃在於佞佛　부처에게 아첨하는 것이라.

佛果如可信　부처가 과연 믿을 것 같으면

應墮無間獄　응당 무간지옥에 떨어지리라.●

두어 군데를 줄였는데도 꽤 긴 글이다. 우선 〈최척전〉이 허구임을 명백히 하고 글을 쓴 작가에게는 무간지옥에나 떨어지라고 독설을 퍼붓는다.

아울러 저 위에서 언급했던 〈최척전〉의 작가 문제를 말해 보자. 이민성이 조위한임을 알았으면 "상산의 한 선비"라고 대수롭지 않게 넘어갈 문제가 아니다. 당시 가문을 목숨처럼 여기던 시절 아닌가. 여기서 말하는 상산 선비는 우리가 〈최척전〉의 작가라고 여기는 소옹 조위한이 아님은 물론이다.

물론 저때 〈최척전〉의 저 내용을 증명할 길은 만무하지만, 소설 속 한 줄 기록이 이토록 무섭다.

참고로 임진왜란을 배경으로 주인공이 왜적에 끌려간 설정의 작품이 또 있으니 〈남윤전[南胤(允)傳]〉이다. 이 소설 역시 〈최척전〉처럼 임진왜란을 간접 배경으로 삼아 포로 문학의 성격을 띤 역사 소설임에 틀림없으니 그 대략이나마 짚고 마치겠다.

〈남윤전〉은 일본에 끌려간 남윤이 왜왕의 부마 되기를 거절하다 죽음에 이르렀다가 천상에 올라가 옥황상제에게 기구한 자신의 운명담을 듣는다는 등, 어디까지나 꿈을 매개로 한 운명적 도선사상이 직접 배경인 소설이다. 당연히 〈최척전〉에 비하여 비현실적인 전기 소설이다. 왜국·중국을 거쳐 조선으로 돌아오는 것은 〈최척전〉과 유사한 해외 체험 소재이면서도, 적국에 포로로 끌려간 주인공이 적국 공주와 혼인하며, 옥황상제가

● 이민성, 〈제최척전〉, 《경정집》 권4, 경인문화사, 1994, 323~325쪽.

등장하는 점 등은 독창적이라고 볼 수도 있다.

〈남윤전〉의 대강을 보면 이렇다.

> 주인공 남윤은 관비인 옥경선을 마음에 두나, 부모가 정해 준 이 부인과 혼인한다. 혼인한 이튿날 임란이 나고 남윤은 왜구에게 잡혀 일본으로 끌려간다. 왜왕의 부마 되기를 거절하다 죽음에 이른다. 이 부인은 아버지 없는 아들을 낳고 고행이라 이름 짓는다. 남윤은 꿈에 천상에 올라가 옥황상제에게 기구한 자신의 운명담을 듣는다. 그 운명담은 남윤과 이 부인, 그리고 남윤의 제2부인이 될 옥경선, 이 세 사람이 왜국의 공주가 된 월중선을 모함하였기에 남윤·이 부인·옥경선은 조선으로, 월중선은 왜국으로 내려보냈다는 내용이다. 남윤은 같은 꿈을 꾼 왜국의 공주 월중선과 혼인하고 그녀의 도움으로 왜국을 탈출한다. 뱃길에서 공주 월중선이 투신하고 윤은 고된 항해 끝에 산동에 이른다. 귀신으로 오해받아 관인에게 잡히지만 천자의 배려로 남윤은 조선으로 돌아온다. 조선에 들어오자 국왕은 이조 판서의 벼슬을 내리지만, 남윤은 아들 고행의 소식이 궁금하여 황해 관찰사를 자원한다.
>
> 이 무렵 천상의 일을 꿈으로 알게 된 이 부인은 다시 천상의 삶을 누리는 월중선에게서 윤이 살아 돌아온다는 소식을 듣고, 아들 고행을 황주로 보내어 사실을 확인케 한다. 부자의 만남이 극적으로 이루어지자 윤은 고행으로 하여금 이 부인과 옥경선을 맞아오게 하여 부부의 옛정을 누린다. 남윤은 두 부인에게서 새로 두 아들을 얻고 행복하게 살았다.

악인형 주인공이 등장하는 〈강로전〉

〈강로전〉은 여러 가지에서 '최초'라는 수식어를 달 만한 흥미로운 한문 소설이다. 우선 우리 고소설사에서 실존 인물을, 그것도 악인형 인물을 소설 속 주인공으로 삼은 것이 그렇고, 휘하에 있던 부하가 썼다는 점이 또 그렇고, 후인에 의해 '불운한 소설'이라고 규정된 것 역시 그렇다. 또 앞에서 본 〈최척전〉과 달리 부정적인 인물로 그려 놓았다.

〈강로전〉은 권칙(權侙, 1599~1667)이 정묘호란 직후인 1630년에 창작한 작품이다. 권칙은 서출로, 이 작품 외에 〈안상서전(安尙書傳)〉이라는 소설도 전한다. 그는 외교 사절을 따라 명나라와 일본에 다녀온 적도 있을 정도로 문학적 재능이 있었으나, 인조·효종·현종 때에 영평 현령(永平縣令) 등의 말단 벼슬을 지낸 것이 전부다.

〈강로전〉은 '강(姜)씨 오랑캐에 관한 전'이라는 뜻인데, 우리 고소설사에서 부정적 인물을 주인공으로 내세운 최초의 소설이기도 하다. '강씨 오랑캐'는 강홍립이다. 강홍립은 정묘호란 때 후금 침략군의 선도로 입국하여 강화에서의 화의를 주선한 이로 '오랑캐'에다, '개돼지만도 못한 인간'으로 극한 부정과 긍정 의견이 현재까지도 팽팽하다. 그는 역신(逆臣)으로 지목되어 관작이 삭탈되었고, 죽은 뒤에야 복관되었다.

그로부터 3년 후, 그의 수하에 있던 권칙이 자신이 모시던 강홍립을 주인공으로 삼아 소설 〈강로전〉을 지었으니 죽어서도 소설 속에 영원히 '강 오랑캐'로 남게 되었다.

〈강로전〉의 이본으로는 북한 김일성대학 소장의 《화몽집》과 국사편찬위원회 소장 〈강로전〉, 그리고 규창(葵窓) 이건(李健, 1614~1662)의 문집인 《규창유고(葵窓遺稿)》 소재 3종의 이본이 보인다. 《규창유고》 소재 〈강로전〉은 한글로 전해지던 〈강홍립전(姜弘立傳)〉을 저자가 한문으로 번역한 것이다.

〈강로전〉은 강홍립이 1619년 오도 도원수가 되어 후금을 치러 가는 것에서 시작한다. 그러나 강홍립은 김응하(金應河)와 김경서(金慶瑞)의 반대를 물리치고 비겁하게 후금에 항복한 뒤 청나라에 빌붙어 호의호식하며 산다. 정묘호란 때 한윤(韓潤)이라는 자의 속임에 빠져 청군의 앞잡이가 되어 조선으로 들어와 살육을 자행하고 나중에 후회하며 죽는다는 내용이다.

〈강로전〉은 이렇듯 강홍립이라는 부정적 주인공을 내세워 명나라를 숭배하고 청나라를 배척하는 이데올로기를 구현해 놓았다. 작품의 이면에는 문벌세족의 무능과 전횡, 인재 등용 문제 등 조선의 현실에 대한 통절한 비판이 담겨 있다. 이러한 비판은 서얼이라는 작자의 신분적 처지와 무관하지 않다.

권칙은 우리가 잘 아는 백사 이항복의 사위로 문재가 뛰어났으나 서출이었기에 역사적 문헌에서 그 이름을 찾을 수 없다. 권칙과 강홍립의 만남은 이러한 신분상의 문제가 있었다. 권칙은 한낱 문관으로 강홍립을 수행하여 심하(深河)의 전투에 참여했을 뿐이다.

그러나 강홍립은 오랑캐에게 항복하고 권칙은 적진을 탈출하여 고국으로 돌아왔다. 이때 권칙의 고단함이 어찌나 절박했는지, 사람 똥을 먹고서야 앞이 보여 살아 돌아올 수 있었다는 기록도 전한다. 이러한 연유를 따져 보면, 권칙이 〈강로전〉을 지어 강홍립을 비난하는 것을 헤아릴 수 있다.

권칙은 이 소설에서 강홍립을 어리석고 비겁하며 국가에는 불충한 인물로 묘사한다. "구차하게 목숨을 팔아 항복한 종이 되었으니 곧 개나 돼지보다도 못하다(偸生賣降之奴, 犬彘之不若也)"라고까지 혹독하게 비난을 퍼붓는다.

몇 대목을 원전에서 더 찾아보자면, "세상에서 전하기를, '김경서가 우리 군사와 항복한 왜인들과 약속하여 추장을 죽일 계획을 은밀히 진행시키다가 거의 성사되려 했는데 홍립이 고발하여 일시에 모두 죽음을 당하였고 경서는 절의를 굽히지 않고 죽으니 오랑캐들이 지금까지 칭찬한다'

고 한다." "홍립은 혼비백산하여 무릎으로 엉금엉금 기며 목숨만 살려 달라고 애걸하였다." "홍립은 겁내고 두려워하며 먼저 머리를 굽혀 네 번 절하였다." "한윤이 말했다. '어리석도다. 홍립이여! 그토록 많은 사람을 죽였거늘, 대체 누가 너를 따르려 하겠느냐?'"

대체로 용렬하고 부정적인 모습이다. 그런데 저 마지막에 인용한 '한윤……' 운운을 좀 살펴봐야 할 듯하다. 계곡(谿谷) 장유(張維, 1587~1638)의 문집 《계곡선생집》에서 이 문장에 대한 이해의 일단을 찾을 수 있다. "한윤(韓潤)과 그 종제 한택(韓澤)으로 말하면, 역적 명련(明璉)의 자식과 조카로서 몸을 빼쳐 도주하였으므로 현재 체포를 못하고 있는 실정입니다. 그런데 지난해 8월에 변경에 있는 사신의 급한 전갈을 보건대, 머리를 깎아 버린 왕사명(王四明) 등이 오랑캐 속에 있다가 와서 말하기를 '한씨(韓氏) 성을 가진 형제가 갑자년 12월에 오랑캐 소굴로 귀순해서는 자기 아비가 죽음을 당했다면서 자기 나라의 허실을 낱낱이 말하였고, 또 구금되어 있는 여러 장수들과 강홍립 등에게 거짓말로 유혹하면서 그들의 가족이 모두 죽음을 당했다고 말하고 흉노에게 동쪽을 치도록 권하였다'라고 했습니다."

계곡 선생의 글을 보면 한윤이라는 자의 꾐에 강홍립이 빠진 듯도 한데, 〈강로전〉에서는 한윤에 대한 별 반응이 없다. 실제 이 한윤은 이괄(李适)과 함께 반역을 일으켰다가 살해된 한명련(韓明璉, ? ~1624)의 아들로 후금에 망명한 자다. 한윤은 이후 후금군에 종군하여 정묘호란 때 조선에 왔다가 후금으로 돌아갔으며, 그 후에도 조선이 약속을 어겼다 하여 재침할 것을 주장한 조선으로서는 참으로 불량한 자였다.

이러한 사실로 보건대, 모두 실존 인물이 등장하는 〈강로전〉의 인물 구성이 당대 상황과는 다소 어긋남을 알 수 있다. 실제 인물인 강홍립을 따라 역사적 사실 속으로 들어가 보면 강홍립으로서도 변명거리가 아주 없는 것은 아니다.

광해군이 임금으로 있던 1619년, 명나라는 후금(後金)을 치기 위해 조선에 원병을 요청한다. 조선으로서는 임진왜란의 전화를 치른 지 얼마 안 되던 시기라 내심 탐탁지 않았으나 명나라가 임진왜란 때 원군을 보내온 고마움이 있어 어쩔 수 없었다. 결국 1만 3천 명의 원군을 출정시켰는데 이때 강홍립을 5도 도원수로 삼은 것이었다.

그러나 조선과 명나라 연합군은 부차(富車)에서 대패하고, 강홍립은 조선군의 출병이 부득이하게 이루어진 사실을 적진에 통고한 후 군사를 이끌고 후금에 항복하였다. 이는 현지에서의 형세를 보아 향배를 정하라는 광해군의 밀명에 따른 것이었음을 여러 기록에서 증험할 수 있다. 투항한 이듬해인 1620년 후금에 억류된 조선 포로들은 석방되어 귀국하였으나, 강홍립은 부원수 김경서 등 10여 명과 함께 계속 억류되었다.

억류되어 있던 강홍립은 1627년 1월, 이른바 정묘호란 때 조선으로 들어온다. 이때 조선은 인조반정으로 광해군이 쫓겨난 인조의 시대였다. 아민(阿敏)이 이끄는 3만의 후금군은 강홍립 등 조선인을 길잡이로 삼아 압록강을 건넌다. 청나라군은 '전왕 광해군을 위하여 원수를 갚는다'는 명분을 걸고 진군하여 평양을 점령하고 서울로 짓쳐들어온다.

조선은 역부족이었다. 인조는 강화도로, 소현 세자는 전주로 피란하지만, 끝내 청군에 굴복하고 정묘조약을 체결하고야 만다. 강홍립은 바로 이 정묘호란의 중심에 서 있었으나 조선에 그대로 눌러앉는다. 일흔을 바라보는 나이지만 자신이 위험에 처할 것을 알면서도 청군을 따라가지 않았다면 강홍립에 대한 이해를 좀 달리해야 하지 않을까? 그렇게 남은 강홍립에 대해 조정에서는 그가 후금의 앞잡이로 정묘호란 때 선도했다는 설과 10년간 절개를 지킨 자라는 등의 시비가 많았다. 후금의 보복이 두려워 면전에서 욕하지는 못했으나 아무도 그를 인간으로 대접하지 않았다. 요동에서 거느렸던 하인과 첩과 금은보화가 속속 도착하자 비난의 목소리는 커지고, 강홍립은 결국 반역죄로 몰려 모든 벼슬을 빼앗긴다. 그는 고국에 돌아온 그해를 넘기지 못하고 7월에 죽는다.

의아한 것은 인조가 얼마 후 그의 지위를 회복시켜 주었다는 점이다. 《조선왕조실록》에는 강홍립을 '적신(賊臣)'으로 표현하는 부분이 여러 군데 눈에 띄지만 지금도 논란이 되는 광해군의 명령에 의해 강홍립이 계획적으로 투항했다는 주장도 있기에 〈강로전〉만으로는 강홍립에 대해 정확히 검증하기 어렵다. 아마도 이는 서인(西人)의 시각이 반영되어서일 수도 있다. 강홍립은 대북(大北)에 속한 인물이며, 대북은 인조반정 때 서인에 의해 몰살되다시피 하였다. 인조반정으로 새로 권력을 장악한 서인이 광해군 때의 집권 세력인 대북의 현실적인 외교 노선을 그대로 둘 리 없었다. 서인은 광해군과 대북파의 실정을 부각시켰고, 청나라를 배척하고 명나라를 추종하는 노선을 취했다. 이 소설 속에는 이러한 비운의 역사적 사실도 흐르고 있다.

여하간 강홍립이 비운의 사내였던 것만큼은 분명한 사실이요, 한 나라의 위난이 곧 소설로 이어졌다는 것 또한 명백한 진실이니, 소설의 대사회학적 생동성을 충분히 볼 수 있다.

〈강로전〉에 대한 흥미로운 기록이 있어 소개해 본다. 역시 서얼 출신 문인 성대중(成大中, 1732~1809)의 《청성잡기(靑城雜記)》 5권 〈성언(醒言)〉에 "국포(菊圃) 권칙은 문관으로 강홍립을 수행하여 심하의 전투에 참여했는데, 강홍립은 오랑캐에게 항복하였으나 권칙은 적진을 탈출해 돌아와서 압록강에 이르렀다. 여러 날을 먹지 못해 앞이 보이지 않았는데 사람 똥을 먹고서야 앞이 보여 마침내 살아 돌아올 수 있었다. 〈강로전〉을 지어 후금의 사정을 매우 자세히 기록하였는데 역시 《간양록》에 비견된다. 그러나 강항이 동토(童土) 윤순거(尹舜擧)의 스승이었기 때문에 《간양록》은 유명해졌고 〈강로전〉은 세상에 알려지지 않았으니, 지조가 같고 일의 형적이 같고 저술이 같지만 역시 행운과 불운의 차이가 있는 것인가"라고 하였다.

참고로 강항(姜沆, 1567~1618)은 1598년 정유재란 때 일본에 잡혀갔다 1600년 포로 생활에서 풀려나 가족과 함께 귀국한 이다. 성대중이 언급한 《간양록(看羊錄)》은 강항이 포로 생활을 기록한 작품으로 당대에 널리 읽혔다. 윤순거는 강항의 제자로 15세 무렵부터 강항에게 시를 배웠다. 1654년 스승의 〈간양록지(看羊錄識)〉를 쓰고 다음 해 강항의 행장(行狀)을 지었으며, 1658년 송시열의 서문을 받아 강항의 문집 《수은집(睡隱集)》과 《간양록》을 간행하였다.

이러한 것을 보면 제자를 잘 두어야 한다. 안타깝게도 권칙에게는 저러한 제자가 없었다.

한 줄 더 첨부한다. 중인 출신 작가 홍세태(洪世泰, 1653~1725)의 〈김영철전(金英哲傳)〉이라는 작품 또한 이 시절을 배경으로 한 소설이다. 김영철(金英哲, 1600~1683)이라는 사내가 열아홉 살에 후금과의 전쟁에 동원되었다가 멀리 이국 땅의 포로가 되고, 세 번에 걸쳐 탈출을 시도한 끝에 중국으로 도주하였다가 거기서 몇 년 거주한 뒤 13년 만에 비로소 고국 땅을 밟는다는 작품이다. 전쟁은 소설을 이렇게 남겼다.

소설을 비평한 〈투색지연의〉

〈투색지연의(鬪色誌演義)〉는 14회 장회체 형식의 미완성 한문 소설로 국립중앙도서관 한문 필사본 외에 국문 필사본도 3편 보인다. 〈투색지연의〉—〈여와전〉—〈황릉몽환기〉로 이어지는 연작 소설로 17세기 후반에서 18세기 초반에 이미 우리의 고소설사에 자리매김한 듯싶다.

이 소설은 근래에 발굴된 작품이지만 우리 고소설사에서 위치는 확고하다. 그것은 소설을 소설로 비평하였다는 점이요, 하나는 '투색(鬪色)', 즉 아름다움을 다투는 매우 이색적인 연의 소설이기 때문이다. 이러한 소설을 '이소설평소설(以小說評小說)'이라고 하는데, 소설의 형식을 빌려 소설을 비평하였다는 뜻이다. 〈투색지연의〉가 '이소설평소설'임은 잠시 뒤에 설명하겠다.

〈투색지연의〉는 '아름다움을 다투는 전쟁 이야기'다. 〈투색지연의〉는 여느 '연의(演義) 소설'이 그렇듯, 장수끼리의 일대일 접전, 야습, 설전, 용병의 영입, 전면전, 매복 포위 등 여러 전투 방식이 흥미롭게 서술되어 있다.

우선 〈투색지연의〉의 경개(景槪)부터 장회별로 소개한다.

1회 최패정이 진영과 혼인한 사연이 소개된다.

2회 한나라 궁실의 가빙빙이 위빙과 혼인한 사연이 소개된다.

3회 최패정이 여중 천자로 불리자 한나라 궁실의 여러 낭자들이 분개하여 죄를 물을 것을 주장한다. 빙빙은 아름다움을 다투어(투색) 이긴 후에 최패정의 죄를 다스리기로 하고 제빙을 대장으로 해춘을 부장으로 삼아 3천 궁녀를 보낸다. 패정도 이에 질세라 자영을 대장으로 월향을 부장으로 삼아 3천 병사를 거느리고 나가 싸우게 한다. 만화촌에서 자영이 제빙의 군사를 대패시킨다.

4회 제빙 등이 도망하여 돌아가자 다시 동중선을 대장으로 보내나 역시 자영에게 패한다.

5회 장경경이 나가 동중선과 싸우는데 승부를 가리지 못한다.

6회 경경이 구화산 선녀가 꿈에 주고 간 약을 바르니 용모가 더욱 아름다워져 동중선을 대패시킨다.

7회 패정과 빙빙이 설전을 벌인다.

8회 유리패에 금령을 맞추는 경기를 벌여 관색인(冠色印)을 주기로 한다. 동중선과 장경경이 다섯 개씩으로 동률을 이룬다. 관색인을 차지하려 둘은 싸우고 이번에도 경경이 승리한다.

9회 계속 지자 빙빙은 방을 걸어 미색을 모집하니 양태진, 서시, 애경이 온다.

10회 패정도 수덕행인(修德行仁), 즉 덕을 쌓고 어짊을 행하는 자운, 옥소군, 녹주를 얻는다.

11회 이번에도 패정의 휘하인 자운 등이 양태진 등을 섬멸한다.

12회 빙빙은 연패하자 최후의 결단을 내려 전군을 이끌고 쳐들어온다. 패정도 모든 미녀들을 데리고 나가 맞아 싸운다. 혼전을 벌이다 빙빙이 달아나 만화성으로 들어가자 패정이 성을 포위하고 항복을 재촉한다. 빙빙은 결국 항복한다.

13회 패정은 빙빙을 위로하는 연회를 베푼다. 빙빙은 패정에게 여중천자에 오를 것을 청한다. 빙빙이 이를 황제에게 알리자 황제는 패정을 만고여중천자에 봉한다.

14회 패정이 빙빙을 비롯한 여러 미인들에게 제각각 자리를 주고 크게 잔치를 연다.

내용을 보면 최패정의 무리와 가빙빙의 무리가 다투는 소설임을 알 수 있다. 물론 싸움은 미모를 타투는 싸움이다. 전투에 앞서 미인들은 병장기를 챙기는 것이 아니라 화려한 의복으로 옷매무새를 가다듬고 선녀가 준 화장품을 얼굴에 정성껏 바른다. 군사인 궁녀들은 꽃가지를 받들어서 대장으로 나선 미인의 아름다움을 한껏 돋운다. 그리고 이 미모 전쟁에서 승리한 것이 최패정이다.

여인들의 미모 전쟁이라는 발상이 참 신선하고도 흥미롭지 않은가. 물론 이런 흥미로운 발상은 〈부벽몽유록〉이라는 소설에도 보이니 잠시만 이 소설을 보고 가자. 〈부벽몽유록〉은 몽유자인 내가 평양의 부벽루에 올라가 아름다운 경치를 완상하다가 술에 취해 잠든 꿈 이야기다. 내가 잠들자 숲 속에서 선녀들이 무리를 지어 나타나 노래와 춤을 즐기는데, 자세히 보니 깃대에는 '관서투색장군사소랑지사명(關西妬色將軍士小娘之司命)'이라 쓰여 있었다. 깃발을 풀이하자면 '평안도와 황해도 지방의 아름다움을 겨루는 장군 사소랑 부대 깃발' 정도다. 그 아래에는 이매랑(二梅娘)이 앉았고, 여러 기녀들이 차례로 앉아 담소하고 있었다.

잠시 후 어디선가 절색의 미녀 세 사람이 초췌한 모습으로 나타난다. 우리가 잘 아는 당 명황(唐明皇)의 총애를 받던 양귀비(楊貴妃)와 한 무제(漢武帝)의 총희였던 이 부인(李夫人), 그리고 초 패왕 항우(項羽)의 연인인 우미인(虞美人)이었다. 사소랑(士小娘)이 이들을 맞이하여 단 위에 올라오게 하고서 이곳에 온 연유를 묻자 세 여인은 차례로 자신들이 살았을 때 쌓인 한과 죽은 뒤 오랫동안의 원망을 하소연한다. 사소랑이 이들의 사연을 들은 뒤에 거문고를 뜯으며 위로하고 세 여인도 즐겁게 어울려 노는데 종소리에 잠에서 깨어났다는 내용이다.

'관서투색장군'이라는 깃발의 '투색'은 '아름다움을 시새운다'는 의미이니, 여기에 중국에서 내로라하는 세 미녀의 등장을 엮어 놓으면 관서 지방의 조선 여인과 중국의 여인들이 미색을 다툰다는 그림이 그려진다. 중요한 것은 세 미녀가 모두 역사상의 실존 인물로 중국 미인이고, 그들을 위로하는 사소랑은 허구적 존재로 우리 관서 지방의 여인이라는 점이다. 조선 미인이 중국 미인을 아름다움으로 누르고 위로한다는 뜻이 무엇을 의미하는지 굳이 풀이할 필요는 없을 듯하다.

〈투색지연의〉 또한 이와 같지 않을까 추론해 본다. 그렇다면 〈투색지연의〉의 최후 승리자인 최패정과 그녀를 따르는 일곱 명은 모두 우리 고소설에 등장하는 인물이요, 가빙빙 외 여덟 명은 중국 소설의 등장인물들이다. 우리 고소설은 〈옥교행〉이고, 중국 소설은 〈빙빙전〉이다. 이로 미루어 〈투색지연의〉는 우리 고소설인 〈옥교행〉과 중국 소설인 〈빙빙전〉을 읽고 작자 나름대로 비평한 '이소설평소설'임을 추론할 수 있다. 물론 승리는 이미 본 것처럼 조선 미인이다. 독자께서도 눈치챘겠지만 '추론'이란 비논리적인 용어를 두 번씩이나 썼다. 그렇다. 현재까지는 추론이다. 〈빙빙전〉이란 중국 소설은 전하는데 〈옥교행〉은 현재 《언문책목록》에서 그 소설명을 확인하는 것에 그쳐서이다.

이왕 여인들의 아름다움을 다룬 소설을 짚었으니, 여인의 화장품과 관련된 소설을 한 편 더 소개하겠다. 이름하여 〈여용국전(女容國傳)〉이다. '여용국'이란 '여자 얼굴의 나라'라는 뜻이다. 내용을 좀 보자면 여용국이 처음 나라를 세웠을 때, 이를 둘러싸고 열여섯 개의 위성국이 있었다. 그들은 모두 여용국의 예쁜 효장 황제의 염대를 관장하는 일을 맡았다. 염대의 이름은 능허대로 별호는 경대다. 곧 위성국들은 황제의 화장대를 관장하는 임무인 셈이다. 화장대는 거울이 있으니 이 여인이 동원청이고, 자는 명경(거울)이요, 호는 감(鑑)선생이다. 그녀의 둥근 얼굴에는 맑은 기상이 넘치고 광채는 사람을 비춘다. 언제나 황제의 좌우에 있고, 혹시 황제의 얼굴이 단정하지 못하거나 의관이 바르지 못하면 반드시 간하여 경계하게 한다. 그래서 황제는 늘 귀중하게 여겨 잠시도 손에서 놓으려 하지 않는다.

거울 밑에는 열다섯 명의 신하가 있으니, 태부 주련(연지), 소부 백광(분), 호치장군 양수(양치), 수군도독 관정(세수), 무위장군 포세(수건), 전전지휘사 포엄(물수건), 참군교위 마령(비누), 형부시랑 방취(육향), 총융사 윤안(곤지), 안무사 백원(분첩), 도지휘사 납용(납기름), 평장군 섭강(족집게), 도어사 차연(비녀), 전장군 소쾌(얼레빗), 후장군 소진(참빗) 등이었다. 신하들은 부름에 응하여 차례대로 능허대인 화장대 위에 나와 각기 소임을 다하므로, 여인 얼굴의 나라는 크게 다스려지고 풍속이 아름다워지며,

나라의 법도와 법령이 잘 시행된다.

하지만 사람 사는 세상을 그린 소설에는 늘 위기가 있는 법, 황제는 생각이 점점 교만해져서 편안하게 노는 데만 정신을 팔고 도적들이 일어난다. 도적들의 괴수는 구리공(때)인데 이들은 먼저 광이산(귀)을 점령하고, 나중에는 오악산(이마·턱·코·좌우 광대뼈)을 함락시킨다. 그리고 슬양(이)은 흑두산(머리)에 버글거리고, 모송(잡털)은 아미산(눈썹)에 침입하며, 황염(이똥)은 이를 함락시켜 나라의 운명이 극히 위태롭게 된다.

이때, 전후 장군 소쾌(얼레빗)와 소진(참빗)이 나타나 충성을 다한다. 우선 슬양(이)을 잡고, 수전을 잘하는 관청(세수)이 나가 구리공(때)을 섬멸하고, 섭강(족집게)이 나가 모송(잡털)을 잡는다. 그러자 황제는 이들에게 큰 상을 주고, 나라는 다시 아름답게 된다.

여인의 화장 도구를 끌어다 나라의 흔들림을 경고하는 이 이야기는 안정복(安鼎福, 1712~1791)이 지은 한문 소설이다. 우선 저 화장품들은 방물장수들이 가가호호 방문하여 팔았다는 것부터 설명하고 안정복에 대해서 살펴보자.

조구명(趙龜命, 1693~1737)의 《동계집(東谿集)》을 보면 분(粉)을 팔며 평생을 수절한 '매분구(賣粉嫗: 분 파는 노파)' 이야기가 보인다. 이 매분구가 바로 방물장수다. 방물장수는 여자들의 일상생활에 필요한 물건을 팔러 다니던 행상인데, 주로 노파들이 이 행상을 하였다고 해서 아파(牙婆)라고도 불렀다. 이 방물장수들은 여인들이 필요로 하는 패물과 잡다한 물건들을 커다란 보퉁이에 이고 이 마을에서 저 마을로 전전하면서 행상을 하였다. 때로는 매파 구실이나 여염집 여인들에게 세상 물정이나 저간의 사정 등을 전하여 주는 정보 매체적 구실도 하였다. 그렇다면 이 기록이 18세기로 소설의 유통이 적지 않을 때이기에, 여러 정황으로 미루어 이 방물장수들의 행장에 필사본 국문 소설 한 권쯤 있었을 수도 있다. 소설의 유통이라는 측면에서 방물장수들의 역할을 살펴볼 일이다.

안정복은 18세기 조선 후기의 불합리한 현실을 극복하려고 노력한 실학자였다. 소설에 대한 식견도 꽤 있었지만 오류가 있어 언급한 김에 바로잡는다. 그의 《순암잡지(順庵雜誌)》 42책을 보면 "내가 중국(판) 소설을 보았는데, 사대 기서였다. 그중 하나는 〈삼국지〉요, 둘째는 〈수호지〉요, 셋째는 〈서유기〉요, 넷째는 〈금병매〉다. 시험 삼아 〈삼국지〉 한 질을 예로 들면, 그 평론이 아주 신기해서 볼 만하며, 그 범례 또한 아주 볼 만하다. 그 서문 역시 자구와 의미가 특출하다. 그리고 그 문법 또한 아주 기특한데, 그 책들을 (비평해서) 펴낸 사람을 고찰해 보면 김인서(金人瑞, 1608~1661)와 모종강(毛宗崗)이고, 그 책이 나온 시기는 순치 갑신년(1644)이다. 김성탄이나 모종강이 어떤 사람인지는 알 수 없으나, 순치 갑신년에 천지가 뒤바뀌어 중화가 몰락하자 중원의 풍속들이 만주족 오랑캐의 변발 좌임의 무리 속으로 파묻혔다. 그래 문인 재자들이 억울하고 불우한 재능을 그 속에 의탁해서 우의적으로 그 뜻을 실은 것이라"고 사대 기서에 대한 견해를 피력해 놓았다.

우선 〈삼국지〉는 모종강이 평한 〈삼국지연의〉인 듯하고 "〈삼국지연의〉를 모종강과 김인서가 함께 지었다"라는 것, "만주족이 중국을 지배하자 문인 재자들이 억울하고 불우한 재능을 그 속에 의탁해서 우의적으로 그 뜻을 실은 것"이라 한 것은 명백한 오류다. 안정복이 본 〈삼국지연의〉는 명나라 초에 이미 나관중(羅貫中, 1330?~1400)에 의해 소설로서 체계를 갖추었다. 그러니 모종강은 나관중의 〈삼국지연의〉의 부분적인 오류를 수정한 것에 불과하고, 더욱이 "그래 문인 재자들이 억울하고 불우한 재능을……" 운운은 이치에 닿지 않는 소리이다.•

• 〈투색지연의〉는 자료 부족으로 지연숙, 《〈여와전〉 연작의 소설 비평 연구》, 고려대 박사학위논문, 2001에 전적으로 의지하여 작성한 것임을 밝힌다.

최고의 혹평을 들은 〈홍길동전〉

우리 고소설 중 가장 험한 꼴을 당한 소설은 무엇일까?

그것은 우리가 잘 아는 〈홍길동전(洪吉童傳)〉이다. 현재 110여 편에 달하는 〈홍길동전〉의 이본은 모두 19세기 후반 이후의 작품이다. 〈홍길동전〉에 대해 최초로 악담을 퍼부은 이는 택당 이식이다. 택당(澤堂) 이식(李植, 1584~1647)은 대사헌과 형조·이조·예조의 판서를 두루 역임하였으며 많은 제자를 배출한 당대의 이름난 학자다. 그런 그가 왜 〈홍길동전〉에 대해서 악담을 퍼부었을까?

택당의 말을 들어 보자. 택당은 "세상에 전해지는 말에 의하면, 〈수호전(水滸傳)〉을 지은 사람의 집안이 3대 동안 농아가 되어 그 응보를 받았는데, 그 이유는 도적들이 바로 그 책을 높이 떠받들었기 때문이라고 한다. 그런데 허균(許筠)과 박엽(朴燁) 등은 그 책을 너무도 좋아한 나머지 적장 별명을 하나씩 차지하고 서로 그 이름을 부르며 장난을 쳤다고 한다. 그런가 하면 허균은 또 〈수호전〉을 본떠서 〈홍길동전〉을 짓기까지 하였는데, 그의 무리인 서양갑(徐羊甲)과 심우영(沈友英) 등이 소설에 나온 바를 직접 행동으로 옮기다 한 마을이 쑥밭으로 변하였고, 허균 자신도 반란을 도모하다 형벌을 받아 죽음을 당하기에 이르렀으니, 이것은 농아보다 더 심한 응보를 받은 것이라고 하겠다"라고 독설을 퍼붓는다.

택당은 '농아보다 더 심한 응보'라고 하였다. '농아보다 더 심한 응보'는 허균(許筠, 1569~1618)이 모반죄로 죽은 것을 말한다. '농아'는 귀머거리와 벙어리다. 농아로 살아가는 것도 힘들겠지만 죽는 것보다야 낫다. '죽은 정승보다 산 개가 낫다'는 말도 있잖은가. 허균은 1618년 8월 24일 모반죄로 죽었다. 허균의 죄를 다루는 추국이 시작된 지 겨우 여드레였다. 모반죄란 국가를 전복하려는 죄였기에 허균은 능지처참(陵遲處斬)에 처해졌다. 능지처참이란 대역(大逆) 죄인에게 주던 최대 형벌이다. 일단 죄인을 죽인 뒤 그 시체를 머리·왼팔·오른팔·왼다리·오른다리·몸통의 순서로 여섯 부분으로 찢어 각지에 보내 여러 사람들에게 보이는 것으로 잔혹하기 이를 데 없다. 이 형벌은 연산군·광해군 때 많았다. 아이러니한 것은 택당의 저 독설이 지금 우리가 허균이 〈홍길동전〉을 지었다는 유일무이한 문헌적 증거라는 점이다.

〈홍길동전〉에 대한 독설은 이해조에게서 또 보인다. 그는 신소설 작가들 중 고소설에 대해 가장 높은 소리로 비판한 사람이었다. 이해조는 "말할진대 〈춘향전〉은 음탕 교과서요, 〈심청전〉은 처량 교과서요, 〈홍길동전〉은 허황 교과서라 할 것이니, 국민을 음탕 교과로 가르치면 어찌 풍속이 아름다우며, 처량 교과로 가르치면 어찌 장진지망(長進之望: 장차 잘 되어 갈 희망)이 있으며, 허황 교과서로 가르치면 어찌 정대한 기상이 있으리까? 우리나라 난봉 남자와 음탕한 여자의 제반 악징이 다 이에서 나니 그 영향이 어떠하오?"라고 한다. 〈홍길동전〉이 허황 교과서라, 바른 기상이 없어지고 나아가 제반 악한 징후가 〈춘향전〉, 〈심청전〉, 〈홍길동전〉에서 난다니, 이 또한 택당의 말에 못지않은 독설임에 틀림없다.

허균에 대해서는 이만 접고 〈홍길동전〉의 내용을 좀 들여다보자. 〈홍길동전〉이 어떠한 형태로든 중국 소설 〈수호전〉의 영향을 받았을 것임은 부인할 수 없지만, 임진왜란 후 사회 제도의 결함, 특히 적자와 서자의 신분 타파와 부패한 정치를 개혁하려는 혁명 사상을 담고 있다는 점 또한 주목해야 한다. 오늘날 〈홍길동전〉을 최고의 고소설로 인정할 수밖에 없는 이유도 바로 여기에 있다. 사실 봉건 왕조에서 홍길동처럼 새 나라를 건설한다는 것은 목숨을 담보로 해야 할 위험한 행동이기 때문이다. 〈홍길동전〉이야 모르는 사람이 없겠지만, 그래도 대략의 줄거리를 살펴보자. 〈홍길동전〉은 경판본과 완판본, 안성판본이 이름이나 세부 묘사에서 차이가 있다. 완판본이 자세하고 경판본 중 한남본이 가장 원본에 가깝다.

> 왼쪽 다리에 붉은 반점이 있는 풍운아 홍길동은 서자다. 그는 조선 세종 때 서울에 사는 홍 판서의 시비 춘섬의 외동아들이다. 어느 날 홍 판서가 용꿈을 꾸어 부인을 가까이하려 하였지만 응하지 않자 마침 열여덟의 춘섬이 눈에 띄었고 길동이 태어났다. 용꿈 덕인가. 길동은 어려서부터 비범한 기상을 보이나, 비천한 춘섬의 소생이기에 벼슬자리는커녕, 아비를 아비라 부르고 형을 형이라 부르지조차 못한다. 길동은 도술을 익히며 마음을 달랜다.
>
> 홍 판서의 부인과 형, 홍 판서의 또 다른 첩 초란은 길동의 비범한 재주를 시샘하여 특재라는 자객을 시켜 길동을 없애려고 하나 길동은 특재를 죽이고 집을 나서 방랑의 길을 떠난다. 그러다가 도적의 소굴에 들어가 힘을 겨루어 두목이 된다. 먼저 해인사의 보물을 탈취하였으며, 그 뒤로 길동은 활빈당(活貧黨)이라 자처하고 기묘한 계책과 도술로써 팔도 지방 수령들의 불의한 재물을 탈취해 빈민에게 나누어 준다. 팔도가 다 같이 장계를 올리는데 도적의 이름이 모두 홍길동이고, 도적당한 날짜도 한날 한시였다. 우포장 이흡이 길동을 잡으러 나섰다가 도리어 우롱당하고 만다. 국왕이 길동을 잡으라 하니, 전국에서 잡혀 온 길동이 무려 3백여 명이나 되었다. 조정에서는 길동의 원대로 병조 판서를 제수하여 이 골치 아픈 길동을 달래려 한다. 길동은 서울에 올라와 병조 판서가 된 뒤, 고국을 떠나 남경으로 가다가 율도국(率島國)을 발견하고 도술로써 요괴를 퇴치한 뒤, 잡혀 온 백룡의 딸과 조철의 딸을 구하여 아내로 삼는다. 이후 길동은 율도국(聿島國)을 쳐 왕위에 오른다. 길동은 왕위에 오른 지 30년에 두 왕비와 천상으로 돌아가니 나이가 칠십이다. 세자가 왕위를 잇고 세월이 흘러 다시 아들이 왕위에 오른다.

〈홍길동전〉이라는 소설은 '조선의 사회학적 표지'로 읽어야 한다. '홍길동'과 같은 짓을 하는 이들을 저 당시 '불한당'이라 불렀다. 불한당, 그렇게 〈홍길동전〉은 불한당이 주인공으로 등장한 소설이다. 홍길동은 조선시대 삶의 변방을 맴돌아야만 하는 천형을 타고난 서얼 출신이다. 그들의 삶은 태어나는 순간부터 어둠이었다. 그 천형의 서얼들 가운데 우뚝 선 사내가 바로 홍길동이다. 백골이 진토 된들 바뀌지 않을 서얼이라는 신분이기에 인간다운 삶이 천형처럼 차단된 홍길동은 활빈당이나 율도국 꿈을 꿀 수밖에 없다. 조선의 서얼들이나 서얼과 다를 바 없는 백성들도 이 〈홍길동전〉을 읽으며 같은 꿈을 꾸었을 것이다. 그러니 〈홍길동전〉은 조선시대의 서얼 문화에 대해 정면 승부를 건 셈이요, 독자의 홍성거림으로 미루어 성공하였다고 볼 수 있다. 다만 한 가지 짚을 것은 서얼 홍길동이 세운 율도국의 왕은 장자 차지란 점이다. 서얼이 세운 나라에도 서울은 없었다.

잠시 이야기를 돌려 보자. 학계에서는 〈홍길동전〉을, 사회에 대한 관심을 가지면서 출발한 서구의 '악한 소설(惡漢小說)'인 '피카레스크(picaresque) 소설'이나 〈업둥이 톰 존스(The history of Tom Jones' a Foundling)〉와 비교하기도 한다. 피카레스크 소설은 16세기에서 17세기 초반까지 에스파냐에서 유행한 문학 양식의 하나다. 악한 소설 또는 건달 소설이라고도 불리는 피카레스크 소설은 악한 피카로에서 유래되었다고 하는데, 유럽 여러 나라로 퍼져 많은 독자층을 이루었다. 여기에서의 주인공은 가난한 출생에다가 의지가지 없는 악한으로 사회와 가정을 떠나 여행하면서 이야기가 전개되는 것이, 홍길동이 집을 떠나 모험하는 것과 유사하다. 이는 우리 고소설 중, 귀여운 악당을 주인공으로 내세운 봉이형 건달 소설인 〈김봉본전〉이나 연암 박지원 〈광문자전〉도 이 피카레스크 소설에 비견될 만하다.

〈업둥이 톰 존스〉는 영국의 소설가 헨리 필딩(Henry Fielding, 1707~1754)

의 소설로서 18세기 영국 소설 중 첫손가락에 꼽힌다. 톰은 신분을 알 수 없는 사생아로 태어나 올워디라는 시골 대지주의 집 업둥이가 된다. 톰은 선량하고 착한 심성을 가지고 있지만, 젊은 혈기 탓에 악동 짓을 자주 저지른다. 이러한 톰이 다양한 모험을 겪으면서 분별력을 기르고 끝내 사랑하는 소피아와 혼인한다. 전체적으로 이 소설은 인간의 위선적인 면을 폭로하려는 의도가 작품 전체에 짙게 배어 있다. 톰의 악한 모습에서 존스 박사 같은 이는 "〈업둥이 톰 존스〉보다 더 부패한 작품을 알지 못한다"는 폭언을 하기도 하였지만 우리의 〈홍길동전〉과는 비교할 바가 못 된다. 〈홍길동전〉의 홍길동은 당대 사회에 대한 불만 표출에 그치지 않는다. "중국을 섬기지 아니ᄒᆞ고 슈십ᄃᆡ를 젼ᄌᆞ젼손ᄒᆞ야 덕화유힝하니 나라이 태평하고 ᄇᆡᆨ셩이 넉넉"(완판본 〈홍길동전〉)한 율도국이라는 자주 독립적이고 온 나라에 덕행이 흐르며 백성들의 살림살이도 넉넉한 이상 세계까지 넘어서기 때문이다. 작품의 폭을 〈홍길동전〉에 비한다면 〈업둥이 톰 존스〉는 그야말로 방귀 폭밖에 안 된다.

그런데 영국의 현대 작가 윌리엄 서머싯 몸(W. S. Maugham)은 오스틴의 〈오만과 편견〉, 스탕달의 〈적과 흑〉, 발자크의 〈고리오 영감〉, 디킨스의 〈데이비드 코퍼필드〉, 플로베르의 〈보바리 부인〉, 멜빌의 〈백경〉, 브론테의 〈폭풍의 언덕〉, 도스토옙스키의 〈카라마조프의 형제들〉, 톨스토이의 〈전쟁과 평화〉와 함께 〈업둥이 톰 존스〉를 '세계 10대 소설' 중 하나로 꼽았다. '서머싯 몸이 〈홍길동전〉을 읽었으면 세계 10대 소설이 좀 달라지지 않았을까?' 하는 우문을 던져 본다.

차설하고, 이러한 〈홍길동전〉이 우리네 정서에 꽤 맞은 듯하다.

"아니, 이 사람 홍길동인가? 어디서 나타난 거야." 여기서 홍길동은 신출귀몰하다는 뜻으로 쓰였다. 홍길동이라는 '고유 명사'는 이미 우리의 문화에 깊숙이 자리 잡고 있다. 아예 사전에 속담으로 등재된 것도 있다.

'홍길동이 합천 해인사 털어먹듯'이 그것이다. 이 말은 '아무것도 남기지 아니하고 싹싹 쓸어 가거나 음식을 조금도 남기지 아니하고 다 먹는 모양'을 비유적으로 이른다. 착하고 예의는 있지만 가장으로서는 부족한 홍부와 도덕과는 인연을 끊고 반칙을 일삼는 모지락스러운 놀부, 절개를 지킨 춘향, 효의 상징이 된 심청 정도가 이 홍길동에 버금갈 것이니, 우리나라 4대 소설의 주인공이라고 칭할 만하다.

장성에서는 홍길동이 본고장 출신 인물이라 하여 홍길동 테마파크를 조성하거나 만화, 영화 등 다양한 콘텐츠로 이용하고 있다. 참고로 〈홍길동전〉을 본뜬 '활빈당'이라는 무장 집단이 유가적 왕도 사상을 내걸고 1900~1904년경까지 부정 축재한 이들을 털어 가난한 자들에게 나누어 준 일도 있었다. 이제 허균의 여성 편력에 대해 한 마디만 하고 맺자.

허균은 여색을 꽤 좋아하였다. 상중에도 기생을 가까이해 구설수에 올랐으며, 황해도 도사 자리는 서울 기생을 끌어다 따로 모아 거처케 했다가 파직당한 것이었다. 그의 여인만 하여도 글을 잘했다는 무옥, 추섬, 옥매, 농옥, 매창 등의 이름을 찾을 수 있다. 특히 매창(梅窓·桂娘, 1573~1610)이라는 부안 기생은 우리에게 널리 알려진 "이화우 훗뿌릴 제 울며 잡고 이별한 님/ 추풍낙엽(秋風落葉)에 져도 날 생각는가/ 천리에 외로운 꿈은 오락가락하노매"라는 시조를 지은 여류 시인이기도 하다. 여기서 '울며 잡고 이별한 님'은 촌은 유희경(劉希慶, 1545~1636)이었다. 유희경과 매창의 나이 차는 무려 스물하고도 여덟이다. 허균은 이 매창이 자신보다 스물네 살이나 많은 유희경의 연인임을 알면서도 접근하지만, 끝내 매창의 절개를 꺾지는 못하였다. 허균의 계랑에 대한 섭섭한 마음은 그의 여러 문헌에 보인다. 계랑이 죽은 뒤엔 〈계랑의 죽음을 애도하며(哀桂娘)〉라는 율시를 두 편씩이나 짓기도 하였으니, 이 글로 마친다.

妙句堪擒錦 신묘한 글귀는 비단을 펼쳐 놓은 듯
清歌解駐雲 청아한 노래는 가는 구름 멈추어라
偸桃來下界 복숭아를 딴 죄로 인간에 귀양 왔고
竊藥去人群 선약을 훔쳤던가 이승을 떠나다니
燈暗芙蓉帳 부용의 장막에 등불은 어둑하고
香殘翡翠裙 비취색 치마에 향내는 남았구려
明年小桃發 명년이라 복사꽃 방긋 피어날 제
誰過薛濤墳 설도의 무덤을 어느 뉘 찾을는지
凄絕班姬扇 처량하고 애절한 반첩여의 부채요
悲涼卓女琴 슬프고도 처량한 탁문군 거문고라
飄花空積恨 나는 꽃은 속절없이 한을 쌓아라
衰蕙只傷心 시든 난초에 다만 마음 상할 뿐
蓬島雲無迹 봉래섬 구름은 자취가 없어지고
滄溟月已沈 푸른 바다에 달은 이미 잠겼으니
他年蘇小宅 다른 해 봄이 와도 소소의 집엔
殘柳不成陰 낡은 버들 그늘을 이루지 못하리•

최고의 품격 소설 〈구운몽〉

한국 고소설사에서 〈구운몽(九雲夢)〉이라는 소설이 없다면, 아마 '팥소 없는 찐빵'이리라. 〈구운몽〉은 지금까지 한글 필사본으로 71편, 한글 방각본으로 31편, 한글 필사본으로 70편, 한글 활자본으로 15편, 한글 방각본

• 허균, 〈애계랑〉, 《성소부부고》 권2, 민족문화추진회, 1981, 147쪽.

으로 무려 127차례나 간행되었다. 물론 이 숫자들은 다시 쓰일 것이다. 얼마든 발견될 수 있기 때문이다.

〈구운몽〉은 조선 숙종 때 서포(西浦) 김만중(金萬重, 1637~1692)이 선천 유배 시절에 지은 고소설이다. 문체가 우아하고 묘사가 세밀하며 더욱이 사상적 깊이까지 더해 유식한 독자층에서도 〈구운몽〉만큼은 소설이라고 낮잡아 보지 못하였다. 〈구운몽〉의 저작 시기는 인현 왕후 민 씨(閔氏)의 폐비를 반대하다가 남해로 귀양 가 있을 때 지었다는 기록과 선천 유배설 등 분분하나 김병국 교수가 일본 천리 대학에서 《서포연보(西浦年譜)》를 발굴하면서 이 문제는 해결되었다. 김만중이 평안북도 선천 유배지에서 어머니에게 〈구운몽〉을 지어 보낸 기사가 보이기 때문이다.

《서포연보》를 보면 만중은 1687년 9월 평안북도 선천으로 귀양을 간다. 이 귀양지에서 어머니 윤 부인의 생신을 맞고, 비감한 마음에 어머니의 소일거리로 〈구운몽〉을 지어 보낸다. 이해가 만중의 나이 막 쉰을 한 해 넘긴 쉰한 살이었다. '서포'라는 그의 호도 이때 귀양 가서 지낸 곳의 지명에서 딴 것이다. 서포는 다음 해인 1688년 11월에야 풀려나지만, 귀양 장소가 남해로 바뀌는 것뿐이었다. 만중은 이듬해 윤 3월에 남해 귀양지에 도착하고 끝내 이 남해읍에서 그리 멀지 않은 망운산 주변의 어느 마을에서 쉰여섯 살을 일기로 영욕의 삶을 마친다. 이해가 1692년 4월 30일이었다.

〈구운몽〉은 상층에서 시작해 하층민에까지 물 흐르듯 자연스레 독서층이 넓어진 고소설이다. 물론 지금까지도 그 위세가 고등학교 교과서와 각종 시험의 지문으로 출제되는 것으로 미루어 보아 우리나라 소설 중 '최고'라는 말을 붙여 줄 만한 걸작임에 틀림없다. 조선의 대문호 김만중이 지은 〈구운몽〉은 저작 초기부터 상층 사대부들이 즐겨 읽었다.

〈구운몽〉이 유학을 신봉하는 상층부에서도 읽힌 이유는 그의 어머니에 대한 효심 때문이었다. 오죽하였으면 그토록 소설을 싫어했던 정조조차 "옛날에 김만중은 하룻밤 사이에 〈구운몽〉을 지어 자신의 어머니에게 바쳤다고 하는데, 하물며 부모를 받드는 나의 뜻이 오직 여기에 있음에랴. 경들은 게을리 말고 힘쓰도록 하라"라고 할 정도였다. 정조가 어머니 혜경궁 홍씨를 기쁘게 해드리기 위해 《시경》에서 1백 편을 발췌해 《모시백선(毛詩百選)》이라 하고 신하들을 시켜 우리말로 번역해서 올리게 하라는 말이다. 정조의 언행을 기록한 《일득록(日得錄)》이라는 책에 보인다.

그러나 정조는 또 소설을 싫어한 군주답게 "패관소품의 책은 가장 사람의 마음을 해친다. 선비로서 문장과 유교의 가르침을 주는 학술에 뜻을 둔 자는 비록 관심을 두었다 해도 보지 말아야 한다. 하물며 슬프고 낮으며 천박한 문장이란 고신얼자의 근심과 시름하는 소리다(稗官小品之書 最害人心術 士之有志 於文章經術者 雖賞之不觀 況其噍殺尖薄 孤臣孽子 悲苦愁悒之聲)"•라고 한다. 〈구운몽〉에만 약간의 마음씀을 보인 것에 지나지 않는다.

〈구운몽〉의 하룻밤 창작설은 이규경의 《오주연문장전산고》의 〈소설 변증설(小說辨證說)〉에도 보이니, "김만중이 귀양지에서 어머니 윤 씨 부인의 한가함과 근심을 덜어 주기 위해 하룻밤 사이에 이 작품을 지었다고 한다"라고 되어 있다. 지금도 인구에 회자되는 '어머니를 위해 하룻밤 사이에 지었다는 설'이 저 시절부터 내려오던 것임을 알 수 있다. 허나 허무맹랑한 소리다. 제아무리 달필이라도 〈구운몽〉을 아무 생각 없이 필사하는 데만도 하룻저녁으로는 모자란다. 〈구운몽〉이라는 소설에 대한 신비감을 그렇게 적어 놓았다고 생각하면 된다.

이를 본다면 조재삼이 지은 〈송남잡지〉에 "〈구운몽〉이나 〈사씨남정기〉 같은 소설을 궁중으로 들여보내어 궁녀들에게 그것을 읽게 하여 임금을

• 정조, 〈일득록〉, 《홍재전서》 권4, 태학사, 1986.

감오하게 하였다"는 기록 또한 거짓이 아님을 알 수 있다.

궁중에서도 저러하였으니 일반 유학자들이라고 다르지 않을 터, 경상도 울산의 선비인 반계 이양오(李養吾, 1737~1811)는 〈구운몽〉과 〈사씨남정기〉를 읽고 〈제구운몽후(題九雲夢後)〉와 〈사씨남정기후(謝氏南征記後)〉라는 '제소설시'까지 버젓이 지었다. 이양오는 〈구운몽〉에서는 '감흥'을, 〈사씨남정기〉에서는 '교화'를 찾았다. 그는 또 이 시를 통해 〈구운몽〉에서 불교적 측면과 도교적 측면에서 깨달은 후의 다행스러움과 속세에 대한 미련 없음이 무엇으로 채워져야 할 것인가에 대한 문제를 제기한다. 즉, 〈구운몽〉 독서가 준 '청정한 마음과 가벼운 마음을 허무와 피세로 돌릴 것인가?' 아니면, '삶의 자세를 가다듬어 유학의 본연을 회복하는 계기로 삼아야 할 것인가?'를 묻고 있는 것이다.

또 이규경(李圭景, 1788~?)은 〈구운몽〉의 작가를 소개하며, 저작 동기가 대부분 파한을 위한 창작이라며, 앞에서 언급한 하룻밤에 지었다는 사실을 더 부기한다.

〈몽유야담〉에서 이우준(李遇駿, 1801~1867)은 "《초사》와 〈이소〉의 남긴 뜻을 함께 구비하고 있다(帶得楚騷遺意)"라고까지 극찬하며 〈구운몽〉의 내용을 요약한다. 《초사》와 〈이소〉는 모두 초나라 국운을 탄식하며 돌을 품고 멱라수에 몸을 던져 순국한 굴원의 글이다. 그의 애국심이 어찌나 대단했는지 음력 5월 5일 단오절이 정해졌다. 이우준은 이러한 《초사》와 〈이소〉에 〈구운몽〉을 비견한 것이다. 〈구운몽〉이 김만중이 귀양 가서 지은 것이라는 데서 이러한 평을 하였으나 애국심은 논리적 비약이 좀 심한 듯하다.

한문본과 한글본이 모두 전하는데, 어느 것이 먼저인지는 아직도 학계에서 의논 중이나 말이 나온 김에 잠시 짚고 가자. 현재 많은 학자들은 김만중이 〈구운몽〉을 한문으로 지었을 것으로 추정한다. 이와 같은 결과는 평생 〈구운몽〉 원본을 추적하였던 정규복 교수에 의해 한문본(B형 노존본老尊本, 〈구운몽〉 1회의 장명이 '노존사老尊師'로 시작되어 그 명칭을 딴 것이다)임이 밝혀져서이다. 혹 김만중이 국문 소설 〈구운몽〉을 지었다고 양보하여도 지금까지 밝혀진 〈구운몽〉 이본 중 한문본이 우선하는 것이 틀림없기에 〈구운몽〉을 국문 소설이라고 단언할 수는 없다. 하지만 아직도 〈구운몽〉을 국문 소설로 보는 견해 또한 만만찮은 것이 사실이다. 이 글에서는 정규복 교수의 견해를 인용하여 한문본설을 지지한다.

이제 〈구운몽〉의 대략을 정리해 보자.

"이 아홉 사람을 인솔하여 인간 세계로 내려가라." 육관 대사의 수제자 성진과 석교 위에서 수작한 팔선녀는 이렇게 인간 세계로 내쫓긴다. 성진은 중국 수주현 양 처사의 아들 양소유로 태어난다. 열네댓 살이 되었을 때 양소유는, 풍채는 청수하고, 문장은 이백이요, 육도삼략에 칼 쓰는 법도 귀신같았다. 양소유는 드디어 동자와 작은 나귀를 데리고 과거를 보러 세상으로 나간다. 팔선녀도 정경패(鄭瓊貝, 제1부인, 정 사도의 딸로 영양 공주로 봉해짐), 이소화(李簫和, 제2부인, 황제의 여동생인 난양 공주), 진채봉(秦彩鳳, 제3부인, 진 어사의 딸로 난양 공주의 시녀가 됨), 가춘운(賈春雲, 제4부인, 정경패의 몸종), 계섬월(桂蟾月, 제5부인, 낙양의 명기), 적경홍(狄驚鴻, 제6부인, 하북의 명기), 심요연(沈裊烟, 제7부인, 토번의 자객), 백능파(白凌波, 제8부인, 동정 용왕의 딸)로 태어나 양소유와 연분을 맺는다.

화주 땅 화음현에서 진채봉을, 낙양의 천진교 주루에서 계섬월을, 장안의 정사도 집에서 정경패와 그녀의 시비 가춘운과 연분을 맺는다. 양소유는 이때 장원급제하여 한림학사가 되니 16세다. 양 한림은 연나라에 사신으로 가 객관에서 적경홍을, 장안으로 돌아와 예부 상서가 되고 난양 공주의 혼인을 거절해 옥에 갇힌다.

토번이 쳐들어오자 양 상서는 어사대부 겸 병부상서경서대원수가 되어 전장에서 심요연을, 백룡담을 지나다가 백능파와 인연을 맺으니 이상이 천상의 팔선녀다. 양 원수는 이후 천자의 부마로 대승상이 된다. 양 승상은 2처 6첩을 거느린다. 여인들 간에 투기는 물론 흔한 사랑 다툼 한 번 없다.

시간은 흐슬부슬 흐른다. 천하는 태평하고 이제 양 승상도 늙었다. 여덟 여인과 양 승상이 노년을 즐기던 어느 날 한 노승이 찾아온다. "성진아! 인간 세상의 재미가 좋더냐"라는 노인의 말에 깨어 보니 꿈이었다.

선계로 돌아온 성진은 연화도량에서 교화를 베풀고 팔선녀도 성진을 스승으로 섬기며 수양하다가 함께 극락세계로 간다.

사실 결말은 이미 양소유의 이름을 지을 때 예고되어 있었다. '소유(少游)'가 '잠깐 노닐다'란 뜻 아닌가. 천상병이라는 시인의 〈귀천(歸天)〉이라는 시에서 "나 하늘로 돌아가리라"라는 구절이 연상된다. 인간 세상에 잠시 노닐러 왔다는 것, 소유란 그런 의미다.

끝으로 〈구운몽〉의 주제가 지나치게 단선적이라는 점을 지적하고 싶다. 이재(李縡, 1680~1746)가 〈구운몽〉의 대체적인 뜻을 '인생의 부귀공명이 일장춘몽'이라 짚어 말한 이래 지금까지도 이 주제를 그대로 답습하고 있다. 그래 〈구운몽〉을 '인간의 부귀·영화·공명은 모두 일장춘몽에 지나지 않는다'는 주제로 일관하는 교과서나 참고서를 보면 마땅찮다. 저 좋은 소설의 주제를 고작 '일장춘몽' 넉 자에 가둬 둔단 말인가? 청춘을 불사르며 내일을 준비해 가는 학생들에게 일장춘몽을 가르쳐 주려고 〈구운몽〉을 교과서에 실었다는 것이 우습다.

문학 작품을 감상하는 몫은 제각각이다. 더욱이 많은 학자들은 〈구운몽〉이 사상적으로 불교 경전인 《금강경》의 공(空)사상을 담고 있다고 한다. '공'을 곰곰 생각해 보자. 공은 없는 것이지만 있다. '색즉시공 공즉시색

(色卽是空 空卽是色)'이라는 대승 불교의 경전인 《반야바라밀다심경》에 나오는 말을 보자. '색은 즉 이것이 공이요, 공은 즉 이것이 색이다'라는 뜻이다. 공은 없는 것이요, 색은 있는 것이다. 미안하지만 이 책을 읽는 독자로 비유해 보자. 독자는 지금 살아 있으니 색이다. 하지만 미래에 죽을 것이니 또 공이다. 그러니 이 말의 의미는 '있는 것과 없는 것이 같다'는 의미다.

역설의 진리가 저 '공' 속에 있다. 이렇게 본다면 '공'은 표면적으로는 인생만사를 부정하는 것 같지만, 이면에 인생만사를 역설적으로 수용하는 것이라고 생각해 볼 수도 있지 않은가? 그렇다면 '〈구운몽〉을 저렇듯 부귀영화를 누린 양소유도 이승에서의 삶을 무상으로 여기니, 우리 보통 사람들이야 말해 무엇 하겠는가?'쯤으로 읽어 본들 어떠랴. 즉, 양소유가 산 이 세상은 도피할 공간이 아니라 살아가야만 할 역설의 시공간으로 말이다. 하면, 주제는 이러하리라.

'이승에서 열심히 살아라! 죽으면 후회하느니.'

〈구운몽〉에 대해서 이쯤 해두고 김태준 선생의 《조선소설사》의 글로 마무리한다.

《조선소설사》에는 이 〈구운몽〉을 서방에 최초로 알린 벽안의 이방인에 대한 글이 있다.

"마지막으로 나는 〈구운몽〉이야말로 조선 사회의 사정 사전(事情辭典)이라 말하고 싶다. 기실은 나보다 먼저 게일(Gale) 박사가 〈The Cloud Dream of Nine〉의 서에 쓰되, 〈구운몽〉은 진면목한 극동 지식의 계시이니 그 문장과 어구가 기교할 뿐 아니라 극동적 사상과 취미의 신앙적 해석에 있어서 한층 더 문학적 성가를 발휘하고 있다."

최고의 로맨스 소설 〈춘향전〉

'Doing against one's will'은 우리 속담 '억지 춘향(관용어)'을 영어 사전에 등재한 문장이다. 우리 사전에는 '억지로 어떤 일을 이루게 하거나 어떤 일이 억지로 겨우 이루어지는 경우를 비유적으로 이르는 말'이라고 뜻풀이를 달아 놓았다.

이외에도 '춘향이가 인도환생(人道還生)을 했나', '춘향이네 집 가는 길 같다'와 같은 속담도 있다. 앞 속담은 '춘향이가 인간 세상에 다시 태어났느냐는 뜻으로, 마음씨 아름답고 정조가 굳은 여자를 이르는 말'이요, 후자는 '이 도령이 남의 눈을 피해서 골목길로 춘향이네를 찾아가는 길과 같다는 뜻으로, 길이 꼬불꼬불하고 매우 복잡한 경우를 비유적으로 이르는 말'이다. 〈춘향전〉이라는 소설이 우리의 삶에 어느 정도인지 가늠할 수 있다.

〈춘향전〉은 저 시절부터 지금까지 우리 조선인에게 소설, 그 이상의 소설이다. 우리나라 소설 전체를 통틀어 〈춘향전〉만큼 이본을 많이 내고 전 국민에게 사랑을 받은 연애 소설이 있을까. 〈춘향전〉은 이름이 다른 이본만 21종이나 된다. 대략 이본만 110여 편인데, 한문 필사본이 6종, 한문 활자본이 2종, 한문 현토본이 1종, 국문 필사본이 50여 편, 방각본 10여 편, 활자본으로 40여 편이 넘으며 더욱이 3~4판씩 찍어 낸 것이 많다. 여기에 일어본이 2종, 영역본이 3종이나 되고 영인(影印) 등 현대까지의 관계 자료를 셈하면 그 수를 헤아리기조차 어렵다.

언필칭 〈춘향전〉의 위세를 실감케 한다. 〈춘향전〉의 내용은 모두 아는 터라 중언할 필요는 없을 터이니, 경판본과 완판본의 차이점을 짚어 보고 '무슨 까닭에 이렇게 대중 흡인력이 있을까?'만 살펴보자. 경판본 계열은 춘향이 기생의 딸로만 되어 있다. 따라서 작품의 내용에서도 춘향은 기생으로 행동하고 이몽룡도 기생으로서 함부로 대한다. 그러나 완판은 이와 달리 양반 성 참판의 딸로 되어 있으니, 이른바 '절름발이 양반'인 셈이다.

그렇다면 무엇이 이 〈춘향전〉을 오늘날 고소설과 판소리 양 장르의 최고 위치에 올려놓았을까? 청순과 요염, 숭고한 사랑과 에로틱한 사랑, 열녀와 요부, 지조와 영달, 이러한 이율배반적이면서도 모순인 두 단어를 한꺼번에 노리는, 그래 앞의 단어를 치면서 뒤 단어까지 얻는 양수겸장 수가 놓인 것이 바로 이 소설의 매력이다.

신소설 작가 이해조는 이를 적실하게 지적하고 있으니, 그의 말을 들어보자. 이해조가 신소설 〈자유종〉에서 여인들의 입을 통해 한 말이다. 〈춘향전〉을 보면 정치를 알겠소?…… 말할진대 〈춘향전〉은 음탕 교과서요…… 국민을 음탕 교과로 가르치면 어찌 풍속이 아름다우며…… 우리나라 난봉 남자와 음탕한 여자의 제반 악징이 다 이에서 나니 그 영향이 어떠하오?"

〈춘향전〉을 '음탕 교과서'라 규정하고는, 이 음탕 교과서로 가르치면 풍속이 아름답지 못하고 음탕한 여자의 제반 악징이 이곳에서 일어난다고 격렬하게 성토한다. 음탕함으로 따지자면 연암 박지원의 〈호질〉에 보이는 동리자라는 여인과 비할 바가 못 되지만 도대체 어떤 부분이 그렇다는 것인지 살펴보자. 지문은 〈춘향전〉 이본 가운데 비교적 진본(珍本)으로 여기는 완서계서사(완판 방각본으로 서계서사에서 간행했다는 의미임)에서 간행한 〈열여춘향슈절가〉다. 참고로 〈호질〉에 보이는 동리자라는 여인은 성이 각각 다른 다섯 아들을 두고도 또 나라 안에서 내로라하는 북곽 선생을 자기 침소로 끌어들여 질탕한 놀음을 벌인 여인네다.

춘향과 도련임과 마조 안져 노와스니 그 이리 엇지 되것난야.

벗기는 태양을 바드면서 삼각산 제일봉 봉학안자 춤츄난듯 두 활기를 조금 휘우든하게 돌고 춘향의 셤셤옥슈 바드드시 검쳐잡고 의복을 교묘하게 벽기난듸, 두 손길 셕 놋턴이 춘향 가은 허리을 담슉안고

"치마와 저고리를 버셔라."

춘향이가 쳐음 이럴 뿐 안이라 북그러워 고기을 슈겨 몸을 틀졔 이리곰슬 져리곰실 푸른 물에 붉은 연꽃 미풍 맛나 굼이난듯 도련임 초미벽겨 졔쳐노코 바지속옷 벽길 젹의 무한이 실난된다.

이리굼실 져리굼실 동히 쳥용이 구부를 치난듯

"아이고 노와요. 좀 노와요."

"에라 안 될 마리로다."

실난 옷은 쓸너 발가락으 쌱 걸고셔 씨여 안고 진드시 눌으며 지지기 쓰니 발길 아릐 써러진다.

오시 활싹 버셔지니 형산의 빅옥쎵니 우에 비할 소냐.

오시 버셔지니 도련임 거동을 보려하고 실금이 노으면셔

"아차아차 손빠졌다."

춘향이가 금침 속으로 달여든다.

도련임 왈칵 조차들어 누어 져고리을 벽겨니여 도련임 옷과 모도 한틔다 둘둘 뭉쳐 한편 구셕의 던져두고 두리 안고 마조 누워슨니 그딕로 잘이가 잇나.

골집(骨汁: 성행위를 말함) 널 졔 삼승 이불 춤을 추고 시별 요강은 장단을 마추워 쳥그릉 징징 문고루난 달낭달낭 등잔불은 가물가물 마시 잇게 잘 자고 낫구나.•

이팔청춘밖에 안 되는 것들의 사랑놀음이 참말로 제법이다. 더하여 이몽룡은 춘향이 여인으로 처음은 아니지만 춘향의 몸가짐 또한 여염집 여인으로서는 있을 수 없는 요염한 행동이다. 남녀의 원초적 본능을 자극하

• 이가원 주, 《개고 춘향전》, 정음사, 1986, 75~76쪽(이하 같은 책).

는 이러한 행위야, 고금을 불문하고 사람된 자라면 누구나 욕망을 느끼겠지만 〈춘향전〉의 매력이 여기서 끝나는 것은 아니다.

그것은 표현이 예사롭지 않다는 데 있다. 이 뒤에도 몽룡과 춘향이 옷을 활씬 벗고 업음질하는 장면이 나오는데 그 표현이 자못 뛰어나다.

> 이궁 져궁 다 바리고 네 양각 식 슈룡궁의 닉의 심쥴 방망치로 질을 닉자구나.
>
> 춘향이 반만 웃고
>
> "그런 잡담은 마르시요."
>
> "그게 잡담 안이로다. 춘향아 우리 두리 어붐지리나 하여 보자."
>
> "익고 참 잡셩시러워라. 어붐질을 엇써케 하여요."
>
> 어붐질 여러 번 한셩 부르게 말하던 거시엿다.
>
> "어붐질 쳔하 쉽이라. 너와 나와 활신 벗고 업고 놀고 안고도 놀면 그게 어붐질이졔야."
>
> "익고 나는 북그러워 못 벗것소."
>
> "에라 요 겨집 아히야 안될 마리로다. 닉 먼져 버스마."
>
> 보션 단임 허리듸 바지 져고리 훨신 버셔 한편 구셕의 밀쳐 놋코 웃둑셔니 춘향이 그 거동을 보고 빵긋 웃고 도라셔다 하는 마리
>
> "영낙업난 낫돗치비 갓소."
>
> "오냐 네말 조타 쳔지만물이 짝업난게 업난이라. 두 돗차비 노라보자."
>
> "그러면 불이나 쓰고 노사이다."
>
> "불리 업시면 무슨 지미잇것는야. 어셔 버셔라 어셔 버셔라."
>
> "익고 나는 실어요."
>
> 도련임 춘향 오슬 벽기려 할 졔 넘놀면셔 어룬다.
>
> 만쳡쳥산 늘근 범이 살진 암키를 무러다 노코 이는 업셔 먹든 못하고 흐르릉 흐르릉 아웅 어룬난듯, 북히 흑용이 여의쥬를 입으다 물고 치운간의 늠노난

듯, 단산 봉황이 죽실 물고 오동 속으 늠노난듯, 구구 청학이 난초을 물고셔 오송간의 늠노난듯, 춘향의 가는 허리를 후리쳐다 담숙안고 지지기 아드득 썰며 귀쌈도 쪽쪽 쌀며 입셔리도 쪽쪽 쌀면셔 주홍 갓턴 셔을 물고 오식 단청 순금장(純金欌)안의 쌍거쌍닉 비들키갓치 쑥꿍 쑹쑹 으흥거려 뒤로 돌여 담쑥 안고 져셜 쥐고 발발썰며 져고리 초미 바지 속것까지 활신 벅겨노니, 춘향이 북그려워 한편으로 잡치고 안져슬 졔 도련임 답답하여 가만이 살펴보니 얼골이 복짐ᄒᆞ야 구실 쌈이 송실송실 안자구나.

눈에 보이는 것 같다. 이러한 표현을 '화출정태(畵出情態)'라고 한다. 소설 표현이 그림을 보듯이 사실적일 때 쓰는 말로 〈광한루기〉 제3회 협비평에서는 "춤은 끝났지만 향기로운 숨결은 멎질 않고 구슬 같은 땀방울이 한껏 맺혀 있는 채로 (천연 미인도다) 웃으면서 말했다. 낭군께서는 이 춤이 어떤 춤인지 아시는지요(정태를 그려 낸 모습이다)〔舞訖香喘未息 珠汗已凝(天然美人圖) 笑曰 郎君知此舞 何舞麽(畵出情態)〕?"라고 하였다. 〈광한루기〉는 〈춘향전〉을 한문으로 개작한 이본이다.

어붐질을 하자는 몽룡의 말에 "애고 참 잡스러워라. 어붐질을 어떻게 하여요"라던 춘향이 빵긋 웃고는 돌아서서 "영락없이 낮도깨비 같소"라는 것은 분명 옷을 홀딱 벗은 몽룡을 빤히 보며 교태를 떠는 장면은 '천연미인도'요, '화출정태' 그대로다.

이어지는 "안산 늙은 범이 살진 암캐를 물어다 놓고 이는 없어 먹지는 못하고 흐르릉흐르릉 아웅 어루난 듯"이나 춘향의 가는 허리를 후리쳐 담쏙 안고는 진저리를 치며 "귓밥도 쪽쪽 빨며 입술도 쪽쪽 빨면서 붉은 혀를 물고서 오색으로 단청한 순금으로 만든 장롱 안에 쌍으로 들고 나는 비둘기같이 꾹궁 끙궁 으흥"거린다거나, 춘향이 부끄러워 "얼굴이 복찜한 듯 구슬땀이 송골송골 앉았구나"라는 데서는 적절하게 의성어와 의태 부사를 동원해 사실적이면서도 실감나는 장면 묘사를 하고 있다. 현재의 작가들에게서는 저런 표현력을 찾아보기가 수월치 않으리라.

그러니 우리의 고소설에 '문체가 없느니, 재미가 없다느니' 하는 것은, 읽어 보지도 않은 자들의 군수작에 지나지 않는다. 더구나 〈춘향전〉을 지은 작가는 저러한 행동을 독자들이 잘 보라고 불까지 환히 켜놓았다.

혹 적실히 이해를 못한 이들을 위해 〈변강쇠가〉를 끌어와 보자. 〈변강쇠타령〉 또한 〈춘향전〉처럼 판소리로도 불리나 그 문체 면에서 어림없다. 아래는 〈변강쇠가〉에서 옹녀와 변강쇠가 처음 만나 사랑을 나누는 부분이다. 앞글과 뒷글이 육담(肉談)으로 이어진다.

> 계집이 허락한 후에 청석관을 처가로 알고, 둘이 손길 마주 잡고 바위 위에 올라가서 대사를 치르는데, 신랑 신부 두 연놈이 이력이 찬 것이라 이런 야단 없겠구나. 멀끔한 대낮에 연놈이 홀딱 벗고 매사니(매 사냥꾼) 뻔 장난할 때, 천생음골(天生陰骨) 강쇠 놈이 여인의 두 다리를 번쩍 들고 옥문관(玉門關)을 굽어보며,
>
> "이상히도 생겼구나. 맹랑히도 생겼구나. 늙은 중의 입일는지 털은 돋고 이는 없다. 소나기를 맞았던지 언덕 깊게 패었다. 콩밭 팥밭 지났는지 돔부꽃이 비치었다. 도끼날을 맞았는지 금바르게 터져 있다. 생수처(生水處) 옥답(沃畓)인지 물이 항상 고여 있다. 무슨 말을 하려는지 옴질옴질하고 있노. 천리행룡(千里行龍) 내려오다 주먹바위 신통(神通)하다. 만경창파(萬頃蒼波) 조개인지 혀를 빼쭘 빼었으며 임실(任實) 곶감 먹었는지 곶감씨가 장물(臟物)이요, 만첩산중(萬疊山中) 으름인지 제가 절로 벌어졌다. 연계탕(軟鷄湯)을 먹었는지 닭의 볏이 비치었다. 파명당(破明堂)을 하였는지 더운 김이 그저 난다. 제 무엇이 즐거워서 반쯤 웃어 두었구나. 곶감 있고, 으름 있고, 조개 있고, 연계 있고, 제사상은 걱정 없다."

> 저 여인 살짝 웃으며 갚음을 하느라고 강쇠 기물 가리키며,
> "이상히도 생겼네. 맹랑히도 생겼네. 전배사령(前陪使令) 서려는지 쌍걸낭을 느직하게 달고, 오군문(五軍門) 군뇌(軍牢)던가 복덕이를 붉게 쓰고 냇물가에 물방안지 떨구덩떨구덩 끄덕인다. 송아지 말뚝인지 털고삐를 둘렀구나. 감기를 얻었던지 맑은 코는 무슨 일인고. 성정도 혹독하다 화 곧 나면 눈물 난다. 어린아이 병일는지 젖은 어찌 게웠으며, 제사에 쓴 숭어인지 꼬챙이 구멍이 그저 있다. 뒷절 큰방 노승인지 민대가리 둥글린다. 소년 인사 다 배웠다, 꼬박꼬박 절을 하네. 고추 찧던 절굿대인지 검붉기는 무슨 일인고. 칠팔월 알밤인지 두 쪽이 한데 붙어 있다. 물방아, 절굿대며 쇠고삐, 걸낭 등물 세간살이 걱정 없네."•

"얌전할 때는 두 번밖에 없다. 그 하나는 잠잘 때이고, 또 하나는 무덤 속에 들어갔을 때다." 메리메의 〈카르멘〉 첫 구절이다. 저런 여인과 남정네가 만난다는 것은 참 곤란한 일이다. 만날 수도 없고 아니 만날 수도 없다.

화창한 대낮에 연놈이 홀딱 벗고 사랑놀음을 하는 것은 〈춘향전〉과 다를 바 없으나 지나치게 노골적이다. 변강쇠가 옹녀의 음부를 들여다보며 각종 사설을 늘어놓은 다음 "제사상은 걱정 없다"라고 한다. 여성의 음부에서 조상의 제사상 운운한다는 것부터가 지나치게 비극적이다. 욕정이 일어날 리 만무하다. 이에 질세라 남성의 성기를 수준 낮은 비유로 주워섬기고는 "살림살이 걱정 없네"라는 데서도 사랑보다는 현실적인 삶을 챙기는 모습이 안쓰럽다. 어느 글에서 보니 "산 너머로 연기가 보이면 불이 난 것이요, 울타리 위로 뿔이 보이면 소가 지나가는 것"이라 하였다. 연기

• 강한영 교주, 《한국 판소리 전집》, 서문당, 1973, 275~276쪽.

난 곳을 뛰어가 불을 확인하고 울타리 밖으로 나가 소를 꼭 보아야만 할 것이 아니다.

스트립쇼라도 다 보여 주면 한 번 본 손님은 오지 않는 게 이치라고 한다. 보이는 듯하면서도 안 보이고 안 보이는 듯하면서도 언뜻 보이는 것, 이것이 스트립쇼의 묘미다. 그래 마리오 바르가스 요사(Mario Vargas Llosa)라는 페루의 소설가는 소설의 정의를 "전위된 스트립쇼"라고 했다. '전위(轉位)', 즉 위치가 바뀌었다는 뜻이다. 스트립쇼에서 옷을 벗듯이 소설가가 주제를 다 보여 주는가 싶었는데, 책장을 덮고는 '어? 이 소설 주제가 뭐야?' 하는 것이 소설이라는 소리다.

연애와 주식에도 사이클이 존재한다. 연애도 당김이 있으면 느즈러짐이 있고, 주가도 오를 때가 있으면 내릴 때도 있는 법이다. 당기기만 하거나 오르기만 하는 연애와 주식은 없다. 〈춘향전〉에 보이는 보일 듯 말 듯하는 저 문체의 묘미를 〈변강쇠전〉이 따르지 못한다. 그래 이별하는 별리의 장면에서도 울고 불며 매달리면 영 신파극을 벗어나지 못한다.

"달처럼 보이다가 별처럼 보이다가, 나비처럼 보이다가 티끌처럼 보이다가 염치고개를 넘어간다." 춘향을 이별하는 이 도령의 모습이 선명하게 그려지는 판소리의 한 대목이다. 춘향이 눈바라기를 하느라 눈물진 눈으로 바라보니 이 도령의 뒤태가 보였다 안 보였다 하잖겠는가? 그래 달에서 별로 다시 나비에서 티끌로, 컸다 작아졌다, 컸다 작아졌다, 보였다 안 보였다, 안 보였다 보였다…… 이게 바로 〈춘향전〉 문체의 묘미다. 〈변강쇠전〉이 〈춘향전〉에 비해 극히 노골적이지만 다섯 개의 이본일 수밖에 없는 이유를 여기에서도 찾을 수 있다.

이제 설명할 필요도 없이 대한민국에서 고등 교육을 받은 사람이라면 누구나 알고 있는 〈춘향전〉의 시와 〈춘향전〉 근원 설화에 대해 간단히 짚고 이야기를 마치겠다.

金樽美酒千人血　금술잔의 아름다운 술은 백성들의 피요
玉盤佳肴萬姓膏　옥쟁반의 맛있는 안주는 백성들의 기름이라.
燭淚落時民淚落　촛농 떨어질 때 백성들 눈물 떨어지고,
歌聲高處怨聲高　노랫소리 높은 곳에 원망 소리 높더라.

당대 탐관오리들에 대한 통렬한 비판을 담고 있는 시로 암행어사 이몽룡이 변 사또 생일날 읊었다는 암시시(暗示詩)다. 물론 이 시 뒤에는 '암행어사 출또'가 나옴은 물론이니, 어사출또를 암시하는 시인 셈이다.

그런데 이몽룡이 읊었다는 이 시는 중국 구준(丘濬, 1421~1495)의 전기소설인《오륜전비(五倫全備)》3권에 이미 보인다. 이후 우리나라에선《속잡록》2와《연려실기술》제21권〈폐주 광해군 고사본말(廢主光海君故事本末)〉'광해군의 난정'에서도 찾을 수 있다.《연려실기술》에는 광해군 15년(1623)에 '명나라 장수 조도사(趙都司)가 서울에 와 있으면서 지은 시'로,《속잡록》에서는 "대개 광해군의 정치에 백성들의 곤란을 기롱한 것이다"라고 되어 있다.

그 시의 전문은 아래와 같이 1, 2구만 약간 다를 뿐이다.

清香旨酒千人血　맑은 향기 나는 맛있는 술은 천 사람에게 짜낸 피요,
細切珍羞萬姓膏　가늘게 썰어 놓은 좋은 안주 만 백성의 고름일세.
燭淚落時民淚落　촛불 눈물 떨어질 때, 백성들 눈물 흐르고,
歌聲高處怨聲高　노랫소리 높은 곳에 원망 소리 높구나.

마지막으로〈춘향전〉근원설화이다.〈춘향전〉을 평생의 업으로 삼고 연구한 연세대 설성경 교수에 따르면 이 도령은 1607년 남원 부사로 부임한 부친 성안의를 따라왔다가 4년 뒤인 1611년 이곳을 떠난 성이성(成以性,

1595~1664)이라 한다. 근거는 성이성이 남원을 뜬 나이가 16세이고 암행어사로 남원을 1639년과 1647년 두 번이나 방문하였으며, 그중 두 번째는 눈보라 치는 날 광한루를 찾아가 늙은 기녀와 이야기를 나눈 것이 '호남암행록'에 기록되어 있다는 점. 여기에 성이성의 5세손 성섭(成涉, 1718~1788)이 지은 《필원산어(筆苑散語)》에는 위의 '금준미주천인혈' 운운의 저 시를 인용하는 성이성의 '암행어사 출또' 장면이 있는데 〈춘향전〉과 흡사하다는 점 등을 들었다. 〈춘향전〉의 근원 논의는 이시발 설화, 김우항 설화, 박문수 설화, 열녀 설화 등 다양하지만 현재 이보다 더 정확한 자료는 없는 듯하다. 〈춘향전〉 이본 중 현존 최고(最古)인 만화재 유진한(柳振漢, 1711~1791)의 〈만화본 춘향가〉의 창작 시기가 1754년이니 성이성의 저 이야기로 따지자면 1백 년도 더 뒤의 일이다.

참고로 〈춘향전〉의 무대가 되는 광한루는 조선 5백 년을 통틀어 세종대왕 시절 명재상으로 이름을 떨친 황희(黃喜) 정승이 도교의 이치를 따라 만들었다 한다. 조선 제일의 정승이 만든 누각에서 조선 제일의 로맨스가 펼쳐졌다는 사실이 흥미롭다. 예사 인연은 아닌 듯싶다.

최고의 군담 소설 겸 베스트셀러 〈조웅전〉

〈조웅전〉은 조선시대의 대표적 군담 소설로 으뜸 자리를 차지한다. 세간에 '1조웅(一趙雄) 2대봉(二大鳳)'이라는 속담까지 흔전만전 쓰일 때가 있었다. 첫째는 〈조웅전(趙雄傳)〉이요, 둘째는 〈이대봉전(李大鳳傳)〉이라는 뜻이다. 〈조웅전〉은 이에 걸맞게 국문 필사본으로만 241편, 방각본 178편, 국문 활자본으로만 31편으로 합 450편이 조사되었으니, 국문 소설 중 최고의 이본을 보유하는 셈이다.

이 소설은 중국 송나라 문제 때를 배경으로, 간신 이두병(李斗柄)의 간계로 죽은 조 승상(丞相)의 아들 조웅이 태자와 더불어 후일을 기약하고 헤어져 방랑하다가 장 소저와 백년가약을 맺고, 위기에 처한 태자를 구출하고 수십만 대군으로 송나라를 구해 낸다는 내용이다. 우선 〈사제가(思弟歌)〉라는 조선시대 작자, 연대 미상의 영남 지방 내방 가사로부터 이야기를 풀어 보자.

〈사제가〉는 출가한 언니가 동생을 생각하며 보고 싶은 심정을 읊은 것으로, 558구에 달하는 장편 가사다. 가사의 내용 중에, "내 나이 사십이요, 네 나이 삼십이라", "적성의(〈적성의전〉에 나오는 인물) 일영주(日映珠: 죽은 사람도 구한다는 신약)를 세상에 누가 알고 이것하고 형제인가 허송세월하겠구나. 이녀(二女) 두고 한탄 마라. 딸은 자식 아닐쏘냐", "사녀(四女) 둔 네 형(兄)" 등의 신분을 알 수 있는 구체적 가족 사항이 오간다. 미루어 40대의 딸을 넷 둔 언니가 역시 딸이 둘인 30대의 여동생에게 준 글임을 알 수 있다. 재미있는 것은 이 가사에 〈조웅전〉, 〈숙향전〉 등 고소설이 여섯 편이나 보인다는 점이다.

> "적성의 일녕주를 세상에 누가 알고 이것하고 형제인가 허송세월하겠구나. 딸 둘 두고 한탄 마라. 딸은 자식 아닐쏘냐. 딸 넷 둔 네 형은 우중에도 좋은 일이로다. 기이할사 우리 아우 여자 되기 아깝도다. 위장강이 다시 살아났는가 백재(百材)가 구비하고 소야란의 문견(聞見)인가 식견(識見)도 호태(浩泰)로다. 동창에 달이 뜨면 앉았는가 생각하고 서산에 달이 지면 누웠는가 생각하고 망회(忘懷)나 하려 하고 옛 책을 읽어 보니 〈조웅전〉, 〈풍운전(風雲傳)〉 슬프고 장하도다. 〈장백전(張伯傳)〉, 〈봉황전(鳳凰傳)〉 참말인가 거짓말인가. 〈사씨전(謝氏傳)〉, 〈숙향전〉 굽이굽이 기담일세. 두 손을 마조 잡고 만단정회(萬端情懷)하였더니 봄꿈이 헛것이라. 갑자기 깨졌구나."

위장강은 재주 많은 아우를 비유하여 지칭한 것이며, 소야란은 아우의 식견이 크고 넓다는 의미의 차용이다. 위장강은 제(齊)나라 동궁(東宮) 득신의 여동생, 위(衛)나라 장공(莊公)의 처로 아내로서의 부덕과 미모가 뛰어났다고 알려져 있다. 이 위장강은 우리나라에서 꽤 이름난 존재로 〈사씨남정기〉에도 등장한다.

소야란은《열녀전(列女傳)》에 나오는 두도(竇滔)의 처 소혜(蘇蕙)를 가리킨다. 원래 진주(秦州)의 우두머리였던 남편 두도가 유사라는 먼 곳으로 좌천되어 갔을 때, 본처인 소혜를 버리고 첩만 데리고 갔다. 이에 시문을 잘하는 소혜가 비단을 짜 그 속에 840자로 된 회문시(廻文詩)를 엮어 보냈다. 회문시는 상하 좌우 어느 곳에서 읽어도 시가 될 수 있는 글귀의 시다. 이에 감동한 남편 두도가 마침내 소혜를 임지로 불러들였다고 한다. 이 소혜를 소야란 혹은 소약란(蘇若蘭)이라고도 한다. 〈소씨직금회문록〉이라는 소설도 있는데, 바로 이 소야란을 주인공으로 한 소설이다.

이제 읽는 책을 보자.

앞부분에 "적성의 일녕주를 세상에 누가 알고"라는 데서도 알 수 있듯이, 지은이는 〈적성의전〉을 읽었다. 그리고 〈조웅전〉, 〈풍운전〉, 〈장백전〉, 〈봉황전〉, 〈사씨전〉, 〈숙향전〉 등으로 독서 편력이 적지 않다.

이 책에서 다루지 않는 〈적성의전〉과 〈풍운전〉, 〈장백전〉만 잠시 살펴보겠다. 〈적성의전〉은 강남(江南) 안평국의 제2왕자인 성의가 모후의 병을 고쳐 드리고자 서역(西域)으로 가서 천신만고하여 일영주(日映珠)라는 선약을 구해 돌아오는 내용이다.

〈풍운전〉은 〈장풍운전〉이다. 〈장풍운전〉은 이본으로 〈양풍운전〉이 있는데, 두 본의 성격이 다르다. 가사를 지은 여인이 읽은 것은 '슬프고 장하도다'라는 감상평으로 보아 아마도 〈장풍운전〉이 아닌가 한다. 〈장풍운전〉은 중국 송나라를 배경으로 하여, 도적의 침입으로 부모를 잃은 장풍운이 이운경의 집에 머물다가 그의 딸 경패와 혼인하나, 그녀의 계모가 학대해 집을 나와 상경하고 과거에 급제하여 왕 상서의 딸과 다시 혼인하였다가 중원을 침입한 서번과 가달을 물리친 후, 부처님의 도움으로 부모와 경패를 만나 행복하게 잘 살았다는 내용이다. 겸하여 〈양풍운전〉도 소개하면, 양태백의 본부인에게서 태어난 주인공 풍운이 현세와 선계를 드나들며 무술을 연마한 끝에 군공(軍功)을 크게 세우고 금의환향, 간악한 계모를 징벌한 뒤 부귀영화를 누린다.

가사를 지은 여인은 〈조웅전〉과 이 〈풍운전〉을 "슬프고 장하도다"라고 하였다. 주인공이 위기에 떨어짐이 슬프다면, 그 가혹한 운명으로부터 벗어나 가문을 일으켜 세우고 위난에 처한 국가를 반석 위에 올려놓았기에 장하다는 평이다.

〈장백전〉은 중국 원(元)나라 말엽, 능주(稜州)에 사는 장 승상의 아들 백과 딸 장 소저의 기구한 운명을 그린 군담 소설이다. 주인공 장백은 절에 들어가 무술을 배우고 여러 호걸을 만나 군사를 이끌고 원나라를 쳐 왕업(王業)을 도모하는 가운데 주원장(朱元璋)의 대군과도 싸워 이겼으나 천자의 자리를 그에게 내주고 보니 그 황후가 자신의 누이였다. 이후 장백은 안남국으로 가서 왕이 되었다는 줄거리다.

〈봉황전〉은 〈이대봉전〉으로 더 알려져 있으며 중국 명나라를 배경으로 한 허구적인 영웅 소설로서 여러 이본이 있다. 언급한바, 속담에 '1조웅(一趙雄) 2대봉(二大鳳)'이란 말로써 〈이대봉전〉의 인기를 실감할 수 있다. 내용을 보자면, 부처가 점지하여 태어난 이대봉과 장애황은 어려서 약혼한 사이였는데, 우승상 왕희의 간계로 갖은 고생을 겪다가 다 같이 과거에 급제하여 전공을 세운 끝에 해로한다는 줄거리다. 국가와 군주에 대한 충의가 주제를 이루며 권선징악적인 구성으로 흥미 있게 이야기를 이끌어 나간 역시 군담 소설의 일종이다.

위의 가사를 지은 여인은 이 〈장백전〉과 〈봉황전〉을 모두 읽었으며, 이 이야기가 진언(참말)인가 허설(거짓말)인가 불분명하다고 하였다. 말 빛으로 보아 이 작품들이 거짓임을 알고 말함이니, 소설의 허구성 또한 익히 알고 있음이 분명하다.

〈사씨전〉(《사씨남정기》), 〈숙향전〉은 기담, 즉 '기이한 이야기'라 하였다.

그런데 가사를 지은 이 여인의 독서 편력이 재미있다. 〈사씨전〉과 〈숙향전〉이야 여성이 볼 만한 소설이지만 〈조웅전〉, 〈풍운전〉, 〈장백전〉, 〈봉황전〉은 모두 영웅 소설 혹은 군담 소설로 분류된다는 점이다.

1927년에 간행된 이능화의 《조선여속고》 '조선여자교육' 조항에서 '여자 독본 언문 소설'을 열거하는 데도 이 〈조웅전〉이 보인다. 여성들에게도 이 〈조웅전〉이 꽤 인기 있었음을 알 수 있다. 이능화가 적어 놓은 소설 목록은 〈심청전〉, 〈숙향전〉, 〈박씨부인전〉, 〈옥루몽〉, 〈구운몽〉, 〈창선감의록〉, 〈사씨남정기〉, 〈홍길동전〉, 〈장화홍련전〉, 〈백학선전〉, 〈적성의전〉, 〈유충렬전〉, 〈제마무전〉, 〈삼국지〉, 〈조웅전〉, 〈소대성전〉, 〈양풍운전〉, 〈흥부전〉이다. "무릇 이 책들은 그 내용을 말하건대, 혹은 효열 충의와 유관하고, 혹은 가정 및 사회와 유관하고, 혹은 탐관오리들의 악행을 매도하고, 혹은 영웅호걸들의 쾌사를 상찬하기는 하였으나 비열하고 허탄한 유가 많아 문화와 교육에 도움을 주는 바가 적은 것"이라고 소설류를 하찮게 여기고 있다. 이해가 1927년이니, 소설에 대한 학자들의 인식이 여하함도 우수리로 읽을 수 있다.

차설, 여성 소설 독자들에게 군담 소설이 읽혔다는 것은 여러 면으로 생각할 거리를 준다. 그것은 비록 여성이 집 안에만 있을지라도, 이미 그녀들의 세계는 울타리를 넘었다는 반증이다. 그것은 임진왜란과 병자호란 등 국가적 위기를 부른 장본인, 권위만 있고 실질은 없는 무능한 남성들에 대한 독서 차원의 도전이었다. 구체적 증거로는 병자호란을 배경으로 한 〈박씨전〉의 주인공이 이미 여성 아니었는가.

〈조웅전〉이 왜 조선 제일의 소설 자리를 차지하였는가는 여기에서 그 답을 찾을 수 있다. 참고로 학계의 연구에 의하면 〈조웅전〉의 성립 시기는 17세기 말에서 19세기 초까지 다양하다. 필자의 견해는 〈조웅전〉이 판각되거나 여타 문헌에 자주 등장하는 점, 또 발단부 범의 이야기 등 문헌 정황으로 보아 18세기 중엽에는 이미 세상 빛을 쬐었으리라 추정한다. 아울러 〈조웅전〉에 삽입된 한시의 수준이 과거를 거친 사족의 글이 못 되기에, 〈조웅전〉의 작가는 향촌 사회와 긴밀한 관련을 갖고 있는 농민·무반 계층이거나 몰락한 양반, 혹은 서리였다는 연구 결과도 있다.

이제 〈조웅전〉의 내용을 보자.

배경은 역시 중국이다.

웅이 태어났다. 유복자였다. 3개월 전에 웅의 아버지이자 중국 송나라 문제 때 공신이요 좌승상인 조정인은 음독 자살하였다. 모든 것이 간신인 우승상 이두병의 참소 때문이었다.

조웅의 나이가 일곱 살이었을 때 천자는 조웅을 궁중으로 불러들여 태자와 함께 지내게 한다. 태자와 조웅은 동갑이었고 의가 좋았다. 이두병은 5형제를 두었다. 하나같이 악인이지만 벼슬은 일품이었는데, 조웅의 후한이 두려워 죽이려고 한다.

시나브로 세월이 흘러 이두병의 권세는 날로 더하고 천자는 쓸쓸히 늙었으며 간신은 나날이 늘었다. 백호가 백주대낮에 궁녀를 물어 가는 괴변도 생겼다. 가끔은 하늘도 악인을 돕는다. 태자의 나이 겨우 여덟 살 때 천자가 죽는다. 절망의 시대 문이 활짝 열리니, 만조백관이 이두병을 황제로 추대한다. 태자는 폐서인되어 유배된다.

하루는 조웅이 의분이 발동하여 이 승상에 대한 욕을 거리에 써 붙였고, 그날 밤 조웅의 어머니 왕 부인은 이 승상이 조웅을 죽이려는 꿈을 꾼다. 왕 부인은 조웅을 데리고 피신하니 한 선동이 나타나 배로 물길을 건네주고 갈 길을 알려 준다. 이두병은 웅을 찾으려 전국에 방을 내린다. 돈은 천금이요 벼슬은 만호후를 내린다고 한다.

왕 부인은 산길을 택한다. 여승처럼 머리를 깎고 한 마을에서 몸을 뉘고 있을 때 도적이 들어 조웅 모자는 위기를 피하다 부친의 초상을 그려 준 월경 대사를 만나 산사로 들어간다.

세월은 언제나 흐른다. 조웅의 나이 15세가 되었고, 웅은 비범성을 보이기 시작한다. 열다섯 살의 소년 조웅이 어머니와 이별하고 산을 내려온 지 반 년이 넘었을 때 웅은 한 노승에게 삼 척의 '조웅검'을 받고, 관산으로 가 철관 도사를 만나 병법과 술법을 익힌다. 비룡이란 말도 얻는다. 군담 소설의 특징은 바로 이곳에 있다. 모든 군담 소설의 주인공은 한결같이 '무술'을 배우고 '갑옷과 투구', '말'을 얻는다. 이 세 가지가 난국 평정의 조건이다.

조웅은 하산하여 모친을 만나러 가다가 위국공 장 진사의 집에 우연히 들른다. 장 진사의 딸 장 소저와 남몰래 하룻밤 백년가약을 맺고 훗날을 기약한다. 조웅을 보낸 장 소저는 이 말 못할 하룻밤을 가슴앓이하다 그만 병이 돋쳐 죽는다. 조웅은 도사로부터 장 소저 집안에 변괴가 났다는 말을 듣고, 도사가 준 활약으로 장 소저를 소생시킨다.

이때, 서번이 위국을 침공한다. 웅은 위국으로 달려가 위 왕의 목숨을 구하고 서번의 장수들은 차례로 웅의 삼척검에 머리를 제공한다. 조웅은 원수가 되어 위 왕과 이별하고 태자를 구출하기 위해 남해 절도로 간다.

한편 강호자사가 장 소저에게 청혼하였다가 거절당하자 강제로 취하려 한다. 강호자사라는 권력은 무한했다. 일방적으로 혼인날도 정한다. 장 소저는 자결하려다 아버지의 유서를 떼어 보고 산양 땅 강선암으로 간다. 강선암은 바로 월경 대사와 조웅의 모친이 있는 곳이다.

완판본 〈조웅전〉

프레드 진네만 감독, 게리 쿠퍼 주연의 〈하이눈(High Noon)〉(1952)이란 서부 영화가 있다. 초침과 분침·시침이 하나로 선 정오, 불한당들과 준수한 외모의 주인공, 그리고 '탕탕탕' 귓전을 때리는 수 발의 총성. 주인공은 사랑하는 여인의 가녀린 허리를 바싹 안고 사라진다.

'권선징악' 하면 떠오르는 단어는 사실 우리의 고소설보다 '할리우드 영화'다. 특히 서부 영화는 더욱 그러하다. 게리 쿠퍼가 그렇고, 존 웨인이 그렇고, 클린트 이스트우드가 그렇다. 그들은 언제나 승리하기에, 언제나 '도덕과 정의'에 '부(不)'자를 달러 온 악당들을 물리쳐 주기에, 언제나 의연함을 잃지 않기에, 언제나 고난과 역경을 이겨 내기에, 서부 영화 한 편을 보면 사이다 한 병을 병째 들이킨 듯한 청량감을 준다.

조웅과 유충렬, 임경업, 소대성…… 그들도 그랬다. 조선시대 군담 소설 속 주인공들은 다름 아닌 서부 영화의 저 게리 쿠퍼요, 존 웨인이요, 클린트 이스트우드의 조선판에 다름 아니다. 그들은 소설 속에서 저 건맨들처럼 근사한 칼 솜씨를 뽐낸다. 칼 한 번 휘두르고 말이 적진을 가를 때마다 악이란 악은 가을바람에 낙엽 신세다. 저렇게 군담 소설 속 주인공들은 하나같이 가위 눌리는 세상에서 어려운 역경을 딛고 일어서 소경의 잠꼬대나마 도덕과 정의를 되찾아 준 자들이다. 서부 영화의 '권선징악'은 그대로 우리 군담 소설의 문법이다. '현실에서 이루지 못한 꿈, 권선징악!' 정녕 우리 모두가 꿈꾸는 사회 모습 아닌가. 물론 권선징악은 이 글을 쓰는 지금도 현재 진행형인 인류 최대의 요망 사항이요, 첫사랑처럼 영원히 동경으로 남을 말이지만.

조웅이 남해로 가던 중, 강호자사의 악한 행위를 꾸짖어 참하고 장 소저의 모친을 강선암으로 데려간다. 웅과 모친, 장 소저와 그녀의 어머니, 그리고 월경대사는 며칠을 즐겁게 보낸다.

웅은 다시 태자를 구하러 길을 떠난다. 서번을 지날 때, 서번 왕이 지난번 치욕을 생각하고 월대라는 미인을 보내어 조웅을 유혹한다. 웅은 왕에게 미녀 월대의 머리로 답장을 주지만, 뒤이어 보낸 금련과는 인연을 맺어 데려간다. 금련은 위국의 여인이었다. 서번 왕은 치욕을 잠시 미루고, 조웅은 목숨이 경각에 다다른 태자를 구한다.

웅이 태자를 모시고 되짚어 서번국을 지나칠 때 서번 왕은 태자를 유괴하고 웅을 죽이려는 계획을 세웠으나, 공연히 상투와 손가락 두 개만 없앤다. 웅은 연주, 함곡 등을 지나며 서번의 장수들과 몇 차례 교전을 치르며 위국으로 돌아온다. 위국에 돌아온 태자와 웅은 위국의 공주와 혼인을 한다. 물론 웅은 장 소저의 허락을 얻었고 금련도 첩으로 삼으니 2처 1첩이 된다.

웅은 대사마 대원수가 되어 80만 대군을 거느리고 광음과 서주를 거쳐 군사들을 격파하며 황성으로 진격한다. 서주를 지키던 위길대와 그의 아들 위경, 장덕과 수많은 군사, 최식과 주천의 80만 군사, 하늘이 낸 삼형제 장수와 20만 군사, 모두 조웅의 삼척검에 쓰러진 명단이다. 이러하니 황성에서는 내란이 일어난다. 이두병과 그의 다섯 아들을 잡아서 조웅에게 바친다. 이두병 이하 간신들은 능지처참되었으며 태자가 천자의 자리에 오르고 웅을 번 왕에 봉한다. 나라에는 다시 태평가가 울린다.

〈조웅전〉은 군담 소설이니, 잠시 이 군담 소설에 대해 살펴보자. 군담 소설은 임진왜란 이후 조선 후기 사회의 독서 대중의 기호에 딱 들어맞는 장르였다. 조선 사회에 반감을 품은 서민 대중은 군담 소설에 흐르는 호쾌한 액션, 피해자와 가해자의 전복이라는 귀결, 철저한 악에 대한 응징을 통한 쾌감을 즐겼다. 다른 면으로 독서 대중의 마음속에 내재한 원초적인 폭력성에 원인한 대리적 욕망이라고도 볼 수 있다. 〈조웅전〉은 바로 이러한 독서 대중을 염두에 둔 작품이기에 기존의 대중 지향적인 군담 소설의 서사 구조를 그대로 따른다.

〈조웅전〉의 선악 대립도 잠시 짚을 필요가 있다. 군담 소설들은 천편일률적으로 뚜렷한 선악의 대립을 볼 수 있다. 〈조웅전〉에서 조웅과 이두병은 선악의 두 축이다. 악이 강할수록 선 또한 부각된다. 이를테면 '보색 구도'와 같다. 보색 구도란 주황과 파랑이나 노랑과 보라처럼 두 빛깔을 나란히 놓음으로써 서로의 영향으로 더 뚜렷하게 보이는 현상을 말한다. 보색은 잔상 또한 강렬히 남긴다. 장미꽃이 사람들에게 그토록 사랑을 받는 이유도 여기에 있다. 짙은 빨강 꽃잎과 초록 잎이 빚어내는 보색이 선명히 각인되고, 보색이 각인시켜 놓은 잔상은 시선을 옮기면 더욱 선명하다.

〈조웅전〉은 이러한 선악의 '보색 구도'를 잘 설정한 군담 소설이다. 의도적으로 악의 축을 강렬하게 구축함으로써, 선의 축 또한 그에 비례하여 선명해지도록 구성한 소설법이다. 이는 선악이 빚는 긴장의 역학을 한껏 고려했다는 의미다.

다만 우리가 군담 소설을 볼 때 유념할 것이 있다. 그것은 영웅이 아닌 보통 사람은 아예 작품 속에 보이지 않는다는 점이다. 두 마디도 필요 없이 군사들은 주인공 조웅을 위해 제물로 나서 머리를 제공해 주는 하잘것없는 존재에 지나지 않는다. 저 아래 인용문은 서번의 진영을 초토화시키는 조웅의 모습이다. 구활자본 고소설이 더 적나라하여 그것을 옮겨 놓았다. 그야말로 살육에 굶주린 조웅의 칼이 좌충우돌하는 모습이다. 문제는 처지를 뒤흔드는 저 조웅만이 사람이 아니라는 엄연한 사실이다.

물론 이러한 모습은 다른 군담 소설에서도 여지없이 보인다. 영웅의 칼에 스러지는 목숨들은 딱히 죄가 없다. 그저 주인공의 상대편에 몸담은 것에 지나지 않는데, 인명을 저토록 경시할 수 있을까 하는 생각이 든다.

유교적 질서와도 상당히 배치되는 저러한 모습은 작가가 무용담 묘사에 치중하려 한 결과로도 읽을 수 있지마는, 독자의 고심 또한 요구되는 부분이다. 〈조웅전〉에서 조웅은 자못 잘 훈련된 살인 병기다. 공명심에 불타는 대담무쌍한 번나라 장수 이황, 장군들은 조웅의 삼척검 앞에 머리를 잃고 몸만이 말을 타고 돌아오고, 천하 명장들 역시 차례로 나와 조웅의 삼척검에 머리를 제공해 주고 들어간다. 그야말로 조웅의 신묘한 칼은 무제한의 식욕을 가지고 있으니, 청종마가 지나간 자리에는 시체가 산을 이루고 피가 바다가 되어 흘러내리는 장면이 그려진다. 〈조웅전〉 권2(완판 계묘본) 원본을 그대로 보자.

> 명일의 원수 ᄃᆡ장긔을 진 정의 셰우고 정창츌마ᄒᆞ야 위여 왈,
> "번 왕은 ᄲᆞᆯ이 나와 목을 느리라."
> ᄒᆞ난 소릐 천지 진동ᄒᆞ는지라. 번 장 이황이 응셩츌마ᄒᆞ야 합젼ᄒᆞᆯ 식 진 젼에 안기 ᄌᆞ옥ᄒᆞ야 양진을 분별치 못ᄒᆞ더니 뒤흐로셔 ᄯᅩ 한 장수 ᄂᆡ다르이 이난 동두쳘ᄋᆡᆨ이라. 말을 노하 합젼ᄒᆞᆯ 식 삼장은 분별치 못할네라. 슈십여합의 승부을 결단치 못ᄒᆞ더니 칼이 즁천의 빗나며 ᄒᆞᆫ 장수 머리 공즁의 ᄯᅥᆯ어지거ᄂᆞᆯ 양진이 닷토와 보니 이난 번 장 이황이라. 위진이 승승ᄒᆞ야 고각 함셩이 천지 진동ᄒᆞ며 ᄯᅩ 칼리 번듯 한 장수 머리 ᄯᅥᆯ러지거날 보니 ᄯᅩ한 번 장이라. 위진이 더옥 승셰ᄒᆞ야 승젼고을 울며 쳐들어가니 뉘 능이 당하리요. 원수 양장의 머리를 베히ᄆᆡ 승승ᄒᆞ야 삼쳑검을 놉피들고 무인지경 갓치 번진으로 가며 수문장을 베혀 문기에 달고 좌충우돌하니 이난 사람이 안이요 쳔신 갓ᄐᆞ여 죽엄이 뫼 갓고 셔로 발펴 죽는 ᄌᆡ 무수하더라.•

• 이화여자대학교 한국문화연구원 편, 〈조웅전〉권2(완판 계묘본), 《한국고대소설총서》제3, 통문관, 1960, 121쪽.

단편 소설집《방경각외전》

"세상이 무엇이냐고 알려고 대들기보다 우선 그 속에서 어떻게 살아가느냐가 더 중요하다."

어니스트 헤밍웨이(Ernest Hemingway, 1899~1961)의 소설 〈태양은 또다시 떠오른다(The Sun also Rises)〉에서 주인공 제이크가 한 말이다. 전쟁에 나가 남자의 기능을 상실한 그가 이 사회에서 취할 수 있는 유일한 행동이다. 뒤집어 생각하면 어떻게 살아가느냐를 생각할 만큼 절대적인 상황이라는 소리다. 먼저 '어떻게 사느냐'를 알게 되면 '세상이 어떠한지'는 당연히 알게 되는 법이다.

연암의 소설 속 인물들은 하나같이 '어떻게 세상을 살아가느냐?'가 삶의 절대적 명제인 사람들이었다. 그래서인지 연암의 글을 보면 묘한 흥분을 느낀다. 나로서는 볼 수 없고 쓸 수 없는 글을 쓰기 때문이기도 하지만, 그들의 삶에서 지적 긴장감과 일종의 쾌감을 느껴서이다.

연암의 소설은 그의 사유를 구현하려는 통로 역할을 하는데, 18세기를 살았던 양반네의 글로서는 매우 '낯설다', '낯익다'라는 말이 지금도 미덕으로 자리 잡고 있는 우리네이기에 '낯설다'라는 의미 속에서 당대에 대한 비판 의식과 치열한 작가 의식의 내재를 되짚어 보아야 한다.

우선 '현재의 소설'과 '저 시절의 소설'은 동음이되, 동의어는 아니라는 분명한 사실을 표해 놓고 이야기를 시작해 본다. 연암의 소설을 우리 소설사의 계보로 따지자 치면 꽤나 독특하다. 사회 소설이니, 풍자 소설이니, 참여 소설이니, 도교 소설(道敎小說)이니, 한문 단편·전(傳)을 빙자한 소설 등으로 부르는 명칭들이 바로 이러한 반증이다. 그만큼 연암 소설은 그 성격을 한 가지로 규정하기가 여간 까다로운 것이 아니다.

연암 소설은 당대에도 많은 논란의 중심에 섰지만 그 반향은 사실 지금이 더 크다. 그것은 고소설임에도 독서인들의 추체험이 지금도 만만치 않기 때문일 것이다. 추체험이란 흔히 문학 작품의 주인공이나 수기를 쓴 사람의 체험을 자기의 체험인 듯이 느끼는 따위다.

연암은 벼슬도 명예도 곁눈질한 적이 없다. 연암의 삶을 보면 벼슬한 수년간에도 그는 의연히 글쓰기를 평생의 업으로 꾸렸다. 이 말은 연암 소설의 독자가 현재성을 보이는 것에 밀접한 단서를 제공해 준다. 그것은 현실의 사단과 맹랑한 허구적 문맥만으로 점철된 여느 소설과 다르다는 점을 명백히 반증하는 것이기 때문이다. 연암 소설에서 우리는 담대심소(膽大心小)하는 데서 오는 '시대와 작가의 팽팽한 긴장감'을 읽을 수 있다. 담대심소란 문장을 지을 때의 마음가짐으로 '담력은 크게 가지되 주의는 세심하여야 한다'는 말이다. 연암의 이러한 글쓰기 문제를 해결하기 위해 다음과 같은 명제로부터 논의를 시작해 보겠다.

독자 제현이 아시다시피 연암은 명문 노론가 출신이다. 양반으로서 용렬한 상사람들을 생각한다는 적당한 마음씨만 보이고, 뒷전으론 당파와 손을 잡는 두길마보기만 하였더라면 분명 연암은 조선 후기를 편안히 보낼 수도 있는 인물이었다. 그런데 그는 이를 단호하게 거절해 버리고 양반과 낮은 백성의 계층을 넘나들며 자기의 소리를 내었다. 저 시대 최말단인 참봉조차 돈으로 사서 벼슬이랍시고 거드름을 피우던 '개다리 참봉'들이 꽤 많던 시대였다.

연암은 '방경각외전자서'의 지작기(志作記)에서도 소설 쓰는 이유를 분명히 했거니와 일없이 붓을 드는 법이 없었다. 연암의 문학관이 현실에 바탕을 두었다는 점은 일러 주는 바가 적지 않다.

우선 연암의 아들 종채의 기록을 빌려 연암 소설에 관한 이야기를 접해 보자. 종채는 《과정록》에서 "아버지께서는 젊으셨을 때부터 세상 사람들이 친구를 사귐에 오로지 권세와 이익에 따라 아첨하여 좇거나 푸대접하는 모습을 보이는 세태를 미워하여 일찍이 구전(九傳)을 지어 이를 기롱(譏弄)하며 세상 사람들을 왕왕 놀려 주고 비웃어 주었다"라고 말했다. 위에서 말하는 구전은 〈마장전(馬駔傳)〉, 〈예덕선생전(穢德先生傳)〉, 〈민옹전(閔翁傳)〉, 〈양반전(兩班傳)〉, 〈김신선전(金神仙傳)〉, 〈광문자전(廣文者傳)〉, 〈우상전(虞裳傳)〉, 〈역학대도전(易學大盜傳)〉, 〈봉산학자전(鳳山學者傳)〉 아홉 편을 말한다. 연암이 소설을 지은 뜻은 '세상 돌아가는 꼴이 미워서였다'는 것이 아들 종채의 전언이다. 《방경각외전》 소재 아홉 전은 그래 글발마다 서릿발이요 글줄마다 팽팽한 긴장이다. 양반들에게는 다소 악의적으로 읽힐 글 마디가 보이는 것은 이 때문이다.

현대 과학의 모듬체라 부르는 자동차라는 물건은 우습게도 '두 개의 페달'밖에 없다. 빨리 달리게 하는 가속 페달과 속도를 줄이는 브레이크인데 잘 보면 가속 페달보다는 브레이크 페달이 넓다는 것을 알 수 있다. 브레이크가 더 넓은 것은 '가속의 위험성'을 보완하려는 의도에서다. 이처럼 연암 소설은 물욕을 향해 질주하는 우리에게 정화 장치로서 역할을 하기에 오늘날에도 그의 소설은 유용하다. 이른바 세교론(世敎論)이다. 세교론이란 소설의 교화적 기능을 말한다.

종채가 지적한 대로 연암은 적극적인 사회 참여 의식을 본밑으로 한 자신의 소설을 통하여 비틀린 사회와 거칠 것 없이 가속도를 내는 질탕한 유교 놀음에 제동을 걸었다. 이야기가 약간 빗나가지만, '복화술(腹話術)'이라는 말을 쓰면 이해하기 편할 듯하다. 복화술이란 인형이 말하는 것처럼 입술을 움직이지 않은 채 말하는 것인데, 연암 소설 속 인물들이 하는 말은 연암 자신의 말이란 뜻이다. 그리고 소설이란 장르를 선택한 것도 그렇거니와, 내용으로 보아 아예 '시비판'을 차려 놓은 셈이다. 연암의 또렷한 작가 의식 이외에 달리 설명할 길이 없다. 물론 저 작가 의식이 현재와 연암이 살아내던 저 시절의 경계를 넘고, 간극을 메우는 열쇠임은 두

말할 나위 없다.

이제 논의를 잠시 연암의 저 작가 의식으로 돌려 보자. '작가 의식'이란 한 작가가 지닌 대사회 의식의 치열성이다. '조선 후기라는 공간'을 염두에 두고 생각해 보자. 꼬투리를 잡자면 모두 시비가 되던 시절이기에 저들과 감정을 낸다는 것이 어떠한지 연암이 모를 턱이 없다. 하니 사회에 대한 비판과 관찰, 그리고 그것을 문학 작품으로 형상화하는 과정은 작가와 사회의 치열한 한판 승부일 터이기에 예사 사람이라면 뒷갈망을 생각하여 엄두도 낼 수 없는 일이다. 그야말로 연암이 자잘한 일에 얽매이지 않는 '척당불기(倜儻不羈)'이기에 이러한 소설들을 지어 세상의 시비를 가른 것이다.

문학은 '사회적 산물'이라고 생각한다. 모든 문학 행위는 언어라는 사회적 의사소통과 저자와 독자라는 사회적 관계망에서 이루어지는 것이므로 사회성을 지닌 작품이 생화(生花)라면, 그렇지 못한 작품은 가화(假花)일 수밖에 없다. 숨이 이미 멈춰 버린 천 조각으로 주렁주렁 꾸며 놓은 서낭의 거짓 꽃에서 무슨 향내가 나겠는가.

송나라 양만리(楊萬里, 1127~1206)의 〈하횡산탄두망금화산(下橫山灘頭望金華山)〉이라는 시를 적어 본다. 글 짓는 마음이 머무른 곳, 그곳은 길을 나선 문밖 세상이지 대궐 같은 집이나 아름다운 정원이 아니다. 그래야만 어제도 오늘도 내일도 흐르는 삶의 자락에 팍팍한 삶들이 올망졸망 석축에 낀 이끼처럼 붙어 있음을 보지 않겠는가.

山思江情不負伊　강산이 머금은 뜻 언제 저들을 저버렸던가
雨姿晴態總成奇　비가 오든 날이 맑든 한결같이 신기하다네
閉門覓句非詩法　문을 닫고 시구 찾는 건 시 짓는 법 아니지
只是征行自有詩　길을 나선다면 저절로 시가 되는 것이라네.

문을 닫아걸고 헛기침이나 해대며 읊조리는 글, 혹은 한갓진 시골에 들어앉아 바라본 산수는 '봉건 찬가'이거나 그저 '산천 구경'에 지나지 않는 문아풍류(文雅風流)일 뿐이다. 조선조의 문학은 사실 이러한 점을 들이대면 그렇게 자유롭다고는 할 수 없다. 조선조 문학의 대표적 장르로 소소한 즐거움을 주는 시조와 가사는 많은 작품이 바로 임(王)을 그리는 잘 짜깁기한 노래요, 소박한 전원주의 미술은 관념적 산수화를 낳았다. 이것은 수많은 당대의 '청맹과니형 방관'들 중 하나지만, 이 정도의 고리삭은 미학으로도 민중을 충분히 마취시킬 수 있었다. 따지자면, 이것은 대다수 양반들의 관습화된 글쓰기였다. '관습'이란 누구나 그러하듯 너무나 낯익어서 느끼지 못하고 종종 지나친다.

남인 학맥의 대표적 존재요, '화국수(華國手)'라는 칭호를 들은 채제공도 당대를 이렇게 보았다. '화국수'란 무엇인가? '나라를 문학으로 빛낸 문장의 대가'라는, 글 쓰는 이로서는 최고의 찬양이다. 그는 연암과 분명 동시대를 함께하였고, 더구나 병조·예조·호조의 판서, 좌의정을 두루 역임하고 정조의 신망을 한 몸에 받았던 조선 정치의 중심이었다. 하지만 그의 시각은 "도성의 지위가 높거나 사회적 활동이 많은 사람으로서 달관(達官: 높은 벼슬이나 관직)에서부터 여항(閭巷: 백성의 살림집이 모여 있는 곳)의 낮은 백성에 이르기까지 모두 놀이하며 꽃구경을 함에 마치 다 보지 못할 것처럼 한다. 수레와 말 소리가 몹시 요란하고 크게 들리며 노래를 부르고 외치는 소리가 차례로 일어나는 사이사이에 생황과 퉁소 소리가 들린다"는 것으로 미루어 넉넉히 짐작할 수 있다.

연암과는 영 다르다. 앞 문장은 채제공이 북저동을 유람하고 지은 〈유북저동기(遊北渚洞記)〉의 일부다. 북저동은 지금의 서울 성북동 일대인데, 복숭아나무가 많아 봄철이 되면 복숭아꽃이 만개한 게 여간 아니어서 도화동(桃花洞)이라고도 불렸다. 채제공의 표현처럼 도성 사람들이 다투어

나가 놀며 구경하고 상춘객들의 수레와 말들이 골짜기를 가득 메웠을 수도 있다.

하지만 나라의 안위를 책임지는 정치인으로서 봄을 감상하는 도도한 흥에 이어지는 "국가 백년의 태평한 기상이 모두 이곳에 있도다(國家百年昇平之象 盡在是矣)"라는 대목은 어딘가 '임금의 턱밑에서 '충신불사'를 웅얼거리는 듯한 작위적인 냄새를 풍긴다. '충신불사', '태평성대'는 조선 5백 년 동안 한 번도 도전받아 본 적 없는 절대적인 어휘들이다.

채제공의 말대로 그 시절이 정녕 태평성대를 입 모아 칭송하던 시절이었다면, 연암의 글들은 모두 볼멘소리일 수밖에 없다. 채제공의 전모를 보지 못한 내가 이 정도의 언질 잡는 말로 그를 품평하려 드니 흉하적을 하는 것 같지만, 정녕 저 시절이 도원경(桃源境)은 아니라고 생각한다. 그러한 예들이 어디 한둘이겠는가. 연암과 비슷한 시기를 살다 간 박윤묵(朴允默, 1771~1849)이라는 위항 시인의 시를 한 편 보자. 박윤묵은 서리로 출발하여 동지중추부사, 평신진첨절제사 등을 거쳤다. 백성들을 잘 다스렸기에 송덕비까지 있다. 그가 어느 마을을 지나다 쓴 시다.

〈촌가를 보고 지은 즉흥시(村舍卽事)〉

獘裙女子坐當機	다 떨어진 치마를 입은 여인이 베틀에 앉아
彈絮紛紛亂雪飛	솜을 타니 펄펄 날리는 것이 꼭 눈과 같구나.
不省自家寒切骨	제 집의 뼈를 에는 추위는 살피지도 못하면서
反添華屋幾人衣	오히려 부잣집 사람의 옷은 더 보태고 있구나.•

어떠한가? 채제공의 글과는 완연 다르지 않은가? 저 시절은 저랬다.

• 박윤묵, 〈촌사즉사〉, 《존재집》 권2, 한국고전번역원 홈페이지.
임형택 편, 《이조후기 여항문학총서》 2권, 여강출판사, 1986.

연암의 소설은 저러한 사회에 초점을 맞추고 부조리와 모순을 풍자적으로 그렸다. 풍자의 대칭은 단순한 '웃음'이 아닌 '비판이 내재한 웃음'이다. 독일의 유태인 여성 철학자 한나 아렌트(Hannah Arendt)는 권위를 훼손하는 방법으로서의 웃음을 이렇게 묘파했다. "권위의 가장 강력한 적은 경멸이며 권위를 훼손하는 가장 확실한 방법은 웃음"이라고. 그렇다면 연암 소설 속의 웃음은 중세 양반의 권위를 훼손하는 가장 확실한 방법이었는지도 모를 일이다.

그것은 연암 소설이 한문으로 씌었기 때문에 독자층이 낮은 백성이 아니라 양반 계층이었다는 데서도 속가량할 수 있다. 양반에 대한 연암 소설의 불경성은 저들에게 분명 시빗거리지만, 연암은 이렇게 하는 것이 선비로서 맡은 바 책무라고 생각하였다. 연암 소설은 불온한 사회에 대응하는 자아를 드러내 보이려는 행동이었다.

잠시 일본 천리 대학 도서관에 소장되어 있는 《속제해지(續齊諧志)》라는 책으로 시선을 옮겨 보자. 이 책에는 연암 소설이 어느 계층의 사람들에게 읽혔는가에 대해 상당히 주목할 만한 자료를 제공해 준다. 이 책은 조선조의 유명한 문인·학자의 '전기(傳記)'와 세상에 알려지지 않은 소문이나 이야기', 그리고 '전기(傳奇)'류에서 두루 뽑아냈다. 연암의 〈호질〉·〈민옹전〉·〈발승암기(髮僧菴記)〉·〈양반전〉 등 네 편이나 수록하였다는 것은 편자가 후세에 전할 만한 가치가 있다고 생각해서이거나, 연암의 사상과 풍자 및 그의 비판에 공감하는 점이 있었기 때문으로 어림짐작할 수 있다. 네 편 중 〈발승암기〉를 제외하면 모두 소설이다.

〈발승암기〉를 좀 보고 가자. 발승암이란 '늙어 마음은 죽고 머리카락만 남은 중'이라는 뜻으로 김홍연(金弘淵)이라는 사람을 말한다. 소재는 시정(市井)에서 취하였으되 '나'와 발승암이 문답 등 허구성을 적절히 끌어들인다. 단순한 '—기(記)'라고 보기에는 소설적 색채가 짙기에, 논자에 따라서는 소설로 보기도 한다.

〈발승암기〉는 〈민옹전〉의 민옹과 유사한데, 내용의 일부를 보면 이렇다. "김(金)은 활자(濶者)다. 활자(왈짜)란 대개 부랑하고 호협하다는 말인데, 소위 검사·협객 따위와 같다. 그가 한창 소년일 적에 말타기와 활쏘기를 잘해서 무과에 합격했는데, 힘이 능히 범을 움켜잡았으며 기생을 끼고 두어 길 되는 담벼락을 뛰어넘기도 했다. 녹녹하게 벼슬길에 나가기를 즐겨하지 않았고 집이 본디 부자여서 재물을 똥같이 여겼다."• 범상치 않은 김에 대한 설명이 민옹과 엇비슷하다.

〈발승암기〉는 이만 접고 연암 소설이 한문으로 쓰였다는 점을 짚어 보자. 모든 '독자는 이미 작가가 저술하려는 구상 속에 있다'라는 말을 유념한다면, 연암 소설은 이미 양반 독자와의 불화가 계약된 셈이었다. 연암의 시대에는 모름지기 따라야 할 보편적인 법칙이 있었으니 바로 유교였다. '계층적 층위'로서 연암의 신분과 '문화적 층위'로서 소설을 견준다면 왕청된 그 낙차는 그대로 당대의 양반과 연암 소설의 거리였을 터다. 유교의 면전에서 등을 돌리지는 않았다 하여도 부조리한 현실을 응시하며 소설을 쓴 연암은 간접적 유죄인 셈이다.

연암이 소설을 쓴다는 것은 그 시절 제도화된 글쓰기 관습에서 일탈이요, 결별을 고하는 행위요, 끊임없는 시빗거리였다. 더구나 소설은 그렇다손 치더라도 양반네들에 대한 분명한 공격은 쉽사리 받아들였다고 이해하기 어렵다.

그래서인지 널리 읽혔다는 것에 깔끔하게 주석을 붙이는 것이 여간 어려운 게 아니다. 독일의 철학가 발터 벤야민(Walter Benjamin, 1892~1940)의 예술 이론을 끌어들인다면, 연암의 소설에는 '유교라는 아우라'가 흐

• 박지원, 〈발승암기〉, 《연암집》 권1, 경인문화사, 1982, 24쪽.

르기 때문 아닐까? 아우라(Aura)는 '분위기' 등의 의미로 예술 작품이 지니고 있는 미묘하고도 개성적인 고유한 본질이다.

사실 연암의 글들에서 진한 '유교의 냄새'를 맡을 수 있는 것은 분명한 사실이다. 음식을 포만한 뒤의 느긋거림처럼, '지적(知的)으로일망정 조선 후기를 포식하는 자로서 백성에 대한 미안함과 겸연쩍음 때문은 아니었을까?'라고도 생각해 본다. 그리하여 더러는 '세습적 가해자'임을 깨달은 양반 독자 중 연암의 글이야말로 '참으로 읽을 만한 글(眞切可讀)'이라고 인정하는 이가 있었다.

여하간 끊임없이 유교적 독서를 조장하는 당대에 연암 소설이 읽혔다는 것은 퍽 재미있는 현상이며, 저러한 독서 상황이 있었기에 그 시절이 멈추지 않았고 연암 소설이 오늘날 고전이 된 것임도 분명하다.

이제 이야기를 현대로 돌려 보자. '연암'이라는 두 글자는 요즈음도 자주 언론에 오르내린다. 〈허생전〉은 교과서에도 실려 있고 학생들은 줄기차게 연암 소설에 밑줄을 긋고 각종 시험 문제의 지문으로도 자주 등장한다. 연암에 관한 글과 책이 어찌나 많은지 모은 것만도 내 책장의 서너 칸을 넉넉히 채운다. 이유는 그의 소설이 고전이요, 현재성을 띠고 있어서다.

먼저 그의 작품이 고전인지부터 짚어 보자. 연암이 살아내던 시절, 몇몇이나 연암의 소설을 보고 '고전(古典)'이라 하였을까만, 21세기를 사는 우리는 그의 작품에 '고전'이라는 수식어를 붙이기에 주저하지 않는다. '고(古)'는 '열〔十〕'과 '입〔口〕'으로 '10대를 전함 직한 말'이요, '전(典)'은 '책(冊)'과 '책상〔丌〕'으로 '책을 얹는 책상'이니, 고전이란 '10대를 전함 직한 글이기에 책상에 올려놓고 소중하게 다룬다'는 의미다. 즉, 고전이란 '오랫동안 전함 직하고, 두루 사람의 책상에 올려놓고 볼 만한 책'이라는 뜻이다. 오랫동안 전함 직한 가치, 두루 사람의 책상에 올려놓고 볼 만한 현재성, 이 정의항을 충족시켜야만 고전이 된다.

그렇다면 연암 소설은 오늘날 '고전'임에 틀림없다. 그 세 가지 이유를 살펴보자.

첫째, 연암 소설의 진정성이다. 둘째, 연암 소설의 호협성이다. 셋째, 연암 소설의 현실성이다. 18~19세기의 교량을 만들었던 그가 20세기인 지금까지 그 이름을 드날리는 이유다. 그렇지 않은 세상이 없었지만, 우리는 예의 없는 것들에 의한 도덕과 양심의 종언을 종종 목도한다. 저들에겐 양심과 도덕이 애물단지일 뿐이니, 순결한 양심을 간직하고 살아간다는 것이 그만큼 고통이다. 그렇다고 저 거친 세상에 대고 '검다 쓰다' 맘대로 뱉을 용기도 없다. 그래, 모두 저네들과 뒤섞여 그렇고 그렇게 '이 망할 놈의 세상!'을 잇새로만 내보내고, 세상에 종주먹질을 해대면서 '맑은 세상이 오면 내 소리를 내겠다'고 속으로만 다짐장을 놓는다.

허나, 모든 부정한 것들의 진공 속에서만 순수 가치를 지향하는 삶이 있는 것은 아니다. 연암은 부정한 것들 속에서 순수 가치를 지향하는 삶을 살았고, 그의 작품 또한 그러했다.

열여덟 살 즈음의 〈마장전〉에서부터 50대의 〈열녀함양박씨전 병서〉까지, 그 처음과 끝이 따로 없이 마치 뫼비우스띠(사각형의 띠를 한 번 비틀어서 양쪽 끝을 이어 붙인 것으로 면의 안팎이 없다)처럼 동선(動線)을 이룬다.

열두 편의 내용이야 각기 다르지만 주제는 '양반들에게서 부조리를 찾고 낮은 백성들의 절박한 삶에 시선을 두고서 바른 삶 법을 제시한다'는 점에서 내면적 통일성을 갖추고 있다. 이것은 연암 소설 모두 가담항설, 곧 길거리나 항간에 떠도는 소문이 소설의 생성 공간이요, 연암이 자기 검열을 하듯 조선 후기의 그들이 살아가는 이야기를 천착하여 세상이 되어 가는 형편인 인정물태를 그려 냈다는 진실성, 그리고 삶의 참다운 모습과 인생의 진실을 추구함 때문이다.

여기에 천박한 소설이라는 장르로 양반이란 우상(偶像)의 동굴을 해체하였다는 아이러니, 그리고 소설의 효용성을 중시하여 세상을 교화해 보려는 세교론과 잘못을 교훈 삼아 경계의 도리를 삼는 감계론을 잔뜩 품었다는 소설적 특성도 보인다. 아마도 이것은 상사람들과 부조리한 양반의 세계를 응시한 실학자 지식인으로서 고뇌를 작가 정신으로 치열하게 구현해 보려는 마음이 앞서서일 것이다. 그래서인지 연암은 선(善)한 의지가 전경화(前景化)하여 자칫 '윤리학 교과서'로 읽힐까 염려하여, '재미'와 '카타르시스(淸淨·淨化)'를 안겨 주는 글투의 묘미와 독자의 몫으로 남겨 둔 결말을 허구성 옆에 놓아두는 것을 잊지 않았다.

정론성을 강조하는 데서 초래하는 문학적 심미성의 부족을 그렇게 역설과 풍자, 기지 따위의 문체적 수사를 통해 독자에게 다가섰다. 연암 소설에서 우리가 '언어의 맛(言語有味)'을 볼 수 있는 것은 이러한 연암의 헤아림 때문이다.

또한 연암 소설 열두 편은, 조선 후기의 구체적 현실과 각다분한 삶을 사는 낮은 백성들의 삶의 포착이라는 사회사적 의미의 증언적 기록 위에 허구를 얹어 놓은, 근대적 성격의 한문 단편 소설로서의 가치 평가도 뒤로 미룰 수 없다.

〈마장전〉·〈예덕선생전〉·〈민옹전〉·〈양반전〉·〈광문자전〉·〈우상전〉·〈역학대도전〉·〈봉산학자전〉·〈열녀함양박씨전 병서〉에서 낮은 백성과 높은 양반, 선과 악, 계층적 질서를 뒤집는 인간상, 정의와 위선, 속악한 관습 등의 부조리한 삶의 세계를 드러내고, 거간꾼·분뇨 수거인·걸인·역관·과부 등의 개성적이고 새로운 인간상을 등장시켰다. '조선의 바람직한 대안적 인간형'을 모색하여 부조리한 세계를 명징하고 예리하게 짚어 내기 위해서다. 연암 소설의 가치를 '근대적 성격의 한문 단편 소설'로까지 이해할 수 있는 부분이다. 저들은 조선에 늘 있던 인물들이나 연암에 의해 새롭게 발견된 순결한 사람들이었으니 연암 소설이 낯설게 보이는 것도 이 이유가 한몫을 단단히 한다.

〈민옹전〉·〈김신선전〉에서는 비록 삶의 외곽에 살지라도 세속을 초월할 수 없다는 은유가 분명히 깔려 있고, 〈호질〉·〈허생전〉은 필묵을 가장 두두룩하게 놓고 간 작품들로 지배층의 도덕불감증과 부끄러운 경제와 국방이라는 치부를 노출시켜 조선의 총체적 부실을 비판하는 한편 대안을 제시한다.

오늘날 연암 소설이 고전이라 불리고 우리의 현실에 화두로 놓이는 이유는, 양반에서 낮은 백성까지 공생할 수 있는 가능성의 지평을 열어 놓고 만인이 공유할 수 있는 화창한 질서를 꿈꾸게 하는 '희망의 지렛대'가 그의 소설 속에 있기 때문이다. 귀담아들어야 할 말이 한둘이 아니지만 그제나 지금이나 연암의 작가론에서 살핀 '개를 키우지 마라'와 같은 푼푼한 정을 삶의 곁에 놓아둘 줄만 안다면, 연암이 꿈꾸었던 '화창한 질서'에 접근하는 것도 가능하지 않을까 한다.

가람 이병기(李秉岐) 선생의 〈고전의 삼폐(三弊)〉라는 글로 이 장을 마치겠다. "문학이란 반드시 사실(寫實)이어야 한다는 것은 아니되, 비록 그 무엇을 가설적으로 상상한 것이라도 그것이 과연 복받치는 정열의 표현이고 보면 훌륭한 작품이 될 수 있다."

글이란, 진실한 사상이나 신념, 그리고 정열적인 욕구의 표현과 행동이 독자의 내부로 파고들 때, 독자의 감동을 길어 올린다. 글 쓰는 이가 치열한 사회 참여 의식과 작품의 예술적 형상화 모두를 만족시키지 못할 때, 선택은 그래서 전자다.

우리 국문학을 반석 위에 올려놓은 가람 선생은 저 글 뒤에 우리글의 폐단 세 가지를 들었다. 큰소리, 군소리, 문소리다. 목소리만 내는 '큰소리'와 쓸모없는 '군소리'는 알겠으니 '문소리'만 설명해 보겠다. 가람 선생 표현으로는 '문덩문덩 썩은 소리'라 한다. 그럴 성싶기는 해도 진부하

연암 소설 12편

제목	연도	의식	주인공의 사회 계층	분량	소설의 시점	주제
마장전(馬駔傳)	1756년(20세) 무렵	인본주의 사회 비판	광인(狂人)	단편 소설	3인칭 전지적 작가	양반 사대부 우도(友道)의 변질에 대한 비판과 천인들의 바람직한 우도론
예덕선생전(穢德先生傳)	1756년(20세) 무렵	인본주의 사회 비판 중농 의식	천인 역부	단편 소설	3인칭 작가 관찰자	천인 역부의 긍정적 삶과 양반의 우도에 대한 비판
민옹전(閔翁傳)	1757년(21세) 무렵	사회 비판	중인(무반)	단편 소설	1인칭 관찰자	무위도식하는 경화 사족 비판과 신분적 한계를 절감하는 중인의 삶
양반전(兩班傳)	1764년(28세) 무렵	사회 비판	몰락 양반	단편 소설	3인칭 전지적 작가	양반들의 부도덕함 비판과 풍자
김신선전(金神仙傳)	1765년(29세) 무렵	사회 비판	중인	단편 소설	1인칭 관찰자	세상에서 뜻을 얻지 못하여 신선이 될 수밖에 없는 사회 비판
광문자전(廣文者傳)	〈광문자전〉은 18세 무렵, 〈서광문전후〉는 1765년(29세) 무렵	인본주의 사회 비판	종로 거지	단편 소설	3인칭 전지적 작가 →1인칭 관찰자	천인 광문의 순진성과 거짓 없는 인격
우상전(虞裳傳)	1767년(31세) 무렵	사회 비판	중인(역관)	단편 소설	1인칭 관찰자	신분적 한계를 절감하는 중인의 삶과 인재 등용의 문제점
역학대도전(易學大盜傳)	1767년(31세) 무렵	사회 비판	유실되어 구체적으로 알 수 없음			위학자(僞學者) 배격
봉산학자전(鳳山學者傳)	1767년(31세) 무렵	사회 비판	유실되어 구체적으로 알 수 없음			위학자(僞學者) 배격
호질(虎叱)	1780년(44세) 무렵	사회 비판	위학자(僞學者)	단편 소설	1인칭 관찰자 → 3인칭 전지적 작가	위선적인 양반 사대부에 대한 비판
허생(許生)	1780년(44세) 무렵	사회 비판	몰락 양반	중편 소설	1인칭 관찰자 → 3인칭 전지적 작가	정치·사회·경제적으로 총체적 문제점을 드러낸 당대 비판
열녀함양박씨전 병서(烈女咸陽朴氏傳幷書)	1793년(57세) 무렵	인본주의 사회 비판	과부	단편 소설	3인칭 전지적 작가 →1인칭 관찰자	과부의 절열 사상 비판

고 썩어 문드러진 소리를 하는 것이라는 말씀이다.

글이야 태생적으로 '가진 자와 함께하는 것이 숙명'이라지만, 글을 끼고 살아가는 이들 중 몇이나 바른 삶을 살고 글을 쓸까? 혹 나도 남에게 환심이나 사기 위해 '얼레발 치는 잡문'이나 중뿔나게 쓰는 것은 아닌지. 더듬더듬 장님 막대질하듯 써 내려가는 이 글발이 뇌우(雷雨)라도 된 양 매섭게 얼굴을 친다.

마지막으로 '문학 작품 해석'에 대해 한 마디 덧붙이겠다. 이 책은 여러 곳에서 나름대로의 해석을 넣어 두었다. 그러나 그 어느 것도 완정된 것이 아니다. 작품의 해석은 문학 연구의 본령임에 틀림없지만 '연구자 그 누구도 해석을 결정지을 수 없기 때문이다. 작품은 개별 독자의 독서 행위를 통해서 완성된다'는 명백한 진리를 이 책을 읽는 독자들에게 꼭 말하고 싶다. 더구나 허구스러운 소설의 글 마디는 두고두고 읽히고 해석될 것이다.

에로틱 소설 〈주장군전〉과 〈관부인전〉

세상이 만들어지고, 남자와 여자가 태어났다. 그리고 남자와 여자는 공히 식욕과 성욕, 수면욕이라는 세 가지 욕심을 갖게 되었다. 남녀의 성기를 이용한 글쓰기는 성욕과 관계가 있는 자연스러운 욕망이라지만 어찌 되었건 이러한 글쓰기는 양반으로는 자못 음란한 짓이다. 그런데 이 남녀의 성기로 소설을 썼으니, 〈주장군전(朱將軍傳)〉과 〈관부인전(灌夫人傳)〉이 그것이다.

둘 다 가전(假傳)의 형식을 빌린 작품으로 온전한 소설로 보기는 어렵지만, 그렇다고 소설이 아닌 것도 아니다. 저 시절은 분명 소설이었는데, 이 시절에 소설의 범위를 좁혀 놔서다.

두 작품 중 〈주장군전〉이 먼저 나왔는데, 이 소설을 쓴 자는 송세림(宋世琳, 1479~?)이다. 그의 자는 헌중(獻中)이요, 호는 눌암(訥庵)으로 태인(지금의 전라북도 정읍시 칠보면 시산리)에서 태어났다. 송세림은 어려서부터 총명하여 스무 살에 생원 진사 시험에 합격하였고, 3년 뒤에는 문과에 장원급제하였다. 문명도 꽤 높았고, 그림과 글씨에도 뛰어났다고 한다. 그가 이러한 소설을 지었다는 것이 자못 흥미롭다.

각설하고 서두부터 보자.

> 장군의 성은 주(朱)요, 이름은 맹(猛)이고, 자는 앙지(仰之)니 그 윗대는 낭주(閬州) 사람이었다. 먼 조상은 강(剛)인데, 공갑(孔甲)을 섬겼다. 남방 주작(朱雀)의 천문을 보는 직책을 맡아 출납(出納)을 성실하게 수행하였다. 공갑이 이를 가상히 여겨서 감천군(甘泉郡) 탕목읍(湯沐邑)을 내려주니 자손이 이로부터 가문을 이루게 되었다.●

풀이를 해보자. 남성의 성기이니 장군이라 한 것은 알겠고. 성이 '주'라 하였으니, '주'란 '붉음'으로 성기가 붉어서요, 이름인 '맹'은 '사나움'을 말하고, 자가 '앙지'라 함은 '성기가 치켜듦'이다. 그 윗대는 '낭주' 사람이라 하였는데, 낭주는 '음낭'을 가리킨다. 먼 조상은 '강'이라 하니 '단단함'을 이름이요, '공갑'은 '구멍 난 조가비'니 여인의 성기'요, '섬겼다' 함은 여인과 관계를 맺음이고, '출납'이란 들고 남으로 '성행위'를 말함이다. 성행위를 성실하게 수행하자 공갑이 가상히 여겨 감천군과 탕목읍을 내렸다. '감천군'은 '달콤한 샘'이니 여인의 성기에 고인 '애액'이요, '탕

● 이가원 편, 《여한전기》, 우일출판사, 1981, 159쪽.

목읍'은 '주장군을 씻어 주는 욕탕'이라는 뜻이다. 이렇게 하여 잉태가 되었으니 자손이 이로부터 가문을 이루게 된 것이다.

이제 주맹의 생김새를 보자.

주맹은 타고난 생김새부터가 범상함을 뛰어넘는다. "눈은 다만 한 개뿐이고 털이 숭숭하게 난 이마에 성격은 매우 강직하여 굽힘이 없었다. 게다가 근육의 힘이 남보다 뛰어나서 화를 낼 때는 수염을 갑자기 뻗치고 불끈불끈 그 근육을 드러내고 굽힐 줄 몰랐다. 그러나 남을 공경하고 근신할 줄도 알아서 수시로 몸을 꺼떡꺼떡하기도 한다. 언제나 붉은빛의 둥근 옷을 입고 비록 몹시 추운 겨울이나 한여름이라도 벗을 줄을 몰랐고, 또 동그란 알 튀기기를 잘해서 들락날락할 적마다 두 붉은 주머니를 치면서 잠시라도 몸에서 떨어지지 않았다. 세상 사람들은 '외눈박이 용(獨眼龍)'이라 불렀다."

설명이 참 그럴듯하다. 이후 이야기는 장중선(掌中仙: 손바닥 가운데의 신선)과 오지향(五脂香: 다섯 개의 기름진 향. 곧 통통한 다섯 손가락)이라는 기생과 이 주맹이 사통하였다고 하였는데, 이것은 손으로 하는 수음을 말한다. 결과는 "눈시울이 몇 군데 찢어지고 눈물과 콧물이 옷깃을 적실 지경에까지 이르렀다"고 표현하였다.

주맹은 이후 보배로운 연못인 '보지(寶池)'에 들어갔다가 끝내 운명을 달리하고 만다. "보지가 몰래 장군의 머리를 깨물고 또 두 언덕의 신에게 칙령을 내려 협공케 하니 장군은 기력이 다하여 몇 순갈의 골수를 흘리며 머리를 늘어뜨린 채 죽고 말았다"고 적어 놓았다.

이 글을 쓰는 나도 좀 민망하여 재미있는 용어 몇 개만 더 적고는 끝내겠다. 길이가 '손바닥 장(掌)'을 쓰는 장편 소설이니 관심 있는 독자들은 꼭 일독을 하기 바란다.

보지소착사(寶池疏鑿使) '보배로운 연못을 툭 트이도록 뚫는 사신'으로 맹의 벼슬이다.

이성(尼城) 사람 맥효동(麥孝同) 음탕한 비구니가 보릿가루로 만든 남근 모양의 기구를 맥효동이라 한다. 맥효동은 '보리로 만든 효자'라는 뜻이다.

옥문(玉門: 음문)산이 솟아 있고, 남쪽으로 황금굴(黃金屈: 음문의 통로)이 이어져 있으며, 동서쪽으로는 붉은 낭떠러지가 서로 둘러서 있고, 그 가운데에 바위 하나가 있는데, 그 모양은 흡사 감나무 씨(음핵을 말함)를 닮았다 여인의 성기를 설명한 부분이다.

'좆' 씨('爪' 氏) 손톱 씨라고 하였으나 '좆'과 음이 유사한 데서 끌어온 언어유희다.

이제 〈관부인전(灌夫人傳)〉을 보자.

이 소설은 성여학(成汝學, 1557~?)의 작품이다. 〈주장군전〉이 세상 빛을 쬔 지 한 세기 뒤의 일이다. 그는 조선 중기의 문신으로 호는 학천(鶴泉)·쌍천(雙泉) 등을 사용하였다. 특히 시에 뛰어난 재주를 보인 그는 사마시(司馬試)에 진사 1등으로 합격하였다. 성여학 역시 〈주장군전〉을 지은 송세림 못지않은 문장력을 소유한 이였음을 알 수 있다. 그러나 그의 삶은 시학교관(詩學敎官)으로 코흘리개들에게 시나 가르쳤고, 종이 뜨는 일을 다루는 조지서(造紙署)의 별좌(別坐)라는 하급 관리가 고작이었다. 평생 불우하게 지낸 그는 예순 살이 되도록 명성에 걸맞은 벼슬 하나 얻지 못했다.

아마도 이러한 그의 이력이 송세림의 《어면순》을 이은 《속어면순(續禦眠楯)》을 남긴 것 아닌가 한다. 〈관부인전〉은 〈주장군〉을 모태로 지은 작품이기에 서두 부분이 흡사하다.

관 부인(灌夫人)의 본적은 옥문(玉門)이다. 그 아버지는 영음후(潁陰侯)요, 그 어머니는 음려화(陰麗華)로, 기산(岐山)의 남쪽에서 부인을 낳았다. 어려서부터

고운 자색과 발그레한 얼굴에 붉은 입술을 지니고 있었으며 성품 또한 따사하고 보드라웠다.●

군이 설명할 필요가 없을 듯싶으니 관 부인만 설명하자. '관(灌)'은 '물댈 관'이니 여인의 성기가 물로 차 있음을 뜻한다. "관 부인은 말이 드물어서 평상시에는 늘 입을 다물고 살았으며, 비구니를 동경해서 초하루만 되면 반드시 검은빛 승복을 걸친 채 정성을 다하여 불경을 외웠다"고 하는데 이는 여인들의 달거리를 말한다.

뒤에 전개되는 내용은 주맹이 계관산(雞冠山)의 불그죽죽한 성 가운데 자그마한 연못이 하나 있는데, 그 연못의 물은 따뜻하게 솟아올라 온갖 병이 다 낫는다는 말을 듣고 연못의 주인인 관 부인에게 편지를 보낸다. "계관산의 불그죽죽한 성 가운데 자그마한 연못"은 물론 여인의 성기를 계관(鷄冠), 즉 닭 볏에 비기어 표현한 것이다.

주맹의 편지는 이러하였다.

"주맹(朱猛)은 머리를 조아려 두 번 절하고 말씀드립니다. 애꾸눈인 저는 맑은 덕도 없습니다만 부인의 향기로운 이름을 들자온 지 오래입니다. 마침 제 몸에 가려움증이 있어 (부인의 연못에서) 한 번 목욕하기를 원하는 바이오니 혹시라도 온탕을 허락해 주셔서 만에 하나라도 효험을 보게 된다면 부인의 바람에 감복하여 아들을 많이 낳을 수 있도록 축하해 드리겠습니다."

그러나 관 부인은 "비록 장군님의 영이긴 하오나 부응하기는 어렵겠습니다"라고 쌀쌀맞은 답장을 보낸다.

● 이가원 편, 《여한전기》, 우일출판사, 1981, 230쪽.

몹시 화가 난 주맹은 노한 눈을 이리저리 굴리며 발끈하고 일어서서 즉시 낭주(閬州: 음낭)의 두 태수를 불러 이 성의 연못을 쳐부수라고 명령한다. 음낭은 즉시 명령을 받들어 한밤중에 양쪽 다리가 있는 봉우리로부터 음능천(陰凌泉: 성기의 외음부)을 따라 벽문(壁門: 여인의 성기를 이름)으로 치달려 들어가서 수전을 벌이니 부인이 시달림을 견디지 못하여 천군(天君)에게 상소한다.

이에 천군이 방비를 이르는데 생각이 기발하다.

> "제중서(臍中書: 배꼽), 그대는 산봉우리에 거하면서 망을 살펴보는 장수로서 적의 동정을 엿보도록 하시오."
>
> 또, "황문랑(黃門郞: 항문), 그대는 비록 입 냄새가 있기는 하지만 본시 징을 잘 울리니 적이 만약 국경에 이르면 징을 울려서 알리도록 하시오."
>
> 또, "모참군(毛參軍: 음모), 그대는 우림위(羽林衛: 음모)를 거느리고 있으니 적이 만약 옥문을 범하면 흑색 노끈(음모)을 어지럽게 휘둘러 적의 목을 묶어서 끌고 오시오."
>
> 또, "현(弦: 음부와 허벅지 사이의 활줄 모양의 선), 그대는 방어를 맡다가 적이 만약 성기의 벽에 부딪히거든 힘을 모아 사로잡아 달아나지 못하도록 하시오."
>
> 또, "갑(閘: 수문의 문짝. 곧 음문), 그대는 어사가 되어 철퇴와 도끼를 쓰도록 함이 좋으리니 만약 적과 교전하면 적의 골머리를 때려 부수도록 하시오."

물론 주맹은 이에 아랑곳없이 노기를 뻗치고 투구(包莖)를 벗고 몸을 솟구쳐 관문을 두들겨 부수고 세 번 들어갔다가 세 번 물러난다. 나아가고 물러섬은 한결같이 옥장술(玉帳術: 병법)에 의거하였고, 앉았다가 쳐들어가고 찌르고 하는 방법이 틀림없이 용도법(龍韜法: 병법)에 들어맞았다. 계속하여 제멋대로 닫았다 열었다 하니 그가 향하는 곳마다 앞에 거칠 것이 없었다. 관 부인은 나라의 본거지가 이미 요동을 치고 사세가 더 버티기 어려워지자 백수진인(白水眞人: 애액)에게 도움을 청하기에 이르렀다.

이제 주맹의 행위는 더욱 거칠어진다. 어찌할 수 없는 관 부인, 애액을 뿜어 그 세찬 물로 주맹을 잠기게 한다. 주맹은 죽을힘을 다하여 내지(內地)를 유린한다. 결국 주맹은 머리에 붉은 빛깔의 관(음핵)을 쓴 갑어사(閘御史)에 의해 골수를 흘리면서(사정을 하면서) 관문 밖으로 뛰쳐나가 죽어 버린다.

〈관부인전〉은 〈주장군전〉과는 다르게 〈부인소지(夫人小池)〉, 즉 '부인의 작은 연못'이라는 시로 끝난다. 그 시는 아래와 같다.

兩脚山中有小池　양각산의 가운데 작은 연못 있어
池南池北艸離離　연못의 남북으로 풀숲이 빽빽하고
無風白浪翻天起　바람이 없어도 흰물결 격렬히 일어
一目朱龍出入時　외눈박이 붉은 용이 들고날 때이라.

이 시 또한 설명이 덧붙을 이유가 없다. '재미있다' 생각하시는 독자들은 이 작품 역시 꼭 일독하기 바란다. 역시 용어 몇 개만 더 적고 끝내겠다.

알자복야(謁者僕射) '알자'는 궁중에서 빈객의 접대를 맡은 벼슬인데, 그 우두머리를 알자복야라고 한다. 여기서는 여자의 외음부에 있는 작은 돌기인 음핵(陰核), 즉 우리말 '공알'을 의미한다.

육고기를 먹던 부귀의 즐거움 성행위를 말함. 두 골짜기 사이의 붉은 언덕(赤岸) 대음순을 지칭한 듯하다.

여인국(女人國) 전설상의 부상국으로, 과부는 시집가지 아니한 채 늘 딸이나 손녀로 하여금 그 제사를 받들게 하였다고 한다.

〈주장군전〉과 〈관부인전〉이 몸의 특정 부위를 의인화한 것이라면, 우리 몸 전체를 대상으로 한 〈만신주봉공신록(萬身主封功臣錄)〉이라는 소설(우언)도 있다. 제목을 풀이하자면 '몸이 주인이 되어 머리, 팔, 다리 등에게 각기 벼슬을 내린 기록'의 의미이니 '몸의 정치학'쯤으로 이해하면 된다.

잠시 줄거리를 엮자면, 천지개벽 이래로 3천여 대가 지나 태평성대가 되었다. 이에 공신을 크게 봉하는데, 몸이 만신주(萬身主)가 되어 인체의 여러 기관에 벼슬을 준다. 모든 신체 부위가 벼슬을 받고 만신주께 감사하며 조회하는데, 복양후(배)가 나서서 황문(항문)만은 공이 큰데도 벼슬을 받지 못했다고 간한다. 그러나 만신주는 황문의 신분이 미천하여 벼슬 주기를 꺼리다가 결국 미관말직을 제수하니 고향으로 가버린다. 이에 여러 제후들이 안타까워하자, 만신주는 황문을 불러 평생 녹봉을 주어 잘 살게 한다. 비로소 여러 신하들이 수긍하고 황문은 명산 승지에 잠적하여 명철보신한다.

〈만신주봉공신록〉도 〈주장군전〉과 〈관부인전〉 같은 의인 소설이니, 의인 소설에 대해 몇 자 부기한다. 의인 소설은 동물과 식물, 기타(무생물, 몸) 세 유형으로 나눌 수 있다. 의인이란 비인격적인 동물, 식물, 무생물 등 생명이 없는 것에 생명을 부여하여 인격화한 일체의 것을 뜻한다. 이 의인 소설을 우언(寓言) 혹은 우언 소설이라 부르기도 한다. 의인 소설의 대략은 아래와 같다.

식물 의인화 〈화사〉와 같이 식물을 의인화한 소설로는 〈화왕전(花王傳)〉·〈매생전(梅生傳)〉·〈유여매쟁춘(柳與梅爭春)〉이 있다.

동물 의인화 〈장끼전〉과 같이 동물을 의인화한 소설로는 자라를 의인화한 〈별주부전(鼈主簿傳)〉, 쥐를 의인화한 〈서동지전(鼠同知傳)〉·〈서대주전(鼠大州傳)〉·〈서옥기(鼠獄記)〉, 두꺼비를 의인화한 〈두껍전〉(〈섬동지전蟾同知傳〉), 호랑이와 두꺼비를 의인화한 〈호섬전(虎蟾傳)〉, 호랑이를 의인화한 〈호질(虎叱)〉, 사슴을 의인화한 〈녹처사연회〉, 황새를 의인화한 〈황새결송〉, 게를 의인화한 〈무장공자전〉, 개구리와 뱀을 의인화한 〈와사옥안〉, 꾀꼬리를 의인화한 〈금의공자전〉 등이 있다.

동물 의인 소설은 특히 근원 설화를 가지고 있음이 공통적이고, 풍자적인 수법을 사용함으로써 웃음을 자아낸다. 작품 내용은 위선적인 양반층과 탐관오리 등 당시 부패한 정치상을 비유·풍자하는 것이 주류를 이루는데, 주로 위정자의 무능과 부패성, 양반 계급의 위선에 대한 비유, 풍자, 여권 주장 등 서민의식의 성장이라는 측면에서 비교적 근대적인 성격이 두드러지게 나타난다.

심성(心性) 의인화 심성, 즉 마음을 의인화한 소설로는 〈천군연의(天君演義)〉·〈천군본기(天君本記)〉·〈수성지(愁城誌)〉 등이 있다.

꼭두각시 의인화 이상야릇하고 기괴한 탈을 씌운 인형인 꼭두각시를 의인화한 〈꼭두각시전〉 등이 있다.

화장품 의인화 여인의 화장품을 의인화한 〈여용국전(女容國傳)〉 등이 있다.

이외에도 붓을 의인화한 〈모영전보(毛穎傳補)〉, 술을 의인화한 〈주사장인전(酒肆丈人傳)〉 등의 작품이 있다.

등장인물이 가장 적은 〈예덕선생전〉

한국인이 가장 즐겨 사용하는 단어는 무엇일까? 《한국어 형태소 및 어휘 사용 빈도 분석》 1[•]에 의하면 일반 명사의 경우는 '사람'이고, 고유명

● 김흥규 외, 고려대학교민족문화연구원, 2002.

사는 '한국', 동사는 '하다', 형용사는 '없다'요, 접속사는 '그러나'이다. 그런데 곰곰 살펴보면 앞의 '사람'과 맨 뒤의 '그러나'가 예사롭지 않다. 사실 우리의 고소설을 보면 영웅, 재주 있는 남자와 그에 버금가는 여인이 등장하면 어김없이 그보다 못한 '사람'은 '인간 대접'을 못 받는 게 다반사다. 어느 자리에선가 이 말을 하였더니, 한 분이 "그건 그렇지요, 그러나……" 하면서 말을 이었다. 물론 '그러나'는 역접사답게 앞말을 뒤집는 게 전공 영역이다. 들으나마나 그분의 말씀은 우리 고소설의 장점 한 부분을 들고 나올 것이 빤하다.

저 물 건너 그리스의 철학자 디오게네스(Diogenes) 선생 말씀으로 〈예덕선생전〉을 시작해 보자. 디오게네스 선생이 환한 대낮에 불을 켜 들고는 두리번두리번 다니더란다. 그래 사람들이 "거 왜 그러시오?" 하고 물었겠다. 디오게네스 선생 가로되, "어디 사람다운 사람이 있어야지. 그래 이렇게 사람다운 참사람을 찾고 있다네" 하더란다.

〈예덕선생전〉은 이러한 '사람'이 보이는 소설이다. 또 우리 고소설 주인공 중에서 몇 안 되는 소박한 이이기에 정이 꽤 가는 것이 사실이다. 개인적인 생각으로, 〈예덕선생전〉은 연암 박지원이 '그러나'를 안 썼기에 지을 수 있었던 것이 아닌가 한다.

대개 저 시절을 살았던 이들은 "조선 왕조가 잘못되었지. 암, 궁중에선 남인이니 서인이니 파당을 나누고…… 그러나 저이도 그러니, 나도 어쩔 수 없잖아. 저이가 바뀌지 않으니 저 속에서 살아갈 수밖에. 그래, 할 수 없이 과거를 본 거지. 난들 하고 싶어 했겠나"라고 했다. 지금도 똑같다.

그러나 연암은 이 '그러나'를 안 썼다. 잘못되었기에 과거를 안 보았고, 저 시절이 잘못되었기에 이러한 소설을 지었다. 〈예덕선생전〉에는 그래 '사람'은 있으되, '그러나'는 없다.

"이내 아버지를 모시고 《방경각외전(放璚閣外傳)》을 보았다. (별부에 운운)

이야기들은 하나의 기문자라고 생각한다. 중서인과 여항인의 이문기적을 두루 취하여 차례로 논하였는데, 형용이 이처럼 핍진(逼眞)하여 스스로 고문을 이루니 하늘이 주신 기이한 재주가 아니면 가능하겠는가?"• 유만주가 《방경각외전》을 읽은 평이다. 유만주가 쓴 저 '핍진'이라는 용어에 주목할 필요가 있다. 핍진은 소설 속에 묘사된 인물들의 목소리, 생김새, 말투, 행동거지 등이 일상생활 속의 그것과 가깝다는 말이다. 그만큼 연암 소설이 중세 조선의 모습을 정치하게 그려 냈다는 의미다. 유만주는 그래 "하늘이 주신 기이한 재주"라고까지 연암을 드높인다.

〈예덕선생전〉은 이 《방경각외전》에 소재한 아홉 편의 한문 단편 소설 중 두 번째 작품이다. 단편 소설이니만큼 짧고 등장인물도 적다. 이 작품에 등장하는 인물은 단 세 명. 내레이터인 나, 선귤자와 자목뿐이다. 선귤자와 자목은 사제 간이고 예덕 선생은 그 모습을 한 번도 드러내지 않는다.

선귤자부터 보자. 이이는 당대의 학자로 매일 똥을 푸는 직업의 엄 행수를 예덕 선생이라 부른다. 오늘날에도 찾고 싶은 참스승상이다. 이를 못마땅하게 여기는 제자 자목에게 참다운 교유를 가르쳐 주려 하나 실패한다.

다음으로 선귤자에게 선생이라 불린 예덕 선생이다. 예덕 선생은 똥을 져 나르는 역부의 우두머리이나 예의를 아는 사람이기에 선귤자가 예덕 선생이란 칭호를 준다. 그의 정직하고 순후한 삶에서 관습적으로 천히 여기는 노동이 더없이 정갈해 보인다. 신분과 공명만이 예를 좌우하던 시절, 그는 잃어버린 예의 은유가 되었다.

끝으로 자목이란 고약한 녀석이다. 선귤자의 제자로 스승이 엄 행수와 같은 역부를 사귀는 게 부끄럽다며 스승에게 대들 정도로 뱀뱀이 영 형편없다. 당시의 전형적인 양반 사대부를 대표하는 인물로 제 똥 구린 줄 모

• 유만주, 《흠영》 6, 서울대규장각 자료총서 문학편, 1977, 71쪽.

르는 불인한 위인이다. 이런 녀석을 가리키자니 '선생 똥은 개도 안 먹는다'는 속담이 나온 것인지도 모르겠다.

한겨울 양지 쪽에 든 볕 같은 〈예덕선생전〉의 배경은 서울 종본탑이다. 이 소설은 연암 20세 무렵의 작품으로, 시종 선귤자와 자목 사제 간의 겨끔내기로 진행된다. 〈예덕선생전〉부터 풀이해 보자. '예(穢: 더럽다, 똥)'라는 경멸스러운 것에 '덕'을 짝해 놓고, 여기에 더하여 학예가 뛰어난 사람을 높여 이르는 '선생'이라는 칭호까지 부여해 제목으로 버젓이 내놓은 소설이다. 선귤자에게 예덕 선생이라는 벗이 있었는데 그는 종본탑 동편에 살면서 분뇨를 져 나르는 역부들의 우두머리인 엄 행수였다. 선귤자의 제자 자목은 스승이 사대부와 교유하지 않고 비천한 엄 행수를 벗하는 데 노골적으로 불만을 표시한다. 안타깝게도 어린 나이의 자목은 이미 진부하여 세상 물정 모르는 동홍 선생(冬烘先生)이 되어 있었다.

선귤자는 이러한 제자를 달랜다.

벗을 사귐에 이해로 사귀는 시교(市交)와 아첨으로 사귀는 면교(面交)가 옳지 않다 하며, 마음으로 사귀고 덕으로 벗하는 도의의 사귐(道義之交教)이어야 함을 자상히 일러 준다. 비록 엄 행수의 사는 꼴이 어리석어 보이고 하는 일은 비천하지만 남이 알아주기를 구함이 없고 남에게 욕먹는 일이 없으며 볼 만한 글이 있어도 보지 않고 좋은 음악에도 귀 기울이지 않는 사람이라고도 한다.

선귤자의 이야기를 통해 엄 행수는 아무런 요량 없이, 타고난 분수를 기꺼이 받아들이면서 사람 사는 예를 지킨다는 것을 알 수 있다. 그것은 속절없는 삶에 대한 무기력함에서 나온 행동도, 조선 후기라는 질곡의 시대를 살아가는 삶에 대한 환멸도 아니다. 오히려 세상을 담담하게 인정하는 의연한 모습이니 비록 분뇨를 져 나르는 천민으로 지문 없는 사람들 중 하나지만 결코 '가년스럽다' 할 수 없다. '가년스럽다'는 보기에 가난하고 어려운 데가 있다는 뜻이다. 인생의 8할을 아예 양반에게 주어 버린 이에게서 찾아낸 희망을 연암은 이렇게 그려 낸다.

그러니 엄 행수야말로 더러움 속에서 덕행을 파묻고 세상 속에 숨은 사람이다. "엄 행수의 하는 일이 비록 불결하다지만 그의 삶은 지극히 향기로우며, 그가 처한 곳은 더러우나 의를 지킴은 꼿꼿하다"고 말하는 선귤자 또한 진정한 선생이다.

이제 선귤자가 구체적으로 예덕 선생의 어떠한 점에 매료된 것인지 짚어 보자. 언급한바, 예덕 선생은 배운 것이 하나도 없는 그저 천인 역부에 지나지 않는 분뇨 수거인일 뿐이다. 예덕 선생의 모습은 "해마다 정월 초하룻날이면 아침에 비로소 벙거지를 쓰고 의복에 띠를 두르고 신발을 갖춘 뒤 두루 세배를 다닌다. 그 이웃 마을을 돌고 와서는 전의 그 옷으로 갈아입고 다시 발채를 얹은 바지게를 짊어지고서는 마을로 들어갔다"라고 적혀 있다.

"근본 가지구는 사람을 말하지 못하네. 갖바치에서 생불이 나구 쇠백정에서 영웅이 나는 걸 보게." 일제하 민족 운동의 지도자요, 소설가이기도 한 조선의 천재 홍명희(洪命熹, 1888~1968)가 조선일보에 10여 년에 걸쳐 연재한 당대 최대 장편 역사 소설 〈임꺽정〉에 나오는 말이다.

비록 똥을 져 나르는 천한 역부의 우두머리지만 새해 아침 의복을 깨끗이 입고 웃어른들에게 세배를 다닐 줄 안다는 예의도 그렇지만, 그보다 간과할 수 없는 것은 자기 직분에 충실히 임한다는 점이다. 남의 떡이 커 보이는 게 인지상정이다. 하물며 천인 역부로 태어난 자신의 짓궂은 운명을 그라고 모르지는 않았을 것인데도 예덕 선생은 우직하니 제 갈 길을 간다.

선귤자는 또 "엄 행수는 똥을 져서 밥을 먹고 있으니 지극히 불결하다 하겠다. 그러나 그가 밥을 얻을 수 있는 까닭을 따지자면 지극히 향기롭다. 그의 몸가짐은 더럽기 짝이 없지만, 그 옳음을 지키는 것은 지극히 높다. 그 뜻으로 미루어 보면 비록 만 섬에 해당하는 부역임을 알 수 있다. 이 점에서 보면 깨끗한 것에도 더러운 것이 있고 더러운 것에도 깨끗한 것이 있을 뿐이다"라고 자목에게 말한다.

넓은 도포 소맷자락 휘젓는 조선의 양반들은 아예 노동을 하지 않았을 뿐 아니라, 노동을 경시하였다. 이 문맥 속에 저 앞 문장을 담고 있음은 물론이다. 그리고 여기서 다루는 '인분(人糞)' 문제는 연암이 늘 생각하던 실학사상에 연유한 것이니, 단지 소설을 쓰기 위해 임시로 차용한 소재가 아니라는 점도 짚어야 한다. 연암의 중국 여행 기록인 〈일신수필(馹迅隨筆)〉에 이런 부분이 보인다. "똥이란 지극히 더러운 것이지만 밭에 거름을 주기에 마치 금처럼 아까워한다. 길에 버린 재가 없고 말똥을 줍는 자는 삼태기를 메고서 말 뒤를 따라다닌다. 이러한 것을 네모나게 쌓거나 팔각으로 혹은 여섯 모로, 혹은 누대의 모형처럼 만든다. 똥거름을 보니 천하의 제도가 이곳에 서 있는 것이다. 그러므로 나는 이렇게 말한다. '기와 조각과 똥거름 이것은 장관이다'라고."

연암은 '똥이란 지극히 더러운 것'이라 하면서도 가로되, '장관(壯觀)'이라고 한다. 연암이 중국을 여행하면서 볼거리가 없어서 퇴비 더미에 관심을 가진 것이 아니다. 사전을 찾아보니 똥에 관한 속담도 서른 가지는 족히 넘는다. 자목같이 고약한 심보를 이르는 말인 '똥 누는 놈 주저앉히기'도 있지만 대개는 모두 우리 삶에 경계를 주는 속담들이다. '장관'까지는 모르겠지만, 똥이 우리의 삶에 유용한 물건임에는 틀림없는 듯하다.

그런데도 연암의 시절에는 이 똥의 가치가 영 '똥값'이었다. 박제가의 《북학의》〈분오칙(糞五則)〉의 글에 "한양의 성중에는 매일 인분이 뜰이나 거리에 버려지고…… 분뇨는 거두지 않고 재가 길가에 버려져 바람이 조금만 불어도 눈을 뜰 수 없고"라고 하였으니, 연암이 청나라에 들어가 저러한 것을 보고 장관이라고 하는 이유를 알 수 있다. 이것은 그가 평생을 몸으로 실천한 실학사상과 이용후생(利用厚生)을 그대로 볼 수 있는 대목이다. 연암이 분뇨 수거인 엄 행수에게 '선생'이라는 칭호를 붙이는 이유는 여기에 있다.

더욱이 아랫사람으로서 웃어른에 대하여 논쟁을 금하는 '재하자(在下者) 유구무언(有口無言)'이라는 말의 위세가 여전할 때다. 스승에게 양양거리며 대드는 녀석의 태도에서 영 보잘 것 없는 인물임을 알 수 있다. 하지만 얄궂한 성격의 자목은 '귓구멍에 마늘 쪽 박았는지' 통 알아듣지 못한다. '상놈'은 양반 앞에서만 상놈임을 저는 알지 못한다는 소리니, 저 백태 낀 눈으로야 엄 행수를 어디 한 사람의 '인간'으로조차 보았겠는가. 더욱이 자목은 불순함이라고는 없는 엄 행수에게 모진 욕까지 퍼부으며 이성을 잃고 덤벼든다. 유감스럽게도 자목이 하는 짓을 보면 늘품이라곤 조금도 없다. 조선을 짊어질 어린 양반으로서 발전할 가능성을 가슴에 품고 있는 늘품이 있어야 하거늘 딱한 모습이다. 연암 당대, 저러한 '자목류'의 모지락스러운 생물들이 적잖았다.

요즈음 많은 사람들이 찰깍쟁이처럼 세상을 요령껏 사는 것이 큰 재주인 듯 여긴다. 모쪼록 등장인물은 적지만 냉엄한 중세에 일조량만큼은 넉넉히 쬔 이 소설을 찬찬히 읽고는 빙충맞아 보이는 엄 행수라는 인물을 통해 부끄러움을 느꼈으면 한다. 그래 《논어》 〈위령공(衛靈公)〉 편에서 공자는 "더불어 말할 만한데도 함께 말을 하지 않으면 아까운 사람을 잃어버리고 더불어 말할 만하지 못한데도 함께 말을 하면 말을 잃는다. 지혜로운 사람은 사람도 말도 잃지 않는다"라고 하였다.

우리 주위를 찬찬히 살피면 보이지 않는 곳에 저런 이들이 꽤 많으니 찾아 사귀어 볼 일이다. 겉치레만 화려한 이들의 뒤꽁무니만 좇지 말고.

중국에 수출한 최초의 소설 〈삼한습유〉

〈삼한습유〉는 중국으로 수출한 우리나라 최초의 소설이다. 금액은 은 3백 냥이다. 은 3백 냥에 대한 정확한 가치를 이 시절에 읽기는 불가능하니 비슷한 시기 물가로 어림해 보자. 유만주의 《흠영》이라는 일기를 보면 1778년 한 해 동안 집안 식구 여덟 명이 먹은 쌀 값이 총56냥이었다고 한다. 또 연암 박지원의 1780년 작품인 〈허생전〉을 보면 허생이 도둑들에게 1백 냥을 주며 여자 한 명과 소 1필을 사오라고 한다. 이를 은 3백 냥과 단순 비교할 수는 없지만 책값으로는 대단한 액수임을 알 수 있다.

이에 관련된 기록이다. "〈향랑전〉 외서 한 권을 지었다. 그런데 이 책은 곧 붓을 잡아 한나절 동안 희롱하여 부른 것이라. 그러나 세상의 벼슬을 하는 문사들도 대문장이라고 하였다. 또한 중국으로 사행 가서는 이 책을 중국인들에게 보이니 당시 문단에서 명성을 날리던 자들이 보고는 깜짝 놀라 탄식을 하며 '천하문장'이라고 칭하였다. 그러고는 도합 은전 3백을 치르고서 사가지고 갔다."●

이야기 줄거리를 조금 틀어 당시의 시대적인 상황을 잠시만 더듬어 보자.

19세기 초, 조선 후기 사회의 소설에 대한 견해는 공적으로 정조 때의 소설 배척론이 계속 이어졌다. 《순조실록》 7년 10월 29일(정유)과 8년 3월 26일(임술)의 기록을 보면 중국으로부터 소설 수입을 규제하는 소설 배척론이 보인다. 그러나 다른 한편에서는 이와 다른 현상이 나타나 각종 소설이 간행되는 등 활발한 소설의 장과 함께 소설 비평도 그 논의가 확장되는 양면성이 나타난다.

몇 사람을 들자면 홍희복(洪羲福, 1794~1859)은 '제일긔언서문'에서 장르

● 김운순 저, 김석진 역, 《도헌유고(道軒遺稿)》, 안동김씨도헌공가집, 1996.
김운순(金雲淳, 1798~1870)은 항렬상 김소행의 3세손이다.

적 이해를 바탕으로 소설의 개념 정립을 시도하였으며, 이규경(李圭景, 1788~?)은 《오주연문장전산고》에서 소설에 깊은 관심을 보였고, 이양오(李養吾, 1737~1811)·이우준(李遇駿, 1801~1867)·목태림·수산 선생 등 소설가 겸 소설 비평가들이 나타나 19세기 우리 소설사의 영토를 확장시켰다.

특히 이 시기 한문 장편 소설이 우리 고소설사의 지형도에서 한 중심으로 자리 잡은 현상을 파악할 수 있다. 바로 〈삼한습유〉다. 〈삼한습유〉는 19세기 소설들 중 가장 선행하는 작품이다. 〈삼한습유〉(1814)는 죽계(竹溪) 김소행(金紹行, 1765~1859)의 작품으로 표제와 내제 제목이 둘이다. 즉, 겉표제는 〈삼한습유〉이나 안 내제는 〈의열녀전(義烈女傳)〉 1, 2, 3권으로 되어 문패만 보자면 영락없이 열녀를 입전(立傳)한 것이라 속기 쉽다.

하지만 열녀 이야기와는 영판 다르다. 이 작품은 배경으로 중국과 신라·고구려·백제가 나오고, 중국의 항우·제갈공명 등과 신라의 김유신, 백제의 계백 등 역사적 인물들과 가공인물들이 무려 5백여 명 넘게 등장하며, 천상계의 마왕(魔王)과 지상의 항왕(項王)이 싸우는가 하면, 유불선 사상의 논리가 서술된다. 서사적인 전개도 만만치 않아 향랑(香娘)과 효렴(孝廉)이 사랑을 나누는 가운데, 폭넓은 역사적 조망과 고전 문헌을 오르내리는 작자의 박식함에서 오는 소재의 확장과 문체의 현란함과 서사적 편폭의 호한함이 돋보이는 장쾌한 스케일의 열녀전을 빙자한 독특한 한문 장편 소설이다.

그래 우리나라 최초로 조선 소설을 현대 학문의 반석 위에 올려놓은 김태준은 "중국에 있어 공작동남비(孔雀東南飛) 전설과 흡사한 고부 충돌에서 생긴 비극은 조선 선산(善山) 못에 몸을 던져 죽은 향랑각씨(香娘閣氏)의 전설이요, 이것을 신라 시절의 기사로 하여 화랑들의 남정북벌과 남녀 정사를 교직한 것이 〈삼한습유〉이니 한문 소설 장편으로는 아마 최고인 《육미당기》와 나란히 할 장편"•이라고 말한다.

〈삼한습유〉는 "일부 〈서유기〉의 영향이 없지는 않겠지만, 그 전법 정도만을 모방한 것에 그친 독창성 강한 우리나라 유일의 신마 소설(神魔小說)"이라고 정의 내리는 학자도 있다. 물론 당대에도 이 소설은 여러 학자들의 주목을 받았다. 〈삼한습유〉를 지은 김소행을 큰 문장이라고 일컬었고, 중국에서조차 문장의 대가들이 은전 3백 냥을 주고 사간 것 아닌가.

3백 냥을 주고 사간 이유는 소설로서 재미를 제대로 주었기 때문이다. 이 소설이 얼마나 흥미로웠는지는 '삼월이망미(三月而忘味)'와 '망연자실(茫然自失)'이라는 비평어로 알 수 있다. '삼월이망미'는 연천 홍석주가 "혹은 재능이 발랄하고 뛰어나 탁연하고 혹은 얼음이 대번에 확 시원하게 풀리고 혹은 무릎을 치느라 팔이 피로하고 혹은 거품을 흘리면서 침이 튀고 가까이는 밤새도록 잠을 설치고 멀리는 석 달 동안 입맛을 잃었소(或躍然穎脫 或渙然於氷解 或腕疲於擊節 或濡涎於流沫 近者終宵而輟眠 遠者三月而忘味)"••라고 객(客)의 입을 빌려 〈삼한습유〉를 읽은 충격이 큼을 미각 비평으로 적은 데서 보인다.

'망연자실'은 홍현주가 "죽계 일사가 〈삼한습유〉를 저술하니 내가 마왕이 싸우는 곳까지 읽고 나도 모르게 책을 덮고 탄식하고는 멍하니 망연자실하였다(竹溪逸士 著三韓遺史 余讀至魔王之戰 自不覺掩卷而歎 繼之以嗒焉自喪 茫然自失也)"라는 데 보인다.

'삼월이망미'나 '망연자실' 모두 〈삼한습유〉를 읽은 충격을 말한 심미적 비평 용어다. 홍석주와 홍현주 모두 당대의 내로라하는 고문가들이요, 수없이 많은 책을 소유한 장서가들이다. 이들이 모두 소설을 읽은 카타르시스를 저토록 적나라하게 표현하였다는 사실은 〈삼한습유〉의 재미가 여하한지를 넉넉히 가늠케 한다.

● 김태준 저, 박희병 교주, 《증보조선소설사》, 학예사, 1935, 361~362쪽.

●● 김기동 편, '서의열녀전후', 《필사본 고전소설전집》 1, 아세아문화사, 1980, 276쪽(이하 같은 책).

이제 작가 문제 좀 보자. 이 소설의 작가 김소행이 김상헌의 6세 손이고 서출이라는 것은 '작가론'에서 이미 살폈다. 따라서 그의 신분적 한계성과 아울러 농암 김창협(金昌協)·삼연 김창흡(金昌翕)·김매순 등의 정통적인 도문일관지지(道文一貫之志)를 중시하는 가문의 사람으로서 사유 체계를 짐작케 한다. 김소행과 동렬인 김원행(金元行, 1702~1772)의 제자는 홍대용(洪大容, 1731~1783)이고, 함께 수학한 이정리(李正履, 1783~1843)는 지계 이재성(李在誠)의 아들로 연암 박지원의 처조카이며, 또 김매순의 고조부가 김창흡이다. 이들은 대부분 당시의 집권 세력인 노론 계열이었다.

이러한 김소행 집안의 학문적 역량은 그가 〈삼한습유〉라는 걸작을 지을 수 있었고, 또 내로라하는 당대 대표적 고문가들의 서·발이 여섯 편이나 이 책에 수록되어 있는 것으로 이어진다. 서·발은 "대상 작품이나 전적의 큰 틀에 관계되는 내용을 제시하고 그 내용을 기반으로 작자에 대한 찬양을 부가하는 것이 집필의 원칙이자 주된 목적"이다. 이 서·발은 우리 고소설 비평사의 예사롭지 않은 변화를 짐작케 하니, 천것이 틀림없는 소설에 대한 양반 학자들의 관심 표명이라는 점 때문이다.

서·발에 대해 잠시 짚자. 〈삼한습유〉 서·발(書後·題後)의 비평자로는 '서의열녀전후(書義烈女傳後)'를 지은 연천 홍석주(洪奭周, 1774~1842)와 '의열녀전서(義烈女傳序)'를 지은 항해 홍길주(洪吉周, 1786~1841), 〈제향랑전후(題香娘傳後)〉를 지은 해거 홍현주(洪顯周, 1793~1865)와 '삼한의열녀전서(三韓義烈女傳序)'를 지은 대산 김매순(金邁淳, 1776~1840), 그리고 '의열녀전후발(義烈女傳後跋)'의 무태 거사(無怠居士)와 '죽계선생향랑전서(竹溪先生香娘傳序)'의 홍관식(洪觀植) 등으로 여섯 명이나 된다. 이들 중 무태 거사를 제외하면 작가로부터 비평가들까지 모두 쟁쟁한 문사들이다.

면면을 살펴보면 이렇다. 연천은 영의정을 지낸 홍락성의 손자로 1834년 좌의정이 되는 등 문학과 문장 면에서 능통한 사대부였다. 길주, 현주 또한 연천의 동생으로 풍산 홍씨 가문의 일원이며, 현주는 부마도위였고 홍관식은 석주의 조카였다. 또 김매순은 벼슬이 참판에 오르고 문장과 덕행으로 이름이 높았으며, 안동 김씨 김상헌의 후손으로 김소행의 조부와 같은 항렬이었다. 특히 연천과 대산은 '연대문학(淵臺文學)'이라 일컬을 정도로 당대 최고의 고문가들이었으며, 창강 김택영의 《여한구가(麗韓九家)》에 수록된 인물들이기도 하다. 넉넉히 저들의 학문적 역량을 넘겨짚을 수 있다.

무태 거사는 김소행에게 이 소설을 짓게 청한 사람이다. 10여 년 동안의 글벗이며, 자신도 〈향랑의열〉을 지은 점 등 여러 정황으로 미루어 보아 이 무태 거사 또한 고문가의 한 사람으로 추정해 볼 수 있다. 이 〈삼한습유〉의 서·발 비평을 통하여 당시 문풍을 주도하던 지식인 그룹의 소설에 대한 인식론적 변화를 읽을 수 있으며, 소설에 대한 계층적 인식의 층위가 일부분 무너짐을 알 수 있다.

하지만 〈삼한습유〉의 서·발은 소설에 대한 평이기에 청탁자와 집필자의 친분만이 고려될 수는 없었다. 서·발 비평은 문헌의 특성상 비평의 대상이 되는 작품과 평자의 견해가 기본적으로 동일해야만 집필할 수 있어서다. 그런데 이 글의 평자들 대부분은 선진(先秦)·양한(兩漢)의 글을 이상으로 삼아 문도합일(文道合一)의 세계를 간결하고 분명하게 표현하려는 고문가들이다. 이런 글을 쓰는 것은 당대 지식인들로부터의 비난까지도 감수해야만 하는 지극히 어려운 일이었다. 이 점을 〈삼한습유〉 서·발의 평자들은 십분 이해하였다. 문장의 곳곳에서 체계적이며 이론화된 비평으로 이를 극복하려 한 흔적을 찾을 수 있는 것은 이러한 이유에서이다.

대하 장편 소설 〈명주보월빙〉

'대하소설(大河小說)'이라고 하면 대부분의 독자들은 1930년대와 1940년대 한국 문학에 금자탑을 세워 올린 염상섭의 〈삼대〉, 박태원의 〈천변풍경〉, 채만식의 〈태평천하〉, 김남천의 〈대하〉 등을 생각할 것이다.

그러나 조선시대 대하소설들은 글자 수만도 1백만 자가 넘고 작품 인물들도 수백 명에 달하며 주인공도 여러 명이다. 특히 〈명주보월빙〉은 무려 1백 책이나 되는 국문 필사본으로 세계 소설사를 훑어도 이와 같은 대하소설은 드물다. 더욱이 〈명주보월빙〉은 〈윤하정삼문취록(尹河鄭三門聚錄)〉 105책, 〈엄씨효문청행록(嚴氏孝門淸行錄)〉 30책과 함께 3부 연작을 이루고 있다. 합치면 무려 그 전체 분량이 235책이나 되니 고소설 중 최대다. 혹자가 "왜 180책인 〈완월회맹연(玩月會盟宴)〉이라는 국문 장편 소설을 놔두고 〈명주보월빙〉을 우리나라 최고의 대하 장편 소설로 하였는가?" 하고 물으면 이러한 이유 때문이다. 〈명주보월빙〉이 연작인 점을 감안하면 〈완월회맹연〉보다 55책이나 더 많다. 홍희복(洪羲福, 1794~1859)의 '졔일긔언 서문'에 〈명쥬보월빙〉이 보이는 것으로 미루어 1835년 이전에 이미 이 소설이 있었음을 알 수 있다.

대하소설은 이외에도 연암이 북경에 가서 보았다는 〈유씨삼대록〉, 〈명행정의록〉, 〈미소명행〉, 〈조씨삼대록〉, 〈쌍천기봉〉, 〈화산선계록〉, 〈하진양문록〉 등 수십 종에 이른다. 이러한 장편 소설들은 하나같이 충·효·열 등 유교 이념을 구현하려는 듯한 윤리 교과서적인 특징을 보인다. 이 소설들의 작가를 상층 벌열층으로 추정할 수밖에 없는 이유는 여기에 있다. 그래, 학자들은 이 소설들을 중세에서 근대로의 이행기를, 중세로 역행시키는 상층 의식의 표현으로 보기도 한다.

〈명주보월빙〉은 신이 내려준 명주(明珠)와 보월패(寶月佩)를 빙물(聘物)로 삼아 윤(尹)·하(河)·정(鄭) 세 가문의 3대에 걸친 인물들이 혼인을 통하여 새로운 가문을 만들어 가는 과정을 그린 일종의 가계 소설이다. 비록 소재나 주제가 새롭지 못하고 구성도 평면적이지만 엄청난 분량에다 수백 명을 등장시킨 것 자체가 대단한 구상임을 인정치 않을 수 없다. 더욱이 고소설의 모든 주제와 유형을 종합적으로 치밀하게 연결해 놓은 수법은 중요한 성과로 보아야 한다.

〈명주보월빙〉의 줄거리를 발맘발맘 따라가 보자.

화설, 시절은 송나라 진종 연간이다. 이부 상서 윤현과 태중 태부(太中太夫) 윤수는 형제간이다. 형 윤현은 전 부인 황 씨의 소생이요, 아우 윤수는 후 부인 위 씨의 소생이다. 황 씨 부인은 죽었고 위 씨 부인은 생존하고 있다. 윤현의 부인 조 씨는 현숙하나 윤수의 부인 유 씨는 어질지 못하였으니, 위 씨 부인과 함께 조 부인을 몹시 미워한다. 윤 씨 가문의 모든 불행은 이 위 씨 부인과 그녀의 며느리인 유 씨 부인으로부터 시작한다.

각설, 윤현이 친구인 어사 태부 하진과 대사도(大司徒) 정연과 함께 강상에서 뱃놀이를 하는데 갑자기 용이 나타나 윤현 앞에 명주(明珠) 네 개를 토해 놓고, 하진과 정연 앞에는 보월패(寶月佩) 한 줄씩을 토해 놓았다. 그러고는 세 사람을 향하여 세 번 머리를 숙이고 사라진다.

세 사람은 그 명주와 보월패를 가지고 돌아와, 아들딸을 낳거든 예물로 삼자고 한다. 이윽고 세 사람의 부인들이 아이를 낳자, 윤현의 딸 명아는 정연의 아들 천흥과 약혼하고, 윤수의 차녀 현아는 하진의 4남 원광과 약혼한다.

차설, 이때 금나라가 배반할 뜻을 가지고 있다는 것을 안 황제는 윤현을 정사로, 정연을 부사로 삼아 금나라로 보낸다. 윤현은 떠나면서 임신 중인 조 부인에게 쌍둥이를 낳을 것이라 하며, 태어나면 이름을 광천과 희천이라고 부르라 한다. 윤현이 떠나자 위 씨 부인과 유 부인은 옳다구나 짬짜미를 하여 조

부인과 명아의 밥에 독약을 넣어 죽이려고 하였으나, 윤현이 주고 간 해독환을 먹고 살아난다.

윤현과 정연이 금나라로 들어가자 금나라 왕은 정연을 가두고, 윤현의 항복을 받아내려 한다. 그러나 윤현은 끝내 굴복하지 않고 자결한다. 금나라 왕은 윤현의 충절에 감동하여 정연을 풀어주며, 윤현의 시신을 본국으로 운반하도록 한 후 항복한다. 이때 윤현의 부인 조 씨는 쌍둥이 형제를 낳는다.

각설, 이에 윤현의 아우 윤수는 형의 둘째 아들인 희천을 양자로 삼는다. 윤현의 두 아들 중 형인 광천은 영웅의 기상을 가지고 태어나고, 아우 희천은 군자의 기풍이 있었다. 이 아들 형제가 자라자 정연은 광천을, 하진은 희천을 사위로 삼아 겹사돈을 맺는다. 윤수의 어머니인 위 씨 부인은 자기의 며느리인 유씨가 생남을 하여 윤 씨 가문을 잇게 하려고 애쓰는 한편, 윤현의 두 아들이자 자신의 의붓 손자인 광천과 희천을 죽이려고 노심초사한다.

선시, 하진은 4형제를 두었으나, 간신의 참소로 역적으로 몰려 3형제는 참형을 당하고 4남 원광만이 겨우 죽음을 면한다.

재설, 윤현의 딸 명아와 정연의 아들 천흥의 혼인날이 다가오자, 위 부인과 유부인은 명아를 납치하도록 시킨다. 명아는 이를 눈치채고 피신하였다가, 장원급제하고 돌아오는 정천흥을 만나 집으로 돌아와 혼례를 올린다. 정천흥이 동평 위사 양절광의 딸 양난염을 재취하니, 윤현의 딸 명아 즉 윤 부인은 양부인을 맞아 자매와 같이 의좋게 지낸다.

각설, 유 부인은 차녀 현아를 명문대가에 시집보내기 위해 하원광과의 약혼을 파기한다. 이에 현아는 절개를 굽히지 않으려고 이복인 광천과 희천 형제의 도움을 받아 강정으로 피신하여 몸을 숨긴다. 그 뒤, 아버지 윤수가 상경 직전에 귀가한다. 추밀사가 된 윤수는 촉군으로 가서 현아를 하원광과 혼인시킨다.

차시, 운남 왕이 역모를 꾀하여 반란을 일으키자, 정천흥이 자진하여 출전해

운남 왕의 항복을 받는다. 그는 회군하던 중 친구인 경학사의 집에 들렀다가, 그의 누이 숙혜를 보고 첫눈에 반하여 셋째 부인으로 맞이한다. 촉군에서 돌아와 추밀사가 된 윤수는 하 소저(하영주)를 맞아 희천과 성례시킨다. 위 씨 부인과 유 부인은 더욱 조 부인과 그녀의 두 아들인 광천과 희천의 목숨을 노린다.

각설, 과거에 장원급제한 윤현의 맏아들 윤광천은 정혜주를 취한 후, 다시 진성염을 취한다. 또 황제가 그를 부마로 간택하니 공주와 혼인하여 부마가 된다. 정천홍도 윤명아·양난염·이수빙 세 부인을 취하고, 또 문양 공주를 취해 부마가 된다. 이 문양 공주는 정천홍과 부부 금슬이 좋지 않아 후에 집안 풍파를 일으킨다.

차시, 위 씨 부인과 유 부인은 또다시 음모를 꾸며 조 부인을 살해하고자 하나, 조 부인은 맏며느리 정 부인(정혜주)의 지략으로 위험을 피한다.

차설, 정 씨 집안에서도 문양 공주가 윤·양 두 부인과 윤 부인의 세 아들들을 수장시키는 등 극악무도한 행위를 자행한다. 그러나 다행히 이들은 도사 혜원 등에 의해 구출된다.

차설, 하 씨 집안에서는 하원광이 장원급제하고 대원수가 되어 30만 대군을 이끌고 역모한 초 왕을 평정하니 그의 명망이 천하에 가득했다.

재설, 윤 씨 집안에서는 유 부인이 윤희천의 부인인 하 부인(하영주)을 구타하고는 궤에 넣어 수장시켰는데, 정 공이 회군하는 도중 강물에 빠진 하 부인을 구출한다. 윤광천은 대원수가 되어 장사 왕의 반란을 진압했으나 간신의 모략으로 역적으로 몰려 사형당할 지경에 이른다. 그러나 윤광천이 그를 죽이려던 자객 임성각과 정 부인(정혜주)의 도움을 얻어 장사 왕을 물리치고 개선하니, 황제는 윤광천을 남창후로 봉한다. 아우 희천도 귀양을 다녀와 호남후에 봉해진다.

각설, 윤광천이 3년의 임기를 마치고 돌아와 위 씨 부인을 극진히 섬기니, 위

씨 부인은 비로소 이제까지의 잘못을 뉘우친다. 유 부인도 개과천선한다. 이로부터 집안이 잘 다스려지니 집안에 평화가 온다.

차설, 동창 왕이 반역을 일으키자 정천흥이 출전하여 반군을 진압하고 회군하니, 황제는 정천흥을 제국 왕으로 봉한다. 공주도 윤 부인의 덕망에 감화되어 선인이 된다.

차설, 어사 태부 하진의 집안에서도 한때 초공의 세 번째 부인인 연 씨로 인하여 소란하였으나 첫부인 경 씨의 덕행으로 다시 화목해진다.

이와 같이 하여, 윤광천은 4부인과 10여인들 사이에서 22자 10녀를 두고 아우 현수는 이만 못하여 2부인과 7자 3녀를 두었으며, 정천홍은 5부인 10여인들 사이에서 24자 6녀를, 또 하원광은 3부인과 10자 4녀를 거느리고 행복하게 살았다.

특징적인 것은 한 사람의 일대기가 아니라, 주인공만 해도 20여 명에 이르는 방대한 대하소설이기에 친친 동인 실꾸리를 꽤나 풀어 가야 한다. 이 소설은 신의 섭리에 따라 진행되는 세상에서 인간의 아름답고 소망스러운 삶을 좇고 있으며, 따라서 도선적 초월 세계관을 바탕으로 삼고 있는 전형적인 신성 소설(神性小說)이다. 독자들께서도 짐작했겠지만 이것으로 보아 작품의 담당층이 매우 보수적인 상층이었음을 알 수 있다.

주인공들은 하나같이 하늘의 뜻으로 태어나 '수신제가치국평천하' 한 후에 마침내 천상으로 복귀한다. 인간이라면 누구나 한 번쯤 꿈꾸는 삶의 욕망이다. 그래 여성 주인공들의 수난적 일대기와 남성 주인공들의 영웅적 일대기, 여기에 전쟁, 정치, 처첩 제도 등이 겹쳐지며 파란만장한 삶의 애환이 펼쳐지지만 결과는 아름다운 행복을 얻는다. 인간의 한계성을 여실히 비웃는 언어의 무한성이다. 언어의 무한성은 광대무변하게 펼쳐지는 결말에 잘 나타나 있다. 그 바탕은 '하늘의 순리에 따르는 순천자(順天

者)는 흥하고, 하늘의 뜻을 거스르는 역천자(逆天者)는 망한다'는 절대적인 도덕 논리다.

우리의 삶에서 절대적 도덕을 확보하는 것도 어렵지만, 저 넘치는 언어의 세계를 감당할 수 있는 사람 또한 없을 것이다. 〈명주보월빙〉은 지금의 시각으로 보면 여러 가지 문제점이 있는데, 여성들에게서는 더욱 그러하다. 예를 들자면 남녀 간의 혼사는 하늘이 정하는 것이므로 지상의 인간이 거역할 수 없는 절대적인 숙명이라든가, 여성들에게 혼사는 삶의 궁극적 의미이기에 남성에게 모든 것이 매어 있다는 점 등이다. 하기야, 그 시절에 '여성'은 존재하지 않는 개념이었는지도 모른다.

또 한 가지를 들자면, 인간으로서의 한계성을 처절하게 보여 준다는 점이다. 작중 등장인물의 일생은 이미 계획되어 있는 전개도에 따라 살 뿐이다. 하늘의 뜻을 거역해 보지만 결국 패배하게 마련이고, 왕후장상 같은 상층 인물은 이미 하늘이 점지하였다. 주인공들은 지상에서의 삶이 끝나면 다시 하늘로 복귀한다. 물론 이것이 〈명주보월빙〉만의 문제는 아니다. 우리 고소설 전반에 걸쳐 이러한 서사를 지니는 것이 사실이다. 봉건국가, 사농공상이라는 철저한 신분제와 삼강오륜을 국가의 통제 수단으로 사용하던 시대를 작가는 피할 수 없었다.

고소설을 읽을 때 이러한 점을 잘 이해하고 따라잡아야 한다. 자칫 자신의 삶이나 신념이 흐슬부슬할 수 있으니 말이다.

〈명주보월빙〉이 소장되었던 낙선재 소설에 대해 첨언한다. 낙선재는 창덕궁 동쪽에 있는 왕궁 부속 건물이다. 1846년 조선 헌종 때 지었다. 이 낙선재에는 수많은 한글 소설류가 수집되어 있었다. 이 소설들은 대략 99종 2,215책이나 되며 궁체의 전형을 보여 준다.

낙선재 소설은 대체로 한글 장편 소설이 많았으나 한문 전기 소설도 있었다. 장편 소설이 많은 이유는 단편보다 문장이 좋아서였다. 이야기 자체의 재미보다는 읽는 데서 오는 청각의 즐거움과 전아한 궁궐체가 주는 시각이 한껏 고려된 듯하다.

여성 귀신이 등장하는 〈강도몽유록〉

'여자 귀신' 하면 아마 독자들은 단박에 하얀 소복을 하고 머리를 산발하여 신관 사또를 공포에 떨게 하는 〈장화홍련전〉을 떠올리겠지만 〈강도몽유록〉과는 비교조차 되지 않는다. 〈강도몽유록(江都夢遊錄)〉은 17세기 몽유록계 한문 소설이다. 〈강도몽유록〉에는 무려 15명의 여성 귀신이 등장해 전쟁으로 인한 피해를 고스란히 여성의 몸으로 받은 처절함을 그린다. 단일 소설로는 가장 많은 여성 귀신이다. 〈강도몽유록〉의 작가와 시기에 대하여 조심스레 추론을 옮긴다면, 작가는 여러모로 병자호란 당시 강화성의 함락을 잘 아는 식자층으로 도교적인 색채가 강한 사람이고, 저작 시기는 1637년에서 1644년 사이이다. 몽유록은 15~17세기 중반까지 집중적으로 지어졌는데, 〈강도몽유록〉은 특히 '병자호란'이라는 역사적 배경과 '강화도'라는 공간적 배경을 몽유 형식을 빌려 역사의 진실을 증언한 기록이다. 〈임경업전〉이나 〈박씨전〉과 동일한 시대를 배경으로 하였으나 이 소설은 두 작품과는 완연 다르다. 〈임경업전〉이나 〈박씨전〉이 병란의 아픔을 치유하려는 것이라면, 〈강도몽유록〉은 오히려 무능하고 저열한 행태를 일삼는 정치 지배층을 적나라하게 드러낸다.

'―몽유록(―夢遊錄)'부터 짚고 넘어가자. '―몽유록'은 꿈의 세계를 서사화한 문학 작품에 대한 총칭이다. '몽유록'은 우리의 한문 소설사에서 '꿈'이라는 특이한 소재가 서사 구조의 중심 틀을 이룬다. 대부분의 몽유록은 주인공이 어떤 계기로 이계(異界)에 들어가 여러 체험을 한 뒤, 다시 현실로 돌아온다는 전형적인 구성이다.

〈강도몽유록〉은 강화도를 피로 물들였던 병자호란이라는 역사적 사건과 그 현장을 배경으로 하고 있다. 〈강도몽유록〉에는 17세기 병자호란이라는 역사적 시간과 강화도라는 지리적 공간이 그대로 놓여 있으며 질타받는 사람들은 모두 강화 함락과 관계된 인물들이다. 그만큼 당대를 읽어내는 알레고리가 이 작품에 내재한다. 이 소설의 온전한 이해를 위해서는 작중 인물들의 병자호란 중 강화도에서 행동을 추적하는 작품 속의 정치적 알레고리와 소설적 형상화, 그리고 작가를 추정하는 데까지 나아가야 할 것이다.

병자호란이라는 역사상의 비극은 누대에 걸친 문치(文治)로부터 시작된 것인데, 그 대략을 살피고 넘어가겠다.

정묘호란으로 조선과 정묘조약을 맺은 후금은 만주 전역을 석권하고 명나라 북경을 공격하면서, 양국 관계를 형제지국에서 임금과 신하의 사이로 고칠 것과 황금·백금 1만 냥, 전투마 3천 필, 군사 3만 명 등을 요구하였다. 또한 1636년 2월 용골대·마부대 등을 보내 조선이 신하가 되어 청나라를 섬기라고 강요하였다. 이에 인조는 후금 사신의 접견을 거절하고 8도에 영을 내려 결전을 불사할 의사를 굳혔다. 격분한 청나라 태종은 청·몽골·한인(漢人)으로 편성한 10만 대군을 직접 거느리고 1636년 병자년 12월 2일 수도 심양을 떠나, 9일 압록강을 건너 쳐들어왔다.

바쁘지만 잠시 위에서 말한 용골대와 마부대의 이름을 짚고 가자. 정약용(丁若鏞, 1762~1836)의 어원 연구서를 보면 용골대는 영고이대(英固爾岱)로 음은 '잉구알때'요, 마부대는 마복탑(馬福塔)으로 '마우타'가 맞다고 적어 놓았다.● 정약용은 누군가 번역하면서 잘못 옮긴 것이라 하였다. 세상

● 정약용, 《아언각비(雅言覺非)》, 일지사, 1976.

에 저러한 일이 어디 한둘이겠는가. 이 책 또한 저러한 어리석음이 있을까 내심 두렵다.

다시 청군을 따라간다. 당시 의주 부윤이었던 임경업은 백마산성을 굳게 지켜 청군의 침입에 대비하였으나 선봉장 마부대는 이 길을 피하여 한성으로 진격하였다. 13일에야 조정에서는 청나라 군의 침입 사실을 알았으나 적은 14일에 이미 개성을 통과한 뒤였다. 조정에서는 급히 판윤 김경징(金慶徵)을 검찰사로, 강화 유수 장신(張紳)을 주사대장으로, 심기원(沈器遠)을 유도대장으로 삼아 강화와 서울을 수비케 하였다. 또 윤방(尹昉)과 김상용(金尙容)으로 하여금 종묘사직의 신주와, 세자비·원손·봉림 대군·인평 대군을 비롯한 종실 등을 강화로 피란하게 하였다. 이미 인조는 정묘호란(1627, 인조 5) 때 신하들과 함께 강화도로 피란한 경험이 있는 터였다. 강화는 고려 대몽 항쟁의 거점으로 40여 년이나 버텼다는 점에서 알 수 있듯, 천연의 요새이기에 강화도를 선택한 것이다.

그러나 14일 밤, 강화로 피란하려 하였으나 이미 청나라 군에 의해 길이 막혀 버리자 소현 세자와 백관을 거느리고 남한산성으로 피하였다. 인조는 성을 굳게 지킬 것을 명하고, 8도에 병사를 모집하도록 격문을 발하는 한편, 명나라에 급히 사절을 보내 지원을 청하였다. 하지만 16일 청나라 선봉군이 남한산성을 포위하였고, 1637년 1월 1일 태종이 도착하여 남한산성 아래 탄천(炭川)에 20만 청나라 군을 집결시켜, 성은 완전히 고립되기에 이르렀다. 인조는 결국 삼전도에서 항복의 예를 올리고야 만다. 이때부터 조선은 완전히 명나라와 관계를 끊고 청나라에 복속된다. 이와 같은 관계는 1895년 청일 전쟁에서 청나라가 일본에 패할 때까지 계속된다.

잠시 '화냥년'을 거쳐 가자. 이 병자호란으로 여인들의 수난이 어떠했는지는 '화냥년'으로도 알 수 있다. 나만갑(羅萬甲, 1592~1642)의 기록에 따

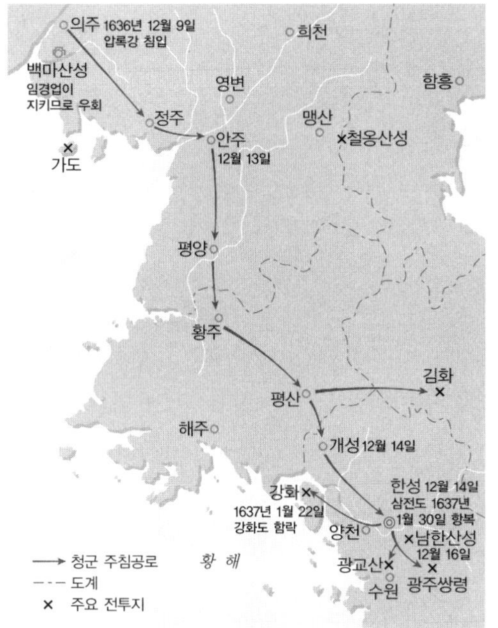

병자호란 침입로와 일지

르면 병자호란으로 청나라에 끌려간 조선인은 60여만 명이라고 하니 그 숫자가 어마어마하다. 1919년 슬픈 〈기미독립선언문〉을 낭독할 때, '2천만 민중이 성충을 합하여' 운운이라 하였다. 저 시절 인구는 1천만 명 남짓, 그중 60여만 명이라면 조선 총인구의 5~6퍼센트 정도이니 어림잡기는 어렵지 않으리라. 더욱이 저 60여만 명의 남녀들 중, 꽃다운 조선의 처녀들과 사대부가의 여인들이 태반이었다는 사실이다.

최명길은 이 여인들 중 3만여 명을 조선으로 데려온다. 이 여인들이 바로 '고향으로 돌아온 여인들'이란 뜻의 '환향녀(還鄕女)'다. 하지만 뻔뻔하기 이를 데 없는 조선의 남정네들은 저 여인들을 받아들이지 않았다. '환향녀'들은 '화냥년'이 되었고 도처에서 화냥년들은 비극적인 죽음을 맞게 되었다. 뒤늦게 조정에서는 상징적으로 '환향녀'들을 강에서 몸을 씻게 하는 의식을 치르게 한 뒤, 각 가문에서 받아들이라는 국법을 시행했지만 저 여인들의 비분한 마음을 달랠 수는 없었다.

〈강도몽유록〉은 바로 이러한 비극을 초래한 자들에 대한 저주의 글인 셈이다. 문제는 이 글을 읽어야 할 이들이 정작 이 〈강도몽유록〉을 읽었을까 하는 점이다. 물론 읽었을 턱이 없다. 지금도 이하 동문일 것이다.

이러한 치욕을 지켜본 극히 일부 지식인들이 이 전란을 문학적으로 승화하려 지은 것이 〈박씨전(朴氏傳)〉, 〈임경업전(林慶業傳)〉, 〈산성일기(山城日記)〉, 《삼학사전(三學士傳)》, 《강도일기(江都日記)》, 《병자호남창의록(丙子湖南倡義錄)》 등과 바로 이 글에서 살피고자 하는 〈강도몽유록〉 따위다.

서론이 너무 길었다. 우선 대략의 내용부터 살피자.

> 적멸사(寂滅寺)의 청허 선사(淸虛禪師)가 강도(강화도)에서 죽은 수많은 사람들의 시신을 거두기 위해 연미정(燕尾亭) 기슭에 움막을 짓고 지낸다. 어느 날 꿈에서, 병자호란 당시 강도에서 죽은 열다섯 여인의 혼령이 한곳에 모여 울분을 토로하는 광경을 엿보게 된다.
>
> 첫 번째로 말하는 여인은 당시 영의정을 지낸 김류(金瑬)의 부인으로서, 남편이 능력 없는 아들 김경징(金慶徵)에게 강도 수비의 책임을 맡겼고, 아들은 술과 계집에 파묻혀 강도가 쉽게 함락되게 하였다며, 남편과 아들을 함께 비난한다.
>
> 두 번째 여인은 김경징의 아내로서, 자기 남편이 강도가 함락되게 만든 책임으로 죽음을 당한 것은 마땅하나, 같은 죄를 지은 이민구(李敏求)·김자점(金自點)·심기원(沈器遠)은 전쟁 후 오히려 벼슬이 오른 것은 공평치 못한 일이라고 비난한다.
>
> 세 번째 여인은 왕후의 조카딸로서, 남편은 전쟁 중에 눈이 멀고 그 부모도 돌아가셨다며 애통해한다.

네 번째 여인은 왕비의 언니로서, 적군이 들어오기도 전에 자기 아들이 자결을 재촉하여 놓고는 정렬(貞烈)로 표창케 한 사실을 어이없어한다.

다섯 번째 여인은 강도가 함락된 데에 자신의 남편이 책임 있음을,

여섯 번째 여인은 강도 유수를 맡았던 시아버지의 책임을,

일곱 번째 여인은 아들의 책임을 각각 말하며 개탄한다.

여덟 번째 여인은 남편이 오랑캐의 종이 되어 상투를 잘랐다며 비난한다.

아홉 번째 여인은 서울에서 홀로 강도까지 피란 왔다가 무참히 죽음당한 원통함을 토로한다.

열 번째 여인은 50세쯤 되는 여인으로 며느리와 딸과 함께 절사하였다고 한다. 강도의 지휘관이었던 자기 남편의 잘못과, 이름 있는 관리의 아내이면서도 오랑캐에게 몸을 내준 동생의 실절(失節)을 비난한다(연구자들은 아홉 번째 여인과 열 번째 여인을 한 이야기로 보았다. 이것은 원문에 근거하여 그러한 것인데 앞뒤의 내용이 연결되지 않는 것으로 미루어 혹 필사자의 실수가 아닌가 한다. 따라서 이 글에서는 둘로 보는 것이 더욱 이해에 합당할 듯하여 나누었다).

열한 번째 여인은 마니산 바위굴에 숨었다가 오랑캐의 겁박을 피해 절벽에서 투신한 여인으로서, 으깨진 비참한 몰골로 원한을 토로한다.

열두 번째 여인은 혼인한 지 두 달 만에 전쟁을 만나 물에 빠져 죽었으나, 남편은 그 사실을 모르고 아내가 오랑캐 땅에 들어갔는지, 길에서 죽은 것인지 의심하고 있다며 탄식한다.

열세 번째 여인은 자신의 시아버지가 강하게 척화(斥和)를 주장하여 대의(大義)를 드러냄으로써, 자신이 그 공로로 하늘 궁전에서 선녀로 노닐게 되었음을 자랑한다.

열네 번째 여인은 그 할아버지의 고결한 지조의 공로로 천당에 들어가 있게 되었다고 한다.

열다섯 번째 여인은 기생으로서, 뒤늦게 정절을 지키려 하였으나 전쟁을 만

〈강도몽유록〉에 등장하는 여인들

	신분	내용	사실 확인
제1여인	사대부가	남편인 김류가 어리석은 아들 김경징에게 강도 수비 책임을 맡겼고, 아들은 술과 계집에 파묻혀 강도가 쉽게 함락되게 하였다며, 남편과 아들을 함께 비난한다.	영의정을 지낸 김류의 부인으로 검찰사 김경징의 어머니
제2여인	사대부가	자기 남편이 강도가 함락되게 만든 책임으로 죽음을 당한 것은 마땅하나, 같은 죄를 지은 이민구·김자점·심기원은 전쟁 후 오히려 벼슬이 오른 것은 공평치 못한 일이라고 비난한다.	김경징의 아내
제3여인	왕족	김모(金某)와 혼인한 지 얼마 안 되며 남편은 봉사가 되어 떠돈다고 한다.	왕후의 질녀
제4여인	사대부가	이민구의 아내가 호병에게 능욕당한 것을 비난한다.	노쇠한 여인으로 왕비의 형이며 중신(重臣)의 아내
제5여인	사대부가 후처	윤방의 비겁한 처사를 비난한다.	윤방(尹昉)의 후처
제6여인	사대부가	시아버지의 죄과를 비판한다.	강화유수(江華留守) 장신(張紳)의 며느리
제7여인	양반	아들이 자기를 버리고 달아났다고 개탄한다. (내용으로 미루어 윤탄尹坦 형제의 이야기와 비슷하다.)	윤탄(尹坦)의 어머니인 듯하다
제8여인	양반	남편이 적에게 투항하였다고 비난한다.	절사(節死)하였으며 누구인지 알 수 없음
제9여인	양반	서울에서 홀로 강도까지 피난을 왔다가 무참히 죽음당한 원통함을 토로한다.	홀로 피난한 듯한데 누구인지 알 수 없음
제10여인	양반	며느리, 딸과 함께 죽었으며, 아우는 명신의 아내로 절사하지 못하여 부끄럽다하고 남편을 비판한다.	50세로 남편이 강도의 지휘관(이성구의 처가 아닌가 한다)
제11여인	양반	남편은 벼슬을 하지 못하였으나 고관들과 함께 죽음. 국은을 입지도 않았는데 조신들과 함께 죽은 남편의 죽음을 원통해한다.	얼굴이 뭉개지고 해골이 깨어졌으며 피가 낭자하여 가장 참혹한데 누구인지 알 수 없음
제12여인	양반	자신의 죽음을 모르고 의심하는 남편에 대한 원망과 정절을 증명할 수 없음을 안타까워한다.	소년 유생과 혼인한 여인으로 강에 투신자살하였는데 누구인지 알 수 없음
제13여인	양반	적병을 만나지 않았는데도 미리 자결. 시아버지 덕으로 천부에서 생활. 강도가 천험(天險)과 방비의 소홀 등을 짚어 가며 가장 예리하게 당시의 상황을 말한다.	가장 뛰어난 언변을 지닌 여인으로 아름다운 외모와 송죽과 같은 절개를 지녔으며 누구인지 알 수 없음
제14여인	양반	남편의 병상을 지키다 자결. 병든 남편과 양친을 걱정한다.	젊은 선비의 아내인데 누구인지 알 수 없음
제15여인	천인	충신절사가 없음과 여러 여인들의 정절을 위로한다.	절사(節死)한 여인들 중 유일한 기녀인데 누구인지 알 수 없음

나 목숨을 버렸다면서, 전쟁 중에 절의 있는 충신은 하나도 없고, 늠름하고 당당한 정절은 오직 여인들만이 보여 주었다고 개탄한다.

여인들의 통곡 소리에 청허 선사는 꿈에서 깬다.

작품 속의 등장인물은 청허 선사를 제외하고 15명이며, 모두 여성이라는 점이 특이하다. 더구나 이들은 모진 '전쟁으로 죽음을 맞은 여성의 문학적 형상화'라는 점에서 매우 의미가 있는데, 여성들이 공격하는 대상 또한 모두 남성들로 냉엄하기 그지없다.

이것이 〈강도몽유록〉의 특징인데, 이 문제는 꼭 여성의 순절은 있었으나 남성의 순국을 찾을 수 없어서가 아니었다. 굳이 실례를 들자면 강화도가 함락되자 김익겸(金益兼, 1614~1636)과 김상용(金尙容, 1561~1637)은 화약고에 불을 질러 자결하였다. 지금도 김상용의 위패가 모셔져 있는 강화도 성원골의 충렬사에는 강화도에서 순절한 25인의 위패가 있고, 이외에도 이름 모를 수많은 병사들 넋이 여기저기 뿌려져 있을 것이다.

잠깐, 위의 김익겸을 다시 보자. 이 김익겸이 바로 〈구운몽〉을 지은 김만중의 아버지다. 김만중이 유복자가 된 곳이 바로 강화도였다. 고소설 속에는 이렇게 얽히고설킨 끈들이 있다.

이 〈강도몽유록〉은 조선, 그 남성 지배 사회에 대한 일침이다. 소설에서 그녀들의 심지는 곯고 중세를 쳐다보는 눈자위는 살아 있다. 〈강도몽유록〉에 등장하는 여인들은 신분과 나이를 제외한다면 모두 그만그만한 비판의 목소리를 낸다. 더욱이 소설 속 등장인물들을 당대인이라면 알음알음 알 수 있었을 실제 인물일 가능성이 매우 크다.

열다섯 명의 원혼들을 다 살필 수 없으니, 제1여인과 제2여인만 보겠다.

제1여인은 김류의 부인이요, 제2여인은 그녀의 며느리이자 아들 경징의 부인이다. 김류의 부인은 영의정을 지낸 남편 김류와 그의 아들인 검찰사 김경징을 함께 비난한다. 어머니이며 아내로서 남편과 아들을 비난한다는 인물 설정부터가 아이러니하다.

국립중앙도서관본 〈강도몽유록〉을 보면 제1여인 원혼인 김류의 부인은 종묘사직이 참상을 입었다고 탄식한다. "구태여 그 이유를 따지고 든다면 바로 낭군의 죄입니다. 태보(台輔)의 높은 자리며 체부(體副)의 중책을 진 사람으로서 공론(公論)을 살피지 아니하고 사사로운 정에 이끌리어 편벽되게도 강도의 중책을 자기 자식에게 맡겼지요. 그러나 자식 놈은 흔연히 부귀를 두어 밤낮 술과 계집에 파묻혀 마음껏 향락에 빠져 장차 닥쳐 올 외적의 침입을 까맣게 잊었으니 어찌 군대 일을 알았겠습니까. 강이 깊지 않은 것이 아니고 성이 높지 않은 것이 아니나 대사를 이미 그르쳤으니 죽은들 또한 마땅하지요."•

조소가 깔린 통매의 어조, 글자마다 칼이요 문장마다 비분이다. 김류의 아내는 유 씨로 유근의 딸이다. 유근(柳根, 1549~1627)은 대제학, 좌찬성 등을 두루 역임한 이다. 광해군 때 관작이 삭탈되었고, 인조반정으로 다시 기용되었으나 나아가지 않을 정도로 꼬장한 기개가 있었다. 정묘호란 때 강화로 왕을 호종하던 중 통진에서 죽었다.

그의 딸인 유 씨가 또한 강화에서 똑같은 난리로 죽음을 맞았으니 2대에 걸친 비극이었다. 유근의 딸 또한 자신의 자결을 "아! 나의 운명은 자결을 달게 받아들였으니 참으로 떳떳합니다. 족히 한할 게 없습니다(差如殞命甘爲自決 固所宜矣 無足悍也)"라고 하여 당당한 심경을 말한다.

병자년의 기록을 담고 있는 《병자사략(丙子事略)》 등으로 미루어 김류와 김경징 부자가 모두 병자호란 당시 여러 사람들의 입에 오르내렸음을 분명히 알 수 있다. 또 다른 기록인 《병자록(丙子錄)》의 〈기강도사(記江都事)〉

● 〈강도몽유록〉(국립중앙도서관본), 3쪽(이하 같은 책).

도 그러하며, 《실록》에서도 "경징은 경박하고 교만하여 대사간에 적합하지 않은데, 대관들도 감히 탄핵하지 못하고 조용히 사양하여 체직될 수 있게 하였다. 벼슬자리를 더럽히고 욕되게 하는 것이 한결같이 이 지경에 이르렀으니, 탄식을 금할 수 없다"라고 되어 있다.

《연려실기술》을 보면 인조는 김경징을 강화도 검찰사(檢察使)로 제수하기 전에 그의 아버지인 김류(金瑬, 1571~1648)에게 임무를 감당할 수 있겠느냐고 물었다. 그러자 김류는 "경징이 다른 재능이 없사오나 적을 막고 성을 지키는 일에 어찌 그 마음과 힘을 다하지 않겠습니까(慶徵無他才能 至於捍守 曷敢不盡其心力)" 하고 자신의 아들을 믿을 수 있다는 논지의 말을 한다.

김류의 병자호란 관련 행적을 잠시 떠들어 보자. 그는 병자호란이 일어나자 남한산성으로 왕을 호종하였고, 1637년(인조 15) 화의를 주장한 것이 잘못되었다 하여 삭직당했다. 그러나 1644년(인조 22) 심기원(沈器遠)의 역모를 신속히 평정한 공으로 다시 영의정에 올라 영국공신(寧國功臣) 1등에 순천 부원군(順天府院君)이 되었고, 이듬해 병으로 사직했다가 다시 영의정이 되었다. 누란지위의 시기, 국가의 중책을 두고 벌어진 일이기에 '경징의 아비'와 '경징을 추천한 자'로서 김류의 죄과에 대한 추론이 엄할 법도 한데 《실록》에서 이에 대한 기록은 찾을 수 없다. 아마도 이것은 김류와 그의 아들인 경징이 인조반정의 공신이기 때문 아닌가 한다.

제2여인 원혼은 김경징의 아내다. 김경징의 아내는 박 씨로, 박효성의 딸이었다. 박효성(朴孝誠, 1568~1617)은 별시 문과에 병과로 급제, 승문원 정자·박사 등을 역임하였으며, 통렬한 어조로 상소를 올려 신흠으로부터 임진왜란 이후 제일가는 진언이라는 칭찬을 받기도 하였다. 그는 평소에 엄격한 성격에 책임감이 강하였고, 강화에서 화약고에 불을 붙여 분사한 김상헌 등과 친교가 있었다고 한다. 그의 딸인 박 씨 또한 아비를 많이 닮아서인지 남편 경징에게 군무를 소홀하지 말 것을 자주 간하였다고 한다.

하지만 김경징은 그러한 인물이 아니었다.

김경징(金慶徵, 1589~1637)은 당대 실권자 김류의 아들이다. 그는 병자호란이 일어나자 강도 검찰사로 강화도를 지키라는 임무를 띠고 부임했으나 수비 책임을 다하지 않고 유흥에 빠져 있다가 청나라 군사에게 강화도를 내준 장본인이다. 결국 왕의 비호에도 불구하고 패전과 수비에 실패한 죄로 탄핵을 받아 죽었다. 병자호란 당시 강도 검찰사로 부임하여 경거망동한 김경징에 대한 기록은 여기저기서 찾을 수 있는데, 그중 '경징이풀'에 대한 이야기만 살펴보고 이만 마치자.

지금도 강화도의 갑곶이 기슭 불그레한 개펄에는 '경징이풀'이 있는데 유독 이곳에서만 핀다고 한다. 이 풀은 병자호란 때 강화도의 치안을 맡았던 김경징과 관련 있다.• 강화도로 들어가려던 피란민들은 김경징이 친구와 자기 가족들만 건네주고는 방치하여 뒤쫓아 오던 청군에게 모두 죽음을 당하여 피로 개펄이 물들 정도였다고 한다. 그때 사람들이 죽으면서 "경징아! 경징아!"를 부르며 죽어 갔다 하여 명명된 것이 '경징이풀'이다. 민간 어원된 '경징이풀'의 유래만 보아도 강화도의 책임을 맡은 김경징의 행동을 미루어 짐작할 수 있다.

김경징은 강화도가 마치 자기의 왕국인 양 포악하고 혹독하였다고 한다. 《실록》 1636년 12월 30일 기록에 김경징의 강화에서 행적이 적혀 있는 데서 그의 불손함을 여실히 볼 수 있다. 검찰사로 이제 막 강화도에 들어간 김경징은 강화 유수인 장신과 다툼을 벌인다. 이때 이미 장신은 그해 3월에 부임해 있었으며 직책 또한 강화도를 총괄하는 강화 유수였다. 그런데도 이제 막 도착한 김경징이 지휘권을 놓고 장신과 다툼을 한다는 것에서 당시 저 강화도의 사정이 어떠했는지 짐작할 수 있다.

• 이규태, 《역사산책》, 신태양사, 1991년 11호.

그래 보다 못한 김상헌이 1636년 12월 30일에 "강도 유수(江都留守) 장신(張紳)이 그의 형에게 글을 보내기를 '본부의 방비를 배가해서 엄히 단속하고 있는데, 제지받는 일이 많다'고 했답니다. 장신은 일처리가 빈틈없고 이미 오래도록 직책을 수행하고 있는데, 신임 검찰사가 절제(節制: 정도에 넘지 아니하도록 알맞게 조절하여 제한하는 것)하려 한다면, 과연 제지당하는 폐단이 있을 것입니다"라고 신임 검찰사로 온 김경징의 월권행위를 지적한다. 물론 인조도 "그게 무슨 말인가. 강화도를 지키는 일은 장신에게 전담시켰으니, 다른 사람은 절제하지 못하도록 전령하라"고 즉시 명령하였다.

그러나 이는 지켜지지 않았다. 김경징의 죄과에 대해서는 이외에도 수없이 많은 기록이 있으나 대부분 임무 소홀, 무능과 불효 등 비슷한 내용이다. 김경징의 아내는 이러한 자기 남편을 "낭군은 자기 재주에 감당치도 못할 중책을 맡아 오직 천험한 지리만 굳게 믿고 군무를 소홀히 했습니다…… 낭군은 군부에 회부되어 도끼로 목이 잘려도 마땅합니다"라고 독하게 꾸짖는다. 《병자록》의 〈기강도사〉에 의하면 김경징은 병자호란이 끝난 후 강계로 귀양 갔다가 그해 사약을 받았다고 되어 있다.

참고로 1906년 황성신문에 연재(1906. 6. 28~8. 18)된 〈김봉본전〉에도 이 김경징의 이름 석 자가 보인다. 물론 선인이 아닌 교활한 악인으로 나와 주인공에게 조롱을 당한다. 2백여 년이 다 되도록 김경징은 조선인의 동향 속에 불편한 심기를 자아내는 인물로 저렇게 구차스러운 이름을 이어 가고 있었다. 〈김봉본전〉은 황성신문에 191회에 걸쳐 연재된 《신단공안》의 연작 일곱 편 중 제4화로 전래하는 봉이 김선달 설화를 전(傳)의 형식에 담아 소설화한 작품이다.

나머지 원한을 지닌 여인들은 앞의 도표를 참조하기 바란다.

"연민의 감정은 부당하게 불행에 빠지는 것을 볼 때 환기되며, 공포의 감정은 우리 자신과 유사한 자가 불행에 빠지는 것을 볼 때 환기된다." 아리스토텔레스의 《시학》 13장에 나오는 글귀다. 이 소설을 읽은 독자라면 아마 저러한 '연민'과 '공포'의 감정을 느꼈으리라.

〈강도몽유록〉은 우리 선조들의 아픔을 오늘에 되살려, '연민'과 '공포'로 보아야 할 고소설이다. 다시는 저러한 일이 없기를 바라면서 읽어야 할 소설이다. 저 망자들의 미래가 오늘을 사는 우리이고 보면, 저 앞에 써 놓은 '역사는 과거가 아니다. 소설 글줄 속에 역사는 이렇게 연면히 살아 숨 쉬고 있다'를 한 번쯤 되뇌게 하는 소설이다. 이것이 바로 시공을 초월한 소설의 힘이다.

역사는 시효성이 없다.

문학은 더.

행복한 소설 〈백복전〉

팍팍한 삶을 잠시 접어 두어도 좋은 국문 소설 〈백복전(百福傳)〉은 백복(百福), 즉 온갖 복을 타고난 만복(萬福)에 대한 전이다. 만복이니, 백복이니 하는 데서 이미 복을 바라는 인간의 욕망이 잔뜩 담긴 소설임을 알 수 있다. 이 소설은 현재 서강대학교 로욜라도서관에 소장되어 있는 1권 1책밖에 없다. 1920년에 작성된 《연경당언문책목록》에는 2권 2책의 〈백복전〉이 있는 것으로 보아 궁중에서 보았던 소설이며, 본래 2권이었던 듯하다.

내용은 이미 소설의 제목에서 노골적으로 드러내듯이 복에 관한 이야기다. 〈백복전〉의 복 이야기는 주인공인 만복과 부인 산 씨의 이야기, 아들 열세 명의 성장·성공·혼인, 그리고 이 아들들의 부인에 관한 이야기로 정리된다.

이 작품은 우리 고소설에서 세 가지 흥미로운 기록을 갖고 있으니, '잉태 기간'과 '아들의 수', 그리고 '복'이다. 주인공 만복의 잉태 기간은 무려 스물세 달이요, 만복과 부인 산 씨는 26년간 열세 명이나 되는 아이를 낳는다. 만복을 타고났으니 잉태 기간도 보통 사람에 비하여 두 배에 석 달이나 덧붙인다. 자손도, 사내아이만 열셋이나 낳고 그 기간은 무려 26년이나 된다. 아이를 낳고 또 한 달 뒤에 잉태하였다는 소리가 허랑하며, 또 현재를 사는 우리 생각으로 이 열세 아들에 대해 이견을 달겠지만 저 시절 이야기이기에 문제 될 것은 없다.

더욱이 이 아들들은 하나같이 재주를 타고났으니, 첫째 일문은 문장, 둘째 이무는 무예, 셋째 삼농은 농사, 넷째 사고는 상술, 다섯째 오상은 관상, 여섯째 육복은 점복, 일곱째 칠의는 의술, 여덟째 팔청은 도술, 아홉째 구장은 공작, 열째 십기는 지혜, 열한째 중서는 명필, 열두째 숙화는 명화, 열셋째 계적은 도적질에 뛰어난 재주를 보인다.

막내인 열셋째 아들 계적이 흉하게도 도적질을 잘한다 하나 이것은 어디까지나 행복한 결말을 더욱 빛내기 위한 소설적 장치일 뿐이다. 계적의 도적질로 잠시 집안이 분란에 빠지나 곧 계적이 죄를 뉘우치고 집안은 평안해지기 때문이다. 물론 만복과 산 씨는 흐뭇한 마음으로 세상을 떠난다. 만복의 이때 나이는 무려 109세요, 산 씨는 만복이 죽자 석 달 뒤 이승을 하직한다.

이뿐만 아니다. 이 열세 형제들의 부인이 한결같이 현모양처에 빼어난 미모를 지녔다. 첫째 일문의 처 오 씨는 어찌나 예쁜지 옛날 옥진이란 미인과 같고, 일곱째 칠의의 처 송 씨는 모란이 아침 이슬을 머금은 듯하고, 그 나머지 여인들도 예사 여인들보다는 모두 인물이 낫고 부인의 도리를 극진히 한다. 다만 여덟째 팔청의 처 황 씨의 모습만은 재미있게 그려 놓았으니, "황시는 낫빗치 검고 코히 크며 놉고, 허리 크미 흔 아름이나 ㅎ

고, 소릐 커 목이 거쉬고 안ᄌᆞ면 등이 굽어 고개를 무릅ᄒᆡ 다히고, 니러셔면 크기 들보ᄒᆡ 다코 거름을 거ᄅᆞ면 마류(마루) 움즉여 소릐 디동 ᄀᆞᆺ더라"•라고 적어 놓았다. 한마디로 대단한 거구요, 아름다움이란 눈 씻고 찾아보아도 없는 여인이다.

만복의 며느리로서 이렇게 그친다면 문제이다. 작가는 이에 "그러나 슬겁고 힝실이 착ᄒᆞ야 모든 동셰 다 두려 긔탄ᄒᆞ더라"라는 말도 잊지 않는다. 인물은 없지만 행실이 슬기롭기에 모든 동서들이 그녀를 두려워하고 어렵게 여긴다는 뜻이다.

이 열세 아들 자손이 40여 명이요, 그 자손이 수백 되는데 3대가 모두 한솥으로 한집에서 산다. 만복이 죽은 후로는 형제간의 우애를 더욱 굳게 하기 위해 10대가 살 집 수천 칸을 짓는다. 집의 길이는 무려 5리나 되고, 또 가운데 따로 열세 형제가 살 집 한 채를 지어 길이 열대여섯 자나 되는 베개와 이불을 만들어 모두 한 이불을 덮고 잔다.

그야말로 부모, 자식, 형제, 동서 간, 인간 세상에 있는 재주와 복은 하나라도 놓칠세라 모조리 갖추었다. 〈백복전〉은 이렇듯 우리의 욕망을 한껏 갈무리한 소설이니, 그야말로 〈백복전〉이라는 제목에 값한다. 부디 이 〈백복전〉을 한 번 읽어 보고 '오이 붇듯 달 붇듯' 만복이 자랐으면 한다.

설화를 모티프로 한 〈최현전〉

顔色桃花色　얼굴은 복숭아꽃 빛이고,

時年十五年　지금 나이는 열다섯이에요.

• 유춘동 교주, 〈ᄇᆡᆨ복전〉, 선문대학교 중한번역문헌연구소, 2007, 23쪽

我無王上點　저에겐 왕(王) 자 위에 점이 없으니,
君作出頭天　그대가 천(天) 자 위에 점을 내주오.●

누릇누릇 익어 가는 보리밭 같은 소설 〈최현전〉의 여주인공 장이 지은 시다. 외동딸 장(莊)은 아버지를 달래 놓고 위의 파자시(破字詩)를 수레에 붙이고는 집을 나섰다. 아버지 홍농(洪濃)은 밤낮으로 통곡할 뿐, 숟가락을 아예 밥그릇에 꽂아 둔 지 며칠째다. 때는 진시황(秦始皇)이 천하를 통일한 뒤다. 진시황은 만리장성을 축성하려고 사내들을 뽑았는데 나이가 일흔이나 된 아버지 홍농이 그만 뽑힌 것이다. 장의 나이는 열다섯에 자색이 절륜하였고 효절을 두루 갖추었으며 시부에도 능하였다.

장이 저러한 파자시를 지어 길로 나선 것은 아버지 대신 부역 갈 사내를 찾으려 함이다. 그러나 장이 위와 같은 지아비를 구하는 파자시를 지어 붙이고 수레를 타고 돌아다녔지만 아무도 이해를 못했다. '왕(王) 자 위에 점이 없다'라 하였으니, 아직 주인 주(主)가 없다는 미혼이란 뜻이요, '그대가 천(天) 자 위에 점을 내주오'라 하였으니, 지아비 부(夫)가 되어 남편이 되어 달라는 뜻을 이해 못했다. 파자시(破字詩)란, 한자의 자획을 풀어 나누는 시로 '이(李)' 자를 분해하여 '木+子'라 하는 따위 아닌가. 그런데 이 파자시를 좀 썼기로서니……. 답답하다.

마침 과거를 보러 가는 선비 최현(崔灦)이란 잘생긴 사내가 이 시를 알아보고는 "마음은 어여쁜 여인을 좇아가건만(心逐紅粧去) 몸은 부질없이 문에 기대 서 있네(身空獨倚門)"라고 하는 것 아닌가. 홍장은 생긋 웃으며 이렇게 받는다. "갑자기 수레 뒤가 무거워졌으니(忽然車尾重) 한 사람의 마음을 더 실은 것이겠지요(添載一人竃)."

● 간호윤 역, 〈최현전〉, 《선현유음》, 이회, 2003, 314쪽(이하 같은 책).

최현은 극히 담대하고 호걸스러운 기상이 있었으며 말이 진중한 것이 대장부였다. 홍장이 아버지 대신 만리장성으로 부역을 가달라고 하자 최현은 흔쾌히 허락하고는 대신 가기 전에 합환하자고 한다. 장은 부부의 도리를 행하지 않았지마는 인연은 이미 정해졌으니 절개를 지킨다면서, "만약 그대와 오늘 잠자리에 들면 제가 온전히 절개를 지켰는지 알기 어려울 거예요. 가득 찬 술병에서 술을 덜면 알 수 있으나 반쯤 찬 술병에서 술을 던들 알 수 있겠는지요(若使郎君今夜同寢, 則妾之全節有所難知, 滿瓶除酒, 能可知也, 半瓶除酒, 難可知也)." 이별의 시를 주고받은 뒤 떠나는 최현에게 장은 거울을 주며 이 거울이 흐려지면 변고가 난 것이니 빨리 돌라오라고 한다.

어느덧 3년이 지났다. 현이 부지런히 성을 쌓던 어느 날 장이 준 거울을 보니 먼지가 끼고 색이 없어진다. 현은 장에게 가기 위해 어머니가 병환이 들었다고 거짓 글을 올려 장을 찾아오나 이미 장의 집은 무너지고 사람은 간 곳이 없다. 최현이 몇 차례 시를 읊고는 심사가 낙막한데 마침 비단적삼 한 자락이 돌층계 사이에 끼인 것 아닌가. 최현이 빼내어 보니 장의 옷자락인데 "한 번 잠깐 인연을 맺은 뒤, 인연 다하기 전 내가 먼저 돌아가네. 서방정토(西方淨土)는 내가 돌아갈 곳, 그대가 만약……"이라는 시가 적혀 있다.

시의 내용으로 보아 홍장이 서방정토로 간 것 같은데, 최현은 서방정토 가는 길을 알 리가 없다. 서글픈 마음에 또 두어 수의 시를 읊고는 잠깐 동안 꿈을 꾸다가 문득 깨니, 동쪽으로 길이 희미하게 가로질러 있다.

최현이 그 길을 따라가니 마침내 송광사(松庵寺)에 도착한다. 서방정토로 가는 길을 물으니 화주가 절 짓는 것을 도와주면 가르쳐 주겠다고 하여 머무른다. 3년이 되니 화주가 알려 주는 것이라고는 고작 "저 고개를 넘어가서 물어보라"뿐이다. 현이 고개를 넘어가 서방에 가는 길을 화주에게 물으니 원(院) 짓는 일을 도와준 뒤에 가르쳐 주겠다고 한다. 3년이 지나 화주가 알려 준 것이라고는 또 고개를 넘어가서 물어보라는 소리다.

현이 고개를 넘어가 서방 가는 길을 화주에게 물으니 이번엔 다리 만드는 일을 도와준 뒤에 가르쳐 주겠다고 한다. 3년이 되니 화주가 이 산 큰 고개를 넘고 시내를 지나 20리쯤 가면 유사강(流沙江)이 있는데, 그 강을 건너면 곧 서방정토라고 한다,

현이 가보니 과연 유사강이 있었으나 건널 배도 노도 없다. 현이 장성을 쌓는 데 3년, 절 짓는 데 3년, 다리 만드는 데 3년, 원 짓는 데 3년이나 걸려 찾아온 유사강이기에 하늘을 우러러 일심으로 기원하며 시를 읊자 하늘에서 천옹(天翁)이 나타나 누구냐고 묻는다. 현이 사실 이야기를 하자 천옹이 자기는 직녀의 남편 견우라며 남녀의 정은 하늘이나 인간 세상이나 다르지 않다며 건너주고는 사라진다.

이에 현이 서쪽을 바라보고 10리쯤 가니 보리수가 있고, 그 나무 아래에는 우물이 있는데, 저 멀리 우물의 북쪽 수 리쯤에 극히 장엄하고 화려한 궁전이 보인다. 생이 우물가 나무 위에 올라가니 잠깐 있다가 궁중으로부터 물을 긷는 선녀 여러 명이 나오는데 그중 하나가 장이다. 장이 우물 속에 비친 현을 발견하여 기쁘게 맞으나, 아직은 때가 아니니 오늘 밤 잠시 나무 위에 있으라고 한다.

그날 밤 근원을 알 수 없는 물이 현의 허리를 넘친다. 다음 날 아침 장이 나타나 오늘 밤에도 나무 위에 있으라고 하는데, 그날 밤에 물이 또 넘쳐 현은 나뭇가지를 잡고 간신히 목숨을 건진다. 다음 날 장이 사실은 첫날 밤 물은 자신이 병이 들었을 때 현을 보고 싶어 흘린 눈물이요, 마지막 날 밤의 물은 현을 보지 못한 통곡의 눈물이라 설명하고는 정을 나누고 궁궐로 현을 데려간다.

한 아귀가 현이 이곳으로 온다는 것을 알고 밤 오경에 잡아먹으려고 한다. 장이 이것을 미리 알고 잡아먹지 못하게 일찍이 종을 쳐 아귀를 물리

치지만 천제가 크게 노하여 지난밤 종을 미리 친 자를 잡아 오라고 한다. 잡혀 온 장이 인간 세상에 귀양 갔을 때 최현을 배필로 삼은 연유와 저간의 경유를 낱낱이 말한다. 천제가 그 말을 듣고 두 사람의 정상을 애통히 여겨 인간 세상으로 돌아가서 살도록 한다. 현과 장은 이 세상에서 80세까지 함께 해로하였다.

〈최현전〉은 1673년 어름에 창작되었을 것으로 추정되는 작자 미상의 한문 단편 애정 전기 소설이다. 이 소설은 기존의 〈주생전〉, 〈운영전〉, 〈왕경룡전〉, 〈위생전〉(〈위경천전〉), 〈상사동기〉, 〈왕경룡전〉, 〈최척전〉 등 17세기 애정 전기 소설과는 코드가 영 딴판이다. 〈최현전〉은 전기 소설의 세트는 분명한데 벌어지는 양상은 설화적이기 때문이다. 여타 애정 전기 소설의 미학을 훑은 감식안이라면 그 치졸함과 황당함에 실망하고, 문장속이나 있는 독서자들은 여지없이 촌것이라고 야박하게 대할지도 모른다. 옳은 지적이면서 맞지는 않으니, 이유는 〈최현전〉의 '설화적 흥미소가 주는 이야기의 재미'를 간과하여서다. 어디 옛날이야기를 들으며 작품의 질적 가치를 재미보다 선행시키던가.

"9년 공 쌓아 이 강가에 이르렀네(九年功績到江邊)." 최현이 이승과 저승을 가로지르는 유사강에서 건너지 못하는 애타는 심정을 목 놓은 구절이다. 부역을 하는 데서 보낸 3년까지 친다면 물경 12년이다. 나른한 애정에 비한다면 정말 심지 굳은 남정네요, 진국인 사내다. 17세기의 고소설, 여성은 남성의 파트너로서만 존재했다면 이 〈최현전〉에서는 최현이 홍장의 파트너이니, 조선 중세의 질서인 남성적 틀이 거세, 전복된 것으로 이해해도 좋다.

이 소설을 읽어 보면 알겠지만 독서자들은 조금도 지루한 줄 모른다. 어릴 때 할머니 무릎을 베고 누워서 들었던 구수함이 그 속에 있기 때문이다. 최현이 만리장성을 쌓는 부역 현장에서, 송암사를 거쳐 유사강에서

멈칫하고는 다시 서방 세계로 들어가고, 거기서 만나는 홍수와 아귀. 이야기를 따라가며 보는 설화의 풍광이 제법 쏠쏠한 재미를 준다. 설화의 순기능인 재미가 돋을새김되어 있어서다.

그래 보통의 애정 전기 소설이 평면이라면, 〈최현전〉은 입면에 적힌 이야기다. 어릴 때 시골길에서 달구지 끝자락에 엉덩이 흔들며 앉아 느릿하게 멀어지던 조촐한 뒤태의 풍경이다. 지금까지 애정 전기는 반드시 읽어야만 하는 것이었다면, 이 소설은 읽기보다는 이야기하듯 들어야 한다.

또 여기저기에서 취하였을 몇 편의 시들은 또한 다소 빽빽한 문장을 농친다. 파자시를 적절히 살려낸 것 또한 일품이다. 여기에 소설 속에 켜켜이 쌓여 있는 갈래의 층위까지 염두에 둔다면 〈최현전〉에 대한 이해는 얼마든지 달라질 수 있다.

〈최현전〉은 필자 소장의 《선현유음》에 갈무리된 것이 유일본이다. 필사 시기를 17세기로 비정할 때, 〈최현전〉은 고소설사에 시사하는 바가 예사롭지 않다. 그 이유는 우선 기존의 애정 전기 소설과는 코드가 전혀 다르다는 데 있다. 〈최현전〉은 전기 소설의 세트는 분명한데 벌어지는 양상이 설화적(說話的)이기 때문이다.

우리 고소설사에서 17세기는 임진왜란과 병자호란을 거치며 소설의 시민성이라는 거대한 문화적 체험을 한다. 다량의 소설 작품이 나왔으며, 소설의 길이도 장편화되는 한편, 국문 소설들도 그 모습을 뚜렷이 드러냈고 내용적으로도 질적인 향상을 꾀했다. 17세기 고소설계는 한문 전기 소설, 국문 소설, 국문본 소설 등이 동거하였기에 그 편폭도 제법 넓어졌다.

살펴보면, 전기 소설은 16세기 말·17세기 초에 이미 단편을 거쳐 중편을 확립하고 장편화하면서 쇠퇴하였다. 이 쇠퇴한 틈을 국문 소설이나 번역·번안 소설들이 메운 것이 17세기 고소설사의 흐름이었다. 주제면에서도 전기소설의 주제인 애정이라는 도도한 흐름 속에 꿈, 여행, 전쟁, 영웅

등이 17세기 소설을 읽는 핵심 열쇳말로 등장하였다.

이러한 고소설사의 흐름 속에서 〈최현전〉은 색다른 소설임에 틀림없다. 그 이유는 앞에서 그 대략을 보았다시피 우리의 한문 소설, 아니 국문 소설까지 합하여도 〈최현전〉만큼 설화적 세계를 넘나드는 작품은 없기 때문이다.

하지만 이것을 〈최현전〉이라는 별쭝 애정 전기 소설로 이해하기보다는 오히려 17세기라는 시기적 특수성을 이 〈최현전〉이 적극 담아냈다고 이해할 필요가 있다. 왜냐하면 설화에 소재적 원천을 둔 고소설은 그 수를 넉넉히 헤아릴 수 있어서다. 단명담을 끌어온 〈사대성전〉·〈홍연전〉·〈전관산전〉·〈반필석전〉·〈이운선전〉 등이나 〈김원전〉·〈최치원전〉·〈홍길동전〉·〈금령전〉에 보이는 지하국 대적 퇴치 설화나 점복 설화, 보쌈 설화, 암행어사 설화 등 일일이 거론조차 할 필요 없는 우리 고소설의 한 특징이다.

오히려 우리의 한문 애정 전기 소설에서 이러한 설화를 찾을 수 없는 이유가 중국의 전기 형식을 고집스럽게 고수한 데서 비롯된 것은 아닌가 한다. 그렇다면 〈최현전〉이 한문 애정 전기 소설임에도 아예 설화가 소설의 서사를 이끈다는 것에 대한 이해는 사뭇 달라진다.

〈최현전〉을 다른 애정 전기와 비교 우열을 논하기보다 이 작품이 지니고 있는 17세기 중엽 이후의 애정 전기 소설의 역동성에 더욱 가치 설정을 두어야 할 이유를 여기서 찾을 수 있다. 〈최현전〉의 설화적 색채 등을 이유로 애정 전기 소설의 후진성으로 매도하여 옴나위를 못하게 하면 우리 소설은 더 이상 생산적인 논의가 이루어질 수 없다.

적극적으로 속내를 드러내자면 기존 애정 소설의 갈래와 예리한 단층은 존재하겠지만, 〈최현전〉의 설화적 화소에서 충분히 17세기 중엽의 한문 소설이 갖고 있는 문화적 관성과 이로부터 벗어나 보고자 하는 작가적 욕망의 원심력이 역동적으로 내재해 있음을 찾자는 말이다. 〈최현전〉이 기존의 애정 전기 문법인 삽입시나 전기 소설 특유의 애상적이며 낭만적인 정조를 틀거지로 삼고 그 안에 점점이 우리의 설화적 흥미를 배치하고 여기에 국문 소설과의 교직까지도 찾을 수 있음이 바로 앞 문장에 대한 충분한 근거다. 이 과정에서 자연히 〈최현전〉은 한문 애정 전기 소설의 '조선식 토착화'라는 값진 고소설사적 자리매김도 추가된다.

이제 구체적으로 〈최현전〉의 설화적 요소를 보자. 〈최현전〉의 서사 구조를 잘게 쪼개 유형화시키면 우리는 만리장성 설화, 설씨녀 설화, 효행 설화, 견우직녀 설화, 홍수 설화와 만난다. 그리고 다시 이를 분류하면 파자시, 재치담, 거울, 꿈, 아내 찾기, 서방정토, 유사강, 보리수, 임궁, 범궐, 우물, 선녀, 재생, 아귀 따위의 화소(motif)가 소설의 흥미를 이끈다. 이제 〈최현전〉을 읽으며 느낄 수 있는 그 설화적 흥미소를 서너 항목만 살펴 작가의 욕망이 빚은 장르적 역동성을 찾아보자.

거울 〈설씨녀 설화〉에 보이는 거울은 우리의 설화와 민간에서 신물 교환(信物交換)의 옛 풍습을 담고 있는 상징물이다. 〈최현전〉에서 아비의 역과 이를 위해 딸의 지아비가 대신 역의 의무를 지고 떠나는 것, 거울을 신표로 주고받는 것 등은 〈설씨녀 설화〉의 화소를 전기 소설로 그대로 변용한 것임을 알게 한다. 다만 〈설씨녀 설화〉에서는 이 거울이 신표로 작용하여 결혼하게 되는 반전의 화소지만, 〈최현전〉에서는 신표가 아니라 연인에 대한 걱정을 알려 주는 신물로서 작용할 뿐이다. 설화에서와 같이 아내를 만나게 하는 상징성은 거세되었다. 이 거울의 상징성은 고소설에서 불행을 암시하기도 한다. 〈최선전〉 같은 경우가 그러한데 최치원이 파경노(破鏡奴)로 자처하며 아내를 얻는 과정에 이 거울이 등장한다. 〈주생전〉에서는 선화가 화장 거울을 둘로 나누어 반쪽을 주생에게 신표로 주기도 한다.

홍수 자연 현상인 홍수에 관한 제반 설화는 세계적으로 산재해 있으며 기본적으로 인간의 죄과를 씻는 의미가 있다. 설화 측면에서 홍수는 인간의 자업자득이다. 따라서 인간은 반성하고 각오하고 이 뒤에 다시 죄를 범하지 않아 신의 심판을 벗어날 선한 인간이 되게 하려는 것이 홍수 설화가 노리는 효과다. 〈최현전〉에 보이는 홍수 설화는 최현이 아내를 지켜 주지 못한 것에 대한 죄과를 씻는 제의적인 의미로 독특한 역할을 한다.

파자시 파자시(破字詩)는 민간에서 유전하는 화소로 소설의 흥미를 더하고 있다. 이 파자시는 당시 민간에 널리 유행하던 하층민들의 상향식 문자 놀음이었다. 파자시·재치담은 이 〈최현전〉에 보이는 설화적 특징을 잘 보여 주는 것으로 이 소설이 더 이상 중세의 애정 전기 소설에만 멈추지 않는다는 뚜렷한 증표이기도 하다. 파자를 이용한 서사적 전개는 우리 고유의 설화나 국문본 소설에서 발견될 뿐, 결코 당나라 전기를 시원으로 하는 한문 애정 전기 소설에서 찾을 수 없기 때문이다. 그 한 예로 〈주몽 설화〉의 "일곱 모난 돌 위 소나무 아래 있다(藏在七稜石上松下)"나 창작 국문 소설인 〈정수경전〉에서 '백지에다 황색으로 죽을 그려 준 것'에서 범인의 이름이 '백황죽(白黃竹)'임을, 또 〈홍연전〉에서 '누런 개 세 마리'가 그려진 그림에서 역시 범인이 '황구삼(黃狗三)'임을, 19세기 한문 소설인 〈편옥기우기〉에서 "옥(屋)을 주검〔尸〕이 이르다〔至〕로 사(舍)를 사람〔人〕이 길하다〔吉〕"로 읽어 내는 것 따위가 그러하다. 〈원효 설화〉에서 "누가 내게 자루 빠진 도끼를 빌려 주려나(誰許沒柯斧) 내가 하늘 받칠 기둥을 찍어 내리라(我斫支天柱)"라는 시는 〈최현전〉의 여주인공인 홍장이 지아비를 찾을 때 쓴 파자시와 너무나 흡사하다.

홍장의 파자시가 애정 전기 소설로서는 격에 어울리지 않는다는 지적이 있을 듯하여 몇 자 더 부연한다. 앞에서도 언급한바, 이 파자시는 설화에 수없이 나오는 것이지만 전기 소설의 문법에서는 찾기 어려운 것이 사실이다. 겨우 〈최현전〉 이전 작품으로는 〈최선전〉(〈최치원전〉) 정도만 있을 뿐이다. 〈최선전〉에서 파자시는 치원이 중국의 황제를 처음 볼 때 나온다. 중국 황제가 최치원을 시험해 보려고 밥에 네 개의 벼를 올려 두자, 이를 본 최치원은 즉시 멀찍하니 떨어진 문지방에 초를 올려놓는다.

풀이하자면 밥 위에 네 개의 벼가 있으니, '네(四)'는 '네가', '벼(稻)'는 '뉘'니, '네가 뉘(누구)냐?'라는 뜻이며, 문지방에 초를 올려놓았으니, '초(醋)'는 '최', 문에 올려놓았으니 놓다(置)와 음이 같은 '치(致)', 문지방은 '멀리(遠)' 있으니 나는 신라의 문장가인 '최치원이오'라고 이름을 에둘러 표현한 것이다.

이런 저급한 수준의 파자시는 다소 문화적 층위를 떨어뜨리기는 하지만 소설의 대중화라는 측면에서는 유용한 방법임에 틀림없다.

아귀 아귀(餓鬼)는 범어의 프레타(Preta)를 옮긴 것이다. 아귀는 배는 수미산만 하고 목구멍은 바늘구멍처럼 작아 항상 굶주려 있으며 먹을 것을 극도로 탐하는 불쌍한 귀신이라고 한다. 이 아귀는 우리의 설화와 민담에서는 악의 축으로 자주 등장하는데, 가장 대표적인 것은 〈지하국대적퇴치 설화〉다. 〈지하국대적퇴치 설화〉에서는 지하국에 사는 아귀라는 도적이 지상 세계에 나타나 왕의 세 공주를 잡아가는 반동 인물로 그려진다. 따라서 〈지하국대적퇴치 설화〉에서는 서사를 전개하는 한 축을 이루지만, 〈최현전〉에서는 아귀의 장치가 느슨한 것이 좀 아쉽다.

기타 서방정토니, 유사강 따위의 화소는 이계(異界)를 찾는 고난 여행을 위한 설화적 장치다. 이계의 설정은 16·17세기 병화를 거치며 당시 사람들이 지향하고픈 염원의 공간이다. 예를 들자면 〈바리데기〉, 〈구렁덩덩신선비〉, 〈홍수 설화〉 등이 현실계에서 이루지 못한 염원을 고난 여행을 통하여 불가지론적(不可知論的) 세계에서 성취하려는 것과 유사하다. 〈최현전〉에서 서방정토니, 유사강이라는 화소는 바로 이러한 이계 설화의 적절한 굴절이라고 읽으면 된다.

논자에 따라서는 이 설화적 색채가 너무 짙어서 전기 소설의 양식적 특징과 낭만성, 특히 이미 알고 있는 설화 유형의 구조로 긴장도가 다소 떨어지는 역기능을 지적할 수 있다. 거듭 말하지만 이러한 설화적 화소의 과잉으로 작품의 완결성이나 재미가 반감되지는 않는다.

마지막으로 이러한 국문 소설이 주로 구연되었다는 점을 상기한다면, 작자가 구연을 염두에 두고 작품에 임했을 가능성이다. 실상 〈최현전〉이 일반 대중의 손에 읽혔다면 구연하는 데 큰 무리가 없는 서사 구조다. 이를테면 세 번의 반복에서 오는 설화성이 그렇다.

이러한 것으로 미루어 볼 때, 〈최현전〉은 17세기 전기 소설로서는 전기 문법이 상당히 약화된 것이 사실이다. 반면 설화 화소라는 삽화를 적절하게 사용하여 오히려 조선식 작품성을 강화시킨 것 또한 사실이다. 그렇다면 〈최현전〉은 전기 소설의 수입 단계를 벗어나 토착화 단계로 나아간 소설로 볼 수 있다. 즉, 우리 소설의 이해와 내재적 발전으로 상치해 보는 것이 더욱 자연스러울 것 같다.

〈최현전〉은 남편이 아내를 찾아서 떠나는 여행을 담은 소설이다. 17세기에 이와 유사한 소설로는 〈왕시전〉과 〈서해무릉기〉를 찾을 수 있다. 이 두 소설은 공교롭게도 〈최현전〉과 같은 서사적 구조와 화소가 일치하는 남녀 이합형 소설들이다.

남녀 이합형 작품들은 기본적으로 설화적 모티프를 내포한다. 그리고 대부분 '버림받은 여성'과 '떠나가는 남성' 사이에 발생하는 비극적인 상황이 이야기의 초점이 된다. 남녀 이합형 설화는 여성의 인종과 남성의 유랑 및 잠적 모티프를 원형으로 한다. 이러한 작품으로는 〈바리데기〉, 〈구렁덩덩신선비〉 따위의 작품이 산재하나 모두 여성이 사라진 남편을 찾아 길을 떠난다.

그러나 〈최현전〉에서는 남성이 여성을 찾아 나선다. 오직 남주인공의 '신실한 애정'만이 주제를 구현하기 위하여 나갈 뿐이다. 이러한 유사 구조를 보이는 작품들은 주로 국문 소설이나 국문본 소설에 보인다. 〈왕시전〉·〈서해무릉기〉와는 친연성이 매우 큰데, 특히 〈왕시전〉이 더욱 그렇다.

참고로 현재 우리의 고소설사에 등재되어 있는 동일 제목 〈최현전(崔賢傳, 崔玄傳, 崔鉉傳, 崔顯傳)〉은 삼대의 충절을 그린 영웅 소설이기에 이 글에서 다룬 〈최현전〉과는 전연 관련이 없다.

3

이본으로 본 국문 소설 베스트 10

국문 소설을 읽을 때면 한문 소설과는 사뭇 다르다는 데 가끔 놀라곤 한다. 그것은 언어의 감칠맛이다. 구어 투의 귀둥대둥하는 천진함이 구수하니 이끄는 그 맛이 여간한 게 아니다. 특히 국문 소설에서 감정이 적절히 투사된 언어들은 읽는 이들에게 꽤 흥미를 주었을 성싶다. 운율도 한문 소설과는 또 다른 매력을 느끼게 한다. 한문 소설을 해독하며 읽는 데서 오는 긴장감보다는 툇마루에 앉아 나른한 오후의 졸음을 즐기는 데서 오는 아늑함이라 할까. 여하간 국문 소설에는 그런 너그러움이 있어 좋다.

이 국문 소설을 공부하며 어릴 적 할머니의 무릎을 베고는 〈구렁덩덩신선비〉를 듣던 내 시골 하늘을 몇 번이고 떠올렸다. 참 별도 많았고 그만큼 꿈도 많았다. 국문 소설에는 그러한 정내가 향기롭다.

〈조웅전〉

"지금 바그다드 하늘은 불꽃놀이를 하는 것 같습니다." 1991년 걸프 전쟁을 생중계하며 CNN 방송 기자가 한 말이다. 잔혹하고 비정한 전쟁의 한 장면을 불꽃놀이에 비유하고 있다. 조선의 군담 소설, 어쩌면 조선을 살아갔던 민중에게 그것은 종이에 글로 쓰인 한 폭의 불꽃놀이였을지도 모르겠다는 생각이 든다. 국문 필사본 241, 방각본 178, 활자본 31, 총 이본 수 450편, 〈조웅전〉의 이본 결과는 그래서 가능하지 않았을까 하는 생각이다. 〈조웅전〉은 그래 〈춘향전〉, 〈구운몽〉을 따돌리고 우리나라 고소설 중 가장 이본이 많다.

〈조웅전〉에는 특히 7언의 삽입 가요가 모두 10여 개인데, 그중에는 88구나 되는 장편도 있다. 아마도 대중의 기호에 맞게 통속화되는 과정에서 인물들의 심리를 효과적으로 드러내고 정서를 환기시키는 작가의 소설적 장치라고 여겨진다. 시를 이용한 이러한 소설적 장치는 소설의 문예적 성격을 높여 주기도 하지만, 이 시로 연인들 사이의 애정 또한 필연적 연분임을 상기시켜 준다. 이것은 부모의 허락 없이 혼인 관계에 이를 수밖에 없는 당위성을 끌어내기 위한 수법으로도 이해할 수 있다. 〈조웅전〉은 앞에서 살폈기에 시 한 수로 구차한 논의를 대신한다.

아래는 조웅이 장 진사의 딸이 탄 거문고 한 곡을 듣고 읊은 곡이다.

그 곡조에 이르기를,

십 년을 공부하여,
천문도를 배운 뜻은,
월궁에 솟아올라,

항아를 보려 함이었더니,

속세 인연이 있었지만,

은하수 오작교가 없어,

오르기 어렵도다.

소상강의 대를 베어,

퉁소를 만든 뜻은,

옥두꺼비를 보려 하고,

달빛 아래 슬피 분들,

지음(知音)을 뉘 알리오?

두어라, 알 이 없으니,

먼 길 나그네의 근심과 회포를 위로할까 하노라.

〈유충렬전〉

3대 군담 소설은 〈조웅전〉, 〈유충렬전〉, 〈소대성전〉이다. 〈유충렬전〉은 국문 필사본이 273, 방각본이 88, 활자본이 40, 합 391편의 이본이 존재한다. 이본의 수로 〈조웅전〉 바로 뒤를 따르는 군담 소설이요, 국문 소설 전체로도 이본으로 보아 〈춘향전〉 뒤를 이을 만큼 대중의 사랑을 받은 소설이다.

〈유충렬전〉은 군담 소설 2기에 해당된다. 조수삼의 《추재집(秋齋集)》 '전기수(傳記叟)' 조에는 〈소대성전〉, 〈설인귀전(薛仁貴傳)〉 등의 군담 소설 작품명이 보인다. 그만큼 군담 소설이 널리 읽혔다는 반증이다. 따라서 군담 소설들은 독서 대중의 폭발적인 수요를 따라잡기 위해 방각본으로 출판되었는데 〈금령전〉, 〈현수문전〉, 〈소대성전〉, 〈장경전〉, 〈조웅전〉, 〈유충렬전〉, 〈양풍운전〉, 〈장풍운전〉 등이 그러하다. 이러한 작품들은 사장된 작품들의 발굴과 함께 1910년대 이후 활자본으로 간행되어 더욱 독자의 폭을 넓혔다.

잠시 '군담 소설'을 보고 가자. 군담(軍談) 소설은 '군담', 즉 전쟁 이야기가 주된 줄거리가 되는 일련의 소설을 말한다. 임진·병자 양란 이후 발생하여 조선 후기에 유행했던 한글 소설의 한 유형이다. '영웅 소설'과 '군담 소설'은 영웅이 등장하여 국난을 극복하는 것은 같으나 인물의 특성과 관련된 용어가 영웅 소설이고 군담 소설은 특히 군담이라는 소재의 공통성에서 수립된 개념이다. 우리나라의 군담 소설은 17세기, 즉 임진왜란과 병자호란이라는 사회 전체에 충격을 초래한 전쟁으로부터 시작한다. 이때가 군담 소설 제1기다. 제1기 군담 소설은 실재한 역사적 사실들을 담고 있다. 〈임진록〉, 〈임경업전〉 등이 비교적 이른 시기의 작품이다.

제2기 군담 소설은 17~18세기에 창작된 군담 소설들이다. 예술적인 환상과 허구에 기초하여 창작된 작품들을 이른다. 점차 군담에 충신과 간신 사이의 갈등, 본처의 자식과 계모 사이의 갈등, 남녀의 만남에 기연기봉(奇緣奇逢) 구성이 많다. 〈소대성전〉, 〈조웅전〉, 〈유충렬전〉, 〈이대봉전〉, 〈현수문전〉, 〈황운전〉 등이 2기에 해당한다. 이들 작품들은 방각본으로 출간되었다.

제3기는 구활자본 소설이 등장하면서 나타난다. 〈홍계월전〉, 〈김진옥전〉, 〈장국진전〉, 〈권익중전〉, 〈곽해룡전〉 등이 이에 속한다. 군담 소설들은 대부분 플롯의 유사성이 두드러지는데, 주인공이 '전쟁'을 통해 영웅적 활약을 드러내고, 그와 같은 과정을 통해 입신하게 되는 일대기적 구성에 그 특징이 있다. 군담 소설의 작가들은 대부분 익명으로 조선조 사회 후기에 형성된 몰락 양반 또는 중인 계층으로 추측된다. 또한 인쇄, 대여 등의 상업적 집단의 발달로 보아 부녀자, 평민 등 다양한 독자층이 형성되었던 것으로 여겨진다.

〈유충렬전〉의 줄거리부터 보자.

> 시절은 중국 명나라 홍치 연간이요, 지역은 중국의 서울인 남경이다. 외침과 간신들의 발호로 나라는 흔들렸다. 강직한 주부 유심 부부는 자식이 없다. 장 부인의 권유로 남악 형산을 찾아 자식을 점지해 달라는 치성을 드리고 아들 충렬을 얻는다. 충렬은 하늘에서 귀양 온 자미원의 대장성으로 일곱 살에 이미 병서에 통달한다. 유심은 간신 정한담과 최일귀의 역모를 충간하다가 연북으로 유배된다. 간신 정한담은 유충렬과 천상에서부터 악연이었다.
>
> 정한담 일파는 후환이 두려워 충렬과 장 부인을 죽이려고 집에 불을 지르나 꿈에 한 도사가 나타나 부채를 주어 살아난다. 천기를 보고 두 모자가 살아 있는 것을 안 정한담은 자객을 보낸다. 충렬은 물에 던져지고 장 부인은 자객의 괴수 마철의 손아귀에 떨어진다. 장 부인은 기지로 자신을 탐하는 마철에게서 도망쳤으나 다시 위기에 처한다. 이때 남해 용왕 딸의 도움으로 목숨을 건진 장 부인은 이후 이 처사의 집에서 몸을 보전한다. 이 처사의 모친은 유심의 종숙모다.
>
> 충렬은 상선에 구원되어 떠돈다. 며칠이, 몇 달이, 몇 년이 흘러 열네 살이 된다. 충렬은 아버지의 벗 강 승상에게 구원되어 그의 사위가 된다. 강 승상이 유심의 일을 알고 황제에게 올라가 정한담 일파의 악행을 충간하다가 역시 유배당한다. 충렬은 몸을 피하여 도승 밑에서 수학하면서 때를 기다린다.
>
> 강 승상의 집안도 쑥밭이 된다. 강 승상의 부인은 물에 뛰어들고 충렬의 처 강 낭자는 관비가 목숨을 건져 주고는 수청을 들라는 등 고초를 겪는다.
>
> 호적이 쳐들어와 황제는 도망하고 난국을 틈타 정한담이 마침내 황제에 오른다. 정한담이 황제의 항서를 받으려는 찰나 이 소식을 듣고 충렬이 일광주 용인갑에 장성검을 치켜들고 천사마를 채찍질하여 적진을 가른다. 충렬의 무용

> 담은 여기서부터 박진감 넘치게 전개된다. 충렬은 정한담을 사로잡고 호국을 짓쳐 들어가 항복을 받아 낸다. 이후 충렬은 아버지 유심과 어머니 장 부인, 그리고 처가인 강 낭자 가족을 모두 구한다. 대사마 대장군이 된 충렬의 집안은 부귀공명을 길이길이 누린다.

이렇듯 〈유충렬전〉은 주인공과 그 가족의 고행 및 군담(軍談)을 엮은 영웅 소설의 하나다. 내용을 간추려 놓으니 뻔한 이야기 같지만, 학계에서는 이 〈유충렬전〉을 영웅 소설의 구조적 특징을 가장 완벽하게 갖춘 창작 군담 소설을 대표할 만한 작품으로 주저없이 꼽는다. 참고로 〈임진록〉·〈임장군전〉은 역사 군담이고 〈삼국지연의〉·〈설인귀전〉 등은 중국 소설이기에 번역 군담이라 한다.

〈유충렬전〉은 〈주몽 신화(朱蒙神話)〉에서 이미 그 구조가 확립된 영웅의 일생을 바탕으로 한 전형적인 귀족적 영웅 소설로서 〈조웅전〉과 함께 조선 후기 영웅 소설과 군담 소설을 대표하는 작품이다. 영웅의 일생이라는 구조를 가장 충실히 유지하는 이런 유형은 주몽 신화에서부터 시작하여 신소설에까지 이어져 이인직의 〈혈의 누〉에서 미약하나마 재생되니 그 연원이 꽤 오래다.

논의를 벗어나지만 신소설(新小說)과 이인직(李人稙, 1862~1916)을 언급한 이상 이를 한두 줄이라도 짚고 넘어가지 않을 수 없다. 그것은 신소설이 고소설에 반(反)하여 개화사상을 들고 나온 소설임을 분명히 하였으나, 형식과 기교에서 일부 고소설보다 우위일 뿐이라는 매우 겸연쩍은 사실을 지나칠 수 없어서다. 이것은 신소설을 지어 반고소설임을 분명히 한 이인직의 〈혈의 누〉에서 고소설의 유형적 구조인 '영웅의 일생'을 찾을 수 있다는 소박한 발견을 크게 따지자는 이야기가 아니다.

신소설이 개화사상을 들었다지만, 맹목적인 제국주의에 대한 숭배와 여기에 부패한 조선 관리들에 대한 맹비난으로 민족 자긍심을 상실케 한 것은 물론, 소설로서의 문학성마저 의심받기에 충분하다는 썩 좋지 않은 사실을 지적하지 않을 수 없기 때문이다. 우리의 문학사에서 '신소설'의 대표적인 작가로 한 획을 그었다고 평가받는 이인직 같은 경우는 이런 의심스러운 눈총을 받기에 충분한 인물이다.

예를 들자면 아직도 '최초의'라는 칭송 어린 수식어를 앞에 단, 1906년 만세보(萬歲報)에 연재된 최초의 신소설 〈혈의 누〉에서 "구 씨의 목적은 공부를 힘써 하여 귀국한 뒤에 우리나라를 독일국같이 연방도를 삼되 일본과 만주를 한데 합하여 문명한 강국을 만들고자 하는 비사맥(비스마르크) 같은 마음이요"라거나 "평안도 백성들은 염라대왕이 둘이라. 하나는 황천에 있고 하나는 평양 선화당에 있는 감사라" 하는 따위가 그것이다.

1906년 당시 조선은 부패한 관리와 일제의 침략이 노골화되어 있었다. 그런데 개화사상을 표방하고 반고소설을 앞세운 이 신소설 〈혈의 누〉를 본 자라면, 누군들 일본과 같은 제국주의에 대한 선망과 탐관오리가 설쳐대는 조선에 대한 극도의 환멸감이 들지 않겠는가. 그렇다면 국비로 일본 가서 일본 말 배워 일본군 통역으로 러일 전쟁에 종군하고, 을사오적 중 수괴인 이완용의 비서 겸 통역관이 되어 단돈 3천만 원으로 조선을 팔아넘긴 실무자요, 끝내 아오개 화장터에서 일본식으로 불태워졌다는 이인직이 정녕 신소설을 쓴 의도를 단지 개화사상에서만 찾아야 한단 말인가? 곰곰이 생각해 볼 일이다.

다시 영웅 소설인 〈유충렬전〉으로 돌아가자. 유충렬의 천상계행은 이미 예정되었고, 지상계의 모든 갈등과 그 해결, 집단적인 공동선(共同善)인 충(忠)이라는 교리의 추구, 개인적인 이익보다 공동선을 앞세우는 공동체적 인물상 등이 〈유충렬전〉이 영웅 소설임을 증명해 준다.

우리는 부수적으로 유충렬의 행위에서 잃어버린 세력을 회복하려는 의

식도 눈치챌 수 있다. 정한담과의 정책 대결에서 패배하여 몰락한 유심의 가문이 유충렬의 영웅적 행동에 의해 다시 세력을 회복한다는 것이 그 이유다. 이렇게 보면 〈유충렬전〉은 주인공 유충렬의 고난과 시련, 전란 속에서도 흔들리지 않는 충성과 그에 따른 부귀영화의 회복을 통해, 지금은 잃어버린 세력을 되찾으려는 실세(失勢)한 양반 계층의 권력 회복을 염원한 작품으로도 이해할 수 있다. 이제 이 작품을 영웅의 일생에 따라 일곱 개의 단락으로 정리해 보자.

> '현직 고위 관리 유심의 외아들로서(고귀한 혈통), 부모가 산천에 기도하여 늦게 얻은 아들이다(비정상적인 출생). 천상인의 하강이기에 비범한 능력을 지니고(탁월한 능력), 간신 정한담의 박해로 죽을 고비에 처해 방황한다(기아). 구출자인 강희주를 만나 사위가 되고, 다시 도승을 만나 도술을 배운 다음(구출자를 만남), 정한담이 외적과 함께 반란을 일으켜 나라가 위기에 처하자(다시 위기를 만남) 그 위기를 극복하고 고귀한 지위에 올라 부귀를 누린다(위기를 극복하고 승리).'

〈유충렬전〉은 이렇듯 영웅 소설의 문법에 충실하다. 예를 들어 서두 출생 부분을 보면, 유충렬이 하강한 영웅임을 독자들에게 친절히 알려 주기까지 한다. "소자난 천상의 자미원 대장성 차지한 호위선관이옵더니 익셩(翼星)이 미워한 고로 상제께 아뢰고 익성을 축출하여 다른 방위로 귀양 보내었더니 익성이 그것으로 혐의하여 백옥루 잔채에 익성과 대전하고 상제께 득죄하여 인간으로 나려 보내실 새 갈 바를 모로옵더니 남악 산신령이 부인께 지시하옵기로 왔사오니 부인은 애휼하옵소셔."• 물론 이것

• 최태권 윤색 및 주해, 《북한고전문학총서 유충렬전》 20권, 태학사, 1994, 116쪽(이하 같은 책).

은 작품 전체의 전개에 대한 복선을 제시하여, 자미원 대장성의 호위선관은 유충렬로, 익성은 정한담으로 지상에 태어나 다시 대결할 것임을 암시하는 것이기도 하다.

등장인물의 성격에서도 영웅 소설의 면모가 잘 나타난다. 유충렬은 전형적인 영웅이다. 국가에 목숨을 걸고 충성을 다하는 충신의 전형으로서 자신에게 닥치는 대부분의 고난을 슬기롭게 극복하지만, 하강한 영웅이기에 천신의 도움 또한 적지 않다. 유충렬과 대척점에 서는 정한담과 최일귀는 간신과 악인의 전형들이다. 이미 짚은 바처럼 정한담은 천상계에서부터 유충렬과 악연의 꼬리를 잇는다.

고소설, 특히 영웅 소설에서는 선인과 악인 두 축의 대립이 극명하다. 따라서 악인 또한 소설 속에서 역할이 유충렬과 같은 영웅에 못지않다. 고소설 속에서 저들의 악행은 참으로 악인답다. 하기야 인간으로서 DNA가 같다고 모두 인간이 아닌 현대판 악인들도 많지만, 영웅 소설 속의 악인을 따라잡기는 쉽지 않을 듯하다.

〈유충렬전〉을 연구하는 많은 이들은 이 선인과 악인의 충돌을 조선시대의 당쟁과 무관치 않다고 본다. 훈구와 사림의 대립에서 시작하여 남인과 서인, 노론과 소론 등으로 파당 지으며 진화하는 살륙·숙청……. 이 조선 정치의 '승리 아니면 패배'라는 이항 대립과 〈유충렬전〉의 선악 대립 항이 정확히 일치하기 때문이다. 저 앞 문장에서 〈유충렬전〉의 이해를 "잃어버린 양반 계층의 권력 회복 꿈을 표현한 작품" 운운과 다시 연결되는 부분이다. 그래서 충신인 유충렬의 아버지 유심과 장인 강 승상이 간신인 정한담과 최일귀에게 멸문지화당하는 것에 착안하여 〈유충렬전〉을 '당쟁에서 패배하여 몰락한 사람들의 소망이 투영된 소설'로 읽기도 한다.

표로 나타내면 다음과 같이 간략한 대립 항이 만들어진다. 대부분의 군담 소설들 또한 이 구조에 지명이나 이름, 부수적인 인물만 다를 뿐이다.

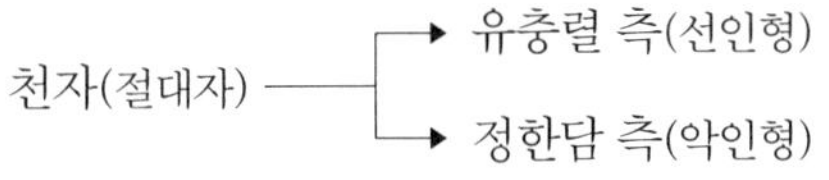

천자(절대자) ─┬→ 유충렬 측(선인형)
└→ 정한담 측(악인형)

하지만 우리의 삶은 이토록 대립 항이 단순하지 않다. 선악이 분명한 사람은 소설 속에서나 가능하지 우리가 살아가는 현실 속에서는 결코 존재하지 못한다. 더욱이 이것이 위로는 임금을 섬기고 아래로는 백성을 위하여 국정을 책임지는 당대 정치 현실의 반영이라면 〈유충렬전〉에 대한 저러한 이분법적 선악관의 이해를 달리해야 한다. 요동치는 국제 현실 속에서 단 두 패로 갈라져 한 치의 양보도 없이 서로 대립만 일삼는 것에 대한 합리적 이유를 찾기 어려워서다.

〈유충렬전〉의 성공 배경에는 조선의 저러한 대내적 정치 현실 못잖게 대외적인 외침 또한 반영되어 있다고 보는 것이 일반적인 견해다. 이른바 조선에 치욕을 안겨 준 병자호란의 경험이다.

〈유충렬전〉에서 그 예를 찾자면 이렇다. 가달 정벌을 둘러싸고 벌이는 유심과 정한담의 대결은 병자호란 때 청나라와 끝까지 싸우자는 주전파와 반대파인 주화파의 대립으로, 호국(胡國)에 의해 황제의 가족들이 포로가 된 것은 강화도의 함락과 왕실의 인물들이 포로가 된 병자호란의 현실과 맞대응된다. 또 유충렬이 단신으로 호국을 정벌하고 통쾌한 설욕을 한 것은 병자호란 때 남한산성의 고립으로 인조가 삼전도에서 항복의 예를 올린 뼈저린 통탄과 패배 의식을 소설을 통해 복수하고자 한 것이라는 해석이다. 이런 점에서 〈유충렬전〉은 〈임경업전〉이나 〈박씨전〉과도 그 맥을 같이한다.

다만 〈조웅전〉에서도 보았지만 유충렬의 잔인함을 지적하지 않을 수 없다. 이것은 〈유충렬전〉이 비교적 중기의 군담 소설이기에 병자호란을 겪으며 오랑캐(호)에 대한 적개심이 아직 팽배해 있기 때문인 듯하다. 그

부분을 옮겨 보자면, "원수 분심을 못 이기여 번개 같은 장성검으로 호왕을 두 쪼각을 내여 간을 끄내 입에 넣고 씹은 후 성중에 들어가 약간 남은 군사를 다 죽이고 그 중의 사오 명만 살리어 길을 인도하라 분부하고"라고 되어 있다. 오랑캐 왕의 간을 꺼내어 씹어 먹는 엽기적인 모습과 일반 백성들까지 잔인하게 제거하는 유충렬의 또 다른 모습에 등골이 서늘하다.

마지막으로 고소설의 현대성이라는 측면에서 우문(愚問) 하나만 더 짚으며 이 장을 마친다. 위에서 유충렬과 아버지 유심, 그리고 장인 강 승상 그룹을 충신으로 설정하고 정한담의 그룹을 역적으로 설정한 작자 의식은 바로 당쟁에서 패배한 실세층(失勢層)의 의식을 대변한 것이라고 귀띔해 놓았다. 그런데 이러한 〈유충렬전〉의 이해가 왜 기시감(旣視感)으로 이어지고 나아가 고유한 한국인의 풍토병으로까지 이어지는지 영 마음이 편치 않다. 지금도 선과 악으로만 구분 지어 끝없는 정쟁을 일삼는 우리 정치 현실이기 때문일까. 고소설의 현대적 효용성을 궁색하게 이러한 데서 찾느냐고 질책할 독자도 없지 않겠지만, 고소설을 공부하는 이로서 〈유충렬전〉을 심심파적 흥미로만 혹은 문학 감상의 카타르시스로만 접근하는 것에 대한 강한 의구심을 어쩌지 못하겠다.

〈춘향전〉

〈춘향전〉은 우리 고소설가의 문패요, 고소설 그 이상인 소설임에 틀림없다. 이 글을 다듬는데 한 영화사에서 〈방자전〉이란 영화를 제작했다는 기사를 읽었다. 기사를 보니 〈춘향전〉을 방자의 시각에서 풀어낸 영화라고 한다. 춘향과 이몽룡을 거쳐 이제는 방자까지 영화의 주인공으로 나설

만큼 〈춘향전〉은 진화하였다. 포스터를 보니 '춘향전을 범하다'라는 문구가 보인다. 꽤 도발적인 문구임에도 딱히 그렇게 읽히지 않는 것을 보면, 〈춘향전〉의 편폭이 얼마나 무변광대한가 알 수 있다. 〈춘향전〉은 1923년 일본인 감독 하야카와 고슈(早川孤舟)에 의해 최초로 영화화된 이래 현재까지 20편이 넘는다. 〈춘향전〉은 영화 외에도 희극, 창극, 마당놀이, 드라마 등 다양한 매체로 그 폭을 넓혀 간다. 물론 거의 흥행성에서 성공하였으니, 그 재현 대상과 방식이 다를지라도 〈춘향전〉의 상업적인 가치를 짐작할 수 있다. 여기에 수백 편에 달하는 이본과 판소리 창본, 그리고 초중고의 교과 교육까지 합치면 〈춘향전〉은 이제 두루춘향이니 가히 '춘향학'이라 부를 만하다.

다만 제집이든 곁방살이든 간에 상·아·탑이라는 석 자의 가두리 양식장에서 마치 고소설을 제 끼니때거리로만 여기며 혹은 구두선 찾듯 하는 이들이 문제다. 저 시절을 억지춘향 노릇으로 살 수 없는 이들이 치미는 마음을 누를 길 없어 우물고누 첫수로 왁자하니 보라고 우정 잡성스럽게 써놓은 존재 증명일진대. 그런 글을 '에헴-' 한 자락 뽑고 널찍한 책상머리에 편을 갈라 떼거리로 앉아서는 지적 소유권을 주장하며 스님 빗질하는 소리나 해대고는 저이들의 존재 증명을 감꼬치 빼 먹듯 하니 참 무람없다. 뉘 들으라는 소리가 아니오 내 들으라는 소리니, 바이 생각할 바 없기에 아니 읽어도 좋고 읽으면 더욱 좋다. 참고로 지금까지 영화화된 고소설은 〈장화홍련전〉, 〈심청전〉, 〈홍길동전〉, 〈숙영낭자전〉, 〈콩쥐팥쥐전〉, 〈변강쇠전〉 등이다.

춘향과 이몽룡의 나이가 16세였다는 것에 대해 의아해하는 이가 있어 두어 줄만 더 첨부한다. 저 시절에 저 정도면 딱 혼인하기 알맞은 나이였다. 고소설에서 혼인을 하거나 인연을 맺는 연령을 찾아보면 〈주생전〉의 선화는 14~15세, 〈최현전(崔灦傳)〉의 홍장은 15세, 〈왕경룡전〉의 왕경룡과 옥단은 각각 18세와 14세, 〈윤지경전〉의 윤지경과 연화는 16세와 13세, 〈박씨전〉의 이시백과 추녀 박 씨는 각각 16세와 17세, 〈운영전〉의 김 진사와 운영은 17~18세다.

이로 미루어 보아 혼인은 대개 15세에서 17~18세 정도에 이루어진 조혼이었다. 〈박씨전〉을 볼 것 같으면 박 씨가 17세가 되도록 시집 못 간 이유를 천하박색이어서라고 하였으니 17세도 노처녀라는 뜻이다.

〈심청전〉

연꽃 같은 소설 〈심청전〉은 국문 필사본이 144편에, 국문 방각본이 79편, 국문 활자본이 34편, 한문 필사본이 2편이나 된다. 국문 소설 중, 이본으로 단연 4위일 뿐만 아니라, 우리 고소설사에서도 뚜렷한 위치를 차지하는 소설이다.

〈심청전〉은 판소리계 소설이다. 거타지, 인신공회, 맹인 득안 등의 전래 설화를 창극화한 판소리를 다시 소설화한 것으로 이해할 수 있다. 이러한 설화를 소설화한 작품은 민중에 의해 첨삭되기에, 이를 '적층성'이라 부른다.

〈심청전〉은 전반부와 후반부로 나뉜다. 전반부는 심청이 공양미 삼백 석에 팔려 인당수의 제수(祭需)가 될 때까지이며, 후반은 환생하여 왕비가 되어 아버지를 만나고 아버지가 다시 눈을 떠서 행복하게 살 때까지다. 이는 불교의 인과응보 사상에다 유교의 효, 도교의 신선 사상이 담겨 있다고 할 수 있다. 이를 이해조가 〈강상련〉이라는 신소설로 개작하기도 하였는데, 이에 대해서 몇 마디 첨부해야겠다. 이해조는 20세기 초엽 신교육과 개화사상을 고취하면서 당시 사회의 부조리를 반영하였던 신소설 작가다. 그는 저 앞 '〈홍길동전〉과 〈춘향전〉'에서 이미 살폈듯이 〈자유종〉에서 〈심청전〉을 처량 교과서라고 폄하하였다. 그리고 〈춘향전〉을 〈옥중화〉로, 〈심청전〉을 〈강상련〉으로 개작하였다. 이 신소설 〈심청전〉은 광동서국에서 4판까지, 신구서림에서는 11판까지 찍어 냈으니, 그 인기를 어림작할 수 있다.

그러나 이해조가 개작하였다는 '강물 위의 연꽃' 〈강상련(江上蓮)〉은 충남 서산 출생으로 개화기 가야금 병창의 명인인 심정순(沈正淳, 1873~1937)의 구술을 그대로 받아 적어 놓은 것에 지나지 않는다. 심정순 창본 〈심청가〉와 이해조의 〈신소설〉에서 다른 점은 이해조가 허두 부분만 소설적으로 개작한 것뿐이다.

이것을 보면, 이해조가 그렇게 〈심청전〉을 처량 교과서라고 폄하할 것까지는 없는 일이었다. 그가 '신소설'로 쓴 것이 실은 고소설 〈심청전〉과 이웃한 판소리 〈심청가〉를 받아 쓴 것에 지나지 않기에 말이다. 따지고 보자면 모든 세상사가 이렇다. 하늘 아래 새로운 것은 없는 법, 옛것을 배워 이를 새롭게 만들어 나가는 것이 세상의 정연한 이치다. 그래 '이 작품에 저 작품이 저 작품에 이 작품' 있다는 '상호 텍스트성(intertextuality)'이란 말을 꼭 수입해야만 깨달을 일도 아니다.

〈심청전〉의 이본은 상당수가 있는데 그중 전주에서 간행한 완판본만 6종이나 되고, 그것도 여러 곳에서 여러 번에 걸쳐 판각되었으니 전주 지방에서 〈심청전〉의 인기를 짐작할 수 있다. 〈심청전〉 내용이야 다들 알겠지만 그래도 몇 자 적어 본다.

> 황주 도화동의 심학규와 곽 씨 부인은 기자 정성을 하여 딸 심청을 낳았다. 심학규는 봉사였고, 곽 씨 부인은 청을 낳은 후 죽고 만다. 마을 사람들은 젖동냥을 다니는 심 봉사를 측은히 여겨 청에게 젖을 먹여 준다.

시간이 흘러 심청은 육칠 세가 되자 아버지를 이끌고, 십일 세가 되자 인물과 효행이 인근에 자자하였다. 십오 세에는 삯바느질로 아버지를 극진히 공양한다. 인물이 뛰어나고 재질이 비범한 청을 장 승상 부인은 수양딸로 삼고자 하나 청은 아버지를 생각하여 거절한다.

어느 날 늦게 돌아오는 딸을 마중 나간 심 봉사는 개천에 빠진다. 이때 몽운사 화주승이 그를 구해 주고 공양미 3백 석을 시주하면 눈을 뜰 수 있을 것이라고 귀띔한다. 이후 심 봉사는 자신의 어리석음을 자책하고, 이를 알아차린 청은 남경 상인들에게 몸을 판다. 청은 인당수의 제물이 되는 대가로 받은 공양미 3백 석을 몽운사로 시주하고, 아버지에게는 장 승상 댁의 수양딸로 팔렸다고 거짓말한다. 드디어 배가 떠나는 날, 청은 승상 부인을 찾아가 작별 인사를 하고 아버지에게 하직 인사를 한다. 뒤늦게 전후 사정을 알게 된 심 봉사는 함께 고기밥이 되자지만 하릴없다. 인당수에 당도한 남경 상인들은 제를 올린다. 청은 아버지를 걱정하면서 인당수에 뛰어든다.

청은 용궁으로 가 후한 대접을 받고 어머니 곽 씨 부인을 만난다. 용궁 생활을 하다가 청은 연꽃을 타고 인간계에 나온다. 남경 상인들은 귀국하던 도중에 바다에 떠 있는 연꽃을 발견한다. 그 연꽃을 건진 남경 상인들은 상처한 송 천자에게 이를 바치고 그 꽃 속에서 청이 나온다. 천자는 청을 황후로 맞는다. 청은 아버지의 일을 말하고, 천자는 맹인 잔치를 연다.

그동안 심 봉사는 뺑덕어미를 얻고 재산을 탕진한다. 뺑덕어미와 심 봉사는 잔치 소문을 듣고 황성으로 떠나지만 도중에 뺑덕어미는 황 봉사와 눈이 맞아 심 봉사의 행장까지 훔쳐 도망간다. 우여곡절 끝에 안 씨 맹인을 만나 인연을 맺고 심 봉사는 맹인 잔치에서 황후가 된 청을 만나 눈을 뜨고 부원군에 제수된다. 심 봉사는 안 씨 맹인을 맞아 70세에 생남하고 심 황후의 덕은 천하에 드리운다.

〈심청전〉에 대한 기록은 이미 조수삼의 《추재집》 '전기수'에도 보인다. 이때가 이미 19세기를 전후한 시기다. 그렇다면 조선 후기 독서 대중은 왜 이 〈심청전〉을 읽었을까?

〈심청전〉의 주제에 대해서는 불공에 따른 극락왕생 또는 불교적 재의(齋儀)로 보는 견해도 있으나, 대체로 심청의 효를 주제로 본다. 고종 때 진주 부사를 지낸 정현석(鄭顯奭)은 《교방가요(敎坊歌謠)》에서 "〈심청가〉는 눈먼 아비를 위해 몸을 팔았으니 이는 효를 권장한 것이다"라고 하였지만 현대의 학자들은 효의 성격에 대해서 논자에 따라 견해가 다르다. 주제에 대한 강조뿐 아니라 작품 중에는 당시 하층민이 겪어야 했던 가난과 가치관의 소멸로 평범한 의미의 효도조차 할 수 없었던 상황이 잘 그려져 있기 때문이다. 즉, 목숨을 버리는 것이 가장 큰 불효이나 심청은 효를 위해 목숨을 버렸다.

그래서인지 경판본 〈심청전〉에는 뺑덕어미가 나오지 않는다. 〈심청전〉에서 뺑덕어미는 심 봉사를 갖은 꾀로 꾀어서는 열다섯 살 먹은 심청이 인당수에 몸을 팔아 시주하고 남은 돈을 몽땅 써버리고 샛서방 황 봉사와 함께 줄행랑을 놓는 마음보 고약한 여인이다. 이본마다 다르지만 완판 71장본 〈심청전〉에서 이 뺑덕어미의 품성을 어림작하고 효 문제로 넘어가겠다. 열다섯 어린 몸을 판 돈이 뺑덕어미와 어리석기 짝이 없는 심 봉사에 의해 저렇게 시나브로 없어진다.

> 마을 사람들이 심 맹인의 돈과 곡식을 착실히 늘려서 집안 형편이 해마다 늘어 갔다. 이때 그 마을에 서방질 일쑤 잘하여 밤낮없이 흘레하는 개같이 눈이 벌게서 다니는 뺑덕어미가 심 봉사의 돈과 곡식이 많이 있는 줄을 알고 자원하여 첩이 되어 살았는데, 이년의 입버르장머리가 또한 보지 버릊과 같아서 한시 반 때도 놀지 아니하려고 하는 년이었다.

양식 주고 떡 사먹기, 베를 주어 돈을 받아 술 사먹기, 정자 밑에 낮잠자기, 이웃집에 밥 부치기, 마을 사람더러 욕설하기, 나무꾼들과 쌈 싸우기, 술 취하여 한밤중에 와 달싹 주저앉아 울음울기, 빈 담뱃대 손에 들고 보는 대로 담배 청하기, 총각 유인하기, 온갖 악증을 다 겸하였으되, 심 봉사는 여러 해 주린 판이라, 그중에 동침하는 즐거움은 있어 아무런 줄 모르고 집안 살림이 점점 줄어드니, 심 봉사가 생각다 못해서 물었다.

"여보소, 뺑덕이네. 우리 형편 착실하다고 남이 다 수군수군했는데, 근래에 어찌해서 형편이 못 되어 다시금 빌어먹게 되어 가니, 이 늙은 것이 다시 빌어먹자 한들 동네 사람도 부끄럽고 내 신세도 악착하니 어디로 낯을 들어 다니겠는가?"

뺑덕어미가 대답한다.

"봉사님, 여태 자신 게 뭐요? 식전마다 해장하신다고 죽 값이 여든두 냥이오, 저렇게 갑갑하다니까. 낳아서 키우지도 못한 것 밴다고 살구는 어찌 그리 먹고 싶던지, 살구 값이 일흔석 냥이오, 저렇게 갑갑하다니까."•

서방질 일쑤 잘하여 밤낮없이 흘레하는 개같이 눈이 벌게서 다니는 뺑덕어미와 딸을 잃고도 저런 뺑덕어미와 동침하는 즐거움 때문에 집안 살림이 줄어드는 줄도 모르는 심 봉사의 모습이 그려진 대목이다. 이러한데도 이 〈심청전〉을 효로 읽어야 할까? 좀 떨떠름하지 않은가.

그래 효에 대해서 좀 짚어 봐야겠다. '동방의 예의지국'이라 불리는 우리나라는 일찍이 이 효에 대한 문헌 기록을 쉽게 볼 수 있다. 신라의 경우는 지금의 대학격인 국학(國學)에서 《효경》이 필수 과목이었고, 《삼국사기》에 보이는 〈향덕(向德)〉, 〈효녀 지은(知恩)〉, 〈설씨녀(薛氏女)〉, 〈탁영전(卓

• 정하영 편, 〈심청전〉(완판 71장본), 《한국고대소설선독》, 집문당, 1987, 191~192쪽.

英傳)〉 등이 모두 효에 관련된 이야기다.

이 중 가장 엽기적인 효 이야기인 〈탁영전〉과 개화기 소설인 《신단공안》 3화 두 편만 보자. 〈탁영전〉은 경상도 고령 땅에 살았던 탁영과 그의 부인 송 씨의 효를 기린 전이다. 내용은 이렇다.

이들 부부의 노모가 병이 깊은데, 한 중이 와서 9대 독자의 간을 먹으면 낫는다고 한다. 그러나 9대 독자는 오직 절에 가서 공부하는 부부의 아들밖에 없자 부부는 아들을 집으로 불러 자는 틈에 그 어미가 간을 꺼내어 노모에게 먹인다. 물론 노모의 병은 낫고 어미는 슬픔에 잠긴다. 몇 개월 후 죽은 아들이 살아 나타난다. 이때 중이 다시 등장하여 효성에 감동한 천지신명이 아들의 형용을 만들어 준 것이라 한다. 이러한 내력이 있는 효자의 비각을 내가 보고 탁 효자와 송 씨 부인 같은 이는 세상의 '사표'가 됨 직하여 세상에 알린다는 내용이다.

자식의 간을 꺼내어 노모의 병 치료에 쓴다는 부부의 엽기적 행위도 그렇지만, 이를 비각으로 새기고, 또 그 내용을 모든 이들이 본받아야 한다는 '사표(師表)'라는 말에 더욱 소름 끼친다. 어찌 저 부모를 세상 사람들이 따라야 할 '모범 인물'인 사표로 보아야 한단 말인가.

《신단공안》 3화는 악승의 음란으로 빚어진 살인 사건과 효녀의 살신성인을 다룬 개화기 소설인데, 〈탁영전〉 못지않게 섬뜩하다. '신단공안'의 뜻은 '범죄 사건(公案)'을 '귀신처럼 해결한다(神斷)'는 의미로, 1906년 황성신문에 연재된 한문 현토체 소설이다. 모두 일곱 작품이 옴니버스 식으로 실려 있는데, 이 3화는 그중 한 편이다. 대략의 내용은 이렇다.

순조 때 공주에 최창조라는 이가 부인 황 씨와 혜랑이라는 딸과 살았다. 창조의 아우 창하는 아름다운 김 부인과 살다 요절하고, 김 부인은 일청이라는 중을 불러 남편의 영혼을 달래게 한다. 사단은 여기서 일어난다. 이 일청이란 중이 하라는 염불은 안 하고 미망인인 김 부인을 탐한다.

그러나 김 부인이 응하지 않자 죽여서는 목을 잘라 가지고 절로 사라진다. 죄는 뜬금없이 시아주버니인 최창조가 뒤집어쓰고, 고문을 이기지 못한 창조는 허위 자백을 한다. 사건이 상급 관청으로 넘어가고, 피살자의 목이 없는 것을 이상히 여겨 잘린 머리만 찾아오면 죄를 면해 주겠다고 한다. 그러나 일청이 숨겨 놓은 김 부인의 머리를 찾을 수 없고, 급기야 창조의 딸 혜랑이 자기의 목을 어머니에게 잘라 달라 하여 관청에 바친다. 사건의 중대성을 파악한 관가에서 다시 수사하여 중 일청을 잡고 효녀의 정문을 세웠다는 이야기다.

제 목을 잘라 아버지의 무고한 옥사를 해결한 효녀 이야기다. 효가 저토록 변질되었으니, 엽기라 아니할 수 없다.

이 효는 고려 말《명심보감》을 통하여 더욱 구체화된다. 조선에 들어와서도《이륜행실도》·《동국신속삼강행실도》·《오륜행실도》 등이 발간, 반포되었다.《삼강행실도》에는 글을 모르는 이들도 보라고 그림까지 그려 놓았는데, 어머니의 악창을 치료하고 배고픔을 달래기 위해 자기의 넓적다리 살을 베어 드렸다는 향덕(向德)은 가벼운 경우다. 이러한 사회적 정황이 아버지의 눈을 뜨게 하기 위해 제 몸을 공양미 3백 석에 팔아 인당수의 제물로 바치는 극단적 효의 표본 심청을 만든 것이다.

여기서 잠시 부모를 위해 몸을 파는 매신(賣身)을 보고 가자. 몸을 파는 것을 매신이라 하는데, 〈곽부용전〉도 이러하다. 〈곽부용전〉은 현재 선문대학교 중한번역문헌연구소에 소장되어 있는 국문 소설이다. 내용을 잠시 보자면 소설의 주인공인 누이 곽부용(郭芙蓉)과 남동생인 뇌성(雷聲)이 각각 열 살, 일곱 살 되던 해 부모가 갑자기 죽는다. 오누이는 강한림에게 몸을 팔아 부모를 명당에 안치한다. 강한림의 딸인 난총이 부용을 미워하고, 배를 타고 가다 난총의 명령으로 배를 무사히 건너게 하는 수륙제의 희생양으로 강물에 뛰어든다.

이때 한 선동이 나타나 부용을 구해 주고 활인주라는 영약을 준다. 부용은 이 활인주로 황제의 아우인 경성 대군을 살리고 부인이 된다. 경성 대군은 초 왕에 봉해지고 부용은 왕비가 된다. 후일 동생 뇌성도 '매신장부모(賣身葬父母: 몸을 팔아 부모를 장사 지내다)'라는 시제를 내건 시험에서 장원으로 급제한다.

부모가 정성을 들여 늦게야 자식을 낳고, 이어지는 부모의 죽음과 여기에 자식이 몸을 팔아 장례를 치르는 희생적인 효행, 여주인공이 물에 빠졌다 살아나서 후일 왕비가 되는 응보 등이 〈심청전〉과 매우 흡사한 작품이다.●

'매신장부모'를 모티프로 한 작품은 이외에도 부인을 파는 〈이태경전〉, 부부가 몸을 파는 〈이해룡전〉 등이 있다. 두 작품 모두 배경이 경성이고 양반가이다. 조선 후기 조선의 정치, 경제, 사회, 문화의 대동맥인 경성 한복판에서 벌어지는 몸을 팔아 장례를 치를 정도의 몰락한 양반가와 극단의 효, 그리고 효에 대한 보응으로 주어지는 넘치는 출세 등은 곰곰 짚어야 한다.

이러한 효 강조는 조선의 정치적 배경에서 비롯되었음을 간과해서는 안 된다. 안타깝게도 조선의 여성은 임진왜란·정유재란과 정묘·병자호란을 거치면서 더욱 옥죄어 들었다. 조선은 미증유의 전란과 명의 멸망, 청의 건국 등 주변국의 소란스러운 흥망과 나란히 하면서도 아이러니하게 집권층은 조선식 성리학을 중심으로 더욱 체제를 공고히 하였다. 지배질서 강화를 위한 일련의 정책으로 삼강오륜의 강화와 효자, 충신, 열녀에 대한 포상, 과거제에 의한 양반 가문 중심의 정치인 양성, 그리고 명에 대한 춘추대의와 북벌책 등을 집요하게 폈다. 그중 하나가 극단의 효였다.

● 최길용·박재연 교주, 〈곽부용전〉, 선문대학교 중한번역문헌연구소, 2006.

사실 이황(李滉, 1501~1570) 선생까지만 해도 효가 이 정도까지 극한으로 치닫지는 않았다. 이황 선생은 "부모가 자녀를 사랑하는 것이 자(慈)고, 자녀가 부모를 잘 받드는 것이 효(孝)다. 효자의 도리는 천성에서 나오는 것으로, 모든 선(善)의 으뜸이 된다"라는 정도로 이야기할 뿐이었다. 물론 '신체발부수지부모(身體髮膚受之父母)', 즉 '내 몸과 피부와 터럭은 부모에게서' 받은 것이니, 감히 헐어 상하지 않는 것이 효의 마침'이라고 한 것에도 어긋남은 물론이다. "순(舜) 임금이 아버지 고수(瞽瞍)에게 하듯"이라는 말이 있다. 순의 아버지 고수와 계모는 순을 학대했다. 아버지 고수는 순을 매일같이 때렸는데, 순은 참고 맞다가 큰 몽둥이로 때리면 도망갔다. 그것은 큰 몽둥이에 맞아 죽으면 아버지에게 불효가 될까 해서였다.

〈심청전〉에서 아버지의 눈을 뜨게 하는 것이 소효(小孝)라면 목숨을 버리는 것은 대효(大孝)를 어긴 셈이다. 〈열녀전〉에서 남편을 따라 죽는 자학의 열녀와 크게 다를 바 없다. 물론 여기에는 이러한 효를 자연스럽게 받아들이는 사회의 못된 가치가 깔려 있음을 간과해서는 안 된다.

하나 더, 〈심청전〉 이본 중 완판 을사본을 보면 심청을 후처로 삼은 황제는 아버지 연배고 심학규의 후처인 맹인 안 씨는 심청과 나이가 같다.

효행도(가회박물관 소장)

저기 지게 옆 광주리에 술병이며 간단한 찬그릇이 보인다. 아마도 벼를 베는 아버지에게 어린 딸이 새참을 내왔나 보다. 그때 집채만 한 호랑이가 아버지에게 달려들고 어린 딸이 몸으로 막아선 민화다. 조선 후기에 효사상을 강조하려 그린 민화 가운데는 이러한 그림이 많다.
《오륜행실도》는 온통 효로 엮인 책인데, '석진단지(碩珍斷指)'를 보자면 이렇다. 석진단지란, '석진이 손가락을 자르다'란 뜻이다. 주인공인 유석진은 조선 왕조 때 고산현의 아전이었는데, 부친이 악질에 걸려 날마다 발작하여 기절하니 사람으로서 차마 볼 수 없을 지경이었다. 석진은 밤낮으로 모시기를 게을리 않고 사방으로 의원을 찾고 약을 구한다. '그 병에는 산사람의 뼈를 피에 섞어 마시면 낫는다는 말'을 듣고 자신의 무명지를 잘라 지시대로 하니 부친의 병이 씻은 듯 나았다는 것이다.

더욱이 심청과 계모인 맹인 안 씨는 같은 날 임신하여 같은 날 사내아이를 낳는다. 사랑한다면이야 딱히 도리 없는 일이지만 좀 지나치다.

우리가 〈심청전〉을 읽는 것은, 파리대가리만 한 검은 활자에 박혀 있는 저러한 못된 사회적 억압을 찾는 독서여야만 한다. 열다섯 살짜리 딸자식을 팔아 눈을 뜬다는 소설은 다시는 없어야 한다.

마지막으로 효의 대상에 대한 흥미로운 결과가 있어 하나 소개한다.

효의 대상을 조사해 보니 아들과 아버지가 35퍼센트, 아들과 어머니가 43퍼센트, 딸과 아버지가 8퍼센트, 딸과 어머니가 6퍼센트로 나타났다.• 이 논문에서는 효를 심리학적으로 살펴 효의 1차적 동기를 근친상간, 즉 이성(異性) 부모에 대한 사랑과 그 죄의식에 의한 자기 처벌적인 요소인 오이디푸스 콤플렉스로 설명하고 있다. 하지만 서양에서도 그렇듯 동양에서 '오이디푸스 콤플렉스' 이론에 대한 거부감이 강하기에 꼭 맞다고 확언하기는 어렵다. 효를 동양 사상의 중심 덕목이라 여기는 것은 예로부터 면면히 내려오던 정신이 아닐까 한다.

〈적벽가〉

"남의 옷으로 깃을 장식하는 까마귀다." 이 말은 하버드 출신의 지식인 허버트 스펜서(Herbert Spencer, 1820~1903)가 영국의 셰익스피어를 공격한 말이다. 셰익스피어는 외국의 설화나 작품에서 취재하여 많은 명작을 남겼다. 허버트 스펜서는 바로 이러한 셰익스피어의 다른 작품 차용을 못마땅해한 것이다. 독일에 전해 내려오는 전설인 〈파우스트〉는 유명한 작

• 차준구, 〈한국 전설에 나타난 효의 문화정신의학적 고찰〉, 《신경정신의학》18~1(딸림책), 1979, 82쪽.

품만도 50여 종이나 된다고 한다. 우리가 잘 아는 괴테의 〈파우스트〉는 이 독일 전설인 〈파우스트〉을 차용한 여러 작품 중 하나일 뿐이다.

우리 고소설에 이러한 견해가 있는 것이 〈적벽가〉라는 판소리계 소설이다. 〈적벽가〉는 판소리 열두 마당 중 하나, 또는 동리(桐里) 신재효가 이를 고쳐 지은 판소리의 이름이다. 이 〈적벽가〉는 완판본으로 〈화용도(華容道)〉라는 소설이다. 하지만 신재효의 작품인 〈적벽가〉는 이전의 완판본인 〈화용도〉와 매우 다른 면모를 보여 준다. 우선 〈화용도〉는 사건이 주가 되고 인물이 종이 되는 반면, 〈적벽가〉는 인물이 주가 되고 오히려 사건이 종이 된다. 〈적벽가〉는 이렇게 사건을 적게 다루면서도 이에 등장하는 인물의 심리 표현과 행동 묘사에 주력한다. 반면 〈화용도〉에서는 평면적인 사건만 길게 나열할 뿐 인물의 심리 묘사가 등한시된다. 즉, 〈적벽가〉의 삼고초려, 장판교 대전, 동남풍 비는 것, 적벽 대전, 화용도 패주 등의 삽화는 〈삼국지연의〉에 있는 것이지만 원작의 내용을 상당한 정도로 바꾸었다는 뜻이다.

'군사설움'과 '군사점고' 등이 그렇다. 학자들은 〈적벽가〉가 〈화용도〉보다 상대적으로 우월하다는 것을 여기서 찾는다. 다만 유의할 것이 있어 몇 마디 더 얹는다. 〈적벽가〉는 판소리와 가깝고, 〈화용도〉는 소설을 지향하는 경향이 있다는 단순한 이분법은 곤란하다. 〈적벽가〉라 한 것 중에도 소설화 경향을 보이는 것이 있고, 〈화용도〉라 이름 붙은 것 중에도 판소리를 지향하는 교차 현상을 찾을 수 있기 때문이다. 더욱이 옛날에는 판소리 사설을 〈화용도타령〉이라고 부르기도 했었기에 이 이분법은 실상에 맞지 않는다. 이 책에서도 〈적벽가〉라 함은 〈화용도〉를 포함한 것을 지칭한다.

판소리 〈적벽가〉가 생겨난 경로는 다음과 같은 두 가지 어느 경우도 가능하다.

〈삼국지연의〉→적벽대전을 그린 소설→판소리 〈적벽가〉

〈삼국지연의〉→판소리 〈적벽가〉→적벽대전을 그린 소설

대충 〈적벽가〉 줄거리를 들어 보면, 유비가 제갈공명을 찾아 삼고초려하는 장면에서부터 시작한다. 그리고 적벽대전에서 크게 패한 조조가 화용도로 도망하여 여러 번 죽을 고비를 넘기다가 5백 도부수를 거느린 관운장을 만나 구차스럽게 목숨을 빌어 화용도를 빠져나가는 장면까지다.

이와 같이 〈적벽가〉는 분명 〈삼국지연의〉를 모태로 하여 지어진 작품이지만 〈삼국지연의〉에 없는 인물을 등장시키거나 기존의 인물을 변화시킨다. 〈삼국지연의〉는 영웅들의 쟁패인 만큼 보통 사람들은 등장하지 않는다. 그러나 〈적벽가〉는 이름 없는 병사들을 다수 등장시켜 그들의 사연을 토로하게 한다.

또 조조를 소심하고 비겁한 인물로 희화하여 매우 희극적인 인물로 만든다. 조조의 모사인 정욱은 마치 〈춘향전〉에서 '방자'와 같은 인물로 변용시켜 이러한 조조를 한껏 비웃는다.

언급했다시피 〈적벽가〉는 〈삼국지연의〉에서 조조가 백만 대군을 이끌고 오나라와 대치하여 싸우던 적벽대전 이야기를 판소리로 변용한 것이다.

아래 인용문은 신재효본 〈적벽가〉 중 유명한 군사 설움 대목으로, 〈적벽가〉의 원전인 〈삼국지연의〉에는 없다. 조조가 백만 대군을 이끌고 오나라와 대치하여 일전을 벌이기 직전의 상황, 이른바 적벽대전의 전야에 조조의 군사들이 제각기 설움을 늘어놓는다. 고향의 부모·처자를 이별하고 전쟁터에 나온 사람들의 애틋한 사연이어서 보통 사람이면 누구나 수긍할 수 있는 설움이다. 더욱이 이들은 다음 날이면 제갈공명의 동남풍을 이용한 주유의 화공에 죽거나 부상당할 운명이어서 그 슬픔은 더욱 고조된다. 또한 반전사상이 나타나 있는 것도 특별히 주목할 만하다.

이야기는 조조가 적벽에서 패하여 도망하다 어리석게도 화용도로 들어가는 장면에서부터 시작한다. 조조의 모습이 재미있어 좀 길게 인용해 본다.

조조가 한참 도망타가, 장비 점점 멀어지니 방정을 또 내떨어,

"이애 정욱아 날 보아라, 목 있느냐?"

"목 없으면 말하겠소?"

"장비가 홀아비냐?"

"좋게 아들 낳아 장포(張苞)도 명장이라우."

"그 낯바닥 검은색과 그 눈구멍 흰 고리에 어떤 계집이 밑에 누어 쳐다볼거나. 내 통이 크지마는 만일 꿈에 보았으면 정녕 지녈키제(기절하지)."

말하며 가느라니 앞에서 가던 군사 아니 가고 품(稟)을 하여,

"앞 길이 두 갈랜데 큰 길은 좋사오되 형주(荊州)로 가자 하면 오십 리가 더 있삽고, 작은 길 화용도(華龍道)는 오십 리가 없사오니 산이 험코 길이 좁아 구렁텅이 많사옵고, 산등에서 연기 나니 어느 길로 가오리까?"

"화용도로 들어가자."

제장이 여짜오되,

"연기가 나는 곳에 정녕 복병 있을 테니, 왜 그리 가자시오?"

"병서 아니 읽었느냐? 허즉실 실즉허(虛則實 實則虛)라, 제갈량이 얕은 소견 산머리에 연기 피워 복병이 있는 듯이 하여 내가 그리 아니 가고 큰 길로 갈 것이니, 큰 길에 복병하여 꼭 잡자 한 일이나 내가 누구라고 제 잔꾀에 넘겠느냐? 잔말 말고 그리 가자."

제장이 추어,

"승상의 묘한 국량(局量) 귀신도 알 수 없소."

옆에 따라오는 군사 입바른 말을 하여,

"왜 저렇게 알거드면 황개의 사항서(詐降書)와 방통(龐統)의 연환계(連環計)에 그리 몹시 속았는고. 살망을 저리 떨고 무슨 재변 정녕 나제."

앞에 가던 말과 군사 아니 가고 주저하니 조조가 재촉하여,

"왜 아니 간다느냐?"

군사가 여짜오되,

"산은 험코 길 좁은데 새벽 비가 많이 와서, 구렁에 물이 괴고 진흙에 말굽 빠져 암만 해도 갈 수 없소."

조조 호령 크게 한다.

"군사라 하는 것이 산 만나면 길을 파고, 물 만나면 다리 놓아 못 갈 데가 없는 것을 수렁에 물 괴었다 지체를 한단 말가?"

군사를 동독(董督)하여 길가에 나무 베어 깊은 구렁 높이 메우고 좁은 길 넓힐 적에, 장요 허저 서황 등은 칼을 쥐고 옆에 서서 게으른 놈 목을 베니, 상창기곤(傷瘡飢困) 남은 군사 밟혀 죽고 칼에 죽고, 날은 차고 배는 고파 손발 시려 우는 말이, "적벽강에서 죽었더면 죽음이나 더운 죽음, 애써 살아 와서 얼어 죽기 더 섧구나."

처량한 울음소리 산곡이 진동하니 조조가 호령하여,

"죽고 살기 네 명이라 뉘 원망을 하자느냐."

우는 놈은 목을 베니 남은 군사 다 죽는다. 처량한 울음소리 구천(九天)에 사무치니, 엄동설한 이 시절에 새가 분명 없을 터나 적벽 오림 호로곡(葫蘆谷)에 원통히 죽은 군사 원조(寃鳥)가 되어 나서 조조의 허다 죄목(罪目) 조롱하여 꾸짖는다.

〔……〕

저 검정 새 조롱한다.

"여보소 조 승상아, 자네 형용 못 보거든 나를 보고 짐작하소. 볼수록 유복하지."

대가리 까딱까딱, 꽁지는 까불까불, 이리 팔팔 저리 팔팔. 비거비래(飛去飛來) 뭇 새들이 온 가지로 조롱하니, 조조 저 또한 무색하여 한 말 대답 못하고서 먼 산만 바라볼 제, 수목 삼삼 깊은 틈에 은은히 섰는 장수 신장은 팔척이요, 붉은 낯 채수염(긴 수염)에 가만히 서 있거늘 조조가 보고 깜짝 놀라 마하(馬下)에 떨어지니 정욱이 묻자오되,

"승상님 평생 행세 어양(의뭉함)도 하 많아서 웃기도 하 잘하고 울기도 하 잘하고, 불시에 좋아하고 불시에 나자하니 측량을 할 수 없소. 지금 하는 저 재조는 남 도르잔 궤술(詭術)이요, 적벽강 불에 간담(肝膽) 놀라 지랄병을 얻으셨소. 왜 공연히 앉았다가 솔방울 모양으로 뚝 떨어져 굴러가오."

조조가 손을 들어 수풀 사이 가리키며 정신없이 말을 하여,

"나무 사이 보이는 게 정녕 관공(關公)이제."

"승상님 혼 나갔소? 그것이 장승이오."

"얘야, 장승이면 장비(張飛)하고 일가(一家) 되냐?"

"십리 오리 표하자고 나무로 깎아 세우니 화용도 장승이오."

조조의 평생 행세 만만한데 호기 내어 나무로 깎았으니 말 못할 줄 짐작하고 호령을 크게 하여,

"너, 그놈 잡아 오라."•

조조의 어리석은 행동과 정욱의 비아냥이 그려져 있는가 하면, 군사들에게 모질게 대하는 모습과 이러한 어리석은 조조에 대해 새들까지 와서 꾸짖는다. 중략 부분에는, 봉황, 비취, 자고, 앵무, 오작, 꾀꼬리, 비둘기, 두견이, 쑥꾹새, 비쭉새의 조롱이 장황하게 이어지는데 이 새들은 적벽 오림 호로곡에 원통히 죽은 군사들이 혼령이었다.

• 강한영 교주, 《한국 판소리 전집》, 서문당, 1973, 261~265쪽.

물론 조조는 제 꾀에 넘어가 이제 이 화용도에서 관우와 휘하 5백 명의 칼 든 군사를 만난다. 이미 제갈공명이 이 화용도 좁은 곳 높은 뫼에 불을 놓아 간사한 저 조조를 연기로 유인하라고 관우에게 시켰기 때문이다. 다른 장수라면 연기를 보고 복병인가 짐작해 그리 올 리가 없겠지만, 꾀 많은 조조는 제 꾀를 믿기에 허장성세라 하고 그리 올 것이라 짐작한 것이다.

우리 속담에 자신만만하며 웃다가 언제 망신당할지 모른다는 '조조는 웃다 망한다'나, 지나치게 재주를 피우면 결국 그 재주로 말미암아 자멸함을 비유적으로 이르는 말인 '조조의 살이 조조를 쏜다'는 이러한 데서 연유하였다. 또 '항우는 고집으로 망하고 조조는 꾀로 망한다'라고 하여, 고집 세우는 사람과 꾀부리는 사람을 경계하는 말도 있다.

〈적벽가〉의 이본을 〈화용도(華容道)〉라 함은 조조가 패주한 이 길 이름을 딴 것이다. 이렇듯 〈적벽가〉는 〈삼국지연의〉에 없는 인물을 등장시키거나 기존의 인물을 변화시켜 희화시키는 한편, 〈삼국지연의〉 영웅들을 보통 병사들로 바꾸어 그들의 사연을 토로하게 한다. 판소리계 소설이 영웅 이야기가 아닌 민중의 이야기라는 것을 극명하게 보여 주는 대목이다. 또한 외국 문학을 주체적으로 수용하고, 서민 의식을 반영한 좋은 예이다. 〈적벽가〉는 크게 보아 삼고초려, 박망파 싸움, 장판교 싸움, 군사 설움 타령, 적벽강 싸움, 화용도로 구성되는데 바디에 따라 다소 차이가 있다.

이본을 보면 필사본이 65, 방각본이 75, 활자본이 39, 판소리 창본이 16편 보여 이본 수로 국문 소설 중 5위이다.

〈삼국지연의〉

우리가 부르는 〈삼국지〉는 〈삼국지연의〉로, 원명은 〈삼국지통속연의(三

國志通俗演義)〉다. 연의(演義)란 사실을 부연하여 재미나게 썼다는 뜻인데 역사 소설에 연의가 붙은 것은 이 책이 처음이다. 〈삼국지연의〉는 〈수호전〉, 〈금병매〉, 〈홍루몽〉과 함께 중국 4대 기서의 하나로 꼽힌다. '4대 기서(四大奇書)'란, '네 권의 기이한 책'으로 명나라 때에 나온 네 권의 걸작 소설이다. 〈금병매〉 대신에 〈비파기〉를 넣기도 한다.

"비단 이것저것 마구 뒤섞여 무익할 뿐 아니라 크게 의리까지 해칩니다(非但雜駁無益 甚害義理)." 《선조실록》 2년 6월 20일, 기대승의 말이다. '크게 의리를 해친다'던 이 〈삼국지연의〉가 오늘날 화려한 부활을 하였다. 이 소설은 현재 컴퓨터 게임, 만화, 영화 등 다양한 형태로 진화를 거듭하고 있다.

참고로 중국 진(晉)나라 때, 진수가 지은 위·오·촉 삼국의 정사를 다룬 역사서 《삼국지(三國志)》는 이미 고구려시대에 들어왔고, 소설로서의 〈삼국지〉인 원나라 때 〈전상삼국지평화(全相三國志平話)〉는 고려시대에 들어왔다. 우리가 흔히 말하는 〈삼국지〉는 명나라 때 나관중이 쓴 〈삼국지통속연의〉를 줄여 부르는 명칭으로 선조 초에 이미 들어왔다. 나관중의 〈삼국지통속연의〉는 〈전상삼국지평화〉의 줄거리를 취하되 진수가 집필한 역사서 《삼국지》와 배송지의 《삼국지주(三國志註)》에 수록된 야사와 잡기, 사마광의 《자치통감(資治通鑑)》 등으로 역사적 사실에 어긋난 부분을 바로잡아 소설로 펴낸 작품이다.

이 나관중의 〈삼국지통속연의〉는 이후 수많은 속본(俗本)을 낳았다. 명나라 말기에 이지(李贄, 1527~1602)는 〈삼국지통속연의〉에 평을 붙여 〈이탁오선생비평삼국지(李卓吾先生批評三國志)〉를 만들었고 1679년(강희 18)에 모성산(毛聲山)과 모종강(毛宗崗) 부자가 촉한정통론(蜀漢正統論)에 기초해 작품 전체의 통일성을 높이고 문체를 간결하게 다듬어 〈삼국연의(三國演義)〉를 간행하였다. 오늘날 번역되는 〈삼국지〉는 대부분 이 모종강 부자의 〈삼국

영화 〈삼국지〉 포스터(태원엔터테인먼트) 백전불패 명장 조자룡을 주인공으로 내세운 영화다.

연의〉에 기초한다.

우리나라에는 이미 〈삼국지통속연의〉가 1569년 이전에 유입되어 국내에서 출간되었으니 《조선왕조실록》(1569)에서 이를 확인할 수 있다. 이보다 앞선 자료는 최근에 박재연 선문대 중어중국학과 교수에 의해 확인된 1552년~1560년대 초중반 '병자자(丙子字)'란 구리 활자로 찍은 〈삼국지연의〉다. 이 〈삼국지연의〉는 국내 최고일 뿐 아니라 중국, 일본을 통틀어 세계에서 가장 먼저 찍은 〈삼국지연의〉 활자본이다. 이 판본의 발견으로 《선조실록》에 언급된 〈삼국지연의〉 출판본은 그 선대인 명종(明宗, 1545~1567) 때 찍은 것이며, 당시 왕실과 조정이 중국에서 소설본이 들어올 때부터 큰 관심을 갖고 출판에서 유통까지 관여했다는 사실을 알 수 있다.

이렇게 보면 앞의 《조선왕조실록》에서 언급된 판본은 이 〈삼국지연의〉

가 아닌가 한다. 〈삼국지연의〉는 이후 지속적으로 출간된 기록이 보인다. 인조(仁祖, 1595~1649) 때인 1627년과 숙종(肅宗, 1661~1720) 때에도 간행되었다는 기록이 있다. 흥미로운 것은 1627년에 출판된 판본이 제주도라는 점이다. 이 판본을 간행한 것이 누구인지는 알 수 없으나 간기(刊記)에는 분명 '세재정묘탐라개간(歲在丁卯耽羅開刊)'이라고 적혀 있다. '세재정묘'는 1627년, '탐라'는 제주이고, '개간'은 처음으로 간행하였다는 뜻이다. 제목은 〈신간교정고본대자음석삼국지(新刊校正古本大字音釋三國志)〉인데, 여기서 '세재정묘'를 임진왜란 전인 1567년으로 보는 견해도 학계에 있고, 또 이 견해를 부정할 수도 없다. 숙종 때 간행된 〈삼국지〉는 〈관화당제일재자서(貫華堂第一才子書)〉 20책이다.

〈삼국지연의〉를 번역하거나 번안한 작품들도 상당수 전해진다. 물론 사대부만이 아니라 부녀자나 민간에서도 폭넓게 읽혔다. 그 방증 자료로는 〈관운장실기〉, 〈장비마초실기대전〉, 〈조자룡실기〉(〈산양대전〉), 〈대담강유실기〉, 〈화용도실기〉, 〈적벽대전〉, 〈삼국대전〉, 〈몽결초한송〉(〈제마무전〉·〈마무전〉) 따위의 이본을 파생시킨 것에서도 알 수 있다.

물론 뒤에서 살펴볼 시조나 소설, 속담 등에서도 〈삼국지연의〉는 도처에 등장할 만큼 우리 소설사뿐만 아니라 문학사에서도 그 영향은 크다. 이렇듯 〈삼국지연의〉가 널리 읽히고 확산된 것은 이 작품이 충효와 의리를 강조하는 조선의 유교적 지배 이념과 일치되기 때문이다.

참고로 19세기 문인인 이우준(李遇駿, 1801~1867)의 4대 기서에 대한 평을 보자. 이우준은 4대 기서에 대해서 넓은 식견을 가지고 있었으니 한국정신문화연구원 소장본 《몽유야담》 하편 기록이다.

"하나는 〈금병매〉다. 이 소설은 서문경이 한 집안에 첩을 들였는데 방자하게 행하며 총애받는 자가 각각 금(金), 병(甁), 매(梅)라는 여자들이다. 그녀들은 서로 투기하고 미모를 다투며 각각 13성의 지방 말로 희롱하였다. 이것은 한 집안을 예로 들어서 말한 것이다.

두 번째는 〈수호전〉이다. 송강 등의 108명이 양산박에 의거하여 반란을 일으켰는데 북두성과 지살성의 수에 응하여 탐관오리와 불의의 재물을 약탈하고, 산동을 교란시켰으며 천하를 횡행하였다. 그리하여 조정에서 통제할 수 없었고 관군도 감히 접근할 수 없었으며 완자성(宛子城) 요아와(蓼兒洼)가 적국을 만들었다. 이것은 한 나라를 예로 들어서 말한 것이다. 세 번째는 〈삼국지연의〉다. 천하가 혼란하여 삼국과 같은 때가 없었다. 오, 위, 촉나라가 서로 대치하여 대신과 맹장이 비와 구름과 같이 많았다. 제갈량이 천하를 삼분하려는 계책은 신기한 묘책이니, 그 설이 매우 많다. 이것은 천하를 들어서 말한 것이다. 무릇 한 집안이면서 나라가 되고 천하가 되니 더욱이 더할 것이 없다. 작자가 허구를 가지고 가공하여 만들어 낸 것으로 그 뜻을 다시 생각해 보게 한다.

또 기이한 이야기가 있으니 〈서유기〉다. 〈서유기〉는 대체로 황당한 이야기다. 당 태종이 위징에게 추천을 받아 도량을 지었다. 당시 법사는 삼장이었다. 그는 제자 손오공, 사승(사오정), 저팔계 등을 데리고 서역 천축국으로 가서 불경을 가지고 오면서 그가 겪은 81난의 일을 말한다. 소위 삼장은 사람의 몸을 말한 것으로 사람이 비록 체구를 가지고 있으나 마음을 쓰지 않으면 지각 운동은 없어진다. 그러므로 손오공은 안정되지 않은 마음에 비유한 것으로 마음은 원숭이다. 손오공은 원숭이의 화신이고 영대 방촌산 사월삼성동에서 태어났으며 시호는 제천대성이다. 한 번에 1만 8천 리를 가고 여의봉을 사용해 옥경을 어지럽히고 향안을 때려 부순다. 그는 진실로 방종하고 일에 얽매이지 않으며 아무 때나 출입한다. 옥황상제가 신도로써 설교하고 그에게 긴고(緊箍: 손오공 머리에 두른 테)를 채웠으며 오행산 석혈에 구금시켰다. 오행이라는 것은 인의예지신이니, 마음을 제어하는 것으로 이 같은 것이 없다. 소위 사승은 날뛰는 마음을 비유한 것이며, 저팔계는 욕망에 비유한 것이니, 이것은 대체적으로 사람의 마음을 말한다. 비록 우언으로 에둘렀지만 그 본의를 파고들면 대단히 합리적이기에 4대 기서라고 하였다."●

이 글로 미루어, 이우준은 4대 기서를 통독하였음을 짐작할 수 있다. 19세기 조선의 문인들은 이렇게 중국 소설에 대하여 상당한 독서 수준을 보이고 있다.

〈삼국지연의〉에는 다양한 인간 군상이 보이니 대표적인 인물들만 문헌에 의해 정리하는 것으로 마치겠다.

유비 조조의 아들인 조비는 유비를 "싸움에 있어 임기응변인 진퇴 전략조차 모른다"고 혹평했지만, 정사 《삼국지》에서는 유비를 "홍의관후(弘毅寬厚)하여 사람을 알고 선비를 기다린다"라고 평하였다. 홍의관후는 넓고도 굳세며 너그럽고도 후덕하다는 뜻이다. 때론 후덕함이 지나친 것도 사실이지만 이것이 그의 인간적인 매력으로 작용하였고, 결국 그가 큰 재주 없이 한 왕실을 이룬 것은 바로 이러한 성격 때문이었다.

조조 정사 《삼국지》에서는 조조를 "계획하고 궁리하면서 꾀를 내어 천하를 편달한다"라고 하였으며, 《위서》 '원소전'에는 "애당초 비범한 인물이고 속세를 초월한 인재라 할 수 있다", 또 《후한서》 '허소전'에는 "평화로운 때는 간적(奸賊)이 되고 어지러운 때는 간웅(奸雄)이 될 것이다"라고 하였다. 〈삼국지연의〉로 인하여 가장 피해를 본 인물이다.

손권 유비나 조조에 비하여 천하를 통일하려는 결단력과 야망이 적었던 귀공자 타입으로, 꾀는 있었으나 결단력이 없었고 재주는 있으나 쓸 줄 몰랐다는 평을 듣는다. 《오서》 '오주전'에서는 "몸을 굽혀 굴욕을 참고 재주를 믿고 계

● 고대본 《몽유야담》 하, '소설'.

략을 중시하며 스스로 세상에 나서기를 삼가니 삼국이 대치할 때도 자신의 대업을 지킬 수 있었다"라고 하였다.

원소 부귀한 가문의 출신으로 "위용과 기품이 있어 이름이 알려졌지만 겉으로만 관대한 척했지 속으로는 시기심을 품었고 모략을 즐겨하며 결단력이 없었다"라고 하였다.(《위서》 '원소전')

제갈공명 백성들에게 두려운 존재이면서도 사랑받았던 제갈량, "다스릴 줄 아는 수재로 관중과 소하에 버금간다고 할 수 있다".(《촉서》 '제갈량전')

사마중달 "안으로는 엄하며 밖으로는 너그럽다. 시기하기를 싫어하며 임기응변이 좋다."(《위서》 '선제기')

관우 아름다운 수염과 청룡언월도를 든 의리의 사내로 군사 만 명에 필적하는 용장이다. "부하들에게 유순히 대했지만 사대부에게는 교만했다"라고 《촉서》 '관우·장비전'에 기록되어 있다.

장비 장팔사모를 휘두르는 불같은 성격의 소유자로, 역시 관우와 같이 군사 만 명에 필적하는 용장이다. "군자를 경애했으나 소인들은 가엾게 여기지 않았다"라고 《촉서》 '관우·장비전'에 기록되어 있다. 이 평대로 관우의 복수를 위해 출정하는 도중 부하인 범강과 장달에게 암살되었다.

조자룡 "자룡은 나를 버리고 달아날 사람이 아니다." 《촉서》 '조운전' 주에 인용된 '조운별전'의 기록으로 유비가 한 말이다. 신의를 지키는 인물로 검을 잘 써 '조자룡 헌 창(칼) 쓰듯 한다'는 속담의 주인공이기도 하다.

주유 "과감한 결단력은 범인들의 의지에서는 결코 나올 수 없다. 이러한 결단을 할 수 있다는 것은 참으로 기재라 아니할 수 없다."(《오서》 '주유전')

여몽 괄목상대(刮目相對)라는 고사 성어와 관우를 사로잡은 것으로 유명한 손권의 부하로 "처음에는 무력에만 의지했으나 결국 자기를 이겼다. 그를 어찌 무장이라고만 하겠는가"라고 《오서》 '여몽전'에 기록되어 있다. 〈삼국지연의〉에서는 관우의 혼에 씌어 죽은 것으로 되어 있으나 실제는 병사하였다.

참고로 우리나라에서는 한용운, 양백화 등 많은 작가들에 의하여 〈삼국지연의〉가 다양하게 번역되었다. 그중 1930년대를 대표하는 모더니스트 박태원(朴泰遠, 1910~1986)의 번역이 가장 많은 시간과 노력을 쏟은 작품으로 꼽힌다. 박태원은 일제 하에서부터 해방 후 월북해서까지 여러 차례에 걸쳐 〈삼국지연의〉를 매만졌다.

〈소대성전〉

〈소대성전〉에서 소대성은 밤낮으로 먹는 것과 잠만 일삼는 위인이다. 군담 소설을 읽으며 느끼는 범인의 비애가 얼마간 누졌다면 바로 여기이다. 아예 이것이 우리의 속담으로 되었으니, '소대성인가 잠만 자게'의 유래다. 〈소대성전〉이 국문 방각본 중 최초의 간행이라는 연구도 있으니, 저 속담과 이를 합친다면 그 인기를 어림작할 수 있다. 물론 〈조웅전〉, 〈유충렬전〉과 함께 〈소대성전〉은 3대 군담 소설이기도 하다.

그렇다면 〈소대성전〉은 조선시대에 얼마나 인기 있었을까? 군담 소설에 대한 최초 기록은 대마도 역관 오다 이쿠고로(小田幾五郎, 1754~1831)의 《상서기문(象胥記聞)》 '조선 소설'에 보인다. 《상서기문》에 수록된 소설로는 〈장풍운전(張風雲傳)〉, 〈구운몽〉, 〈최현전(崔賢傳)〉, 〈장박전(張朴傳)〉(〈張伯傳〉일 듯), 〈임장군충렬전(林將軍忠烈傳)〉, 〈소대성전(蘇大成傳)〉, 〈소운전(蘇雲傳)〉, 〈최충전(崔忠傳)〉, 〈사씨전(泗氏傳)〉(〈謝氏南征記〉일 듯), 〈숙향전(淑香傳)〉, 〈삼국지〉, 〈옥교리(玉嬌梨)〉, 〈이백경전(李白慶傳)〉 등이다. 맨 뒤 〈이백경전〉은 현재 작품이 발견되지 않았고, 〈옥교리〉는 중국의 재자가인 소설로 17세기부터 궁중 문헌에 보이며 일본인의 한국어 학습서로 사용되었다.

역관 오다 이쿠고로의 기록은 정조 18년(1794)이다. 이 시기가 군담 소설 2기쯤 된다. 〈소대성전〉이 조선시대에 인기를 끌던 작품임은, 이 기록으로 미루어 알 수 있고, 그렇다면 우리 고소설사에서 어느 정도 인기를 누렸을까?

현재까지 남아 있는 고소설 중에는 소설 대중화의 산물인 목판본으로 찍어 낸 작품들이 상당수 있다. 조동일 교수의 통계에 의하면, 〈소대성전〉은 1위인 〈춘향전〉, 2위인 〈조웅전〉에 이어 3위를 차지하고 있다. 4위가 〈구운몽〉, 5위가 〈심청전〉임을 볼 때, 〈소대성전〉의 위상이 어느 정도인지 실감할 수 있다.

이옥(李鈺, 1760~1813)의 글(《담정총서》 권28 〈봉성문여〉)에도 "긴 밤에 소일거리 하라고 언패를 가져왔는데 〈소대성전〉이라고 씌어 있다"라는 기록과 조수삼이 쓴 《추재집》을 보아도 그 인기를 알 수 있다. 《추재집》에는 조선시대 직업적으로 소설을 읽어 주고 돈을 받던 사람, 즉 전기수에 대한 기록이 나오는데, 낭독하던 소설 중에 〈숙향전〉·〈심청전〉·〈소대성전〉이 나란히 기록되어 있다. 직업적인 낭독자인 전기수는 어떻게든 사람들이 좋아하는 작품들을 골라 읽어서 관심을 끌고 소득을 높이려 했을 텐데, 그 목록에 〈소대성전〉이 포함되었다는 것은 그만큼 당시의 사람들이 듣기를 즐겼음을 나타낸다.

〈소대성전〉의 인기를 보여 주는 또 다른 증거가 있다. 서두에서 말한 '소대성이처럼 잠만 잔다'는 속담이 그것이다. 〈소대성전〉에서, 자신을 알아주던 이 승상이 세상을 뜨자, 실의에 잠긴 소대성이 과거 공부도 그만두고 누워서 잠만 자는 대목이 나오는데, 그 장면에서 파생된 속담이라 하겠다. 이런 속담이 생길 만큼 당시의 독자들은 이 작품을 아주 광범위하게 읽었다.

이제 〈소대성전〉의 줄거리를 살펴보자.

명나라 때 병부 상서를 지낸 소양은 늦도록 자식이 없었다. 근심하던 차 영보산 청룡사 노승에게 황금 5백 냥과 백금 천 냥을 시주하고 외아들 대성을 얻는다. 열 살 되던 해 부모가 병으로 세상을 떠나자, 대성은 집을 떠나 품팔이와 걸식으로 살아간다.

청주 땅에 사는 이 승상은 한 기이한 꿈을 꾸고 월영산 낚시터에서 잠자던 소대성을 집으로 데려온다. 이 승상은 소대성의 인물됨이 비범한 것을 보고 막내딸 채봉과 혼인시키려 하지만, 부인과 세 아들은 소대성의 신분이 미천함을 들어 극력 반대한다. 딸을 가진 어머니의 허영은 늘 한계가 없다. 혼례를 올리기 전 이 승상이 갑자기 세상을 떠나고, 부인과 세 아들은 소대성을 박대하더니 이제는 조헌이란 자객을 보내 죽이려고까지 한다. 소대성은 비범성을 발휘하여 자객을 처치하고 떠난다.

방황하던 소대성은 영보산 청룡사의 노승을 만나 병법과 무술을 익힌다. 채봉은 가족들의 집요한 강요를 물리치고 소대성만을 기다린다.

소대성이 청룡사에서 공부한 지 5년이 되었다. 호국이 중원을 침공할 것이라는 천문을 보고 길을 떠나는 소대성에게 노승은 보검을 준다. 장안으로 가던 중 소대성은 죽은 이 승상을 만나 신이한 갑주를 얻고, 또 한 노인으로부터 용마를 얻는다.

소대성은 전장에 도착하여 적장 서웅을 베었으나 호 왕과는 일진일퇴의 접전을 벌인다. 한때 위기를 맞았던 소대성은 끝내 위태로운 지경에 있는 천자를 구하고 호 왕의 목을 벤다. 황제는 소대성을 호 왕에 봉한다. 소대성은 약속대로 채봉을 맞이하여 인연을 맺고, 그의 가족들도 따뜻하게 대접한다. 소대성은 선정을 베풀고 부귀영화를 누린다.

소대성전의 이본은 현재까지 모두 178편이 전한다. 필사본 102, 방각본 60, 구활자본 16이다.

연구에 의하면 〈소대성전〉은 지역적 특성과 수용층의 성격에 따라 전승 경로가 다르다. 예를 들어 경판계는 뚜렷이 둘로 나뉜다. 하나는 판수를 줄여서 이윤을 극대화시키고 다른 하나는 독자의 취향에 부합해 가면서 '영웅의 입공'을 중심으로 변모되었다. 완판계는 내용이 부연되면서 장면이 확대되어 갔다.

〈소대성전〉은 여느 영웅 소설처럼 '영웅의 일생'이라는 구조를 충실히 따른다. 영웅의 일생 7단계 구조는 앞에서 본 〈유충렬전〉과 같기에 생략한다.

〈소대성전〉은 대중 소설로서의 자리매김도 확실하니, 이에 대해서 살펴보자.

첫째, 인물이다. 〈소대성전〉의 소대성, 이 승상의 딸 채봉, 그리고 자기 딸과의 혼인을 극력 반대하는 왕 씨 모자는 대중 소설로서의 흥미로움을 넉넉히 이끈다. 우선 〈소대성전〉의 주인공인 소대성이다. 그는 군담 소설의 주인공답게 동해 용왕의 아들이 이 세상에 내려온 비범한 태몽을 꾸고 태어난 비범한 인물임에 틀림없다. 독자들은 소대성의 그 비범성이 발휘되는 줄거리를 따라가기만 하면 되나 그 기대는 여지없이 무너진다.

부모 살아생전의 비범성은 '10세에 풍모가 두목지요, 이백의 문장과 왕휘지의 필법'이라는 막연한 문장이 고작이다. 또 비범성이 보이는 것이라야 부모가 모두 죽자 대성이 집을 팔아 노복들에게 나누어 주고 제가 지닌 은자 50냥도 장사를 못 치르는 한 노인에게 톡톡 털어 준 것 정도에 지나지 않는다. 길을 떠난 뒤에도 소대성은 목동 일이나 한다. 사람을 알아보는 지인지감(知人之鑑)이 있었던 이 승상이 오갈 데 없는 소대성을 데려다가 사위를 삼으려 할 때에도 소대성은 독자들의 기대를 가차 없이 저버린다.

소대성은 오히려 잠이나 잘 뿐이다. 독자들이나, 혹은 전기수에게 〈소대성전〉을 듣는 청자들이 '사람을 볼 줄 아는 이 승상이 데려갔으니 이제야 소대성이 제 활약을 하겠지' 하는 기대를 다시 한 번 저버린다. 소대성의 활약을 기대하는 독자의 심리를 〈소대성전〉의 작자는 충분히 이해한 듯하다. 독자들의 증폭된 궁금증에 작가는, 이 승상은 혼인을 못 보고 죽게 하고 소대성은 뜬금없이 게으르고 어리석은 잠꾼으로 만들어 버린다. 작가의 의도는 적중하였다. 이 잠만 자는 소대성을 끌어 만든 속담이 '소대성인가 잠만 자게'나 '소대성이 이마빡 쳤나'다. 속담이 되기 위한 여러 조건들은 따질 것도 없이, 〈소대성전〉의 이 부분이 얼마나 재미있고 널리 퍼졌는지 넉넉히 짐작할 수 있다.

또 한 인물은 채봉이다. 애정 소설이 아닌데도 소대성과 이 승상의 딸 채봉은 소설의 전반부에서 만나 종착에서야 인연을 맺어 준다. 물론 작가는 이야기의 중간에 죽은 이 승상이 소대성에게 찾아와 자기 딸 채봉과 혼인을 상기시키는 장면을 잊지 않는다. 독자들은 두 사람의 인연이 새삼 떠오르고 이 인연을 보기 위해서 줄거리를 끝까지 붙잡지 않을 수 없다. 다음 인물은 채봉의 어미인 왕 씨 모자다. 우리나라에 널리 분포한 못난 사위에 대한 '박대받는 사위 설화'를 끌어와 흥미를 부추기고, 소대성의 방에 자객을 넣는 것이 좀 야단스러워 독자들의 주위를 끌 만도 하지만, 작가의 속셈은 딴 데 있다. 그렇게 독자들이 기다리던 소대성의 활약상을 비로소 보여 주는 것이다.

> 차시, 소대성이 이 승상의 아들인 이생 등을 보내고 '주인이 손을 싫어하니 어찌할거나' 하며 탄식할 때였다. 대성이 쓴 관이 스스로 벗어져 공중에 솟았다가 떨어졌다. 대성이 놀라 잠간 팔괘를 보고는 하늘을 우러렀다. '무슨 재앙을 당하려나.'
>
> 촛불을 밝히고 앉아 있으니 삼경이 지나자 음풍이 일어났다. 대성이 즉시 둔

갑법을 써 몸을 감추고 동정을 살피니 자객이 음풍으로 변하여 들어왔다. 이윽고 인적이 없으니 나가려 하는 것이 아닌가.

"이놈, 칼을 들고 누구를 해치려고 하느냐!"

조헌이 비로소 소대성인 줄 알고 칼로 찌르니 홀연 대성이 사라졌다. 조헌이 깜짝 놀라 주저하는데 대성이 불쑥 북쪽에서 꾸짖는다.

"도적놈이 어찌 나를 당할쏘냐."

조헌이 즉시 몸을 날려 칼을 급히 던졌다. 촛불 아래 일순 섬광이 빛나며 대성이 간 곳이 없었다. 조헌이 급히 나오려 하니 문득 한 소년이 거문고를 무릎에 놓고 줄을 희롱하는 것이 아닌가. 소년은 청아한 노래를 불렀다.

"전국적 시절인가 풍진도 요란하고, 초한적 시절인가 살기도 등등하다. 홍문연 잔치런가 칼춤은 무삼일고, 패택에 날랜용이 구름을 얻었으니, 초산에 모진범이 바람을 이뤘도다. 범증에 빠른옥결 백성이 되었으니, 항쟁에 날랜칼이 쓸곳이 전혀없다. 장량의 퉁소소리 월하에 슬피우니, 장중에 잠든패왕 혼백이 놀라도다. 음릉 좁은길에 월색이 희미하며 오강 너른들에 수운이 적막하다. 역발산 기개세도 강동을 못건너거든, 필부자객이야 역수를 건널쏘냐. 거문고 한곡조에 살벌이 섞였으니 슬프다 마음을 다잡아서는 선도를 닦을세라."

자객과 격투를 벌이다 거문고를 타며 노래를 부르는 것도 여간 흥미롭지 않지만 싸움은 여기서 끝나지 않는다. 자객 조헌의 다음 행동을 보자.

조헌이 듣기를 다 하고 보니 곧 소대성이었다. 크게 놀라서 '내가 검술을 배워 당할 자가 없었는데 오늘은 공연히 기운만 허비하였으니 보통 놈이 아니구나. 그러나 이번만은 당연히 죽이리라' 하고 다시 칼을 찾으니 칼이 온데간데없었다. 이상히 여겨 촛불 심지를 돋우고는 두루 살피니 홀연 대성이 제 칼을 들고 나타나 꾸짖는다.

"무지한 도적이 잡술을 가지고 사람을 해치고자 하니 하늘이 어찌 무심하겠느냐. 내가 살생을 하고 싶지 않아 돌아가라 일렀거늘 끝내 깨닫지 못하는구나. 어린 강아지 맹호를 모름이니 나를 원망치 마라."•

칼 한 번이면 될 장면을 무려 세 쪽이나 서술한다. 더욱이 거문고 노랫가락에 조헌은 촛불의 심지를 돋우며 다시 대항하려고 칼을 찾는다. 다른 군담에 비하여 친절히 그려진 이유는 위의 인용문이 원문 48쪽 가운데 21~23쪽에 등장하는 데서 찾을 수 있다. 책 반 권에 이르도록 호쾌한 군담을 못 본 독자들에 대한 배려다. 모든 군담 소설이 그렇듯 소대성이 자객과 오랑캐만을 물리치고 비범한 능력을 발휘하였다면 〈소대성전〉은 그렇고 그런 군담 소설류에 지나지 않았을 것이다.

둘째는 소대성의 외적과 대결 양상이다. 소대성은 탁월한 능력을 지녔음에도 불구하고 몇 번의 고비를 거치고서야 비로소 승리를 거둘 수 있게끔 만들어 놓는다. 예를 들자면 소대성과 호 왕의 대결이 그렇다. 처음에는 소대성이 적군을 통쾌하게 무찔렀으나, 곧 호 왕의 반격이 시작된다. 일진일퇴의 공방이 거듭 펼쳐진다. 소대성이 이겼는가 하면, 또 호 왕의 전략에 소대성이 빠진다. 이러기를 몇 차례 하고 급기야 호 왕의 계략에 빠진 소대성은 '내가 도적을 가볍게 여겨 화를 불렀으니 누구를 한하겠는가' 하며 자결하려고까지 든다. 이어 천자는 피로써 항서를 쓰게 되는 위기에 이른다. 책을 통해 〈소대성전〉을 보고, 전기수에게 이야기를 듣는 청중으로서는 긴장이 흐르지 않을 수 없다.

셋째, 아주 중요한 대목에서 잠시 이야기를 중단하여 독자의 궁금증을 자극하였다가, 다시 이야기를 계속하여 흥미를 유지하는 방법이다. 예컨

• 박운보, 《(고대소셜)소대셩젼》, 공진서관, 1917, 21~23쪽 인용 글을 필자가 윤색함(이하 같은 책).

대 호 왕의 침입으로 천자가 위기에 빠진 상황에서 이야기를 중단하여 독자의 관심을 고조시켰다가 주인공 소대성을 등장시켜 위기의 천자를 구출하게 한다.

살펴보자. 호 왕은 꾀를 써 소대성을 다른 곳으로 유인하고 그사이 천자를 친다. 위기에 빠진 천제는 호 왕에게 항복할 수밖에 없는 상황이다. 천자 앞에는 장강이 막고 있는데 추격병은 급박하다. 강을 건널 배도 없다. 몇몇 장수들이 나가 대적했으나 모두 호 왕에게 죽음을 당한다. 이제 천자는 자살할 수밖에 없으나 그 자살도 여의치 못하여 항복하는 글을 써서 바쳐야 할 판이다. 더욱이 곤룡포 자락을 뜯어서 혈서로 항복하는 글을 써야 할 만큼 절망적이고 비통한 순간은 이렇다.

> '조종대업이 오늘 나에게서 망할 줄 어찌 알았는가' 하고 칼을 들어 죽으려 하였다. 그러나 호 왕이 벌써 앞에 나타나 천자가 탄 말을 찔러 거꾸러뜨렸다. 호 왕이 창을 들어 천자의 가슴을 겨누며 꾸짖었다.
>
> "목숨을 보전하고 싶으면 항복하는 글을 써서 올려라."
>
> 호 왕의 소리가 천지를 진동하였다.
>
> "종이도 붓도 없으니 무엇을 가지고 항복하는 글을 쓴단 말인가?"
>
> 호 왕이 크게 꾸짖었다.
>
> "곤룡포 소매를 찢어 손가락을 깨물어서 써라."

이처럼 천자를 철저하게 위기에 빠뜨리고 나서 작자는 이야기의 관심을 갑자기 소대성에게로 돌린다. 곧 결정적 위기를 설정하여 독자들의 관심을 고조시켰다가 그 이야기를 중단하고 그다음 이야기를 하면서 독자의 관심을 유도한다. 천자가 위기에 빠진 것을 안 소대성은 급히 천자에게 돌아온다. 그 대목을 들춰 보자.

원수(소대성) 소리를 질렀다.

“반적 호 왕은 우리 임금님을 해치지 말라. 소대성이 여기 왔노라”

바로 호 왕을 취하니 호 왕이 크게 놀라 말했다.

“내가 이미 네 임금의 항복 문서를 받았거늘 네가 어찌 항거하느냐.”

대성이 더욱 분노하여 호 왕을 취하였다.

천자의 목숨이 경각에 다다랐고, 독자들의 눈은 글줄에, 청자들은 눈동자는 전기수의 입에 박혀 있다. 독자와 글줄, 전기수와 청자 간에 일순 긴장과 침묵이 팽팽하다. “반적 호 왕은 우리 임금님을 해치지 말라. 소대성이 여기 왔노라.” 벽력같이 내뱉는 전기수의 말에 극적인 위기의 상황은 타개되고 청중은 “그럼 그렇지” 하며 손뼉을 친다. 독자와 청자의 감정은 극도로 긴장되었다가 풀어진다. 비범과 평범을 아우르는 소대성, 적절한 장면 묘사, 긴장을 노린 계획된 구성, 여기에 ‘대기만성(大器晩成)’에서 따온 ‘대성’이란 이름까지 잘 어우러진 군담 소설 〈소대성전〉이다. 이러하기에 독자나 청중은, 약한 자신들과 영웅임에도 고난을 겪는 소대성을 동일시하였고, 후일 혼인도 하고 출세하는 것에 자신들을 투사함으로써 욕망을 대리로 충족했을 것이다. 이 모든 것이 소설을 읽는 통쾌감과 흥미를 견고히 이끄는 대중 소설적 기법이다.

특히 직업적으로 소설을 읽어 주던 전기수가 청중 앞에서 〈소대성전〉을 읽다가 중간에 돈을 받았다는 사실은 〈소대성전〉이 전기수의 돈벌이를 위해, 의도적으로 이렇게 작품을 구성하였을 가능성이 높다. 전기수는 이처럼 독자의 궁금증을 한껏 부풀린 후 긴박감이 고조된 순간에 이야기를 중단하여 돈을 받는 ‘요전법’에 맞추어 〈소대성전〉의 줄거리를 구성함으로써 목적을 달성하였다.

〈소대성전〉이 어찌나 인기 있었는지 〈용문전(龍門傳)〉이라는 작품까지 나타났다. 〈용문전〉은 경판과 완판의 내용이 상당한 변이를 보인다. 특히 완판본은 소대성의 소개로 시작해서 결말도 그의 죽음으로 끝맺고, 아예 〈소대성전〉의 말미에 "니 뒤말은 하권 〈용문전〉을 사다 보소서"라고 명시해 놓기까지 하였다. 그러나 모든 속편이 그렇듯이 〈용문전〉은 전편인 〈소대성전〉의 명성을 넘어서지 못하였다. 〈용문전〉은 19세기 중반을 전후한 시기에 나왔다. 〈낙성비룡〉이라는 소설 또한 〈소대성전〉의 아류작이다.

영웅 소설에 대해 한 줄만 더 첨부하고 끝내겠다. 영웅 소설도 조선 후기로 가며 변모를 겪었는데 〈유덕전〉과 같은 경우다. 〈유덕전〉은 영웅 소설의 구조를 충실히 지키다가 작품 후반부에 급변하여 황제가 주인공의 아내를 탐하자 오히려 황제를 죽이고 황후를 후궁으로 거느리기까지 한다. 가정을 복원하고 임금에게 충성을 다하여 위태로운 국가를 반석 위에 올리는 것으로 끝나는 영웅 소설에 대한 반감이 그대로 드러난 작품이다.

〈박씨전〉

"소설이란 문제적 주인공을 통하여 타락한 세계에서 타락한 방법으로 진정한 가치를 추구하는 이야기다."

프랑스의 사회 인류학자인 르네 지라르(René Girard)가 《낭만적 거짓과 소설적 진실》에서 한 말이다. '문제적 주인공'은 소설 속 주인공이요, '타락한 세계'란 소설 속의 배경이요, '타락한 방법'은 바로 소설이고, '진정한 가치'는 소설 속에서 주인공이 하는 제반 행동을 말한다. 저 말이 소설을 다 정의할 수는 없지만, 소설의 정의 항에 어느 정도 근접한 것도 사실이라고 많은 이들이 생각한다. 우리가 소설을 단지 흥미로만 읽어서는 안 될 이유가 저 말속에 담겨 있다. 문자의 표면이야 낭만적 거짓으로 치장되어 있으니, 문자의 이면에 있는 소설적 진실을 보아야 한다. '문자의 이면에 있는 소설적 진실'은 주인공의 행동 저쪽에 있을 수도 있다. 작가는 결코 소설의 배경과 자신이 살아가는 세계를 그대로 그려 놓지 않기 때문이다. 작가는 여러 겹으로 자신의 속내를 글자 속에 숨겨 놓았다는 것을 독자는 결코 잊지 말아야 한다.

서두가 길었다.

〈박씨전〉은 병자호란을 배경으로 한 작자 미상의 군담 소설로 〈명월부인전〉, 〈이시백전〉, 〈박씨부인전〉 등으로도 불린다. 하지만 〈박씨전〉으로 통일하는 것이 좋다. 특히 〈박씨부인전〉은 쓰지 말아야 한다. 이유는 필사본 대부분이 〈박씨전〉이요, 〈박씨부인전〉은 일부 딱지본 고소설에 보이는 바, 개작을 많이 하여 연구용으로서나 일반 보급용으로도 적당치 못하고 더욱이 '-씨' 다음에 '부인'이 붙는 경우가 없기 때문이다.

학자들은 영조 때인 18세기에 이 소설이 창작되었을 것으로 본다. 즉 이 소설의 배경인 병자호란으로부터 1백여 년이 지나서 나온 작품이다. 한 세기가 지났지만 〈박씨전〉과 같은 소설이 지어져야 할 상황이었음을 미루어 짐작할 수 있다. 그런데 〈박씨전〉은 여타의 군담 소설과는 확연히 다른 점이 있다. 그것은 '여성 영웅', 그것도 주인공이 '천하의 박색'이란 점이요, 그녀의 가계만 제외하고 거의 실존 인물이라는 점이다.

〈박씨전〉은 이본 수만도 국문 필사본이 153편, 활자본이 20편이나 된다. 이본만으로 보면 국문 소설로 여덟 번째 자리를 차지한다. 우리가 잘 아는 〈임경업전〉이나 〈임진록〉보다도 소설로서 더욱 성공을 거둔 작품이다.

〈박씨전〉은 이렇듯 병자호란을 배경으로 하였기에 실제 인물과 가공인물이 뒤섞여 있다. 박 씨의 남편인 이시백, 임경업, 적장인 용골대(龍骨大)는 실존 인물이고 박 씨, 용홀(울)대(龍忽大)와 이시백을 죽이려 보낸 기홍대는 가공인물이다.

이시백(李時白, 1581~1660)은 병자호란이 일어나자 남한산성 서성장(西城將)으로서 격전을 치르면서도 갑옷 입은 병사가 없다 하여 자신도 갑옷을 걸치지 않고 싸워 모든 병사들이 그를 따랐다고 한다. 임경업(林慶業, 1594~1646) 또한 실존 인물로 명장이었다.

대강의 줄거리를 따라잡고 논의를 이어가 보자.

조선 인조 때다. 이득춘 부부는 같은 꿈을 꾸고 늦게야 이시백을 얻는다. 시백은 어려서부터 매우 비범하였다. 시백의 나이 16세에 이득춘은 강원 감사로 부임한다.

금강산 상상봉에 사는 박현옥은 도학자인데 딸 둘이 있었다. 첫째 딸은 17세인데 인물이 박색이고 아직 출가하지 못했지만 비범하였다. 박현옥은 이득춘을 찾아가 청혼하고 이득춘도 흔쾌히 응한다.

이시백은 첫날밤 부인의 추한 모습에 그만 신방을 뛰쳐나온다. 시어머니의 박대도 여간 아니다. 부인 박 씨는 시아버지에게 청하여 후원에 피화당을 짓고 시비 계화와 머무른다. 박 씨가 현판을 쓰자 금 글자로 변하고 파리한 말을 사서 천리마로 만드는 등 신이함을 보인다. 박 씨는 신이한 벼루를 주어 시백을 장원급제시킨다.

3년이 되었다. 박 씨는 구름을 타고 금강산으로 가 부모를 뵙고 돌아온다. 그리고 얼마 후 아버지가 찾아와 진언을 외워 박 씨의 액운을 벗기자 미모의 여인이 된다. 시백의 뉘우침과 박 씨를 사랑함은 굳이 언급지 않는다. 이시백은 판서가 된다.

하루는 박 씨가 이시백에게 원주의 창기 설중매가 찾아오면 자기에게 보내라 한다. 설중매는 사실 호 왕의 딸 기룡대로 조선을 정탐하러 온 것이었다. 기룡대는 박 씨에게 간신히 목숨을 구걸하여 고국으로 가 호 왕에게 세세히 고하자 호 왕이 크게 놀란다.

호 왕은 용골대와 용홀대 형제를 선봉으로 삼아 조선을 친다. 천기를 보고 이를 안 박 씨는 시백을 통하여 왕에게 호병의 침공을 알리고 피신케 한다. 간신 김자점이 반대하였지만 박 씨가 계화를 궁중에 보내어 꾸짖는다. 왕이 피란한 남한산성을 오랑캐 군사가 겹으로 포위하고 항복을 재촉한다. 이때 홀연 박 씨가 공중에서 내려와 일단 화친하라고 한다. 용홀대는 계화에게 죽어 머리가 나무에 높이 달리고 그의 군사들도 모조리 항복한다. 이를 안 용골대가 동생의 원수를 갚으려 피화당에 삼백근 철퇴를 들고 침입하나 박 씨는 도술로 용골대의 혼을 빼놓는다. 박 씨의 신이함으로 오랑캐의 침략을 막아 내지만 나라의 사정이 여의치 않아 인질을 보내는 것으로 전쟁은 끝난다.

김자점이 영의정으로 전횡을 일삼고 임경업마저 죽이자 이시백이 왕의 명을 받아 김자점을 죽인다. 나라는 태평하고 이시백은 재상이 된다. 아들 형제도 모두 벼슬에 오르고 나이 팔십이 넘어 박 씨와 이시백은 한날한시에 세상을 뜬다.

〈박씨전〉은 이러한 이시백을 작중 인물로 설정하고 박 씨라는 가공의 부인을 주인공으로 설정해 오랑캐를 물리친다는 내용이다. 특히 박 씨라는 여성 영웅의 등장은 당시의 남성 사회가 제구실을 못하고 있음을 단적으로 보여 준다. 이것은 이시백이라는 총명한 이도 박 씨의 재주를 알아보지 못하고 단순히 인물이 못났다 하여 배척하는 것에서도 눈치를 어림할 수 있다.

그녀는 천하의 박색이었으나 영웅적 기상과 뛰어난 재주로 오랑캐 왕과 용골대와 용홀대를 농락하고 민족적 자긍심을 고취한 애국적인 여주인공으로 설정되어 있다. 물론 이 소설이 군담 소설 성격을 띠는 한 임진왜란, 정유재란, 병자호란을 거치면서 무너질 대로 무너진 민족적 자긍심을 고취하려는 의도로 지어졌음은 물론이다.

이본에 따라 내용은 조금 차이가 있으나 추녀 박 씨가 허물을 벗는 전반부와 병자호란 때 활약하는 후반부로 크게 나뉜다. 이 때문에 〈이시백전〉과 〈박씨부인전〉이라는 두 편의 소설이 결합된 것으로 보기도 한다. 실상 〈명월부인전〉 같은 작품은 병자호란 부분부터 이야기가 시작된다.

잠시 여기서 흥미로운 박 씨의 '허물벗기'에 대해 살피고 넘어가자. 이를 '변신 모티프'라 하는데, 우리 소설에는 흔하다. 예를 들어 〈형산백옥〉이라는 작품에 보이는 왕공의 딸은 어머니의 교만한 마음으로 추녀로 태어나 19년을 살다가 허물을 벗고 미인이 된다. 이러한 변신 모티프가 있는 소설 몇을 더 찾으면 이렇다.

〈금강공주전〉은 추악한 공주가 부처에게 빌어 미녀로, 〈강태공전〉과 〈장국진전〉에서는 구미호가 젊은 여인으로, 〈김원전〉과 〈금령전〉에서는 원 또는 방울로 태어났다가 미남자와 아름다운 여인으로, 〈금우태자전〉에서는 금송아지가 멋진 왕자로, 〈영이록〉의 추남인 손기는 비범한 존재로, 〈삼사원종기〉에 나오는 탐욕스러운 부자는 뱀으로, 〈남정팔난기〉에서 남성 도사는 인간과 동물 사이에 태어났으며 새로 호랑이로도 변하고, 〈설홍전〉에서는 설홍이 약을 잘못 먹고 곰으로 변하기도 한다. 더욱 흥미로운 것은 〈화산기봉〉과 〈현씨양웅쌍린기〉인데, 이들 작품에서는 약에 의해 악인이 선한 주인공으로 변모한다. 이 약을 개용단(改容丹) 또는 변용단(變容丹)이라 하니, 풀이하자면 '얼굴을 바꾸는 환약'이다.

끝도 없는 이야기는 '네 마당'에서 볼 것이니 여기서 끊고, 〈박씨전〉으로 돌아가자.

이 소설은 여러 가지 면에서 자주성이 매우 강한 작품이다. 우선 우리나라가 주 무대요, 사건 또한 병자호란이란 실제 사건에다 실존 인물이 대거 등장한다. 박 씨와 그녀의 아버지, 그리고 시녀인 계화를 제외하면, 남편인 이시백을 비롯하여 인조, 김자점, 임경업, 원두표, 호장(胡將), 호

왕, 용골대 등이 사건의 중심에 서는데 모두 역사적인 실제 인물들이다. 더욱이 이 작품은 남존여비 시대에 여성을 주인공으로 설정한 것이어서 여러 가지 의미를 내포한다.

여성 등장인물들을 찾아보자. 우선 이 소설의 주인공인 신선의 딸 박 씨, 그녀의 시비인 계화(桂花), 만 리를 훤히 내다본다는 호 왕후(胡王后) 마씨(馬氏)와 오랑캐 여자 자객 기홍대(奇紅大, 길홍대) 등이 보인다. 이 여성들은 물론 작품 전체에서 남성들의 우위에 있다. 박 씨의 인물을 탓하면서 수삼 년을 구박하던 이시백이 추한 탈을 벗는 박 씨를 대하는 부분을 원문으로 보자.

> 시빅이 의혹ᄒᆞ야 급피 방문을 열고 보니 츄비ᄒᆞ던 박 씨은 어ᄃᆡ 가고 화월갓튼 요죠숙여 안져난 거동은 쳔상션여 ᄒᆞ강ᄒᆞᆫ 듯 화용월틱 ᄉᆞ람은 안일네라. 마음이 별노 송구ᄒᆞ야 슈작ᄒᆞ기는 고ᄉᆞᄒᆞ고 방의 드러가도 못ᄒᆞ고 도로 나와 게화다려 문왈
>
> "흉악ᄒᆞ던 인물은 어ᄃᆡ 가고 만고절식이 안져스니 무삼 연고요."
>
> 게화 ᄃᆡ왈
>
> "젼일 박 씨 일식이 금야의 되얏나이다."
>
> 그졔야 시빅이 지감읍스믈 절절이 후회ᄒᆞ야 슈숨 연 박ᄃᆡᄒᆞᆫ 일을 ᄉᆡᆼ각ᄒᆞ니 도리여 슈괴ᄒᆞ야 외당의 나와 쥬져ᄒᆞ다가 ᄃᆡ감게 뵈인ᄃᆡ 공이 가로ᄃᆡ
>
> "네의 안ᄋᆡ 안식이 지금은 엇더ᄒᆞ던요."
>
> 시빅이 복지 ᄃᆡ왈
>
> "소ᄌᆞ 무식ᄒᆞᆫ 죄을 아나이다."
>
> ᄒᆞ더라.•

• 〈박씨전〉(융희 이년 구월 초팔일 등셔)(이하 같은 책).

“소자 무식한 죄를 아나이다.” 현숙한 아내를 인물로만 판단하고 구박하였던 것에 대해 꾸짖는 아버지에게 하는 말이다. 이시백의 저러한 행동이 오늘날까지 이어져 얼굴로 여성의 가치를 논하는 세상이 된지도 모르겠다.

또 다음 부분을 보자. 박 씨와 오랑캐 여자 자객 길홍대가 한바탕 다툼을 벌이는 부분이다.

홍ᄃᆡ 벼ᄀᆡ을 베고 눕더니 ᄌᆞᆷ이 들엇스되 두 눈이 화등잔 갓고 블쎵이가 ᄂᆡ다러 방즁의 궁글며 ᄌᆞ는 슘결의 방문이 열치락 닷치락 ᄉᆞ롬의 정신을 살난케 ᄒᆞ난지라. 비록 여ᄌᆞ나 범갓튼 장ᄉᆞ여날 엇지 놀납지 안이ᄒᆞ리요.

박 씨 ᄯᅩᄒᆞᆫ ᄌᆞ난 체ᄒᆞ다가 일어나 그 여인의 힝장을 열어보니 칼이 잇스되 쥬홍으로 ᄉᆡ기기을 비련도라 ᄒᆞ엿더라. 박 씨 그 칼을 만지랴 ᄒᆞ니 그 칼이 변ᄒᆞ여 나는 졔비가 되야 쳔장으로 소스며 박 씨을 힝ᄒᆞ야 ᄒᆡ코져 ᄒᆞ거늘 박 씨 급피 진언을 외며 슐법을 붓쳐 막은이 그 칼이 감이 범치 못ᄒᆞ고 변화을 못 ᄒᆞ난지라.

그졔야 그 칼을 들고 소ᄅᆡ을 병역갓치 지르며 길홍ᄃᆡ을 ᄭᆡ니 길홍ᄃᆡ ᄇᆡ야로 ᄌᆞᆷ을 집픠 들엇다가 병역갓튼 소ᄅᆡ예 잠을 ᄭᆡ여 혼미 즁의 일어나 안지니 박 씨 비련도을 빗겨 들고 ᄭᅮ지져 왈

“무지ᄒᆞ고 ᄀᆡ갓튼 연아 네가 호국 요믈 길홍ᄃᆡ 안인야”

ᄒᆞ는 소ᄅᆡ 쳔지가 문어지난 듯ᄒᆞ니 그 여인이 혼불불신ᄒᆞ고 실혼낙ᄇᆡᆨᄒᆞ야 아무리 할 쥴을 모로다가 졔우 정신을 ᄎᆞ리여 고ᄀᆡ을 드러보니 박 씨 칼을 들고 위염은 팔연풍진 홍문연 잔치예 번쾌가 항장을 ᄃᆡᄒᆞ야 두발이 상지ᄒᆞ고 눈이 다 찢어질 정도로 흘겨보고 살긔 츙천ᄒᆞᆫ 듯ᄒᆞᆫ지라. 길홍ᄃᆡ 바로보지 못 ᄒᆞ며 말을 못 ᄒᆞ고 안졋ᄡᅡ가 진정ᄒᆞ야 엿ᄌᆞ오ᄃᆡ,

"두 눈이 화등잔 같고 불덩이가 내달아 방 안을 굴러다니며 자는 숨결에 방문이 열렸다 닫혔다 사람의 정신을 산란케 하는지라." 길홍대의 잠자는 모습이 여간 아니다. 여기에 뒤질세라 범 같은 여장수인 우리의 박씨는 길홍대의 비련도라는 요사스러운 칼과 한바탕 혼전을 벌이고는 술법으로 제압한다. 빼앗은 비련도를 들고 "무지하고 개 같은 년아, 네가 호국 요물 길홍대 아니냐!"라고 길홍대를 꾸짖는 모습 또한 남성 군담 소설과 다름이 없다. 욕도 서슴없다.

가히 여인 천하라 할 만큼 여성들이 남성보다 우위에 있다. 이처럼 여성을 주인공으로 설정하여 눈부신 활약상을 보여 주는 〈박씨전〉이 필사본으로 전승되면서 독자층에 깊이 파고들어 오랜 세월이 흐른 오늘날까지도 그 빛을 잃지 않는 이유는 무엇일까?

이 작품의 문학성이 뛰어나서일까? 아니다. 지금이야 박 씨의 영웅적인 면을 사겠지만, 저 시절 박 씨의 욕설은 당대 여성들 위에서 군림하고, 백성들을 핍박하고 군림만 하였던 기득권 '남성'들에게 마땅히 돌아가야 한다. 저 시절 한 집안의 가장이자 나라의 중심인 남성들은 제 여인은 물론 임금과 나라도 지키지 못하였다. 〈박씨전〉이 군담 소설이면서도 애독자의 대부분이 부녀자층이었다는 데서 이러한 남성의 모습을 찾을 수 있지 않을까.

임진·정유왜란, 정묘·병자호란을 거치며 얼마나 많은 여성들이 남성들에게 강간, 납치, 죽음, 공녀(貢女)라는 패찰을 가슴에 담았는가. 무통 분만이 없다지만 저 시절 여인들의 삶은 고통으로 점철된 나날이었다. 전쟁이 나면 여성은 모든 남성이 적군이지 다른 도리가 없었다. 조선은 남성들의 세계였다. 의당 남성들에게 유순하게 훈육된 여성들의 안위는 저 시절, 저 남성들에게 매여 있을 수밖에 없었다. 그런 남성들이 당파로 나뉘어 투쟁하는 수탉으로서만 존재하였고, 결과는 나라의 심장부인 종로 네

거리마저 적에게 내줘야 했다.

그러니 이시백 또한 조선 중기를 살다 간 실존 인물 이시백으로 보아서는 안 된다. 조선의 남성을 대표하는 인물로 보아 마땅하다. 실상 이시백은 인조, 효종에 걸쳐 여러 판서, 좌참찬, 영의정 등을 지낸 인물이다. 이괄의 난, 정묘호란, 병자호란 등 나라의 위기를 겪으며 작고 큰 공을 세웠고 특히 병자호란 때는 패전 상황을 수습하고 대동법 실시 등을 건의하여 사회 안정에 공헌한 인물이다. 그의 부인은 기록에 의하면 윤진의 딸 윤씨였다. 첨부하자면 〈박씨전〉에서 조정의 간신으로 등장하는 김자점(金自點, 1588~1651) 또한 우리의 역사 속에서 그리 흔하지 않은 파란만장한 삶을 산 사람이다. 그는 역모죄로 효종 2년 사형당했다.

박 씨의 영웅적 활약은 여성들이 가부장적 억압으로부터 해방되고자 하는 욕구를 담은 여성 영웅 소설의 모태로 작용하기도 하였다. 가부장제(家父長制)란 가족 성원이 세습적 규칙에 따라 지명된 개인의 지배를 받는데, 대개는 장남이 세습적으로 가장의 지위와 재산을 계승하여 안으로는 가족을 통솔하고 밖으로는 가족을 대표한다. 당연히 이 가부장제 사회에서 여성은 억압받는 존재일 수밖에 없었다. 여성 영웅 소설은 이러한 중세의 가부장제 사회에 대한 암묵적인 반발인 셈이다.

미망인의 소복같이 서러운 소설 〈박씨전〉을 모태로 한 여성 영웅 소설은 〈곽낭자전〉, 〈금방울전〉, 〈뎡각록〉, 〈방한림전〉, 〈설소저전〉, 〈쇼져영춘전〉(작품의 전모가 학계에 확실히 알려진 것은 아님), 〈여장군전〉, 〈이대봉전〉, 〈이봉빈전〉, 〈운향전〉, 〈위봉월전〉, 〈여자충효록〉, 〈장국진전〉, 〈정현무전〉(〈정비전〉), 〈하진양문록〉, 〈홍계월전〉, 〈황부인전〉 등이 있다. 〈여장군전〉은 〈정수정전(鄭秀貞傳)〉이라고도 하는데 여장군의 이름이 정수정이기 때문이다.

여성 영웅 소설은 아니지만 〈박씨전〉을 언급함에 〈임경업전〉도 한 마디 짚어 줘야 한다. 이유는 이 두 편이 자매편이기 때문이다. 필사본 〈박씨전〉

이본들을 살펴보면 말미에 "이 책의 미진한 말은 〈임경업전〉에 가서 보아라(일사본 〈박씨전〉)"라거나 "이 책의 말이 다 마치지 못함은 일후에 〈임경업전〉에 기록하여 보게 함이라(손낙범본 〈명월부인전〉)", 또는 "세자 대군과 조선 인물을 본국으로 데려간 사적은 〈임경업전〉에 있기로 이만 그치노라(가람본 〈박부인전〉)" 따위의 글들이 적바림되어 있다.

이렇듯 소설에 여성 영웅이 등장하는 것은 단순한 문제가 아니다. 잠시 이를 짚자면, 첫째로 임진왜란이나 병자호란을 통하여 실제 여성들이 전상자 치료나 군량 조달 등에서 남자 못지않은 공훈을 세운 것을 들 수 있고, 둘째로 소설의 독자로서 여성이 크게 증가하였다는 반증이며, 셋째로는 임란·정유왜란, 정묘·병자호란을 거치며 나타난 남성 중심의 국가 관리 체계에 대한 여성들의 심각한 의구심, 넷째로는 국가의 위난을 허구적인 소설을 통하여 극복하려는 내심을 엿볼 수 있다.

이 글에서 다루는 〈박씨전〉이나 〈임진록〉 같은 경우는 병자호란을 겪었던 고통을 소설이라는 허구를 통해서나마 극복하려 한 작품이다. 그래 실의에 빠진 조선 중세를 사는 하층민에게 한껏 예의를 갖춘 마음의 세공술로 빚은 것이 〈박씨전〉과 〈임진록〉이다. 간과치 말아야 할 점은 이 소설들로 청나라 오랑캐를 이기지는 못했다는 엄연한 사실이다.

첨언 하나 해두자. 오늘날 우리가 이 소설, 아니 고소설을 읽으며 무엇을 생각해야 할까? 독서자 각자 다르니 개개인이 다를 터이지만, 나보고 답하라면 이렇게 정리하겠다. "문학적 감흥에서 끝날 소설이 있고, 〈박씨전〉이나 〈임경업전〉처럼 그 문맥을 꼼꼼히 짚어야 할 소설이 있다"라고. 한 마디만 더, '씨알사상'으로 잘 알려진 함석헌 선생은 우리 민족의 역사를 '만신창이가 된 늙은 창부'에 비견하였다.• 다소 패배적이고 거친 감이

• 함석헌, 《뜻으로 본 한국역사》, 제일출판사, 1993.

있지만 딱히 아니라고 강변하기도 어려운 것이 사실이다.

개화기 즈음, 〈박씨부인전〉 필사본에 필사자가 적어 놓은 내용이 의미심장하여 이를 적어 이 장을 마친다.

> "어화 셰상 ᄉᆞ롬더라 ᄂᆡ의 말ᄉᆞᆷ 드러보시오. 남ᄌᆞ라도 못할 일을 여ᄌᆞ가 ᄒᆡᆼᄒᆞ엿스니 엇지 아름답지 안이ᄒᆞ며 엇지 신긔치 안이ᄒᆞ리요. 무론모인ᄒᆞ고 남녀노쇼 ᄒᆞᆫ 번 보시거든 부ᄃᆡ 감심하시오. 이 ᄎᆡᆨ이 ᄒᆞ로 젼역 소일할만 ᄒᆞ기로 되지 못한 글시로 등셔ᄒᆞ엿ᄉᆞ오니 그ᄃᆡ로 눌러 보시오. 융희 2년(1908) 9월 8일"

〈서한연의〉

〈서한연의(西漢演義)〉는 명나라 종성(鐘惺, 1574~1625)이 지은 동명의 〈서한연의〉 번역본이다. 〈초한지〉·〈서한지〉·〈장량전〉·〈장자방실기〉·〈초패왕실기〉·〈항우전〉·〈홍문연〉·〈초한연의〉 등으로도 불리는데, 단권으로 일부만 번역된 이본도 있고 전질을 번역한 책도 있다. 단권 번역본(국립중앙도서관본)은 앞에 가사인 〈우미인가〉, 〈항우가〉, 〈초한가〉 등이 첨부되어 있어 〈서한연의〉에 대한 당대의 인기를 반영하는 간접적인 자료가 된다. 이 소설은 국문 필사본 56편, 방각본 82편, 국문 활자본 21편이나 보인다. 지금까지 발견된 편수로는 국문 소설 중 당당 10위권에 들 만큼 널리 알려진 소설임에 틀림없다. 중국은 물론 서방까지 알려진 경극 희곡(京劇戱曲)인 〈패왕별희〉는 바로 이 〈서한연의〉에 의거한 작품이기도 하다.

〈서한연의〉에 대한 기록부터 보자. 최초의 기록은 이미 1595년 《쇄미록(鎖尾錄)》에 보인다. 《쇄미록》은 선조 임진왜란 때, 오희문(吳希文, 1539~1613)이 임란을 겪기 1년 전인 1591년에서 1601년까지 쓴 일기인데, 여기에 "종일 집에만 있자니 무료하였다. 딸의 청으로 〈초한연의〉를 번역하여 둘째 딸을 시켜 쓰게 하였다"라는 기록이 있다.

또 "대통관(大通官)이 칙사의 분부를 아룁니다. 〈서한연의〉 국문 번역본 한 질을 구해 들이라 하므로 들여보내고자 합니다"라는 기록도 보인다. 이 기록은 오희문으로부터 79년 뒤다. 대통관은 번역과 통역을 맡아보던 우두머리다. 내용으로 미루어 중국에서 온 칙사가 국문 번역본 〈서한연의〉를 구해 달라는 내용이다. 위 기록이 《승정원일기》, 현종 15년(1674) 1월 8일조에 보이는 기사인 점으로 미루어, 1674년에 이미 중국에서 들어와 국문으로 번역되었음을 알 수 있다. 윤덕희(尹德熙, 1685~1776)의 《수발집(溲勃集)》 '소설경람자'에도 보이니 1762년이다. 이미 저 당시에도 〈서한연의〉의 인기가 녹록지 않음을 어림할 수 있다.

언급한바, 이 책은 본래 명나라 종성이 찬한 소설 〈서한연의〉를 우리나라에서 번안(飜案)한 것이다. 번역이라 하지 않고 번안이라 함은 '원작의 내용이나 줄거리는 그대로 두고 풍속, 인명, 지명 따위를 시대나 풍토에 맞게 바꾸어 고쳤다는 뜻이다. 따라서 원문을 그대로 직역하는 번역과는 달리 번역자의 의중이 작품 속에 들어가 있다.

일찍이 한국 고소설사의 주춧돌을 놓은 김태준은 그의 《조선소설사》에서 "그중에도 〈서한연의〉는 가장 인상 깊게 애독되어 일찍 〈초한가〉를 부르며 초한장기를 놀며 홍문연을 배연(排演)하여 삼척동자도 번쾌, 항우를 모르는 사람이 없었다. 그 일부분씩을 적출해서 〈초패왕실기(楚霸王實記)〉, 〈장자방전(張子房傳)〉, 농암노인(聾巖老人)이 발선(拔選)한 〈유악귀감(帷幄龜鑑)〉 등 같은 것이 번역되었다"라고 써놓았고, 불후의 명작 〈임꺽정〉을 지은 홍명희 같은 이도 〈삼국지〉·〈수호지〉·〈서유기〉·〈금병매〉·〈동주열국지〉 같은 소설을 탐독하는 가운데 이 〈서한연의〉 또한 읽었다고 하니 일제 치하까지 이 소설이 꽤 읽혔음을 알 수 있다. 현존 작가가 내놓은 〈초한지〉도 이 〈서주연의〉와 관계있다.

이러한 고소설을 '연의 소설(演義小說)', 줄여 '연의'라 한다. 연의는 이렇듯 역사상의 사실을 소설적 흥미로 수식, 부연해 놓은 중국 소설로서 국문으로 번역한 소설이지만 조선시대에는 '넓은 의미의 소설'이라는 말과 통용되기도 하였다.

내용을 살펴보자.

진시황이 죽었다. 나라는 혼란에 빠졌고 영웅들은 일어났다. 항우는 범증을 얻어 강성한 세력을 키운다. 유방은 운명의 사내 장량을 만난다. 장량은 유방에게서 제왕의 덕이 있음을 보고, 유방과 항우는 먼저 함양에 도착하는 자가 관중 땅의 왕이 되기로 한다. 유방이 먼저 도착하여 진 왕으로부터 항복을 받았지만, 병력은 항우군에 비하여 열세였다. 항우는 약속을 저버리고 유방을 없앨 계획을 세운다. 항우는 범증의 계획에 따라 유방을 제거하려 했으나 장량이 미리 눈치채고 유방을 도망치게 한다.

항우는 스스로 초 패왕(楚霸王)이 되고 유방은 서촉 변방 파촉의 한 왕(漢王)이 된다. 장량은 항우를 섬기던 한신을 유방에게 마음을 돌리도록 설득한다. 한신은 유방을 찾고 '초를 격파하는 장군'이란 뜻의 파초대장군(破楚大將軍)에 봉해진다. 한신의 연승으로 점차 유방을 따르는 제후가 많아진다. 이에 힘입은 유방은 항우를 선제공격하였다가 그만 크게 패하지만 한신의 노력으로 점차 세력을 만회한다.

팽성에 있던 항우가 한신이 보낸 첩자의 계략에 빠져 팽성에서 나오고야 만다. 유방의 군대는 이미 매복 중이었다. 구리산으로 진격하던 항우군은 뒤늦게 함정임을 알았지만 이미 화살은 시위를 벗어난 뒤다. 항우는 다급히 퇴각 명령을 내린다. 항우는 팽성으로 다시 돌아가려 했으나 이미 유방의 수중에 떨어진 뒤다. 장량은 굶주림과 추위에 떠는 초의 군대를 에워싸고 사방에서 초나라 노래를 들려주는 책략을 쓴다. 사면초가(四面楚歌)라는 고사 성어가 여기서 나왔다. 책략은 적중했고 초의 군대는 붕괴된다. 항우는 강동으로 탈출을 계획하고, 영원히 항우의 여인이 되고자 한 우미인은 스스로 목숨을 끊는다. 항우는 8백여 명의 남은 군사를 이끌고 탈출에 성공하지만, 이내 다시 한군에 포위된다. 운명이라 생각한 항우는 오강에서 목숨을 끊는다. 그의 적토마도 오강에 뛰어들어 주인과 운명을 함께한다.

천하는 유방에 의해 통일되었다. 한신이 초 왕(楚王)에 봉해졌다. 장량은 왕업은 이루었고 공명은 부질없다며 청산으로 들어간다. 한신은 곧 초 왕에서 회음후로 강등되더니, 끝내 토사구팽(兎死狗烹)이라는 유감 어린 넉 자를 남기고 역적으로 몰려 참살당한다. 그 후 한나라는 4백 년간 유지되다가 조조, 유현덕, 손권에 이르러 삼국이 정립된다.

항우(項羽, B.C. 232~B.C. 202)와 유방(劉邦, B.C. 247~B.C. 195)에 관한 이야기는 익히 알고 있으니, 긴 서술은 피하겠다. 항우가 죽은 것은 그의 나이 서른한 살이었다. 유방은 40대 중반이었다.

항우가 마지막으로 우미인(虞美人)과 눈물로 이별할 때, 슬피 울며 부른 〈해하가(垓下歌)〉를 소개하는 것으로 끝맺겠다. 한때 중원 대륙을 호령했던 항우도 사랑하는 여인 앞에선 한 남성에 지나지 않았다. 이 시를 듣고 우미인은 자결하고 이어 항우도, 항우의 애마 오추마도 주인의 죽음을 알았는지 크게 운 뒤 오강에 뛰어든다. 훗날 우미인의 무덤가에서 작은 바람에도 엷게 떠는 비단결 같은 꽃잎의 꽃이 피어난다. 사람들은 이 꽃을 우미인의 영혼이 환생한 것이라 하여 '우미인초(虞美人草)'라 부르게 되었다. 우미인초는 우리말로 '개양귀비'다. 개양귀비의 접두사로 쓰인 '개-'는 '변변치 못하다'는 의미다. 멍첨지와는 관계 짓지 말아야 한다. 아래는 항우가 죽기 직전에 지었다는 유명한 시다.

力拔山兮氣蓋世　힘은 산을 뽑고 기운은 세상을 덮을 만하지만

時不利兮騅不逝　형편이 불리하니 오추마도 나아가질 않는구나

騅不逝兮可奈何　오추마가 나아가질 않으니 내 어찌할 것인가

虞兮虞兮奈若何　우미인아! 우미인아! 내 너를 어찌할 거나

〈임진록〉

〈임진록〉을 읽으면서 중국의 작가 노신(魯迅)의 소설 〈아큐정전(阿Q正傳)〉이 떠오른다. 노신은 열강의 침략 속에서 이빨이 빠지고 늙어 버려 꼼짝도 못하는 중국을 '아Q'라는 이름도 알 수 없는 최하층 날품팔이 농민에 빗대었다. 〈아큐정전〉은 1911년 신해혁명을 전후한 농촌이 배경으로, 정확한 성명도 모르는 최하층의 날품팔이 농민인 '아Q'의 전기라는 형식을 빌렸다. 혁명당원을 자처했으나 도둑으로 몰려 싱겁게 총살되어 죽는 '아Q'의 짓궂은 운명을, 혁명 앞에서도 변함없는 지배력을 가지고 마을에 군림하는 지주 조 가(趙家)와 대조적으로 그려 신해혁명의 쓰디쓴 좌절을 담고 있다.

'아Q'는 모욕을 받아도 저항할 줄 모르고 오히려 머릿속에서 '정신적 승리'로 탈바꿈시켜 버린다. 현실에서는 졌지만 정신은 지지 않았다고 자위하는 '아Q'는 끝내 의미 없이 땅보탬이나 하는 죽음을 맞는다. 노신이 이 '아Q'로 1910년대 중국 사회의 병근(病根)을 예리하게 지적한 것처럼 〈임진록〉에도 이러한 비극적인 '아Q식 승전법'이 있다.

그러나 현재 〈임진록〉은 다양한 전략 시뮬레이션 게임으로도 변신을 꾀하고 있다. 〈임진록〉으로 임진왜란이라는 비극적 경험을 극복하려 했던 시절로부터 4백 년이 지난 지금 화려한 부활을 하고 있는 셈이다.

영국의 역사학자 카(Edward Hallett Carr)는 "역사는 과거와 현재의 끊임없는 대화"라고 하였다. 우리의 고소설 또한 현대의 우리와 이렇게 대화를 나눈다. 문제는 현재를 사는 우리가 반드시 먼저 손을 내밀어야 한다는 점이다.

우리에게 목침 같은 소설인 〈임진록〉은 필사본, 방각본, 활자본을 합쳐 약 160편의 이본이 있으니 국문 소설로 열 번째이다.

4

이본으로 본 한문 소설 베스트 10

〈구운몽〉

'유교라는 날실에 불교라는 씨실의 교직', 우리의 고소설에서 사상을 추출하자면 아마도 이렇게 정리될 것이다. 물론 이 불교라는 것 속에는 '도교'니 '선교'니 하는 것도 당연히 얼마간 섞여 있다. 한문 소설, 국문 소설 할 것 없이 대다수의 작품이 그렇다. 〈구운몽〉 또한 여기에서 벗어나지 않는다. 〈구운몽〉은 양소유의 '출장입상'에서 유교 사상을, 성진의 '불교 귀의'에서는 불교 사상을 찾을 수 있기 때문이다.

이미 '최고의 품격 소설 〈구운몽〉'에서 다루었기에 이 장에서는 '꿈' 이야기만 잠시 언급하는 것으로 마치겠다. 〈구운몽〉의 주인공을 성진으로, 꿈은 성진이 꾼 것으로만 생각한다. 그러나 그럴 이유가 없다. 꿈을 꾼 것은 팔선녀도 마찬가지다. 성진이 팔선녀를 본 뒤 욕망이 달아올라 양소유가 된 꿈을 꾸듯 팔선녀도 성진을 본 뒤 욕망이 달아올라 정경패, 이소화, 진채봉, 가춘운, 계섬월, 적경홍, 심요연, 백능파가 된 꿈을 꾼 것이다.

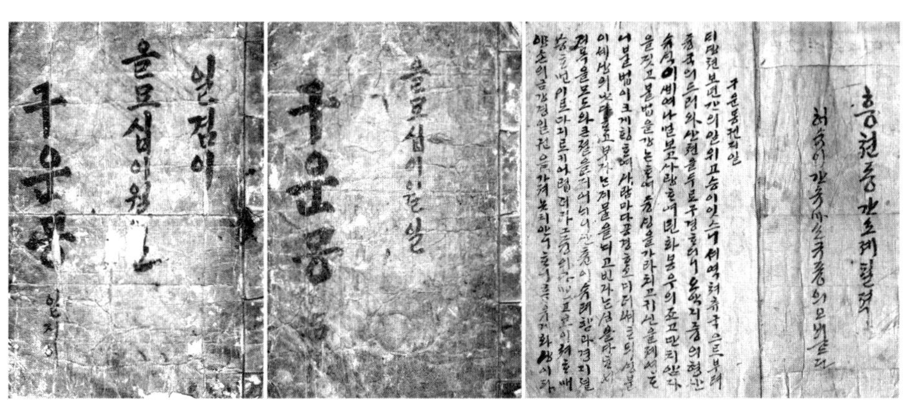

간 소저본 〈구운몽〉(저자 소장)

〈구운몽〉 1, 2권 책 속지에 보이는 "홍천동 간쇼졔"라는 필적이 선연하다.

을묘년 1915년 필사된 간 소저본은 〈구운몽〉이 이미 20세기에 들어섰고 활자본 시대가 열렸음에도 여전히 필사되었음을 알게 해주는 자료다. 간 소저(1899~?)는 경기도 화성시 장안면 사곡3리 홍천동에 거주했던 간동학으로 필자에게는 대고모가 된다. 시집가신 첫 해에 돌아가셨기에 구체적인 자료가 없다.

책 말미에 "이 칙은 소셜노는 가히 볼만호기로 힝년 십칠 셰의 이솜권 칙을 번역ᄒᆞ오나 번시 은문이 단문ᄒᆞ와 글시 고약ᄒᆞ고 오ᄌᆞ 낙셔 만ᄉᆞ오. 보시는 이가 눌너 보시옵쇼셔"라는 기록이 있어 17세에 필사하였음을 알 수 있다. 이로 미루어 보건대, 비교적 이른 나이의 처녀들이 국문 소설을 접했음을 알 수 있다. 또 이 말이 세책본 형식인 것으로 미루어 아마도 세책본을 보고 베낀 것이 아닌가 한다.

〈구운몽〉의 독자층이 이를 설득력 있게 증명하고 있다. 조선시대 많은 여성들이 이 소설을 애독한 이유 중 하나는 분명 팔선녀의 꿈과 연관성이 있다. 조선시대 남성의 세계에서 핍박받던 여성들이 잘 수놓아진 아홉 폭 병풍 같은 〈구운몽〉을 읽으며 그녀들의 이상적인 남성상과 꿈을 그렸는지도 모른다. 〈구운몽〉이 1910년대 향촌에서도 여성 독자층을 형성하고 있었다는 데서 이러한 개연성을 찾을 수 있지 않을까.

〈구운몽〉은 미국, 체코, 러시아, 중국, 일본, 이탈리아 등지에서 번역 출간되었다. 김진수(金進洙, 1797~1865)는 그의 《벽로집》 1 '연경잡영'에서 중국인이 〈구운몽〉을 〈구운루(九雲樓)〉 10책으로 번역하였는데 '〈구운몽〉을 누구의 작품인지 모른다 하고 양소유를 양진의 후손으로 가춘운을 가춘의 후손으로 만드는 등 미풍양속을 해쳤다'며 자못 불편한 심기를 드러낸다. 중국 강소고적출판에서 1993년 간행한 강기(江琪) 교점 〈구운기(九雲記)〉는 우리 영남대학교 소장본을 빌려 출간한 것인데 김만중이 원작자임을 알면서도 아예 중국 소설로 단정하고 있다.

〈구운몽〉 이본은 국문 필사본 85, 한문 필사본 112, 국문 방각본 46, 한문 방각본 107, 국문 활자본 12, 한문 활자본 5, 기타 일어 3, 영어 2편으로 한문 소설 중 가장 많은 이본 수를 자랑한다.

〈창선감의록〉

> ᄃᆡ져 이 ᄎᆡᆨ은 츙효겸젼과 □□□□을 겸ᄒᆞ야 ᄎᆞᆨ홈을 비푸려 은희 갑긔을 휨씬 고로 호을 ᄎᆞᆼ션감의록니라 ᄒᆞ니 그 쓰질 의논큰ᄃᆡ ᄒᆞ회도 가히 엽픈덧 ᄒᆞ온니 고담 즁 제일가는 ᄎᆡᆨ이라

"대저 이 책은 충효를 아울러 갖추고 □□□□을 겸하였다. 착함을 베풀어 은혜 갚기에 힘쓴 까닭으로 〈창선감의록〔彰(倡)善感義錄〕〉이라 한다. 그 뜻을 보자면 큰 바다도 얕은 듯하니, 옛이야기 중에서는 제일가는 책이다." 이 글은 유탁일 소장 필사본 〈창선감의록〉 '전언'에 보인다.

〈창선감의록〉을 '충효' · '선' · '보은' 등으로 읽고 있으며, '제일가는 책'에서 이 책에 대한 독자들의 생각을 알 수 있다. 〈창선감의록〉은 국화향 그윽한 전형적인 녹책이다.

조선 후기에는 녹책과 전책이 있었다. 전책은 홀대했지만, 사대부들도 녹책은 문체나 내용이 퍽 점잖다고 생각하여 권장할 만하다고 여겼다. 설명한바, '창선(彰善)'은 '착한 행실이 드러냄'이란 뜻이요, '감의(感義)'는 '의로운 행동에 감동받다'는 의미니, '창선감의록'이란 '착한 행실을 널리 드러내고 의로운 행동에 감동받는 이야기책'이라는 뜻이다. 당연히 녹책임을 알 수 있다.

〈창선감의록〉의 대중적 인기를 간명하게 알 수 있는 자료부터 소개한다.

〈창선감의록〉은 이본만 무려 351편이고 이본의 명칭 또한 〈창선감의록(彰善感義錄)〉, 〈창선감의록(倡善感義錄)〉, 〈창선감의록(昌善感義錄)〉으로 한자가 다른 것으로부터 〈감의록〉, 〈원감록〉, 〈창선록〉, 〈충의록〉, 〈충효록〉, 〈화문충의록〉 등 명칭이 다른 이본이 18편이나 되며 등장인물만도 수백이 넘는다. 학계의 연구 결과에 의하면 이 〈창선감의록(倡善感義錄)〉은 국문 소설인 〈원감록(寃感錄)〉을 토대로 윤색·한역한 작품이다. 17세기 후반에 출현한 이 〈창선감의록〉이 소설에 대한 배척이 심했는데도 불구하고 어찌 이러한 대중적 인기를 누렸을까?

세 가지로 답할 수 있다.

하나는 소설의 내용이 중세의 이념인 '충효 사상과 권선징악'이요, 하나는 '지은이가 명문 사대부였던 조성기(趙聖期, 1638~1689)의 작품'으로 그 구상과 묘사가 빼어났으며, 셋째는 단 세 글자만으로 누구나 가슴을 적시는 '어머니를 위해 소설을 지었기 때문'이다. 이 세 가지 정도의 이유라면 제아무리 소설이라도 배척받을 이유가 없다. 더욱이 이 소설은 조선 사대부들이 숭앙해 마지않던 명나라를 배경으로 하였다. 이러한 이유로 〈창선감의록〉은 당시 권장할 만한 소설로 이해한 녹책의 전형이 되었다. 또 이 소설이 같은 녹책인 김만중의 〈구운몽〉, 〈사씨남정기〉에 버금가는 인기를 누릴 수 있었던 이유이기도 하다.

〈창선감의록〉의 내용은 중국 명나라를 배경으로 한다. 지금도 통속적인 연속극이 그렇지만 이 소설 역시 남녀 간의 애증이 휘감아 도는 처첩 간의 갈등과 당대의 대가족 제도 아래서 일어나는 가정의 풍파를 줄거리로 하였으나 문체가 꽤 진중하다. 소설의 중심이 충효 사상과 권선징악임은 물론이다. 줄거리를 다음과 같이 요약해 본다.

> 옥기린이 품으로 달려들었다. 병부상서도찰원도어사 화욱은 화들짝 봄꿈을 깼다. 옥기린은 상서로운 동물이다. 그에게는 세 아내가 있었다. 제1부인인 심 씨는 미색은 있으나 성품이 미웠고 아들 춘 역시 그 어미 성정을 쏙 빼닮았다. 2부인 요 씨는 딸 빙선을 낳고 요절하였으며, 3부인 정 씨는 정숙하였다. 옥기린 태몽은 이 정 씨의 몸에서 잉태되었으니 화진이다. 화욱은 아들 진을 유독 사랑했다.
>
> 얼마 후 간신 엄숭으로 인하여 나라의 정사가 어려워졌다. 화욱은 벼슬을 버리고 고향 소흥으로 내려갔다가 그곳에서 셋째 부인 정 씨와 함께 세상을 떠난다. 심보 고약한 심 씨와 그 어미 못지않은 간악한 아들 춘은 정 씨의 아들 화진과 요 씨의 딸 화 소저에게 할기족거리며 모진 박해를 가한다.
>
> 화 씨 집안을 돌보던 화욱의 누이 성 부인은 화 소저와 유광록의 아들 유성양의 혼례를 치러 준다. 또한 화진을 3년 전에 화욱이 혼약해 둔 윤혁의 딸 윤

소저와 그의 양딸 남 소저와 혼인도 일러 준다. 남 소저의 아버지 남표는 윤혁의 벗인데 간신 엄숭을 탄핵하다 멸문을 당한 개결한 선비로, 남표 부부는 물에 던져지고 살아남은 남 소저는 이러저러한 사연을 거쳐 윤 공의 양녀가 된 것이었다.

화진은 성준, 유성양과 서울에 올라가 과거를 보고 장원급제하여 한림학사가 된다. 그동안 화진 일가를 돌보던 성준의 어머니 성 부인이 복건성으로 떠나가자 심 씨의 행패는 날로 포악해진다. 춘은 마음 착한 임 소저와 혼인하였음에도 못생겼다고 학대하며 불량배인 범환, 장평과 어울리며 간악하기 이를 데 없는 조녀를 첩으로 맞아들인다. 조녀는 시녀 난수로 하여금 범환과 사통시키며 그의 꾀주머니를 빌려 정실인 임 소저를 내쫓고 자신이 춘의 정실이 되는 데 성공한다. 조녀와 범환은 짬짜미를 하여 엄숭에게 올라가 화진이 죄인 남표의 딸과 혼인을 했고 효성이 없다고 모함한다. 황제는 화진의 벼슬을 깎고 남 부인은 소실이 되라고 명한다. 조녀는 그 악한 성품을 한껏 발휘하여 더욱 화진의 두 부인을 해코지한다.

심 씨와 조녀에 의해 결국 남 부인은 독약 든 죽을 먹고 죽지만 여승 청원이 관음이 준 알약으로 살려서는 촉나라로 데리고 간다. 춘이 학질에 걸리자 급기야 조녀는 범환과 간통을 하고 범환은 이 기회에 화 씨 문중을 차지하려고 한다. 범환은 화진과 유 부인이 심 씨를 죽이려 했다는 꾀를 낸다. 유 부인은 후원에 갇히고 화진의 목숨이 경각에 다다랐지만 하춘해가 황제에게 간청하여 죽음을 면한다.

장평이 조녀와 범환의 부정을 화춘에게 알리고 벼슬을 얻으려면 엄숭의 아들 엄세번에게 윤 부인을 바치라고 꾄다. 윤 부인의 남동생 윤여옥이 이를 알고 여자로 변장하여 누이 대신 세번의 집으로 간다. 윤여옥은 윤 부인으로 행세하면서 엄세번을 구슬려 진을 옥에서 꺼내 귀양 가게 만들고 엄숭의 외동딸 월화와 남모르게 인연을 맺는다. 월화는 그 오라비 세번이나 아비 엄숭과 달리 아름다우면서도 지혜로운 여성으로 훗날 자기를 꼭 찾아 달라며 윤여옥을 무사히 도망시킨다.

화진은 귀양 가던 중에 의로운 사내 유성희를 만나 범한이 보낸 사람들의 독살 위기에서 벗어난다. 정배지에서는 오래전에 죽은 줄 알았던 남 부인의 부모들을 만난다. 그 후 은진인을 스승으로 삼고 그에게 신묘한 방법을 배운다.

윤여옥은 과거에 급제하고, 도적이 들끓자 유성희의 추천으로 화진은 다시 등용된다. 춘에게 죄상이 드러난 범환은 조녀와 함께 도둑질을 한 후 사라져 버린다. 장평 역시 춘을 속여 돈을 뽑아내다가 어사가 된 윤여옥에게 잡혀 들어간다. 화춘의 죄상이 황제에게 보고되어 그도 형부에 잡혀 들어간다. 사정이 이렇다 보니 제아무리 인간성이 바특한 춘이라도 뉘우치지 않을 수 없었다. 이 소식을 들은 화진은 형의 죄를 사해 달라고 황제에게 간청한다. 평생 한 일이라곤 악행밖에 없는 심 씨도 크게 뉘우친다.

화진은 서산해가 난을 일으키자 안남까지 가 이를 평정한다. 승전 후 또 촉 땅에서 난이 일어나지만 화진은 가볍게 제압하고 돌아오던 길에 남표 부부와 죽은 줄 알았던 아내 남 부인을 만난다. 그사이 엄숭은 탄핵을 당해 멸문이 되어 가산을 몰수당하고 유배 갔으며 엄세번 또한 옥에 갇힌다.

범환은 한때 자기와 함께 화진을 죽이려던 누급에게 죽음을 당하고 잡혀 온 조녀는 꾸짖는 심 씨에게 '빈틈에 바람이 나고 썩은 고기에 벌레가 드는 법'이라며 외려 화 씨 집안의 화는 심 씨에게 있다고 대든다. 춘의 처 임 부인도 돌아오고 화진은 윤 부인에게서 네 아들을 남 부인에게서 세 아들과 두 딸을 두고 행복한 화 씨 가문을 일군다. 엄숭의 딸 월화는 윤여옥의 소실이 되어 행복을 맞이한다. 화진은 나이 팔십에 벼슬을 그만두고 고향 소흥에 내려가 여생을 보낸다.

이 소설을 지은 조성기는 조선 19대 숙종 때의 유학자다. 자는 성경이고, 호는 졸수재(拙修齋)다. 부친은 군수 벼슬을 지냈으니 대단한 가문 출신은 못 된다. 그는 평생을 벼슬하지 않고 학문에만 힘썼는데, 시문에 능통하고 성리학을 크게 이루었으며 경제학에도 조예가 깊었다 한다. 벼슬을 하지 않은 이유는 과거에 떨어져서가 아니었다. 그는 아버지의 뜻에 따라 과거에 응시하여 사마시에 여러 번 합격하였으나, 몸에 고질이 생겨 학문에만 전심한 것이라고 한다. 어려서부터 학문에 힘써 일찍이 성리학을 깊이 연구하였고, 사람들과 접촉을 끊고 깊은 방에 들어앉아 공부하기를 30년간이나 계속하여 천지만물과 우주의 이치에 통달하였다.

연암 박지원의 〈허생〉에 이 조성기가 나온다. 잠시만 〈허생〉을 엿보자.

> 변 씨가 또 물었답니다.
>
> "지금 사대부들은 병자호란 때에, 우리 임금인 인조가 남한산성에서의 항전을 포기하고 삼전도에서 굴욕적인 항복을 한 치욕을 설욕하려 한다고 하네. 이제 뜻 있는 선비로서 팔뚝을 걷어붙이고 그 지혜를 펼칠 때가 아닌가. 자네와 같이 재주 있는 사람이 어찌하여 스스로 괴로이 어둠 속에 파묻혀서 세상을 마치려는가?"
>
> 그러자 허생이 대답하기를,
>
> "허, 이 사람. 예로부터 어둠 속에 묻혀 지낸 사람이 얼마나 많았나?
>
> 아, 졸수재 조성기 같은 분은 적국에 사신으로 보낼 만한 인물이 아닌가. 그렇건만 벼슬 한 번 못해 보고 거친 베옷을 입은 채로 늙어 죽었고, 반계 거사 유형원 같은 분은 족히 군량을 댈 만한 재능이 있었으나 저 전라북도 부안 해곡에서 이리저리 슬슬 거닐며 돌아다니고 있잖나. 지금 나랏일을 보는 치들을 가히 알 만해."•

• 간호윤 역, 〈허생〉, 《종로를 메운 게 모조리 황충일세—연암 소설 번역》, 일송, 2006, 277쪽.

연암이 허생의 입을 빌려 북벌의 허구성을 꼬집는 대목이다. 허생은 조성기를 적국에 사신으로 보낼 만한 인물인데, 벼슬 한 번 못해 보고 거친 베옷을 입은 채로 죽었다고 애석해한다. 연암과 조성기는 꼭 1세기나 차이 나는 인물이다. 조성기는 연암보다 백 년 먼저 조선을 살다 갔는데도, 연암은 이 조성기를 찾고 있다. 그것도 세상에 쓰임 받지 못한 인재로. 그렇다면 뜻을 못 편 이들이 적지 않을 터인데 왜 조성기일까?

앞에서도 말했듯이 조성기는 과거에 응시하였고, 생원과 진사를 뽑던 사마시와 감시 등에 여러 번 합격하였다는 기록이 보인다. 벼슬에 나아가지 않은 이유가 정녕 건강이 여의치 않아서였는지는 확실히 알 수 없지만, 사람들과 교류를 피하면서 30여 년 동안 홀로 성리학을 연구한 대학자라는 점은 분명하다. 조성기가 20세에 낙마 사고로 척추를 크게 다쳐 등이 굽은 척추 장애인으로 살았다는 기록도 보이기는 하지만 이 이유 때문인지는 정확히 알 수 없다.

이러하기에 조성기가 한문 소설인 〈창선감의록〉의 작가라는 점을 예의 주시해야 한다. 조성기가 17세기 후반에 중국 소설을 참조해 중국 명나라를 배경으로 문벌 가문의 내부 갈등과 정국의 변화에 따른 화 씨 가문의 흥망을 다룬 장편 소설로 내놓은 것이 〈창선감의록〉이다. 그는 '어머니의 시름을 위로하기 위해서'라고 하였으나 소설의 이면에는 당대의 현실에 대한 골방 선비의 비판이 숨어 있음이 분명하다.

〈창선감의록〉은 화욱과 엄숭의 정치적 갈등이 화욱의 아들인 화진과 엄숭의 갈등으로 반복되는 모습을 보여 준다. 이는 예론(禮論)을 두고 벌어진 남인(南人)과 서인(西人)의 두 차례에 걸친 학문적 논쟁과 정치적 투쟁으로 조정을 들고나던 행태에 대한 우의(寓意)로 볼 수 있다. '우의'란 글쓰기의 고수들이 다른 사물에 빗대어 비유적인 뜻을 에둘러 나타내거나 풍자하는 수법이다. 이 책에서 예론 논쟁의 전말을 다룰 수 없기에 간단

윤리문자도(倫理文字圖)(가회박물관 소장)

속화로 그려진 '효제충신예의염치'이다. 일종의 교화적 그림으로 효제충신예의염치(孝悌忠信禮義廉恥) 여덟 글자를 그림으로 변형시켜 한 질의 병풍으로 꾸며 놓은 것이 많다. 조선 후기는 윤리 문자를 방에 장식용으로 쳐둘 만큼 윤리에 집착하였다. 윤리에 대한 당대의 이해를 읽을 수 있는 동시에, 저 지나친 윤리에 의해 심청과 같은 어린 계집아이가 강물에 뛰어들고 셀 수조차 없는 열녀들을 만든 것은 아닌가 한다.

오죽하였으면 "효제충신예의염(孝悌忠信禮義廉)에 일이삼사오육칠(一二三四五六七)!"이라는 욕도 있겠는가. 욕은 욕인데 좀 알아듣기 어려워 설명이 필요하다. 앞 구절은 '효제충신예의염치'라야 하는데, '치(恥)'가 없다. 그러니 '무치(無恥)'요, 해석하자면 '부끄러움을 모른다'이다. 앞 구절로 미루어 뒤 구절은 '일이삼사오육칠'이 아니라, '일이삼사오육칠팔'이어야 맞다. 즉 '팔'을 잊었으니 '망팔(忘八)'이다. 여기서 '팔(八)'은 삼강(三綱)에 오륜(五倫)을 더한 것이니, 인간의 기본 윤리인 '삼강과 오륜'이 없다는 뜻이다. 우리가 종종 쓰는 '망할'은 이 망팔이 변한 것이라 한다. 앞 구절과 뒤 구절을 합치면 '무치망팔(無恥忘八)'이니, 해석할 것도 없이 '부끄러움을 모르고 삼강오륜도 잊은 놈'이라는 몹시 혹독한 욕이 된다.

히 언급하면 이렇다.

당시 효종의 비인 인선 대비(仁宣大妃)의 상복 문제로 야기된 예송(禮訟)이라는 이름의 정치적 쟁투가 있었다. 예송 논쟁이란, 인선 대비가 죽자 살아 있는 인선 대비의 시어머니인 인조의 왕비 조 대비(趙大妃)가 어떤 복을 입느냐 하는 문제다. 이때 서인은 대공설, 즉 9개월 복상을 주장하였고 남인은 기년설, 즉 1년을 주장하였다. 당시 남인은 왕비의 예이기에 사대부나 백성의 예와 다르다는 논조로 왕권을 강화하여 1년을 주장하고, 반면 서인은 천하의 예는 같다는 주장으로 신권을 강화하여 9개월만 상복을 입으면 된다고 주장하였다. 결과는 서인이 패하였고, 조성기는 서인이었다(여기서 언급하는 인선 대비는 두 마당 '여성'에서 살핀 인선 왕후다).

그렇다면 화욱은 서인이요, 엄숭은 남인이라 볼 수 있지 않을까? 결국 이 소설은 화욱의 아들인 화진의 승리를 통해 현실에서 패배했던 서인의 사상을 옹호한 것으로 볼 수 있다. 이 추론이 설득력 있다면 조성기는 소설을 통하여 부녀자들이 좋아하는 흥미만이 아니라 역사의 반추로서 소설을 이용했다고 볼 수 있으니 양수겸장이다. 이 소설이 널리 읽힌 데는 이러한 역사적인 배경 또한 배제할 수 없기에, 단순히 그의 문집인《졸수재집》에 의거하여 그저 '소설 좋아하는 어머니를 위해 지은 책' 정도로만 읽을 것은 아니다.

물론 간악한 아버지의 정실부인과 패륜한 이복형, 그리고 요망한 첩에게 온갖 학대를 받으면서도 갖은 정성으로 그 적모(嫡母)와 이복형을 위하는 것을 보면, 부모에 대한 효도와 형제간의 우애를 강조하는 윤리 소설임도 분명하다. 이 윤리 소설들, 즉 '충효'를 강조하는 소설들에서 한 가지만은 반드시 짚고 넘어가야 한다. '충효'를 강조하는 소설들 속에는 무너져 가는 양반 중심의 중세 질서를 윤리를 통해 붙잡아 보려는 안간힘이 들어 있다는 사실을.

그 증거로는 여러 문헌에서 찾을 수 있는 유학자들의 독서 애독 정황, '충효'를 강조하는 소설인 〈소씨충효록〉, 〈서문충효록〉, 〈쌍성효행록〉 등의 작품들 대다수가 한문으로 지어졌다는 사실이 이를 뒷받침한다. 이러한 소설들은 양반들에게 배척받지 않은 것에 그친 것이 아니라, 양반 사대부가의 도덕 교양 자료로서 널리 읽혔다. 따라서 이들 작품에서는 소설의 낭만성이나 사회적 사실성 따위를 딱히 찾기 어렵다.

다만 이 장에서 다룬 〈창선감의록〉의 사건 전개와 구체적인 표현은 고소설에서 드물게 보이는 우수한 작품임에 틀림없다. 이 글을 읽는 독자들께서는 꼭 읽어 보기 바란다.

〈사씨남정기〉

화설, 글이 꽤 길어질 것이다. 그만큼 〈사씨남정기〉는 할 말 많은 소설이다. "네 죄는 일륜이니 음부는 들으라." 유 상서가 교 씨에게 호통치는 소리다. 〈사씨남정기(謝氏南征記)〉는 김만중이 지은 소설로 내 할머니의 반듯한 가르마가 생각난다. 〈사씨남정기〉를 국문 소설이라 하나, 현재 우리가 보는 〈사씨남정기〉는 김만중의 작품이 아니다. 김만중이 한글로 지었다는 국문본 〈사씨남정기〉는 현재 전하지 않는다. 우리가 아는 〈사씨남정기〉는 후손인 김춘택(金春澤, 1670~1717)이 1709년(숙종 35)에 유배지인 제주도에서 김만중이 지은 국문 〈사씨남정기〉를 한문으로 번역한 것을 원본으로 하여, 다시 한글로 번역한 것이기 때문이다. 따라서 이 책에서는 한문 소설에 넣었음을 밝힌다.

현재까지 〈사씨남정기〉는 국문 필사본 이본만 135편, 한문 필사본이 90편, 그리고 여기에 방각본 활자본을 합쳐 251편으로 한문 소설 중 〈창선감의록〉의 뒤를 잇는다. 두 편 모두 김만중의 손에서 이루어졌다 함은 김만중의 소설가로서 글쓰기 능력이 대단했음을 실감케 해준다.

그렇다면 〈사씨남정기〉가 왜 이렇게 인기 있었을지 살펴보자. 이양오(李養吾, 1737~1811)는 1786년에 쓴 '사씨남정기후서(謝氏南征記後敍)'에서 "이 전(〈사씨남정기〉)은 성현의 문자는 아니다. 그러므로 감히 그 그릇된 곳을 변명하고 고치기만 한다면, 곧 그 일을 논단한 것이 세상의 권계로 삼을 수 있으니 권선징악의 도리에 있어서 또한 조그마한 보탬이 되지 않겠는가"라고 하였다. 이른바 '권선징악론'을 들어 〈사씨남정기〉를 적극 비평한다.

그렇다면 이양오가 말하는 이른바 '권선징악'이란 무엇인가. 우선 줄거리부터 보고 이 '권선징악'을 풀어 나가 보자.

> 부부에게는 자식이 없었다. 준걸한 수재로 한림이 된 유연수와 현숙한 사정옥이 혼인한 지도 여러 해 흘렀다. 사 부인의 간청에 못 이기어 유 한림은 교채란이란 첩을 들인다. 교 씨는 뛰어난 미모에 교태론 웃음을 배시시 지었다. 교 씨는 곧 장지를 낳았고 유 한림은 교 씨를 자주 찾았다. 교 씨는 더욱 총애를 얻으려 거문고를 배우고 이를 안 사 부인은 타이른다. 이를 계기로 교 씨의 투기가 시작된다. 이즈음 또 한 사람의 악인이 유 한림의 집으로 온다. 동청이다. 그는 눈의 흰자위를 해반닥해반닥 굴렸다. 사 부인은 동청의 간교함을 알고 내보내려 하나 유 한림이 반대한다. 교 씨의 방에 무당 십랑이 자주 드나들었고 사 부인에 대한 모해를 작당하나 이루지 못한다.
>
> 사 씨에게도 태동이 느껴져 곧 아들을 낳으니 인아다. 유 한림의 총명은 급속히 흐려지고 교 씨는 동청과 사통한다. 교 씨는 사 부인의 옥지환을 빼내 동네 총각 녀석에게 주어 음해한다.
>
> 집안을 돌보던 현명한 고모 두 부인이 장사로 떠나며 유 한림에게 총명함을

잃지 말라고 당부한다. 두 부인은 옥지환 내막이 교 씨의 짓이라 짐작하나 끝내 밝혀내지 못한다. 교 씨와 동청의 간특함은 날개를 달아, 급기야 교 씨는 그러잖아도 병치레로 시들시들 꺼져 가는 목숨이던 제 자식에게 독약을 먹여 죽여서는 사 씨에게 누명을 씌운다. 사 부인은 어린 인아를 두고 내쫓겨 시부모의 묘소 옆에 초막을 짓고 살다가는 두 부인을 찾아 장사로 간다. 사 부인이 떠난 뒤 교 씨와 동청의 꾀를 빌린 냉진이 사 부인을 납치하러 들이닥친다. 사 부인은 우여곡절 끝에 수월암에서 묘혜 스님과 거처하게 된다.

유 한림은 점차 총기를 찾으며 교 씨에게 의심의 눈초리를 보낸다. 교 씨는 동청과 유 한림을 죽일 계교를 짠다. 동청은 유 한림이 간신 승상 엄숭을 비방하는 글을 훔쳐내 엄 승상에게 주고 엄 승상은 이를 황제에게 보인다. 이 일로 유 한림은 목숨이 경각에 달렸다가 서세의 간언으로 유배를 간다.

동청이 엄숭의 도움으로 진유현 현령이 되자 교 씨도 따라간다. 인아는 시비 설매를 시켜 물에 던지라 하나 설매가 길가에 놓아 목숨을 건진다.

3년이 흘러, 유 한림이 유배지에서 풀려나 장사로 가다 우연히 동청의 행차를 보고 설매를 만나 저간의 사정을 알게 된다. 동청과 교 씨 또한 유 한림의 정황을 파악하고 사람을 보내 죽이려 한다. 유 한림은 도망치다 강가에 이른다. 배도 노도 없는데 뒤쫓는 장정 수십 명 소리가 들린다. 순간 한 배가 나타나 유 한림을 구해 준다. 그 배에는 묘혜와 사 부인이 타고 있었다. 모든 사실이 밝혀졌으나 아직은 엄숭과 동청의 세상이라 유 한림은 후일을 기약하며 숨어 산다.

시간이 흘러 엄숭이 쫓겨나고, 유 한림에게 이부 시랑이 제수된다. 후사를 염려한 사 부인은 묘혜 스님의 질녀인 임 소저를 유 한림에게 들인다. 이 묘혜 스님의 질녀가 몇 사람을 거치며 실낱같은 목숨을 이엄이엄 이은 인아를 친동생처럼 돌보고 있었다. 만날 사람은 그렇게 모두 만난다. 얼마 후, 교 씨도 제 꾀에 속아 유 한림의 집으로 온다. 교 씨는 동청이 죽고 냉진과 살다 그도 역모로 죽자 창기가 되었다. 교 씨는 그날 까막까치의 밥이 된다.

임 부인은 사 부인을 잘 모시면서 삼형제를 낳고, 네 아들이 모두 높은 벼슬에 오른다. 유 한림 가는 모든 복록을 누린다.

줄거리만 따라잡아도 악한 동청과 교 씨가 축출되고, 선한 사 씨가 다시 유 한림과 행복하게 산다는 줄거리에서 독자들이 '권선징악'을 느끼는 것은 당연하다.

〈사씨남정기〉는 특히 이 점에서 다른 소설들에 비하여 강한 면을 보인다. 그것은 선과 악의 대비가 극명하다는 데서 찾을 수 있다.

금은 주옥과 모든 값진 재물을 꾸려 가지고 가니 누가 감히 막으리오. 집을 떠난 교 씨가 여러 날을 발바투어 가니 약속한 곳에 동청이 위의를 갖추고 벌써 와 기다리고 있었다. 탕부와 음부는 서로 만나 반기니 그 기쁨을 비할 데 없더라. 동청이 말하였다.

"인아는 원수 사 씨의 자식이니 데려다 무엇 하리오. 빨리 죽여서 화근을 없앱시다."

교 씨 그 말을 옳게 여겨 시비 설매에게 말하였다.

"인아가 장성하면 나와 네가 보복을 당할 것이니 빨리 끌어다가 물에 넣어서 자취를 없애 버리거라."•

패악무도한 교 씨와 샛서방인 동청은 사 씨의 아이인 어린 인아까지도 죽이려 든다. 그러나 선인은 하늘이 돕는 법이다. 교 씨는 우리 고소설에 등장하는 악녀 중의 악녀요, 요부 중의 요부다. 교 씨는 질투, 음란, 사악,

• 김기동 외 편, 〈사씨남정기〉, 《한국고전문학전집》 6, 양우당, 1982, 221쪽 인용 글을 필자가 현대어로 옮김 (이하 같은 책).

간특한 꾀, 살인 등 악녀로서 필요충분조건을 완벽히 갖추었고 〈사씨남정기〉 전편에서 실력을 유감없이 발휘한다. 독자들로서는 당연히 이 교 씨를 원망하는 마음이 사무칠 것은 명약관화한 일이요, 〈사씨남정기〉의 대중성에는 이 교 씨가 가장 중요한 인물임을 언급할 필요조차 없다. 책을 읽어 가며, 혹은 전기수에게 이 소설을 들으며, 모든 이들은 교 씨의 악랄함이 도를 더할수록 그에 대한 응징을 기다리는 마음 또한 커지기 때문이다.

〈사씨남정기〉의 결말 부분은 아래와 같다.

> 유 상서가 큰 호통을 하며 꾸짖었다.
>
> "네 죄를 아느냐!"
>
> 교 씨가 머리를 땅에 찧으며 애걸하였다.
>
> "제 죄를 어찌 모르겠습니까마는 관대히 용서하여 주십시오."
>
> "네 죄는 일륜이니 음부는 들으라. 처음에 사 씨 부인이 너를 경계하여 음탕한 풍류를 말라 함은 좋은 뜻이었다. 그런데 너는 도리어 참소하여 여우의 탈을 썼으니 그 죄 하나요, 요망된 무녀 십랑과 음모하여 해괴한 방법으로 장부를 미혹케 했으니 그 죄 둘이요, 음흉한 종년들과 동청과 간통하여 무리를 이루어 악행을 하였으니 그 죄 셋이요, 스스로 저주하고 부인에게 미루었으니 그 죄 넷이요, 동청과 사통하여 가문을 더럽혔으니 그 죄 다섯이요, 옥지환을 도둑질하여 간인(奸人)에게 주어 부인을 모해하였으니 그 죄 여섯이요, 제 손으로 자식을 죽이고 그 악을 부인에게 미루었으니 그 죄 일곱이요, 간부와 작당하고 부인을 사지에 몰아넣었으니 그 죄 여덟이요, 어린 아들을 강물에 던졌으니 그 죄 아홉이요, 겨우 목숨을 부지하여 살아오는 나를 죽이려고 하였으니 그 죄 열이다. 너 같은 음부가 천지간의 음란하고 악한 큰죄를 짓고 아직도 살고자 하느냐?"
>
> 교 씨가 머리를 땅을 받으면서 울어 대고,

"이것이 모두 제 죄이오나 인아를 해친 것은 설매가 한 일이요, 도적을 보내고 엄 승상에게 참소한 것은 동청이 한 일입니다."

하고 사 씨 부인을 향하여 머리를 두드리며 울면서 호소하였다.

"저는 실로 부인을 저버린 죄인이오나 오직 부인은 대자대비하신 은혜로 저의 목숨을 살려 주십시오."

부인 사 씨는 눈물을 머금고 떨리는 음성으로 대답하였다.

"네가 나를 해하려 한 것은 죽을죄가 아니다만 대감께 죄를 지은 것을 내가 어찌 구하겠느냐?"

유 상서는 더욱 노하였다. 곧 시동에게 엄명하여 교 씨의 가슴을 헤치고 심장을 빼라고 하였다. 이때 사 씨 부인이 만류하였다.

"비록 죄가 중하나 대감을 모신 지 오랜 몸이니 시신은 완전하게 해주시지요."

유 상서는 부인의 권고에 감동하여 이렇게 말했다.

"동편 언덕으로 끌어내 타살한 후에 시신을 그대로 버려서 까막까치의 밥이 되게 하라." 이것을 본 좌중의 모든 사람이 상쾌하게 여기더라.

교 씨는 결국 '까막까치의 밥'이 된다. 이 장면을 기다렸던 독자들은 드디어 막힌 가슴이 뚫리는 소설적 카타르시스를 경험한다. '권선징악'을 인정받은 소설들이 비교적 긍정적인 평을 유지한 것은 이러한 의미에서 당연한 귀결이다. 잠시 논의를 벗어나지만 사실 서양 소설이라고 이 권선징악이 다르지 않다. 저 아일랜드 태생의 세계적인 작가 오스카 와일드(Oscar Wilde, 1854~1900)의 〈진지함의 중요성〉이란 작품을 보면 미스 프리즘(Miss Prism)이 자신이 쓴 세 권짜리 소설의 줄거리를 요약하면서 이렇게 말한다. "좋은 사람들은 행복해지고 나쁜 사람들은 불행한 결말로 끝났어요. 그것이 소설이 주는 의미잖아요." 해피엔딩, 권선징악이다. 동서고금을 불문하고 사람들은 저러한 세상을 늘 꿈꿨다.

이 권선징악을 고소설 비평으로 좀 더 짚자면 '감계론(鑑戒論)'이다. 감계론은 '잘못을 교훈 삼아 다시는 그런 잘못을 되풀이하지 않도록 하는 경계의 도리'가 소설에 있다는 용어다. 이 감계론은 우리 고소설의 대표적인 비평어로 소설의 효용성을 강조한다. 특히, '선'과 '악'의 대비에 의한 이 용어는, 중국의 소설 비평어인 '홍운탁월법(烘雲托月法)'이나 '츤탁법(儭托法)'과 유사하다. '홍운탁월법'은 화법이기도 한데, '달을 그릴 때, 직접 달을 그리지 않고 구름을 그려서 달을 드러내는 방법'이다. 츤탁법 역시 문장 짓는 법인데, '츤(儭)'이란 피부에 닿는 속옷이므로 뜻은 안에 있으면서 그 뜻이 밖에 드러나도록 하는 것을 말한다. 즉, 이 두 용어는 객체를 묘사함으로써 주체를 더욱 드러내는 수법이니, 우리의 고소설에서 선과 악을 대비시킴으로써 더욱 선을 부각시키려는 소설 이론으로 치환할 수 있다.

〈사씨남정기〉와 연결하여 감계론을 살짝만 더 보자. '감계론'은 이우준의 《몽유야담》 하 '소설'에서 "거울로 삼아 조심하게 하여 선을 권장하고 악을 징계한다"는 '감계권징(鑑戒勸懲)', "사람의 마음을 감동시킨다"는 '감동인심(感動人心)', 그리고 '감인(感人)'이라는 용어와도 동일하다. 목태림은 〈종옥전(鐘玉傳)〉이라는 소설을 짓는 자작의 변을 "그 가운데 감계의 도리가 있어 혹 도움 되는 바가 없지 않다. 그러므로 기록하니 그에 따라 스스로 경계 삼고 또한 후인의 감계거리로 삼고자 할 따름이다"라고 하였으니 이 역시 감계론이다. 이 '감계론'은 이외에 여러 문헌에서 확인할 수 있는바, '남정기서(南征記序)'만 인용해 본다.

"후세에 첩을 두는 자로 하여금 감계하여 살피는 데 조심하고, 부인된 자로 하여금 감계하여 행실을 조심하고, 버림당한 부녀자는 감계하여 몸을 다스리는 데 조심하고, 첩이 된 자는 감계하여 사납게 될까 조심하고, 나라를 다스리는 자는 감계하여 사람 부림을 조심하고, 정권을 쥔 자는 감계하여 나아가는 데 조심하여서 어려운 일에 이르지 않도록 한다면 곧 유학에 만의 하나라도 도움이 될 것이다."•

작자 미상인 '남정기서'에서 〈사씨남정기〉의 효용성을 감계적 기능을 들어 비평하는 글이다. 〈사씨남정기〉의 감계를 첩을 두는 자, 부인된 자, 버림당한 부녀자, 첩이 된 자, 나라를 다스리는 자, 정권을 쥔 자에 대한 감계와 조선 최고의 국가 시책 이념인 유학에도 도움이 된다고 써놓았다.

일찍이 우리 고소설의 장적을 정리한 유만주는 《흠영》 6에서 "밤에 계속 한글 소설인 〈사씨남정기〉를 읽었다. 슬픔과 즐거움이 있고 더하고 나눔이 있으며, 비록 진실이나 또한 거짓이고 비록 거짓이나 또한 참이다" 라고 하였으며, 유진한(柳振漢, 1711~1791)은 〈유한림영사부인고사당가(劉翰林迎謝夫人告祠堂歌)〉에서 〈사씨남정기〉를 보고 마지막에 교 씨가 창부가 되었다가 처형당하고 동청은 목이 베이는 것을 언급하며, 이 일이 '신선의 손톱이 등을 긁는 것 같도다(如仙爪爬背痒)'라고 소설 읽은 감흥을 적어 놓았다. 〈유한림영사부인고사당가〉는 '유 한림이 부인을 맞이하여 사당에 고하는 노래'라는 뜻으로 〈사씨남정기〉를 읽은 감흥을 140구로 옮긴 한시이다. 아리스토텔레스가 《시학》에서 말한 문학적인 감흥인 카타르시스란 이럴 때 쓰는 용어일 듯하다.

〈사씨남정기〉를 보고 그 감흥을 읊은 글은 이외에 〈한양오백년가〉 등이 더 있으며, 〈속사씨남정기〉라는 국문 창작 소설까지 만들어졌다. 〈속사씨남정기〉는 주인공 사 씨의 활동 공간이 명계로 바뀌고 천하 여성들의 선악을 관장한다.•• 이쯤에서 〈사씨남정기〉의 대중성에 이바지한 바 큰 '권선징악'은 마치자.

그런데 여기 수상쩍은 말이 있다. 그것은 '첩'이다. 우선 〈사씨남정기〉

• 무악고소설자료연구회, '남정기서', 《한국고소설관련자료집》 Ⅰ, 태학사, 2001, 150쪽.

•• 김일렬 외, 《속사씨남정기와 사씨남정기》, 태학사, 2009.

가 '권선징악' 외에 인기를 끈 또 다른 이유를 보고, 이 첩의 문제를 조금 뒤에 설명해 보겠다. 〈사씨남정기〉가 인기를 끈 두 번째 이유는 당시 현실과의 연결에서 찾는다. 숙종은 유 한림이요, 사 씨는 인현 왕후, 교 씨는 장 희빈으로 보면 당시의 상황과 정확하게 맞아떨어진다. 당시 숙종은 인현 왕후를 폐출시키고 장 희빈을 왕후로 올렸다. 이를 못마땅히 여긴 당시 사람들은 장 희빈을 장다리에 인현 왕후를 미나리에 비유하여, "미나리는 사철이고 장다리는 한 철이라"라는 노래를 지어 불렀다. 이를 참요(讖謠)라고 한다. 무와 배추에서 돋은 꽃줄기를 '장다리'라고 한다. 물론 봄꽃으로 한 철만 피며 꽃대도 삐죽하니 올라가는 것이 껑뚱하여 꽃답지 못하다. 반면 미나리는 사철 푸른 여러해살이풀로 변함없으며 맑고 향긋한 향내로 입맛까지 챙겨 주기에, 장 희빈에 대한 미움과 인현 왕후에 대한 연민을 은유한 것이다. '미나리 도리듯 하다'라는 말은 수확이 오붓함을 비유하는 말이기도 하다.

김만중은 이러한 인현 왕후 폐출이 잘못되었음을 상소하다가 유배되었다. 그리고 그 유배지인 경남 남해군 서면 망운산(望雲山) 언저리에서 이 소설을 썼다. 김만중이 이러한 데는 이유가 있었다.

김만중은 유복자였다. 따라서 동생은 없고 위로 형 한 명뿐이었다. 그 형이 광성 부원군(光城府院君) 김만기(金萬基, 1633~1687)였다. 김만기의 장녀가 바로 숙종의 첫 부인인 인경 왕후(仁敬王后, 1661~1680)이니 김만중은 당연히 임금의 사돈이요, 왕후가 조카딸인 조선의 내로라하는 광영을 얻게 되었다.

1674년 숙종의 즉위와 함께 왕비에 오른 인경 왕후는 두 딸을 낳았으나 일찍 죽었고 그 자신도 생을 달리한다. 이 비운의 왕후 뒤를 이은 여인이 인현 왕후(仁顯王后, 1667~1701)요, 그 인현 왕후를 내친 것이 희빈 장 씨(禧嬪 張氏, 1659~1701) 장 희빈이다. 외척으로서 김만중의 왕실에 대한 관심은 당연하였다. 더욱이 자신의 조카딸을 이은 인현 왕후가 축출되는 것을 보며, 조카딸과 동일시되는 인현 왕후에게 연민을 느꼈음을 저러한 관계로 미루어 짐작할 수 있다.

실상 김만중은 인현 왕후의 복귀를 위해 끊임없이 노력하였고 귀양을 가게 된 것도 그 이유다. 하지만 김만중은 1694년의 갑술옥사(甲戌獄事)로 인현 왕후가 다시 왕후로 복위하기 2년 전에 세상을 뜨고야 만다. 인현 왕후는 예의 바르고 정숙했다고 하며, 그를 주인공으로 하여 궁녀가 쓴 소설 〈인현왕후전(仁顯王后傳)〉도 전해진다.

〈사씨남정기〉는 이러한 내력과 직간접으로 연결되어 있는 소설이다. 〈사씨남정기〉가 비록 '명나라 가정 연간, 금릉 순천부를 배경'으로 한 소설일지라도 독자들은 저러한 내력을 모를 리 없다. 〈사씨남정기〉는 이렇게 소설 작품 이전에 독자들의 흥미를 끌기에 충분한 '정치적인 요소'와 부도덕한 사회를 응징하는 '권선징악'과 연결되어 많은 독자층을 형성한 것이다. '권선징악'에 대하여 첨언 한마디만 하자.

많은 현대 독자들은 우리 고소설의 이 '권선징악'을 꽤 진부한 주제로 여기는데, 사실은 그렇지 않다. 세계적인 대문호의 작품치고, 그 어느 소설의 주제가 권선징악 아닌 것이 있나? 영국이 인도와도 바꾸지 않겠다고 한 윌리엄 셰익스피어, 독일의 카뮈, 러시아의 톨스토이는 물론이요, 하드보일드한 냉혹하고 비정한 문체를 즐겨 쓴 어니스트 헤밍웨이도, 심지어 〈해리포터〉조차 모든 작품의 내면에는 권선징악이 흐르고 있잖은가? 또 따지자면 우리의 삶도 이 권선징악을 지향한다. 권선징악이 아니기에 사는 것이 힘들지, 권선징악이라면 삶이 뭐 어렵겠는가. 그렇다면 이 권선징악이야말로 우리의 영원한 로망이요 바람이니, 고소설의 '권선징악'만이 고색창연한 구성이라고 따지고 들 일이 아니다.

이제 앞에서 말만 걸어 두었던 '첩' 문제를 살펴보겠다. 저 앞 '필사기'

에서 보았듯 〈금소야지전〉에 써놓은 "쳡안이 두는 사람은 아주 쫄장부라" 운운의 글귀부터 읽어 보자면 어이없는 소리나, 저 말이 헛말은 아니다. 1653년부터 1666년까지 13년을 조선에서 살다 간 네덜란드 상인 헨드릭 하멜(Hendrik Hamel)의 《하멜표류기》를 보면 'Hiechep(姬妾)'이 분명히 보인다. 당대 문헌들을 보면 '희첩'은 특히 첩을 지칭한다. 《하멜표류기》에는 "남자들은 자기가 먹여 살릴 수만 있으면 희첩을 몇이라도 거느릴 수 있다…… 양반들은 대개 두세 명의 희첩을 데리고 사는데 그중 본부인이 살림을 맡아 한다"•라고 적어 놓은 것만 보아도 조선에서 첩이란 존재를 귀띔받을 수 있다.

그러나 이 첩이란 명칭만으로 조선 사회에서 첩의 사회학적 위치를 예단하면 큰 오산이다. 저 시절 '첩'이라는 이름은 '사회학적 표지로서의 악'의 은유였기 때문이다. 속담을 보아도 '첩 정은 삼 년 본처 정은 백 년'이라든지, '첩의 살림은 밑 빠진 독에 물 길어 붓기'라든지 온통 부정적이다. 이러한 정서에 이바지한 것이 얄궂게도 '계모형 가정 소설'이었다. 이 소설들은 하나같이 계모와 전실, 혹은 전실 자식과의 상대적이고도 절대적인 선과 악에 관한 한 백과사전적인 이해가 담겼다. 〈사씨남정기〉 또한 이러한 '계모형 가정 소설'임은 물론이다.

임진왜란·병자호란을 거치면서, 17세기 조선은 극심한 당쟁과 함께 장기 집권층인 벌열이 성립되고 오늘날까지 시퍼런 장도를 휘두르는 성씨로 묶인 종족 조직과 직계 중심의 종손 사상이 형성되었다. 종손 사상은 혈연주의, 직계주의, 장자 우선주의로 특징되는 족보를 간행하는 한편 문중을 중심으로 조직화되었다. 양란을 거치면서 국가 조직은 흔들렸고 가정도 붕괴되었다. 가정 소설은 여기에서 출발한다.

• 강준식 역, 《하멜표류기》, 웅진닷컴, 1995, 288쪽.

가정 소설은 군담 소설 이후에 출현하였고, 특히 계모형 고소설들은 바로 이러한 가정을 그린 것이다. 국가니 충이니 하는 거대 이념이 가정이라는 작은 곳으로 눈을 돌린 이유는, 일그러진 가정의 복원이야말로 삶의 최고의 잣대로 인식하였기 때문이다.

우리의 계모형 고소설들은 하나같이 '일그러진 가정의 제 모습 찾기'에 주제를 두고 있다. 우리나라를 배경으로 한 대표적인 계모형 소설인 〈장화홍련전(薔花紅蓮傳)〉, 〈콩쥐팥쥐전〉, 〈정을선전(鄭乙善傳)〉, 〈조생원전(趙生員傳)〉, 〈김인향전(金仁香傳)〉, 〈황월선전〉, 〈김취경전(金就景傳)〉 등이 그러하며 중국을 배경으로 한 것도 여러 편이다.

계모형 고소설을 읽는 데는 독자의 안목이 꽤 필요하다. 지금도 그렇지만 사람이 세상을 살아간다는 것은 참 외로운 일이다. 더욱이 중세의 여인으로, 여기에 계모라는 관형어를 숙명처럼 붙이고 살아가야만 할 '특별한 그녀들'에겐 더욱 그러하였다. 이 '특별한 그녀들'이 나오는 계모형 고소설에는 이야기 표면보다 더욱 심각한 문제가 내재해 있다. 그것은 조선인의 사회 문화 관계에서부터 실마리를 풀어 가야 한다.

조선은 일부다처제가 허용되고 '관계'를 중시하는 사회였다. 여기서의 '관계'란 너와 나, 나와 너의 서로 주고받는 관계가 아니다. 조선의 관계는 '나'를 중심으로 한 관계이며, 이것은 절대적으로 변하지 않는다. 물론 '나'는 집안의 '적자', 즉 본처 소생이어야만 한다. '계모'는 본처 소생이 보았을 때의 용어다. 본처 소생에게 '계모'는 어머니의 자리를 아버지에게서 빼앗아 간 부정적인 용어일 뿐이니, '계모'라는 태생부터가 저토록 어둡이다. 계모에 대한 조선인들의 심사는 모질었다.

하서럽땅 하선부야/ 더시럽땅 장개와서/ 우리문전 대문전에/ 석류나무 안섰디요/ 만구름 썩은물에/ 비오비상 술을해서/ 은잔이라 받거들랑/ 은젯가치

손에들고/ 외우한분 젓어보고/ 오리한분 젓어보소/ 아니젓고 잡우시면/ 만경장파 떠나리다/ 대청끝에 저큰아가/ 그노래가 듣기좋소/ 다시한분 더부리소/ 열에두폭 처알/ 행리하던 저선부야/ 은잔이라 받거들랑/ 은젯가치 손에들고/ 외우한분 젓어보고/ 오리한분 젓어보소/ 아니젓고 잡우시면/ 만경장파 떠나리다/ 정지에라 장모님아/ 이술한잔 같이먹고/ 동행을 해가가자.•

경남 진주시 사봉면 북마성리 매껄마을에서 채록된 이 〈계모심술노래〉는 계모의 딸이 기둥을 안고 돌면서 부른다. 계모가 전처 사위를 볼 때 샘이 나 초례청에서 예를 올리는 사위에게 독을 탄 술잔을 건네주어 해코지하려 한다는 내용이다. 한편 노래를 듣고 사정을 알게 된 사위는 모르는 척하며 "정지에 장모님아, 이 술 같이 먹고 동행을 해가 가자"라고 한다.

계모의 잔인함을 노골적으로 드러낸 노래로 볼 수 있다. 계모에 대한 이러한 시각은 이미 뚜렷한 '사회 병리학적 현상'이었다. 물론 '계모'에 대한 저주의 시선은 조선 517년으로도 모자라 정도의 차이만 있지 현재까지 연면히 이어진다. 집안의 실권자로 군림하는 TV 연속극이 그렇다. 오늘도 거실 한복판에 자리 잡은 가정의 절대 군주 TV 연속극에서는 이 방송 저 방송 할 것 없이 처절한 처첩 간의 서바이벌 게임이 벌어진다. 그러니 이 문제를 처첩 간의 갈등이나 선악의 대립 정도로 개인 차원에 머물러서는 안 된다.

계모가 이렇듯 '사회 병리학적 현상'이라면, 그 '사회병리학적 현상'을 일으키는 원인인 '병인'은 무엇일까? 독자들께서도 나름 짚이는 게 있겠지만, 필자는 현재도 그대로 남아 있는 조선인 특유의 편집증적 강박 관념인 '유교적 출세 지상주의'라는 풍토병(風土病)과 묘한 연결 고리를 형성

• 한국정신문화연구원 편, 〈계모심술노래〉, 《한국구비문학대계》 8-3, 고려원, 1984.

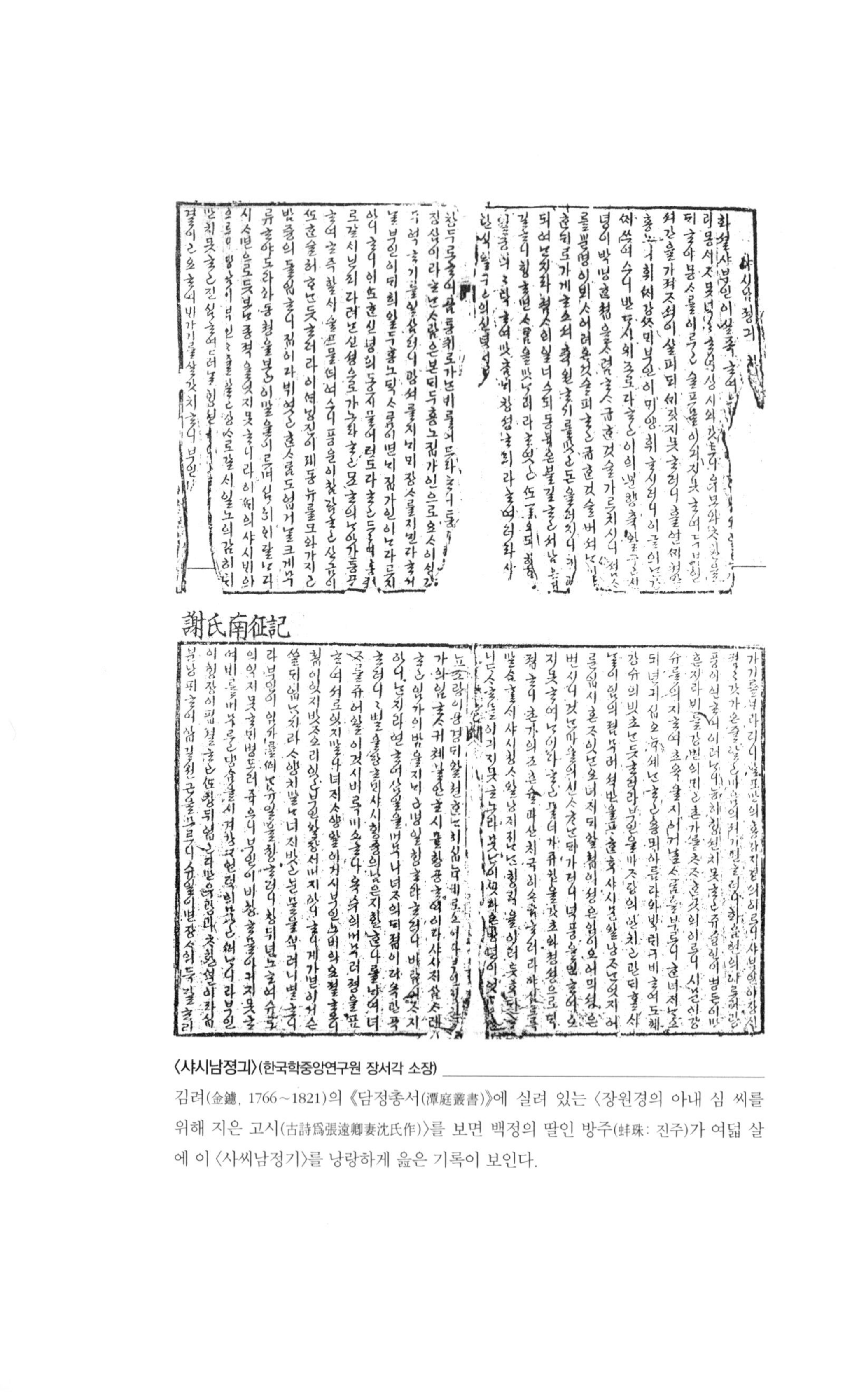

謝氏南征記

〈샤시남졍긔〉(한국학중앙연구원 장서각 소장)

김려(金鑢, 1766~1821)의 《담정총서(潭庭叢書)》에 실려 있는 〈장원경의 아내 심 씨를 위해 지은 고시(古詩爲張遠卿妻沈氏作)〉를 보면 백정의 딸인 방주(蚌珠: 진주)가 여덟 살에 이 〈사씨남정기〉를 낭랑하게 읊은 기록이 보인다.

한다고 생각한다.

꽤 글이 길어지지만 빼어 든 붓이니 말을 마쳐야겠다. 연결 고리는 첩들의 '전실 소생 죽이기'이다. 〈사씨남정기〉에서도 교 씨는 어린 인아를 죽이려 하고, 〈홍길동전〉의 초란이라는 계모도 어김없이 길동을 죽이려 자객을 보낸다. 그렇다면 왜 첩들은 끊임없이 전실 소생을 죽이려고 할까? 그 속에 내재한 그녀들의 속내는 무엇이며, 문자 이면에 그 이유가 어떻게 굴절되어 숨어 있을까?

소설의 행간을 살펴보면 의외로 간단하다. 행간에는 이미 언급한 것처럼 조선인들 몸에 숙명처럼 각인된 '입신출세(立身出世)'라는 유교적 이상이 낳은 필연적인 비극이 웅크려 있다. 중세 사회로부터 지금까지 조금도 변하지 않은 것이 있다면, '출세'라는 버려야 할 흉물스러운 두 자가 우리 삶의 황금률이라는 것이다. 우리는 '어떻게 사느냐?'가 아니라, '무엇이 되느냐?'를 더욱 가치 있는 삶의 척도로 여긴다. '어떻게 사느냐?'는 나만의 문제로 그치지만, '무엇이 되느냐?'는 반드시 남과의 치열한 경쟁이 따라붙는다. 상대방과 끊임없는 비교를 통한 우월에서 얻어 내야 할 결과이기 때문이다. 우리 민족에게 이 가치관, 즉 '출세 숭배증'은 잘 정착되었고, 지금까지도 대한민국 집집마다 잘난 문패로 붙어 위용을 대내외에 과시한다.

이런 사회에서 절대적으로 불리한 위치에 있는 사람들이 계모다. '계모'는 정상적인 삶을 누릴 수 없는 주홍글씨였다. 유교적 사회는 계모의 진실성을 강탈했고, 사람들은 '계모'라는 폭력적 표지만으로 그녀를 보았다. 계모의 진실은 낯설어지고, 그 자리에는 사회학적 표지로서의 '계모'만 남았다. 이렇게 '계모'의 사회학적 표지는 '주홍 글씨'라는 굴레를 씌우는 비극적 메타포가 되었다.

계모라는 사회학적 표지는 여기서 그치는 것이 아니다. 계모에 대한 사회의 맹목적인 증오는 관성의 법칙인 양, 그들의 자식에게까지 이어진다. '계모'의 등장에 따른 '전실 소생'과 '첩의 자식' 또한 '전실 소생'과 '첩의 자식'이라는 '명칭 부여 효과'를 그대로 경험하고야 만다. '계모와 계모의 자식들은 사람답게 살 수 없다'는 정언 명령이다. 정언 명령이란 모든 행위자가 무조건 절대적으로 지켜야 하는 도덕률이다. 반드시 지킬 수밖에 없는. 계모들 또한 이를 잘 알고 있었으니, 저 여인들에게 세상은 '희망이 난망'이었다. 중세시대, 계모는 그렇게 신분적으로도 인간적으로도 상층부로 자신을 올리려는 욕망을 거세당하였고, 자식 또한 자신의 동어 반복이다. 계모가 된 순간부터 당사자들로서는 이미 '계모'라는 굴레를 벗어날 수 없다는 것을 안다. 온전한 인간으로서의 존재가 결여된 계모는 자신의 욕망을 거세당한 것에 대해 공격성을 보이고, 이것이 바로 계모의 '전실 소생 죽이기'다. 심리학에서는 이를 자기 방어 기제라고 한다. '자기 방어 기제'란 불안한 자아가 불안에 대응·대처하기 위해 동원하는 심리적 책략으로 강한 자보다 약한 자에게 나타나는 것이 특성이다.

저 시절은, 재주 많고 총명한 자가 득세하는 사회가 아닌 신분으로 미래가 정해진 세상이었다. 자식을 염려하는 부모로서 적자 소생과 제 자식을 비교할 수밖에는 없고, 그러하니 계모로서 자연 '전실 소생 죽이기'라는 무리수를 둔 것이다. 계모라는 이름으로 사는 그녀들은, 그녀와 그녀의 소생에 관한 한 잡종 열세에 의한 생물학적 예증을 단단히 믿는 조선인의 틈새를 비집기 위해, 아니 살아내기 위해 전실 소생 축출이라는 자위적인 행동을 취할 수밖에 없었다.

예를 들자면, 〈김취경전〉이 그렇다. 〈김취경전〉에서 계모 안 씨는 천성적으로 패악하였던 것이 아니다. 그녀는 처음에 계모로 들어와서 전실 자식 남매를 제 친자식처럼 위하였다. 계모 안 씨의 돌변은 자기 소생인 남매를 얻고부터였다. 〈사씨남정기〉에서도 교 씨는 사 씨가 인아를 낳으면서 더욱 날을 세운다.

현재까지도 널리 유전하는 수많은 계모형 이야기들 속의 '계모' 혹 '첩'이란 글자는, 그녀들에게는 가슴을 파고드는 비수요, 삶의 사슬임에 분명하다. 독자들이 고소설에서 '계모'를 단순히 서사적인 문맥을 이끄는 악의 축으로만 읽어서는 곤란한 이유이다.

'병인'을 하나 더 찾자면 '무능한 가장'이다. 처에 더하여 첩을 얻었으면 그만큼 가장으로서 책무를 더하여야 한다. 이리저리 휘둘리면서 감당 못할 여인의 운명을 왜 틀어쥔단 말인가. 한낱 첩을 여인이 아닌 '성적 노리개'쯤으로 여겼다는 의미이니 '화초첩(花草妾)'이니 '희첩'이니 하는 말이 저기에서 나왔다. '딱하기 그지없는 남정네들'이 저 시절에 꽤 많았고, 그 수보다 더 많은 것은 '더욱 딱하기 그지없는 화초첩, 희첩 들'이었다. 저 위의 〈남정기서〉에는 이러한 점이 그대로 박혀 있다. 현대 독자들이 〈사씨남정기〉를 읽으며 잠시 눈을 붙여 주고 생각해 줘야 할 곳이다.

참고로 양자로 들인 아들과 양모의 갈등을 첨예하게 다룬 〈엄씨효문청행록(嚴氏孝門淸行錄)〉 같은 장편 가문 소설과 아예 처첩의 갈등을 첩의 처지에서 다루고 서자를 영웅적인 주인공으로 그려 낸 〈유선쌍학록(遊仙雙鶴錄)〉도 있다.

〈임장군전〉

〈임장군전(林將軍傳)〉(〈임경업전〉)은 병자호란을 배경으로 한 한문 소설로 늦가을 낙엽처럼 꽤 스산하다. 병자호란이 배경인 소설은 〈박씨전〉·〈강도몽유록〉 등이 더 있지만, 실존 인물을 소설 속 주인공으로 삼았다는 것이 흥미롭다.

〈임장군전〉은 미국인 의료 선교사 랜디스의 1898년 영어 번역본을 포함해 1백여 편에 달하는 이본이 있을 만큼 널리 읽힌 소설로, 가상 여성 영웅인 박 씨가 등장하는 〈박씨전〉의 자매편이다. 〈박씨전〉의 이본 가운데 이러한 기록이 말미에 보이기 때문이다. "이 책의 미진한 말은 〈임경업전〉에 가서 보라"(방종현 본 〈박씨전〉), "이 말이 다 미치지 못함은 일후에 〈임경업전〉에 기록하여 보게 함이라"(손낙범본 〈명월부인전〉), "세자 대군과 조선 인물을 본국으로 데려간 사적은 〈임경업전〉에 있기로·이만 그치노라"(가람본 〈박부인전〉), "남은 말은 〈임장군전〉 하권을 찾아보옵소서. 하권은 〈임장군전〉, 초권은 〈박씨전〉"(사재동본 〈박씨전〉), "남은 말은 〈임경업전〉을 찾아보시합"(김동욱본 〈박씨전〉) 등이다. 이로 말미암아 보면 현실 세계를 다룬 〈임경업전〉과 환상적인 세계를 그린 〈박씨전〉이 자매편임에 분명하다.

한문본 모두 국문본을 모본으로 한 것이라는 견해도 있지만, 한문 필사본이 가장 초기적인 모습을 보여 한문 소설에 넣었다. 이본 편수로 따지면 한문 소설 중 네 번째다. 이 소설은 실존 인물인 임경업을 '전' 형식을 빌려 소설화한 작품이다. 임경업이 실존 인물이니 대략 그의 삶부터 훑어보자. 실존 인물을 작품에 중심인물로 설정한 소설로는 〈강로전〉과 1658년 청나라의 요청에 의해 흑룡강 일대의 러시아군을 토벌하고 귀국하기까지를 다룬 〈비시황젼〉, 홍경래란을 소재로 한 〈신미록〉, 광해군조에 요동 정벌에 참가한 김영철의 파란만장한 일생을 다룬 〈김영철전〉, 숙종조 충신 박태보를 주인공으로 한 〈박태보전〉, 인현 왕후의 일생을 다룬 〈인현왕후전〉, 남이 장군의 일대기를 그린 〈남이장군실기〉, 이성계를 주인공으로 내세운 〈태조대왕실기〉, 그리고 〈이순신전〉 등이 더 있다.

임경업(林慶業)은 1594년(선조 27)에 태어나서 1646년(인조 24)에 6월 20일 심기원 사건의 연루 및 자기 나라를 배반하고 남의 나라에 들어가서 국법

무신도(가회박물관 소장)

무속화(巫俗畵)가 된 〈임장군전〉. 임경업이 백마를 탄 무속도다. 무속도란 산신령이나 용을 비롯한 무교(巫敎), 도교(道敎), 불교의 불보살(佛菩薩) 등을 무속화한 그림으로 신당이나 무당집에 걸렸다. 딱히 〈임경업전〉의 영향이라고 못 박을 수는 없으나 임경업이 이러한 무속 신앙의 신적 대상이 되기까지는 고소설이 적지 않은 영향을 미쳤다. 오늘날까지 〈임경업전〉이 무속으로 내려온다는 사실이 매우 흥미롭다. 무속신이 된 경우는 이 임경업 이외에 〈삼국지연의〉의 관우신과 장비신, 상산 조장군신(조자룡), 〈유충렬전〉의 충렬신, 그리고 〈구운몽〉의 팔선녀신이 있다.

을 어겼다는 죄를 뒤집어쓴 채 형리의 모진 매를 이기지 못해 마침내 숨지고 말았다. 그의 나이 53세였으며 고향인 충주의 달천에 장사 지냈다.

좀 더 자세히 임경업의 삶을 따라가 보자. 임경업은 어려서부터 용맹하여 말을 잘 타고 활을 잘 쏘아 1618년(광해군 10) 무과에 급제하였고, 1624년(인조 2) 이괄의 난이 일어나자 공을 세워 진무원종공신 1등에 올랐다. 1627년 정묘호란 때 좌영장으로 강화에 갔으나 이미 화의가 성립된 후였다. 1630년 평양 중군으로 검산성(劒山城)과 용골성(龍骨城)을 수축하는 한편 가도에 주둔한 명나라 도독 유흥치(劉興治)의 군사를 감시, 그 준동을 막았다. 1633년 청북 방어사 겸 영변 부사로 백마산성과 의주성을 수축했으며, 명나라에 반란을 일으킨 공유덕(孔有德) 등의 무리를 토벌하여 명나라로부터 벼슬을 받았다. 1636년(인조 14) 병자호란이 일어나자 의주 부윤(義州府尹)으로서 백마산성에서 청나라 군대의 진로를 차단하려 하였으나 청군이 경업을 피하여 우회하였다.

1640년 안주 목사 때 청나라의 명령으로 명군을 공격하기 위해 출병하였으나, 명군과 내통하여 의도적으로 청나라 장수 섬세괴를 선봉장에 나서게 하고 그 사실을 명군에 알려 섬세괴가 전사하도록 한다. 이러한 사실이 알려져 체포된 임경업은 청으로 압송되기 전 황해도 금교역에서 탈출하고, 청 태종은 임경업을 빌미로 조선 내 반청 세력에 대한 소탕령을 내린다. 조선에 더 머무르기 힘들게 된 임경업은 1643년 명나라로 망명한다.

명나라 등주 도독 황룡을 통해 숭정제로부터 부총병의 직위를 하사받고 청나라 정벌을 준비한다. 그러나 정벌 준비 중 청군이 북경을 함락하고 청 태종이 산해관에 입성하자 명나라 황제는 목매어 자결한다. 임경업도 청군에게 체포되어 북경으로 압송된다. 청 태종은 임경업이 적이지만, 그의 비범한 재주를 알고 있었기에 설득하여 자신의 부하로 삼으려 하나 임경업은 끝내 거부한다.

이때 국내에서 좌의정 심기원(沈器遠, ?~1644)의 모반 사건(심기원이 회은군懷恩君 덕인德仁을 왕에 추대하려다가 실패한 역모 사건을 말함)에 임경업이 연루되었다는 소문이 돈다. 이 소문은 사실이 아니었으나, 1646년 인조는 임경업을 심문하기 위해 청나라에 임경업의 환국을 요청하고 청나라는 그를 내준다. 인조의 친국 과정에서 심기원과 아무런 관련 사항이 없음이 분명해지자 임경업을 시기한 김자점이 나라를 배신하고 남의 나라에 들어가 국법을 위반했다며, 형리들을 시켜 장살시켜 버린다. 강개한 이 사내는 저렇게 싱거운 죽음을 맞는다.

뛰어난 재주가 있었으나 저렇게 역사의 한 점 이슬이 되어 사라진 임경업을 조선인은 잊지 못하였고 〈임장군전〉이라는 소설을 짓게 된 것이다.

그런데 이 소설이 꽤나 재미있었던 듯하다. 이 소설로 살인 사건까지 났으니 말이다. 살인 기록은 《정조실록》 31권, 14년(1790) 8월 10일(무오) 세 번째 기사 기록에 보인다. 이 기록은 이덕무의 《청장관전서》 제20권 《아정유고》 12 〈은애전(銀愛傳)〉에도 그대로 적혀 있다. 기록에는 "항간에 이런 말이 있다. 종로거리 담배 가게에서 소사패설(小史稗說)을 듣다가 영웅이 뜻을 이루지 못한 대목에 이르러 눈을 부릅뜨고 입에 거품을 물면서 풀 베던 낫을 들고 앞에 달려들어 책 읽는 사람을 쳐 그 자리에서 죽게 하였다고 한다. 이따금 이처럼 맹랑한 죽음도 있으니 참으로 가소로운 일이다"라고 되어 있다. 참 맹랑한 죽음이다. 이 맹랑한 죽음을 만든 것이 바로 〈임경업전〉이다.

"촌에서 〈임장군전〉이라는 언문 소설을 덕삼이가 가지고 왔다. 이것은 서울 담배 가게와 주막집의 파락호와 악소배들이 낭독하는 언문 소설이다. 예전에 어떤 이가 이를 듣다가 김자점이 장군에게 없는 죄를 씌워 죽이는데 이르러 분기가 솟아올라 미친 듯이 담배 써는 큰 칼을 잡아 낭독자를 베면서 '네가 바로 자점이 아니냐?'라 하니 같이 듣던 시장 사람들이 놀라서는 줄행랑을 놓았다." 이것은 심노숭(沈魯崇, 1762~1837)의 기록을 대략만 정리한 것이다. 메부수수한 촌뜨기 덕삼이가 시골서 〈임장군전〉을 가져왔단다. 이 〈임장군전〉은 서울의 담배 가게와 주막집이나 기웃거리는 파락호와 악소배들이 낭독하던 언문 소설이요, 이 소설로 인하여 사람까지 죽었다는 내용이다. 이미 '담배 가게' 항에서 살폈듯이 심노숭의 이 기록은 사실임이 확실하다.

〈임장군전〉이 18세기 베스트셀러였음이 분명한 것은 연암 박지원의 〈관제묘기(關帝廟記)〉에도 보이니 글의 일부를 인용해 보자. 연암이 중국 여행길에 구요동성 성문 밖 풍경을 그린 부분이다.

> "사당 안에는 노는 건달패 수천 명이 왁자하게 떠들어, 마치 무슨 놀이터 같다. 혹은 총과 곤봉을 연습하고, 혹은 주먹놀음과 씨름을 시험하기도 하며, 혹은 소경 말·애꾸 말을 타는 장난들을 하고 있다. 또는 앉아서 〈수호전〉을 읽는 자가 있는데, 뭇사람이 삥 둘러앉아서 듣고 있다. 그는 머리를 흔들며 코를 벌름거리는 꼴이, 방약무인한 태도다. 그 읽는 곳을 보니, 곧 화소와관사(火燒瓦官寺: 〈수호전〉 장회章回의 이름)의 대문인데, 외는 것은 뜻밖에 〈서상기(西廂記)〉였다. 글자를 모르는 까막눈이건만 외기에 익어서 입이 매끄럽게 내려간다. 이것은 꼭 우리나라 네거리에서 〈임장군전〉을 외는 것 같다. 읽는 자가 잠깐 머츰하면 두 사람이 비파를 타고 한 사람은 징을 울린다."•

"이것은 꼭 우리나라 네거리에서 〈임장군전〉을 외는 것 같다"라는 연암의 말에서 전기수들이 이 소설을 꽤나 읊었음을 알 수 있다.

• 민족문화추진회 편, 〈관제묘기〉, 《국역 열하일기》 1, 1967, 93~94쪽.

그렇다면 〈임장군전〉에서 임경업이 맹랑한 죽음을 맞게 된 대목을 찾아보자. 다음은 김자점이 흉계로 임경업을 죽이는 장면이다.

이때 마침 전옥 관원이 경업의 애매함을 불쌍히 여겨 경업더러 일러 가로되,

"장군을 역적으로 잡아 전옥에 가둠이 다 자점의 모계니, 그대는 잘 주선하여 누명을 벗게 하라" 하는지라.

경업이 그제야 자점의 흉계인 줄 알고 불승 통한하여 바로 몸을 날려 입궐하더라.

주상을 뵈옵고 관을 벗고 청죄하온대, 상이 경업을 보시고 반기사 친히 붙들려 하시다가 문득 청죄함을 보시고 대경 왈,

"경이 만리타국에 갔다가 이제 돌아오매 반가운 마음을 진정치 못하나 원로 구치함을 아껴 금일이야 서로 보매 새로운 마음이 측량치 못하거든 청죄란 말이 무슨 일이뇨. 자세히 이르라."

"신이 무신년에 북경에 잡혀가옵다가 중간 도망한 죄는 만 번 죽어도 아깝지 않으나 대명과 동심하와 호국을 쳐 호 왕을 베어 병자년 원수를 갚고 세자와 대군을 모셔 오고자 하더니, 간인에게 속아 북경에 잡혀가다가 천행으로 돌아왔더니 의주서부터 잡아 올리라 하고 목에 칼을 씌우고 올라오니, 아무 연고인 줄 모르와 망극하옴을 이기지 못하옵더니, 오늘날 다시 천안을 뵈오니 이제 죽사와도 한이 없사옵니다."

상이 들으시고 대경하사 조신더러,

"알아 들이라." 하시니라.

자점이 하릴없어 속이지 못하여 들어와 주왈,

"경업이 역적이옵기로 잡아 가두고 아뢰고저 하였나이다."

하거늘 경업이 고성 대매 왈,

"이 몹쓸 역적아, 네 벼슬이 높고 국록이 족하거늘, 무엇이 부족하여 반역할

마음을 두어 나를 해코자 하느뇨."

자점이 묵묵 무언이어늘, 상이 진노 왈,

"경업은 삼국에 유명한 장수요, 또한 천고 충신이라. 너희 놈이 무슨 뜻으로 죽이려 하는다. 이는 반드시 반역을 꾀함이라." 하시고,

"자점과 함께 참예한 자를 금부에 가두고 경업을 물리치라." 하시다.

자점이 일어 나오다가 경업의 나옴을 보고 무사 분부하여,

"치라." 하니 무사들이 무수 난타하여 거의 죽게 되매, 전옥에 가두고 자점은 금부로 가니라.

좌의정 원두표와 우의정 이시백 등이 이런 변이 있을 줄 알고 참예치 아니하였더니, 자점이 경업을 죽이려 하는 줄 짐작하고 경업의 일을 아뢰온지라.

대군이 대경 왈,

"아지 못하였나니, 임 장군이 어제 입성하여 어디 있느뇨."

조신 등이 대왈,

"신 등도 그곳을 모르나이다."

대군이 입시하여 임 장군의 일을 묻자온대, 상이 수말을 자세히 이르시니라.

대군이 주왈,

"충신을 모해하는 자는 역적이 분명하오니 국문하소서."

하고 인하여 장군의 하처(下處)로 나오려 하니 상 왈,

"명일 서로 보라."

하신대 대군이 그 밤을 달아 고대하더라.

경업이 난장을 맞고 옥중에 갇혀 있다가 이날 밤 삼경에 졸하니, 시년이 사십육 세요, 기축 일 월 이십육 일이라.•

• 이복규 엮음, 〈남장군전〉(경판 27장본), 《임경업전》, 시인사, 1998, 83~87쪽.

아마도 이 장면에서 전기수는 칼을 맞지 않았을까 한다.

그런데 〈임장군전〉 작가에 대한 흥미로운 자료가 있어 두엇 소개한다.

임경업은 역모의 누명을 쓰고 죽은 지 51년 만인 1697년(숙종 23)에 죄가 없어 옛 관직을 다시 회복하였으며 1726년(영조 2)에는 그의 고향 달천에 충렬사(忠烈祠)가 건축된다. 이듬해(영조 3)에 조정에서 액자 현판까지 내리고 관리를 보내 제사를 지냈다. 1791년(정조 15)에는 왕이 친히 글을 지어 비석에 새겨 전하게 하였으니 〈어제달천충렬사비〉다.

그런데 이런 공적인 기록 이전에 임경업을 기리는 글이 있었다. 그것은 우암 송시열(宋時烈, 1607~1689)의 《우암집》에 보이는 〈임장군전〉이다. 이 글을 볼 것 같으면 임경업의 자는 영백(英伯)이며 충주 달천에 살았다. 어려서부터 활쏘기와 말달리기로 업을 삼고 '대장부'라는 세 글자를 항상 잊지 않았다고 한다. 항상 스스로, "나는 천지 기운을 타고나서 다른 물건이 되지 않고 사람으로 태어났으며, 더구나 여인이 아닌 남자로 태어났는데 아깝게도 이 조그만 나라에 태어나 구속을 받으며 일생을 보내게 되었구나"라고 탄식하였다 한다.

이제 또 다른 기록을 보면, "진사(進士) 임창택(林昌澤)의 호는 숭악(崧岳)인데, 성품이 대단히 효성스럽고 시문(詩文)에 능하였으며 일찍이 삼연(三淵: 김창흡의 호)을 따라 놀았다. 저서로는 《숭악집(崧岳集)》 몇 권이 있으며 〈황고집전(黃固執傳)〉과 〈임장군전〉이 있다"이다. 이 글은 이덕무의 《청장관전서》《간본 아정유고》 제3권 '계사년 봄 유람기'에 보인다.

임창택(1682~1723)의 본관은 나주, 호는 숭악으로 1711년 사마시에 합격하고 송도의 백운동에 서당을 짓고 후진을 양성한 사람인데 이덕무는 이 임창택의 저서에 《숭악집》, 〈황고집전〉, 〈임장군전〉이 있다고 한다. 이 〈임장군전〉이 고소설 〈임장군전〉인지는 정확히 알 수 없지만 어떠한 형태로든 관련 있음을 추론할 수 있다.

서론이 너무 길었다. 이제 〈임장군전〉의 내용을 살펴보자.

이 작품은 1726년 이후에 형성된 것으로 추정된다. 작품의 내용을 요약하면 다음과 같다.

'백마강 만호 임경업이 족히 소임을 맡을 만합니다.' 원두표의 추천으로 임경업은 천마산성 중군(中軍)이 되어 산성을 축조하였다. 임경업은 몸소 돌을 져 성을 쌓았다. 1년 만에 공사를 마친 뒤 임경업은 이시백을 따라 중국에 들어간다. 마침 호국이 가달의 침략을 받고 명나라에 구원을 청한다. 임경업은 대사마 대장군 대원수가 되어 출전하여 가달의 장수 죽채를 죽이고 마침내 가달을 사로잡는다. 호국에서는 그 은혜로 '만세불망비'를 무쇠로 만들어 세운다.

김자점이 역모를 품으나 임경업이 두려워 실행치 못하고, 호국이 점차 강성해져 조선을 침략하고자 한다. 조정에서는 임경업을 의주 부윤 겸 방어사로 삼아 호국의 침입에 대비한다. 호군이 압록 강변에 오자 임경업이 단기로 적진에 들어가 무수히 벤다. 호 왕이 꾀를 내어 임경업을 피해 함경도로 돌아 도성을 공격하라고 용골대에게 시킨다. 대도원수 김자점, 강화 유수 김경징 등은 가리산지리산 제 역할을 못하고 인조는 끝내 항복하고야 만다. 의주에 있던 임경업은 승전고를 울리며 회군하는 호군을 짓쳐들어갔으나, 호군에게 인질로 잡혀가던 세자와 대군의 만류로 할 수 없이 길을 터준다.

용골대가 호 왕에게 임경업 이야기를 세세히 한다. 분노한 호 왕은 명나라 피섬을 치겠다고 조선에 청병하며 임 장군을 대장으로 보낼 것을 요구한다. 김자점이 옳다 생각하고 임경업을 호국에 파견하라고 주청한다. 임경업은 옛날 의리를 생각해서 피섬을 지키는 황자명과 내통하여 거짓 항서를 올리게 하고 오히려 황자명에게 후일 호국을 치자고 약속하고는 귀국한다. 이 사실을 눈치챈 호 왕은 다시 임경업을 호국으로 보내라 한다. 호국의 간계를 간파한 임 장군은 호국으로 가는 도중 충청도 속리산으로 들어가 중이 되어 명나라로 도망한다.

황자명이 이 소식을 듣고 달려오고 임경업은 명군과 합세하여 호국을 정벌하려 한다. 임경업을 따라온 승 독보의 배신으로 이러한 정황이 호 왕에게 들어가고, 경업은 호군에게 잡히어 끌려가게 된다. 호 왕 앞에 끌려온 임경업은 오히려 호 왕을 꾸짖으며 의연하다. 호 왕은 경업의 꿋꿋한 기개와 충의에 감복하여 세자 일행을 모두 본국으로 송환토록 한다. 호 왕은 경업을 사위 삼으려다 실패하고 결국 조선으로 돌려보낸다. 경업의 귀국을 두려워한 김자점은 흉계를 써 경업을 암살하고 죄상이 드러날까 두려워 자살하였다고 임금에게 거짓으로 아뢴다.

얼마 후, 김자점은 죄상이 드러나 제주도로 유배된다. 하루는 왕의 꿈속에 임경업이 나타나 김자점의 죄상을 아뢴다. 임경업의 죽음을 안 처 이 씨는 자결한다. 왕은 자점을 점점이 저며 죽이고 임경업의 충의를 포상한다.

김기현 교주 〈임장군전〉(예그린출판사, 1975) 줄거리로, 소설의 내용은 실제 사실과는 많은 차이가 있다. 병자호란은 정해진 국가의 운수로서 결코 우리 민족의 힘이 부족한 때문이 아니라는 의식과, 조정에 김자점과 같은 간신이 있어서 임경업과 같은 유능한 인물이 제대로 활약하지 못하였기 때문에 호란과 같은 국치를 당하였다는 집권층에 대한 비판 의식을 아울러 반영하고 있다.

이 김자점(金自點, 1588~1651)은 우리의 역사 속에서 그리 흔치 않은 파란만장한 삶을 산 이로 〈박씨전〉과 〈강도몽유록〉에도 그 이름이 보이니 잠시만 보고 가자. 김자점만큼 당대인들에게 이름 석 자가 악인으로 널리 회자된 이도 드물지 않을까 한다. 김자점은 처음 음보로 벼슬길에 오른 뒤, 광해군을 축출하고 인조를 추대한 공으로 벼슬길이 순탄하여 승진을 거듭한다. 병자호란 때 토산(兎山) 싸움에서 참패한 책임을 지고 잠시 유배되었으나 곧 풀려 나온 그는 손자를 효명 옹주(孝明翁主: 인조의 서녀)와 결혼시키며 왕실의 외척이 되더니 이윽고 병조 판서에 오른다.

이때부터 그의 악행은 시작되니 같은 서인 일파와 세력 다툼을 벌이고 반대파를 가혹하게 탄압한다. 이후 그의 정권 야욕은 끝없이 이어져 인조가 소현 세자빈 강 씨를 죽이려는 것을 간파하여, 인조의 수라상에 독약을 투입하고는 그 혐의를 강 씨에게 씌워 죽이고, 소현 세자의 세 아들도 모두 제주에 유배시킨다. 그러나 효종이 즉위하며 그의 시대도 막을 내리자 조정에 앙심을 품고 조선이 북벌을 계획하고 청나라의 연호를 쓰지 않는다고 청나라에 일러바쳐, 청나라는 군대와 사신을 보내기까지 한다. 이후 김자점의 반역 행위가 드러나 유배되고 역모죄로 사형을 당한다.

소설은 허구지만 이렇듯 허구로서만 그치는 게 아님을 알 수 있다. 죽어 4백여 년이 지난 뒤에도 자신의 이름이 저토록 악인으로 남을 줄 김자점은 알았을까. 오늘날의 지식층, 특히 정치인들은 어느 작가의 손에 저런 악인으로 남을지도 모르니 삼가고 삼가야 할 일이다.

다시 본론으로 돌아가자. 〈임경업전〉은 병자호란을 배경으로 비운에 쓰러진 명장의 일생을 영웅화한 작품으로 역사 소설에 속한다. 호국에 대한 강한 적개심과, 나라가 위기에 처했는데도 개인의 사리사욕만 일삼던 간신에 대한 분노를 민족적·민중적 차원에서 소설로 승화시킨 작품이다.

역사적 사실이 부분적으로 반영되어 있으나, 기실은 외적의 침입으로 수난을 겪은 조선조의 국민들이 모두 지난 역사를 반성하고 국난 중에 영웅의 활약을 갈망함에 부응하여 〈임진록〉, 〈박씨전〉, 〈최고운전〉 등과 함께 창작된 허구적 작품으로 볼 수도 있다. 조선 후기 민족의식을 잘 드러내고 있다는 점에서 귀중한 가치를 지닌다.

군글자 몇 자만 더 넣는다. 사실 이 시절 또한 저 시절과 다를 바 없다. 자신의 이익에 봉사를 자처하는 자들이 어찌 이 시절이라고 없겠는가? 우리가 소설을 흐슬부슬 눈으로만 소비할 수 없는 이유는 이러한 데서 찾아야 한다. 이 책을 읽는 거점도 결코 출세가 아닌, 바른 삶의 지향에 두어야 한다.

〈옥린몽〉

"〈옥린몽〉이 〈석행〉보다 낫고 〈석행〉이 〈완월회맹연〉보다 낫다." 18세기에 소설을 몹시 사랑했던 유만주의 평이다.

"〈옥루몽(玉樓夢)〉은 아는데, 〈옥린몽〉? 우리나라 소설이에요, 중국 소설이에요?"

〈옥린몽(玉麟夢)〉은 국문 필사본이 51편, 한문 필사본이 22편 등으로 이본 수로만 우리 한문 소설 중 5위를 차지한다. 이본으로 〈영수창선기(永垂彰善記)〉라는 필사본도 있다. 최근 학계에서 〈옥린몽〉이 한문이 아닌 국문으로 저작되었다는 논의가 있으나, 방증 자료가 부족하여 이전의 논의대로 한문 소설로 다룸을 밝힌다. 물론 한문 소설이라는 확증도 없기에 이 문제는 이곳에서 다루지 않겠다.

안타까운 것은 이 소설의 작품성이 높은데도 제 가치를 인정받지 못한다는 사실이다. 고소설을 연구하는 사람조차 그러하고 일반 독자들은 〈옥린몽〉이라는 이름조차 들어 보지 못한 사람들이 많다는 것이 섭섭하다. 〈옥린몽〉은 작가도 우리 조선인인데 말이다. 이 소설은 중국 송(宋)나라를 배경으로 범 공자(范公子)와 그의 두 처 유 부인(柳夫人)과 여 부인(呂夫人) 사이의 애정 갈등으로 빚어지는 가정 비극을 그린 계모형 가정 소설이기도 하다. 유(柳)씨와 범(范)씨 두 가문이 등장한다는 점에서 〈하진양문록〉·〈유이양문록〉·〈임화정연〉과 같이 여러 가문이 얽히는 가문 소설의 유형을 보여 주고, 또 3대에 걸친 이야기라는 점에서 〈임씨삼대록〉·〈조씨삼대록〉·〈이씨세대록〉 등 한 가문의 여러 대에 걸친 사건을 구성한 가문 소설의 유형을 아울러 보여 준다.

이 소설에 대한 기록은 이영순(李永淳)의 처 온양 정 씨(1725~1799)의 필사본 〈옥원재합기연〉 안쪽에 적힌 소설 제목에도 〈명행록〉, 〈비시명감〉, 〈완월〉, 〈옥원재합기연〉, 〈십봉기연〉, 〈신옥기린〉, 〈유효공〉, 〈유씨삼대록〉, 〈이씨세대록〉, 〈현봉쌍의록〉, 〈벽허담관제언록〉, 〈옥환기봉〉, 〈현씨양웅쌍린기〉, 〈명주기봉〉, 〈하각로별록〉, 〈임씨삼대록〉, 〈소현성록〉, 〈손방연의〉, 〈쌍렬옥소봉〉, 〈도앵행〉, 〈취미삼선록〉, 〈취해록〉, 〈여와전〉 등과 함께 이 〈옥린몽〉이 보인다(이 책에는 50여 편이 넘는 소설 제목이 보인다. 한 마당 '여성'항 참조). 이 기록은 1786년에서 1790년 사이로 추정되니, 이미 18세기 중엽 이전에 〈옥린몽〉이 창작되어 널리 퍼졌음을 알 수 있다.

홍희복(洪羲福, 1794~1859)의 '졔일긔언서문'에는 〈옥린몽〉을 거론하며 "권질이 호대하다"고 하였다. 실상 〈옥린몽〉은 15권이나 된다. 그런데 이 15권은 국문본이지 한문본이 아니다.

일단 그 줄거리부터 훑어보자. 무려 주요 등장인물만도 1백여 명이 넘어 효과적으로 편집된 인간시장 같은 소설이다.

화설, 예부 상서 유담(柳琰)은 강서 안찰사로 갔다가 도인(道人, 호는 玄妙眞人)에게서 옥기린(玉麒麟: 옥으로 만든 기린)을 받는 꿈을 꾼 뒤 아들을 낳아 몽린(夢麟)이라 하고 후일 이름을 원(原)으로 고친다.

각설, 범경문(范璟文)은 어릴 때 부모들이 정혼해 둔 유담의 딸 유혜란(柳惠蘭)과 혼인하고자 하였는데, 혼인 약속을 지키지 못하고 양가의 아버지들이 모두 죽는다. 범경문을 본 부마 여방(呂防)이 천자까지 동원하여 자기 딸 교란(嬌蘭)과 먼저 성혼시킨 뒤 유혜란과 혼인하게 한다. 범경문은 여교란보다 본래부터 연모하던 유 부인을 편애한다. 여교란은 남편의 이러한 태도에 불만을 품고 유 부인을 제거하기로 마음먹는다. 유 부인이 징(澄)을 낳자 질투는 더욱 심해진다.

차시, 유 부인의 동생 유원(柳原)은 과거에 급제하여 벼슬이 높아져 이부 시랑이 되고 범경문은 병부 상서가 된다. 유원은 우여곡절 끝에 함께 수학한 장사원(張士元)의 동생 장 소저와 혼인하고 범경문의 처 교란은 딸을 낳는다. 유 부인이 아들 청을 낳자 교란의 투기는 더욱 심해진다. 유 부인이 결국 친정으로 쫓겨 오자 유원이 매부 범경문에게 누이 유 부인의 딱한 처지를 설명한다.

각설, 유원의 아내인 장 부인은 현묘진인에게서 옥기린 받는 꿈을 꾼 뒤 아들 재교(在郊)를 낳으니 남편인 유원을 낳을 때 태몽과 똑같다.

차시, 조정에서는 호국(胡國)과 화의하기 위하여 범경문을 북조통신사(北朝通信使)로 보내는데, 그곳에서 정변이 일어나 고비사막으로 보내진다.

선시, 경문이 집에 없는 틈을 타서 여교란은 갖은 방법으로 모략하여 유 부인을 영릉으로 유배시키는 데 성공한다. 유 부인은 죽으려다 아버지가 꿈에 나타나 남복으로 갈아입고 살길을 찾으라고 한다.

각설, 유원은 그의 누이 유 부인이 유배된 지역의 근처 지방관을 자원하여 임지로 가다가 여교란이 보낸 자객의 습격을 받는다. 아들 재교는 강에 던져지고, 장 부인은 겁탈당하려다 물에 빠지고, 자신은 자객의 칼에 찔려 생명이 위험한 지경에 처한다. 그러나 다행히 어머니의 꿈에 현묘진인이 나타나 옥기린을 주자 유원은 회복된다.

각설, 유원이 선정을 베풀어 치적이 뛰어나자 예부 상서를 제수받는다. 유원은 자신의 부인이었던 장 부인의 외사촌 이 소저와 혼인한다.

각설, 호국이 침범해 오자 유원이 정북 대원수(征北大元帥)가 되어 호군을 격파하고 진격하여 들어가자 호국에서는 그때까지 구금해 두었던 범경문을 데리고 와 화친을 청하므로 유원은 받아들여 범경문과 함께 돌아온다. 범경문은 집으로 돌아와 유 부인에 대한 의심을 풀고 대신 여교란을 의심하게 된다.

차시, 유 부인의 시비인 운홍은 여교란이 보낸 자객에게 잡혀 그의 아내가 된다. 운홍은 그 자객으로부터 유 부인과 유원을 죽이고자 한 것이 모두 여교란의 소행임을 듣고 상경하여 고발한다. 이에 유 부인은 유배지에서 돌아오고, 여교란은 그 죄악이 탄로 나 귀양 간다.

선시, 물에 빠진 장 부인은 장수예(張秀藝)에게 구원되어 부녀지의를 맺는다. 유원에게 장 부인의 소식을 전하나 답장이 없다. 장 부인은 경사로 올라가던 도중 위기에 처하나 오빠 장사원을 만나 목숨을 구한다. 장 부인은 또 이곳에서 죽은 줄 알았던 재교가 살아 있음을 안다.

각설, 장 부인과 유원이 만나고 유 부인의 무죄가 알려지자 여교란의 시기로 흩어졌던 유원의 가족들이 모두 모인다. 장 부인은 찾지 못하는 아들 재교를 애타게 그린다.

선시, 여승 영원(靈遠)의 조카인 이소칠은 재교를 구하여 가덕인에게 맡긴다. 가덕인은 부인의 꿈에 기린(麒麟)을 보았기에 재교의 이름을 가린지(賈麟趾)라 부른다. 성장한 가린지(재교)는 장소애와 함께 수학한다. 출중한 재주로 등왕각에서 시를 썼다가 이 시를 자신의 것으로 채뜨리려는 이희린에게 죽음을 당할 위기에 처하지만 설빙심(薛氷心)에게 구출된다. 이 설빙심의 고모가 이소칠의 이모인 여승 영원이다.

각설, 유원의 어머니 꿈에 현묘진인이 나타나 잃어버린 기린을 찾을 것이라고 한다. 과연 얼마 후에 재교가 등왕각에서 쓴 시가 여러 사람에 의해 아버지 유원의 시와 비슷하다는 것이 유원의 집에 전달되고 가족과 해후한다.

각설, 유배된 여교란은 지난날의 잘못을 후회하고 유 부인이 탄원하여 석방된다. 재교는 신동과에 급제한 뒤 어릴 때 함께 수학했던 장소애와 혼인한다. 이 장소애는 바로 어머니 장 부인을 구해 준 장수예의 손녀다. 재교는 다시 자신을 구해 준 설빙심을 첩으로 맞는다. 유원의 어머니 꿈에 현묘진인이 나타나 부귀와 영화를 누리며 살 것이라고 한다.

줄거리를 보아서도 알겠지만 3대에 걸친 이야기가 빈틈없이 짜여 한 폭을 이룬다. 재미와 긴장은 물론 인생을 바라보는 통찰력까지도 담고 있어 고난과 역경을 통한 행복이란 응분의 보상까지도 독자는 자연스럽게 받아들일 만큼 잘 짜인 구성이다. 이 소설을 지은 이정작의 삶으로 보아 18세기 전반쯤 창작되었을 듯한데, 그렇다면 우리 고설사는 김만중의 〈구운몽〉과 〈사씨남정기〉, 조성기의 〈창선감의록〉으로부터 불과 반세기 만에 앞 시대를 뛰어넘는 걸출한 작품을 만나게 된 셈이다.

〈옥린몽〉이란 제목은 도인에게서 옥기린을 받는 꿈을 꾼 뒤 주인공 유원을 낳아서 붙인 제목이다. 더욱이 유원의 아내인 장 부인도 도인에게서 똑같이 옥기린을 받는 꿈을 꾼 뒤 아들 재교(在郊)를 낳으니 부자의 태몽이 일호도 차이가 없다. 제목이 〈구운몽〉처럼 '몽(夢)'자로 끝나기에 몽자류 소설임에는 틀림없지만 〈구운몽〉과도 〈옥루몽〉과도 다르다. 오히려 〈사씨남정기〉와 유사한 구조를 보인다. 이것은 〈옥린몽〉의 작가가 어떠한 형태로든 〈사씨남정기〉를 보았을 것으로 유추할 수 있다. 하지만 〈사씨남정기〉보다 그 구성으로나 표현으로나 면수로 보나 훨씬 뛰어난 작품이다. 우선 그 구성이 꽤나 복잡하지만 치밀하고 정연하여 앞뒤가 전혀 어그러짐 없을 뿐만 아니라, 등장인물 또한 수십 명이지마는 모두 적절하게 안배되어 있다.

일찍이 우리 고소설의 장적을 정리한 유만주는 몇 사람과 소설 품평을 한 적이 있었다. 그 내용이 유만주의 《흠영》 1784년 1월 10일에 기록되어 있는데, 이때 〈옥린몽〉이 가장 좋은 평가를 받았다. "동각(東閣)에서 우리나라의 소설을 품평하였는데 〈옥린몽〉이 〈석행〉보다 낫고 〈석행〉이 〈완월회맹연〉보다 낫다." 〈석행〉이 어떠한 작품인지는 알 수 없지만, 〈완월회맹연(玩月會盟宴)〉은 작품성이나 책의 품격으로 보아 녹록지 않은 작품이다. 〈완월회맹연〉은 18세기 중엽쯤의 작품으로 안개(安鎧, 1693~1769)의 부인 이 씨(李氏, 1694~1743)가 지은 것으로 추정되는 무려 180책에 달하는 소설이다. 단행본으로서는 조선 최대다. 내용은 충효를 바탕으로 중국 명나라 영종 때의 승상 정한과 후손 정잠·인성·몽창 등 4대에 걸친 많은 자손들의 입신출세와 일부다처 생활에서 일어나는 가정 비극 및 궁중 안에서 벌어지는 음모와 모략, 그리고 여기에 영웅적인 인물이 등장하여 활약하는 등 복잡한 줄거리가 전개된다. 재미있는 것은 〈완월회맹연〉에 〈쌍벽완취록〉·〈양씨가록〉·〈정씨효행보응록〉 등의 소설이 12편이나 보인다는 점이다. 따라서 이 소설을 활용해서 지은 일종의 편집(혹은 속편 내지는 후편을 갖춘) 소설이라는 점이다.

〈완월회맹연〉 위에 〈석행〉을 올리고 그 위에 다시 〈옥린몽〉을 두었다. 유만주, 그리고 그와 함께한 벗들은 왜 이 〈옥린몽〉을 세 작품 중 우듬지에 놓았을까?

그 이유를 〈옥린몽〉의 구성상 특징에서 찾을 수 있지 않을까 한다. 〈옥린몽〉은 그 구성이 평면적이기는 하나, 고소설이 지니고 있는 일반적인 구성과는 다른 면이 있기 때문이다. 이원적이라는 구성상 특징이 그러하다. 즉, 내용에서 유원과 범경문을 대등한 위치에서 양립할 정도로 미화시켜 어느 인물에 비중을 크게 둔 것인지 분간하기 어려울 정도다.

한 가지 더 짚어야 할 점은 사상이다. 우리의 고소설에 반영된 배경 사상은 모든 소설들이 유교·불교·도교 사상을 어떠한 형태로든 가지고 있다. '몽자류 소설'의 서막을 본격적으로 알린 〈구운몽〉이 그 대표격인 경우다. 그러나 〈옥린몽〉에서는 불교 사상에 대하여 극히 냉담할 뿐만 아니라 도교에 대해서도 시큰둥한 반응을 보인다. 유교 사상만이 전편에 흐른다. 유교 사상은 불교·도교와 달리 작품 전편을 통하여 일관되게 기저 사상을 이룰 뿐만 아니라, 주인공들의 사회적인 활동 면에서도 유교의 가치 척도를 조금도 벗어나지 않는다.

따라서 〈옥린몽〉의 구성이 이원적이기 때문에 범경문의 가정을 중심으로 보면 〈사씨남정기〉와 같은 계모형 가정 소설로 볼 수 있지만, 다른 한 편인 유원 가계에서는 처첩 간의 갈등이 전혀 보이지 않는다. 오로지 유원의 입신양명하는 과정을 철저하게 서술할 뿐이다.

이쯤 해두고 이 소설의 작가인 이정작에 대해서 살펴보자. 〈옥린몽〉이 이정작의 작품이라고 밝힌 이는 일찍이 이병기(李秉岐) 선생이었다. 이병기 선생은 그의 《국문학전사》에서 조언림(趙彦林)의 〈이사재기문록(二四齋記聞錄)〉에 "이정작이 〈구운몽〉, 〈사씨남정기〉 등을 보고 〈옥린몽〉 15권을 저작하였다"는 기록을 근거로 하여 이정작이 지었다는 견해를 제시하였다. 실상 〈옥린몽〉의 내용이 〈사씨남정기〉의 내용과 유사성이 많은 것으로 보아 〈이사재기문록〉에 기록된 내용이 믿을 만하다.

이정작(李庭綽, 1678~1758)은 숙종 시대에서 영조 시대를 걸쳐 여든한 해를 이 땅에 머물다 갔다. 그는 조선 후기의 문신으로 본관은 전의(全義), 자는 경유(敬裕), 호는 회헌(悔軒)이다. 아버지는 만봉(萬封), 어머니는 조익구(趙益九)의 딸이다. 이정작은 1714년(숙종 40) 증광 문과에 급제하여 대교에 임명되었다. 1727년(영조 3) 중시 문과에 장원하여 병조, 진주 목사, 도승지를 지내고, 이어서 이조·형조·공조의 참판을 역임했다. 성품이 청렴하여 지방관일 때는 삼정(三政)을 단속하여 농민의 고통을 덜어 주었으며, 퇴임 후에는 후세의 교육에 힘썼다. 소설이 천대받던 시대이기에 사대부의 신분으로 소설을 창작했다는 점에서 의미 있다.

〈옥린몽〉 창작은 그가 과거에 급제하기 전인 1709년 이후일 것이다. 이정작은 당대 실세한 소북(小北)의 후예였다. 그는 이 소북이라는 태생적 한계로 현실에 대한 불우함과 경제적 궁핍을 이기지 못하고 30세의 나이에 고향인 양근으로 돌아간다. 여기서 자신의 불우함을 털어 버리기 위해 쓴 것이 바로 〈옥린몽〉일 가능성이 크다. 그리고 그는 〈옥린몽〉처럼은 아니더라도 몇 해 뒤 과거에 급제한다. 이렇게 본다면 소설은 억눌려 온 자들의 숨통을 뚫어 주어 고단한 현실에 살아갈 힘을 주는 장르였음에 틀림없다.

잠시 글길도 쉬고 바특한 삶도 챙길 겸, 《청구영언》(가람본) 소재 이정작의 시조 한 편으로 글을 맺겠다. 이정작의 시조는 현재 두어 편만 남아 있다.

용문산 백운봉에 놉피 셧는 져 구름아
세상 영욕을 아는다 모로는다
져 구름 날과 갓ᄒᆞ여 대면(對面) 무심ᄒᆞ도다.

〈홍백화전〉

〈홍백화전(紅白花傳)〉에 대한 이해를 보이는 이들은 드물다. 그러나 국문 필사본이 26편, 한문 필사본이 28편이나 되는 한문 애정 소설로 여인의 귀에 대롱 매달린 귀고리처럼 상큼한 소설이다. 이본 수만으로는 한문 소설 중 6위다. 18세기 화가 윤덕희의 《수발집》 '소설경람자'에도 〈홍백화전〉이 보이는 것으로 미루어 1762년에 이미 이 소설이 존재했음을 알 수 있으니 꽤 널리 읽힌 소설임에 틀림없다. 작자와 정확한 연대는 미상이며 〈낙양삼절록(洛陽三節錄)〉이라고도 불린다. 국문과 한문 필사본이 모두 전하고 편수도 비슷하지만 학계에서는 한문 소설로 보는 견해가 유력하다.

이 소설은 명(明)나라를 배경으로 한 9회의 장회 소설(章回小說)로서, 남

주인공 계일지(桂一枝)와 여주인공 순직소(荀織素)의 사랑을 그리고 있다. 물론 고소설에서 자주 나타나는 일부다처의 결연 과정이지만, 그래도 꽤 현실성 있는 묘사로 흥미롭게 엮어 나갔다. 이 소설은 특히 〈옥교리〉와 〈평산냉연〉 등 전형적인 장회체 재자가인 소설들과 유사하여 중국 소설로 오인받기도 하지만, 학계에서는 이를 오해일 뿐이라고 단정한다. 일단 〈홍백화전〉의 줄거리부터 따라잡아 가보자. 소설 속에 나타난 시대는 명나라 성화 연간에서 정덕 초까지로 설정되어 있다.

명나라 성화 시절이다. 하남 낙양현의 순경화와 계동영은 동서 간이다. 관리로 나아간 순 공에게는 외동딸 직소가 있었고, 산수에서 노니는 계 처사는 아들 일지를 두었다. 직소의 어머니는 딸이 장성하면 이종오빠인 계일지와 혼인하라는 유언을 남기고 세상을 떠난다. 계 처사는 이 이종남매에게 글을 가르쳤는데, 어머니의 죽음으로 순직소가 집안일을 하게 되자 서로 만나지 못한다.

3년이 흘렀다. 직소가 계 처사의 생일을 맞아 일지의 집을 방문한다. 이날 뜰에 핀 홍백화로 각기 시를 지어 계 처사의 칭찬을 받는다. 얼마 뒤 일지는 직소를 찾아가 앞날을 굳게 약속하지만, 순 공은 속태 나는 사람으로 빈곤한 직소를 썩 달가워하지 않는다.

계 처사가 절강 위 상서의 참모로 간다. 동행한 일지는 중도에 개봉부 옥청관에서 의양 군주의 딸 설 소저 화상 위에 앞의 모란시를 써놓는다. 마침 어머니의 쾌유를 빌기 위하여 옥청관에 온 설 소저는 이를 보고 말없이 그 아래에 자기의 시를 써넣는다.

한편, 여 상서의 아들 여생은 직소와 일지의 관계를 알면서도 혼인하려 애가 닳아 온갖 방법을 쓴다. 순 공의 마음은 여생에게 완연 돌아서지만 직소의 일지에 대한 마음은 흔들림이 없다. 병부 시랑으로 자리를 옮긴 순 공은 몸이 불편하여 직소를 경사로 부른다. 경사로 가던 중 직소는 뱃길에 강풍을 만나고 병을 얻어 개봉부의 옥청관에서 머무르게 된다. 직소는 우연히 설 소저의 화상에 일지와 설 소저의 시가 있음을 발견하고 내력을 물어서, 지금 설 소저의 집에서 사윗감으로 화상에 시를 쓴 일지를 찾고 있다는 사실을 알아낸다.

한편 순 공은 그사이에 죄를 지어 중벌을 받게 되었다가 여 승상의 힘으로 중벌을 면하게 된다. 순 공은 여 승상의 아들 여생과 직소의 혼인을 허락한다. 직소는 아버지 순 공에게 여생과 혼인했다는 사연을 듣고 한 꾀를 낸다. 어머니의 시비였던 난지의 집에 머무르면서 글을 지어 '계일지'라 거짓 서명한 다음 난지를 시켜서 설 소저의 집으로 보낸 것이다. 설 소저의 집에서는 글을 보고 전날 화상에 시를 쓴 소년으로 알고 기뻐하며 혼인을 서두른다. 직소는 남장을 하고 설 소저의 집으로 가서는 몸이 불편하다는 핑계로 차일피일 혼사를 미룬다. 더 이상 혼인을 피할 수 없게 되자, 직소는 혼인식만 올리고는 과거길이 바쁘다면서 바로 경사로 떠난다.

직소는 곧 이러한 사실을 편지를 써서 일지에게 알리는 한편, 설 소저에게도 부득이 자신이 남장 여인이 될 수밖에 없었던 세세한 곡절을 적어 보낸다. 모든 사실을 안 설 소저는 크게 감탄하고 직소와 함께 일지를 섬길 것을 결심한다. 일지는 과거에 나가 한림편수를 제수 받고 직소는 공주를 설득하여 여 승상의 아들과 혼인을 맺어 주는 데 성공한다. 일지는 길일을 택하여 설 소저와 직소를 부인으로 맞이하여 행복한 생을 누린다.

작품 제목 〈홍백화전〉은, 두 주인공이 뜰에 핀 홍백 두 모란꽃을 두고 각기 시를 지은 데서 비롯된 것임은 알겠다. 이미 둘 사이의 사랑을 저 제목에서 어림할 수 있지만 내용은 상당히 복잡하다. 이미 줄거리를 봤지만, 다시 한 번 따라가 보자. 일지와 직소는 어릴 때 이미 부모들이 약혼시킨 사이였다. 직소는 여 승상이 며느리로 삼고자 청혼하므로 뿌리칠 수 없어 상경하다가 중도의 취향각 시회에서 장원급제하고 남장하여 임시방편으로 설 소저와 혼인한다.

한편, 일지 역시 과거에 급제하여 천자가 부마로 삼으려 하는데, 이를 안 직소가 공주를 찾아가 자기들의 사정을 설명하고, 공주로 하여금 여 승상의 아들 방언과 혼인하게 한다. 그리고 직소는 거짓 혼인하였던 설 소저와 함께 일지의 부인이 된다는 내용이다.

독자들도 읽었다시피, 이 소설은 일부다처의 결연 과정을 그렸다. 그런데 일반 애정 소설에서는 볼 수 없는 흥미로움이 있다. 그것은 꽤 현실성 있는 묘사에 우연의 일치가 비교적 적고, 필연성에 의해 이야기가 전개되는 이유도 있지만, 더 큰 것은 아마도 직소의 모습이 뚜렷이 보이기 때문일 것이다. 이 〈홍백화전〉이 여타의 아롱이다롱이 애정 소설과는 다른 점이 바로 여기이다.

이 소설에서는 여성, 즉 직소의 활동을 강조한 면을 특히 주목해야 한다. 여주인공인 직소가 남주인공이자 자신의 배우자가 될 일지로 가장하여 사건을 전개하는 부분은 꽤 신선함을 준다. 직소는 태수의 사윗감을 뽑기 위한 시 짓기에 자신이 지은 시를 일지가 지은 것처럼 꾸미고, 태수의 딸 설 소저와 혼례까지 한다. 그때는 울타리조차 넘겨다보기 부끄럽게 여기던 시절 아니던가. 직소의 행동은 여인의 행동치고는 대범하다. 더욱이 모든 일이 탄로 나자 자신에게 속아 혼인하였던 설 소저를 설득하여, 자신과 함께 일지를 섬기자는 여유까지 부린다. 여기에 자신과 혼인하기를 바라는 여 승상의 아들과 일지와 연분을 맺으려는 공주를 연결하는 것도 여주인공 직소의 행동반경에서 나왔다. 독자의 흥미를 끌어내기에 충분하다.

다소 의아스러운 것은 일지와 직소가 이종 사촌 간으로 인연을 맺는다는 점이다. 분명 이종 간의 혼인이 현재 우리의 도덕과 가치에 반한 듯싶

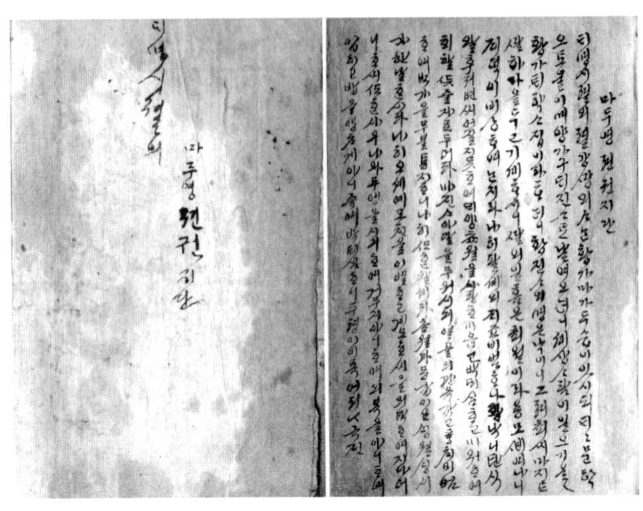

〈마두영전〉(필자 소장)

〈마두영전(馬斗榮傳)〉은 1902년쯤에 한글로 필사된 군담 소설로 홍윤표 교수와 필자 소장만이 있다. 이 소설은 군담 소설과 계모형 가정 소설이 적절히 섞인 창작 군담 소설로 볼 수 있다. 〈마두영전〉에서 군담 소설의 진폭이 적잖이 넓어졌음을 알 수 있다.

표지에는 제명과 "신문천칙책니라"와 "흑호(黑扉: 임인년) 대족월(大簇月: 정월) 하순(下旬)에 썼다(黑扉大簇之用下澣)"라는 기록이 보인다. 이 소설은 여느 군담 소설 몇 편을 읽은 독자라면 서름하게 느낄 것이다. 영 맛이 다르다. 그것은 군담 소설답지 않게 전편에 흐르는 애정 때문이다.

그러고는 시종일관 마두영과 초월, 두 사람의 사랑 찾기가 흐른다. 여기 모지락스러운 계모가 둘의 관계를 시샘하고, 음충맞은 호성태, 민춤한 호왕, 슬금한 용자……. 비록 스펙터클한 액션이 없어도 이 소설에서 재미를 느낄 수 있는 것은 바로 이러한 소재와 인물들 때문이다.

특히 이 소설에서는 강압적인 계모형 고소설의 인물 문법이 여지없이 무너졌다. 변 씨와 호 씨라는 첩은 처음에는 자기 소생을 위하여 전실 자식을 해치려고까지 드나 자신들의 외로움을 떨치기 위하여 서슴지 않고 애정을 따르고 불구자가 된 딸과 아들까지 버릴 만큼 비정한 모습으로 그려져 있다. 또 두영과 홍연, 그리고 두영의 이복 아우인 용자와 역시 초월의 이복동생인 홍연과 혼인시켜 겹사돈을 맺게 한다.

다. 우리의 현행법상으로도 '6촌 이내 양부모계(養父母系)의 혈족이었던 자와 4촌 이내 양부모계의 인척이었던 자 사이에서는 혼인하지 못한다'는 민법 제809조 '근친혼 등의 금지'에 관한 규정에 의해 혼인이 불가하다. 하지만 저 시절에는 큰 의미가 없는 혼사였다.

순임금의 두 부인인 아황과 여영도 자매간이요, 〈마두영전〉이란 우리의 소설에서는 겹사돈을 맺지만 이에 대한 제약은 어디에도 없다. 〈마두영전〉 외에도 〈창란호연록〉이 그렇고, 〈청백운〉은 겹사돈에서 한발 더 나아가 3중 결연이며, 〈임화정연〉은 4중 결연 구조다. 이러한 다중 결연은 조선시대를 거쳐 지금까지도 유구한 전통으로 이어진다. 재벌들이나 정치인들 간의 짝짓기가 그것이다. 이유는 쓸 것도 없다. 유력 집안들 간에 피를 섞어 자기들의 영역을 공고하게 하려는 '동물들의 오줌발적 사고' 아닌가.

〈홍백화전〉 '서'에는 이 소설을 〈구운몽〉에 비견하여, "〈구운몽〉처럼 문체가 아름다워 봄꽃이 만발하는 것 같고, 티끌 같은 세상에 기색이 없으니 잘 지은 좋은 글이라 할 만하다"라고 적혀 있다. 다만 애정 결연 과정을 중심으로 이야기를 재미있게 엮었음에도 불구하고, 모든 배경과 관직 등에서 너무나 중국적인 색채가 짙은 것이 흠이라면 흠이다.

〈홍백화전〉에 대해서는 이만 줄이고, 이보다 더한 인연 맺기가 우리 고소설에 보이기에 두어 줄만 더 첨부한다. 바로 요즈음도 꽤 민감한 동성애다. 〈방한림전〉에서 방한림과 혜빙, 〈옥루몽〉의 황제와 동홍이 동성애자들이다. 특히 〈방한림전〉에서 혜빙은 방한림이 남장 여인인 것을 알면서도 혼인을 하고 평생 해로한다. 안타까운 것은 우리 고소설의 주인공들이 장수하는 데 비하여 이들 부부는 40세도 채우지 못하고 죽었으니 혹 동성애 때문이 아닐까 하는 의구심이 든다.

〈운영전〉

고소설에서 악인이 처음 등장하는 작품은 〈백운 제후(白雲際厚)〉다. 그러나 〈백운 제후〉에서 악한 무리로 등장해 백운과 제후를 납치해 간 도적은 그 성격이 구체적으로 드러나지 않는다. 이것은 김시습의 작품인 《금오신화》에서도 동일하다. 《금오신화》에 수록된 다섯 편의 소설에서도 뚜렷한 악인을 찾기는 어렵다. 다만 〈이생규장전〉에 홍건적이 이생과 최 낭자의 사랑을 가르는 악한 무리로 나타날 뿐이다.

우리 고소설 중 악인이 최초로 등장하는 작품은 〈운영전〉이다. 〈운영전〉은 17세기 초 작자 미상의 궁녀들의 애정을 소재로 한 한문 애정 전기 소설로 〈유영전(柳泳傳)〉이라고도 한다. 〈운영전〉은 지금까지 방각본이나 구활자본은 찾을 수 없고 한문 필사본만 42편이요, 여기에 한글로 번역 필사된 6편, 일어로 번역된 3편까지 합쳐 51편의 이본을 소유하고 있다. 이 숫자는 이본만으로 볼 때, 우리 한문 소설사에서 당당 7위에 해당하는 한문 소설이다.

17세기에 이 소설의 인기도는 국립도서관 소장 《삼방요로기》에 필사된 〈운영전〉에서 귀띔받을 수 있다. 국립도서관 소장 《삼방요로기》는 1641년에 필사되었는데, 무려 220여 명이나 되는 서명이 붙어 있다. 이 서명은 독자들이 돌려 가면서 본 뒤 써놓은 것이니, 그 인기도를 실감할 수 있다. 물론 한문 소설이기에 서민층은 접근이 어려웠다. 당연히 일반 서민층은 이 소설을 인지하지 못하였고, 후일 방각본이나 구활자본으로 간행하지 않은 이유를 여기에서 추론할 수 있다.

〈운영전〉은 액자 소설의 수법을 적절히 살린 우리나라 중편 애정 전기 소설로 격조와 품격이 가위 최고 수작이다. 그래서인지 우리 고소설 가운데 일찍이 영화화되었으니, 1925년 윤백남에 의해 제작된 〈운영전〉이다.

이 영화는 촬영의 문제점으로 크게 실패했다고 한다.

줄거리부터 대략 살펴보자면 유영이 안평 대군의 저택인 수성궁에 놀러 갔다가 천상 사람이 된 김 진사(金進士)와 운영(雲英)의 비극적인 사랑 이야기를 듣는다. 운영은 안평 대군의 궁에 있는 열 시녀 중 한 명이다. 어느 날 운영과 김 진사는 운명적으로 만난다. 그리고 이들의 만남은 곧 뜨거운 사랑으로 이어진다. 하지만 특의 농간으로 둘의 사랑 행각은 드러나고, 운영이 먼저 자결하자 이어 김 진사도 그녀의 장사를 치른 다음 자살한다는 내용이다. 마치 여름밤, 검은 산줄기에 떨어지는 유성같이 슬프다.

이 작품은 우리 고소설에 '비극'과 '사회사적인 의미'에 수많은 연구의 초점이 맞추어졌으나 이외에도 〈운영전〉의 작품성은 여러 곳에서 발견할 수 있다. 특히 이 글을 따라 읽으면 다른 애정 전기 소설과는 다른 묘한 점을 발견한다. 그것은 등장인물들이 여타 소설들에 비해 많고 개성이 강하다. 안평 대군, 아홉 시녀, 노비 특, 무당, 심지어는 액자를 구성하는 형식적 인물인 유영까지 철저하게 계획된 인물들이다. 이들의 움직임을 따라가며 〈운영전〉은 팽팽한 긴장감이 흐른다. 어느 한 사람만 빠져도 소설의 긴장감은 순식간에 풀릴 것 같다. 또 하나는 시(詩)다. 각 편이 절창으로 이 소설을 맛깔스럽게 한다. 이러한 것을 소설 비평어로는 감자여(甘蔗茹)라고 한다. '감자여'란 사탕수수 맛으로 독서자의 감흥(당도)이 꽤 높다는 소리다. 또 잘 음미하면 시 속에서도 소설의 내용이 진행된다.

따라서 이 소설은 조곤조곤 읽어야 한다. 마치 두 사람이 언성을 낮추고 사실을 따지듯, 그래야만 운영의 시처럼 "하늘이 내린 연분 끊어지지 않았네(天緣未絕見無因)"까지 다가갈 수 있다. 시 한 편 한 편, 행간 속에 오밀조밀 숨어 있는 운영과 김 진사의 사랑, 그리고 그 틈새를 스치는 인물들을 찾을 수 있다. 애정 전기 소설의 일조량이 가장 폭넓게 쬐인 작품으로 손색없다. 특히나 서술에 주목하여 읽는다면 고소설 미학을 한껏 즐길 수 있는 작품이다.

이제 좀 더 〈운영전〉의 내용을 살펴보고 본격적으로 악인을 찾아보자.

지금의 청파동에 살던 '유영'이란 선비가 수성궁에 놀러 간다. 수성궁은 세종의 셋째 아들로 세조의 왕위 찬탈 후 억울하게 주살된 안평 대군의 사저다. 수성궁 가운데서도 찾는 사람이 많지 않은 서원으로 들어간 유영은 바위에 앉아 소동파의 시를 읊조리며 가지고 간 술병을 풀어 다 마시고 취하여 잠이 든다.

잠시 후 술이 깼는데 어디선가 말소리가 들려 발맘발맘 가보니, 한 소년이 절세미인과 마주 앉아 있는 것이 아닌가. 두 사람은 일어나서 유영을 맞는다. 그들이 이 소설의 주인공인 '운영'과 '김 진사'다. 운영은 자신들의 슬픈 사랑 이야기를 유영에게 들려주니 그 대략은 이러하다.

> 장안성 서쪽 인왕산 아래 수성궁 안평 대군의 집, 운영은 이곳에서 살았다. 그녀는 13세에 안평 대군의 뛰어난 궁녀 10인 중 한 명으로 이 궁에 들어왔다. 안평 대군은 이 10인의 궁녀를 별궁에 두고 시와 문을 배우게 하였으니, 그 열 명의 이름은 옥녀, 소옥, 부용, 비경, 비취, 금련, 은섬, 자란, 보련, 그리고 운영이었다. 외출은 엄격히 금지되었다.
>
> 어느 가을날 국화꽃이 피기 시작할 무렵 김 진사라는 준수한 선비가 수성궁을 방문한다. 안평 대군은 운영으로 하여금 벼루 시중을 들게 한다. 김 진사는 운영에게 자주 눈길을 준다. 운영의 가슴이 가늘게 떨린다. 김 진사의 시재는 놀라우며 필법 또한 생동한다. 김 진사가 붓을 휘두르다 붓끝의 먹물 방울이 운영의 손가락에 '톡' 떨어진다. 먹물 방울은 파리 날개와 같이 운영의 손등에서 파르르 떤다.
>
> 먹물보다 진한 사랑의 시작이다. 이후 김 진사는 수성궁을 자주 방문한다. 제 아무리 열없쟁이라도 처음 사랑을 하면 남녀 모두 전사가 되는 법이다. 물론

궁녀와 전도가 양양한 어린 선비로 처지가 극명히 다르기에 목숨을 담보로 하는 외줄타기 사랑이다.

이렇게 시작된 두 사람의 사랑은 다른 궁녀들은 물론이고 무당, 특까지 나서 도움을 준다. 특히 특은 김 진사의 노비로 수성궁 담을 넘나들 수 있는 사다리까지 만들어 주는 적극성을 보인다. 사랑의 횟수만큼 위험은 쌓여 간다. 김 진사의 발자취가 궁궐에 남게 되고, 위기를 느낀 운영과 김 진사는 목숨을 걸고 도주하기로 결심한다.

수성궁 탈출 계획은 특의 도움을 받아 계획대로 진행된다. 특의 꾀대로 먼저 재물을 빼돌려 산중에 감춘다. 일이 진행되는 중에 운영이 지은 시와 김 진사가 지은 상량문에서 대군은 두 사람의 관계를 예리하게 잡아 낸다. 안평 대군이 이미 운영의 시에서 이상함을 감지한 것이 두 번째다. 김 진사는 수성궁을 출입하지 못하고 운영은 시난고난 병이 더하여 실낱 같은 목숨만 이어 간다.

운영은 드디어 김 진사에게 편지를 써 이승에서 맺지 못할 인연 내세에서나 잇자고 한다. 여기에 김 진사의 노비 특이 재물을 탐내 배신한다. 급기야 두 사람의 밀회는 고스란히 안평 대군에게 들어가 버린다. 안평 대군은 운영을 당장 요절 내려 한다. 10궁녀 중 가장 마음에 둔 운영 아닌가. 그러나 남녀의 정욕은 같다며 운영을 극력 변호하는 궁녀들로 인하여 분노가 다소 누그러진다.

그날 밤 운영은 더 이상 이 사랑을 끌고 갈 힘이 없음을 알고 비단 수건으로 목을 맨다. 운영이 죽자 김 진사도 그 뒤를 따른다. 두 사람에게 사랑과 절망을 안겨 준 악인 특도 허방다리에 빠져 죽는다.

유영이 1601년 음력 3월 15일, 탁주 한 병 사가지고 수성궁에 들어갔다가 김 진사와 운영에 대해 들은 이야기다.

이렇게 보면 악인은 두 사람으로 최상층 인물인 안평 대군과 특이란 최하층 노비다. 이 두 사람의 악인이 주인공들을 파멸로 이끈다.

우선 안평 대군부터 살펴보자. 안평 대군은 운영과 9여인의 삶을 틀어쥐고 있으며 운영과 김 진사의 사랑을 끝까지 막는다. 사랑 앞에서는 신분의 고하가 없다. 물론 고상함도 저열함도. 고소설에서는 특히 사랑을 얻은 이는 선인으로 그려지는 반면, 사랑에 실패한 이는 악인이 된다. 사랑에서 패한다는 것은 인간적인 삶마저 패배자로 만들어 버린다.

이 소설에서 안평 대군은 열 명이나 되는 궁녀를 거느리고 배타적이며 삶의 쾌락을 독점적으로 누리는 권위주의 인물이다. 물론 실존 인물인 안평 대군은 아니다. 소설의 사실성을 증대시키기 위한 장치일 뿐이지만, 안평 대군에 대해 잠시 짚어 보자.

안평 대군은 세종의 셋째 아들로, 시문·그림·가야금 등에 능하였으며, 특히 글씨에 뛰어나 당대의 명필로 꼽혔다. 문종 때는 조정의 막후 실력자로서 둘째 형 수양 대군과 은연히 맞섰다. 그러나 1453년(단종 1) 수양 대군이 계유정난(癸酉靖難)을 꾸며 김종서(金宗瑞) 등을 죽일 때 반역을 도모했다 하여 강화도로 귀양 갔다. 그 뒤 교동도(喬桐島)로 유배되고, 그곳에서 사사(賜死)된 비극적인 인물이다.

이러한 안평 대군을 왜 소설 속 악인으로 등장시켰을까? 아마도 부귀와 향락, 정치와 비극적인 죽음이 그를 소설적 인물로 만든 것일 수 있지만, 작중 인물로서 안평 대군이 악인이 된 이유는 분명하다. 그것은 운영에 대한 사랑 때문이다. 특히 안평 대군은 운영 이외에도 아홉이나 되는 궁녀를 거느리고 있다. 그의 여인에 대한 행위는 독하기 이를 데 없다. 운영과 김 진사의 관계와 이 두 남녀의 만남을 도와준 네 시녀들의 행각을 눈치챈 부분이다.

"이 다섯을 모두 죽여 다른 사람을 경계토록 하여라."

또 매를 치는 자에게 이렇게 말하였지요.

> "곤장 수를 헤아리지 말고 죽을 때까지 쳐라."
>
> 대군은 크게 노하시어 남궁 궁녀들을 시켜서 서궁을 뒤져 보게 하시니, 저의 의복들과 보화가 전부 없었지요. 대군은 서궁 시녀 다섯을 뜰 가운데에 끌어다 놓고 눈앞에 엄하게 형장을 갖추어 놓고 영을 내리셨어요.●

사랑이란 저토록 모지락스러운 것이지만 안평 대군의 행동 속에는 당대의 가치관이 숨어 있음도 지적하지 않을 수 없다. 질투로 인해 사랑하는 여인의 죽음까지도 요구하는 것을 보면, 권력을 이용한 저 당시 양반들의 사랑이 꽤나 밉다.

악인의 한 특징은 꼼수를 많이 쓴다는 것이다. 〈운영전〉에서 또 한 사람의 악인은 특(特)인데 꼼수가 여간 아니다. 특은 김 진사의 하인이다. 이 특의 존재가 참 흥미로운데, 소설 속에서 운영의 이야기를 잠시 따오면 이렇다.

> "특은 본디 꼼수가 많다고 했지요. 진사님의 안색을 보고는 나아가 무릎을 꿇고 "진사 어르신, 반드시 오래 사시지 못할 것 같아요"라고 하고는 뜰에 엎드려서는 울었지요.
>
> 진사님께서 그 사정을 모두 말씀하시니, 특이 말하였답니다.
>
> "왜, 일찍 말씀하시지 않으셨습니까? 제가 마땅히 꾀를 내보겠습니다."
>
> 즉시 사다리를 만들었는데, 아주 가붓하고 편리하였으며 접었다 펼 수도 있었습니다. 접으면 병풍처럼 착 달라붙고 펴면 대여섯 길 정도가 되었지만 손쉽게 운반할 수도 있었지요.
>
> 특이 "이 사다리를 가지고 궁의 담에 오르시고 안에서 접었다 폈다 하시고 내

● 간호윤 역, 〈운영전〉, 《선현유음》, 이회문화사, 2003, 238쪽(이하 같은 책).

려오실 때도 그와 같이 하세요"라고 알려 드렸어요.

김 진사가 운영을 만나지 못하여 끙끙 앓자, 수성궁을 넘어 들어갈 수 있도록 꾀를 내는 부분이다. 이때부터 이야기는 특의 꾀대로 진행된다. "보지 못하면 병이 마음과 골수에 박혀 있고 보면 죄를 헤아릴 수도 없구나. 근심하고 걱정하지 않을 수 없으니 어쩌면 좋지?"라고 김 진사가 운영을 만나는 괴로움을 토로하자, 특은 "아, 그러시다면 왜 남몰래 업고 도망치지 않으시는 거지요?" 하여 둘의 도망을 부추긴다.

김 진사와 운영의 만남을 이끌어 낸 것도 특이다. 특이 없었다면 둘의 사랑은 이루어지지 않았다. 그런데 이렇게 시작된 특과 김 진사, 운영의 인연은 여기까지다. 곧 특은 변심하여 둘 사이를 갈라놓는 악인으로 변하니 인연이 악연이 된 셈이다.

연암의 〈이몽직애사〉라는 글에 이러한 인연과 악연에 대한 글이 있어 잠시 이를 인용해 본다. "인연은 다 악연이다. 생각하는 데서 인연이 맺어지고, 인연이 맺어지면 사귀게 되고, 사귀면 친해지고, 친하면 정이 붙고, 정이 붙으면 마침내는 이것이 원업(寃業: 전생에 뿌린 악의 씨)이 되는 것이다(緣皆惡緣也 想而緣 緣而交 交而親 親而情 情而乃寃業也)." 그러고 보면 특도 김 진사와 운영의 사랑에 깊숙이 인연을 맺으면서 악연이 되었다. 생각해 보니 이 글을 쓰는 나나 독자도 이에서 자유롭지는 못하다. 모든 악연은 인연을 맺었기에 일어난 것 아닌가.

이야기는 흘러 결국 김 진사와 운영이 특의 술수대로 넘어가면서 특의 재물 욕심이 드러난다. 운영은 안평 대군이 사랑하는 여인이었기에 재물이 넉넉하였는데, 이를 도망 나오기 전에 궁 밖으로 빼돌리려 한다. 특의 속내는 이 귀중한 보화를 얻고는 운영과 김 진사를 산골로 끌고 가서 김 진사는 죽이고 운영과 재물을 차지하려는 대범한 계획이다.

운영이 이를 눈치채고 김 진사에게 말하나 세상 물정 어두운 김 진사는 오히려 "이 노복이 본래 음흉스럽긴 하지만 지금까지 나에게 충성을 다해 왔소. 오늘날 낭자와 좋은 인연을 맺게 된 것도 다 이 노복의 계책이오. 어찌 처음에는 충성을 바치다 끝내는 악한 일을 하겠소?"라고 특을 믿어 의심치 않는다.

그리고 김 진사는 특에게 재물을 잘 맡아 숨겨 두도록 한다. 그 뒤에 운영이 궁에서 나오지 못하자 특은 계획을 수정하여 재물을 제 것으로 하기 위한 간교함을 부린다. 도적을 맞았다고 언구럭을 펴는 그 가증스러운 대목을 보자.

> 하루는 특이 스스로 옷을 찢고 자기 코를 쳐 피가 흐르게 하고 온몸을 더럽히고 머리를 헝클고는 맨발로 왜틀비틀 들어와서는 엎드려 울며 말했지요.
>
> "제가 강도의 습격을 받았습니다."
>
> 그러고는 다시 말하지 못하고 기절한 것같이 하였답니다.
>
> 진사는 특이 죽으면 보화를 묻은 장소를 알지 못할까 염려하여, 친히 약물을 먹이고 온갖 방법을 써서 살려내셨지요. 술과 고기를 먹이니, 10여 일 만에 일어나서는 말했답니다.
>
> "저 혼자 외로이 산중을 지키는데 수많은 도적들이 쳐들어와서는 저를 박살낼 듯 싸다듬이하였습니다. 목숨을 걸고 도망쳐 겨우 실오라기와 같은 목숨은 보전하게 되었습니다. 만약에 저 보화가 없었더라면 저에게 이 같은 위험이 닥쳤겠습니까? 타고난 운명의 험악함이 이와 같은데 왜 속히 죽지 않는 것이지!"
>
> 그러고는 발로 땅을 구르고 주먹으로 가슴을 치고 통곡하였지요.
>
> 진사님은 부모님께서 아실까 두려워서 따뜻한 말로 위로해 풀어 달래서는 보냈습니다.

뒤에 김 진사가 이를 눈치채자 특의 간악한 행동은 더욱 배신자로서 능력을 극대화한다. 특은 궁궐 담장 밖에 사는 맹인 점쟁이에게 "내가 며칠 전에 이 궁궐 담장 밖을 지나는데, 어떤 사람이 궁궐 안에서 서쪽 담을 넘어 나왔소. 나는 그가 도적인 것을 알고 크게 소리를 지르고 쫓아가니 그 사람은 가지고 있는 물건을 버리고 도망했구려. 나는 그 물건을 가지고 돌아와서 본댁 주인이 오기를 기다리지 않았겠소. 그런데 우리 주인은 본디 염치가 없어서 내가 물건을 얻었다는 말을 듣고는 몸소 와서 찾습디다. 내가 '다른 보화는 없고 다만 비녀와 거울 두 물건밖에 없습니다'라고 하니, 곧 우리 주인이 몸소 들어와 마침내 두 물건을 찾았는데도 욕심에 차지 않았던지 나를 죽이려 하지 뭐요. 아, 그래 내가 지금 달아나려 하는데 어떻겠소?"라고 언구럭을 편다. 결국 이 말이 세간에 퍼져 궁중에까지 들어가 궁 사람이 안평 대군에게 알렸고, 이 일로 운영은 자결한다.

비슷한 시기 바다 건너 영국의 윌리엄 셰익스피어(William Shakespeare, 1564~1616)가 지은 〈햄릿〉, 〈리어 왕〉, 〈오셀로〉, 〈맥베스〉 등 4대 비극의 악인형 인물들과도 보편성을 갖는다. 4대 비극의 악인형 인물도 공히 사랑, 야심, 질투, 위선, 배신, 잔인, 그리고 교활함인 것이 동서양이 다르지 않다.

이야기가 절정으로 치달으며 특은 점점 더 교활해지고 과감해진다. 특은 사실을 안 김 진사에게, "노복이 비록 어둡고 어리석지만 또한 목석(木石)은 아닙니다. 이 한 몸이 지은 죄는 머리털을 뽑아도 헤아리기 어렵습니다. 이제 죄를 면해 주신다 하니 마른 나무에 잎이 돋고 백골에 살이 돋는 것 같습니다. 이러하니 어찌 진사님을 위하여 목숨을 바치지 않겠습니까!"라고 교활하게 말하여 다시 신임을 얻어 낸다.

악인으로서 특의 진화하는 말솜씨에 사람 좋은 김 진사는 잘도 속아 넘어간다. 김 진사는 또 운영의 재를 올리려 쌀 40석을 만들어서 특에게 준다. 절로 들어간 특은 3일 동안 궁둥이만 두드리고 누워 있다가 지나가는 마을 여인을 강제로 끌고 승당(僧堂)에 들어가 겁탈하고, "진사는 오늘 빨리 죽고 내일 운영은 다시 살아나 특의 짝이 되게 해주시오"라고 부처님께 불공을 드린다. 물론 부처님께서 특의 저 광기 어린 소원을 들어주실 리 없다. 결국 이 모든 사실이 드러나고 특은 김 진사의 기도대로 허방다리에 빠져 죽는다.

보통 악은 선과 대립되는 경향이 많으나 이 소설에서는 그러한 이유를 찾을 수 없다. 〈운영전〉에서 특이 재물에 관심을 갖는 것은 특이하다. 딱히 김 진사가 특에게 못되게 굴지도 않았으며 특이 운영을 사랑하지도 않는데, 왜 이토록 간악한 짓을 하는 것일까? 답은 독자의 몫이다.

〈운영전〉의 악인형 인물들에서 이기적인 사랑, 꼼수, 재물, 교활 등의 용어를 찾아보았다. 안타까운 것은 지금으로부터 4백 년 전, 1600년대 악인의 모습인데도 오늘 우리 사회의 거울을 보는 듯 생생하다.

〈최치원전〉

〈최치원전(崔致遠傳)〉은 16세기 말의 작자, 연대 미상으로 최치원(崔致遠, 857~?)의 일생을 허구적 구성을 통하여 형상화한 한문 전기 소설이다. 〈최치원전〉의 이본은 지금까지 국문 필사본이 21편, 한문 필사본이 22편, 국문 활자본이 4편이나 된다. 이본의 명칭은 최치원의 호인 고운(孤雲)을 딴 〈최고운전〉, 글을 잘 짓는 문장이라는 뜻의 〈최문헌전〉, 최치원이 가야산에 들어가 신선이 되었다는 전설을 딴 〈최선전〉과 〈최충전〉, 〈최문창전〉 등이 보인다. 이 작품은 이른바 '영웅의 일생'이라는 줄거리를 지니고 있기에 영웅 소설에 속한다.

현재 전하는 이본은 한문 필사본이 가장 많은데, 각 이본이 너무 다르다. 그만큼 이 소설은 전사되어 내려오며, 필사자에 의해 많은 부분에서 부연 혹은 축소되었다고 볼 수 있다. '부연 혹은 축소'되었다는 말은 필사자의 손을 많이 탔다는 증거이니, 그만큼 흥미로운 작품이었다는 의미로도 이해할 수 있다.

예를 들자면 필자 소장의 '선현유음본'에 있는 〈최선전〉과 '김기동본'은 비교적 등락의 폭은 비슷하지만, '선현유음본'이 8천4백여 자, '김기동본'이 7천6백여 자 남짓이다. '선현유음본' 소재 〈최선전〉이 더 세밀하게 되어 있음을 알 수 있다. 구체적으로 '김집수택본'에는 최충이 아내를 잡아간다고 두려워하자, 아내가 달래는 부분이나 황제가 치원의 재주를 시험하려 밥에 독극물을 넣는 데 보이는 언어유희가 없다. 반면, '선현유음본'은 최충과 아들이 만나는 부분이 있고, 중국 사신과 대화가 길며 천녀수천이 아니라 수십으로 되어 있는 등 비교적 보완·부연된 모습을 보인다. 또 문장에도 유념하였으며 적당하게 불필요한 곳은 지나치기도 하였다.

특히 '선현유음본'은 다른 이본과 후지 부분에서 큰 차이점을 보인다. 이 후지 부분은 마멸이 너무 심하여 해독이 불가능한데, 대략을 보면 정덕 연간(1506~1521)에 한 초부가 도끼를 메고 산에 들어갔다가 문장 최치원과 검은 선사가 함께 앉아 바둑을 두는 것을 보았다는 부분이 있다. 이 부분은 '김기동본'과 '고려대본'에 보이기는 하지만 '선현유음본'에 비하여 극히 짧다. 아울러 '선현유음본'에는 임진왜란 뒤에 왜적이 크게 불 질렀다는 이야기가 나오는 것으로 미루어, '선현유음본' 소재 〈최선전〉은 적어도 임진왜란 후의 본임을 알 수 있다. 이런 것을 본다면 이본 한 편 한 편에 원작품 못지않게 필사자의 공력이 들어갔음을 알 수 있다. 우선 대략의 내용을 따라잡아 보자.

아내는 지혜로웠다. 문창령 수령 최충은 어칠비칠 아내 몸에 감았던 이엄이엄 이은 실을 따라갔다. 실은 뒷산 바위틈으로 들어갔다. 문창령에서는 늘 수령이 부임하면 아내가 없어졌다. 최충이 문창령에 부임한 어느 날 광풍이 일더니 역시 처가 사라졌다. 최충의 아내는 이를 미리 알고 몸에 실을 묶어 놓았다. 이때 임신한 지 3개월이었다. 최충이 실을 따라가 보니 기화요초로 가득한 지하국이 있고, 금돼지가 아내의 무릎을 베고 있었다. 최충은 아내의 기지로 무사히 금돼지를 처지하고 잡혀 온 다른 여인들도 구한다.

부인이 치원을 낳는다. 손톱이 조금 이상했다. 최충은 금돼지의 자식이라며 내다 버렸더니, 선녀가 보호해 주고 하늘 선비가 내려와 글을 가르친다. 세 살이 되자 치원은 문리를 깨쳐 문장이 되고 최충은 부끄러워 월영대를 지어 준다.

치원의 글 읽는 소리가 중국의 황제에게까지 들려 황제가 두 학사를 보내 글을 겨루게 하나 치원을 당하지 못한다. 분한 황제는 함 속에 알을 넣어 신라에 보내며 맞히지 못하면 멸망시킬 것이라고 한다. 신라 왕궁에서는 모든 대신들이 머리를 맞대도 이를 맞히지 못한다.

치원은 서울로 올라간다. 일부러 승상 나청업의 딸 거울을 깨뜨리고는 그 집에 들어가 동산지기가 된다. 임금은 나청업이 중신이니 중국에서 보내온 물건을 책임지고 알아내라고 명한다. 치원은 시름에 잠긴 나청업에게 물건을 맞히면 자신을 사위로 삼아 달라고 하여 허락을 받는다. 가볍게 함 속에 계란이 부화한 병아리가 있다는 시를 지어 준다.

황제가 열어 보니 함이 따듯하여 알이 부화하였기에 크게 놀란다. 그래, 시험을 푼 인재를 들여보내라고 하자 치원이 중국으로 간다. 도중에 용의 아들 이목을 만나고 섬의 가뭄을 해결해 준다. 또 가다가 한 노파에게 간장에 적신 솜을 받고 아름다운 여인을 만나 부적 네 개를 얻는다. 황제는 문을 세워 치원의 재주를 시험한다. 치원은 이때마다 부적 등을 이용하여 네 문을 지나고 다섯 문에서 중국의 내로라하는 시인들과 재주를 겨뤄 이긴다. 황제가 또 치원의 재주를 시험하나 이도 거뜬히 해결한다. 이해 치원은 과거에도 급제하고, 황소의 난이 일어나자 문장으로 항복을 받는다.

치원을 질투한 중국 대신들의 모함이 극에 달하고 차원은 남쪽 섬으로 귀양을 간다. 치원은 그곳에서 노파가 준 간장 적신 솜으로 이슬을 받아먹으며 노닌다. 황제가 부르자 '용(龍)자'를 써 다리를 만들어 낙양에 돌아온다. 치원은 어질지 못한 황제를 크게 꾸짖고 '저(猪)자'를 써 푸른 사자를 만들어 타고 고국에 돌아온다. 이미 신라 조정에서 용납될 수 없음을 안 치원은 아내를 데리고 가야산으로 들어가 버린다.

이 작품은 영웅 소설에 속하며 적강(謫降), 기아(棄兒), 글재주 다툼, 알아맞히기, 기계(奇計) 등 전래의 다양한 화소(話素)들이 복합되어 있다. 설화화된 역사적 인물 최치원이 작가의 탁월한 상상력에 의하여 소설의 주인공으로 형상화된 것인데, 역사적 사실과 상당한 거리가 있어 주목된다.

실존 인물 최치원을 잠시 짚어 봐야 하는 이유다. 최치원은 857년 경주에서 최충헌의 아들로 출생했다. 868년(경문왕 8) 12세의 나이로 당나라 유학을 떠나 7년 만에 과거에 급제하였으며, 879년 황소의 난 당시 이를 비난하는 〈토황소격문〉을 지어 문명을 떨쳤다.

그는 885년 29세에 귀국하여, 한림학사, 수병 부시랑 등을 지냈으나 이미 문란한 국정을 되돌리기는 어려웠다. 894년 진성 여왕에게 '시무십여조'를 상소해서 아찬이 되었으나 귀족들의 거센 반발로 관직을 내놓고 난세를 비관, 각지를 유랑하다가 가야산 해인사로 들어간다. 최치원에 대한 최후의 기록은 908년이니, 이때 그의 나이 52세였다. 그 뒤는 전혀 알 수 없다.

이제 〈최치원전〉 이야기를 해보자. 〈최치원전〉에는 지하국 금돼지의 최치원 어머니 납치, 신이한 노파와 용의 아들인 이목과의 만남, 최치원이 노닐었다는 월영대 이야기, 금돼지 자식이라 오해하여 버려진 치원을 선녀가 보살핌 등 민담적 요소와 전설적 요소, 그리고 신화적인 요소가 꽤 많이 수용되어 있다. 여기에 당나라에 대한 최치원의 저항·공격·승리를 통하여 우리 민족의 우월성을 드러내고, 중국에게 당하는 시달림을 정신적으로 극복, 보상하려는 의도가 깔려 있다. 〈최치원전〉을 읽은 독자들이 쾌감을 느낄 만한 부분은 최치원이 중국의 인재들과 대결하는 부분일 것이니 그중 일부만 보자.

아래는 중국 황제가 뛰어난 재주를 지닌 자를 보내자, 꼬마둥이 최치원이 이들을 맞아 재주를 겨루는 부분이다.

이러하여서 학사(學士)들이 배를 타고 월영대 아래에 도착하여 배를 정박하고는 흐벅진 달빛을 즐기었다. 달은 밝고 물결은 고요하니 바로 팔월 보름이었다. 파도는 고요하고 고기는 뛰어 흥을 이기지 못하여 즉석에서 시 한 구를 읊조렸다.

'삿대는 물결 아래 비친 달을 뚫네.'

누(樓) 아래 백사장 위에 삼척동자(三尺童子)가 모래를 가지고 놀며 소리를 내어 글을 읊었다.

'배는 물 가운데 비친 하늘을 누르네.'

학사들이 서로 돌아보며 말했다.

"누가 읽은 것이지?"

아이가 읊은 것을 알지 못했다. 다시 시험 삼아 연구(聯句)를 읊었다.

'물새는 떴다 잠겼다 하고,

그 아이가 되채 읽었다.

산 구름은 끊겼다 잇대곤 하네.'

학사들이 경악하면서도 업신여겨 말했다.

"새와 쥐는 어찌 '짹짹'거리는고?"

아이가 재게 대답했다.

"새 우는 소리는 '짹짹'이지만, 돼지와 개는 어찌하여 '멍멍' 짖어 대지요?"

학사가 말했다.

"개 짖는 것은 '멍멍'거리지만, 돼지도 '멍멍'거리는가?"

아이가 말했다.

"쥐도 '짹짹'거리나요?"

학사들이 묻는 것이 궁해지자 말했다.

"어느 곳에 사는 어린 녀석인데 밤에 이곳에 왔느냐?"

아이가 말했다.

"나는 신라 승상(丞相) 나청업(羅淸業) 어른의 노비인데, 명을 받들어 이곳에 와서 바둑알을 줍고 있다가 날이 저물어 돌아가지 못했소."

학사가 말했다.

"네 나이가 몇 살인고?"

아이가 대답했다.

"여섯 살이오."

이러므로 학사들이 스스로 재능이 그 아이에게 미치지 못함을 알고 곧 서로 상의하여 말했다.

"나이 여섯 살밖에 안 된 아이의 재능이 오히려 이와 같으니, 하물며 신라에 문재(文才)가 뛰어난 사람이야 이루 다 헤아릴 수 없을 것 아니오. 우리들이 비록 신라에 들어가더라도 어찌 능히 대적하여 재능과 기예(技藝)를 견줄 수 있겠소. 차라리 돌아가는 것만 못하오."

마침내 노를 저어서 돌아와 황제에게 아뢰었다.

"신라의 신하들은 그 재능이 특별하여 업신여길 수가 조금도 없었습니다. 영접한 신하들의 재주를 꺾지 못해 노를 돌리어 돌아온 것입니다."

이러하니 황제가 크게 노하여 가탈을 잡아 공격하려 했다. 곧 계란을 솜으로 여러 겹 싸서 석함(石函)을 만들었다. 또 누런 밀랍을 끓여 그 속에 부어 움직이지 못하게 만든 다음, 다시 구리쇠를 녹여 상자 밖을 두루 입혀 열어 보지 못하게 했다.●

"삿대는 물결 아래 비친 달을 뚫네"와 "배는 물 가운데 비친 하늘을 누르네"는 이미 《추구》라는 책에 보이는 구절이지만, 문답을 하는 족족 중국 제일의 학사들이 완패하는 것을 보는 독자들은 통쾌함을 느꼈을 것이다. 열없이 돌아온 학사들에게 몹시 화난 중국 황제가 가탈을 부린다. 계란을 솜으로 겹겹이 싸서 석함을 만들고 여기에 밀랍을 끓여 그 속에 부어 움직이지 못하게 만든 다음, 다시 구리쇠를 녹여 상자 밖을 두루 입혀 열어 보지 못하게 만들어서는 안에 무엇이 들었는지 맞히라는 문제를 신라로 보낸다. 물론 최치원은 "둥글둥글 돌함 속의 알이/ 반은 옥이고 반은 황금이라/ 안에는 때를 아는 새가 있지만/ 마음만 머금은 채 소리 내지 못하네"라고 가볍게 풀어 버린다.

이러한 것은 작품의 도처에 보이니, 중국 황제를 여지없이 초라하게 만드는 부분만 보자. 중국 황제에게 던지는 말은 잘 뜯어보아야 한다. 이 부분은 양수겸장이니, 눈 밝은 독자를 요구한다. 양수겸장이란, 한 수로써 두 말이 한꺼번에 장을 부르게 되는 수이기 때문이다.

"'천하의 백성은 임금의 신하 아닌 사람 없고 천하의 땅은 임금의 땅 아닌 곳이 없다'라 했다. 이 말은 곧 네가 비록 신라 사람이지만 신라도 나의 땅이요, 네 임금도 내 신하라는 것이다. 그런데 네가 나의 신하를 꾸짖었으니 어찌 된

● 간호윤 역, 〈최선전〉, 《선현유음》, 이회문화사, 2003, 647~649쪽(이하 같은 책).

일이냐?"

치원이 허공에 '한일자'를 긋고는 그 위에 뛰어올라 굽어보면서 말했다.

"그렇다면, 여기도 폐하의 땅이오?"

황제가 놀라 자리에서 내려와 머리를 땅에 대고는 죽을죄를 용서해 달라고 비니, 치원이 황제에게 말했다.

"폐하는 소인들의 헐뜯는 말만 믿고 신하들을 시켜 빈번히 죽이려 하였으니 어질지 못한 임금이오. 사람이 현명한지 아닌지를 알지 못하는 것이 이렇단 말이오. 나는 당장 고국으로 돌아가겠소."

이어 소매에서 '저(猪) 자'를 꺼내 땅에 던지자 곧 푸른 사자로 변했다. 그러고는 사자를 타고서 공중의 구름 사이로 뛰어 들어갔다.

"신라도 나의 땅이요, 네 임금도 내 신하다"라고 꾸짖는 황제에게 치원은 "폐하는 소인들의 헐뜯는 말만 믿고 신하들을 시켜 빈번히 죽이려 하였으니 어질지 못한 임금이오"라고 통매한다. 여기서 독자는 '양수겸장'이라고 말한 의미를 눈치채야 한다. 아, 산 너머로 연기가 보이면 불이 난 것이요, 담장 위로 뿔이 보이면 소가 지나가는 법이다. 중국 황제에게도 신라의 왕에게도 동시에 던진 수다.

〈최치원전〉은 신라 때 소설이 아니다. 혼돈의 조선 중세인 16세기에 나온 소설이다. 나라는 흔들리고 왕은 제대로 왕 노릇을 하지 못하고 신하들 또한 당파를 나누어 싸움으로 날을 지새우던 시기다.

이 〈최치원전〉에서 임금보다는 신하가, 관리보다는 백성이, 그리고 주인보다는 종이 더 우월한 존재로, 또한 아버지보다는 어머니가, 혹은 아버지보다는 그 아들이나 딸이, 중국의 선비보다는 신라의 선비가 더 우월한 존재로 그려져 있는 것 등에서 당시의 규범적 가치가 뒤바뀜을 충분히 볼 수 있다.

이쯤에서 정리해 보자. 〈최치원전〉은 금돼지 이야기, 굶주린 아이 이야기, 거울을 깬 노비 이야기 따위의 다양한 전래 설화적 화소들로 짜여 있어 흥미롭다. 여기에 역사적 사실과 허구가 전기적(傳奇的) 틀 위에 촘촘히 수놓아진 소설이다. 따라서 소설의 서사를 따라가다 보면 맥 빠진다. 각각의 수를 보아야 한다. 설화, 허구의 트릭을 보아야만 이 소설의 참맛을 느낄 수 있다. 이것을 고소설 비평어로 간진론(間進論)이라 부른다. 즉 '끼워 먹는 간식 맛'이지만 주식보다 낫다. 당대의 식자층은 〈최치원전〉이라는 한문 전기 소설을 읽으면서 이러한 간진론을 맛보았을 것이다.

이 소설을 읽는 또 하나 재미는 중국이라는 반동 인물이다. 오늘날 오만한 미국을 우리가 경계하는 것만큼이나, 당시에는 꽤 중국을 꺼려하지 않았던가. 전기 소설인 양 치장한 치원과 처의 이별을 볼작시면 독일 극작가 베르톨트 브레히트(Bertolt Brecht) 선생의 소격 효과가 떠오른다. 브레이트의 소격 효과(疏隔效果, Verfremdungs effect)란 관객으로 하여금 당연하고 자명하고 고정 불변인 것처럼 보이는 사회 현상을 새로운 관점에서 바라보게 함으로써 깨달음에 이르도록 유도하는 극적 장치다. 관객이 객관적 거리감을 갖고 비판적으로 사물을 볼 수 있도록 일상적이고도 친근한 사물을 새로운 의미 관계에 집어넣는 낯설게 하기 기법이다.

"둥글둥글 석함 속 알(團團石中卵)"도 살펴야 한다. 중국 황제가 낸 석함 문제를 최치원이 푼 시의 첫 구절이다. 〈최치원전〉은 역시 이런 곳에 읽는 맛이 있다. 무력으로 대항한 것이 아니라 글로 응수하였는데 참 통쾌하다. 치원이란 꼬마가 여간내기 아니다. 이렇게라도 자존심을 지키려 했다.

또한 〈최치원전〉 이본 중, 〈최선전(崔仙傳)〉이란 제명도 새겨야 한다. 현존하는 최치원 전승 고소설은 제명이 다양하지만, 대부분 최치원의 호와 관직명으로 되어 있다. 〈최선전〉은 최치원이란 인물의 신비성, 즉 허구화된 인물에 초점을 두었다. '최선'이라 굳이 정한 까닭이 있을 것이다.

'최선'은 최치원이 가야산에 들어가 신선이 되었다는 뜻이다. 마침 연암 박지원이 이 신선에 대해 쓴 〈김신선전〉이 있으니 이 소설로 신선의 의미를 알아보자. 연암은 신선을 "어떤 사람은 '선이란 산에 사는 사람이지' 하였고 또 어떤 사람은 '산속으로 들어가면 바로 선이 되는 게야' 하였다. 선이란 춤추는 모양처럼 가벼이 행동하는 뜻이라고도 하였다. 벽곡하는 자가 반드시 신선은 아니라 그 울울하니 뜻을 얻지 못한 자가 바로 신선일 게야"라고 〈김신선전〉에다 써놓았다.

연암이 주의 깊게 응시한 '신선(神仙)' 풀이다. '선(仙)이란 산(山)에 사는 사람 인(人)'이거나 '산(山)으로 들어간 입(入)이 바로 선(仙)'이라 한다. '선'자를 가지고 산(山)+인(人)과 비슷한 입(入)으로 한자를 쪼개는 파자놀음으로 '신선'을 풀이한다. 결국 연암이 말하는 신선이란, 세상에서 자기의 경륜을 펴지 못한 자, 그러니까 '울울하니 뜻을 얻지 못한 자'라는 말이다.

최치원 또한 저러한 심정이었을 것이라 여기고 〈최선전〉이라는 소설을 끌어낸 듯하다. 최치원의 〈고의(古意)〉란 5언 고시로 맺는다. 여우, 살쾡이가 누구인지는 꼬마둥이라도 알 터, 설명은 생략한다.

狐能化美女	여우는 능히 미인으로 둔갑하고
狸亦作書生	살쾡이는 글하는 선비 노릇이라
誰知異類物	그 누가 알리요 짐승의 무리들을
幻惑同人形	동물이 사람 흉내로 속일 줄이야
變化尙非艱	변화하기 오히려 어렵지 않으나
操心良獨難	마음가지기 참으로 어려운 일이
欲辨眞與僞	그 참과 거짓을 분별하려 하거든
願磨心鏡看	원컨대 마음 거울 닦고 보시오

〈원생몽유록〉

〈원생몽유록(元生夢遊錄)〉은 한문 필사본이 28편, 한글 필사본이 19편에 달한다. 이본 편수로 본 한문 소설로는 당당 9위에 해당하는 한문 단편 소설이다.

〈원생몽유록〉 하면 작품보다 더 중요하게 연구되는 것이 작자 문제다. 현재 학계에서는 백호(白湖) 임제(林悌, 1549~1587)와 관란(觀瀾) 원호(元昊, 1396~1463), 매월당(梅月堂) 김시습(金時習, 1435~1493)으로 나뉘어, 팽팽한 신경전을 벌인다. 이유는 이렇다. 임제와 원호의 문집에 모두 〈원생몽유록〉이 올라가 있고, 김시습의 《금오신화》와 그 작가적 수법이 너무 혹사하기 때문이다. 필자는 여러 면으로 보아 임제가 지었다는 설이 유력하지 않은가 싶지만 결론을 내릴 수 없다. 만약 이 〈원생몽유록〉이 백호 임제의 작품이라면, 이미 그의 작품이 확실한 〈화사〉와 〈수성지〉라는 한문 소설이 있기 때문에 우리 고소설사에서 백호 임제는 뚜렷한 작가적 위치에 선다. 참고로 '백호'라는 호는 임제의 외가 지명이다.

대다수의 국문 소설은 작가를 알 수 없다. 한글로 지은 것에 대한 부담감이 작용해서다. 하지만 한문 소설은 좀 다르다. 한자로 지은 것이라 문자 차원에서 우위를 점하고, 지식인 독자들이 한문 소설을 읽으며 한가한 여가를 즐길 수도 있기 때문에 한문 소설에는 종종 자기 이름을 밝혀 놓는 경우가 있다. 연암 소설 같은 경우가 그렇다.

더욱이 이 〈원생몽유록〉은 몽유록계 소설로 인간사의 부조리에 대한 회의와 모순된 정치권력을 비판하고 있다. '지나가는 바람 같은 소설이 아니다.'

작가 문제는 후일 더 많은 연구를 통해 밝혀지기를 기대하고 이제 내용을 살피자. 원생이 꿈속에서 옛 임금인 단종과 순절한 충신들을 만나, 억울하고 절통했던 지난 일을 시로써 토로하면서 소극적이나마 스스로를 위로하는 내용이다.

> 8월 어느 날이었다. 책을 읽다가 밤은 늦어졌고 정신은 피로하였다. 원자허는 가난하지만 강개한 선비였기에 세상에 용납되지 못하였다. 깜빡 잠이 들었다. 복건을 쓴 자가 나타나 이끌어 가보니 왕의 복장을 한 사람(단종)과 대부의 옷차림을 한 이들(사육신)이 있었다.
>
> 먼저 복건을 쓴 사람이 중국의 네 성군인 요(堯), 순(舜), 우(禹), 탕(湯)이 선위를 빙자해 왕을 찬탈한 본보기가 되었다며 격하게 성토한다. 그러자 단종이 네 성군들께는 죄가 없고 다만 그들의 양위를 빙자한 자가 도적이라고 타이른다. 이어 술을 사와 두어 순배 돌자 단종의 노래를 시작으로 박팽년, 성삼문, 하위지, 이개, 유성원, 복건자가 차례로 세조의 왕위 찬탈에 대한 비감한 시를 읊는다. 원자허도 심회를 시로 읊는다. 이때 얼굴은 대춧빛이요, 눈은 샛별처럼 반짝이는 씩씩한 장수(유응부)가 뛰어든다. 왕에게 인사를 구부린 다음 '썩은 선비 무리와는 큰일을 치를 수 없다더니 참으로 그렇구나!' 하며 칼을 뽑아 춤을 춘다. 노래가 채 끝나기도 전에 갑자기 날이 어두워지면서 비바람이 치고 우레가 울린다. 자허가 놀라 깨어 보니 한 바탕 꿈이었다.

이렇듯 〈원생몽유록〉은 단종과 사육신을 등장시켜, 불의가 승리하는 역사에 대한 지식인의 회한을 '시적'으로 풀어낸 작품이다. '시적(詩的)'이라는 말을 붙인 만큼 이 소설은 시를 잘 음미해야 한다.

〈원생몽유록〉은 바로 원자허(元子虛)라는 사내가 꾼 꿈이다. 그래 '원생의 꿈 이야기'가 〈원생몽유록〉이다. 시의 순서는 원자허라는 이 소설 속에서 이야기를 이끄는 강개(慷慨)한 선비의 시로 시작하여 박 공(朴公), 성 공(成公), 하 공(河公), 이 공(李公), 유 공(柳公)의 시로 이어진다. 마지막 '한 사나이'라고 한 사람은 유 공(兪公)을 가리킨다. 물론 박 공은 박팽년(朴彭年), 성 공은 성삼문(成三問), 하 공은 하위지(河緯地), 이 공은 이개(李塏), 유 공은 유성원(柳誠源), 마지막 한 사람 유 공은 유응부(兪應孚)다.

이 중 무인은 맨 마지막 유응부 단 한 사람이다. 유응부는 실제 사육신 사건에서도 나약한 문인들과 세조를 처단하려는 거사를 꾀했던 것에 많은 후회를 한 인물이다.

1456년 세조가 단종을 내치고 정권을 잡은 지 2년째 되는 6월 1일이었다. 세조가 상왕인 단종과 함께 창덕궁에서 명나라 사신을 위한 잔치를 열기로 하자, 그날을 거사일로 정하였다. 거사란 이날 유응부와 성승(成勝, 성삼문의 아버지) 등이 별운검(別雲劍: 2품 이상의 무관이 칼을 차고서 임금 옆에서 호위하던 임시 벼슬)으로 선정되기에 그 자리에서 세조를 살해하고 단종을 다시 세우려는 계획이다.

그러나 역사는 저들의 편이 아니었던 듯, 당일 아침에 갑자기 연회 장소가 좁다는 이유로 별운검이 폐지되었다. 유응부는 그래도 거사하려고 했으나 성삼문과 박팽년이 굳이 '지금 세자가 경복궁에 있고, 운검을 쓰지 못하게 한 것은 하늘의 뜻'이라고 막았다.

유응부는 "이런 일은 빨리 할수록 좋은데 만약 늦춘다면 누설될까 염려된다"며 거듭 거사 단행을 주장했으나 결국 훗날로 미루어졌다. 거사에 차질이 생기자 함께 모의하였던 김질(金礩)이란 심약한 위인이 장인 정창손(鄭昌孫)과 함께 세조에게 밀고하여 사육신은 모두 잡혀갔다. 그날로부터 이레인 6월 8일 성삼문의 아버지 성승, 성삼문, 이개, 하위지, 박팽년, 유형원, 유응부 등은 능지처사를 당하고야 만다. 고변한 김질은 좌의정에, 장인 정창손은 후일 영의정에 오른다.

유응부는 세조의 국문에 "명나라 사신을 초청 연회하는 날에 내가 한 자루 칼로써 족하를 죽여 폐위시키고 옛 임금을 복위시키려고 했으나, 불행히 간사한 놈에게 고발당했으니 다시 무슨 말을 하겠소. 족하는 빨리 나를 죽여 주오" 하였다니, 그의 기개를 가히 짐작할 수 있다. 그는 "서생과는 함께 일을 모의할 수 없다고 하더니 과연 그렇구나"라며 문신들과 거사 꾀한 것을 한탄하고 역사의 뒤안길로 사라져 갔다.

〈원생몽유록〉에는 저 유응부의 마음을 이렇게 써놓았다. "아아, 애당초 그릇된 계획이니/ 저 썩은 선비들 책망해 무엇하리"라고. 시구가 애달픈 이 부분을 그대로 옮겨 본다.

잠시 후에 곰·범과 같은 용맹한 장사 한 사람(柳應孚)이 갑자기 뛰어 들어오는데, 키가 남보다 훨씬 크고 용맹은 보통 사람보다 뛰어났다. 낯빛은 진한 대추처럼 붉고 눈은 샛별처럼 빛났으며, 문문산(文文山)의 정의와 오릉 중자(於陵仲子)의 청렴을 겸비한 사람으로서, 위엄 있는 모습이 어엿하여 사람들에게 존경심을 일으키게 하였다. 그는 들어오더니 임금 앞으로 가서 배알하고는 다섯 사람을 돌아보면서 말하였다.

"참 한심하구나. 그대들 썩은 선비와는 함께 큰일을 성공시킬 수 없네."

곧 칼을 쑥 뽑아 들고 일어나 춤을 추면서 비분강개하여 노래를 부르니 그 소리는 마치 큰 종소리와 같았다. 그 노래는 이러하였다.

風蕭蕭兮　　바람은 쓸쓸하게 불어 젖히는데,
木落寒波　　나뭇잎은 떨어지고 물결은 차네.
撫劍長嘯兮　　칼자루를 쥐고 긴 휘파람을 부니,
星斗闌干　　하늘엔 북두성이 이리저리 흩어져.
生全忠孝　　살아서는 충성과 효를 지키고,
死作毅魄　　죽어서는 굳은 넋이 되었다네.
襟懷何似　　이 마음은 무엇과 같으리,

一輪明月	둥근 밝은 달만이.
嗟不可兮與慮始	아아, 애당초 그릇된 계획이니,
腐儒誰責	저 썩은 선비들을 책망해 무엇하리.●

소설 속에 역사가 고스란히 담겨 있고, 인간 사회의 부조리를 형이상학적으로 짚었다. '장고 끝에 악수'라는 말이 생각나는 소설 〈원생몽유록〉은 조선 독서계에 일대 파란을 일으키며 널리 유포되었고 숙종 때에는 단종의 묘소 기록인 《장릉지(莊陵誌)》에 수록된 소설이다. 이것이 앞에서 〈원생몽유록〉을 '지나가는 바람 같은 소설이 아니다'라고 한 이유다.

〈화사〉

꽃의 정치학, 〈화사(花史)〉는 인간사를 꽃의 역사로 바꾼 소설로, 조선 중기에 백호 임제가 지은 의인체 한문 소설이다. 43편이나 되는 이본 중 국문 필사본은 한 권도 없고 모두 한문 필사본이다. 작자가 아직도 남성중(南聖重), 혹은 노긍(盧兢)이라 되어 있는 책도 있으나 임제의 작품임이 확실하다는 것이 학계의 중론이다. 조윤제 선생은 《한국문학사》에서 "임제는 마치 김시습 이후 적적하던 소설 문단에 일소(一笑)를 던져 졸고 있던 소설 문학에 각성을 준 듯한 작가"라고 재미있는 문학사적 의미를 부여하였다.

이 임제가 지은 〈화사〉는 식물 세계를 의인화하여 사건을 전개한다. 즉, 가전 소설(假傳小說)이란 뜻이다. 가전 소설은 인간이 아닌 사물을 의인화

● 우쾌제 편, 〈몽유록〉, 《원생몽유록》, 박이정, 2002, 461~462쪽(《관란유고》 초간본 영인).

하여 허구적으로 입전(立傳)한 작품을 말한다. 〈화사〉는 이러한 가전 소설의 대표적 작품으로 역사 서술 방식인 본기체(本紀體)에 의하여 연월에 따라 기술하는 편년식으로 서술되어 있다. '본기(本紀)'는 전한(前漢)의 사마천(司馬遷, B.C. 145?~B.C. 86?)이 쓴 《사기》에서 비롯된 것으로 '기(紀)'라고도 하며 왕의 정치와 행적을 중심으로 역대 왕조의 변천을 연대순으로 서술한 것이다.

〈화사〉는 이러한 본기체 형식을 띤다. 이것은 고려 가전의 형식을 벗어난 새로운 모습이었다. 이제 〈화사〉의 내용을 보자.

> 매화의 도(陶), 매화 꽃받침 악의 동도(東陶), 모란의 하(夏), 연꽃 부용의 당(唐), 네 나라의 이야기다.
>
> 도나라는 6년 동안 통치되었다. 처음에 인망 높은 매화를 추대하여 왕으로 삼았다. 매화 왕은 건국한 지 6년 만에 오 땅에서 놀다가 바람을 맞고는 이튿날 급서한다. 왕비가 좀버리지 병이 있어 후사가 없었기에 왕의 아우로 왕을 삼으니 이가 동도 왕이다.
>
> 동도국의 왕은 매화의 동생인 꽃받침으로 5년 동안 통치했다. 처음 3년은 잘 다스렸으나 이후 오얏꽃을 승상으로, 양귀비를 왕비로 삼으면서 나라는 흔들린다. 왕은 나라를 다스린 지 5년 만에 장군 양서가 보낸 석우에게 살해된다. 석우는 다시 양서를 공격하고 모란을 낙양에서 옹립하니 이가 곧 하 왕이다.
>
> 하나라는 6년 동안 통치되었다. 2년이 지나자 나라에는 오얏꽃, 복숭아꽃, 해당화 등 세 개의 당파가 생기며 흔들렸다. 3년이 지나며 간신이 득세하고 도적이 일어나며 왕은 향락만을 일삼았다. 하 왕이 후원에서 놀다가 들사슴에게 물리니 독약을 올려서는 죽여 버렸다. 여러 영웅이 나와 제각기 왕을 선언하였지만 결국 연꽃이 남당(南唐)의 임금이 된다.
>
> 당나라(남당)는 5년 동안 통치되었다. 당 왕은 흰 연꽃이었다. 수중군자라는

이름에 걸맞게 나라는 잘 다스려졌다. 정전법이 시행되고 3년 동안은 태평성대였으나 이후 적이 쳐들어오고 극락세계에 환생한다는 묘법경이 들어오며 왕은 국고를 쏟아붓기 시작했다. 충신들의 상소도 아랑곳없었다. 왕은 여기에 반첩여라는 여인을 가까이 하고 방술을 하는 두생의 말을 듣고 흰이슬을 마셔서는 병을 얻고 말았다. 좌우에 있는 신하들도 모두 이슬을 마셔 벙어리가 되었다. 왕은 분을 참지 못하여 "연꽃아! 연꽃아!"라고 외치며 죽어 버린다. 나라를 세운 지 5년 만이었다.

사실 〈화사〉에는 이야기를 전개하는 줄거리가 없고, 딱히 주인공도 없다. 매화·대나무·모란·연꽃 등 꽃들로 영명한 군주, 현명한 신하, 어리석은 임금, 간신을 삼고 여러 제도·지명·인명 등도 모두 꽃과 관련된 글자들로 모아 중국 역대 역사에 빗대 서술하고 있다.

〈화사〉의 특색은 중요한 대목 끝에 '사신 왈(史臣曰)'이라 하여 작자의 사평(史評)을 달고 있는 점이다. 이는 곧 역대 왕정의 잘잘못과 신하들의 충·불충 등이 미치는 응보 관계를 비유적으로 형상화하여, 당대 현실 사회의 부정을 풍자하고 이상 사회를 희망하는 작자 의식을 반영한 것이다.

설총(薛聰)의 〈화왕계〉가 이 작품에 영향을 주었을 것이라는 설이 있으나, 주제나 상징적 수법에서는 직접적인 관련성이 많지 않은 것 같다.

이제 〈화사〉의 작자 백호 임제(林悌, 1549~1587)에 대해서 살펴보자. 임제가 산 시대는 명종 임금에서 선조 임금까지다. 저 시절 조선의 국운은 쇠하였다. 임제의 죽음 후 겨우 5년 뒤에 조선은 임진왜란이라는 대사건으로 국토가 유린되는 비애를 감수해야만 했다.

허목의 《기언(記言)》 권45 〈임정랑묘갈문(林正郎墓碣文)〉을 보면 "하늘이 낸 뛰어난 재주로 날마다 수천 언을 외웠으며 문장은 호탕하고 시를 잘 지었다(天才絕人 日誦累千 文章豪宕 長於詩)"라고 적어 놓았다. 임제는 어려서부터 지나치게 자유분방하여 스승이 따로 없다가 20세가 넘어서야 속리산에 은거하는 대곡(大谷) 성운(成運, 1497~1579)을 찾아가 사사하였다. 주로 그가 노니는 곳은 술집과 기방 여인들의 품이었다. 글공부에 뜻을 두어 몇 번 과거에도 응시해 보았지만 결과는 번번이 낙방이었다.

임제가 22세 되던 어느 겨울날, 서울로 가는 길에 우연히 지은 시가 성운에게 전해진 것이 계기가 되어 성운을 스승으로 모셨다. 성운은 속리산에 들어가 80 평생을 학문만 닦은 이였고, 임제는 이 성운을 평생의 스승으로 여기고 따랐다. 이로부터 3년간 학업에 정진하였는데, 이때 《중용》을 팔백 번이나 읽었다는 유명한 일화가 전한다. 임제가 얻은 글귀는 "도는 사람에게서 멀지 않건만 사람은 도에서 멀고 산은 세속을 떠나지 않건만 세속은 산을 떠나는구나(道不遠人 人遠道 山非離俗 俗離山)"이었다.

임제는 1576년 28세에 속리산에서 성운을 하직하고, 생원과 진사에 합격하였다. 이듬해 알성시에 급제한 뒤 흥양 현감, 서도 병마사, 북도 병마사, 예조 정랑을 거쳐 홍문관 지제교를 지내지만 동서로 붕당을 나누어 서로 헐뜯고 비방하고 질시하면서 편당을 짓는 무리들과 어울릴 수 없었다. 그의 나이 31세에 스승 성운이 세상을 뜨자 세상과 절연하고야 만다. 그로부터 8년 뒤 서른아홉 해의 짧은 삶을 뒤로하고 그토록 좁게 여겼던 조선을 영영 떠난다.

임제는 평소에 '내가 중국의 6조 시대에 태어났더라면 윤체 천자(輪遞天子)는 되었을 것'이라고 하였다. 윤체 천자란 '돌아가며 한 번쯤은 해먹는 천자 자리'라 낮추어 볼 말은 아니다. 지금도 그렇지만 지엄한 왕의 그늘에 숨죽이던 시절, '내 중국의 천자 한 번 하겠다'고 큰소리칠 사람이 그 누가 있겠는가. 이러한 임제이기에 벼슬길에 연연하고 파당이나 짓는 무리들과 한 길을 걸을 수 없었다. 결국 임제는 벼슬에 환멸을 느껴 유람하였고, 가는 곳마다 숱한 일화를 남긴다. 임제의 호방한 성품을 알 수 있는 자료는 여러 문헌에 남아 있다.

"청초 우거진 골에 자난다 누었난다/ 홍안은 어디 두고 백골만 묻혔느니/ 잔 잡아 권할 리 없으니 그를 슬허 하노라." 임제의 나이 서른세 살, 서도 병마사로 임명되어 부임하는 길에 황진이의 무덤을 찾아가 지은 시조다. 이 시조 한 수로 임제는 임지에 도착하기도 전에 파직당하였다는 일화가 전설처럼 남아 있다.

기생 한우(寒雨)와 주고받은 시조도 꽤 널리 알려진 일화다. 임제는 기생 한우를 좋아했다. 한우는 재색을 겸비해 시와 글에 능한 기생으로 거문고와 가야금을 타는 데 뛰어났고 노래 역시 절창이었다. 이 한우에게 임제는 이렇게 수작을 건다.

"북천(北天)이 맑다 해서 우장 없이 나섰더니/ 산에는 눈이 오고 들에는 찬비〔寒雨〕가 내린다/ 오늘은 찬비를 맞았으니 얼어 잘까 하노라." '찬비'는 바로 기생 '한우'를 풀어 말함이니, 한우에 대한 끌림을 굳이 해석할 필요는 없으리라.

기생 한우 역시 이 쾌남아 임제의 시를 이렇게 받는다. "어이 얼어자리 무슨 일로 얼어자리/ 원앙침 비취금을 어디두고 얼어자리/ 오늘은 찬비 맞았으니 녹아 잘까 하노라." 한우 역시 보통 기생이 아니다. '오늘 차가운 비를 맞았으니 얼은 상태로 자야겠구나' 하는 임제에게 '오늘은 찬비 맞았으니 녹아 자소서'라고 맞받는다. 농으로 주고받는 시이지만 조선 제일의 쾌남아와 조선 제일의 기생 시로 조금도 부족함이 없다.

임제의 방황은 고향인 회진리에서 39세라는 짧은 나이로 접는다. 《성호사설》을 보면 운명하기 전에 여러 아들에게 "천하의 여러 나라가 제왕을 일컫지 않은 나라가 없었다. 오직 우리나라만은 끝내 제왕이라 일컫지 못한다. 이와 같이 못난 나라에 태어나서 죽는 것이 무엇이 아깝겠느냐! 너희는 조금도 슬퍼할 것이 없느니라"라고 하며 "내가 죽거든 곡하지 마라

(命勿哭)"라는 유언을 남겼다.

임제는 호협한 성격과 어느 한쪽으로 기울어짐 없는 불편부당을 고집하는 사람이었다. 그는 칼과 거문고를 좋아했고 방랑하며 술과 여인과 친구를 사귀었다. 칼에서 세상에 맞서는 비판 정신을, 거문고에서는 낭만을, 술과 여인에게서는 세상에서 소외된 심정을 찾았다. 그렇게 현실 세계로부터 유리된 그였기에 〈수성지(愁城誌)〉, 〈화사(花史)〉라는 한문 소설을 지었던 것이다. 〈수성지〉에 대해 잠시 언급하자면, 〈화사〉나 〈원생몽유록〉에 비하여 일찍 주목을 받았다. 우리가 잘 아는 허균은 그의 《학산초담》에서 이 작품을 "글자가 생긴 이래 특별난 하나의 문자다(結繩以來 別一文字)"라고 극찬을 아끼지 않았다. 허균이 저토록 '특별난 하나의 문자'라고 여긴 이유는 이 소설이 세상에 대한 원망과 비판을 담고 있어서다. 임제의 아래 시로 그의 심정을 일부나마 엿보자.

出言世謂狂　말을 하면 세상에서들 미쳤다 하고
緘口世云癡　입 다물면 세상에서들 바보라 하네.

이 밖에 시조 3수와 《임백호집》 4권이 있으며, 앞에서 본 〈원생몽유록〉도 임제의 작품으로 보는 견해가 있다.

끝으로 〈화사〉 결미 부분의 말로 이 장을 마친다. 인간의 신용 없음을 사계절 피고 지는 꽃에 비하여 꾸짖는 저 말을 곰곰 생각해 보았으면 한다.

"천지 사이에 인간은 오직 한 가지뿐이지만 꽃에는 천백 종이 있으니 사람은 진실로 꽃의 목숨과는 같지 않다. 하늘은 꽃으로써 네 계절을 분간하니 인간이 어찌 꽃의 신용을 지킴과 같겠는가? 꽃은 끊임없이 봄바람에 피고 가을이 되어 떨어져도 원망하지 않으니 인간이 어찌 그와 같이 어질겠는가?"

5 — 판소리계 소설

판소리계 소설이란, 판소리의 대본이 문자로 기록되어 전함으로써 형성된 소설을 말한다. 조선 후기 소설사에서 가장 주목되는 현상이다. 이 판소리에는 우리 백성들의 의식이 짙게 형상화되어 있으니, 이를 '민중적 세계관'이라 부를 수 있다.

판소리는 전라도에서 서사 무가를 개조한 데서 비롯되었다. 판소리라는 말은 '판'과 '소리'가 묶여 만들어진 합성어로, 판놀음(演戲) 중의 한 유형이라 할 소리(노래)를 뜻한다. 18세기 초반인 숙종 말에서 영조 초쯤에 형성된 이 판소리는, 판소리를 하는 창자와 사설, 창자의 동작과 고수, 여기에 관중의 추임새까지 어우러지는 종합 예술적인 장르다. 판소리는 본래 독창이지 합창이나 병창은 없으며, 대본은 대체로 오래전부터 전해 오던 설화를 바탕으로 만들어져 광대들에 의해 전승되었다.

이 설화를 판소리 근원 설화라 한다. 이 근원 설화는 문자로 기록되어 전해졌다기보다는 구비 전승된 것이라 하겠다. 따라서 판소리의 대본은 고정된 것이 아니라 언제라도 첨삭이 가능한 것으로 보아야 한다.

판소리는 조선 후기의 시인 만화 유진한(柳振漢, 1711~1791)이 호남 지방을 유람하면서 직접 듣고 본 판소리 〈춘향가〉를 한시로 옮겨 〈만화본 춘향가(晩華本春香歌)〉를 지는 것이 1754년이므로 이미 18세기 전반에는 판소리가 있었음을 알 수 있다.

판소리에서는 작품 하나를 '한 마당'이라고 하는데, 조선시대의 정조·순조 때는 그 종류가 매우 많았을 것으로 추정한다. 많은 판소리들 중에서 열두 가지를 골라 '판소리 열두 마당'이라고 불렀다.

현재 전창되는 판소리는 여섯 마당인데, 신재효가 만년에 판소리 열두 마당 가운데, 한국인의 영원한 사랑 노래 〈춘향가〉, 창자마저 울려 버리는 〈심청가〉, 선과 악 그리고 빈부와 형제간의 우애를 다룬 〈박타령〉, 잠시 제 것 아닌 것에 마음을 두었던 〈토별가〉, 관우의 너그러움과 조조의 용렬함을 그린 〈적벽가〉, 가진 것 없는 옹녀와 변강쇠의 서글픈 만남을 그린 〈변강쇠가〉 등 여섯 마당을 골라 그 사설을 개작, 정착시킨 것이다.

판소리 〈춘향가〉를 완창하려면 적어도 여덟 시간이 걸린다. 〈니벨룽겐의 반지(Richard Wagner—Der Ring des Nibelungen)〉라는 오페라가 약 열여섯 시간에 달한다지만 그것은 중창에 1백여 명의 관현악단이 필요하다. 그러나 우리의 판소리는 명창과 고수 한 명만이 무대에 선다. 여덟 시간을 완창할 만한 명창의 초인적인 힘과 관객을 몰입시킬 이야기의 흡인력이 없으면 불가능하다.

'판소리 열두 마당'은 문헌에 따라 조금씩 다르게 표기되어 있는데, 조선 순조 때의 문인 송만재(宋晩載, 1788~1851)의 《관우희(觀優戱)》라는 총50수로 된 한시에는 열두 마당을 〈춘향가〉, 〈심청가〉, 〈홍보가〉(〈박타령〉), 〈수궁가〉(〈토끼타령〉·〈별주부가〉), 〈적벽가〉(〈화용도〉), 〈배비장타령〉, 〈옹고집타령〉, 〈변강쇠타령〉(〈가루지기타령〉·〈송장가〉), 〈장끼타령〉, 〈강릉매화타령〉, 〈무숙이타령〉(〈왈자타령〉), 〈가짜신선타령〉으로 기록하고 있다. 이외에 〈가짜신선타령〉 대신 〈숙영낭자전〉을 판소리 열두 마당에 포함시키기도 한다. 물론 이 판소리의 사설은 그 자체가 모두 소설이니, 이를 판소리계 소설이라고 한다.

판소리계 소설이란 이들 판소리가 사설로 정착한 것을 지칭한다. 소설 〈두껍전〉, 〈옥단춘전〉, 〈괴똥전〉, 〈이춘풍전〉 등도 원래는 판소리가 아니었을까 추측하는 분들도 있으나 아직 더 많은 연구가 필요하다.

대부분의 판소리계 소설은 '설화→판소리→소설'로 진행되었지만, 〈화용도〉는 '소설→판소리→소설'로, 〈숙영낭자전〉은 '소설→판소리'로 되었다. 오랜 세월에 걸쳐 여러 사람에 의해 형성된 것이 판소리였기에 판소리계 소설 또한 구비 전승 과정을 밟으며 성장하였다. 이러한 문학을 적층 문학(積層文學)이라 한다.

판소리계 소설은 〈춘향전〉, 〈심청전〉, 〈홍보전〉(〈박타령〉), 〈토끼전〉, 〈배비장전〉, 〈옹고집전〉, 〈변강쇠전〉, 〈장끼전〉, 〈강릉매화전〉(〈매화타령〉), 〈숙영낭자전〉 등이 있는데, 판소리와 소설이 공존하는 〈춘향전〉, 〈심청전〉, 〈흥부전〉, 〈토끼전〉, 〈강릉매화전〉은 주제와 수법이 더욱 흥미롭다. 각기 정절·효성·우애·충성·주색탐(酒色貪) 등의 전통적인 가치관을 표면에 내세우고, 그런 것들로 해결될 수 없는 현실적인 문제를 제기하여 세상이 어떻게 달라지고 있는가를 보여 준다.

게다가 생동하는 구어(口語)에 의한 문체가 작품의 가치를 더욱 높인다. 구어란 일상적인 대화에서 쓰는 입말이니, 예를 들자면 〈춘향전〉의 "앗씨 앗씨 큰앗아씨 마오마오 그리마오", 〈심청전〉의 "ᄋᆡ고이게 웬말이냐 응참말이냐 농담이냐 말ᄀᆞᆺ지 아니ᄒᆞ다 나ᄃᆞ려 뭇지도안코 네마음대로 ᄒᆞᆫ단말가", 〈장끼전〉의 "ᄭᅮ벅ᄭᅮ벅 고개조아 조츰조츰 들어가니" 따위이다. 모두가 제 마음을 그대로 드러내는 날바탕 입말이요, 여기에 4·4조의 가락까지도 감칠맛 나게 얹어 놓은 것 하며, 종결 어미도 '-이다, -잇가, -쇼

浮碧樓
白雲橋
青雲橋
得月樓
永明寺
轉錦門

서, –오, –냐, –니, –소, –자, –다' 등 개구리 해산하듯 이어지는 흐벅진 말차림이 정겹게 너나들이 동무하잔다.

저 앞 두 번째 문장의 '민중적 세계관'을 다시 한 번 짚어 보자. 〈춘향전〉을 '민중적 세계관'이라 감히 이름할 수 있는 이유는 유동성(流動性)과 적층성(積層性)이 있기 때문이다. 유동성은 경우에 따라 이리저리 변동될 수 있는 성질이요, 적층성은 층층이 쌓인다는 뜻이다. 유동성과 적층성을 이끄는 것은 물론 입말, 즉 구어다. '춘향 이야기'가 '심청 이야기'가 이이의 입에서 저이의 입으로 이엄이엄 이어질 때 방자가, 월매가, 심청이, 흥부가 생동하고, 민중의 생생한 삶이 살아 숨쉬는 세계관을 담아낸다. 우리가 읽는 판소리계 소설은 이렇게 누구의 창작이 아니라, 이 땅에서 숨 붙이고 살다 간 삶들이 자밤자밤 넣은 입말이 쌓이고 쌓여 형성된 민족문학

〈평양도〉(서울대학교박물관 소장)

10폭 병풍의 〈평양도〉는 조선 후기 작품으로 추정되며, 작가는 김홍도이다.

왼쪽 하단에 능라도(綾羅島)라고 섬 이름을 밝혔다. 그림의 가운데 보이는 사찰이 영명사(永明寺)이고, 오른쪽 위쪽으로 부벽루(浮碧樓), 절 왼쪽 위에 을밀대가 보인다. 성벽 밑으로 민가 몇 채를 두고 내려오니 대동강에서 뱃놀이하는 이들이 보이고, 물 건너엔 한바탕 소리판이 벌어졌다. 근 50에 달하는 갓 쓴 이들과 10여 명의 땋은 머리 한 아이들, 오른쪽에는 떡하니 한 상 차려져 있는데 기생인 듯싶은 여인도 셋이나 보인다. 아마 저 갓 쓴 이들이 판소리의 놀이채를 지불하려는 듯하다.

이 한가운데 자리를 깔고 고수가 오른편에 앉고 소리꾼이 마주선다. 목청을 돋우려는지 오른발을 반보 내민 소리꾼 오른손에는 쥘부채가 좍 펼쳐져 있고 북채가 머리 위 한 뼘쯤 있는 고수의 손동작도 생생하다.

이 병풍의 두 번째 폭에 대동강의 조그만 섬에서 판소리하는 명창의 이름을 모은갑(牟恩甲)이라고 밝혔는데, 이 이가 혹 모흥갑(牟興甲)이 아닌가 한다. 모흥갑은 조선 말기에 활약한 판소리 명창으로 '판소리 8명창' 중 한 사람이다. 그는 높은 소리를 잘 질러 내어 '고동상성(高動上聲)'이라 하여 후세 사람들이 '설상(雪上)에 진저리치듯'이라는 별명을 지어 불렀다고 하는 명창이다. 그가 한번은 평양 감사의 초청으로 평양 연광정(練光亭)에서 소리를 할 때 그 소리가 십 리 밖까지 들렸다는 풍문도 있다. 그나저나 저 판소리꾼들 놀이채는 후히 받았는지 궁금하다.

인 것이다.

그래 '문은 희노애락애오욕(喜怒哀樂愛惡欲)이란 7정(情)이 바특하게 분칠을 개대지만, 입말은 7정이 맨얼굴로 나타나는 법'이다. 응당 이것은 문학의 진정성(眞情性)이란 문제까지 나아간다. 당시에는 그렇게 좋은 글들이 오늘날 고전이 못 되는 이유도 여기서 찾을 수 있다. 많은 문(文)은 임금에게 충성하는 '충신연주지사'나 백성들과는 동떨어진 '태평성대'니 하는 거짓을 꾸미느라 문장에 잦은 분칠을 했다. 사실 저 시절 많은 문들이 아롱이다롱이, 고만고만한 이유는 여기 있다. 분칠하느라고 애를 썼고 그만큼 진실은 멀어져 갔다. 그리고 뒷날을 사는 우리는 그것을 보았다.

판소리의 입말, 판소리가 많은 인기를 끈 이유 중 하나는 분명 여기일 것이다. 입말로 구수하니 맨얼굴로 진실을 풀어냈기 때문에, 그래 민중적 세계관이 그 속에 있다는 의미다.

그래서인지 판소리계 소설은 다양한 장르에 걸쳐 현재적 계승과 변용이 적극 시도되고 있다. 판소리 소설이 고전의 현대적 계승이라는 측면에서 유용하다는 증거인 셈이다. 〈춘향전〉, 〈심청전〉, 〈흥부전〉, 〈토끼전〉은 다양한 다시 쓰기가 시도되고 있으며 그중 〈춘향전〉 같은 경우는 소설, 시, 영화, 뮤지컬 등으로 다양한 변용을 꾀한다.

• 판소리 주요 용어

창 판소리나 잡가(雜歌) 따위를 가락에 맞추어 높은 소리로 부름. 또는 그런 노랫소리. 판소리의 경우 발림, 아니리와 함께 3대 요소를 이룬다. 진양조, 중모리, 자진모리 따위의 장단에 맞춰 부른다.

발림 판소리를 부를 때 창자(唱者)가 손, 발, 몸을 움직여 감정을 표현하는 몸짓. 소리의 가락이나 사설의 내용에 따라 극적인 표현을 할 때 사용한다. 발림이라는 말은 원래 너름새라는 말과 같은 의미로 쓰였다고도 하는데, 발림은 동작에 한정하는 개념이고 너름새는 음악적 표현 능력까지를 포함하는 개념이다.

아니리 판소리에서, 창을 하는 중간 중간에 가락을 붙이지 않고 이야기하듯 엮어 나가는 사설이다.

추임새 판소리에서, 장단을 짚는 고수가 창 사이사이에 흥을 돋우기 위하여 삽입하는 소리. '좋지', '얼씨구', '흥' 따위이다.

네 마당 

배 경 론

고소설의 모티프 중, 가장 중요한 특질은 '환상성'이다.
이 초현실적인 환상성 모티프는 고소설의 독특한 미학이요,
고소설의 시종을 일관한 한 문법의 패턴으로 이해해야 마땅하다.
환상성은 우리 고소설 및 세계적인 문학 현상이며, 현실 문화이자
고부가 가치를 창출해 내는 중요한 연구 대상이라 할 수 있다.

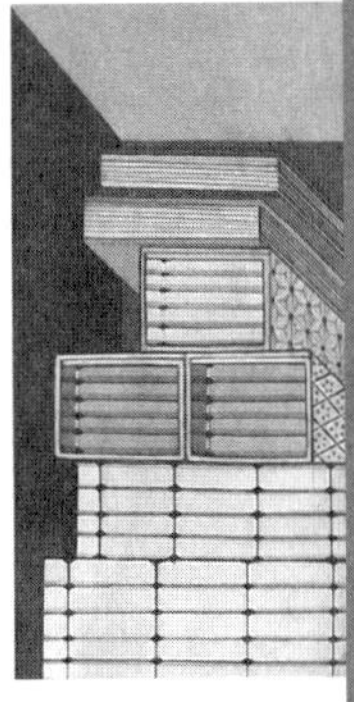

1

〈흥부전(興夫傳)〉인가 〈흥부전(興富傳)〉인가?

문제부터 풀어 보자.

• '연개불이'와 '똥녀'의 아들 형제 이야기 〈흥부전〉의 바른 한자 표기는?

① 〈흥부전(興富傳)〉 ② 〈흥부전(興夫傳)〉 ③ 〈흥부전(興父傳)〉

④ 〈흥부전(興傳傳)〉 ⑤ 〈흥부전(興不傳)〉

답은 ① 〈흥부전(興富傳)〉이다.

우리가 흔히 적는 ② 〈흥부전(興夫傳)〉은 잘못이다. 지아비 '부(夫)' 자를 쓴 〈흥부전(興夫傳)〉은 일본인 다카하시 도루(高橋亨)가 우리의 소설을 연구하며 1910년에 처음 붙인 명칭이기 때문이다. 이후 이 명칭이 일제 강점기 내내 쓰이고 해방을 거쳐 지금까지 이어져 왔으니 안타까운 일이다.

① 〈흥부전(興富傳)〉은, 1873년 진주 목사를 지낸 미금당(美錦堂) 정현석(鄭顯奭)이 신재효에게 보낸 〈동리 신재효에게 주는 편지(贈桐里申君序)〉에서 "춘향, 심청, 흥부 등(春香, 沈淸, 興富 等)"으로 표기하였을 뿐 아니라, 시대

는 명확지 않으나 〈홍부전(興富傳)〉과 〈박홍부전(朴興富傳)〉이라는 이본을 통해서도 알 수 있다. '홍부'는 그러니 '홍할 홍(興)자에 재물이 많아 넉넉할 부(富)'인 홍부(興富)다.

국문본 〈홍보전(興甫傳)〉은 〈춘향전(春香傳)〉이나 〈심청전(沈淸傳)〉과 같이 판소리 계열에 속하는 소설이다. 내용과 주제에서 그 근원 설화는 '방이 설화', '돌쇠와 마당쇠 설화', '박 타는 처녀 설화' 등 다양한 주장이 있다.

이본을 조사한 결과로는 '홍보(興甫)', '놀보(乽甫)'가 압도적으로 많다. 따라서 〈홍보가〉, 〈홍보전〉, '홍보' · '놀보'가 원래 이름이었을 것으로 추정할 수 있다. 오늘날 〈홍부전〉이나 '홍부' · '놀부' 표기는 구한말 이후 구활자본 간행물 출판의 결과다.

그렇다면 성은 어떠한가? 신재효의 〈박홍보가〉 이후 판소리 창본은 '박씨'를 구활자본 〈연의 각〉 이후에는 '연씨'를 따르고 있다(〈장홍보전〉이란 이본도 1편 있다).

참고로, 홍보와 놀보 아버지의 이름은 '연개불이'고, 어머니는 '똥녀'이다. 신재효본에서는 할아버지가 '덜렁쇠', 할머니는 '허튼덕'이며 아버지는 '껄덕놈이', 어머니는 '허천례'이다. 모두 도망 노비 자손으로 되어 있다.

2

최초의 국문 소설은 〈설공찬전〉인가 〈홍길동전〉인가?

'정보의 바다' 인터넷을 보다 깜짝 놀랐다. 우리나라 '최초의 국문 소설이 〈설공찬전〉이냐 〈홍길동전〉이냐'를 놓고 오간 글 때문이다.

간략히 요약하자면 '신문에서 보았는데'를 단서로 달고 "〈설공찬전〉이 발견되었고, 이는 〈홍길동전〉보다 1백여 년 앞선 최초의 국문 소설이다. 그런데 아직도 최초의 국문 소설을 중·고등학생들에게 〈홍길동전〉으로 가르치니 안타깝다 운운"이다.

결론부터 말하면, 〈설공찬전〉은 최초의 국문 소설이 아니다.

승정원 승지를 지낸 이문건(李文楗, 1494~1567)이 1535년에서 1567년까지 쓴 《묵재일기(默齋日記)》의 낱장 속 면에 쓰여 있는 〈셜공찬이〉를 서경대학교 이복규 교수가 발굴한 것은 사실이다. 〈셜공찬이〉는 총13쪽 4천여 자로 보존 상태는 양호한 편이며 충북 괴산 성주 이씨 문중 문고에서 나왔다.

연구한 결과 〈셜공찬이〉가 한글로 표기된 가장 오래된 한글 번역 소설임에는 틀림없다. 여러 문헌으로 미루어 보아 본래 채수가 지은 〈설공찬전〉은 한문본이었기 때문이다. 따라서 이 〈셜공찬이〉는 번역본인 셈이다.

'우리나라 최초의 국문 소설' 자리를 차지하려면 번역이 아닌 창작이어야 한다. 만약 한문 원본 〈설공찬전〉이 발견된다면 김시습의 《금오신화》 뒤를 바로 잇는 전기 소설로 초기 고소설사 80여 년의 공백을 메우는 중요한 작품이 될 것이다.

그러면 '우리나라 최초의 국문 소설'은 우리가 알고 있는 허균의 〈홍길동전〉인가? 최소한 네 가지 전제 조건이 필요하다.

첫째, 앞에서 조심스럽게 밝힌 바처럼 어디까지나 〈홍길동전〉이 허균의 작품이라는 '전제를 감수'해야만 한다는 사실이다.

둘째, 택당 이식의 견해를 존중한다 해도 "허균이 홍길동전을 지어……" 운운은 어디까지나 창작했다는 것만을 의미한다. 국문으로 된 〈홍길동전〉이라 하면 당시의 관습상, 〈홍길동전〉 앞에 언패(諺稗), 고담(古談), 언서고담(諺書古談) 등의 관형어가 있어야 한다.

셋째, 현전하는 〈홍길동전〉은 하나같이 19세기 중엽 이후에 필사되었거나 인쇄된 것이며, 표기법으로 보아도 18세기 중엽 이전으로는 소급할 수 없다.

넷째, 〈홍길동전〉에 허균 이후 인물인 장길산(張吉山)이 등장한다. 장길산은 우리가 잘 알다시피 17세기, 숙종 때 해서(海西) 지방에서 이름을 날렸던 광대 출신의 도둑으로 《숙종실록》(1692, 1697)에 그 이름이 보인다. 허균(1569~1618)의 생존 연대와는 1세기나 차이가 난다.

적어도 이 네 가지 전제 조건을 감수해야 한다. '전제를 감수한다'는 말은 학문의 근간인 '학적 엄밀성'이 결여되었다는 의미다. 많은 학자들은 사실 〈홍길동전〉을 우리나라 최초의 국문 소설로 보기를 꺼려하는 것이 사실이다.

'우리나라 최초의 국문 소설'에 대한 학계의 견해를 일부 첨언하자면 〈오륜전전〉(1531)일 가능성이 높다. 낙서 거사(洛西居士) 이항(李沆, 1474~

1533)으로 추정되는 이가 중국 명나라 구준(丘濬, 1421~1495)이 지은 희곡 일종인 〈오륜전비기〉를 소설로 축약 윤색한 국문 소설이 못마땅하다며 한문으로 〈오륜전전(五倫全傳)〉을 번역한 사실이 드러났기 때문이다.

이 〈오륜전전〉에는 한자로 번역한 낙서 거사의 서문이 함께 실려 있다. 그 서문에 의하면 "한자를 모르는 민간인들이 언자(諺字: 당대 한글을 비하하여 부르던 명칭)를 익혀 전해, 노인들이 서로 전하는 말을 베껴 밤낮으로 이야기를 해댄다"라고, 못마땅한 기색을 역력히 보인다. 그러고는 이어 "이 글을 요즈음 다투어 베껴 전해 익히고 집집마다 두고는 너나없이 읽고 있었다(是書時方爭相傳習 家藏而人誦)"라고 하였다. 여기서 이 글은 국문본 〈오륜전전〉이니, 그렇다면 낙서 거사가 이 글을 쓴 1531년 당시에 이미 국문으로 된 소설이 있었음을 알 수 있다.

〈오륜전전〉의 내용은 이렇다.

형인 오륜전은 일찍이 부모를 여의고 계모인 범 씨와 이복동생인 오륜비와 우애 있게 지낸다. 이후, 오륜전과 오륜비 형제는 숙청과 숙수를 각각 아내로 맞는다. 숙청과 숙수는 이종 간으로 부덕을 지녔다. 계모 범 씨가 병이 중하자 살을 베어 약으로 올린다. 오륜전은 대장군, 오륜비는 중서문화로 벼슬을 마친 뒤 승선(昇仙)한다. 이렇듯 오륜전, 오륜비 형제는 어려운 여건 속에서도 삼강오륜을 실천하면서 반듯한 삶을 살아 벼슬과 영화를 누리다가 후일 신선이 되었다는 교화적 도덕 수신의 내용이다.

지나간 학설이지만 학자에 따라서는 〈왕랑반혼전(王郞返魂傳)〉을 주장하는 이들도 있었다. 〈왕랑반혼전〉은 윤회 사상을 강조한 불교 소설로 고려 이래 민간에 전하던 불교 설화를 소설화한 작품이다. 1637년(인조 15) 간기가 있으며, 이 소설의 작자가 보우 대사(普雨大師, 1515~1565)라는 주장도 나왔다. 현재 전하는 판본의 문장은 국한문 대역으로 되어 있고, 숙종 때 찍은 《미타참절요(彌陀懺節要)》에는 순 한글로 된 〈왕랑전〉이 부록으로 실려 있다.

소설의 줄거리는 다음과 같다.

함경도 길주(吉州)에 왕사궤(王思机)라는 자가 살았다. 그는 항상 불교를 비방하였는데, 하루는 11년 전에 죽은 아내 송 씨가 꿈에 나타나 "당신이 불교를 믿지 않고 비방한 까닭에 내일 아침 저승에서 잡으러 올 터이니 지성으로 부처님께 빌라"고 가르쳐 주었다. 과연 이튿날 염라대왕에게 잡혀갔다가 아내가 일러 준 대로 불상을 높이 걸고 아미타불을 윈 덕분에 간신히 지옥을 면하고 풀려난다. 그는 아내와 더불어 다시 인간 세상에 나와 부부가 함께 독실한 불교 신자가 되고, 후에 극락으로 가게 되었다는 이야기다.

불교 이야기를 했으니 유교에도 잠시 지면을 할애할 겸, 마땅히 언급할 자리를 찾지 못했던 〈사수몽유록(泗水夢遊錄)〉으로 이 장을 마치겠다. 〈사수몽유록〉은 공자가 제자들을 가르치던 '사수'에서 제명을 착안한 소설로 공자가 문선 왕이 되어 소왕국(素王國)을 유교로써 통치하는 내용이다. 공자와 그의 수제자들, 여기에 제갈량, 맹자, 주자는 물론 우리나라의 설총, 최치원, 안향 등 그야말로 유교의 내로라하는 인물들이 모두 모여 세운 국가이다. 당연히 이상국을 그릴 만한데, 내용은 영 그렇지 못하다. 그저 양주와 묵적, 석가가 침범해 와 격퇴시켰다는 내용뿐, 이상 국가라면 저들도 감싸 안아야 할진대 불교, 도교, 노장 사상에 대한 철저한 배척과 오로지 유교 국가만을 꿈꾼다. 공자가 국가 통치 철학으로 내세운 '어질 인(仁)'이라는 글자도 매우 겸연쩍어하니, 별로 살고 싶지 않은 나라이다.

3

고소설 속 최고의 추녀와 추남은?

우리의 고소설에서 최고의 추녀와 추남은 누구일까?

추녀부터 보자.

사실 고소설은 미인이면 '경국지색, 서시, 양귀비'를 견주고, 추녀면 '박색' 정도로 끝냈다. 고소설에서 묘사는 그래 찾아보기 어려우나 아주 없는 것은 아니다. 고소설 중 미인 묘사는 《신단공안》이란 개화기 소설이 그래도 읽을 만하니 이를 잠시 보고, 추녀와 추남을 찾아보자.

"여인의 얼굴은 막 피어난 연꽃이요, 입술은 정열적인 앵두꽃 같고, 눈썹 모양은 팔자로 나뉘었다. 눈빛엔 추파가 가늘게 어리었으며, 두 귀는 크지도 작지도 않고, 콧대는 높지도 낮지도 않았다. 열 손가락은 봄 죽순이 솟는 것 같고, 양 귀밑머리는 그득한 구름을 막 거둔 듯하였다. 처음 보니 꽃인가 달인가 하더니, 다시 보니 꽃도 아니요 달도 아니었다. 이와 같은 미인이 세상 어느 곳에 다시 있으리오?"(원래 현토체인 것을 윤색하였다)

《신단공안》 2화에 나오는 송지환의 부인 이 씨를 묘사한 것이다. 개화기라 그런지 제법 고소설과는 다르지만, 식상한 비유를 든 것 하며 썩 잘

된 묘사로는 볼 수 없다.

추녀 또한 잘된 묘사는 찾기 어렵다. 겨우 〈박씨전〉과 동일한 변신 모티프를 지닌 〈황부인전〉, 〈장화홍련전〉, 〈형산백옥〉 정도에서 추녀의 모습을 찾을 수 있을 뿐이다. 〈황부인전〉의 황 부인은 "얼굴이 크고 둥글며 입이 네모지고 눈빛이 푸르며 얼굴에 붉은 점이 가득"한 정도요, 〈형산백옥〉의 초옥은 "얼굴이 사람 같지 아니하여 한낱 육괴라" 정도이니, 딱히 추녀의 사실적인 모습으로 볼 수는 없다. 〈박씨전〉에서 허물벗기 전의 박 씨와 〈장화홍련전〉의 허 씨가 추녀를 놓고 다투나 허 씨가 한 수 위다.

〈박씨전〉의 허물 벗기 전의 박 씨부터 살핀다. 〈박씨전〉의 이본 중에는 구활자본이 그래도 가장 추하게 그려 놓았다. 신랑 이시백의 혼이 나갈 만하니 이를 보자.

> 눈을 들어 신부를 보니, 키는 거의 칠 척은 되고 퍼진 허리는 열 아름은 되고 높은 코와 내린 이마며 둥근 눈방울이 흉하고, 수족이 불인하여 걸음을 절며, 안색이 먹빛 같고, 두 어깨에 쌍혹이 늘어져 가슴을 덮었으니 비하건대 흑살천신이라는 귀신이 아니라면, 확실히 염라대왕이 사는 곳의 우두나찰이란 귀신임에 틀림없었다. 생이 그 흉악한 용모를 보매 혼백이 달아나고 또 신부의 몸에서 더러운 냄새가 코를 거스르니 생이 비위를 능히 진정치 못하였다.•

이제 〈장화홍련전(薔花紅蓮傳)〉의 허 씨를 보자. 허 씨는 장화와 홍련의 계모로 갖은 악행을 저지르는 여인이다. 역시 구활자본 소설이다.

> 허씨는 추하니 그 용모를 말하자면 이렇다. 두 빰은 한 자가 남고, 눈은 퉁방

• 〈박씨젼〉, 홍문서관, 1934, 8쪽 인용 글을 필자가 현대어로 바꿈.

울 같고, 코는 흙으로 만든 질병이 같고, 입은 메기 아가리요, 머리털은 돼지 털 같고, 키는 장승만 하고, 목소리는 승냥이와 이리의 소리요, 허리는 두 아름이나 되고, 팔이 꼬부라져 붙어 펴지 못하는 곰배팔이에, 병으로 다리가 퉁퉁 부은 수종다리 하며, 윗입술이 두 군데나 찢어진 쌍언청이인데 그 주둥이를 썰어 내면 열 사발은 되겠고, 얽기는 콩멍석 같으니 그 형용은 차마 견디어 보기 어려웠다. 마음 쓰는 것은 더욱 불량하여 남이 못 되는 노릇은 쫓아 가며 행하니, 집에 두기가 한시인들 난감한 인물이었다.•

문자 반 육담 반으로 형상화한 두 여인의 생김이 극히 괴기하고 흉측스럽다. 결과를 낸다면 문장의 길이로 보나 그 흉측함으로 보나 허 씨의 우승은 떼어 놓은 당상이다. 더욱이 〈박씨전〉의 박 씨는 그 마음씨가 곱고 지혜롭기라도 하지만 허 씨는 겉 볼안이 저러하거늘 성격까지 불량하기 그지없다.

허 씨의 '얽기는 콩멍석 같으니'가 재미있으니, 이에 대해 잠시만 보자. 콩멍석은 곰보로 얼굴이 얽은 사람을 낮잡아 이르는 말이다. 어릴 때 천연두를 앓아 그 흔적이 콩만 한 구멍으로 남은 것인데, 조롱과 풍자의 대상으로 민요 같은 데서 흔히 찾을 수 있다. 아예 "곰보딱지 나는 싫어, 나는 싫어, 아따 싫거들랑 그만둬"라는 〈곰보타령〉도 있다. 얽은 것도 서러운데 '곰보'를 못생긴 사람이나 악인의 한 특징으로 연결 짓는 것이 좀 잔인스럽다.

우리 고소설에서 못생긴 여인들은 대부분 이 곰보였다. 위의 〈박씨전〉에는 보이지 않지만 이본에 따라 박 씨가 '고석같이 얽었다' 하여 곰보였으며, 〈콩쥐팥쥐〉의 팥쥐도 곰보였다. 현대 소설에서는 남성도 나오는데,

• 〈장화홍연전〉, 덕흥서림, 1925, 3쪽 인용 글을 필자가 현대어로 바꿈.

이효석의 〈메밀꽃 필 무렵〉의 허 생원이 바로 얼금뱅이다.•

〈장화홍련전〉은 효종 때 평안북도 철산(鐵山) 부사인 전동흘(全東屹, 1610~1705)이 실제 처리한 사건을 소재로 한 작품으로, 계모형 가정 비극 소설 중에서 가장 대표적이다. 이 실제 사건은 전동흘의 《가재사실록(嘉齋事實錄)》에 전하는데 〈장화홍련전〉과 내용이 엇비슷하다. 대략의 내용을 보자면, 철산 땅에 사는 좌수 배무룡(裴武龍)은 늘그막에 장화와 홍련을 두게 되나 부인 장 씨가 세상을 떠나 후취로 허 씨를 맞아들인다. 허 씨는 위에서 본 것처럼 용모도 흉악하지만 마음씨마저 간악하여 두 딸을 학대한다. 이러한 계모의 구박과 간악한 꾀를 견디다 못해 장화는 연못에 빠져 죽고, 홍련 역시 죽은 언니를 그리다 같은 연못에서 죽는다. 이후 억울하게 죽은 두 자매의 영혼은 원한을 풀고자 새로 부임한 부사를 찾아가나 부임하는 부사마다 겁에 질려 죽고 만다.

그러던 중 담이 큰 정동우(鄭東祐, 이본에 따라 전동호, 정동호, 혹은 〈전동흘전〉의 주인공인 전동흘이라고도 한다)가 자원하여 철원 부사로 부임한다. 그는 이들 망령들의 이야기를 자세히 듣고 계모를 처형한 뒤, 연못에서 두 자매의 시체를 건져 내 무덤을 만들어 준다. 그 뒤 배 좌수는 다시 장가들어 두 딸의 현신인 쌍둥녀를 낳는다. 이들은 자라서 평양의 거부 이연호(李連浩)의 쌍둥이 윤필·윤석과 혼인하여 행복하게 살았다는 내용이다.

추남 인물 묘사는 더욱 찾기 어렵다. 반대로 "낙양 북촌 이 상서의 아들 있으니 이태백과 두목지의 문장을 겸하였다는 말을 듣고"(〈숙향전〉) 정도의 '깎은 서방님'을 표현한 것은 흔하다. 그래도 추남을 찾자면 〈영이록〉에 나오는 손기다. 그러나 손기는 후일 비범한 존재로 변한다. 굳이 더 찾으라 한다면 연암의 소설인 〈광문자전〉 주인공인 광문이다. 그러나 "광문

• 김기현, 〈시가에 나타난 곰보상〉, 《민속학논총》, 1971.

김홍도의 후원유원도(국립중앙박물관 소장)

거지 광문과 기생 운심이 살아내던 저 시절의 한 장면이다. 어느 양반집 후원인가 보다. 장죽을 문 사내와 거문고를 타는 중늙은이 앞에 푼더분한 얼굴의 기생이 앉아 있다. 기녀임을 알 수 있는 이유는 검은 베로 만든 가리마를 쓰고 있어서인데, 시선과 오른손의 절부채로 보아 거문고에 박자를 맞추는 듯하다. 장죽을 문 사내 역시 거문고를 타는 중늙은이를 쳐다본다. 수염 한 올 없는 매끈한 얼굴인데 나이는 30대쯤으로 건장하다. 거드름이 얼굴과 몸에서 묻어나는 것으로 보아 권세깨나 있었던 듯하다. 그림의 하단에는 두 여인이 음식을 가득 담아 오는 것으로 보아 저 기녀의 일은 이제부터다.

은 얼굴이 아주 추하였고 말주변머리도 없어 남을 움직이지 못했으며 입이 커서 두 주먹이 한꺼번에 드나들 정도였다", 또는 "대체로 아름다운 얼굴을 모두 좋아하는 법이지. 하지만 사내만 그런 게 아니라, 비록 여인네라 하더라도 그렇거든. 그래 나는 얼굴이 추해서 스스로 보아도 용납될 수 없다네"라는 광문의 말 정도에서 추남이라는 정황을 읽을 뿐이다. 두 주먹이 드나들 정도니 광문은 입이 기형인 것만은 틀림없지만, 인간성은 아주 그만이다.

〈광문자전〉을 보면 이 광문을 좋아한 운심이라는 유명한 기생이 나온다. 이름깨나 날리는 패거리들이 이 운심(雲心)이라는 기생을 찾았을 때다. 마루 위에 술상이 차려지고 가야금을 뜯으면서 운심에게 춤추기를 더럭더럭 재촉하였지만, 운심은 부러 시간을 끌며 춤을 추지 않았다. 광문을 기다리느라고 우정 시간을 늦추면서 춤을 추지 않는 것이었다. 얼마 후 광문이 "눈구석이 짓물러서 눈곱이 낀 채로 술 취한 듯 트림하고 양털처럼 생긴 머리를 뒤통수에다 상투를 틀어서 붙인 채"로 조금도 주눅 들지 않고 불쑥 자리에 와 앉자 장안의 명기 운심의 춤사위가 비로소 허공을 가른다. 비록 웃음과 몸을 파는 논다니지만, 저 여인은 남자를 눈이 아니라 마음으로 본 듯하다.

여담 한 마디만 한다. 화류계에서 여자를 다루는 법을 '청루농주법(青樓弄珠法)'이라고 하는데, 광문으로 미루어 보면 별것 아니다. '못생겨도 거짓 없는 진실한 마음결'과 '누구에게도 굴함이 없는 당당한 태도'면 다 통하는 모양이다. 〈광문자전〉에서 광문은 못생겼지만 호걸남아로서 조금도 손색이 없다. '광문(廣文)'이라는 이름부터가 '넓은 글'이라는 뜻으로 범상치 않은 데다가 행동도 여느 거지들과는 다르니 그럴 수밖에 없지 않을까 생각해 본다.

4

고소설 속 불한당들은?

'잔혹한 구세주 라자루스 모렐'

'황당무계한 사기꾼 톰 카스트로'

'여해적 과부 칭'

'부정한 상인 몽크 이스트맨'

'냉혹한 살인자 빌 해리건'

'무례한 예절 선생 고수께 노 수께'

'위장한 염색업자 하킴 데 메르브'

……

《불한당들의 세계사》에 나오는 인물들이다. 아르헨티나 출신의 세계적 작가 호르헤 루이스 보르헤스(Jorge Luis Borges, 1899~1986)는 이 소설에서 세계의 역사를 이끄는 자들을 저 불한당들에서 찾았다. 불한당은 떼를 지어 돌아다니며 재물을 마구 빼앗거나 남 괴롭히는 것을 일삼는 파렴치한 무리들을 일컫는다. 하지만 보르헤스는 저들 또한 세계사 속의 인물임에 틀림없다고 한다. 우리 고소설 속에도 저러한 날불한당들은 적지 않다. 이 장에서는 저러한 불한당들을 찾아보겠다.

심술꾼

심술꾼으로는 역시 '연개불이'와 '똥녀'의 아들인 놀부가 으뜸이다. 그 심술 한번 적어 보면 이렇다.

"놀부 심사를 볼작시면 초상난 데 춤추기, 불붙는 데 부채질하기, 해산한 데 개 잡기, 장에 가면 억매(抑賣) 흥정하기, 집에서 몹쓸 노릇 하기, 우는 아해 볼기 치기, 갓난 아해 똥 먹이기, 무죄한 놈 뺨 치기, 빚값에 계집 빼앗기, 늙은 영감 덜미 잡기, 아해 밴 계집 배 차기, 우물 밑에 똥 누기, 오려논에 물 터놓기, 잦힌 밥에 돌 퍼붓기, 패는 곡식 이삭 자르기, 논두렁에 구멍 뚫기, 호박에 말뚝 박기, 곱사장이 엎어 놓고 발꿈치로 탕탕 치기, 심사가 모과나무의 아들이라. 이놈의 심술은 이러하되, 집은 부자라 호의호식하는구나."

무려 18가지의 심술이 나온다. 〈흥부전〉의 이본 중 심술이 적은 본이 이 정도이고, '중앙인서관본' 같은 경우는 33가지의 갖은 심술이 나온다. 흥미로운 점은 저렇게 심술머리가 사나운 인간 말종이 잘 산다. 하기야 지금이라고 별반 다르지 않은 것 같다. '선한 자가 복 받고 악한 자가 죄 받는다'는 구구절절이 주옥같은 금언과는 영 엇박자다. 저때나 이때나 저런 만무방들이 설치는 세상이니 산다는 것이 힘든 이치다.

그런데 〈흥부전〉에는 놀부보다 한술 더 뜨는 심술 사나운 인간 말종이 나오는데 꾀수아비란 놈이다. 이 꾀수아비는 〈흥부전〉 이본에 따라서는 나오지 않는 경우도 있는데, 흥부네 뒷집에 사는 꾀수아비는 그 행하는 짓이 여간 아니다. 흥부가 매품을 판다 할 때, 흥부 처가 울자 이를 듣고는 먼저 선수를 치고 매품 값을 번 것이 이 꾀수아비요, 봄철마다 이곳저 곳 흔들리는 보리밭으로 한 해 양식을 삼은 고약한 녀석이 바로 이 꾀수아비다. '봄철 보리밭 이야기'가 무슨 말인가 하면, 보리밭을 요즈음으로 따지자면 불륜을 저지르는 남녀들의 야외 여인숙쯤으로 이해하면 된다. 그래, 이 꾀수아비가 흔들리는 보리밭을 찾아가 협박하고 입막음 돈을 뜯어냈다는 의미다. 얼마나 뜯어냈으면 한 해 양식이 되었겠는가.

한번은 흥부 처가 가난에 찌들어 이제 더는 못 살겠다며 목매어 죽으려고 치마끈으로 올가미를 준비해 놓고 잠시 신세타령을 한 적이 있는데, 꾀수아비는 이때 흥부 처야 죽거나 말거나 그녀가 벗어 놓은 치마를 장대로 걸어 가는 고약한 놈이다. 참고로 흥부의 가난이 어느 정도인고 하니, "생쥐가 쌀 알갱이를 얻으려고 밤낮 열사흘을 분주하다가 다리에 가래톳이 나는" 정도다. 저런 가난으로 흥부 처가 죽으려고 벗어 놓은 치마까지 훔치는 꾀수아비란 놈은 보통 놈이 아닌 듯싶다.

불효자

불효자는 우리 고소설에서 보기 드문 인물형이다. 제아무리 악한이라도 제 부모에게는 해코지하지 않으나 〈옹고집전〉의 옹고집만은 다르니, 넉넉히 이 분야를 평정한다. 옹고집의 행동을 보면 이렇다. "성미가 매우 괴팍하여 풍년이 드는 것을 싫어하고, 심술 또한 맹랑하여 매사를 고집으로 버티었다. 살림 형편을 살펴보건대, 석숭의 재물이나 도주공의 드날린 이름이나 위세를 부러워하지 않을 만하였다…… 며늘아기는 명주 짜고 딸아기는 수놓으며, 곰배팔이 머슴 놈은 삿자리 엮고 앉은뱅이 머슴 놈은 방아 찧기 바쁘거니와, 팔십 당년 늙은 모친은 병들어 누워 있거늘 불효막심 옹고집은 닭 한 마리, 약 한 첩도 봉양을 아니하고, 조반석죽 겨우 바쳐 남의 구설만 틀어막고 있었다."

무엇보다도 80세나 된 늙은 모친이 병들어 누워 있거늘 닭 한 마리, 약한 첩 봉양은커녕 꾸짖는 어머니에게 되레 "팔십 당년 우리 모친 오래 살아 쓸데없다"라고 해댄다. 참 불효막심한 놈이다. 문제는 이렇듯 그 행실이 여간 고약하지 않은데도 잘만 산다. 명주 짜는 며느리에 수놓는 딸, 머슴도 둘씩이나 된다. 중국의 최고 부자인 석숭과 도주공도 부럽지 않을 가세다.

〈옹고집전(雍固執傳)〉은 옹달우물과 옹연못이 있는 옹진골 옹당촌에 사는 성은 옹가요, 이름은 고집이란 녀석 이야기다. 옹고집은 성미가 어찌나 괴팍한지 풍년이 드는 것을 싫어하고, 심술 또한 맹랑하여 매사를 고집으로 버티었다. 여기에 위에서 본 것처럼 불효까지 한몫을 차리고는 거지나 중이 오면 때려서 쫓기 일쑤였다. 이에 도술이 능통한 도사가 학대사(鶴大師)를 시켜 옹고집을 징계하고 오라 했으나 오히려 매만 맞고 돌아온다. 화가 난 학대사가 이번에는 초인(草人)으로 가짜 옹고집을 만들어 옹고집의 집에 가서 진가(眞假)를 다투게 한다.

옹고집은 진짜와 가짜를 가려 달라고 관가에 송사까지 하였으나 가짜 옹고집에게 도리어 져서 집에서 쫓겨나고 걸식 끝에 막 비관 자살 하려는 찰나 도사가 나타난다. 도사에게서 받은 부적으로 가짜 옹고집을 다시 초인으로 만든 옹고집은 크게 참회하고 독실한 불교 신자가 되었다는 것이 〈옹고집전〉의 줄거리다.

〈옹고집전〉에는 〈자장가〉, 〈염불가〉, 〈권주가〉 등 세 편의 민요가 흥미롭게 실려 있는데 지금 우리가 부르는 것과 별반 차이를 보이지 않는다. 그중 〈자장가〉는 옹고집의 불효를 꾸짖는 노래다. 팔십 당년 늙은이가 불기 없는 냉돌방에 홀로 병들어 누워 섧게 울며 아들 옹고집의 행위를 꾸짖는다. 원문과 함께 보자.

"너를 낳아 길러 낼 제 애지중지 보살피며, 보옥같이 귀히 여겨 어르면서 하

는 말이,

'은자동아, 금자동아, 고이 자란 백옥동아,

천지 만물 일월동아, 아국사랑 간간동아,

하늘같이 어질거라, 땅같이 너릅거라!

금을 준들 너를 사며, 은을 준들 너를 사랴?

천지 인간 무가보(無價寶)는 너 하나뿐이로다.'

이같이 사랑하며 너 하나를 키웠거늘, 천지간에 이러한 어미 공을 네 어찌 모르느냐?"•

"무가보(無價寶)"는 값으로 따질 수 없는 보물이다. 그렇게 "은자동아, 금자동아, 백옥동아" 하며 "하늘같이 어질고, 땅같이 넓은 마음씨를 가진 사내로 자라거라!"고 하였건만, 옹고집은 오히려 병든 어미를 박대하는 천하에 흉측한 놈이 되었다.

오입

〈이춘풍전〉의 이춘풍이 이 분야에서는 으뜸이다. 춘풍이 오입하는 대목을 옮기자면, "춘풍이 외입하여 하는 일마다 방탕하고 세전지물 누만금을 남용하여 없이할 제 남북촌 외입쟁이와 한가지로 휩쓸려 다니며 호강하여 주야로 노닐 적에, 모화관 활쏘기와 장악원 풍류하기, 산영에 바둑 두기, 장기 골패 쌍륙 투전, 육자배기 사시랑이 동동이 엿방망이하기와, 아이 보면 돈 주기, 어른 보면 술대접하고 고운 양자 맑은 소리, 맛좋은 일년주며 벙거짓골 열구지탕 너비할미 갈비찜에 일일장취 노닐 적에, 청루미색 달려들어 수천 금을 시각에 없이하니 천하 부자 석숭인들 그 무엇이

• 김기동 외 편, 〈옹고집전〉, 《한국고전문학전집》 4, 양우당, 1982, 400쪽.

남을손가"라고 세세히도 적어 놓았다.

이춘풍은 바람을 잘 피워서인지 노는 품새가 역시 다르다. 모화관 활쏘기와 장악원 풍류하기, 산영에 바둑 두기, 장기 골패 쌍륙 투전 등 제법 풍류를 즐길 줄 안다. 또 '아이 보면 돈 주기, 어른 보면 술대접'까지 하는 것으로 정이 많은 사내인 것만은 틀림없다. 나손본 〈이춘풍전〉의 뒤에 "셰숑의 남ᄌᆞ여던 츈풍얼 경계ᄒᆞ고 여ᄌᆞ여던 그 안히얼 본바드라"라는 기록으로 보아, 바람 피우는 남성들에게는 경계를, 여성들에게는 현명함을 주고자 이 소설을 읽은 듯하다.

왈패(曰牌)

왈짜(자) 혹은 활자(濶者)라고도 한다. 〈광문자전〉에서 재산도 있고 싸움도 잘하였던 이였으나 세상의 쓴맛을 보고 집 주름으로 살아가는 인물로 나오는 표철주가 이 왈패다. 〈흥부전〉에서는 놀부가 박탈 때 왈패가 떼로 나오는데, '이죽이·떠죽이' 등이다. 비록 놀부를 혼내기는 하나 지금으로 치면 '깍두기'와 유사하다.

그 대목은, "슬근슬근 툭 타놓으니 박 속에서 수백 명의 왈패들이 밀거니 뛰거니 하면서 뛰쳐나온다. 누구누구 나오는가 하면, 이죽이·떠죽이·난죽이·바금이·딱정이·군평이·태평이·여숙이·무숙이·하거니·보거니·난쟁이·몽둥이·아귀소·악착이·조각쇠·섭섭이·든든이 등이다. 그들은 차례로 앉더니 놀부를 잡아 빨랫줄로 찬찬 동여 나무에 동그마니 달아매고 매질 잘하는 왈패 한 놈을 가려 뽑아 분부하는 것이었다"라고 되어 있다.

잡놈들

지금으로 치면 강패 같은 녀석들이다. 〈삼선기〉에 보이는데, 이 잡놈들이 한 사람을 붙잡고 공갈 치는 모습이 여간 재미있지 않다.

“노아 보내면 무슨 농간질하야 우리를 포도청이나 형조로 잡아들여 죽이든지 귀양을 보내든지 할 줄은 아오나, 오늘이야 움치고 뛰지도 못하고 우리 손아귀에 걸렸으니, 내 일은 어찌 되든지 당장에는 법은 멀고 주먹은 가깝사오니 할 대로 하여 보시옵. 모든 잡놈들이 겨끔내기로 드나들며 욕설로 들이대니 공·맹자가 당하신대도 할 일 없고 소진, 장의가 다시 살아난대도 도리 없을지라. 이때 이 생원이 무수한 패설과 질욕을 당하고 좋은 말로 사양하고 일어서랴 한들 저희도 헌 간이 있으니 어찌 노흐리오.”

잡놈들이 이 생원을 붙잡아 놓고 겨끔내기로 서로 번갈아 가며 욕을 주는 장면이다. 그래 공자와 맹자 같은 성인도, 소진과 장의같이 말 잘하여 국가의 운명을 쥐락펴락한 변설가들도 소용없다고 한다. ‘법은 멀고 주먹은 가깝다’가 저 시절에도 힘깨나 쓰는 문장임을 알 수 있다.

잡놈은 〈변강쇠타령〉에도 보이니 바로 변강쇠를 지칭한다. “이때에 변강쇠라 하는 놈이 천하의 잡놈으로 삼남에서 빌어먹다 양서로 가는 길에 연놈이 오다가다 청석골 좁은 길에서 둘이 서로 만나거든, 간악한 계집년이 힐끗 보고 지나가니 의뭉한 강쇠 놈이 다정히 말을 묻기를……”라는 데서 알 수 있다.

출패(出牌)

지방의 불량배들이 못된 일을 계획할 때 외방에 나가서 계책을 꾸미는 똘마니이다. 〈흥부전〉에 보면 놀부가 흥부의 재산을 뺏으려고 이 아전의 똘마니인 출패에게 돈을 먹이려는 생각을 한다.

편쌈꾼

일종의 직업적인 깡패이니, 요즈음으로 치면 검은 옷을 즐겨 입고 머리를 짧은 스포츠형으로 깎은 깍두기 패거리임에 분명하다. 〈육효자전〉에 "아이들이 높은 데 올라 바라보니 혼인 행렬은 아니 오고 마중 가는 하인들이 편쌈꾼 수십 명을 몰고 창황히 돌아오거늘……" 운운하는 데서 보인다.

화랑

우리가 아는 신라시대의 화랑이 아니다. 여기서는 광대와 비슷한 놀이꾼의 패거리를 말한다. 〈삼선기〉에 "무학재를 넘어 홍제원에 이르니 모든 화랑들이 가마귀같이 지저귀거늘 무슨 일이 있는가 하여 헤치고 들어서니 한 소년 여자를 에워싸고 조롱하거늘 살펴보니 굵은 망건은 촌생원도 쓰지 않을 것이요"라는 대목에서 찾을 수 있다.

고소설의 등장 인물 중에는 이 밖에도 하류 인생들로 살아가는 인간 말종들이 많은데 〈정진사전〉에 보이는 차돌이, 봉돌이 등이 그러하다.

5 고소설에서 악인과 선인의 결말은?

고소설에 등장하는 악인 중 가장 처참한 최후를 맞이한 인물은 누구일까?

고소설에서 악인들은 대부분 죽는다. 몇 작품을 보면, 〈운영전〉의 특이란 악인은 허방다리에 떨어져 죽고, 〈숙향전〉에서 숙향을 괴롭힌 사향과 〈황월선전〉의 계모는 벼락을 맞아 죽고, 군담 소설들에서는 칼에 맞아 죽거나 처형당한다. 대부분의 고소설에서는 악인의 결말을 이러한 방식으로 처리한다. 특이한 몇 작품을 찾아보자.

〈마두영전〉에서 변 씨라는 여인의 결말이 재미있다. 변 씨는 호성태라는 자에게 자신의 몸을 주고 전실 자식을 죽이려는 간악한 여인이다. 남편을 배반하고 호성태의 아이를 낳기까지 하는 등 꾀음이 여간내기 아니지만, 끝내 호성태는 죽고 자신은 하인 막동의 아비에게 몸을 빼앗기고는 탁주 장사로 연명한다. 죽느니만 못한 악인의 결말이다.

〈장화홍련전〉에서는 허 씨와 그녀의 아들 장쇠가 각각 능지처참형과 교살을 당한다. 능지처참은 대역죄나 패륜을 저지른 죄인 등에게 가해진 극형으로 언덕을 천천히 오르내리듯 고통을 최대한으로 느끼면서 죽어 가도록 하는 잔혹한 사형이다. 대개 팔다리와 어깨, 가슴 등을 잘라 내고 마지막에 심장을 찌르고 목을 베어 죽였다. 또는 많은 사람이 모인 가운데 죄인을 기둥에 묶어 놓고 포를 뜨듯 살점을 베어 내되, 한꺼번에 많이 베어 내서 출혈 과다로 죽지 않도록 조금씩 베어 참을 수 없는 고통 속에서 죽음에 이르도록 하는 형벌이라고도 한다. 교살은 목을 졸라 죽이는 형벌이다. 모자의 비극적인 죽음이다.

〈숙영낭자전〉에서 숙영을 무고해 죽인 시녀 매월 또한 죽음이 참혹하다. 숙영의 남편인 선군은 매월의 죄를 물어 그녀의 목을 베고는 간을 꺼내어 죽은 숙영의 시신 앞에 놓고는 제문을 외운다. 이보다 한 걸음 더 나가 〈김씨남정기〉의 주인공인 김 씨 부인은 남편을 죽인 박천강을 암행어사의 도움을 받아 장살한 뒤, 칼로 배를 그어 간을 꺼내어 씹는다.

이 정도는 〈콩쥐팥쥐전〉에 비하면 매우 부드러운 셈이다. 악인의 참혹함은 〈콩쥐팥쥐전〉의 팥쥐와 그녀의 어머니에게서 절정에 이른다. 팥쥐는 사형당한 뒤, 원님의 명에 따라 송장으로 젓갈을 담근 뒤 그것을 그 어미에게 보낸다. 팥쥐 어미는 처음엔 선물인 줄 알았다가 사실을 알고는 기절하여 지옥에 떨어진다. 모녀에게 가해진 형벌이 참으로 잔인하다. 사람을 젓갈로 만드는 경우는 비교적 계모형 가정 소설 후기 작품인 〈효열지〉에서도 볼 수 있다. 그런데 경우가 좀 이상하다. 계모인 조 씨는 적자인 숙영을 죽이고 자신이 아들 계영으로 하여금 대를 잇게 하려다 그만 제 자식을 젓갈로 만들어 간신 엄 사도에게 먹인다. 이쯤 되면 조 씨의 결말이 궁금해진다. 조 씨를 처형하려고 할 때 광풍과 벼락이 조 씨를 재로 변하게 한다. 하늘이 더 급했나 보다.

또 이런 경우도 있다. 〈소학사전〉이라는 소설에서는 주인공인 소운이 도적의 괴수인 서준을 톱으로 켜 죽인다. 이유는 부모를 해치려 한 원수이기 때문이다. 문제는 소운을 길러 준 양아버지가 다름 아닌 서준이라는 점이 특이하다. 특이하니 줄거리를 대략만 짚자. 소위는 항주 자사가 되어 부인 이 씨를 데리고 임지로 가던 중, 해상에서 서준(徐俊)이라는 도적을 만나 소위는 물속에 빠지고, 미모가 뛰어난 이 씨 부인은 잉태한 몸으로 도적의 괴수 서준에게 잡혀간다. 애초부터 서준은 소위의 부인 이 씨가 뛰어난 미모를 지녔다는 것을 알고 흉계를 꾸민 것이다. 그러나 마음 착한 서준의 동생 도움으로 도망하여 절에서 살다가 소운을 낳으나 중들이 불길하다 여겨 아이를 길가에 버린다. 때마침 지나가던 서준이 자기가 해코지한 소위의 아들인지 모르고 소운을 데려다가 운경(雲敬)이라는 이름으로 키운다. 뒤에 운경은 장원급제하고 암행어사가 되어, 친아버지인 소위와 어머니 이 씨 부인의 진정서로 사실을 알게 되고 서준을 톱으로 켜 죽인다. 핏줄을 중시하던 사회의 단면을 이 소설로 어림할 수 있다. 이 책을 보는 이 중 저토록 잔인한 자가 있겠는가마는 남을 해코지한 죄가 저토록 무섭다는 것만은 알아야겠다.

톱으로 켜서 죽이는 소설이 또 있으니 〈김인향전〉의 간악한 계모 정 씨다. 이 계모 정 씨는 나이 겨우 18세이고 절세미인으로 재취로 들어와서는 전실 자식을 둘이나 죽인다. 그녀는 결국, 전실 자식을 둘이나 죽인 죄목을 써서 등에 붙인 후 동문 밖 장거리에 세우고 죄목을 일일이 열거하여 만인이 알게 한 후 큰 톱으로 켜는 죽음을 당한다.

활자본 〈금송아지전〉에서는 금송아지와 어머니 송 씨를 괴롭히던 세 첩을 기름 가마에 끓여 죽인다.

이외에도 〈창선감의록〉의 심 씨, 〈사씨남정기〉의 교 씨, 〈홍길동전〉의 초란, 〈장화홍련전〉의 허 씨, 〈김취경전〉의 안 씨 따위의 악인을 더 들 수 있다. 이 중 〈김취경전〉의 안 씨가 가장 악인이면서도 흥미로운 결말을 보인다. 안 씨는 전실 자식들을 죽이려고 무려 여섯 번에 걸쳐 잔꾀를 부린다. 이 잔혹한 여인의 죗값은 겨우 곤장 50도 맞은 것으로 끝나고, 전실 자식인 김취경의 극진한 공양까지 받는다. 인과응보라는 말이 안 씨 앞에서는 몹시 겸연쩍다.

악인은 이쯤에서 그치고 잠시 쉬며, 악인과 선인에 대한 다산 정약용 선생의 시나 한 편 보자. 〈팔월 십구일 꿈에 시 한 수를 읊었는데, 일곱째 여덟째 구가 아슴푸레하여 꿈을 깨고 나서 채워 넣다(八月十九日 夢得一詩 唯第七第八句未瑩 覺而足之)〉이다.

爭奈愁何奈老何　근심을 어이하며 늙음을 어이하리요
秋天憭慄水增波　슬픈 가을 하늘 물결만 더 일렁이네
漸交濁酒排燒酒　탁주와 점차 사귀며 소주는 내치고
自作長歌和短歌　긴노래 지어 짧은노래와 섞어 부르네
白髮尙於玄髮少　흰머리 아직은 검은머리보다는 적고
好人終比惡人多　좋은 이가 악인에 견주어 더 많아라
一窗風月淸如許　창가엔 맑은 바람과 달이 저러한데
豈必區區慕燕窠　어찌 꼭 구구하니 제비집만 생각하리•

다산 선생은 그래도 "좋은 이가 악인에 견주어 더 많아라"라고 한다. 고소설도 그렇다. 악인보다는 선인이 많아야 침 발라 책장을 넘기며 읽을 맛이 나지 않겠는가. 물론 고소설에서 선인의 결말이야 행복이다.

수다한 작품이 행복한 결론을 맺지만 〈흥부전〉을 빼놓을 수 없다. 〈흥부전〉에서 흥부는 박을 타서 온갖 금은보화를 얻는다. 그런데 첩을 얻었다는 것이 매우 흥미롭다. 박을 타놓으니 그 속에서 여인이 나와 나부시

• 《다산시문집》 제5권.

엎드려, "저는 월궁의 선녀입니다"라고 한다. 흥부가 그래 왜 내 집에 왔느냐고 하자, 선녀는 "강남국 제비왕이 나더러 그대 부실이 되어라 하시기로 왔나이다"라고 한다. 물론 흥부 처의 시샘도 없지 않으나 흥부는 이 여인을 첩으로 맞아 행복하다.

그런데 이 첩이 놀부 아내가 보기에도 얼마나 마음이 불편했는지, 박을 타며 "다른 보화는 많이 나오되 흥부 아주버니같이 첩만은 나오지 마소서"라고 한다. 흥부에게는 행복이지만 흥부 처에게는 행복이라고 할 수 없을 듯하다. 이 선녀가 이본에 따라서는 아래와 같이 양귀비로 나오기도 한다.

> 어여쁜 계집이 나오며 흥부에게 절을 하니, 흥부 놀라 묻는 말이,
>
> "뉘라 하시오."
>
> "내가 비오."
>
> "비라 하니 무슨 비오."
>
> "양귀비요."
>
> "그러하면 어찌하여 왔소."
>
> "강남 황제가 날더러 그대의 첩이 되라 하시기에 왔으니 귀히 보소서."
>
> 하니, 흥부는 좋아하되 흥부 아내 내색하여 하는 말이,
>
> "애고 저 꼴을 뉘가 볼꼬. 내 언제부터 켜지 말자 하였지."●

● 유광수, 〈흥부전〉(경판본), 《흥부전 연구》, 계명문화사, 1993, 22쪽(영인) 인용 글을 필자가 현대어로 바꿈.

6

고소설 속 신분 계층과 직업은?

고소설에 나타난 신분 계층과 직업은 어떻게 될까? 신분이야 사(士)·농(農)·공(工)·상(商) 네 계층을 축으로 하지만 직업은 상당히 다양하다. 우선 가장 눈에 띄는 신분 계층부터 보자.

신분

왕족 왕, 왕비, 왕자, 태자(공주, 부마) 등.

승상 〈조웅전〉의 이두병, 〈유승상전〉의 유 승상 등.

대군 〈운영전〉의 안평 대군 등.

군 〈상사동기〉의 회산군 등.

원수 〈황장군전〉의 황 원수와 설 원수 등.

판서 〈홍길동전〉의 홍 판서, 〈채봉감별곡〉의 허 판서 등.

감사 〈채봉감별곡〉의 이 감사 등.

암행어사 〈광문자전〉의 박문수 등.

한림학사 〈김진옥전〉의 김진옥 등.

관직 상공, 사림, 판서, 시랑, 어사, 도독, 장군, 순무사, 상서, 태수, 대사마 대장군, 유수, 통제사, 각로, 대제학 등 다양한 벼슬이 나오는데, 특히 진사 계급이 많다. 이는 벼슬에 막 급제한 사람부터 대군까지 통칭하는 용어여서인 듯하다. 진사 중에는 〈운영전〉이나 〈상사동기〉처럼 성이 대부분 김씨다.

병마사 〈천추원〉의 오성 병마사 등.

별감 〈이춘풍전〉의 이춘풍은 전직 별감이라며 유세깨나 떨고 다닌다. 별감은 사실 왕명 전달, 궁궐 열쇠 보관, 대궐 정원 관리, 임금이나 세자가 행차할 때 호위하는 일, 임금이 쓰는 문방제구 등의 조달을 맡은 관청에 딸린 하인의 하나인데 〈한양가〉 같은 문헌을 보면 그 위세가 대단하다. 〈무숙이타령〉의 사설인 〈계우사〉에서 대전 별감 김철갑은 꽤 의리 있는 사내다.

비장 〈삼선기〉의 이춘풍과 〈배비장전〉의 배 비장이 대표적이다.

생원 〈흥부전〉 등에 보인다. 본래 소과(小科)인 생원과에 합격한 사람을 지칭하나 조선 후기에는 양반이 아니어도 약간의 경칭으로 붙여 주었다.

궁녀 〈운영전〉의 10궁녀나, 〈상사동기〉의 영영은 회산군의 시녀다. 궁녀에는 못 미치지만 순조의 사위인 남영위 윤의선의 남영위궁에서 시녀로 있다가 속량되어 양씨 가의 며느리가 된 초옥이 주인공인 〈포의교집(布衣交集)〉이란 소설도 있다. 초옥은 열일곱 살인 양씨 가의 며느리면서도 못난 사내 이생에게 사랑을 주고 여러 차례 자살까지 기도하는 가을바람처럼 쓸쓸한 소설이다.

도사 고소설 전반에 걸쳐 나온다. 군담 소설에서 이들은 주인공에게 술법을 가르쳐 주거나 목숨을 구해 준다. 〈김진옥전〉의 화산 도사나 〈사각전〉의 청운산 도사, 〈최척전〉의 해섬 도사, 〈최익성전〉과 〈화옥쌍기〉의 일광 도사, 〈장익성전〉의 나탁 도사, 〈장국진전〉의 여학 도사, 〈강남홍전〉의 백운 도사, 〈강릉추월〉(〈옥소전〉·〈옥소기연〉)의 풍악 도사, 〈황백호전〉의 갈원 도사, 〈최현전(崔賢傳)〉의 공 도사가 그들이다. 물론 이 도사들은 대개 선인이지만 악인도 있다. 예를 들자면, 〈장국진전〉의 황산 도사(황 도사)나 백원 도사, 〈유충렬전〉의 옥관 도사 같은 이는 악인의 편이다.

첩 〈홍길동전〉의 곡산댁(초란)이나 〈조생원전〉의 군주(천자의 외손녀), 〈사씨남정기〉의 교 씨, 〈금송아지전〉(〈금우태자전〉)의 세 첩, 〈쌍선기〉의 윤 씨, 〈청백운〉의 나교란과 여섬요, 〈정진사전〉(〈호남충렬록〉)의 일지 등 가정 소설은 대부분 이 첩이 들어옴으로써 가정의 불화가 시작된다. 물론 〈옥루몽〉의 여성 영웅 강남홍과 요조숙녀 벽성선처럼 뛰어나거나 〈양기손전〉의 채란처럼 평온하게 가정을 꾸려 나가는 경우도 있다(〈조생원전〉의 군주는 천자의 외손녀로 엄밀히 따지자면 후처이지 첩은 아니다. 조선시대에는 사족의 여인이 첩이 되는 것을 법률로 막았다).

칠반천인(七般賤人) 조선시대에 구별하던 일곱 가지 천한 사람의 부류를 '칠반천인'이라고 한다. '칠반'은 조례·나장·일수·조군·수군·봉군·역보를 말하며, 천인은 노비·기생·상여꾼·혜장(鞋匠: 신발 만드는 이로 일명 갖바치)·무당·백정, 혹은 노비·영인(伶人: 악공과 광대)·기생·사령(使令: 각 관아에서 심부름하던 사람)·중을 이르기도 한다. 이하는 모두 이러한 칠반천인에 속하는 계층의 인물이 소설 속에서 중요한 소임을 하는 작품을 살핀다.

신분제가 공적으로 폐지된 것은 1894년 갑오경장이지만, 어디까지나 파리 대가리만 한 힘없는 검는 먹물로서만이었다. 일반 삶에서는 일제 치하까지도 이어졌다. 심지어는 1907년 정부 간행 교과서인 《보통학교 학도용 수신서》 제2권에는 '노복(奴僕)'이라는 장이 따로 있으며, 1909년 《녀ᄌᆞ소학 슈신셔》에 '하인 부리는 법'이라는 장도 있었다.

그 내용의 일부를 보면, "조금 ᄯᅳᆺ과 ᄀᆞᆺ지 못ᄒᆞᆫ 일이 잇으면, 일히와 호랑이같이 사납고 독하게 몽둥이로 때리고, 송곳으로 찌르고, 칼로 저미고,

불로 지지는 것 같이하여 앞뒤를 돌아보지 않다가 실수하여 혹 죽이고 후회하나니라"라고 되어 있다. 조금만 뜻이 어긋나면 몽둥이로 때리고, 송곳으로 찌르고, 칼로 저며 죽이기도 한다니 그 참상이 참혹하기 그지없다. 더욱이 이들은 유교의 이념인 충, 효, 예, 의 등과 같은 문자는 쓸 수도 없었다.

노비 〈운영전〉의 '특'이나 〈상사동기〉의 '막동'이다. 보통 종을 '장획'이라고도 부른다. '동복'은 어린 사내종, 여자 종은 '계집종'이라 한다. 계집종은 차환(叉鬟), 아환(丫鬟)이라고도 부른다. 〈홍길동전〉에서 홍길동의 어미인 춘섬이 바로 종의 신분이었다. 종은 다양한 성격을 보인다. 〈운영전〉의 특, 〈난학몽〉의 시녀인 향련과 춘매, 〈김학공전〉의 종들은 악인이며, 〈김취경전〉의 시비 채영의 소생 춘월은 선인이고, 〈상사동기〉의 막동이나 〈김해진전〉의 시비 춘양은 주인을 돕는 지혜로운 인물이다. 〈김태자전〉은 특이한데, 남주인공 소선의 세 부인 시비인 추향·설향·춘앵이 모두 소선의 첩이 된다. 18세기, 지금의 종로 3가 모동을 배경으로 한 〈절화기담(折花奇談)〉은 어엿하니 남편이 있는 열일곱 살 여종 순매가 역시 부인이 있는 이생과 바람을 피우는 소설이라 흥미롭다.

또 〈선진후사〉의 노비는 반란군의 우두머리이고, 《신단공안》 7화의 어복손이란 노복은 교활하지만 계급 타파를 외치는 근대적 자각을 한 인물이다.

기생 〈왕경룡전〉의 옥단이나 〈춘향전〉의 춘향, 〈강남홍전〉의 강남홍 등이다. 〈왕경룡전〉에서는 양한적이라고도 부른다. 이들 기생은 모두 남편을 따라 높은 지위에 오른다. 〈구운몽〉에서 양소유의 제5부인 계섬월은 낙양의 명기이고, 제6부인인 적경홍은 하북의 명기다. 특히 〈강남홍전〉의 강남홍은 남장을 하고 장군이 되어 남편 양창곡을 위해 싸운 여성 영웅이다. 구활자본 〈강남홍전〉과 〈벽성선전〉은 〈옥루몽〉의 두 주인공인 강남홍과 벽성선이 독립적으로 떨어져 나간 고소설이다. 우리 고소설에서 기생이 등장하는 소설은 꽤 되는데, 이를 유형별로 분류하여 짚어 보면 이렇다.

- **요부형** 〈배비장전〉의 애랑, 〈이춘풍전〉의 추월, 〈청백운〉의 나교란과 여섬요, 〈청년회심곡〉의 경패, 〈효열지〉의 초매.
- **의기형** 〈옥단춘전〉의 옥단, 〈왕경룡전〉의 옥단, 〈광문자전〉의 운심, 〈강도몽유록〉의 열다섯 번째 여인, 〈강남홍전〉의 강남홍, 〈옥루몽〉의 강남홍과 벽성선, 〈벽성선전〉의 벽성선, 〈계우사〉의 의양, 〈임진록〉의 월천.
- **풍류형** 〈구운몽〉의 3첩인 계섬월과 4첩인 적경홍, 〈정향전〉의 정향, 〈종옥전〉의 종옥, 〈오유란전〉의 오유란.
- **절부형** 〈춘향전〉의 춘향, 〈채봉감별곡〉의 채봉, 〈주생전〉의 배도(비도), 〈부용상사곡〉의 추부용.

이로 미루어 보면 '요부형'을 제외하면 기생에 대한 인식이 그렇게 나쁘지 않았음을 알 수 있다. 특히 〈주생전〉의 배도(비도)는 마지막 숨을 고르면서도 자기를 배반한 연인 주생의 이름을 부르고 〈부용상사곡〉의 추부용은 절개를 지키려 몸을 물에 던지니, 이쯤 되면 가상한 절부형이다. 또 〈유화기몽〉은 성기가 없는 유춘을 주인공으로 내세운 영웅 소설인데, 기생 옥랑이 유춘의 하부를 째는 기지를 발휘하여 온전한 남자로 만들어 놓는다. 기생과 소설의 관계는 여기에서 그치지 않는다. 서울·평양·진주·해주·함흥 등은 기생으로 이름난 곳이었으며, 지방에 따라 기녀들이 공통적으로 지녔던 특기가 있었다. 이 중 특히 함흥 기생은 〈삼국지〉의 '출사표'를 즐겨 불렀다고 한다. 판소리계 소설 같은 경우는 여느 기생들이나 한 대목쯤 불렀을 터다.

기생어미 〈왕경룡전〉의 청모(娼母)나 〈천추원〉의 왕파 등이다. 요즘으로 치면 포주다. 〈천추원〉의 왕파는 서홍이란 여인을 돈을 주고 산다.

스님 〈숙향전〉에서 옥황상제의 명을 받고 내려와 숙향을 해코지한 사향에게 벼락을 때려 죽인 이가 중이다. 〈임진록〉에서는 사명당이 스님이다. 〈옥란빙〉의 노승처럼 스님은 많은 고소설에서 주인공을 돕는 이인으로 등장하지만 꼭 그런 것만도 아니다. 〈선진후사〉에 등장하는 번승인 홍구니와 감일암은 요승이고, 20세기 초 신문 연재 소설인 《신단공안》 1화의 오성, 2화의 혜명, 3화의 일청이라는 중은 모두가 상종 못할 악한들이다. 특히 조선 후기 소설에서 스님들이 부정적으로 그려지는 것으로 보아 사회적 인식을 반영한 듯하다.

여승 〈낙천등운〉에는 흥미로운 여승이 나오는데, 주인공인 왕공자를 유혹하지만 넘어가지 않자 앙심을 품고 도둑질했다고 거짓 고변을 한다. 〈담바고전〉은 담배를 의인화한 소설인데, 담바고가 비구니로 설정되어 있다. 〈장한절효기〉는 죽은 남편의 원수를 갚으려는 두 여인의 쫓고 쫓기는 복수담인데 운명의 장난인지 두 여인이 여승이 되어 한 절에서 만난다.

유모(乳母) 일종의 사환노비(使喚奴婢)로서 대부분의 고소설에 보이며 주인공을 돌본다. 특히 〈낙천등운〉의 유모 정 씨는 자기의 몸으로 옥졸을 매수하여 자기가 키운 왕 공자를 옥에서 빼돌린다.

공인(工人) 악기를 연주하던 사람으로 천인인 악공에 해당된다. 〈운영전〉, 〈민옹전〉 등에 보인다.

창부(倡夫) 남자 소리꾼으로 천인인 악공에 해당된다. 〈운영전〉에 보인다.

이제 직업군을 보자.

직업

교방 모갑이 남성 훼절 소설인 〈삼선기〉에 보이는 직업으로 색시를 두고 영업을 하는 교방의 주인이다. 명문가의 맏아들인 이춘풍은 한 번 훼절한 후 홍도화와 유지연이라는 두 기생과 함께 교방(敎坊)을 내고는 두 기생에게 수석을 시켜 24교방을 거느린다. 교방은 기녀들의 춤과 노래를 관장하던 일종의 공적인 기관이니, 이춘풍이 낸 교방은 사설 교방인 셈이다. 그런데 이 교방이 '평양성 한복판에 수백 간'이나 된다 하니 그 규모에서 만만치 않은 상업적 이윤을 어림할 수 있다. 〈삼선기〉의 뒷이야기는 이 교방의 상업적 이윤이 맡고 있다. 사또 자제를 등에 업은 노영철과 옥경선이 짬짜미를 하여 이춘풍에게 살인 누명을 씌워 귀양 보내고는 교방을 차지해 버리고 이춘풍이 이를 되찾는 서사가 전개되기 때문이다. 아울러 조선후기의 기방 문화가 대단히 발달했음도 덤으로 알 수 있다.

군치리 개고기를 안주로 술을 파는 집으로 '군칠(君七)이집'이라고도 하는데 〈흥부전〉에 보인다. 유득공의 《세시풍요》('여총' 10)를 보면 이 군치리에서는 개고기뿐 아니라 평양의 냉면, 개성의 산적 따위를 팔았다고 하는데, 영업이 잘되어 밤에도 불을 환히 밝혔다고 한다.

거름장수 〈예덕선생전〉의 예덕 선생의 직업으로, 주로 똥을 펐다. 〈흥부전〉에도 보인다.

검객 〈쌍미기봉〉의 왕모형이 검객이다.

관상녀 사람의 관상 봐주는 것을 업으로 삼는 여인들로, 점쟁이다. 〈운영전〉의 무녀, 〈김취경전〉의 무녀, 〈홍길동전〉의 관상녀 등이다. 〈운영전〉의 무녀를 제외하면 대부분 악인을 돕는다. 〈운영전〉의 무녀는 음녀를 자처하는 여인으로, 요염하고 탐욕스러우면서도 영리하고 신의가 강한 인물이다. 더욱이 점괘도 영험하여 김 진사가 운영과 사랑을 맺으면 3년 안에 죽을 것이라고 점친다. 운영의 자살과 김 진사의 죽음으로 물론 이 점괘는 정확히 맞는다.

도적 〈허생전〉이나 〈홍길동전〉 등에 보인다. 보통 단독으로 행동하지 않고 떼를 지어 다닌다. 〈천추원〉에서 악당으로 나오는 우 소사는 재미있는 인물이다. 우 소사는 강도 노릇을 전업으로 하는데, 자기 부하들을 따로 두지 않고 노략질한 재산으로 악당들을 고용한다. 〈홍계월전〉에는 수적(水賊)이 나오고 〈한후룡전(韓厚龍傳)〉에는 산적 유필이 기병을 하는 등 작품 전개의 중심인물이기도 하다.

드난살이 고용살이를 말한다. 흥부와 놀부의 아버지인 '연개불이'와 어머니인 '똥녀'의 직업이다.

들병장사 남사당놀이판에서 구경꾼에게 병에 술을 담아서 팔던 일, 또는 그런 장사꾼으로 〈변강쇠전〉의 옹녀의 직업이다. 이 옹녀 옆에서 엿장수가 한 자락을 뽑으니 잠시만 듣고 가자. 〈변강쇠가〉(성두본)의 '엿타령'이니, 독자들은 마음에 드는 엿을 골라 보시라.

> 구경꾼 모인 데는 호도(胡桃)엿 장수가 먼저 아는 법이었다. 갈삿갓 쓰고 엿판 메고 가위 치며 외고 온다.
>
> 호도엿 사오, 호도엿 사오.
>
> 계피(桂皮) 건강(乾薑)에 호도엿 사오.
>
> 가락이 굵고 제 몸이 유하고 양념 맛으로 댓 푼.
>
> 콩엿을 사려우, 깨엿을 사려우.
>
> 늙은이 해소에 수수엿 사오.

호도엿 장수의 목소리가 들리는 듯하다.

마부(馬夫) 〈여선담전(呂善談傳)〉의 여선담 직업이다. 여선담은 경상남도 합천에서 서울까지 짐을 나르고 삯을 받는 마부다. 어느 추운 겨울날 짐을 기다리다가 우는 여인을 보고는 애처롭게 여겨 방에 들였다가 그만 잠자리를 하고 만다. 그러나 이 여인은 문둥이였다. 여선담이 이 여인에게 잉어를 먹였더니 병이 씻은 듯이 나았다. 여인은 절세 미녀였으며 사실 판서의 딸이었다. 여선담은 그 뒤, 이 판서의 도움으로 과거에 급제하고 '여

씨' 가문의 시조가 되었다는 소설이다. 신분 타파를 담고 있는 이 소설은 〈호주명보록(湖州冥報錄)〉, 〈금포기우록(琴浦奇遇錄)〉, 〈운수전(雲水傳)〉과 함께 합철되어 있는데 1885년경의 작품으로 국문 단편 소설이다.

마장(馬駔) 말 장사꾼으로 〈마장전〉에 보인다.

매품팔이 〈흥부전〉의 흥부와 꾀수아비(이본에 따라서는 빼돌아비)의 직업이다. 흥부가 매품을 팔러 갔을 때 이미 꾀수아비가 매품을 팔았을 정도로 꽤 인기 있는 직업이었다. 성대중의 《청성잡기》에는 안주(安州)와 서울의 매품팔이가 나오는데 서울의 매품팔이는 세 번째 매품을 팔다가 죽는다. 이 비극적인 직업의 매삯은 장(杖) 백 대에 엽전 7꿰미였다.

무녀 〈운영전〉, 〈왕경룡전〉, 〈송부인전〉 등에 보인다. 특히 〈운영전〉에서 무녀는 주인공 김 진사에 대한 사랑을 꿈꾸는가 하면 운영과 김 진사의 메신저 역할을 하는 등 그 역할이 적지 않다. 그녀는 동문 밖에 거주하였는데 영험하기로 이름이 나 궁에 드나들 정도로 신용을 얻었다. 나이는 30이 채 못 되었으며 고운 얼굴이 매우 뛰어났고 일찍 과부가 되어서 스스로 음녀(淫女)로 자처하는 여인이었다.

무역업 〈최척전〉의 최척과 옥영(베트남), 〈허생전〉의 허생(일본 장기도) 직업이다.

변놀이 변놀이란, 남에게 돈을 빌려 주고 이자를 받는 것을 업으로 하는 일이다. 정확하게 이런 직업은 아니지만 돈을 빌려 주고 이자를 셈 쳐서 받는 것은 나온다. 〈왕경룡전〉의 왕경룡의 아버지가 그러하며, 〈청년회심곡〉의 송도 무역상인 이희철이라는 자도 이에 해당된다. 이희철은 돈놀이로 먹고사는 사람이다.

빚지시 빚을 주고 쓸 때 중간에서 소개하는 일이다. 〈광문자전〉에서 광문의 직업이다. 광문은 걸인들의 꼭지딴에서 약국 점원으로, 다시 빚지시를 거쳐 기생들의 매니저가 되기도 한다. 이 광문이라는 인물은 절세 추남인 듯한데, 의리가 대단하며 기생도 다룰 줄 아는 인간성의 소유자다. 한마디로 '보짱 큰 인간성'을 지닌 조선 후기 뒷골목의 스타로 실존 인물이다.

사쾌(舍儈) 집 주릅. 지금으로 치면 부동산 중개업에 해당한다. 〈광문자전〉 표철주의 직업이다.

삯군 〈흥부전〉에서 박을 탈 때 이 삯군을 댄다. 삯군은 돈을 받고 임금을 제공하는 사람으로 〈흥부전〉에서는 이지위, 김지위, 동리 머슴, 이웃 총각, 째보 등이 삯군이다.

상인 〈왕경룡전〉에서는 조 상인을 큰 상인이라는 뜻으로 '대고(大賈)'라 지칭한다. 〈미인도〉에는 황 소사라는 방물장수가 보인다.

악공 〈벽성선전〉에서 벽성선은 기생이지만 악공이기도 하다.

일수(日收)놀이 본전과 이자를 합한 금액을 며칠에 나누어 일정한 액수를 날마다 거두어들이는 일을 업으로 하는 행위로 〈심청전〉에서 곽 씨 부인의 직업이다. 심청의 어머니 곽 씨 부인이 일수놀이를 한다니 좀 이상하지만, 그녀는 장리변도 놓고 삯바느질도 하고 잔칫집 음식도 마련하는 등 이재에 밝은 부인이었다. 심 봉사의 경제력은 부인 덕이다.

통인 〈열녀함양박씨전 병서〉의 박상효의 직업이다. 관아에서 심부름하는 사람으로 급창이니, 사령 등도 이에 해당한다.

자객 〈홍길동전〉의 특재나 〈소대성전〉의 조헌, 〈이진사전〉·〈권용선전〉·〈이학사전〉(〈이현경전〉) 등에 보이는 자객은 대부분 청부 살인업자이다. 그러나 임무를 완수한 자객은 없다. 악인이 보냈기에 당연한 귀결이다. 재미있는 자객은 〈홍무왕연의〉를 모본으로 한 〈홍무왕전〉에서 을지문덕이 보낸 자객인데, 김유신을 죽이려 무려 7년 동안이나 찾다가 끝난다. 〈보심록〉의 구돌평이나 〈창란호연록〉의 진가숙처럼 주인공을 구해 주는 자객도 꽤 된다.

점쟁이 대부분 소경으로 앞날의 길흉을 볼 줄 아는 신통력이 있다. 〈십생

구사〉(《이운선전》)의 판수는 점치는 일을 업으로 삼는 남자 소경을 말한다. 판수라는 말의 유래는 확실하지 않으나 조선 성종 때 성현의 《용재총화(慵齋叢話)》에 "장님 점쟁이로서 삭발한 사람을 세상에서 선사(禪師)라고 하는데, 판수라는 이름으로도 불렀다"와 같이 중처럼 머리를 깎은 소경 점쟁이를 일컬은 것으로 보인다. 소경 점쟁이들은 대개 산통(算筒)·송엽(松葉) 등으로 육효점(六爻占)을 쳤다. 맹선생이라고도 부르는데, 〈춘향전〉에서 옥에 갇힌 춘향의 꿈을 해몽하고 앞날을 점쳐 준 허판수가 이런 이다.

조방(助房) 기방에서 잡일을 해주며 생계를 유지하는 사람으로 기생의 매니저 정도다. 〈광문자전〉의 광문과 최박만의 직업이다. 〈이춘풍전〉에서 이춘풍도 양반이지만 몰락하여 이 직업을 갖는다.

짚신 장사 〈흥부전〉 흥부의 직업이다. 〈박흥보가〉에는 이외에도 '쌈지 장사', '미나리 장사', '바구리 장사', '참빗 장사' 등이 나온다.

침술 〈최척전〉 진위경의 직업이다.

책방 원님의 비서로 여러 작품에 보인다.

7

고소설에서 가장 많이 등장하는 꿈은?

'꿈' 하면 우리는 백일몽(白日夢)을 생각한다. 백일몽은 '대낮에 꾸는 꿈'이라는 뜻으로, 실현될 수 없는 헛된 공상을 이르는 말이다. 그러나 프로이트는 예술 활동을 이 꿈과 비슷하다고 본다. 예술 활동이나 꿈은 모두 소망이 교묘히 왜곡·위장되어 나오기 때문이다. 풀어 보자면 이 꿈을 '소망 충족'으로 해석할 가능성이 충분하다는 견해다. 그래 그는 이 꿈을 '소망 실재(Wish-Fulfillment)'라고 한다. 소박하게 이해하면 현실에서 이루지 못한 것이 꿈으로 나타난다는 의미다.

이를 고소설 비평어로는 '몽환론(夢幻論)'이라 한다. 몽환론은 일찍이 김시습, 박계현(朴啓賢, 1524~1580)의 '춘몽론(春夢論)'을 거쳐, 19세기 〈광한루기〉 소설 비평에서는 '몽중지설몽(夢中之說夢)' 등으로 그 동선을 그린다. 특히 저 위에서 보았던 김소행(金紹行, 1765~1859)의 '지작기'에 보이는 '몽환론'은 소설의 허구성을 공박하는 논자들에 대한 우의적인 논리적 방어 이론이며, 소설론으로까지 이어지는 소중한 비평어다.

김소행은 고소설과 꿈의 관계를 이렇게 말한다. "대저 마음이 존재하는 것은 생각이고, 생각이 환영으로 나타난 것이 꿈이다. 마음이 없으면 즉 꿈도 없으니, 꿈이라는 것은 환영이다…… 꿈속에서 스스로 그 꿈을 점치고, 꿈속의 사람이 또 다른 사람의 꿈꾼 바를 점치면, 환상이 극에 달하여 진실이 되고, 진실이 극에 달하여 신이 된다(夫心之所存者思 而思之所幻者夢也 無心則無夢 夢者幻也…… 夢中自占其夢 而夢中之人 又占所夢於人 幻極而眞 眞極而神)."•

《장자》의 '제물론'에 나오는 '호접몽(胡蝶夢)'을 인유한 듯한 이 '몽환론'은 '마음(心)'이 '생각(思)'이고 '생각(思)'이 '환상(幻)'이며, '환상(幻)'이 '꿈(夢)'이라는 것이다. 그리고 '환상(幻)'이 극에 달하여 '진실(眞)'이 되고 '진실(眞)'이 극에 달하여 '신(神)'이 된다고 한다. 설명해 보자면 이 '몽환론'은 환상성 짙은 자신의 소설이 사실은 마음이요, 생각이라는 말이다. 그리고 꿈이 진실이라며 환상을 지극히 현실적인 것으로 끌고 내려간다. 결국 김소행은 자신의 소설이 '환몽성' 짙다는 것을 인정하며, 동시에 지극하게 표현하였기에 '진정한 글'이 될 수 있다는 이치이니, 소설이 곧 자신의 욕망이 담긴 꿈이라는 뜻이다.

요즈음 통섭이라는 말을 자주 듣는다. 자연 과학과 인문 과학의 담장을 터놓자는 의미로 이해된다. 그렇다면 저 고소설과 현재의 젊은이 간에도 통섭이 있었으면 한다. 꿈이 없는 젊은이들에게 고소설은 꿈을 줄 수 있잖은가.

동양에서도 '꿈은 뜻(夢者 意也)'이라고 이해했다. '날마다 생각한다면 밤에 꿈을 꾼다네(日有所思, 夜有所夢)'라는 중국 속담도 있다. 현실의 한계성을 꿈으로 넘어가 보려는 의도이기에, 숱하게 보이는 우리 고소설의 꿈을 작자의 생각 세계로 읽어도 무방하다는 의미다. 소설 속 꿈을 정신 분석학적 관점이나 사회 과학적 시각으로 접근한다면 다양한 고소설의 프리즘

● 김기동 편, 〈삼한습유〉, 《필사본 고전소설전집》 1, 아세아문화사, 1980, 264쪽.

을 볼 수 있을 것이다.

고소설은 '꿈의 이야기'라 불러도 좋을 만큼 '꿈'이 많이 나온다. 태몽, 혼인몽, 위기 모면몽, 과거 급제몽, 상봉몽, 훈계몽, 재생몽, 이별몽, 상사몽, 원망몽…… 따위의 꿈들이 그것이다. 고소설에는 이러한 꿈이 서사 전개의 요소로서 또렷한데, '헛된 공상'으로 그치는 것이 아니라 대부분 실현되는 꿈이라는 게 눈길을 끈다. 고소설 작가들은 '꿈의 강한 주술성'을 굳건히 믿었다. 〈춘향전〉·〈심청전〉·〈최척전〉·〈홍계월전〉·〈양풍전〉·〈금방울전〉처럼 꿈을 통해 앞일을 예견해 주거나, 〈운영전〉·〈구운몽〉·〈강도몽유록〉처럼 아예 꿈속 이야기가 소설의 줄거리인 경우, 〈정수경전〉처럼 꿈을 통해 범인을 잡는 소설도 있다.

여기서는 태몽만을 살피기로 한다. 태몽은 고소설에서 인물의 고귀한 출생을 예지하는 허구적 구조로서 소설 구성의 필수 요소였다. 단순하게 사내자식을 바라는 '삼종칠거' 정도에 그칠 문제는 아니다. '삼종칠거(三從七去)'란 주지하다시피 봉건 사회에서 여자의 세 가지 복종의 의무와 일곱 가지 버림받을 조건이다. 《의례》〈상복례〉에 보면, 여자에게는 삼종의 도리가 있는데 시집가기 전에는 아버지에게, 시집가서는 남편에게, 남편이 죽으면 아들에게 복종한다고 했으니 이것이 삼종이요, 시부모에게 순종하지 않는 것, 아들을 못 낳는 것, 음란한 것, 투기하는 것, 나쁜 병이 있는 것, 말이 많은 것, 남의 물건을 훔치는 것이 칠거다.

그런데 태몽은 삼종과 칠거 중 하나인 아들을 못 낳는 것에서 한 단계 더 나아간다. 아들을 낳되 보통 사람이 아닌 '대단한 인물'이어야 한다는 간절한 염원이다. 고소설의 태몽은 이러한 중세인들의 바람이 그대로 들어 있다. 겸하여 이 태몽에서 작품 내적으로는 주인공들이 하늘에서 내려온 신화적 인물이라는 신성성과 외적으로는 신성한 인물을 기록함으로써 소설에 대한 부정적 인식으로부터 벗어나려는 자기방어라는 양수겸장을 읽을 수 있다. 여하간 태몽을 통한 신성한 인물의 출생은 조선 후기로 갈수록 우리 고소설의 서사 법칙이 된다.

그런데 여기서 한 가지 꼭 짚어야겠다. 고소설의 출생담(기이한 태몽)에 의한 신성한 인물의 출생으로 개성적인 인물이나 보통 사람들이 제외되었다는 것이다. 그래 지금도 비범한 자식을 바라는 우리 조선인의 마음에는 고소설 속 주인공들의 출생담이 비밀히 숨겨져 있음을 부인하기 어려울 듯하다.

여기서는 몇 작품에 나타난 태몽만을 살펴보자.

황금 산돼지 〈숙향전〉의 숙향〔달이 떨어져 황금 산돼지(이본에 따라서는 앵무새)로 변해 어머니 품으로 달려듦〕.

달 〈사대장전〉(〈사안전〉)에서 사안(큰 쟁반에 달을 받는 꿈)

용 용은 우리 민족과 밀접한 관계다. 천둥은 용의 호통이요, 번개는 용이 눈알을 굴리는 섬광이요, 용이 꼬리를 쳐 비를 내려 준다고 믿었다. 또 백제 무왕의 어머니가 용과 정을 통했다거나 수로 부인이 용궁에 끌려갔다거나 하는 것 등 문헌에서도 도처에 보인다.

〈금방울전〉의 해룡(청룡이 해룡의 아버지인 장 처사의 꿈에 보임), 〈소대성전〉의 소대성(동해 용왕의 아들), 〈어룡전〉의 어룡(용왕의 아들이라는 청의동자), 〈용문전〉의 용문(청룡이 어머니의 꿈에 보임), 〈유충렬전〉의 유충렬(청룡을 타고 온 신선), 〈옥단춘전〉의 혈룡(청룡이 오운을 타고 여의주를 희롱함)과 김진희(용감한 청룡을 만남), 〈장국진전〉의 장국진(청룡이 아버지에게 달려들어 선동이 되는 꿈), 〈월영낭자전〉의 최희성(아버지는 청룡이 어머니는 황룡이 달려드는 꿈), 〈홍길동전〉의 홍길동(청룡이 아버지에게 달려드는 꿈), 〈설용운전〉의 설용운, 〈낙성비룡〉의 이경모(큰 별이 방 안에 떨어졌다가 하늘로 오르는 꿈. 18개월 만에 태어남), 〈이해룡전〉의 이해룡(선관이 가져온 백호와 쌍룡 중 쌍룡을 받음), 〈춘향전〉

의 이몽룡, 〈황운전〉(《황장군전》)의 황운(황룡이 달려드는 꿈). 〈임씨삼대록〉의 창홍(남태성이 용이 되어 품으로 달려드는 꿈), 〈사각전〉의 사각(신선이 황룡을 타고 어머니의 품으로 달려드는 꿈), 〈현몽쌍룡기〉의 조무와 조성(쌍룡이 희롱하는 꿈), 〈목시룡전〉의 쌍둥이 형인 시룡(용이 어머니의 품으로 달려드는 꿈).

별 〈흥무왕연의〉(《김유신실기》)의 김유신(별과 금 갑옷을 입은 동자가 하강하는 꿈. 20개월 만에 태어남).

신선 우리 고유의 신선 사상이 배태한 꿈이다. 〈김태자전〉의 김태자(이름은 소선)(선동이 왕후 석 씨 부인의 품으로 달려드는 꿈), 〈김홍전〉의 김홍(홍문선관이 될 꿈), 〈백복전〉의 만복(오악산 신령이 꿈에 나타남), 〈소현성록〉의 소현성(14개월 만에 태어남), 〈숙영낭자전〉의 백선군, 〈이운선전〉의 운선, 〈신유복전〉의 신유복, 〈금방울전〉의 금방울(한 노인이 옥황상제의 명으로 꿈에 나타나고, 막 씨가 죽은 남편과 관계하여 금방울을 낳음), 〈숙향전〉의 매향(한 노인이 꿈에 나타나 봉래산 설중매가 그대의 집에 떨어진다 함), 〈오선기봉〉의 황태을(천상의 남극 노인이 꿈에 동자를 데리고 와 상제께 죄를 지은 벌이라 함. 특이한 것은 어머니가 태을을 낳을 때, 아버지가 이 꿈을 꾼다. 황태을은 15개월 만에 태어남), 〈이봉빈전〉의 운기(선관이 하강하는 꿈), 〈일락정기〉의 몽상과 채운(몽상은 송나라의 문 승상이요 천상에서는 문 학사였는데 죄를 지어 내려온 것이라며 품에 안기는 꿈을, 채운 또한 향안전의 선아가 부부의 품에 안기는 꿈을 꾼다), 〈태원지〉의 임성(부부가 신선이 꿈에 나타나 두 개의 환약을 주는 꿈을 동시에 꾼다), 〈현수문전〉의 현수문(신선이 채운을 타고 내려와 아버지의 꿈에 나타나 아들을 점지한다).

동자 〈소대성전〉의 소대성(청룡사의 부처가 지시, 이본에 따라서는 선관이 등장), 〈양산백전〉의 양산백(선동이 아버지와 어머니의 꿈에 보임), 〈어룡전〉의 어룡(동자가 동해 용왕의 아들이라며 아버지 품으로 달려드는 꿈).

선녀 고소설에서 여주인공의 태몽으로 일반화된 꿈이다. 〈김태자전〉의 소운영(선녀에게 옥함을 받음), 〈재생연전〉의 맹여군, 〈옥낭자전〉의 김옥랑,

〈심청전〉의 심청(선녀가 학을 타고 내려옴), 〈음양옥지환〉의 화수영(선녀가 부인의 품속으로 들어옴), 〈이봉빈전〉의 이봉빈(선녀가 하강하는 꿈), 〈춘향전〉의 춘향(선녀가 청학을 타고 내려옴), 〈홍계월전〉의 홍계월(선녀가 부인의 품속으로 들어옴), 〈황월선전〉의 황월선(선녀가 무지개 타고 내당으로 들어오는 꿈을 부부가 함께 꾼다. 재미있는 것은 이 선녀는 옥황상제의 시녀인데, 꽃밭에 물 주는 시간을 지체하여 인간 세상에 내쳤다).

옥기린 〈옥린몽〉에 보인다. 한 선제 때 곽광·병길·소무 등 11인의 공신의 상을 그려 걸어 두었던 곳의 이름이 '기린각(麒麟閣)'일 정도로 기린은 상서로운 동물이다. 유원의 아버지 유담은 한 도인이 옥기린(玉麒麟)을 주는 태몽을 꾼 뒤 유원을 낳았다. 더욱이 유원의 아내인 장 부인도 도인에게서 똑같이 옥기린 받는 꿈을 꾼 뒤 아들 재교를 낳으니 부자의 태몽이 똑같은 특이한 경우다. 〈옥린몽〉에서는 이 밖에도 위기 때마다 소설 속 인물들의 꿈속에 나타나 앞일을 계시해 준다. 〈창선감의록〉의 화진.

꽃 〈사명당전〉의 사명당(부처님이 연꽃을 줌), 〈쌍련몽〉의 쌍주와 쌍옥(병두련이라는 붉은 꽃과 흰 꽃), 〈장화홍련전〉의 장화(신선이 내려와 꽃을 주자 이 꽃이 선녀가 되어 부인의 품속으로 들어옴. 장화와 홍련이 죽었다 다시 태어난다는 2차 출생담에도 선녀가 연꽃 두 송이로 변하여 부인에게 안긴다), 〈구운몽〉의 난양 공주(신선의 꽃과 붉은 진주를 봄), 〈월영낭자전〉의 월영(매화 향내가 진동하고 흩어지는 꿈), 〈장백전〉의 장 소저(월궁 선녀가 계화 한 가지를 줌), 〈옥루몽〉의 양창곡(보살이 꽃 한 송이를 부인에게 줌. 보통 꽃은 여아를 낳는 경우라 특이하다. 남편의 꿈에는 하늘에서 금빛이 내려와 남자로 변하여 '문창령'이라 하고는 품으로 달려든다).

구슬 〈권익중전〉의 권익중(동자가 구슬을 줌), 〈옥주호연〉의 최완, 최명, 최진 세쌍둥이 형제(아버지가 신하를 거느린 군주에게 보옥 셋을 받음. 이 세쌍둥이와 인연을 맺은 유자주, 유벽주, 유명주도 세쌍둥이로 아버지의 꿈에 부처가 나타나 구슬 세 개를 주는 꿈을 꾸었음), 〈박씨전〉의 이시백(한 노인이 구슬을 주니 이것이 청의동자가 되어 내당으로 들어감), 〈쌍주기연〉의 서천흥과 왕혜란(자웅주雌雄珠를 옥황상제가 준 꿈으로 얻음), 〈구운몽〉의 정경패(선녀가 명주明珠를 줌), 〈장백전〉의 장백(여승이 구슬을 줌. 구슬이 옥동자로 변함), 〈양산백전〉의 여주인공 추양대(아버지와 어머니의 꿈에 꽃가지가 변하여 명주가 되어 품으로 달려듦).

부처 〈옥낭자전〉의 이시업(금강산 부처), 〈장경전〉의 장경, 〈숙향전〉의 이선(신선), 〈양주봉전〉의 양주봉(길에서 만난 노승이 부처임).

스님 〈이대봉전〉(〈봉황대〉)의 대봉(꿈에 스님에게 시주한 물건이 현실에서도 없어짐).

여승 〈임씨삼대록〉의 남아인 여옥과 여아인 영랑(비구니인 이고尼姑가 한 쌍의 아이를 직접 데려옴).

말 〈김원전〉의 김원(선녀가 말을 줌).

미남자 〈옥루몽〉의 양창곡(금빛이 미남자가 되어 양 처사의 꿈에 안김).

백호 〈황백호전〉의 황백호(백호가 부부의 품에 안김). 〈황백호전〉은 단편 소설로 주인공 황백호가 억울하게 염라국에 잡혀간 부모의 원수를 갚는다는 특이한 내용이다. 여기서 염라국은 부패한 나라이기에, 중세의 탐관오리들을 징벌하는 소설로 볼 수 있다. 그렇다면 염라왕은 지방관, 옥황상제는 봉건국 왕, 염라국의 판관 및 사자들은 하층 벼슬아치를 의미한다. 백호는 아니지만 〈임호은전〉의 임호은(날개 돋친 범이 어머니에게 달려듦), 〈목시룡전〉의 쌍둥이 동생인 시호(범이 어머니의 품으로 달려드는 꿈).

별 〈음양옥지환〉의 이국량(동자가 큰 별이 되어 부인의 품속으로 들어옴).

난새와 학 〈난학몽(鸞鶴夢)〉의 학선과 난선(옥황상제가 아버지에게 학을, 어머니에게 난을 준다).

조상 〈화산기봉〉의 이성(조상이 꿈에 나타난다).

봉황 〈이대봉전〉의 대봉(봉)과 애황(황)(이대봉의 모친과 애황의 모친이 동일한 꿈을 꾸었는데, 봉鳳은 대봉의 집으로 황凰은 애황의 집으로 간다. 대봉과 애황의 이름은 이에 연유한다).

산 〈강감찬실기〉의 강감찬(태몽 중에서도 특이한 경우로 서울의 종남산, 즉 남산이 입으로 들어오는 꿈을 아버지가 꾼다).

태극 〈석태룡전〉의 태룡(태극太極이 어머니의 가슴에 안기는 꿈으로 매우 특이하다).

(작품 속 주인공 이름과 태몽은 이본마다 다르지만 번거로움을 피하여 일일이 밝히지 않았다.)

모두 부처나 신선, 선녀 등 신이한 인물에게서 다양한 형태로 아이를 점지받는 기몽(奇夢)이다. 꿈에 보았거나 받은 사물 또한 용, 꽃, 구슬, 별 등 신이하기는 마찬가지다. 특히 남아에게는 청룡이, 여아에게는 꽃이나 구슬이 보이는 것은 지금도 일반화된 생각이다. 이러한 태몽을 출생담으로 지니고 태어난 주인공들이 모두 신의 도움을 받는 것이 당연한 귀결이다. 이미 언급한바, 조선 후기로 갈수록 고소설 속 주인공들은 대부분 이러한 출생담을 갖는다. 〈정진사전〉 같은 경우는 아예 제1회 제목이 '득기몽정공생쌍태(得奇夢鄭公生雙胎)'이다. '기이한 꿈을 얻어 정 공이 두 아이를 잉태하다'라는 뜻이다. 정공은 기몽을 꾸고 창린과 귀봉이라는 남매 쌍둥이를 얻는다. 기몽은 주인공의 신이한 출생을 부각하여 작품 속에서 영웅성을 돋보이고 극한 환난과 고통을 견디게 하는 복선 구실을 독특히 해냈지만, 동시에 독자들에게는 보통 사람으로서 한계성을 절감케 한다.

태몽은 없었지만 나이 55세에 득남하는 경우도 있으니 〈보심록〉의 양세충으로 태몽만큼이나 기이한 출생이다.

8

고소설에 나오는 신약이나 신령스러운 기물들은?

"은병에 넣은 것은 죽은 사람 혼을 불러내는 환혼주(環魂珠)요, 옥병에 넣은 것은 앞 못 보는 소경 눈 뜨이는 개안주(開眼珠)요, 금전지에 봉한 것은 말 못하는 사람 말하게 하는 능언초(能言草)와 꼽사등이 반신불수 절로 낫는 소생초(蘇生草)와 귀머거리 소리 듣는 총이초(聰耳草)요."

〈흥부전〉에서 흥부가 첫 박을 타자 청의동자 한 쌍이 나와서 준 신비로운 약의 이름이다. 〈흥부전〉에서 이 약들은 그 이름만 보이지만, 여타 고소설에서는 신약이나 신령스러운 기물들이 인물들의 생사를 가르고 작품의 구성에 영향을 미친다. 이미 악인에게 죽음을 당하거나 꼭 살려야 할 인물들에게 작가가 선사하는 기적인 셈이다. 물론 이와는 달리 개심단(改心丹)이라 하여 마음이 변하는 약도 있다. 이러한 약이나 신령스러운 기물들을 찾아보면 이렇다.

개심단(改心丹) 개심단, 회심단, 화심단, 개언초와 함께 〈장학사전〉, 〈조생원전〉, 〈소씨전〉 등에 보인다. 이 약을 복용하면 마음이 변하게 된다. 흔히 여인이 사랑하는 남자의 마음을 바꿀 때 이 약을 쓴다.

개안주(開眼珠) 동해 용왕이 가지고 있는 구슬로 세 번 문지르면 장님이 눈을 뜬다. 〈숙향전〉에 나온다.

옥지환(玉指環) 옥가락지로 시체 위에 얹어 두면 썩은 살이 다시 소생한다. 〈숙향전〉에 나온다.

환혼수(環魂水) 작은 병에 든 물약으로 시체의 입에 바르면 가슴에 숨기가 회복된다. 〈숙향전〉에 나온다.

개언(연)초〔開言(燕)草〕 금빛의 약으로 시체의 입에 넣으면 말을 하게 된다. 〈숙향전〉에 나온다.

보은초(報恩草) 〈금방울전〉에 보인다. 죽은 자를 살린다.

불로초(不老草) 삼신산에 있다는 풀로, 이 풀을 먹으면 늙지 않는다고 한다. 〈황운전〉 등에 보인다.

불사약(不死藥) 천태산에 있다는 약초로, 이 풀을 먹으면 죽지 않는다고 한다. 〈황운전〉 등에 보인다.

영약(靈藥) 〈김인향전〉에 보인다. 죽은 인향, 인함 자매를 살린다.

천도(天桃) 〈반씨전(潘氏傳)〉에 보인다. 반 씨를 살린다. 〈반씨전〉은 종래의 우리 소설에서는 찾기 어려운 주제이기에 잠시만 이에 대해 언급한다. 〈반씨전〉의 배경은 중국 명나라다. 절강 땅에 사는 위윤(魏允)·위진(魏眞)·위준(魏準) 3형제는 소년 등과하여 각각 반 씨(潘氏)·채 씨(蔡氏)·맹 씨(孟氏)를 아내로 맞이하였다. 큰형 윤은 현명하나 진과 준은 위인이 혼미하고 그들의 부인도 불량하여 현숙한 반 씨를 해치려 한다. 시어머니 양 부인(楊夫人)이 채 씨와 맹 씨를 타일러 동서 간에 친목하라 하여도 듣지 않으므로 대로하여 두 부인을 친정으로 보내고 아들들을 불러 집안을 잘못 거느린다고 질책한다. 채 씨는 친정으로 쫓겨 와 부모에게 아뢰니 승상으로 있는 채 씨의 부친은 앙심을 품고 반 씨의 오빠인 반시랑과 남편 위윤을 황제에게 참소하여 귀양을 보낸다. 양 부인이 아들을 귀양 보내고 비통 끝에 죽으니 채·맹 두 부인은 반 씨를 더욱 학대한다.

그러나 반 씨의 아들 흥(興)이 과거에 장원하여 한림학사 이부 시랑이 되고 이어 황제의 부마가 되어 부친의 무죄와 채 승상의 죄상을 상소하여 그를 파면케 하고 부친은 병부 상서가 된다. 한편 반 씨는 천신의 도움으로 죽었다 다시 살아나 남편을 만나고 채 씨와 맹 씨는 처형을 받는다. 반 씨를 살린 것은 천도(天桃)라는 신이한 복숭아였다. 이후 두 아우는 북해(北海)로 정배되니 비로소 위(魏)·반(潘) 두 집안에 평화가 온다는 줄거리다.

〈반씨전〉은 3회로 끝난 장회 소설로 가정을 다룬다. 그러나 종래의 가정 소설이 계모와 처첩 사이의 비극을 다룬 데 비하여, 〈반씨전〉은 동서 간의 알력과 갈등을 다룬 점이 특이하다. 가정 소설의 새로운 갈등 양상을 보여 주는 작품으로 보아야 한다. 물론 이것은 조선 후기 일그러진 가정의 복사다. 〈위씨절행록〉 역시 동서 간의 갈등을 다루었으나 〈반씨전〉만은 못하다.

천세령순(千歲靈筍) 보타산 자죽림에 있는 천 년 묵은 대나무 순으로 죽어 가는 자를 살린다. 〈김태자전〉에 보인다. 〈김태자전〉은 한문 소설 〈육미당기〉를 번역한 것으로 민족의식을 한껏 고양시켰다.

활인주(活人酒) 〈곽부용전〉에 보이는 술로 곽부용이 이 술로 사경을 헤매는 경성 대군을 살린다.

활인초(活人草) 〈왕제홍전〉에 보인다. 주인공 제홍이 이 풀로 죽은 황 소저를 살린다.

금낭(錦囊) '금낭'은 비단주머니로 〈선분기담〉에 보인다. 우심이라는 주인공이 이 주머니를 두르자 학문에 통달하여 과거에 급제한다.

금봉차(金鳳釵) 〈박씨전〉에 나오는 기물로, 금으로 봉황을 새겨서 만든 금비녀다. 이것으로 술잔 가운데를 그으면 술이 한 편은 없고 한 편은 있는 것이 칼로 벤 듯하다.

단약(丹藥) 〈옥수기〉에 보이는 약으로 이 약을 먹으면 늙지 않는다.

도봉잠 〈소현성록〉에 보인다. 지금으로 치면 비아그라와 같은 정력제다.

독약(毒藥) 〈설홍전〉에 보이는 독약은 특이하다. 악독한 계모인 진숙인이 주인공 설홍에게 이 약을 먹이자 온몸에 털이 나고 사지가 뒤틀어지고 벙어리가 된다. 진숙인은 설홍을 '인곰'이라고 부른다. 설홍은 갖은 고생을 하다 후일 운담 도사가 준 약을 먹고 다시 사람으로 변한다.

미혼단(迷魂丹) 〈쌍성봉효록〉과 〈화문록〉에 보인다. 이 약을 먹으면 총명한 정신을 흐리게 한다. 그러나 〈화산기봉〉의 이영준과 그의 아들 이성에게는 '미혼단'과 '변용단'이 통하지 않는다. 이유는 뜻이 높아서라고 한다.

〈투색지연의〉 6회에 보이는 구화산 선녀가 꿈에 주고 간 약도 재미있다. 경경이 이 약을 바르니 용모가 더욱 아름다워지기 때문이다. 이러한 약들은 모두 요약(妖藥)이라 부를 만하다. 신령한 영약은 아니지만 남편이나 부모를 위해 손가락을 자르거나, 허벅지 살을 베어 병구완하는 작품도 여럿 보인다. 〈남씨충렬록〉의 남씨는 자신의 손가락과 살을 베어 달인 물로 남편을 병구완한다. 지금으로 보자면 엽기적인 행동임에 틀림없지만, 조금만 돌려 생각하면 제 몸만큼 남편이나 부모를 위하였음을 알 수 있다.

명월단 〈박씨전〉에 나오는 저고리로 물에 넣어도 젖지 않고 불에도 타지 않는다. 박 씨 부인은 "님의 친정 부친게셔 동히 용궁의 갓슬 쎡에 어더온 거신이 용궁 소싱이로쇼이다"라고 한다.

선산장명환 〈진장군전〉에 보인다. 명을 길게 하는 약이다.

송학의 신선들이 입는다는 소나무와 학을 수놓은 옷으로 〈현수문전〉에 보인다.

연단화성환 〈진장군전〉에 보인다. 이 약을 먹으면 잉태하게 되고 아이도 총명하나 명이 길지 못하다.

열봉채 〈황백호전〉에 보이는 것으로 큰 산이라도 쪼갤 수 있고, 바다도 육지로 만들 수 있는 물건이다.

오화단 이본에 따라 화렴단이라고도 한다. 〈박씨전〉에 나오는 비단치마로 젖은 치마를 불에 던지니 치마는 타지 않고 더욱 고운 빛이 살아난다. 치마를 물이 아닌 불로 세탁하는 셈이다. 사람들이 의아하여 물으니 박 씨 부인은 "인간의난 업고 월궁 소싱이로소이다"라고 한다. 고소설에는 이처럼 신약이나 신령스러운 기물이 보인다. 모두 소설에 신이한 힘을 주려는 의도다. 이러한 의도로 설정한 '진언(眞言)'이라는 기이한 주문도 보인다. 진언은 신령스러운 주문이다. 〈박씨전〉·〈전우치전〉·〈흑룡일기〉·〈홍길동전〉 따위 소설에 보이는데, 〈흑룡일기〉에서 진언은 '팔만대장경'이다.

일영주(日映珠) 사람의 목숨을 구하는 구슬 같은 환약으로 〈조웅전〉과 〈적성의전〉 등에 보인다.

팔광주 〈황백호전〉에 보이는 것으로 한 번 휘두르면 천병만마와 억만이나 되는 귀신 같은 장수들이 나와 싸움을 돕는 보물이다.

해독환 〈명주보월빙〉·〈효의정충예행록〉에 보인다. 독약 먹은 이를 살린다.

향탕수(香湯水) 〈유충렬전〉에 보인다. 향내가 나는 무엇인가를 끓인 물로 어린아이를 씻기면 모든 병이 없어진다.

홍선(紅扇) 붉은 부채로 〈유충렬전〉에 보인다. 불이 났을 때 부치면 불이 꺼진다.

환약(丸藥) 〈정도령전〉·〈석화룡전〉·〈강태공전〉 등에 보이는 회생단으로 죽은 이를 살린다.

환형단(換形丹) 〈전우치전〉에 보이는 이 약은 사람의 모습을 변하게 한다. 〈전우치전〉은 중종 시절인 1530년경에 반역죄로 죽은 실제 인물 '전우치(田禹治)'를 주인공으로 한 소설이다. 《송와잡설(松窩雜說)》에 "전우치는 해서(海西) 사람이다. 배우지 않고서도 글에 능하며 시어(詩語)가 시원스러워 사람들은 모두 그가 도술이 있어서 귀신을 부린다"는 기록이 보인다. 이 전우치는 우리 고소설 작가인 신광한과도 겹치는 부분이 있다. 신광한이 한번은 전우치에게 도술을 해보라 하자 밥알을 입에 넣어 뱉으니 모두 흰 나방으로 변했다는 기록이 《조야집요》에 있다. 〈전우치전〉은 〈홍길동전〉의 아류지만 정치의식은 〈홍길동전〉보다 더 높으니 "그러나 조정에서 벼슬하는 이들은 권세를 다투기에만 눈이 붉고 가슴이 탈 뿐이요, 백성의 질고는 모르는 듯 내버려 두니 뜻 있는 이는 팔을 뽐내어 분통함이 이를 길 없더니 우치 또한 참다 못하여 그윽이 뜻을 결단하고……" 따위의 문장만 보아도 알 수 있다.

〈금우태자전〉에서 금송아지를 멋진 사내로 변화시킨 환골단(換骨丹)도 같은 약이며, 〈소현성록〉에서는 소현성의 셋째 부인인 여 씨가 둘째 부인인 석 씨를 투기하느라 제 모습을 석 씨 부인으로 바꾸고는 야릇한 짓을 일삼게 한 약은 개용단(改容丹)이다. 소현성은 이 개용단 사건을 처리하고는 화근이 된 약을 아예 없애 버린다. 〈현씨양웅쌍린기〉에 보이는 '개용단', '회신보명단', '북상단'도 먹으면 얼굴을 바꿀 수 있으며 〈화문록〉에서 호 소저가 이 소저를 해코지하는 '변용단'도 같은 요약이다.

9

고소설에 쓰이는 모티프는?

고소설의 모티프 중, 가장 중요한 특질은 '환상성(Fantastic characteristic)'이다. 이 초현실적인 환상성 모티프는 고소설의 독특한 미학이요, 고소설의 시종을 일관한 한 문법의 패턴으로 이해해야 마땅하다. 이 모티프들이 고소설을 본 당대인들의 흥미소였음은 두말할 나위없다. 그렇다면 고소설의 독자들은 왜 이러한 환상적인 모티프에 흥미를 느꼈을까?

그 답을 한마디로 정의할 수는 없지만, 현실에서 이룰 수 없는 것에 대한 강렬한 희원이 빚은 것이라고밖에 볼 수 없다. 중세 사회에서는 결코 이룰 수 없는 꿈들이기에 초자연적이고 비현실적인 모티프를 동원하여 마술적 상상력을 펼친 것으로 이해된다.

이왕 환상성에 대해 언급하였으니, 이에 대해 잠시만 짚어 보자. 사실이 환상성은 현재와도 직결되기 때문이다. 더욱이 환상성은 우리 고소설에만 국한된 현상이 아니다. '우리'라는 용어가 있으니 이 환상이 국내용이냐 하면 전혀 아니다. '우리'의 밖도 이 환상에서 벗어나지 못함은 동일하다. 환상성을 이용한 문학은 장구한 역사성을 갖는 동서고금을 막론하는 문화 현상이기 때문이다. 지금의 '판타지'라는 세련된 용어도 이 환상성과 한 형제임은 물론이다.

해방을 전후하여 쏟아져 나온 신채호의 〈꿈하늘〉, 나도향의 〈꿈〉, 박태원의 〈적멸〉, 이광수의 〈꿈〉, 김동인의 〈광염 소나타〉, 채만식의 〈패배자들의 무덤〉, 김래성의 〈악마파〉·〈백사도〉·〈무마〉 등을 포함해 해방 이후 작가들인 박상륭, 최인훈, 김승옥, 윤대녕, 최인석, 장정일, 김영하 등도 모두 이 환상을 모티프로 한 작품의 맥을 잇고 있다.

어디 이뿐이랴. 동양의 《산해경》·《삼국유사》와 〈서유기〉·《금오신화》·〈구운몽〉·〈호질〉·〈삼한습유〉 및 조선 후기의 고소설에서, 서양의 〈그리스 로마 신화〉·〈아서 왕 전설〉·〈니벨룽겐의 반지〉·〈아라비안나이트〉 등의 신화 및 고전들을 비롯, 카프카의 〈변신〉, 호프만의 〈호두까기 인형과 생쥐 임금〉·〈모래 사나이〉, 에드가 앨런 포의 〈어셔 가의 몰락〉·〈검은 고양이〉·〈아서 고든 핌의 모험〉, 루이스 캐럴의 〈이상한 나라의 앨리스〉 등의 근대 환상 소설들과 브래드버리의 〈화성연대기〉를 포함한 현대 SF 작가들, 남미 문학의 거장인 호르헤 보르헤스와 마르케스의 작품들까지 복잡다단하게 환상으로 얽혀 있다. 여기에다 현실 생활 문화에서 맹위를 떨치는 조앤 롤링의 〈해리 포터〉 시리즈나 C. S. 루이스의 〈나니아 연대기〉, 그리고 1998년 엔씨소프트사에서 개발해 국내는 물론 미국·일본·타이완·홍콩 등에도 서비스되어 순간 동시 접속자 수가 17만여 명에 이르는 다중 접속 온라인 배역놀이 게임 〈리니지〉까지 고려의 대상에 넣는다면 가히 환상 장르의 현실적 영향력과 중요성을 가늠하기는 어렵지 않다.

이와 같이 환상성은 우리의 고소설 및 세계적인 문학 현상이며, 현실 문화이자 고부가 가치를 창출해 내는 중요한 연구 대상이라 할 수 있다. 근대 이성과 합리주의가 몰아냈던 '환상', '주술', '신비'가 이 포스트모던 시대를 맞이하여 만개하고 있다. 국문(인문)학자들도 더 이상 학문적인 비의(秘意)와 구경(究竟)을 모토로 한다며 저급한 상업주의에 고소설을 제물로 바치게 됨을 고뇌해서는 안 된다. '인문학(특히 국문학)이 죽 쑨다'고 이구동성이더니, 급기야 인문학으로 호구지책을 삼는 내로라하는 분들이 소문내고 모여 사회에 대한 '윤리적 성토 성명서'를 낭독한다고 될 일도 아니니다. 인문학 하는 지식인들을 싸잡아 '관료 지성', '지성계의 환관'이라고까지 폄하하는 시대이다. 오히려 신비로운 고소설의 환상 모티프를 압도적인 기술력을 바탕으로 한 테크놀로지와 조우시킨다면, 현대인들에게 강력한 환상의 세계를 제공할 문화 콘텐츠로서 고소설을 발견할 수 있다. 고소설의 회생도 여기에서 찾을 수 있다. 고전과 현대가 환상으로 아우러지는 새로운 고소설 문화 콘텐츠를 기대해 본다.

이상국 모티프 부조리한 현실에 대한 비판과 탈출 방법으로 설정된다. 〈허생전〉이나 〈홍길동전〉이 대표적이다.

꿈 모티프 예언 모티프의 대표적인 형식이다. 이 꿈은 구체적인 일들을 때때로 암시하고 예언하는 기능을 수행한다. 〈소대성전〉에서 이 승상은 청룡이 나타나는 꿈을 꾸고 소대성을 만나며, 〈조웅전〉에서는 위기의 순간마다 그것을 예견하여 미리 방비케 하거나, 〈최척전〉에서는 장육존불이 위기 때마다 꿈에 나타나 힘을 준다. 이 외에 〈홍영선전〉·〈석태룡전〉·〈장석전〉 등에서는 꿈을 통하여 주인공에게 닥쳐올 위기를 알리거나 〈효의정충예행록〉처럼 꿈을 통하여 악행을 꾸짖거나, 꿈속에서 옥소를 배우는 〈삼생기연〉, 〈몽옥쌍봉연록〉처럼 꿈속에서 준 옥지환을 매개로 혼인을 이룬다. 특히 〈몽옥쌍봉연록〉은 특이하게도 안남국 왕자를 주인공으로 내세운다. 고소설에서 이 꿈 모티프가 쓰이지 않는 경우는 거의 없을 정도로 자주 애용된다. 이 꿈 모티프가 자주 등장하는 것은 태몽이다.

요약 모티프 도교의 영향으로 형성되었으리라 추측되며 주로 악인들이 이용한다. 〈소대성전〉에서 소대성은 이 요사스러운 요약(妖藥)이 세상을 어지럽힌다고 보고 요약을 만드는 도사를 찾아 없앤다.

변신 모티프 가스통 바슐라르(Gaston Bachelard)에 따르면, "상상력의 최초 기능은 짐승의 모습을 띠는 것이다"라고 한다. 인간의 변신 욕망은 폐쇄된 현실적 삶의 지양과 초월이 가능하다는 믿음에서 기인하는 것이며, 그렇기 때문에 변신 욕망은 문학의 중요한 모티프로 끈질긴 생명력을 가진 채 반복 변주된다. 이 변신 모티프는 카프카의 〈변신〉이나 나쓰메 소세키의 〈나는 고양이로소이다〉처럼 동양과 서양, 고금을 가릴 것 없다. 우리 고소설의 경우로는 〈박씨전〉, 〈금방울전〉, 〈황부인전〉 등이 이 모티프를 대표한다.

앵혈 모티프 앵혈(鸚血)은 여자의 팔에 꾀꼬리의 피로 문신한 것을 말한다. 성교를 하여야 그 흔적이 없어진다고 하여 처녀의 표지로 삼았다. 대하소설에서는 거의 빠짐없이 앵혈에 대한 이야기가 나온다. 대하소설에서 앵혈은 여성의 정절이나 부부 사이의 관계가 소원한지 화락한지를 알게 하는 중요한 단서가 되기도 한다. 앵혈은 여성뿐만 아니라, 남성에게도 똑같이 작용하는데 남성이 앵혈을 가지고 있는 것은 매우 부끄러운 일로 묘사된다.

〈소씨삼대록〉에서는 자신의 팔에 찍힌 앵혈을 지우기 위한 남성이 여성을 강간하고, 〈유효공선행록(柳孝公善行錄)〉의 후편인 〈유씨삼대록〉에서 세필은 박 소저가 실절했을 것이라 의심하고 박대하다가 박 소저의 앵혈을 보고 뉘우친 뒤 화락하기도 한다.

적강 모티프 고소설에서 '적강(謫降)'이란, 신선이 인간 세상에 내려오거나 사람으로 태어난 모티프다. 이 모티프는 우리 고소설에서 가장 흔하게 보인다. 예를 들자면 〈숙향전〉·〈백학선전〉에서 천상에서 득죄한 두 남녀가 각각 적강 것이라든지, 〈유충렬전〉에서는 유충렬이 하늘의 선관으로 무도

한 익성과 다투다가 지상으로 추방되었다든지 하는 것이다. 한문 소설, 국문 소설 할 것 없이 우리 고소설에서 가장 익숙한 모티프다. 이러한 적강 모티프는 신화에서 비롯된 서사의 원형 가운데 하나다.

신물 모티프 '신물(信物)'은 신표(信標)다. 출생 시에 주어지는 경우도 있으나 보통은 후천적으로 습득된 것이다. 구체적으로 보자면 〈옥란기연〉의 장추성과 소선부의 신물이 옥란(玉蘭: 옥으로 만든 난초)이고, 〈백학선전〉과 〈조웅전〉에서는 신물로서 부채를 주고받는다. 쥘부채는 펴지고 접히는 개폐 구조를 가지고 있어 흔히 여자의 정조에 비견된다. 정조를 지키고 변절하지 말라는 사랑의 약속과 그 약속의 신물로서 부채를 주고받는 습속이 예로부터 우리나라에 있었다. 〈조웅전〉에서는 조웅과 장 소저의 사랑의 끈이며, 장 소저와 조웅의 어머니를 이 부채로써 이어 준다. 부채 모티프가 단순히 신물로서만 그치는 것이 아니라 이야기 전개에도 중요한 요소임을 알 수 있다. 특히 〈백학선전(白鶴扇傳)〉 같은 경우는 흰 학이 그려진 '백학선'이 중심 모티프이자 제목이기까지 하다. 이 부채는 남녀 주인공인 유백로와 조은하의 만남의 정표가 되며, 이 백학선이란 부채가 이야기 전개의 중심에 위치한다.

이외에 여성들의 가락지, 비녀, 장신구 등이 이용된다. 〈왕시봉전〉 같은 경우는 나무 비녀로 왕시봉과 옥년개시가 인연을 잇고, 〈최보운(은)전〉의 월애와 보운(은)은 빗이 신물이다. 이러한 신물 모티프를 찾을 수 있는 고소설은 〈쌍천기봉〉(팔찌), 〈옥원재합기연〉(옥으로 만든 원앙), 〈음양옥지환〉(옥가락지) 등 부지기수이다.

혼사 장애 모티프 고소설 중 주제를 애정에 둔 작품은 거의 이에 해당한다. 남녀의 애정이 흐르는 가운데 이들을 막으려는 혼사 장애와 이를 극복하는 과정인 이 모티프 또한 우리 고소설에서 흔히 볼 수 있다. '늑혼(勒婚)'이란 억지로 혼인하는 경우를 이른다. 예를 들어 〈운영전〉·〈상사동기〉 등

한문 전기 소설은 물론이고, 〈춘향전〉·〈금방울전〉·〈양산백전〉·〈유문성전〉·〈권익중전〉 등 애정 국문 소설 태반이 이 모티프를 사용하였다. 여기에서 혼사를 가로막는 세력, 즉 〈운영전〉의 안평 대군, 〈상사동기〉의 회산군, 〈춘향전〉의 변 사또가 바로 이 '늑혼 모티프'의 반동 인물들이다. 〈윤지경전〉 같은 경우는 왕이 남성 주인공에게 혼인을 강제하는 늑혼 모티프를 서사적으로 전개한 애정 소설이다. 〈윤지경전(尹知敬傳)〉을 위하여 따로 장을 마련치 못한 섭섭한 마음에 여기서라도 잠시 언급해야겠다. 한마디로 〈윤지경전〉은 답답한 속을 풀어 주는 데는 그만인 역사적 사건에 허구를 얽은 소설이다. 국문본·한문본이 모두 보이는데, 연구에 의하면 한문본(동국대본)이 가장 앞선다는 결과다. 역사와 허구를 적절하게 매만진 작품으로는 숙종조의 충신인 박태보를 소설화한 〈박태보전〉, 홍경래의 난을 그린 〈신미록(辛未錄)〉류, 나선 정벌(羅禪征伐, 청나라의 요청에 따라 조선이 러시아군을 1654년과 1658년 두 차례에 걸쳐 정벌한 사건)을 다룬 〈배시황전(裵是愰傳)〉 등이 있다.

〈윤지경전〉의 시대 배경은 중종 시절(1506~1544)이다. 당연히 이 시절 신진 선비들이 참살당한 기묘사화(己卯士禍)와 관련하여 조광조가 왕이 된다는 '주초위왕(走肖爲王)', 김안로가 날조한 '작서지변(灼鼠之變)' 등이 그대로 소설 속에 녹아들어 소설의 씨줄이 되고, 여기에 주인공 윤지경의 '한 치의 흔들림도 없는 연화에 대한 굳은 애정과 어질지 못한 임금에 대한 목숨 건 저항'이라는 두 개의 허구적 주제가 날실로 짜여 있다.

연화에 대한 윤지경의 사랑과 올곧은 소리를 임금에게 해대는 장면만 잠시 보자. 부마 자리를 박차고 나와 사랑하는 여인 연화와 있는 윤지경에게 임금이 송환을 보낸다. 송환이 어렵게 윤지경을 찾아 궁궐로 가자고 하니, 윤지경은 코웃음을 치며 송환에게 아래와 같은 말을 들려주며 임금에게 아뢰라고 한다. 송환은 한 치의 오차도 없이 이 말을 그대로 전한다.

"열 황소 끌어도 못 가리로다."

하며 왈,

"이적에 남곤과 심정이 조광조·이군빈 등 30여 인을 모해하랴, 홍상 복성군과 모계하여 박 씨가 후원 나뭇잎에 꿀로 글을 쓰되 '조광조·이군빈 등이 모반한다' 썼으니 꿀 먹은 버러지 꿀을 다 갉아먹으니 글자가 완연한지라. 장녀 따서 박 씨를 주어 상께 보이니 상이 몰라보시고, 귀인과 복성군 홍상이 안으로 혼동하고, 밖으로는 남곤·심정이 고변하여 조광조 등 30여 인을 내어 베니, 그 원통하고 민망함을 참담히 여기나 힘이 미치지 못하여 구하지 못하고 통한함을 이기지 못하였다."•

〈윤지경전〉의 작자는 알 수 없지만 강개한 그의 마음은 글줄에서 얼마든 찾을 수 있다.

각설하고, 다시 본론으로 돌아와 중국 소설을 번안한 재자가인형 소설의 전형인 〈호구전〉은 과기조의 늑혼에 시달리는 수 소저와 수 소저를 도와주는 철 공자의 관계를 따라잡는 소설이다. 수 소저의 고난은 숙부인 수운이 과기조의 늑혼 음모를 도와줌으로써 더욱 심하게 그려진다.

늑혼을 가하는 계층은 〈소현성록〉의 여 씨처럼 대개 왕실이나 왕실과 친분이 있다. 〈유씨삼대록〉, 〈명주기봉〉, 〈옥란기연〉, 〈소현성록〉, 〈하진양문록〉 등 대하소설에는 선과 악의 첨예한 대립 속에 남녀 두 주인공의 사랑을 가로막는 늑혼이 임금(황제)에 의해 발생한다.

귀신, 이인 모티프 일찍이 〈설공찬전〉에서 볼 수 있는 모티프다. 후대로 내려올수록 귀신 모티프는 주인공이 원한을 푸는 모티프로서 기능한다. 일찍이 〈만복사저포기〉나 〈이생규장전〉, 〈석화룡전〉 같은 영웅 소설에 이르

• 장덕순·김기동 공편, 《고전국문소설선》, 정음문화사, 1984, 77쪽.

기까지 귀신과 사랑을 나누는 이 모티프는 〈장화홍련전〉에서 장화와 홍련이 모두 귀신이 되어 원한을 푸는 것 등으로 이어진다.

또 고소설에는 초월적 존재가 등장하는데, 이들은 주인공의 원조자로 나타나 앞으로의 진로와 위기를 모면할 방도를 일러 주면서 악이 없는 완전한 세계상을 이루어 낸다. 이를 '이인 모티프'라 한다. 이러한 초월적 존재인 이인은 주인공을 통해서 이상 세계를 이루어 가도록 하는 데 합리성을 부여하는 존재들로 한문 소설과 국문 소설 할 것 없이 고소설 전반에 걸쳐 보인다.

한문 소설인 〈최척전〉에는 옥영의 꿈에 장육존불이 나타나 희망을 주고, 국문 소설인 영웅 소설에서는 초월적 구원자가 나타나 주인공에게 신이한 능력을 전수시키거나 주인공의 능력을 십분 발휘할 수 있도록 한다. 이인은 칼이나 갑옷, 말, 병서 등을 줌으로써 주인공의 능력을 빠른 시일 내에 터득하게 도와주니 〈소대성전〉·〈조웅전〉 등 군담 소설이 대표적이다. 〈소대성전〉에서는 소대성의 부친이 아들 없음을 한탄하며 시주했던 스님이 소대성의 위기 때마다 출현하여 힘을 보태 주거나 여러 이인들이 등장해 조웅을 위기에서 건져 주고 무술을 가르친다. '이인 모티프'는 영웅 소설의 전형적인 모티프다.

이 이인 모티프는 천상과 지상의 이원 구도가 확대될수록 극대화되는데, 상층 사대부와 친연성 있는 대하소설에서는 더욱 발견된다. 〈소현성록〉, 〈현씨양웅쌍린기〉, 〈임화정연〉 등이 대표적이다. 흥미로운 것은 이 이인이 선한 주인공만 돕는 것이 아니라는 점이다. 〈현씨양웅쌍린기〉, 〈옥수기〉에서는 주인공과 대결 양상이 치열해질수록 악인을 도와주는 이인이 등장하기도 한다. 〈현씨양웅쌍린기〉에서 형아를 도와주는 월청 법사, 〈옥수기〉에서 간신 양방을 도와주는 요승 계효 등이 이에 해당한다. 이러한 이인이 악인을 도와줌으로써 주인공과 대결은 더욱 치열하게 전개된다.

여장 결연 모티프 여장 결연 모티프는 열네다섯 살의 미남 주인공이 미녀를 얻으려는 의도에서 한다는 점이 흥미를 끈다. 물론 결연은 모두 성공한다. 〈구운몽〉의 양소유, 〈임호은전〉의 임호은, 〈장국진전〉의 장국진, 〈정비전〉의 태자 등이 이에 해당한다. 학계에서는 〈임호은전〉을 〈구운몽〉의 통속적 축약판으로 본다. 여장 결연이 나오는 작품으로는 〈남강월전〉, 〈김희경전〉, 〈정진사전〉, 〈창선감의록〉, 〈왕제홍전〉, 〈해당향〉, 〈형산백옥〉, 〈구운몽〉, 〈옥선몽〉 따위 소설들이 더 있다.

이외에도 고소설에는 〈홍길동전〉의 '계모', 〈왕경룡전〉의 '송사(訟事)', 전기 소설인 〈최현전(崔灦傳)〉의 '아내나 남편 찾기', 〈최치원전〉의 '지하국 대적 퇴치', 〈옹고집전〉의 '학승(虐僧)', 〈춘향전〉과 〈배비장전〉의 '불망기(不忘記)'와 남녀의 연분이 이미 정해진 〈유충렬전〉·〈김희경전〉·〈이대봉전〉·〈정수정전〉 등의 '천정 배필', 〈곽해룡전〉·〈조웅전〉·〈황운전〉 등의 '간신 박해', 〈소대성전〉·〈장풍운전〉·〈유충렬전〉·〈현수문전〉·〈김전전〉 등 잠재 능력을 미리 아는 '지인지감', 〈양주봉전〉·〈유문성전〉·〈현수문전〉·〈가심쌍완기봉〉(여주인공 묘백은 평생을 남자로 살고 영 소저는 이를 알고도 혼인한다. 〈방한림전〉의 이본이다) 등에 보이는 여주인공의 '남복 착용', 〈음양옥지환〉·〈이대봉전〉·〈이봉빈전〉·〈홍계월전〉 등의 주인공 '은거 무예 훈련' 따위의 모티프를 흔히 찾을 수 있다.

물론 이외에도 무인도에서 부친을 만나는 '부자 상봉', 주인공의 '용궁 방문', '부마 간택', '처첩 갈등', 물에 빠져 죽은 자를 위로하는 '수륙제', 죽은 자를 살리는 '사자 갱생', 남성의 훼절을 다룬 '남성 훼절' 모티프 등은 〈곽부용전〉·〈곽해룡전〉·〈김진옥전〉·〈김희경전〉·〈소대성전〉·〈양주봉전〉·〈삼선기〉·〈왕제홍전〉·〈황운전〉·〈배비장전〉 따위의 여러 소설에서 흔히 찾을 수 있는 형식화된 환상적인 모티프들이다.

10 고소설에 나오는 전법이나 도술은?

전법은 군담 소설에, 도술은 도술 소설에 주로 보인다. 군담 소설의 진법은 주로 《역경》의 음양오행설의 이치와 관계되는 것이 가장 많으며, 〈삼국지연의〉에서 제갈량이 쓴 팔진도에서 많은 영향을 받은 듯하다. 군담 소설에 보이는 아래와 같은 전법은 《임하경륜(林下經綸)》에 보인다. 《임하경륜》은 홍대용이 쓴 책으로, 이 책에 실린 용병술과 진법이 군담 소설에 보이는 진법과 상당 부분 일치한다.

도술법 역시 미루어 보건대 〈삼국지연의〉, 〈수호전〉, 〈서유기〉 등의 영향일 것이다.

전법

구궁진 〈유문성전〉 등에 보인다.

구요성군진 〈설인귀전〉 등에 보인다.

기문둔갑진 〈조자룡실기〉 등에 보인다.

내외음양진 역경의 이치를 따른 진법이다. 〈유충렬전〉, 〈장익성전〉, 〈여장군전〉 등에 보인다.

방울진 〈흑룡록〉 등에 보인다.

배수진 임진왜란 때 신립 장군이 조령을 버리고 충청도 탄금대에서 강을 등지고 이 배수진을 쳤으나 패하였다. 〈흑룡록〉 등에 보인다.

삼재오행진 〈유문성전〉 등에 보인다.

십면매복진 〈설인귀전〉 등에 보인다.

십진도 〈장백전〉 등에 보인다.

열염진 〈설정산실기〉 등에 보인다.

오방진 〈유문성전〉 등에 보인다.

오행진 〈흑룡록〉 등에 보인다.

오호찬양진 〈설인귀전〉 등에 보인다.

용문진 〈설인귀전〉 등에 보인다.

원앙진 〈산양대전〉 등에 보인다.

유수진 〈김진옥전〉 등에 보인다.

육자연방진 〈설인귀전〉 등에 보인다.

육화진(六花陣) 위국공 이정이 제갈량의 팔진도를 기초로 만들었다는 진법이다. 〈진장군전〉, 〈어룡전〉, 〈장백전〉 등에 보인다. 중군을 가운데 두고 밖으로 6군이 둘러친 원형의 진이다.

음양진 〈보심록〉, 〈여장군전〉(〈정수정전〉) 등에 보인다. 재미있는 것은 부인인 정수정이 대원수이고 남편 장영이 부원수다. 〈홍계월전〉, 〈이학사전〉(〈이현경전〉) 같은 여성 영웅 소설에서는 부부 관계가 이렇게 역전되어 있다.

이용출수진 〈설인귀전〉 등에 보인다.

일자금사진 〈유문성전〉 등에 보인다.

일자장사진 〈황장군전〉, 〈장익성전〉, 〈황산백전〉 등에 보인다.

일자진(一字陣) 일(一)자 모양의 진으로, 상산의 뱀 모양으로 치는 진이라 하여 '상산사진(常山蛇陣)'이라고도 한다. 〈진장군전〉 등에 보인다.

장방울진 진 주위에 일정한 간극을 두고 방울을 달아서 적이 침입하면 방울이 저절로 울린다. 〈서산대사전〉에서 왜적이 사용하였다.

조익진 〈이대봉전〉 등에 보인다.

천지인삼재진 〈설인귀전〉 등에 보인다.

천화진 〈어룡전〉 등에 보인다.

초접진 〈사명당전〉 등에 보인다.

칠성진 〈설인귀전〉 등에 보인다.

팔문금사진 〈흑룡록〉 등에 보인다.

팔진법(八陣法) 전법의 하나로 가운데 중군을 두고 전후좌우와 동북, 동남, 서북, 서남에 8진을 배치한다. 〈진장군전〉, 〈이대봉전〉, 〈삼국지연의〉 등에 보인다. 〈삼국지연의〉에는 팔문금쇄진(八門金鎖陣)으로 나온다.

풍우변화진 〈유문성전〉 등에 보인다.

홍수진 〈설정산실기〉 등에 보인다.

도술

긴고주(緊箍呪) '긴고'는 〈서유기〉에서 손오공의 머리에 두른 쫄테요, '주'는 삼장 법사의 주문이다. 삼장 법사가 '긴고주'를 외기만 하면 손오공의 머리는 깨질 듯하고, 삼장 법사의 뜻대로 따를 수밖에 없다.

둔갑장신지법(遁甲藏身之法) 요술을 써서 제 몸을 마음대로 다른 것으로 변하게 한다는 둔갑술과 몸을 감춘다는 장신법을 아울러 이르는 말이다. '육정육갑(六丁六甲)'도 이와 유사하다. 〈황백호전〉, 〈현수문전〉, 〈홍길동전〉, 〈전우치전〉, 〈최치원전〉, 〈서유기〉, 〈장익성전〉, 〈남정팔난기〉, 〈유충렬전〉, 〈쌍두장군전〉(〈곽해룡전〉), 〈이대봉전〉, 〈보심록〉 등에 보인다.

변화위신지법(變化爲神之法) 귀신을 부리어 몸을 변화거나 감추는 술법으로 〈유충렬전〉 등에 보인다.

보허지법(步虛之法) 고운 최치원이 남긴 득선법으로, '보허'란 공중을 걸어 다니는 신선술이다.

승천입지지책(昇天入地之策) 하늘에 날아오르고 땅으로 들어가는 술법으로 〈유충렬전〉 등에 보인다.

악화두수지술(握火杜水之術) 불을 잡고 물을 막는 술법으로 〈유충렬전〉 등에 보인다.

오행변화술(五行變化術) 〈유문성전〉 등에 보인다.

요신(搖身) 몸을 흔들어 사물을 변하게 하는 방법으로 〈전우치전〉에 유독 보인다.

지인초마법(紙人草馬法) '종이 인형과 지푸라기 말'을 만들어 허공에서 내려오게 하는 법이다. 〈삼국지연의〉, 〈홍길동전〉, 〈유문성전〉, 〈권익중전〉, 〈옹고집전〉 등에 보인다. 초인법(草人法)도 동일하다.

진언(眞言) 비밀스러운 어구로 주문을 걸 때 외운다. 〈홍길동전〉, 〈전우치전〉, 〈박씨전〉 등에 보인다.

둔갑술(遁甲術) 〈홍길동전〉 등에 보인다.

축지법(縮地法) 〈홍길동전〉 등에 보인다.

팔문둔갑법(八門遁甲法) 귀신을 부린다는 술법으로 〈현수문전〉 등에 보인다.

풍운변화지술(風雲變化之術) 바람이나 구름과 같은 자연 현상도 마음대로 변화시키는 재간으로 〈홍계월전〉 등에 보인다.

풍운조화법(風雲造化法) 풍운조화를 마음대로 부리는 법으로, 호풍환우법(呼風喚雨法)과 동일하다. 〈장익성전〉, 〈남정팔난기〉 등에 보인다.

딱히 도술이라고는 할 수 없지만 〈남가록(南柯錄)〉에는 흥미롭게 남을 해치는 방법이 나오기에 그 몇을 소개해 본다. 참고로 〈남가록〉은 19세기 말에서 20세기 초쯤에 창작된 한문 장편 고소설로 서강대학교 도서관에 갊아 있는 것이 유일본이다. 이 소설의 서문을 최만성(崔晩成)이 썼는데 이 이가 작자인지는 알 수 없지만 내용은 독자의 눈길을 끌기에 충분하다. 석(石)자 돌림의 석천장, 석화주, 석태, 석홍 등 네 주인공이 가상의 나라 남가국을 배경으로 천상계, 지상계, 선계, 수중계를 환상적으로 넘나들며 전쟁을 하고 여기에 종교까지도 저며 넣은 소설이다. 독자들은 앞에서 본 김소행의 〈삼한습유〉와 유사한 광폭의 환상을 그려 낸 소설로 이해하면 된다.

〈남가록〉에 보이는 도술을 몇 가지 보면 이렇다. 권세를 빼앗고 그 음식을 줄여서 굶주림에 허덕이게 한 뒤 음식을 거부하여 죽게 만드는 강잠법(僵蚕法), 객을 붙이기도 하고 몰래 독약을 보내기도 하여 사람을 그 자리에서 죽게 만드는 봉자법(蜂刺法), 갑의 세력이 크다면 을을 끌어와 결합하여 을을 이용해 갑을 제압하는 강동월이석(江動月移石), 그리고 적이 강할 때 잠시 피하면서 적이 의지하는 사람을 공격하는 산우풍만루법(山雨風滿樓法) 등이 보인다.

11

〈홍길동전〉은 정말 허균이 지었나?

학산(鶴山) 허균(許筠, 1569~1618), 재주와 여인, 벼슬 복을 풍성히 누린 이, 광해군 조에 역모죄로 처형되고 《광해군일기》에 '천지간의 한 괴물(天地間一怪物)'이라 기록된 이 이가 정녕 〈홍길동전〔洪吉同(童)傳〕〉을 지었는가?

학계에서는 아직도 팽팽한 긴장이 흐른다. 명쾌히 해결된 문제가 아니라는 말이다. 허균이 〈홍길동전〉을 지었다고 단정하려면 몇 가지 추정 증거에 대한 확신을 전제로 해야 한다. 따라서 국문학, 그것도 고소설을 공부하는 사람으로서 이 문제를 다루는 것은 상당히 껄끄럽다. 따라서 문헌적인 사실만 기술토록 하겠다.

〈홍길동전〉에 관한 자료부터 정리하여 보자.

알다시피 〈홍길동전〉은 '홍길동'이란 도적을 모태로 하였으니 역사 속의 홍길동에 관한 자료부터 살피는 것이 순서일 것이다. 다음과 같이 열 차례나 홍길동의 이름이 보인다.

《조선왕조실록》의 기록

1. 연산군 6년 경신(1500) 10월 22일(계묘) "듣건대, 강도 홍길동(洪吉同)을 잡았다 하니 기쁨을 견딜 수 없습니다. 백성을 위하여 해독을 제거하는 일이 이보다 큰 것이 없으니, 청컨대 이 시기에 그 무리들을 다 잡도록 하소서" 하니, 그대로 좇았다.

2. 연산군 6년 경신(1500) 10월 28일(기유) 윤필상이 의논드렸다. "포악하고 독한 무리끼리 작당하여 백성들에게 큰 해독을 끼쳤으니, 이 같은 도적들은 사람마다 분개하는 것입니다. 만약 들었다면 의당 고발하여 체포해야 할 것인데, 엄귀손이 홍길동(洪吉同)의 행동거지가 황당한 줄 알면서도 고발하지 않았고 또한 따라서 살아가는 방도까지 알려 주었으니, 법으로도 마땅히 엄하게 다스려야 합니다. 죄가 법과 합치합니다."

어세겸이 의논드렸다. "엄귀손이 비록 홍길동의 음식물을 받아먹었지만 이것은 인정상 보통 있는 일이니 그다지 허물할 것은 못 됩니다. 그러나 국문(鞫問)을 당하여도 승복하지 않았다고 해서 조급하게 법률을 조목별로 적은 글에 보이는 '실정을 알고도 죄인을 숨겨 준 조문'을 적용한다는 것은 온당하지 않을까 합니다."

한치형이 의논드렸다. "엄귀손은 본래 탐욕이 많은 사람으로 선왕(先王) 때에 포도대장 이양생이 엄귀손의 홍천 본가에 가서 황당한 물건을 수색해 냈으나 그때 겨우 면했었는데, 지금 또 홍길동의 음식물을 받았고, 또 일찍이 주선하여 가옥을 사주었으니 홍길동이 범한 짓을 어찌 모르겠습니까. 형벌을 더하여 실정을 알아내어 죄를 결정하는 것이 어떠하리까."

이극균이 의논드렸다. "엄귀손이 다만 홍길동의 행동거지가 황당한 것을 알면서도 주선하여 감추어 주었다면 적용한 법이 너무도 적당하겠지마는 만약 홍길동이 장물을 맡긴 일이 있다고 한다면, 이러한 법을 적용할 수 없으니, 홍길동의 문초 끝나기를 기다려 죄를 결정하는 것이 어떠하리까"라고 하니, 한

치형의 의논대로 하였다.

3. 연산군 6년 경신(1500) 11월 6일(병진) "홍길동을 도와준 엄귀손을 끝까지 국문하게 하다."

4. 연산군 6년 경신(1500) 11월 28일(무인) 전교하기를, "홍길동(洪吉同)의 범죄 사실을 진술한 글을 보건대, 엄귀손은 비단 홍길동의 와주(窩主: 우두머리)일 뿐 아니라 바로 같은 무리다. 이 같은 행동이 있는데도 어떻게 벼슬이 당상(堂上)에까지 올라간 것인가. 그 정승들을 불러 이 범죄 사실을 진술한 글을 보이라".

5. 연산군 6년 경신(1500) 12월 29일(기유) 의금부의 위관(委官) 한치형이 아뢰기를, "강도 홍길동(洪吉同)이 옥정자(玉頂子)와 홍대(紅帶) 차림으로 첨지라 자칭하며 대낮에 떼를 지어 무기를 가지고 관부에 드나들면서 기탄없는 행동을 자행하였는데, 그 권농이나 이정들과 유향소의 품관들이 어찌 이를 몰랐겠습니까. 그런데 체포하여 고발하지 아니하였으니 징계하지 않을 수 없습니다. 이들을 모두 변방으로 옮기는 것이 어떠하리까"라고 하니, 전교하기를, "알았다" 하였다.

6. 중종 8년 계유(1513, 정덕 8) 호조가 아뢰기를, "경기는 인가를 철거한 뒤로 자손이 끊어져 상속자가 없는 집안이 매우 많고, 충청도는 홍길동이 도둑질한 뒤로 일정한 거처 없이 떠돌아다니거나 도망 다니는 사람들이 아직도 되돌아오지 못하여 양전을 오래도록 하지 않았으므로 세금을 거두기가 실로 어려우니, 금년에 먼저 이 두 도의 논밭을 측량하소서."

7. 중종 18년 계미(1523, 가정 2) 모두 경옥에 잡아 가둔다면 묶인 죄수가 길에 잇따를 것이니 이는 보고 듣기에 매우 해괴할 것입니다. 지난번 경신(1500)·신유(1501) 연간에 있었던 홍길동의 옥사를 거울삼을 만합니다.

8. 중종 25년 경인(1530, 가정 9) "옛날 홍길동(洪吉同, 도둑의 괴수였음)의 무리를 금부에서 추문한 전례가 이미 있기 때문에 이제 전례를 참작하여 한 것이다."

9. 중종 26년 신묘(1531, 가정 10) "이 도둑들은 옥관자(玉貫子: 옥으로 만든 망건 관자. 왕

과 왕족, 1품 이상의 관원은 조각을 하지 않았고, 정3품 당상관 이상의 관원만 조각을 하였다)를 갖추고 있다 하니 홍길동이 정3품 이상의 품계에 해당하는 벼슬의 옷차림을 갖추고 있던 것과 다를 것이 없다. 그러므로 길동의 예를 따라 금부에서 추국하는 것이다."

10. 선조 21년 무자(1588, 만력 16) "또 선왕조에서는 새로 정승을 가려 뽑음에 적격자를 얻어 풍속이 순후하고 아름다우므로 사람이 지켜야 할 도리가 변함이 없었습니다. 다만 홍길동·이연수(李連壽) 두 사람이 있었을 뿐이기 때문에 항간에서 욕할 때는 으레 이 두 사람을 그 대상으로 삼았습니다. 그런데 지금은 복상(卜相: 새로 정승을 가려 뽑음)에 적격자를 얻지 못하여 풍속이 어그러지고 사람이 지켜야 할 도리가 변하는 것이 곳곳에서 일어나므로 홍길동·이연수의 이름이 없어졌다고 하였다."•

정리해 보자. 왕조실록에 나타난 홍길동이란 도적의 한자명은 '홍길동(洪吉同)'이고 정확하게 그를 처단한 기록은 보이지 않는다. 활거 지역에 충청도가 포함된다. 다른 관계 기록을 보자.

《조선왕조실록》을 제외하고 가장 먼저 보이는 문헌은 택당 이식(李植, 1584~1647)의 《택당선생 별집(澤堂先生別集)》 제15권 〈잡저(雜著)〉 '산록(散錄)'이다. 허균이 〈홍길동전〉을 지었다 함은 이 문헌을 근거로 한다. 기록은 이렇다. "허균은 또 〈수호전〉을 본떠서 〈홍길동전(洪吉同傳)〉을 짓기까지 하였는데, 그의 무리인 서양갑(徐羊甲)과 심우영(沈友英) 등이 소설 속의 행동을 직접 행동으로 옮기다가 한 마을이 쑥밭으로 변하였고, 허균 자신도 반란을 도모하다가 형벌을 받아 죽었으니 이것은 농아보다도 더 심한 응보를 받은 것이라고 하겠다."

• 조선왕조실록 홈페이지

여기서 우선 한 가지 짚어야 할 것이 있다. 우리가 알고 있는 '홍길동(洪吉童)'을 실록과 《택당선생 별집》 공히 '홍길동(洪吉同)'으로 적고 있다는 점이다. '홍길동(洪吉童)'은 택당 이후 이익의 《성호사설》, 심재(沈鋅, 1722~1784)의 《송천필담(松泉筆譚)》, 홍만종의 《해동이적》 등에서부터 비롯된 명칭인 듯하니 깊이 살펴볼 일이다.

그런데 택당의 《택당집》은 그의 유명에 의해 간행되지 못하다가, 30년 가까이 지난 1674년에야 신독재(愼獨齋) 김집(金集)의 문인인 전라 감사 이동직(李東稷)과 우암(尤菴)의 계씨인 남평 현감 송시걸(宋時杰)이 협력하여 현 전주 감영에서 간행한 것이 그 초간본이다. 이후 1747년 증손인 이기진(李箕鎭)이 평안 감사로 있을 때 잃어버린 2편을 보충하여 《택당집》 초간본의 말미에 붙여 간행한 것이 그 중간본이다. 이 번역본은 초간본을 저본으로 하여 번역하였다. 따라서 《택당집》은 택당 사후에 지어 묶은 것임을 알 수 있다. 이 말은 〈홍길동전〉으로부터 그만큼 거리가 더 멀어졌다는 뜻이다.

그런데 택당의 위와 같은 발언은 허균이 써놓은 《성소부부고(惺所覆瓿藁)》 제13권 '서유록 발(西遊錄跋)'을 보아서가 아닌가 한다. '서유록 발'은 이렇다. "내가 희가(戲家)의 소설 수십 종을 얻어 읽어 보니, 〈삼국지연의〉와 〈수당지전(隋唐志傳)〉을 제외하고, 그 밖에 〈양한지(兩漢志)〉는 앞뒤가 맞지 않고, 〈제위지(齊魏志)〉는 옹졸하며, 〈잔당오대지연의(殘唐五代志演義)〉는 거칠고 경솔하며, 〈송태조용호풍운회(宋太祖龍虎風雲會)〉(〈북송연의〉)는 소략하며, 〈수호전〉은 간사한 속임수에 기교를 부렸다. 이것들은 모두가 독자를 교훈하기에 충분하지 못한 것들인데 한 사람의 솜씨에서 저술되었으니 나관중(羅貫中)의 자손이 3대를 벙어리로 살아간 것이 당연한 일이다. 〈서유기(西遊記)〉라는 책이 있는데, 종번(宗藩)에서 나왔다고 하는 것으로 이는 곧 현장(玄奘)의 《취경기(取經記)》를 부연한 것이다."

이식의 《혼정편록(混定編錄)》 7에는 또 "하물며 사민의 아내가 아직도 생존해 있는 때이지 않은가? 사민의 집에 사당을 세워 날마다 삼생(三牲: 소·양·돼지)으로 제사 지내는 것이, 홍길동의 소염통 구이만 못할 것이로다' 하였습니다"라는 기록도 보인다. 이식은 홍길동이란 도적에 대해 꽤 좋지 않은 감정을 지니고 있음을 알 수 있다.

이식의 뒤를 이어 성호 이익(李瀷, 1681~1763)의 《성호사설(星湖僿說)》 제14권 인사문(人事門) 〈임거정(林居正)〉에도 보인다. 성호는 "옛날부터 서도(西道)에는 큰 도둑이 많았다. 그중에 홍길동(洪吉童)이라는 자가 있었는데, 세대가 멀어서 어떻게 되었는지는 알 수 없으나 지금까지 장사꾼들이 맹세하는 구호에까지 들어 있다"라고 홍길동의 이름을 '홍길동(洪吉童)'이라 적으며 그 서도, 즉 황해도와 평안도를 근거지로 했다고 하였으나 이미 성호 시절에도 1백 년이 넘은 일이기에 가물가물한 옛일이었던 듯하다.

비교적 〈홍길동전〉과 허균에 관한 기록을 사실적으로 볼 수 있는 문헌은 홍만종(洪萬宗, 1643~1725)의 《해동이적(海東異蹟)》이다. 《해동이적》은 필사본 상하 2권으로 되어 있는데 "특히 들은 바에 의하면 조선조 중기 이전 홍길동(洪吉童)이란 자가 있었는데 세종 때에 재상인 홍일동(洪逸童)의 의붓아우였다. 재기가 넘쳐 스스로 호걸을 자처했으나 국법에 과거와 높은 벼슬을 허락하지 않아 집을 나갔다. 명나라 사신이 와서 "해외에서 한 사신이 왔는데 왕의 성이 '공(共)'자 아래 '수(水)'자를 썼으니 무슨 자냐고 묻는다. 어떤 사람이 길동이 성을 바꾼 것 아닌가 한다. 길동은 어느 날 형을 찾아와 며칠 머물다 다시는 오지 않을 거라 말하고는 울며 떠난다. 그는 다른 사람 아래 있을 자가 아니니 분명 해외로 도피하여 왕이 되었을 것이라 한다. 어떤 이들이 말하기를 '허균이 지은 것'이라 하나 전해지는 말이라 믿을 수가 없다. 어떤 이는 길동이 살던 옛 집이 장성 소곡리에 있다고 한다"라고 기록해 놓았다. 이 《해동이적》을 증보한 《증보해동이

적》에는 홍길동의 출생지를 장성 아차곡이라 한다(현재 전라남도 장성군 황룡면 아곡리 아치실마을 일원을 '홍길동테마파크'로 조성해 놓았다).

〈홍길동전〉과 얼개가 비슷한 것으로 보아 〈홍길동전〉은 하루아침에 누군가에 의해 창작된 것이 아님을 알 수 있다. 또한 허균이 〈홍길동이야기〉를 지었다는 말이 도는 것도 사실이지만 홍만종은 "허균이 지은 것이라고 하나 전하는 말은 신빙할 수 없으니 어찌 믿겠는가(許筠所作 足不足信 何可信也)"라고 잘라 말한다. 전라남도 장성의 홍길동전 축제도 이 문헌에 근거한다. 하지만 이 기록으로 미루어 보아 같은 홍길동의 행적들이 널리 알려졌던 듯하고 세월이 흐르면서 민중에 의하여 미화되고 비약된 것일 수 있다. 그리고 서얼들과 사귀고 재주를 펴지 못하고 이승을 저버린 허균을 〈홍길동전〉의 작가로 비정하게 된 것이라고 추측된다.

홍만종의 글에 인용된 홍길동은 홍일동(洪逸童, ?~1464)의 서제라고 되어 있다. 홍일동은 꽤 유명 인사로 딸이 성종(1469~1494)의 후궁이었으며 인물 또한 뛰어난 듯하다. 여러 문헌에 그의 이름이 보이는데, 《필원잡기》를 보면 그의 명성을 대략 짐작할 수 있다. "공이 일찍이 진관사(津寬寺)에서 놀 때 떡 한 그릇, 국수 세 사발, 밥 세 그릇, 두부국 아홉 그릇을 먹었고 산 밑에 이르러 또 삶은 닭 두 마리, 생선국 세 그릇, 어회 한 쟁반, 술 사십여 잔을 먹었더니 세조가 듣고 장하게 여겼다. 그러나 보통 때에는 밥을 먹지 않고 쌀가루와 독한 술을 먹을 뿐이었다"라고 되어 있다.

그는 절제사 홍상직(洪尙直)의 아들로 세종, 세조 연간의 문신으로 호가 마천(麻川), 자는 일휴(日休)이고, 본관은 남양(南陽)이다. 1464년(세조 10)에 행상호군(行上護軍)으로 선위사(宣慰使)가 되어 홍주에 갔다가 거기서 과음으로 죽었다 하니 연대가 맞지 않아 홍일동이 길동의 이복형으로 보기는 어렵다. 왕조실록의 1428년 10월 28일 기록을 보면 "경기도 적성(積城) 사람 절제사(節制使) 홍상직(洪尙直)의 아내 문(文) 씨는 남편이 죽으매, 분묘 곁에 여막을 세우고 조석으로 상식을 올리면서 대상(大祥)에 이르기까지 잠시도 분묘 곁을 떠나지 않았다"라는 기록이 있다. '대상'은 사망 후 2년 만에 지내는 제사이니 이 기록으로 보아 홍상직은 1426년 이전에 사망하였음을 알 수 있다. 홍상직이 죽는 해에 홍길동을 낳았다 하여도 잡힌 기록이 1500년이니, 그렇다면 홍길동의 나이 75세가 된다는 계산이다.

이제 고소설 〈홍길동전〉을 정리해 보자. 지금의 밝혀진 〈홍길동전〉은 110여 편에 달하는 이본이 있으며, 〈홍길동전〉·〈위도왕전(韋島王傳)〉·〈홍글동전〉·〈홍길동전(洪吉童傳)〉·〈김길동전〉 등 그 명칭도 다양하다. 물론 필사본과 방각본, 활자본이 모두 국문으로 압도적이다. 이본 중 가장 선행하는 것은 19세기 후반까지밖에 소급할 수 없다. 결국 〈홍길동전〉의 작가를 허균으로 단정 짓는 데는 허균에게 악감정을 갖고 있는 이식의 글을 그대로 믿는 무리수를 둘 수밖에 없다는 이치다.

심재는 《송천필담》에서 이식의 《택당집》을 인용하여 허균을 〈홍길동전〉의 작자로, 홍한주(洪翰周, 1798~1868)의 《지수염필(智水拈筆)》이라는 책에도 허균이 〈홍길동전〉의 작가라 하였다. 그러나 심재는 이식의 《택당집》을 그대로 인용한 것에 지나지 않고, 홍한주는 조선 후기의 인물이라 기록을 그대로 믿기에는 다소 부담스럽다. 물론 이 기록을 그대로 믿는 학자들도 있다.

허균의 묘소는 경기도 용인시 처인구 원삼면 맹리에 있다.

다섯 마당

문 화 론

19세기 여성들의 놀이에는 이미 '소설 게임북'이 있었다.
조선 후기의 규방 놀이를 알 수 있는 '소설 게임북'은 한글 소설과 한시 짓기 놀이의 합작품이다. 한시 짓기 그림을 선기도(璇璣圖)라고 하는데, 한시를 이루는 한자들을 원이나 사각형으로 배치한 시(詩) 그림이다. 이는 글자를 아는 유식층에게 전래되던 놀이 문화였다.

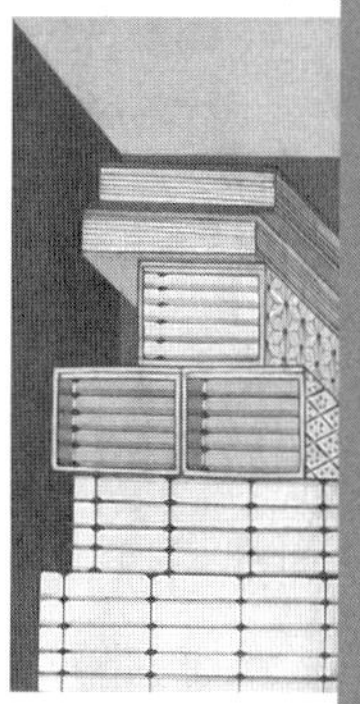

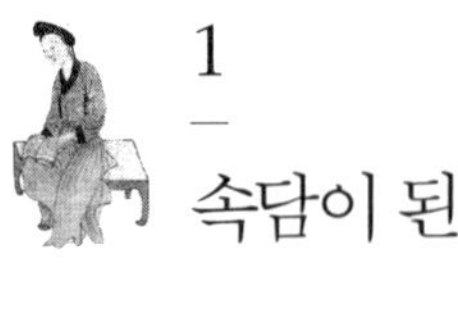

1

속담이 된 고소설

허황된 이야기를 할 때, 지금도 우리는 "소설을 쓰고 있네"라며 비꼰다. 소설의 허구성을 들어 상대방의 말이 현실적이지 못함을 꼬집는 관용적 표현이다. 물론 이 말을 모르는 이가 없으니 그만큼 소설의 허구성에 대한 이해를 대중적으로 획득한 셈이기도 하다.

구체적으로 우리 고소설에 이러한 관용적 표현이 어느 정도나 될까?

그것은 입말인 속담을 보면 잘 알 수 있다. 속담이란, 예로부터 민간에 전해 오는 쉬운 격언이나 잠언 등 삶에 깨달음을 주는 짧은 글이다. 물론 상대방도 이 입말을 알아들어야 된다는 전제가 필요하니, 그만큼 대중적인 이해를 요구한다. 우리 고소설에서 이런 속담이 생긴 것이 적잖다. 당시의 독자들이 이 작품을 얼마나 광범위하게 읽었는지를 확인해 주는 예라 하겠다.

〈삼국지연의〉

〈삼국지연의〉를 읽지 않은 사람조차 유비, 관우, 장비, 조조, 제갈량, 조자룡은 안다. 물론 진수의 《삼국지》라는 역사서가 널리 퍼져 이렇게 된 것이 아님은 물론이요, 순전히 나관중(羅貫中, 1330?~1400)의 〈삼국지연의〉라는 소설에 연유한다. 나관중의 이름은 본(本)이며 관중은 자다. '연의'란 역사적인 사실을 부연하였다는 뜻이다. 〈삼국지연의〉의 인기는 대단하였는지, 등장하는 인물들은 우리네 속담의 소재로까지 쓰였다. 그런데 가장 인기 있는 인물인 관우는 속담에 아예 보이지 않고, 의외로 험상궂은 장비가 많다. 장비에 관한 속담은 썩 좋지 않다. 그저 덤벙대고 큰소리나 치고 싸움이나 하는 경우에 비유적으로 쓰인다. 진수는 《삼국지》에서 "관우는 호걸로서 자부심이 강했고 장비는 난폭한 것이 흠이었다"고 하였다. 장비는 그래 부하인 범강과 장달이에게 잠자다가 목이 잘려 어이없이 죽고 만다. 어쨌든 속담에 많이 등장한다고 좋은 것은 아닌가 보다.

'강노지말'부터 차례로 살펴보자.

강노지말(强弩之末) 활에서 튕겨 나온 힘찬 화살도 마지막에는 힘이 떨어져 비단조차 뚫지 못한다는 뜻으로, 아무리 강한 힘도 마지막에는 결국 쇠퇴하고 만다는 의미. 어원의 유래는 〈삼국지연의〉이다. "강하게 날아간 화살도 멀리 날아가 끝에 이르러서는 비단결 한 장 뚫지 못한다"는 말은 제갈량이 적벽대전에 앞서 손권을 만나 안심시키기 위한 계책이었다. 《송남잡지》 '방언류'에는 '노말(弩末)'이라고 줄여 놓았으며 《삼국지》를 《전국책》이라고 오기하였는데 '지금은 어쩌지 못한다(今如之何之謂)'라는 뜻으로 풀이해 놓았다.

유비가 한중(漢中) 믿듯 조금도 의심하지 않고 굳게 믿는다는 말. 유비가 한중(지금의 중국 산시 성 서남쪽 한수 상류에 있는 땅 이름) 왕이 되어 자신의 나라를 굳게 믿었다는 데서 나온 말이다.

유비냐 울기도 잘한다 잘 우는 사람을 이르는 말. 〈삼국지연의〉 속에서 유비는 잘 운다.

장비 군령(張飛軍令)이라 성미 급한 장비의 군령이라는 뜻으로, 별안간 일을 당함을 이르는 말. 혹은 몹시 급하게 서두르는 일을 이르는 말.

장비 포청에 잡힌 것 같다 자기 몸을 자기 마음대로 움직이지 못하게 된 처지를 이르는 말.

장비 호통이라 큰 소리로 몹시 야단스럽게 꾸짖음을 이르는 말.

장비가 싸움을 마대 자기가 즐기는 것을 남이 권하였을 때 흔쾌히 받아들이며 하는 말.

장비는 만나면 싸움 만나기만 하면 시비를 걸고 싸우려고 대드는 사람을 이르는 말. 혹은 취미나 기호가 비슷한 사람끼리는 만나기만 하면 이내 그 일로 함께 어울림을 이르는 말.

장비더러 풀벌레를 그리라 한다 세상에서 큰일을 하는 사람에게 자질구레한 일을 부탁하는 것은 합당하지 아니함을 이르는 말.

장비야 내 배 다칠라 아니꼽게 잘난 체하며 거드름을 피우는 사람을 비꼬아 이르는 말.

장비하고 쌈 안 하면 그만이지 상대편이 아무리 싸움을 걸어도 이쪽에서 상대하지 않으면 싸움은 일어나지 않는다는 말.

제갈공명 칠성단에 동남풍 기다리듯 제갈공명이 무엇을 잔뜩 기다리는 모양을 비유적으로 이르는 말. 같은 속담으로 '제갈량이 칠성단에서 동남풍 기다리듯'도 있다.

제갈량이 왔다가 울고 가겠다 지혜와 지략이 매우 뛰어난 사람을 비유적으로 이르는 말.

제갈량이라면 애초에 들어가지 않았다(諸葛亮初不入) 제갈량만 못함을 이르는 말. 병조 판서 송철(宋鐵)이 조정에 나가려고 안방에 들어갔다가는 질투가 심한 아내가 문을 잠가 버리는 바람에 나오지 못했다. 사위인 홍섬(洪暹)이 이를 보고 "어쩌다 이곳에 들어가셨습니까" 하니, 부끄러운 나머지 송철은 "제갈량도 어쩔 수 없다네"라고 제갈량을 들어 핑계 삼았다. 그러자 홍섬이 "제갈량이라면 애초에 들어가지 않았습니다"라고 했다는 데서 유래한다. 조재삼의 《송남잡지》 '방언류'에 보인다.

구두장이 셋이 모이면 제갈량보다 낫다 여러 사람의 지혜가 어떤 뛰어난 한 사람보다 나음을 비유적으로 이르는 말.

돈이 제갈량이다 돈만 있으면 못난 사람도 제갈량같이 될 수 있다는 뜻으로, 돈만 있으면 무엇이든 다 할 수 있음을 이르는 말.

조자룡이 헌 창(칼) 쓰듯 돈이나 물건을 헤프게 쓰는 경우를 비유적으로 이르는 말. 조자룡이 칼을 잘 쓴다는 데서 비유.

조조는 웃다 망한다 자신만만해하며 웃다가 언제 망신당할지 모른다는 말.

조조의 살이 조조를 쏜다 지나치게 재주를 피우면 결국 그 재주로 말미암아 자멸함을 비유적으로 이르는 말.

조조와 장비는 만나면 싸움 힘이나 수가 엇비슷한 사람끼리 만나기만 하면 승부 겨룸을 비유적으로 이르는 말.

항우는 고집으로 망하고 조조는 꾀로 망한다 고집 세우는 사람과 꾀부리는 사람을 경계하는 말.

사공명주생중달(死孔明走生仲達) 죽은 제갈공명이 살아 있는 사마중달을 도망치게 한다는 뜻. 뛰어난 인재는 죽어서도 제 몫을 다 한다거나, 제대로 싸워 보지도 않고 미리 도망치는 겁쟁이를 지칭할 때 쓰는 말. 〈변강쇠전〉에서 옹녀가 뎁뜩이를 꾈 때 이 구절을 그대로 인용한다.

손랑(孫郎) 요란한 것을 일컫는다. 조재삼의 《송남잡지》 '방언류'에는 "손랑은 강동 지방의 방언이니 바로 손책을 말한다"라고 풀이해 놓았다. 손책은 손권의 형으로 원술은 그의 늠름한 모습에 감탄하여, "만일 내 자식이 손랑과 같다면 죽어도 무슨 여한이 있을까"라고 칭찬할 정도였다. 백성들을 잘 다스렸고 전쟁터에서는 유능한 장수였으나 26세로 요절하고 말았다. 아마도 '요란한 것을 일컫는다(擾亂之稱)'라 함은 손책의 이러한 재주와 요절을 두고 한 말인 듯하다.

범강-장달(范彊-張達)이 같다 키가 크고 우락부락하게 생긴 사람을 이르는 말. '범강'과 '장달'은 그들의 대장인 장비를 죽인 녀석들이다.

조재삼의 《송남잡지》 '방언류'에는 "《삼국지》에서 장비를 죽인 자들이다. 지금은 흉포하면서 용감하고 강건한 사람을 칭한다(三國志殺張飛者 今凶暴勇健之稱也)"라고 풀이해 놓았다.

허저(許褚) 신수가 호걸스럽고 건강한 사람을 일컫는다. 허저는 조조의 장수로 풍채가 좋다. 조재삼의 《송남잡지》 '방언류'에 보인다.

여포 창날 같다 매우 날카로움을 비유적으로 이르는 말이다. 여포(呂布)는 병주 자사 정원의 수하에 있다가 그를 죽이고 동탁(董卓)에게 귀순하였으나 나중에는 동탁마저 죽였다. 후에 원술(袁術)과 결탁하여 유비를 공격하려 하였으나, 오히려 조조에게 붙잡혀 살해당한 인물이다. 여포의 창날이 제아무리 날카로운들 자신의 목숨을 구하지는 못했다.

이외에도 속담은 아니지만 사지에서 아두를 구해 온 조운에게 유비가 도리어 아두를 땅바닥에 집어 던지며, "이 아이 하나 때문에 명장을 잃을 뻔했구나!"라고 탄식하자 조운이 감복하여 "간과 뇌장을 쏟아 내도 주공의 은공을 갚을 수 없겠습니다"라는 간뇌도지(肝腦塗地) 등이 〈삼국지연의〉에서 나온 성어들이다. 〈삼국지연의〉에서 유래된 고사성어로 속담 못지않게 실생활에 흔전만전 쓰이는 것은 이 외에도 계륵(鷄肋), 괄목상대(刮目相對), 낭중취물(囊中取物), 도원결의(桃園結義), 삼고초려(三顧草廬), 칠종칠금(七縱七擒)과 조조가 후일 지혜가 넘치는 양수를 죽이게 된 '알고 모르는 것이 30리나 차이가 난다(有智無智較三十里)' 등 1백여 개를 찾을 수 있다. 물론 이것은 나관중이 지은 소설 〈삼국지통속연의〉가 아닌, 진수의 《삼국지》에 본래부터 있던 것도, 또 중국에서 흔히 쓰던 용어도 있다.

〈소대성전〉

소대성이 모양으로 잠만 자나 잠이 많은 사람을 놀림조로 이르는 말. '소대성이 이마빡 쳤나'도 유사한 속담이다. 〈소대성전〉에, 자신을 알아주던 이 승상이 세상을 뜨자, 실의에 잠긴 소대성이 과거 공부도 그만두고 누워서 잠만 자는 대목이 나오는데, 그 장면에서 파생된 속담이라 하겠다. 〈낙성비룡〉의 주인공인 경모도 게으르고 잠자기를 좋아했지만 후일 정승이 되었으니, 독자들도 이제 그만 책을 놓고 잠을 청하는 것이 어떠실지.

소대성이 점지를 했나 소대성이 모양으로 잠만 자기 때문에 하는 말이다.

〈수호지〉

무대(茂大) 나약하고 체구가 작은 사람들을 일컫는다. 이 속담은 조선 후기 학자 조재삼의 《송남잡지》 '방언류'에 보이는데, 〈수호지〉에 나오는 "무송의 형으로 지금은 용렬하고 나약하니 체구가 작은 사람들을 일컫는 말이다(茂松兄 庸孱短小之謂)"라고 풀이해 놓았다. 무대란 이름은 '무성하고 크다'는 뜻이나 동생인 무송과는 영 딴판으로 약해 빠진 인물이다. 자기 부인과 놀아나는 샛서방 서문경을 급습하다, 오히려 힘 한 번 못 써보고 서문경에게 아랫도리를 걷어채어 자리보전하고 누워 버리는 약골이다. 오죽하였으면 무대의 아내는 노골적으로 시동생인 무송에게 접근하기까지 한다.

배 장수 남의 비밀을 탐지해서 말을 만들어 말썽을 피우는 자를 두고 하는 말이다. 〈수호지〉에 나오는 인물인 배 장수 교운가에게서 유래한 말이다. 교운가는 나이가 열대여섯쯤 되는 과일 장수로 약삭빠른 녀석이다. 어느 날 서문경에게 배를 팔러 갔다가 서문경과 무대의 아내 반금련이 바람을 피우고 있기에 만나지 못하게 하는 왕 노파에게 망신을 당한다. 이에 앙심을 품은 운가는 이 보복으로 무대에게 일러바친다. 그러나 배 장수 운가의 고자질은 엉뚱한 귀결을 맞는다. 무대가 반금련과 서문경의 밀회 현장을 급습하는 것까지는 좋았으나 도망치는 서문경의 발길에 그만 샅을 차인 것이 병이 되어 자리에 눕고 만다. 그러자 무대의 동생 무송이 이를 알까 두려워한 서문경과 반금련, 왕 노파가 짬짜미를 하여 비상을 약인 것처럼 속여 무대를 죽이고야 만다. 배 장수 운가로 인하여 무대가 죽었으니 말썽도 꽤 큰 말썽이다.

복마지전(伏魔之殿) 악마가 숨어 있는 전당, 또는 나쁜 일이나 음모 등이 끊임없이 꾸며지는 곳을 말함. 몇 년 전인가, '서울시청이 복마전'이라는 말이 인구에 회자된 적이 있었다. 쓰지 말아야 할 말이 쓰인다는 것은 안타까운 일이다.

사해형제(四海兄弟) 세상 사람들은 모두 형제와 같다는 뜻으로, '세상의 모든 사람'을 친밀하게 이르는 말.

양산박(梁山泊) 도둑들의 소굴. 《송남잡지》 '방언류'에서 〈수호지〉를 유래로 든다.

올나조(兀那鳥) 좆. 우리의 욕 문화는 꽤 거칠면서도 넓다. 욕이 일종의 카타르시스를 분출하는 것으로 이해한다면 발달된 우리 욕 문화를 어떻게 이해해야 할까. 여하간 이 욕 문화에 고소설도 한 팔쯤 걷어붙이고 나선 듯하다. 《송남잡지》 '방언류'에서는 '올나조'에 대한 설명을 이렇게 달고 있다. "〈수호지〉에서 이것을 올나조(성기)요 그것은 좆가(까)게라 하였다. 대개 중국 방언으로 성기가 새 조(鳥)하고 모습이 비슷하게 여겨서다. 지금들 하는 욕에 '좆같다'는 말과 '소옥자의 머리 같다'는 말은 모두 여기에서 나왔다(水滸志云 這兀那鳥店 盖中原方言謂腎頭 爲鳥以形似也 及常辱如鳥之說 及小屋子如頭之說出此)"라고 적어 놓았다. 중국어 사전을 찾아보니 이 조(鳥)를 '옛날

소설에서 사람을 욕하는 말'로 주석을 달아 놓았다.

장도감(張都監) 큰 말썽이나 풍파를 이르는 말. 〈수호지〉에 나오는 장도감의 집이 풍파를 만나서 큰 피해를 입고 뒤죽박죽되었다는 데서 유래한다.

장도감(을) 만나다 큰 말썽이나 화를 당하다. '(야단) 장도감(張都監)을 치다'와 같은 뜻이다.

(야단) 장도감(張都監)을 치다 함부로 야단을 치며 크게 말썽을 일으키다. 이 속담은《송남잡지》'방언류'에 보이는데, 역시 〈수호지〉에 나오는 이야기에서 유래한다.《송남잡지》를 보면 "〈수호지〉에 나오는 장도감이라는 자가 무대의 아내인 반금련과 누각에서 연회를 벌이고 있는데 무송이 쳐들어와서 때려 부순다. 그러므로 지금은 그릇을 부수는 것을 장도감이라 한다(水滸志 張都監者 與茂大妻潘金蓮 宴樓上 茂松擊碎 故今打破器皿 謂張都監)"라고 적어 놓았다. 이로부터 함부로 야단치며 말썽이나 풍파를 일으키는 일을 '장도감'이라 하고, 그렇게 난리를 치는 것을 일러 '장도감을 친다', 혹은 '야단 장도감(張都監)을 친다'라고 하게 되었다.

그런데《송남잡지》의 이 기록에서 '장도감이 무대의 아내인 반금련과 누각에서 연회를 벌였다'고 한 것은 명백한 오류다. 장도감과 함께 있었던 이는 반금련이 아닌 장문신이기 때문이다. 반금련은 '배 장수'에서 본 것처럼 이미 무송의 손에 죽어 이승과 이별한 뒤다. 이 장도감 일은 그 후의 사건이기 때문에 장도감과 반금련은 일면식도 없다. 장도감이 자기 집 후당에 있는 원앙루에서 함께 술 마신 이는 장문신이다. 장문신은 쾌활림이란 주점 문제로 무송에게 곤죽이 되도록 얻어맞은 사내다. 장문신의 본명은 장충(蔣忠)인데 키가 9척이나 되어 장문신(蔣門神)이란 별칭으로 불리는 오늘날 힘깨나 쓰는 깍두기 정도로 이해하면 된다.

이 장문신이 복수하려고 장도감을 끌어들여 무송에게 도둑의 누명을 씌워서 유배를 보내 놓고 자객을 보내 아예 무송을 죽이려 한 것이다[이에 대해서는 '다섯 마당 2. 그림이 된 고소설, 《중국소설회모본》 소재 〈수호지〉 '무송취타장문신(武松醉打蔣門神)' 삽화 참조]. 그러고는 장도감의 집 원앙루에서 주안상을 벌여 놓고 무송의 죽음을 기다리고 있었다. 허나 자객들은 물론 이 장문신도 원앙루에서 술을 먹다가 무송에게 죽음을 당한다. 장도감은 사실 무송과는 악연이 없었는데, 장문신과 의형제인 장단련의 부탁으로 장문신과 함께 무송을 도둑으로 몰아 죽이려다가 집안이 결단 나는 참변을 겪은 것이다.

이날 무송이 장도감 집에서 죽인 자를 세어 보자면 자객 4명, 문을 열어 준 후조, 장도감, 장문신, 시비 2명, 장도감 부인, 장도감의 수양딸 옥란, 방에 있던 여인 2명 등 13명이나 된다. 이러하니 '야단 장도감을 친다'는 속담이 나올 만도 하다.

조인광좌(稠人廣座) 여러 사람이 빽빽하게 많이 모인 자리. 《송남잡지》 '방언류'에는 "《삼국지》에서 관우와 장비가 여러 사람들이 모인 넓은 자리에서 종일토록 모시고 섰다(三國志 關 張於稠人廣座中 侍立終日)"라고 풀이해 놓았다.

타초경사(打艸驚巳) 본래 이 용어는 병법 '삼십육계(三十六計)' 중 제13계이고, 단성식이 쓴 《유양잡조》라는 글에도 보이지만 〈수호지〉를 통해 더욱 널리 쓰였다. '풀을 두들겨서 뱀을 놀라게 한다'는 뜻으로, 생각 없이 한 일이 뜻밖의 결과를 낳게 하거나 주도면밀하게 일을 처리하지 못하여 상대의 경계심을 불러일으켰을 때, 또 이 사람을 훈계하여 저 사람을 깨우친다는 의미 따위로 사용한다.

〈수호지〉에서 이 말은 송강(宋江)이 양산박(梁山泊)에 근거지를 두고 동평부(東平府)를 공략하려고 할 때 나온다. 송강을 따르던 사진이 계책을 하나 제시했는데, 자신이 다니던 가기의 집을 거점으로 삼아 성안에 불을 질러 아군이 공격하자는 것이었다. 송강은 이 계책을 받아들였다. 사진은 먼저 자신의 신분을 노출시키지 않기 위해 변장하고 가기의 집을 찾았다. 가기는 사진이 산채에 있는 사람이라는 사실을 알고 있었다.

그런데 노파와 이런저런 이야기를 주고받다가 사진의 신분을 말하게 되었고, 노파는 놀라 빨리 관가에 고발해야 한다고 했다. 이때 노파의 남편이 노파를 만류하지만 듣지 않자 이렇게 말했다.

"그렇게 합시다. '풀을 두들겨서 뱀을 놀라게 하다(打草驚巳)'라는 속담처럼 되면 안 되잖소. 소란을 피워 그가 도망치도록 하면 일을 그르치게 되오. 그러니 그를 체포할 수 있도록 한 연후에 관가에 고발합시다."

파락호(破落戶) 재산이나 세력이 있는 집안의 자손으로서 집안의 재산을 몽땅 털어먹는 난봉꾼을 이르는 말. 《송남잡지》 '방언류'에는 "〈수호지〉에서 '부랑자와 파락호의 자제가 양산박에 모였다'라고 하였다. 또한 도적들의 소굴을 세속에서는 양산박이라고 한다(水滸志 浮浪 破落戶 子弟 聚梁山泊 且盜藪俗謂 梁山泊)"라고 적어 놓았다.

〈숙향전〉

숙향전이 고담(古談)이라 〈숙항전〉을 '고담'이라 한다. 고담은 '옛이야기'라는 뜻으로 일찍이 소설류를 지칭하는 용어로 쓰였다. 1754년(영조 30) 〈만화본춘향가(晩華本春香歌)〉에 이 〈숙향전〉이 언급되어 있는 점으로 보아 그 이전에 창작되어 당시에 이미 널리 알려져 있었음을 알 수 있다. 〈배비장전〉이나 다른 소설에서도 남녀 주인공 이선과 숙향의 행적이 고사처럼 인용되기도 하였으니 〈숙향전〉의 인기를 엿볼 수 있다.

이 속담은 소설 〈숙향전〉이 '옛이야기에 불과하다'는 뜻으로, '여자의 짓궂은 운명이 평탄치 못하여 고생만 하다가 끝내 좋은 때를 만나지 못함을 비유적으로 이르는 말'로 쓰였다. 세상을 살다 보면 좋은 일보다는 나쁜 일이 항다반사로 벌어진다. 이 시절도 그러한데, 저 시절, 더욱이 여인으로 세상을 산다는 것은 참 만만찮은 생일거리였으리라. 저 시절 여인들의 삶이야, 양반가든 상민가든 비슷하지 않았을까. 저 시절 여인들 일생의 10할 중 '9할의 고통에 희망을 1할'로 치면 셈이 잘못된 것일까? 더욱이 '희망(希望)'이란 놈은 태생이 '바랄희(希), 바랄망(望)'이라는 동사니, 그나마 1할의 희망조차 그래 '바람'으로 끝났는지 모르겠다. 그저 목숨 부지하고 사는 것만도 황송한 사람들이 많았던 시절이니, '〈숙향전〉은 옛날이야기 속에나 있다'는 말이 나올 법도 하다.

각설하고 〈숙향전〉의 말미를 보자. 천애 고아였던 숙향이 저리도 잘되었다.

> 숙향 부인이 초 왕으로 봉해진 남편 이 선에게,
> "길을 떠나신 후에 북창 앞의 동백나무 가지가 날로 쇠진하므로 돌아오시지 못하실까 주야로 염려되어 대신 박명한 목숨을 끊기로 천지신명께 기약하옵더니, 하루는 꿈에 마고할미가 와서 말하기를 이 상서를 보려거든 따라오라기에 한 산골로 들어갔다가 큰 궁전에서 상공을 보고 왔사옵니다. 상공이 아무리 양 왕의 딸과 혼사를 사양하셔도 이미 하늘이 정한 배필이니 아니치 못하리다."
> 숙향의 그 말을 듣고 이 선이 천태산 선녀의 집에 갔던 일을 말하고, 양 왕의 딸이 알고 보니 전생에 자기의 아내였던 것을 말한즉슨, 숙향 부인이 더욱 혼인을 권하더라.
> 이때에 양 왕이 초 왕의 부친 위 왕에게 권하였으므로, 마침내 설중매(梅香)를 제2부인으로 맞아들이기로 정하였으니, 택일 성례하게 되어 황제가 그 소문을 들으시고 크게 기뻐하셔서 숙향을 정렬 왕비(貞烈王妃)로 봉하시고, 매향을 정숙 왕비(貞淑王妃)로 봉하시었다. 그리하여 매향 공주는 김 승상 부부를 부모같이 섬기고, 숙향 부인은 양 왕 부부를 친부모같이 대접하였다. 그리하여 삼위(三位)의 부부가 화락하여 숙향 부인은 2자1녀(二子一女)를 두고 매향 부인

은 3자2녀(三子二女)를 두어서, 한결같이 소년등과(少年登科)하여 벼슬이 높고 자손이 번성하니라.

〈심청전〉

뺑덕어멈 심술궂고 수다스러운 못생긴 여자를 낮잡아 이르는 말.

뺑덕어멈 세간하듯 정성 없이 세간을 함부로 탕진함을 비유적으로 이르는 말.

뺑덕어멈 외상 빚 걸머지듯 빚을 잔뜩 걸머지고 헤어나지 못하는 모양을 비유적으로 이르는 말.

뺑덕어미 살구 값이냐? 터무니없거나 셈이 들쭉날쭉할 때 쓰는 말. 뺑덕어미 살구 값은 3백 냥으로 터무니없으며, 또 이본에 따라 셈이 매번 다르다.

〈심청전〉에서 이 뺑덕어미와 함께 짚고 넘어갈 것이 있다. 그것은 '조자룡 헌 칼 쓰듯' 심청이 몸값을 뺑덕어미가 흔전만전 모두 탕진하는데도 심 봉사의 애정 행각이 도를 넘는다는 점이다. 〈심청전〉의 주제로 제시되는 효는 제대로 된 의원을 만나 진맥을 받아야 할 듯싶다. 신재효본 〈심청가〉에 〈짝타령〉이라는 노래가 들어 있는데, 이 〈짝타령〉이 나오는 대목에 심 봉사와 속담으로까지 되어 버린 뺑덕어미의 애정 행각이 덤으로 붙어 있으니 이렇다.

"여보쇼 뺑덕이네. 내가 비록 외촌 사나 오입 속은 대강 아네. 일색 계집종을 첩으로 맞아 맛있게 장난질을 하기보다 더 좋은데 우리 둘이 만난 후에 아무 장난 아니하고 밤낮으로 대고 파니 마시 없어 못하겠네. 〈짝타령〉이나 하여 보세." '밤낮으로 대고 파니 마시 없어 못할' 정도로 딸을 잃은 심 봉사의 여인에 대한 욕심이 저렇듯 과하였다. 여하간 이렇게 하여 심 봉사와 뺑덕어미는 〈짝타령〉을 부르는데, 심 봉사가 부르는 〈짝타령〉을 잠시 들어 보자.

"……한 짝 소주(유비의 아들인 유선)를 품고 당양의 장판벌판에서 좌충우돌하든 조운으로, 한 짝 적토마 눈을 부릅뜨고 타서는 청용도 비껴들고 백마진 달려들어 안량과 문추를 한 칼에 덩그렁 베던 관공임으로 웃집치고……." 〈삼국지연의〉의 등장인물인 조자룡과 관운장이 나오는 것이 영심 봉사의 행동과는 엇박자인 듯싶지마는 그렇지 않다. 〈짝타령〉은 결국 "말소리 혀 짧고 동포할 제 잔재주만 많은 뺑덕이네로 말 몰아라, 둥덩둥덩"으로 끝나기 때문이다.

〈온달전〉

바보 온달 출세하기 전의 '온달'을 이르던 말.

반달 같은 딸 있으면 온달 같은 사위 삼겠다 아름답게 생긴 딸이라야 잘난 사위를 얻는다는 말.

위 두 속담은 지금도 심심치 않게 들을 수 있다. 〈온달전〉의 온달(溫達, ?~590)은 고구려의 장군이다. 지금으로부터 1400여 년 전의 인물인 그는 지금도 우리의 삶 속에 저렇게 살아 있다. 참고로 '온달(溫達)'은 성과 이름이 아닌 점으로 미루어 '온달', 즉 '꽉 찬 한 달' 혹은 '음력 보름날의 가장 둥근 달'이란 뜻의 온달과 동음으로도 이해할 수 있다.

이외에도 온달 이야기가 《삼국사기》라는 역사서 속에 잠들어 있는 것이 아니라는 증거는 산재한다. 충청북도 단양군에 있는 천연 동굴로 대한민국 천연기념물 제261호인 온달동굴이 그렇고, 사적 제264호로 지정된 충청북도 단양군 영춘면에 있는 온달산성, 역시 사적 제234호인 서울특별시 광진구 광장동과 구의동에 걸쳐 있는 아차산성 또한 이 온달과 관련 있다.

〈임진록〉

사명당(의) 사첫방 (같다) 매우 추운 방을 비유적으로 이르는 말. 사명당이 임진왜란 때 일본에 갔었는데 사명당을 죽이려고 쇠로 만든 방에 가두고 불로 달구었으나 오히려 얼음 '빙(氷)' 한 자 써놓고 얼어 있었다는 〈임진록〉의 사명당 삽화에서 유래하였다.

사명당이 월참하겠다 추위에 잘 견디던 사명당조차 쉬어 가지 않고 지나쳐 버릴 것이라는 뜻으로, 방이 몹시 추움을 비유적으로 이르는 말. 이 속담 역시 위와 동일한 경우를 이른다.

〈장인걸전〉

강남 연쇄(쇠)와 같다 영리하고 민첩한 사람을 지칭한다. 이 속담은 현재의 국어사전에서는 찾아볼 수 없는데 〈장인걸전(張人傑傳)〉에서 유래한 듯하다.

'강남 연쇄(쇠)와 같다'라는 속담을 이해하려면 〈장인걸전〉의 대략이나마 알아야 한다.

> 고려 충숙왕 때 사람인 장익은 재산은 많으나 자식이 없어 재산을 흩어 선행을 쌓은 결과 아들 인걸을 얻는다. 아들 인걸은 장성하여 독서와 무예를 익히던 중 13세에 부모를 잃는다.
>
> 15세에 과거를 보고 장원급제하지만 조정에서는 인걸에게 벼슬을 주지 않는다. 3년이 지나도록 벼슬을 얻지 못한 인걸은 한량·창부와 더불어 우울한 나날을 보내다가 친구인 우직이 절세미인 정 소저를 소개시켜 주겠다는 말에 혹하여 매화동에 가서 정 소저와 가약을 맺는다.
>
> 밤에 정 소저의 아버지가 왔다는 말을 듣고 인걸은 벌거벗은 채로 궤 속에 들어가 숨는다. 아버지가 그것을 알고 '궤를 도끼로 치라'고 하다가, '바다에 갖다 버리라'고 한다. 인걸은 하인들에게 애원하여 겨우 살아난다. 그러나 그것은 친구 우직이 인걸의 돈을 후려내기 위한 술책이었다.
>
> 재산을 모두 탕진한 인걸은 실의 끝에 자살하려고 송악산에 올라갔다가 청파역의 역리(驛吏)를 만나 그의 권고로 이상한 변고로 폐읍이 된 인주(仁州) 목사

를 자원한다. 인걸은 부임하여 이방의 집 대문 자물쇠에 접신(接神)한 강남인 이연쇄(李連鎖)의 지시를 받아 밤만 되면 처녀들을 괴롭히는 수백 년 묵은 원숭이와 수천 년 묵은 여우를 퇴치함으로써 인주의 변고를 없애니 국왕은 인걸에게 병부 상서를 제수한다.

이때 인걸이 퇴치한 암여우 두 마리 중 한 마리가 여진(女眞)으로 들어가 여진의 장군이 되어 고려를 침공하려고 한다. 이에 장 상서는 대원수가 되어 출정한다. 장 원수가 호주머니에 간직하던 자물쇠를 내놓고 이연쇄에게 적을 물리칠 계교를 물어 적장을 죽이자, 적장이 구미호로 변한다. 장 원수가 여진의 항복을 받고 돌아오니 국왕은 그를 승상으로 삼는다.

한편, 암여우 중 나머지 한 마리가 중국으로 들어가 황제의 계후(繼后)가 되어 장인걸을 중국으로 불러들인다. 장 승장은 또 이연쇄의 지시를 받아 천신만고 끝에 선계로 신선을 찾아가 보라매를 얻어 중국으로 간다. 황제 앞에 나아간 장 승상이 보라매를 내놓는다. 보라매가 내전으로 날아가서 계후의 두 눈동자를 빼버리니 구미호가 되어 죽는다. 황제는 연유를 듣고 기뻐하며 장 승상을 천하병마 대도독으로 삼는다.

단간·가달·월지 삼국이 연합하여 중원을 침공하니 장 도독이 출전하여 이들을 격퇴시킨다. 고려 왕이 장인걸이 보고 싶어 중국에 들어가 데리고 나오려 하였으나 황제는 장인걸을 아껴 보내려 하지 않는다. 장인걸은 다시 이연쇄에게 고향으로 돌아갈 꾀를 청하니 한 번 더 전공을 세우면 된다고 한다.

장인걸은 이연쇄의 청을 들어 그의 아내와 아들을 찾아온다. 강남인 이연쇄는 아내와 아들에게 자기가 죽은 내력을 이야기하고 장인걸에게도 이별을 고한다. 장인걸은 자물쇠를 이연쇄의 아내와 아들에게 건네준다. 황제는 대신들의 상소로 할 수 없이 장인걸을 환국시킨다. 고국으로 돌아온 장인걸은 다시 승상이 되어 선정을 베풀다가 나이 70세가 되어 관직에서 물러나 방장산으로 들어가 신선이 된다.

〈장인걸전〉의 주인공 장인걸은 이렇듯 '자물쇠에 접신한 강남인 이연쇄'의 혼령에 의하여 난관을 헤쳐 나간다. 민담을 수용하여 창작된 〈장인걸전〉은 아마도 〈배비장전(裴裨將傳)〉과 〈이화전(李華傳)〉을 모방하고, 여기에 두 작품의 줄거리를 확장하고 독창적인 내용을 첨가한 소설이 아닌가 한다. 이것이 영리하고 민첩한 사람을 지칭할 때 쓰는 '강남 연쇄(쇠)와 같다'라는 속담이 만들어진 내력이니 〈장인걸전〉의 대중적 인기를 짐작할 수 있다. 〈장인걸전〉의 문장은 매우 부드럽고 곱살스러운 게 꽤 진진하다.

《전등신화》

왕 장군의 곳간지기(王將軍之庫子) 수전노를 지칭한다. 이 속담은 《송남잡지》 '방언류'에 보이는데, "《전등신화》의 '원자실 고사'에서 유래하였다. 지금의 수전노(守錢奴)를 지칭한다"라고 적어 놓았다. '원자실 고사'는 명나라 구우의 단편 소설집인 《전등신화》 소재 〈삼산복지지(三山福地誌)〉에 보인다. 원자실은 산동의 사람으로 같은 마을에 사는 목군에게 돈을 빌려 주었으나 목군은 차일피일 핑계만 댄다. 격분한 원자실이 목군을 죽이려 하다 그만둔다. 이를 본 도사가 "그는 왕 장군의 곳간지기라오. 재물을 어찌 마음대로 쓰겠소"라고 하였다. 수전노라는 속담은 여기에서 연유한다.

〈조웅전〉과 〈이대봉전〉

1조웅(一趙雄) 2대봉(二大鳳) 첫째는 〈조웅전〉이요, 둘째는 〈이대봉전〉이라는 뜻이다. 조선시대의 대표적 군담 소설로 으뜸 자리를 차지하는 〈조웅전〉과 〈이대봉전〉의 인기도를 실감할 수 있는 속담이다. 현존하는 고소설 이본 총목록을 보아도 4백여 편으로 〈조웅전〉이 최고다. 다만 〈이대봉전〉은 명실만큼 이본이 존재하지 않는다. 겨우 1백여 편을 상회할 뿐이다.

〈춘향전〉

변학도 잔치에 이 도령 술상이다 변학도 생일잔치에 원님들의 주안상은 푸짐하건만 이 도령 주안상은 먹다 남은 술과 안주로 초라하듯이, 접대가 소홀하다는 뜻이다. '변학도 잔치에 이 도령 밥상'으로도 쓰인다.

억지 춘향(이) 사리에 맞지 않는 일을 억지로 이루게 하려거나 어떤 일이 억지로 겨우 이루어지는 경우를 비유적으로 이르는 말. 흔히들 변 사또가 춘향에게 억지로 수청 들게 하려고 핍박한 데서 나온 말이라 이해한다.

하지만 이렇게 생각할 수도 있다. 춘향과 이몽룡의 혼인이 다소 억지라고. 사실 춘향과 같은 기생이 어찌 이몽룡과 인연을 맺을 수 있겠는가? 하다못해 지금도 TV 연속극을 보면 사장의 딸과 평사원 또는 그 반대인 경우, 혼인으로 이어지는 것이 좀 어려운가. 그러니 저 시절 〈춘향전〉을 읽을지언정 저러한 일은 있을 수 없다고 생각하는 것은 당연한 귀결이다. 춘향과 이몽룡의 만남이 사리에 맞지 않는다는 이 속담에서 '양반과 상놈, 적서 차별'이란 조선조의 신분 제도가 얼마나 굳세었는지를 읽을 수 있다. 이 신분제가 공적으로 폐지된 것은 1894년 갑오경장이나, 현재까지도 TV 드라마 등에서는 생생히 살아 있어 그 힘을 유감없이 발휘한다.

운봉이 내 마음을 알지 '다른 사람은 몰라도 당신은 내 마음을 알 것이다'라는 뜻으로 이 도령이 걸인 차림을 하고 변 사또의 생일잔치에 나가자 좌중이 모두 우습게 보고 쫓아내려고 했으나 운봉(雲峰)만은 이 도령이 예사롭지 않음을 간파한 데서 나온 속담이다.

춘향 어멈 같다 말 잘하는 사람이나 넋두리 잘하는 사람을 일컫는 말.

춘향이가 인도환생을 했나 춘향이 인간 세상에 다시 태어났느냐는 뜻으로, 마음씨 아름답고 정조가 굳은 여자를 이르는 말.

춘향이네 집 가는 길 같다 이 도령이 남의 눈을 피해 골목길로 춘향이네를 찾아가는 길과 같다는 뜻으로, 길이 꼬불꼬불하고 매우 복잡한 경우를 비유적으로 이르는 말.

춘향이 집 가리키기 이 도령의 "네 집이 어디냐?"라는 물음에 춘향이 답하지 않고 방자가 대신 답하는데 꽤나 까다롭고 복잡한 데서 나온 말로 이본마다 다르다. 집을 찾아가는 길이 복잡할 때 하는 말인 '춘향이네 집 가는 길 같다'와 같은 의미로 쓰인다.

완판 84장본 〈열녀춘향수절가〉에서 춘향의 집을 방자가 설명하는데, 길치들은 내비게이션이 없으면 언감생심이다. 자구마다 한자라 번역을 해놓았으니 독자들께서 찾아가 보시기 바란다. 오죽하였으면 몽룡이 '거 참 찾아가기 어렵다'고 하자, 춘향이 '저도 가끔씩 물어서 가지요'라고 하였을까마는. 여하간 글을 쓰는 나는 일찍이 포기하였다.

> "춘향의 집을 네 일러라."
> 방자 손을 넌지시 들어 가리키는데,
> "저기 저 건너 동산은 울울하고 연못은 맑고 맑은데 기르는 물고기는 물에서 뛰놀고 그 가운데 선경에 있다고 하는 아름다운 꽃과 풀이 난만하여 나무나무 앉은 새는 대단한 사치를 자랑하고 바위 위의 굽은 솔은 맑은 바람이 건듯 부니 늙은 용이 몸을 구부렸다 일으켰다 하는 듯하고 문 앞의 버들은 있는 듯 없는 듯한 버들가지요, 들쭉나무 측백나무 전나무며 그 가운데 은행나무는 음양을 좇아 마주 서고 초당의 문 앞에는 오동 대추나무 깊은 산중 물푸레나무 포도 다래 으름덩굴 휘휘친친 감겨 나지막한 담 밖에 우뚝 솟았는데 소나무 정자가 죽림 두 사이로 은은히 보이는 게 춘향의 집입니다."

〈홍길동전〉

제각기 홍길동이지 단합해야 할 세력이 제각각일 때 쓰는 말.

홍길동이 같은 놈 비상한 재주와 힘을 지니고 있는 자를 이르는 말.

홍길동이 재주 비상한 재주를 이르는 말.

홍길동이 합천 해인사 털어먹듯 무엇을 아무것도 남기지 아니하고 싹싹 쓸어 가거나 음식을 조금도 남기지 아니하고 다 먹는 모양을 비유적으로 이르는 말. 이중환의 《택리지》를 보면 합천 해인사는 임진왜란 때도 화를 입지 않았다고 적혀 있다. 그만큼 재앙이 없었다는 소리니 재물이 적잖이 모였다는 의미도 된다. 해인사에는 스님도 많았다. '합천 해인사 밥이냐'는 여기서 연유된 속담이다. 이 속담은 밥이 늦었을 때 이르는 말로 해인사 스님들이 하도 많아 밥 짓는 것이 따르지 못하는 데서 연유한 말이다. 완판본 〈홍길동전〉을 보면 중이 '수천 명'이요, 재물을 탈취한 것이 '수만금'이라 하였다. 무엇보다도 관공서에 가면 각종 양식에 써놓은 가명이 모두 이 '홍길동'이다.

〈흥부전〉

놀부 심술궂고 욕심 많은 사람을 비유적으로 이르는 말.

놀부 부인 얌치없는 여자를 비유적으로 이르는 말.

놀부 심사(심보)라 인색하고 심술궂은 마음씨를 비유적으로 이르는 말. '놀부 환생'도 같은 의미이다. 놀부의 심술 대목은 이본마다 차이가 있는데 적어야 18가지요 신재효의 〈박흥보가〉 같은 경우는 무려 예순여덟 가지의 심술보가 나온다. 오늘날 껌 좀 씹고 침 좀 뱉는 고약한 불량배 정도가 아니다. 저 정도면 심각하게 민폐를 끼치는 버르장머리 고약한 심술꾼이라 아니할 수 없다. 신재효본 〈박타령〉에 나오는 심술보를 함께 세어 보자.

①본명방(本命方)에 벌목하고 ②잠사각(蠶絲角)에 집짓기와 ③오귀방(五鬼方)에 이사 권코 ④삼재 든 데 혼인하기 ⑤동네 주산(主山)을 팔아먹고 ⑥남의 선산에 투장(偸葬)하기 ⑦길 가는 과객 양반 재울 듯이 붙들었다 해가 지면 내어

쫓고 ⑧일년고로(一年苦勞) 외상 사경(私耕) 농사지어 추수하면 옷을 벗겨 내어 쫓기 ⑨초상난 데 노래하고 ⑩역신 든 데 개 잡기와 ⑪남의 노적에 불지르고 ⑫가뭄 농사 물꼬 베기 ⑬불붙은 데 부채질 ⑭야장(夜葬)할 때 왜장 치기 ⑮혼인뻘에 바람 넣고 ⑯시앗 싸움에 부동(符同)하기 ⑰길 가운데 허방 놓고 ⑱외상 술값 억지 쓰기 ⑲전동(顫動)다리 딴죽 치고 ⑳소경 의복에 똥칠하기 ㉑배앓이 난 놈 살구 주고 ㉒잠든 놈에 뜸질하기 ㉓닫는 놈에 발 내치고 ㉔곱사등이 잦혀 놓기 ㉕맺은 호박 덩굴 끊고 ㉖패는 곡식 모가지 뽑기 ㉗술 먹으면 꾸짖어 욕하고 ㉘시장통에 강매하기 ㉙좋은 망건 편자 끊고 ㉚새 갓 보면 땀대 떼기 ㉛궁반 보면 관을 찢고 ㉜걸인 보면 자루 찢기 ㉝상인을 잡고 춤추기와 ㉞여승 보면 겁탈하기 ㉟새 초빈(草殯)에 불지르고 ㊱소 대상에 제청치기 ㊲애 밴 계집의 배통 차고 ㊳우는 아이 똥 먹이기 ㊴원로 행인의 노비 도둑 ㊵급주군(急走軍) 잡고 실랑이질 ㊶관차사의 전령 도둑 ㊷진영교졸(鎭營校卒) 막대 뺏기 ㊸지관을 보면 패철(佩鐵) 깨고 ㊹의원 보면 침 도둑질 ㊺물 인 계집 입 맞추고 ㊻상여 멘 놈 형문 치기 ㊼만만한 놈 뺨 치기와 ㊽고단한 놈 험담하기 ㊾채소반에 물똥 싸고 ㊿수박밭에 외손질과 (51)소목장(小木匠)이의 대패 뺏고 (52)초라니패 떨잠 도둑 (53)옹기짐의 작대기 차고 (54)장독간에 돌 던지기 (55)소매치기 도자속금(盜者贖金) (56)잔도적의 끝돈 먹기와 (57)다담상에 흙 던지기 (58)계골(計骨)할 때 뼈 감추기 (59)어린애의 불알을 발라 말총으로 호아매고 (60)약한 노인 엎드러뜨리고 마른 항문 생짜로 하기 (61)제주병(祭酒甁)에 개똥 넣고 (62)사주병(蛇酒甁)에 비상(砒霜) 넣기 (63)곡식밭에 우마 몰고 (64)부형 연갑에 벗질하기 (65)귀먹은 이더러 욕하기와 (66)소리할 때 잔말하기 (67)날이 새면 행악질 (68)밤이 들면 도둑질을 평생에 일삼으니 제 어미 붙을 놈이 삼강을 아느냐 오륜을 아느냐. 굳기가 돌덩이요 욕심이 족제비라 네모진 접시받침으로 이마를 비비어도 진물 한 점 아니나고 대장의 불집게로 불알을 꽉 집어도 눈도 아니 깜짝인다.

박(을) 타다 기대하던 일이 틀어져 낭패를 보았다는 말. 놀부가 흥부처럼 금은보화를 기대하고 박을 탔으나 기대와는 다르게 혼쭐만 난 데서 나온 속담이다.

욕심이 놀부 뺨쳐 먹겠다 놀부를 능가할 욕심꾸러기라는 뜻으로, 욕심이 매우 많은 사람을 비유적으로 이르는 말이다.

반대로 소설 속에 들어 있는 속담을 통해서도 고소설 속에 투영된 대중적인 호흡을 읽을 수 있다. 그 몇을 찾으면 이렇다. 표기는 모두 현대어로 옮겼다.

- 내 목숨이 함정에 든 범이요, 독에 든 쥐라 – 〈장익성전〉, 〈김학공전〉
- 닭의 입이 될지라도 소의 꼬리는 되지 마라 – 〈장백전〉
- 하룻강아지 맹호를 모르는 격이라 – 〈권익중전〉
- 속담에 이르기를 탐화봉접(探花蜂蝶)이라 하였으니 – 〈김학공전〉
- 범이 바람을 만나고 용이 구름을 얻음 – 〈최고운전〉
- 소 잃고 외양간 고치는 격 – 〈두껍전〉
- 그림 가운데 격 – 〈양산백전〉
- 그물에 벗어난 새요, 함정에 뛰어든 범이라 – 〈별주부전〉
- 까마귀 암컷 수컷을 분별키 어려움 같을 뿐 – 〈제마무전〉
- 순천자(順天者)는 흥(興)하고 역천자(逆天者)는 망(亡)하나니 – 〈유문성전〉
- 우물에 앉아 하늘을 봄 – 〈명사십리〉
- 개밥에 도토리요, 꿩 잃은 매가 되니 – 〈심청전〉
- 얼크러진 그물이 되고 쏟아 놓은 쌀이로다 – 〈심청전〉
- 오뉴월 까마귀 곯은 수박 파먹는 듯 밤낮없이 파먹는데 – 〈심청전〉
- 가난 구제는 나라에서도 못한다 하니 – 〈흥부전〉

- 칠 년 대한(大旱)에 대우(大雨)를 기다리듯 – 〈흥부전〉
- 구년지수(九年之水)에 볕발을 기다리 듯 – 〈흥부전〉
- 초상난 데 춤추기, 불붙는 데 부채질하기 – 〈흥부전〉
- 동냥은 아니 준들 쪽박까지 깨치릿가 – 〈흥부전〉
- 손잰 중이 비질하듯, 상좌 중이 법고 치듯 – 〈흥부전〉
- 장사 나면 용마 나고, 문장 나면 명필 난다 – 〈장끼전〉
- 꽃 본 나비 불을 헤아리며, 물 본 고기 어항을 두려워할까 – 〈장끼전〉
- 우물 밑에 개구리요, 학철(수레바퀴 자국)에 노는 고기라 – 〈장끼전〉
- 염불법사 염주 메듯 – 〈춘향전〉
- 물각유주(物各有主)를 모르는도다 – 〈춘향전〉
- 종다리새 열씨 까듯 다 외워 바치라더냐? – 〈춘향전〉
- 지신(知臣)은 막여주(莫如主)요, 지자(知子)는 막여부(莫如父)라 – 〈춘향전〉, 〈별주부전〉
- 계집의 꾝한 마음 오뉴월 서리 내리듯 – 〈춘향전〉
- 본관이 똥을 싸고 멍석 구멍 생쥐 눈 뜨듯 – 〈춘향전〉
- 속담이 이르기를 이향즉천(離鄕卽賤)이라 – 〈별주부전〉●
- 의사 제 병 못 고치고 무당 제 굿 못한다(醫無自藥 巫不己舞) – 〈예덕선생전〉
- 열 번 찍어 안 넘어가는 나무 없다(伐樹伐樹 十斫無蹶) – 〈마장전〉
- 팔은 안으로 굽는다(臂不外信) – 〈마장전〉
- 양반은 얼어 죽어도 겻불은 안 쬔다(爐不煮手) – 〈양반전〉
- 우물 밑 개구리 – 〈완월회맹연〉
- 남의 말 아니 들으면 소 된다 – 〈완월회맹연〉
- 하 오래 사니 시어미 죽더라 – 〈완월회맹연〉

● 정주동, 《고대소설론》, 형설출판사, 1966, 229~230쪽에서 참조.

• 유시부 유시자로다(그 아버지에 그 아들) – 〈완월회맹연〉

• 닭 잡는 데 어찌 소 잡는 칼을 쓰리오 – 〈재생연전〉

• 분명히 보는 창은 피하기 쉬워도 가만히 오는 살은 방비키 어렵다 – 〈재생연전〉

• 사람 살 곳은 골골마다 있다 – 〈정진사전〉

• 상갓집의 개(喪家之狗) – 〈편옥기우기〉

• 돈은 많을수록 좋다(六字孔方多) – 〈절화기담〉

• 좋은 말은 도리어 어리석은 사내를 태우고 가며 미인은 늘 못난 사내와 짝이 되어 잠든다(駿馬却馱痴漢去 美人常伴拙夫眠) – 〈절화기담〉

• 남양 사람은 소금을 먹고 태백산 중은 물을 마신다(南陽之人飮鹽 太白山僧飮水) – 〈포의교집〉

2 그림이 된 고소설

그림이 된 고소설을 '고소설도(古小說圖)'라고 부른다. 고소설은 18세기에 들어서면서 여간 맷집이 좋아진 것이 아니다. 이제는 고소설을 타박하는 양반네는 물론이요, 궁중에서까지 버젓이 고소설도를 보유하게 되었으니 말이다. 고소설을 그림으로 그린 최초의 것은 완산 이 씨의《중국소설회모본(中國小說繪模本)》이다. 화원 김덕성(金德成, 1729~1797)의 그림으로, 판각은 누가 했는지 알 수 없는데 서문은 둘이다. "임오년(1762) 윤(閏) 5월 9일 완산 이 씨가 장춘각(長春閣)에서 쓰다"와 "임오년(1762) 윤(閏) 5월 9일 완산 이 씨가 여휘각(麗暉閣)에서 쓰다"가 그것이다.

임오년은 영조 38년으로 1762년이 틀림없는데 '완산(完山, 전주) 이 씨'가 누구인지는 정확히 알 수 없다. 지금까지 영조의 후궁이자 사도세자의 어머니인 영빈 이 씨(1696~1764)로 추정했는데• 최근에 영빈 이 씨의 아들인 비운의 왕세자 장조(莊祖, 사도세자, 1735~1762)라는 견해가 나왔다.

• 박재연 편, 《중국소설회모본》, 강원대학교출판부, 1993.

《중국소설회모본》 소재 〈수호전〉 '무송취타장문신(武松醉打蔣門神)' 삽화

'무송이 술에 취하여 장문신을 때리다'란 제하의 그림이다. '자는 호랑이의 코를 찌른다'는 숙호충비(宿虎衝鼻)의 뜻이다. '무송취타장문신'의 대략은 이렇다. 호랑이를 맨손으로 때려잡는 사내 무송은 시은이 장단련에게 빼앗긴 쾌활림이란 주점을 되찾아 주려 장문신을 흠씬 두들겨 팬다. 이에 장문신은 무송한테 앙심을 품고 의형제였던 장단련과 장단련이 돈으로 매수한 장도감과 음모를 꾸며 무송을 귀양 보낸다. 장도감은 속담 '장도감을 치다'의 주인공이다. 여기에서 복수가 끝났으면 좋으련만 장문신과 장도감은 명줄을 재촉하고야 만다. 유배 가는 무송을 자객을 시켜 죽이려 한 것이다. 결과는 예측대로다. 자객들은 무송의 손에 불귀의 객이 되고, 그길로 돌아선 무송은 장도감 집에서 술을 마시면서 무송의 죽음을 애타게 기다리던 장단련을 죽이고야 만다. 물론 장도감도 그 자리에서 장단련과 함께 동반하여 저승길로 향한다.

이유는 '장춘각'과 '여휘각' 모두 사도세자가 거처하던 곳임이 밝혀졌기 때문이다. 만약 이것이 사실이라면 《중국소설회모본》의 서문을 쓴 이는 아버지 영조의 노여움을 사 27세(1762, 영조 38)에 뒤주에 갇혀 죽은 비운의 왕세자 사도세자가 옳고, 그가 죽기 열이틀 전인 윤 5월 9일에 쓴 최후의 친필이 되는 셈이다.

그렇다면 11쪽에 이르는 서문에 보이는 〈금병매〉, 〈육포단〉, 〈옥루춘〉 등과 같은 연정 소설보다 더한 음사(淫詞) 소설, 천주교 서적 등의 위상이 흥미로워진다. 당시 대리청정 중이었던 왕세자가 드러내 놓고 절대 읽을 수 없었던 책들이기에 말이다. 비운의 왕세자 사도세자에겐 안 된 일이지만, 우리 고소설의 영역은 왕세자에게까지 확장되었다는 의미이기도 하니 아이러니한 상황이다.

잠시 이 문제를 좀 짚고 가자. 사도세자와 소설의 정황은 영조로 그 폭을 넓혀야 한다. '《명기집략》 사건'으로 영조를 소설 배척론자로 보는 것은 천만의 말씀이다. 이어질 '〈구운몽〉'에서도 언급하겠지만 영조는 꽤 소설을 즐긴 임금이기 때문이다. 이러한 정황을 알 수 있는 자료는 《승정원일기》다. 1746년 6월 27일의 기록부터 보자. 영조는 "병중에 소일하는 방법은 혹 소설을 보거나 혹 잡기가 있지. 내가 이 두 가지를 하지 않으면 정말 소일하는 것이 어려울 게야. 신하들에게 읽으라고 하여 들으면 낮잠을 자는 것보다 낫지"라고 한다. 이때 영조의 나이가 52세였는데 병이 있는 듯하고 언문 소설을 신하들을 통해 읽게 하여 들었음을 알 수 있다.

그래서인지 신하들도 영조에게 소설을 들고 와 읽어 주었으니 1758년 12월 19일 기록을 보자. 김상로(金尙魯, 1702~1766)가 영조를 뵙고는 "어젯밤에도 밤새 편히 잠자리에 들지 못하셨으니 오늘 밤에는 신이 올린 언문 소설책(諺文小說冊)을 의지해서 잠을 청하시옵소서"라고 한다. 구체적인 소설명은 거론하지 않았지만 한문 소설이 아닌 한글로 쓰인 언문 소설책임을 알 수 있다. 임금에게 그것도 한문 소설이 아닌 상놈의 글이라고 경시하는 언문으로 지어진 소설을 읽으라고 가져온 대신과 그것을 흔쾌히 받아 드는 임금, 이 때문은 아니겠지만 이듬해에 김상로는 영의정에 오른다.

다음 기록은 사도세자와도 관계되니 전문을 그대로 옮겨 보겠다. 1747년 10월 3일자 기록이다.

> **영조** 일 년 열두 달 중에 네가 책을 읽고 싶은 마음이 드는 것이 몇 번이나 되느냐?
>
> **사도세자** 한두 번입니다…….
>
> **조재민** 무릇 역사서와 소설은 번역을 하여 들으면 쉽게 재미가 생깁니다. 만약에 궁의 관리를 시켜서 하나하나 사실을 해석하여 그 처음과 끝을 모두 아뢴다면 동궁께서도 반드시 깨닫는 실마리가 될 것입니다.
>
> **영조** 이것은 폐단이 있어. 반드시 소설 듣기를 좋아하여서 더욱 책 읽는 것을 싫어하게 될걸.

비록 열세 살이지만 동궁은 한 나라를 이끌 왕세자다. 그런 동궁이 일 년에 한두 번밖에 책을 읽고 싶은 생각이 안 든다는 말을 들은 영조의 표정이 그려진다. 보다 못한 조재민(趙載敏)이 나서 역사나 소설을 한글로 번역하여 읽어 주면 동궁도 깨달음이 있을 것이라고 거들지만 영조는 소설 듣기에 빠져 더 책을 보지 않을 것이라고 핀잔을 주는 장면이다.

이《승정원일기》기록으로 보건대 당시 궁중에서 소설을 보는 데 거리낌이 없었다는 것을 알 수 있다. 사도세자 또한 소설을 읽었음을 추론하는 데도 큰 무리가 없다. 그렇다면 사도세자가《중국소설회모본》을 편찬했다는 것이 상당히 설득력 있어진다. 물론《중국소설회모본》의 편찬자를 더 적극적으로 이해하여 영조로 보는 견해가 있음도 밝힌다.

이《중국소설회모본》은 중국 소설의 삽화를 모사한 화첩을 다시 판각한 것인데, 93종의 서명과 128폭의 그림(판각)을 실었다.

이외에 고소설을 그림으로 그린 대표적인 것은 구활자본 표지와 그 속에 있는 삽화라고 할 수 있다. 이들 그림은 모두 소설의 시각화를 꾀한 것으로 작품의 판매에 꽤 영향을 미쳤다. 이제 속화로 그려진 고소설도를 찾아보자.

간단히 속화부터 설명하고 논의를 이어 보자. '속화(俗畵)'란 생활 공간의 장식을 위해, 또는 민속적인 관습에 따라 제작된 속태(俗態)가 나면서도 실용적인 그림을 말한다.

이 속화는 조선 후기 주로 서민층에 유행했으며, 선인들은 이를 세속적인 그림이라 하여 속화(俗畵)라고 불렀다. 이규경(李圭景, 1788~1856)의《오주연문장전산고(五洲衍文長箋散稿)》에는 이 속화를 여염집의 병풍·족자·벽에 붙인다고 하였다.

이 속화에 대한 미술학계의 설명을 보니 '대부분 정식으로 그림 교육을 받지 못한 무명 화가나 떠돌이 화가들이 그렸으며, 서민들의 일상 생활양식과 관습 등의 항상성(恒常性)에 바탕을 두고 발전하였기 때문에 창의성보다는 되풀이하여 그려져 형식화한 유형에 따라 인습적으로 계승되었다. 따라서 일반 백성들과 친연성이 강했다'라고 되어 있다.

이를 학계에서는 일반적으로 '민화(民畵)'라고 하는데 이 용어는 일본인 학자 야나기 무네요시(柳宗悅)가 '민중 속에 태어나고, 민중을 위해 그려지고, 민중에 의해 유통되는 그림'이라는 의미로 사용하였다. 따라서 민화란 서민적인 색채가 강하지만 우리의 고소설도를 설명하기에는 못내 아쉬운 면이 있다. 왜냐하면 고소설도가 8첩 병풍이니 10폭 병풍으로, 여기에 자수로 수놓아진 병풍에, 화공(畵工)만 하여도 전문적인 도화서의 화원(畵員)에서 뜨내기 그림쟁이는 물론 사찰의 화승(畵僧)까지 그 폭이 자못 넓기 때문이다. 8첩·10폭 병풍이 서민들의 안방에 놓였을 리 없고, 스님의 그림은 사찰의 벽화로 단청되었으니 딱히 서민층이라고 못 박을 수는 없다. 김려(金鑢, 1766~1821)의 《담정총서》에 실려 있는 〈김요장이 첩을 얻으려 하기에 시를 지어 조롱한다(金僚長卜姓 詩以戱嘲)〉라는 글도 이에 대한 단서를 제공한다. "단원의 조그만 속화 병풍에서(檀園俗畵小屛風) 오늘 밤 안온히 원앙 꿈 꿀 때(今宵穩做元央夢)" 운운하는 시구가 버젓이 보여서다. 김요장이라는 자가 첩과 함께 놀아나는 장면을 생동감 있게 받쳐 주는 배경이 다름 아닌 우리가 잘 아는 단원 김홍도의 속화 아닌가. 따라서 이 글에서는 민화라는 명칭 대신 속화라는 명칭을 그대로 살려 썼다.

속화는 장식 장소와 용도에 따라 종류를 달리한다. 이를 화목(畵目)별로 분류하면 화조영모도(花鳥翎毛圖)·어해도(魚蟹圖)·작호도(鵲虎圖)·십장생도(十長生圖)·산수도(山水圖)·풍속도(風俗圖)·문자도(文字圖)·책가도(册架圖)·무속도(巫俗圖)·고사도(故事圖) 등으로 나뉘는데, 우리의 고소설을 그린 속화는 고사도에 속한다.

〈구운몽〉

〈구운몽〉을 그린 〈구운몽도〉는 현재 32편이나 발견되었으며, 일본에도 〈구운몽도〉가 있을 정도다. 고소설을 그림으로 그린 것 중 이 〈구운몽도〉가 가장 많다. 현재 〈구운몽도〉에 대한 최초의 정보는 1848년에 지어진 〈한양가〉에 보이니, "횡축을 보자면 구운몽 성진이가 팔선녀 희롱하여 투화성주하는 모양"이 그 구절이다. '횡축(橫軸)'은 가로로 둘둘 마는 두루마기 족자를, '투화성주(投化成珠)'는 꽃을 던져 구슬을 만든다는 뜻이다. 성진이 팔선녀와 수작할 때 복숭아꽃 한 가지를 꺾어 던지니 여덟 봉오리가 떨어져 명주가 된 것을 말한다.

저 앞에서 하지 못했던 〈구운몽〉에 대한 영조의 재미있는 기록부터 들추어 보고 〈구운몽도〉로 넘어가자.

이 〈구운몽〉은 영조께서도 읽었으며 "좋은 글이야(善文矣)"라고 극찬한 소설이다. 《승정원일기》에는 〈구운몽〉에 대한 기록이 영조 27년, 37년, 39년 세 차례에 걸쳐 보인다. 승정원은 조선에서 왕명의 출납을 담당하던 행정기관의 일기이므로 왕의 관심사가 세세히 기록되어 있다. 그런데 〈구운몽〉 관계 기록을 보면 영조의 기억력이 영 신통치 못해 보인다.

《승정원일기》 영조 27년 3월 15일 기록에 보이는 영조가 제조(提調) 신만(申晩), 부제조 조명리(趙明履)와 나누는 대화를 잠시 엿들어 보자.

영조 거, 〈구운몽〉이 누구의 작품인고?

조명리 김만중의 작품입니다.

신만 〈남정기(南征紀)〉(〈사씨남정기〉를 말함)과 〈백화전(百花傳)〉이란 작품도 있습니다.

영조 그래? 나는 이의현(李宜顯)이 지은 것으로 알고 있었는걸.

신만 승지 김양택(金陽澤)은 만중과 가까운 친척이기 때문에 물어보니 정말 만중이 지은 것이라 하였습니다. 병든 어머니를 위하여 지었다 합니다.

영조가 〈구운몽〉을 읽었는지는 모르나 알고 있음은 분명한데 작가를 이의현(李宜顯, 1669~1745)이라고 한다. 이의현은 앞에서 이미 살핀 바 있는 〈소현성록〉을 필사한 용인 이 씨의 동생으로 〈구운몽〉과는 하등 관계없는 인물이다. 신만은 이러한 영조에게 〈백화전〉이라는 엉뚱한 작품을 들기도 했지만 〈구운몽〉과 〈사씨남정기〉를 김만중이 지었다고 정확히 알려 준다. 〈백화전〉은 혹 〈홍백화전〉이 아닌가 하는데, 이에 대해서는 더 깊은 연구가 필요하다. 신만이 물어보았다는 승지 김양택(金陽澤, 1712~1777)은 바로 김만중의 종손이다. 즉, 김양택의 부친이 예조 판서를 지낸 김진규(金鎭圭,

1658~1716)이고, 김진규의 부친이 바로 김만중의 형인 김만기다.

이때가 1751년이니 이로부터 10년 뒤인 영조 37년 7월 11일에 영조는 다시 이 〈구운몽〉을 거론한다. 이번 대화 상대는 정조의 외할아버지이자 혜경궁 홍씨의 아버지요, 영조의 사돈인 홍봉한(洪鳳漢, 1713~1778)이다.

영조 그래 김진규가 늙으신 어머니를 위하여 〈구운몽〉을 지었다고들 하는 겐가?

홍봉한 그렇습니다.

영조 좋은 글이야. 그래 문형(文衡)이 되었을 때 문형이 재주 있다는 소리를 많이들 하더군.

영조께서 10년 전에는 이의현이라고 하여 신만이 자세히 일러 주었거늘, 이번에는 〈구운몽〉의 저자를 김만중의 조카인 김진규라 한다. 김진규는 문형, 즉 대제학(大提學)을 지낸 이로 김만중의 형인 김만기의 아들이니 만중이 작은아버지다. 여하간 이때 영조의 나이는 67세이니 그럴 만도 하지만, 옆에서 거드는 홍봉한은 참 맥없다. 차라리 모른다고 하면 될 것을.

그런데 영조가 〈구운몽〉을 "좋은 글이야!"라고 극찬한 것은 주시할 필요가 있다. 영조가 〈구운몽〉을 읽었음을 명료히 하는 문장이기 때문이다. 다시 《승정원일기》로 돌아가, 2년 뒤인 1763년 영조 39년 12월 25일 대화를 들어 보자. 역시 영조와 홍봉한의 대화다.

영조 추판(秋判)의 사촌 아우가 〈구운몽〉을 지었는데 아주 좋더군.

홍봉한 〈남정기(南征記)〉도 그 사람이 지었습니다.

영조 그 늘어놓아 서술한 것이 뛰어나게 아름다운 것 하며 진문장(眞文章)의 수법이던걸.

추판은 형조 판서로 당시 김양택이 이 소임을 맡고 있었다. 김양택은 저 위에서 12년 전에 신만이 〈구운몽〉에 대해서 물었다는 바로 그 사람으로, 김만중의 종손이다. 2년 전에는 〈구운몽〉을 김진규가 지었다고 하더니, 이제는 아예 그의 아들인 김양택의 사촌아우라는 얼토당토않은 말을 한다. 영조께서야 연세가 드셔서 그렇다지만 홍봉한 역시 2년 전의 대화를 기억하지 못하고, 이제는 〈남정기〉도 그 사람이 지었다고 말을 받으니 생급스럽다.

그건 그렇고 여기서도 영조는 〈구운몽〉을 "아주 좋다(極好矣)" 하고 "서술한 것이 뛰어나게 아름다운 것이 진문장(眞文章)"이라고까지 극찬한다. '서술한 것이 뛰어나게 아름답다(鋪敍絕美)'라는 것은 〈구운몽〉의 줄거리를 말함이니, 영조가 〈구운몽〉을 읽은 것이 더욱 분명해진다. 이러한 〈구운몽〉이기에 어려움 없이 속화로까지 그려진 듯하다.

현재 〈구운몽도〉는 한 폭의 속화도 있으나 병풍으로 그려진 것이 많다. 병풍으로 그려진 〈구운몽도〉는 4첩에서 10첩까지 다양하지만 8첩과 10폭이 대종을 이룬다. 그림은 오른쪽에서 왼쪽으로 보면 되고, 특이하게 〈삼국지도〉, 〈춘향전도〉와 함께 그려진 혼합 병풍도 있다. 〈구운몽도〉는 이외에도 자수(刺繡)로 수놓아진 병풍이 꽤 있다는 데서 여인들의 〈구운몽〉 독서와 애호를 읽을 수 있다.

소장처는 사전자수박물관, 가회박물관, 계명대박물관 등 대부분 국내에 있으나 일부의 것은 일본의 시즈오카 시립 세리자와케이스케미술관 등 외국에 산재해 있다. 아직 이에 대한 학계의 연구는 미진하다.

〈구운몽도〉 8폭 병풍(가회박물관 소장)

1폭

중국 당나라 때, 남악 형산 연화봉에 서역으로부터 불교를 전하러 온 육관 대사가 법당을 짓고 불법을 베풀었는데, 동정호의 용왕도 참석한다. 이를 기특히 여긴 육관 대사는 제자 성진(性眞)을 보내 용왕에게 사례하도록 한다. 용왕의 권유에 못 이겨 성진은 불도를 닦는 이로서 인간 세계의 광약(狂藥)인 술을 연거푸 석 잔이나 마신다. 돌아오는 길, 육관 대사에게 들킬까 두려워 시내에서 붉어진 낯을 씻다가 향기에 취하여 내를 따라 올라가 형산 선녀 위 부인의 심부름으로 육관 대사를 뵙고 오는 팔선녀를 만난다. 용왕의 술대접에 이미 마음이 흐트러진 성진은 팔선녀와 석교에서 만나 서로 희롱한다. 이 장면을 그린 그림의 성진과 팔선녀 표정이 여간 즐겁지 않다. 이 팔선녀와 석교에서 희롱한 것이 문제가 되어 성진과 팔선녀는 염라대왕에게 끌려가고 급기야 지상계로 내려오게 되면서 〈구운몽〉은 양소유의 이야기로 바뀐다.

한 장만 따로 전하는 〈구운몽도〉는 이 장면이 가장 많다. 이 부분이 〈구운몽〉의 처음과 끝을 잇는 부분이기 때문에 그러한 것 같다.

2폭

성진은 당나라 회남 수주현 양 처사의 아들 양소유(楊少遊)로 태어난다. 15세에 과거를 보러 가던 중 화음현의 버들 숲에서 시를 짓고 이를 들은 어사의 딸 '진채봉'이 시 한 수를 지어 보낸다. 진채봉은 이때 "신하도 또한 임금을 가린다"며 적극적으로 양소유에게 접근한다. 사실 고소설에 보이는 여성들은 대부분 배우자를 자신이 택한다. 이것이 인연이 되어 다음 날 만나기로 하였으나 서울에서 반란이 일어나 양소유는 산으로 피했다가 도사에게 거문고와 퉁소를 배우고 내려오니, 채봉의 아버지는 역적으로 몰려 죽었고 채봉이 죽지 않았으면 노비로 끌려갔다는 말을 듣는다. 물론 이 진채봉은 팔선녀 중 한 명이다. 진채봉은 후일 소유의 제2부인이 되는 난양 공주(이소화)의 시녀가 되어 다시 양소유와 재회하여 1첩이 된다.

이 장면은 버들 숲에서 양소유와 진채봉이 시를 주고받으며 수작하는 장면이다. 양소유의 나귀를 끌고 가는 동자의 모습이 꽤 우스꽝스럽게 그려져 있다. 진채봉의 마음을 빼어 버린 양소유가 읊은 양류사(楊柳詞) 한 수를 보면 이렇다.

楊柳青如織　양류 푸르러 짜는 것 같으니
長條拂畵樓　긴 가지가 그림 다락에 뜰치더라
願君勤種意　원하건대 그대가 부지런히 심은 뜻은
此樹崔風流　이 나무가 가장 풍류러라
楊柳何青青　양류가 어찌 그리 청청한고
長條拂綺楹　긴 가지가 비단 기둥에 뜰치더라
願君莫攀折　원하건대 그대는 매달려 꺾지 마라
此樹最多情　이 나무가 가장 정이 많더라●

● 이가원 주석, 《구운몽》, 연세대학교출판부, 1970.

〈구운몽도〉 8폭 병풍(가회박물관 소장)

3폭

양소유가 난을 피해 있다가 과거를 보러 다시 서울로 올라가던 중, 낙양의 기생 '계섬월'과 인연을 맺는 장면이다.

계섬월은 자색과 가무가 뛰어난 기생이다. 더욱이 고금의 글을 무불통지하여 낙양 젊은이들의 시회(詩會)에 참석하여 잘 쓴 시만을 그녀의 가곡에 넣는다. 우연히 지나가는 길에 참석한 양소유의 시를 보고 마음을 빼앗겨 이를 자신의 가곡에 올린다.

불청객이 여인의 마음을 사로잡자 젊은이들이 불쾌해하고, 이를 눈치챈 양소유는 자리에서 일어서 나온다. 그러자 계섬월이 따라나와 다리 남쪽 앵두꽃이 무성한 집이 자기 집이라며 일러 주니, 이 역시 양소유에 대한 노골적인 구애다.

그림의 하단에 양소유에게 자신의 집을 일러 주는 계섬월이, 상단에는 계섬월의 집이 보인다. 이 기생 계섬월이 양소유의 3첩이 된다.

4폭

양소유가 '계섬월'과 인연을 맺고, 경사에 이르러 거문고를 타는 여자로 가장하여 정 사도(司徒)의 딸 '정경패'를 만나는 장면이다.

양소유는 반란으로 한 해 연기된 과거를 보러 다시 가다가, 낙양에서 풍류 잔치에 끼여 글 솜씨 내기로 명창인 기생 계섬월(계랑)과 인연을 맺고 장안에 도착한다.

장안에 도착한 양소유는 과거 시험은 뒷전으로 밀쳐 두고 명문 재상 정 사도의 딸 정경패에게 거문고를 타는 여관(女官)처럼 접근하여 거문고로 봉구황곡을 타 자신의 마음을 알린다. '새의 수컷이 암컷을 구한다'라는 뜻의 '봉구황곡(鳳求凰曲)'은 한나라 때 사마상여가 연주하여 탁문군을 아내로 맞이했던 고사가 있어, 우리의 고소설에서 남자가 여자를 꾀려는 곡으로 자주 등장한다. 정경패는 나중에 이 사실을 알지만 양소유의 제1부인이 된다.

이 그림은 바로 여관으로 변장한 양소유가 거문고를 타는 장면이다.

양소유는 이러한 여성 편력을 과시하면서도 회시와 전시에 모두 장원으로 급제하여 한림이 되어 정 사도 집에 통혼, 납채를 보내고 자주 드나든다. 이때 양소유의 나이는 16세였다.

여장에 속은 정 소저(정경패)는 양소유를 골려 주려 정 사도의 시녀 가춘운을 귀신으로 변장시켰다가 이것이 또 인연이 되어 가춘운도 양소유의 여인이 된다.

〈구운몽도〉 8폭 병풍(가회박물관 소장)

5폭

정경패가 여장한 양소유에게 속은 모욕을 갚는다는 명목으로 친자매처럼 지내는 시녀 가춘운으로 하여금 선녀처럼 꾸며 양소유를 유혹하려는 계책을 꾸민다.

정경패는 사촌 남매인 정십삼에게 부탁하여 양소유를 깊은 산골짜기에 있는 산장으로 유인케 하고는 갑자기 아내가 병이 들었다며 돌아서게 한다. 무료한 양소유는 물을 따라 걷다가 빨래하는 푸른 옷의 여동(女童)을 보고, 이 여동이 낭자에게 양소유가 왔음을 알리고 가춘운이 불귀의 객이 된 여귀로 변장하여 양소유와 정분을 맺게 시킨다는 계획이다. 물론 이 계획은 가춘운도 동의한 일이니, 정경패와 가춘운의 정의가 예사롭지 않다.

그림의 하단에는 정십삼이 간 뒤 주안상이 덩그러니 놓여 있고, 상단에는 양소유를 안내하는 푸른 옷의 여동과 가춘운이 방에 앉은 모습이 보인다. 양소유를 보았을 때 가춘운은 붉은 비단으로 만든 옷을 입고 비취 비녀를 꽂았으며 허리에는 백옥패를 차고 손에는 봉의 꼬리로 만든 부채를 들고 있었다. 여하간 이 일로 가춘운은 양소유의 2첩이 된다.

6폭

양소유는 연(燕)나라에 일어난 모반을 처리하고 돌아오다 적백란이란 서생을 만나 친분을 맺는다. 양소유는 장안에서 옛 연인인 기생 계섬월을 만나 적백란과 함께 머무르게 된다.

이때 어린 종이 와 적백란과 계섬월이 희롱하는 사이라고 일러 준다. 양소유는 두 사람이 낮은 담을 격하여 서로 기롱하는 장면을 보고, 이를 추궁하자 계섬월이 적백란의 누이와 동무라 그러한 것이라며 잘못을 빈다. 양소유가 계섬월의 변명을 듣고 그대로 넘어가나 적백란은 사라져 버린다.

양소유는 그날 밤 계섬월과 한 잔 술을 하고 이튿날 깨어 보니 낯모르는 여인과 동침한 것이 아닌가? 이 여인이 다름 아닌 남장 여인 적백란으로 계섬월의 벗인 하북의 명기 '적경홍'이다. 본래 적경홍은 연 왕의 여인으로 팔려 갔다가 연 왕을 꾸짖어 항복을 받아 내는 양소유를 보고 연모하는 마음에 천리마를 훔쳐 타고 쫓아온 남장 여인이다. 물론 양소유와 함께 잠자리에 들 수 있었던 것은 벗 계랑의 배려 때문이었다.

그림의 중앙 누각에 양소유가 앉아 있고 동복(童僕)이 고자질하는 모습이 보인다. 우측 담장 안에 있는 여인은 계섬월이고 담 밖의 사내는 남장을 한 적백란(적경홍)이다. 적경홍은 양소유의 4첩이 된다.

그런데 이 계섬월과 적경홍도 정경패와 가춘운처럼 둘 사이가 예사롭지 않다. 아무리 기생이라고는 하지만 사랑하는 한 남자를 동성인 벗에게 배려하는 여인들의 관계를 논리적으로 설명하기는 참으로 곤란하기 때문이다. 이럴 때 현대인들은 '동성애'라는 말을 가장 합리적으로 들지 않을까 한다.

〈구운몽도〉 8폭 병풍(가회박물관 소장)

7폭

토번 정벌에 나선 양소유가 반사곡 영중(營中)에서 의자에 앉아 꿈을 꾸는 장면이다.

양소유는 꿈속에서 금안장 얹은 말을 타고 화려한 복색의 종자를 따라 왕궁에 들어간다. 용궁 문에는 물고기 머리와 새우 수염을 한 군사가 지키고 있다. 꿈속에서 그는 '백능파'를 만나 가연을 맺고, 남해 용자(龍子)를 퇴치한 뒤 용궁에 초대되어 갔다가 돌아오는 길에 형산을 유람하게 된다.

백능파는 동정 용왕의 딸로 양소유와의 정해진 인연을 위해 남해 용왕의 청혼을 거절하고 반사곡에 와서 살다 토번국을 정벌 중인 양소유를 만나 6첩이 된다.

이러한 양소유의 꿈은 서술 분량만으로 본다면 별로 주목할 만한 것이 못되지만 이 '꿈속의 꿈'은 〈구운몽〉에서 현실과 꿈의 관계를 규정하는 핵심적 구실을 하고 있어, 단순히 서술 분량만으로는 따질 수 없는 중요한 의미를 지닌다. 왜냐하면 작자가 이 꿈속에서 일어났던 일들을 작품 말미에서 다시 거론하여 현실과 꿈의 차별을 허무는 중요한 계기로 삼기 때문이다. 이렇게 본다면 이 꿈은 작품의 전체 구도를 염두에 두고 치밀하게 설정한 서사적 장치임에 틀림없다. 서사적 장치를 쉽게 풀자면 양소유가 꿈속에 유람한 산이 바로 남악 형산이고, 꿈에서 만난 노승이 바로 육관 대사라는 이유이기 때문이다. 이 속화를 그린 이는 이 부분을 놓치지 않았다.

그림의 상단에는 양소유가 의자에 앉아 조는 모습이, 하단에는 용자(龍子)가 이끄는 잉어 제독과 자라 참군, 그리고 양소유가 긴 창을 들고 대치한 모습이 그려져 있다.

8폭

양소유가 황제의 동생 월 왕과 잔치를 열고, 낙유원에서 사냥 솜씨와 여악(女樂)들의 풍류 경쟁을 벌인다. 양소유가 월 왕보다 미인의 수가 부족하여 막 패하려 할 때, 어디선가 '심요연'과 '백능파'가 나타나 검무와 비파로 월 왕의 기세를 꺾어 버린다. 심요연은 토번의 자객으로 양소유의 제5첩이다. 그녀는 어려서부터 익힌 무술로 토번국의 자객으로 뽑혀 토번을 정벌하러 떠난 당나라 장수 양소유를 만났다.

그림의 우측 상단에서 쌍검무를 추는 여인이 바로 심요연이다. 그림 하단에 홍살문(紅—門)이 보이고 양옆으로 몇 명의 군사들이 서 있다. 홍살문은 궁전이나 관아 등의 앞에 세우던 붉은 색을 칠한 나무 문이다. 형태는 9미터 이상의 둥근 기둥 두 개를 세우고 위에는 지붕 없이 화살 모양의 나무를 나란히 박아 놓고, 가운데에는 태극 문양이 있다. 〈구운몽〉의 배경이 당나라지만 우리의 속태 나는 그림으로 그려진 속화임을 알 수 있다.

〈삼국지연의〉

〈삼국지연의도〉는 관우 묘와 깊은 연관이 있다. 서울 동묘에 있던 〈삼국지연의도〉가 가장 널리 알려져 있는데, 동묘가 바로 관우를 모신 사당이고 이 동묘의 벽에 벽화 대신 붙였던 그림이 〈삼국지연의도〉다. 이 그림은 〈삼국지연의〉에서 가장 중요하다고 여기는 내용을 10폭의 병풍으로 그린 속화다. 조선시대 그림으로는 국내에서 가장 크며, 그림에 관한 일을 담당하던 관청인 도화서 화원이 직접 그렸다.

임진왜란 당시 명나라 장군이었던 진린이 부상을 입고 지금의 서울에 있는 남묘에서 치료받을 때였다. 이때 관우의 신령이 나타나 군사들을 지켜 준다고 믿어 이곳에 묘를 세우고 상을 모셨고, 이것이 관우 신앙의 원조가 되어 그를 모시는 신당이 널리 전파되었다고 한다. 이러한 이유에서인지 임진왜란 중 관우 사당은 전화를 전혀 입지 않았고, 전국으로 관운장의 영정을 모시고 제사를 지내는 관우 묘가 생기게 되었다고 한다.

경기대박물관 소장의 〈담채삼국지설화도〉는 의복의 양식은 우리 식으로 표현되었는데 과장이 많은 삽화적 수준의 그림이지만 〈삼국지연의〉의 대중성을 엿볼 수 있는 좋은 자료다. 가회박물관 소장의 〈삼국지연의도〉 8폭 병풍은 〈삼국지연의〉의 주요 장면을 흥미롭게 그려 놓았다.

〈삼국지연의〉를 그린 속화는 이외에도 많다. 경상남도 양산 통도사 명부전과 경기대박물관 소장의 속화도 있다. 경기대박물관 소장의 속화는 〈삼고초려도(三顧草廬圖)〉로, 〈삼국지연의도〉 중 흔히 볼 수 있는 속화다. 그런데 경남 통도사 명부전에 있는 〈삼국지연의도〉는 상당히 이채롭다. 통도사 명부전에 있는 속화는 〈탄금주적도(彈琴走賊圖)〉와 〈삼고초려도〉·〈수궁도(水宮圖)〉인데, 이 그림들은 속화이면서 불화이기 때문이다. 〈탄금주적도〉와 〈삼고초려도〉는 〈삼국지연의도〉이고, 〈수궁도〉는 거북이 토끼를 업고 용궁으로 가는 그림으로 다름 아닌 〈토끼전〉이다.

〈삼국지연의도〉 중 '와룡선생설전군유(臥龍先生舌戰群儒)'(서울역사박물관 소장)

큰 폭의 화면에 〈삼국지연의〉의 각 장면들을 10폭으로 묘사한 중국 속화풍 그림이다. 각 화폭에는 편액의 형식으로 제목을 적어 놓아 그림의 내용을 이해하기 쉽게 하였다.

각 화폭의 제명은 '제갈공명초용병(諸葛孔明初用兵)', '와룡선생설전군유(臥龍先生舌戰群儒)', '와룡선생용기계차전(臥龍先生用奇計借箭)', '지성단제갈제풍(志星壇諸葛祭風)', '방사원의연환계(龐士元議連環計)', '오림화기아만경주(烏林火起阿瞞驚走)', '장장군수익주성(張將軍守益州城)', '관흥참장구장포(關興斬將救張苞)', '와룡선생승전고(臥龍先生勝戰告)' 등 9폭이다. 이 〈삼국지연의도〉는 원래 서울 동묘(보물 제142호)에 있던 유물로 총10폭이었으나, 현재는 9폭만이 서울역사박물관에 소장되어 있다.

〈삼국지연의도〉 8폭 병풍(가회박물관 소장)

1폭

망당산에서 무사히 탈출한 '장비가 고성을 빼앗은 뒤 북을 치는(古城張飛擊鼓)' 모습이요, 아래는 관공오관참육장(關公五棺斬六將)이다.

'관공오관참육장'이란 조조에게 의탁하고 있던 관우가 유비가 있는 곳으로 가기 위하여 조조의 영역을 벗어나며 저지하는 장수 여섯을 베고 다섯 관문을 돌파하는 장면이다. 아래 그림에서 관우에 의해 몸과 목이 분리된 장수는 원소의 장수인 안량(安娘)과 문추(文秋)로 오관육참장이 있기 전에 조조의 환심을 사려고 이들을 베는 장면이다. 〈삼국지연의〉에는 안량(顔良)과 문추(文醜)라고 되어 있다. 이 부분은 정사(正史) 《삼국지》에는 없고 〈삼국지연의〉에만 보인다. 중국에서도 관우가 대단한 존재였음은 박지원의 《열하일기》나 이노춘의 《북연긔힝》 같은 연행 기록 등을 통하여 알 수 있다. 관우의 무용과 충의에 대한 존숭은 관우 사후에 일어났고, 관우를 신으로 모신 것은 당나라부터다. 이후 송대에 들어와 관우 숭배는 본격적으로 중국 전역으로 확산되었다. 관우는 무신(武神)과 재신(財神)으로 신앙의 대상이 되었다. 관우 신앙은 정유재란 때 원군(援軍)으로 조선에 왔던 명나라 장수 진린(陳璘)에 의해 국내에 유입되었다. 이 관우 묘는 서울 중구 방산동, 경북 안동, 전북 전주 등 전국적으로 분포해 있다.

2폭

삼고초려(三顧草廬) 장면이다. 유비는 관우, 장비와 의형제를 맺고 한실 부흥을 위해 군사를 일으킨다. 그러나 군기를 잡고 계책을 세워 전군을 통솔할 군사(軍師)가 없어 늘 조조군에게 고전을 면치 못한다. 어느 날 유비가 은사인 사마휘에게 군사를 천거해 달라고 청하자 그는 이렇게 말한다. '복룡이나 봉추 중 한 사람만 얻으시오.'

그 후 제갈량의 별명이 복룡이란 것을 안 유비는 즉시 수레에 예물을 싣고 양양 땅에 있는 제갈량의 남양초당(南陽草堂)으로 찾아간 그림이다. 오른편에는 초당을 뒤덮은 넓적한 반송(盤松)이, 왼편에는 선학(仙鶴)이 보인다. 초당 안에는 제갈량이 누워 있는데, 동자는 엉뚱한 곳을 가리키며 제갈량이 집에 없다고 한다. 무례한 제갈량에게 화난 장비와 관우가 보이고 옆에는 담담한 표정의 유비가 있다.

유비는 관우와 장비가 극구 만류하는데도 세 번째 방문해서야 제갈량을 만난다. 이것이 그 유명한 '세 번 초가집을 찾았다'는 삼고초려다.

〈삼국지연의도〉 8폭 병풍(가회박물관 소장)

3폭

적벽대전(赤壁大戰) 장면이다. 아래 위기에 처한 조조를 업은 정욱(그림에는 정옥丁玉)이 달아나고 그 밑에는 적벽 아래를 흐르는 장강(長江)에 익사한 조조의 군사들이 그려져 있다.

이 적벽대전은 〈삼국지연의〉 중 가장 유명한 전투로 조조가 손권과 유비의 연합군과 싸워 대패한 전투다. 원소를 무찌르고 화북을 평정한 조조는 중국을 통일하려고 약 18만 대군을 이끌고 남하, 적벽에서 손권·유비 연합군과 대치하였다.

그러나 손권의 장수 황개가 화공 계략을 세워 전선이 불타는 대패를 당하고 화북으로 후퇴했다. 이 결과 손권의 강남 지배가 확정되고 유비도 형주(荊州: 湖南省) 서부에 세력을 얻어 천하 3분의 형세가 확정되었다.

4폭

적벽대전 중 꾀 많은 조조가 화용도로 도망치다 관우에게 경각에 달린 목숨을 애걸하는 장면이다. 두 손 모아 비는 조조 위에 '화용도의 갈래길에서 조조 목숨을 빌다(華容岐路 曹操祈命)'라고 씌어 있다.

그 아래는 조조의 모사인 정욱인데 정옥(丁玉)이라고 써놓았다. 관우는 이때 조조를 죽이지 않고 너그러이 길을 터주어 달아나게 한다.

우리의 판소리 12마당 중 하나인 〈적벽가(赤壁歌)〉와 〈화용도〉라는 소설은 이 적벽대전을 소재로 하여 구성한 것이다.

〈삼국지연의도〉 8폭 병풍(가회박물관 소장)

5폭

'조운이 후주(유비의 아들인 아두)를 안고 적진을 탈출하고(趙雲抱後主)', '장비가 장판교에서 포효일성(長板橋張飛號聲)'으로 조조의 군사를 막아서고, 장비의 고함이 채 끝나기도 전에 조조 곁에 있던 '하후걸이 간담이 부서져 말 아래 떨어져 죽는(夏候敦落馬而死)' 장면이다. 그림에는 하우돈으로 써놓았으나 하후걸(夏候傑)이 맞다. 이 하후걸은 〈삼국지연의〉에 등장하는 가공의 장수이고 그 모델은 하후패(夏侯霸)라 한다.

〈삼국지연의〉에서 하후걸은 조홍의 부장으로 유비를 추격하다 장판교를 가로막고 선 장비가 "내가 연인 장익덕이다!"라고 고함을 치자 말이 놀라 하후걸은 낙마하여 장판교 아래 강에 빠져 익사한다. 그러나 실제 정사《삼국지》를 보면 당시 낙마했던 장수는 하후패였다. 하후패는 낙마한 후 다시 말에 올랐고, 훗날 하후패가 촉한에 귀순하여 유비를 위해 싸우다 전사하였기에 나관중이 하후패 대신 하후걸이라는 가공의 인물을 만든 것 아닌가 한다.

뒷날 조운의 행적을 누군가 시로 지은 것이 〈삼국지연의〉에 보인다. 옮기자면 이렇다.

曹操軍中飛虎出　조조 군중을 비호처럼 벗어나
趙雲懷內小龍眠　조운 품에 작은 용 잠들었네
無由撫慰忠臣意　충신의 뜻 위로할 길 없어서
故把親兒擲馬前　친아들을 말 앞에 내던지네

뒷날 장비의 행적을 누군가 시로 지은 것 역시 〈삼국지연의〉에 보인다. 옮기자면 이렇다.

長板橋頭殺氣生　장판교 입구에서 살기가 돋으니
橫槍立馬眼圓睜　창을 비껴들고 말을 세워 고리눈 부릅떴네
一聲好似轟雷震　큰 소리는 우레가 울리는 듯하니
獨退曹家百萬兵　홀로 조조의 백만 대군을 쫓아내 버렸구나

6폭

조조가 마초에게 위기에 처했던 위수 전투 장면이다. 이 전투에서 조조는 마초에게 상당히 고전하고 큰 망신을 당한다. 도망치던 조조는 위기를 모면하기 위하여 자신의 빨간색 전포를 부하에게 입히고 수염까지 자르고야 만다. 그림에서는 칼로 수염을 베는 조조와 조조의 빨간색 전포를 대신 입은 정욱과 이들을 쫓는 마초가 보인다. 마초 위로는 '마초가 동관을 탈취하고 조조는 수염을 베어 버린다(馬超入東關 曹操割鬚)'라는 글귀가 보인다. 마초의 얼굴은 백옥 같고 입술은 연지를 찍은 듯이 붉으며 허리는 날씬한데 목소리는 웅장하였다고 하니 꽤 미남자였던 듯하다.

〈삼국지연의도〉 8폭 병풍(가회박물관 소장)

7폭

칠종칠금(七縱七擒) 장면이다. 가운데 교자를 탄 이가 제갈공명이다.

유비는 제갈량에게 나랏일을 맡기고 세상을 떠나고야 만다. 제갈량은 후주인 유선(劉禪)을 보필하게 되는데, 그때 각지에서 반란이 일어난다. 위(魏)나라를 공략하여 생전 유비의 뜻을 받들어야 하는 제갈량은 먼저 내란부터 수습해야 했다. 유선이 아직 어리고 철이 없어 군대를 동원하는 것이 무리라고 생각한 제갈량은 적진에 유언비어를 퍼뜨려 이간책을 쓴다. 과연 반란군은 자중지란을 일으키고 마지막으로 등장한 반란군이 바로 맹획이다. 맹획이 반기를 들자 제갈량은 노강 깊숙이 들어가 그를 생포하지만 오랑캐로부터 절대적 신임을 받고 있는 그를 죽이는 것만이 능사는 아니라고 판단한다.

제갈량은 오랑캐의 마음을 사로잡고 나면 그들의 인적·물적 자원을 바탕으로 북벌(北伐)도 한결 용이할 것이라 생각하여 맹획을 풀어준다. 고향에 돌아온 맹획은 전열을 재정비하여 또다시 반란을 일으킨다. 제갈량은 자신의 지략을 이용하여 맹획을 다시 사로잡지만 또 풀어준다. 이렇게 하기를 일곱 번, 마침내 맹획은 제갈량에게 마음으로 복종하여 부하 되기를 자청한다. 이것이 그 유명한 일곱 번 놓아 주고 일곱 번 사로잡았다는 '칠종칠금'이다.

이 성어가 전하여 상대를 마음대로 다룸을 비유하거나 인내를 가지고 상대가 숙여 들어오기를 기다린다는 말로 쓰인다.

8폭

서역명슬퇴적(西域鳴瑟退賊), 즉 '서성에서 거문고를 타 적을 물리치다'라는 뜻이다. 이 그림은 제갈량이 서성(西城)이라는 곳에 도달했을 때, 부하의 과실로 위나라 원수 사마의(司馬懿)가 이끄는 15만 대군에게 포위당한 것을 그린 장면이다.

이때 성(城) 안의 군사는 불과 2,500명. 사마의의 15만 대군이 성문 앞까지 와 있는 절체절명의 순간에 제갈량은 사방의 성문을 열고, 각 성문에 백성을 가장한 군인 20명씩을 배치해 길을 청소하고는 자신은 성루에 앉아 평온히 거문고를 탄다.

사마의는 평소 조심성이 많고 신중하기로 유명한 제갈량을 속셈이 있을까 두려워 군대를 돌리고 만다. 사마의는 제갈량의 계책에 보기 좋게 속아 넘어간다. 이 장면은 이렇게 군사를 한 명도 쓰지 않고 15만 대군을 물리친 제갈량을 그린 것이다.

〈춘향전도〉(독립 기념관 소장)

명성 황후가 소장했다고 전해지는 자수(刺繡) 〈춘향도〉다. 독립 기념관이 마련한 명성 황후 특별전에 전시되었던 족자로 1986년 8월 18일 민경란 선생(김홍일 장군 부인)께서 기증한 자료다. 고소설이 궁궐에 들어간 것은 이미 꽤 오래된 일이지만 구체적으로 명성 황후까지 〈춘향전〉이라는 고소설을 그린 자수 〈춘향전도〉를 소장했다는 사실이 새롭다.

〈춘향전도〉(가회박물관 소장)
파릇한 싹에 점점이 붉은 꽃 위로 저기 제비 한 쌍이 난다. 춘풍이 스치는 버들가지 아래서 춘향과 이몽룡이 밀회를 즐긴다. 반면만 보이지만 이몽룡의 뒤태로 보아 훤칠한 인물의 사내임에 틀림없고, 춘향의 갸름한 얼굴에 눈매며 입매가 야시시하니 제법 요염하다.

〈춘향전〉

〈춘향전도〉는 주로 20세기 이후에 그려진 듯한데, 명성 황후도 소장하였을 만큼 귀천을 가리지 않고 널리 퍼진 듯하다. 형태는 한 폭의 속화에서 6폭, 8폭 병풍까지 다양하다. 남원에서는 이 〈춘향전도〉를 사업화하여 병풍을 제작, 판매하고 있다. 〈춘향전도〉 속화의 형태는 다양한데 〈도상옥중화(圖像獄中花)〉(이국창창본) 같은 경우는 소설 속에 아예 삽화를 넣어 시각적 효과까지 노렸다. 1937년 세창서관에서 간행하였는데, 〈춘향전〉의 서사를 따라 39화의 그림을 배치하였다.

〈토끼전〉

〈토끼전도〉는 상주 남장사 및 신촌 봉원사에 벽화로 남아 있다고 한다. 〈토끼전도〉는 고소설에서는 〈별주부전〉 혹은 〈토끼전〉으로, 판소리에서는 〈수궁가〉로도 불리는 우리에게 친숙한 토끼와 자라의 이야기를 속화로 만든 것이다. 〈토끼전도〉는 현재 경상남도 양산 통도사 명부전과 경상북도 상주 남장사 및 서울 신촌 봉원사 등 사찰의 벽화로 그려졌다. 보통은 아래 속화처럼 거북(혹은 자라)이 토끼를 업고 용궁으로 가는 그림이다. 이 〈토끼전도〉에 대한 설명은 이미 앞의 '화승(畵僧)' 장에서 다루었기에 여기서는 구체적인 설명을 생략한다.

〈토끼전도〉(가회박물관 소장)

이 그림은 송암(松巖) 김기환(金機換)이란 이가 그렸는데 누구인지 구체적으로는 알 수 없다. 화폭에 쓰인 시를 보면 십장생도를 그린 것인데 토끼와 거북 두 마리의 표정이 재미있다. 화폭에 쓰인 시는 아래와 같다.

水澹性淸爲吾友　물은 성품이 맑아 담백하니 내 벗으로 삼고
竹解心虛是我師　대나무는 속이 텅 비어 내 스승으로 삼는다

〈심청전도〉(전주역사박물관 소장)

그림 상단에 “만고(萬古) 효녀(孝女) 심청(沈淸)이는 몽중(夢中)에 수정궁(水晶宮)에서 모친(母親) 상봉(相逢)”이라고 적혀 있다.

〈서유기도〉(조선민화박물관 소장)

속화로 그려진 〈서유기도〉 8첩 병풍 중 한 폭으로 손오공이 관음보살과 내기 싸움을 하는 부분이다. 그림의 상단에 관음보살이 보이고 관음보살의 손 안에 손오공이 있다. 이 〈서유기도〉 8첩 병풍은 강원도 영월군 하동면 와석리 841-1(김삿갓 계곡내)에 있는 조선민화박물관에 소장되어 있다.

〈심청전〉

심청이 물에 빠졌다가 황후가 되어 심 봉사와 만나는 장면이다. 이 〈심청전도〉는 두 폭의 병풍도 중 한 부분으로, 한 폭은 〈춘향전도〉인 것으로 보아 원래 두 폭은 아니었던 듯하다.

〈서유기〉

"당나라 삼장 법사의 〈서유기〉를 사러 가자(唐三藏西遊記去賣)."

1347년 즈음에 간행된 《박통사언해(朴通事諺解)》에 보이는 말이다. 우리나라에 〈서유기〉가 들어온 것이 이미 고려 충목왕(忠穆王) 때임을 알 수 있는 자료다. 우리가 흔히 아는 오승은(吳承恩, 1500~1582)의 〈서유기〉는 1592년경이니 그 차이가 대략 2백여 년이나 된다.

이외에 조선민화박물관에는 〈수호지도〉도 있다. 《금릉집(金陵集)》을 보니 체구가 작달막한 애꾸눈의 화가 최북(崔北, 1712~1786?)이 〈서상기〉와 〈수호지〉를 몹시 좋아했다는 기록이 있으니, 혹 이이가 〈수호지〉라는 속화 한 폭쯤 남겼을지도 모를 일이다.

3
소설이 된 고소설

소설이 된 고소설, 즉 소설 속에 다른 소설이 들어가 있는 소설은 적지 않다.

〈홍루몽〉에는 〈서상기〉와 〈교홍기〉가 보인다. 〈홍루몽〉의 가보옥이 〈서상기〉와 〈교홍기〉를 비평하고, 〈변강쇠전〉에는 〈구운몽〉·〈서한연의〉(〈초한지〉)·〈삼국지연의〉가, 〈금우태자전〉에는 손오공이 나오고, 〈추풍감별곡〉에는 〈서상기〉가 보인다.

잠시 세창서관본 〈추풍감별곡〉을 인용해 보자.

"〈서상기〉에는 홍낭이 앵앵을 위하여 좋은 언약을 맺게 하였으니 너는 홍낭의 본을 받아 소저와 한 번 대면케 하여 주면 네 은혜를 후히 갚을 것이니 의향이 어떠하냐?" 〈서상기〉의 여주인공 앵앵과 그녀의 시비 홍랑의 이름이 그대로 드러난다. 또 〈용문전〉에는 〈소대성전〉의 소대성이 노나라 왕으로 등장하지만, 용문보다 못하게 그려진다. 용문은 소대성도 감히 대적할 수 없는 장수다. 재미있는 것은 〈용문전〉의 주인공인 용문이 오랑캐 나라인 호국에서 태어났으나 오히려 호국을 치고는 왕으로 봉해진다.

〈박천남전〉에는 '흥부의 박통'이, 〈흥부전〉에는 〈삼국지연의〉의 장비와 제갈공명이 등장하며, 〈박씨전〉에는 〈숙향전〉과 〈구운몽〉·〈삼국지〉 등이 보이고, 〈영이록〉에서는 〈소현성록〉에서 바보로 놀림받던 소운성의 동서 손기가 도가적인 이인으로 등장한다. 또 〈청화담〉이라는 소설에는 여주인공이 위급할 때 〈옥낭자전〉을 보고 생사가 허무하지 않다고 여겨 기운을 차린다. 〈옥낭자전〉에서 옥 낭자가 처형 직전에 임금의 사면을 받아 정렬부인이 되고, 남편 이시업에게는 서반 당상이란 높은 벼슬이 제수되었기 때문이다. 〈담낭전〉에는 〈숙향전〉의 숙향과 〈구운몽〉의 계섬월, 적경홍, 가춘운, 진채봉이 뛰어난 미인이라고 한다. 〈장국진전〉에는 계화란 이름이 나오는데, 〈박씨전〉에도 이 여성이 보이는 것으로 미루어 두 작품의 상관성을 알 수 있다. 〈장국진전〉은 〈구운몽〉의 영향을 받았다. 장국진이 여장을 하고 계향 앞에서 〈봉구황곡〉을 타는 대목이 있는데, 이는 〈구운몽〉에서 양소유가 정 소저에게 여장을 하고 가 〈봉구황곡〉을 타는 것과 일치한다. 〈일락정기〉라는 소설에는 아예 〈사씨남정기〉, 〈홍백화전〉, 〈창선감의록〉의 내용이 곳곳에 들어 있다.

몽유록인 〈금화사몽유록〉은 제갈량과 관우를 언급하면서 '도원결의'와 기산에 여섯 번 나간다는 '육출기산'을 언급하는 것으로 보아 〈삼국지연의〉를 보았음을 알 수 있다. 정사인 진수(陳壽)의 《삼국지》에는 이 내용이 없기 때문이다. 〈삼국지연의〉는 우리의 고소설에서 자주 인용되는데, 〈구운몽〉에서 영양 공주(정경패)가 2처 6첩의 우애를 〈삼국지연의〉의 도원결의를 들어 비유하기도 한다.

군담 소설인 〈유충렬전〉에는 손오공에게 신묘한 술법을 가르쳐 준 수보리조사가 나오며 〈수호전〉도 보인다. "마철 형제는 충렬의 어머니 장 씨를 재차 잡으려다가 큰 손해만 보고 놓친 후에 양산박에 모여든 108명의 의적들과 같은 큰 뜻을 품고 천하를 두루 살피다가 남적의 위험을 보고 달려든 것이었다"는 〈수호전〉 내용을 끌어다 마철 형제에게 비유한 것이다. 흥미로운 점은 마철 형제가 악인이라는 점으로 미루어 볼 때, 〈유충렬전〉의 작가는 〈수호전〉의 108명을 썩 좋은 시각으로 보지 않음을 어림할 수도 있다.

이외의 군담 소설에서도 흔히 찾을 수 있는데, 〈남정팔난기〉와 〈권익중전〉 같은 소설이 더욱 그렇다. 〈남정팔난기〉는 군담 소설과 영웅 소설을 읽은 이라면 기시감을 주기에 충분한 소설로, 〈팔장사전〉이라고도 한다. 학계에서는 18세기 말에 이미 세간에 알려진 작품으로 보고 있다. 내용을 잠시 살피면 주인공 황극이 모친과 이별, 화재, 호환, 도둑으로 오인, 전염병, 도둑에게 피랍, 난파, 뱀에 물리는 등 여덟 가지 고난을 겪으며 영웅호걸들을 만나고 외적과 나라의 역모를 군담을 동원하여 물리친다는 내용이다. 물론 귀결은 개인으로서는 부귀공명이요, 국가로서는 태평성대를 만드는 전형적인 군담과 영웅의 이야기다. 이 소설은 특히 〈옥루몽〉과 여러모로 유사하며, 주인공 황극에게 한 노인이 나타나 "세상 재미가 어떠하뇨" 하며 죽장으로 난간을 두드리니 홀연 구름에 날려 구름 속에 싸여 도량에 이르렀다는 결말 처리는 〈구운몽〉을 보는 듯하다.

〈권익중전〉은 군담 소설인데 〈홍길동전〉이나 〈옹고집전〉, 〈장국진전〉, 〈이생규장전〉이 교직된 듯하다.

또 〈투색지연의〉, 〈여와전〉, 〈황릉몽환기〉 연작 소설은 아예 작품 전체가 다른 소설의 등장인물로 이루어져 있다. 예를 들어, 〈여와전〉에는 〈유효공선행록〉, 〈유씨삼대록〉, 〈소현성록〉, 〈소씨삼대록〉, 〈한씨삼대록〉, 〈옥환빙〉, 〈사씨남정기〉, 〈소문록〉, 〈추학기〉, 〈옥기린〉, 〈빙빙전〉, 〈현봉쌍의록〉, 〈안락국전〉, 〈이현경전〉, 〈육염기〉 등 무려 15편이 넘는 소설 속의 인물들이 등장한다. 특히 이러한 경우는 고소설로서 고소설을 비평한 것으로 이해할 수 있다.

여기서는 간단히 〈숙향전〉에 관한 소설만 보기로 한다.

원문부터 보자.

> 배비장 무료하여 하는 말이, "하릴없다. 고담이나 얻어 오너라" 하더니, 할 일 없이 남원 부사 자제 이 도령이 춘향 생각하며 글 읽듯 하던가 보더라. 〈삼국지〉, 〈구운몽〉, 〈경업전〉 다 후리쳐 버리고 〈숙향전〉 내어놓고 보아 갈 제 "숙향아, 숙향아, 불쌍하다. 그 모친이 이별할 제 아가, 아가, 잘 있거라. 배고플 때 이 밥 먹고 목 마르거든 이 물 먹고, 죽지 말고 잘 있거라." "애고 어머니, 나도 가세." 아서라, 다 던지고 녹림 간 수포동에 목욕하던 그 여자 가는 허리 담쑥 안고 놀아 볼까.
>
> 방자 놈 옆에 있다 하는 말이, "나는 그게 〈숙향전〉으로 알았더니 필시 〈수포동전〉이로구려."•

〈배비장전〉에는 〈삼국지〉(《삼국지연의》)·〈구운몽〉·〈임경업전〉·〈숙향전〉·〈춘향전〉 등 여섯 권이나 되는데, 배비장은 특히 〈춘향전〉과 〈숙향전〉을 꽤 열심히 본다. 그 대목을 보면, "남원 부사 자제 이 도령이 춘향 생각하며 글 읽듯 하던가 보더라. 〈삼국지〉, 〈구운몽〉, 〈경업전〉 다 후리쳐 버리고 〈숙향전〉 내어 놓고 보아 갈 제" 한다. 그러나 그것도 잠시뿐, "숙향아 불쌍하다. 그 모친이 이별할 제 아가, 아가, 잘 있거라……" 하다가는, 어느새 〈숙향전〉은 사라지고 "수포동 녹림 간에서 목욕하던 그 여자 가는 허리 담쑥 안고 놀아 볼까" 하고, 수포동 녹림 사이에서 본 아랑의 허리로 넘어간다. 방자의 '수포동전' 운운은 그래 비아냥거리는 소리다. 〈배비장전〉이 나오기 이전에 〈숙향전〉의 위세가 당당했음을 여기서도 엿볼 수 있

• 정병욱 교주, 〈배비장전〉, 《배비장전, 옹고집전》, 신구문화사, 1974, 66쪽.

다. 이 〈숙향전〉은 〈남원고사〉를 비롯한 〈춘향전〉의 여러 필사본에도 어김없이 등장하며, 〈심청전〉과 〈담낭전〉에도 보인다.

완판 〈심청전〉에서는 심 봉사가 심청을 어르는 부분에 나온다. 아예 〈숙향전〉이 노래가 되었음을 알 수 있다.

> 더운 국밥 퍼다 놓고 산모를 먹인 뒤에 혼자말로 아기를 어른다.
> 금자동아, 옥자동아. 어허간간 내 딸이야.
> 표진강 숙향이가 네가 되어 살아왔나.
> 은하수 직녀성이 네가 되어 내려왔나.
> 남전북답 장만한들 이보다 더 반가우며,
> 산호진주 얻었은들 이보다 더 반가울까.
> 어디 갔다 이제 와 생겼느냐.•

작품명이 나오지 않지만 다른 고소설 구성을 끌어온 경우는 더욱 많다. 짧게 〈장경전〉만 보겠다. 〈장경전〉(박순호본)은 국문 영웅 소설로 판소리계 소설이 아닌데도 내용과 문체가 〈춘향전〉과 흡사하다. 물론 〈춘향전〉보다 후대의 작품으로, 이 소설에서 장경과 그의 여인 초운, 그리고 이 둘의 사랑을 가로막는 신임 목사 마등철은 영락없는 이몽룡과 춘향, 변학도이다. 기생점고, 초운의 신세 한탄, 장경의 신분을 안 뒤 관속들의 모습 등이 이를 증명해 준다. 이러한 경우는 지금이라고 다를 바 없다. 오늘날의 소설도 찬찬히 들여다본다면 얼마든 땀땀이 박혀 있는 고소설을 찾을 수 있다.

• 김진영 외 편, 〈심청전〉(완판 71장본), 《심청전 전집》 3, 박이정, 1998, 215쪽 (영인) 인용 글을 필자가 현대어로 바꿈.

4

시조가 된 고소설

시조가 된 고소설은 고소설을 시조로 비평한 것을 말한다. 이름을 붙이자면 '소설 수용 시조'다. '소설 수용 시조'란 '소설을 비평, 수용한 시조'를 말하는데, 여기서 수용이란 어떠한 것을 받아들였다는 단순한 의미보다는 '감상의 기초를 이루는 작용으로, 소설을 이해하고 즐기고 평가한다'는 비평적 의미로 사용한 개념이다. 이러한 시조들은 필자가 찾은 것만 110여 편이나 되니 그 숫자가 제법 된다.

소설 수용 시조에서 '소설 비평적 요소'란, 시조 작가가 소설을 읽고 이를 비평하여 선행 장르를 끌어다 썼다는 '일련의 과정'과 '그 직접적인 표지인 소설 속 어휘'들, 그리고 '용사(用事)' 따위에서 찾을 수 있다. '용사'란 우리의 한시에 보이는 것으로 '고사를 인용'한다는 의미의 작법류 용어다. 비평의 수준이 여하하든, '일단의 비평 행위가 선행되고 이를 자기화'했다는 것은 분명하다.

소설 수용 시조는 1728년 《진본 청구영언(珍本靑丘永言)》에서부터 찾을 수 있으며, 유형으로는 대략 '소설 속 인물 차용', '인물과 고사를 함께 비평'하거나, 이외에 '소설의 수법', '전형적인 용사', '줄거리 비평' 등으로 세분화할 수 있다. 시조가 된 고소설은 〈삼국지연의〉, 〈초한지〉, 〈숙향전〉, 〈구운몽〉, 〈천군연의〉, 〈심청전〉, 〈서유기〉 등인데 〈삼국지연의〉가 압도적이다.

우선 소설 속 인물을 차용하여 비평한 경우부터 보자. 소설 속 인물을 차용하여 비평한 경우는 '인물에 관한 비평'으로 귀결된다. 그러나 차용한 인물들은 이미 소설 속에만 머무르는 것이 아니다. 그들은 조선이란 공동체 속에서 하나의 문화로 전형화한 역사적 인물들로, 이미 소설 체험을 통하여 당대인들에게 내재적 가치로 체현되었기 때문이다. 예를 들자면, 〈삼국지〉·〈초한지〉 같은 소설들은 역사적인 사실을 날실로 삼고 허구를 씨실로 삼아 지어 낸 것들이다.

구체적인 작품을 들어 논의를 전개해 보자.

> 항우는 큰 칼 잡고 맹분은 쇠 채 쥐고
> 소진의 구변과 제갈량의 지혜로다
> 아마도 우리들의 ᄉᆞ랑은 말닐줄이 업세라.●

세 줄의 정형 시조에 항우, 맹분, 소진, 제갈량 네 명의 인물을 끌어다 놓고는 종장에서 자신의 심경을 토로한다. 용맹스러운 항우와 맨손으로 쇠뿔을 뽑았다는 위나라 용사인 맹분, 구변으로 종약의 우두머리가 되어 6국의 재상을 겸한 소진, 그리고 제갈량의 지혜를 들었다. 즉 초장은 '용맹한 인물'이요, 중장의 '구변 좋은 인물'들이라도 우리의 사랑은 어찌할 수 없다는 내용이다.

● 송계연월옹 편, 《고금가곡》.

초·중장에 소설과 역사적 인물들을 끌어다 놓고 자기의 마음을 비유한 것이로되 명료한 저작 의지와 참신함을 동시에 볼 수 있다.

이러한 인물 비평 시조들은 대부분 한 작품에 여러 명이 들어 있는데, 인물의 전형성과 동일성을 인식하여 자신의 심경을 의탁한 비평이라고 할 수 있다. 들띄어 놓고 자신의 심정을 표현하는 것이 아니라, 소설 속 등장인물을 끌어들여 정서적 자극과 심미적 쾌감을 의탁한 방식이 흥미롭다. 작품 속 인물에 대한 비평안을 적는 데 유용한 형식이다.

다음엔 소설 속 인물과 고사를 차용하여 비평한 경우인데, 소설 수용 시조들에서 가장 많이 보이는 유형이다. 등장인물은 구체적으로 제갈량과 항우 같은 이들이다. 시조의 내용과 아울러 살펴보면 작품에는 비장미가 흐르고 있음을 알 수 있다. 그들은 역사 속 영웅이면서 인간적인 비애를 함께 지닌 인물들이다.

천고에 의기남아 수정후 관운장
산하 성신지기요 충간의담이 여일월 쟁광이로다
지금히 맥성에 깃친 한은 못닉 슬허 ᄒᆞ노라.•

전형적인 인물 비평과 고사를 함께 엮은 것이다. '의기남아', '성신지기', '충간의담'은 관운장에 대한 인물평이며, '맥성에 끼친 한'은 맥성 전투 고사를 말한다. 즉 초장과 종장은 관운장에 대한 작가의 인물 비평으로 유비에 대한 의기와 충성, 용기를 비평한 것이요, 종장은 맥성을 포위당한 관운장이 아들과 함께 원군을 부르러 가다가 손권의 장수인 주연에게 사로잡혀 처형당한 이야기다.

• 김수장 편, 《해동가요》(주씨본).

'문이재도'를 외치던 시대와는 저만큼 거리를 둔 문학의 역동성이 느껴지는 시조다. 사실 이러한 모양새는 많은 작품들에서 발견되는 유형이기도 하다. 흔히 '말세에는 영웅이 난다'고 하는데, 시대를 바라보는 시조인들의 맘속을 알아채기는 어렵지 않으니, 작중 인물에 대한 동화다. 이 부분을 좀 더 예각화해 보자.

소설은 '사회 내적인 인물의 삶을 추적하는 장르다. 소설 속에서 사회 내적 존재로서 인간의 삶은 사건의 동선을 따라 구체적으로 그려진다. 독자의 소설 속 인물에 대한 애증은 이와 맥을 같이한다. 소설 체험이 정서적 측면으로 나아가는 것이다.

이 작품에서는 소설의 특성인 서사성과 인물, 소설을 통한 내면적 체험이 그대로 드러나 있다. 평자는 〈삼국지연의〉라는 소설 속 등장인물 중에서 '의기남아', '성신지기', '충간의담'을 실현하는 관운장이라는 인물을 찾았다. 그리고 그의 운명을 결정짓는 사건을 찾아 비감한 자신의 심정을 넣어 두었다. '맥성'과 '슬프다'라는 비감한 용어 속에서 소설 독후의 심정과 이를 내면화한 우국지정을 읽을 수 있다. 단순한 필흥이 아니라, 호쾌한 영웅을 꿈꿀 수밖에 없는 조선 후기의 현실이 그대로 드러나 있다.

이러한 소설 수용 시조 한 편을 더 보자.

> 남양에 누은 용이 운주도 그지 업다
> 박망에 소둔ᄒᆞ고 적벽에 행ᄒᆞᆫ 모략 대적ᄒᆞ리 뉘 이시리
> 지금에 오장원 충혼을 못닉 슬허ᄒᆞ노라.•

제갈량의 뛰어난 모략과 주판을 놓듯이 이리저리 궁리하고 계획하는

• 이형상 편, 《악학습령》.

운주(運籌)와, 그러함에도 삼국 통일을 못내 이루지 못한 아쉬움과 오장원에서 최후를 맞이하는 모습을 그렸다. 초장은 제갈량이 아직 초야에 묻혀 있는 모습을, 중장에서는 유비의 재사로서 재주를 편 '박망의 고사'와 '적벽의 지략'을 꺼낸다.

'박망에 소둔'은 제갈량이 하후돈과 싸워 박망에 있는 군사 주둔지를 불살라 하우돈의 10만 병사를 파한 고사이며, '적벽에 행혼 모략'은 적벽대전에서 제갈량의 지략을 말한다. 필자가 조사해 보니 〈삼국지연의〉를 담아낸 시조 중, 제갈량이 등장하는 것이 22편으로 압도적이고 조자룡, 관운장, 유비 순이다. 제갈량에 대한 우리 민족의 호감은 〈황부인전〉을 만들기도 하였으니 황 부인은 바로 제갈량의 부인이다.

적벽대전은 〈삼국지연의〉 최고의 명장면이다. 손권과 유비가 연합하여 조조의 백만 대군을 격파하는 과정에서 제갈량은 그의 지략을 마음껏 발휘한다. 제갈량은 오나라의 여러 문신들과 설전을 벌이며, 기지로서 주유를 격려하고, 주전파의 결의를 견고하게 하면서 꾀를 써서 화살을 빌린다. 게다가 주유를 위해 동남풍을 빌려 화공으로써 최종적인 승리를 만들어 낸다. 결국 이 전투 후 조조의 천하 통일 꿈은 사실상 좌절되고, 위·촉·오 삼국은 정립한다. 〈삼국지연의〉는 이 부분을 자세하고도 실감나게 그리고 있으나, 《삼국지》 정사와 《자치통감》 등에서는 간략하게 서술되어 있을 뿐이다. 이 소설 수용 시조는 이 점을 놓치지 않은 것이다.

종장에 보이는 오장원은 제갈량이 제5차 북벌 때 주둔하고 전사한 장소다. 3년간의 기나긴 준비 기간을 거쳐 다섯 번째 북벌전에 임한 촉한 승상 제갈량은, 오장원 밑에 군사를 주둔시키고 사마의의 대군과 최후의 대결을 벌인다. 그러나 지구전을 각오했던 공명은 1백여 일이 지나자 병세가 더쳐 결국 그해 8월 세상을 뜨고 만다. 제갈량의 죽음으로 유비의 부탁을 받고 일으켰던 북벌도 끝난다.

시조 작가는 이러한 제갈량의 충혼을 "못닉 슬허ᄒ노라"라고 차탄한다. 이번에는 소설의 수법을 차용한 경우를 보자.

각설이라 현덕이 단계 건너 갈제 적로마야 날 살려라
압희ᄂ 장강이요 뒤헤 ᄯᆞ로ᄂ니 채모ㅣ 로다
어듸셔 상산 조자룡은 날 못 ᄎ져 ᄒᄂ니.●

위 시조는 유비의 단계 고사를 실감나게 그리는 소설 수용 시조다. 소설에서, 화제를 돌려 다른 이야기를 꺼낼 때 쓰는 '각설'로 시작한 것이 흥미롭다.

〈삼국지연의〉에 보이는 장면은 이렇다. 유표가 유비에게 형주의 패인을 주자, 이 일로 유종은 괴월, 채모로 하여금 인마를 매복시켜 유비를 죽이려고 한다. 유비는 도망치다가 단계에 이르러 적로마가 물속에서 빠져 잡힐 듯하였다. 이에 현덕이 일성을 지르자 적로마가 물속에서 벌떡 일어나 단숨에 삼장을 넘어 서쪽 절벽으로 뛰어올라 추격자를 따돌리고, 뒤이어 조자룡이 나타나 위기를 모면한다는 줄거리다.

〈삼국지연의〉에서 이 이야기는 여러 장에 걸쳐 급박한 상황으로 그려지는 데 비해 정사인 《삼국지》에는 없으니, 이 시조의 저자는 분명 〈삼국지연의〉를 본 독서 감흥을 적은 것이다. 위급한 상황을 객관화시켜 유비의 목소리로 바꾸어 놓은 것 하며, '각설'을 써서 소설의 장면 전환을 꾀한 것에서 지은이의 소설 비평적 안목이 예사롭지 않음을 볼 수 있다.

이와 유사한 시조를 한 편 더 보겠다.

● 김천택 편, 《청구영언》(육당본).

각셜 화셜 ᄎᆡᆨ보다가 돌고 ᄭᅵ니 ᄭᅮᆷ이로다
옛 적 ᄉᆞ롬드른 ᄭᅮᆷ마다 증험이라
엇지타 ᄭᅮᆷ톳ᄎᆞ 무정 무심.●

이 시조의 작가는 이세보인데, '각셜'에 '화셜'까지 더해 놓았다. 소설을 읽은 서사적 체험을 읊고 있음을 명료하게 한 셈이다. 'ᄭᅮᆷ톳ᄎᆞ 무정 무심'에서는 소설을 읽은 감흥이 그대로 투영되어 있다. 그러나 무슨 소설을 보았는지는 알 수 없다. 다만 이세보의 다른 소설 수용 시조들이 모두 〈초한연의〉 관련 고사라는 점을 고려한다면, 초한쟁패의 역사가 한바탕의 꿈에 지나지 않음을 적고 있는 시조가 아닌가 한다.

다음엔 소설의 줄거리를 비평한 경우다.

소설의 줄거리를 비평한 시조는, 시로 치면 완연한 '이시조론 소설'이라는 할 만하다. 시조가 불러 넘기는 소리[唱]라는 점을 고려한다면, 소설 수용 시조의 독특성으로 시조 본래의 모습에서 일탈을 꾀한 좋은 예다. 다만 아래 작품은 소설의 줄거리 비평 이외에 별다른 비평적 요소를 찾을 수 없다는 점이 아쉽다.

천하명산 오악지중에 형산이 ᄀᆞ장턴지
육관 대사의 설법제중헐ᄅᆞ제 상좌중 영통자로 용관에 봉명ᄐᆞ가 석교상에 팔선녀 만나 희롱ᄒᆞᆫ 죄로 환생인간ᄒᆞ야 용문에 놉히올ᄂᆞ 출장입상타ᄀᆞ 태사당 도라드러 난양 공주 이소화 영양 공주 정경패며 가춘운 진채봉과 계섬월 적경홍 심요연 백릉파로 슬ᄏᆞ장 노니다ᄀᆞ 산종일성에 쟈던 ᄭᅮᆷ을 ᄯᆞ ᄭᅵ여고나
세상에 부귀공명이 이려ᄒᆞᆫᄀᆞ ᄒᆞ노라●●

● 이세보, 《풍아》.
●● 《화락》.

거의 분절 없이 이어지는 이 시조 또한 〈구운몽〉을 다루었다. 소설의 줄거리만 따라잡아 언뜻 비평으로서 큰 의미를 찾을 수 없는 듯하지만, 〈구운몽〉이 장편이라는 점에 생각이 미치면 여백은 넉넉하다. 작품에 대한 '공명'과 '비평'을 적은 종장이 그러하다. '세상에 부귀공명이 이려혼ㄱ 혼노라', 좀 수상쩍은 이 문장은 해석하기에 따라 '부귀공명'에 대한 긍·부정 모두로 볼 수 있다. 평자는 이에 대해 더 이상 말이 없기 때문이다. 김만중의 서술 의도와 사뭇 다른 뜻도 읽을 수 있는 것은 이 때문이 아닐까 한다.

또 〈설인귀전〉을 읽은 감회를 아래와 같이 시조로 적어 놓기도 했다.

> 당천자(唐天子) 북문(北門) 피란(避亂)헐 제 위지경덕(尉遲敬德)아 나 살녀라
>
> 압헤는 장강(長江)이요 싸로느니 요동(遼東) 개소문(蓋蘇文)이라
>
> 어듸셔 백포(白袍) 소장(小將) 설인귀(薛仁貴)가 날 못 차져.•

〈설인귀전〉에서 합(개)소문이 당 태종을 죽이려 할 때, 흰 도포를 입은 설인귀가 나타나서 구해 주기 때문에 이러한 재미있는 시조를 써놓은 것이다.

마지막으로 〈숙향전〉의 경우만 보고 마치자. 내용은 숙향이 천태산에서 술장사하는 마고할미 집에 몸을 의탁할 때 수놓은 비단이 우여곡절 끝에 남주인공인 이선의 손에 들어가고, 이 비단에 수놓은 여인을 찾으려 이선이 숙향에게 가는 장면이다.

> 낙양동촌 이화정에 마고선녀집의 술닉닷말 반겨듣고

• 《악부》(고대본).

청려에 안장지어 금돈싯고 드러가셔
아해야 숙랑자 계신야 문밧긔 이랑 왔다 살와라●

이와 유사한 내용이 《해동가요》에도 실려 있다. 이렇듯 시조라는 장르를 이용하여 소설평을 한 작품은 저자가 찾은 것만도 110여 편에 이른다.

이와는 반대로 소설 속에 시조가 들어간 경우도 있으니 몇 작품을 소개하자면 〈이진사전〉에 3수, 〈조웅전〉에 2수, 〈금산사기(金山寺記)〉에 국한문 혼용체 사설 시조 4편이 보인다.

● 김천택 편, 《청구영언》(육당본).

5 — 한시가 된 고소설

한시가 된 고소설은 고소설을 한시라는 형식으로 담아냈다는 의미다. 이를 '제소설시 비평(題小說詩批評)'이라고 한다.

'제○○시(題○○詩)' 형식의 고소설 비평은 '제화시(題畵詩)'라는 그림 비평 방식을 소설 비평에 차용한 것이다. 제화시는 조선 전기부터 활발히 창작되었는데, 그림을 비평하는 데 주로 쓰였다. 따라서 '제소설시 비평'은 '제화시' 등의 명칭으로 미루어, 그대로 우리 소설 비평의 한 형식으로 보아 무방할 듯하다. 우리 고소설에 이러한 형식의 비평이 등장한 것은 김시습의 '제전등신화후'에서부터다. 이 '제소설시 비평'은 '서·발 비평'과 함께 우리 고소설 비평의 대표적 형식이다.

구체적인 사례는 이미 앞에서 살핀 '조선을 시로 사랑한 왕족 이건'을 참조하면 되니, 논의의 중복을 피하기 위해 이양오의 인물평이 보이는 〈제구운몽후(題九雲夢後)〉만 한 번 보자. 원문은 30구나 되는 꽤 긴 시이나, 그 중 6구만 수록한 것이다.

揚家小兒千里駒　양씨 집안 젊은이 천리구인데
蓮華釋子親抱送　연화 스님이 친히 감싸 보냈더라.
彩鳳鳴時柳條碧　채봉이 우는 때 버들가지 푸르렀고
蟾月照處櫻花白　섬월이 비친 곳에 앵두꽃도 하얗다네.
爲仙爲鬼春雲態　선녀인 듯 귀신인 듯 봄 구름의 교태는
乍陰乍陽驚鴻翮　잠깐 음지되고 잠깐 양지되니 기러기 놀라네.

이양오의 이 제소설시는 〈구운몽〉에 등장하는 인물들의 성격과 결연을 요약하여 정리하는 것에 그쳤다. 이 제소설시는 고소설 비평으로서 비록 버무려 내고 눙치는 맛이 없어 공력은 떨어지지만, 이러한 인물 비평시를 지었다는 것은 우리 고소설 비평의 발전적인 면으로 이해해야 한다.

한 편만 더 보자. 〈소생전(蘇生傳)〉이라는 소설을 보고 지은 작품이다. 이 한시는 홍주원(洪柱元, 1606~1672)의 문집인 《무하당유고(無何堂遺稿)》에 보인다. 〈소생전〉이 어떠한 작품인지는 구체적으로 알 수 없다.

〈국문 소설 소생전에 대해 장난삼아 쓰다(戱書諺書蘇生傳)〉

銀鉤鐵索黑淋漓　잘 쓴 초서가 쇠사슬처럼 줄줄이 적혀 있어
玉手何人寫此辭　어떤 이가 아름다운 손으로 이야기를 적었나.
仍想洞房春精好　이에 여인의 깊은 방 좋은 춘정을 생각하니
若爲飛蝶入羅帷　나비가 펄펄 날아 비단장막으로 들어가누나.

홍주원은 〈국문 소설 소생전에 대해 장난삼아 쓰다〉라고 했으나 '장난삼아 쓴(戱書)' 것치고는 여간한 감상이 아니다. 첫 구의 '잘 쓴 초서가 쇠사슬처럼 줄줄이 적혀 있어'는 초서로 써 내려간 소설 문장이 괜찮다는 뜻이요, 둘째 구는 이야기가 아름답다는 뜻이요, 셋째 구는 여인이 남정

네를 생각하고, 넷째 구는 그리던 남정네가 여인을 찾는다는 내용이다. 소설의 문장서부터 내용까지 깔끔하게 정리한 칠언절구 시로 보아 마땅하다.

이외에 판소리계 소설을 한시로 정리한 문헌이 있다. 조선 순조 때의 문인 송만재(宋晩載, 1788~1851)가 엮은 연희시(演戲詩) 〈관우희(觀優戲)〉가 그것이다. 송만재는 가난한 선비였기에 잔치를 베풀 수 없었으므로 글로 대신했는데, 이 글이 〈관우희〉라는 한시다. 이 시기는 짐작건대 1810년(순조 10)에서 1843년(헌종 9)으로 추정할 수 있다. 〈관우희〉에는 〈심청가〉, 〈춘향가〉, 〈흥보가〉, 〈수궁가〉, 〈적벽가〉, 〈변강쇠타령〉, 〈배비장타령〉, 〈장끼타령〉, 〈옹고집〉, 〈왈자타령〉(〈무숙이타령〉이라고도 한다. 〈계우사(誡友詞)〉가 판소리 〈왈자타령〉의 사설이다), 〈강릉매화전〉, 〈가짜신선타령〉(혹은 〈숙영낭자전〉) 등 열두 바탕의 판소리 내용이 소개되어 있다.

〈관우희〉에서 〈수궁가〉만 보자.

東海波臣玄介使　동해의 물고기 신하 자라가 사신이 되어
一心爲主訪靈丹　일심으로 임금 위해 약을 구하려 나섰네.
生憎缺口偏饒舌　윗입술 찢어진 미운 토끼는 요설을 펴서
愚弄龍王出納肝　간을 꺼내 두고 왔다고 용왕을 우롱하네.

판소리는 이유원(李裕元, 1814~1888)의 《관극팔령(觀劇八令)》에도 실려 있다. 이유원의 《관극팔령》은 악부 시집인데 매우 흥미로운 자료다. 악부란 인정이나 풍속을 내용으로 읊은 한시의 한 체다. 《관극팔령》은 판소리 여덟 편을 보고 이러한 악부시 형식으로 시화한 것이다. 〈광한춘제1령(廣寒春第一令)〉은 〈춘향가〉의 내용을 악부시로 함축시켜 담았고, 〈연자포제2령(燕子匏第二令)〉은 〈흥보가〉, 〈예여장제3령(艾如帳第三令)〉은 〈장끼전〉, 〈중산

군제4령(中山君第四令)〉은 〈수궁가〉, 〈삼절일제5령(三絕一第五令)〉은 〈적벽가〉, 〈아영랑제6령(阿英娘第六令)〉은 〈배비장전〉, 〈화중아제7령(花中兒第七令)〉은 〈심청가〉, 〈장정후제8령(長亭堠第八令)〉은 〈변강쇠가〉를 각각 악시로 노래했다는 점에서 매우 흥미롭다. 그중 〈연자포제2령〉 한 편만 보자.

江南社雨燕飛來 강남에 봄이 오자 제비 날아들고
匏子如罌萬物胎 항아리만 한 박은 만물을 품었구나
一富一貧元有定 한 번 부유와 한 번 가난은 본래 정해진 것
難兄難弟莫相猜 형이라 아우라 구별키 어려우니 시기 마라

한시가 된 고소설에서 빼놓을 수 없는 것은 〈춘향전〉이다.

조선 후기 '춘향'이라는 날줄에 작가의 독특한 장르 미학의 씨줄이 조화된 시들은 대단히 많다. 이학규(李學逵, 1770~1835)의 죽지사인 〈금향리가곡유산유화조(今鄕里歌曲有山有花調)〉나 영남악부 속의 산유화를 제재로 한 시, 유진한(柳振漢, 1711~1791)이 4백 구의 칠언시로 지은 〈만화본 춘향가(晩華本 春香歌)〉, 윤달선(尹達善)의 〈광한루악부(廣寒樓樂府)〉 등을 찾을 수 있다. 이 중 〈광한루악부〉(1852)는 조선 후기의 '산유화가(山有花歌)' 모티프로부터 나온 한문 서사시 형식을 지닌 악부시라고 볼 수 있는데, 악부시라는 형식을 빌려 판소리 춘향가를 창의적으로 한역화한 것이다. 춘향전의 한시 형태는 일찍이 유진한의 〈만화본 춘향가〉(1754)도 있으나, 〈광한루악부〉만큼 춘향전의 대의(大義)를 그대로 지니면서도 작가의 창의적 요소를 많이 담은 악부시 형식의 작품은 찾아보기 어렵다.

〈광한루악부〉는 7언 4구 1첩으로 총108첩 432구로 된 작품으로, 현존 가장 오래된 유진한의 〈만화본 춘향가〉보다 길다. 이 중 1·2첩과 107·108첩은 춘향전의 직접적인 서사 구조와 관련이 없다. 1·2첩은 남원과

광한루의 경물을 묘사했는데, 이는 다른 장르의 판본에서는 발견하기 어렵고 다만 〈광한루기〉라는 한문 소설에서만 보이는 현상이다. 107첩은 지은이의 목소리로 향랑의 정절을 찬양했고, 108첩은 판소리 연희의 모습을 그리고 있다.

각 첩에는 창극적 분창자가 적혀 있는데, 이것이 〈광한루악부〉의 가장 큰 특징이다. 〈광한루악부〉는 이생창(李生唱, 이몽룡)이 54첩, 향랑창(香娘唱, 춘향)이 34첩, 농부창(農夫昌)이 6첩, 월모창(月姥唱)이 5첩, 관동창(官僮唱)이 3첩, 단랑창(檀郎唱)이 1첩, 요령(要令)이 2첩, 전어(轉語)가 1첩, 총론(總論) 2첩으로 구성되어 있다.

이를 보면 전개가 이생과 향랑에 집중되었으나 향랑보다는 이 도령에게 더 인물의 중심이 옮겨 간 것을 알 수 있으니, 이것은 배역의 설정과 여하한 상관성이 있는 듯하다.

倡家貞節鮮終始 기생의 정절이 한결 같긴 드문데
能始能終有是娘 처음이나 끝이나 같긴 춘향뿐이라
寄語湖南歌舞伴 전라도 가무에다 말을 붙이고서는
留看樂府兩三章 두 세장 악부를 지어 두고 본다네●

107첩의 시에서 〈광한루악부〉를 분명하게 악부라고 칭하고 있으며, 전라도의 가무와 관련 있음을 적고 있다. 여기서 말하는 가무는 남원 교방(敎坊)의 가무일 수도 있다. 남원《용성지》의 기록을 보면 남원의 교방에서 교습하는 창과 가곡에 '광한루서(廣寒樓序)'라는 명칭이 보여 이 작품과 어떠한 형태로든 관련 있을 듯하다.

● 〈광한루악부〉 107첩(서울대 가람문고본).

다음 시는 108첩이다.

淨丑場中十二腔　놀이판 가운데 열두 마당은

人間快活更無雙　세간의 쾌활함이 견줄 바 없어

流來高宋廉牟唱　고송염모 불러온 노랫소리는

共和春風畵鼓撞　봄바람에 조화되어 북 치는 소린 듯

3연의 '고송염모'는 고수관(高壽寬), 송흥록(宋興祿), 염계달(廉季達), 모흥갑(牟興甲) 등의 판소리꾼을 말한다. 이 108첩을 보면 〈광한루악부〉는 판소리 열두 마당과 관련 있음이 분명하다. 판소리는 주지하듯 배우인 광대 일인이 창을 하며 고수가 필요한 형식인데, 108첩 1연의 '정축장(淨丑場)'이란 놀이판은 판소리 마당을 말하는 것이다.

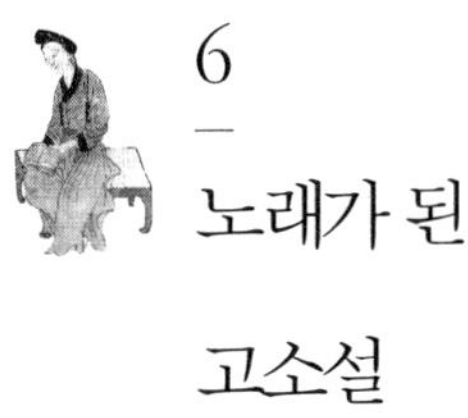

6 노래가 된 고소설

'노래가 된 고소설'은 고소설이 민요가 되었다는 뜻이다. 민요가 무엇인가? 바로 우리 민족의 생활과 정서를 읊은 노래 아닌가. 김소운 선생은 일찍이 "민요는 한 민족의 정서 생활의 첫 기록, 갓난아기의 첫 울음소리"• 라고 민요와 민족의 친연성을 적어 두었다. 그래 우리의 민요는 소박성, 해학성, 현실성, 풍자성, 한 등이 깊이 녹아 가락으로 승화된 민족 삶의 정수다. 그런데 이 민요에 우리의 고소설이 들어 있으니, 고소설이란 존재가 당대 민중에게 어떠했는지 미루어 짐작할 수 있다.

이른바 '민요가 된 고소설'은 '고소설 속의 삽입 시'보다 더 고소설과 민요의 친연성을 과시한 경우로 보아야 한다.

'민요가 된 고소설'은 〈삼국지요〉, 〈숙영낭자요〉, 〈심청요〉, 〈흥부요〉, 〈옥단춘요〉, 〈춘향요〉, 〈배비장요〉, 〈박명가〉(〈장화홍련전〉을 서사시로 바꾼 듯) 등 아예 작품 전체가 소설 내용으로 된 것과, 《기사총록》, 〈육자배기〉

• 김소운, '서', 《언문 조선 구전 민요집》, 1933.

등과 같이 작품 속에 소설 등장인물을 넣은 노래들이다. 작품 전체가 소설 내용으로 된 민요는 대부분 소설의 중요 부분을 노래로 엮어 놓았다.

향토색이 물씬 풍기는 전라도 지방의 〈육자배기〉 속에 들어 있는 〈춘향전〉부터 보자.

> 여봐라 동무들아 말 들어 보아라
> 춘향이가 중형당해 거의 죽게 되었다고
> 아이고 이 일이 웬 말인고
> 어서 바삐 삽작 거리로 나가보세

춘향이 변 사또의 수청을 거절하다 욕을 당한 부분을 끌어 온 민요다. 〈춘향전〉은 경성에서 불렸던 〈달내달내〉라는 동요에도 보인다. "달내달내 수달내/ 금병안에 큰행길/ 그림갓흔 말을 타고/ 쳔지고개 넘어가니/ 옥사정아 문여러라/ 춘향이 얼골 다시보자."•

어디 이뿐이랴. 〈강릉연곡베틀가〉의 여흥구에는 〈춘향전〉의 영향을 받은 내용이 삽입되었으며, 〈춘향전〉은 그 명성답게 경상도 함안, 함경도 안악, 평안도 정주, 충남 예산, 제주도 등 다양한 곳에서 다양한 모양으로 나타난다. 제주도의 대표적 민요인 "오돌또기 저기 춘향이 온다/ 달도 밝고 내가 머리로 갈까나/ 둥그대 당실 둥그대 당실" 하는 〈오돌또기〉는 〈가루지기타령〉의 사당 노래가 와전된 것이기도 하다.

〈소춘향가(小春香歌)〉라는 경기 잡가도 민요의 하나다. 잡가(雜歌)란 조선 후기에 가사체의 긴 사설을 얹어 부르는 민속적인 성악곡의 하나다. 가곡·가사와 같은 노래에 대한 말로 속요(俗謠)라는 뜻에서 잡가라 부르게

• 김소운, 〈달내달내〉, 《언문 조선 구전 민요집》, 1933.

되었으며 또 잡가·선소리〔立唱〕·민요 등을 총칭하기도 한다. 현재 민요는 후렴이 붙는 짧은 사설의 장절(章節) 형식이 많고, 잡가는 긴 사설의 통장(通章) 형식이 많아 이를 구분하는 것이 통례다.

잡가 〈소춘향가〉의 전반은 춘향이 이 도령에게 자기 집을 알려 주는 대목이고, 후반은 이에 대한 남성의 연정을 노래하였다. 모두 72구의 짧은 작품으로 〈춘향가〉의 일부분을 뽑았다는 뜻으로 〈소춘향가〉라 했다. 1863년에 나온 방각본 시조 창가집인 《남훈태평가(南薰太平歌)》와 일본인 마에마 교사쿠(前間恭作)가 편찬한 《교주가곡집(校註歌曲集)》에 수록되어 있으며 가사는 아래와 같다.

> 춘향의 거동보소, 오른손으로 일광을 가리고, 왼손 높이 들어 저 건너 죽림 보인다. 대 심어 울하고, 솔 심어 정자라. 동편에 연당(蓮塘)이요, 서편에 우물이라. 노방(路傍)에 시매오후과(時賣五侯果)요, 문전(門前)에 학종선생류(學種先生柳). 긴 버들, 휘늘어진 늙은 장송. 광풍에 흥을 겨워, 우줄우줄 춤을 추니. 저 건너 사립문 안에 삽살개 앉아, 먼 산만 바라보며 꼬리치는 저 집이 오니. 황혼에 정녕히 돌아오소. 떨치고 가는 형상, 사람의 뼉다귀를 다 녹인다. 너는 웨인 계집애완대, 나를 종종 속이느냐. 너는 어연 계집애완대, 장부 간장을 다 녹이니. 녹음방초 승화시에, 해는 어이 더디가고, 오동주야 긴긴밤에, 밤은 어이 수이가노. 일월무정 덧없도다. 옥빈홍안이 꿈이로다. 우는 눈물 받아 내면, 배도 타고 가련마는. 지척동방 천리완대, 어이 그리 못 보는고.●

잡가에는 이 〈소춘향가〉 외에도 춘향이 변학도의 형장에 항거하는 모양을 숫자로 풀이한 〈십장가〉와 〈토끼타령〉 등이 있다.

● 임동권 편, ≪한국민요전집≫, 동국문화사, 1961, 646쪽.

이제 〈옥단춘전〉으로 넘어가자. 민요 〈옥단(당)춘요〉 같은 경우는 "춘아 춘아 옥단춘아……" 등으로 반복 수법이 보인다. 《언문 조선 구전 민요집》에서 한 편을 찾아 적으면 이렇다. 경기도 개성에서 불린 부인네들의 노래로 섬세하게 옥단춘의 임 그리는 상황을 그리고 있다.

춘아춘아 옥단춘아 네 집으로 구경가자
압뜰에는 꼿밧치요 뒷들에는 연못이라
꼿밧헤는 나븨날고 연못속엔 초당일세
초당문을 열고보니 오리한쌍 놀고잇네
상청하청 돌고돌아 부용당에 당도하니
엡분색씨 안젓길내 고운뺨을 만저봣네
챙경갱경 풍경소리 상하청을 뒤집길내
붕당도라 내려오니 석류한쌍 열여잇네
석류한쌍 열엿길내 한개따서 맛봣드니
붕당우에 엡분색씨 눈물지며 울고잇네
석자석치 무명일랑 담우에다 거러노코
어서가소 어서가소 이줄타고 어서가소

잠시 〈옥단춘전〉의 내용을 보고 말을 잇자. 〈춘향전〉과 내용이 흡사하다고 생각하면 이해하기 쉽다.

조선 숙종 때 서울에 살던 이혈룡(李血龍)이 죽마고우인 평안 감사 김진희(金眞喜)를 찾아가는 데서 〈옥단춘전〉은 시작된다. 두 사람은 동갑내기다. 부모들 대대로 의리가 두터웠고 누구든지 먼저 출세하면 서로 천거하기로 약속했다. 그러나 김진희는 과거도 못 보고 거지꼴로 찾아간 이혈룡을 박대하고 뱃사람을 시켜 대동강으로 데려가서 죽이라고까지 한다. 이

때 평양 기생 옥단춘이 등장한다. 옥단춘은 혈룡의 사람됨을 알고 그를 구출하여 인연을 맺는다. 혈룡은 옥단춘의 권고로 과거에 응시, 장원급제하여 평안도 암행어사가 되지만, 걸인 모습으로 나타난다. 옥단춘은 거지꼴의 혈룡을 따뜻하게 맞이한다. 두 사람은 평안 감사가 베푸는 연회에 참석했다가 잡히지만, 혈룡은 정체를 밝히고 김진희를 파직시킨다.

위 민요의 내용을 보면 사랑하는 이가 과거 보러 떠날 때 석류나무 열매가 맺는 날 다시 만나자 했지만, 석류 열매가 맺어도 임은 오지 않는다.

이 〈옥단춘요〉 중 서사 민요 한 수가 전해 오는데, 〈숙영낭자전〉을 민요화한 것이라 흥미롭다. '숙영'을 '옥단춘'으로 바꾸고 〈숙영낭자전〉의 일부를 민요화했다. 그 처음과 끝을 맛만 보자.

춘아춘아 옥단춘아 술상이나 차려온나
우리도 한잔 먹고 과게를 가건마는
과게를 가건마는 너 버리고 내 갈소냐
어이갈고 어이갈고 부모명령 할 수 없다
(……)
부모앞에 눈물나니 가야사실 보구파고
가삼속에 잇는말을 어데가여 회포하리
자나깨나 옥단춘아 버들잎에 옥단춘아
너를한번 다시보면 온갖회포 하잤더니
어데가서 다시보리 보고지고 보고지고
또보고 또보고 보고짚다.●

● 조동일, 《서사민요연구》 자료편, 계명대출판부, 1979.

민요화한 부분은 과거 보러 떠난 낭군과 이별, 그리고 시비의 모함으로 숙영이 죽은 부분을 다루고 있다. 숙영과 같이 고단한 신세의 어떤 여성이 소설 속의 주인공과 자신을 동일시하여 지은 것이라 추정할 수 있다. 우리의 고소설이 당대의 여성들에게 즐거움뿐만 아니라 애환까지 함께했음을 알 수 있게 한다.

이 〈옥단춘전〉은 설핏 살펴도 경기도 개성, 경상도 고령·안동·의흥·영일·양산·예천·군위, 강원도 강릉 등 20여 수가 각처에서 채록될 정도로 널리 분포하고 있다. 특히 경상남도 양산시 상북면 신전리에 전해 내려오는 〈옥단춘전〉을 노래한 민요는 옥단춘의 이야기를 창부타령 곡조에 얹어서 길게 노래한다. 앞에 서사격인 '임아임아~'를 두 줄 노래하고 '옛날에~'로 시작하는 서사 구조로 이야기를 풀어 나간다. 〈옥단춘전〉은 이외에 '산대도감 각본'에도, '수박따기'라는 민속놀이에도 불린다는 점에서 선인들의 삶 속에 고소설의 지평이 꽤 넓었음을 짐작케 한다.

양산 지역에서는 이외에 민요 〈초한전〉도 불린다. 〈초한전〉은 보통 〈초한가〉라고 하는데, 서도 잡가의 하나로 황해도와 평안도 지방에서 불리는 노래다. 〈초한가〉는 진(秦)나라 말, 한(漢)의 유방과 초(楚)의 항우가 천하를 놓고 격전을 벌였던 역사적 사실을 배경으로 하고 있다. 유방의 신하 한신이 천하병마 도원수가 되어 항우를 잡으려 할 때다. 간계 많은 이좌거는 항우를 유인하여 구리산까지 깊숙이 끌어들여, 장자방이 옥퉁소로 〈사향가(思鄕歌)〉를 불러 8천의 군사가 다 흩어지게 하니 결국 항우가 패망하게 되었다는 내용이다. 양산의 〈초한전〉은 초의 패배가 임박한 상황에서 초나라 군사와 그 가족들의 서글픈 처지를 읊고 있으니 그 일부를 옮기면 아래와 같다.

우리낭군 떠날 적에/ 중문에게 손길잡고/ 눈물짓고 이른 말이/ 청춘홍안 두고가니/ 명년구월 돌아오면/ 금석같이 맺은언약/ 방촌간에 깊이 새겨/ 일신맞아 하였건만/ 원앙금 외무침에/ 전전반측 생각할제/ 너의부모 장팔식을/ 위로하야 화답하면/ 부모같이 중한인연/ 천지간에 없건마는/ 낭군그려 살운마음/ 차마진정 못살래라/ 오작교랑 견우직녀/ 일년이차 상봉인데/ 우리는 무삼죄로/ 좋은 연분 그리는고/ 초진중 장교들아/ 너의 대왕 쇠군하여/ 전쟁하면 죽을 때라/ 팔년풍진 대공아비/ 속절없이 되리로다.

민요가 된 〈흥부전〉도 보이는데, 아래는 경상도 군위 지방에서 불렀던 〈제비〉라는 민요다. 〈흥부전〉의 줄거리를 그대로 따라잡고 있다.

강남에서 나온제비 박씨한개 입에물고
거지중천 높이떠서 이집저집 다지내고
흥부집이 남았도다 그박씨한개 떤젓드니
단두통이 열었도다 밤으로는 이실맞고
낮으로는 빗을보고 한통을타니 금이오
한통을타니 옥이오 만세에라 대신아

재미있는 것은 〈구운몽〉과 〈삼국지연의〉다. 이 두 소설은 모두 〈각설이타령〉에 보이는데 〈구운몽〉은 5자에, 〈삼국지연의〉는 6자에 보인다. 부산에서 채록한 〈각설이타령〉을 보자. 편의상 5자에서 6자만 옮겨 본다.

오(五) 자나 한 장 들고 봐– 오관참장 관운장
적토마를 빗겨타고 황룡도로 다로온다
육(六) 자나 한 장 들고 봐– 육관 대사 성진이
팔신선 덕고 희롱한다

이 〈각설이타령〉은 또 경상남도 고성과 평안도 평양에서도 채록되었는데, 역시 〈구운몽〉은 5자, 〈삼국지연의〉는 6자로 위와 유사하다. 〈구운몽〉은 이외에도 〈한양가(漢陽歌)〉의 "〈구운몽〉 셩진이가 팔션녀 희롱ᄒᆞ여……"나 〈거산가(居山歌)〉의 "형산에 팔선녀가 남악의 위부인가……"처럼 여러 곳에 보인다.

〈삼국지연의〉는 경상도 동래 지방의 민요에 〈심청전〉과 함께 아래처럼 불리기도 한다.

화룡도라 좁은길에 조맹덕이 사라나고
임당수라 짚픈물에 심청이가 사라난다

이 민요는 〈삼국지연의〉와 〈심청전〉에서 주인공들이 죽음에서 공통적으로 벗어났다는 점에 착안했다. 보는 쪽에서야 별것 아닌 듯하지만, 짓는 이 편에서 생각한다면 두 작품에 대한 이해가 선행되어야만 한다. 제주도 뱃노래인 〈선가(船歌)〉에 보이는 "아! 너는 누며 나는 누며, 상산 땅에 조자룡이라"도 바다라는 위험성에서 저 조자룡을 끌어와 위험을 방비하는 것이라 추론할 수 있다.

흥미로운 것으로는 이 〈삼국지연의〉가 평안도 지방의 민요인 〈수심가〉에 보이는 것이다. 남에 '육자배기', 북에 '수심가'라고 할 만큼 〈수심가〉는 서도 소리를 대표한다. 〈수심가〉는 조선시대에 서북인을 차별하자 이를 한탄한 데서 비롯했다는 설과, 병자호란 때 성천(成川)의 명기 부용(芙蓉)이 부른 데서 비롯했다는 설이 있다. 내용은 "노자 노자 청춘에 마음대로 노잔다"로 시작해 인생의 허무함을 한탄하는 내용의 사설이다. 장단은 일정하지 않고 느린 소리에 음조가 비교적 높으며 목청이 격렬하게 떨기 때문에 탄식하는 듯한 느낌을 주는데, 〈삼국지연의〉의 두 주인공 관우와 장비가 보인다. 잠시 그 구절을 보자.

독행(獨行) 천리하여 오관(五關)을 지날적에
고성(固城)에 북소리 들었느냐 못 들었느냐
아마도 관공을 미신자(未信者)는 장익덕인가 하노라.

아예 〈삼국지연의〉에서 관우의 오관 격파와 잠시나마 장비가 관우를 의심한 것을 서사 줄거리는 그대로 다룬다.

이미 위에서 살핀 남도 소리를 대표하는 〈육자배기〉와 서도 소리를 대표하는 〈수심가〉에 우리의 고소설이 이렇게 녹아들어 있다. 〈삼국지연의〉의 민요화는 이외에도 발품만 들이면 얼마든 찾을 수 있으니, 《기사총록》 소재 〈십태가〉만 보고 '송서(誦書)'로 말을 옮겨 보자. 《기사총록》은 프랑스 파리 동양어문화대학에 소장된 노래책이다.

각시님 거문고 타쇼, 나는 노래 불러봄세.
〔……〕
감부인을 한 짝 치고 미부인으로 짝을 지어,
유현덕으로 웃짐 얹어, 관공으로 말을 몰아,
오관참장 나갈 적에 그 아니 네 바린가.
〔……〕
영영으로 한 짝 치고 김생으로 짝을 지어,
애모로 웃짐 얹어, 막종으로 말을 몰아,
노리골로 나갈 적에 그 아니 구 바린가.

'십태가'는 한자로는 '十駄歌'다. 풀이하자면 '열 바리 노래' 정도의 의미로 '바리'는 마소의 등에 잔뜩 실은 짐을 세는 단위다. 앞 구는 제4구로 〈삼국지연의〉요, 뒤 구는 제9구로 〈영영전〉(《상사동기》)의 등장인물을 이용한 노래다. 〈십태가〉는 모두 열 바리, 즉 10구로 되어 있다.

이와 유사한 형식의 노래로는 〈몽유가〉가 있는데, 노래 중 "미부인 훈 짝인데 감부인 짝을 치여, 유현덕으로 웃짐 치고, 관공으로 말 몰여라. 도원결의 도라드니 이 아니 훈 바린가"라는 부분이 그렇다. 이러한 것을 '바리가'라고 하는데, 송서로도 불렸다.

송서란 국악계에서 노래로 불리는 소설이다. 바로 '송서(誦書) 〈추풍감별곡〉과 〈삼설기〉'가 그러한 소설이다. '송서'란 글을 소리 내어 읽는다는 뜻으로, 현재 경기도 무형 문화재 제32호와 서울특별시 무형 문화재 제41호로 각각 지정되었다. 본래 송서는 옛 문장가들이 애독 애창하던 진귀한 시문을 암송하는 것으로 정확한 문법과 뛰어난 시문, 수려한 문장을 생명으로 하였는데, 이것이 소설까지 담아내게 된 것이다.

송서 〈추풍감별곡〉은 〈채봉감별곡(彩鳳感別曲)〉에 나오는 '추풍감별곡'에서 나왔다. 그래 〈채봉감별곡〉을 〈추풍감별곡(秋風感別曲)〉이라고도 하는데, 〈채봉감별곡〉은 순조~철종 연간의 작품이다. 여주인공이 양갓집 규수이고 일부일처주의의 애정, 여기에 사실적인 묘사로 조선 후기 부패한 관리들의 추악한 이면을 폭로하고 진취적인 한 여성이 부모의 명령을 거역하면서까지 사랑을 성취한다는 내용을 그렸다.

'부패 관리'가 나왔으니 이를 잠시 짚지 않을 수 없다. 이 소설이 널리 읽힐 때쯤인 19세기 조선 사정에 가장 근접한 기록을 남긴 영국 여인 이사벨라 비숍(Isabella Bird Bishop, 1831~1904)은 저 부패 관리를 "저들은 하층민들의 피를 빨아먹는 면허 받은 흡혈귀다"라고 묘사해 놓았다.• '면허

• 이사벨라 비숍, 이인화 옮김, 《한국과 그 이웃나라들》, 살림, 1994, 512쪽.

받은 흡혈귀?' 비숍 여사의 전언을 그대로 믿어야 하겠지만, 우리 선조들의 이야기이기에 참 믿기 싫다. 행실치고는 지나치게 고약한 짓들을 서슴지 않은 저들이었다.

각설하고, 〈채봉감별곡〉은 조선시대 사회상을 섬세하게 따라잡은 소설로 우리 고소설사에서 드물게 보는 독창적인 작품이다. 내용을 잠시 보면 이렇다.

> 여주인공 채봉은 평양성 밖 김 진사의 딸로, 봄날 꽃구경을 나섰다가 전 선천 부사의 아들 강필성을 만나 서로 호감을 갖게 된다. 필성은 채봉이 수줍어 도망하다가 떨어뜨린 손수건을 주워 연정을 담은 시를 써서 시비 추향에게 전하니 채봉이 화답시를 보낸다. 채봉의 어머니 이 부인이 채봉을 질책하자 채봉이 사실을 고한다. 필성이 어머니를 통하여 채봉의 집에 매파를 보내지만 채봉의 아버지 김 진사는 세도가 허 판서의 문객 김양주를 통해 벼슬할 생각만 한다.
>
> 김양주는 김 진사에게 채봉을 허 판서의 애첩으로 들여보내고 그 대가로 벼슬을 하도록 권한다. 김 진사가 주저하던 끝에 승낙하고 허 판서에게도 약속을 하여 둔다. 돌아온 김 진사는 부인에게 딸을 데리고 상경하자고 하니 부인은 대경실색하고, 채봉은 눈물만 흘린다.
>
> 부인과 채봉의 반대에도 불구하고 김 진사는 전답과 기타 가산을 정리하여 상경한다. 김 진사 일행은 도중에 화적을 만나는데, 이때 채봉은 부모에게 알리지 않고 평양으로 되돌아온다. 김 진사는 화적에게 재물을 빼앗기고 허 판서에게 사정을 알리니 허 판서는 대로하여 김 진사를 하옥한다. 부인은 할 수 없이 채봉을 찾으러 평양으로 온다. 채봉은 평양에서 시비 추향의 집에 묵고 있었는데, 기생어미가 그녀에게 기생이 되기를 권하나 거절한다. 채봉의 어머니는 추향의 집에서 딸을 만나 아버지가 하옥된 사실을 이야기하고 상경하

자고 조른다. 채봉은 아버지를 구하기 위하여 기생으로 몸을 팔기로 작정하고 기생어미로부터 돈을 받아 어머니에게 준다. 기명을 송이라고 한 채봉은 강필성에게 화답하여 보낸 한시를 내놓고 그것을 풀이하는 사람에게 몸을 허락하겠다고 하지만 아무도 풀지 못한다. 필성은 기생 송이가 제시하였다는 한시를 듣고 하도 신기하여 찾아갔다가 채봉을 만나고, 그 뒤 밤마다 사랑을 속삭인다.

한편, 평양 감사 이보국이 송이의 서화가 뛰어나다는 말을 듣고 몸값을 지불하고 데려와 곁에 두고 서신과 문서를 처리하는 일을 맡긴다. 필성은 채봉을 잃고 상사병을 앓다가 평양 감영의 이방이 되기를 자원하여 채봉을 만나고자 한다. 채봉은 별당에 거처하면서 필성을 날마다 그리워하다 어느 달 밝은 밤에 〈추풍감별곡〉을 지어서 부른다. 이 노래를 들은 감사가 채봉을 불러 천한 이방을 사모한다고 질책한다. 이에 채봉은 현재 이방으로 와 있는 필성과의 관계를 고백한다. 감사는 두 사람의 사랑을 가상히 여겨 인연을 맺어 준다.

송서 〈추풍감별곡〉은 위의 내용 중에 채봉이 어느 달 밝은 밤에 지어 부른 그 〈추풍감별곡〉이다. 동명(同名)의 서도창(西道唱)도 있다.

송서 〈추풍감별곡〉은 "어제 밤 바람 소래 금성이 완연하다. 고침단금에 상사몽 훌처 깨여 죽창을 반개하고 맥맥히 안젓스니 만리 장공에 하운이 흣터지고 천년 강살에 찬긔운 새로워라"로 시작하여 "상사에 중한 병을 엇지하면 곳처 낼고 신롱씨 갱생하고 편작이 부생한들 상사에 깁흔 병을 어이하며 곳칠손가"로 끝맺는다. 글자 수로는 4천여 자 정도가 되니 꽤 긴 노래다.

이제 송서 〈삼설기(三說記)〉를 보자. 송서 〈삼설기〉는 고소설 《삼설기》 가운데 한 편인 〈삼사횡입황천기〉의 내용 일부다.

《삼설기》는 한글 단편 소설 모음집으로 1848년경 방각본으로 간행되었

경판본 《삼설기》 목판(연세대 인문과학연구소 소장)

〈삼설기〉는 노래로 가창되었는데 이를 송서라 한다. 송서는 우리나라에서 고(故) 이문원 선생, 묵계월 명예 보유자, 유창 보유자 등으로 유일하게 전승되는 전통 성악 유산으로 무형적 가치가 적지 않다. 서울시는 이를 중요 무형 문화재 57호로 지정해 놓았다. 현재 구전되는 송서 〈삼설기〉는 묵계월 선생이 1983년경에 당시 서울 및 경기 지방 부잣집 서당이나 사랑채를 중심으로 선비들에게 유행되던 송서의 일종인 〈삼설기〉를 그의 스승인 이문원 선생으로부터 사사받은 것으로 유창 명창으로 이어져 내려온다. 1900년대 초에 송서로 유명하였던 가객(歌客) 이문원 선생은 1933년 콜럼비아사에서 음반도 발매하였는데, 〈등왕각서〉·〈삼설기〉·〈짝타령〉이 수록되어 있다.

다. 이 소설집에는 모두 6편의 고소설이 있는데, 한 마당 '판각본'에서 살폈듯이 제1권에는 〈삼사횡입황천기〉·〈오호대장기〉, 제2권에는 〈서초패왕기〉·〈삼자원종계〉, 제3권에 〈황주목사계〉·〈노처녀가〉가 있다. 신구서림의 구활자본《별삼설기》에는 〈오호대장기〉가 빠져 있다.

이제 〈삼사횡입황천기〉로 돌아가 내용을 보자. 〈삼사횡입황천기〉는 제목처럼 '세 선비가 그릇 황천에 들어간 이야기'다. 술에 곯아떨어진 세 명의 선비를 저승으로 잡아 온 지부사자는 몹시 곤란하다. 명부에 없는 생사람을 잡아 왔기 때문이다. 대책 회의 결과 염라대왕은 다시 환생을 명하지만 선비들은 그냥은 돌아갈 수 없다며 보상을 요구한다.

먼저 나선 선비가 문관으로서 할 수 있는 모든 벼슬을 원하자 염라대왕은 '그러마' 한다. 두 번째 선비는 무관의 온갖 직책을 요구한다. 염라대왕은 이번에도 흔쾌히 받아들인다. 이미 벼슬자리는 두 명의 선비가 먼저 차지한 터라 마지막 선비는 달라고 할 게 마땅찮았다. 그래 어진 부모님 모시고 착한 아내와 아들딸 손잡고 오순도순, 무병장수하게 해달라는 게 고작이요, 벗이 찾아오면 담근 술 나눠 먹고 맑은 날이면 강에 나가 고기도 잡으며 들로 산으로 한가로이 거닐며 살고 싶다고 했다.

"이 욕심 많고 흉측한 놈아!" 염라대왕은 벌컥 성을 내며 분노했다. 그것은 '성현 군자나 염라대왕인 나도 가질 수 없는 꿈'이라며 지나친 욕심을 탓한다. 역설이다. 부귀영화나 공명은 모두 헛된 것이라는, 논밭 일구며 가족과 함께 걱정 없이 사는 일이야말로 사람의 참된 행복이라는 내용을 역설적으로 표현한 이야기다.

이외에도 〈숙영낭자전〉과 〈이사원네(이생원네) 맏딸아기〉, 〈배비장전〉과 〈범벅타령〉, 〈양산백전〉과 〈장개가네〉, 상엿소리에 불리는 〈초한가(楚漢歌)〉는 〈서한연의〉와 밀접한 관계를 형성하고 있다.

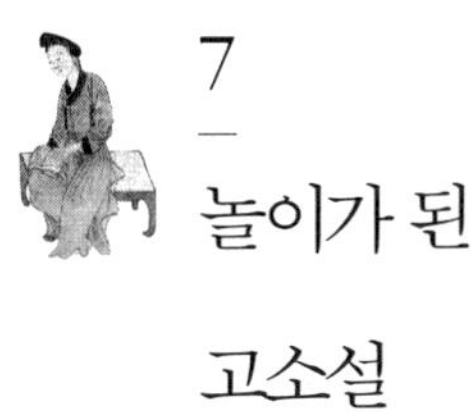

7 놀이가 된 고소설

고소설이 놀이로도 되었으니 흥미로운 일이다. '꼬리잡기' 혹은 '수박따기'라는 놀이의 〈옥단춘전〉이 그러하다.

수박따기 놀이는 지방에 따라서 '동아따기' 또는 '호박따기'라고도 불린다. 놀이의 유래는 밝혀지지 않았지만, 수박을 따는 모습을 흉내 내며 노래를 부르는 놀이다. 우선 10~20명의 어린이 중에서 수박을 따는 할머니(혹은 대장)와 지키는 할머니(혹은 대장) 한 명씩을 뽑고 두 패로 나뉜다. 나머지 아이들은 수박넝쿨이 되어 키 순서대로 앞사람의 허리를 잡고 한 줄로 늘어서서 놀이를 한다. 놀이 내용은 수박을 따가려는 할머니와 지키려는 할머니 패 아이들이 노래를 부르며 빙빙 돌아간다.

이때 부르는 노래에 바로 앞 장에서 본 〈옥단(당)춘전〉이 그대로 불린다. 전라도 지방의 〈초생달〉과 경기도의 〈옥당(단)춘〉을 잠시 보자.

> 달아 달아 초생달아 어디 갔다 인제 왔노
> 새 각시의 눈섭 같고 늙은이의 허리 같다

달아 달아 초생달아 어서 어서 자라 나서
거울 같은 네 얼굴로 두루 두루 비쳐 돌아
울 어머니 자는 창에 나와 같이 비쳐 주고
울 오랍씨 자는 방에 나와 같이 비쳐 주고
우리 형님 자는 방에 나와 같이 비쳐 주고
우리 동생 있는 방에 내 간 듯이 비쳐 주고
거울 같은 네 얼굴로 우리 동무 다 비쳐라

–전라도 지방

춘아 춘아 옥동(당)춘아 너 집으로 구경가자
앞뜰에는 꽃밭이요 꽃밭에는 나비 놀고
뒷뜰에는 연못이요 연못 가운데 초당보게
초당문을 펄쩍 여니 이쁜 색시 앉았길래
분을 주련 연질 주련 분도 싫고 연지도 싫고
나무 인경 주시지요

–경기도 지방

노래가 끝나면 수박을 따는 내용으로 들어가는데, 수박을 따가려는 할머니 편이 지키는 편 앞으로 와서 "할멈, 계신가?" 하고 묻는다. 그러면 지키는 쪽은 "왜 왔습니까?" 하며 되받고, "수박 따러 왔지" 하면, "이제야 겨우 씨를 심었소. 내일, 모레 오시오" 하며 다시 노래를 부르고 돈다. 잠시 뒤 다시 수박을 따가려는 할머니 편이 지키는 편에게 가서 "할멈, 계신가?" 하고 묻는다. 그러면 지키는 쪽은 또 "왜 왔습니까?" 하며 되받고, "수박 따러 왔지" 하면, 이번에는 "이제 꽃이 피었소. 내일, 모레 오시오" 하며 다시 노래를 부르고 돈다.

이런 식으로, "열매가 열렸소", "망울이 맺혔소", "사발만 하게 자랐소" 하며 따라 온 편을 돌려보내다가, 마침내 "동이만큼 자랐소" 하고 대답하면, "나 하나 따주시오" 하고 말하고, "그럼, 한 개 따가시오"라고 말한다. 그러면, 수박 따는 할머니는 넝쿨의 맨 뒤에 있는 수박을 따려고, 맨 뒤의 아이를 힘껏 잡아당기는데, 이때 아이는 떨어지지 않으려고 한다. 떨어뜨리려는 할머니와 떨어지지 않으려고 애쓰는 아이의 실랑이가 놀이에 역동성과 재미를 불어넣는다.

수박을 따게 되면 일정한 장소에 그 아이를 놓아두고 다시 수박을 따러 온다. 이때는 수박을 지키는 할머니가 "먼저 딴 것은 어찌하였소?" 하고 물으면, "언덕에서 굴러 떨어져 깨졌네", "강물에 떨어져 잃어버렸네", "쥐가 다 먹었네", "여우에게 빼앗겼네"라고 하며, 수박 역할을 하는 아이들을 하나하나 떼어 간다.

이 놀이는 꼬리잡기 놀이와 합쳐 놀기도 하는데, 이때는 어린이들이 두 편으로 나뉘어 수박을 따자고 흥정하는 대목까지는 같이 진행되고, 따가라는 허락이 떨어진 다음부터는 꼬리잡기 놀이처럼 전체의 대열이 움직이면서 한편에서는 이쪽저쪽으로 민첩하게 떼이지 않으려고 움직이고, 다른 한편에서는 떼려고 움직인다. 이때는 전체 대열을 따라다녀야 하는 꼬리 역할의 소임이 매우 중요하며, 중간에 줄이 끊어질 경우에는 서로의 역할을 바꾼다.

〈옥단춘전〉은 여기서 그치지 않는다. 〈산대(山臺)놀음〉에도 이름을 보인다. 〈산대놀음〉은 우리가 알다시피 탈을 쓰고 큰길가나 빈터에 만든 무대에서 하는 복합적인 구성의 탈놀음을 하는 민속놀이의 일종이다. 바가지나 종이, 또는 나무 따위로 만든 탈을 쓰고 소매가 긴 옷을 입은 광대들이 음악에 맞추어 춤을 추며 몸짓, 노래, 이야기를 한다. 고려시대에 발생하여 조선시대까지 궁중에서 성행하였으나 후에 민간에 전파되어 탈놀음 중심의 평민극으로 이어졌다. 현재 산대놀이 계통의 것으로 양주 별산대놀이, 송파 산대놀이, 봉산탈춤, 강령탈춤, 오광대놀이 따위가 전하는데 이 놀이에 '옥단춘'이 보인다.

어디 이뿐이랴. 호남 지방에서 젊은 여인들이 하는 무당놀이의 일종으로 '춘향각시놀음'이 있다. 이를 '꼬대각시놀이' 혹은 '당골놀이'라고도 하는데 특히 김제 지방에서 많이 행해졌다고 한다. 놀이 방법은 이렇다.

우선 방 안에 여러 사람이 둘러앉은 가운데 술래는 길이 40센티미터쯤 되는 막대기를 오른손에 쥔 채 공중으로 들어 올린다. 한 사람이 나서서 "춘행(향)아 춘행아 아무 달 아무 날 아무 시에 점지 점지하셨다"는 주문을 반복한다. 그러면 술래가 잡고 있는 막대기가 마치 신내림굿에서 신대잡이가 신대(神竿)를 잡고 떠는 것처럼 흔들리기 시작한다. 주문을 아무리 반복하여도 술래가 대를 떨지 않으면 주위 사람들이 벌로 한턱을 내지만, 대개는 반드시 떨게 되어 있다. 이유는 한 손만으로 대를 잡은 채 공중으로 곧추 올려 움직이지 않고 있는 데에도 한계가 있겠지만, 대를 잡은 손에 대한 주위 사람들의 주시와 거기에 주문을 외우는 소리까지 한데 어우러져 내는 분위기 등에 의해 술래가 대를 떨 수밖에 없기 때문이다.

충청남도 지방에서는 주문 대신 여러 사람이 합창으로, "꼬대 꼬대 꼬대각시/ 한 살 먹어 어멈 죽어/ 두 살 먹어 아버지 죽어……"로 시작되는 〈꼭두각시노래〉를 부르기도 한다. 이 놀이는 무당의 신대 내리는 절차를 흉내 낸 것으로 일종의 최면술적 성격을 지니기에 심약한 사람이 술래가 되면 곤란하다.

강릉 지방에서는 무당굿놀이가 있는데, 춘향놀이라고도 한다. 먼저 원의 부임 행차 길을 닦는 과정에서 관노인 고딕이가 도리강관을 비롯한 관리들의 부패상을 보여 주고, 새로 부임한 원이 기생 춘향을 불러 수청 드는 장면을 묘사함으로써 상층 계층에 대한 반감을 표현한 놀이이다. 또

'글자풀이요'라 하여 "일금참사 한고조/ 이군불사 제왕초/ 삼군명장 조자룡/ 사칠건군 한광무/ 오관참장 관운장/ 육군멸망 진시황/ 칠종칠금 제갈량/ 팔년풍진 초패왕/ 구년치수 하우씨/ 십년기절 한소목/ 백자천손 곽자의/ 천리결승 장자방/ 만세춘향 공부자/ 억존언대 당효제"라는 노래가 강릉 지방에 농군이 놀 때 하는 소리로 전해 온다.•

또 안동 지역에서 채록된 윷놀이를 하며 부르는 윷노래(윷요)에는 〈삼국지연의〉와 〈구운몽〉이 보인다. "화룡도 좁은 길에/ 이석조조 항녔으나/ 관운장은 호걸이요/ 이겸으로 윷이겼네/ 육관대사 성진이는/ 팔선녀를 희롱하고"인데 임동권의 《한국민요전집》에 보인다. 〈삼국지연의〉와 〈구운몽〉이 그대로 윷노래에 녹아들었다. 역시 안동 지역에서 윷놀이를 기사화한 저포송(摴蒲頌)에도 〈삼국지연의〉의 내용이 들어 있다.••

소설이 놀이로 된 경우는 여기에서 그치지 않는다. '쿵푸팬더 캐릭터 게임북', '인체 대탐험 게임북 시리즈', '드래곤 길들이기 캐릭터 게임북'……. 요즈음 만들어진 아이들의 놀이라고만 생각하면 오산이다. 19세기 여성들의 놀이에 이미 '소설 게임북'이 있었기 때문이다. 조선 후기의 규방 놀이를 알 수 있는 '소설 게임북' 내용을 소개하면 이렇다.

'소설 게임북'은 한글 소설과 한시 짓기 놀이의 합작품이다. 한시 짓기 놀이부터 설명해 보자. 한시 짓기 그림을 선기도(璇璣圖)라고 하는데, 한시를 이루는 한자들을 원이나 사각형으로 배치한 시(詩) 그림이다. 이는 유식층에게 전래되던 놀이 문화였다. 미국 버클리 캘리포니아대 동아시아 도서관에서 발견한 《규방미담(閨房美談)》(1867)이란 문헌에 선기도의 흔적이 잘 남아 있다.•••

• 디지털안동문화대전 홈페이지 http://gangneung.grandculture.net 참조.

•• 저포송은 디지털안동문화대전 홈페이지 http://andong.grandculture.net 참조.

••• 이종묵, 〈놀이로서의 한시–버클리 대학 소장 규방미담〉, 《문헌과 해석》 37호, 문헌과해석사, 2006, 95~121쪽 참조.

그런데 이 책에서 선기도 놀이를 한 흔적은 한시가 아니었다. 〈종백희전〉이란, 다름 아닌 필사본 한글 소설을 보고 이를 선기도 놀이에 응용한 것이기 때문이다. 〈종백희전〉은 중국 명나라 때 종백희가 과거에 급제해 부귀영화를 누린다는 단순한 내용이지만 소설 군데군데 한시 퍼즐(시 그림)이 수록돼 있고, 그다음 장에 퍼즐의 답에 해당하는 한시와 한글 번역이 실려 있다고 한다.

그중 종백희가 두 부인과 첩에게 사랑하는 마음을 전하는 대목의 퍼즐 놀이를 보자. 팔각형으로 배치된 한자 중 아랫변에 놓인 별(別)자부터 시계 방향으로 한 바퀴 읽으면 된다.

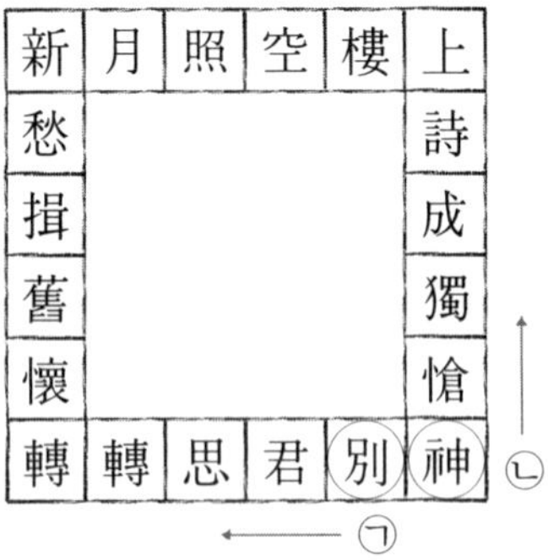

新	月	照	空	樓	上
愁					詩
揖					成
舊					獨
懷					愴
轉	轉	思	君	別	神

← ㉠

↑ ㉡

別君思轉轉　당신과 헤어져 그리움에 뒤척이는데

懷舊揖愁新　옛일을 생각하니 새 시름이 인다오.

〔……〕

月照空樓上　달이 빈 누각을 환히 비추고 있는데

詩成獨愴神　시가 이뤄지자 홀로 마음이 상한다오.

㉠에서 읽으면 위의 시와 같다. 이제 ㉡에서부터 반대로 읽어 보자. 다음과 같은 시가 된다.

神愴獨成詩 마음이 서글퍼 홀로 시나 지어 보려

上樓空照月 누각에 오르니 부질없는 달빛만이.

〔……〕

新愁揖舊懷 새로운 시름 일어 옛 생각 그리우니

轉轉思君別 뒤척이며 당신과 이별을 생각합니다.

㉠과 ㉡ 어디에서 출발해도 역시 한 편의 시가 된다. 앞으로 읽으나 뒤로 읽으나 시가 되는 이러한 시를 선기도라 한다. 이 선기도를 규중의 여인들이 즐겼다 하니 저이들의 한자 실력이 예사롭지 않으며, 더욱이 이 놀이를 소설 독후와 연결시켰다 하니 여간 흥미롭지 않다. 인터넷을 보니 이런 글이 있다. 시절이 하 어려워, 어떤 이가 "내힘들다!"라고 하였더니, "뒤부터 읽어 보게나. '다들힘내!' 아닌가" 하더란다. 선기도에는 훨씬 미치지 못하지만 저 시절의 흔적인 것만큼은 분명하다.

제아무리 지금이 첨단 멀티미디어 시대라고들 하지만 저 놀이와 게임이 딱히 뒤질 이유는 없다. 책을 읽은 독후가 꼭 '감상문'으로 통하고 '작품의 문학적 가치'를 운운해야 한다는 인색하기 짝이 없는 방법으로 이어질 필요도 전연 없다. 즐거운 놀이를 통하여 작품의 문학적 감흥이 더 커질 수 있다는데 이의를 제기할 이 또한 없을 것이다. 더욱이 위와 같은 놀이와 게임은 놀이 문화 부족을 호소하는 학교 현장에서 얼마든 변용하여 교육적으로 소통할 수도 있다.

8
—
설화가 된 고소설

'설화가 된 고소설'은 서사 문학의 발달 구조상 이례적인 경우다. 보통은 설화가 문자로 정착되고, 문학적 형태를 취한 것이 곧 설화 문학이 되고, 이 설화가 소설에 영향을 주는 것이 장르의 진화 과정이다. 그런데 소설이 설화가 된 경우가 있으니, 바로 경기도 용인시 처인구 운학동에서 채록한 〈당태종과 점복자〉가 그러하다. 〈당태종과 점복자〉는 고소설 〈당태종전〉이 유행하면서 형성된 이야기다. 〈당태종전〉은 불교 소설의 대표작으로 꼽히는 작품인데, 우선 소설을 개략적으로 살펴보자.

중국 당 태종이 용왕을 죽이러 오는 위징을 막아 준다 하고는 깜박 잠이 들어 약속을 지키지 못한다. 용왕은 위징에게 목이 잘리고 그 앙갚음으로 염라왕에게 당 태종을 잡아 오라고 일을 꾸민다. 이렇게 하여 죽게 된 당 태종은 저승에 들어가 최판관의 안내를 받아 지옥과 극락세계를 두루 목격하고 다시 이승에 태어난다.

여기까지만 보면 이탈리아의 알리기에리 단테(Alighieri Dante, 1265~1321)의 《신곡》이라는 서사시와 유사하다. '전 인류에게 영원불멸의 거작'이라는 수식어를 끌고 다니는 이 《신곡》은 베르길리우스의 안내로 지옥(地獄)과 연옥(煉獄, 대죄를 저지른 자들의 영혼은 지옥으로 바로 가지만, 소죄를 저질렀거나 대죄를 저지르고도 용서받은 영혼이 죄를 씻고 천국으로 가기 전의 장소다), 천국(天國)을 여행하는 내용이다. 이러한 것을 보면 동서고금을 막론하고 사람 사는 세상은 크게 다를 바 없다.

〈당태종전〉에 보이는 극락의 모습부터 살펴보자. 내용은 신구서림판 〈당태종전〉(1917)이다. 〈당태종전〉의 극락은 '상서로운 기운이 애애하고 향기로운 바람이 그득하며 선약(仙藥)이 만들어지는 가운데, 고운 빛깔의 가마도 타고 무수한 선관(仙官)이 오간다. 이들은 세상에 있을 때 임금을 충성으로 섬겨 나라를 반석같이 하고, 어버이에게 효성스럽고 형제간에 우애 있으며, 불쌍한 사람들을 구제하며, 재물을 흩어 빈곤한 이를 구제하고, 흉년을 만나 떠도는 이들을 구했으며, 남의 것을 탐하지 않고, 불경을 지성으로 공부하며, 염불을 지성으로 하고, 부처님께 공양을 많이 한 사람'들이었다.

이렇게 보면 극락에 들어간 이들은 특수한 영웅들이 아니라 그저 세상을 착한 심성으로 열심히 산 이들이다. 지옥을 가든 극락을 가든 사람 사는 세상에서 제 할 탓인 듯하다.

극락 구경을 하였으니 이제 〈당태종전〉의 지옥 장면을 좀 보자. 황제가 기뻐하여 최판관의 안내로 지옥에 들어가 보니, 무수한 죄인을 형벌하는데 혹 사람의 배를 갈라 창자를 집어내니 유혈이 낭자하였는데, 병든 이의 아내와 간통한 의원이었다. 여러 사람을 큰 가마에 넣고 큰 안반에다 약물을 뿌려 살렸다가 죽이는 것을 반복하는데 양민을 살육하고 임금에겐 불충한 이, 남의 험담하기를 좋아한 이다.

또 한 곳에 이르니 몸은 큰데 목구멍이 바늘구멍이라 먹지 못하는 고통을 당하는데, 아전으로 백성들의 뇌물을 받고 가혹하게 세금을 징수한 이란다. 이 밖에도 여러 지옥이 있는데 사람을 칼로 찌르기도 하고 도끼로 치며 사갈(蛇蝎)이 물어 온몸에 독이 퍼져 신음하는 소리가 하늘에 사무쳤으니 차마 눈 뜨고 보기가 어려웠다. 이 사람들은 음란한 것을 탐하여 사람의 도리가 없으며 남을 모해하고 혼사를 방해하고 남의 자손을 모함하여 동기간에 이간질시킨 자들이었다. 또 어느 곳에 이르니 불효자, 간음하고 간특한 자, 사특하여 삼종(三從)의 의를 저버린 자, 고리대금업자 등을 남녀 한곳에 넣고 가죽도 벗기고 눈알도 빼고 불로 지지기도 하며 쇠꼬챙이로 찌르기도 한다.

지옥의 모습이 여간 무서운 것이 아니니 독자나 나나 참 조심스럽게 세상을 살아야 할 것 같다. 이후 당 태종은 염라대왕의 가르침대로 불교 전파에 힘쓰고, 삼장 법사를 서역에 보내 불경을 구해 온다는 내용으로 구성되어 있다. 즉, 이 소설은 불교에서 말하는 인과응보와 윤회 사상을 주제로 하여, 준엄하고 전율을 느끼게 할 정도로 지옥에서 형벌을 받는 죄인들의 모습과 그 반대의 극락세계를 대조시킴으로써, 현세에 사는 인간들을 불교에 귀의하도록 권장하는 내용이다.

〈당태종과 점복자〉는 이 〈당태종전〉 가운데 운수 선생과 용왕의 대결이 펼쳐지는 전반부만을 대상으로 한 설화다.

〈당태종과 점복자〉의 내용은 이렇다.

> 당 태종 시절에 점을 잘 치는 사람이 있었다. 어부들은 고기를 잡으러 갈 때마다 이 점쟁이에게 점을 치고 나갔다. 점쟁이가 고기가 많이 잡히는 곳과 날씨를 점쳐 주어서 어부들은 언제나 고기를 많이 잡을 수 있었다. 바다의 물고기가 다 잡혀갈 지경에 이르자 큰 물고기가 용궁에 들어가 용왕에게, "그 마을 점쟁이 때문에 우리 바다 고기가 다 없어지고 있습니다. 이 점쟁이를 없앨 방도를 취해 주십시오"라고 부탁한다.

용왕은 사람으로 변신해서 점쟁이를 찾아간다. 그러고는 "요새 가뭄이 심한데 비가 언제나 오겠느냐?" 하고 묻는다. 그러자 점쟁이는, "내일 올 거요"라고 주저하지 않고 대답한다. 비는 용왕인 자신이 관장하는데 내일 비가 온다고 하므로, "내일 몇 시쯤 내리겠느냐?"라고 묻는다. "진시에 흐려지고 사시에 뇌성벽력이 치고 큰 바람이 불 것이며, 오시부터 비가 내릴 것이오. 비는 미시에 그칠 것이오"라고 하는 것이 아닌가.

점쟁이의 막힘없는 대답에 용왕은 다시, "그래, 비는 얼마나 오겠나?"라고 묻자 "석 자 세 치 삼 미리가 올 것이오"라고 한다. "비가 안 내리면 네가 책임지겠느냐?" 하니까 "책임을 지죠" 하였다.

용왕은 속으로 '너는 내일이면 죽을 놈이다' 하고 돌아섰는데 하느님이 명령을 내리기를, "진시에 흐려 사시에 뇌성벽력을 치고, 오시부터 비를 내려 미시에 그치도록 하고, 수량은 석 자 세 치 삼 미리를 내려라!" 하는 것이 아닌가. 점쟁이의 말이 귀신같이 맞아떨어졌던 것이다.

용왕은 하느님의 명령을 어길 수 없어 비를 내리기는 했지만, 비의 수량을 석 자 세 치 삼 미리 대신 석 자 세 치만 내렸다. 그리고 점쟁이를 찾아가 수량대로 비가 내리지 않았으니 책임을 지라고 한다. 점쟁이는 하느님의 명령을 용왕이 어겼으니 용왕은 이제 곧 죽게 될 것이라고 한다. 자신의 존재가 탄로 난 용왕은 점쟁이에게 빌면서 살 방도를 구한다.

점쟁이는, "내일 정오에 당 태종 휘하에 있는 우승상이 당신 목을 자를 것이니, 수단을 부려 살 방도를 취하시오"라는 말을 남기고 가버린다. 용왕은 다시 용으로 변해 당 태종의 궁 안으로 들어간다. 용왕은 당 태종 앞에 무릎을 꿇고는, "제가 하느님을 속였는데 우승상이 내일 정오에 저를 죽인답니다. 저를 좀 구해 주십시오"라고 사정한다. 용왕이 애걸복걸하니, 당 태종은 방도를 구해 보겠다고 한다.

이튿날 당 태종은 우승상을 불러들여서, "심심하여 바둑이나 좀 둘까 하고 불렀소"라고 말한다. 당 태종은 우승상의 발을 묶어 두려고 바둑판을 차려 놓고 계속 바둑을 둔다. 전날 밤 우승상의 꿈에 하느님이 내일 정오에 용왕의 목을 잘라 오라고 했는데, 시간은 점점 다가오나 바둑판은 끝날 줄을 모른다. 때를 놓쳤다가는 우승상이 죽게 될 형국이다. 마침 시간이 임박했을 때 당 태종이 잠깐 존다. 잠시 후 머리 없는 용이 훨훨 날아다니고 대궐 안은 떠들썩하다. 당 태종이 조는 사이 우승상이 용궁에 들어가 용왕의 목을 잘랐던 것이다.

당 태종이 깜빡 조는 바람에 용왕과 약속을 지키지 못하여 용왕이 저승에 가게 되는 〈당태종전〉의 내용이 그대로 설화가 되었다. 〈당태종전〉의 운수 선생이 점쟁이로, 위징이 우승상으로 나올 뿐 차이가 없지만 이 부분만을 설화로 만들었다는 것 자체가 매우 흥미롭다. 그것은 인간인 점쟁이가 용왕을 이겨 먹은 이야기이기 때문이다. 신적인 동물인 용왕과 인간인 점쟁이의 대결에서 인간이 당당히 승리한다는 데서, 약한 자와 강한 자의 대결 또한 이러할 수 있다는 보통 사람들의 염원이 담겨 있다고도 볼 수 있다. 또 한 가지 재미있는 것은 〈당태종전〉의 운수 선생은 〈숙향전〉에선 숙향의 할아버지로, 〈백학선전〉의 주인공인 유백로의 스승으로, 〈전우치전〉에선 서화담이 전우치에게 운수 선생께 편지를 전하게 한다(〈백학선전〉은 이본에 따라 운수 선생이 은파 선생으로 되어 있기도 하다).

〈당태종과 점복자〉 설화는 비슷한 내용이 1982년에 채록되어 〈당태종과 점복자〉, 〈운수 선생과 용왕〉이라는 제목으로 《한국구비문학대계》 1~9에 실려 있다.

9 창가가 된 고소설

창가(唱歌)는 갑오개혁 이후 근대적인 각성과 조국의 자주 독립에 대한 열망을 서양식 창가조로 읊은 시가 형식을 이른다. 창가는 전 단계의 시가 형식인 개화 가사나 개화 시보다 오래 지속되었고, 대중에게 전파되어 그 진폭도 꽤 넓었다. 이 창가는 개화기의 여러 잡지를 통해서 보급되었다. 특히 근대식 교육 기관의 교과 과목으로 채택되어 전국으로 퍼져 나감으로써 민족의 정서 교육에 이바지한 바 컸다. 창가의 효시라 단정할 수는 없지만 1886년의 배재학당 교과목에 '창가'가 있었으며, 1896년 독립신문에 발표된 4·4조의 애국가도 창가였다. 1908년에 육당(六堂) 최남선(崔南善)이 지은 〈경부철도가(京釜鐵道歌)〉는 꽤 이름을 날린 창가다.

이러한 근대 의식을 담는 그릇인 창가에 색다른 주제가 끼어들었으니 1922년 《아이들 보이》 2호에 실린 〈흥부놀부〉다. 전32연으로 되어 있는 이 창가는 〈흥부전〉을 7·5조로 노래한다.

전문 일부를 보자.

전라경상디경에 두사람사니
놀부라는짝업시 모진언니와
홍부라는어질기 한업는아오
두동생의압뒤일 볼만ᄒᆞ도다
어버이돌아갈때 씨친세간을
놀부혼자가지고 아오홍보는
구박ᄒᆞ야한디로 내어쩌리고
나며들며죠롱코 비양거리네

일부분만 보아도 〈홍부전〉을 창가 형식으로 그대로 다듬어 놓은 것임을 알 수 있다. 놀부를 '언니'라 칭하는 것이 재미있으니 잠시 '언니'에 대해 덧말을 보태고 마치겠다. 지금은 여자 동기간이나 여자 사이에서 손위인 경우 언니라는 호칭을 붙이나, 사실 예전에는 남녀 구분 없이 '언니'라는 호칭을 사용하였다. 우리에게 잘 알려진 "빛나는 졸업장을 타신 언니께 꽃다발을 한 아름 선사합니다"로 시작되는 졸업식 노래도 1948년 즈음에 윤석중 선생이 쓴 것이다.

언니의 어원에 관한 학자들의 견해를 보면 유창돈(1954)은 〔앗(始初)+니〕로, 남광우(1957)는 〔엇(始,初,小)+니〕로 보고 있다. 두 분 모두 '언니'를 '처음'이라는 의미로 자기보다 나이가 위인 경우를 이르는 말이었다고 밝힌다. 당연히 홍부와 놀부 시절에는 남녀 공히 나보다 손위면 사용하였던 말이다.

10
가사가 된 고소설

얼시구 절시구 좋을시구 춘삼월이라 화전놀이 간다
춘향의 방문 앞을 이도령걸음으로 아그작아그작 거들거리고 나간다
휘모리 장단에 금자라 걸음으로 아그작아그작 거들거리고 나간다

경기도 광명시에서 채록된 〈화전가(花煎歌)〉이다. 〈화전가〉는 삼짇날 무렵 부녀자들이 진달래꽃을 꺾어 지짐을 만들어 먹고 놀면서 부르던 가사로, 대부분 장편 가사로 불리는 대표적인 여성들의 노래이다. '춘향의 방문 앞을 이도령걸음으로 아그작아그작 거들거리고 나간다'라는 표현이 여간 재미있지 않다. 가사가 된 〈춘향전〉이다.

가사(歌辭)의 형식은 4음보 연속체로 된 율문(律文)으로 한 음보를 이룬다. 음절의 수는 보통 3·4음절이고, 행수에는 제한이 없다. 마지막 행이 시조의 종장처럼 되어 있는 것을 정격이라 하고, 그렇지 않은 것을 변격이라 하기도 한다. 정격은 조선 전기에, 변격은 조선 후기에 많이 나타났다. 이 가사는 율문이지만 서정시와 달리 사물이나 생활에 관한 잡다한 서술로 이루어져 있기에 소설을 수용하기에 무난했던 듯하다.

가사가 된 고소설로 대표적인 작품은 〈소현성록(蘇賢聖錄)〉이다. 〈소현성록〉은 17세기 말 장편 소설로 〈소씨삼대록〉과 연작이다. 이본에 따라 〈소운성전〉 혹은 〈황후별전〉이라고도 불리는데, 현재까지는 우리나라 최초의 대하소설이 아닌가 한다. 〈구운몽〉, 〈사씨남정기〉, 〈창선감의록〉과 비슷한 시기에 창작되었다.

이 작품은 현재 20편이 넘는 이본이 존재하는데, 다른 가정 소설들처럼 권선징악을 주제로 하지 않고 가정 소설의 새로운 틀을 제시했다. 즉 주인공 소현성은 화 씨와 석 씨 두 부인이 있는데도 셋째 부인 여 씨를 왕명에 의해 마지못해 취하였고, 이 여 부인이 간악한 음모를 꾸민다. 여기까지는 여느 가정 소설과 다를 바 없으나, 이후 여 부인의 간악한 음모가 드러나고 쫓겨난 뒤에 다른 작품에서와 같이 개과천선하게 하여 시가로 다시 데려오지 않고 화 씨와 석 씨 두 부인만 데리고 화락하게 살도록 끝을 맺고 있어서다.

〈과부가〉는 여인들이 지은 내방 가사로 내용은 15세에 시집간 지 보름만에 낭군을 여의고 과부가 되어 한평생을 눈물과 한숨으로 지내는 불행한 여인상을 그린 작품이다. 일찍이 이병주 선생은 "내방 가사는 눈물로 먹을 갈아 한숨으로 글을 엮은 한풀이요, 넋두리"라고 정의하였다. 따라서 이 〈과부가〉라는 내방 가사에 여인들과 함께한 소설이 보이는 것은 당연한 일일지도 모른다. 〈과부가〉의 본사 끝 부분에 서글픈 마음을 떨치려 〈소현성록〉을 보는 장면이 그려져 있다. 그 장면을 옮기면 다음과 같다.

이 집도 가장 잇고 저 집도 가장 잇네.
금슬을 잊자하고 삭발위승 하자하니,
시집도 양반이오 친정도 품관이라.

가문을 혜아리니 영등을 높이달고,

언서고담 빗기들고 〈소현성록〉 보노라니,

화 씨·석 씨 절행이라. 〈열녀전〉을 들고보니,

반첩여도 날과같다.•

가사 속 청상과부가 〈소현성록〉 속 여주인공 화 씨와 석 씨의 절행이 자신과 같고, 〈열녀전〉 속의 반첩여도 자신과 같은 신세라고 한다. 과부의 한스러움을 고소설이 또 이렇게 달래 주었음을 알 수 있다.

〈자운가(紫雲歌)〉 역시 〈소현성록〉을 가사화한 것이다. 〈자운가〉는 3·4조로 이루어진 가사다. 내용은 한 선비가 자운산(紫雲山)을 찾아서 중국 송나라의 사적을 빗대어 노래하며 당시의 정치에 실망한 심정을 읊은 세상을 개탄하는 작품이다. 작가는 이 〈자운가〉 속에서 〈소현성록〉(〈소씨삼대록〉 포함)에 등장하는 여러 인물들에 대해 짧은 평을 한다. 일종의 소설 독서평을 가사로 한 독특한 고소설 비평인 셈이다. 지면 관계로 전문을 수록할 수는 없고 앞부분만 보자. 옛 맛을 살리려 원문을 그대로 두고 문장 부호만 넣었다.

(가) 뭇노라 뎌 노구야. 소가 고적 알을손가.

처연히 한숨지고 쟝황이 말을펴되,

소처사 등선후로 문정이 적막터니,

백옥경 령도군 유복자를 탄생하니,

태부인의 놉흔교훈 맹모에 나릴손가.

강쥬운남 희외민을 순식간에 평정하고,

• 〈과부가〉, 《한국고전문학전집》 3, 집문당, 1978.

윤 씨 가 씨 결의홀제 진군자가 현더ᄒᆞ다.

(나) 현경침즁 뎌화셕은 현불쵸가 바이 없다.
규문이 가즉하니 수신제가 잘도 한다.
청춘에 입상ᄒᆞ여 십자오녀 두단말가?
한싱의 허량함도 월영에 심보되고,
이한림의 청덕으로 교영에 실절이라.

(다) 얼골은 박식이나 현털홀손 림씨로다.
먹과붓이 놈앗스니 옥안(玉顔)에서 쏘이스리?
시흥(詩興)도 다진ᄒᆞ고 의논도 지리ᄒᆞ다.
총총이 닷는붓이 대강긔록 하옵나니,
나의근본 알려거든 나안즌 돌을보소.
돌석자를 히독하니 셕파혼(石坡魂)이 아닐넌가?
단가일곡 지여내여 셰상에 젼ᄒᆞᄂᆞ니,
천추만세 만만세에 고담삼아 보사이다.●

(가)는 소현성이 관리로서의 치적과 곤경에 빠진 윤 씨와 가 씨를 구하여 결의 남매를 맺었기에 진군자임을, (나)는 소현성의 첫째 부인인 화 씨와 둘째 부인인 석 씨를 묶어 두 여인이 현명하고 진중하며 집안을 잘 다스리고 열 아들과 다섯 딸(이본에 따라 일곱)을 두었다고 평한다. 그러나 사실 원문 〈소현성록〉에서는 둘째 부인인 석 씨가 첫째 부인인 화 씨보다 모든 면이 뛰어나다. 화 씨는 투기가 많고 지혜로운 여성이 못 되는데도

● 〈자운가〉(고려대본).

〈자운가〉의 작자가 고의로 첫째 부인인 화 씨를 추켜세웠음을 알 수 있다. 왜 그러한지는 넉넉히 짐작할 수 있다. 지금도 우리 민족에게 강하게 남아 있는 본처와 첩, 장자와 차자, 아들과 딸 따위의 전근대적 사고 때문이었으리라.

(다)는 가사의 끝 부분으로 '림씨'는 소현성의 여덟째 아들인 운명의 부인인데 박색이지만 지혜롭다.

〈한양오백년가〉도 보자. 〈한양오백년가〉에는 〈사씨남정기〉의 내용이 그대로 보인다.

> 이때에 김익훈은 상부사로 중원가서
> 폐비한줄 몰랏드니 압록강 건너서서
> 중전내침 듣자옵고 가두에 유숙할제
> 제아무리 생각해도 숙종회심 어렵도다.
> 등촉을 밝혀놓고 무삼책을 지었는고
> 〈사씨남정기〉로다.
> 유한림은 숙종되고 사부인은 중전되고
> 교 씨는 희빈되고 비유하여 지어내니
> 이책뜻이 무엇인가 유한림은 가장이요
> 사 씨는 정실이요 교녀는 첩이로다.
> 교녀마음 요악하여 유한림을 뜻을마차
> 사부인을 모함하여 희빈까지 꾀어내니
> 유한림의 독한마음 사부인을 박대하야
> 내쳤으니 건곤이치 각별커든 하나님이
> 무심할가? 유한림의 어진마음 나날이
> 후회로다.

봄풀같이 새로나서 사부인을 모셔놓고
교녀를 죽였으니 신기하고 이상하다.
이뜻으로 지어내서 숙종께 드릴적에
숙종대왕 거동보소 금침을 도드비고
한림사연 드러보니 심신이 불평하여
사부인이 무죄함은 환연대각 깨다랏다.
벌떡일어 앉으면서 네가요년 교녀로다
주사함을 생각하니 폐비하다 원통하다
급급히 이러나서 희빈을 잡아내여
능지하라 하옵시니 벌떼같은 저군졸들이
일시에 달려드러 머리채를 잡아쥐고
궁정앞에 나려서서 윤거에 올려놓고
종로로 끌고가니 그아들은 누군고
경종이 이아닌가.

내용은 〈사씨남정기〉의 줄거리에 장 희빈을 빗댄 가사임을 알겠고, 다만 〈사씨남정기〉를 지은 이를 엉뚱하게도 김익훈이라고 했으니 이에 대해서만 설명을 붙이겠다. 작가가 〈사씨남정기〉를 김익훈이 지었다고 오해한 이유는, 김만중(1637~1692)과 비슷한 시기를 산 김익훈(金益勳, 1619~1689)을 혼동했기 때문이다. 더욱이 김익훈은 김장생(金長生)의 손자요, 김만중은 증손자로 같은 집안이다. 김만중에게 김익훈은 5촌 당숙이 되는 이다.

이와 달리 가사가 소설로 나아간 작품도 있으니 〈괴똥전〉, 〈노처녀가〉, 〈추풍감별곡〉, 〈부용상사곡〉 등이 그러하다. 아쉬우니 〈노처녀가(老處女歌)〉라는 작자 미상의 가사가 소설로 된 〈꼭두각시전〉만 보자. 〈꼭두각시전〉에는 가사의 소설화라는 조선 후기의 문학사적 현상이 그대로 드러난다.

〈노처녀가〉는 부모가 좋은 혼처를 가리는 바람에 나이 40이 넘도록 혼인을 하지 못한 노처녀의 비애를 노래한 작품이다. 노처녀가 혼인을 하지 못한 이유는 가난한 집안의 처지도 있지만 사대부가의 체면 때문이었다. 그러나 노처녀는 자신의 신세를 체념하거나 순응하지 않고, 오히려 몰락 사족인 부모의 무능과 허위를 통박하고 항변한다.

이 가사가 유통 과정에서 소설화된 것이 〈꼭두각시전〉이다. 1848년(헌종 14)에 나온 작자 미상의 한글 소설집 《삼설기》 소재 〈노처녀가〉와 구활자본으로 간행된 〈노처녀고독각씨전〉 등이 바로 소설화된 작품이다. 소설화된 〈꼭두각시전〉은 병 때문에 나이 40이 되도록 시집을 못 간 노처녀가 슬픈 노래를 부르며 지내다가 이웃집 도령과 혼인하여 그 후에는 병도 낫고 아들까지 낳아서 이 아들이 성장하여 영웅이 된다는 내용이다. 누군가 〈노처녀가〉라는 가사를 읽고 노처녀의 행복을 찾아주려 소설화한 것이니, 이래저래 우리 고소설은 이렇듯 서민의 삶과 함께하였음을 알 수 있다.

11 굿·탈춤이 된 고소설

"그래 요 천왕굿을 인자 했으니, 요 뒤에는 천왕곤반, 춘향이 또 오라배 찾는 굿이 올시데이."

굿이란, 무당이 음식을 차려 놓고 노래를 하고 춤을 추며 귀신에게 인간의 길흉화복을 조절하여 달라고 비는 의식임을 모두 알 터이니 이에 대한 설명은 생략하고 바로 작품을 보자. 위의 인용문은 천왕굿을 연행한 무당이 다음 순서인 '원님놀이'를 관중에게 소개하는 말이다. '원님놀이'는 지역에 따라 '원님놀이굿', '고딕놀이굿' 등으로 불리는데 이곳에 '춘향'이라는 명칭이 보인다. 굿이 된 고소설은 〈춘향전〉 외에도 〈심청전〉, 〈홍부전〉과 군담 소설 등에서 찾을 수 있다. 우리나라 무신이 270여 종인 점으로 미루어 이 정도라면 고소설의 기여가 적지 않다. 특히 〈유충렬전〉의 충렬신, 〈임경업전〉의 임경업장군신과 백마장군신, 〈삼국지연의〉의 관공신, 장장군신, 조장군신 등은 '장군신 계열'의 대종을 형성한다.

지금도 널리 쓰이는 속담에 '굿이나 보고 떡이나 먹지', '굿해 먹은 집 같다'가 있다. 앞은 '남의 일에 쓸데없는 간섭하지 말고 되어 가는 형편을 보고 있다가 이익이나 얻도록 하라'는 말이요, 뒤는 '한참 법석이던 일이 있은 뒤 갑자기 고요해짐을 비유적으로 이르는 말'이다. 이외도 굿에 대한 속담은 '굿판을 벌이다', '굿 보고 떡 먹기', '굿 구경 간 어미 기다리듯' 등 20여 개가 넘어 우리네의 삶과 친연성을 유감없이 드러낸다.

〈춘향전〉이 굿으로 된 제주도의 '덕담 소리'부터 보자. '덕담 소리'는 굿을 할 때 부르는 '굿의식요'다. 여덟 마디 안팎의 큰악절이 변형 반복되고, 박자는 8분의 6박자와 8분의 9박자의 변형을 이룬다. 가창은 한 사람이 독창 형태로 부르며, 장구와 북반주를 하는 악사들이 다양한 형태의 추임새를 넣는다. 제주도에서는 이를 '군웅덕담풀이'라 하는데 '긴 서우젯 소리'나 '자진 서우젯 소리', '성주 소리' 등이 여기에 해당된다.

'덕담 소리'는 외부로부터 들어오는 액을 막아 주는 무신(武神)인 군웅(軍雄)을 즐겁게 해줌으로써 인간에게 해가 가지 않도록 기원하는 의미가 포함되어 있는 소리 무가의 사설이다. '덕담 소리'는 이 신(神)의 한 유형인 '군웅'들에게 신나게 놀아 보자는 내용을 근간으로 한다. 잠시 그 내용을 들여다보자.

오늘 오늘 오늘은 오늘이라/ 날도 좋아 오널이라
돌도 좋아 오널이요/ 내일 양석 어제 오널
성더레 예와 내 ᄎᆞ지요/ ᄒᆞ루 산도 쉬고 넘자 구름산도 쉬고 넘저
앞마당에 남ᄉᆞ당 놀고/ 뒷마당에 여ᄉᆞ당이 논다
월매 딸 춘향이는/ 이도령 품에서 좀 들었구나
명사십리 해당화야/ 꽂이 나고 너는 설워마라
너는 멩년 춘삼월 근당 허면/ 죽었던 잎도 솟아나고
강남 갔던 제비새도/ 삼월삼진되면 옛집도 촟아오고
나곡 단풍 제갈량도/ 흔번 죽어지면 그만이여

우리나라 영웅열서 왕의 손도/ 훈번 죽어지면 그만이고●

본문에 "월매 쏠 춘향이는/ 이 도령 품에서 줌 들었구나"라는 부분이 뚜렷이 보이고 '제갈량'의 이름도 찾을 수 있다.

〈심청전〉은 아예 '심청굿'이 따로 있다. 불리는 지역은 강원도로 동해안 지역이다. 내용은 어부들의 눈총을 맑게 하고 안질을 예방하려는 목적이란다. 〈심청전〉에서 심청이 인당수에 빠졌지만 살아나고, 심 봉사가 눈을 뜨는 '개안 모티프'를 차용한 굿이라는 점이 흥미롭다.

'심청굿'은 판소리 〈심청가〉와 유사한 내용의 무가를 장구 반주에 맞추어 무녀가 혼자서 부르는 방식으로 진행되는데, 적어도 세 시간 이상 걸리는 큰굿으로 숙련된 무녀만이 할 수 있다. 무녀는 창과 아니리, 춤을 섞어서 구연하고, 장구재비는 간간이 추임새를 넣어 주고 대화를 받아 주기도 한다.

'심청굿'은 판소리 〈심청가〉와 내용이 거의 일치하는데 시기적으로 선후를 가리기는 어렵다. 잠시 '심청굿'의 짜임을 보면, 효녀 심청이 어려서 어머니 곽 씨 부인을 잃고 심 봉사의 정성으로 성장하는 과정, 후에 심 봉사의 눈을 뜨게 하기 위해 심청이 인당수에 몸을 던지는 장면, 용궁에 들어가 어머니 곽 씨 부인을 만난 후 세상에 다시 나와 황후가 되는 장면, 심청이 장님 잔치를 열어 마침내 심 봉사와 만나고 딸을 보고 싶은 마음에 눈을 뜨는 장면, 그와 동시에 잔치에 모인 모든 장님들이 한꺼번에 눈 뜨는 장면 등으로 구성되어 있다. 〈심청전〉과 내용이 정확히 일치함을 알 수 있다.

재미있는 것은 무녀가 장구 반주에 맞추어 〈심청가〉를 부르고 난 뒤,

● 디지털제주시문화대전 홈페이지 http://jeju.grandculture.net/

"단수친다"고 하여 선주들에게 쌀점〔米占〕을 쳐주거나 상당히 외설스럽고 재미있는 촌극 장님놀이를 한다. 장님놀이는 심 봉사가 장님 잔치에 참가하려고 황성 가는 길에 만난 각득(댁) 아주머니와 외설스러운 가사의 〈방아타령〉을 부르는 내용, 심 봉사가 약물을 바르고 눈을 뜨는 장면, 굿에 온 사람들을 대상으로 무녀가 점치는 내용으로 되어 있다.

이때 사람들은 손대에 달린 종이에 돈을 매단 후 눈을 닦는다. 종이로 눈을 닦으면 눈이 밝아진다고 믿어 특히 노인들이 이 굿에 많이 참가한다.

또한 제주도의 '삼공 본풀이'라는 무가는 거지 잔치를 열어 부모와 상봉하고 부모가 눈을 뜬다는 부분이 있어 〈심청전〉의 결말과 유사하고 '이공 본풀이'는 〈안락국태자전〉과 일맥상통한다. 즉 '이공 본풀이'의 사건 진행은 〈안락국전〉(《안락국태자전》)의 서사 구조 틀을 그대로 유지하면서 무속적 삽화를 일부 삽입하여 무가화한 것이다.

판소리 〈흥부가〉와 〈심청가〉에 '노정기'라는 무극이 보인다. '노정기(路程記)'란 여행할 길의 경로와 거리를 적은 기록이란 뜻으로 주인공의 공간적 이동이 필요한 단락에 등장한다. 〈흥부가〉의 '돈타령'은 무극의 '배지 보기'라는 삽입 가요에 그대로 나타난다. '배지 보기'는 무당이 별비(別備)를 받기 위해 부르는 노래이다.

이외에도 〈당태종전〉과 '세민황제 본풀이', 〈양산백전〉과 '세경 본풀이', 〈콩쥐팥쥐전〉과 '허웅애기 본풀이', 〈유충렬전〉과 '충렬굿', 〈숙향전〉과 '바리 공주', 〈춘향전〉과 '성주풀이', 〈양풍운전〉과 '칠성 본풀이' 〈변강쇠전〉에서 기생이 부르는 "어라만수 저라만수 넋이야 넋이로다"라는 성주풀이 등은 고소설과 굿이 넘나듦을 알려 주는 자료들이다.

굿은 아니지만 고소설에서 특이하게 상두 소리가 보이는 경우가 있어 잠시만 지면을 베어 준 다음 탈춤이 된 고소설을 살펴보자. 굿이나 상두 소리나 민중의 의식요란 점에서는 동일하다. 상두 소리가 보이는 소설은 바로 〈배비장전〉, 〈심청전〉, 〈춘향전〉(일사본) 등이다. 특히 〈배비장전〉은 〈이별가〉, 〈새타령〉, 〈만가〉 등의 노래가 풍요롭게 보인다. 만가(輓歌)란 사람이 죽어 행여 나갈 때 부르는 '상여가'로 〈배비장전〉의 희극성을 한층 돋운다. 신재효가 창작한 것으로 보이는 〈오섬가(烏蟾歌)〉에는 이 애랑과 정 비장의 이별 장면이 자세히 묘사되어 있다. 역시 위처럼 이해를 돕기 위해 상두 소리 앞뒤로 한 문장씩을 그대로 넣는다.

(방자가) 문을 열며 썩 나서며,

위 너머차 너호. 어와, 원산(遠山)에 안개 돌고 근촌(近村)에 닭이 운다.

위 너머차 너호. 양곡(兩谷)에 젖은 안개 월봉(月峰)으로 돌아든다.

위 너머차 너호. 어촌에 개는 짖고 회안봉(回雁峰)에 구름 떴다.

동방을 바라보니 명성일점(明星一點) 샛별뜨고 벽해천리(碧海千里) 그늘진다.

고고천변(高高天邊) 일륜홍(一輪紅)은 부상(扶桑)에 둥실 높이 떴다.

위 너머차 너호. 어와, 이 궤를 져다 저 물에 들이칠까?

이처럼 지고 가며 소리하니, 어디서 한 사내가 나서며 하는 말이,

"게, 네 진 것이 무엇이냐?"●

상두 소리는 지방에 따라 상엿소리, 매김소리, 향두가(香頭歌), 향도가(香徒歌)라 하기도 하고 학문적으로는 만가(輓歌), 의식요(儀式謠)라 칭하기도 한다. 상두 소리는 죽은 자의 천도와 명복을 빌고, 남은 자들에게는 악을 멀리하고 복을 부르는 구전 민요다. 상두 소리는 부르는 자의 기억력과 입담에 의존하기에 각 지방마다, 또 부르는 자마다 다르다.

위는 기생 애랑의 꾐에 빠져 궤에 갇혀 있는 배 비장에게 엄포를 주려

● 정병욱 교주, 〈배비장전〉, 《배비장전, 옹고집전》, 신구문화사, 1974, 87쪽.

고 애랑의 남편으로 변장한 방자가 능청맞게 부르는 상두 소리다. 〈배비장전〉의 내용은 이미 독자들도 알 터이니 서너 줄로 생략한다.

〈배비장전〉은 돈으로 벼슬을 산 배 비장이 제주 관아에서 겪는 여러 사건과 기생 애랑에게 빠져 망신당한다는 줄거리다. 〈배비장전〉은 판소리 사설이 기록, 소설화된 것이기 때문에 여러 곳에서 판소리 사설의 흔적을 찾아볼 수 있으며 삽입 가요도 발견된다. 이 작품에 등장하는 기생 애랑과 방자는 배 비장의 위선을 폭로하고 파괴시키는 인물이다. 한낱 기생으로만 여겼던 애랑과 하인인 방자에게 속아 이빨도 빼주고 궤에 갇혀 상두 소리나 듣는 배 비장에게서 조선 후기 위선적인 하층 지배층의 일그러진 모습을 찾을 수 있다.

탈춤이 된 고소설도 있으니 〈심청전〉, 〈숙영낭자전〉, 〈춘향전〉이 그것이다. 딱히 장을 마련할 수 없어 이 장에 부기한다. 아래는 임석재가 채록한 '봉산탈춤' 7장의 일부다. 심청·숙영낭자·이 도령과 춘향이 차례로 보인다.

> 거 누구라 날 찾나. 날 찾을 일이 없건마는 거 누구라 날 찾나.
> 임당수 심낭자가 날 찾나. 소상반죽 물들이던 아황·여황이 날 찾나.
> 반도회 요지연에 서왕모가 날 찾나.
> 섬돌 위에 옥비녀가 꽂히었든 숙영낭자가 날 찾나.
> 이도령 일거후에 수절하던 춘향이가 날 찾나. 거 누구라 날 찾나.•

이외에도 〈구운몽〉이 탈춤에 보이니, 역시 임석재가 채록한 '봉산탈춤'에는 "천하명산 오악지중에 춘산이 높았으니 서산 대사 출입후에 상좌중

• 임석재 채록, 심우성 편저, '봉산탈춤', 《한국의 민속극》, 창작과비평, 1975, 243쪽.

능통자로 용궁에 출입드니 석교상 봄바람에 팔선녀 노던죄로 적하인간 하직하고 대사당 돌아들때 요조숙녀는 좌우로 벌여있고 남양(난양) 공주 진채봉이 세운같은 계섬월과 심요연·백능파와 이세상 시일토록 노니다가 서산에 일모하여 귀가하여 돌아오던 차에……"라는 대목이 있다. 또 '강령탈춤' 제7과장에는 "육자(六字)한자 들고봐라. 육환(육관)대사 성진이 석교상 좁은 길에 팔선녀를 희롱하고……"라는 구절도 보인다.

소설을 쓴다는 것은 스트립쇼와 비슷한 의식이다. 스트립걸이 음탕한 조명 밑에서 옷을 벗어 던지며 자신의 감추어진 매력들을 하나하나 보여 주는 것처럼, 소설가도 작품을 통해 공공연하게 자신의 은밀한 부분들을 발가벗는다. 물론 둘 사이에는 차이점이 있다. 스트립쇼에서는 무희가 옷을 입고 등장하여 발가벗는 것으로 끝나지만, 소설의 경우에는 그것의 전위된 행동이다. 즉, 소설가는 옷을 반쯤 벗고 시작해서 마지막에 가서는 다시 옷을 입는다.

페루 소설가 마리오 바르가스 요사(Mario Vargas Llosa)의 《픽션에 숨겨진 이야기》에 나오는 말이다. 소설의 마지막 장을 덮을 때, 혹은 소설을 읽다가 우리는 종종 제목을 다시 보거나 앞 장으로 손을 옮기곤 한다. 작가는 심술궂게도 독자에게 이야기를 하지만, 은밀하게 숨기는 그 무엇이 있다.

글은 빙산과도 같아서 밑에 숨어 있는 의미를 파악하는 것이 무엇보다 중요하다. 우리는 이따금, 문장 전체의 의미를 파악하지 아니하고 글자가 표현하는 뜻만을 이해하며 읽고 말의 향연으로만 해석하려 드는 독서자들을 본다. 글을 읽을 때 문장 전체의 의미를 파악하지 않고 글자가 표현하는 뜻만을 이해하며 읽는 '색독(色讀)'은 음탕한 조명 밑에서 옷을 벗어 던지며 야릇한 추파를 던지는 스트립쇼와 같다. 영판 책을 잘못 읽는 것이다. 문자의 표면만 엉금거리다가는 작가의 욕망이 빚은 소설의 육체,

즉 언어의 은유성을 보지 못한다. 의재필선(意在必先), 즉 '글을 쓰기 전에 먼저 뜻이다'는 의미이다. 숙주는 바로 작가의 '뜻', '욕망'의 조각들임을 잊지 말아야 한다. 작가의 욕망 읽기. 그 수수께끼를 찾는 것은 그래서 중요하다. 문자의 층위 속에 감춰진 '소설적 진실'을 찾기 위해 독자는 필연적으로 일상성에서 벗어나 작가와 만남을 꾀하는 것이 바람직하다.

글은 체독(體讀)해야 한다. '체독'이란 글을 읽을 때 글자에 표현되어 있는 것 이상으로 그 참뜻을 체득하여 읽는다는 의미다. 그래야만 문제의식을 갖고 독서를 하고, 그러한 마음가짐이라야만 글쓴이의 마음을 따라잡을 수 있다.

'십분심사일분어(十分心思一分語)'라는 성구도 있다. 마음에 품은 뜻은 많으나 말로는 그 10분의 1밖에 표현 못한다는 의미다. 이와 같이 소설을 쓴 이들은 결코 속내를 다 적어 놓지 않았다.

《채근담》〈후집〉에 있는 이런 말은 잘 새겨들을 만하다.

> 사람들은 글자가 있는 책은 읽을 줄 알아도, 글자가 없는 책은 읽을 줄 모르며, 줄이 있는 거문고는 탈 줄 알아도 줄이 없는 거문고는 탈 줄 모르니 형체에만 집착할 뿐 정신을 활용하지 못한 때문이다. 어찌 거문고와 책의 참맛을 알 수 있겠는가(人解讀有字書 不解讀無字書 知彈有絃琴 不知彈無絃琴 以跡用 不以神用 何以得琴書之趣).

이 책은 '저 시절 니야기의 이야기'를 해보고 싶었다. 소설로 친친 동여맨 실타래를 풀어 '고소설의 진실'이란 꾸리를 보았으면 좋으련마는 내 깜냥으론 어림도 없음을 다시금 고백하지 않을 수 없다. '사시(斜視)로는 외쪽 송사밖에 안 된다'는 글발이 섬뜩하다. 끝으로 인색한 깜냥에 적공 또한 군색한 처지다. 부처님 살찌우고 안 찌우고는 석수장이 손에 달렸다던

데. 선인의 문헌을 서투른 눈으로 얼레빗질한 듯하여 여간 속이 닳는 게 아니다. 하기야 애당초 큰 판을 벌일 요량으로 시작한 배움도 아니었기에, 그저 보태고 덜 것도 없이 모자란 대로 내놓는다. 그래도 혹 보는 이가 있어, 술명한 글줄 한 자락이라도 만났으면 하는 바람이다.

〈춘향전〉(필사본) '후언'에 나오는 말로 글을 마친다.

"책 보는 법이 책을 다 보앗스면 무슨 감상이 이서야만 인간이라 하는데 여러분 이 책을 보고 감상이 엇더하오."

2010년 8월

간호윤 서

참고 문헌

한 마당

간호윤, 《한국고소설비평용어사전》, 경인문화사, 2007.
권순긍, 〈1910년대 활자본고소설연구〉, 성균관대학교 박사 논문, 1990.
김영민 외, 《근대계몽기 단형 서사문학 자료전집》 상·하, 소명출판, 2003.
김용직, 《김태준평전》, 일지사, 1970.
김태준, 《고전소설연구》, 일지사, 1993.
김흥규, 〈신재효 개작 춘향가의 판소리 사적 위치〉, 《한국고전소설연구》, 새문사, 1983.
박영희, 〈장편가문소설의 향유집단 연구〉, 《문학과 사회집단》, 집문당, 1995.
박재연, 〈조선시대 중국 통속소설 번역본의 연구〉, 한국외국어대학교 박사 논문, 1993.
심경호, 《국문학연구와 문헌학》, 태학사, 2002.
신규호 역, 가와바타 야스나리 저, 《소설의 구성》, 건국대학교출판부, 2000.
유탁일, 《한국문헌학연구》, 아세아문화사, 1989.
______, 《한국고소설비평자료집성》, 아세아문화사, 1994.
______, 〈일본인 간행 한글 활자본 '최충전'고〉, 《한국고소설의 재조명》 제1집, 아세아문화사, 1992.
이능우, 《고소설연구》, 이우출판사, 1980.
이민희, 《조선을 훔친 책들》, 글항아리, 2008.
이상택 외, 《한국고전소설의 세계》, 돌베개, 2005.
이옥 저, 심경호 옮김, 《선생, 세상의 그물을 조심하시오》, 태학사, 2001.
이윤석 외, 《세책고소설연구》, 혜안, 2003.
이주영, 《구활자본 고전소설연구》, 월인, 1998.
이중연, 《고서점의 문화사》, 혜안, 2007.
정병설, 〈18, 19세기 일본인의 조선소설 공부와 조선관 — 최충전과 임경업전을 중심으로〉, 《한국문화》 제35집, 2005.

조희웅, 송원효준, 〈'숙향전' 형성연대 재고〉, 《고전문학연구》 12집, 1997.
한원영, 《한국개화기 신문연재소설 연구》, 일지사, 1990.
허　균, 《사찰장식 그 빛나는 상징의 세계》, 돌베개, 2000.
______, 《국역 성소부부고》 4, 민족문화추진회, 1967.
성보문화재단, 《한국의 사찰벽화》, 문화재청, 2008.

두 마당

간호윤, 《한국고소설비평연구》, 경인문화사, 2002.
______, 《억눌려 온 자들의 존재증명》, 이회, 2004.
______, 《개를 키우지 마라 — 연암 소설 산책》, 경인문화사, 2005.
김남기, 〈이건의 생애와 '제소설시'에 나타난 소설관 고찰〉, 《한국한시연구》, 태학사, 1996.
김병국·최재남·정운채 역, 《서포연보》, 서울대학교출판부, 1992.
김현주 외, 《적벽가》, 박이정, 1998.
민영대, 《조위한과 최척전》, 아세아문화사, 1993.
박종채 저, 박희병 옮김, 《나의 아버지 박지원》, 돌베개, 1998.
정규복 외, 《김만중 문학연구》, 국학자료원, 1993.

세 마당

권혁래, 《조선후기역사소설의 성격》, 박이정, 2000.
김기현, 《한국문학의 연구》, 수문서관, 1995.
서대석, 《군담소설의 구조와 배경》, 이화여자대학교출판부, 1985.
소재영, 《고소설통론》, 이우출판사, 1983.
송강호, 〈박태원 '삼국지'의 판본과 번역연구〉, 《구보학보》 5집, 이우출판사, 2009.
이병기·백철, 《국문학전사》, 신구문화사, 1957.
정학성, 〈화사론〉, 《한국한문학연구》, 1981.
최원식, 《한국 근대소설사론》, 창작과비평사, 1986.
최호석, 《옥린몽의 작가와 작품세계》, 다운샘, 2004.
황패강, 〈원생몽유록과 임제문학〉, 《한국서사문학연구》, 단국대학교출판부, 1972.
가회박물관, 《무속도, 토속신앙의 원형을 찾아서》, 가회박물관출판부, 2004.
한국소설학회 편, 《한국고소설과 섹슈얼리티》, 보고사, 2009.

네 마당

강명관, 《조선의 뒷골목 풍경》, 푸른역사, 2003.
김창진, 〈흥부전 발상지의 문헌학적 고증〉, 《고소설 연구》 1, 한국고소설학회, 1995.

박성의, 《한국문학배경연구》 상·하, 이우출판사, 1980.
우쾌제, 《한국가정소설연구》, 고려대학교 민족문화연구소, 1988.
이복규, 《설공찬전연구》, 박이정, 2003.
정주동, 《고대소설론》, 형설출판사, 1966.

다섯 마당

간호윤, 《고전서사의 문헌학적 탐구와 현대적 변용》, 박이정, 2008.
권혁래, 《조선후기역사소설의 탐구》, 월인, 2001.
김광언, 《한국의 민속놀이》, 인하대학교출판부, 1982.
김미란, 《고소설과 변신》, 정음문화사, 1984.
김선풍 편, 《한국민요자료총서》 1-8권, 계명문화사, 1991.
김일렬, 《숙영낭자전연구》, 역락, 1999.
김헌선, 〈서사무가와 고소설의 관련양상 재론〉, 《고소설사의 제문제》, 집문당, 1993.
박용식 역주, 《한국고전문학전집》 6, 고려대학교 민족문화연구소, 1995.
서대석·최정여, 《동해안무가》, 형설출판사, 1982.
서영숙, 《조선후기가사의 모색》, 역락, 2003.
윤광봉, 《한국연희시연구》, 박이정, 1997.
이균옥, 《동해안지역 무극 연극》, 박이정, 1998.
이수봉, 〈여선담전 외 작품 해제 및 원문〉, 《고소설연구》 10집, 월인, 1998.
장덕순 외, 《구비문학개설》, 일조각, 1973.
정병설, 〈구운몽도연구〉, 《한국고전문학연구》 30집, 2006.
조영배, 《북제주군 민요채보연구》, 도서출판 예솔, 2002.
조용호, 《남가록》, 박이정, 2008.
최철·설성경 편, 《설화 소설의 연구》, 정음사, 1984.
문화재관리국, 《한국민속종합조사보고서 — 전라남도 편, 충청남도 편》, 1971, 1975.

고소설 번역 및 원문(해제) 관계 자료

강만구 역, 《국역 송남잡지》 9-10, 소명출판, 2008.
김광순 편, 《한국 고전소설전집》 1-4차, 1994.
김동욱 편, 《영인고소설판각본전집》 1-3, 연세대 인문과학연구소, 1973.
김경미·조혜란 역, 《절화기담 포의교집》, 여이연, 2003.
김기동 저, 《한국고전소설연구》, 교학사, 1981.
박태원 역, 〈수호지〉, 깊은샘, 1990.
양언석 역, 《한국한문소설의 작품연구》, 국학자료원, 1997.

임명덕 편, 《한국한문소설전집》, 중국문화학원출판부, 1980.

정량완, 《일본 동양문고본 고전소설 해제》, 국학자료원, 1994.

정병욱·이태극·이응백·조두현 편, 《한국고전문학전집》 1-11, 서영출판사, 1978.

정학성 역, 《역주 17세기 한문소설집》, 삼경문화사, 2000.

《고소설해제: 이명선 구장본을 중심으로》, 국립중앙박물관, 2007.

《구활자소설총서: 고전소설》, 민족문화사, 1983.

《명주보월빙》 1-10, 고려서림, 1986.

《북한고전문학총서》 1-20, 태학사, 1994.

《장서각고소설해제》, 한국정신문화연구원, 1999.

《조선고전문학전집》, 문예출판사(평양), 1991[《고전소설해제》한국문화사(1994)에서 영인].

이화여자대학교 한국어문학연구회 교주, 《영인 교주 한국고대소설총서》 1-4, 이화여자대학교출판부, 1972~1975.

인천대학민족문화연구자료총서간행위원회 편, 《구활자본고소설전집》 1-17, 국제아카데미, 2002.

조선문학창작사 고전문학실, 《고전소설해제》, 문예출판사(평양), 1987[《북한고전문학총서》 22권으로 태학사(1994)에서 영인].

필자 소장의 〈구운몽〉(간소저본), 〈마두영전〉, 수진본(袖珍本) 〈상사동기〉(〈김생전〉), 〈슉향전〉

사전류 및 홈페이지

국립국어연구원, 《표준 국어대사전》

《왜어유해》 VII, 한국고전간행회, 1978.

조희웅, 《고전소설 이본목록》, 집문당, 1999.

______, 《고전소설 문헌정보》, 집문당, 2000.

______, 《고전소설 줄거리 집성》 1·2, 집문당, 2002.

______, 《고전소설연구보정》 상·하, 2006.

한국정신문화연구원 편, 《한국민족문화대백과사전》

한국학회, 《우리말 큰사전》

W.E.Skillend, 《고대소설: Kodae Sosol: A Survey of Korean Traditional Style Popular Novels》, London: School of Oriental and African Studies, 1968.

국립중앙도서관 http://www.nl.go.kr/

《국역조선왕조실록》 http://sillok.history.go.kr/

문화재청 http://www.cha.go.kr/

서울대학교규장각 한국학연구원 http://e-kyujanggak.snu.ac.kr/

이복규 교수 홈페이지 http://www.bok4u.com/

한국고전번역원 http://www.itkc.or.kr/

자료 제공 및 도움말

고창판소리박물관, 국립고궁박물관, 국립중앙박물관, 가회박물관, 단국대 석주선기념박물관, 독립 기념관, 서울대규장각, 서울대학교박물관, 서울역사박물관, 전주역사박물관, 조선민화박물관, 강원대출판부, 극단 신기루만화경, 민속원, (주)영화사 비단길, 태원엔터테인먼트, 서포기념사업회, 무량사, 일지사, 정규헌 옹(전기수), 이종수·허상호(성보문화재연구원), 허호구(한학자)

기타 참고 문헌

(1) 참고 문헌 자료

간호윤, 《마두영전연구》, 경인문화사, 2003.

_____, 《주싱뎐 위싱뎐의 자료와 해석》, 박이정, 2008.

기대승, 《고봉전집》, 성균관대 대동문화연구원, 1985.

김 려, 《담정총서》.

김소행 원작, 최창록 역해, 《삼한습유》, 태학사, 1998.

김시습, 《국역 매월당집》 1-5, 한국고전번역원, 1977-1980.

_____, 〈제전등신화후〉, 《매월당문집》(하), 계명문화사, 1987.

_____, 이가원 역주, 《금오신화》, 통문관, 1959.

김안로, 〈용천담적기〉, 《희락당고》(하), 건국대출판부, 1974.

김이양, 〈언패설〉, 《김이양문집》, 국립도서관소장본.

김인후, 〈차금오신화어윤례원〉, 《하서집》 권7, 한국문집총간 33, 민족문화추진회.

김일근 편교, 《명황계감언해》, 박이정, 1998.

김일근 편교, 《태평광기언해》 1·2·3, 박이정, 1998.

김춘택, 《북헌잡설》.

박재연·정규복 교주, 《제일기언》, 국학자료원, 2001.

반초십필장긍직심 저, 성현경 외 역주, 《광한루기 역주연구》, 박이정, 1997.

_______________ 저, 수산 광한루기(춘향전), 남원군청본.

서거정 저, 이래종 역주, 《태평한화골계전》, 태학사, 1998.

_____, '태평한화골계전서', 《한국고전비평론자료집》, 계명문화사, 1998.

_____, 《속동문선》 8, 협성문화사, 1985.

_____, 《서사가전집》, 오성사, 1980.

성 현, 《용재총화》, 《국역대동야승》, 민족문화추진회, 1973.

_____, '촌중비어 서', 《허백당집, 습유》 권7, 한국문집총간 14, 민족문화추진회.

신광한 저, 박헌순 역, 《기재기이》, 범우문고, 1990.

신 위, 《경수당집》.

신채호, 〈근년국지소설저자의 결의〉, 대한매일신보, 1908.

안정복, 《순암전집》, 여강출판사, 1984.

어숙권, 《패관잡기》, 국역대동야승, 민족문화추진회, 1973.

유몽인, 《어우야담》, 한국문헌설화전집 6, 태학사, 1984.

유탁일 편, 《한국고소설비평자료집성》, 아세아문화사, 1994.

이가원 편, 《이가원전집》 22, 정음사, 1986.

이 건, 《규창유고》 권3, 한국문집총간 122, 민족문화추진회.

이규경, 〈구운몽〉, 〈남정기〉, 《오주연문장전산고》, 명문당, 1982.

이만수, 〈서상기〉, 〈수호전〉, 《임하필기》.

이복규, 《초기국문 국문본소설》, 박이정, 1998.

이수광, 《지봉유설》 전, 경인문화사, 1970.

이 식, 《택당별집》 권15, 경문사, 1982.

이양오, 〈구운몽〉, 〈사씨남정기〉, 《반계초고》.

이용휴, 〈수호전〉, 《혜환잡저》, 민족문화추진회, 1982.

이우준, 《몽유야담 하》, 한국정신문화연구원소장본.

이이순, '일락정기서', 《필사본 고전소설전집》 5, 아세아문화사, 1980.

이 익, 〈수호전〉, 《성호사설》 Ⅳ, 민족문화추진회, 1982.

이제현, '역옹패설 전집서', 《역옹패설》, 국립중앙도서관본.

이학규, 〈삼국연의〉, 《낙하생고》.

임명덕 편, 〈한당유사〉, 《한국한문소설전집》, 중국문화학원출판부, 1980.

정 조, 《홍재전서》, 태학사, 1986.

정태운, 《정태운전집》 1, 고전소설자료총서 1집, 태학사, 1998.

정태제·김광순 역, '천군연의서', 《천군연의》, 형설출판사, 1982.

조수삼, 《추재집》, 민족문화추진회, 2001.

조정위, 〈졸수재행장〉, 《졸수재집》 권12, 한국문집총간 147, 민족문화추진회, 1995.

채수 저, 이복규 편저, 《설공찬전》, 시인사, 1997.

채제공, '여사서서', 〈패설〉, 《번암선생문집》 권33, 장4.

홍만종, 〈서유기〉, 〈수호전〉, 《홍만종전집상》, 태학사, 1980.

홍석주, '홍씨독서록 자서', 《연천전서》 6, 오성사, 1984.

무악고소설자료연구회, 《한국고소설관련자료집》 II, 이회, 2005.

《고금소총》, 민속원, 1988.

《국역성호새설》, 민족문화추진회, 1982.

《국역연려실기술》, 민족문화추진회, 1968.
《국역청장관전서》, 민족문화추진회, 1978.
《석로유고》, 국립중앙도서관본.
《한국고전비평론자료집》, 계명문화사, 1988.
《한국문집총간》 13, 14, 15, 21, 30, 33, 122, 147, 172, 민족문화추진회.
《한국문헌설화전집》 1-7, 태학사, 1984.
《시가요곡》, 《국악원본 가곡원류》, 《화원악보》, 《주씨본 해동가요》, 《규산문고》.

(2) 참고 논저

간호윤, 〈광한루기의 소설비평론연구〉, 《고소설 연구》 14집, 고소설학회, 월인, 1999.
______, 〈'흠영'의 소설비평연구〉, 《어문연구》 111호, 2001.
강명관, 《조선시대 문학예술의 생성공간》, 소명출판, 1999.
강재철, 〈권선징악 이론의 전통과 고전소설〉, 인하대 박사 논문, 1993.
고미숙, 《17세기 장편소설 연구》, 월인, 1999.
고정옥, 《조선민요연구》, 수선사, 1948.
고정희, 〈소설 수용 시조의 장르 변동 양상과 그 사회적 맥락〉, 《장르교섭과 고전시가》, 월인, 1999.
권순종, 《한국희곡의 지속과 변화》, 중문, 1991.
권혁래, 〈조선조 한문소설 국역본의 존재 양상과 번역문학적 성격에 대한 시론〉, 《동양학》 제36집, 단국대학교 동양학연구소. 2004.
김경미, 《소설의 매혹》, 월인, 2003.
김광순, 《한국 의인소설 연구》, 새문사, 1987.
김균태, 〈이옥의 문학이론과 작품세계연구〉, 서울대 박사 논문, 1986.
김동욱, 〈춘향전이본고〉, 《중앙대 30주년 기념 논문집》, 중앙대학교, 1955.
김병국 외, 《춘향전 어떻게 읽을 것인가》, 박이정, 1993.
김상홍, 〈고전소설과 문체반정〉, 《고전소설 연구》, 화경고전문학연구회 편, 일지사, 1993.
김　영, 《조선후기 한문학의 사회적 의미》, 집문당, 1993.
김재용, 《계모형고소설의 시학》, 집문당, 1996.
김종철, 〈옥수기연구〉, 서울대 석사 논문, 1985.
______, 〈서사문학사에서 본 소설의 성립 문제〉, 《이수봉선생회갑기념고소설연구논총》, 1988.
김준영·이월영 공저, 《고소설론》, 월인, 2000.
김진영, 《고전소설과 예술》, 박이정, 1999.
김창룡, 《가전문학의 이론》, 박이정, 2001.
김풍기, 〈수산 광한루기의 평비에 나타난 비평의식〉, 《어문론집》 31, 고려대 국어국문학회,

1992.
김학주,《조선시대 간행 중국문학 관계서연구》, 서울대학교출판부, 2000.
김혈조,〈연암체의 성립과 정조의 문체반정〉,《고전비평연구》 2(국어국문학회 편), 태학사, 1998.
대곡삼번,《조선후기소설독자연구》, 고대민족문화연구소, 1985.
민관동,《중국고전소설비평자료 총고》, 학고방, 2003.
박대복,《고소설과 민간신앙》, 계명문화사, 1995.
박일용,《조선시대의 애정소설》, 집문당, 1993.
박태상,《조선조애정소설연구》, 태학사, 1996.
박희병,《조선후기 전의 소설적 성향연구》, 성균관대 대동문화연구원, 1993.
사재동 편,《한국서사문학사의연구》 I-V, 중앙문화사, 1995.
______,《한국문학유통사의연구》 I-II, 중앙문화사, 1999.
설성경,《춘향예술의 역사적연구》, 연세대학교출판부, 2000.
성현경,《한국소설의 구조와 실상》, 영남대학교출판부, 1981.
소인호,《한국 전기소설사연구》, 집문당, 2005.
소재영,〈필사본 한문소설 화몽집에 대하여〉,《한국학연구》 2, 태학사, 2002.
손병국,〈한국고전소설에 미친 명대화본소설의 영향〉, 동국대 박사 논문, 1989.
송민호《한국개화기소설의 사적연구》, 일지사, 1975.
신병주 외,《고전소설 속 역사기행》, 돌베개, 2002.
안병국,《귀신설화집성》, 국학자료원, 2003.
안병렬,《한국가전연구》, 이우출판사, 1986.
양승민,《고전소설 문헌학의 전망》, 아세아문화사, 2008.
오춘택,〈한국고소설비평사연구〉, 고려대 박사 논문, 1990.
유종국,《몽유록소설연구》, 아세아문화사, 1987.
윤주필,《윤리의 서사화》, 국학자료원, 2004.
윤채근,《소설적 주체 그 탄생과 전변》, 월인, 1999.
유탁일,〈15·16세기 중국소설의 한국전입과 수용〉,《고전문학의 새 조명》(김현룡·박용식 편저), 박이정, 1996.
______,《한국고소설비평자료 집성》, 아세아문화사, 1994.
이강렬,《한국연극사》, 보건신문사, 1988.
이경선,《삼국지연의의 비교문학적연구》, 일지사, 1976.
이기대,〈19세기 한문장편소설연구〉, 고려대 박사 논문, 2003.
이 암,《조선문학사상사연구》, 국학자료원, 1994.
이재선,《한국개화기소설연구》, 일조각, 1972.
이헌홍,《한국 송사소설연구》, 삼지원, 1997.

이창헌, 《경판방각소설 판본연구》, 태학사, 2000.
임명덕, 〈한국한문소설의 배경연구〉, 서울대 박사 논문, 1983.
임철호, 《임진록연구》, 정음사, 1986.
임치균, 《조선조 대장편 소설연구》, 태학사, 1996.
임치균, 〈조선후기소설의 전개와 여성의 역할〉, 《한국서사문학사의연구》 V(사재동 편), 중앙문화사, 1995.
임형택, 《한국문학사의 시각》, 창작과비평사, 1984.
장경남, 《임진왜란의 문학적 형상화》, 아세아문화사, 2000.
장시광, 《한국고전소설과 여성인물》, 보고사, 2006.
장효현, 《한국고전소설사연구》, 고려대학교출판부, 2002.
정규복, 《한국문학과 중국문학》, 국학자료원, 2001.
정우봉, 〈조선 후기 소설론에 있어 구성의 문제〉, 《한국고소설사의 시각》, 국학자료원, 1996.
정종대, 《염정소설구조연구》, 계명문화사, 1990.
정출헌, 《고전소설사의 구도와 시각》, 소명출판사, 1999.
정하영, 《춘향전의 탐구》, 집문당, 2003.
조동일, 〈중국, 한국, 일본 '소설'의 개념〉, 《한국문화와 세계문화》, 지식산업사, 1991.
조성면, 《한국문학문화콘텐츠》, 소명, 2006.
조수학, 《한국의 탁전과 가전》, 영남대학교출판부, 1987.
조태영, 〈조선전기 문학관의 역동과 소설비평의 진전〉, 《고전문학연구》 26, 2004.
조혜란, 〈삼한습유연구〉, 이화여대 박사 논문, 1994.
천정환, 《근대의 책 읽기》, 푸른역사, 2003.
최기숙, 《17세기 장편소설 연구》, 월인, 1999.
최원식, 〈한국 비평의 과제〉, 《민족문학의 논리》, 창작과비평사, 1982.
최자경, 〈유만주의 소설관연구〉, 연세대 석사 논문, 2000.
황패강, 《조선왕조소설연구》, 단국대학교출판부, 1978.
고려대 민족문화연구원, 《동아시아 문학 속에서의 한국한문소설연구》, 월인, 2002.
국어국문학회 편, 《고소설연구》 1·2, 태학사, 1997.
국어국문학회 편, 《국문학연구총서》 5·8, 정음문화사, 1981.
민족문학사연구소 엮음, 《민족문학사 강좌》 상·하, 창작과비평사, 1995.
반교어문학회 편, 《고소설의 사적 전개와 문학적 지향》, 보고사, 2000.
사회과학원 문학연구소 지음, 《조선문학통사》 1, 이회문화사, 1996.
한국고소설연구회 편, 《한국고소설의 자료와 해석》, 아세아문화사, 2001.
한국고소설연구회 편, 《한국고소설의 조명》, 아세아문화사, 1990.
한국고소설연구회 편, 《춘향전의 종합적 고찰》, 아세아문화사, 1991.

한국고소설연구회 편,《고소설의 저작과 전파》, 아세아문화사, 1994.
한국고소설연구회 편,《고전소설 교육의 과제와 방향》, 월인, 2005.
한국고전문학연구회 편저,《고전소설연구의 방향》, 새문사, 1985.

(3) 참고 이론서 및 국외 서적

김광순,《한국고소설사와 논》, 새문사, 1990.
김동욱, 황패강,《한국고소설입문》, 개문사, 1985.
김일렬,《고전소설신론》, 새문사, 1991.
김춘택,《우리나라 고전소설사》, 한길사, 1993.
성현경,《한국 옛 소설론》, 새문사, 1995.
윤기한 옮김,《소설의 기법》, 문경출판사, 1996.
이강엽,《토의문학의 전통과 우리소설》, 태학사, 199.
이문규,《고전소설비평사론》, 새문사, 2002.
이상택·성현경 편,《한국고전소설연구》, 새문사, 1983.
이헌홍,《고전소설강론》, 세종출판사, 1999.
임성래,《조선후기의 대중소설》, 태학사, 1995.
정규복 외,《한국고소설연구》, 이우출판사, 1983.
정병설,《완월회맹연연구》, 태학사, 1998.
정요일,《한문학비평론》, 집문당, 1990.
정요일 외,《고전 비평용어연구》, 태학사, 1998.
조동일,《한국소설의 이론》, 지식산업사, 1977.
최운식,《한국고소설연구》, 보고사, 2001.
게오르크 루카치, 반성완 역,《소설의 이론》, 심설당, 1985.
______, 이영욱 옮김,《역사소설론》, 거름, 1987.
노드롭 프라이, 임철규역,《비평의 해부》, 한길사, 1982.
노　신·정범진 역,《중국소설사략》, 학연사, 1997.
담　범,《중국소설평점연구》, 화동사범대학출판사, 2001.
롤랑 부르뇌프, 레알 웰렉,《현대 소설론》, 문학사상사, 1986.
르네 지라르, 김윤식 역,《소설의 이론》, 삼영사, 1977.
마에다 아이 저, 유은경 외 옮김,《근대독자의 성립》, 이룸, 2003.
바슐라르 가스통, 김현 역,《몽상의 시학》, 홍성사, 1982.
방정요 저, 홍상훈 역,《중국소설비평사략》, 을유문화사, 1994.
윌리스 마틴, 김문현 옮김,《소설이론의 역사》, 현대소설사, 1991.
유약우 저, 이장우 역,《중국의 문학이론》, 명문당, 1994.

이언 와트, 전철민 옮김, 《소설의 발생》, 열린책들, 1988.
잭슨, 로즈메리, 《환상성》, 문학동네, 2001.
주건국 저, 홍승직 역, 《이탁오평전》, 돌베개, 2005.
주훈초 외, 중국학연구회 고대문학분과 역, 《중국문학비평사》, 이론과실천, 1994.
I. A. 리처즈, 김영수 역, 《문예비평의 원리》, 현암사, 1977.
R.G. Moulton, 木多顯彰 역, 《The Moldon Study oF Literature》, 암파서점, 1957.
Sheldon Hsiao-peng Lu, 《From Historicity to Fictionality》, Stanford University Press, Stanford, California, 1994.
S. Rimmon-Kenan, 최상규 역, 《소설의 시학》, 문학과지성사, 1985.
석헌정규복박사고희기념논총간행위원회 엮음, 《한국고소설사의 시각》, 국학자료원, 1996.
한국고전소설편찬위원회 편, 《한국고전소설론》, 새문사, 1990.
한국고소설연구회 편, 《한국고소설론》, 아세아문화사, 1991.

(4) 소설사 관계 자료

김광순, 《한국고소설사》, 국학자료원, 2001.
김기동, 《한국고대소설개론》, 대창문화사, 1956.
김장동, 《고전소설의 이론》, 태학사, 1989.
김태준, 《한문학사》, 조선어문학회, 1931.
______, 《조선소설사》, 청진서관, 1933.
박성의, 《한국고대소설사》, 일신사, 1958.
박성의, 《한국고대소설론과 사》, 집문당, 1986.
석일균, 《고대소설개론》, 한국외국어대학교출판부, 1986.
신기형 저, 이병기 감수, 《한국소설발달사》, 창문사, 1960.
안자산, 《조선문학사》, 한일서점, 1922(최원식 옮김, 《조선문학사》, 을유문화사, 1984).
이가원, 《조선문학사》 상·중·하, 태학사, 1995.
이명선, 《조선문학사》, 조선문학사, 1948.
조동일, 《한국문학통사》 1-5, 지식산업사, 1994.
조윤제, 《조선소설사 개요》, 문장사, 1940.
조윤제, 《한국문학사》, 탐구당, 1971.
주왕산, 《조선고대소설사》, 정음사, 1950.
차용주, 《한국한문소설사》, 아세아문화사, 1989.
허문섭, 《조선고전문학사》, 로녕민족출판사(심양), 1985.

찾아보기

ㄴ

ㅅ

ㅇ

ㅊ

ㅋ